U0696796

★实践反思★

责任编辑：商连义
封面设计：华军均
插图绘制：蔡系群 陈绍宇 冯达华 蓝覃路

ISBN 978-7-5442-4178-6

定价：3.85元

英语作业 小学四年级 上册 广西壮族自治区课程教材发展中心 组织编写 南海出版公司

英语作业

YINGYU ZUOYE

小学四年级 上册

广西壮族自治区课程教材发展中心 组织编写

南海出版公司

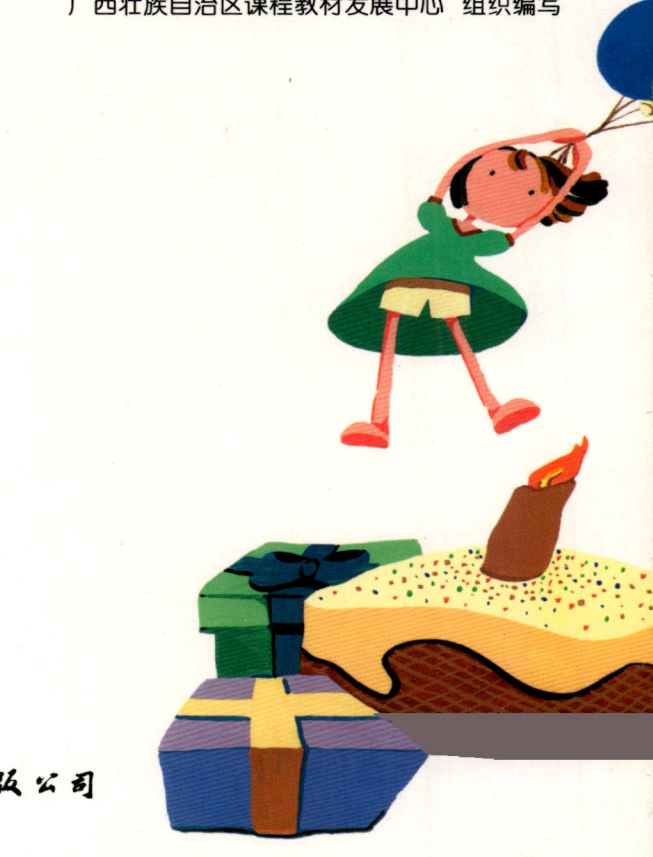

II JIAOYU

树立社会主义荣辱观

以热爱祖国为荣、以危害祖国为耻，

以服务人民为荣、以背离人民为耻，

以崇尚科学为荣、以愚昧无知为耻，

以辛勤劳动为荣、以好逸恶劳为耻，

以团结互助为荣、以损人利己为耻，

以诚实守信为荣、以见利忘义为耻，

以遵纪守法为荣、以违法乱纪为耻，

以艰苦奋斗为荣、以骄奢淫逸为耻。

编写者（以姓氏笔画为序）

小学部分：刘曼丽　劳颖明　赵　胜　魏鲁敏

初中部分：方洁玲　王忠英　苏　鹰　李文伟　蒋廷玉

高中部分：邓路遥　员宁敏　陈小好　邹壬玉　贾应锋　滕洁贞　熊伶俐

［版图1］2001年6月作者出席台湾花莲教育大学民间文学研究所“2001海峡两岸民间文学学术研讨会”，发表论文《明清民间教派宝卷的形式和演唱形态》。

［版图2］2006年12月作者出席台湾“中央研究院”历史语言研究所“俗文学学术研讨会”，发表论文《孟姜女故事宝卷漫录》。

尊者聞說畢駕雲至王舍城中穿街過巷
尋覔親娘正行之間忽見一狗行走如飛
直至目連根前咬住袈裟歡喜無休尊者
曰此狗正是我母禱告諸佛龍天我有孝
感之心顛狗吐出横骨說話言畢狗告尊
者曰只為我生前不信兒言死入陰司受

[版图3] 《目连救母出离地狱生天宝卷》(北元宣光三年［1372］，即明洪武五年抄本)

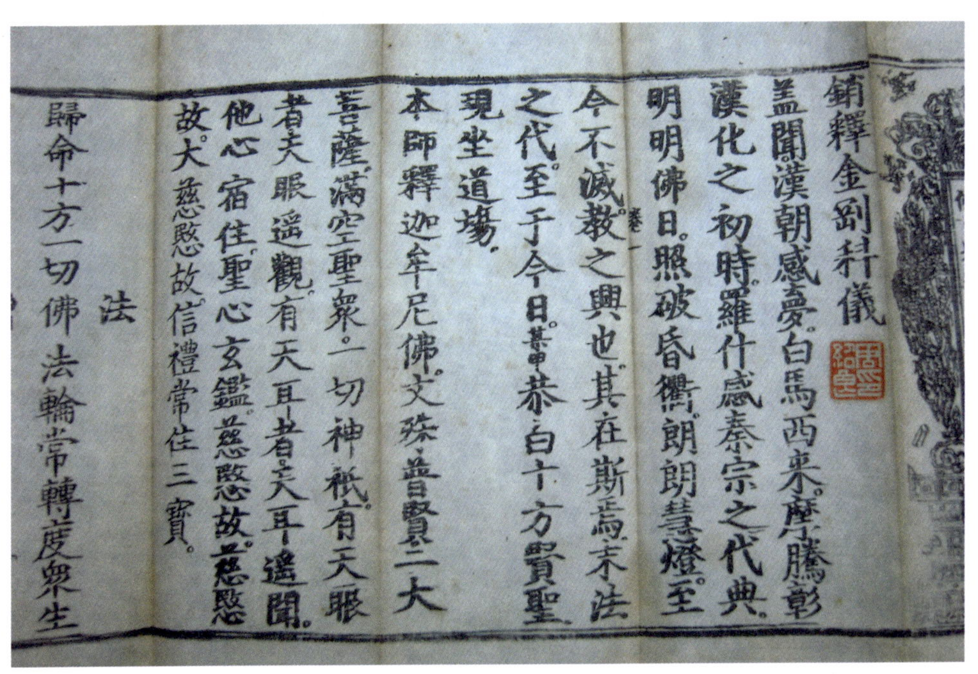
銷釋金剛科儀
蓋聞漢朝感夢白馬西來摩騰彰
漢化之初時羅什感秦宗之代典
明明佛日照破昏衢朗朗慧燈至
今不滅教之興也其在斯焉末法
之代至于今日謹恭白十方賢聖
現坐道場
本師釋迦牟尼佛文殊普賢二大
菩薩滿空聖衆一切神祇有天眼
者天眼遥觀有天耳者天耳遥聞
他心宿住聖心玄鑑慈愍故慈愍
故大慈愍故信禮常住三寶
法
歸命十方一切佛法輪常轉度衆生

[版图4] 《销释金刚科仪》(明嘉靖七年［1528］刊本)

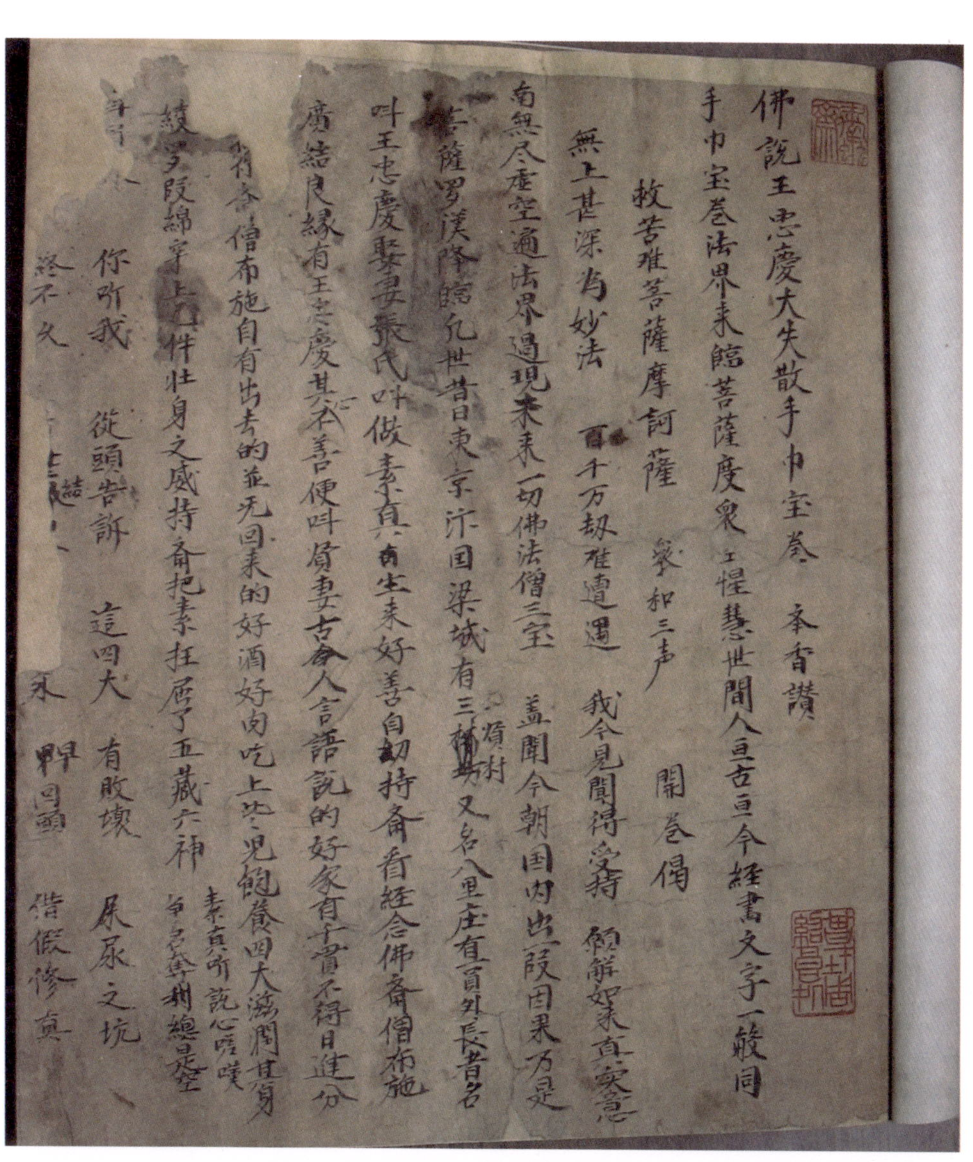

佛說王忠慶大失散手巾宝卷　舉香讚

手巾宝卷法界來臨菩薩度衆　惺慧世間人亘古亘今經書文字一般同

救苦難菩薩摩訶薩　舉和三声　開卷偈

無上甚深微妙法　百千万劫難遭遇　我今見聞得受持　願解如來真實意

南無尽虛空遍法界過現未來一切佛法僧三宝　蓋聞今朝因內出一段因果乃是

菩薩羅漢降臨凡世昔日東京汴国梁城有三村　又名八里庄有一員外長者名

叫王忠慶娶妻張氏叫做素真　自生來好善自幼持齋看經念佛齋僧布施

廣結良緣有王忠慶其人不善便叫賢妻　古人言語說的好家有千貫不得日進分

文齋僧布施自有出去的並无回來的好酒好肉吃上些兒飽養四大滋潤其身

綾羅段綿穿上一件壯身之威持齋把素枉屈了五藏六神　素真所說心嗟嘆　白白身躰總是空

你听我　從頭告訴　這四大　有敗壞　屎尿之坑

……終不久……早回頭　借假修真

[版图5]《佛说王忠庆大失散手巾宝卷》(明末抄本)，是现存最早改编俗文学传统故事的民间宝卷。

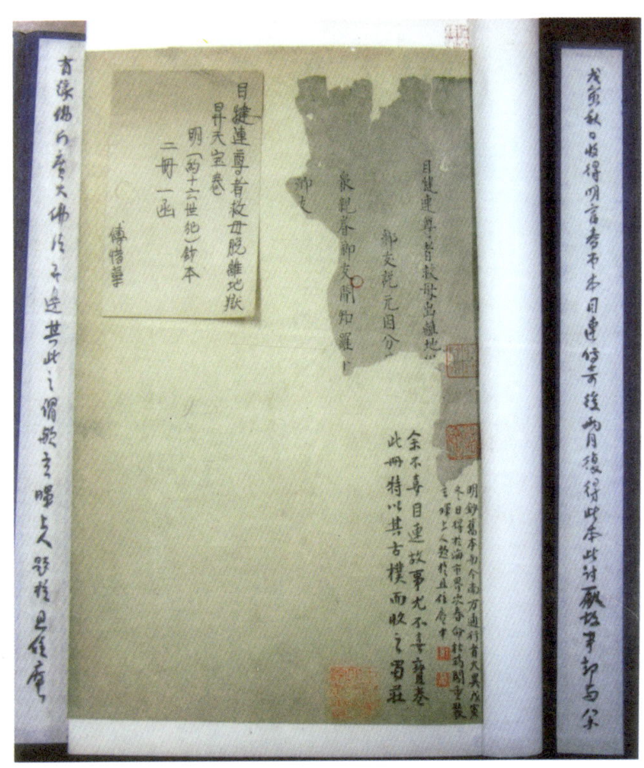

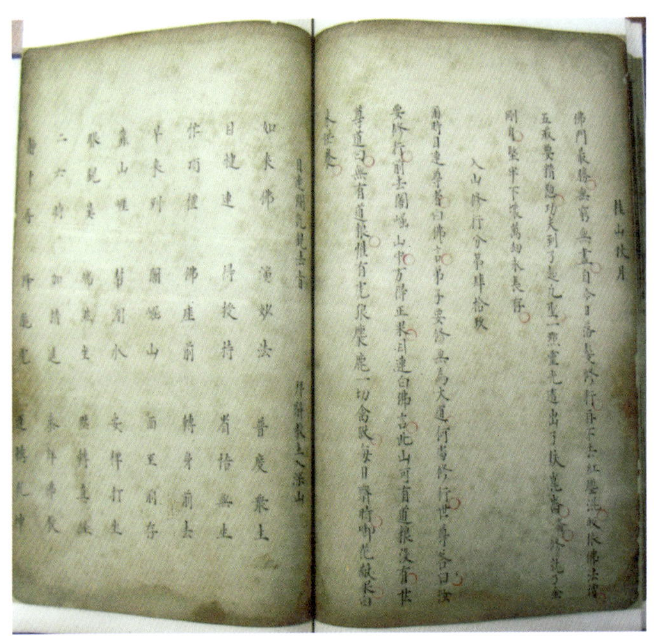

[版图6]《目犍连尊者救母出离地狱生天宝卷》(明万历抄本)现存卷中首页(残)和函套

[版图7] 明万历“御赐”碧霞元君像(部分)，是现存最早的泰山女神绘制画像。(叶涛教授提供)

開經偈

南無甚深微妙法　百千萬刧难遭遇
我今見聞得傳授　愿解如来真寔意

空望宝卷纔展開　諸佛菩薩滿空来
天龍八部生歡喜　保佑合家永無災
善男信女仔佃听　延壽增福免災星
普天大衆良緣配　陰間陽間総一般
留下空望佛宝卷　劝化大衆女共男
瞞人难瞞空望佛　富貴貧賤皆由天
不用話言共巧語　誑語轉来念弥陀
修行譂前来打生　六門緊閉李羽仙
明行清来見真位　展開九竅並三光
滚出雲門九霄外　观透三千及大千
幾家有財無兒女　幾家有子少吃穿
有子無財皆由命　有財無子莫怨天

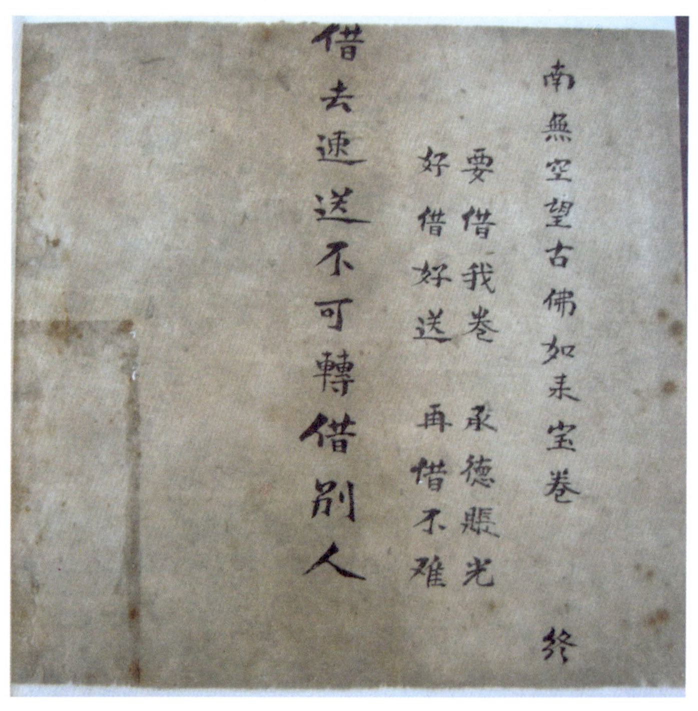
南無空望古佛如来宝卷　终

要借我卷　承德賬光
好借好送　再借不难
借去速送不可轉借别人

[版图8] 清末山西介休地区抄本《空望(王)佛宝卷》卷首和卷末

[版图9] 清代初年北方民间教团宣讲宝卷时摆放的“龙牌”，龙牌上的龙和文字均用金泥印刷。(夏青兰摄)

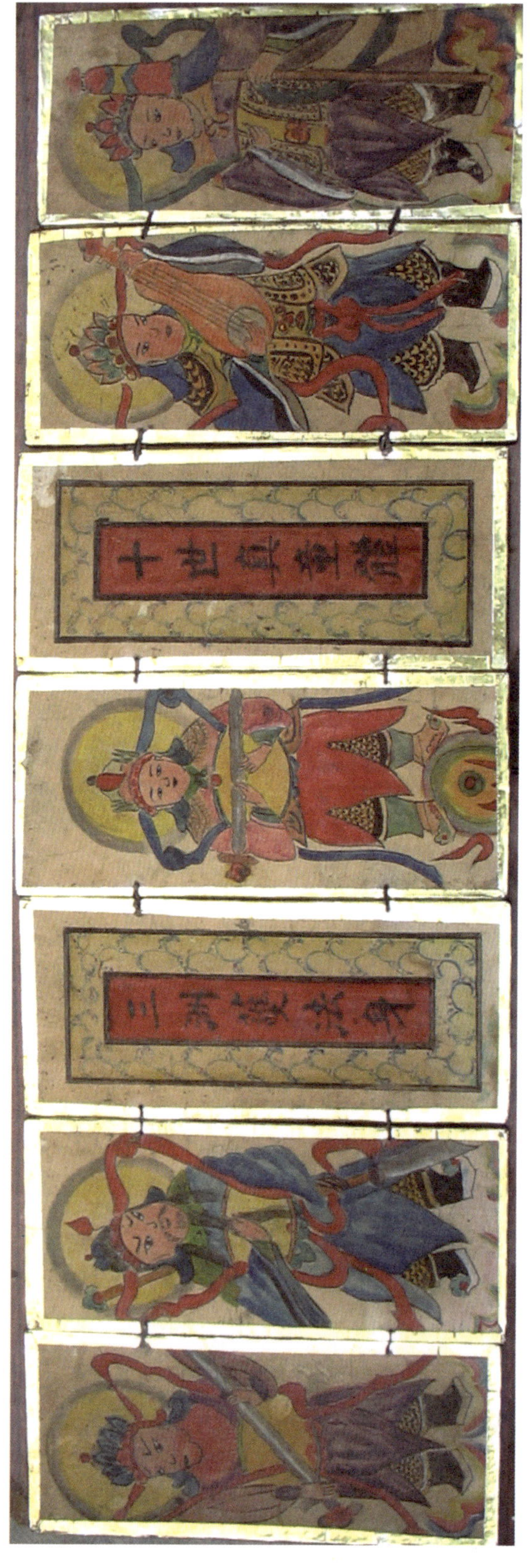

[版图10] 现代江苏靖江做会讲经摆放的“龙牌”（正面）

[版图11] 现代江苏靖江做会讲经摆放的“龙牌”（反面）

[版图12] 《二郎神出巡图》(右)，明末刊经折本《清源妙道忠孝二郎开山宝卷》卷首插图。像这样篇幅巨大(两纸八折)、绘刻精致的神道图，在明清教派宝卷中此为仅见。

[版图13]《二郎神出巡图》(左)

[彩图1] 《五部六册》(清康熙年间刊经折本)

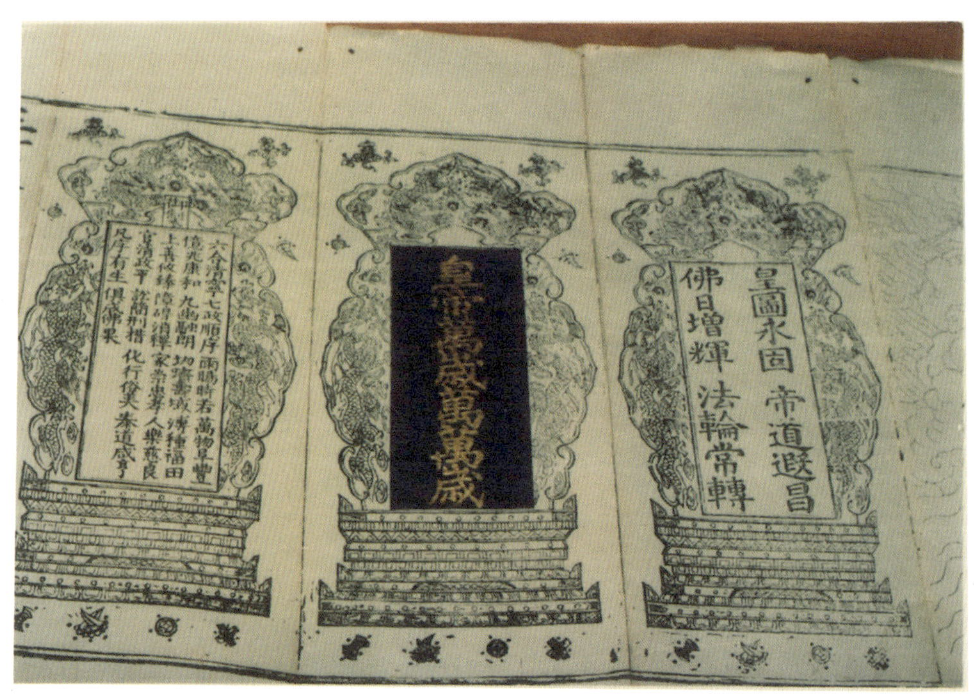

[彩图2] 《正信除疑无修证自在宝卷》卷首载三面“龙牌”(明万历壬子校正、乙酉年重刊经折本)

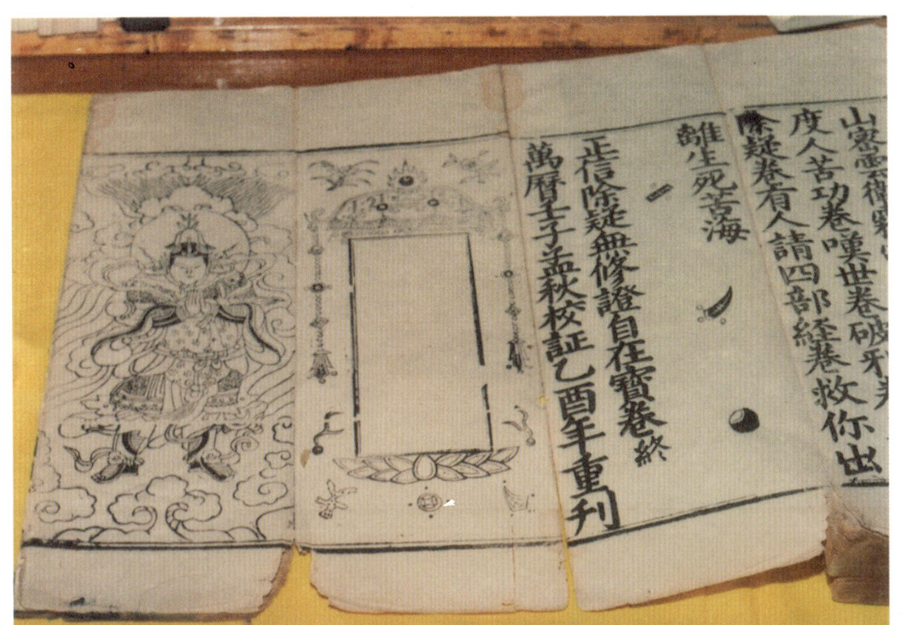

[彩图3] 《正信除疑无修证自在宝卷》(明万历壬子校证、乙酉年重刊经折本)卷末“书牌”和“护法”神像，书牌内一般刻捐资刻经人的姓名，空白书牌是为填写出资“请经”人的姓名。

[彩图4] 青提夫人在王舍城托生作狗(北元宣光三年［1372］，即明洪武五年抄本《目连救母出离地狱生天宝卷》插图)

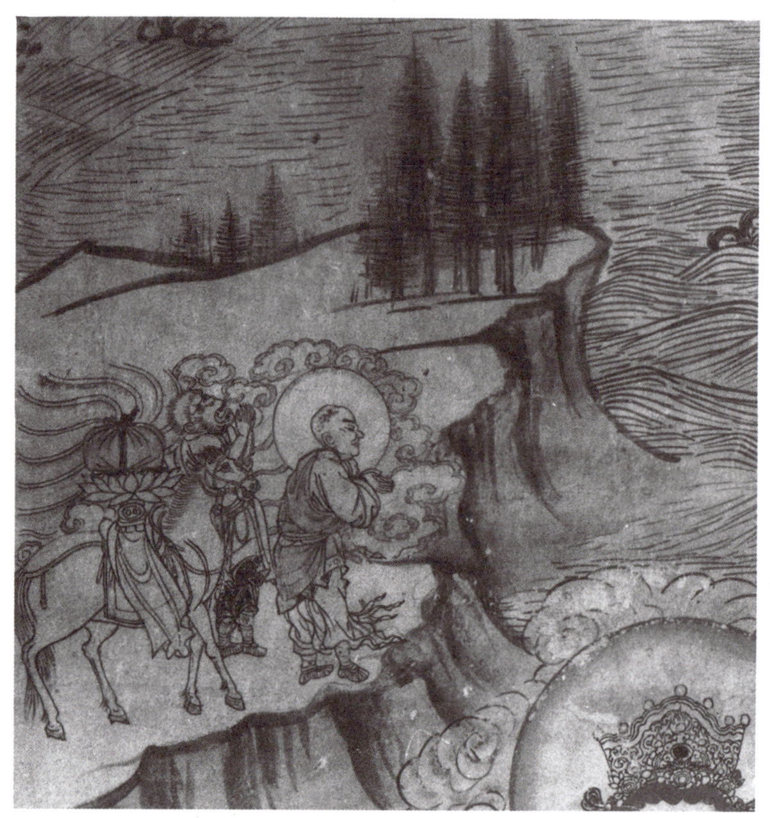

[彩图5] 唐僧取经图(敦煌榆林窟第三窟《普贤变》局部摹本)

一言無語心聊乱　失口就把表兄称
宣 咲咲是表兄还是生前的喜照还是死後的神像呢
宣 是亡後的 宣 哎哈哈姨母吓
並是非甥埋見怨姨母尊　云缘做事欠通文
堂兄还可房中掛　表字當頭不好听
況且是今兄表他是身亡过　何劳表妹太殷勤
宣 公吓仔前原言是你論身　實是在神仙呂洞賓
宣 吁姨母有表兄哄甥見了那呂洞賓我也曾見过的他是
道教中打扮因何如此打扮喛呂仙吓呂仙
宣 我想你道教甚端嚴　你的肩上背龍泉
方巾幽雅穿道服　腰束絲縧古老錢
三綹烏鬚多秀麗　骨格清奇非等閑

十三
呂仙吓剃去鬚因為何　我看你何曾像什么入洞仙
龍泉失却何方去　何以今朝到此间
為何改了書生樣　不僧不道不像仙
姨母吓擇道相同正非理　我劝你快些除去免人言
宣 吁公子我看你念書之人為何多言多語快請外面寬
坐休要嘮嘮叨叨不住喛姨母吓
宣 姨母吓並非甥兒多言　怎為你説話顛倒顛
不消半盞茶時候　全表兄何德能了成仙
我輔前來登寶剎　今朝特来闲戸言
我母繼母你結拜姊妹　時常出入府中间
宣 吁姨母想你常到継母家中諒知情細 宣 怎到不知到
要請教 宣 不瞞姨母所説甥兒並非徐家親生 宣 因何

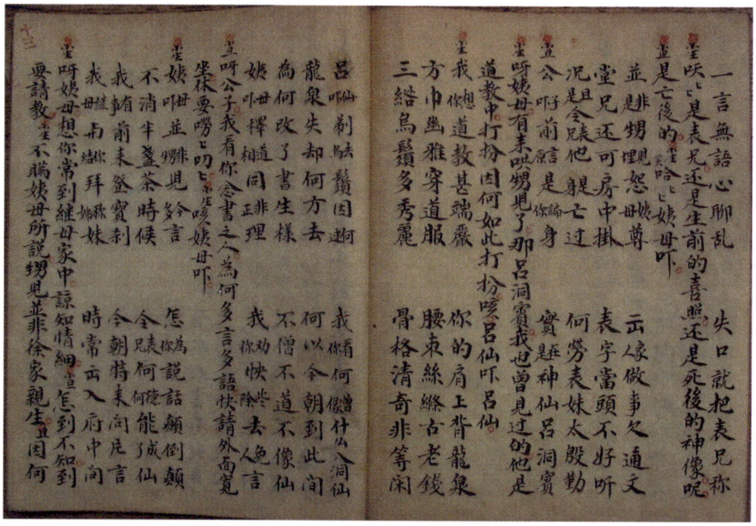

[彩图6] 《瑞珠宝卷》(清末上海宣卷艺人抄本)

[彩图7] 苏州水乡宣卷班的花船到达“斋主”家。(龚振福摄)

[彩图8] “金阿大”(金文胤)宣卷班在做会宣卷开始前，先要化妆演出小戏。(龚振福摄)

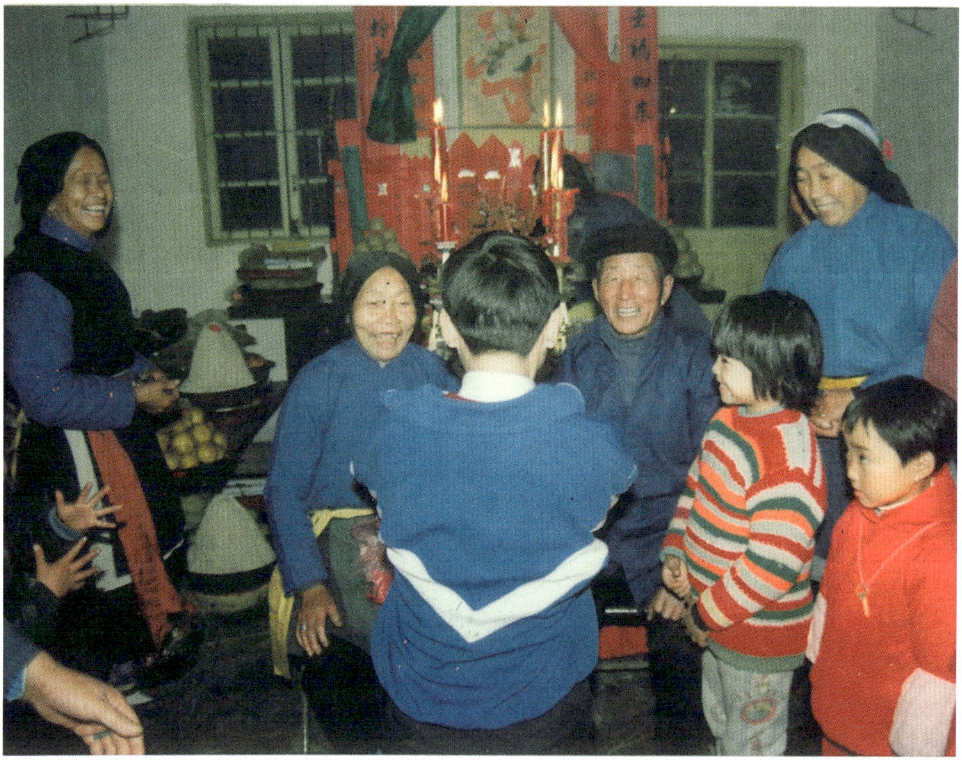

[彩图9] “庆寿”——菩萨台前两位寿星接受孙辈礼拜，两边是两位热心的“佛婆”。(龚振福摄)

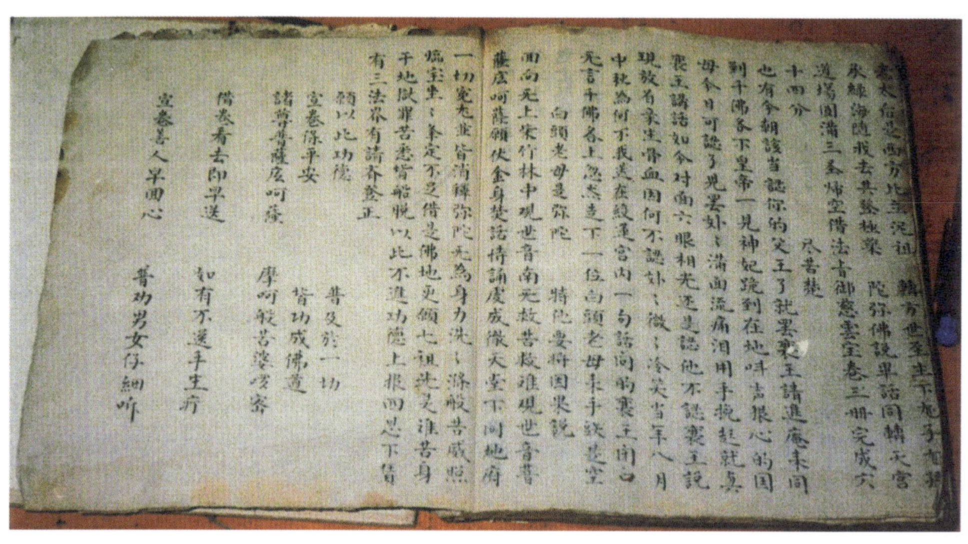

老太[illegible]方北主[illegible]祖 韓方世至主下凡[illegible]
承[illegible]海[illegible]我去共登極樂 陀彌佛說畢話同轉天宮
道場圓滿三[illegible]佛空[illegible]法青御慈雲宝卷三册完成六
十四分 尽善[illegible]
也有今朝該當認你的父王了就[illegible]王請進庵來同
到千佛各下皇帝一見神妃跪到在地叫声根心的国
母今日可認了見娑妹妹滿面流痛泪用手挽起就真
襄王講話知今对面六眼相光還是認他不認襄王說
現放着亲生骨血因何不認妹妹微微冷笑当年八月
中秋為何不我[illegible]在綫蓮宮内一句話问的襄王閉口
無言千佛各上[illegible]走下一位白頭老母来手[illegible]空
白頭老母是彌陀 特他要将因果說
回向无上紫竹林中观世音南无救苦救难观世音菩
薩庅呵薩願伏金身焚話持誦虔成微天堂下闻地府
一切冤[illegible]並皆消釋彌陀无為身力洗洗滌般若威照
臨宝[illegible]拿定不乏借是佛地更顧七祖[illegible]誰苦身
于地獄罪苦悉皆解脫以此不進功德上报四恩下[illegible]
有三法界有[illegible]齐登正
願以此功德 普及於一切
宣卷保平安 皆功成佛道
諸尊菩薩庅呵薩 摩呵般若波[illegible]密
備卷看去即早送 如有不送手生疔
宣卷善人早回心 普劝男女仔細听

[彩图10] 《佛说慈云宝卷》卷末第六十四分(清代前期抄本)

[彩图11] 江苏靖江佛头陆爱华在讲经。

[彩图12] 江苏靖江女佛头蔡龙秀在讲经。

[彩图13] 江苏靖江做会讲经时斋主家的“菩萨台”和“星斗”

[彩图14] 江苏靖江民间印刷“马子”的木雕板

[彩图15] 江苏靖江做会时佛头制作的“宝库”

[彩图16] 江苏靖江做会时用的“金银锞”、“弥陀箱”、“纸花”

[彩图17] 江苏靖江做会讲经开始时佛头带领斋主的子女(媳)在菩萨台前“拜愿”。

[彩图18] 江苏靖江做会讲经开始时“请佛”。

[彩图19] 江苏靖江做会“拜寿”(“报本命”)时的供桌

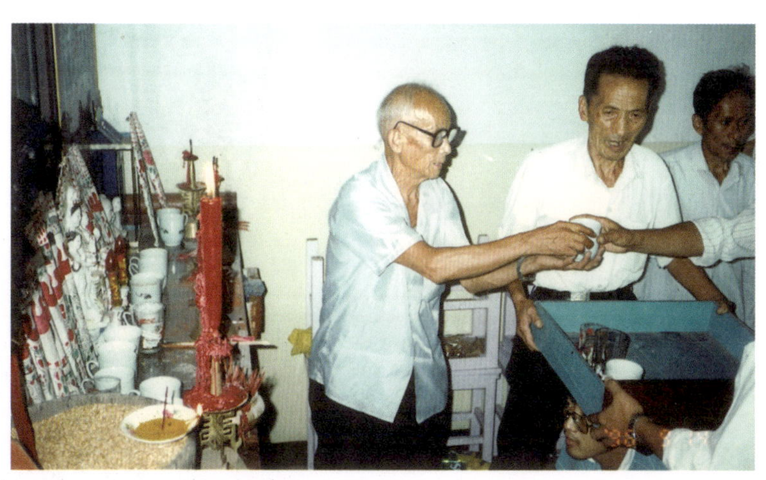

[彩图20] 江苏靖江做会“上茶”

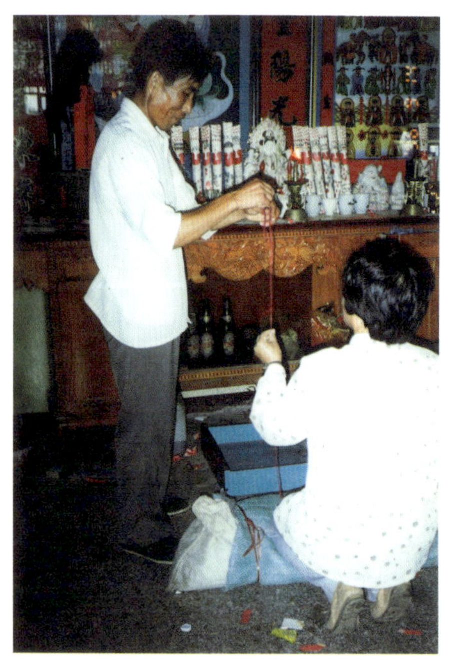

[彩图21] 江苏靖江做会“解结”

[彩图22] 江苏靖江做会讲经时不请自来的“唱麒麟”民间艺人

[彩图23] 江苏靖江做“延生明路会·传香”时的“大乘作”经台：两位佛头在“明路星斗”后演唱，背后站立的是“明路人”的子女(媳)辈，经台右边靠近佛头坐的是“明路人”。

[彩图24] 江苏靖江做“延生明路会”时的“明路星斗”

[彩图25] 江苏靖江做“延生明路会 · 传香”时用的“大香”“香板”“簪子”“胞子钱”“锁”“钥匙”“红花”

[彩图26] 江苏靖江做“延生明路会 · 开关”。

[彩图27] 1992年作者(后排右二)、孙景尧教授陪同美国访问学者马克·本德尔(后排右四)、日本学者铃木建之(后排左一)考察靖江做会讲经。后排左二是斋主。前排就座的是四位佛头。

[彩图28] 1997年11月作者(左一)与马西沙教授(右一)、韩秉方教授(左二)陪同日本学者浅井纪教授(居中者)考察靖江做会讲经。右二是斋主。

[彩图29] 江苏靖江做会“醮殿”。菩萨台右边就座的是斋主。

[彩图30] 江苏靖江做会“破血湖”。佛头跪在菩萨台前演唱，右边就座的是斋主。

[彩图31] 江苏靖江做会“破血湖”。斋主的儿媳跪在菩萨台前为婆母喝“血水”。

[彩图32] 江苏靖江做会“破血湖”。佛头也为斋主喝“血水”。

[彩图33] 江苏苏州吴江市宣卷艺人袁宝庭在同里镇退思园表演书派宣卷。(同里镇文化中心提供)

[彩图34] 江苏苏州吴江市宣卷艺人芮时龙演唱书派宣卷。(同里镇文化中心提供)

[彩图35] 江苏张家港市讲经先生做荐亡法会时的“菩萨台”(上层)。布幔是地藏王菩萨像，立放的是神马，右边挂的是“招魂幡”，做“开天门”仪式时用。

[彩图36] 江苏张家港市讲经先生钱筱彦面对菩萨台演唱宝卷，和佛的妇女边唱佛号边折纸锞，墙上挂的是《地狱十王图》。

[彩图37] 荐亡法会“菩萨台”后面是讲经先生伴奏和休息的地方，三人手持的乐器分别是二胡、手鼓、“盛子”(记音)。

[彩图38] 江苏张家港市讲经先生做荐亡法会“开天门”，手持招魂幡演唱者是女讲经先生张咏吟。

[彩图39] 九莲菩萨(明万历年间铸造，现安放在泰山红门宫。叶涛教授提供。)

[彩图40] 智上菩萨(明崇祯年间铸造，现安置在泰山斗姆宫。叶涛教授提供。)

［彩图41］泰山老奶奶坐像。原安置于泰山碧霞祠，紫檀木制，可以坐、卧。每年农历三月十五老奶奶生日，由进香的女香客给老奶奶“换袍服”。(见袁爱国《泰山风俗》，济南：济南出版社，2001)此像已毁于1947年。

［彩图42］泰山圣母(清代民间香社绘制)

［彩图43］香客为泰山老奶奶送的“万民伞”(摄于泰山红门宫)

中国俗文学研究丛书

中国宝卷研究

车锡伦／著

广西师范大学出版社
GUANGXI NORMAL UNIVERSITY PRESS
·桂林·

图书在版编目（CIP）数据

中国宝卷研究 / 车锡伦著．—桂林：广西师范大学出版社，2009.12
ISBN 978-7-5633-9090-8

Ⅰ．中… Ⅱ．车… Ⅲ．宝卷（文学）—文学研究—中国 Ⅳ．I207.7

中国版本图书馆 CIP 数据核字（2009）第 179992 号

广西师范大学出版社出版发行
（广西桂林市中华路 22 号 邮政编码：541001
网址：http://www.bbtpress.com）
出版人：何林夏
全国新华书店经销
广西师范大学印刷厂印刷
（广西桂林市临桂县金山路 168 号 邮政编码：541100）
开本：787 mm ×1 092 mm 1/16
印张：46 插页：16 字数：457 千字
2009 年 12 月第 1 版 2009 年 12 月第 1 次印刷
印数：0 001~2 500 册 定价：238.00 元

自 序

一

中国宝卷是在宗教（佛教和明清各民间教派）和民间信仰活动中，按照一定仪轨演唱的一种说唱文本，演唱宝卷称作“宣卷”（或作“念卷”[1]“讲经”）。宝卷及其演唱活动，既是古老的，也是现实的，在中国民间文化史上，已经延续发展了近800年。

宝卷渊源于佛教的俗讲，产生于宋元时期。它是佛教僧侣用忏法的形式讲经说法、悟俗化众的宗教宣传形式，在民间佛教信徒的宗教信仰活动中演唱。明代正德以后，各新兴民间教派均以宝卷的形式编写布道书，宣卷又成为这些民间教派信徒的宗教活动。明末清初，宣卷发展为广大民众参与的民间信仰、教化、娱乐活动，在南北各地流传，至今在江浙吴方言区和甘肃河西走廊的某些农村中仍在演唱。从现存的宝卷文本看，宗教宝卷的内容主要是宣传教理，并伴随信徒的信仰活动，唱述修持仪轨，是宗教经卷，不是文学作品；民间宝卷则主要是演唱文学故事，宣扬因果，倡导劝善。在内容和说唱形式方面，早

[1] 道教徒编写的宝卷很少，这类宝卷也只作为读物通传，不用之宣卷演唱。

期的佛教宝卷、明清的教派宝卷和清及近现代的民间宝卷，既有继承性，也有发展变化。

由于宝卷历史发展和内容方面的特征，宝卷一方面成为研究宋元以来的宗教（特别是各种民间教派）的重要文献；同时宣卷和宝卷又被视为一种民间演唱文艺和说唱文学体裁，纳入中国俗文学史（民间文学史）和说唱艺术史的研究范围。上个世纪二三十年代以来，现代学者便主要从这两个角度对宝卷进行了研究。

研究角度的不同，形成了对宝卷范围认识的模糊和差异。对宗教史的研究来说，宋元以来各种形式的世俗化民间佛教经卷及民间教派（研究者或称为"民间秘密宗教"）的经卷，都是研究这一时期佛教在民间的传播及各种民间教派的教义和发展的重要文献，没有必要对它们在形式上再作严格的划分。因此，有的宗教学者便把宋元以来各种形式的民间教派经卷一律视为"宝卷"，尽管它们形式不一，有的且不以"宝卷"为名，如明代正德以前各种民间宗教的经卷和清末及近现代民间宗教家编制的各种形式的"坛训"（有的研究者称作"鸾书宝卷"），等。

笔者是把宝卷作为一种历史的民俗文化现象和说唱形式进行研究的。一方面，在探讨宝卷的渊源、形成和发展过程及宝卷的演唱形态等问题时，必须注意它同宗教和民间信仰活动的关系，阐明其信仰文化的特征；另一方面，又视宣卷和宝卷为一种民间演唱文艺和说唱文学形式，探讨它的历史发展和演变轨迹，它同其他民间演唱文艺的关系。研究的对象，侧重于文学宝卷；研究的内容，侧重于宝卷演唱形态和演唱形式的历史演变。因此，对于宋元以来游离于宝卷形式发展传统之外、不以宝卷名的宗教经卷，不纳入研究的范围。但清及近现代民间做会宣卷中演唱的仪式歌和"小卷"，是构成民间宣卷活动的组成部分，因此也纳入研究范围。

二

从1982年起，笔者开始研究中国宝卷，是从宝卷文献的整理和当代民间宝卷演唱活动的田野调查入手的。作为宝卷文献整理的成果，就是在前人整理基础上编著的《中国宝卷总目》，已经出版（台北：“中央研究院”中国文哲研究所筹备处，1998，初版；北京燕山出版社，2000，修订本）。近年来各地收藏的宝卷又陆续有新的发现，该书仍在修订补充中。

1996年夏，笔者的“中国宝卷研究”列入国家“九五”社科规划（96AZW020）。研究计划分为三部分：宝卷历史发展过程的研究，当代宝卷演唱活动的田野调查和整理历年读宝卷的笔记“宝卷漫录”。本书即按该计划，系统整理20多年来的宝卷研究成果，分作五编：

第一编“中国宝卷概述”。《宝卷概论》是对宝卷历史发展过程、分类等的简单介绍。由于一般研究者多是留意于清及近现代的民间宝卷，所以又着重介绍了民间宝卷的信仰特征和教化娱乐作用。《宝卷文献的几个问题》是笔者在整理和研究宝卷文献过程中不断积累的体会，供深入研究宝卷者参考。

第二编“中国宝卷的历史发展”，是本书的主体部分。它分阶段探讨宝卷的渊源和形成、早期的佛教宝卷、明清的教派宝卷和清及近现代各地区民间宣卷（念卷）和宝卷的发展过程，它们同宗教和民间信仰活动的关系，它们的演唱形态及同各个时期民间演唱文艺的关系，以及当代遗存的民间宣卷（念卷）活动存在和发展的空间等问题。笔者所依据的材料，除了历史文献外，也结合了多年来在各地田野调查所得的材料。据笔者考察，现在留存的清及近现代北方民间宝卷文本虽有200余种（版本不计），但是历史文献和田野调查（包括时贤的调查）所提供的材料，尚难清楚说明这一地区民间念卷活动和宝卷的历史发展。由于缺少实证，只能作简单介绍。80年代甘肃河西地区念卷和宝卷的发现，曾被研究者视为“敦煌变文的活化石”，笔者不同意这个推论。《明清民间教派和教派宝卷（经卷）在甘肃地区的流传》一章，目的在于论证河西地区的宝卷与内地宝卷发展同源同流的关系。

第三编“田野调查研究报告”，是笔者20多年来调查各地民间宣卷和宝卷已经整理出来的调查研究报告。笔者在开始进行这类调查时，没有经费支援，都是在业余时间，顺便断断续续地进行。调查的地区，主要是江浙吴方言区，选点作了普查；后来得到一点研究经费，曾到河北、山西作过调查。其中对江苏靖江做会讲经的调查用力最多，自1987年起，一直跟踪调查。笔者写的这类田野调查报告，坚持一个原则：凡没有调查清楚的事项，概不写入报告。由于难以深入全面地作调查，至今有些报告没有整理出来；写出的有些“报告”，更像调查笔记和结合历史文献作的调查研究报告。

第四编“专题研究”。《东岳泰山女神——泰山老奶奶》和《江南民间信仰的刘猛将》是关于“泰山老奶奶”和“刘猛将”两位民间信仰神的调研论文。两位神君是有些教派宝卷和民间宝卷描写的对象；他们不仅在中国北方和江南有广泛的民间信仰基础，也曾对国家的政治起过微妙的作用。笔者在田野调查中对他们发生了兴趣，因此顺便进行了调查和文献的研究，觉得可以从一个侧面了解中国宝卷发展的历史。《金山宝卷和白蛇传故事研究中的几个问题》写于80年代中期，是同时贤讨论的文章，涉及宝卷研究和白蛇传故事历史发展中的几个问题。

第五编“宝卷漫录”，是笔者读宝卷的笔记。笔者在学习宝卷之始，因为许多宝卷难得一见，便仿照前辈关德栋先生的《宝卷漫录》（载《曲艺论集》，上海：上海古籍出版社，1980年再版）体例，每读宝卷，均随手作笔记。这些笔记，除了记录宝卷的版本、内容（故事）、考订教派宝卷的宗教归属和编者外，也记录一些有关宝卷历史发展和可作进一步研究（如与其他民间演唱文艺的关系）的资料及个人的心得。这类笔记的体制散漫无定例，关先生把它们称之为“漫录”。笔者写的这类笔记，整理出来的近百篇，选入本书27篇。涉及的宝卷多是一般读者难得一见的孤本、珍本。有些笔记的内容已在本书有关章节中提到，它们可以作为补充说明；许多问题没有写入，意在提供研究者参考，开拓宝卷研究的空间。比如，笔者读明清教派宝卷，都将它们演唱小曲的情况记录下来，这些笔记便集合为本书《明清教派宝卷中的小曲》一章附录一、二所载60种宝卷演唱的小曲曲目。研究者结合相关文献，将它们同曲家审定的南北曲及明清时兴小曲作比较，可作专门研究的课题。本书在有些章节后面附录了一些资料或作补充说明，也是同样目的。

本书末附《中国宝卷研究的世纪回顾》一文，写于2001年，按时代顺序介绍前辈和时人（包括笔者）研究宝卷的成果，“结语”对宝卷研究中的问题和展望提出了建议。它介绍的主要是宝卷作为民俗文化现象的研究情况。笔者见闻有限，时贤可以作补充。另“附录”五件：

(一)已故前辈关德栋教授为拙著《信仰教化娱乐——中国宝卷研究及其他》所作的“序言”，录此以为纪念。

(二)“车锡伦宝卷研究论文目录”，其中许多是本书有关章节最初作为单篇论文的发表处，收入本书已经作了系统的整理和重写。如果有意考察笔者对相关问题的认识过程，可以找这些文章来对读；其他是笔者认为仍可有点参考价值的文章。

(三)“主要参考文献”，为节省篇幅，只录本书引见的文献；引见的宝卷归入“主题索引”。

(四)“插图目录”，分“书前版图”和“正文插图”两部分，分别编号。其中大部分是各个时期、不同版本的宝卷的书影或复制件。

(五)“主题索引”，主要是本书提及的有关各种民俗文化事项的名词术语和宝卷等，便于读者检索使用本书。

三

中国宝卷研究是一个涉及问题相当多的跨学科的研究课题。笔者对中国宝卷的历史发展过程诸问题的研究，遵循的方法是“实证”。所依据的资料，一是来自历史文献，二是来自田野调查。在此基础上，笔者对前辈和时贤的研究提出了许多不同见解，更多是对前人未曾涉及的问题作了探讨。笔者的系统研究，期望能为研究中国宝卷和民间文化史的学者提供参考和方便，同时也希望得到批评和指正。

笔者的研究，也借鉴了前辈和时贤的研究成果。凡是直接引用（或使用）前人经过认真论证得出的结论性见解和田野调查所得的资料，都在相关处作了说明。个别章节在最初写作和作为单篇论文发表时曾与友人合作，也在相关处注明。

如前辈所言，对历史文化现象的研究，首先要弄清楚它们“是什么”，然后始可进入“为什么”的探讨。总结笔者20多年来的宝卷研究成果，大致停留在“是什么”的层面上。深入地探讨，期待于后来者。笔者在《中国宝卷总目》初版“前言”中曾提出：“中国宝卷是至今未被充分发掘、整理、研究的一大宗民间文献。”希望年轻的学者认真投入中国宝卷的研究，在笔者所搭起的这个平台上，将宝卷研究的水平提高一步。

另外，想顺便说明，近年来见某些年轻学者的文章，特别是有的博硕士学位论文，使用（或引用）笔者经过论证得出的结论，而不说明出处，希望他们的导师们能教导学生遵循学术规范。另外，也见有人以笔者所“说”云云，作为某种“结论”的根据，请以笔者正式发表的文章为准。

2008年4月12日修订于北京

作者简介：

车锡伦（1937—），山东泰安人。1955年考入复旦大学中文系，1960本科毕业；1964年4月通过论文答辩，中国文学史专业研究生毕业。先后在内蒙古大学汉语系、山东大学中文系、扬州师范学院中文系任教，并从事中国俗文学史和民俗学研究。现为浙江传媒学院“浙江省非物质文化遗产研究基地”教授，国家重大课题《昆曲艺术大典·文学剧目典》主编，兼任中国俗文学学会顾问、中国戏曲学会理事等。出版的主要著作：《民间信仰与民间文学——车锡伦自选集》、《靖江宝卷研究》（合作）、《明清民间宗教经卷文献（续编）》（合编）、《信仰、教化、娱乐——中国宝卷研究及其他》、《中国宝卷总目》、《中国宝卷研究论集》、《俗文学丛考》、《中国民间文学大辞典》（第一副主编）、《中国精怪故事》（合编）、《曲苑》第一、二辑（主编）、《聊斋志异戏曲集》（合编）、《韵辙新编》、《古代儿歌资料》（合编），等等。

目 录

第二编 中国宝卷的历史发展

第三编 田野调查研究报告

第四编 专题研究

第五编 宝卷漫录

中国宝卷研究的世纪回顾

附录

第一编　中国宝卷概述

第一章　宝卷概论

目前，在中国大西北甘肃河西走廊地区偏远的农村中，春节过后，会看到农民围坐在土炕上，听一位“先生”在“念卷”；在江南吴方言区的水乡农村，会看到摇着“花船”赶往“斋主”家去“做会宣卷”的宣卷班子；在开往杭州上天竺灵隐寺进香的香客船上，“佛头”们带领香客高声念佛“宣卷”。无论是河西地区的念卷和吴方言区的宣卷，演唱者都是对着一种手抄本的卷子在唱念，听众随声附和唱念“南无阿弥陀佛”之类的佛号。他们唱念的卷子就是“宝卷”。

什么是宝卷？简单地说，宝卷是一种十分古老的、在宗教（主要是佛教和明清各民间教派）和民间信仰活动中，按照一定的仪轨演唱的说唱文本。这也使宝卷具有双重的特质：作为在宗教活动中演唱的说唱文本，演绎宗教教义，是宗教的经卷，这类宝卷大部分不是文学作品；另一方面，大量的宝卷是演唱文学故事，因此，宝卷又是一种带有信仰色彩的民间说唱文学形式。由于演唱宝卷都是“照本宣扬”，所以中国宝卷不仅以口头形式流传，同时留下来大量卷本。据统计，当今海内外公私收藏宋元以下的宝卷近 1600 种，版本 5000 余种。[1] 这是一大宗尚未充分发掘、整理和研究的民间文献。

一、宝卷的渊源和发展过程

宝卷的渊源可以追溯到唐代佛教的俗讲。据近代从甘肃敦煌莫高窟中发现的唐五代手抄卷子中的俗讲文本，可知当时佛教俗讲可分为两类：一是讲经，演释佛教经典，底本称“讲经文”；二是说唱因缘，讲唱因缘故事，弘扬佛法，底本称“因缘”“缘起”，或简称“缘”。[2] 北宋时期，原来集中于寺庙中的讲唱文艺大都进入瓦子勾栏中演唱，但佛教寺庙和佛教徒的宗教信仰活动中，仍保留这类讲经说法、悟俗化众的演唱活动。北宋末年佚名《道山清话》载京师汴梁慈云寺昙玉讲师，“每为人诵梵经及讲说因缘，都人甚信重之，病家往往延致”。这位僧人后来“弥更修谨，除斋粥外，粒米勺水不入口。有人招致，闻命即往，一钱亦不受。”[3] 说明北宋时民间盛行邀请僧侣到信众家中讲经、讲说因缘消灾祈福，僧人也以此求布施。

宝卷的产生，在历史文献中至今没有找到直接的记载。从南宋时期僧宗镜所编《金刚科仪》（演释姚秦鸠摩罗什译《金刚般若波罗蜜多经》，明代又名《销释金刚科仪宝卷》，存明清刊本多种）和元代前期佚名编《目连救母出离地狱生天宝卷》（简称《目连宝卷》，存元末明初彩绘抄本）的内容和演唱形态来看，最初的宝卷内容上继承了佛教俗讲讲经说法的传统，但其演唱形式已同佛教忏法相结合，成为一种新的面向世俗佛教信徒的说唱形式。

宝卷的发展以清代康熙年间为界，可划分为两个时期：前期为宗教宝卷，后期主要是民间宝卷。前期的宗教宝卷又分两个发展阶段：明中叶正德以前是

---

[1] 本文有关宝卷的统计数字，均据笔者编著《中国宝卷总目》，修订改编本，北京：北京燕山出版社，2000。按，近年来中国民间收藏的宝卷被大量发现，出现在各地旧书摊和拍卖会上，数量难以统计。

[2] 参见周绍良《唐代变文及其他（上、下）》，《文史知识》（北京），1985 年 12 月—1986 年 1 月。郑振铎《中国俗文学史》第十一章《宝卷》称“后来的宝卷实即变文的嫡派子孙”。（长沙：商务印书馆，1938，下册，页 307）是因为他将敦煌发现的说唱文学作品通称为“变文”之故。当代学者对敦煌说唱文学的分类研究表明，变文是转变的底本，与俗讲演唱形式有较大的差别，可参见上述周绍良的论文。

[3] 上海文明书局民国四年（1915）编印《说库》本，页14B－15A。本文据浙江古籍出版社1986年出版影印本，上册，杭州，1986。

佛教世俗化宝卷发展时期，正德以后是新兴民间教派宝卷发展时期。[1]

前期的佛教宝卷留存极少，从文献记载和现存的宝卷文本看，一类如《金刚科仪宝卷》《大乘金刚宝卷》《心经卷》《法华卷》《圆觉卷》等，演释佛经；一类如《目连宝卷》《香山宝卷》《睒子卷》《黄氏女卷》等，讲述佛菩萨本生故事，或世俗民众修行因缘故事。它们都是佛教世俗化的产物。其形式也是散说夹唱，唱词主要是五、七言诗赞体，个别宝卷中偶唱佛曲曲牌［金字经］［挂金索］；唱词重复散说内容，说说唱唱，形成明显的段落。

明正德间，山东即墨人罗梦鸿（1442—1527）创无为教（又称罗教）。[2]正德四年（1509）罗撰《五部六册》（即《苦功悟道卷》《叹世无为卷》《破邪显证钥匙卷》《正信除疑无修证自在宝卷》《巍巍不动泰山深根结果宝卷》）在太监和当朝大臣支持下初刊。此后直到清康熙年间，各种民间教派纷纷创立，均以宝卷为布道书，留存宝卷200多种。这些宝卷主要是宣讲各教派教义、修持方法，少量讲述神道故事和民间传说故事，如《先天原始土地宝卷》《销释孟姜忠烈贞节贤良宝卷》等。有的教派参加了明末清初农民起义，在其教派宝卷中也有反映，如明末龙天教的《家谱宝卷》，清初大成教的《定劫经》（又称《佛说定劫宝卷》）。这些民间教派多倚称佛教，教派宝卷多模仿前期佛教宝卷，其主体形式继承前期佛教宝卷的形式，但以“品”（或“分”）划分演唱段落。唱词主要用七字句和十字句，又加唱当时流行的小曲曲调。最常用的有［驻云飞］［耍孩儿］［金字经］［皂罗袍］［清江引］［傍妆台］［浪淘沙］［黄莺儿］［挂金锁］等20几支曲牌。其印刷装帧也多仿佛经，大字经折装，外套经匣。明代后期有些教团得到后妃太监、贵族大臣的支持，甚至由皇家内经厂刻制宝卷。

清康熙以后，政府取缔、镇压各地民间教团，民间教派宝卷的发展受到遏制。民间教团在秘密布道中虽依然保留宣卷的形式，也编了少量宝卷，但主要是袭用和改编前期民间教派的宝卷。清末民国以来，各地民间教团盛行的“坛训”（研究者或称“鸾书宝卷”），内容为神“降”的乩语，其形式已脱离宝卷发展的传

---

[1] 关于中国宝卷发展的分期，（日）泽田瑞穗《增补宝卷の研究》（日文）第一部“宝卷序说”第三章“宝卷的变迁”（日本东京：国书刊行会，1975）、李世瑜《宝卷新研》（《文学遗产增刊》第4辑，北京：作家出版社，1957），与本文不同，可参见。

[2] 关于无为教（罗教）的创始人罗祖的名字，文献中又作罗清等，笔者据马西沙、韩秉方《中国民间宗教史》第五章“罗教与五部经典”，上海：上海人民出版社，1992，页166。

统而徒具其名了。

但在明末清初，宣卷活动已流入南北各地民间社会，成为民众信仰、教化、娱乐活动，因而产生了没有明确宗教归属的民间宝卷。其流传区域，北方散布于河北、山西、山东及甘肃等省的部分地区，在这些地区，宝卷演唱活动也称“念卷”；南方集中于江浙两省的吴语方言区，仍称“宣卷”。现存这类民间宝卷最早的卷本是明末清初北方念卷的本子，[1] 它们的文本形式仍沿袭教派宝卷的形式。清乾隆、嘉庆年间的南北各地民间宝卷抄本亦多发现，道光以后的抄本便多起来。清末民初，是吴方言区民间宝卷发展的全盛时期，众多的民间宣卷班社活动在乡村、城镇，并进入上海、苏州、宁波、杭州等大城市，在民众结婚闹丧、祝寿求子、生病遇灾、小儿满月、新房落成及其他节庆民俗活动时，到民众家中唱堂会，也在朝山进香、庙会社赛等群众性信仰活动中演唱。从业艺人称“宣卷先生”（或“佛头”）。宣卷的形式，由单调的“木鱼宣卷”发展为江南丝竹乐器伴奏的“丝弦宣卷”，并形成具有地方特色的“苏州宣卷”“四明宣卷”等；受弹词、滩簧等民间演唱文艺的影响，又有“书派宣卷”“化装宣卷”的出现。在北方诸省，嘉庆、道光年间民间宝卷曾有一段大发展，遗留的卷本很多。清末北方民间念卷开始没落，多半是农村中的一些识字的“先生”为民众念卷和抄传宝卷。

民间宝卷的内容，除了部分是做会宣卷的仪式文和劝善说教的卷本外，绝大多数是文学故事。除了明末清初北方的民间宝卷仍沿袭教派宝卷的形式外，各地民间宝卷多删去其中的偈赞和小曲，只保留了说说唱唱的段落形式，不再分“品”。唱词主要是十字和七字的诗赞体，用吟唱式的韵诵或改编各地民歌小调演唱，而不标出曲调名。流通宝卷基本上都是民间手抄本。清末及民国间，上海、苏州、杭州、宁波等地的善书局和印书局也整理、印刷（清末多为木刻本，民国后盛行石印本）大量民间宝卷，流通到全国各地；同时，它们也印刷了一些劝善说教的劝世文宝卷，作为通俗读物流通。

宝卷的发展过程是累积式。比如，许多前期的佛教宝卷，不仅明清民间教派改编演唱，直到今天在民间宣卷中仍在演唱，如说唱中国佛教观世音菩萨妙庄王三公主修行成道故事的《香山宝卷》。山西介休和甘肃河西走廊地区民间

---

[1] 如《佛说王忠庆大失散手巾宝卷》（简名《手巾宝卷》），周绍良先生收藏。周先生鉴定为明末抄本。

广泛传抄的《空王佛宝卷》《仙姑宝卷》，最初都是民间宗教家改编的宝卷。

二、宝卷的分类

自宋至今近八百年来，中国宝卷在内容和形式上都有较大的变化，可以从不同的角度对宝卷进行分类。[1] 上文结合宝卷的发展过程，将宝卷分为宗教宝卷和民间宝卷两大类；如按宝卷内容和题材，又可分为文学宝卷和非文学宝卷两大类。宗教宝卷中演释宗教经典、宣讲教义的宝卷，民间宝卷中用于祝祷仪式的部分宝卷和劝世文宝卷，这些宝卷虽利用宝卷文学的讲唱形式，有的也穿插一些故事情节的描述，但并非文学作品。这部分宝卷现存有400余种，其他均为文学故事宝卷。下文所述是文学宝卷（主要是清及近现代流行于民间的文学故事宝卷，其中有些是前期的宗教宝卷）的分类。[2]

（1）神道故事宝卷

这类宝卷讲唱各种神道如何成神、成仙、成佛，或为民众解厄济难的故事。这些神道包括佛教的佛菩萨、道教的神仙、民间信仰的杂神。佛菩萨本行故事宝卷产生最早，如上文提到的《目连宝卷》《香山宝卷》《睒子卷》等。民间宗教家也编写了许多神仙故事宝卷，如清先天道（青莲教）的《观音济度本愿真经》及教派不详的《韩湘宝传》《何仙姑宝卷》《七真天仙宝卷》等。宗教徒编写的这类神道故事宝卷，都包含教义和修持方式的宣传。民间宣卷人讲唱的这类宝卷多又经改编，带有民间传说故事和民间信仰的特点。比如清末浙江绍兴宣卷艺人抄本《目连宝卷》中，便大量吸收绍兴目连戏的故事；江苏靖江县佛

[1] 最早对宝卷进行分类的是郑振铎《中国俗文学史》（长沙：商务印书馆，1938）中有关宝卷的论述，后来李世瑜《宝卷新研》（载《文学遗产增刊》，第4辑，北京：作家出版社，1957；又，收入李著《宝卷论集》，台北：兰台出版社，2008）、泽田瑞穗《增补宝卷の研究》（日文，日本东京：国书刊行会，1975）各提出不同的分类法，可以参见。其他研究者的分类，大致是按照他们的分类，又做了些调整。

[2] 以下将文学宝卷中的故事宝卷分为五大类，是考虑此类宝卷的历史发展、信仰特征、题材来源等，做的大体的归类。曾友志《宝卷故事之研究》（中国文化大学中文研究所硕士论文，1999）按照宝卷故事的内容，作了详细的分类：一，佛道故事：㈠神佛故事（又分“神佛本缘”“神佛事迹”）、㈡修行故事（又分“一般修行”“妇女修行”）、㈢报应故事、㈣神怪故事；二，伦理教化故事：㈠家庭教化（又分“孝行节烈”“兄弟合和”“阴狠后母”）、㈡一般教化；三，法律公案故事；四，爱情故事：㈠才子佳人故事、㈡其他爱情故事。

[插图 1] 灶王（清康熙刊经折本《福国镇宅灵应灶王宝卷》卷首插图）

头演唱的《三茅宝卷》，其故事均来自民间传说，并插入许多世俗民情的描述，与道教徒编的《三茅真君宣化度世宝卷》（这本宝卷未见民间演唱记录）迥异。

神道故事宝卷中说唱流传最广的是同民众生活关系密切的各种神灵和地方性的民间保护神的宝卷。前者如《财神宝卷》《灶王宝卷》《土地宝卷》《三官宝卷》等。明清民间宗教家已据民间传说编制这类宝卷，如明末的《先天原始土地宝卷》（简称《土地宝卷》），清康熙年间的《福国镇宅灵应灶王宝卷》[插图 1] 等。地方性民间神的宝卷各地都有，如江南的《猛将宝卷》《白龙宝卷》（此卷主要流行于江苏常州地区）[插图 2]，山西的《空王佛宝卷》，甘肃的《仙姑宝卷》等。这些神都是民众信仰的地方保护神，故事来自民间传说。比如《猛将宝卷》中的刘猛将，太湖流域的农民、渔民都把他视为保境安民、丰收吉祥的保护神。地方文献中说这位神君原是宋代抗金名将刘锐，死后显灵驱蝗，被

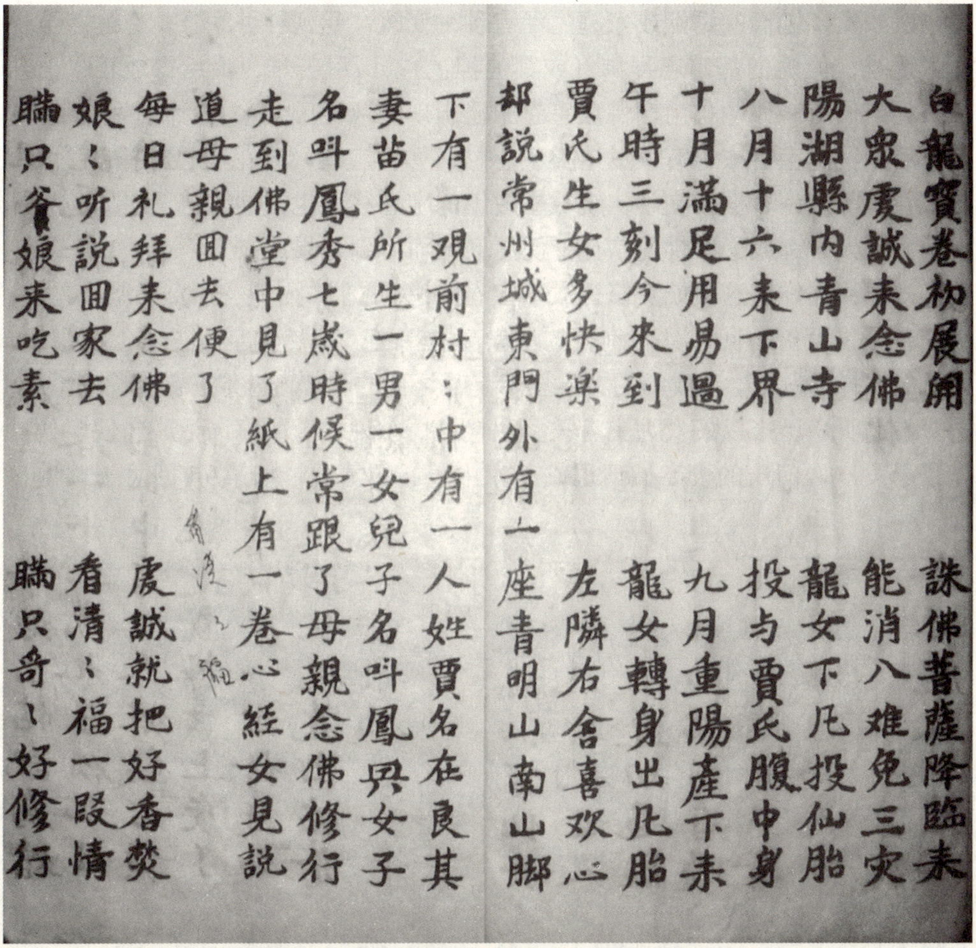

白龍寶卷初展開　諸佛菩薩降臨来
大衆虔誠来念佛　能消八难免三灾
陽湖縣内青山寺　龍女下凡投仙胎
八月十六来下界　投与賈氏腹中身
十月滿足用易遍　九月重陽產下来
午時三刻今來到　龍女轉身出凡胎
賈氏生女多快樂　左隣右舍喜欢心
却說常州城東門外有一座青明山南山脚下有一观前村村中有一人姓賈名在良其妻苗氏所生一男一女兒子名叫鳳興女子名叫鳳秀七歲時候常跟了母親念佛修行走到佛堂中見了紙上有一卷心經女兒說道母親回去便了
每日礼拜来念佛　虔誠就把好香焚
娘娘听說回家去　看清清福一段情
瞞只爹娘来吃素　瞞只哥哥好修行

［插图2］《白龙宝卷》(民国年间江苏常州地区抄本)

封为“扬威侯天曹猛将”。宝卷中说他是一位受后母虐待的少年，做了不少显示灵异又顽皮的事，最后乘外公新造的木船升天。

（2）妇女修行故事宝卷

由于早期佛教宝卷《香山宝卷》中妙善公主坚持修行、终于得道故事的巨大影响，妇女修行故事成为宝卷文学的重要传统题材。这类宝卷中的主人公都是一般妇女，她们的婚姻或家庭生活有种种变故，受到种种磨难，有的甚至是几世遭难，但她们都笃志拜佛（或其他神灵），历尽苦难，最后得成正果，升入天界或仙班。如明代前期佛教宝卷中已出现的《黄氏女宝卷》《刘香女宝卷》等。后期民间宝卷中也有大量这类宝卷，如《秀英宝卷》《杏花宝卷》[插图 3]《梅英宝卷》等。许多据俗文学传统故事改编的宝卷往往也被纳入这一格局：故事中的女主人公都成了神佛的信徒，历尽磨难而得到善果。

郑振铎在评述这类妇女修行故事宝卷时说：它们“描写一个女子坚心向道，历经苦难，百折不回，具有殉教的最崇高的精神。虽然文字写得不怎么高明，但是像这样的题材，在我们的文学里却是很罕见的”。[1] 这类宝卷能长流不衰，同宣卷的听众历来以妇女为主有关。明代世情小说《金瓶梅词话》中便多处描写了暴发户西门庆的妻妾们请尼姑来家中宣卷的情况，如第 74 回孟玉楼生日

光緒己卯孟冬重鐫

杏花寶卷

每本紙料工價錢四十二文

常郡培本堂善書局藏版

杏花寶卷

杏花寶卷始展開　諸佛菩薩降臨來
齋主虔誠齊念佛　吉祥如意滿門來
大衆誠心來供奉　門樓常掛太平牌
福祿壽喜星高照　四季康寧永無災

昔年東京城內有一豪富姓周名鳳字岐山做過本州太守原是進士出身妻趙氏家財萬貫米麥成倉驅奴

杏花寶卷　一

[插图 3]《杏花宝卷》（清光绪己卯常州培本堂善书局刊本）扉页和卷首

[1]《中国俗文学史》第十一章“宝卷”，长沙：商务印书馆，1938，下册，页327。

请莲花庵的薛姑子讲《黄氏女卷》，把这部宝卷的原文都写进书中；第 82 回又写到吴月娘请姑子讲《红罗宝卷》。[1] 封建社会中的妇女们，一般不可能去公众娱乐场所看戏和听说书，她们借着各种节日和其他民俗活动（《金瓶梅词话》所述多为女主人的生日），请尼姑来家宣卷，既满足了信仰的要求，也娱乐身心。同时，按照封建礼教的要求，妇女要“三从”：“在家从父，出嫁从夫，夫死从子”。在婚姻、家庭这种关系人生的大事上，她们没有自主选择的可能，只有听从他人的安排，“听天由命”。妇女们生儿育女，为家族、社会的延续作了贡献，也可能由此带来荣耀（“母以子贵”），同时也铸成“罪孽”，死后要到血湖池地狱中受苦，所以，身为女子就是一种不幸。她们自然不可能像妙善、刘香女、杏花那样同命运、同社会去抗争，但是那些女主人公苦难重重的遭遇却极易引起她们的同情和共鸣；那些女主人公历尽苦难而得到善终的结局，也会使她们的精神得到愉悦和鼓舞，为她们悲苦无告的生活带来一线希望。这就是这类宝卷一直受各阶层妇女欢迎的原因。

（3）民间传说故事宝卷

明代民间宗教家已注意到民间传说故事在民众中的巨大影响，编写了《销释孟姜忠烈贞节贤良宝卷》。后期民间宝卷中，著名的民间传说故事，如梁祝[插图 4]、白蛇传、孟姜女、董永卖身、沉香救母、洛阳桥等，均有不止一种改编本。如江浙地区的《寻夫宝卷》《南瓜宝卷》《孟姜女过关宝卷》，北方和甘肃的《许孟姜宝卷》《孟姜女哭长城宝卷》《绣龙袍宝卷》等，虽都讲唱孟姜女故事，但各具地方特色。这类宝卷中有不少是改编地方性民间传说，如山西介休县流传的《空王佛宝卷》，所述田生善故事的原型，是隋唐时期著名禅僧志超（俗姓田，太原榆次人），内容则全据当地家喻户晓的传说。据民间童话故事改编的宝卷也不少，如江浙地区的《时运宝卷》（又名《西天参佛宝卷》）[插图 5]，所述为“问三不问四”型的民间童话故事；甘肃地区流传较广的《紫荆宝卷》（又名《田公宝卷》），讲述古老的民间童话“三兄弟分家”故事。[2]

---

[1] 《金瓶梅词话》，北京：人民文学出版社校点本，下册，页1075－1082，1250。

[2] 按，这一民间童话较早的记录，见南朝梁吴均《续齐谐记》。吴书已佚，宋曾慥《类说》卷 6 引：“京兆田真兄弟，三人分财，堂前紫荆欲破为三。明旦树枯死，真曰：‘树本同株，将分砍，憔悴。人不如木也！’因不解树，树即荣茂。兄弟相感，合财，遂为孝门。”（北京：文学古籍刊行社影印本，1955，第一册，页404）

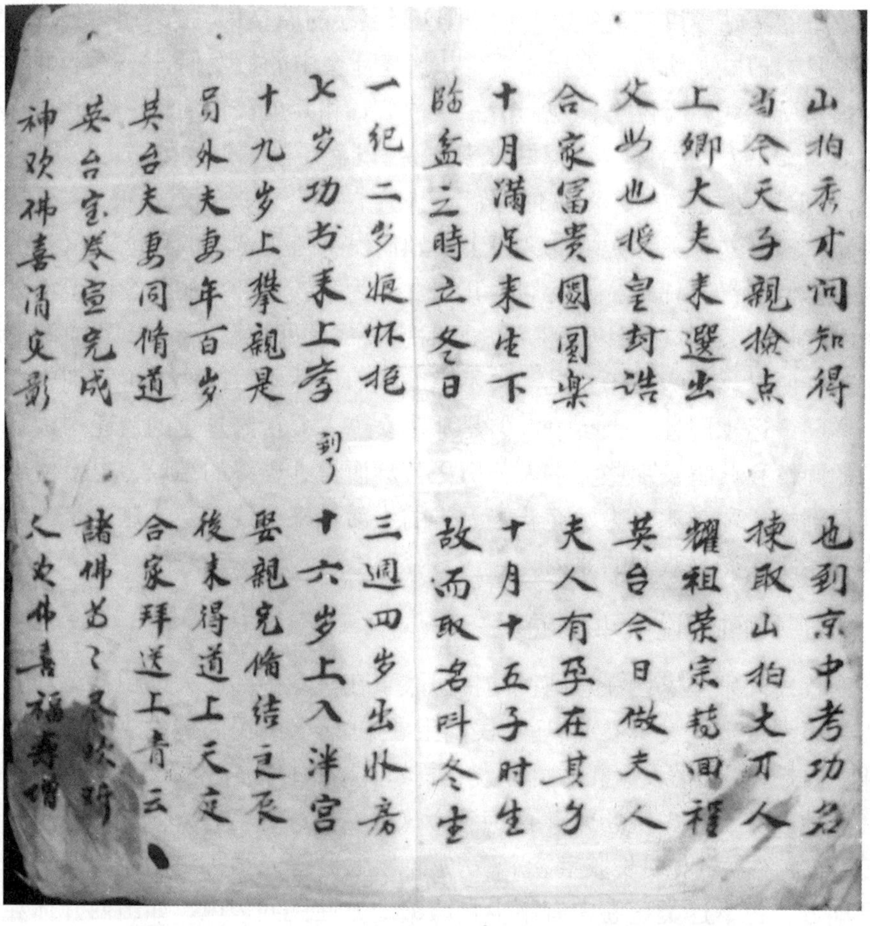

[插图 4]《英台宝卷》(清光绪二十九[1903]年常州地区抄本)

(4) 俗文学传统故事宝卷

宋元以来，俗文学积累了大量传统故事，题材广泛，如历史演义、英雄传奇、神仙灵怪、才子佳人、家庭伦理、公案判断等，它们在民间戏曲、说唱文艺舞台上演唱，也以通俗小说、话本、唱本的形式作为通俗文学读物流传。清代民间宝卷中的文学故事宝卷大量吸收了这类俗文学传统故事。比如《白马宝卷》(又名《白马驮尸宝卷》《斩杨二卷》)、《落帽风宝卷》(又名《三审郭淮宝卷》)、《卖花宝卷》(又名《龙图宝卷》)、《开家宝卷》(又名《佛说开宗宝卷》《开家孝义全传宝卷》)、《莺哥宝卷》，它们的故事分别来自今存明代说唱词话《张文贵传》《仁宗认母传》《包龙图断曹国舅公案传》《开宗义富贵孝义传》《莺哥行孝义传》。在北方念卷中广泛流行的《张四姐大闹东京》《二度梅》《呼延庆打擂》《薛仁贵征东》《薛丁山征西》《罗通扫北》《五女兴唐》《薛刚反唐》等宝卷，它们的故事也是明清通俗小说、鼓词和梆子腔戏曲的题材。《赵氏贤良宝卷》（又名《琵琶宝卷》)、《金锁宝卷》（又名《斩窦娥宝卷》等）[插图 6]、《李三娘磨房宝卷》、《双奇冤宝卷》的题材则来自南戏和传奇剧本《琵琶记》《金锁记》《白兔记》《双熊梦》。清代江浙民间宝卷更大量改编弹词书目，流行弹词书目大都被改编为宝卷，如《珍珠塔》《麒麟豹》《玉蜻蜓》《倭袍传》《何文秀》《文武香球》《大红袍》《百花台》《黄金印》《白鹤图》《雕龙扇》《八宝双鸾钗》《双珠凤》《双玉燕》《双玉玦》《兰香阁》《十美图》等，总数近百种。

俗文学传统故事进入宝卷，拓宽了宝卷反映的社会生活内容，也促进了宝卷演唱艺术形式的发展。江浙“书派宣卷”“化装宣卷”的出现，就是受弹词和滩簧演唱艺术影响的结果。

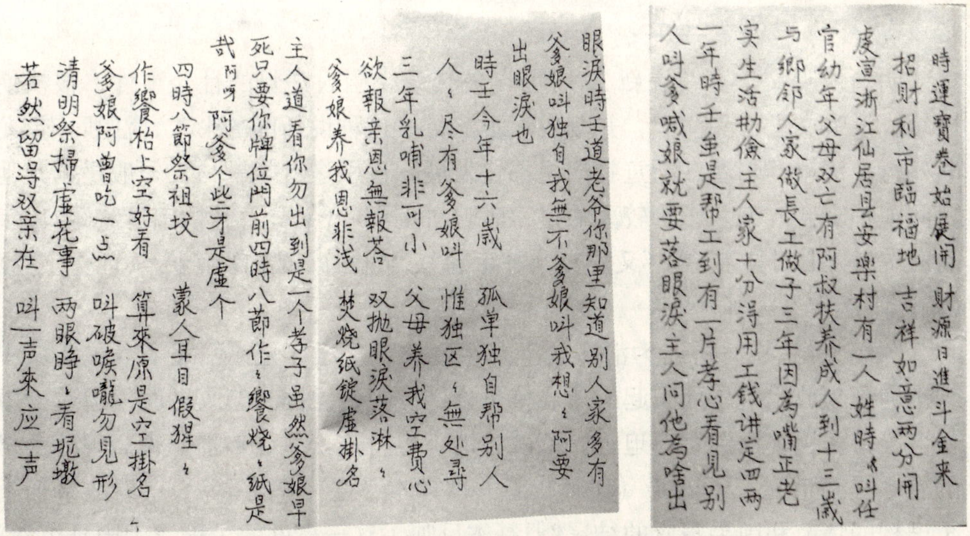
時運寶卷始展開　財源日進斗金來
招財利市臨福地　吉祥如意兩分開
虔宣浙江仙居县安樂村有一人　姓時々叫任
官幼年父母双亡有阿叔扶养成人到十三歲
与鄉郈人家做長工做子三年因為嘴正老
实生活勤儉主人家十分淂用工钱讲定四两
一年時壬虽是帮工到有一片孝心看見别
人叫爹喊娘就要落眼淚主人问他為啥出
眼淚時壬道老爷你那里知道别人家多有
爹娘叫独自我無不爹娘叫我想々阿要
出眼淚也
時壬今年十六歲　孤单独自帮别人
人々尽有爹娘叫　惟独区々無处寻
三年乳哺非可小　父母养我空费心
欲報亲恩無報荅　双抛眼淚落淋々
爹娘养我恩非浅　焚烧纸锭虚掛名
主人道看你勿出到是一个孝子虽然爹娘早
死只要你牌位門前四時八節作々饗烧々纸是
哉 阿呀 阿爹个些才是虚个
四時八節祭祖坟　蒙人耳目假猩々
作饗枱上空好看　算來原是空掛名
爹娘阿曾吃一点　叫破喉嚨勿見形
清明祭掃虚花事　兩眼睁々看坭墩
若然留淂双亲在　叫一声来应一声

[插图 5]《时运宝卷》（当代江苏常熟讲经先生余鼎君抄本）

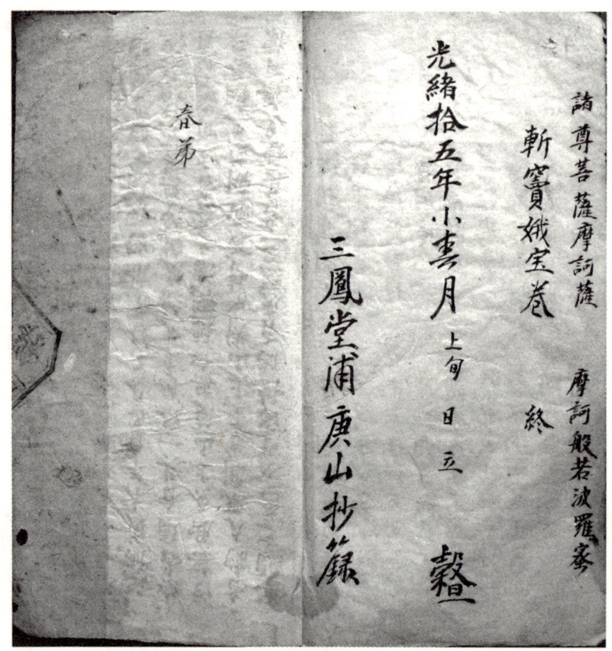

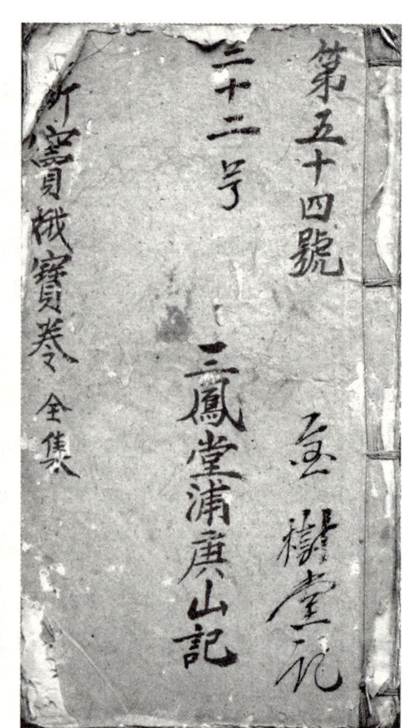

[插图 6]《斩窦娥宝卷》(清光绪十五年[1889]江苏常州浦庚山抄本)

(5)时事故事宝卷

明清说唱文学有“说新文(闻)”的传统。引人注目的社会事件,很快便被编成说唱文学作品演唱,并刻成唱本流传。这种说新闻的形式,江浙一带尤其盛行。清末,随着江浙宣卷向说书化发展,也引进这类题材,一般是据其他民间演唱文艺改编。影响较大的是《献映桥宝卷》(又称《开桥宝卷》《乡民宝卷》等)、《山阳县宝卷》(又称《欺婶宝卷》[插图 7]《奇怨宝卷》《诬冤宝卷》《图产不遂宝卷》等)。

《献映桥宝卷》所述为清嘉庆十九年(1814)江苏无锡西北乡乡民同城中绅士为开坝放水抗旱而引起的矛盾抗争事件。无锡说因果艺人即时编唱这一事件,支持乡民,遭到官府迫害,流散各地,也将这一事件传播开来。现存最早的卷本是清道光二十五年(1845)周大德抄本《显应桥宝卷》。宝卷故事加上了虚构的情节和因果报应的结尾,但基本反映了这一事件的过程。《山阳县宝卷》所述为清道光年间江苏淮安县(旧称山阳县)发生的一起冤案。现存最早的卷本是清光绪二年（1876）王涌泉抄本《图产不遂宝卷》,已加进民间艺人的创作：恶棍方金生谋霸叔父遗产，勾结官府诬告婶母陈氏因奸杀夫，官府酷刑逼陈氏招供。百姓哗然，一直告到苏州巡抚衙门，终使贪官、恶人伏法。这两本宝卷均留存 30 余种手抄本，可见其传唱之广。

清道光三年（1823）山西榆次发生一件轰动全国的京控大案：13 岁幼女赵二姑被恶人强奸，官员受贿，反被诬陷，赵二姑在大堂上刎颈自杀。赵家亲属两次进京告状，道光皇帝两次批示查办，最后由刑部审理，始得昭雪。涉案的七位省、府、县官员被查办。民间流传有“赵二姑，剪子硬，一下戳翻七颗印”的歌谣。有人根据这一事件编刻了《烈女宝卷》(又名《赵二姑宝卷》)。[插图 8]

甘肃流传较广反映时事的宝卷是《救劫宝卷》，所述为民国十六年（1927）武威大地震后灾区古浪县百姓逃荒到宁夏中卫地区时路上的情景，分别描写了几户农民卖妻、卖女的惨状。传说是一位“冯相国”所编。

除了上述几类文学故事宝卷外，还有一类“小卷”也可归属文学宝卷。这类宝卷篇幅短小，大部分仅有唱词，或称作“偈”。它们在宣卷开始时演唱，

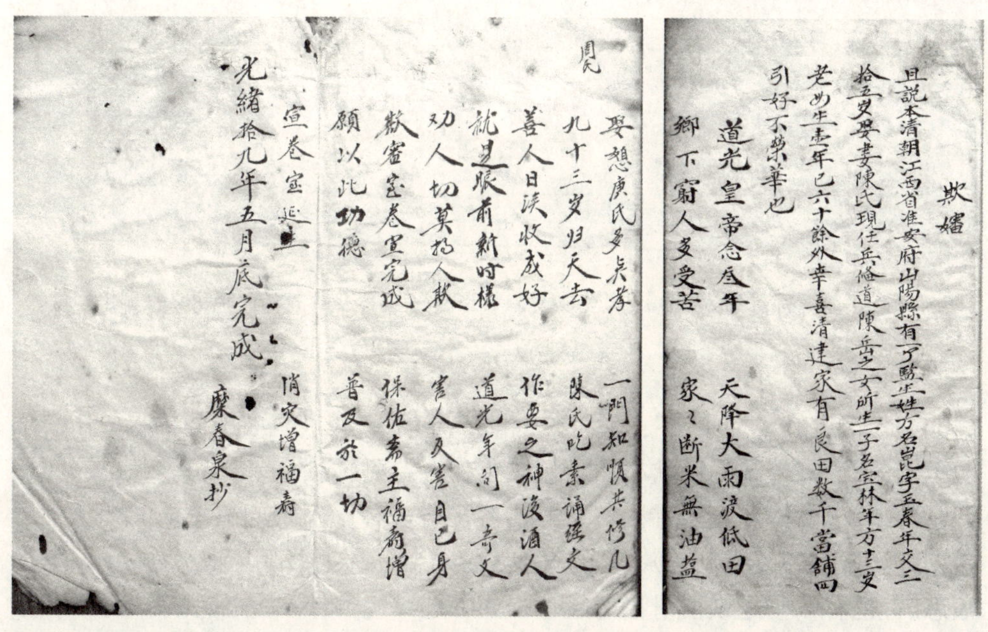
欺孀
且說本清朝江西省淮安府山陽縣有了一點生姓方名崑字玉春年交三
拾五歲娶妻陳氏現任兵備道陳岳之女所生一子名寶林年方十三歲
老的生壹年已六十餘外幸喜清建家有良田數千當舖四
引好不榮華也
道光皇帝念登年　天降大雨淹低田
鄉下窮人多受苦　家家斷米無油鹽

周氏
娶想庚氏多吳孝　一門知順共修几
九十三歲歸天去　陳氏吃素誦經文
善人日後收成好　作惡之神後酒人
就是眼前新时樣　道光年間一奇文
劝人切莫投人欺　害人反害自己身
欺審寶卷宣完成　保佑齋主福壽增
願以此功德　普及於一切
宣卷寶延生　消災增福壽
光緒拾九年五月底完成
糜春泉抄

[插图 7]《欺婶宝卷》(又名《山阳县宝卷》，清光绪十九年 [1983] 糜春泉抄本)

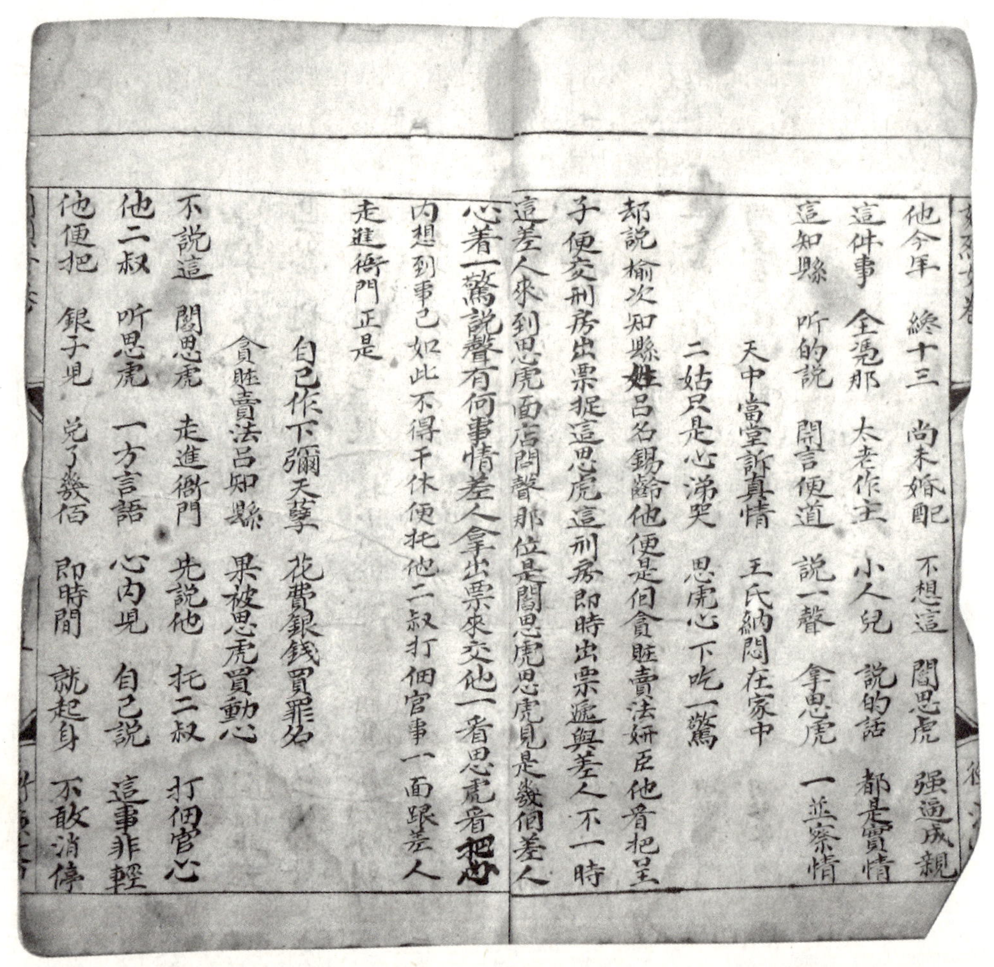
他今年 緫十三 尚未婚配 不想這 閻思虎 强逼成親
這件事 全憑那 太老作主 小人兒 說的話 都是實情
這知縣 听的說 開言便道 說一聲 拿思虎 一並察情
天中當堂訴真情 王氏納悶在家中
二姑只是心涕哭 思虎心下吃一驚
却說榆次知縣姓吕名錫齡他便是個貪贓賣法奸臣他看把呈
子便交刑房出票捉這思虎這刑房即時出票遞與差人不一時
這差人來到思虎面店問聲那位是閻思虎思虎見是幾個差人
心着一驚說聲有何事情差人拿出票來交他一看思虎看把心
內想到事已如此不得干休便托他二叔打個官事一面跟差人
走進衙門正是
自己作下彌天孽 花費銀錢買罪名
貪贓賣法吕知縣 果被思虎買動心
不說這 閻思虎 走進衙門 先說他 托二叔 打個官心
他二叔 听思虎 一方言語 心內見 自己說 這事非輕
他便把 銀子兒 兌了幾佰 即時間 就起身 不敢消停

[插图 8]《新刻烈女宝卷》(又名《赵二姑宝卷》,清末山西抄本。李豫教授提供)

犹如唐代俗讲的“押座文”、后世弹词的“开篇”;也在宣卷中间插唱,作“饶头”。其来源有传统的民歌小曲,如《花名宝卷》[插图 9]《百鸟名宝卷》《许仙游春偈》《螳螂作亲宝卷》等。其内容多种多样,反映妇女生活的如《十房媳妇》《十样忙》《哭七七》;有的宣传孝义,如《十月怀胎宝卷》《二十四孝报娘恩》;也有一些是诙谐滑稽的趣事,如上述《螳螂作亲宝卷》。20 世纪 30 年代上海和江南宣卷艺人也用小卷唱时事,如《战事花名宝卷》,开卷唱:“战事花名初展开，诸位同胞降临来；大家听唱救国事，莫忘东洋矮奴才。”

江浙宣卷与“做会”相结合，在举行各种祝祷仪式时唱的宝卷一般称作“科”（或“科仪”）、“忏”、“经”。它们多采用民歌小曲的形式，不少作品具有文学性，如用于“结缘”仪式的《结缘宝卷》（或称《十结缘》）。清光绪三十四年（1908）吕达周抄本《结缘宝卷》所唱“结缘”者分别为“天、日月、菩萨、父母、阿爹、老太太、兄弟、伯姆妈、姑嫂、姊妹、夫妻、小宝宝、小姐、亲眷、朋友、乡邻、住宅、衣裳、口腹、生意、外国人、果子”等等，具有浓厚的江浙城镇市民风情，如：“结子缘，再结缘，结缘要结口腹缘：吃素麻（蘑）菇烧豆腐，开荤生煎大肉圆。”又如举行“散花解结”仪式时，宣卷先生例要唱许多有趣的歌。清末无锡抄本《散花》中有这样的歌：“一只盆子一朵花，软白团子插鲜花。你拿团子带转去，我拿鲜花转去骗骗老太婆。”“大姐是个水仙花，二姐就叫牡丹花。则（只）有三姐无人要，摇车堂里纺棉花。”

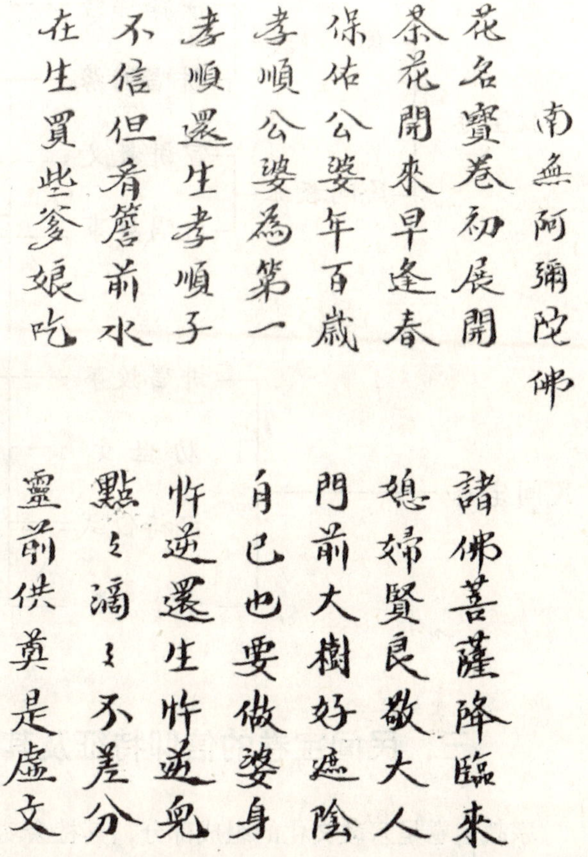

以上宝卷的分类，可概括为下表：

南無阿彌陀佛
花名寶卷初展開
茶花開来早逢春
保佑公婆年百歲
孝順公婆為第一
孝順還生孝順子
不信但看簷前水
在生買些爹娘吃

諸佛菩薩降臨来
媳婦賢良敬大人
門前大樹好遮陰
自己也要做婆身
忤逆還生忤逆兒
點々滴々不差分
靈前供奠是虛文

[插图 9]《花名宝卷》（癸酉年江苏常熟地区抄本）

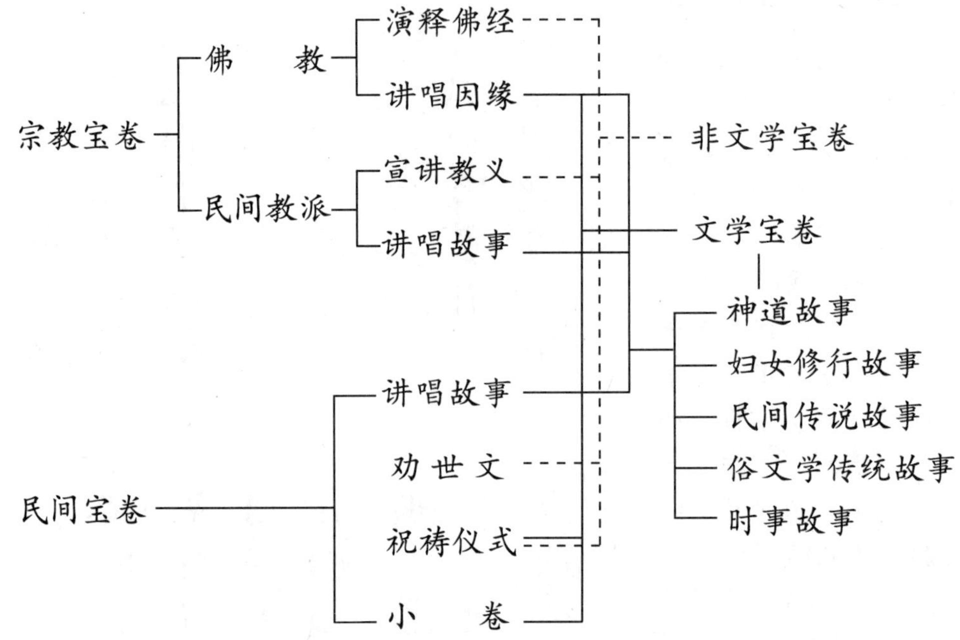

三、民间宝卷的信仰特征及其教化、娱乐作用

宗教宝卷是宗教文化的组成部分，其社会功能是宗教宣传，这方面可作专门研究。以下所述主要是清及近现代民间宝卷的信仰特征和教化娱乐作用，它们体现为这类宝卷内容和艺术上的特点及审美特征。

（一）民间宝卷中的神鬼体系和信仰特征

清及近现代民间宝卷虽然没有明显的宗教归属，但宣讲宝卷仍需结合民间的信仰活动进行。这种活动形式在江浙一带称“做会”，宣卷先生同时是做会的执事。做会分“庙会”和“家会”，而以家会（在民众家中做会）为主。它承袭了宗教宝卷时期宣卷的某些仪式，如做会时要供奉各种神佛到会，做会开始焚香点烛请神佛，然后开始宣讲宝卷；结束时要焚烧神码（供奉的神像）等物送神佛；中间还要应斋主（做会的人家）之请，穿插进行拜寿、破血湖、顺（禳）星、拜斗、过关、结缘、散花、解结等禳灾祈福仪式。现代甘肃念卷的仪式简化了，但开始时念卷先生也要洗手漱口，并带领听众点香拜佛。在这种具有宗教性的民间信仰活动中发展的民间宝卷，必然具有信仰文化的特征。其核心是“善有善报”的果报观念，执行这种果报赏罚的是居于天庭、人间、地狱的众多神鬼。

玉皇大帝［插图 10］是民间宝卷中经常出现的居于天庭的最高神。他是民间信仰和国家观念合流的产物，并被人格化，宝卷中有“玉皇大帝本姓张”的说法。玉皇大帝麾下有众多天兵天将，并同时指挥天上、人间、地狱各路神鬼。民间宝卷中修行向善的“贤人”（正面主人公），最后都受到他的封赏；作恶的人，由他下令惩罚。他的配偶神是王母娘娘，［插图 11］也有很大法力。靖江佛头讲的《三茅宝卷》中，金宝（后来即为“大茅”神）修道成正，不仅得到玉皇

［插图 10］玉皇大帝（河南朱仙镇民间木刻年画）

［插图 11］西王母（王母娘娘，明刊《列仙全传》插图）

[插图 12] 地藏王菩萨（又称“幽冥教主”。清郎园影刻明刊《绘图三教源流搜神大全》插图）

的封赏，王母娘娘也赏他几件宝贝。这对天庭的最高夫妻神没有儿子，只有七个女儿。四姐、七妹耐不住天庭的寂寞，因向往人间夫妻恩爱而下凡人间，这便是《张四姐大闹东京宝卷》和《董永宝卷》中的故事。

民间宝卷中的地狱由阎罗王或地藏王［插图 12］掌管。他们手下有判官、小鬼。地狱是专门惩治恶人的处所，因此阎罗王要由刚直之士担任。旧抄本《阎罗宝卷》中的阎罗王便是历史人物宋代名臣范仲淹。地藏王来自佛教的地藏菩萨。这位菩萨曾发出“地狱未空，誓不成佛”的大愿，但《地藏宝卷》（旧抄本）中的地藏王是惩治恶人的正义之神，他化为疯僧，将陷害忠臣岳飞父子的秦桧夫妇一起捉进地狱受苦。

民间宝卷中的人间神十分纷杂。《灶君宝卷》中的灶神是玉皇大帝封的“东厨司命”，“分布万户，稽查善恶”。玉皇命他“上通天界无阻碍，下达地府个个钦。寿数长短由你判，富贵穷通任你分。加福增禄皆由你，生灾降祸听卿行。”（旧抄本《灶君宝卷》）人们对这位玉皇大帝权威的执行者既敬且畏，于是形成媚灶的习俗。现存各种抄本《灶君宝卷》多达五六十种。近代江浙城镇商品经济发达，城镇市民企望发财，特别礼敬财神［插图 13］，留存各种抄本《财神宝卷》多达 50 余种。甘肃地区贫穷落后，那里的农民只求温饱，还顾不上去发财，所以不传抄《财神宝卷》。

保护一方土地和平民百姓本是土地神［插图 14］的职责，但各地天灾人祸不断，这位神君“失职”，所以除了明末清初民间宗教家编的那部《先天原

[插图 13] 财神接财神（山东平度民间木刻年画）

始土地宝卷》中塑造了一位神通广大的土地爷外，后世民间宝卷中出现的土地爷，多是被揶揄的对象。如清末浙江绍兴抄本《目连宝卷》中的土地爷，庙小无人供献，“小鬼饿得吱吱叫，判官肚里想饱饱”。土地爷搜寻出一件破皮袄，换来半升糙米煮饭，“上头起泡泡，下底结镬（锅）焦”。小鬼气得踢翻泥缸灶跑了，土地爷见和尚尼姑进庙亲热，也跟着跑下山。土地神靠不住，人们转而赞颂那些传统的地方保护神，像上文提到的《猛将宝卷》中的天曹猛将、《仙姑宝卷》中的平天仙姑等。宝卷中这类地方神灵虽都经玉皇赏封升入天界，但却长居人间，保护一方百姓。

几乎所有的民间宝卷中，凡贤人受到厄难，便有神佛来相救或指点，扮演这一角色的经常是太白金星。[插图 15] 如《梁山伯宝卷》（民初上海抄本）中祝英台女扮男妆去求学，受到恶嫂诘难。英台临行前埋下红绫对天发誓：“若失贞操，三尺红绫化为污泥！”恶嫂每天用滚汤浇地，意使红绫速朽；太白金星及时赶来画符其上，使红绫“入土千年不染尘”，保护英台清白。另一位佛教菩萨观世音也经常扮演这一角色。由于民间普遍存在观音信仰，讲唱这位女菩萨的宝卷特多。她是仁慈的化身，在宝卷中总是以宽厚、慈悯的情怀，满足人们的种种祈求。自然，这位菩萨也受玉皇大帝的调遣，《鱼篮观音宝卷》（旧抄本）中，玉皇要惩罚金沙滩的恶人，是她主动向玉皇请行，化为鱼婆，前去劝化。她答应嫁给恶人之首马二郎（临婚突然死亡），将其感化，使金沙滩变成善地。

[插图 14] 土地祠（陕西凤翔民间木刻年画）

上述民间宝卷中所架构的神鬼体系，不是建立在严谨、缜密的宗教观念之上，而是出自实用和功利的目的，出自平民百姓现实生活中的困扰和需求。宝卷引导人们追求的是道德、行为的修养和完善，“去恶扬善”，以调适平民社会人际关系的和谐、社会的安定。而“善有善报，恶有恶报”的判断和赏罚由上述天界、人间、地狱中的各路神鬼来执行。这种善恶的因果报应，又可延伸至前生、来世，作宿命论的解释。这就是民间宝卷中的信仰特征，它使平民百姓暂时摆脱现实生活中的困扰，追求自我道德的完善，把希望寄托于今生的善终或来世的福报，并因而取得心灵的慰藉和生活的信心。

（二）民间宝卷的教化作用和故事模式

宝卷的教化作用可以概括为“劝善”。宣卷先生在开讲宝卷故事前多有此种表白。如江苏靖江县佛头在开讲《大圣宝卷》（讲述佛教高僧泗州大圣的传说故事，据赵松群演唱记录本）前说：

说者《大圣宝卷》一部劝善，弟子宣演。总要先宣朝代帝王，后讲贤人出州。总要讲得有头有尾，有始有终，有苦有甜，有前有后，悲欢杂合；先要讲到苦中之苦，难中之难，然后讲到修仙成正，登山显灵，流芳百世，方成宝卷一部劝善。

[插图15] 观音和太白金星（清初刊经折本《观音戒文经》卷首插图）

宝卷以劝善为目的，善恶的标准是什么？这在许多宝卷中都有说明，如《灶君宝卷》中说：

善者烧香并念佛，持斋吃素诵经文。
敬重佛天共三宝，斋供僧尼俗道人。
孝顺公婆并父母，敬重邻房叔伯亲。
弟兄竭力相谦让，夫妻和睦不相争。
翁姑姐妹常侍奉，官法遵依不敢轻。
常行善心皈三宝，日日时时发善心。
佛殿钟楼廊庙坏，并不推却逆半分。
修桥铺路行方便，发心布施造完成。
渴施凉茶开泉井，厨中粥饭救饥人。
十二时辰行方便，更兼老少济贫人。

旧抄本《地藏宝卷》中说：

一要敬重天和地，二要堂前孝双亲，
三要人伦安守分，四要戒杀不贪荤……

宝卷所阐述的这类“善行”归纳起来就是：敬天地、尊神佛、尚礼仪、守国法；孝敬父母、家庭和睦、敬重邻里、救济贫困、广行善事。它们是封建社会中平民百姓世代相传并遵循的道德、行为准则。在宝卷中，它们又通过那些善恶果报和宿命论的故事来体现。这种信仰教化模式，也使宝卷的形式、故事结构形成较为固定的模式。

宝卷开始有“开卷偈”，交代宝卷的名称，表示对听卷人的祝福，也结合本卷故事宣讲劝化之意。它由七言韵语组成，如：

《游龙宝卷》初展开，一心恭敬念如来。

闲言杂语休提起，家中杂事尽丢开。
静心端坐听宣卷，能消八难免三灾。（旧抄本《游龙宝卷》）

阿弥陀佛念起来，大众尽心坐定身。
静心端坐听宣卷，福也增来寿也增。
□宣《节义卷》中字，一一从头细谈论。
善恶分明无差误，是有皇天判断明。（清光绪庚子新刻《节义宝卷》）

宝卷故事开始先要宣“朝代帝王，贤人出州”，即交代故事发生的时代、地点。在江苏靖江说书化的“讲经”中，这要尽量渲染一番的，称作“宣朝代”，一般宝卷也要交代至“某朝、某代（皇帝）、某州（府）、某县、某村”。如此详细而确定的交代，意在表明这是一个“真实”的故事，让听卷人把它当作“真人真事”来对待。宝卷的结尾要对卷中人物的结局一一重复交代清楚，以明果报不差。在江浙宝卷中，这一段称作“大叙团圆”（或作“大集团圆”）。如清末绍兴抄本《目连宝卷》的“大集团圆”：

傅相为人多行善，身骑白马早上天。
刘氏后来多作恶，奔了地狱堕九泉；
多亏罗卜来超度，变为天狗也上天。
罗卜、益利同修道，封为从神地藏王前。
曹老爷为官清正，到了西天上品天。
曹小姐修得功成满，身坐五色九品莲。
刘二劝姐多作恶，阴司受苦实可怜……

在这头、尾之间，是一个“有苦有甜”“悲欢离合”的故事。它们也有较固定的模式：故事中的“贤人”（正面主人公），或是天上的星宿（或仙人）因违背天条或其他因缘，谪降人间；或因前世造下某种冤孽，再来人间。贤人在人间有种种不如意处（如贫穷破家、遭迫害、婚嫁不幸、无子等等），受尽“苦中之苦，难中之难”。但他们发心向善，广行善事；或立志修道拜神（佛），逆来顺受……在他们危难之际自有神明（太白金星或观音菩萨）前来搭救指点，或者暗中加护，因而出现转机。在贤人苦难中，还要安排一个夜晚，让他们唱[五更调]（或［哭五更]）尽情抒发苦情，那唱词当然是“怨而不怒”的。贤人受苦，自有恶人作恶，他们的恶行也得到描述。最后，贤人苦尽甘来，得到善果，恩及父母，泽及子孙，享受荣华富贵；或修道成神、成仙，得到玉皇的封赏。有的作恶之人在贤人的感召下改恶向善，也可善终；怙恶不悛，则要受到严厉惩罚，且殃及来世，变作畜生。

近现代宝卷改编俗文学传统故事和时事故事，也多按照这一信仰教化模式进行。

（三）民间宝卷的娱乐功能

民间宝卷的娱乐功能同它的信仰特征、教化作用结合在一起。上文已介绍，宣卷（念卷）就其本质来说是一种民间信仰活动，宣卷的场所被称作“佛堂”（或“经堂”）。听众总是带着虔诚的信仰情怀去听宣卷的。至今甘肃河西走廊农村中，有些老农民还跪着听念卷，对犯有某种过失的青年晚辈，可选择相应教化意义的故事宝卷让他们来跪听。听卷者对宝卷中善恶报应故事深信不疑，他们为宝卷中的贤人受苦而悲，为贤人苦尽甘来而乐。因此，宝卷同一般民间说唱文艺不同，它首先是满足听众的信仰情怀，使他们在感情上得到慰藉，由“动人”而“娱人”。

宝卷的演唱形式也配合了听卷者信仰情怀的抒发。它让听卷者参与宝卷的演唱，这种特殊的形式称作“和佛”（北方念卷或称“搭佛”“接佛”）。和佛的形式在前期佛教宝卷中已形成。其方式是唱词句尾，宣卷人将末字拖腔，听卷者齐声接唱并合唱佛号。如苏州宣卷“请佛”时的和佛：

一请我佛牟天君，（和：君——阿弥陀佛）
二请玄坛赵将军。（和：军——弥陀南无佛，阿弥陀佛）

江浙民间宣卷演唱曲调丰富，各种曲调和佛的形式不一。有的和佛可以成为一个独立的乐段，听卷者合唱佛号，情绪热烈，如靖江讲经“打唱莲花”时的和佛。北方念卷和佛比较简单，如山西介休县民间念卷“搭佛”，每一句唱词末尾，听卷人搭唱一句“阿弥陀佛呼儿王”。这种听唱者当场参与演唱的形式，

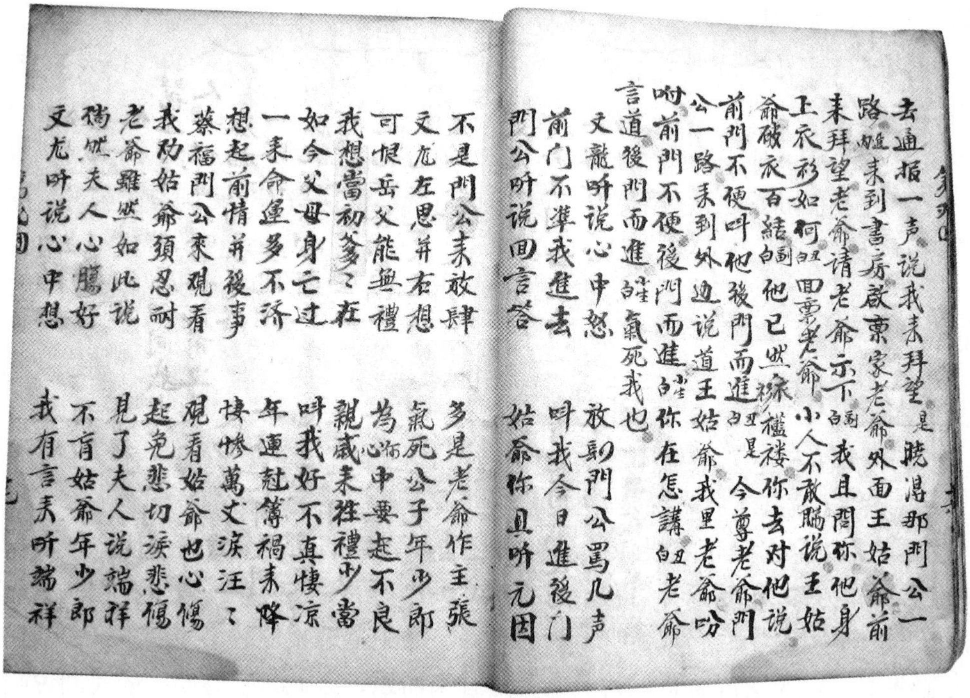

[插图 16]《双金花宝卷》(清末上海地区抄本)

在其他民间说唱文艺中是没有的。它使听卷众人同宣卷先生的演唱密切配合，精神亦处于兴奋状态，听卷人的心灵同宝卷故事人物的悲欢离合融为一体，身心得到充分愉悦。因此，尽管许多宝卷都是雷同的故事，听卷人也不止听过一次，但每次听卷都使他们激动不已。

近现代民间宝卷大量改编弹词、鼓词等说唱文艺的传统故事，同时也借鉴它们的艺术形式，注意人物和细节的描写；江浙“书派宣卷”在卷本上甚至仿照代言体弹词“出角色”，丰富艺术表现力，增加其娱乐性。如清末民初上海宣卷艺人抄本《双金花宝卷》[插图 16]，此卷述王文龙、王文虎两兄弟的婚姻故事。卷中王文龙赴京应试，行前想到岳父家借盘缠。妻子蔡氏深知父亲嫌贫爱富，对文龙说：“我家爹爹多势利，只恐怕刻薄我夫太无情。”文龙心存希望，来到岳父家：

那文龙行走，来到蔡府，叫道："门上有人么？"（丑白）"[引]我做门公正命穷，日日夜夜打瞌虫。我道是谁？原来王姑爷到来，门公蔡福有礼。"（小生白）"门公少礼。我且问你：你家老爷在府否？"（丑白）"我家老爷在书房看书。"（小生白）"烦你进去通报一声，说我来拜望。""是，晓得。"那门公一路进内，来到书房："启禀家老爷，外面王姑爷前来拜望老爷，请老爷示下。"（副白）"我且问你：他身上衣衫如何？"（丑白）"回禀老爷，小人不敢瞒说，王姑爷破衣百结。"（副白）"他已然衣衫褴褛，你去对他说：前门不便，叫他后门而进。"（丑白）"是，今尊老爷。"门公一路来到外边，说道："王姑爷，我里老爷吩咐：前门不便，后门而进。"（小生白）"你在怎讲？"（丑白）"老爷言道，后门而进！"（小生白）"气杀我也！"

文龙听说心中怒，放肆门公骂几声：
"前门不准我进去，叫我今日进后门。"
门公听说回言答："姑爷你且听元因，
不是门公来放肆，多是老爷作主张。"
文龙左思并右想，气死公子年少郎：
"可恨岳父能无礼，为何心中要起不良？
我想当初爹爹在，亲戚来往礼少当。
如今父母身亡过，叫我好不真凄凉。
一来命运多不济，连年尅簿祸来降。"
想起前情并后事，凄惨万丈泪汪汪。
蔡福门公来观看，观看姑爷也心伤：
"我劝姑爷须忍耐，切免悲切泪悲伤。
老爷虽然如此说，见了夫人说端详。
倘然夫人心肠好，不忘姑爷年少郎。"
文龙听说心中想，我有言来听端详：
"门公吓！
你不该剥我面皮来直奏，羞耻我身好悲伤！"
蔡福苦苦来相劝，相劝公子少年郎：
"你今同我后门进，蔡福言来听端详。"

（丑白）说道："姑爷不要悲切，同我进了后门，见了夫人再做道理。（小生白）"如此，前边带路。"

上述这段说唱中，对王文龙的心理刻画细微，门公在"老爷"面前唯唯诺诺，"老爷"嫌贫爱富的情态都写得真切传神。它出了"角色"，宣卷先生在演唱时，要模仿不同人物的声口，与弹词演唱无异。

四、现代民间宝卷的衰微

现代民间宝卷的衰微自20世纪40年代已经开始。进入50年代，由于各种政治运动的冲击，做会宣卷被认为是封建迷信活动，在大部分流传地区迅速消失了。除了上述原因，宝卷及其演唱活动本身也有许多局限。

作为一种民间说唱文艺形式，由于其特殊的信仰教化模式，使它长期以来不能摆脱"照本宣扬"的演唱形式和与之共存的民间信仰活动，不能进入公众娱乐场所演出，同其他民间演唱文艺进行广泛的交流和竞争，而这正是传统民间演唱文艺存在和发展的必由之路。即使把宝卷放到民间演唱文艺园地中，让它去同其他演唱文艺交流和竞争又会如何呢？近现代江浙宣卷艺人做了这方面努力：一是"书派宣卷"的出现，向江南弹词靠拢，使之说书化；一是"化装宣卷"，向地方小戏靠拢，使之戏曲化。但是，宝卷特有的信仰教化模式又使它背负着先天不足的重担，无力与其他民间演唱文艺竞争，最后还是回到佛堂、庙会中，为这些民间信仰活动增加一些娱乐性。个别情况也是有的。在没有其他地方性戏曲竞争的杭州地区，20世纪30年代产生的化装宣卷"武林班"留存下来，50年代经过发掘和推广，定名为"杭剧"。而在这发展演化的过程中，它的演唱形式和演唱的作品，已有了"脱胎换骨"的改造，最终脱尽了宝卷的信仰教化色彩，只剩下渊源上的一点关系。

20世纪80年代开始，在甘肃河西走廊、江浙吴方言区和山西介休等地的部分农村中，做会宣卷（念卷、讲经）活动曾得到迅速地恢复和发展。20年后，它们存在和活动的空间又在不断缩小，听众主要是老年的农民和妇女。青年人的娱乐要求多样化，他们更愿接受影视艺术和其他流行文艺（如流行歌曲），不愿再坐下来高唱佛号听宝卷了。作为一种流行的民间说唱文艺，它的衰微是难以避免的。但是，在这些地区的民间宣卷活动，已经纳入新的民间信仰活动体系，不可能迅速消亡。本世纪以来，上述地区已经把当地的民间宝卷列入“非物质文化遗产”的抢救、发掘和保护计划。

中国宝卷已延续发展近800年的历史，它的曲折发展历程和留存的大量卷本，为多角度、多层面研究中国宗教和民间信仰文化史、中国俗文学（民间文学）的发展所提供的信息，是其他任何一种传统民间说唱文学所不能比拟的。

第二章 宝卷文献的几个问题

中国宝卷是至今尚未被充分发掘、整理、研究的一大宗民间文献，是继敦煌文献之后，研究宋元以来中国俗文学、宗教（特别是明清民间教派）、民间信仰、农民战争、民间语文等多方面课题的重要文献。近800年来，中国宝卷在特殊的民俗文化背景中产生、演化、流传，因此，宝卷文献同一般古籍有许多不同之处。

一、宝卷的名称和命名方式

宝卷是此类文献的通称，明王源静补注《巍巍不动太山深根结果宝卷》中释其名义云："宝卷者，宝者法宝，卷乃经卷。"[1] 有时则简称"卷"，如《目连卷》（《目连宝卷》）。除宝卷外，还有其他一些名称，用于某些特殊的宝卷，或在某些特定情况下使用。

（一）科仪、宝忏、科

"科仪"、"宝忏"之名最早是道教经卷所用。道教徒将其道场威仪（道士斋醮所行科范仪式）称"宝忏"，或"科仪"。唐代佛教徒开始使用这一名词，如初唐释玄嶷《甄正论》卷2说，道教"科仪严密，不谢佛教"。[2]

佛教徒采用大乘经典中的忏悔、礼赞内容而成"忏法"。唐宋以下佛教忏法大行，这类经卷的名称不一，有"佛偈""赞""仪赞""忏仪""忏法"等。[3] 南宋释宗镜编《金刚科仪》，演释姚秦鸠摩罗什译《金刚般若波罗密多经》（简称《金刚经》）。明刊沙门觉连重集的《销释金刚科仪会要注解》释"科仪"云："科仪者，科者断也，禾得斗而知其数，经得科而义自明。仪者法也。佛说此经为一切众生，

[1] 见王见川、林万传编《明清民间宗教经卷文献》，台北：新文丰出版社，1999，第一册，页773。

[2] 见《大正新修藏经》（影印本），第52册，页567上。

[3] 参见（日）泽田瑞穗《增补宝卷の研究》（日文，东京：国书刊行会，1975）第一部《宝卷序说》第二章辑《续藏经》"礼忏部"所收38种北魏至明代的佛教忏法书。

断妄明真之法，今科家将此经中文义事理，复取三教圣人语言合为一体，科判以成篇章，故立科仪以为题名。”[1] 其实，从这部“科仪”的形式上看，它是佛教“忏法”和俗讲“讲经”相结合的产物。它将讲经过程仪式化、格式化，借名为“科仪”。

明代的民间教派，特别是弘阳教、黄天道，也特别注重在道场仪式中宣扬教理和修持，它们的这类宝卷多称“宝忏”，如弘阳教的《混元弘阳明心宝忏》及黄天道的《普静如来钥匙宝忏》（包括五种“宝忏”）。这类“宝忏”形式上多模仿佛教忏法，与《金刚科仪》形式差别很大。

清及近现代江浙民间“做会宣卷”活动仪式佛、道混杂，其用于祝祷仪式的一些卷本也称“科仪”，短小者也称“科”，如《斋天科仪》《庆（请）王科仪》《度关科》《发香科》等。这些仪式卷同民间宝卷形式也不同，与某些佛、道教的“科仪”（或忏法）同名，但内容则有差异。

（二）经、真经、妙经、宝经［插图 17］

民间宗教家视其宝卷为经典，因此许多宝卷也称作“经”；在教派纷呈、宝卷众多的情况下，则强调其宝卷至真（文献中多称为“骨髓真经”）、至宝、至妙，于是又有“真经”、“宝经”、“妙经”之类名称，如《佛说地狱还报经》《弘阳妙道玉华随堂真经》《古佛天真考证龙华宝经》《佛说镇宅龙虎妙经》等。许多民间教派宝卷简名也称“经”。

（三）宝传、传

一般用于神道人物传说和宗教祖师传记类宝卷，如《韩祖成仙宝传》《何仙宝传》《七真天仙宝传》，也可简称为“传”。这类“宝传”多是清代民间教团人士编写，形式上则利用当时民间宝卷的说唱形式。

（四）古典（或作“故典”）、古迹、妙典

这是近现代江浙民间宣卷中某些宝卷用的名称，如《西瓜古典》（即《西瓜宝卷》）、《狗吃屎骂爷娘故典》（即《希奇宝卷》）、《显应古迹》（即《显应桥宝卷》）。这类名称来自民间俗语，意即古老的故事。个别宝卷偶用“妙典”，

[1]《续藏经》，上海：涵芬楼（商务印书馆）影印本，1923，第一编经部第92套第二册，页119A。

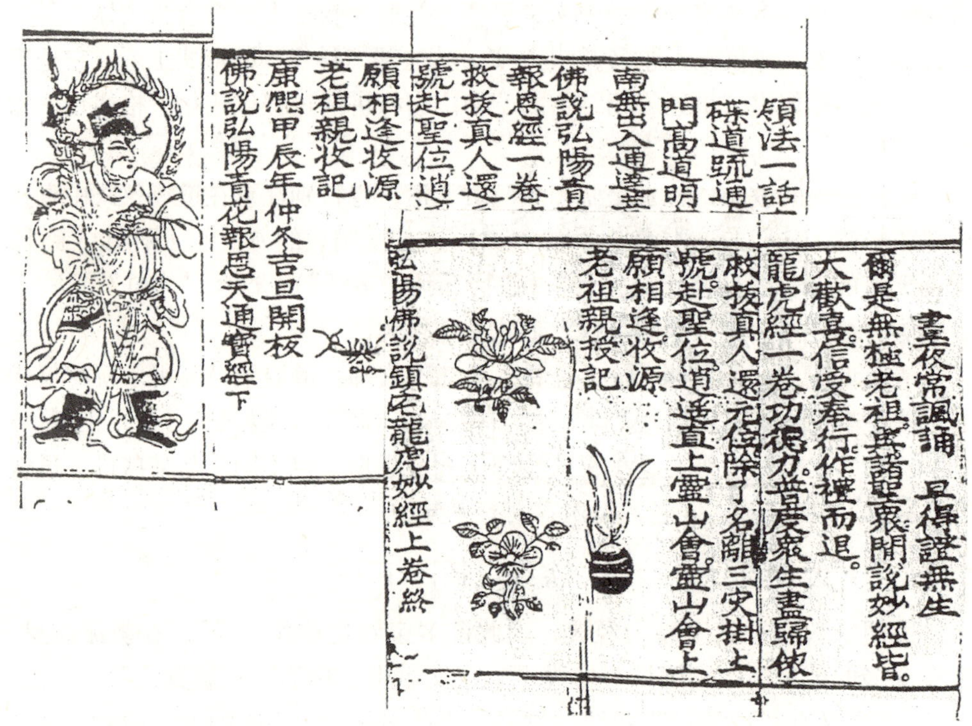

領法一話
礫道蹤通
門高道明
南無出入通達
佛說弘陽青
報恩經一卷
救拔真人還
號赴聖位逍
願相逢收源
老祖親收記
康熙甲辰年仲冬吉旦開板
佛說弘陽青花報恩天通寶經下

晝夜常諷誦　早得證無生
爾是無極老祖。與諸聖衆聞說妙經。皆
大歡喜。信受奉行。作禮而退。
龍虎經一卷功德。力普度衆生盡歸依
救拔真人還元位。除了名離三灾掛上
號。赴聖位逍遙直上靈山會。靈山會上
願相逢。收源
老祖親授記
弘陽佛說鎮宅龍虎妙經上卷終

[插图 17] 红（弘）阳教《弘阳佛说镇宅龙虎妙经》《佛说弘阳青花报恩天通宝经》（清初刊经折本）

则显示其内容的秘、妙，如江苏靖江佛头做“延生明路会”演唱的《铺堂宝卷》，亦称《铺堂妙典》，是一种仪式用宝卷。

（五）偈、偈文

“偈”这一名称借自佛教，指用于祝祷仪式的歌曲，或某些源于民歌小曲的“小卷”。前者如《请佛偈》《上茶偈》《十炷蜡烛偈》《八仙上寿偈》，后者如《许仙游春偈》。也可称“偈文”，如《散花偈文》。它们的唱词大都是七言上、下句体，下句押韵，但不限于四句。

以上是各个时期宝卷的不同异称。

宝卷的命名方式也有规律和特征。明清民间教派的宝卷多仿照佛、道经典，据宝卷的意旨、功用等构成一项很长的卷名，如《皇极金丹九莲正信皈真还乡宝卷》。大多数民间教派倚称佛教，其宝卷在卷名前仿照佛典冠以“佛说”，表示为“佛”亲自“说法”，如《佛说道德运世忠孝报恩宝卷》《佛说二十四孝宝卷》，有的则冠以“弥勒佛说”，如《弥勒佛说地狱十王宝卷》。有些民间教派倚称道教，则仿道经在卷名前加“元始天尊说”，如《元始天尊说真武修行宝卷》。有的民间教派宝卷卷名前冠以“销释”，表示为经典的解说，如《销释授记无相宝卷》。有的民间教派把教名冠于宝卷名中，明代弘阳教的宝卷多如此，如《混元弘阳悟道明心经》。清代前期北方的民间宝卷也沿袭教派宝卷冠名“佛说”的方式，如《佛说高唱游龟山蝴蝶杯宝卷》等。

清及近现代民间宝卷中的文学故事宝卷，多以故事和主人公的名称作卷名，如《红灯宝卷》《梅英宝卷》《张四姐大闹东京宝卷》。改编俗文学传统故事的宝卷，多袭用原名，如《珍珠塔宝卷》《二度梅宝卷》。清末民初江浙及各地善书局、经房整理刊印的宝卷，多将宝卷主人公的籍贯或故事发生的时间、地点等加在卷名中，构成一个很长的卷名，如《湖广荆州府永庆县修行梅氏花鞆宝卷》《大明嘉靖江苏苏州玉蜻蜓宝卷》，这类卷名多放在卷首。

许多宝卷有众多的异名（包括简名、又名等），这是宝卷命名的特殊现象。造成这种现象的原因很多：

（一）明清民间教派多处于不合法的地位，它们重印或抄传前代的宝卷便常常更改卷名，或用简名，或用一些似是而非的卷名，如明万历年间兰风、王源静注释的罗梦鸿《五部六册》（“开心法要”本），后来被冠以《金刚般若经注释全集》一再重印［插图 18］；民国时期泰东印刷局排印线装本《皇极金丹九莲正信皈真还乡宝卷》，被冠以《武当山玄天上帝经》；民国十六年（1927）杭州一善堂重刊《普静如来钥匙宝卷》，卷首题《普静如来钥匙古佛通天六册》，书口题《普静卷》。

（二）文献记录的明清民间教派宝卷多用简名或异名，如明嘉靖七年（1528）刊《销释金刚科仪》卷末题记附载的宝卷目录，共出宝卷 16 部，全部用的简名。又如清代查办“邪教”档案中提到的宝卷名目，也多用简名或异名。

（三）宝卷“开经偈”和“结经”部分的唱词中，例要出现宝卷的名称。这类唱词是七字句，这样便只能用简名，如《福国镇宅灵应灶王宝卷》，便作《灶王宝卷》或《灶王卷》，《珍珠塔宝卷》改作《珠塔宝卷》。后期的文学故事宝卷在这些地方有时会改用一个双音节的异名，如《何文秀宝卷》改作《恩怨

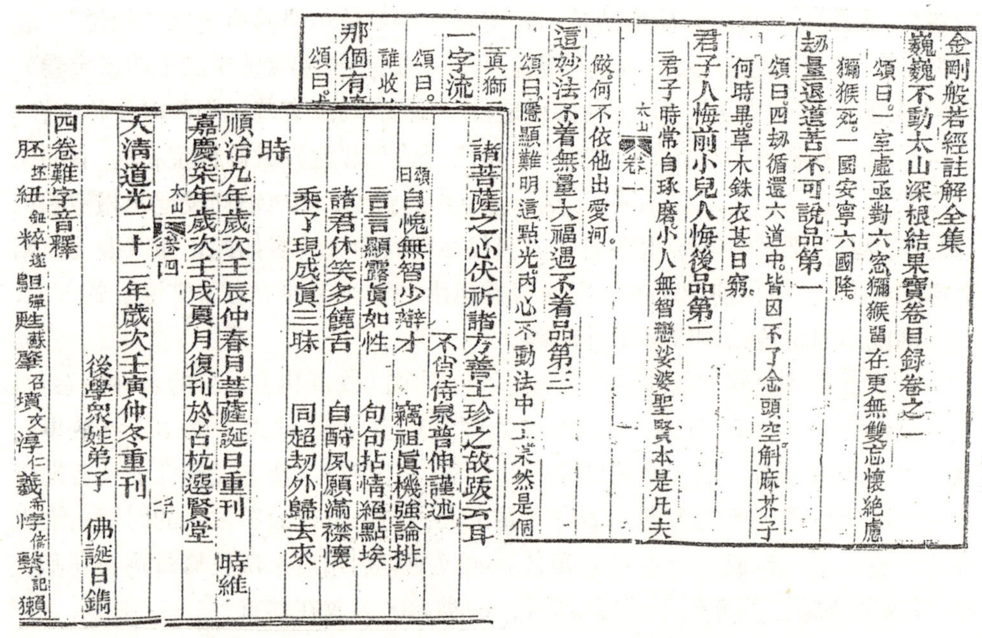

[插图 18]“开心法要”本《五部六册》曾以《金刚般若经注解全集》名义被一再翻印(清道光二十二[1842]年重刊本)

宝卷》。

(四)清及近现代江浙民间宣卷艺人演唱的文学故事宝卷,往往在情节上稍加变动而用一个不同的卷名以标新立异,他们的手抄本宝卷异名相当多。

由于以上种种原因,造成不论前期的宗教宝卷还是后期的民间宝卷,都存在着“同卷异名”的问题,特别是一些流传广、影响大的宝卷,异名更多。如民间教派宝卷《皇极金丹九莲正信皈真还乡宝卷》的简名和异称,有《皇极经》《皇极宝卷》《皇极宝卷真经》《皇极还乡经》《皇极金丹九莲宝卷》《九莲经》《九莲正信宝卷》《九莲如意皇极宝卷真经》《金丹九莲经》《金丹九品正信归真还乡宝卷》等。又如后期的文学故事宝卷《何文秀宝卷》的异名有《恩怨宝卷》《四喜宝卷》《双恩宝卷》《贤良宝卷》《贞烈宝卷》《妙莲宝卷》《文秀宝卷》等。众多的异名、简名,有时又会同其他宝卷重名,造成“同名异卷”的问题。比如清代后期真空教的《报恩宝卷》,便同明代还源教的《报恩宝卷》(全称《归家报恩宝卷》）无涉；清光绪三十三年（1907）金陵一得斋刊《叹世宝卷》，便同明罗梦鸿《五部六册》的《叹世无为卷》（简名《叹世宝卷》）无涉。又如后期流传较广的《红罗宝卷》和《猛将宝卷》，均有异名为《晚娘宝卷》。

宝卷命名的这种复杂情况，增加了宝卷著录、整理工作的难度，研究者在使用宝卷文献时，也应注意到这一情况。

二、宝卷的版本、流通和作者

除了在宗教和民间信仰活动仪式过程中演唱宝卷外，宣卷活动的特点是照卷本"宣扬"。即使是前者，宝卷也被视为"经典"，演唱者不能随便更改演唱文本。因此，700 多年来留下了大量的卷本，其版本有手抄本、印刷本（包括木刻、石印、铅字排印本），而尤以手抄本为多。

最早的宝卷卷本大概都是手抄本。如元末明初抄本《目连救母出离地狱生天宝卷》中说："若人书写一本，留传后世，持诵过去，九祖照依目连，一子出家，九祖尽生天。"这种以抄写宝卷为善行功德的观念，对后期民间宝卷的传播有很大影响。

明代前期民间佛教的宝卷，文献中虽留有 20 几种卷名，但卷本留存极少，有传本的也大都是后世的刊本，且经后人修改整理。明正德以后到清康熙年间民间教派宝卷留存较多，总数 200 多种，基本上都是木刻本，其中绝大多数又是仿照佛、道经典形式的大字经摺本，少数为线装方册本和手抄本。明正德四年（1509）无为教祖罗梦鸿的《五部六册》首刊。据《三祖行脚因由宝卷》载：《五部六册》[彩图 1] 的出版，得到太监张永和魏国公、党尚书的支持，并推荐给正德皇帝"御览"："五部宝卷开造印板，御制龙牌助五部经文，颁行天下，不得阻碍。"这种说法虽难以证实，但自《五部六册》以下，各民间教派刊印的宝卷卷首，在神像之后即为三面"龙牌"[彩图 2]：右题"皇图永固，帝道遐昌，佛日增辉，法轮常转"；居中者题"皇帝万岁万万岁"，这几个字有的是用泥金书写印在深蓝色纸上，再贴上去；左面一个标为"御制"："六合清宁，七政顺序……"。卷末有"书牌"和护法神像 [彩图 3]。这类宝卷大都是信众捐资助刊。有的教派，如西大乘教、弘阳教，得到后妃太监、王公贵族的支持，由皇家内经厂印制宝卷，并颁发各大寺庙。其印制豪华富丽，梵箧装，与内经

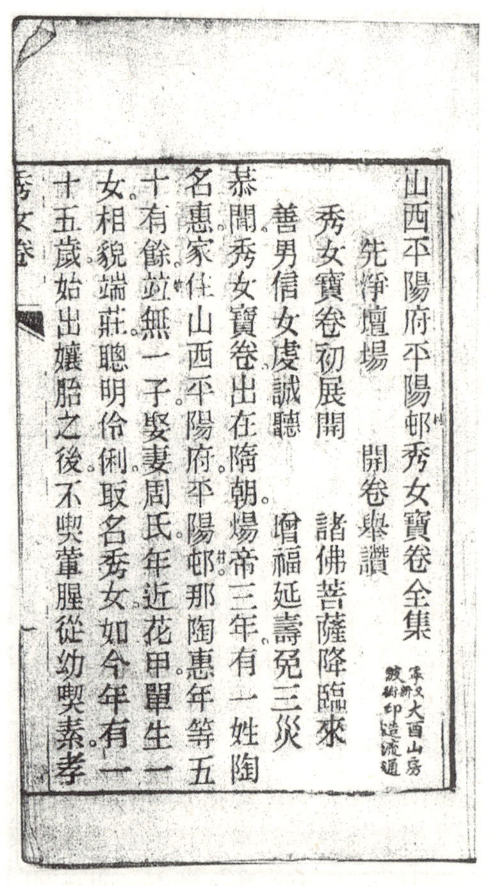
山西平陽府平陽邨秀女寶卷全集
先淨壇場　開卷舉讚
寧波大酉山房敬謝印造流通
秀女寶卷初展開　諸佛菩薩降臨來
善男信女虔誠聽　增福延壽免三災
恭聞秀女寶卷出在隋朝。煬帝三年有一姓陶
名惠家住山西平陽府。平陽邨那陶惠年等五
十有餘。並無一子。娶妻周氏年近花甲單生一
女。相貌端莊。聰明伶俐。取名秀女如今年有一
十五歲始出孃胎之後不喫葷腥從幼喫素孝
秀女卷

［插图 19］《山西平阳府平阳邨秀女宝卷全集》（即《秀女宝卷》，清光绪三十四年杭州玛瑙经坊刊本。此本是宁波大酉山房借版“印造流通”本。清末民初江浙有民间教团背景的书坊，经常互相借版翻印宝卷。）

厂印制的藏经无甚区别。民间教派的刊本宝卷，都是向民众布道用的。各教派内部的核心机密，也编成宝卷，这类宝卷仅以手抄本的形式在教内少数人中传承，如明末龙天教的《家谱宝卷》。这类手抄本宝卷留存极少。

清康熙以后，政府严厉镇压邪教，追索它们使用的经卷并予销毁，各地秘密布道的教团传抄和刻印的宝卷，留存下来的很少。咸丰以后，有些教团以温顺、劝善的面貌出现，也从事整理、刻印宝卷，江浙一带曾大量刻印宝卷的杭州和苏州玛瑙经房及杭州慧空经房、上海的翼化堂善书局、常州的乐善堂和培本堂、南京的一得斋，及各地的善书局，大都有民间教团的背景。他们主要刊印一些宣扬因果报应修行故事宝卷及祖师传记、劝世文之类的宝卷，并且经常是互相翻板重印，乃至借板印刷。如《秀女宝卷》（杭州玛瑙经房光绪三十四年刊）［插图 19］、《妙英宝卷》（苏城玛瑙经房光绪十六年刊）、《观音十二圆觉》（上海翼化堂善书局宣统元年新刻）、《蓝关宝卷》（上海翼化堂善书坊光绪甲午重刊）、《关圣玉律经宝卷》（常州宝善书庄光绪乙巳刊）、《惜谷宝卷》（苏州得见斋光绪十三年新刊）、《何仙姑宝卷》（金陵一得斋光绪庚寅刊）［插图 20］等。这些宝卷的印行，多采用集资助刊、免费发放的流通方式，如民国八年（1919）上海大丰善书刊行所石印《针心宝卷》（即《真修宝卷》）卷末附“宝卷流通八法”：乐善流通、祈福流通、忏悔流通、吉庆流通、赞赏流通、劝诵流通、馈送流通、传播流通。这“八法”实即集资助刊流通，这部宝卷即江苏盐城的“同善社”出资印的。清末及民国间有些教团与明清民间教派有渊源关系，也翻刻过一些明清民间教派宝卷。特别是罗梦鸿的《五部六册》，清及民国年间翻刻和铅印（也用大字经折装）在30种以上。

清及近现代民间宝卷多为手抄本。江浙民间宣卷艺人使用的宝卷，绝大多数为师徒传抄，也有个别“奉佛弟子”编写、抄录，或供个人阅读，或送宣卷人去“宣扬”，如传世抄本《天仙宝卷》末署“光绪壬寅（二十八年，1902）尤轮香抄录，送杨锦铭宣扬”。现存江浙民间宝卷的抄本，最早可见清康熙、乾隆、嘉庆时抄本，道光以后便多起来，最多的是同治、光绪及民国间的抄本，这同江浙宣卷逐渐发展的规模有关。同时，艺人使用的抄本宝卷每次演唱都要翻阅，易于破损，年代久远的本子就难以保存下来。清末及民国间江浙宣卷活动的商业性比较明显，用众多的异名，如上面提到的《何文秀宝卷》，清末苏州宣卷先生的抄本《凤春宝卷》（又名《龙凤锁宝卷》《金凤宝卷》等）[插图21]。北方念卷流行地区，民众以抄传宝卷为功德，互相借抄宝卷十分普遍。最早的民间手抄本是明末的《佛说王忠庆大失散手巾宝卷》。各地也收藏一些清代前期和嘉庆、道光年间北方的民间宝卷抄本。当代甘肃河西走廊搜集到的民间抄本宝卷则多为七八十年代的新抄本，已见最早的本子是清光绪年间的抄本。

[插图20]《何仙姑宝卷》卷首插图（清光绪庚寅金陵一得斋刊本）

民国以后，江浙地区上海等城市中出现以印售宝卷为业的印书局，如上海的文益书局、文元书局、惜阴书局，杭州的聚元堂书庄，宁波的学林堂书局、朱彬记书局，它们所印行的主要是据俗文学传统故事改编的宝卷。它们用石印技术（少量是铅字排

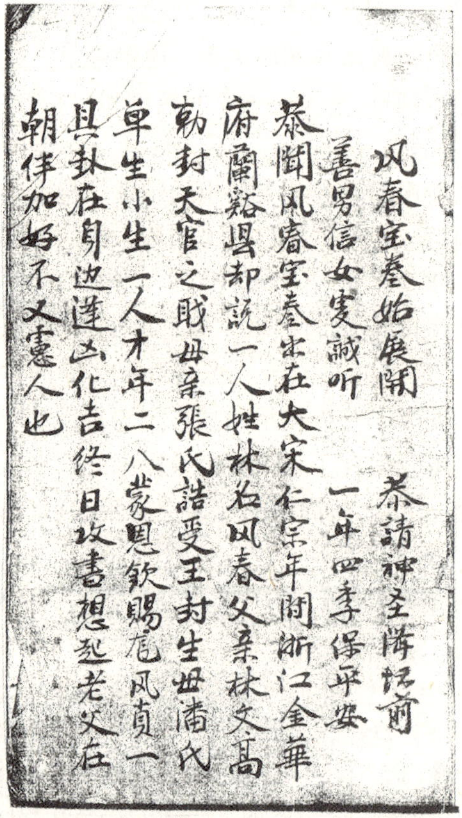
风春宝卷始展開 恭請神圣降臨前
善男信女虔誠听 一年四季保平安
恭聞风春宝卷出在大宋仁宗年間浙江金華
府蘭谿県却說一人姓林名风春父亲林文高
勅封天官之職母亲張氏誥受王封生母潘氏
单生小生一人才年二八蒙恩欽賜應风貢一
具卦在身边逢凶化吉終日攻書想起老父在
朝伴加好不又憲人也

[插图 21]《凤春宝卷》(清末苏州地区抄本)

印）大量印刷宝卷，作为俗文学读物发售到各地，社会需求量大的宝卷，都被一再重印和互相翻印。

宝卷文本所用的语言，基本上是宋元以来形成的白话。这也是宋元以来记录整理各地民间口传文学（说唱、小曲等）和改编创作通俗文学读物（包括其他通俗读物）共同使用的书面文学语言。由于宝卷要“照本宣扬”，用方音口头演唱，所以也使用一些方言词语，特别在唱词中的押韵部位，这可作为鉴定宝卷产生地区的标志之一。清代后期，江浙吴方言区出现方言文学，造了一些吴方言专用字。与之相应，也出现一大批用吴方言书写的宝卷文本。

以上是中国宝卷版本和流通的基本情况。关于宝卷的版本尚有两个问题值得注意。一是明清民间教派刻印的宝卷版本常有托古作伪的现象，其原因同民间教派多处于不合法地位有关，或假托古人，以增加其权威性。如明刊《佛说杨氏鬼绣红罗化仙哥宝卷》，其目录后题有“依旨修纂，颁行天下，崇庆元年岁次壬申长至日”、“至元庚寅新刊，金陵聚宝门外圆觉庵比丘集仁捐众开雕”[插图 22] 等题识。“崇庆”系金卫绍王年号，崇庆元年为公元 1212 年，“至元庚寅”系公元 1290 年。据这些题识，这本宝卷应是金编元刊，但题识中的“聚宝门”是明初朱元璋所建南京新城的城门，即今中华门，则本卷为明代所刊无疑。[1] 其二，民间的宝卷抄本多为粗通文字的人传写，其间错别字（特别是方言同音假借的字）、简体字、

[1] 参见拙文《中国最早的宝卷》，载《中国文哲研究通讯》，台北：第6卷第3期，1996年9月。

异体字特多，也有一些特殊的惯用字，如江浙抄本宝卷中“头”字多作“豆”（方言同音），“仙”写作“仸”或写作“僊”，“贤”写作“賢”等。这方面的情况，可作民间语文的研究。

不论民间教派的刊本宝卷还是民间流传的抄本宝卷，一般均不署作者（或改编者）姓名，所以各种宝卷的作者一般都难以考实。

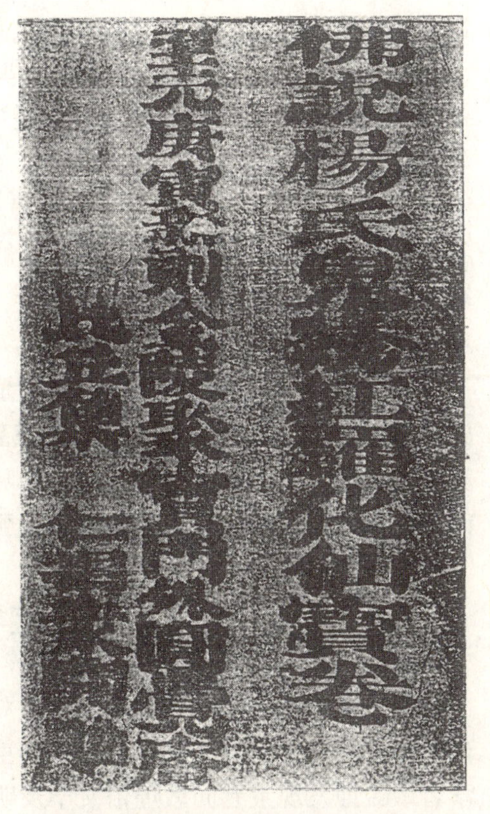
佛說楊氏鬼綉紅羅化仙寶卷

[插图 22] 明刊《佛说杨氏鬼绣红罗化仙宝卷》扉页（据马西沙《最早一部宝卷的研究》转载）

明代各民间教派创教祖师所编的宝卷，如无为教罗梦鸿的《五部六册》、弘阳教韩太湖编的《弘阳五部经》，都是由祖师口授、信徒记录整理的。这种情况在这些宝卷或其他宝卷文献中可以考查，能知其作者。有的宝卷中编卷人也会用暗语作些交代，如明黄天道《销释白衣观音送婴儿下生宝卷》第二十四品，写卷人自述：“俺师徒留宝卷中心绝叹，师傅恩父母恩一样相同；口天留《白衣卷》与母开道，培（陪）小心一十一忠孝笔宗。”“口天”为“吴”俗字，“一十一”为“王”字，可知编这部宝卷的师徒分别姓吴和王。清代政府镇压民间教派，各教团中人（多为教主）编写出版的宝卷也不署名，偶署别号也多作假托，如青莲教（先天道）的《观音济度本愿真经》，卷首既有署为“永乐丙申岁六月望日书”之《观音古佛原叙》，又有“大清康熙丙午冬至后三日广野山人月魄氏沐手敬书于明心山房”之叙文，叙中编造了他在“普陀朝元洞灵通寺”得此“真经”，并且由梵文译写刊行的话头。其实这位“广野山人月魄氏”即这部宝卷的作者，他是道光年间青莲教教主彭德源。[1] 总起来看，能

[1] 参见本书第五编“宝卷漫录 · 观音济度本愿真经”。

像上述考实作者姓名的明清民间教派宝卷不多。

清及近代的民间宝卷辗转传抄，其作者、改编者均无法考实。这些宝卷的作者和改编者主要是宣卷艺人或喜爱宝卷的“奉佛弟子”，后者偶在自抄的宝卷之后署名，如癸丑年（民国二年，1913）抄本《精孝宝卷》卷末题：“桃月十一日暮窗灯下修改录，尤轮香改编。”编写宝卷的宣卷艺人也不署名。但宣卷人对自己传抄的宝卷十分珍视，一般多于卷末附载抄写的年、月及抄写者姓名，封面除书卷名外，另署干支纪年（右上角）、抄写者或宝卷持有者的堂号或姓名（居中偏下方）。

清末江浙一带的经房、善书局大量刻印宝卷的整理者，均不署名。民国间上海等地印书局印刷发售的宝卷，其整理、改编者偶有署名，如南昌谢少卿、吴江陈润身、萧山杨菊生、武进史长啸、吴下朱芝轩等，其他书局在翻印他们改编的宝卷时，往往又把他们的名字删略了。

三、宝卷的收藏

明清藏书家均不收藏宝卷。国内对宝卷的收藏，始于20世纪二三十年代。当时流散海外的敦煌文献引起国人的重视，顾颉刚、周作人、郑振铎、向达等学者敏锐地发现宝卷同敦煌俗文学及明清民间教派的密切关系,开始研究宝卷。郑振铎等学者同时搜集、收藏宝卷。

20世纪二三十年代至50年代以前，清末及民国间木刻、石印的宝卷，虽进不了现代书店，但在面向一般民众的书肆和庙会集市的书摊上，还是随处可见的。所以郑振铎在20年代末开始研究宝卷时，便在上海搜集到大量此类宝卷。在明清民间教派盛行的河北、山东、山西、河南等省区，虽经清政府多次查办邪教、搜毁教派宝卷和经卷，但在一些式微的民间教团和同民间教派有关联的庙宇庵堂中，仍保留一些明清民间教派宝卷，并不时流散出来。[1]郑振铎30年代到北京便搜集到一批明代及清初刊本的民间教派宝卷。直到40年代末，国内收藏的宝卷绝大部分是这两类版本的宝卷。除了郑振铎外，马隅卿及后来的杜颖陶、傅惜华、赵景深、谭正璧、胡士莹、李世瑜等学者，都入藏了不少

[1] 有些教派宝卷是在建庙塑神像时放在神像的体内，这些宝卷均将头尾撕去，故今留存收藏的一些民间教派宝卷缺首尾。

宝卷。这一时期，宝卷的研究尚未进入高等学校的殿堂，所以除北京大学、燕京大学等少数学校外，一般高校均不入藏宝卷。“中央研究院”历史语言研究所民间文艺组二三十年代在刘半农、李家瑞先生主持下，大量搜集“俗曲”（戏曲和说唱文学）唱本等俗文学资料，其中也有五六十种宝卷，这批宝卷即现今台湾“中央研究院”傅斯年图书馆入藏的宝卷。

海外收藏的中国宝卷也大都是20世纪50年代以前入藏的。其始则于近代来华的传教士，这些传教士把宝卷作为了解中国民间宗教和信仰的资料。据俄国学者考察，该国收藏的部分宝卷便是19世纪末到北京的东正教传教士搜集去的。海外大量收集中国宝卷也在30年代末和40年代，主要集中于日本，总数200余种，为泽田瑞穗、仓田淳之助、大渊忍尔等学者及京都大学人文科学研究所、日本国会图书馆等机构收藏。法国、美国、加拿大、英国等国学者和研究机构也有零星的收藏。据笔者《中国宝卷总目》统计，海外收藏中国宝卷近250种，大部分是印本，手抄本绝少；明清民间教派宝卷相对较多，也多稀见的珍本，其中孤本30种，其他国内均有收藏或有其他传本。[1]

20世纪50年代开始，宣卷活动因涉“迷信”而迅速衰微，江浙民间宣卷艺人大都改业，山西、河北等地区的民间念卷也很快消失。因此，大量民间抄本宝卷流散出来。这一时期虽然宝卷研究不被重视，但许多从事俗文学研究的专家学者均极重视民间宝卷的文献价值，推动南北各地旧书业的从业人员及时到各地搜购，于是大量的各个时期的宝卷，特别是民间抄本，被学者个人及一些研究机构、高校图书馆所收藏。残留于某些庙宇庵堂和民间的明清民间教派宝卷也时有发现，其中最大的一次发现是1963年在天津市郊区宜兴埠弘阳教庵堂普荫堂保存的六七十种明清各教派刊印的宝卷。这批宝卷为李世瑜先生发现，几经周折，现在已入藏天津市图书馆。

国内宝卷的收藏比较集中，其原因有二：一是20世纪50年代民间宝卷（特别是抄本）才大量涌入社会；二是当事者对宝卷的认识有差。许多研究机构、图书馆一种也未入藏，而入藏者则往往超过百种，乃至数百种，如：北京国家图书馆、首都图书馆、北京大学、中国社会科学院文学研究所、北京师范大学、

---

[1] 参见拙文《海外收藏的中国宝卷》，载《中华文史论丛》，第63辑，上海：上海古籍出版社，2000。按，近年来，笔者在大陆各地的旧货（书）摊和拍卖会上，时见有明清民间教派宝卷（多为经折本）和手抄本民间宝卷出售，有许多被海外人士购去，数量难以统计。

中国艺术研究院戏曲研究所等。私家收藏如郑振铎、吴晓铃、李世瑜、赵景深，所藏均在一二百种以上。周绍良先生入藏宝卷不多，但均为孤本或珍本。大陆收藏家收藏的宝卷，在他们身后有的捐献给有关图书馆和研究机构，有的则已经散失。[1]

综合国内外公私收藏的宝卷，据笔者《中国宝卷总目》所载，计1550余种，版本约5000种，其中约80%为手抄本。[2]

除了已被公私收藏的宝卷外，民间收藏的宝卷亦应重视。甘肃的念卷是20世纪80年代才被研究者发现的，在酒泉、张掖、武威所属各市、县的农村中，尚普遍流行抄卷、念卷的活动，研究者搜集到的一百余种宝卷，大都是据民间抄本过录的。江浙吴方言区的宣卷活动，80年代以来在一些农村中也有恢复和发展。据笔者在江苏苏州下属各县市调查，各地从事做会宣卷活动的民间艺人，每位手中均有五六十乃至百余种宝卷。这些宝卷多是据旧抄本翻抄的新抄本，其中也有未曾见于著录的宝卷。上个世纪80年代以后，大量流散于民间的明清教派宝卷出现于各地旧货市场和拍卖市场，这些宝卷多为海内外人士购藏。它们都没有编入笔者《中国宝卷总目》。[3]

四、宝卷文献的编目和整理

明代民间宗教家为宝卷编目，多是在宝卷行文中列出目录，如罗梦鸿《巍巍不动太山深根结果宝卷》第二十四品中列出“外道”宝卷20种；无为教《佛说三皇初分天地叹世宝卷》第六品列出无为教历代祖师所撰宝卷；明末圆顿教《古佛天真考证龙华宝经》第十二品列出明代各教派经卷79种。它们均用简名或异名，所述宝卷有些很难落实。此外，在某些宝卷的卷末附的书牌题识中，往往列出同刊的宝卷目录，如明嘉靖七年（1528）刊《销释金刚科仪》卷末书

[1] 据笔者所知，郑振铎旧藏宝卷归国家图书馆，傅惜华、杜颖陶旧藏宝卷归中国艺术研究院，赵景深旧藏宝卷归复旦大学图书馆，吴晓玲旧藏宝卷归首都图书馆。这些学者的藏卷同他们收藏的其他图书，均由各单位专门编目收藏。

[2] 据2000年北京燕山出版社修订本。按，其中包括一些明清民间教派编写的经卷。

[3] 参见拙文《读宝卷札记——补〈中国宝卷总目〉》（载《台湾宗教学会通讯》，第五期，2000年5月）和本书第二编“清及近现代北方的民间念卷和宝卷”附录“山西流传民间宝卷目”“甘肃河西地区流传抄本民间宝卷目”；第三编第五章“张家港港口镇的做会讲经”附录“江苏常熟的做会讲经和宝卷简目”。

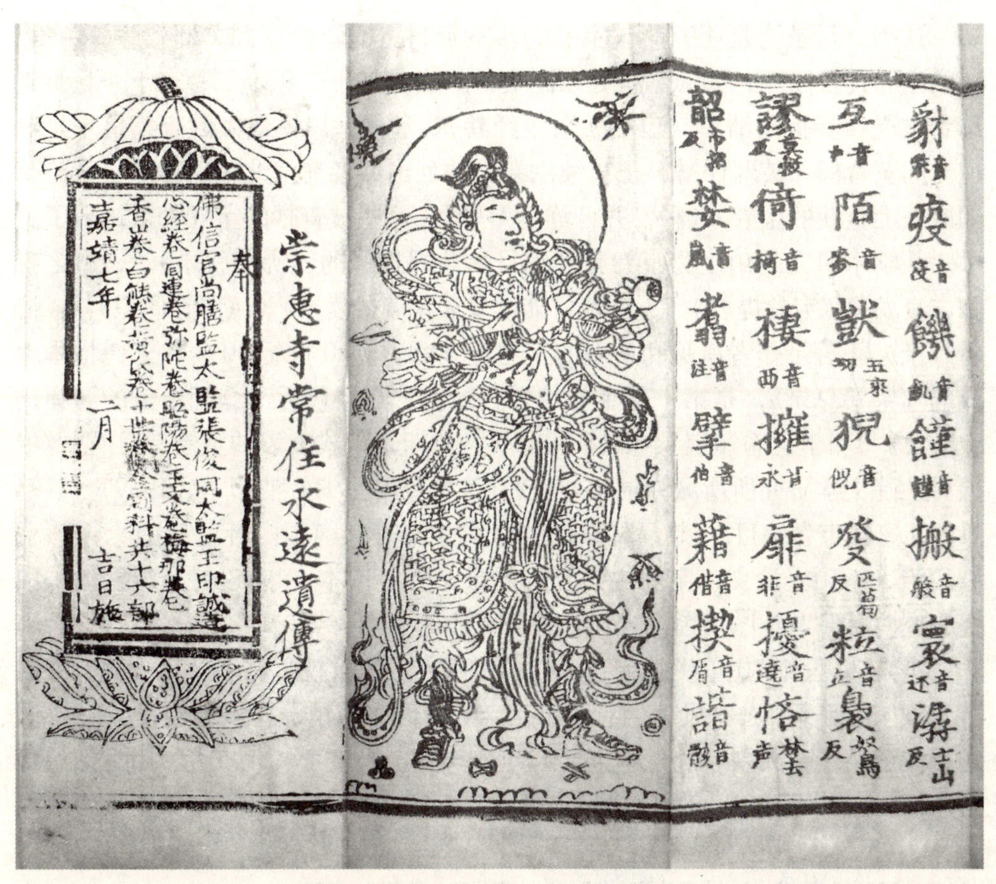

[插图 23]《销释金刚科仪》卷末“书牌”和“护法”神像（明嘉靖七年 [1528] 太监张俊等刊经折本）

牌题识：[插图 23]

奉

佛信官尚膳太监张俊同太监王印诚造《心经卷》《目连卷》《弥陀卷》《昭阳卷》《王文卷》《梅那卷》《香山卷》《白熊卷》《黄氏卷》《十世卷》《金刚科》共十六部

嘉靖七年二月　吉日施

这类“目录”是研究明代宝卷的珍贵资料。清政府查办“邪教”，多将查获的宝卷列目附档，如《军机处录副奏折》嘉庆二十二年十二月二十一日直隶总督方受畴奏折附清单，包括弘阳教经卷30余种。规模最大的查禁目录是清道光间黄育楩《破邪详辩》正、续六卷，共列出编者在河北钜鹿县知县及沧州知府任上查获的宝卷68种，并“详为辩驳”。这些被查抄的宝卷都被销毁了。

从学术研究的角度为宝卷整理编目始自郑振铎的《佛曲叙录》[1]，继之者陈志良发表《宝卷提要》[2]。恽楚材陆续发表《宝卷续录》[3]、《访卷偶识》[4]、《访卷续录》，[5] 著录作者所见和所藏的宝卷近200种。20世纪40年代末傅惜华编成的《宝卷总录》，是第一部宝卷综合目录。[6]50年代后又有胡士莹的《弹词宝卷目》[7] 和李世瑜《宝卷综录》[8] 出版。此期未正式发表的宝卷专目有：《中国科学院文学研究所所藏弹词宝卷目》（该所资料室编，油印本，1959）、《(赵景深）家藏宝卷编目》（赵易林编，稿本）等。曾子良《国内所见宝卷叙录》（台湾政治大学硕士论文《宝卷之研究》附录，打字印本，1975），介绍台湾“中央研究院”傅斯年图书馆及台湾其他公私收藏宝卷。

进入20世纪80年代，宝卷研究引起研究者的重视，许多公私收藏者编出了收藏宝卷目录，公开发表的有谢忠岳《天津图书馆馆藏善本宝卷叙录》，[9] 周绍良《记明代新兴宗教的几本宝卷》，[10] 李鼎霞、杨宝玉《北京大学图书馆馆藏宝卷简目》，[11] 程有庆、林萱《北京图书馆馆藏宝卷目录》[12] 等；未正式发表的

---

[1] 载《中国文学研究》（《小说月报》专号），上海：商务印书馆，1927。

[2] 连载于《大晚报》“火炬通俗文学”周刊第35期（1936年11月25日）、第37期（1936年12月9日）、第40期（1936年12月30）。

[3] 连载于《大晚报》“通俗文学”周刊第9期（1946年10月29日）、第10期（1946年11月5日）、第12期（1946年11月19日）、第13期（1946年11月26日）；又，《中央日报》“俗文学”副刊第22期（1947年4月6日）、第29期（1947年5月23日）。

[4] 载《大晚报》“通俗文学”周刊第23期（1947年2月5日）。

[5] 载《大晚报》“通俗文学”副刊第54期（1947年11月17日）。本目分别著录上海惜阴书局石印本宝卷91种、上海翼化堂出版宝卷65种。

[6] 北京：巴黎大学北京汉学研究所，1950。

[7] 上海：古典文学出版社，1957。

[8] 上海：中华书局编辑所，1961。

[9] 载《世界宗教研究》，北京，1990年第3期。

[10] 载《中国文化》，第3期，1990年12月。

[11] 载《文史资料》，1992年第2期。

[12] 载《文史资料》，1992年第3期。

有《扬州师院图书馆馆藏宝卷目录》（该馆流通部编，油印本），吴晓铃《绥中吴氏家藏宝卷目》（稿本），方步和《河西宝卷目》（稿本）等。薛宝琨、鲍震培著《中国说唱艺术史论》[1] 附载“宝卷内容提要”，介绍各个时期宝卷 80 余种，惜未说明依据的底本。

海外学者所编宝卷目录，首推泽田瑞穗《宝卷提要》，共收作者及日本公私收藏宝卷 209 种。[2] 仓田淳之助执编《吴语研究书目解说》“宝卷”类，著录作者及京都大学收藏吴语宝卷 41 种。[3] 京都大学《人文科学研究所藏汉籍分类目录》“词曲类　宝卷”著录该所收藏宝卷 113 种。[4] 相田洋《有关国会图书馆所藏的宝卷》著录日本国会图书馆收藏宝卷 34 种。[5] 司徒洛娃《苏联科学院东方研究所列宁格勒分所收藏宝卷述评》(俄文)介绍该所收藏宝卷 18 种。[6] 以上是国内外学者所编重要的中国宝卷目录。

上述目录可分为两类：一类是“叙录”，如郑振铎《佛曲叙录》、泽田瑞穗《宝卷提要》，对收入宝卷的内容、版本等均有较详细的介绍；一类是“编目”，各家目录多属此类，它们对宝卷的版本等情况介绍详略不一，有的仅列卷名。其中李世瑜编《宝卷综录》是最为详备的一部宝卷综合编目，共著录国内公私 19 家收藏宝卷 618 种，版本 1487 种，另收文献著录而未见传本的宝卷 35 种；用表格式分别著“卷名”“卷数（册数）”“年代”“版本”“收藏者”“曾著录篇籍”“备考”诸项内容，卷名按《汉语拼音方案》音序制表排列，并统一编号。这部“综录”所做一项极有意义的研究是将“同卷异名”的宝卷作了归纳，在“卷名”栏宝卷正名之下，列出异名，异名亦按卷名字头音序编入表内相应部位，并注出其正名。但是，由于本书采用表格式，宝卷异名不能与相应之版本对应，因此版本栏中所载不同版本的宝卷使用的卷名不能辨明，这是使用此书时应注意的。

《宝卷综录》至今仍是海内外学者涉及宝卷研究必备的参考书。但是，由于它编成于 20 世纪 50 年代后期，受各种条件的限制，没有收入海外收藏的宝

---

[1] 石家庄：花山文艺出版社，1990。

[2] 载《增补宝卷の研究》（日文），日本东京：国书刊行会，1975。

[3] 载日本神户外国语大学《神户外大论丛》，第3卷4号，1953。

[4] 该所出版，1963。

[5] 载《东洋学报》（日文）第64卷3－4号；中文译文载《世界宗教资料》，北京，1984年第3期。

[6] *Истрик－Филологическе исследования Ежего－дник (1976－1977)*，Москва，“Наука”，1984。

卷；国内许多重要的公私收藏也未入编。同时，30 多年过去，原著录的宝卷收藏情况也有较多的变化。因此，笔者于 80 年代初开始进行宝卷研究时，便在前辈李世瑜先生的鼓励下，决定新编一部《中国宝卷总目》。经过近 20 年的努力，这部“总目”已编成出版，修订重编本共入编海内外公私 104 家、收藏宝卷 1565 种，版本 5000 余种。[1] 大致说来，国内和日本、俄国公私收藏宝卷目前已公开登录者均已入编。本书的编纂吸收了前人宝卷编目的经验，在以下方面作了进一步整理：

（1）对“同卷异名”的宝卷作了整理。用一个比较通用的卷名作正名著录，同时在卷名下的“题解”中注出异名。全书共出宝卷异名 1100 余个，它们少数是不同版本所用的卷名，大量是从各种文献中钩稽出来的。通过本书附录的《宝卷异名索引》即可检索出以正名著录的宝卷。

（2）中国宝卷在民间流传，由于种种原因，同一宝卷的不同版本，内容、形式往往出现差异。如清及近代民间教团印刷和传抄的前代宗教宝卷，文字和内容常有改动，此类情况一般仍按一种宝卷著录。清及近现代民间传抄和印刷的文学故事宝卷，情节虽有差异，大多数仍作一种宝卷著录；可确认为不同改编本的则分别著录，并在题解中注明“参见”。

（3）同一宝卷的不同版本分条著录，用异名的版本，说明其所用卷名。收藏者附载于条末。

（4）著录的宝卷均系有传本为公私收藏的宝卷。明清以来文献中著录的宝卷（多为教派宝卷），则择其所载宝卷卷名作为“附录”，以供研究者参考。它们记录的宝卷卷名驳杂，多为异名，难以一一甄别，故不再统一编目，其中有传本的宝卷，可以通过本书的各种索引查得。

为现存的中国宝卷编目，是宝卷文献整理工作的开始，如何将这一大批民间文献发掘、整理、出版，也是应当考虑的问题。20 世纪 50 年代江苏某位古旧书店的从业人员曾托名“鹅湖散人”编过一部《古今宝卷汇编》，编入江浙民间宝卷 48 种，所选为清道光以下的民间手抄本（包括编者自抄一种），另加托裱，分装为 72 册。[2] 那时不可能正式出版。

---

[1] 按，本书1998年由台湾“中央研究院”中国文哲研究所筹备处初版；2000年北京燕山出版社出版修订本。笔者近年根据新发现的宝卷继续修订补充，收藏者超过130家，补充宝卷版本超过原编1/3。

[2] 参见本书 第五编“宝卷漫录 · 古今宝卷汇编”。

20 世纪 80 年代后，甘肃的研究者开始整理出版了河西走廊地区的几种民间宝卷选本，如《酒泉宝卷》[1]、《河西宝卷真本（校注研究）》[2]、《河西宝卷选》《河西宝卷选（续编）》[3] 等。近年来，由于各地民间宝卷纳入“民间非物质文化遗产”发掘和抢救工程的范围，各地区陆续整理出版了许多宝卷集，如《中国　河阳宝卷》[4]、《中国靖江宝卷》[5]、《山丹宝卷》[6]、《金张掖民间宝卷》[7] 等。这些宝卷集，对挖掘、保存各地区民间宝卷文化遗产，研究各地区民间宝卷的历史发展等，有重大的文献价值和社会意义。但除了个别选本（如《河西宝卷真本（校注研究）》）外，它们的整理、编辑也存在一些值得注意的问题：

（1）不论北方民间念卷和吴方言区的民间宣卷，至今都保留“对本宣扬”的特点，即使在个别地区已改为口头演唱，也有文本的存在。因此，各地都留存有大量民间手抄本宝卷（各地图书馆和研究机构收藏宝卷文本的数量更大）。这些手抄本宝卷的文字和内容良莠不齐，存在有这样那样的问题，如：历史、地理知识的混乱，方言和错别字系统，等。更有如郑振铎先生所说的，“许多民间的习惯与传统的观念，往往是极顽强的粘附于其中……有的时候，比之正统文学更要封建的，更要表示民众的保守性些”。[8] 上述宝卷集编者的“整理”情况不一，总起来看是“整理”过度，有的宝卷文本实际是“搜集整理”者的改编本。[9] 由于整理者本身识见的局限，也“整理”掉了这类民间宝卷文本所

[1] 本书仅出版“上编”，西北师范大学古籍整理研究所、酒泉市文化馆合编，郭仪等选编整理，兰州：甘肃人民出版社，1991。2001年又由酒泉市文化馆编印出版中、下二编，连同上编重印。

[2] 方步和编著，兰州：兰州大学出版社，1992年10月。

[3] 段平编辑整理，台北：新文丰出版公司，1986，1992。按，本书“续编”之“作者介绍”中另有王学斌。

[4] 中共张家港市委宣传部等编，上、下册，上海：上海文化出版社，2007。

[5] 尤红主编，上、下册，上海：上海文化出版社，2007。

[6] 张旭主编，上、下册，兰州：甘肃文化出版社，2007。

[7] 徐永成主编，三册，兰州：甘肃文化出版社，2007。

[8] 见《中国俗文学史》第一章“何谓俗文学”，长沙：商务印书馆，1937，页 5。

[9] 各地宝卷集的“搜集整理”者，多讳言如何“整理”，及整理者所依据的底本。《河西宝卷选》（台北：新文丰出版公司，1992，1986）整理者之一王学斌著文称，该书及其“续编”收入他整理的26部宝卷，他“整理”的原则：“一是上对先贤、中对同人、下对儿孙负责，即在自己手底里出的东西，绝不让诲淫诲盗的片言只语溢留于字里行间，出的东西要能够雅俗共赏；二是让这份艺术品重见天日，而不是复活僵尸。”（见王《河西宝卷的考察报告》，发表于Copyright@2006 All rights reserved 河西宝卷网）据此，他的“整理”本，实际上是改编本。《中国靖江宝卷》（上海：上海文化出版社，2007）中所收部分宝卷，也是“搜集整理”者的改编或创作本。

保留的民间知识的文献价值。

（2）清末各地“经坊”、“善书局”（主要是江南地区）和民国年间上海等城市的书局，整理、刻印和石印的宝卷，曾大量流通到全国各地。笔者认为，在各地发现的这类刊本和石印本宝卷，如果没有在当地经过民间演唱和传抄，便不能算作该特定地区的宝卷。但是，有的宝卷集便编入了一些这类版本的宝卷，而不说明版本来源。如《河西宝卷选》及其续编中所收入的《刘香宝卷》《灶君宝卷》《刺心宝卷》《秀女宝卷》等，便属此类。

（3）由于明清民间教派都用宝卷作为宗教宣传的布道书，以宣卷作为教派信徒的宗教信仰活动，它们对清及近现代民间宣卷活动有影响，在一些地区仍演唱这些明清民间教派的宝卷，特别是用于信仰活动仪式的宝卷。如《中国·河阳宝卷》入编的《九幽地狱卷》，即明末还源教《六部六册》经卷之一《销释明证地狱宝卷》（教内称是该教派教祖还源祖所编）；另入编的《指路宝卷》（全称《大乘无为归空指路宝卷》），可能属于明末清初无为教或其派下大乘教（大乘门）的宝卷。现在张家港地区讲经先生做追荐亡人的法会时，仍然演唱这两部宝卷，故有手抄本流传。入编这类宝卷，有助于研究该地区做会讲经在历史发展中与明清民间教派的关系，但应当有所说明，而不能把它们归入所谓“道佛叙事本”、“道佛仪式本”的“宝卷”。[1]

（4）清及近现代有些民间教团（如先天道），曾用民间宝卷的形式编写了许多经卷；有的是改编传统故事，而加入宗教宣传的内容。这类宗教宣传品，清末和民国年间各地民间教团曾大量翻印，留存较多，但民间宣卷人一般并不演唱它们。有的宝卷集也选入了这类“宝卷”，如《酒泉宝卷》（上编）编入的《香山宝卷》，实际上是清道光年间青莲教（先天道）教祖彭德源根据《香山宝卷》故事改编的《观音济度本愿真经》，[2]《河西宝卷选》《金张掖宝卷》中的《何仙姑宝卷》，《金张掖宝卷》中的《新刻岳山宝卷》，都是据先天道徒改编、刻印（或传抄）的文本编入的。

（5）清及近现代各地民间信仰活动的形式和演唱的文本繁多。比如吴方言区除了“佛头”（宣卷先生、讲经先生）做会宣卷（讲经）外，也有伙居道

---

[1] 该书将入编宝卷分为“道佛叙事本”“民间传说故事本”“道佛仪式本”三类。

[2] 《山丹宝卷》入编的《观音济度宝卷》，是《观音济度本愿真经》的缩编本。

士[1]做“道场”，演唱道教的经卷等。有的宝卷集编者失于考察，把一些不是宝卷的文本也编入了。如《中国·河阳宝卷》编入的《九天应元雷声普化天尊玉枢宝经》、《太上玄灵北斗本命延生真经》、《元始天尊说十一曜大消灾神咒经》、《太上三元赐福赦罪解厄消灾延生保命妙经》、《元始天尊说北方真武妙经》等(该集收入以上诸“经”,总名以《五雷经》列目),便是已经收入明刊道教经典《道藏》和《续道藏》的经卷，将它们标榜为“民间非物质文化遗产”的“宝卷”，显然不妥。《河阳宝卷》的这种做法，反映了当前各地申报“民间非物质文化遗产”中的一种混乱倾向：搜集者以“发掘”出特殊的“卷”本而炫耀本地“宝卷遗产”的丰富，那些伙居道士们也乐于以“民间非物质文化遗产传承者”自居。[2]

宝卷文献的整理、出版是一项严肃的科学性极强的工作。各地在发掘、整理本地区的民间宝卷时，应当对中国宝卷的历史发展过程和本地区民间宝卷的流传情况有大致的了解和研究。对于宝卷的出版，笔者认为，鉴于宝卷的文献特征及其文献价值，各地民间宝卷应以精选民间手抄的善本、汇编影印为宜；也宜因宗教宝卷和民间宝卷的不同，分别编集。

---

[1] 或作“火居道士”，指没有正式“授箓”，在家娶妻生子，为民众做各种“法事”的民间道士。笔者在各地农村调查，以“道士”身份为民众做各类法事（主要是超度亡人）的多是这类民间道士，他们同时兼营其他生意。

[2] 笔者认为，对于此类伙居道士的活动和在当地民众信仰生活中的影响，可作专门的田野调查和研究。它们属于民间道教的活动，不能归入民间做会宣卷（讲经）的系统。

第二编　中国宝卷的历史发展

第一章　宝卷的渊源

一、前言

20 世纪初在敦煌莫高窟藏经洞中发现的说唱文学作品，最早被罗振玉称之为“佛曲”。[1]1934 年，郑振铎先生在《三十年来中国文学新资料的发现史略》一文中，又将它们笼统称之为“变文”。[2] 1938 年郑振铎在所著《中国俗文学史》中提出：“后来的‘宝卷’，实即‘变文’的嫡派子孙，也当即‘谈经’等的别名。”[3]郑文所说的“谈经等”指南宋时期瓦子勾栏中的说话技艺“说经”“说诨经”“说参请”。郑振铎对他提出的推论没有提出文献依据加以论证，由于他在中国俗文学史研究领域中的权威地位，这些说法经有关书刊和词典的不断抄袭重复，已被研究者视为“定论”。但是，郑的上述推论显然是有缺陷的：其一，“变文”是一个笼统的概念，尽管研究者接受以“变文”作为敦煌说唱文学作品的统称（即“变文”的广义），但当代研究者已注意到这些作品实际上包含了多种演唱形式

[1] 见罗著《敦煌零拾》收《佛曲三种》，上虞罗氏铅印本，1924。

[2] 载《文学》，第2卷6期，1934年6月。

[3] 上海：上海书店影印本，1984，下册，页307。

和体裁；其二，尽管 70 年来研究者一再重复郑振铎的推论，但是，没有一个研究者提出有力的实证，说明宝卷是“变文的嫡派子孙”，是“谈经等的别名”。因此，必须重新对这一问题作探讨。

二、佛教俗讲是宝卷的渊源

敦煌莫高窟藏经洞中发现的说唱文学卷子中，最多的是佛教俗讲和转变(包括僧侣转变和民间转变)的文本，前者包括“讲经文”和“缘起”，后者称作“变文”，与宝卷有渊源关系的是佛教的俗讲。佛教的俗讲和宝卷，都是中国佛教世俗化的产物，宝卷的内容继承了俗讲的传统，是宝卷的渊源。[插图 24]

汉末佛教传入中国，佛教经典随之被大量翻译。由于梵汉语言的不同，天竺佛教咏经唱颂的呗匿（pathaka）不适合于汉声，由此便产生了汉化的赞呗（歌赞）和转读（咏经），精于此者即为“经师”。此后于东晋、南朝之际，又产生了“宣唱法理，开导众心”的“唱导”。《高僧传》卷 13“唱导·论曰”：

[插图 24] 释迦牟尼讲经图（据《中国版画百图》转载）

昔佛法初传，于时齐集，止宣唱佛名，依文致礼。至中宵疲极，事资启悟，乃别请宿德，升座说法。或杂序因缘，或傍引譬喻。其后庐山释慧远，道业贞华，风才秀发。每至斋集，辄自升高座，躬为导首。先明三世因果，却辩一斋大意。后代传受，遂成永则。[1]

该书中还说，唱导师要有“声、辩、才、博”的能力，且要能“知时知众”“与事而兴”，所以“虽于道为末，而悟俗可崇”。于是在当时的斋集法会中，便出现经师转经歌赞、导师讲唱因缘的形式。南北朝之末，各地佛教僧团为了争取信众，并适应民间斋会法事之请，将转读同唱导合一，称作“唱读”。[2] 在此基础上，唐代初年便出现了面向俗众讲经说法的“俗讲”。关于“俗讲”的记载，最早见唐释道宣《续高僧传》卷 26《释善伏传》：

贞观三年（629），窦刺史闻其（按，指善伏）聪敏，追充州学，因而日听俗讲，夕思佛义。博士责之。[3]

窦刺使指常州刺史窦德明。善伏能使这位刺史“日听俗讲，夕思佛义”，其悟俗的效果可观。这位热心的刺史把善伏请到“州学”（官学）中去讲，则招致了学官的指责。唐王朝统治集团崇道，所以初唐时期文献中少见佛教俗讲的记载。100 多年后，唐玄宗李隆基于开元十九年（731）下了禁断俗讲的诏书：

说兹因果，广树筌蹄，事涉虚玄，渺同河汉。……近日僧道，此风犹甚。因依讲说，煽惑闾阎；谿壑无厌，惟财是敛。津梁自坏，其教安施？无益于人，有蠹于俗。或出入州县，假托威权；或巡历乡村，恣行教化。因其聚会，便有宿宵；左道不常，异端斯起。自

---

[1] （梁）释慧皎《高僧传》，北京：中华书局，1992，页521。

[2] “唱读”一词，始见唐释道宣《高僧传（二集）》（即《续高僧传》）卷 40《智果传》，台北：财团法人佛陀教育基金会，2003，第四册之四，页 1145。

[3] 见《高僧传（二集）》，2003，第四册之三，页 722。

今已后，僧尼除讲律之外，一切禁断。六时礼忏，须依律仪。[1]

其中提到的"说因果""讲因缘"等均系俗讲的内容。僧尼们"出入州县""巡历乡村"，聚众教化，在反映了俗讲活动的普及程度的同时，也反映了世俗僧众依托官府、聚敛钱财的弊病。但是，民众的信仰需求和佛教的传播，自然不可能"禁断"。日本求法僧圆仁在《入唐求法巡礼行记》卷3中记载，唐武宗李炎会昌元年（841）正月京师长安"敕于左、右街七寺开俗讲"：资圣寺，海岸法师讲《华严经》；保寿寺，体虚法师讲《法华经》；菩提寺，齐高法师讲《涅槃经》；会昌寺，文溆法师讲《法华经》等。其中文溆法师，被称作"城中俗讲此法师为第一"。[2] 这也可为其他唐代文献证明，如段安节《乐府杂录》[文叔子]："长庆中，俗讲僧文叔善吟经，其声宛畅，感动里人。乐工黄米饭依其念四声观世音菩萨，乃撰此曲。"[3] 赵璘《因话录》卷4："有文溆僧者，公为聚众谭说，假托经论，所言无非淫秽鄙亵之事……愚夫冶妇乐闻其说，听者填咽寺舍，瞻礼崇奉，呼为和尚。教坊效其声调以为歌曲。"[4]

佛教俗讲主要是讲经和说因缘（缘起）两类。周绍良《唐代变文及其他》中说：

佛教徒宣扬佛教，在正统上大致可分为两种，一种即讲经，就经释义，申问答辩，以期阐明哲理，是由法师、都讲协作进行的；另外一种是说法，是由法师一人说开示，可以依据一经讲说，亦可以综合哲理，由个人发挥，既无发问，也无辩论。这是讲经与说法不同之处，相对俗讲方面也有两种，一种即韵白相间之讲经文，也是由法师与都讲协作的；至于与说法相应的，则是说因缘，由一人讲说，主要择一段故事，加以编制敷衍，或迳取一段经文或传记，照本宣科，其旨总不外阐明因果。

就佛教仪规而言，讲经文当是大型法会之用，而说因缘则似是在

[1]（宋）宋敏求编《唐大诏令集》（洪丕谟等点校）卷113"诫励僧尼敕"，上海：学林出版社，1999，页539 － 540。

[2] 上海：上海古籍出版社，1986，页147。

[3] 上海：古典文学出版社，与《碧鸡漫志》合印，1957，页40。

[4] 上海：古典文学出版社，1957，页94。

比较小的法会中使用之。[1]

讲经文在敦煌说唱文学文本中数量最多，如：

1. 金刚般若波罗蜜经讲经文[2]
2. 佛说阿弥陀佛经讲经文
3. 妙法莲华经讲经文
4. 长兴四年（933）中兴殿应圣节讲经文
5. 盂兰盆经讲经文[3]

属于“因缘（缘起）”的，如：

1. 悉达太子成道因缘[4]
2. 欢喜国王缘
3. 丑女缘起
4. 目连缘起［插图 25］
5. 四兽因缘

由于讲经和说因缘都是在佛教法会上演唱，所以它有一定仪轨，敦煌卷子p3849 纸背便记了一段俗讲仪式［插图 26］：

> 夫为俗讲：（1）先作梵了，次念菩萨两声，说“押座”了（素旧《温室经》）；（2）法师唱释经题了，念佛一声了，便说“开经”了，便说“庄严”了，念佛一声，便一一说其经题字了，便说经本文了；（3）便说“十波罗蜜”等了，便念念“佛赞”了，便“发愿”了，便又念佛“一会”了，便回（向）、发愿、取散，云云。[5]

---

[1] 周文为《敦煌文学作品选》代序，北京：中华书局，1987，页17、20。

[2] 以下讲经文和说因缘文本，除特别注明者，均收入王重民等编《敦煌变文集》，北京：人民文学出版社，1984。

[3] 本卷为台北“中央图书馆”藏，收入潘重规《敦煌变文集新书》，台北：“中国”文化大学中文研究所，1984。

[4] 本卷为日本龙谷大学图书馆收藏。

[5] 据向达《唐代俗讲考》引文转录，见《唐代长安与西域文明》，北京：三联书店，1987，页303。本文转引时又据原件重新标点、整理，并分段加序号。

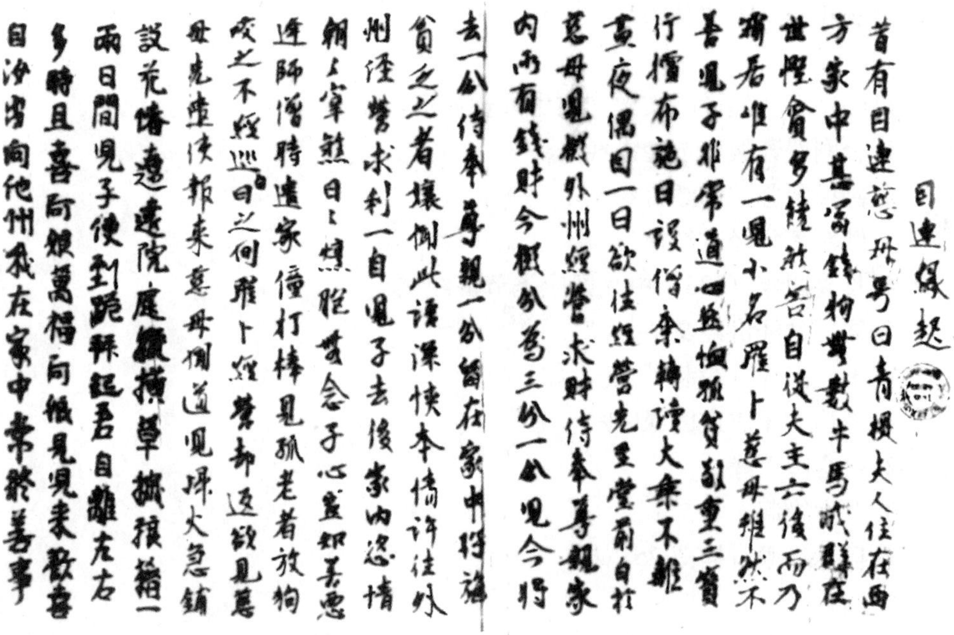
目連緣起
昔有目連慈母號曰青提夫人住在西
方家中甚富錢物無數牛馬成群在
世慳貪多饒殺害自從夫主亡後而乃
孀居唯有一兒小名羅卜慈母雖然不
善兒子非常道心恤孤貧敬重三寶
行檀布施日設僧齋轉讀大乘不離
晝夜偶因一日欲往經營先至堂前白於
慈母兒擬外州經營求財侍奉尊親家
內所有錢財今擬分爲三分一分兒今將
去一分侍奉尊親一分留在家中將濟
貧乏之者壞側此語深快本情許往外
州經營求利一自兒子去後家內恣情
朝朝宰殺日日烹炮無念子心豈知善惡
逢師僧時遣家僮打棒見孤老者放狗
咬之不經旬日之間羅卜經營卻返欲見慈
母先使人報來慈母側道見埒火急鋪
設花幡遍遠院庭穢積草擲根藉一
兩日間兒子便到跪拜起居自離左右
多時且喜阿娘萬福向娘兒兒來敬善
自從兒向他州我在家中常修善事

[插图25] 敦煌写本P2192《目连缘起》。

上文所述为俗讲讲经的仪式。为了便于说明，现将它分为三段（原件未分段）：

（1）作梵、押座：俗讲开始，法师升座，先“作梵”（唱颂赞呗），称念佛菩萨名号；次说“押座”，即指“押座文”。向达《唐代俗讲考》称：“今押座之‘押’或与‘压’字义同，所以镇压听众，使能静聆也。”[1] 它是用在讲经或说因缘正式开始前唱诵的一种诗篇，多为七言诗赞。押座文不一定同所讲之经内容一致。上述抄件中所说“素旧《温室经》”即《温室经讲唱押座文》。[2] 说唱押座文之后开始讲经，所以押座文末句多为提示语：“经题名目讲将来！”

（2）讲经：先由法师唱释经题，开经，说一段“庄严文”，称颂和祝福法会斋主的功德；然后由都讲转读经文，法师说解经义。法师的说解，一般是一

[1]《唐代长安与西域文明》，北京：三联书店，1987，页305。
[2]《敦煌变文集》，北京：人民文学出版社，1984，页833。

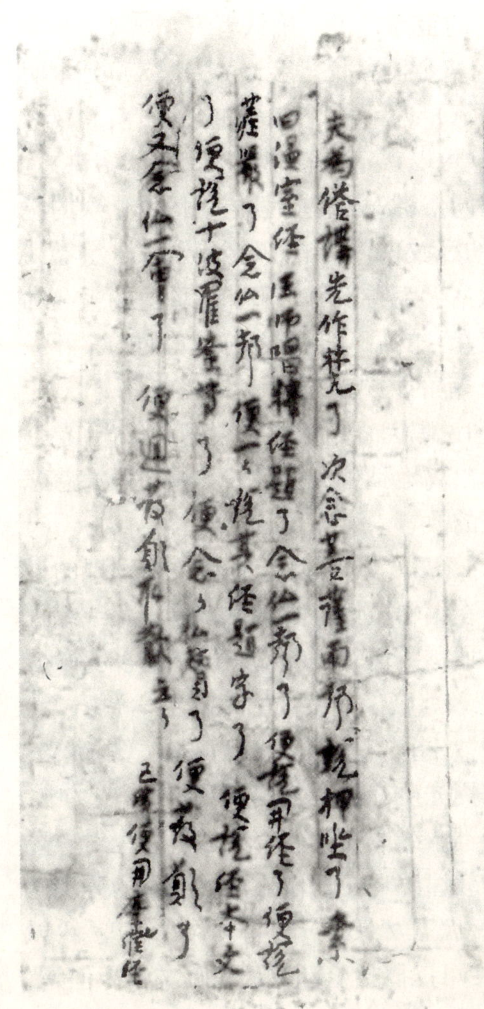

[插图26] 敦煌写本P3849背面载“俗讲仪式”

段白文（散文）加一段唱词（韵文）。唱词的末尾均有提示都讲转经的话，如“过去未来及现在，三心难辩唱将罗”（《金刚般若波罗蜜经讲经文》），“是何名字唱将来”、“重宣偈诵唱将来”（《妙法莲华经讲经文》）。如此反复由都讲转经、法师说解，直至“说经本文了”。

(3) 结经：唱佛赞、念佛号，发愿，回向，散场。

周绍良先生提出，讲经结束时尚有“解座文”，“是为结束一般讲经而吟唱的诗句，他或者是向听众劝募布施，或嘱其明日早来继续听经，甚或有调侃听众莫迟返家门以致妻子（阿婆）生气怪罪”，[1] 并指出《敦煌变文集》所收《无常经讲经文》，即《解座文录钞》。[2] 据这些解座文的文义，似应放在“回向发愿”之后，即所谓“取散”。

由于俗讲是由六朝以来的赞呗、转读和唱导发展而来，所以它的说唱音乐主要使用传统的佛教赞呗，在现存俗讲文本中，有的在唱词中即以“平”、“侧”、“断”等音曲符号标出；同时，它又吸收当时流行音乐中的曲子。这种吸收流行音乐的情况，在早期的唱导中已出现。

以上是对唐代佛教俗讲发展及其内容和形式的简单介绍。

---

[1] 《敦煌文学作品选》，北京：中华书局，1987，页23。

[2] 《敦煌变文集》，北京：人民文学出版社，1984，页656－671，原卷无题，共收四段解座文。

宝卷产生于宋元时期，现存这一时期的宝卷，可以确认者有：[1]（一）南宋理宗赵昀淳祐二年（1242）宗镜编述的《金刚科仪（宝卷）》；（二）元末明初抄本《目连救母出离地狱生天宝卷》；（三）近年发现的民间抄本古宝卷《佛门西游慈悲宝卷道场》。[2] 根据这些宝卷，可以认定宝卷渊源于佛教的俗讲：

其一，从这些早期的宝卷来看，它们同俗讲一样是佛教僧侣悟俗化众的说唱形式，且在民间的法会道场中按照一定的宗教仪轨演唱。《金刚科仪（宝卷）》用之于“金刚道场”，《目连救母出离地狱生天宝卷》用之于“盂兰道场”，《佛门西游慈悲宝卷道场》用在说唱《生天宝卷》的盂兰道场之前。它们的“开经（卷）”和“结经”，同俗讲一样，都举行一定的仪式。

其二，这些宝卷在内容上也分为讲经和说唱因缘两大类。《金刚科仪（宝卷）》演释《金刚般若波罗蜜多经》，《目连救母出离地狱生天宝卷》、《佛门西游慈悲宝卷道场》分别讲唱目连救母和唐僧取经的故事。

60 年前郑振铎先生以“变文”代替“俗文”“佛曲”，命名敦煌发现的说唱文学作品，是一大进步，所以当代学者在编辑敦煌说唱文学作品总集或综称这些说唱文学作品时，仍袭用“变文”这一通称。但是，随着敦煌学研究的深入，20 世纪 50 年代周绍良先生便著文指出，把敦煌藏经洞发现的说唱文学卷子“漫无区别地都称之为‘变文’是很不妥当的”；指出它们可以分为变文、俗讲文、词文、诗话、话本、赋等六类文体。[3] 后来周先生在《唐代变文及其他》[4] 文中，将俗讲文又分为讲经文、因缘（缘起）两类。继周先生后，许多学者也对敦煌文学作了分类研究。[5] 有研究者不同意对敦煌说唱文学作品再做细致的分类研究，认为“变”在唐代有“故事”的意思，《丑女缘起》也可称作“丑变”，以及有“因缘变”、“经变”等记载，因此变文可以概括全部敦煌说唱文学。但是，敦煌发现的那些特别标题为“变文”的卷子，确实是对着“变相”（图画）、一

---

[1] 关于产生于宋元时期的宝卷，研究者尚有歧义，参见拙文《中国最早的宝卷》，载《中国文哲研究通讯》，第6卷第3期，1996年9月，页45－52；又，收入拙著《中国宝卷研究论集》，台北：学海出版社，1997。

[2] 关于上述三种宝卷产生的时间、内容及宝卷形成期的演唱形态，详见本书第二编第二章“宝卷的形成及其演唱形态”。

[3] 见《谈唐代民间文学——读“中国文学史”中“变文”节书后》，载《新建设》，1963年第1期。

[4] 《敦煌文学作品选》代序，北京：中华书局，1987。

[5] 如张鸿勋《敦煌讲唱文学的体制及其类型初探》，载《文学遗产》，1982年第2期。

“铺”一“铺”唱故事的“转变”(“转”即“唱”)文本,它们有力地说明在“变场”中演唱的“转变”这种特殊的民间说唱技艺的存在。因此,以“转变”的“变文”来涵盖俗讲及其他敦煌说唱文学体裁的文本,有以点代全之弊,不利于探讨其中某种说唱技艺形式的发展和影响。这正如20世纪50年代初,将当代流行的各种说唱艺术统称作“曲艺”,但绝不能因此而不再对它们进行分类的研究。

三、宝卷与南宋瓦子中的“说经”等无关

郑振铎在《中国俗文学史》中提出:

> 当“变文”在宋初被禁令所消灭时,供佛的庙宇再不能够讲唱故事了。……但和尚们也不甘示弱。大约在过了一些时候,和尚们讲唱故事的禁令较宽了吧(但在庙宇里还是不能开讲),于是和尚们也便出现于瓦子的讲唱场中了。这时有所谓“说经”的,有所谓“说诨经”的,有所谓“说参请”的,均是佛门子弟们为之。
>
> 这里所谓“谈经”等等,当然便是讲唱“变文”的变相。可惜宋代的这些作品,今均未见只字,无从引证,然后来的“宝卷”,实即“变文”的嫡派子孙,也当即“谈经”等的别名。[1]

上述郑文肯定:(1)瓦子中的“说经”(“谈经”)、“说诨经”、“说参请”系“变文”的变相,系佛门子弟(和尚)为之;(2)宝卷是变文的“嫡派子孙”,“谈经”等即宝卷。这些推论,郑文中未提出文献依据,也没有详细论证。为了说明宝卷与说经等的关系,先介绍宋代文献中有关“瓦子”和“说经”等的有关记载。

宋代城市中出现的瓦子(又称“瓦舍”),是一种大型的游艺、娱乐场所,也是货卖杂陈的商业区。北宋京师汴梁的瓦子规模很大,南宋初年孟元老《东京梦华录》卷3“东角楼街巷”载,这一街区即有瓦子3处:“街南桑家瓦子,近北则中瓦,次里瓦。其中大小勾栏五十余座。内中瓦子莲花棚、牡丹棚,里

[1]《中国俗文学史》,上海:上海书店影印本,1984,下册,页306、307。

瓦子夜叉棚、象棚最大，可容数千人。”[1] 瓦子中的勾栏、棚，即各种民间技艺的演出场所。同书卷 5“京瓦伎艺”载瓦子中演出的各种技艺有小唱、般（扮）杂剧、杖头傀儡、手技、球杖踢弄、讲史、小说、小儿相扑、影戏、弄虫蚁、诸宫调、商谜、合生、说诨话等，[2] 同时“瓦中多有货药、卖挂、喝估衣、探搏、饮食、剃剪、纸画、令曲之类。终日居此，不觉抵暮。”[3] 可见瓦子是集吃喝玩乐为一体的民众休闲娱乐场所。南宋建都临安（今杭州），城内外也建有瓦子。《梦粱录》卷 19“瓦舍”条说：

> 瓦舍者，谓其“来时瓦合，去时瓦解”之义，易聚易散也。不知起于何时。顷者京师（按，指东京汴梁），甚为士庶放荡不羁之所，亦为子弟流连破坏之门。杭城，绍兴间驻跸于此，殿岩杨和王因军士多西北人，是以城内外创立瓦舍，招集妓乐，以为军卒暇日娱戏之地。今贵家子弟郎君，因此荡游，破坏尤甚于汴都也。[4]

据《西湖老人繁盛录》卷 6 载，临安城内有瓦子 5 座，城外瓦子 20 座。[5] 瓦子中演出的各种技艺更加丰富，其中便有作为“说话四家”的“说经”（或作“谈经”）的演唱技艺。

关于“说经”等的记载，最早见南宋端平二年（1235）灌圃耐得翁所著《都城纪胜》：

> 说经，谓演说佛书。说参请，谓宾主参禅悟道等事。[6]

稍后于《都城纪胜》的《西湖老人繁胜录》介绍瓦子中的民间艺人有：

---

[1]《东京梦华录（外四种）》（校点本），上海：中华书局，1962，页14。
[2]《东京梦华录（外四种）》（校点本），上海：中华书局，1962，页29－30。
[3]《东京梦华录（外四种）》（校点本），上海：中华书局，1962，页14－15。
[4]《东京梦华录（外四种）》（校点本），上海：中华书局，1962，页298。
[5]《东京梦华录（外四种）》（校点本），上海：中华书局，1962，页123－124。
[6]《东京梦华录（外四种）》（校点本），上海：中华书局，1962，页98。

说经：长啸和尚、彭道安、陆妙慧、陆妙净。[1]

南宋末年吴自牧《梦粱录》卷20“小说讲经史”的记录，承袭《都城纪胜》《西湖老人繁胜录》的说法，但增加了“说诨经”一项：

谈经者，谓演说佛书；说参请者，谓宾主参禅悟道等事，有宝庵、管庵、喜然和尚等。又有说诨经者，戴忻庵。[2]

由宋入元的周密在宋亡以后所作《武林旧事》卷6“诸色伎艺人”中记录说经、诨经的艺人最多：

说经、诨经：长啸和尚、彭道（名法和）、陆妙慧（女流）、余信庵、周太辩（和尚）、陆妙静（女流）、达理（和尚）、啸庵、隐秀、混俗、许安然、有缘（和尚）、借庵、保庵、戴悦庵、息庵、戴忻庵。[3]

此外，南宋末年罗烨《醉翁谈录》“小说引子”中曾列出“演史、讲经”之名，但在“小说开辟”中罗列的众多作品中，却未提到“讲经”类的作品。

以上是宋代人有关“说经”等的记载。其中《都城纪胜》《梦粱录》中都有南宋“说话四家”（或称“四家数”）的提法，但它们列举的说话门类，均非并列的四家，所以今人一直对这“四家”有歧义，不过对“说经”为一家，大致没有分歧。[4]对现存话本小说文本及话本名目中哪一些是说经类作品，则一直争论不休，迄无定见。

从以上宋人文献中有关说经的记述可以看出：

（1）它们都是南宋（1127—1279）末期到宋亡数十年间的文献，其中最早的是端平二年（1235）的《都城纪胜》，而介绍北宋（960—1126）都城汴梁（今开封）瓦子技艺最详的孟元老《东京梦华录》（约成书于南宋初年）及其他北

[1]《东京梦华录（外四种）》（校点本），上海：中华书局，1962，页123。

[2]《东京梦华录（外四种）》（校点本），上海：中华书局，1962，页313。

[3]《东京梦华录（外四种）》（校点本），上海：中华书局，1962，页455。

[4] 参见胡士莹《话本小说概论》第四章《说话的家数》，北京：中华书局，1980，页100－129。

宋文献中，均无“说经”等的记载。[1] 因此，说经等技艺在瓦子中的出现，最早是南宋中叶以后的事。宋亡后的《武林旧事》中所载说经等艺人数目最多，则说明这类技艺是在南宋后期逐渐发展起来的。因此，它不可能是100多年前即被“禁断”的“变文”（广义）的直接继承,而是一种新出现的民间说唱技艺。

(2)《都城纪胜》等载说经是“谓演说佛书”。“佛书”是一个模糊的概念，很可能是瓦子中的艺人选取某些与佛教有关的故事，胡乱敷衍，以取悦听众，而冒名佛门“讲经”，以作招徕。因而继之出现了以插科打诨标榜、语涉淫秽的“说诨经”。明刊《墨娥小录》卷14“行院声嗽”收“诨经”,注为“嚼黄”,[2] [插图27] 亦可见民众对这种技艺的评价。至于“说参请”，研究者认为是借佛教禅堂说法问难的形式，以诙谐谑浪、滑稽可笑的语言，表现说话人“舌辩”的才能。[3] 因此，它们都不可能是佛教悟俗化众为目的的讲唱技艺。上述文献中所载说经等的艺人，除了几个以“和尚”为艺名外，还有艺名为“混俗”的人，这些民间艺人也不可能是“佛门子弟”。

(3) 上述文献中均未提到说经等的具体作品，说明它们作为一种民间说唱技艺，本来就没有形成富有特色的传统作品。因此，当代研究者提出了几种可视为说经的作品，也多有争议；即使意见比较一致的《大唐三藏取经诗话》，也有研究者从其内容、体制、语言现象等多方面论证，认为是唐五代佛教寺院中俗讲的底本。[4]

最早对郑振铎“宝卷即谈经等的别名”提出质疑的是日本学者泽田瑞穗，他在《增补宝卷の研究》（日文）一书中指出：

> 因为有这样一种尚不明确的宋代“谈经”，就把它同明朝以后的宝卷简单地联结在一起是有些勉强的；把宝卷断定为“谈经的别名”，

---

[1] 邓之诚《东京梦华录注》（北京：中华书局，1982）页135注释引《三朝北盟会编》云：“（靖康）二年正月二十五日，杂剧、说经、小说……”引文中的“说经”系“说话”之误，见上海古籍出版社影印清许涵度刊《三朝北盟会编》下册，页583。

[2]《墨娥小录》作者不详，引文见北京中国书店影印明隆庆五年（1566）吴氏聚好堂刊本，卷14，页8B。

[3] 参见张政烺《问答录与说参请》，原载《历史语言研究所集刊》第17本，本文据胡士莹《话本小说概论》转引，北京：中华书局，1980，页115－116。

[4] 见李时人、蔡镜浩《大唐三藏取经诗话校注》“前言”及附录二“大唐三藏取经诗话成书时代考辨”，北京：中华书局，1997。

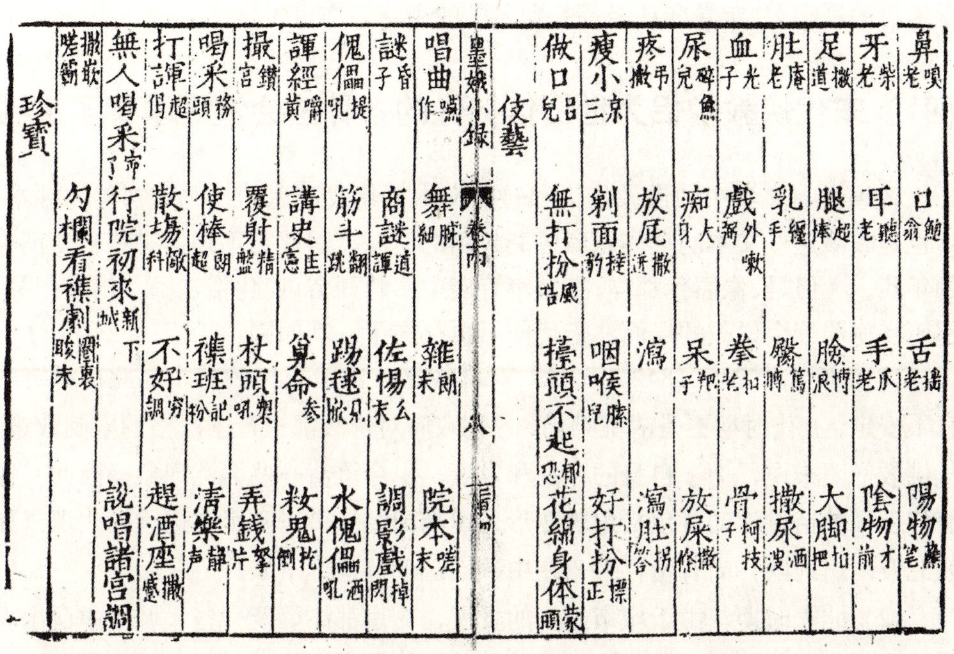

[插图 27]《墨娥小录》卷 14“行院声嗽 · 伎艺 · 诨经”（明隆庆五年 [1571] 刊）

更有自以为是之嫌。[1]

这种质疑是有道理的。上文已经指出，最早的宝卷是继承了唐代佛教俗讲讲经说法的传统，并按照一定的宗教仪轨在法会道场中演唱的。而宋代的瓦子勾栏是城镇市民“娱戏荡游”的场所，是士庶“放荡不羁”、令子弟“流连破坏”、娱乐嬉游的地方，其中不可进行严肃的宗教仪式，也就不可能演唱宝卷。事实上，宋元以来，不仅宗教宝卷，即使清及近现代的民间宝卷，也都是在民间法会（“庙会”、“家会”）或民众朝山进香的信仰活动中演唱，而不进入公众娱乐场所的说书场。

综上所述，南宋瓦子中的“说经”等既非“佛门子弟（和尚）”以悟俗化

---

[1] 日本东京：国书刊行会，1975；译文见拙著《中国宝卷研究论集》，台北：学海出版社，1997，页264。

众为目的说唱，“宝卷即谈经等的别名”的说法，亦可否定。

四 、宋代佛教僧侣为世俗信徒做的各种法会道场孕育了宝卷

敦煌说唱文学中的佛教俗讲和转变文本，年代最迟的是北宋初年的抄本，这也是收藏这些文本的莫高窟藏经洞封闭的时间，因此它不是俗讲和转变消失的年代。[1] 但是，像唐代那样，在城市寺庙中奉敕开俗讲、化俗法师“出入州县、巡历乡村”聚会说教的局面，宋代便不再存在了，其原因：

（1）唐会昌二年（842）灭佛，对佛教是一次毁灭性的打击。此后社会一直不安定，五代时期更是战乱频仍，各朝政府对佛教都执行了严格的限制政策；从佛教僧团来说，为了自身的存在和发展，也会澄清一些混乱现象。因此，像唐代那样的俗讲活动（包括用转变形式说唱因缘故事）除了在边远的州郡（如西北及四川地区）尚有留存外，在中原地区没有延续下来。

（2）北宋时期，由于城市经济的发展，在京都汴梁及一些大城市中已出现了公众娱乐场所“瓦子勾栏”。平时各种民间伎艺都集中在瓦子勾栏中演出，在各种民俗节日，则沿街搭彩棚演出。[2] 佛教的寺庙，已不像唐代那样兼作民众娱乐嬉游的场所。[3] 这也有利于净化佛教僧团的宗教活动。

但是佛教僧团仍然有悟俗化众的讲经说法活动，如《梦粱录》卷 17“历代方外僧”记宗本、德明两位僧人入宫内为皇帝讲经说法：

> 宗本，字无诘，姓管，号静慈圆照禅师。神宗召对，赐茶，入福宁殿说法，诏赐肩舆入内。

---

[1] 比如（南宋）释宗鉴《释门正统》“斥伪志”中，便列出一种《开天括地变文》。《释门正统》是宗鉴于南宋嘉熙初年增补吴克已同名书而成，是天台宗的史传。宗鉴既斥其伪，说明这本《开天括地变文》同佛教有关，也就是说，直到南宋末年，民间仍有变文流传。郑振铎先生对“变文”在“宋初被禁令所消灭”，没有提出文献根据。笔者曾遍查这一时期的历史文献，也没有找到这样的“禁令”。如今许多研究者因袭郑说，也没有提出文献根据。

[2] 参见《东京梦华录》卷6“正月、立春、元宵”等条。

[3] 如唐孙棨《北里志》载：“诸妓以出里艰难，每南街保唐寺有讲席（按，指俗讲），多以月之八日，相牵率听焉。……故保唐寺每三八日，士子极多，盖有期于诸妓也。”上海：古典文学出版社，1957，页 26。

> 德明，姓顾，字澹堂，入径山讲论禅教四年，因观竹溜以杵通节有声，豁然开悟，遂号为竹筒和尚。绍兴年两尝宣入慈宁殿，升座讲《般若经》法，高庙（指宋高宗赵构）奇之，赐号及法衣。[1]

与宝卷的产生直接有关的是宋代佛教僧众为世俗信徒做的各种法会道场活动。北宋末年佚名著《道山清话》记了一位普通僧人应民家之请“讲说因缘”：

> 京师慈云寺有昙玉讲师者，有道行，每为人诵梵经及讲说因缘，都人甚信重之，病家往往延至。一日，与赵先生同在王圣美家，其僧方讲说，赵谓僧曰：“立尔后者何人？”僧回顾愕然者久之。自是僧弥更修谨，除斋粥外，粒米勺水不入口。有人招致，闻命即往，一钱亦不受。[2]

上述记载，还可与描写宋元时期民众生活的小说《水浒传》中的一段描写相参证。百回本《水浒传》第五回，写桃花山二头领小霸王周通要强娶刘太公的女儿为妻，刘太公为此烦恼，已出家为僧的鲁智深对他说：

> 洒家在五台山真长老处学得说因缘，便是铁石人也劝得他转。今晚可教你女儿别处藏了，俺就你女儿房内说因缘劝他，便回心转意。[3]

“真长老”是小说中五台山文殊院的住持智真和尚，是位高僧。上述这类佛教僧众应世俗信徒之请做的讲经说法活动，除了唱诵、讲释佛经外，也会传颂各种佛教因缘（传说）故事，并借以收取布施。这同后世僧众和民间宣卷人为民众“做会宣卷”活动相似。

---

[1]《东京梦华录（外四种）》（校点本），上海：中华书局，1962，页278，279。

[2] 上海文明书局民国四年（1915）编印《说库》本，页14B－15A，本文据浙江古籍出版社1986年影印本。

[3] 北京：人民文学出版社，1975，页68.

南宋《梦粱录》卷19“社会”中介绍的南宋都城临安各寺庙为奉佛信众举行的法会，属于大型法会道场：

> 奉佛者有上天竺寺“光明会”，俱是富豪之家及大街铺席施以大烛巨香，助以斋衬供米，广设胜会，斋僧礼忏三日，作大福田。又有善女人，皆府室宅舍内司之府第娘子夫人等，建“庚申会”，诵《圆觉经》，俱带珠翠珍宝首饰赴会，人呼曰“斗宝会”。更有城东城北善友道者，建“茶汤会”，遇诸山寺院建会设斋，又神圣诞日，助缘设茶汤供众。四月初八日，六和塔寺集童男童女善信人建“朝塔会”。……每月遇庚申或八日，诸寺庵舍，集善信人诵经设斋，或建“西归会”。宝叔塔寺每岁春季，建“受生寄库大斋会”。诸寺院清明建“供天会”，七月十五日建“盂兰盆会”。二月十五日，长明寺及诸教院建“涅槃会”。四月八日，西湖放生池建“放生会”，顷者此会所集数万人。太平兴国传法寺向者建“净业会”，每月十七日集善男信人、十八日集善女信人，入寺诵经，设斋听法，年终以所收衬金，建“药师道场”七昼夜，以终其会，今废之久矣。其余“白莲”“行法”“三坛”等会，各有所分也。[1]

在上述各式各样的法会道场和结社念佛的活动中，孕育和产生了宝卷。在后世宝卷发展中，仍可找到在其中某些法会上演唱相关内容的宝卷的记载。比如，元代宝卷《目连救母出离地狱生天宝卷》在“盂兰道场”（盂兰盆会）上演唱；倚称佛教的明代教派宝卷《药师本愿功德宝卷》在“药师道场”演唱；至今江苏靖江“做会讲经”中，仍专门为妇女做“庚申会”，唱《庚申宝卷》。[2]

综合本文的论述，可见宝卷渊源于佛教僧侣向世俗信徒讲经说法的俗讲活动，它也是世俗佛教信徒的宗教信仰活动；佛教僧侣为世俗信徒做的各种法会道场活动孕育了宝卷，与南宋时期瓦子中的“说经”等没有关系。

---

[1]《东京梦华录（外四种）》（校点本），上海：中华书局，1962，页300。

[2] 参见本书第三编第一章“江苏靖江的做会讲经”。

第二章　宝卷的形成及其演唱形态

一、前言

宝卷渊源于唐代佛教僧侣讲经说法、悟俗化众的俗讲，与南宋瓦子中的“说经”等无关。[1] 但是，宝卷的形成在历史文献中找不到任何有关的直接记载，因此只能就现存最早的宝卷作品来探讨。前人曾提出《香山宝卷》产生于宋代，[2]《销释真空宝卷》产生于宋元时期，[3]《佛说鬼绣红罗化仙哥宝卷》产生于金代等不同的说法，[4] 这些说法均已为研究者否定。可以确认产生于宋元时期的作品有三种：

（1）南宋宗镜编述的《金刚科仪》；

（2）元末明初抄本《目连救母出离地狱生天宝卷》；

（3）近年发现的民间抄本古宝卷《佛门西游慈悲宝卷道场》。

以下分别介绍这三种作品，并据以讨论宝卷形成及其演唱形态等问题。

[1] 拙文《宋代瓦子中的“说经”与宝卷》（载《书目季刊》，台北，第34卷第2期，2000年9月），亦可参考。

[2]《香山宝卷》为明代前期的佛教宝卷，见本编第三章“明代的佛教宝卷”。

[3]《销释真空宝卷》存抄本，据说是上个世纪20年代在宁夏同宋元刻本西夏文藏经一道发现（未见考古发掘报告），因被认为是宋元时期的抄本。胡适《跋销释真空宝卷》（载《国立北平图书馆馆刊》，第5卷第3期，1932）据卷中唐僧取经故事情节的特点，指出它们源于明吴承恩《西游记》，产生时间“早不得在万历中期（约1600年）以前，也许更晚一点”。今人喻松青考订，本卷是万历二十四至四十八年间（1596—1620）罗教传入西北地区一支的传人印宗（俗姓李，名元，陕西人）所编，见《“销释真空宝卷”考辨》，载《中国文化》，第11期，1995年7月。

[4]《佛说鬼绣红罗化仙哥宝卷》发现于山西，刻本，扉页题识“至元庚寅新刻金陵聚宝门外圆觉庵比丘集仁捐众开雕”，目录后题识“依旨修纂颁行天下崇庆元年岁次壬申长至日”，因被认为是金编元刻本，但“金陵聚宝门外圆觉庵”的题示，已说明它作伪，因为聚宝门是朱元璋所修南京新城十三门之一。此卷是经过明代中叶后民间教派改编的前期佛教宝卷。

二、“金刚道场”——《金刚科仪（宝卷）》

本卷在宋元文献中未见著录，盛行在明代，留有多种刊本。卷名或作《销释金刚科仪》、《金刚科仪宝卷》等，简称《科仪卷》。现存较早的刊本有：

（1）《销释金刚科仪录说记》，一卷一册，明代初年刊黑口本。题“鸠摩罗什译，宗镜述，成桂注”，未见。[1]

（2）《销释金刚科仪》，一卷一册，卷末题记为明嘉靖七年（1528）尚膳太监张俊等出资刊印，经折本。[2] [版图 4]

（3）《销释金刚科仪会要注解》，九卷九册，明万历七年己卯（1579）刊本，卷首题“姚秦三藏法师鸠摩罗什译，隆兴府百福院宗镜禅师述，曹洞正宗嗣祖沙门觉连重集”。[3]

（4）《销释金刚科仪会要》，一卷一册，明万历四十四年（1616）衍法寺沙门本赞刊本。[插图 28]

本卷的编述者宗镜禅师，不见僧传记载。《销释金刚科仪会要注解》卷末载嘉靖辛亥（三十年，1551）智化寺沙门莹庵道灯跋云：

> 今宗镜者，宋时人也。智识雄迈，行解圆融。字该三藏之文，理证一真之妙。依《金刚经》三十二分之全文，科判一经之大义。提纲要旨，明般若之根源；偈颂宣扬，识真如之妙理……自宋迨今，见闻受持，家喻户晓也。[4]

据此记载，宗镜是宋代的一位禅僧。（日）吉冈义丰因五代宋初著名禅师

[1] 已故吴晓铃先生收藏，见吴氏手订《绥中吴氏家藏宝卷目录》（稿本）著录。按，吴氏藏书由其后人捐赠首都图书馆。

[2] 已故周绍良先生收藏，王见川、林万传编《明清民间宗教经卷文献》收影印本，台北：新文丰出版公司，第一册，1999。

[3] 已故吴晓铃先生收藏，见吴氏手订《绥中吴氏家藏宝卷目录》（稿本）著录；又，《续藏经》（上海：涵芬楼影印本，1923）第一编“经部”第92套第二册所收为这一版本的排印本。

[4] 见《续藏经》（上海：涵芬楼影印本，1923）第一编“经部”第92套第二册，页223B。

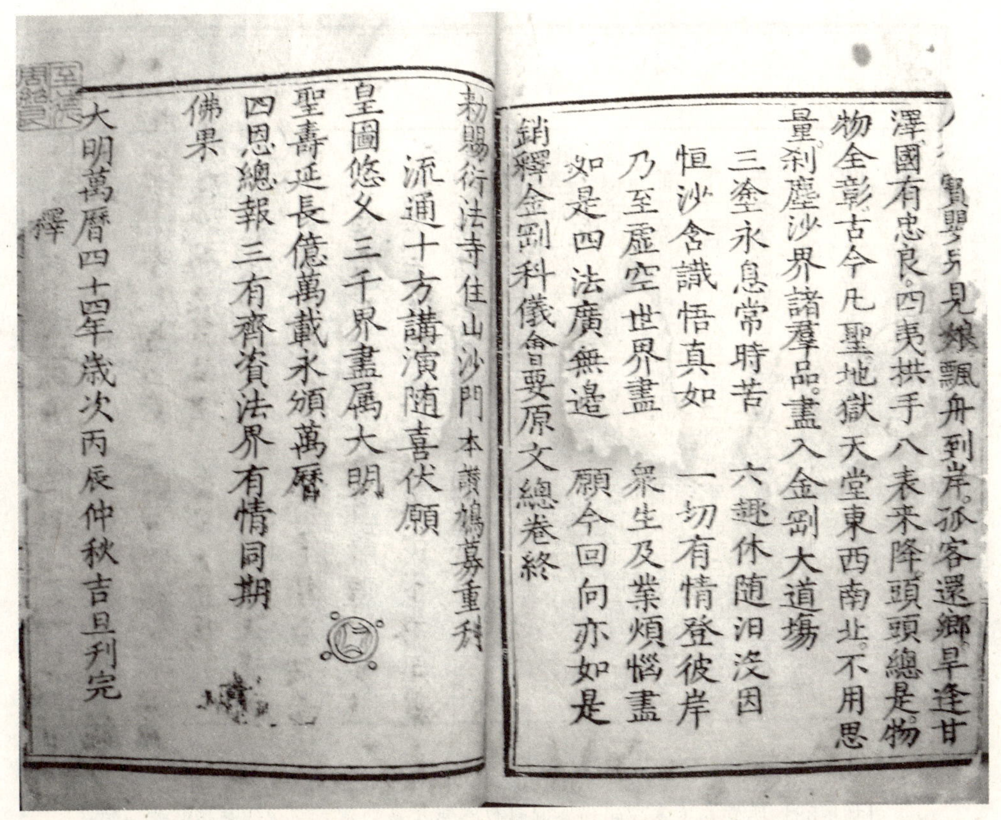

寶嬰兒見娘飄舟到岸。孤客還鄉旱逢甘
澤國有忠良。四夷拱手八表來降頭頭總是物
物全彰古今凡聖地獄天堂東西南北。不用思
量剎塵沙界諸尊品。盡入金剛大道場
三塗永息常時苦　六趣休隨汩沒因
恒沙含識悟真如　一切有情登彼岸
乃至虛空世界盡　衆生及業煩惱盡
如是四法廣無邊　願今回向亦如是
銷釋金剛科儀會要原文總卷終

勅賜衍法寺住山沙門本讚鳩募重刊
流通十方講演隨喜伏願
皇圖悠久三千界盡屬大明
聖壽延長億萬載永頌萬曆
四恩總報三有齊資法界有情同期
佛果
釋
大明萬曆四十四年歲次丙辰仲秋吉旦刊完

[插图 28]《销释金刚科仪会要》卷末（明万历四十四年[1616]刊经折本）

永明延寿（904—975）编有《宗镜录》100 卷，认为宗镜即永明延寿。[1]（日）泽田瑞穗提出质疑，并考证出“百福院”即南昌县进贤门外的古刹百福寺，为晋时所建。[2] 后吉冈氏又重新考证，主要依据《销释金刚科仪会要注解》卷 2 所云：“自佛说经（按：指《金刚般若波罗蜜多经》）之后，至大宋第十四帝理宗淳祐二年（1242）立此科仪。”[3]［插图 29］并参证其他材料，认定此卷为宗镜禅师

[1] 见《道教的研究》（日文），东京：法藏馆，1952，页18。

[2] 见《金瓶梅词话中所引用的宝卷》（日文），原载《中国文学报》第五号，1966；又，收入《增补宝卷の研究》（日文），东京：国书刊行会，1975，页288。

[3] 见《续藏经》（上海：涵芬楼影印本，1923）第一编“经部”第92套第二册，页141A。

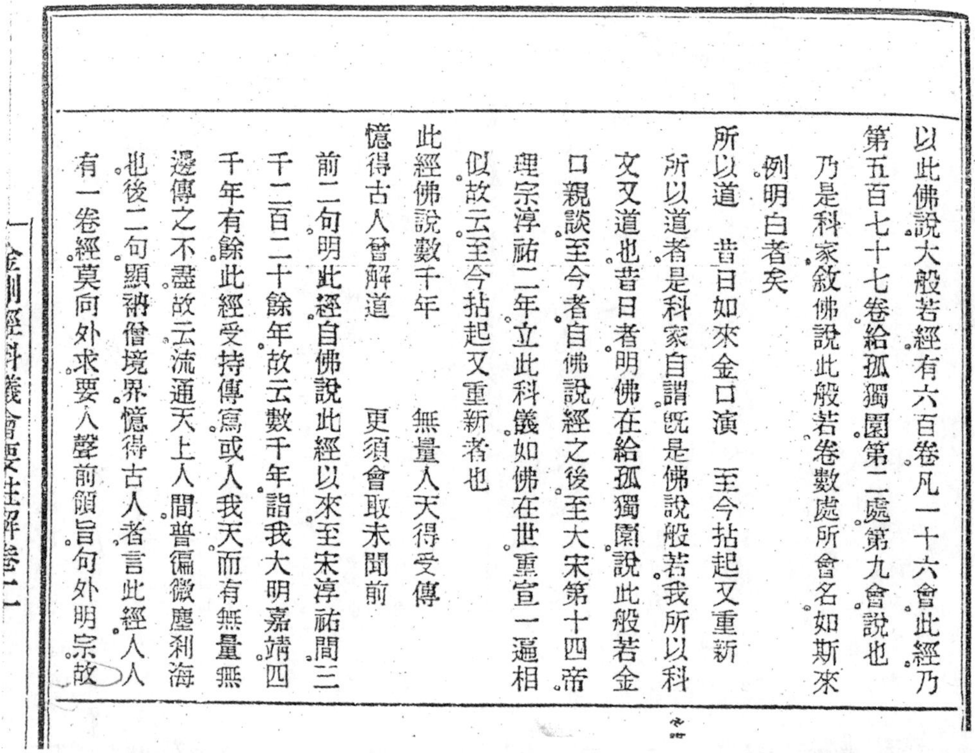

以此佛說大般若經有六百卷凡一十六會此經乃
第五百七十七卷給孤獨園第二處第九會說也
乃是科家敘佛說此般若卷數處所會名如斯來
例明白者矣
所以道　昔日如來金口演　至今拈起又重新
所以道者是科家自謂既是佛說般若我所以科
文又道也昔日者明佛在給孤獨園說此般若金
口親談至今者自佛說經之後至大宋第十四帝
理宗淳祐二年立此科儀如佛在世重宣一遍相
似故云至今拈起又重新者也
此經佛說數千年　無量人天得受傳
憶得古人曾解道　更須會取未聞前
前二句明此經自佛說此經以來至宋淳祐間三
千二百二十餘年故云數千年詣我大明嘉靖四
千年有餘此經受持傳寫或人我天而有無量無
邊傳之不盡故云流通天上人間普徧微塵剎海
也後二句顯衲僧境界憶得古人者言此經人人
有一卷經莫向外求要入聲前領旨句外明宗故

金剛經科儀會要注解卷二

[插图29] 明觉连重集《销释金刚科仪会要注释》卷二（《续藏经》第一编第九十二套第二册页141B）

作于南宋理宗赵昀淳祐二年。[1]

本卷演释鸠摩罗什译《金刚般若波罗蜜多经》，这是在中国佛教徒中流传较广的经典之一。它阐述一切法无我，众生及法皆空，如卷末四句偈所云："一切有为法，如梦幻泡影，如露亦如电，应作如是观。"但这部科仪的说解，则多弘扬西方净土："西方净土常安乐，无苦无忧归去来！""誓随净土弥陀主，接引众生归去来！"要求众生礼念阿弥陀佛，解脱四生六道："幻身不久，浮世非坚。不久则形躯变异，非坚则火宅无安。由是轮回六趣几时休，迁转四生

[1] 见《销释金刚科仪的成书——初期宝卷研究之一》（日文），原载《小笠原宫崎两博士华甲纪念史学论集》，日本龙谷大学史学会，1966；又，收入《吉冈义丰著作集》第1卷，东京：五月书房，1989，页471－485。

何日尽？若不念佛求出离，毕竟无由得解脱！”[1] 这同宋代民间盛行弥陀净土信仰的结社念佛之风是一致的。

本卷是在佛教信徒的法会道场中演唱，卷中说：

> 今同善众，共阅最上乘经。庆幸今宵佛事，时当满散，普集良因，庄严会首之福田，成就无穷之善果。[2]

本卷开始“请经”部分有“愿今合会诸男女，同证金刚大道场”，[3] 卷末的“结经发愿文”中有“刹尘沙界诸群品，尽入金刚大道场”，[4] 说明演唱这部宝卷的法会称“金刚道场”。据明代文献记载，它主要用于追荐亡灵或礼佛了愿。明罗梦鸿（1442—1527）《苦功悟道卷》“辞师别访第五”中写道：“不移时邻居家中老母亡故，众僧宣念《金刚科仪》。夜晚长街立定，听《金刚科仪》云……”[5]《金瓶梅词话》第 51 回中的一段描述可作参证：月娘夜间请薛姑子、王姑子和她们的两个徒弟在家中“讲说佛法”，演颂《金刚科仪》。这次宣卷与这部小说中多次宣卷不同，被特地安排在“明间”（正房中间的客堂）里。潘金莲听到中途不耐烦，拉着李瓶儿跑出来，说：“大姐姐（月娘）好干这营生！你家又不死人，平白交姑子家中宣起卷来了！”[6] 这也说明，这部科仪一般是在荐亡法会上演唱。

这部科仪在正式讲释经文之前，有以下仪式和赞偈、说唱词：

> （1）恭请十方圣贤现坐道场、“信礼常住三宝”；
> （2）讲解经题；
> （3）举香，唱“香赞”，讲唱“法会缘起”；

---

[1] 此卷引文均据《明清民间宗教经卷文献》收影印嘉靖七年刊本，台北：新文丰出版公司，1999，第一册，见页43、21、5－6。

[2]《明清民间宗教经卷文献》，台北：新文丰出版公司，1999，第一册，页57－58。

[3]《明清民间宗教经卷文献》，台北：新文丰出版公司，1999，第一册，页 13。

[4]《明清民间宗教经卷文献》，台北：新文丰出版公司，1999，第一册，页 60。

[5] 据《明清民间宗教经卷文献》收清雍正七年合抄本《大乘苦功悟道经》，台北：新文丰出版公司，1999，第一册，页133。

[6] 北京：人民文学出版社校点本，1985，页659－662。

（4）安坛、请经、请神：先“安土地”护坛，唱诵“净口业”、“安土地”、“普供养”真言，“请经”，再奉请八金刚、四菩萨“护坛”，

（5）发愿：唱诵“发愿文”[1]、“云何梵”等。

上述仪式结束后“开经”，唱“开经偈”，接着讲唱“提纲”，以下即按《金刚经》三十二分，转读经文，说解。全部经文讲解毕，又以同样形式的两段说唱，讲唱“道场圆满”，中间加诵《心经》。后“随意回向”，诵“结经发愿文”，继以七言四句偈赞两首“回向”结束。

本卷主体部分是演释《金刚经》，即按《金刚经》三十二分，每分先转读经文，后说解。以下举“法会因由分第一”为例（为了便于说明和比较，为其中说解文部分编号）：

如是我闻，一时佛在舍卫国，祇树给孤独园，与大比丘众，千二百五十人俱。尔时，世尊食时，著衣持钵，入舍卫大城乞食。于其城中，次第乞已，还至本处。饭食讫，收衣钵，洗足已，敷座而坐。

（1）［白文］调御师亲临舍卫，威动乾坤；阿罗汉云集祇园，辉腾日月。入城持钵，良由悲愍贫穷；洗足收衣，正是晏安时节。若向世尊未举以前荐得，犹且不堪；开口已后承当，自救不了。宗镜急为提撕，早迟八刻，何故？

（2）良马已随鞭影去，
阿难依旧世尊前。

（3）乞良归来会给孤，收衣敷坐正安居。
真慈洪范超三界，调御人天得自如。
西方宝号能宣演，九品莲台必往生。
直下相逢休外觅，何劳十万八千程。
百岁光阴瞬息回，其身毕竟化为灰。
谁人肯向生前悟，悟取无生归去来。

[1] 此处是法会斋主“发愿”，与“结经发愿文”不同。

(4) 善现启请，顿起疑心，合掌问世尊。云何应住，降伏其心。佛教如是，子细分明。冰消北岸，无花休怨春。

(5) 金刚般若智，莫向外边求。

空生来请问，教起有因由。[1]

第一段是转读经文。[白文]（二字为原卷所有）以下为说解经文，其中（1）是散说，但用了便于唱诵的押韵赋体，末句为发问；有的段落中，句末尚加一“咦”字，加强语气。在清道光乙未（十五年，1835）僧建基录《金刚科仪宝卷》[2]中，在问句前均加注“问”字，在（2）之前加“答”字。此亦为佛家讲经问难答辩的格式，同时也表示[白文]同以下的歌赞不是一人说唱。

本卷结束时的“结经发愿文”如下：

伏愿经声琅琅，上彻穹苍；梵语玲玲，下通幽府。一愿刀山落刃，二愿剑树锋摧，三愿炉炭收焰，四愿江河浪息。针喉饿鬼，永绝饥虚；麟角羽毛，莫相食啖；恶星变怪，扫出天门；异兽灵魑，潜藏地穴；囚徒禁系，愿降天恩；疾病缠身，早逢良药；盲者聋者，愿见愿闻；跛者哑者，能行能语；怀孕妇人，子母团圆；征客远行，早还家国。贫穷下贱，恶业众生，误杀故伤，一切冤尤，并皆消释。金刚威力，洗涤身心；般若威光，照临宝座。举足下足，皆是佛地。更愿七祖先亡，离苦生天；地狱罪苦，悉皆解脱。以此不尽功德，上报四恩，下资三有。法界有情，齐登正觉。

川老颂曰：如饥得食，渴得浆，病得瘥，热得凉；贫人得宝，婴儿见娘；飘舟到岸，孤客还乡；旱逢甘泽，国有忠良；四夷拱手，八表来降。头头总是，物物全彰。古今凡圣，地狱天堂，东西南北，不用思量。刹尘沙界诸群品，尽入金刚大道场。[3]

“川老颂曰”以下的话，即宋释道川（川老）为《金刚经注》所作最后一条“颂”

[1] 《明清民间宗教经卷文献》台北：新文丰出版公司，1999，第一册，页14－15。

[2] 收入《续藏经》（上海：涵芬楼影印本，1923）第二编经部第3套第二册。

[3] 《明清民间宗教经卷文献》，台北：新文丰出版公司，1999，第一册，页59－60。

语。[1]这段结经发愿文也见于《目连救母出离地狱生天宝卷》，明代许多教派宝卷也沿用它（文字有异）。明末清初罗教无极正派祖师应继南将它作为《结经》。[2]

三、“盂兰道场”——《目连救母出离地狱生天宝卷》

本卷简名《目连宝卷》《生天宝卷》，孤本，原为郑振铎收藏，现藏国家图书馆，仅存下册。原为蝴蝶装，后又重新装裱为方册（约 30 × 30cm）。[版图 3] 封面为硬纸板裱装黄彩绢，内文裱装为页子，共 54 页。工笔小楷精抄，每页 12 行（单页 6 行），行 16 字，其中有 7 幅彩绘插图。[3]郑振铎认为：“这个宝卷为元末明初写本，写绘极精，插图类欧洲中世纪的金碧写本，多以金碧二色绘成。(斯类写本，元明之间最多，明中叶以后，便罕见)。”[4]郑所述本卷抄写的时间，可为卷末页彩绘龙牌题识证明。此龙牌上部及左右绘金黄色三条龙盘绕，边框为红黄二色。题识为金色，因年代久远，字迹已模糊，仔细观察，仍可识读：

敕旨

宣光三年　　穀旦造

[1] 按，本书见《续藏经》（上海：涵芬楼影印本，1923）第二编“经部”第38套第四册。卷首有注：“本注六祖所述也，颂著语川老所述也”，另载《川老金刚经序》，末署“淳熙己亥（六年，1179）结制日西隐五理惠藏无尽书”。按，道川俗姓翟，昆山人，建炎初年，投拜天峰净因寺蹒庵继成门下，嗣其法。

[2] 参见本书第五编“宝卷漫录 · 结经”。

[3] 近俄国青年学者白若思（Р.В.Березкин）先生向笔者介绍，他的导师、俄国著名汉学家孟列夫(Л.Н.Меньшиков，1926—2005）生前曾向他介绍原德斯尼斯基教授（В.А. Десницкий, 1878—1958）收藏抄本《目犍连尊者救母出离地狱生天宝卷》（存两册，现在的收藏者不详），题“大明正统五年（1440）皇妃姜氏敬献”，附彩色插图。据白若思先生抄示的其中一段文字看，这部宝卷的演唱形式，同《目连救母出离地狱生天宝卷》相同；其叙述故事的内容，在郑藏《生天宝卷》已佚的上部。它说明，明代前期这部宝卷仍被佛教徒作为“功德”抄传。其卷名虽同郑骞、傅惜华旧藏明万历抄本无为教徒改编的《目犍连救母出离地狱生天宝卷》相同（见本书第五编“宝卷漫录”），但形式和内容有不同：它没有分“品（分）”，不插唱小曲；卷中人物“金支”，在郑、傅藏宝卷中作“金厄”。

[4]《中国俗文学史》，上海：上海书店影印本，1984，下册，页318。郑著在介绍本卷时，大量摘引本卷原文（页318－327）。本卷以下引文据原卷补。

弟子脱脱氏施舍

“宣光”系元顺帝退出北京后北走和林，其子爱猷识理达腊所用年号，史称“北元”。脱脱氏为蒙古族姓氏，结合此卷抄绘装帧金碧辉煌的形式，它可能是元蒙贵族之物。本卷的作者无考。“宣光三年”即明洪武六年（1373），恰是元末明初。[1]本卷是作“功德”施舍的。佛教徒以抄写经卷为功德，卷中亦称：“若人书写一本，留传后世，持诵过去，九祖照依目连，一子出家，九祖尽生天。”因此，此卷自署的抄写年代，可以确认。

关于本卷的产生年代，可参考卷中唱的两支产生于金代的北曲［金字经］作推测：［挂金锁］用常格，［金字经］曲则同元代散曲家所作有别，而同王实甫（或作关汉卿）作《破窑记》杂剧第四折所唱此曲相同，[2]因此，它产生的年代可能在金元之间（约1234年前后），同《金刚科仪》出现的时间相近。

本卷现存下册故事如下：

目连寻娘不见，在狱（火盆地狱）前禅定，夜叉报告狱主。狱主知目连为佛弟子，低头礼拜。目连告诉狱主，为寻母亲青提夫人而来。狱主遍查牢内没有其人，遂告目连，前边尚有阿鼻地狱，可去寻访。目连到阿鼻地狱铁围城下，无门而入，回还火盆地狱，哀求狱主。狱主告诉他：若开此狱，须去问佛。目连回到灵山，哀求如来。佛给目连袈裟、钵盂、锡杖。目连又来到阿鼻地狱，身披如来袈裟，手持如来钵盂，振锡杖三声，狱门自开。狱主让青提夫人暂出狱门，

[1] 关于这个年号的识读，另有两种不同的看法：一是程有庆、林萱读为“皇元三年”，见《北京图书馆藏宝卷善本提要（三种）》（载《文史资料》，1992年4期）；二是（日）吉川良和读为“至元三年”，并考定为“后至元三年（1337）”，见《关于“佛说目连救母经”及“目连救母出离地狱生天宝卷”的成书年代》（载《戏曲·民俗·徽文化论集》，合肥：安徽大学出版社，2004）。不同的识读，说明字迹模糊难识。70多年前，郑振铎先生不可能没有读到过这个“龙牌题识”，他没有直接以这个龙牌题识作为本卷抄写年代的根据，大概那个时期字迹已经模糊难识了，但他以本卷为“元末明初”之物，则与笔者识读的时间相同。而程有庆等识读的时间，则同笔者推论本卷产生的时间接近。（见下文）

[2] ［金字经］，又名［阅金经］，元曲小令，因不入套数，杂剧中一般不唱。元散曲中大量［金字经］曲的作品定格是“五、五（韵）、七（韵）、一（韵）、五（韵）、三（韵）、五（韵）”，变格为“五、五（韵）、七（韵）、三（韵）、五（韵）、三（韵）、五（韵）”。王实甫（或作关汉卿）《破窑记》杂剧（旦本）第一折由两个净角扮“傻厮”唱的［金字经］插曲，辞格为“七、七（韵）、三（韵）、五（韵）、三（韵）、五（韵）”。《生天宝卷》所唱［金字经］辞格与此相同，此是早期的民间唱法。

与儿相见。目连见娘枷锁缠身，遍身猛火，口内生烟，昏倒在地。醒来扯住亲娘，放声大哭，把钵盂中的香饭与母食。食未入口，即变为猛火。母子二人诉苦未尽，狱主催促。目连再到灵山礼佛。佛告诉目连“吾当自去”，便领大众，驾五色祥云，放万道豪光，照破诸大地狱。一切罪人，蒙佛愿力，俱得超生。青提夫人因生前作业深重，未得超升，而入黑暗诸恶地狱。目连得佛指示，礼请诸佛菩萨、十方圣众转念大乘经典。青提夫人仗佛神通，离开黑暗地狱入饿鬼城。目连见母亲受饿鬼形，又到灵山求佛，依佛言，请三世诸佛菩萨燃灯造幡，放生忏悔。青提夫人得出饿鬼趣，去王舍城中托生为狗。[彩图 4] 目连又依佛言，于七月十五日中元节修建血盆盂兰会。启建道场，引母到会，受佛摩顶授礼。青提顿悟本心，永归正道。目连孝道感天动地，天母下来迎接，青提超出苦海，升忉利天，受诸快乐。

在说唱完故事后，宝卷中“普劝后人，都要学目连尊者，孝顺父母，寻问明师，念佛持斋，生死永息，坚心修道，报答父母养育深恩”，[1] 并劝人抄传这部宝卷。

目连又称大目连、目犍连，是佛陀释迦牟尼十大弟子之一。他同舍利佛同为佛陀众弟子上首，“神足弟一”，曾代佛陀为众说法。目连救母的故事见于《佛说盂兰盆经》[2] 等。经中称：目连得道后，欲度父母，报乳哺之恩。以天眼通见亡母堕于饿鬼道，皮骨连立，不得饮食。目连悲苦，求佛救母之法。佛指示目连，于七月十五日僧自恣日（僧众结夏安居结束之日）具百味五果于盂兰盆，供养十方大德众僧，得救七世父母。目连母因脱离饿鬼之苦。佛教传入中国后，因要求僧众出家修行，与中国传统道德“不孝有三、无后为大”相违背，因受到责难和攻击。此经要求人们行孝道，报答父母养育之恩，因而广受欢迎，并迅速传播。南朝梁武帝萧衍首倡盂兰盆会，每年七月十五日在寺庙中设盂兰盆斋。唐宋以来，此风大行，并逐渐成为中国民众的民俗节日——中元节。除了佛教寺庙、僧众举行盂兰盆会外，一般民众也把它作为“鬼节”，进行祭祀祖先、追奠亡灵的各种民俗活动。《东京梦华录》卷 8“中元节”载北宋京都汴梁民俗：

[1] 本卷以下引文均据原卷。

[2] 此经收入《大正藏》第16册。一般认为它是中国佛教徒所编。

> 七月十五日中元节。先数日，市井卖冥器靴鞋、幞头帽子、金犀假带、五彩衣服。以纸糊架子盘游出卖。潘楼并州东西瓦子亦如七夕。耍闹处亦卖果食种生花果之类，及印卖《尊胜目连经》。又以竹竿斫成三脚，高三五尺，上织灯窝之状，谓之“盂兰盆”，挂搭衣服、冥钱在上焚之。构肆乐人，自过七夕便般《目连救母杂剧》，直至十五日止，观者增倍。中元前一日，即卖练叶，享祀时铺衬桌面；又卖麻谷窠儿，亦是系在桌子脚上，乃告祖先秋成之意；又卖鸡冠花，谓之“洗手花”。十五日供养祖先素食，才明即卖穄米饭，巡门叫卖，亦告成意也。……城外有新坟者，即往拜扫。禁中亦出车马诣道者院谒坟。本院官给祠部十道，设大会，焚钱山，祭军阵亡殁，设孤魂之道场。[1]

这本宝卷就是在这种“盂兰盆会（道场）”中演唱，所以卷末“结经发愿文”结尾说：“刹尘沙界诸群品，尽入盂兰大道场”。

这本宝卷开卷的形式，将在下文结合《佛门西游慈悲宝卷道场》介绍。除了宝卷结束部分之外，它也是由许多基本相似的散文加韵文组成的演唱段落构成。下面举出一段，它叙述佛亲自带领大众，照破诸大地狱：

> （1）尊者听狱主说罢，驾祥云直至灵山。长跪合掌，礼拜如来：“弟子寻娘得见，不能出离地狱。”佛告目连：“汝休烦恼，吾今自去。”目连听说，心中大喜，拜谢如来。尔时世尊领诸大众，驾五色祥云，眉间放万道豪光，照破诸大地狱，铁床化作莲池，剑树化为白玉。十大阎君，尽皆合掌，口念善哉，香花供养，礼拜如来。
>
> （2）一切罪人皆得度，
> 镬汤化作藕花池。
>
> （3）如来足下起祥云，带领菩萨亿万尊；
> 眉放白豪千万道，冲开地狱作天宫。

---

[1] 见《东京梦华录（外四种）》，上海：中华书局，1962，页 49 – 50。引文所说的《目连经》，即近年发现于日本的《佛说目连报恩经》之类民间佛教信徒编印的经文。此经已引起学者的广泛讨论，论者多把它作为瓦子中“说经”的底本，其实它与“说经”无关，是佛教徒据说唱的目连故事文本编写的“经”。

十地阎君齐合掌，狱中神鬼尽来钦，
众生都把弥陀念，感蒙佛力得超升。

(4) 如来方便，普度群迷，现祥光塞太虚。豪光万道，充满幽衢。镬汤地狱，化作莲池。慈悲救苦，冤魂尽出离。

(5) 尊者因大孝，遊狱救亲娘。
业障深难度，灵山动法王。

以上是这部宝卷中一个典型的段落。它由五部分组成，与上文摘录的《金刚科仪》演唱段落比较，因本卷是说唱因缘故事，所以没有转经的部分，其他说、唱、诵的结构及唱词的形式几乎完全相同。不同之处是，本卷在个别段落中（2）—（5）部分，用重头联唱北曲小令［金字经］或［挂金索（锁）］替代，说明它产生和流行于北方。另外，(4) 之第三句“现祥光塞太虚”为“三三”结构的六字句，这是变体，在《金刚科仪》中也偶有出现。

本卷结束时也有“结经”“发愿”“回向”等仪式。其“结经发愿文”及其后“回向”的两首七言四句偈赞，与《金刚科仪》相同，仅有个别字差别。唯发愿文末句是“尽入盂兰大道场”，说明演唱宝卷的道场不同。在两首七言偈后另附[金字经］两首“随意回向”：

目连救母有效能，腾空便驾五色云。五色云，十王尽皆惊。齐接引，合掌当胸见圣僧。

自然善人好修行，识破尘劳不为真。不为真，灵山有世尊。能欢巧，参破贪嗔妄想心。

敦煌发现手抄卷子中保留下来的目连救母故事题材的说唱文学作品有十余种。《敦煌变文集》收入两种完整的本子：一是俗讲说因缘的文本《目连缘起》，一是转变文本《大目乾连冥间救母变文（并图）》。它们较之《佛说盂兰盆经》的故事已有很大的丰富：目连的母亲有了名字——青提夫人。她生前宰杀生灵，凌辱三宝，作诸恶行，因堕入阿鼻地狱受苦。目连在俗名罗卜，他往地狱寻母的过程得到反复描述，既渲染了地狱的恐怖，也突出了目连救母的决心。将《目连救母出离地狱生天宝卷》与上述缘起和变文比较，宝卷显然继承了它们的故事，乃至某些细节描述。但是，它们之间又有明显的差别。除了形式上的差别外（见下文），内容上也有时代特色。这就是卷中一再宣扬的“常把弥陀念几声”：“若要脱离三涂苦，虔心闻早念弥陀”；“钱过北斗，难买阎罗，不如修福，向善念弥陀”；“早知阴司身受苦，持斋念佛结良缘”；“若要离诸苦，行善念弥陀”；“皈依三宝，念佛烧香。”卷中甚至把目连尊者作为弥陀佛的化身：“目连尊者显神通，化身东土救母亲。分明一个古弥陀，亲到东土化娑婆。假身唤做罗卜字，灵山去见古弥陀。”自然，卷中也表现出宋元时期民间佛教禅净结合的特点，如说目连在火盆地狱前“寻娘不见，就于狱前寂然禅定”：“几时得见亲娘面，甚年子母得团圆？痛泪千行肝肠断，就在牢前顿悟禅。”《金刚科仪》和本卷都把南宋禅僧道川注解《金刚经》的“颂”语拿来放在“结经发愿文”中，也是这个原因。[1]

四、“西游道场”——《佛门西游慈悲宝卷道场》

本卷是从广西当代魔公教使用的经卷中发现的一本古宝卷。[2] 魔公教流行于广西西部百色地区的田林、乐业、凌云等县山区汉族民众中，其形成约在清初。它融合儒、释、道三教信仰，主要为民众做各种道场法事、诵经，祈福禳灾、拔苦谢罪，使用的经卷百余种。明清以来，四川、贵州、湖北、湖南、江西等地曾有大量移民到桂西地区，上述经卷是移民从各地带来的。当地偏僻、贫困、封闭的环境和民间教派极端的保守性，使这本古宝卷能保存至今。

关于本卷产生的时间，陈毓罴《新发现的两种“西游宝卷”考辨》[3] 据其

---

[1] 按，李世瑜先生以本卷中有“提起无生语，思想早还乡”等语，认为它是明代秘密宗教的宝卷，见《宝卷新研——兼与郑振铎先生商榷》（载《文学遗产增刊》第4辑，北京：作家出版社，1957；又，收入李著《宝卷论集》，台北：兰台出版社，2008）。笔者有不同见解，见本书第五编“宝卷漫录 · 结经 · 附记”；又，拙文《最早以“宝卷”名的宝卷——谈“目连救母出离地狱生天宝卷”》（载《宁夏师范学院学报》，2007年第2期）。

[2] 王熙远《桂西民间秘密宗教》收标点本（桂林：广西师范大学出版社，1994，页517－521），本卷末署“1967年丙申年十月初六日誊录古本道场”。这个“古本”下落不详。标点本有不少错误，本文引用时作了校订。

[3] 载《中国文化》，第13期，1996年6月。

中唐僧取经故事同元代《西游记平话》[1]相近，确定其为元编；据卷中称孔子为“大成至圣文宣王”（系元大德十年给孔子加的谥号），确定其编成在大德十年（1307）之后。从本卷与《生天宝卷》的演唱形态相同（见下），亦可补证它们同是元代的作品。

这本宝卷讲唱的是唐僧取经故事。[彩图5]开始分别启请本师释迦牟尼佛、本尊地藏王菩萨、灵感利生观世音菩萨“光临道场”，证盟、献茗（茶）。之后讲“法会缘起”，述“西游取经，乃三藏圣僧悯善之设”；三教均分，佛修行竺国，演经设教，广济众生。这段“缘起文”以“稽首虔诚，称扬圣号”结束，接着是一段偈赞：

三世诸佛不可量，钵（波）旬诸佛入涅槃，
留下生老病死苦，释迦不免也无常；
老君住在南阳乡，烧丹炼药有谁强，
留下金木水火土，老君不免也无常；
大成至圣文宣王，亘古亘今教文章，
留下仁义礼智信，夫子不免也无常。
贞观殿上说唐僧，发愿西天去取经。
大乘教典传东土，亘古宣扬至迄今。

这一段开经前的偈赞，说的是三教一切有为法，均不得常住。（现代江苏靖江佛头“做会讲经”唱“圣卷”前，也多演唱这段歌赞。）然后“道场”才正式开始，述唐贞观三年（629），明君（唐王李世民）因“孽龙索命”而游地府，还阳之后，请玄奘开坛建水陆。经观音点化，要“激扬大乘”，方能超度群迷，为此派唐僧西天取经。以下分六段讲唐僧取经：第一段写唐王与玄奘结盟为御弟，法号唐三藏，钦赐通关文牒，为三藏送行。第二、三段述三藏取经路上，收了悟空孙大圣、悟能猪八戒、悟净沙僧，和“火龙太子”，一路“遇妖魔而神通降怪，遇国界而倒换关文”。师徒一行遇黑松岭、火焰山、狼虎塔、黄蜂怪，又经女人国、子母河、车池国。在流沙恶水，黑熊拦路，白龟摆渡；

[1] 原书已佚，《永乐大典》卷13139“送”字韵“梦”字类收《梦斩泾河龙》一节；朝鲜古代汉语会话书《朴通事解谚》（约刊于元代）中，保留“平话”部分情节。

又遇“蜘蛛精布天罗网，红孩儿飞火焰盆。众徒哮啕无投奔，多亏南海观世音”。第四段述师徒四众到灵山礼佛，世尊唤惠安推开宝藏，付与唐僧。第五段述佛祖“敕南方火龙白马驮经，回归大朝东京”。第六段述唐王迎接三藏，旨传天下，重建水陆。三藏四众，拜谢明君，尽获超升，“般若真经普传天下，万古留名”。以下举第五段为例：

(1) 伏以佛法无边，圣力洪深。闻唐朝命僧求取真经，忙开宝藏检点，敕南方火龙白马驮经，回归大朝东京。高驾祥云，辞西方圣境；毫光闪闪，回报东土明君。愿大乘之妙典，济六道之众生。照见天下国土清平，鬼妖灭爽，人物咸宁。（唱）

(2) 弹指归回到东土，
报与大唐圣明君。

(3) 昔日唐僧去取经，灵山礼别佛慈尊。
三藏奥典亲收拾，高腾云路赴东京。
华严法卷八十一，莲经七册秘意深。
大乘金刚三十二，楞严五千有余零。
孔雀消灾并宝忏，地藏弥陀普门品。
西方净愿除灾障，诸部真言灭罪根。
香云霭霭回本国，瑞气腾腾见明君。
紫云重重毫光现，存没沾恩度有情。

(4) 在会众等，重发虔心，灵山有世尊。三藏经典，普渡有情。愿佛指示，早往超升。恩及法界，共同发善心。

(5) 四句真妙偈，说尽大虚空。
千圣难测度，法界总成空。

这种分段的演唱结构和格式与《目连救母出离地狱生天宝卷》完全相同。各段（3）唱词均以“昔日唐僧去取经”开始，唯第六段是：

《升（生）天宝卷》才展开，诸佛菩萨降来临。
阴超逝化生净土，阳保善卷（眷）永无灾。

西方路上一只船，万古千秋不记年。
东来西去人不识，不度无缘度有缘。
父母生身不可量，高如须弥月三光。
若报父母恩最深，同登瑜珈大道场。
无上甚深微妙法，百千万劫难遭遇。
我今见闻得受持，愿解如来真实意。

《升（生）天宝卷》即上述《目连宝卷》。这一段落结束之后，并无“发愿”“回向”等仪式，说明它是在上述《生天宝卷》之前演唱的。这段唱词就作了《目连宝卷》的“开经偈”。

与这本《佛门西游慈悲宝卷道场》同时发现的还有一本《佛门取经道场 科书卷》，[1] 它用于“饯行道场”。“饯行”即为亡者送行，是宋代以后佛教僧团为俗众做的道场。它分为两部分：前面为“取经道场”，主体长达98句（句式“三三四”）的唱词，述唐僧取经故事；后面是“十王道场”，主体部分是由法师送“世间亡人”过十殿地狱，念经忏悔，地狱十王“赦除多生罪”，由菩萨“引入龙华会”。这部宝卷产生于明代前期。[2] 此处要指出的是：这部宝卷的组合方式同《佛门西游慈悲宝卷道场》和《目连救母出离地狱生天宝卷》的组合方式完全相同。为什么在“盂兰盆道场”或“十王道场”之前加一段唐僧取经故事的“西游道场”（或“取经道场”）？这同当时民众的净土信仰有关：“盂兰盆道场”和“十王道场”都是超度和追荐亡灵的道场，亡灵们最好的前程是进入“西方极乐世界”。唐僧师徒曾战胜各种险阻去“西天”取经，由他们来引导和保护亡者进入“西方”，自然是最好不过了。这种观念在当代民间仍有遗留。有的地方农村中制作唐僧取经故事的明器为逝者陪葬，即出于这种观念。[3]

---

[1] 王熙远《桂西民间秘密宗教》，桂林：广西师范大学出版社，1994，页493－505。

[2] 前引陈毓罴论文认为这部宝卷也产生于元代，笔者认为它产生于明代前期，见本书第二编第三章“明代的佛教宝卷”。

[3] 笔者1994年在江苏金湖县和相邻的安徽天长县农村调查民间流行的香火神会和神书，在铜仁乡高庙村发现退休教师王某与其妻子制作唐僧师徒四人取经故事的彩绘泥人，用彩色纸等物制作衣冠和道具，其中唐僧骑马。据他们介绍，是售与办丧事的人家，每组20元左右。该地区多山地、丘陵，交通闭塞，民间仍盛行土葬。

五、结论

（一）宝卷产生的时间、名义和宗教文化背景

据上文介绍，《金刚科仪》产生于南宋理宗赵昀淳祐二年（1242），《目连救母出离地狱生天宝卷》产生的年代可能在金元之间（约1234年前后），它们产生的时间相近，它们的文本形式和演唱形态也相同。这说明在金元之际的北方和南宋控制的江南地区，佛教的僧侣在民间法会道场活动中，已经比较普遍地利用这种演唱形式讲释经文和说唱因缘故事。因此，这种说唱形式的产生，应当早于此间，可能在北宋时期（1126年以前）已经出现。

宝卷形成期的流传区域，文献中没有记载。明代前期民间佛教宝卷中，有些也可能产生于宋元时期，但没有留存文本，或留存文本已有较大的改动，难以论证。但从《金刚科仪》产生于江西，《生天宝卷》流传于北方，说明宋元时期宝卷传播的空间是很大的。

"科仪"之名,最早为道教所用,指道场威仪。[1]《金刚科仪》是演释佛经经义，在大型法会上演唱。整个演唱过程都是在如规如矩的行动中进行，所以借用了"科仪"的名称。而在小型法会中,用同样的形式说唱因缘故事,则被称之为"宝卷"。明王源静补注《巍巍不动太山深根结果宝卷》中说："宝卷者，宝者法宝，卷乃经卷。"[2] 大概那时的佛教信徒,认为这类卷子是体现佛教"法宝"的经卷。这个名称后来被普遍接受了,所以《金刚科仪》在明代也被称作《金刚科仪宝卷》。后来出现的另一部演释鸠摩罗什译《金刚般若波罗蜜多经》的卷子便称作《大乘金刚宝卷》,演释鸠摩罗什译《佛说阿弥陀经》的卷子称《佛说阿弥陀经宝卷》。

宝卷产生的宗教文化背景是宋元时期佛教弘扬西方净土的弥陀信仰的普及

---

[1] 这个名称也可能直接来自民间。"科"指人的行动，宋元时期民间演唱艺术中有一个专门术语"科范"，或同音作"格范"、"科泛"，也简称作"科"，指表演身段的规范。如南宋画家朱玉《灯戏图》上题字："按京师格范，舞院本诙谐。"（转引自廖奔《宋元戏曲文物与民俗》，北京：文化艺术出版社，1989，页174）元王实甫《西厢记》杂剧第三本第四折："净扮洁引太医上,《双斗医》科范了。"明徐渭《南词叙录》云："科，相见、作揖、进拜、舞蹈、坐跪之类，身之所行，皆谓之科。"（见《中国古代戏曲论著集成》（三），北京：中国戏剧出版社，1959，页246）。

[2] 见王见川等编《明清民间宗教经卷文献》，台北：新文丰出版公司，1999，第一册，页773。

和禅、净信仰的结合。宋代弥陀净土信仰的结社念佛之风盛行，禅宗、天台宗、律宗的僧团也兼弘净土。北宋时，天台宗的四明本如法师因慕东晋时慧远与十八高贤结白莲社念佛之风，而结“白莲社”。南宋绍兴初年有平江（今江苏苏州市）昆山人茅子元，在苏州延祥寺出家，初学天台教义，“习止观禅法”，后亦“慕庐山远公慧远莲社遗风，劝人皈依三宝，受持五戒……念阿弥陀佛五声，以证五戒，普结净缘”，“乃撮集大藏要言，编《白莲晨朝忏仪》，代为法界众生礼佛忏悔，祈生安养”，后往淀山湖（今上海市青浦县与苏州昆山、吴江交界处）创立白莲禅堂，同修净业”。他46岁时“障临（被流放）江州（今江西南昌），逆境中未尝动念，随方劝化”。（这可能是后来《金刚科仪》产生于南昌的原因）宋孝宗赵眘乾道二年（1166），奉诏为太上皇赵构于“德寿殿演说净土法门，特赐号‘白莲导师、慈照宗主’”。他“尝发誓言，愿大地人‘普觉妙道’，每以四字为定名之宗，示导教人专念弥陀，同生净土，从此宗风大振”。[1] 这种简便易行的修行法门，自然易为世俗民众接受，而产生巨大的社会影响。受此弥陀净土信仰的影响，不论是演释《金刚经》的《金刚科仪》，或说唱佛教传统因缘故事的《生天宝卷》中，都出现了弘扬西方净土、劝人“持斋念佛”的内容。这是它们与同题材的俗讲讲经文和缘起，在内容上的明显差别。同时，宝卷更贴近信众的信仰生活，满足他们的信仰需求。《金刚科仪》主要用之于荐亡或礼佛了愿的法会，《佛门西游慈悲宝卷道场》《生天宝卷》用之于盂兰盆会，它们并非止于一般的讲经说法。就讲释经义的《金刚科仪》来说，它不是在寺庙的“经堂”中，而是在为信众举行的荐亡法会中讲唱，因此它也不再执著于经文的阐释，而更注意法会的内容。在这种需求之下，《金刚科仪》对《金刚经》的说解已经结合信众信仰需求，作了禅净结合的敷衍。《金刚科仪》和《目连救母出离地狱生天宝卷》都把南宋禅僧道川注解《金刚经》的“颂语”拿来放在“结经发愿文”中，也是这个原因。

---

[1] 见元普度《庐山莲宗宝鉴》卷4“慈照宗主（十九）”，载《续藏经》，上海：涵芬楼（商务印书馆）影印本，1923，第二编第13套第一册，页28。按，对于茅子元是否是后来“白莲教”的创始人，他所倡导的白莲宗派是否是佛教的“异端”，在佛教界和学术界都有不同的看法。中国佛教自唐宋以来宗派很多；各宗派中又“派中有派”。茅子元的白莲宗派，是适应广大民间佛教信徒的信仰需求的一次“宗教改革”。宋元时期和明代出现的许多佛教宝卷，在终极信仰方面，与元代宣扬“弥勒下生”的白莲教和明代的各新兴民间教派的差别还是明显的。

（二）宝卷形成期的演唱形态

佛教的俗讲和宝卷都是在各种法会上演唱的，它们的演唱形态都有仪式化的特征。除了法会开始和结束时繁杂的宗教仪式外，宝卷受佛教忏法的影响，整个演唱过程也按照一定仪轨，在如规如矩的行动中进行。演唱者不能像俗讲法师那样可以即兴发挥，随便增减散说和唱词。因此，宝卷文本说、唱、诵的文辞都是格式化的。上述三个不同内容的宝卷文本，其产生的时间、地区不同，但其说、唱、诵整齐划一的格式，便是这样形成的。它们的主体部分，不论是演释经义的“科仪”，或说唱因缘故事的“宝卷”，都分为若干形态相同的演唱段落，每个段落中，除了《金刚科仪》是讲经而有转读经文外，其他均分为五部分：

（1）[白文]，是散说，但它并非一般的说白，而是押韵的赋体，“说”起来自然富有音乐性和节奏感。

（2）佛教传统的歌赞，七言二句。

（3）流行的民间曲调，七言的唱词有上、下句的关系，也偶唱北曲的曲牌，如［金字经］［挂金锁］。

（4）句式和押韵为“四四（韵）五（韵）四四（韵）四四（韵）四五（韵）”的一段歌赞，其中第三句偶用“三三”句式。

（5）佛教传统的歌赞，五言四句。

以上除（1）为散说外，（2）—（5）均为韵文的唱词，它们歌唱的形式各不相同。其中（3）是每个演唱段落的主体唱段，这个唱段最长，且唱流行的民间曲调，除《生天宝卷》中的个别唱段用民间流行的散曲小令［金字经］［挂金锁］外，都是七言诗赞体。但是，宋元时期各类音乐文艺的音乐曲调基本上都是乐曲体，唱词是长短句，如诗歌形式的词和散曲，说唱艺术的鼓子词、诸宫调、唱赚和复赚，以及戏剧形态的宋金杂剧院本和元杂剧等。据笔者考察，诗赞体的音乐主要在农村流行；进入城市市民生活的只有莲花落和说唱道情唱诗赞体音乐，它们都是流动乞讨的民间艺人演唱的，被认为是粗俗的低级音乐，称作“陶真”。[1] 所以南宋城市娱乐场“瓦子”中流行有市语：“唱涯词只引子

---

[1] 如（元）高明《琵琶记》第17出“义仓赈济”中净、丑科诨唱的“莲花落”，便称作“陶真”。（见《六十种曲》，北京：中华书局，1982，第一册，页67）它们的唱词去掉和声（衬词），即七言诗赞体。

弟，听淘真尽是村人。”[1]“涯词”，又做“崖词”，指瓦子勾栏中的伎艺人（演员）和“子弟”们（业余演员）演唱的小唱、唱赚、诸宫调、鼓子词和杂剧中的唱曲，它们都同宋代诗歌的主体形式——词的音乐相同，因此为流连于瓦子勾栏中的“风流子弟”们所欣赏；而“陶真”，只有不懂音乐风情的普通人——“村人”[2]爱听。形成期的宝卷，采用了七言诗赞体作为主体音乐，说明作为一种新产生的佛教宗教宣传的说唱形式，它一方面要为广大的民众熟悉和接受，同时又要保持宗教文艺的严肃性，不能一味地去媚俗。

唱段（4）是一段特殊的歌赞，这段歌赞形式上接近长短句的词曲，但在词曲中找不到相应格律的词曲牌。接近这段长短句歌赞形式的曲牌是北曲［双调　忽都白］（或作［古都白］），它是女真族的乐曲，在李直夫《虎头牌》第二折、王实甫《丽春堂》第四折、贾仲名《金安寿》第四折及关汉卿“二十换头”散套中用过。如关汉卿“二十换头”中的［忽都白］：

（我）半载（来）孤眠，信口胡言，枉了把我冤（也麼冤）。打听（的）真实，有人曾见，母亲根前，恁儿情愿！（一）任当刑宪，死而心无怨。[3]

它们之间是否有继承关系，尚待进一步研究。明代中叶后的教派宝卷仍保留这段歌赞，格律严整，第三句少见“三三”的变体。直到清康熙三十七年(1689)编刊于甘肃张掖地区的《敕封平天仙姑宝卷》中，仍保留这一唱段。时间跨度达400多年，可见它已不是一般的词曲，而是一种特殊的偈赞。

在俗讲的押座文中有“念菩萨佛子”“佛子”的提示，这就是后来演唱宝卷中的“和佛”。上述三个宝卷文本中均未注明（一般宝卷文本中均不注出），但明代世情小说《金瓶梅词话》第51回演唱《金刚科仪》的描述中，有和佛的说明：“月娘因西门庆不在，要听薛姑子讲说佛法，演颂《金刚科仪》，正在明间安放一张经桌儿，焚下香。薛姑子和王姑子两个一对坐，妙趣、妙凤两个

[1] 见南宋时期记述临安（杭州）民俗风情的《西湖老人繁胜录》,《东京梦华录（外四种）》,上海：中华书局，1962，页120。

[2] 宋元时期“村人”既指农村中的庄户人（农民），也指俗人、蠢人。

[3] 括号内是衬词。见隋树森编《全元散曲》，北京：中华书局，1964，上册，页183。

徒弟立在两边，接念佛号。”[1]“接念佛号”即“和佛”。据明清宝卷演唱的情况看，和佛主要用在（3）唱段，下句和佛，一般是合唱“南无阿弥陀佛”。

上述三个宝卷文本每个演唱段落中讲唱内容的安排也富特色，其中（1）[白文］是一个段落内容（或故事情节）的大纲。（2）至（5）唱词是上述内容的议论、发挥或故事的铺展。如此反复歌咏可以加强劝化宣教的效果。这种演唱格式，也为后来的教派宝卷和民间宝卷所继承。

（三）形成期的宝卷与佛教的忏法和俗讲

日本学者泽田瑞穗在《增补宝卷の研究》(日文)一书中指出，“古宝卷”是“直接继承、模拟了”唐宋以来佛教的科仪和忏法的“体裁及其演出法，为了进一步面向大众和把某一宗门的教义加进去，而插入了南北曲以增加其曲艺性，这就是宝卷及演唱宝卷的宣卷”；他同时指出，要证明这一结论，“需要进一步叙述古宝卷的构造和词章等”，将它们同忏法书作比较。[2] 但是，尽管泽田先生在他的书中列出清代以前的各种佛教忏法20多种，他却没有做这一工作，因为他对所说的“古宝卷”中的“原初宝卷”语焉不详，而加入“某一宗门的教义”、“插入南北曲”的“古宝卷”，实际上是明代中叶后的教派宝卷。

忏法是佛教徒结合大乘经典中忏悔和礼赞的内容用于修行的宗教活动仪式，又称“忏仪”。隋唐以后，佛教各宗派均以所宗经典撰成忏法修持，如天台宗的《法华三昧忏仪》《金光照忏法》，净土宗的《净土法事赞》，华严宗的《圆觉道场修证仪》等。但各宗派的忏悔、礼赞和忏法文本的形式多有不同。

上文指出，宋元时期佛教宝卷产生的宗教文化背景是弥陀净土信仰的普及，笔者发现这一时期净土宗的忏法《中峰国师三时系念佛事》[3]，不仅开始时的仪式与《金刚科仪》等宝卷相似，演唱过程和文本形式也极相似。如“第一时·提纲”中的一段说唱（为了便于比较，按顺序为各段说唱编号）：[插图30]

---

[1] 北京：人民文学出版社校点本，页659－660。

[2] 日本东京：国书刊行会，1975；译文见拙著《中国宝卷研究论集》，台北：学海出版社，页264、269。

[3] 这部忏法的作者，旧传为五代宋初净土宗六祖永明延寿（904—975），或谓元代的中锋明本（1263—1323）。按，它可能是宋元时期逐渐形成的，托名永明延寿作不可靠，明本也可能只是倡导者、传述者。《续藏经》（上海：涵芬楼影印本，1923）第二编乙第一套第一册收两种版本，均冠以“中峰”之名：一为《中峰国师三时系念佛事》，一为《中峰三时系念仪范》，两本的仪式和使用有差别：前者用于荐亡法事，后者用于信徒结会修行。

（鸣尺）

① 世界何缘称极乐，只因众苦不能侵。

道人若要寻归路，但向尘中了自心。

②心心即佛，醍醐酥酪，咸自乳生，佛佛惟心；钗钏瓶盘，尽从金出，十万亿程，东西不隔。二六时内，凡圣同途，低头合掌白玉毫；星明日丽，歌咏赞扬紫金容……亲蒙授记一句，如何举扬？（鸣尺）

③风吟树树千般乐，

香浸池池四色华。（维那师举）

④ 阿弥陀佛身金色，相好光阴无等伦。

白毫宛转五须弥，绀目澄清四大海。

光中化佛无数亿，化菩萨众亦无边。

四十八愿度众生，九品咸令登彼岸。

南无西方极乐世界大慈大悲阿弥陀佛！（念佛百声，维那举赞）

⑤第一大愿，观想弥陀，四十八愿度娑婆，九品涌金波。宝网交罗，度亡灵出爱河。（莲池会三称）[1]

同样的演唱段落，在该卷有多次重复。将它与《金刚科仪》的说解文（见前面的引文和编号）比较，除了开始法师所唱的①（四句七言诗赞）在《金刚科仪》中（5）的位置外，其他顺序相同，即① = （5）、② = （1）、③ = （2）、④ = （3）、⑤ = （4）；除⑤的句式稍有差别外，其他各部分的形式也相同，如② = （1）的一段散说，都是用赋体，末句发问。在《三时系念佛事》中，①②③段是法师说唱，④⑤是维那唱。《金刚科仪》中的演唱者没有注明，但它的（1）散说部分也以问句结尾，说明和后面的部分不是同一个人说唱。两者的演唱形态和文本形式如此相似，是《金刚科仪》模仿了《三时系念佛事》，抑或《三时系念佛事》模仿了《金刚科仪》，因为《三时系念佛事》产生的时间尚难严格确定，这个问题固难定论。但是，有一点可以肯定：在宋代佛教

[1] 《续藏经》上海：涵芬楼影印本，1923，第二编乙第一套第一册，页57B。

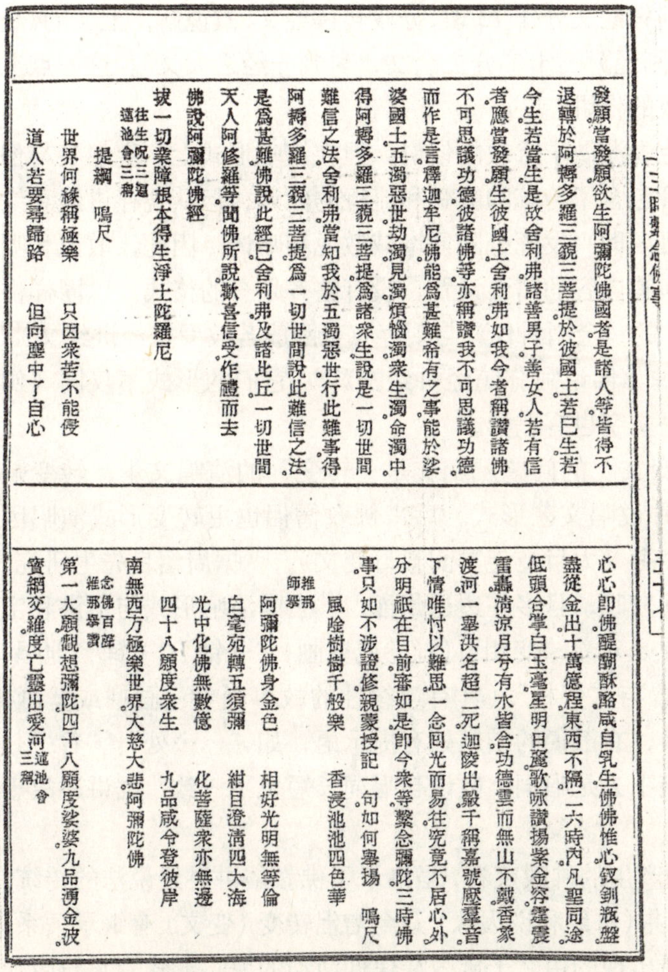

三時繫念佛事　五十七

發願當發願欲生阿彌陀佛國者是諸人等皆得不退轉於阿耨多羅三藐三菩提於彼國土若已生若今生若當生是故舍利弗諸善男子善女人若有信者應當發願生彼國土舍利弗如我今者稱讚諸佛不可思議功德彼諸佛等亦稱讚我不可思議功德而作是言釋迦牟尼佛能為甚難希有之事能於娑婆國土五濁惡世劫濁見濁煩惱濁衆生濁命濁中得阿耨多羅三藐三菩提為諸衆生說是一切世間難信之法舍利弗當知我於五濁惡世行此難事得阿耨多羅三藐三菩提為一切世間說此難信之法是為甚難佛說此經已舍利弗及諸比丘一切世間天人阿修羅等聞佛所說歡喜信受作禮而去

佛說阿彌陀佛經

拔一切業障根本得生淨土陀羅尼

往生咒三遍 蓮池會三稱

提綱　鳴尺

世界何緣稱極樂　只因衆苦不能侵

道人若要尋歸路　但向塵中了自心

心心即佛醍醐酥酪咸自乳生佛佛惟心釵釧瓶盤盡從金出十萬億程東西不隔二六時內凡聖同途低頭合掌白玉毫星明日麗歌咏讚揚紫金容雷震雷轟清涼月兮有水皆含功德雲而無山不戴香象渡河一舉洪名超二死迦陵出㲉千稱嘉號壓群音下情唯忖以難思一念回光而易往究竟不居心外分明祇在目前審如是即今衆等繫念彌陀三時佛事只如不涉證修親蒙授記一句如何舉揚　鳴尺

風唫樹樹千般樂　香浸池池四色華

維那 師舉

阿彌陀佛身金色　相好光明無等倫

白毫宛轉五須彌　紺目澄清四大海

光中化佛無數億　化菩薩衆亦無邊

四十八願度衆生　九品咸令登彼岸

南無西方極樂世界大慈大悲阿彌陀佛

念佛百聲 維那舉讚

第一大願觀想彌陀四十八願度娑婆九品湧金波

寶網交羅度亡靈出愛河 蓮池會三稱

[插图 30]《中峰国师三时系念佛事》(《续藏经》第二编第一套第一册页 57B)

净土宗的忏礼文中已经产生了这种说唱形式。

早期佛教宝卷接受了佛教忏法仪式化的演唱形式，伴随教徒信仰活动演唱，并形成文辞格式化的特点，演唱者绝不能随意发挥。这种仪式化的演唱形式，一直影响到清及近现代的民间宣卷：尽管民间宣卷人演唱的手抄本宝卷，大都是宣卷艺人所编，且辗转传抄并无定本；许多宣卷先生已经将那些宝卷记得烂熟，演唱时不需要看卷本。但宣卷者必须把宝卷放在“经桌”上，“照本宣扬”；在宣卷结束时往往还要加上说明：“卷中倘有错误处，再宣小偈补团圆”[1]、“卷中倘有差错事，念卷神咒送卷文。”[2]

上文介绍宝卷演唱形态与忏法之间的密切关系，但它们之间也有明显的差别：忏法中念诵相关的经文，比如《三时系念佛事》“第一时”便全文念诵《佛说阿弥陀经》，而不解经。《佛说阿弥陀经》不分段，后出的《佛说阿弥陀经宝卷》

[1] 见北京大学图书馆收藏旧抄本《五路财神宝卷》。

[2] 见北京大学图书馆收藏旧抄本《大延寿宝卷》。

(见《明代的佛教宝卷》)则将经文分作 13 段,分段转读经文,做说解。上文的《金刚科仪》,也是“依《金刚经》三十二分之全文,科判一经之大义”。这一点上文已经指出:渊源于佛教的俗讲。

从演唱内容上看,宝卷渊源于佛教的俗讲,但在演唱形式上,宝卷又与俗讲迥异:俗讲的唱词尽管包含了传统的歌赞和流行的曲调,但从现存讲经和缘起文本来看,俗讲法师可以即兴发挥,随便增减散说和唱词。因此,散说和唱词的结构形式,便根据演唱内容的需要设置,没有整齐划一的格式。以同样讲释鸠摩罗什译《金刚经》的《金刚科仪》与现存《金刚般若波罗蜜经讲经文》[1]比较便很明显。现存几种《佛说阿弥陀经讲经文》[2],它们的形式不仅同《佛说阿弥陀经宝卷》不同,文字也有差异。

这里顺便说一下“变文”的问题。变文是“转变”的演唱文本,转变是唐代民间广泛流传的一种说唱文艺形式。后来佛教僧侣也用转变形式演唱因缘故事,弘扬佛法,如今存《大目乾连冥间救母变文》。[3] 据周绍良先生研究,佛教僧侣转变出现的时间较晚,且多在边远州郡。[4] 它的演唱形式与俗讲和宝卷都不同,其最大的特点是对着“变相”(画卷或壁画)“一铺”“一铺”地唱。转变文本变文的段落设置与“变相”(具有连续性的故事画卷、画幡或壁画)配合。散说同歌唱的转换,在散说的结尾处有提示语,如“……处”、“看……处”,“若为陈说”等,接下去是唱词。散说与唱词长短也不一致,据讲述故事的内容而定。

综上所述,宋元时期产生的佛教宝卷,虽继承了佛教俗讲讲经说法的传统,在内容和题材方面,同俗讲(讲经和说因缘)乃至僧侣转变(变文)有继承关系,但它是一种在宋元时期新出现的用之于佛教徒信仰活动的说唱形式。它与唐代佛教的俗讲比较,在内容上有时代特色,在形式上则有格式严整的分段演唱结构和文辞格式化的特点,这种特点是受佛教忏法的影响。可以说宝卷是继承佛教俗讲讲经说法的传统和佛教忏法演唱过程仪式化的特点而形成的一种新的说

[1] 《敦煌变文集》,北京:人民文学出版社,1984,页426－446。
[2] 《敦煌变文集》,北京:人民文学出版社,1984,页451－487。
[3] 《敦煌变文集》,北京:人民文学出版社,1984,页714－760。
[4] 《敦煌文学作品选》,北京:中华书局,1987,页8。

唱形式，是佛教徒在宗教活动中按照严格的仪轨进行的说唱行动的记录文本。[1]

现当代研究中国俗文学史（或说书、曲艺史）的学者一直沿袭70年前郑振铎先生在《中国俗文学史》中的说法，把敦煌发现的说唱文学——“变文”（包括俗讲、转变等的说唱文本）作为宋代以来说唱文学，如诸宫调、宝卷、弹词的源头。就它们韵散相间、说说唱唱的演唱形式来说，不无道理，因为这是唐宋以来所有以叙事为主的说唱文学体裁的基本形式，而在宋代此前，除了敦煌发现的说唱文学卷子之外，接近于口头演唱的说唱文学文本，尚无其他发现。但是，如果具体到某种说唱文学体裁的来源和形成，必须具体地分析。笼统言之，没有实际的意义。

[1] 参见拙文《佛教的俗讲、忏法与宝卷的形成》，载《周绍良先生纪念文集》，北京：北京图书馆出版社，2006。修订稿收入《民间信仰与民间文学——车锡伦自选集》，其中对讲经文与早期宝卷的演唱形式，有详细的比较，台北：博扬文化事业公司，2009年7月。

第三章　明代的佛教宝卷

一、前言

明代的佛教宝卷，主要指明正德以前（约1500年前）产生和流传于民间佛教信徒中的宝卷，其中有些可能产生于宋元时期。正德以后，大量的新兴民间教派出现，它们都编制宝卷作布道书。这些民间教派大都倚称佛教，它们编制的宝卷也多用佛教资料包装；也改编、演唱此前的佛教宝卷，而加入民间教派教义的宣传。正德以后，虽然也产生了个别的佛教宝卷，一些世俗的佛教僧侣也在演唱宝卷，但从整体上看，佛教宝卷的发展逐渐结束了。宝卷及其演唱活动，被大部分正统佛教僧团排斥在宗教活动之外。

明代佛教宝卷同早期的佛教宝卷一样，是佛教世俗化的产物。佛教文献中对宝卷及其演唱活动极少记载，这为探讨明代佛教宝卷的发展增加了困难。笔者利用各种文献记载，对明代流传和产生的佛教宝卷作了钩沉辑佚，然后分类介绍留有传本的宝卷；由于这些宝卷都是明代中后期和清及近现代的传本，大都经过后来人的改编，所以又要对它们产生的时间和内容做一些考订、甄别的工作。明代佛教宝卷的演唱活动，也只能在一般文献（大部分是俗文学作品和地方文献）去找。这些文献多对宝卷及其演唱活动作否定的评价，但它们提供的信息，证明了佛教宝卷演唱活动在民间的存在。最后，笔者从几个方面讨论明代佛教宝卷的发展，这一工作前贤未曾做过，或有不妥之处，尚祈方家指正。

二、明代佛教宝卷钩沉

明代成化、正德间的民间宗教家罗梦鸿以佛教正统自居，[1] 在他编刊于正

[1] 传世“开心法要”注解本《五部六册》前有明万历二十四年（1596）罗祖信徒兰风撰《补注开心法要日用家风叙》，署“临济正宗第二十六代岚风老人”，则视罗梦鸿为“第二十五代”。见《明清民间宗教经卷文献》，台北：新文丰出版公司，1999，第二册，页6上。

德五年（1510）的《五部六册》[1] 中，曾提到了大量此前流行于民间的佛教宝卷，其中直接引用的有：

《大乘金刚宝卷》——又称《金刚宝卷》《大乘卷》，引见《苦功悟道卷》《叹世无为卷》《破邪显证卷》《正信除疑卷》《泰山深根结果卷》。

《弥陀卷》——又称《大弥陀卷》，引见《叹世无为卷》《正信除疑卷》。

《心经卷》——引见《苦功悟道卷》《破邪显证卷》。

《圆通卷》——引见《破邪显证卷》《正信除疑卷》《泰山深根结果卷》。

《圆觉卷》——引见《泰山深根结果卷》。

《金刚科仪》——又称《科仪》《科仪卷》，引见《苦功悟道卷》《叹世无为卷》《破邪显证卷》《正信除疑卷》《泰山深根结果卷》。

《地藏科仪》——又称《地藏卷》，引见《破邪显证卷》。

《目莲（连）卷》——引见《正信除疑卷》。

《香山宝卷》——引见《正信除疑卷》。[2]

在《五部六册》之一《巍巍不动泰山深根结果宝卷》第二十四品中，［插图 31］对当时流行的各种佛教经卷作了批评：

優曇語錄圓覺卷圓通卷作證云
生死循環那箇逬　此心未了慢圖勞
時今不做輪廻夢　只走人間這一遭
圓明殿内一蓮臺　巍巍端坐古如来
無相天宫蓮池會　永超凡世再不来
歸去来兮歸去来　脱了凡胎入聖胎
太山八十六
蓮花化生親見面　萬刼輪廻永不来
科儀卷　有外道　七分言語
地藏卷　有外道　七分邪宗
法華卷　有外道　七分言語
心經卷　有外道　七分邪宗
無相卷　有外道　七分言語

正宗卷　有外道　七分邪宗
彌陀卷　有外道　七分言語
淨土卷　有外道　七分邪宗
無漏卷　有外道　七分言語
聨子卷　有外道　七分邪宗
因行卷　有外道　七分言語
太山八十七
香山卷　有外道　七分邪宗
昭陽卷　有外道　七分言語
目連卷　有外道　七分邪宗
六祖卷　有外道　七分言語
有外道　添上的　七分邪宗
一藏經　有外道　七分言語

［插图 31］《巍巍不动太山深根结果宝卷》第二十四品（清雍正七年［1729］刊本）

[1] 据清雍正七年合校本《五部六册》，载《明清民间宗教经卷文献》，台北：新文丰出版公司，1999，第一册。本文以下引用《五部六册》均据此本。

[2]《正信除疑卷》中引《宗服语录宝卷》（有的《五部六册》版本中称《宗服语录》）。“语录”为记录谈话的一种文体，《五部六册》中尚引用《庞居士语录》《优昙语录》等，实非宝卷。

《科仪卷》有外道七分言语，《地藏卷》有外道七分邪宗；
《法华卷》有外道七分言语，《心经卷》有外道七分邪宗；
《无相卷》有外道七分言语，《正宗卷》有外道七分邪宗；
《弥陀卷》有外道七分言语，《净土卷》有外道七分邪宗；
《无漏卷》有外道七分言语，《睒子卷》有外道七分邪宗；
《因行卷》有外道七分言语，《香山卷》有外道七分邪宗；
《昭阳卷》有外道七分言语，《目连卷》有外道七分邪宗；
《六祖卷》有外道七分言语，有外道添上的三分邪宗；
《一藏经》有外道七分言语，有外道添上的三分邪宗。
《优昙卷》有外道七分言语，《寿生经》是外道十分邪宗。
还有他外道经不能细说，出世人提防着识破邪宗；
《大乘卷》是宝卷才是正道，《圆觉经》是正道都要明心；
《金刚经》是正道能扫万法，说《心经》是一本都得明心。[1]

上述所说诸经卷，《六祖卷》以下，除《大乘卷》外，均不是宝卷：《六祖卷》即在《五部六册》中多处引用的《六祖坛经》；《优坛卷》即《优昙语录》。综合《五部六册》中引用和提及的宝卷，除《金刚科仪》《目连卷》（即《生天宝卷》）可以确认是产生于宋元时期的佛教宝卷，其余为明代前期的宝卷，共15种（为论述方便，下文提及的宝卷均统一编号）：

---

[1] 李世瑜先生在《民间秘密宗教与宝卷》（载《曲艺讲坛》，第5期，1998年9月）文中提出："或谓在《五部经》（按，指《五部六册》）中常见所引据的经卷中也有许多是称为'宝卷'的，这是否就意味着在《五部经》之前也有'宝卷'呢？ 殊不知那些'宝卷'字样纯是作者称颂那些经卷的用语，与后来的宝卷完全是两种概念。《五部经》中所说的'宝卷'就是'宝贵的经卷'的简称。比如它称《金刚经》为《金刚宝卷》，称《阿弥陀经》为《弥陀宝卷》等等，其实从来就没曾有过这些宝卷。"李先生是笔者尊敬的前辈，但李先生的上述论断，笔者不能同意：(1)《五部六册》中引用宝卷，有时称"宝卷"，大多是简称"卷"。它直称"宝卷"的《大乘金刚宝卷》（又称《金刚宝卷》《大乘卷》）、《香山宝卷》，今皆有传本；在《叹世无为卷》中尚引有一种《信邪烧纸宝卷》（从卷名看不是原卷名，否定之意很清楚），它说明"宝卷"是当时已存在的一个专用术语，并非《五部六册》作者用作"宝贵的经卷"的简称。(2)它所引用《弥陀卷》（又称《大弥陀卷》），今亦有传本，即《佛说阿弥陀经宝卷》。(3) 此处引《巍巍不动泰山深根结果宝卷》文，既有《金刚宝卷》《心经卷》《圆觉卷》，同时又出《金刚经》《心经》《圆觉经》（全称《大方广圆觉修多罗了义经》）等，说明两者并非一种经卷；称"《心经卷》有外道七分邪宗"，"说《心经》是一本都得明心"，否定《心经卷》，肯定《心经》，两者分得很清楚。

1.《大乘金刚宝卷》
2.《弥陀卷》
3.《圆通卷》
4.《圆觉卷》
5.《地藏科仪》(《地藏卷》)
6.《法华卷》
7.《心经卷》
8.《无相卷》
9.《正宗卷》
10.《净土卷》
11.《无漏卷》
12.《因行卷》
13.《睒子卷》
14.《香山卷》
15.《昭阳卷》

上述1—12种为演释佛经和讲解教理的宝卷,其中仅《大乘金刚宝卷》《弥陀卷》两种留有传本,其他均不传。[1]13—15种为说唱因缘故事的宝卷,其中除《香山卷》外,也无传本。

明嘉靖七年(1528)刊《销释金刚科仪》[2]卷末附书牌题记,载同刊宝卷11种:[插图23]

奉

佛信官尚膳监太监张俊同太监王印诚造《心经卷》《目连卷》《弥陀卷》《昭阳卷》《王文卷》《梅那卷》《香山卷》《白熊卷》《黄氏卷》《十世卷》《金刚科》共十六部。

嘉靖七年二月吉日施。

---

[1] 按,(日)泽田瑞穗指出:《圆通卷》"可能是《圆通白衣集福宝忏》(康熙二十一年刻本)那样的忏法书的古本"(见《增补宝卷の研究》,东京:国书刊行会,1975,页30)。仿此,传世之《慈悲地藏宝忏》(又名《慈悲地藏忏法》)与《地藏卷》也可能有相同的关系。录此以备考。

[2] 本卷收入《明清民间宗教经卷文献》,台北:新文丰出版公司,1999,第一册,页61。

上述宝卷，除去与前面重复的外，新出 5 种：

16.《王文卷》

17.《梅那卷》

18.《白熊卷》

19.《黄氏卷》

20.《十世卷》

上述 5 种宝卷均为说唱因缘故事的宝卷，其中《王文卷》《黄氏卷》有传本。

明嘉靖、万历间成书的《金瓶梅词话》中，描述几位尼姑演唱的宝卷有《金刚科仪》《五祖黄梅宝卷》《黄氏女宝卷》《五戒禅师宝卷》《红罗宝卷》，其中《五戒禅师宝卷》研究者认为是说话人据话本小说即兴的说唱，不是流传宝卷。[1]其他数种除与前重复者，另新出两种：

21.《五祖黄梅宝卷》

22.《红罗宝卷》

这两种宝卷均有传本。

明万历间佛教信徒、戏剧家叶宪祖作《双修记》传奇，佚名序称："居士精词曲……精究佛理，笃信净土。暇日取《刘香女小卷》，被之声歌，名《双修记》。"[2] 所说《刘香女小卷》即传世之：

23.《刘香女宝卷》

在新发现的广西魔公教使用的经卷中，有产生于明代前期的宝卷一种：

24.《佛门取经道场 · 科书卷》[3]

笔者在各地阅卷过程中，发现一种编于万历初年的宝卷：

25.《念佛三昧径路修行西资宝卷》

宝卷渊源于唐代佛教的俗讲，宝卷的题材与俗讲有继承性，因此，有的研

[1] 参见（日）泽田瑞穗《金瓶梅词话中所引的宝卷について》，载《增补宝卷の研究》，页293－295。

[2] 见清黄文旸等《曲海总目提要》，天津：天津古籍书店影印上海大东书局排印本，1992，上册，页316。

[3] 王熙远《桂西民间秘密宗教》收标点本，桂林：广西师范大学出版，1994。原卷版本不详，标点文字有失校处，本书下面的引文又加校订。

究者提出后世宝卷中与唐代俗讲题材相同的都可能产生于宋元时期。[1] 此涉及的问题较多，难以一一论证，笔者认为仅有讲述释迦牟尼成道故事的宝卷比较可靠，即：

26.《雪山宝卷》

上面介绍的26种宝卷中，留有传本的宝卷的产生时间，将在下文介绍这些宝卷时详细讨论。从这26种宝卷的内容看，可分为演释佛教经典、教理和说唱因缘故事两大类，后者又可分为佛菩萨成道故事和民众修行故事两类，以下分别介绍。

三、演释佛教经典、教理的宝卷

据上文介绍，明代演释佛教经典、教理的宝卷有《大乘金刚宝卷》《弥陀卷》《圆通卷》《圆觉卷》《地藏科仪》《法华卷》《心经卷》《无相卷》《正宗卷》《净土卷》《无漏卷》《因行卷》《佛门取经道场 · 科书卷》《念佛三昧径路修行西资宝卷》等14种。其中像《无相卷》《正宗卷》《无漏卷》《因行卷》等，从题目上看并非拘于某种经典的解说，而是演绎佛教教理，这是佛教宝卷在题材上的发展。以下主要介绍留有传本的《大乘金刚宝卷》《弥陀卷》《佛门取经道场 · 科书卷》《念佛三昧径路修行西资宝卷》。

（一）《大乘金刚宝卷》

《大乘金刚宝卷》，简称《金刚宝卷》《大乘卷》《金刚卷》。[插图32]它是继《金刚科仪》之后，又一部演释鸠摩罗什译《金刚般若波罗蜜多经》的宝卷，仅存明刊折本一种。这部宝卷开卷的仪式与《销释金刚科仪》相同；结尾残缺，结经的仪式不详。[2] 主体部分同《销释金刚科仪》一样，也是按照原经三十二分每分先转读经文，后说解。以“法会因由分第一”为例：

---

[1] 参见马西沙《最早一部宝卷的研究》，载《世界宗教研究》，北京，1986第1期。马文提出的其他变文和宝卷如：《孟姜女变文》→《孟姜女宝卷》；《董永变文》→《董永宝卷》；《降魔变文》→《伏魔宝卷》；《地狱变文》→《明证地狱宝卷》等。

[2] 本卷为周绍良先生收藏，《明清民间宗教经卷文献》（台北：新文丰出版公司，1999）第一册收影印本。本文所引该卷均据影印本。

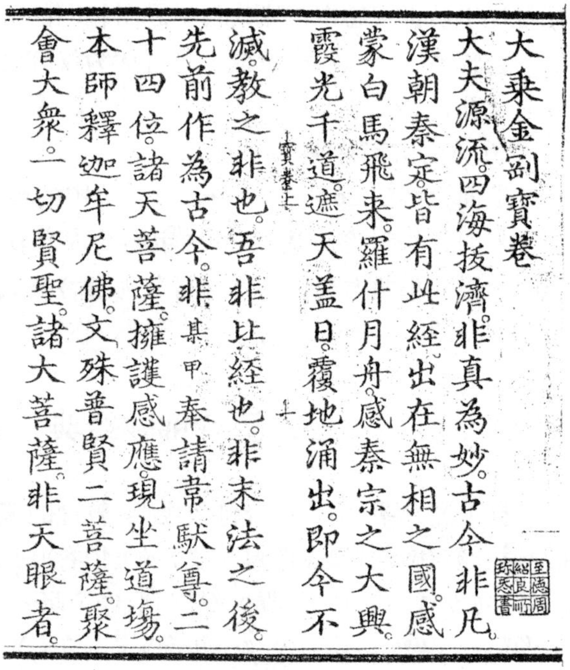

大乘金剛寶卷
大夫源流四海拔濟非真為妙古今非凡
漢朝秦定皆有此經出在無相之國感
蒙白馬飛來羅什月舟感秦宗之大興
霞光千道遮天盖日覆地涌出即今不
滅教之非也吾非此經也非末法之後
先前作為古今非其甲奉請常馱尊二
十四位諸天菩薩擁護感應現坐道場
本師釋迦牟尼佛文殊普賢二菩薩聚
會大衆一切賢聖諸大菩薩非天眼者

[插图 32]《大乘金刚宝卷》卷首（明中叶刊经折本）

如是我闻，一时佛在舍卫国，祇树给孤独园，与大比丘众，千二百五十人俱。尔时，世尊食时，著衣持钵，入舍卫大城乞食。于其城中，次第乞已，还至本处。饭食讫，收衣钵，洗足已，敷座而坐。

(1)［白文］普贤菩萨观尽众生，饮酒食肉，杀害生灵，堕在锯床地狱，锯此身作数百段，吹令微尘。善哉菩萨，乃问鬼卒："此个罪人因甚得此罪报？"鬼卒答言："因这罪人不生惭愧，苦乐生灵，受大果报。"善哉菩萨白佛言："世尊，众生受罪已毕，可得脱地狱不？"佛告菩萨："众生业尽，还复受形，堕在虾蟆之类，五百劫不得出难。"善哉菩萨又白佛言："此业受尽，可得出离地狱？"佛告菩萨："若有众生回头，持斋戒酒，多行方便，九祖得超升。"

(2) 弥陀好希，世间无觅；
能超三界，绝了无为。

(3) 众生忘却绝世尘，虚空吼散驾白云。
这个弥勒真出现，清风相伴一非人。
有一弥陀非真空，圆洁无为不认真。
回头识破尘沙境，纵横自在化清风。[1]

[1]《明清民间宗教经卷文献》（台北：新文丰出版公司，1999）第一册收本卷影印本，此页上下栏倒置，引文作了更正。

有一牧童即无形，忙忙急急奔山中。
或遇泥牛降伏锁，拍手呵呵自太平。
有一宝珠了真空，观看疑团正非心。
拶透娘生亲面目，绝了无为度众生……
我佛在世长安乐，撒手纵横了乾坤。

(4) 善现无踪，本来圆成，观尽是何人？不分你我，自己分明，长生不灭，绝了非心。好个弥陀，无我现金身。

(5) 这个牧童降宝珠，巧能舌便无得说。
对着大众夸大口，此个因缘难分别。
喜从无生发出来，清风明月透满怀。
有人识得个中意，无生无灭坐莲台。

从演唱形态看，它与产生于宋元时期的佛教宝卷《金刚科仪》《目连宝卷》《佛门西游慈悲道场宝卷》相同，仅每个演唱段落的（2）（5）两首歌赞通篇都是四言和七言，而后者都是五言；《金刚科仪》在（1）[白文] 结束时多注有发问或感叹语“咦”，本卷凡注出此发问和感叹语，均在（2）歌赞末。

从内容上看，本卷的说解文明显地分为两部分：从“开经偈”后说唱“提纲”始，散说的 [白文] 部分，即讲说众生因在阳间造诸恶业，而堕在冥间各地狱受罪；受罪毕，出离地狱，仍受形于诸恶道，历五百劫，无有出期；最后由佛告诉：“一切众生，若肯回头持斋戒酒者，法药救诸病苦；若有众生受持《大乘宝卷》，能灭苦海，了洁弥陀，撒手独自归。”（这段话，在各“分”中重复演说，文字稍异）各“分”的 [白文]，如上引第一分，则具体为某一位“菩萨”，观见在某一地狱（锯床地狱、铁城地狱、椎捣筛箩地狱、刀砧碎割敲髓地狱、剜眼拔舌地狱、黑暗锯凿锉斫地狱、蒺藜刀船地狱、拔舌抽筋地狱、奈河地狱、铁丁地狱、秤杆抽肠地狱、活出铁笼蒸身地狱、剥皮油煎地狱、毒蛇活吞地狱、铜捶打烂火炼地狱，等）中受罪的众生；通过菩萨与鬼卒、夜叉的问答，说明这些受罪众生在阳间所行诸恶业（饮酒食肉，杀害生灵；僧众犯五戒；不信天堂地狱，使大斗小秤，毁僧谤道；假降邪神，毁杀生灵；多非诳语，毁骂他人；为僧道不依戒律，杀生饮酒食肉，毁谤诸祖；杀人放火，饮酒食肉，毁骂父母；杀生饮酒，毁僧谤佛，不孝父母；十恶五逆，饮酒食肉等）；通过菩萨与佛的问答，说明他们出离地狱仍将堕在诸恶道（受形为虾蟆、牛胎、萤火虫、寒号蛆虫、乌鸦、蜘蛛蝼蚁、狗犬、饿鬼风瘫、无目风瘫等），历劫不得出期。最后是佛告诉众生"回头"的劝诫，这些劝诫一再重复的是"持斋戒酒"，"坚持《大乘宝卷》"，"虔心受持《大乘金刚宝卷》"，或"见苦发心，皈敬三宝，坚持斋（戒），见性成佛"等。

在说解文唱诵的歌赞部分，如上面所引第一分的情况，则一再宣扬非人、非我、非心、非法，了结一切实相，而达到一种无为、真空、自在的境界：

成就无相法界宽，四海名扬绝非玄，
今日了明无生路，非人非我一非天。（第二分）

妙无非出，不举真的，无踪即无为。本来自然，常在空里，如如不动，定中取意。这个妙法，无始常驻世。（第三分）

本来非我亦非空，长伴真如里头清，
了洁自己元无垢，一念不生太分明。（第四分）

正信非有，了洁无生，非我即非心。无有内外，谁人传法？一念不生，步步莲花。本来无踪，非心本无法。（第五分）

非人非我亦非心，常在玄中做知音。
一轮明月都照彻，虚空现出太真人。（第十六分）

卷中将这称作"真空法"：

无来无去亦无形，出入错认定盘星，
好个自在真空法，返本还源旧家风。（开经）

无为真空，四果难画，在尘不染沙。无有布施，说凡是假，无踪无影，本无欠挂。不分你我，无树四季花。（第十分）

这部宝卷的编者不详，但可以看出编者是一位深究佛理的禅僧。他将《金刚经》中"凡有相，皆是虚妄"，"实相者则是非相"，"不取于相，如如不动"，"离一切诸相"而"无所住"的宗教哲理和宗教修养，在本卷的歌赞中作了阐发。由此出发，也否定了"阎王"、"地狱"之类的有相之说，故卷中说：

这个无为，诸佛不识。能了虚空，阎王皆惧。（第三分）

能坏虚空，孤月独明。本无生死，有甚阎君？（第十二分）

但如上文所述，本卷的散说白文部分，又自始至终十分具体地讲述地狱恐怖、业报难逃。这是结合一般民间信众的信仰需求，通过宣讲业报轮回，弘扬佛法。

明成化正德间散曲家陈铎[1]的两首散曲[满庭芳]《道人》和[北南吕一枝花]《道人应付》（见下文）都提到这部宝卷，它在信众“追亡荐祖，了愿禳星”的法会上演唱，被这类民间法会的执事者“道人”们视为“护身老本”，可见它在民间流传和演唱之广。

（二）《佛说阿弥陀经宝卷》

本卷简称《弥陀卷》，又称《大弥陀卷》《弥陀宝卷（经）》《弥陀科仪宝卷》。这本宝卷演释鸠摩罗什译《阿弥陀经》，用于荐度亡灵的法会道场。今存民国九年（1920）福建泉州承天禅寺刻本《佛说阿弥陀经宝卷》和1962年台湾新竹县金刚禅寺铅印本《弥陀科仪宝卷》。[2]后者是根据承天寺刻本整理的排印本，增加了一些内容：一是宣卷前法会的仪式和仪式文，《香赞》《三宝文》《三宝赞》《弥陀赞》及宣疏等；宣卷结束后的仪式，“交卷法仪至灵前”、《叹灵赞》等。二是注明法会执事人员演唱的段落，如“主”指法会的“主忏”；“南方”指法会南方宝生佛位置上的执事者。以上说明这本宝卷现代仍被某些佛教僧团使用。

本卷开卷之后，有一段白文弘扬净土，并说明编写本卷的因缘：

原夫净土一门，理极顿圆，事成简易。在因强而得果疾，用力少而成功多。浅之则夫妇与知，深之则圣贤莫测。三根普被，万类均收。捞漉苦海之鱼，信为巨网；挽回末法之证，的是奇方。离斯捷迳，出生死以奚从；舍此法门，脱轮回而何日？但今时泛念者多，

[1] 陈铎（约1465—1521），出身将门，世居金陵（今南京市），散曲家。两首散曲分别见谢伯阳编《全明散曲》，济南：齐鲁书社，1988，第一册，页547、613。

[2]《明清民间宗教经卷文献》（台北：新文丰出版公司，1999）第四册，收这宝卷的两种影印本。本文以下引文据承天禅寺本。又，中国社会科学院文学研究所资料室收藏有《佛说弥陀宝卷》一种，未见。

深信者少。或有诃为着相，贬作小乘。并由不读教文，只是任凭胸臆。岂知中天调御，开金色口以叮咛；十方如来，出广长舌而赞叹。文殊普贤，尚有求生之偈；马鸣龙树，亦有往生之文。至智者永明之辈，中锋天如之流，并是教祖禅宗，莫不垂文著论，阐明至理，深劝后人。奈何末代凡夫，钝根浅识，乃欲远胜古人，置之弗屑耶？省庵因此感慨，尝欲发挥论议，解释（疑）情云云。不觉信笔任心，盈篇成册。于中铺陈依正，描写庄严，广破群迷，深彰一理。[1]

文中的“省庵”，即本卷的编者，其生平事迹不详。从名字看，他是在家的居士；从本卷的文字看，他不是一般的民间佛教信徒，而是个读书人。

本卷开卷之后有数段说唱，讲人生无常，地狱和轮回死生之苦。“是故宜应断生死流，出爱欲海，自他兼济，彼岸同登”。这几段说唱文分别注明“荐男魂用”、“荐女魂用”，然后开经。

《阿弥陀经》不分品，本卷将全部经文分作13段，每段经文之后是说解文。金刚禅寺本在第五段结束后，加“回向偈”，注“上半卷休息”，是在法会中间安排一段休息时间，然后“起赞”，法会重新开始。以下举第一段经文和说解：[插图33]

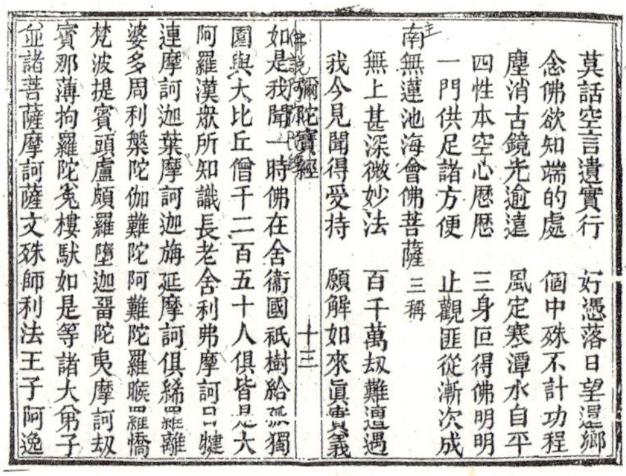
莫話空言遺實行 好憑落日望還鄉
念佛欲知端的處 個中殊不計功程
塵消古鏡光逾遠 風定寒潭水自平
四性本空心歷歷 三身亘得佛明明
一門供足諸方便 止觀匪從漸次成
南無蓮池海會佛菩薩 三稱
無上甚深微妙法 百千萬劫難遭遇
我今見聞得受持 願解如來眞實義
佛說彌陀寶經 十三
如是我聞一時佛在舍衛國祇樹給孤獨
園與大比丘僧千二百五十人俱皆是大
阿羅漢衆所知識長老舍利弗摩訶目犍
連摩訶迦葉摩訶迦旃延摩訶俱絺羅離
婆多周利槃陀伽難陀阿難陀羅睺羅憍
梵波提賓頭盧頗羅墮迦留陀夷摩訶劫
賓那薄拘羅阿㝹樓馱如是等諸大弟子
并諸菩薩摩訶薩文殊師利法王子阿逸

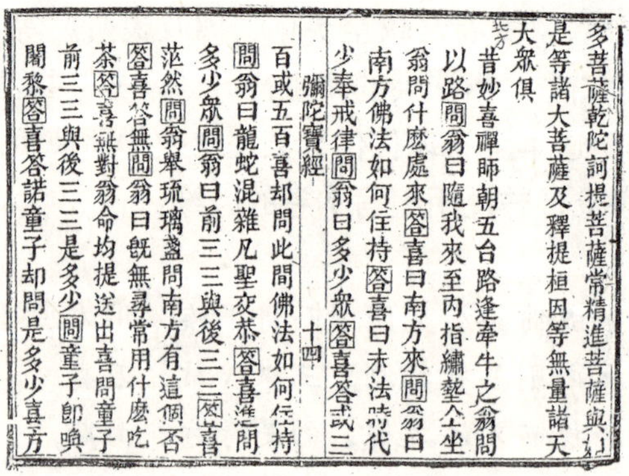
多菩薩乾陀訶提菩薩常精進菩薩與如
是等諸大菩薩及釋提桓因等無量諸天
大衆俱
昔妙喜禪師朝五台路逢牽牛之翁問
以路問翁曰隨我來至內指繡墊令坐
翁問什麼處來答喜曰南方來問翁曰
南方佛法如何住持答喜曰末法時代
少奉戒律問翁曰多少衆答喜答或三
彌陀寶經 十四
百或五百喜却問此間佛法如何住持
問翁曰龍蛇混雜凡聖交恭答喜進問
多少衆問翁曰前三三與後三三答喜
茫然問翁舉琉璃盞問南方有這個否
答喜答無問翁曰旣無尋常用什麼吃
茶答喜無對翁命均提送出喜問童子
前三三與後三三是多少問童子卽喚
闍黎答喜喏童子却問是多少喜方

[插图33]《佛说阿弥陀经宝卷》(民国九年[1920]泉州承天寺刊本)

[1]《明清民间宗教经卷文献》，台北：新文丰出版公司，1999，第四册，页505－506。

如是我闻。一时佛在舍卫国祇树给孤独园，与大比丘僧千二百五十人俱，皆是大阿罗汉……及释提桓因等，无量诸天大众俱。

(1) 昔妙喜禅师朝五台，路逢牵牛之翁，问以路。[问] 翁曰："随我来！"至内，指绣垫同坐。翁问："什么处来？"[答] 喜曰："南方来。"[问] 翁曰："南方佛法如何住持？"[答] 喜曰："末法时代，少奉戒律。"[问] 翁曰："多少众？"[答] 喜答："或三百，或五百。"喜却问："此间佛法如何住持？"[问] 翁曰："龙蛇混杂，凡圣交恭。"[答] 喜进问："多少众？"[问] 翁曰："前三三与后三三。"[答] 喜茫然。[问] 翁举琉璃盏问："南方有这个否？"[答] 喜答："无。"[问] 翁曰："既无，寻常用什么吃茶？"[答] 喜无对。翁命均提送出，喜问童子："前三三与后三三是多少？"[问] 童子即唤："阇黎！"[答] 喜答："诺。"童子却问："是多少？"喜方悟。翁即文殊也。咦！

(2) 莫道相逢不相识，
隐隐犹怀旧日妍。

(3) 我教原开无量门，就中念佛最为尊。
都融妄念归真念，总摄诸根在一根。
不用三祇修福慧，但将六字出乾坤。
如来金口无虚语，历历明文尚俱存。
相好凡夫皆俱足，六通无碍异常伦。
直将果用为吾用，不改凡夫作佛身。
周顾十方同指掌，遍游诸国似比邻。
回观此土修行者，龌龊生涯太苦人。

(5) 弥陀现说法，上善享真乐。
池底布金沙，莲花神脱壳。[1]

从上述演唱段落的形态看，它与宋元时期的《金刚科仪》等宝卷基本相同。不同之处：一是缺（4）长短句的一段歌赞；二是（1）散说（白文）采取了问答的形式。按，引文中的 [问] [答] 为原卷所载，用方框括起。其所注 [问] [答]

[1]《明清民间宗教经卷文献》，台北：新文丰出版公司，1999，第四册收影印本，页511－512。

处，有的与文义不一致。这种问答的形式，也是佛教讲经问难答辩的固有形式。

值得注意的是金刚禅寺铅印本卷末的一首《叹灵赞》：

春雨和风正及时，桃红柳绿色奇稀。
蛱蝶成双对，紫燕绕梁飞；
杜鹃声呖呖，林外鹧鸪啼。
各人一条生死路，只争来早与来迟。[1]

这种四句七言、中间夹着四句五言的歌赞形式，在《佛门取经道场·科书卷》和清乾隆本《香山宝卷》中有大量的使用（见下），是明代前期佛教宝卷演唱形式的一种发展。

（三）《念佛三昧径路修行西资宝卷》

本卷简称《西资宝卷》，上下二卷，题“古吴净业弟子金文编”，今存清咸丰二年（1852）毗陵地藏庵比丘尼道贞集资重刊本。卷末附本卷初刊时的跋文中说：“万历龙飞丙子年，《西资宝卷》板开镌。”[插图 34] 据此，可知此卷初刊于明万历二年（丙子，1574）。卷首比丘明锦“序”说：

夫念佛者，以佛为念也。三昧者，正定也。一念不生，万缘顿息，故曰正定。自性弥陀，本自清净。念佛者一旦发明，不从外得，便是三昧现前。径路修行者，万法归一，一即自性。这点灵光，本无染污。旷劫以来，却为无明埋没，今欲返本还源，必藉修持之力，灭尽贪嗔痴爱……西者，西方极乐国也。资者，资粮也。如人赴远，必赍资粮，求生西方，以佛为资本也。

上述这段话，解释了本卷的卷名，也说明了本卷要表述的内容。它共分为九品：真如法体智慧光明品第一、西方净土福德因缘品第二、莲池海会精进无疑品第三、背觉合尘堕入三途品第四、戒杀生命永息轮回品第五、戒定慧门捷径修行品第六、六根清净不贪世乐品第七、比照古人念佛修行品第八、四种念

[1]《明清民间宗教经卷文献》，台北：新文丰出版公司，1999，第四册，页 500。

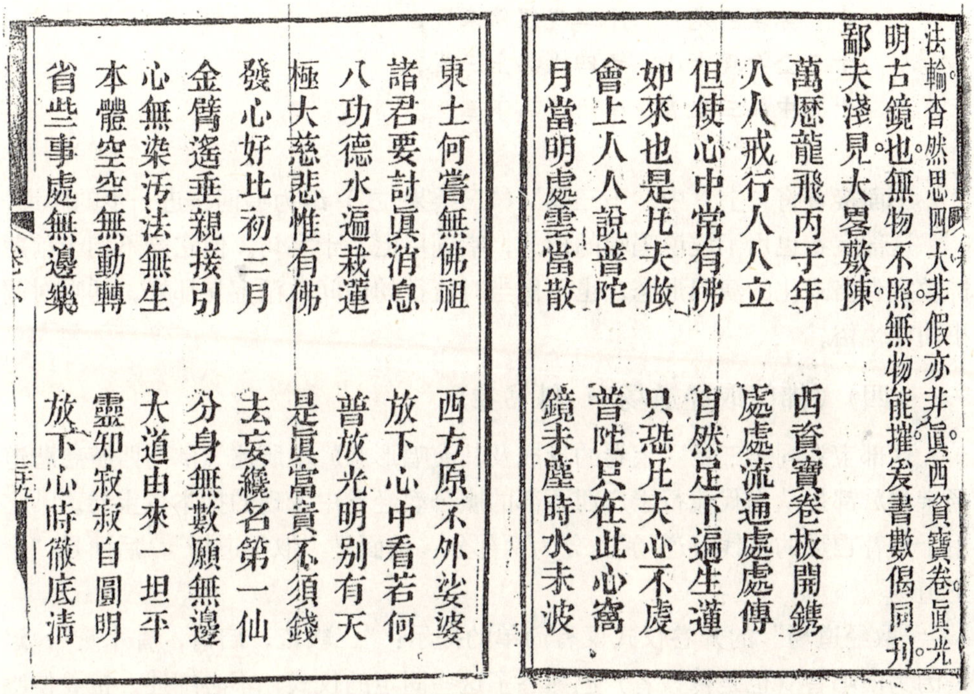

法輪杳然思四大非假亦非眞西資寶卷眞光明古鏡也無物不照無物能摧爰書數偈同刊鄙夫淺見大畧敷陳

萬歷龍飛丙子年　西資寶卷板開鎸
人人戒行人人立　處處流通處處傳
但使心中常有佛　自然足下遍生蓮
如來也是凡夫做　只恐凡夫心不虔
會上人人說普陀　普陀只在此心窩
月當明處雲當散　鏡未塵時水未波
東土何嘗無佛祖　西方原不外娑婆
諸君要討眞消息　放下心中看若何
八功德水遍栽蓮　普放光明別有天
極大慈悲惟有佛　是眞富貴不須錢
發心好比初三月　去妄纔名第一仙
金臂遙垂親接引　分身無數願無邊
心無染污法無生　大道由來一坦平
本體空空無動轉　靈知寂寂自圓明
省些事處無邊樂　放下心時徹底清

[插图 34]《念佛三昧径路修行西资宝卷》卷末（清咸丰二年 [1852] 刊本）

佛往生净土品第九。卷中用通俗的语言向一般佛教信徒介绍佛教知识，如第三品讲念佛“十六观法”：

身居五浊娑婆界，心想西方极乐天。
一个念头全是佛，何曾离了世尊前。
十六妙观劝诸贤，作偈将来大众传。
若能十六皆能观，咫尺西方在眼前。
一观日落如悬鼓，二观冰从水上生，
三观宝地黄金界，四观琼林花果荣，
五观池水流声响，六听云楼音乐声，
七观宝座珍珠网，八观宝相色圆明，
九观弥陀极乐主，十观观音救苦尊，

十一势至慈光照，十二观想佛来迎，
十三全身现大小，十四上品上三生，
十五中品三生者，十六下品下三生。

下面接着将“上、中、下三品”（“三乘果位”）编为唱词作进一步的解说。

这部宝卷也用了说说唱唱的形式，唱词用七、十字句。但它既不拘于前期佛教宝卷格式化的演唱形态，也不像当时流行的民间教派宝卷那样，插唱时调小曲以悦俗。

（四）《佛门取经道场·科书卷》

这部宝卷同第二章《宝卷的形成及其演唱形态》中所述《佛门西游慈悲道场宝卷》都是从当代流行于广西西部的魔公教经卷中发现的抄本古宝卷。[1] 它用于追荐亡灵的“饯行道场”，分为两部分：前面是“取经道场”，后面是“十王道场”。

“取经道场”的开卷仪式仅有简单的提示：“三皈依，启请，香水赞”，这是因为演唱者（也是传抄者）已熟悉了这些固定的仪式，不必细述。接着便唱述唐僧取经故事。它又分为两部分，第一部分是用四句七言夹唱四句五言的歌赞形式，演唱唐僧取经故事：

昔日唐僧去取经，安排鸾驾送唐僧。
御手搭肩上，金口劝唐僧，
寡人亲嘱咐，早早便回程。
宁做本乡一块土，莫念他乡万两金。
昔日唐僧去取经，流沙河中水又深。
一去八百里，各不一般深，
撑船过不得，洪水好惊人。
若在此山过不得，回头难见圣明君。
昔日唐僧去取经，惊动南海观世音。

[1] 见王熙远《桂西民间秘密宗教》，桂林：广西师范大学出版社，1994，页493－505.本文引文重新校点。

净瓶拈在手，嘱咐与龙神，
掌船并摆渡，尽是鬼妖精。
八爪金龙来下界，化匹白马载唐僧。[1]
昔日唐僧去取经，抬头观见一夫人。
岩崖山又险，高山顶接云，
石头烧马脚，无烟火自生。
若在此山过不得，回头难见圣明君。
夫人跪拜告唐僧，山遥路远受苦辛。
日行鬼窝路，处处见妖精，
索桥八百里，清波万丈深。
若还得见如来面，教妖（？就要）十死九还魂。
后行礼拜告唐僧，请僧传诵大乘经。
行者观看见，属山狗见行，
戒刀提在手，便要斩妖精。
化乐天宫都不见，唐僧独坐一山林。
去到西天来取经，琉璃宝殿坦然坪。
四时花不动，八节草长生，
风吹香薰鼻，玛瑙砌阶前。
若在此山过一日，胜似唐朝过一春。
白马驮经到五台，灵山会上法筵开。
未来孙行者，三藏实可哀。
西天去见佛，白马自驮来。
拜白道场诸圣众，慈悲宝殿展忏开。

这一部分共12段唱词，大致概括了唐僧取经故事的全过程。有些唱词表述的故事情节语焉不详，是原来每段唱词前的白文散说失落所致。下文介绍的清乾隆本《香山宝卷》开头也保留了十余段这种“夹竹桃”式的唱词，每段唱词前有白文的散说，散说与唱词的内容相表里，构成一个内容完整的段落。这

[1] 这段唱词原为第一段，按文意改置于此。

是明代前期佛教宝卷的一种特殊演唱形式。

上述唱词结束后，下面重复歌唱的唐僧取经故事。其形式不同，除了开始和结尾用七言歌赞外，主体是 96 句十言唱词：

> 大唐王传圣旨忙排鸾驾，似群真离了朝相送唐僧。
> 三藏师拜辞了唐王圣主，选良辰和吉日便要登程。
> 将领着孙行者齐天大圣，西方路上逍遥降伏妖精。
> 猪八戒逢恶山开条大路，沙和尚流沙河大显神通。
> 师拿着金钵盂九环锡杖，火龙驹三太子相伴西行。
> 从东土到西天十万余里，每晓行并夜走全无退心。
> 到深山并恶岭迷踪大路，魔鬼岭虎狼垭寸步难行。
> 多亏了杀虎王送出山林，师徒们心喜欢又望西行。
> 正行到火焰山黑松林内，见妖精和鬼怪魍魉成群。
> 到黄昏刘白猿撑船摆渡，风野山难行走挟步难行。
> 黄风山黑风洞黑熊断路，又遇着黄袍怪鬼王接引。
> 多因怪来打搅不能前行，莲池国盖山观要灭唐僧。
> 白猿山秦国王西京闭战，师徒们一见了胆战心惊。
> 都云割（？）下油锅柜贵（柜）猜物，孙行者金銮殿大显神通。
> 凭神通三件事全都得胜，排銮驾送山城又往西行。
> 蜘蛛精红孩儿神通不小，大力王摄唐僧无处跟寻。
> 师徒们无投奔号啕大哭，多亏了南海岸救苦观音……

以下述观世音、太白金星指引路，唐僧师徒一行到了西天灵山见佛，取回“真经”，唐王迎接，大赦天下。唐僧师徒都成佛升天。

关于这本宝卷产生的时间，陈毓罴先生认为，它同《佛门西游慈悲道场宝卷》都产生于元代，[1] 其主要的根据是它们讲述的取经故事情节，有的不见于

[1] 见《新发现的两种西游宝卷考释》，载《中国文化》，第 13 期，1996 年 6 月。文中将两种宝卷中的取经故事，同元代《西游记平话》、明代百回本《西游记》及《销释真空宝卷》等作品中的取经故事作了比较，并参证其他材料，在“结论”部分，提出这两部宝卷的撰写年代在元大德十一年（1307）到明嘉靖九年（1530）之间，接着又说它们应早于元末明初抄本《目连救母出离地狱生天宝卷》，但最后结论却定它们为元末明初之作。

明代中叶后定稿的百回本《西游记》,如“杀虎王送出山林”、风野山刘白猿“撑船摆渡”等。但是，仅从这一角度确定其产生的时间还不够，还应结合宝卷形式的演进来考察。

上文介绍本卷“取经道场”前半部分“夹竹桃”式的演唱形式，已经同早期佛教宝卷完全不同，后面重复演唱取经故事的长篇十言句式唱词，虽然在元代杂剧中已经出现,但在明正德初年罗梦鸿的《五部六册》中才被大量运用。(参见本编第四章“明清民间教派宝卷的发展、形式和演唱形态”)。在明代正德后的宝卷中较为普遍,称为“十字佛”。其最早出现在元杂剧中,多在剧尾,标为“词云”或“诗云”，也出现在剧本的其他部分。叶德钧认为这种唱词形式来自民间的“词话”。[1] 但据《元曲选》所收百种杂剧(其中包括元末明初无名氏的作品)这种“词云”最多的是七字句（多为“三四”结构），其次才是十字句，也有八、九、十一等句式和几种句式混合在一起的形式。[2] 它说明词话演唱十言唱词的形式，在元末明初尚未固定下来。20 世纪 70 年代在上海嘉定县出土的明代成化年间的 13 种词话唱本,也只在几种作品偶用十字句(“攒十字”)唱词。[3] 宝卷是宗教文学，它也不断吸收民间的流行曲调。但像“十王道场”中近百句的十字唱段，只有这种演唱形式在民间十分流行以后才会出现。因此，结合其他方面的因素，将这本宝卷的撰写年代定为明代前期较为稳妥。

在“取经道场”之后有“过案道场、香赞皈依”的提示，它们代表了一系列的仪式,然后进入“十王道场”。“十王道场”的主体部分,是唱述“世间亡人”从“一七”到“百日”、“小祥”、“大祥”，历经地狱十殿受苦，念经忏悔，由地狱十王“赦罪”，菩萨引导进入“龙华会”。以下举“一七”亡人来到第一殿欢喜地菩萨（秦广大王）殿前：

(1) 切见世间亡人，第一来到欢喜地菩萨殿前，阳间人呼作秦广大王是也。秦广王正官东方风雷地狱，常墨雷振霹雳。飞戈飘戟，罪人分散股体，穿透五脏，万劫受苦。亡者今在风雷地狱，如何救拔?

[1] 见《宋元明讲唱文学》，载《戏曲小说丛考》，北京：中华书局，1979。

[2] 参见张清徽（敬）《由南戏传奇资料臆测杂剧中的一项悬疑》，载《清徽学术论文集》，台北：华正书局，1993。

[3] 这些词话唱本1976年发现于上海嘉定县明代宣姓墓葬中，北京文物出版社1976年6月出版影印本。

(2) 承蒙佛宝功德力，

受罪亡者雪罪愆。

(3) 亡人一七苦难当，秦广王前受罪殃。

顶戴长枷惊戟俱（悖惧），腰缠铁索响叮当。

飞戈临身离肢体，飘戟透体碎肝肠。

欲遂超生离此苦，惟崇超荐得升天。

(4) 戒香定香耶轮成祥瑞，一分经文与亡求忏悔。秦广大王赦除多生罪，欢喜地菩萨引入龙华会。

(5) 天堂原日落，地狱以后生。

回心作善果，哪怕鬼来勾。

“地狱十王”是中国佛教徒根据佛教地狱信仰提出的十位主管地狱的法王(菩萨)，出现于唐代后期。传世之《佛说地藏菩萨发心因缘十王经》[1] 即述造业众生死后(“亡人”)经十位法王的勘断，最后由五道转轮王发入六道轮回之中。十位法王又各为不同佛菩萨，亡人在不同的时间到十位法王前，如“第一秦广王，不动明王，一七”、“第二初江王宫，释迦如来，二七”等。地狱十王信仰在唐宋时期即被道教吸收，成为中国民间普遍的信仰，并具体为主管地狱十殿的十位阎王。后来又出现了统辖十殿阎王的幽冥教主地藏王菩萨(佛教的菩萨)和东岳大帝、酆都大帝（道教的尊神)，所以，清及近现代江浙地区民间做会宣卷中用于荐亡的《十王宝卷》（又称《请王科仪》)，也将这三位神明请了来。将这本宝卷与上述《佛说地藏菩萨发心因缘十王经》比较，可以看出它直接继承了《十王经》，所不同者是十位“大王”的菩萨名义不同。如“第一来到欢喜地菩萨殿前，阳间呼作秦广大王是也”、“第二来到离垢地菩萨殿前，阳间呼作楚江大王是也”等。

这部宝卷同《佛门西游慈悲道场宝卷》及宋元时期的其他宝卷，在形式上有较大变异。其中的“十王道场”，其演唱的段落结构、唱词格式与宋元宝卷相同，但每个段落的（4）唱段，改长短句为“四、五”句式的四句歌赞。“取经道场”的变化最大：七言夹唱五言的歌赞形式，不见于宋元时期的宝卷，却

[1] 见《续藏经》，上海：涵芬楼影印本，1923，第二编乙第23套第四册，卷首署“成都麻（府）大圣慈恩寺沙门藏川述”。

在《香山宝卷》和《弥陀宝卷》中也出现，说明它们应是同一时期的作品。但这部道场的两部分为什么都唱唐僧取经的故事，由于年代久远，已难考证。

四、佛菩萨成道故事宝卷

明代前期的佛菩萨成道故事宝卷有《香山宝卷》《雪山宝卷》《睒子卷》《昭阳卷》等。《睒子卷》的故事见于《六度集经》卷5，是佛本生故事。略为：睒子将父母处于山泽敬养，并奉佛十善。迦夷国王入山射鹿，误中睒子胸，毒发而死。其父母呼告天地神，帝释身以天神药使其复苏。国王感睒子奉佛至孝，率人民皆奉佛十得，修睒子孝行。这一故事一直是佛教艺术的重要题材（如敦煌莫高窟壁画），宋元时期它被改编收入《二十四孝》，即“郯子鹿乳奉亲”。明代后期无为教《佛说二十四孝宝卷》[1] 所述睒子的孝行是劝父母出家：睒子劝父母入深山修道，采集果品供给父母。遇迦夷王药箭射倒，感动天人送灵丹救活。睒子与父母团圆，一起出苦海。《睒子卷》的故事当与此相近。《昭阳卷》的故事，据“开心法要”本《正信除疑卷》兰风注，所述为旃檀舍利国王昭阳，弃九五之皇宫、国城妻子、万里江山犹如蒿草，往潭溪山修行办道，同皇后宝莲、太子宝光、公主纯陀一家四口，得成正果。按兰风的说法，“昭阳帝王，就是佛的化身”。[2] 以上两种宝卷因无传本，难以具体讨论。下面介绍《香山宝卷》和《雪山宝卷》，《五祖黄梅宝卷》述禅宗五祖弘忍的出身传说，也放在本节中介绍。

（一）《香山宝卷》

《香山宝卷》又名《观世音菩萨本行经》。演妙庄王三公主妙善立志出家修行、自割手眼救父、成道为观世音菩萨的故事，这是中国佛教观世音菩萨的出身传说。今存最早的刻本是清乾隆三十八年（1773）杭州昭庆大字经房刊本（以下称“乾隆本”），［插图35］卷首题“天竺普明禅师编集、江西宝峰禅师流行、

[1] 本卷今存明万历年间北京费铺刊本，见本书第五编“宝卷漫录·目犍连尊者救母出离地狱生天宝卷”。

[2] 见《明清民间宗教经卷文献》，台北：新文丰出版公司，1999，第一册，页700－702。

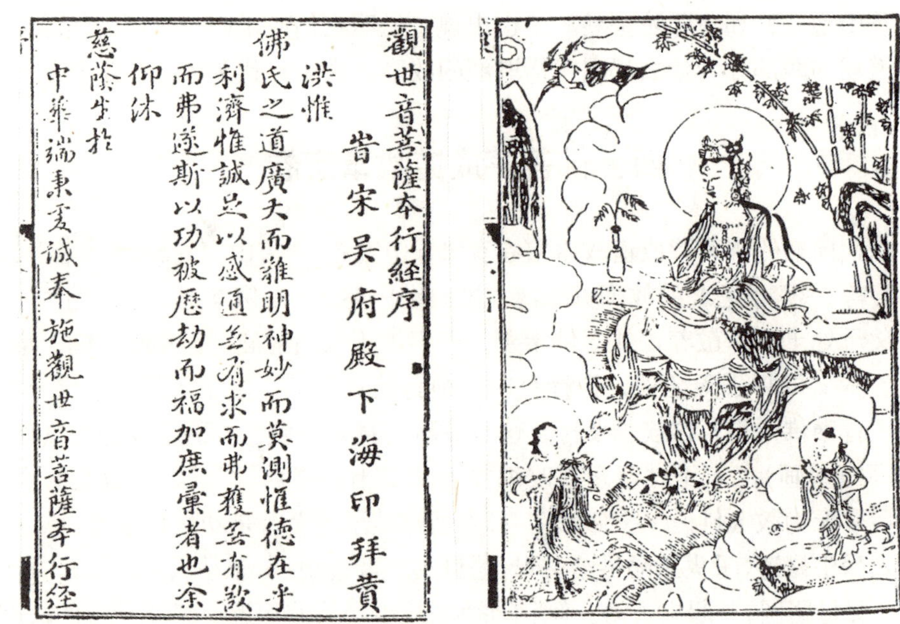

觀世音菩薩本行經序
旹宋吳府殿下海印拜賛
洪惟
佛氏之道廣大而難明神妙而莫測惟德在乎
利濟惟誠足以感通無有求而弗獲無有欲
而弗遂斯以功被歷劫而福加庶彙者也余
仰沐
慈蔭生於
中華端秉虔誠奉施觀世音菩薩本行經

[插图 35]“乾隆本”《香山宝卷》卷首插图和“序”
（清乾隆三十八年 [1773] 杭州昭庆大字经坊刊本）

梅江智公禅师重修、太源文公法师传录”。[1] 通行刊本是经过“简集”的清同治七年（1868）杭州慧空经房刊本及各地的重刻、重印本，即《观世音菩萨本行经简集》（以下称“简集本”）。[插图 36] 这部宝卷，在清及近现代民间广泛传抄和演唱，有众多的异名和改编本，如《大香山宝卷》《观音宝卷》《观音得道宝卷》《三皇姑出家香山宝卷》等。

妙善成道的传说故事出现于北宋时期。经今人研究，其出现和最初流传的经过已大致清晰：北宋元符二年（1099）十一月初，翰林学士兼侍读蒋之奇（《宋史》有传）被贬官外放为汝州守。蒋到汝州后，十一月底，应宝丰县香山寺主持怀昼之请到香山，怀昼向他展示了一卷《香山大悲菩萨传》。据怀昼称，此卷乃长安终南山一比丘在南山灵感寺古屋的经堆中发现，是唐代南山道宣律师

[1] 本卷为（日）吉冈义丰收藏。《吉冈义丰著作集》（日本东京：五月书房，2006）第四卷收影印本。本文下面的引文均据此本。按，据王小盾教授见告，越南社会科学院收藏有河内报应寺刻本《香山宝卷》，题“宋蒋之奇撰”，一册，前附景兴七年（1736）再版序文两篇和景兴三十三年（1762）“御制”序，未见。

问天神，天神所传大悲菩萨应化事迹。这位终南山的无名比丘给了怀昼此卷后隐去不见。蒋之奇看了这个卷子，认为它“语或俚俗”，于是“遂为纶次，刊灭俚辞，采菩萨实语著于篇”（《大悲成道传》赞语）。次年，香山寺僧请书家蔡京写碑，刻石立碑于香山寺。原碑已毁，今存元至大元年（1308）复刻碑（部分残），碑题《大悲成道传赞》。蒋之奇在汝州只待了一个多月，即迁守庆州。崇宁元年（1102）十一月又迁知杭州。他将这卷《香山大悲菩萨传》带到杭州，赠给天竺寺僧。翌年九月，蒋离任去。又一年，天竺寺僧道育将它改名为《香山大悲成道传》，再度刻石立碑于天竺。此碑已毁，但部分碑文拓片留存。[1]

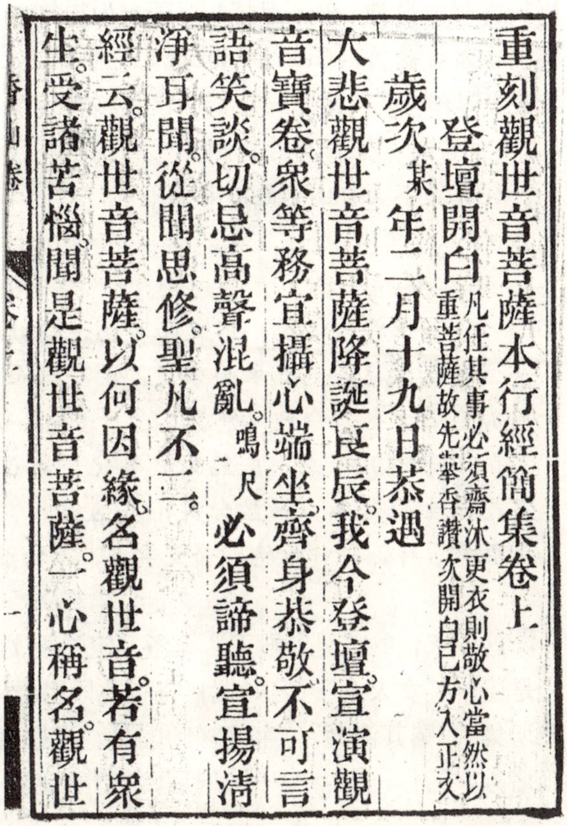

重刻觀世音菩薩本行經簡集卷上
登壇開白 凡任其事必須齋沐更衣則敬心當然以重菩薩故先舉香讚次開白已方入正文
歲次某年二月十九日恭遇
大悲觀世音菩薩降誕良辰。我今登壇宣演觀
音寶卷。衆等務宜攝心端坐齊身恭敬不可言
語笑談。切忌高聲混亂。嗚尺 必須諦聽。宣揚清
淨耳聞。從聞思修。聖凡不二。
經云。觀世音菩薩以何因緣。名觀世音。若有衆
生。受諸苦惱。聞是觀世音菩薩。一心稱名觀世

[插图 36]“简集本”《香山宝卷》卷首（清同治七年[1868]杭州慧空经坊重刊本）

上文怀昼所述《大悲菩萨传》出现的过程，显系编造的“神话”。实际情况可能是：怀昼为了扩大香山寺的影响，编了这个“传”。所述故事是否有传说的依据，难以考证。编写人的文字水平很差，所以，蒋之奇觉得它“语或俚俗”，于是“遂为纶次，刊灭俚辞”，重新编写了这本《大悲菩萨传》。所以，刻碑题“蒋之奇撰”、“蔡京书”。南宋初年朱弁《曲洧旧闻》卷6记载这件事时说：“浮

[1] 关于蒋之奇发现《大悲成道传》及其传播情况的介绍，据：⑴（英）杜德桥（Gien Dudbrige）《观音菩萨缘起考——妙善传说》（李文彬等译），台北：巨流图书公司，1990；⑵赖瑞和《妙善传说的两种新资料》，载《中外文学》，第9卷第2期，1980；⑶赖瑞和《万里寻碑记——我怎样找到“大悲菩萨碑”》，载《台湾宗教研究通讯》，第3期，台北：台湾宗教研究所，2002年4月。

屠氏喜夸大自神，盖不足怪，而颖叔为粉饰之，欲以传信后世，岂未之思也？”[1]英国学者杜德桥（Gien Dudbrige）在总结古代文献和今人的研究后，得出的结论是：“1100 年（元符三年）应该是妙善传说在时间上的起点”。[2] 此可为探讨《香山宝卷》产生时间的基础。

在乾隆本《香山宝卷》卷首有一“序”，题为“宋太子吴府殿下海印拜贺”，文云：

> 洪惟佛氏之道，广大而难明，神妙而莫测。惟德在乎利济，惟诚足以感通。无有求而弗获，无有欲而弗遂，斯以功被历劫，而福加庶汇者也。余仰沐慈荫，生于中华，端秉虔诚，奉施《观世音菩萨本行经》于众。广能仁之善化，集正觉之妙因；祝圣寿以延龄，愿苍生而信奉。幽显含灵，咸沾福利。尚冀佛日照临，法云拥护，胜妙吉祥，种种福德，普天率土，万物长春。谨序。

这位宋代的“吴府殿下”无考。宝卷正文在开经的说唱之后，有一段文字：先是述一“女大士”（名妙愷）将“此段因缘”交与庐山宝峰定禅师，云为“普明所集”，嘱其流通。“宝峰禅师闻是，发愿流通”，“抄成十本，一字三拜，散施诸方，乃作一偈：……”偈后，接着另起一段文字：

> 昔普明禅师于崇宁二年（1103）八月十五日在武林上天竺，独坐期堂。三月已满，忽然一老僧云：“公单修无上乘正真之道，独接上乘，焉能普济？汝当代佛行化，三乘演畅，顿渐齐行，便可广度中下群情。公若如此，方报佛恩。”普明问僧曰：“将何法可度于人？”僧答云：“吾观此土人与观世音菩萨宿有因缘。就将菩萨行状略说本末，流行于世，供养持念者，福不唐捐。”此僧乃尽宣其由，言已，隐身而去。普明禅师一历览耳，随即编成此经。忽然，观世音菩萨亲现紫磨金相，手提净瓶绿柳，驾云而现，良久归空。人皆见之，愈加精进。以此流传天下闻，后人得道无穷数。

[1] 转引自《观音菩萨缘起考——妙善传说》，台北：巨流图书公司，1990，页12。

[2] 见《观音菩萨缘起考——妙善传说》，台北：巨流图书公司，1990，页 16。

假借神道或某些查无实据的“名人”编写经卷作伪，是历来宗教家惯用的方法。《香山宝卷》“简集本”的编者大概认为那位来路不明的“宋太子吴府殿下海印”也不够“权威”，让观世音普萨化为“老僧”，直接感示普明禅师作此经卷，更能影响信众。所以删去了托名海印的“序”、“女大士”和宝峰禅师的对话，而将上述“昔普明禅师于崇宁二年……”一段文字改为“叙”，置于卷首。郑振铎先生当年没有看到《香山宝卷》的“乾隆本”，他在1927年发表的《佛曲叙录》中即据“简集本”的这篇“叙”，故提出：“《香山宝卷》为许多最流行的宝卷之中最古者。相传为宋普明禅师于崇宁二年八月十五日在武林上天竺，受神之感示而作者。”[1]

此后，郑振铎也认识到这样的“结论”难以成立，所以在《中国俗文学史》第十一章“宝卷”中指出：“普明于宋崇宁二年八月十五日，在武林上天竺，受神之感示而写作此卷，这当然是神话”，[2] 从而否定了当初的推论。但是，多年来经一些作者和辞书编者不断互相抄袭，《香山宝卷》为普明所作、产生于“崇宁二年”，是“最早的一部宝卷”的说法，被当成了“定论”。

从传播学的角度来看，宋元符三年（1100）九月河南宝应县香山寺《大悲成道传赞》碑面世，崇宁三年（1104）杭州天竺寺再立《香山大悲成道传》碑，这一传说始在南北佛教信徒中开始传播。它成为一个口传的故事，并有大量增益和变异（见下文《香山宝卷》的故事），要有一个过程，绝不可能在崇宁二年即被改编成宝卷。从现在留存的宋元时期佛教宝卷的形式看，“乾隆本”《香山宝卷》也与它们的形式相去甚远。实际上，从南宋初年（1127年后）朱弁《曲洧旧闻》记载蒋之奇发现“大悲”故事，到南宋祖琇《龙兴佛教编年通论》（卷13，本书约成书于隆兴四年，1164）和元大德十年（1306）刻石的管道升（书法家赵孟頫的夫人）撰《观音大士传》，它们都记载“大悲”故事，但都没有提及《香山宝卷》。所以，日本学者塚本善隆认为这本宝卷产生于明代初年（1368年后），较为稳妥。[3]

---

[1] 见《小说月报》号外《中国文学研究》专号，上海：商务印书馆，1927；又，上海：上海书店影印本，1981。

[2] 见《中国俗文学史》，上海：上海书店影印本，1984，下册，页308。

[3] 《近世シナ大众の女神观音信仰》，载《山口博士还历纪念印度佛教学论丛》，日本京都：法藏馆，1955。

《香山宝卷》所述妙善成道故事如下（据“乾隆本”）：

迦叶佛时，须弥山西兴林国国王婆伽，年号妙庄，皇后宝德，他们生了三个女儿：妙书、妙音、妙善。三公主妙善是仙女转世，长到十九岁，每告上苍，愿舍弃皇宫出家奉佛。妙庄皇帝为没有太子，为三位公主招驸马继后。大公主招一文人，二公主招一武将，惟三公主妙善不肯招夫。皇帝大怒，把她囚禁在后花园中。一月后，皇后想念女儿，求皇帝赦免她。皇帝命皇后、二位公主和宫娥去劝妙善回心，妙善固执如故。半载后，妙善到白雀寺修行，皇帝令尼僧劝她回来。尼僧劝说不通，便设计折磨妙善。妙善吃尽许多苦，仍不改悔。皇帝大怒，派兵包围寺院放火。妙善祷告上苍诸佛，口中刺血，喷向空中，化为红雨，灭了大火。皇帝怒气冲天，派兵把妙善提到京城。妙善祷告虚空，容其一死，免与父王斗气。刽子手用弓弦将妙善绞死，立时山崩树摧，日月无光。突然跳出一只猛虎，拖公主到尸多林中。

妙善公主赴幽冥地府，以其大慈大悲救度罪鬼超生。阎王怕地狱空虚，便送她还阳。妙善得太白金星指引，到惠州澄心县香山修行。香山土地化为猛虎将她驮到香山悬崖洞。妙善在此修行九年得道，名观世音。玉皇上帝以妙庄王毁佛灭法，差瘟部行病使者送病与他。妙庄王得了不治之症，痛苦异常，皇榜招医。妙善公主化为僧人前往，告诉妙庄王可到香山找“不嗔人”，取其手眼合灵丹可治。妙庄王治好了病，即同皇后、公主、大臣等一起去香山拜谢仙人，皇后认出“不嗔人”即女儿妙善。妙庄王祷求妙善“再出手眼如旧日”，果然妙善公主手眼复生。妙庄王、皇后等俱信佛法，出家修行。

故事中出现了玉皇大帝、太白金星等非佛教神灵，显然是后来在传播中窜入。但宝卷故事仍照原传说的宗教精神，作了生动的铺述：妙庄王为阻止妙善奉佛，所作所为残忍无道；妙善坚守信仰，义无反顾，表现出坚韧不拔的殉教精神。表彰妙善为宗教而献身的殉教精神，是这部宝卷的主导思想；同时，它又通过妙善自割手眼为父疗疾这种常人难以做出的孝行，适应了中国世俗社会要求的孝道。妙善孝行的结果，是促使妙庄王觉悟前非而出家修道，“尽显法门浩荡，普度一切有情”。作为弘扬佛法的文学作品，这部宝卷是十分圆满的。

本卷现存文本已无开卷和结经仪式，卷中的文字也可能在流传中有较大的删改。其中值得注意的是开始有一部分散说和韵文采取一种特殊的形式，如：

> 公主在宫中修行学道，宫娥采女尽皆笑曰：“快活不受，何故如此？”公主曰：“吾因生死事大。自性众生自愿度，自性佛道自愿成。叹日月如梭，光阴似箭，常愁人身一失，永别千秋。吾今劝知音者，宫中快乐未为贵，争如空门做道人。”偈曰：
>
> 朝廷富贵实轩昂，六宫三殿胜天堂。
> 琼楼并殿阁，玉筑碾金妆。
> 逍遥真快乐，坐卧九龙床。
> 莫道长生无烦恼，临终不免见阎王。

这样的演唱段落共十余段，在结尾处则又以相同形式的数个演唱段落结束。这是明代前期佛教宝卷的特殊形式，这部说唱“因缘”的故事宝卷，最初可能就是采取这种说唱形式。现存文本，除了上述演唱段落外，其余均为散说加七言唱词的形式，散说和唱词之间两句七言歌赞做过渡，如：

> (1) 当时皇后便令六宫嫔妃十二苑主：“你每须将好的甜言软语，劝那厮回心转意。”人皆奉命，随即迳往劝三公主。
>
> (2) 春兰秋菊各自香，
> 两条大路任君行。（南无观世音菩萨）
>
> (3) 嫔妃拜劝三公主，齐声恸哭震皇宫。
> 含珠带泪开言说，牵枷扶锁告知因：
> “忆昔那日相离别，朝思暮忆痛伤情。
> 特劝公主招驸马，免将肉体过刀砧。
> 走兽飞禽皆成对，为人岂可不成亲。
> 青春正当花正绽，金乌方上始东明。
> 正好宫中招驸马，少年岂可不成亲。

莫学败家贫释子，将身自贱被人轻。
少年修行无奇特，老来学道始闻名。”

（2）下注“南无观世音菩萨”是和佛。上述演唱段落的形式实际上保留了早期佛教宝卷每个演唱段落的（1）（2）（3）部分。简集本《香山宝卷》和下文介绍的《雪山宝卷》都采取了这种这种说唱形式。

这部宝卷从明代以来便广泛被演唱，特别在观音信仰最为普及的江南。清道光、嘉庆间程寅锡《吴门新乐府 · 听宣卷》[1] 描写苏州地区妇女到寺庙里去听演唱“三公主”的“宣卷”，“婆儿要似妙庄王，女儿要似三公主”。

这部宝卷的巨大影响，还在于它使妙善成道故事在民俗文艺中广泛传播开来，对传播观音信仰起了很大的作用。明万历年间不仅出现了白话小说《观音出身南游记》（又名《南海观音全传》），[2] 同时出现了传奇剧本《观音修行香山记》（简称《香山记》），[3] 它们都是根据宝卷故事改编的。明代以后，以妙善得道为题材的戏曲作品，多为民间酬神和祭祀演出，其流传空间极广。高腔、梆子腔及后来的皮黄腔系各剧种均有演出，其剧名一般称作《观音得道》《大香山》《三皇姑出家》等。

（二）《雪山宝卷》

本卷讲述释迦牟尼成道故事。释迦牟尼为北印度迦毗罗卫城净饭王之太子，其成道的经过见《佛本行集经》（卷 26 至卷 30）等佛教经典。在佛教传入中国不久，便被编为佛曲。[4] 唐代这一故事改编的佛曲、缘起和转变十分流行。今人任半塘（二北）编著的《敦煌歌辞总编》[5] 中便收有《太子赞》27 首、《五更转　太子入山修道赞》15 首、《五更转　太子成佛》5 首、《十二时　圣教》12 首，等。王重民等编《敦煌变文集》收《太子成道经》1 卷（按，其形式是

[1] 见（清）张应昌《清诗铎》，北京：中华书局标点本，1960，页 903。

[2] 存明万历建阳书林刊本。

[3] 存明万历二年（1574）南京富春堂刊本。

[4] （梁）释慧皎《高僧传》卷 13“经师 · 论曰”：“原本梵呗之起，亦兆陈思。始著《太子颂》《睒颂》等，因为之制声。”（北京：中华书局，1992，页 508 － 509。）

[5] 上海：上海古籍出版社，1987。上述作品分别见页800－862、页1458－1480、页1473、页1479－1480。

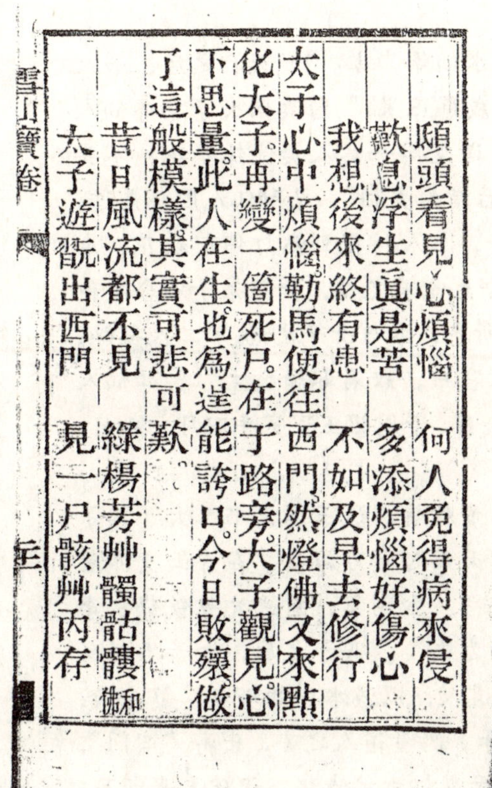
是好勒馬便往南門佛又變化病人在於庵中。只聽得氣喘咳嗽之聲。口內聲聲叫道百骨疼痛服藥無效。求神不靈。求生不得。求死不得。面如餓鬼。體似枯瘵。太子一見。心如刀割。兩淚汪汪。近前問曰。你少年之間如何病。人答曰。我少年之時。貪花戀色。橫害他人。誰知今日。有如此病苦。

病後方知身自苦　健時多爲別人忙佛和

太子遊翫出南門　見有茅菴一病人

𩒐頭看見心煩惱　何人免得病來侵

歎息浮生真是苦　多添煩惱好傷心

我想後來終有患　不如及早去修行

太子心中煩惱。勒馬便往西門。然燈佛又來點化太子。再變一箇死尸。在于路旁。太子觀見。心下思量。此人在生也爲逞能誇口。今日敗壞做了這般模樣。其實可悲可歎。

昔日風流都不見　綠楊芳艸髑骷髏佛和

太子遊翫出西門　見一尸骸艸內存

[插图 37]《雪山宝卷》(清光绪二年[1876]杭州玛瑙明台经坊刊本)

缘起）及拟题为《太子成道变文》残卷 5 种和拟题为《八相变》1 种；[1] 另有传世《悉达太子成道因缘》1 种。[2] 这么多的作品遗留，说明这一故事在唐五代民间佛教信徒中是相当流行的，因此它很可能较早就被改编为宝卷，但未见清代以前的宝卷文本。

清光绪二年（1876）杭州玛瑙明台经房刊本《雪山宝卷》[插图 37]（通行本是民国八年的重刊本，民国间上海、宁波等地的石印本），所述故事如下：

[1] 北京：人民文学出版社，1984，二版。上述作品分别见：上册，页285－300、页317－328、页329－342。

[2] 日本龙谷大学图书馆收藏。已收入潘重规编《敦煌变文集新书》，台北：文津出版社，1994。

昔日燃灯佛集天龙八部、天地水仙等，言："我灭亡之后，若人有以优钵罗花七朵来献与我，方可成得正果。"阿真国太子忍辱仙人依佛之言，出游四门，寻买宝花，遇见同一美人卖优钵罗花，不要金银珠宝，但要对天罚愿"五百年后结为夫妇"。忍耐仙人因恐差过，遂对天罚誓。原来此女为俄云仙女，二人持花到燃灯佛前献花，求佛授记。佛言："忍辱仙人买花不合无贪嗔之心，卖花娘子不合要他罚愿。你二人直待五百年后，依汝所愿，方与汝等授记。"二人拜辞。俄云仙女坐化辞世，托化到李天王宫中，取名耶输公主。忍辱仙人投托梵王宫内，摩耶夫人怀胎十四个月，于周昭王甲寅年四月初八日，胁下降生太子，取名萨婆悉达。

太子七岁读书，太白金星蒙玉帝敕旨，送三卷天书。太子读了一遍，尽皆精熟。太子十五岁，李天王起百万雄兵，在香山交界置九重铁锅。太子率兵前往，用月照弓、金刚箭，射透九重铁锅。李天王招太子为驸马，与耶输公主结为夫妻。四年之后，太子思想父母，与公主回国。途中，菩萨化为道人，以浅水中的虾鱼螃蟹为喻，劝他及早修行。太子回国，终朝不乐，思量道人之言，出游"四门"，见人间生老病死之苦，嗟叹不已。受燃灯古佛点化，识破本来面目，不恋皇宫富贵，决心到雪山修行。梵王将太子锁在冷宫。太子朝天大哭，惊动三界天神、十方圣众，派四天王捧马匹接引太子。公主苦劝，要太子再聚几日，生得一男一女。太子将金鞭指公主腹而孕。临行，留给公主檀香一炷、汗衫一件，告诉她：急难时焚香，穿上汗衫，便可前来救助。

太子来到雪山修行。梵王先后派苏佑丞相、陈琳丞相往雪山寻访宣召太子。只见太子"身似腊色，体如枯柴，芦芽穿膝，头顶成巢，坐在盘石山"。他们均未将太子召回。大将王珍前往雪山，放火焚山。太子咬碎舌尖，望空一喷，满天红雨，熄灭大火。王珍愿授记向道，伏侍太子。太后进山，苦劝太子。太子骗太后下山，途中施法，一只猛虎将太子咬上山去，另一只猛虎将太后等赶下山来。梵王欲加害公主。听苏丞相劝，让公主独自上山召回太子。公主上山，抱住太子大哭，太子只是不睬，施法将她送回宫中。梵王亲率文武百官上山，寻见太子，喝令斩太子手足。太子要自割手足，接过刀将山划为两处。梵王不敢再宣太子，回到宫中。以耶输公主所生之子为“乱宫之子”，于御苑中结百尺彩楼，下埋火缸，密令武士将公主母子推下火缸烧死。公主知晓，穿上汗衫，点燃檀香，大叫三声：“悉达，你速速救我！”太子遂将公主母子凌空救出，径往三十三天。大小官员见此，一起下拜。

燃灯古佛为公主授记，取名光相佛，公主子名宝华佛。太子又度父母：净梵王授记为梵王尊天，摩耶夫人为帝释尊天。又于穆王三十六年，命合族五百贵子出家。文殊、普贤二菩萨前来试太子。太子割腿上肉喂鹰，舍身饲虎。二位菩萨告诉太子：难得慈心不退。燃灯古佛请太子入座授记，为释迦如来。

本卷卷首题下注“上坛宣扬，讽诵《心经》”。“举香赞”后，即“开经偈”。首段散说以“伏闻道场绝言，启八音之所”始，散说后接七言唱词，其间有两句偈赞过渡，注“和佛”。此后即如此反复说唱。以下举太子“游四门”见“生老病死苦”一段说唱：

(1) 太子见说，心中忧惧：人到老来这般模样，如何是好？勒马便往南门。佛又变化病人，在于庵中。只听得气喘咳嗽之声，口内声声叫道百骨酸痛；服药无效，求神不灵，求生不得，求死不得。面如饿骨，体似枯柴。太子一见，心如刀割，两泪汪汪，近前问曰：“你少年之间如何？”病人答曰：“我少年之时，贪花恋色，横害他人。谁知今日，有此病苦！”

(2) 病后方知身自苦，
健时多为别人忙。(和佛)

(3) 太子游玩出南门，见有茅庵一病人。
低头看见心烦恼，何人免得病来侵？
叹息浮生真是苦，多添烦恼好伤心。
我想后来终有患，不如及早去修行。

这本宝卷产生的时间，不会晚于明代前期。与元末明初的《目连救母出离地狱生天宝卷》比较，它的每个演唱段落中仅保留了（1）说白和（2）（3）两段歌赞；（3）仅用七字句，语言简古，这是早期佛教宝卷的特征。从这部宝卷的内容看，它所述“太子成道”的故事更加中国化，甚至玉皇大帝也进入叙述之中，但它没有明清民间教派信仰的内容，这都与《香山宝卷》相似，可能这两本宝卷是同一位编者改编整理的。

清光绪间杭州慧空经房刊《悉达太子宝卷》，与此卷内容、结构、形式相同，只是文字稍繁，并有少量十字句唱词。两者应有改编关系，孰前孰后，难以确定。当代江苏常熟地区做会讲经中仍广泛传唱这一宝卷。[插图 38]

（三）《五祖黄梅宝卷》

本卷简名《黄梅宝卷》，又名《仙桃宝卷》。传世最早的版本是清咸丰七年（1857）顾元熙抄本，通行本是光绪元年（1875）杭州玛瑙经房刊本，[插图 39] 清末民初又有各种重刊本和石印本。本卷所述为中国佛教禅宗五祖弘忍的出身传说，故事为：

> 湖广黄州府黄梅县黄梅山黄梅寺，是佛祖出身之地，开坛说法之所。四祖一日出灵，观见五祖出世，在黄梅县抱渡坡，姓张名怀，年已七十五岁，遂命二僧下山去度他。张怀家中富足，妻妾八人，二子张忠、张孝，均已成家。张怀经二僧劝导，不顾妻、儿劝说，决意出家到黄梅寺。四祖白天让他到后山栽松，夜来搡米供众。妻子儿子来看他，“容颜好似骷髅，身体好似饿鬼”，劝他回去。护法神兴云布雨，将周氏母子摄回家中，一家人因此也看经修行。
>
> 张怀苦行三年，四祖给他法衣、钵盂、禅杖，赠他四句偈言：“祝家庄上遇裙钗，法衣禅杖挂山怀。钵化仙桃投入腹，浊河投水脱尸骸。”嘱他往西南去。张怀在浊河边遇祝家庄祝亭员外女凤姐和嫂嫂洗衣，向前借宿。凤姐心多慈悲，意欲留他。张怀想起四祖赠偈，投浊河而死。护法神将张怀一灵化为仙桃，凤姐因仙桃而孕。祝亭以凤姐败坏家风打骂她，其弟祝虎献计杀死凤姐，其兄祝龙帮凤姐逃避。凤姐走

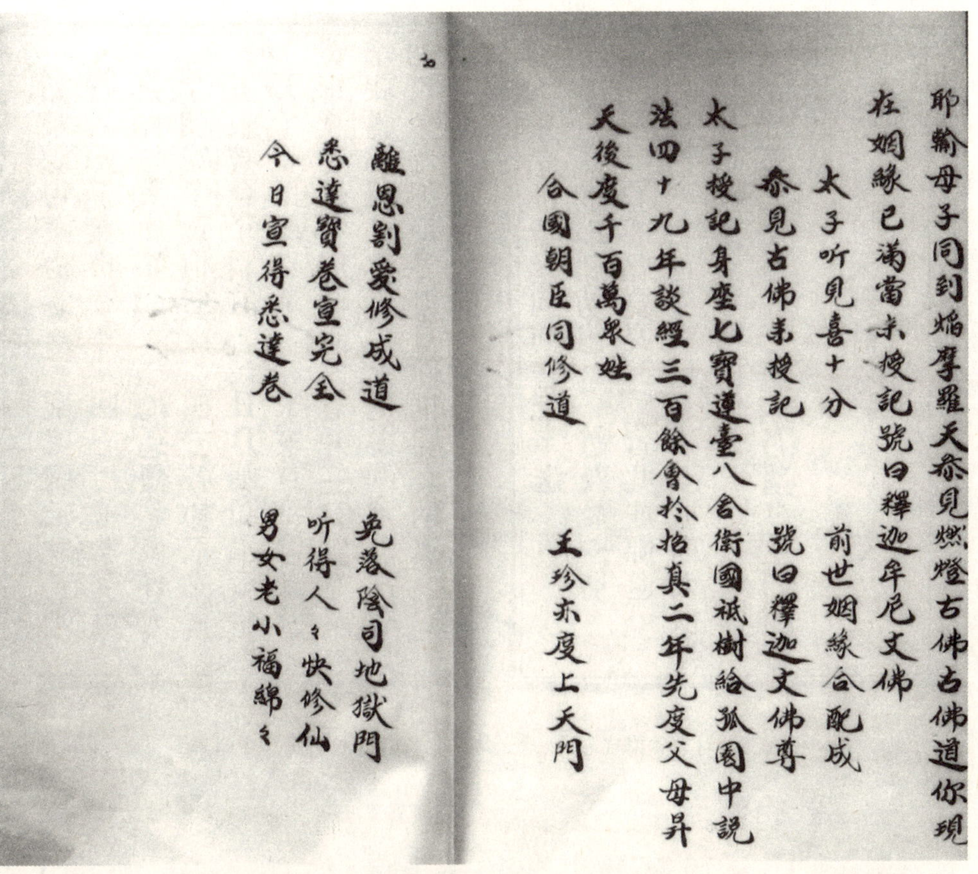

耶輸母子同到焰摩羅天參見燃燈古佛古佛道你現在姻緣已滿當來授記號曰釋迦牟尼文佛

太子听見喜十分　前世姻緣合配成
參見古佛來授記　號曰釋迦文佛尊

太子授記身坐七寶蓮臺八舍衛國祇樹給孤園中說法四十九年談經三百餘會拈真二年先度父母昇天後度千百萬衆姓

合國朝臣同修道　王珍亦度上天門
離恩割愛修成道　免落陰司地獄門
悉達寶卷宣完全　听得人々快修仙
今日宣得悉達卷　男女老小福綿々

[插图 38]《悉达太子宝卷》(江苏常熟讲经先生新抄本)

投无路，欲自尽。太白金星化为老人带她到泗州神仙庄，住在土地庙，沿街行乞，劝化世人。

春去秋来，凤姐生下婴儿，即为五祖。五祖八岁开口说出投胎因缘，带领母亲回到浊河边，取出三件法宝。此时四祖向众僧说：我已功成圆满，众僧去迎接继祖弘忍，即往日山中的栽松道人。众僧见五祖为童儿，不敢相信。五祖大显神通，讲经说法，遂住持黄梅寺，母亲凤姐为佛母。后来凤姐之父祝亭因数恶不善，得人面恶疮，得五祖医好，并与女儿团圆；祝虎凶恶不善，被打入酆都地狱受苦。其他人等，各得善报。

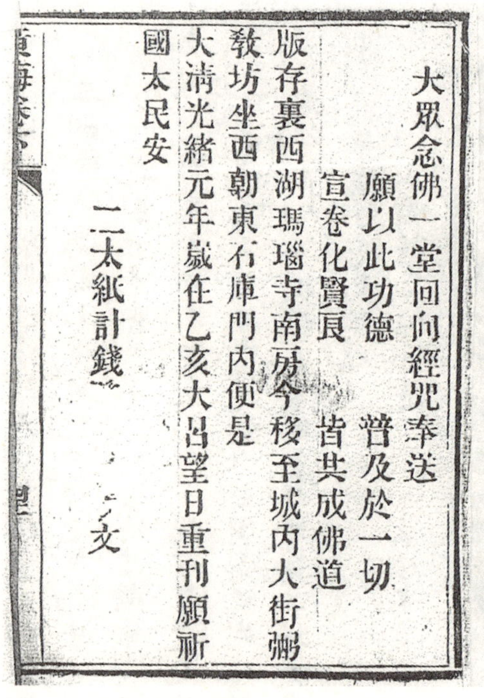
姑娘聽得黃梅卷　配與狀元做夫人
各人聽了黃梅卷　回心行善孝雙親
拜叩眾賢牢牢記　聽過寶卷做好人
今朝宣了黃梅卷　四方各郡永安甯
五穀豐登年歲熟　日月調和風雨順
天子朝臣俱安樂　家家戶戶盡歡欣
黃梅寶卷已全周回向四恩并三宥宣卷眾等
增福壽願將法水洗愆尤提多迦尊佛惟願哀
納授　南無提多迦尊佛惟願哀納授

大眾念佛一堂回向經咒奉送
願以此功德　普及於一切
宣卷化賢良　皆共成佛道
版存裏西湖瑪瑙寺南房今移至城內大街弼
教坊坐西朝東石庫門內便是
大清光緒元年歲在乙亥大呂望日重刊願祈
國太民安
二太紙計錢　文

[插图 39]《黄梅宝卷》(清光绪元年[1875]杭州玛瑙寺刊本)

这部宝卷的形式与光绪刊《雪山宝卷》相同，每个演唱段落仅保留(1)说白和(2)(3)两段歌赞，(3)主要用七字句，语言也很简古；少数段落用十言。以下举张怀在山修行的一段：

(1)四祖命张怀到梅山栽松採米，张怀甘心自受，但做无妨。和尚领到山前，那张怀一看，只见高山巍巍，紫竹茂林；祥云秀雾，峰岩耸飘；百草含珠，果花放馨；龙潜洞底，虎伏崖前。鸾鸟如诉语，麋鹿近行人；白鹤伴云栖，丹凤向阳鸣。张怀看罢，十分喜欢：此处正好修行。

(2)紫燕穿岭蹁跹舞，
麋鹿行游共道途。(和佛)

（3）张怀观看山中景，此处正好办前程。
山间野草能吐秀，翠竹枫松碧水清。
风清朗月如仙境，仙草圣花满地生。
山中野鸟山中叫，林内鹊噪林内鸣。
近水楼台先得月，向阳草木早逢春。
栽了松木来担水，挑水来浇树松根。
前后上下都栽到，松木栽得黑沉沉。
刻刻挑水心念佛，时时舂米口诵经。
日间金乌来做伴，夜来玉兔伴栖身。
酒色财气今日断，长念清净无字经。
越思越想修行好，一心只顾念经文。
山高峻岭无宿歇，磐陀石上暂安身。
饥餐松柏柴根叶，渴饮清泉也称心。

五祖弘忍（601—674），湖北黄梅人。7岁从四祖道信出家，13岁剃度，尽得道信禅法。唐永徽三年（651）道信传衣钵与他，另建冯茂山道场，传法20余年，后世称为五祖。关于他的出身传说见宋释普济《五灯会元》卷一“东土祖师·五祖弘忍大满禅师”：

五祖弘忍大师者，蕲州黄梅人也。先为破头山中栽松道者。尝请于四祖曰：“法道可得闻乎？”祖曰：“汝已老，脱有闻，其能广化邪？傥若再来，吾尚可迟汝。”乃去，行水边，见一女子浣衣。揖曰：“寄宿得否？”女曰：“我有父兄，可往求之。”曰：“诺，我即敢行。”女首肯之，遂回策而去。女周氏季子也。归辄孕，父母大恶，逐之。女无所归，日佣纺里中，夕止于众馆之下。已而生一子，以为不祥，因抛浊港中。明日见之，溯流而上，气体鲜明，大惊，遂举之。成童，随母乞食，里人呼为无姓儿。逢一智者，叹曰：“此子缺七种相，不逮如来。”后遇信大师，得法嗣，化于破头山。[1]

[1]（宋）普济《五灯会元》，苏渊雷点校，北京：中华书局，1984，页51。

此处记载与本卷故事基本相同，可知本卷所述为传承已久的佛教传说。五祖的故事较早被改编为宝卷，一是他的出身和修行故事与世俗民众生活接近；二是同早期佛教宝卷禅、净结合的宗教背景有关。

五、民众修行故事宝卷

继《香山宝卷》之后，明代出现了一些以妇女为主角的修行故事宝卷，如《黄氏女宝卷》《刘香女宝卷》《红罗宝卷》等；同时，也出现了像《王文宝卷》那样劝导男性出家修行故事的宝卷。上文所介绍的明代佛教宝卷存目中，像《白熊卷》《梅那卷》《十世卷》，也可能是民众修行故事宝卷，它们都没有传本。下文介绍上述几种有传本的宝卷。

（一）《黄氏女卷》

《黄氏女卷》，即《黄氏女宝卷》，又名《三世修道黄氏宝卷》等。由于许多地区方言中“黄”、“王”读音不分，所以又称《王氏女宝卷》。所述为黄（王）桂香三世持诵《金刚经》修行因果。这一佛教传说最早见宋天台法空大师《金刚经证果·三世修行王氏女白日升天》，[1] 罗梦鸿《正信除疑无修证自在宝卷》“化贤人劝众生品第六”中也提到这一故事：“无极祖来托化黄氏贤女，临命终离别哭劝化众生。”[2] 可能那时已有演唱这一故事的宝卷。

明代以来这部宝卷流传很广。《金瓶梅词话》第74回述吴月娘请薛姑子等三位尼姑宣讲《黄氏女卷》，从宝卷引文看，它所依据的底本是明代民间宗教家的改编本《佛说黄氏女看经宝卷》。清代所传有两种卷本，一是《三世修道黄氏宝卷》，又名《黄氏宝传》《对金刚宝卷》等，[3] 它是清代先天道的改编本；另一种是《王氏女三世化生宝卷》，简名《三世化生宝卷》，又名《王氏女宝卷》

[1] 存明万历二十年（1592）护国万寿寺刊本，未见。据（日）泽田瑞穗《增补宝卷研究》，东京：国书刊行会，1975，页158。

[2]《明清民间宗教经卷文献》，台北：新文丰出版公司，1999，第一册，页700－702。按，有的版本中“黄氏女”作“王氏女”。

[3] 本卷现存最早的版本是道光二十八年（1848）刊本，流通本是清光绪至民国间各地经房及善书局的重刊本，及民国间的石印本。

《王氏桂香宝卷》等，[1] 故事较接近原传说的面貌，另外还有多种民间宣卷人的手抄本。故事（据《王氏女三世化生宝卷》）略为：

王桂香前世为灵隐寺僧张道。桂香七岁，母亲病亡，决意看经（《金刚经》）报母恩。父亲王百万（进达）续娶侯氏，侯氏带儿子侯七进门。侯七在外吃酒赌钱。王氏日夜诵经。侯七夜间入房企图杀王百万，误杀其母，遂诬王百万杀母。王氏代父亲承认杀死后母，被判绞刑，得太白金星救助还魂。后巡按审出实情，侯七被判剐刑。王氏十八岁，尊父命嫁屠户赵令方，生一男二女。她劝丈夫同修，赵不从，她仍每日在净房烧香礼诵《金刚经》。香烟佛音达于地府，阎罗王遣仙童来请王氏到地府念《金刚经》。王氏香汤沐浴，坐化而逝。阎罗王令她对《金刚经》，无一字差错，被放回阳世，投胎到曹州张家为男。下生后，肋间有红字两行，“此是看经张家女，曾嫁观水赵令方”，取名张俊达。十八岁科举登甲，授曹州府南华县知县。张到任后，请来赵令方，说明前世因缘。同赵和儿女一起到王氏坟前，做道场七日，五人一起升天。

这部宝卷因明清两代多次改编，原始面貌已难考见。除宝卷外，它还被多种民间演唱文艺改编演唱。明万历间有金怀玉作《妙相记》传奇[2]，清代前期另有传奇剧本《三世记》[3]，近现代许多地方戏曲中有此传统剧目。清代各地善书（宣讲）中都唱这一故事。在湖南江永一带专门在妇女中流传的“女书”体说唱中有《王氏女》；在笃信佛教的云南白族中，它被改编为大本曲《黄氏

[1] 存清咸丰二年（1852）鼓山涌泉寺刊本、光绪五年（1879）镇江宝善堂刊本等多种。

[2] 见（明）吕天成《曲品》著录：“《妙相》：全然造出。俗称‘赛目连’，哄动乡社”。（《中国古典戏曲论著集成》㈥，北京：中国戏剧出版社，1959，页 248）又，（明）祁彪佳《远山堂剧品》著录：“《妙相》：演说因果，止堪入村姑牧竖之耳。内多自撰曲名，且以北曲犯入南曲，大堪喷饭。”（同上，页 106 – 107）又，（清初）佚名《传奇汇考标目》著录：“金怀玉，字尔音，会稽人”，“《妙相》，俗称《赛目连》，即今时下所演之《王氏女三世修》是也。亦名《葵花记》。”（《中国古典戏曲论著集成》㈦，北京：中国戏剧出版社，1959，页 217）。按，据上述著录，可知本剧系据民间演出本改编。

[3] 本剧（清）黄文旸等《曲海总目提要》卷 43 著录云：“未知谁作。”（天津：天津古籍书店影印上海大东书局排印本，1992，下册，页 1843）按，庄一拂《古典戏曲存目汇考》收（清）永恩《漪园四种曲》，其一为《三世记》，存清乾隆家刻本。（上海：上海古籍出版社，1982，下册，页 1350）现为国家图书馆收藏。

女对金刚经》，是白族民间叙事诗的代表作品。它同《香山宝卷》所述妙善成道故事一样，越过地区和民族的界限，得到广泛传播。

（二）《刘香女宝卷》

本卷现存宝卷最早为清乾隆三十九年（1774）刊本，全称《太华山紫金镇两世修行刘香女宝卷》，述刘香女［插图 40］自幼持斋念佛、历尽磨难修行的故事：

［插图 40］刘香女（清同治辛未萧山田惠顺刊本《刘香宝卷》卷首插图）

> 宋真宗时，山东太华山紫金镇开酒店的刘光，生一女名香女。香女自幼持斋把素，感化父亲不再杀生，改开素面店。刘员外看中香女，订为三子马玉媳。香女父母坐化，马家娶香女。结婚三天，两个伯姆在婆婆面前挑拨是非，使香女不能同丈夫见面，又时时毒打她，后来又把香女赶到坟堂去住。马玉中状元，两个伯姆怕马玉回来香女成诰命夫人，诬蔑她在外与人通奸。婆母将香女毒打一顿，逐出家门。香女沿街抄化度日，劝人为善。马玉回家，知妻子受了不少苦，寻她回来，她不肯同丈夫同居。父母又为马玉娶金枝小姐，带她去潮州赴太守任。香女仍在外居住。马家人因吃团鱼中毒都被毒死，香女回家殡殓他们，又给马玉报丧。马玉赶回家追荐亡人。后来香女同丈夫和金枝小姐均坐化升天。马玉为无愚佛，香女为宝月尊。

这部宝卷中用的称谓“伯姆”是吴方言，说明它产生于吴方言区。此卷最早见明吕天成《曲品》著录叶宪祖《双修记》传奇：

> 坊间俗本有《刘香女修行宝卷》，道婆辈每宣诵之。每度喜其事僻而谐俗，复不袭旧，遂制新声。盖单指弥陀一句，是修净土直捷法门，不似禅修，翻多教律。……俗演《目连》《妙相》二记，词陋恶不堪观。此记行，为善女人加一钳锤矣。[1]

吕著所述“俗演”之《目连》即《目连救母劝善戏文》，《妙相》即上文所述演出黄氏女三世修行故事的《妙相记》传奇。清黄文旸《曲海总目提要》卷8著录《双修记》传奇云：

> 刊本标“奉佛紫金道人”编著。其序则云“槲园居士”，托言紫金也，而槲园居士姓名亦不传。其记年则万历癸丑。序又云：“居士精词曲……精究佛理，笃信净土，暇日取《刘香女小卷》，被之声歌，名《双修记》。”按，此是万历间词客而宗梵行者所作……观此剧序及其开场数语，则似嫌其（按，指《刘香女小卷》）仙佛并提，禅净互举，故作此矫之。专言净土一门，以唱导净缘。至其事则出小说，本文亦云“借此劝修行，不必论其有无”也。[2]

此剧实为明万历间戏曲家叶宪祖（1566—1641）撰。叶氏为浙江余姚人，字美度，传世杂剧、传奇剧本多种，别署槲园居士、紫金道人等。万历四十七年（1619）进士，授新会令，官至广西按察使，未赴任。《双修记》传奇作于万历癸丑（四十一年，1613），剧本今不传。《刘香女修行宝卷》《刘香女小卷》即《刘香女宝卷》。作者是佛教的居士，这一宝卷早已广泛流传，故能引起他的注意，改编为剧本，以广流传，“唱导净缘”。

这部宝卷的形式，与《雪山宝卷》等一样，每个演唱段落只保留了（1）白文和（2）（3）两段歌赞，（3）有的段落唱十字句，如：

---

[1] 见吴书荫校注《曲品》，北京：中华书局，1990，页385。

[2] （清）黄文旸等《曲海总目提要》，天津：天津古籍书店影印上海大东书局排印本，1992，上册，页316。

(1) 刘光夫妇听了香女之话，甚为有理：“怨怨相报，我岂有不晓得？但则生意落在其中，一时也难改。”香女答言：“爷爷若肯将肉铺收起，开一爿素面店。只要素菜清洁，菜蔬精致，那些僧道善人，紫金镇上来往客商最多，他就源源而来。依女儿主见，倒也可以度日。奉劝爷娘持斋把素，看经念佛，可忏悔先前的罪愆，又修来生的福果，岂不是好！“正是：

(2) 作恶不如行善好；
半积阴功半养身。

(3) 这刘光听香女善言相劝，就回头心向善不杀生灵。
开饭铺素菜饭件件洁净，有善根善言劝样样依从。
这刘光做夫妻回心转意，终日里行善事念佛看经。
刘香女劝爷娘坚心修道，这就是救双亲不堕沉沦。[1]

这部宝卷在清及近现代曾被大量翻印，留存的版本和民间手抄多达四五十种。[2] 清末白话小说《扫帚迷》描写江南民众到杭州“天竺进香”的香客船上演唱宝卷，特别提到这部宝卷。[3] 现代苏州地区民间佛教信众，把刘香女称作“黄海观音”，这本宝卷也被称作“黄海观音得道”。

（三）《王文宝卷》和《红罗宝卷》

《王文宝卷》，今存明刊经折本，卷名《佛说如如居士度王文生天宝卷》，这个卷本是明代民间宗教家的改编本。[插图 41] 内容为清凉山如如居士（或称如如老祖）和他的徒弟二人到华州大贤庄度化王文的故事：

王文贪恋家缘，不愿出家，愿“在家修行”。如如居士给他起法名王普逻，传他修行“妙意”，告诫他“五戒情严谨护持，毁斋破戒堕轮回”。王文起初发心与佛齐眉，后来则破戒杀生害命，饮酒吃

---

[1] 引文据清同治辛未（十年，1871）萧山田惠顺刊《刘香宝卷》。

[2] 参见拙著《中国宝卷总目》（修订本），北京：北京燕山出版社，2000，页153－156。

[3] 参见本书第二编第六章“江浙吴方言区的民间宣卷和宝卷 · 吴方言区民间宣卷与宗教和民间信仰活动”。

三寶念佛看經參禪打坐見性明心超
凡入聖歸元到家鄉。
諸佛在人間　苦海駕法船
得度到彼岸　不用別人安
如如祖師在大賢庄度王文分第三
黄鶯兒
来到大賢庄，見衆生業識忙，紅塵滾滾
多漂蕩。不思故鄉，爭短競長，無常無常相請
不輕放，自承當，無處躲避，不免的見閻
王。　白文
說師徒二人駕定祥雲，剎那之間到於
大賢庄，只見有一人雄糾糾在於街頭。
正是王文，等我作偈看他有惺麼。偈曰：
人生百歲七十希，来往輪迴苦貪痴家
緣摔惹三塗內。王文何不回頭念阿彌

［插图 41］《佛说如如居士度王文生天宝卷》（明刊经折本）

肉，作业深重。上帝令三曹减他三十年阳寿，鬼使将王文勾入地府。王文妻、子痛哭烦恼，将王文尸灵停放在家。王文先被打入奈河地狱受苦，又被送入镬汤地狱、铁床地狱。他求告阎罗王去阳间托梦给妻子，到清凉山求如如师父超度他。王文妻子得梦，无处去寻如如师父，王文又被打入寒冰地狱。如如祖师发大慈悲心，到地府救王文，十殿阎君迎接。王文告诉师父："出去永无退心，再不毁犯。"十王送他还魂。王文与妻子、儿子相见，如如度他们三人"同归三宝，受持五戒，在家修行"。

这部宝卷的"结经发愿文"与《金刚科仪》相同。卷中虽没有直接提到明代万历后民间教派普遍信仰的最高神无生老母，但卷本已分品，每品都插唱俗曲，说明在明代后期已经被改编。卷中几处提到"无为道"，如："坚心保守无为道，自有龙天作证盟"；如如老祖给王文起法名为"普逻"，可能是倚称佛教

的无为教徒改编的。

清光绪元年（1875）杭州昭庆寺慧空经房印（越剡北孙兴德刊）《如如老祖化度众生指往西方宝卷》（简称《如如宝卷》，又名《如如佛祖度王文宝卷》），是“皇极儒门”（即长生教）徒的再次改编本，主题也是劝世人抛却人间宝贵功名，持斋把素，念佛修行。它增加了一些情节：如如劝化帮王文杀猪的屠户放下屠刀，劝耍猴戏的人放了猿猴，并将二人收为徒弟。王文决意修行后，他原先的四个结拜兄弟又拖他开荤吃酒，最后都得恶报。

《红罗宝卷》，现存最早的刊本是明刊《佛说杨氏鬼绣红罗化仙哥宝卷》。这个卷本也是明代民间宗教家的改编本。本卷第四分述杨氏答谢神明，在红罗伞上绣出诸佛菩萨、玉皇大帝等各种神明近百位，其中也有民间教派信仰的“无生老母”；“灵山会”上除了佛祖、佛母之外，也有“无生老母”；同时，演唱的结构也按照教派宝卷分为二十二“分”，并唱小曲。[1]

在这部宝卷中，冥界的神鬼与人间的帝王、小民构成一个曲折的传奇，而以求子继嗣、后母虐待前生子这一普遍为民众关心的家庭问题为中心，构成一个因果报应故事。明代以后，这本宝卷仍极流行。清嘉庆二十二年（1817）清政府在德州查办红阳教案中，也查到一种《积善求儿红罗宝卷》（上、下）。[2]近现代在江浙、山西、甘肃等地民间宣卷和念卷中，这本宝卷流传很广，它们一般称《红罗宝卷》，或名《晚娘宝卷》《绣红罗宝卷》，其中无生老母信仰的说词则被删除净尽。

六、明代民间的佛教宝卷演唱活动

明代佛教宝卷的演唱活动，在佛教文献没有记载，只能到其他文献中去找。正德初年罗梦鸿《苦功悟道卷》“辞师别访第五”中有“众僧宣念《金刚科仪》”祭悼亡人的记述。[3]上文提及的明成化、正德间散曲家陈铎《滑稽余韵》[满庭芳]《道人》和《秋碧轩稿》[北南吕一枝花]《道人应付》两首散曲，[4]所写是被称

[1] 参见本书第五编“宝卷漫录·佛说杨氏绣红罗化仙哥宝卷”。

[2] 见拙著《中国宝卷总目》（修订本）附录八“清政府查办邪教档案载民间宗教经卷目”第123条，北京：北京燕山出版社，2000，页403。

[3] 见《明清民间宗教经卷文献》，台北：新文丰出版公司，1999，第一册，页133。

[4] 以上散曲见谢伯阳编《全明散曲》，济南：齐鲁书社，1988，第一册，页547、613－614.

作“道人”的民间宣卷人：

称呼“烂面”，倚称佛教，那有师传。沿门打听还经愿，整夜无眠。长布衫当袈裟施展，旧家堂作圣像高悬。宣罢了《金刚卷》，斋食儿未免，单顾嘴不图钱。

《道人应付》的套曲中有更细致的描写：

[北南吕一枝花] 休提艺不高，莫说名不正。道人非是道，僧众不为僧，到处里“烂面”通称。揽斋事专察听，小家儿图减省。散众每署袜芒鞋，缴首的低裙直领。

[梁州第七] 这家里追亡荐祖，那家里了愿禳星，翻经演咒舌根硬。《金刚卷》护身老本，白连教惑众虚名；吃惯了见成茶饭，干不的本等营生。一般的洒净摇铃，一般的合掌观灯。你便是须菩提见了你丑形骸也把眉攒，你便是释迦佛受了你乔礼拜自然心影，你便是观世音听了你胡宣扬反害头疼。诸杂，不等，都是些愚顽军舍穷百姓。其实的不洁净，不食荤腥，假志诚，到家里酒肉齐行。

曲中所说的《金刚卷》，即《大乘金刚宝卷》。在《大乘金刚宝卷》中有“若要众生出离地狱，全家持斋戒酒，重重发愿，请高僧宣念宝卷，令诸罪人，得脱地狱。”按照卷中多次重复的叙述，所说的“宝卷”即指本卷，由此可知早期“宣念宝卷”者应是僧侣。

明代正德以后，一些反映世俗民情的小说、戏曲和文人笔记也记录了各地民间佛教信徒的宣卷活动。嘉靖、万历间的《金瓶梅词话》中写观音庵的王姑子、莲花庵的“首座”薛姑子和她的徒弟妙趣、妙凤，多次被西门庆的妻妾们邀请到家中“宣卷”。宣卷的主要听众是妇女，且多在妇女的生日祝寿活动时进行；宣卷同时，又多请来“唱女儿”“唱婆子”穿插唱曲。这说明妇女们听宣卷不单是信仰的需求，也是娱乐活动。[1] 宣卷活动按照一定仪式在晚间进行，

[1] 参见拙文《“金瓶梅词话”中的明代宣卷》，载《明清小说研究》，1990 年第 3–4 期合刊；又，收入《俗文学丛考》，台北：学海书局，1995。

开始前摆上“经桌”，上放香烛，宝卷；开讲时焚香、点烛。宣卷人手中的伴奏乐器是“击子儿”(即佛教僧众诵经唱呗时用的手铃)，听众则“齐声接佛”(即和唱佛号，又称“和佛”)。如39回写王姑子、大师父讲《五祖黄梅宝卷》：“月娘吩咐小玉把仪门关了，炕上放下小桌儿，众人围定两个姑子，正中间焚下香，秉一对蜡烛，都听他说因果。”第51回讲《金刚科仪》：“(月娘）要听薛姑子讲说佛法，演颂《金刚科仪》，正在明间内安放一张经桌儿，焚下香。薛姑子与王姑子两个一对坐，妙趣、妙凤两个徒弟立在两边，接念佛号。”[1]《金瓶梅词话》中写唱宝卷一般都在月娘房中的大炕上，因为这部宝卷主要用于荐亡法会或在礼佛了愿时演唱，故改在“明间”(正房中间的客厅)。

明嘉靖间山东剧作家李开先《宝剑记》传奇也写到僧人宣卷。其第41出写林冲妻子张贞娘的母亲亡故，贞娘让王妈妈去请僧人追荐：

> (旦白）师父如何不来？（净丑白）师父随后便到。(末上白）僧家不与俗人同，方便慈悲是本宗。要使一真元不染，须知四大本来空。徒弟何在？（见介。末白）娘子、小姐焚香，贫僧宣卷：“盖闻法初不灭，故归灭以归空；道本无生，每因生而不用。百年光景刹那间，四大幻身如泡影。每日尘劳碌碌，终朝孽识忙忙。岂知一性圆明，徒逞六根贪恋。功名盖世，无非大梦一场；富贵惊人，难免无常二字……”[2]

《金瓶梅词话》和《宝剑记》传奇中所反映的是北方的宣卷。明嘉靖间浙江剧作家徐渭《歌代啸》杂剧中种菜园的张和尚说：“我便顶包、化缘、撇钹、说因果，也过了这日子，莫不只有园子好种！”[3]“说因果”也指宣卷。

明嘉靖初年徐宪忠《吴兴掌故集》卷12“风土类”记载了浙江湖州地区农村盛行宣卷的情况：

> 近来村庄流俗，以佛经插入劝世文俗语，什伍群聚，相为唱和，

[1]《金瓶梅词话》，北京：人民文学出版社校点本，1982，页493－494、660－661。

[2] 据傅惜华《水浒戏曲集》（第二集）收标点本，上海：古典文学出版社，1958。

[3] 据上海古籍出版社校注本，1984， 页121－122。

名曰“宣卷”。盖白莲之遗习也。湖人大习之，村妪更相为主，多为黠僧所诱化，虽丈夫亦不知堕其术中，大为善俗之累，贤有司禁绝之可也。[1]

宣卷者为僧人，宝卷内容是“佛经插入劝世文俗语”，这正是演释佛教经典的宝卷的特征；“相为唱和”是宣卷的特点，即听众参与“和佛”（和唱佛号）；参与者以妇女为主，也有男子参加。由于正统的佛教僧团和一般文人都不把宣卷作为佛教信仰活动，故文中称作“白莲遗习”。

明末陆人龙编话本小说《型世言》第10回“烈妇忍死殉夫，贤媪割爱成女”，述万历十八年（1590）苏州昆山县陈鼎彝与妻子周氏去杭州上天竺还香愿，“夫妇计议已定，便预先约定一只香船，离了家中，望杭州进发”。中途周氏遇到亲戚，两家香船联在一起，“一路说说笑笑，打鼓筛锣，宣卷念佛，早已过了北新关……”。[2]

据上述明代佛教宝卷演唱活动的记载，可知最早的宝卷演唱者是佛教的僧侣，此后除了活动于民间的僧尼外，又出现了“倚称佛教”的“道人”。民间佛教的宣卷活动，在以下场合进行：

1.“追亡荐祖，了愿禳星”，其中尤以“荐亡”最为普遍。这同保留至今的《金刚科仪》《佛门西游慈悲道场宝卷》《目连救母出离地狱生天宝卷》《大乘金刚宝卷》《弥陀宝卷》《佛门取经道场·科书卷》等都是用于荐度亡灵的情况是一致的。

2. 家庭妇女的信仰和娱乐活动。像《金瓶梅词话》中描写的那样，大户人家的妇女利用节庆，请尼僧到家中宣卷，甚至“十朝半月”地进行。以宣讲因缘故事宝卷为主，也讲《金刚科仪》。[插图42]

3. 农村中的民间斋集法会。由僧人宣卷，参加者以妇女为主，也有男性。

4. 进香船上宣卷。江南水乡盛行观音信仰，每年远到舟山普陀，近到杭州灵隐上天竺、苏州观音山进香的香客络绎不绝。香客出行一般都乘坐夜航船。

[1] 据刘承乾辑《吴兴丛书》所收本，民国三年（1914）刘氏嘉业堂刊。作者在《吴兴掌故集引》云：“余自嘉靖丁亥（六年，1577）游于吴兴，乐其土风晏然，安之也，为作掌故集。”据此可知此书作于明嘉靖前期。

[2]《型世言》初刊于明崇祯五年（1630）前后。引文见南京：江苏古籍出版社标点本，1993，页179。

[插图 42] 明末江南尼僧家庭宣卷图（明崇祯刊本《金瓶梅》第 74 回“薛姑子佛口谈经”插图。《金瓶梅词话》所写民众的生活背景是北方，所述宣卷活动都在“炕”上进行。崇祯本《金瓶梅》刊于杭州，故其插图所绘刻的宣卷图，是江南宣卷的格局。）

在这些进香船上宣卷念佛的活动，一直延续到当代。[1]

七、明代佛教宝卷的发展

从上文所介绍的明代佛教宝卷及其演唱情况看，总的趋向是进一步世俗化。以下从三个方面来讨论。

（一）说唱因缘的宝卷占了大多数，演释经典教理的宝卷做了荐度亡灵的仪式文

明正德五年（1510）初刊罗梦鸿《五部六册》经卷中提及和引用的 16 种宝卷（包括宋元时期的宝卷），讲释经义、教理的宝卷占了绝大多数，而在嘉靖七年（1528）与《销释金刚科仪》同刊的 11 种宝卷中，说唱因缘的宝卷有 8 种，不仅有佛菩萨修行、成道故事宝卷，也有世俗民众信佛修行的因缘故事；在可以考证为明代的 26 种佛教宝卷中，说唱因缘的宝卷也占了绝大多数。这些情况说明，说唱因缘故事的宝卷，在明代佛教宝卷的发展中，占了主要的地位。“杂序因缘”、“讲说因果”，一向是佛教僧侣向俗众演说佛法的主要形式。六朝

[1] 见本编第六章“江浙吴方言区的宣卷和宝卷”。于君方《宝卷文学中的观音与民间信仰》（载《民间信仰与中国文化国际研讨会论文集》，台北：汉学研究中心，1994）文中，提到作者在江苏宜兴田野调查所见民众进香船上的宣卷活动。

时期佛教僧俗的斋集法会中已出现这类情况："至中宵疲极，事资启悟，乃别请宿德，升座说法，或杂序因缘，或傍引譬喻。"[1] 这种情况促进了"唱导"、"俗讲"的产生。民间的佛教信徒主要是城市中的市民、农村中的农民和各阶层的妇女，文化层次不高。他们对于佛教经典（比如《金刚般若波罗密多经》）中的哲理，不一定能够理解，主要是从自身的生活体验接受佛教的基本教义：人生无常，充满痛苦；前世和今生所造的业，是痛苦的根源；相信因果和轮回报应；要修行解脱，去恶扬善，以求今生和来世的福报。在此信仰基础上参与各种佛教的信仰活动。在各种法会道场中，更能激动一般信众的是那些说唱因缘的故事。明代出现的以妇女为主要听众的家庭宣卷，听"唱佛曲"，除了抒发她们的信仰情怀外，还有娱乐的作用，因此出现了更贴近生活的民众修行故事宝卷。像《红罗宝卷》那样讲唱一个以家庭伦理为中心的传奇故事，明显地带有外道的色彩，但也在"讲说因果"。

遗留至今的佛教宝卷（包括产生于宋元时期的3种宝卷），除了说唱因缘故事的宝卷外，都是用之于荐度亡灵的法会。演释佛教经典和佛理的宝卷，演化为荐度亡灵的仪式文，这在唐代佛教俗讲讲经文中未曾现出端倪。这种变化是值得探讨的问题。

出现这种变化，自然与中国社会长期受儒家文化的影响，对丧事的重视有关。《礼记》卷1《曲礼（上）》："不胜丧，乃比于不慈不孝。"[2] 因此，丧仪即使在平民百姓的生活中，也是最重要的仪礼。另一方面，同民众对生死大事的思考有关。一般的民间佛教信徒，不可能像《大乘金刚宝卷》歌赞中宣扬的那样"了洁生死"，进入无为自在的境界。他们被人世间的各种"贪嗔痴爱"所惑，造诸恶业。因此，在追悼死去的亲人的时候，便为他们念经忏悔，祈祷地狱十王"赦除多生罪"，祈祷诸王、菩萨引导亡人进入"龙华会"；或借助阿弥陀佛的愿力，往生西方极乐世界。正因如此，在《大乘金刚宝卷》中，也加进了业报轮回的说辞。从后来宝卷的发展看，在追亡荐祖的民间法会上演唱的宝卷，便只剩下各种版本的《十王宝卷》和一些其他的仪式文。[3] 这类宝卷多有

[1]（梁）释慧皎《高僧传》，北京：中华书局，1992，页521。

[2] 上海：上海古籍出版社影印清武英殿刊本，1987，页12。

[3] 笔者在江苏张家港市农村现场调查讲经先生做的一次荐亡法会，所唱宝卷有《十王宝卷》（又称《冥王宝卷》）、《地狱宝卷》（明末还源教《销释明证地狱宝卷》的传抄本）、《五更卷》（用于"开天门"仪式）、《荐亡卷》（为亡人献饭时唱）、《散花解结》等，见本书第三编第五章"江苏张家港港口镇的做会讲经"。

明清民间宗教家的改编本，如明末黄天教的《泰山东岳十王宝卷》，[1] 它们同《佛门取经道场·科书卷》中“十王道场”的继承关系也十分明显。

（二）宝卷演唱者除了民间的僧尼，又出现“倚称佛教”的“道人”。

佛教宝卷演唱的演唱者，最早是僧侣。在明代，除了活动于民间的僧尼外，又出现了“倚称佛教”的“道人”。本来，早期佛教的僧侣也被称作“道人”，后来“道人”又成为道教得道之人的称呼。元代，“道人”又指那些主持民间佛教白莲寺庙庵堂、“在家出家”的人。这些道人可以娶妻生子，父子世袭管理寺庙庵堂。明代初年，政府整顿僧团和寺庙，这类道人不能再占有寺庙庵堂，但在民间仍有一些在家的佛教徒，为民众操办各种法事，人们把这类人仍称为“道人”。大家请他们做“追亡荐祖、了愿禳星”之类的斋事，他们也“翻经演咒”“洒净摇铃”，因陋就简，为信众完成这些斋事，混点“斋食儿”，作为谋生的手段。

明正德以后，几乎所有的记载，都对宣卷道人、和尚、尼姑为民间佛教信徒主持的宣卷活动持否定的评价，甚至称他们为“白莲教”。值得注意的是这种现象背后存在的问题。从陈铎散曲的描述看，民众请“道人”做“追亡荐祖、了愿禳星”之类的佛事，是“小家儿图减（俭）省”，就是说，他们请不起正规寺庙的僧侣来做这类佛事。实际上，由于正规僧团的人数极少，也应付不了广大民间佛教信徒的这些佛事，于是“道人”这种民间的宗教职业者便产生了。这类“道人”同清及近现代吴方言区为民众“做会宣卷”的“宣卷先生”（或称“佛头”）的身份和活动，十分相似。

像《金瓶梅词话》中所写的尼姑，早就被鄙称为“三姑六婆”[2] 之一。她们受社会歧视，她们之中也有人做些卑劣的事，但是，社会又缺不了她们。明朝法律规定，妇女不许到寺庙烧香拜佛：

> 若有官及军民之家，纵令妻女于寺观神庙烧香者，笞四十，罪坐夫男。无夫男者，罪坐本妇。其寺观神庙住持及守门之人，不为禁止者，与同罪。[3]

---

[1]《明清民间宗教经卷文献》，台北：新文丰出版公司，1999，第七册，收民国刊本的影印本。

[2] 见（元）陶宗仪《辍耕录》卷13“三姑六婆”条。

[3] 见《大明律集解附例》卷11“礼律·祭祀·亵渎神明”条，明万历三十八年（1610）年重刊本。

实际执行中虽没有这么严厉，但妇女入寺庙，一般均被视为不端行为。而民间的佛教信徒中，各阶层的妇女占了很大数量。这些信佛的妇女，可以在家中设佛堂念经拜佛。向她们“讲经说法”的，便只能是那些可以穿堂入室的尼姑们。于是，像《金瓶梅词话》中的家庭宣卷便这样产生了。

（三）宝卷演唱仪式和文本形式都趋于简单化

宋元时期的佛教宝卷在各种法会道场中演唱，要举行相应的繁杂的仪式。明代民间的佛教宝卷，包括荐度亡灵的各种宝卷，都是在民众家庭中演唱的。这样的演唱环境，必然会省略一些“繁文缛节”。如“长布衫当袈裟施展，旧家堂作圣像高悬”的道人们演唱《大乘金刚宝卷》，也不会那么庄严。在《金瓶梅词话》中描述的带有娱乐性质的家庭宣卷，便只在“开卷”前，举行“焚香、点烛”的简单仪式。宝卷演唱仪式趋于简单化，与其世俗化的发展同步。下文介绍明代佛教宝卷文本中某些偈赞的消失，也是这种原因。

明代佛教宝卷的文本，基本保留了宋元时期佛教宝卷文词格式化的基本形式。除了演释佛典的宝卷于每个演唱段落前再加转读经文外，每个演唱段落由（1）白文和（2）—（5）四段歌赞组成。但是，这种五段式的演唱形式，如上文介绍，在许多现存的宝卷（主要是说唱因缘故事的宝卷）中出现了变异。这些变异除了少数是固有的形式外，主要是宝卷演唱仪式简单化和世俗化的趋向所致。

1.（1）［白文］在《弥陀卷》中采取了问答体的形式，是佛教俗讲讲经问难答辩的继承，因此，也可以说它不是形式上的突破。《金瓶梅词话》第51回“月娘听演《金刚科》”，写薛、王两位尼姑演唱《金刚科仪》，也有这种问答的形式（在今存明刊《金刚科仪》中无）。这说明，在明代佛教宝卷中，就存在这种形式。在说唱因缘的故事宝卷中，［白文］采用接近口语的散说，既容易叙述故事，也易于听众接受；有的段落中白文很短，则是为避免与歌赞部分过多重复（见下）。

2.（2）—（5）歌赞部分的变异较多，这同早期佛教宝卷这种五段式演唱结构在叙述内容的特点有关：（1）［白文］是一个演唱段落内容或故事的大纲，（2）—（5）韵文的唱词是上述内容的发挥和铺展，其中（3）是主体唱段，（2）

两句偈赞是由“散说”到“歌唱”的过渡。因此，(1) — (3) 在内容上都已形成为一个完整的说唱段落。(4) 歌赞是一种长短句的形式，它有特殊的唱诵方式。当这种特殊的唱诵方式在口头传承中失传之后，它就可能像“十王道场”那样换一种唱法，改为“四、五”句式的唱词；或者作为固定唱段的消失。(4) (5) 这两段歌赞在演唱因缘故事的宝卷中，只会拖延演唱的时间，减缓故事情节的进展。所以在《香山宝卷》等说唱因缘的故事宝卷中，它们都消失了。但是，在流传至今的《弥陀宝卷》中，(5) 段偈赞仍被保留下来了，则是因为这部宝卷的仪式性强的缘故。在一些宝卷中，有的 (1) [白文] 的散说很短，是后来的改编者作了压缩；而 (3) 段的唱词则尽量铺述故事，是后来的改编者作了铺展，原因除了减少内容的重复，与 (3) 这一唱段受听卷者的喜爱也有关系：这一唱段用流行的曲调歌唱，同时由听众“和佛”。听卷者高唱佛号参与宝卷的演唱，使他们的信仰情怀，得到尽情地抒发。笔者在调查江苏靖江做会讲经时发现，听众特喜欢参与和佛，特别是某些和声长的唱段，如“打唱莲花”，听众高声和唱，情绪激动。

3. 吸收新的民间曲调，也是促成歌赞部分发生变异的原因：十言形式的民间词话唱词及其唱腔，被宝卷吸收，如《雪山宝卷》《五祖黄梅宝卷》中在 (3) 唱段中偶用“攒十言”的唱词，是明代前期佛教宝卷这一唱段的特点。但在《佛门取经道场·科书卷》“取经道场”中，不仅突破五段式的演唱形式，且出现近百句的十言唱词，是一特例。这本宝卷的两部分都是讲唱唐僧取经的故事，用时新的“词话”形式重新编唱这一故事，主要是为了悦俗。它们在双句句尾要和佛，与世俗的词话唱腔也不同，民间称作“十字佛”。

七言四句歌词中夹唱五言四句歌词的歌唱形式来自民间，明末俗文学家冯梦龙拟作的小曲集《夹竹桃》即是这种形式。[1] 当代浙江北部地区流行的“赞神歌”（它们形成的时间不迟于明代）中仍保留这种唱法，称作“夹沙”。四句歌词中间的夹沙，除了五言四句外，另有多种形式。“在曲调上，起调、落调（按，指开始和结尾的四句七言唱词）的旋律一般比较舒展、悠扬、平稳，而

---

[1] 今有赵景深校点本，收入《明清民歌时调集》下册，上海：上海古籍出版社，1987 年新一版。歌曲的形式是四句七言山歌（可加衬词，末句戏用《千家诗》中的诗句），中间夹唱一首四言四句的歌词。如该集《前叙》一首所说：“三句山歌一句诗，中间四句是新词。”编者将这种歌唱形式称之为“夹竹桃”，可能是民间原有的说法。

中间夹沙的旋律则往往较紧凑，接近于口语，速度也稍快，旋律变化又多姿”。[1]这种唱法在现存几种明代前期宝卷中都出现，但在后来的宝卷中没有普遍使用，清乾隆后的“简集本”《香山宝卷》中也将这些唱段删除了，原因有待探讨。

八、结语

明正德以后，从整体上看，佛教宝卷的发展结束了。以正德初年无为教祖师罗梦鸿的《五部六册》刊印为标志，宝卷发展进入一个新时期，即民间教派宝卷发展阶段。民间教派多倚称佛教，大量利用佛教的信仰资料，包装所宣扬的教派信仰；它们编制的宝卷不仅完全继承了佛教宝卷的演唱形式，也演唱和改编此前的佛教宝卷，特别是说唱因缘故事的宝卷。这些情况，在民间造成更多的混乱。有些佛教的僧侣会去演唱、刊印民间宗教家改编的佛教宝卷。如《金瓶梅词话》中所述尼姑们演唱的《黄氏女宝卷》，金陵（南京）聚宝门外圆觉庵的比丘捐刊《佛说鬼绣红罗化仙哥宝卷》。这样也促使正统的佛教僧团更加远离宝卷，不承认宣卷是佛教的宗教信仰活动。实际上，明代正德以后不仅民间佛教信徒传唱宝卷，而且也新编宝卷，如《念佛三昧径路修行西资宝卷》，这本宝卷中绝无外道的内容。将佛教高僧大德同世俗民众中的佛教信徒的宗教信仰和信仰活动，放到一个层面上来要求，是不可能的。在清代各地民间宝卷发展起来后，民间宝卷的信仰特征已十分混杂，但不论宣卷人或听众，都自认为是“奉佛弟子”。因此，明代后期以来佛教与民间宝卷的发展，也是一个值得研究的课题。

[1] 顾希佳《祭坛古歌与中国文化》，北京：人民出版社，2000，页246。

第四章　明清民间教派宝卷的发展、形式和演唱形态

一、明清民间教派和教派宝卷

明正德初年（约公元1500年后）士兵出身的罗梦鸿（1442—1527）创无为教（又称罗教），编《五部六册》，[1] 是中国宗教发展史上的一件大事，它开启了民间教派纷呈的局面。自正德初年到清康熙年间（1662—1722），前后200余年间，教派林立，影响较大的是无为教（罗教）、黄（皇）天教、红阳教、大乘教、收圆（元）教、龙天教、长生教等，有些教派又产生许多支派。这些教派都编制宝卷作宗教宣传之用，是为民间教派宝卷发展时期，今存这一时期的教派宝卷200余种。[2]

明正德后的各民间教派，以北直（河北）及其周边的山东、山西、河南为活动中心，向各地辐射，传播到全国各地。各教派以农民、市民、船民为基本教徒，也有相当多的读书人加入。许多教派也在王公贵族、后妃太监中发展信徒，以便得到政治上的庇护。在民间教派大发展的万历朝，据今人研究，以“好佛”出名、并广修寺庙的李太后（万历皇帝的生母），也做了以京郊顺天保明寺（俗称皇姑寺）为基地的西大乘教的护法，被尊为“九莲菩萨”。在万历登基做皇帝的隆庆六年（1572），李太后纠合太师国公朱希忠等人为皇姑寺捐赠一口大钟。万历十二年（1584）定西侯蒋建元、永康侯徐文炜领衔“发心重刊印行”西大乘教祖师归圆所编《销释大乘宝卷》等“五部六册”宝卷[3]，蒋建元并为之作序。[4]万历以后，民间教派组织的迅猛发展，引起官方的震惊和注意。万历四十三年（1615）六月庚子“礼部请禁左道以正人心”：

---

[1] 又称“罗祖五部经”等，即《苦功悟道卷》《叹世无为卷》《破邪显证钥匙卷》《正信除疑无修证自在宝卷》《巍巍不动泰山深根结果宝卷》。

[2] 参见拙著《中国宝卷总目》（修订本），北京：北京燕山出版社，2000。

[3] 归园编的《五部六册》是《销释大乘宝卷》《销释显性宝卷》《销释圆通宝卷》（上下卷两册）《销释圆觉宝卷》《销释收圆行觉宝卷》。

[4] 参见马西沙、韩秉方《中国民间宗教史》第十一章“西大乘教”，上海：上海人民出版社，1992。

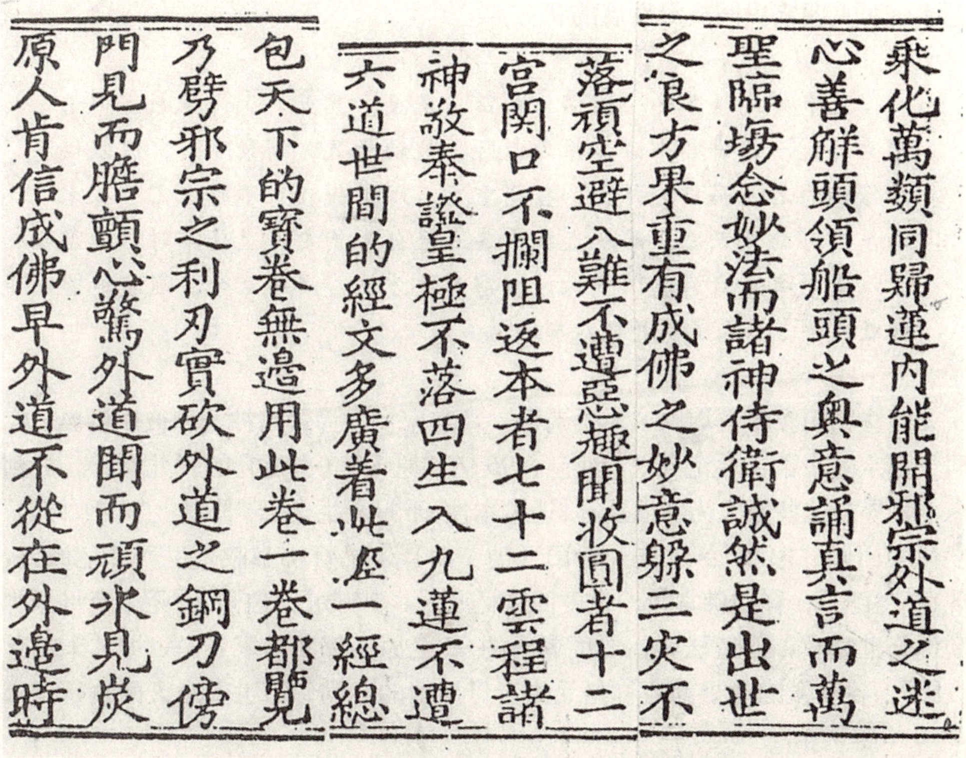

乘化萬類同歸蓮内能開邪宗外道之迷
心善解頭領船頭之與意誦真言而萬
聖臨場念妙法而諸神侍衛誠然是出世
之良方果重有成佛之妙意躲三灾不
落頑空避八難不遭惡趣開收圓者十二
宮闕口不攔阻返本者七十二雲程諸
神敬奉證皇極不落四生入九蓮不遭
六道世間的經文多廣着此經一經總
包天下的寶卷無邊用此卷一卷都覺
乃劈邪宗之利刃實砍外道之鋼刀傍
門見而膽顫心驚外道聞而頑求見炭
原人肯信成佛早外道不從在外邊時

[插图 43]《佛说皇极结果宝卷》(明末刊经折本)

近日妖僧流道，聚众谈经，醵钱论会，一名捏（涅）般教，一名红封教，一名老子教，又有罗祖教、南无教、静空教、悟明教、大成无为教，皆讳白莲之名，实演白莲之教。有一教名，便有一教主。愚夫愚妇，转相煽盛，宁怯于公赋，而乐于私会；宁薄于骨肉，而厚于伙党；宁骈首以死，而不敢违教主之令。此天下处处盛行，而畿辅为甚。[1]

明清内阁大库档案存明熹宗天启二年（1622）六月广东道试监察御史刘徽

[1] 见《明神宗实录》卷533，台北：“中央研究院”历史语言研究所影印本。

题奏，可见明末民间教派发展的状况：

> 凡市井无籍辈……因倡为白莲、龙天、皇天、无为等教。中选巧为异说、善讲邪书者，推为教师，鼓动愚民，哨聚千百。假以供神修福为名，而日会月会，各捐重赀，以供头领为不时之需。从来山东、河南盛兴之，而北直隶更甚。臣自为子衿以至登第时，犹见十人内约有五六为教门中人，心窃为地方忧；浸寻至今，则遍地皆传教之所，尽人皆受教之人矣！[1]

这些民间教派，均以“无生老母、真空家乡”为最高神圣和彼岸世界。高居于真空家乡的无生老母，[2] 创造了96亿“原人”（也是它的“儿女”），放到东土世界。这些原人为物欲所迷，迷失本性，于是无生老母“降劫”“降教（道）”度原人回归“家乡”：过去“青阳（劫、期）”，燃灯佛掌教，度回2亿原人；现在“红阳”，释迦佛掌教，也度回2亿原人；“末劫”“白阳”，无生老母派弥勒佛临世掌教，广造法船，要度剩下的92亿原人都回归家乡——即“末劫总收圆”。各教派的教祖都自称是无生老母派遣的弥勒佛下世，来人间执行“末

[1] 见《兵部行“兵科抄出广东道御史刘徽题”稿》（天启二年［1622］六月），载“中央研究院”历史语言研究所编《明清史料》乙编第一本，台北：维新书局，1972再版，页8。

[2] 关于“无生老母”这位女神及其信仰的出现，各家说法不一。正德初年罗梦鸿编《五部六册》中有“无生父母”，出现在第一部《苦功悟道卷》中，并与阿弥陀佛并称，如“寻师访道第三参”：“（师）说与我弥陀佛无生父母”，“使尽力叫一声无生父母，恐怕我弥陀佛不得听闻”。郑志明《无生老母信仰溯源》中说：“由其他相关章句考证，罗祖的‘无生父母’已有‘无生老母’的意念”。（台北，文史哲出版社，1985，页110）喻松青《明清时代的宗教信仰和秘密结社》则据此称罗梦鸿在《五部六册》中提出了“无生老母”信仰。（载《清史研究》，第一辑）这种推论尚需讨论。因为罗梦鸿本人在《正信除疑卷》中已经否定了上述说法：“愚痴之人说本性就是婴儿，说阿弥陀佛是无生父母”。（“本无婴儿见娘品”第十六）而在《五部六册》中至高无上的神是“无极圣祖”。马西沙、韩秉方《中国民间宗教史》提出无为教四祖孙真空在《销释真空扫心宝卷》中“明确推出无生老母这位女神”（上海：上海人民出版社，1992，页214）。孙真空的生卒年不详，这部《真空扫心宝卷》现存最早的版本是明万历二十三年（1595）刊经折本。林万传《先天大道系统研究》（台南：靝巨书局，1986）中提出，《金丹真传 · 续编》（据林著“参考书目”，本书作者孙汝忠，自由出版社1974年出版）收《葫芦歌》“修行人，要识货，赤县神州选九个。离山老母整坛禅，无生老母登宝座”，系明嘉靖二十年（1541）前后，金丹道南宗孙汝忠之师祖安老师所著，是为有关“无生老母”最早之文献。笔者所见的最早的文献是明嘉靖二十二年（1543）十二月德妃张氏等舍资、内经场刊印的无为教《药师本愿功德宝卷》。卷中一再提到“无生母”，如“开经”部分便有“忽然得遇无生母，脱苦婴儿入莲池”，“药上菩萨分”第十九品“时时观想无生母，婴儿苦海出娑婆”等。据上述，无生老母的出现，不会早于明代嘉靖以前。

劫总收圆”、度“原人”回归“家乡”的使命。这些教派多用一些佛教资料包装，其修行则多是道教内丹派“坐功运气”之类的功法。但各教派间的表述有别，具体的修行方式和“回归家乡”（“收圆”）的途径（比如“三宝”、“合同”等）也多不同。

这些民间教派都编制宝卷做布道书，有些宝卷是各教派都采用的；但宣传本教派教义的宝卷则自神其宝卷为“真经”、“骨髓真经”，攻击他方是“外道邪宗”。如明末刊《佛说皇极结果宝卷》（简称《收圆宝卷》）开卷“缘起”中说：[插图 43]

> 世间的经文多广，着此一经总包；天下的宝卷无边，用此一卷都览。乃辟邪宗之利刃，实砍外道之钢刀。旁门见而胆战心惊，外道闻而顽冰见炭。[1]

这段话也道出了那一时期教派宝卷的盛况。明末社会大动乱中，个别民间教派卷入了农民大起义中，也以宝卷传播起义的信息，如明末龙天教的《家谱宝卷》。[2]

清代初年虽有镇压民间教派的政令，但是终康熙朝，清政府对各民间教派的政策，还是比较宽松的。直到康熙三十七年（1698），得到清政府边防重臣振武将军、甘肃提督孙思克[3]的支持，活动在甘肃张掖地区的一个民间教团还根据当地传说编刊了一本《敕封平天仙姑宝卷》。康熙朝后，由于政府严厉镇压各民间教派，并查禁它们使用的经卷，教派宝卷的发展受到遏制。各地大量民间教派转入秘密活动，很少再编制新的宝卷。到清末，有些民间教派以温顺的面目出现，倡导劝善，以取得公开传教的资格；有的教派也利用这一时期民间宝卷的演唱形式编过一些宝卷。流传较广、影响较大的是清道光年间江南长生教徒陈众喜编的《众喜宝卷》和先天道教首彭德源编的《观音济度本愿真经》。清末民国后，各民间教团大量炮制“坛训”（或称“鸾书宝卷”），以“扶乩”的方式，请各种神灵“临坛”垂训，其文本形式多种多样，已离开宝卷形

[1] 本宝卷题为“宣德五年孟春吉日刻行”，系作伪。
[2] 这部宝卷主要以手抄本在各教派中秘密流传，多残缺不全。民国以后，也出现一种石印本残本。
[3] 孙为汉军正白旗人，《清史稿》卷255有传。

式发展的系统。它们是民间教派的“经卷”，不是宝卷。

民间教派宝卷的基本内容，都是宣扬各教派教理和修持方式、仪轨，其中少量是用一些民间信仰的神灵的名义和有关的故事(宗教传说和民间传说故事)编写。它们都是“外凡内圣”,即讲述的是世俗意义的人物、事件,这只是表相(即“外凡”)，内里则蕴藏着教理和修持理念、方式（“内圣”)。如《清源妙道显圣真君忠孝二郎开山宝卷》(简称《二郎开山宝卷》)[版图 12]、《护国佑民伏魔宝卷》(简称《伏魔宝卷》)、《灵应泰山娘娘宝卷》等，这些宝卷中只简单介绍各位神灵的传说，这些传说也被纳入“无生老母”信仰体系中。以《二郎开山宝卷》为例，卷中说天宫仙女云花下凡到确州城与杨天佑结合，二人修炼“内功”,生下杨二郎。后来西王母告诉二郎,他的“母亲”压在“太行山”下。“二郎爷为救母四时配药”(修炼内功、“灵丹”)，最后“劈开昆（仑）山，现出老母”。这些情节仅穿插在第 2—9 品中（本卷 24 品)，整个宝卷中反复说唱的是如何修炼内功和这部宝卷的“灵应”。

有些宝卷虽构建了比较完整的故事，如《销释白衣观音送婴儿下生宝卷》(述白衣观音菩萨送子为常进员外儿女的故事)、《敕封空王佛宝卷》(据山西介休地方传说改编)、《敕封平天仙姑宝卷》(据甘肃张掖民间传说改编)、《销释孟姜忠节贤良宝卷》；有些宝卷改编前期的佛教宝卷，如《佛说黄氏女看经宝卷》《佛说鬼绣红罗化仙哥宝卷》等。不过，这些宝卷中的故事被赋予有关教派修行的意义，宝卷文本中也加了许多宗教说词。如《销释白衣观音送婴儿下生宝卷》[插图 44] 巧妙地利用民众关心的生子延嗣的问题，将佛教观世音菩萨改作“老母”(即“无生老母”),它的左右胁侍善才、龙女成了老母的“婴儿、姹女”。老母把这对“骨髓儿女”(“皇胎儿女”)送下凡,又惦记他们,亲自去“哺乳”他们，最后又派“法船”连同有缘的常员外夫妻等人一起接回。这样便敷衍成一出“还源归家，婴儿见娘”的故事。又如《销释孟姜忠节贤良宝卷》，讲的是著名的孟姜女送寒衣、哭长城的传说故事，不仅全卷处处有宗教说词，孟姜女到长城寻夫送寒衣，也被暗示为宗教修持的过程。

在明清民间宗教家编的故事宝卷中，《先天原始土地宝卷》[1] 是一部极富文学想象力的宝卷。卷中的土地神是一位法力无边又诙谐顽皮的老头儿。他听说

[1] 本卷教派不详，今存明末清初刊本，郑振铎旧藏，《中国俗文学史》下册收五至十一品原文，上海：上海书店影印本，1984，页334－344。

[插图 44] 白衣送子观音图（明末刊经折本《销释白衣观音送婴儿下生宝卷》卷首插图）

佛在天宫说法，便上了天宫。三清殿的元始天尊送他如意拐杖，劝他回去到灵山等候佛。他原归旧路来到南天门，想“随喜”灵霄殿。把门的天兵天将连推带搡骂他“老不省事”。土地恼怒，打开南天门。玉皇先后派左右天蓬率二十八宿、九曜星官和五方五帝、五斗神星、三十六天罡、七十二地煞，领八万四千天兵天将，都被土地打败。玉皇向佛祖处借来的四大天王、八大金刚也不是土地敌手。南极仙翁和通天、齐天大圣率领的群仙也被土地打得各奔深山。最后玉皇请来佛祖，连哄带骗将土地制伏，捉到灵山，投入炉火内焚烧。土地肉体虽死，灵魂无处不在。佛祖遣使遍游天下，在各地建土地祠，供奉土地。卷中的玉皇大帝屡遭败绩，无可奈何去问佛：“土地撒野，大闹天宫，是何因由？”佛言：“土地神者，无极化身也。未有天地，先有无极。”按明代后期一些民间教派的宇宙观，“无极”是宇宙的本原。“无极以后生天化地，有了天地，才有佛祖。一切菩萨罗汉圣僧，一切神仙天人四众，言也不尽，何物不从地生，何人不从地住！”几千年来，中国社会中的主体思想是以“天”为尊，“天”主宰万物，封建皇帝以“奉行天命”作为统治天下的依据。而这部宝卷中却肯定了“地”的权威：“安天立地，置下乾坤；万圣千贤，土上安身。”让代表大地的土地神在遭受天兵神将的污辱后去“大闹天宫”，把那些天兵神将、天王金刚、神仙天人打得落花流水。土地神大闹天宫的情节自有《西游记》中孙悟空大闹天宫的影子，但宝卷中有了深刻的哲学和社会思考。

二、教派宝卷的三种形式

明清民间教派文本和演唱形式，大致可分为三类：

第一类，继承前期佛教宝卷形式的宝卷。其演唱形式在佛教宝卷的基础上有所发展，这类宝卷的内容主要为演示各教派的教理，数量最多，是教派宝卷的主体形式。它们一般均以宝卷名，也简称“卷”，或称“经”。

第二类，模仿佛教忏法的宝卷。各民间教派大都倚称佛教，有些教派也仿照佛教（和道教）宗教活动的形式，编制忏法，在忏悔祈祷、消灾灭罪等仪式中演唱。这类宝卷多以“宝忏”（或“经”）为名，弘阳教便编制了大量此类经忏，如《弘阳佛说镇宅龙虎妙经》《弘阳佛说镇宅龙虎宝忏》《销释混元无上拔罪救苦真经》《销释混元弘阳拔罪地狱宝忏》等，黄天教也编有《普静如来钥匙宝忏》（包括《作善用功宝忏》《造恶地狱宝忏》等5种）。这类宝卷的说唱文字与同时进行的宗教仪式密不可分，它们也是在宗教仪式的行动中演唱的文本。它们同第一类宝卷的区别，一是演唱结构不分“品”（“分”）、唱腔不用小曲（或偶用一两支曲子）；二是大量唱颂各教派信奉的“佛”、“菩萨”名号。这类宝卷在明代民间教派宝卷中也有一定数量。

第三类，一般说说唱唱或只唱不说形式的宝卷。这类宝卷采取散说加唱的形式，或只唱不说；其演唱不依附于固定的仪式，也不受演唱环境的限制。它们的唱词除了七字句外，大量使用源于民间说唱词话的“攒十字”，也唱时兴小曲，在当时都是民众熟悉的时兴歌曲形式。这种演唱形式与前期佛教宝卷仪式化的演唱形态、格式化的文辞形式，有较大的差异。它们有的称作“卷”、“经”，有的也称作“宝卷”。比如，罗梦鸿的《五部六册》是用说说唱唱的形式，它的前三部——《苦功悟道卷》《叹世无为卷》《破邪显证钥匙卷》，便不以“宝卷”名，而称作“卷”；后面的两部才称“宝卷”（《巍巍不动太山深根结果宝卷》《正信除疑无修证自在宝卷》）。明代中叶之后，无为教的《佛说二十四孝贤良宝卷》，主体部分说唱新编的“二十四孝”故事，每个故事先用散说一遍，继以七言或十言的唱词重复唱一遍。其中，“袁小拖芭救爷”故事篇幅较长，分为两段“说”、“唱”；“目连救母”故事后用［挂金锁］唱“十重恩”。另如无为教的《小祖师苦功悟道卷》，几乎全部唱十字句；教派不详的《佛说地狱还报经》，七字唱句铺述到底；清初黄天教的《虎眼禅师遗留唱经卷》则全唱小曲。总起来说，这类宝卷的演唱形式比较灵活，没有仪式化和文辞格式化的特点；篇幅有长有短，演唱结构不分“品”（“分”），唱腔自由。在明清教派宝卷中这类宝卷数量较少。

下文主要介绍第一类宝卷的形式和演唱形态。

三、教派宣卷和宝卷的“开卷”、“结经”仪式

明清教派宝卷的演唱称为“宣卷”，这在许多宝卷中有记载。如产生于明万历末年黄天教《灵应泰山娘娘宝卷》第二十四品中说：[插图 45]

> 话说宝卷结果，听说娘娘利意，或有善男信女，宣看老母真经，老母加护；或请经供在宅中，永镇宅门，吉祥如意。不当俗言，只怕有宣卷者不信，只恐听卷不依，起心毁谤，娘娘见过，不干我事。

宣卷之“宣”，是“宣扬”之意。近现代江浙吴方言区的宣卷先生也把宣卷称作“宣扬”，这个词来自佛教俗讲。今存北宋开宝五年（972）张长继写本《庐山远公话》中，远公对僧善庆说：“商（上）来据汝宣扬，不若（弱）于道安，与我更说少多，令我心开悟，解得佛法分明”，“于是善庆为相公说十二因缘”。[1] 可见唐宋时期佛教徒即把讲经说法的活动称作“宣扬”。也简称“宣”，如敦煌写卷《目连缘起》结束唱“今日为君宣此事，明朝早来听真经”。[2] 早期佛教宝卷演唱活动是否称“宣卷”？未见记载。明嘉靖、万历间的世情小说《金瓶梅词话》中，几位尼姑演唱宝卷，有6次直称“宣卷”，也称“说因果”、“唱佛曲”、“讲说佛法”等，[3] 这又同宝卷的内容和演唱形式有关。

教派宝卷的主体形式，继承了前期佛教宝卷的传统，在各种法会道场中演唱。从一些资料看，这类法会大致可分两类：

---

[1] 王重民等编《敦煌变文集》，北京：人民文学出版社，1984，页184。

[2] 本卷编号P2193，引文见《敦煌变文集》，北京：人民文学出版社，1984，页712。

[3] 参见拙文《金瓶梅词话中的明代宣卷》，载《明清小说研究》，1990年第3－4期合刊；又，收入《俗文学丛考》，台北：学海出版社，1995。

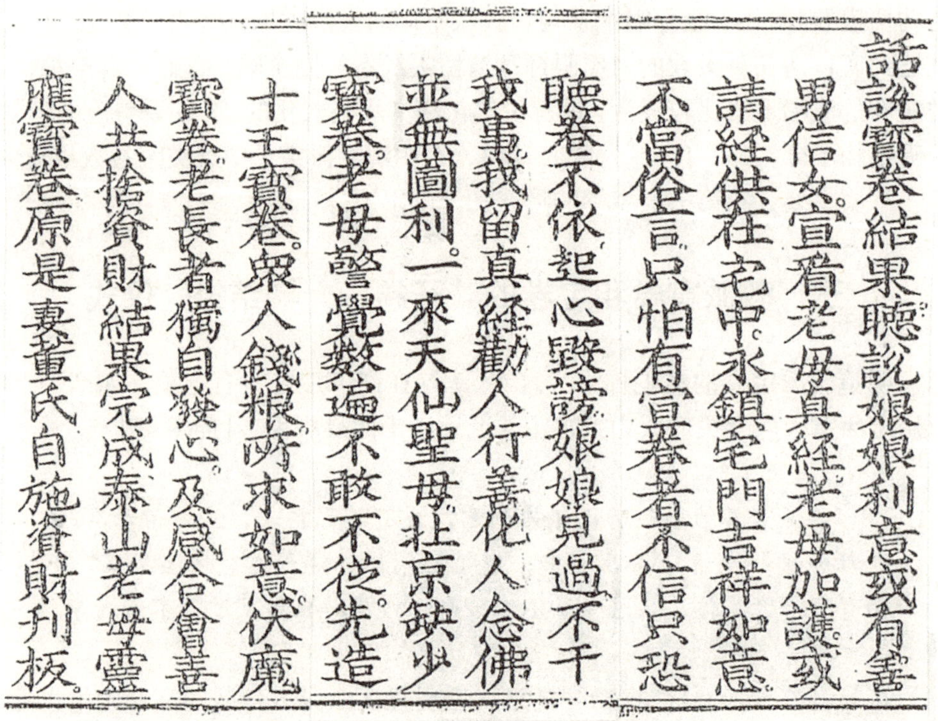

話說寶卷結果聽說娘娘利意或有善
男信女宣看老母真經老母加護或
請經供在宅中永鎮宅門吉祥如意
不當俗言只怕有宣卷者不信只恐
聽卷不依起心毀謗娘娘見過不干
我事我留真經勸人行善化人念佛
並無圖利。一來天仙聖母北京缺少
寶卷老母警覺數遍不敢不從。先造
十王寶卷。眾人錢粮所求如意伏魔
寶卷老長者獨自發心及感合會善
人共捨資財結果完成泰山老母靈
應寶卷原是裹董氏自施資財刊板。

[插图 45]《灵应泰山娘娘宝卷》（明万历末年刊经折本）

一是教团组织的法会，“开坛说法”，向信众宣扬教理，同时也是各教派信众的宗教修持活动。这类法会道场的规模较大，法会的时间也较长，称作“道场”、“坛场”。明末流行于河北易县的后土教（真常教）《承天效法后土皇帝道源度生宝卷》“开卷”部分所唱［穿堂子］曲唱：

> 佛慈心，佛慈心，千变万化说唱经。说出卷经度众生，一词一偈唱修行。唱的美耳甚中听，引的迷人尽来听。做个道场，宣唱经文，我佛耶！三昼三夜唱修行。（第三首）

二是应信众之请做的法会，俗称“做会”、“斋会”，请会的人家称“斋主”。举行这类法会有消灾祈福、追亡荐祖、请神还愿的目的。如明黄天教《忠孝二郎开山宝卷》“开卷”中唱：“看了《伏魔》少《二郎》，做会还愿枉烧香；看了《二郎》少《伏魔》，念尽弥陀枉张罗。”（按，《伏魔》指《伏魔宝卷》，《二郎》指《二郎开山宝卷》）。

这类宝卷的“开经”、“结经”都有一定的仪轨。由于教派的差别，各种宝卷的仪式或有不同；由于这些仪式具有程式化的特点，许多宝卷文本中只有简略的记录。因此，本文只能介绍一般的情况。

“开经”的仪式一般有以下过程：

(1)“讽经咒”：有的宝卷作“讽《心经》”。多数民间教派倚称佛教，在宣扬宝卷的法会开始时，要仿照佛教徒唱诵“功课”，所诵的“经咒”即《心经》《楞严咒》《十小咒》等。现代江苏靖江民间“做会讲经（宣卷）”开始前，仍保留这种仪式。[1]

(2)“安坛”、“奉请十方神圣现坐道场（临坛）”，俗称“请佛”。

(3)“举香赞”：上香，唱香赞。有些宝卷用佛教的“启经香赞”（“炉香乍爇，法界蒙熏，诸佛海会悉遥闻……”），大多数宝卷是用自编的“香赞”，如黄天教的《灵应泰山娘娘宝卷》的“香赞”：“泰山宝卷，法界来临，诸佛菩萨悉遥闻，随处结祥云。诚荐方殷，诸佛现金身。”香赞后赞颂的“菩萨”是以泰山娘娘为首的眼光娘娘、子孙娘娘、送生娘娘、注生娘娘、催生娘娘、斑疹娘娘、王母娘娘，随后才是“救苦救难灵感观世音菩萨”。《销释白衣观音送婴儿下生宝卷》的“香赞”：“大众虔诚，齐把香焚，白衣观音下天宫；舍婴儿，济群蒙，续长生，还源到家中。”

(4)“三宝颂”：唱颂“佛法僧”三宝。

(5)“开经偈”：一般袭用佛教的“开经偈”：“无上甚深微妙法，百千万劫难遭遇。我今见闻得授持，愿解如来真实意。”（各卷文字有异文）

(6)“提纲”：讲唱本卷的缘起、内容、功德。一般用散说，由“盖闻”领起，有的宝卷加唱词；许多宝卷此段即构成一个由散说、各种形式的歌赞、小曲组成的演唱段落（见下文），但不进入正文分品（分）序列。

(7)“信礼常住三宝”。

(8)“开卷（经）偈”：一般用“×× 宝卷初展开”偈，进入宝卷本文的叙述。

---

[1] 见本书第三编第一章“江苏靖江的做会讲经”。

各种宝卷文本所载上述仪式的顺序、详略或有不同。下举《二郎开山宝卷》开卷仪式为例：

> 请“护法迦蓝韦驮尊天”降临护坛，念《韦驮尊天仪文》。
>
> “举香赞”。
>
> “开经偈”。
>
> “三宝颂”。
>
> “叩请诸天降临”、“赐福吉祥”。
>
> “安坛设供”,“讽（唪）《心经》”和《静（净）口业真言》《静心真言》《金光神咒》《安土地真言》《清源妙道显圣真君静坛神咒》。
>
> “请（诸）神赴会”，所请有元始天尊、吾（无）当古佛、玉皇、孔子先师、东岳、碧霞元君、幽冥教主、伏魔大帝等。
>
> “皈依颂”。
>
> “开卷偈”。
>
> 说本卷因果（“缘起”）。

宝卷的结尾处“结经”部分：先说唱“宝卷圆满”；许多宝卷加上对当今皇帝的祝颂语，如《销释白衣观音送婴儿下生宝卷》卷末“上祝皇帝圣寿万春，风调雨顺，天下太平，八方宁静，六国纳进奉”；有些宝卷有“南无一乘宗无量义真空妙有如来救苦经”一语，如明刊《佛说二十四孝贤良宝卷》《佛说梁皇宝卷》等。所说“如来救苦经”，有的研究者认为是一本经卷，其实这是对宝卷的颂扬语。如黄天教的《普明如来无为了义宝卷》的结尾用“南无一乘宗无量义真空妙法无为了义经”，所说“无为了义经”，即指这本《普明宝卷》。周绍良先生认为“这是明代宝卷的特殊标志”。[1]

另有“回向”、“发愿”及“忏悔”、“送神”等仪式。各教派宝卷的回向、发愿仪式也有多样的形式。发愿的形式主要有以下两种，一种是袭用前期佛教宝卷《金刚科仪》的“结经发愿文”。教派宝卷中文字多有变化。如《佛说皇极结果宝卷》的“结经发愿文”：

---

[1] 见《记明代新兴宗教的几本宝卷》，载《中国文化》，第3期，1990年12月。

夫以经声朗朗，上彻穹苍；法语吟吟，下通幽府。一愿拜天地身康体泰，二愿请本性早早出现，三愿点下落立命安身，四愿四时香穿云走殿，五愿四净香净透天元，六愿十字佛早通宫院，七愿玄关路不受牵缠，八愿红罗天性池锻炼，九愿入天阔九路通达，十愿领牌号同登宝殿。十步圆好见原身，永不受三灾八难。四生六道无沾惹，冤家债主永无干。家门清净，身体康泰，早去龙华大道场。

川老颂曰：如饥得食……古今凡圣，地狱天堂，刹尘沙界诸群品，尽入皇极大道场。

这段文字的最后“川老颂”语，源于南宋释道川为《金刚经注》作的“颂”，明成祖“御制”的《金刚经集注》，也以此“颂”结尾。另一种是用“十报恩”作祝愿词。如明崇祯十六年（1643）刊《销释明净天华宝卷》结经的“十报恩”：

一报天地盖载恩，二报日月照临恩，
三报皇王水土恩，四报父母养育恩，
五报祖师亲传法，六报护国护持恩，
七报檀那多陈供，八报八方施主恩，
九报九祖生净土，十类孤魂早超升。

“十报”的文字各卷也有异文。这种“报恩”祝愿的形式来自佛教“报四恩”。罗梦鸿在《破邪卷》和《正信卷》的结尾处改作“六报”，所以有些宝卷只述前“四报”或“六报”。也有些宝卷在“结经发愿文”之后，又接唱“十报”，如《皇极金丹九莲正信皈真还乡宝卷》《太上伭宗科仪》等。送神的仪式在一般宝卷文本中均不记述；《二郎开山宝卷》末有《送神咒》。

四、教派宝卷的结构形式

明清教派宝卷继承了前期佛教宝卷的结构形式，即：以散说和不同形式的唱段构成一个演唱段落；这种演唱段落作为固定的形式，反复说唱，构成匀称的整体演唱结构。但教派宝卷对这种结构形式有所发展：在每个演唱段落的末尾加唱“小曲”，并将每个演唱段落定为一“品”（“分”），在宝卷文本中编入“品(分)”标题。以下举明末刊本《佛说皇极结果宝卷》“混沌初分天地品始”为例(原文太长，文字有删节)，为了便于分析，仍按前期佛教宝卷文本将散说和各唱段编号；加唱的小曲按顺序编号为（6）：

（1）尔时原身古佛在于都斗太皇正座，忽有始皇尊天向前拜问：“想当初混元一气，鸿蒙未判之前，混沌未分之际，杳杳冥冥，无天无地，万象具无相。如今历观东土邪人，指称佛法僧宝，劝人为善，以何为根本源流？”佛言：“你是也不知，咱派定的三佛轮流掌教，五祖来往当极，周而复始。大地人迷，如今末劫年来，修善之人，专以巧言令色，不知三灾一混，以无天地世界，那里有经书文字？……

（2）真机泄尽无边妙，
无分众生信不及。

（3）古佛无生发大悲，安天立地圣无为。
三极轮转无人晓，五祖当极人不知。
燃灯三叶金莲相，戊巳玄炉锻炼成。
周流九劫青阳会，水火风灾都放出。
有缘有福云程内，无缘无福堕沉痴。
释迦身光炼世界，一十八劫现当极。
掌定风云雷雨事，万相诸佛总掌持……

（4）古佛玄妙，大地不知，混元立三极。玄炉锻炼，盘转须弥。有缘有分，同赴莲池。凡提圣选，九转立皇极。

（5）无太共皇极，修因已个知。
有人参的透，三极在一堆。

（6）[挂金锁] 古佛在太皇，吊下关心泪。观见众生，造下无边罪。再三捎书，重重说与你。四十八愿，弘誓全不理。晓夜家思量，九莲无宗位。先去人开荒，后去人出细。三十六家，混生天地内；一十六字，调和行仁义。末后收圆，福薄难得遇。修行多般，香火无边际。牌号亲闻，关口祖母对。九种十收，合着先天气。有福的缘人，同入龙华会。

上述演唱段落中，(1) 至 (5) 段散说和唱词的形式，继承自前期佛教宝卷。其中：(1) 是“散说”（许多宝卷中在此段开始时标注有 [说] 或 [白] 字），不像宋元佛教宝卷那样使用赋体的韵文，而用接近于口语的叙述、论说，篇幅的长短据内容需要设置；(2) (5) 两段歌赞，以五、七言为主，也可用四、六言，句数为两句或四句；(4) 为格律严整的长短句歌赞，在明末清初的个别宝卷中形式有变异；(3) 是主要唱段，在佛教宝卷中此段即唱民间的流行曲调，并加“和佛”，教派宝卷仍如此，但除用七言唱段外，也大量使用源于说唱词话的十言唱段；(6) 为教派宝卷添入的小曲。

每个演唱段落中，除了上述固定的唱段外，有些宝卷中还插入某些特殊的唱段，一是 [莲花落]（称“打唱莲花”）；另一类是各种专题歌，如《灵应泰山娘娘宝卷》中的《娘娘送子歌》《参禅打坐出性歌》《还源歌》《抽骨换胎六字歌》。插入的 [莲花落] 和专题歌曲，一般放在主要唱段 (3) 之后。如上文提到的《佛说皇极结果宝卷》第一至十品，在 (6) 之前插唱《十嘱咐》，每品一段，共十段。

教派宝卷唱词依据口语押韵，用韵比较宽松，大致与后来北方话民歌、唱词的分韵系统“十三辙”相同。多押宽韵，如“中东”、“人辰”、“江阳”、“言前”等辙口。因方音关系，许多宝卷唱词“中东”和“人辰”通押，如上文所引 (2) (4) 唱段和 (6) 小曲。在每个演唱段落中各个唱段都是分别独立的唱段，所以不要求押统一的韵，(6) 小曲中的重头联唱的小曲也可换韵；偶有用相同的韵，并非定例。

民间教派宝卷的整体结构分“品”（或“分”），是仿照佛经，其直接来源是明代流行极广的前期讲释经义的佛教宝卷《金刚科仪（宝卷）》《大乘金刚宝卷》，它们都依照鸠摩罗什译《金刚经》原文三十二分分段说唱，并沿用原“分”的标题，但前期说唱因缘故事的佛教宝卷不分品。教派宝卷一般分为上、下两卷（册）二十四品，也有十几品（如上引明刊《佛说皇极结果宝卷》十五品）、三十几品（如清刊《佛说皇极金丹九莲正性皈真宝卷》三十二品、清康熙刊《太阳开天立极亿化诸佛宝卷》三十六品），或更多的“品”（如明无为教《目犍连救母出离地狱生天宝卷》八十六分，清初金幢教宝卷《多罗妙法经》九卷八十一品)。每品即一个演唱段落，同时是一个内容的单位，这样便构成十分匀称的整体结构。品（分）标题的设计，根据宝卷相应演唱段落的内容和主旨，文字长短不拘。以下是明刊清初递修本《销释孟姜忠烈贞节贤良宝卷》的“分”标题和所唱小曲曲牌：

君王金榜行遍天下修城分第一 [上小楼]
君王见阴阳官图样分第二 [上小楼]
父母送儿去修长城分第三 [浪淘沙]
王升范郎给事中在朝谢恩分第四 [画眉序]
君王差一使臣去取范郎分第五 [傍妆台]
二人来取范郎员外烦恼分第六 [皂罗袍]
孟姜拜天地媒人去了分第七 [耍孩儿]
孟姜在泗州堂祝赞分第八 [金字经]
孟姜叫四郎请秀才下树分第九 [驻云飞]
姜女招范郎回家见父母分第十 [罗江怨]
孟姜送范郎出门去了分第十一 [傍妆台]
范郎在铁桥关算命分第十二 [皂罗袍]
范郎在幽冥过金桥分第十三 [浪淘沙]
范郎在狱三曹对案分第十四 [浪淘沙]
孟姜看书去送寒衣分第十五 [步步娇]
孟姜女做衣裳分第十六 [侧郎儿]
孟姜织了黄袍并四件衣裳分第十七 [皂罗袍]
员外告街坊劝孟姜分第十八 [浪淘沙]
父母送孟姜出门分第十九 [绵搭絮]
孟姜来到青龙关分第二十 [七贤过关]
孟姜到潼关巡捡要宝分第二十一 [浪淘沙]
孟姜到黄草关不放分第二十二 [傍妆台]
金星南牢救孟姜分第二十三 [驻马斤(听)]
姜女对神哭告范郎托梦分第二十四 [罗江怨]
孟姜在庙范郎托梦分第二十五 [哭五更]

孟姜打发四郎回家分第二十六 [十七腔]
姜女在龙虎山等舡分第二十七 [驻云飞]
孟姜下舡到六罗山分第二十八 [驻云飞]
君王差人拿了将军分第二十九 [傍妆台]
孟姜告御状要斩将军分第三十 [浪淘沙]
君王宣孟姜父母公婆分第三十一 [傍妆台]
孟姜在水晶宫见范郎分第三十二 [七贤过（关)]

民间教派宝卷中讲唱完整故事的宝卷极少，此为其一。详细的“分”标题概括了宝卷故事的全部情节的标题形式,源自唐代转变“变相”的标题。后来，在宋元时期出现的长篇话本小说，这个特定的场景（情节），便作为整体叙述的分段标题，如现存宋刊《大唐三藏取经诗话》（下）的分段标题：入优钵罗国处第十四、入竺国渡海之处第十五、转至香林寺受心经处第十六、到陕西王长者妻杀儿处第十七。[1] 说明这类俗文学读物之间的继承关系。

值得注意的是民间教派宝卷品（分）在宝卷文本中的位置。它有两种方式：一类是放在（1）散说之前,这一类宝卷较多,如上引《佛说皇极结果宝卷》和《佛说利生了义宝卷》《普明如来无为了义宝卷》《太阳开天立极亿化诸佛归一宝卷》《承天效法后土皇帝道源度生宝卷》《先天原始土地宝卷》《销释明净天华宝卷》等；另一类品（分）标题放在每个演唱段落（5）（6）两个唱段之间，即在唱小曲前，如《销释孟姜忠烈贞节贤良宝卷》《药师本愿功德宝卷》《灵应泰山娘娘宝卷》《护国佑民伏魔宝卷》《泰山东岳十王宝卷》《销释悟性还源宝卷》《销释开心结果宝卷》等。也有个别的教派宝卷，它们与上述宝卷有同样的演唱段落结构，但在宝卷文本中没有分品和标出品标题，如明万历刊《销释真空扫心宝卷》。

上述情况,一方面表明民间教派宝卷的品（分）标题在宝卷文本中的位置，在当时就没有形成一致的格式；同时说明教派宝卷的分品、分的标题，及有些宝卷还在“品”标题下出示的小曲曲调名，只是在宝卷文本中对段落和唱腔的提示，在演唱宝卷时，并不唱它们。所以，有些宝卷在（5）段歌赞中唱出下

[1] 参见李时人等《大唐三藏取经诗话校注》，北京：中华书局，1997。本书第五编“宝卷漫录 · 佛说王忠庆大失散手巾宝卷”，有较详细的探讨。

面的小曲名，如明末的《先天原始土地宝卷》：

拄杖非等闲，拿起走三千。
要问端得意，唱［叠落金钱］。（第五品）
土地好妙法，龙头拐一拉。
打开南天门，听唱［耍娃娃］。（第六品）

这部宝卷的品名是放在（1）散说之前的。《清源妙道忠孝二郎开山宝卷》的演唱段落中没有（1）散说，品名放在小曲前，但在品名前的歌赞中，提示下面所唱小曲的曲名。如：[插图46]

二郎一部经，同古又同今。
三花合五气，后带［金字经］。（第三品）
五眼息圆明，二郎笑盈盈。
唱个［耍孩儿］，大众你是听。（第十二品）

不论佛教宝卷或教派宝卷，它们的每个演唱段落，也是宝卷内容的段落。“品”的标题放在每个演唱段落开始（1）散说前，符合宝卷演唱和内容的结构形式。放在（6）小曲前，则有突出这个唱段的意义，应是一种变体。今人在使用宝卷文本时，均以“品”标题所在之处作为宝卷分段的标志，已相沿成习，本文亦如此，故说明如上。

五、教派宝卷中的诗赞

叶德钧先生在《宋元明讲唱文学》[1]中，将唐代以后的民间讲唱文学按其唱词的形式和音乐分为“乐曲系”和“诗赞系”两大类；另出“两系兼用”一类，指出“元明清宝卷”是属于“两系兼用”的说唱文学形式，但未作介绍。其实，宋元及明代前期的佛教宝卷属“诗赞系”，《目连救母出离地狱生天宝卷》中唱

[1] 收入《小说戏曲丛考》，北京：中华书局，1979，下册。

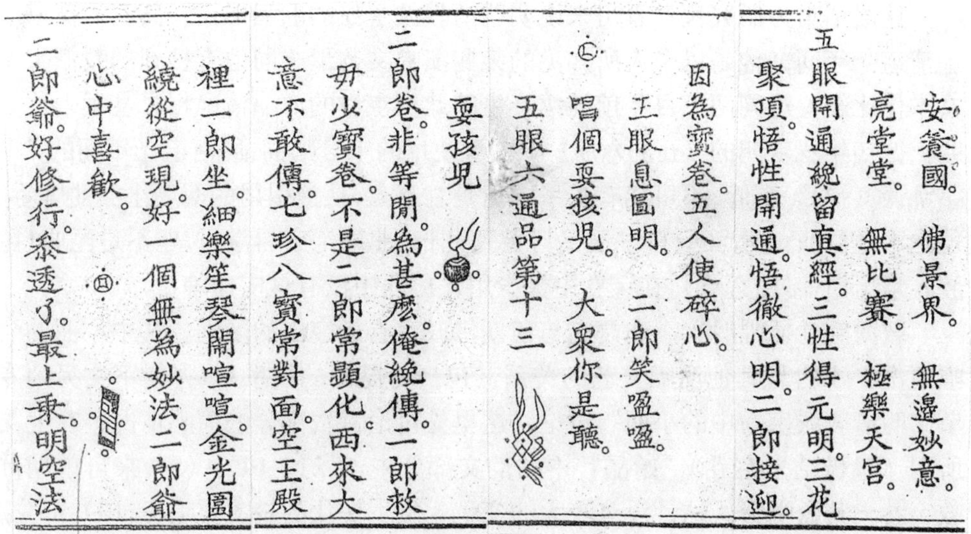
安養國。佛景界。無邊妙意。
亮堂堂。無比賽。極樂天宮。
五眼開通總留真經。三性得元明三花
聚頂。悟性開通。悟徹心明。二郎接迎。
因為寶卷五人使碎心。
五眼息圓明。二郎笑盈盈。
唱個耍孩兒。大衆你是聽。
五眼六通品第十三
耍孩兒
二郎卷非等閒。為甚麼俺總傳。二郎救
毋少寶卷。不是二郎常顯化。西來大
意不敢傳。七珍八寶常對面。空王殿
裡二郎坐。細樂笙琴鬧喧喧。金光圓
繞從空現。好一個無為妙法。二郎爺
心中喜歡。
二郎爺。好修行。叅透了。最上乘明空法

[插图 46]《清源妙道忠孝二郎开山宝卷》(明末刊经折本)

小令［挂金锁］［金字经］只是偶用。真正能称作“两系兼用”的，只有明清的教派宝卷。

教派宝卷中歌词“诗赞”和“乐曲”(小曲)是如何演唱的呢？清道光年间黄育楩《破邪详辨》(卷 3) 称：

> 尝观民间演戏，有昆腔班戏，多用［清江引］［驻云飞］［黄莺儿］［白莲词］等种种曲名，今邪经亦用此等曲名，按拍合版(板)，便于歌唱，全与昆腔班戏文相似。又观梆子腔戏多用三字两句、四字一句，名为“十字乱谈”，今邪经亦三字两句、四字一句，重三复四，杂乱无章，全与梆子腔戏文相似。再查邪经白文，鄙陋不堪，恰似戏上发白之语，又似鼓儿词中之语。邪经中［哭五更］曲，卷卷皆有，粗俗更甚，又似民间打拾不闲、打莲花乐者所唱之语。[1]

[1] 据《清史资料》第3辑收校点本，北京：中华书局，1982，页59。

这段话常为研究宝卷者用来说明明清教派宝卷的歌唱形式。其实，黄书成于清道光年间，他是以个人所知见的某些演唱文艺形式同他查抄到的教派宝卷文本作比较，这同两三百年前陆续产生的此类宝卷的演唱情况相去甚远。比如明正德初年罗梦鸿的《五部六册》中大量使用的十言唱词，同清道光年间的“十字乱谈（弹）”唱腔，不可能有关系。黄是甘肃人，从他引用的四支小曲曲牌看，他也不懂昆曲：[清江引][驻云飞][黄莺儿]三曲确为宝卷常用，但不是昆曲（昆腔）常用曲；[白莲词]在宝卷中极少用，昆曲中没有这支曲牌。

教派宝卷插唱时兴小曲是它与前期佛教宝卷最突出的区别。其中小曲的演唱情况、小曲与其他演唱文艺的关系（包括与昆曲的关系），将在下文另列专节“明清教派宝卷中的小曲”讨论。这里先讨论诗赞部分的演唱情况。在上文所引《皇极结果宝卷》“始品”中的韵文部分中，（2）、（4）、（5）来自前期佛教宝卷，其歌唱形式估计没有较大的变化，发生变化的是主要唱段（3）部分。

在前期的佛教宝卷中，（3）唱段就唱时兴的曲调。教派宝卷与前期佛教宝卷在这一唱段中的不同，上文已指出：除了使用七言唱段外，又大量用十言唱段。它们虽然与清代板腔体的“梆子腔戏文”唱词格式相同，但它的唱腔不可能是后出的梆子腔，而与明代兴起于北方的民间说唱词话有关。

十言句式的唱词最早出现在元杂剧中，多在剧尾，标为“词云”（或“诗云”），也出现在剧本的其他部分。叶德钧认为这种唱词形式来自民间的“词话”。[1]据《元曲选》所收百种杂剧（其中包括元末明初无名氏的作品），这种“词云”最多的是七字句（多为“三四”结构），其次才是十字句，也有八、九、十一等句式和几种句式混合在一起的形式。它说明词话演唱十言唱词的形式，在元末明初尚未固定下来。70年代在上海嘉定县出土的明代成化年间的13种词话唱本，也以七言唱词为主，偶用十字句唱词（三三四句式）。[2]现存大量使用十言唱段词的说唱词话作品，是刊于明天启年间的《大唐秦王词话》（又名《秦王演义》），[3]其唱词十言唱段句式为“三三四”，与宝卷相同。但是，在明正德初年刊的罗梦鸿《五部六册》中，已经大量出现十言句式的唱段。这有两种可能：一是此类长篇说唱词话唱本没有保留下来；更可能的是，十字句的唱法最早在

[1] 见《宋元明讲唱文学》，收入《戏曲小说丛考》，北京：中华书局，1979。

[2] 这些词话唱本1976年发现于上海嘉定县明代宣姓墓葬中，北京文物出版社1976年6月出版影印本。

[3] 这本词话署“澹圃主人”（即诸圣麟）著。

民间说唱词话中出现，而在宝卷中得到大量运用和发展，翻过来又被说唱词话所吸收。由于没有留下曲谱资料，它的具体唱法已不可知。但宝卷中加入听众的“和佛”，使曲调带上宗教色彩，所以也称这类唱法为“十字佛”、“七字佛”，说明它同民间词话的唱腔应有差别。至于清代后期这类十言唱词如何唱，据当代调查，各地大都是用唱诵经忏式的腔调演唱，有的腔调中吸收了当地民歌的旋律，也加入听众和佛。

“和佛”的形式在早期的佛教宝卷中已经出现，《金瓶梅词话》中也有和佛的描述，但在宝卷文本中没有记录；教派宝卷中也不注出和佛的形式。明末清初丁耀亢（1599—1671）著《续金瓶梅》第 38 回“莲花经尼僧宣卷”中对和佛有具体的描写。[插图 47] 所述为白衣庵尼僧如济宣“花灯佛法公案”(宝卷)，如济被引上“法座”后，“两边小桌坐下八个尼姑……在旁管着打磬和佛”。书中所引的宝卷原文中注出和佛：

有宋朝襄阳府善人张士，
同安人王妈妈在家修行。南无
两口儿安本分持斋把素，
开着个生意铺花朵灯笼。阿弥陀佛
到春来妆牡丹桃红杏紫，
到夏来妆荷花万紫千红。南无
到秋来妆丹桂芙蓉秋菊，
到冬来妆梅花枝干玲珑。阿弥陀佛[1]

从上述唱词看，和佛是在唱词下句结尾处，和佛词是“南无阿弥陀佛”，这同现代民间宣卷中和佛的基本形式相同。

除了（3）唱段外，教派宝卷中插唱的专题歌唱词也多为七言句式，并有上下句的结构；也有唱四、五、六言的特殊曲调，都在歌名中注出，如《灵应泰山娘娘宝卷》中的《抽骨换胎六字歌》，它们的唱腔不详。

教派宝卷中的［莲花落］，虽为乐曲，但都是唱七言歌词，唱句间且有上

[1] 上述引文见《金瓶梅续书三种》，济南：齐鲁书社，1988，页363。

下句关系，形同诗赞，所以一并在此介绍。它们有的也用专题歌名，如《随缘普化莲花落》(《泰山东岳十王宝卷》)、《万法归一莲花落》(《古佛天真考证龙华宝经》)、《收圆理性莲花落》(《销释悟性还源宝卷》）等。它们的唱腔，在现代江苏靖江讲经（宣卷）中留有遗响，又称［打唱莲花］，用特殊的和佛词："金莲花，银莲花，莲花佛，嗨嗨活菩萨！”是讲经听众爱听爱唱的唱段。

六、结语

［插图 47］清初尼僧宣卷图（清丁耀亢《续金瓶梅》第三十八回“莲花经尼僧宣卷”插图）

明清的教派宝卷的主体形式是继承了宋元以来佛教宝卷的演唱形式，又吸收明清多种民间演唱形式而形成的一种宗教说唱形式。它的演唱形态、形式多样又严整；它流行 200 年，保留有 200 多种演唱文本，这些在中国民间说唱史上都是少见的。教派宝卷只在民间教派信仰活动中演唱，主要是说唱各教派教理、修持及宗教仪式，说唱文学故事的宝卷极少，它不同于一般的民间说唱文学，但它对民间说唱文艺的传播和影响，却又有不可忽略的意义。

明代河北及其周边地区(山东、河南、山西)，是各民间教派陆续产生和活动的中心，各教派的教祖和创教初期的活动骨干，也都是这一地区的人。这些活动在社会底层（主要在农村）的民间宗教人士，便是教派宝卷的编者和传播者。他们熟悉上述地区民间流行的各种演唱文艺，并吸收到宝卷中。而宝卷的传播，则远远超出上述地区。贯通南北的大运河和东西行的黄河、长江，是民间教派和它们的宝卷往各地传播的渠道；民间教派家出于宗教狂热到各地“开荒”，把布道的宣卷活动和宝卷带到万里之外的边疆地区和穷乡僻壤。了解上述宗教文化背景，有助于探讨教派宝卷演唱形式的来源以及对同时和后来的民间演唱文艺的影响。

教派宝卷中的诗赞，特别是其中大量使用的十言唱词形式，源自北方的说唱词话，同时它也是明末清初北方鼓词和梆子腔戏曲等多种民间演唱文艺唱词的主要形式，教派宝卷在各地的流传过程中，必然同它们有交流和影响，由于没有留下曲谱资料，已难以做比较研究了。

据明沈德符《万历野获编》卷25“时尚小令”介绍，小曲产生和最初盛行的地区，也正是民间教派创教和活动中心地区，教派宝卷吸收这些时兴的小曲，是很自然的事。教派宝卷的传播，同时也把这些小曲带到各地。同时，大运河上的商旅，也把南方的戏曲传到北方，因此，教派宝卷中的小曲有许多见于明代曲家所编南北曲曲谱，也就不奇怪了。但是，它们唱的南北曲牌，是民间流传的通俗唱法，同明嘉靖以后在上层社会和城市舞台、歌馆流行的昆曲（昆山腔）没有直接的关系。

教派宝卷直接的影响是民间宝卷的产生。民间宝卷以演唱文学故事为主，最早是教派团体中的人士改编，因此，早期北方民间宝卷的形式与教派宝卷相同，如《佛说王忠庆大失散手巾宝卷》便是明末的民间抄本。

总起来说，教派宝卷虽然是一种宗教文学，但它与同时期的其他民间演唱文艺有密切的关系，它们互相吸收、影响。由于宝卷文本大量保留下来，因而提供了非常可贵的文献资料。将在第五章“明清民间教派宝卷中的小曲”中作详细讨论。

第五章　明清教派宝卷中的小曲

一、前言

明清教派宝卷同前期佛教宝卷和后期民间宝卷在演唱形式上最大的不同，是在每个固定的演唱段落的末尾加唱流行的“时兴小曲”。这种特殊的演唱形式，在早期的北方民间宝卷中尚有保留，但很快就消失了。

明清教派宝卷流行的200年间，正是明清小曲（包括传统南北曲的俗唱）在民间不断产生和风行各地的时期。但是，这一时期小曲留存的曲调和作品资料很少，与明清小曲同步发展的教派宝卷中的小曲，便成为研究明清小曲的重要资料；教派宝卷与同时及此后其他民间演唱文艺的关系和影响，也是值得研究的课题。前人对这批资料尚未开发和研究，笔者现将它们整理出来，并作初步的讨论，希望能引起研究者的重视。

二、教派宝卷中的小曲曲调

小曲，在明代或称作“时兴小曲”、“时尚小令”、“时调”、“时曲”等，在清代文献中又称“小唱”、“俚曲”，是明清时期的民间流行歌曲。当代学者又多称之为“俗曲”。[1] 明万历间沈德符所著《万历野获编》卷25“时尚小令”

[1] 刘半农（复）在《中国俗曲总目稿》（与李家瑞合编，北平：中央研究院历史语言研究所，1931）“序”中说：“歌谣和俗曲的分别，在于有没有附带乐曲：不附乐曲的如‘张打铁，李打铁’，就叫歌谣；附带乐曲的如［五更调］，就叫俗曲。所以，俗曲的范围是很广的：从最简单的三句五句的小曲起，到长篇整本、连说带唱的大鼓书，以至于许多人合同扮演的蹦蹦戏，中间有不少的种类和等级。”李家瑞《北平俗曲略》（北平：中央研究院历史语言研究所，1933）介绍当时北京流行的“俗曲”有：一，“说书之属”——说唱故书、大鼓书、弦子书、竹板书、快书、南词；二、“戏剧之属”——蹦蹦戏、傀儡戏、灯影戏、梆子戏、嘀嘀［转下页］

条介绍了明代中叶之后，小曲流行南北的盛况：

> 元人小令行于燕赵，后浸淫日盛。自宣、正至成、弘后，中原又行［锁南枝］［傍妆台］［山坡羊］之属。李崆峒先生初自庆阳徙居汴梁，闻之以为可继国风之后。何大复继至，亦酷爱之。今所传《捏泥人》及《鞋打卦》《熬狄髻》三阕，为三牌名之冠，故不虚也。自兹之后，又有［耍孩儿］［醉太平］诸曲，然不如三曲之盛。嘉、隆间，乃兴［闹五更］［寄生草］［罗江怨］［哭皇天］［干荷叶］［粉红莲］［桐城歌］［银纽丝］之属。自江淮以至江南，渐与词曲相远。不过写淫媟情态，略具抑扬而已。比年以来，又有［打枣竿］［挂枝儿］二曲，其腔调约略相似。则不问南北，不问老幼良贱，人人习之，亦人人习听之。以致刊布成帙，举世传诵，沁入心腑。其谱不知从何来，真可骇叹！[1]

民间宗教家将这类“不问南北，不问老幼良贱，人人习之，亦人人习听之”、“举世传诵”的流行曲调吸收到宝卷中来演唱，自然是为了悦俗耳，便于听众接受，以增强宝卷的宣传效果。

笔者历年在各地阅卷，集得使用小曲的明清教派宝卷 52 种（见“附录一”），

［接上页］腔、吹腔、打连厢、滩簧；三、“杂曲之属”——济南调、利津调、牌子曲、群曲、岔曲等；四、“杂耍之属”——莲花落、打花鼓、跑旱船、数来宝、耍猴、焰口、双簧等；五、“徒歌之属”——儿歌、喜歌、秧歌、夯歌、叫卖歌等。综观刘、李提出和使用的“俗曲”概念，内涵相当宽泛。因此，后人用“俗曲”的名称也便出现混乱，用它来做明清小曲的专用名，则明显地名不符实。所以，有的研究者给“俗曲”定义是：“我国历代民间（以城镇为主）流传的通俗歌曲的通称”。（姜彬主编《中国民间文学大辞典》，上海：上海文艺出版社，1992，页 9）笔者认为，当代人不需要为明清时期这类流行歌曲再命名，用明清文献中和民间最常用的“小曲”即可。笔者另有《明清小曲的名义》一文专门讨论这一问题，未发表。

[1] 据“元明史料笔记丛刊”本，北京：中华书局，1980，页 647。

它们使用的曲调共232种。现将这些曲调在宝卷中的使用情况介绍如下——曲名中“()”号内的字是有的宝卷中的异名用字；曲名后“()”号内是特殊的歌唱形式或宝卷中的异名；每种曲调的使用次数，统计到宝卷的“品”(“分”)：

（一）使用15及15次以上的曲调共24种：[驻云飞]、[耍孩儿]（五更耍孩儿)、[金字经]、[皂罗袍]（五更皂罗袍、朝阳皂罗袍)、[清江引]、[傍妆台]、[浪淘沙]（五更浪淘沙)、[挂金锁]、[黄莺儿]（五更黄莺儿)、[桂枝香]、[山坡羊]、[驻马听]、[寄生草]、[绵搭絮（序)]（五更绵搭絮)、[上小楼]、[步步娇]、[叠（跌）落金钱]、[画眉序]、[侧郎儿]、[锁南枝]、[折桂令]、[红绣鞋]（圆满五更红绣鞋)、[柳摇金]、[五更][1]。

（二）使用5到14次的曲调共23种：[一封书]、[挂真（针、枝）儿]、[沽美酒]、[罗江怨]、[雁儿落]、[朝天子]、[粉红莲]、[一枝花]（万派朝元一枝花、红梅一枝花、朝源一枝花)、[桂山秋月]、[粉蝶儿]、[莲花落]（随缘普化莲花落、收圆理性莲花落、万法归一莲花落、收缘莲花落)、[海底沉]、[懒画眉]（九更懒画眉)、[风入松]、[红莲儿]（红莲词、九九红莲词)、[四朝元]、[哭皇（黄）天]（五更哭皇天)、[金络索]、[锦庭乐]（谨听乐)、[满庭芳]、[水仙子]、[月儿高]、[新水令]。

（三）使用1至4次的曲调共176种，其中仅出现一次的曲调近百种。这些曲调大多数见于明代曲家所编曲谱或其他文献记载；有些不见于同时代的文献记载；有些可能是宝卷编者的自编曲，或用旧曲改编而根据所唱内容新定曲名，这类曲调也不见文献的记载。以下按这三部分分别列出：

(1)[沉醉东风]、[二郎神]、[得胜令]、[点绛唇]、[下山虎]、[斗鹌鹑]、[望江南]、[梧桐叶]、[琢木耳]、[(诸佛）十段锦]、[步步高]、[红罗怨]、[一江风]、[玉芙蓉]、[江儿水]、[集贤宾]、[一翦梅]、[十七腔]、[十三腔]、[甘（干）荷叶]、[十棒鼓]、[对玉环]、[叨叨令]、[朝元歌]、[玉茭（娇）枝]、[西江月]、[后庭花]、[七贤过关]、[懒画甘州]、[普天乐]、[二犯傍妆台]、[莺显（集）华（画）台]、[楚江秋]、[鹧鸪天]、[风淘沙]、[端正好]、[红纳袄]、[步蟾宫]、[五更梧叶儿]、[侥侥令]、[南步步娇]、[御林春]、[蟾宫折桂令]、[北折桂令]、[混江龙]、[油葫芦]、[枳郎儿]、[天下乐]、[骂玉郎]、[邯州歌]、

[1] 包括［五更调］［哭五更］［闹五更］［五更禅］［喜乐五更］，它们可能不是一个曲调，这在宝卷中是一个常用的曲体，故将它们集中在一起。

[折腰一枝花]、[金衣公子]、[锦衣公子上调]、[上调朝元歌]、[蛾郎儿]（五更蛾郎儿)、[宜春令]、[银纽丝]、[银绞丝]、[劈破玉]、[打枣杆]、[采茶歌]、[玉树挂金牌]、[金锁挂梧桐]、[雁儿落带过清江引]、[挂枝儿带过清江引]、[山坡羊捎带挂金锁]、[山坡羊带过清江引]、[山坡羊带过四换头]、[四朝元后挂皂罗袍]、[皂罗袍带浪淘沙]、[金字经带过浪淘沙]、[金字经后带一轮月]、[金字经后带梧桐叶]、[五更禅后带梧桐叶]、[一封书后带青天歌]、[一封书后带寄生草]、[柳摇金后带金字经]、[绵搭絮带挂真儿]、[后庭花赶枝青歌柳叶絮]、[上小楼带走云鸡]、[四换头桂山秋月带清江引]、[懒画眉捎带挂金锁]、[桂枝香后带集贤宾]、[金书羡玉后带红莲儿]、[傍妆台后一封书]、[江儿水提即江儿水]、[锁南枝半插罗江怨]、[水仙子半插玉芙蓉]，共88种。[1]

(2)[纺丝娘]、[火中莲]、[西牛角]、[东牛角]、[穿堂子]、[半天飞]、[走马词]、[走黄天]、[翻山雁]、[驻马飞]、[龙戏珠]、[青松叶]、[静江龙]、[河西调]、[挽乌云]、[齐上孤坟]、[鳌鱼受封]、[金钱美酒]、[金言羡玉]、[释移花]、[一枝莲]、[大经袍]、[琵琶词]、[王莲花]、[玉莲曲]、[连环耍孩儿]、[雁儿答]、[大红袍]、[楚前秋]、[四字经]、[五字经]、[六字歌]、[七字歌]、[赛江秋]、[八宝令]、[吾药子]、[叶儿落]、[象牙床]、[絮叨叨]、[青天歌]、[化仙歌]、[神州转]、[登云□]（末字不清），共43种。

(3)[阿兰佛](五方阿兰佛)、[三佛歌]、[龙华令]、[归家怨]、[木人歌(调)]、[法船号]、[法轮号]、[圣天景]、[法线景]、[家乡景]、[天台景]、[天宫景]、[沙滩景]、[婆儿乐]、[清音乐]、[声音乐]、[修行乐]、[婴儿乐]、[酬酢集]、[临凡怨]（九转临凡怨、下生临凡怨)、[圆佛心头]、[弓长奥]、[弓长赋]、[真经赋]、[修真赋]、[朝阳歌]、[朝阳洞]、[四时香]、[彻夜禅]、[泥水金丹]、[心遂令]、[观花园]、[星辰歌]、[香花灯圆果]、[先天令]、[古佛令]、[踏道歌]、[乐天歌]、[朝源歌]、[时运步步娇]、[解三煌]、[玉液还丹一封书]、[五戒皂罗袍]、[解三醒（心)][九转还丹令]，共46种。

对以上曲调使用的情况，可作如下说明：

(一）明清教派宝卷使用小曲的情况相对集中又很分散。使用15次以上的

[1] 为了便于统计，将“带过曲”全部集中于此。这些带过曲中使用的某些曲子，也不见文献记载，如[一轮月][走云鸡]等。

曲调 24 种，尚不足所用曲调的 1/9，其中［驻云飞］、［耍孩儿］、［金字经］、［皂罗袍］、［清江引］、［浪淘沙］、［傍妆台］、［挂金锁］、［桂枝香］、［山坡羊］、［绵搭絮］等曲的使用次数都在 30 次以上，是教派宝卷中最常用的曲子；［驻云飞］使用次数达 55 次，出现在 33 种宝卷中。它们都是明代最流行的小曲。但是，即使计入使用 6 次以上的曲调，也不足所用小曲总数的 1/4；3/4 以上的曲调只被用了 1 至 4 次，其中只使用一次的近百种，说明教派宝卷使用小曲又相当分散。从时间上看，明嘉靖和万历前期的宝卷，多是选用民间最流行的曲调；那些仅被使用一两次的曲调，多出现在万历后和清代初年的宝卷中。这时，有些宝卷的编者着意选择一些其他宝卷中不常用的曲调，或经过改编换上调名的曲调，如《普静如来钥匙通天宝卷》《佛说利生了义宝卷》《古佛天真考证龙华宝经》《泰山圣母苦海宝卷》等。但是，教派宝卷主要是以口头演唱的形式传播，对一般民众来说，他们不会阅读宝卷文本，只是听唱宝卷，所以，这些曲调虽仅被一两种宝卷使用，它们应是当时民众熟悉和能够接受的曲调。

（二）教派宝卷是宗教宣传的说唱形式，在宗教活动中演唱。其内容主要是宣传各教派的教理和修持仪轨、方式；即使采用神道故事或传说故事题材，也都是“外凡内圣”，所述的人物、故事都成了表达某种教理或修持理念的“外壳”。因此，教派宝卷中没有“儿女之私，靡靡之音”[1] 的内容，许多小曲（如［叠落金钱］）的衬腔衬词，在宝卷中都被改唱佛号“我的佛”，或“阿弥陀佛”；同时，它采用民间流行曲调有选择性。明万历年间及其后流行南北的小曲［打枣杆］和［劈破玉］，便被大多数宝卷编者所排斥。前者仅见于明末《普静如来钥匙通天宝卷》《家谱宝卷》和清康熙间的《福国镇宅灵应灶王宝卷》，后者仅见于清初《销释木人开山宝卷》《销释接续莲宗宝卷》和《福国镇宅灵应灶王宝卷》。

（三）教派宝卷使用的小曲，许多见于明代曲家编订的南北曲曲谱，其中自有明人制订曲谱时而采集收入者。曲家制谱，都是按照嘉靖后流行的昆曲所唱订谱，即使所收北曲曲牌，也是“南唱”。民间宗教家不可能接触到这类曲谱。明代中叶前后，南曲的流行唱腔弋阳、海盐和昆山腔等先后也流传到北方，进入宫廷和士大夫上流社会，同时也传入城镇乡村。对于城镇农村的市民和农民来说，他们不可能听懂南方方言（特别是吴侬软语）的戏曲。因此，即使是昆

[1]（清）刘庭玑《在园杂志》卷3，据《续修四库全书》，上海：上海古籍出版社影印清康熙五十年（1711）本，第1137册，页52。

曲，也必须用北方方言（或接近北方方言）来唱；相应的曲调，自然也就会发生变化。因此，宝卷中使用南北曲曲牌，并不奇怪，而这些的南北曲曲牌的音乐，应当是民间化了的“俗唱”，甚至仅袭用曲名；其唱也是“随腔入调”，不能以曲家编订的曲谱来定其宫调。前引沈德符文所举的“时尚小令”，亦多见于南北曲曲谱，沈氏称它们“渐与词曲相远”，“其谱不知从何来”，宝卷中的小曲情况与此相同。

三、教派宝卷中小曲的组曲形式

上文已指出，小曲在教派宝卷中，只是每个演唱段落中的一个唱段，但其组曲形式多样化。

（一）重头联唱

“重头”是元代北曲小令普遍使用的组曲形式，它是“音乐上重复的运用（即同一曲牌二首以上），同时在内容上要围绕一个中心主题（即歌咏一组事物）”。[1]元代佛教宝卷《目连救母出离地狱生天宝卷》中所唱小令［挂金锁］［金字经］曲即用重头联唱。教派宝卷中的小曲唱段只唱一曲的很少，至少是同一曲调联唱两遍（歌词不同），如上文所引《销释孟姜忠烈贞节贤良宝卷》第三分［浪淘沙］曲。以唱四遍最普遍，也有高达十余遍的，如《太阳开天立极亿化诸佛归依宝卷》第八品［海底沉］曲唱12遍，《佛说皇极金丹九莲正性皈真宝卷》第二十六品［玉液还丹一封书］曲唱17遍。这类特例，都是编者为铺述特殊内容的需要。

（二）定格联唱

使用最多的是以“五更”为序组曲，用以唱述修炼内功，或表述某种思念情感。除了专用的“五更”（包括［哭五更］、［闹五更］、［五更］、［五更禅］、［喜乐五更］等）外，也有不少是用其他曲调组曲。这类组曲，有的在调名中标出，如［五更耍孩儿］、［五更梧叶儿］、［五更绵搭絮］、［五更皂罗袍］、［五更浪淘沙］、［五更黄莺儿］、［五更红绣鞋］、［五更哭皇天］等；有的不在曲调名上标出，

---

[1] 汪志勇《全元散曲中的“重头”研究》，高雄师范大学国文系第十六次教师学术研讨会论文，1993年12月。

如用［朝天子］、［彻夜禅］、［粉蝶儿］、［锁南枝］、［海底沉］、［阿兰佛］等曲调唱五更。以下举《清源妙道忠孝二郎宝卷》第七品［海底沉］曲所唱“五更”为例：

一更里，在山中，行者翻身，压了自己本来人。几时才得还家去，母子相逢。

二更里，杨二郎，问着王母，要他生身父母在那厢：你今指与我，救我亲娘。

三更里，二郎爷，把脚一叠，我今去拿孙行者，送在老君炉内炼，他也难说……

“九”在民间教派中是常用的一个极数，如“九莲”、“九转”。这种观念也被用在组曲上，于是有［九更懒画眉］（《普静如来钥匙通天宝卷》第四十六品）、［九九红莲词］（《销释木人开山宝卷》第十品），它们是9支［懒画眉］和［红莲词］的联唱。

（三）轮唱

多为两支曲调轮唱，如《古佛天真考证龙华宝经》第十三品的组曲：

［红莲词］［玉莲曲］［红莲词］［玉莲曲］

又如《销释真空扫心宝卷》（卷下，本卷不分品）中的［柳摇金］和［清江引］（轮唱四遍）、［雁儿落］和［新水令］（轮唱四遍）。

这种两曲轮唱的组曲形式，在教派宝卷文本中多以“带过曲”表示：按调名是一支带过曲的重头联唱，实际上是两支曲子的轮唱。如《佛说皇极金丹九莲正性皈真宝卷》第十五品唱［雁儿落带过清江引］唱四遍，即［雁儿落］［清江引］轮唱四遍；第二十五品唱［四朝元后挂皂罗袍］唱四遍，即［四朝元］［皂罗袍］轮唱四遍。《销释真空扫心宝卷》中的［五更禅后带梧桐叶］的演唱形式，是在唱过每“更”之后接唱［梧桐叶］，轮唱五遍：［插图48］

> 一更马稳莫放猿猴跳，养气神清自然心洒乐。看守着黄廷运转先天道，真净贤宾，透出玄中妙。
>
> [梧桐叶] 圣意绵，凡心定，性在天边海底命，护着青铜镜。镜无相棒打铁头硬，变乾坤采日晶，尽都听法王令（重）。
>
> 二更炉内万朵金莲放，炼得黄芽一点从天降。死中发活无相又有相，普照十方，无处不明亮。
>
> [梧桐叶] 看天科，明耀耀，牧放群牛拍手笑，就把云门跳。跳脚踏玲台高声叫，各领金牌把名标，得证了无生道（重）。……

这种两曲轮唱的歌唱形式，在嘉靖三十二年（1553）刊《风月锦囊》所收小曲［楚江秋带清江引］（共24首，两歌间用“顶真续麻”的形式相连）相似。它们很像宋元时期的民间歌唱伎艺“缠达”。南宋灌圃耐得翁《都城纪胜·瓦舍众伎》云：“唱赚：在京师日有缠令、缠达：有引子、尾声为缠令；引子后只以两腔互迎、循环间用者为缠达。”[1] 宝卷中两曲轮唱的形式正是“两腔互迎、循环间用”。

（四）套数

教派宝卷中出现小曲“套数”的体式，大致是在明万历末年以后的宝卷中。上文已介绍，那些在教派宝卷中只使用一两次的曲调，也多出现在这一时期的宝卷中；套数和多曲联唱的出现，与之同步发展。

“套数”是宋元以来乐曲系民间歌曲数曲联唱曲体的名称，元燕南芝庵《唱论》中说：“有文章曰乐府，有尾声曰套数，时行小令唤叶儿。”[2] 宝卷中套数的形式，较多的是“一曲带尾”的形式，即由一支曲子（包括联唱数遍）加［尾声］组成，如：

> [锦庭乐] [尾声]（《普静如来钥匙通天宝卷》第二十六品）
>
> [驻云飞] 2 [尾声]（《东岳天齐仁圣大帝宝卷》第一品；《福国镇宅灵应灶王宝卷》第一品）

---

[1]《东京梦华录（外四种）》，上海：中华书局，1962，页97。

[2]《中国古典戏曲论著集成》（一），北京：中国戏剧出版社，1959，页106。

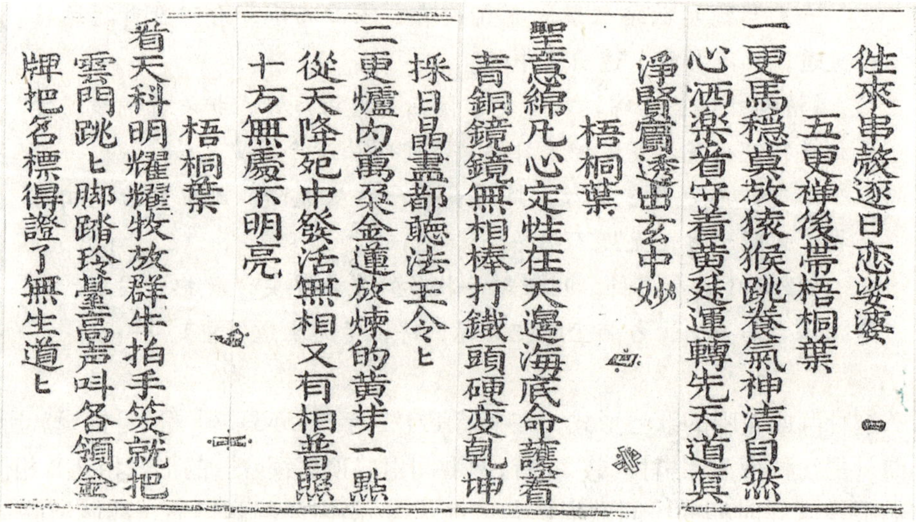

往來串殼逐日恋娑婆
五更禪後帶梧桐葉
一更馬穩莫放猿猴跳養氣神清自然
心洒樂着守着黄廷運轉先天道真
淨賢靈透出玄中妙
梧桐葉
聖意綿凡心定性在天邊海底命護着
青銅鏡鏡無相棒打鐵頭硬变乾坤
採日晶盡都聽法王令々
二更爐內萬聚金蓮放煉的黄芽一點
從天降死中發活無相又有相普照
十方無處不明亮
梧桐葉
看天科明耀耀牧放群牛拍手笑就把
雲門跳々脚踏玲臺高声叫各領金
牌把名標得證了無生道々

[插图 48]《销释真空扫心宝卷》（明刊经折本）

[下山虎] 2 [尾]（《销释白衣观音送婴儿下生宝卷》第十七品）

[耍孩儿] 4 [煞尾]（《太上伭宗科仪》第十三分）

[风入松] 24 [尾声] 2（《销释木人开山宝卷》第二十品）

调名后附的数字是所唱遍数（下同）。这种“一曲带尾”的形式，在金代诸宫调《刘知远》和《董西厢》中，是采用最多的一种曲体。[1] 下面是两支和两支以上曲子加 [尾声] 的套数：

[大红袍] [哭五更] [尾声]（《普静如来钥匙通天宝卷》第三十五品）

[时运步步娇] [折] [走马词] [尾声]（《销释白衣观音送婴儿下生宝卷》第七品）

清康熙末刊《太上伭宗科仪》卷末“圆经回向”前唱“十三腔”，实为七

[1] 参见李昌集《中国古代散曲史》，上海：华东师范大学出版社，1991，页44。

支曲子加［尾声］组成套数，这是教派宝卷中使用曲牌最多的一套曲：

［步步娇］［折桂令］［新水令］［江儿水］［雁儿落］［得胜令］［侥侥令］［尾声］[1]

以下套数以［清江引］作“尾声”：

［琵琶词］［清江引］（《福国镇宅灵应灶王宝卷》第二十三品）

［斗鹌鹑］［清江引］（《太上伭宗科仪》第十七分）

［絮叨叨］［清江引］（《太阳开天立极亿化诸佛宝卷》第二十五品）

［家乡景］4［清江引］（《古佛天真考证龙华宝经》第八品）

［红梅一支花］［清江引］（《古佛天真考证龙华宝经》第十品）

［五方阿兰佛］［清江引］（《古佛天真考证龙华宝经》第十四品）

［锁南枝半插罗江怨］（五更）［皂罗袍］［清江引］（《多罗妙法经》第十三品）

［山坡羊］［皂罗袍］［清江引］2（《福国镇宅灵应灶王宝卷》第七品）

［法船号］［清江引］4（《古佛天真考证龙华宝经》第二十一品）

［叠落金钱］4［清江引］4（《古佛天真考证龙华宝经》第十八品）

以下由两支和两支以上曲调以不同形式组成的套曲，也可视为宝卷中小曲的“套数”：

［一封书后带青天歌］［火中莲］3（《太阳开天立极亿化诸佛宝卷》第三十六品）

［黄莺儿］4［清江引］《苦功歌》［鹧鸪天］（《弘阳苦功悟道经》上卷末）

［挂金锁］［叨叨令］4（《清源妙道忠孝二郎宝卷》下卷始）

［黄莺儿］［西江月］［黄莺儿］（《销释白衣观音送婴儿下生宝卷》

[1] 这套小曲是由流传演唱很广的南北合套曲［双调·新水令］演化而来，其始见于元代南戏，在清蒲松龄俚曲《富贵神仙》和《磨难曲》中也用过这套曲子。

第二十品）

[水仙子半插玉芙蓉] 2 [朝阳皂罗袍] [寄生草] 2（《多罗妙法经》第十四品）

[耍孩儿] 8 [劈破玉]（《家谱宝卷》第十二品）

从上面介绍教派宝卷中小曲组曲的曲例看，编制宝卷的民间宗教家在演唱小曲方面，做了多种形式的实践。本来明清的小曲同宋元时期乐曲系的“时行小令”一样是“时尚小令”，没有套数的形式，而北曲套数体制，在元代散曲和杂剧剧曲中已十分成熟。教派宝卷中小曲的发展，又重走了宋元时期“时行小令”发展的老路，这是值得研究者注意的事。

四、教派宝卷中小曲的来源及影响

探讨教派宝卷中小曲的来源和影响，首先要为教派宝卷中出现小曲的时间及此类宝卷产生和流传的空间进行定位。从时间上说，明正德初年罗梦鸿编的“五部六册”中尚未插唱小曲，现在所见插唱小曲的宝卷都是明嘉靖年间及此后至清康熙年间的宝卷。从流传空间来说，以河北为中心及其周边的山西、河南、山东部分地区，是明代和清初民间教派产生和活动的中心。教派宝卷都是各教派教祖和教中骨干人员所编，所用的小曲，也是这一地区流行或为当地民众熟悉和易于接受的曲子。

（一）教派宝卷中小曲的来源

教派宝卷均不载曲谱，难以对它们的音乐作直接的研究。教派宝卷中小曲的来源一直是笔者考虑的问题。可以看出，它们的来源是多方面的。

首先，几乎所有的民间教派都“倚称佛教”，而它们修持的“内功”，又都同金元以来道教全真派修炼内丹有关，因此，教派宝卷自然会受前此流传的佛曲、道曲的影响。明初建都北京的永乐皇帝（朱棣）“御制”《诸佛世尊如来菩萨尊者名称歌曲》（习称《永乐佛曲》），共收用南北曲曲调歌唱的佛曲 2139 首，所用曲调共448种。其中北曲296调，近2/3，南曲152调。[1]它所用的曲调都是当时民间流行的曲调，在这些曲调中，既有［山歌］［四季莲花落］，也有不见于明代曲家所编南北曲曲谱的曲调，如［万年春］［四季春］［四门子］［鱼游春水］［花桑树］［齐郎儿］［哈哈孩］；也有来自蒙古族的曲调如［哈剌那阿孙］（汉译“黑鸭子”）、［纳木尔赛罕］（“秋色好”）、［兀出干底里曼］（“小碾子”）[2]等。《永乐佛曲》后世曾广泛流传，它对教派宝卷使用流行小曲应有积极的影响。在后人所编全真道历代祖师的诗文集中，也多收有用乐曲形式歌唱的“道曲”、“道情”，如金马钰《自然集》、明初张三丰《张三丰全书》等。[3]《张三丰全书》卷4收《九更道情》一篇，后来教派宝卷中的［九更懒画眉］之类的组曲形式，当由此而来。

其次，金元院本、杂剧继续在上述地区民间流传和南曲戏文的北传，也会影响教派宝卷小曲的使用。南曲戏文早在元代后期已传入北方，今存有些元杂剧剧本便插唱南曲曲牌，如关汉卿《望江亭》杂剧第三折插唱［马鞍儿］曲。[4]1985年底在山西潞城县崇道乡南舍村发现的明万历二年（1574）抄本《迎神赛社礼节传簿四十宫调》（又名《周星乐图本正传四十宫调》），记述当地民间迎神赛社祀神的礼节和穿插其间演出的歌舞、戏剧节目，其中包括宋金杂剧院本、元明杂剧、南曲戏文的剧目。[5]它们说明在万历初年，上述演唱文艺仍在民间舞台上演出。因此，教派宝卷中演唱“南北曲”的曲调也就不奇怪了。这些一直在民间演唱的院本、杂剧和南曲戏文，自然不会以嘉靖以后苏州曲家越磨越细的“昆山腔”（“水磨调”）为“正音”，而是带有地区方言特色的民间流行唱法。

第三，华北各地许多地方有民间说唱艺人的“书会”和争奇斗艳的“会书”“亮书”活动，具有代表性的是河南省宝丰县正月十三的“马街书会”。据当代

[1] 这部佛曲集留有不同版本，此据（日）泽田瑞穗《永乐佛曲》文的统计。泽田先生所据为明刊本，并用其他版本补正，见《佛教与中国文学》（日文），东京：国书刊行会，1975，页86。

[2] 括弧内的汉译名据泽田瑞穗《永乐佛曲》文。

[3] 参见（日）泽田瑞穗《道情考补遗》，载《佛教与中国文学》（日文），东京：国书刊行会，1975。

[4] 见《元曲选》，上海：中华书局上海编辑所，1958，下册，页1666。

[5] 本书封面题“选择堂曹国宰志”，《中华戏曲》第三辑（太原：山西人民出版社，1987）收影印本和寒声等的注释本，另载寒声等《“迎神赛社礼节传簿四十宫调”初探》、黄竹三《我国戏曲史料的重大发现——山西潞城明代“礼节传簿”考述》等文，对本书的内容从不同角度作了考证和介绍。

学者的调查，其始于元代延祐间，至今每年从河北、山东、山西、陕西、湖北等省区赶来会书、亮书的民间说唱艺人都在千人以上。[1] 这种书会又以带有宗教色彩的行会组织“三皇会”来维系。这些书会的“会书”“亮书”活动，促进了各种民间说唱文艺在各地的传承和流播，它们为教派宝卷提供的不仅是各地的小曲，也包括诗赞类的歌唱音乐。

第四，直接与明清教派宝卷有关的民间演唱活动，是 20 世纪 80 年代在河北冀中平原各地乡村陆续被发现的民间信仰和音乐活动组织“善会”（当代调查者称“音乐会”）。据薛艺兵先生《从冀中“音乐会”的佛道教门派看民间宗教文化的特征》[2] 一文介绍，这些民间善会的“会首”称“香首”“香头”；会首主司祭，“礼神明，敬天地，会首设坛，沐手焚香”。善会有“佛门会”和“道门会”的门派，但它们普遍祭祀“后土娘娘”，演出的音乐（“文乐”、“武乐”）、曲目基本相同。它们在民众的祭祀活动（游庙、驱邪、迎神、祀鬼、求雨进香）和行丧礼中演出。演唱的曲目有“唐宋词牌曲名、明清曲牌”。（按，实际上是民间流传的“南北曲”和小曲曲牌）。文中介绍这些民间善会的传承仅能追溯到清乾隆年间，据笔者的研究，这类音乐会的来源很古，它们演出的“文乐以管为领奏，即沿袭了唐宋宫廷音乐中以筚篥为众乐之首的习惯”，筚篥正是宋元时期流行的“小唱”的主要伴奏乐器；[3] 作者认为它们在发展中受了佛、道教的影响，而据笔者的看法，这些音乐会历史上在发展中，同明清民间教派的活动有过密切关系。比如薛文提出各地善会普遍祭祀的“后土娘娘”，即是明清某些民间教派尊奉的主神；它们做会普遍唱诵念的《后土皇帝宝卷》，是明清民间教派的宝卷；[4] 各地善会的“镇会法宝”——“全神全佛吊挂”（画像），

---

[1] 关于此类“会书”“亮书”“书会”的报导，参见马紫辰《河南坠子的行帮与流派》三《书会与会书》，见《河南曲艺史论文集》（郑州：中州古籍出版社，1996），页137－140。据马文介绍，河南宝丰县马街书会兴起于元延佑年间（1314—1320）。

[2] 载《音乐研究》，北京，1993 年 3 期。另，参见参见薛艺兵、吴犇《屈驾营音乐会的调查与研究》，《中国音乐学》，北京，1987 年 3 期；又，Stephen Jones，薛艺兵《中国河北音乐会》（*The Music Associations of Hebei Provincs*），美国国际民族音乐学会会刊，35 卷（Ethnomusicoiogy，35）。

[3] 参见拙文《小唱考》，载《中华戏曲》，总第 35 辑，北京：文化艺术出版社，2007。

[4] 各地音乐会唱诵的《后土卷》有两种，一种是《后土娘娘慈悲灵应源流宝卷》，简称《后土娘娘卷》，上下两卷二十四分，涞水县南高洛音乐会存传抄本。另一部是《后土皇帝宝卷》，是明末清初活动于这一地区的真常教（或称“后土教”）的宝卷，全称《承天效法后土皇帝道源度生宝卷》，笔者所见是清康熙后“易州韩家庄”信众的刻本，存下册十三至二十四分，此卷中称保定府易州（即今易县）城北有一后土娘娘庙，庙中后土娘娘（后土圣母）奉“古佛”之命，创立此教，救度众生，“归家拜无生（无生老母）”。

即明代民间教派所说的“三界十方万灵真宰”像。值得注意的是，上文“教派宝卷中的小曲曲调”著录宝卷中很少用又不见文献著录的某些曲调，而见于这一地区音乐会人员传抄的曲调集中（括号内是手抄本中的异名或讹误名），如：[走马词]（“走马”、“大走马”、“小走马”、“正走马”、“坐坛走马”、“行堂走马”）、[琵琶词]（“琵琶论”）、[阿兰佛]（“我兰资”）、[象牙床]、[青天歌]（“清天歌”）、[齐上孤坟]（“上孤坟”、“亲上孤坟”、“妻上孤坟”、“夫上孤坟”）、[河西调]（“小河西”）等。（见“附录三”）它们说明民间教派宝卷同这些民间音乐会的密切关系。

河北农村民间音乐会的发现，及散布于华北各地的民间说唱艺人“书会”的“亮书”“会书”活动，揭开了这一地区明清教派宝卷产生的音乐基础。正是在这丰厚的民间音乐资源的基础上，这一地区农民出身的民间宗教家，才可能编制出包含小曲和多种歌唱形式的大量宝卷。如果将上述民间善会和相关说唱文艺的音乐和曲目同教派宝卷中的小曲等作进一步的比较，将会有更多的发现。它们应当保留大量明清教派宝卷音乐的遗响。

（二）教派宝卷中小曲的传播和影响

据明代文献中的记载，大部分“时尚小令”最初兴起于河北、河南、山西、山东等地区，这些地区正是明代和清初民间教派产生和活动的中心。明嘉靖年间，苏州魏良辅等曲家陆续改革昆山腔（昆曲），从此苏州曲家审音定律，以昆曲为标准，编制南北曲曲谱（其中的北曲为“南唱”，即昆曲的唱法）。而在此前后，蕴藏着丰厚民间音乐资源的河北、河南、山西、山东等地区，却涌出了一波波的“时尚小令”，传遍南北，“举世传诵”。

对于明代小曲传播的途径，作为南北经济、文化交流大动脉的京航大运河，自是必然的通道。运河上来往南北的民间曲师和歌女们，是这些“时尚小令”最快捷的传播者。但是，明代的文人和曲家所看到的只是在城镇中小曲流播的情况，而忽略了民间宗教家及其宣卷活动对小曲的产生和传播的影响。民间宗教家出于狂热的宗教信仰不远万里到各地“开荒布道”，把宣卷活动带到偏远的边疆地区和穷乡僻壤。据今人研究，明万历年间无为教的一个支派已经传入今甘肃东部和宁夏地区活动。[1]今存清康熙三十七年(1698)刊于甘肃张掖的《敕

---

[1] 参见喻松青《销释真空宝卷考释》，《中国文化》，第11期，1995年7月，页109－117。

封平天仙姑宝卷》,所述是当地流传已久的平天仙姑传说。这本宝卷中唱了［上小楼］［浪淘沙］［金字经］［黄莺儿］［驻云飞］［傍妆台］、［清江引］［罗江怨］［皂罗袍］［耍孩儿］［一翦梅］［锁南枝］［绵搭絮］［画眉序］［驻马听］［哭五更］［谒金门］［一江风］等18支曲调。至今在河西走廊西部地区农村中仍在抄传这部宝卷，当地念卷中歌唱的［浪淘沙］［耍孩儿］［哭五更］等曲调，可能就是这本宝卷中小曲的遗响。

明末产生了另一种集“诗赞”和“乐曲”（小曲）为一体的长篇叙事说唱形式的“道情”。从现存明末刊本《庄子叹骷髅南北词曲》（题舜逸山人杜蕙新编）[1]看,它的说唱形式包括散说、诗赞和小曲,所用小曲曲调有［鹧鸪天］、［清江引］、［耍孩儿］、［浪淘沙］、［锦上花］、［黄莺儿］、［折桂令］、［朝天子］、［皂罗袍］、［西江月］、［沽美酒］、［得胜令］、［雁儿落］、［山坡羊］、［桂枝香］、［醉太平］等。这种诗赞和小曲结合的说唱道情，产生于北方。它的形成，应受到教派宝卷的影响。清初在河北、山东地区出现专门唱［耍孩儿］调的说唱道情，清康熙年间山东淄博著名作家蒲松龄的《聊斋俚曲》及乾隆年间的《长城宝卷》，都采用了这种说唱形式。

蒲松龄所作“通俗俚曲十四种”，见其墓碑碑阴。[2]这些“通俗俚曲”有不少是改编自作者《聊斋志异》小说，其子蒲箬《柳泉公行述》中说：“又演为通俗杂曲，使街衢里巷之中，见者歌，而闻者亦泣，其救世之婆心，直将使男之雅者、俗者，女之悍者、妒者，尽举而于一编之中。”[3]这些作品既被称之为“通俗俚曲”、“通俗杂曲”，自然是民间流行的小曲。最早注意到聊斋俚曲与宝卷关系的学者是关德栋先生，他在《关于聊斋俚曲》[4]一文中指出：据所见10种明刊宝卷所用曲调统计，为聊斋俚曲采用过的有17种。据本文所列52种明清宝卷中的小曲，其见于聊斋俚曲者共26种：

［耍孩儿］、［西江月］、［劈破玉］、［跌（叠）落金钱］、［银纽丝］、

[1] 原刊本下落不详，今存明刊复抄本，见日本东京大学东洋文化研究所“双红堂文库”，（日）长泽规矩也先生旧藏书。

[2] 转引自路大荒《蒲松龄年谱》，济南：齐鲁书社，1980，页74。

[3] 转引自路大荒《蒲松龄年谱》，济南：齐鲁书社，1980，页74。

[4] 参见关德栋《关于聊斋俚曲》，载《山东大学文科论文集刊》，济南：山东大学文史哲研究所，1979年2月。

[罗江怨、] [对玉环]、[一翦梅]、[清江引]、[四朝元]、[哭皇（黄）天]、[皂罗袍]、[山坡羊]、[闹五更]、[五更调]、[浪淘沙]、[黄莺儿]、[楚江秋]、[莲花落]、[桂枝香]、[干荷叶]、[沽美酒]、[雁儿落][鹧鸪天]、[侥侥令]、[采茶儿]。

这些曲调几占聊斋俚曲所用小曲曲调数的一半，[1] 其中使用较多的曲调[耍孩儿] [清江引] [叠落金钱] [皂罗袍] 等，也是宝卷中最常用的几种曲调。聊斋俚曲所用而不见于宝卷的曲子，则多是清代初年（特别是康熙年间）新流行的曲调，如 [呀呀哟] [叠断桥] [倒扳浆] [房四娘] [平西歌] [太平年] [陕西调] 等。聊斋俚曲《增补幸运曲》第一回 [耍孩儿] 说：

世事儿若循环，如今人不似前，新曲一年一遭换。[银纽丝] 儿才丢下，后来兴起 [打枣杆]，[锁南枝半插罗江怨]，又兴起 [耍孩儿] 异样的新鲜。[2]

曲中所说 [锁南枝半插罗江怨] 是一种特殊的集曲，即在主曲（[锁南枝]）中插入次曲（[罗江怨]），构成新的曲调。聊斋俚曲中没有用这支曲子，在清初的宝卷《多罗妙法经》中用了这支曲子。这种“半插”的集曲形式，据上文的统计，在教派宝卷中有大量使用。

从聊斋俚曲组曲成套的情况看，也没有一定的规则，这同宝卷中的情况相同。上文提到宝卷中以 [清江引] 作“尾声”组曲的方式，在聊斋俚曲中也多处用过，如《慈悲曲》六段（回），每段由十支相同的曲子组成，最末一支曲子（尾声）为 [清江引]；其他俚曲作品的段落（回）套曲中，也有用 [清江引] 作“尾声”者，如《寒森曲》第八回曲用 [耍孩儿] 联唱，以 [清江引] 作尾。聊斋俚曲产生于明清教派宝卷流传地区。尽管宝卷的演唱形态与聊斋俚曲相差较大，但就使用民间小曲和组曲演唱的形式来说，宝卷应是聊斋俚曲的源头之一。

---

[1] 关于聊斋俚曲所用的曲调，上述关德栋《关于聊斋俚曲》文统计为 52 种。由于民间流传的抄本有误，影响对曲调的统计。如路大荒编《蒲松龄集》（上海：上海古籍出版社，1980）第三、四册收《富贵神仙》第 14 回有 [倖倖令]，《磨难曲》第 31 回有 [侥侥爷]、第 36 回有 [侥侥令]，这三支曲子实为一曲，即 [侥侥令]。

[2] 路大荒《蒲松龄集》，上海：上海古籍出版社，1980，第四册，页 1553。

清康熙、乾隆年间，流传各地的小曲多已落地生根，与当地民歌小曲结合，形成具有地方特点的民间演唱文艺。在河北、山东地区便出现一批此类演唱文艺形式，它们早期以清唱小曲为主，如山东琴书、扬州小唱等。后来有的化装演唱，并发展为戏曲，如柳子戏、罗子戏、八仙戏（以上主要流行于山东）、丝弦、老调（以上主要流行于河北）等。研究者在探讨这些演唱文艺的来源时，苦于找不到可参照的其他演唱形式。明清教派宝卷为此提供了丰富的资料，比如，柳子戏常用的曲牌有“五大曲（套）”之说，即［黄莺儿］、［娃娃］（即［耍孩儿］）、［山坡羊］、［锁南枝］、［驻云飞］。[1] 这五种曲调，据本文上面的统计，正是教派宝卷中最常用的曲调。在上述戏曲流行地区普遍将［耍孩儿］调称作［耍娃娃］，或简称［娃娃］，这种称谓最早就出现在明末的《先天原始土地宝卷》中：“土地好妙法，龙头拐一拉。打开南天门，听唱［耍娃娃］。”（“南天门开品第六”）下面接唱［耍孩儿］两曲。

五、结语

在中国民间演唱文艺史上，宋元时期民间流行的曲子曾孕育出诸宫调等说唱文艺形式，最后这些曲子进入了杂剧、南曲戏文，成了这些戏剧形态的主要音乐形式。明清时期，在丰厚的民间音乐基础上，“时尚小令”（小曲）又一次兴起。民间宗教家首先将它们引进入宝卷这种长篇说唱叙述结构中。教派宝卷的传播，又在广大地区传播了这些小曲，同时，它又对多种民间演唱文艺产生影响和推动。教派宝卷直接的影响是清初民间宝卷的产生，像《佛说慈云宝卷》（今存清抄本很多），它分为《佛说永庆庵认母回宫得病慈云宝卷》、《佛说刘吉祥放主逃生走国慈云宝卷》、《佛说绍兴城救父回国登基慈云宝卷》3 部，长达 64 品，所用小曲曲调 30 余种，演唱了一个曲折复杂的宫廷忠奸斗争故事。这种“连台本”式的长篇叙事文学宝卷，仅此一见。在教派宝卷的带动下，明末出现了唱小曲的长篇叙事道情；清代前期各地小曲又向叙事的说唱和戏剧形式

[1] 参见纪根垠《柳子戏简史》，北京：中国戏曲出版社，页 181。另，见本章附录四“柳子戏唱腔中的明清小曲曲调”。

发展。但是，这种发展没有延续下来。清及近现代各种民间演唱文艺以板腔体（唱七、十言诗赞）为主流。据笔者所见，只有山东郓城琴书老艺人陈廼端传唱的一部《白蛇传》[1]，具有长达24回的长篇叙事结构外，各地小曲类说唱和戏曲，大都以抒情见长，或演唱一些情节简单的小戏。

[1] 该曲1983年5月由山东艺术研究所录音，所用曲调多达216支。见本章附录五“山东琴书《白蛇传》所唱小曲曲调”。

附录一：52部明清宝卷中的小曲

说明：

(1) 52部宝卷均为明嘉靖至清康熙年间的宝卷；其中包括4种清代初年的民间宝卷，它们的演唱形式与教派宝卷相同。每种宝卷的编者、所属教派、年代及其版本，凡可考见者均作简要说明。其中2种宝卷的小曲是据前贤论著的介绍著录，已在该卷题下注明；其他为笔者据原卷著录。宝卷的排列大致以成书或出版时间先后为序。

(2) 宝卷的收藏者参见车锡伦《中国宝卷总目》(修订本，北京：北京燕山出版社，2000)。凡被收入《明清民间宗教经卷文献》(影印本，王见川等编，台北：新文丰出版公司，1999)，题下另注［文献］，但其中个别宝卷，与本文使用的版本有不同。

(3) 每种宝卷下（）号中的数字表示宝卷"品（分）"的序列，不分品或品目已失的宝卷省略；(开)、(结）分别表示"开卷"和"结经"部分唱的曲调，(中）表示于卷中某处唱的曲调。品数后附曲调名：署"无"者表示本品不唱小曲；"失调名"表示所唱曲调名不详；"残"表示本品文字残缺，所唱曲调不详。

(4) 每品中所用曲调分别用［］号括起，调名后附的数字是该曲调重复歌唱的遍数。未附数字者只唱一遍；个别曲调难以确定所唱遍数也未附注。有几种宝卷全部未附数字，则系笔者当初阅卷时没有记录曲调的歌唱遍数。宝卷中插唱的专题歌用〈〉号括起。曲调名或专题歌之间用","号隔断者，表示两曲之间不连贯歌唱。

(5) 曲调名中（）号内的字是笔者校订的字；曲调名后（）内的字是对该曲调演唱情况的说明，如，(五更）表示该曲以"五更"为序组曲；(皂1浪5）表示该曲实为［皂罗袍］1［浪淘沙］5。

1. 药师本愿功德宝卷

明教派宝卷，教派不详。三十二品。明嘉靖二十二年（1543）京师李家铺刊折本。

（1）［挂金锁］；（2）［挂金锁］；（3）［挂金锁］；（4）［挂金锁］；（5）［绵搭絮］；（6）［绵搭絮］；（7）［绵搭絮］；（8）［绵搭絮］；（9）［金字经］；（10）［金字经］；（11）［金字经］；（12）［金字经］；（13）［桂枝香］；（14）［桂枝香］；（15）［桂枝香］；（16）［桂枝香］；（17）［驻马听］；（18）［驻马听］；（19）［驻马听］；（20）［驻马听］；（21）［绵搭絮］；（22）［绵搭絮］；（23）［绵搭絮］；（24）［绵搭絮］；（25）［锁南枝］；（26）［锁南枝］；（27）［锁南枝］；（28）［锁南枝］；（29）［上小楼］；（30）［上小楼］；（31）［上小楼］；（32）［上小楼］。

2. 皇极金丹九莲还乡宝卷

明金丹道宝卷，成书于嘉靖年间，二卷二十四品。明刊折本。［文献］

（1）［金字经］4；（2）［驻云飞］4；（3）［下生临凡怨］；（4）［寄生草］6；（5）［浪淘沙］6；（6）［画眉序］6；（7）［挽乌云］4；（8）［皂罗袍］6；（9）［耍孩儿］8；（10）［桂枝香］4；（11）［驻马听］5；（12）［耍孩儿］4；（13）［浪淘沙］8；（14）［傍妆台］5；（15）［金字经］6；（16）［朝源一枝花］；（17）［挂真儿］4；（18）［柳摇金］4；（19）［山坡羊］4；（20）［折桂令］4；（21）［金字经带过浪淘沙］5；（22）［红绣鞋］8；（23）［驻云飞］4；（24）无。

3. 佛说皇极结果宝卷

明教派宝卷，教派不详。二卷十五品，正文十四品，另有“始品”。明万历刊本，卷上末题”宣德五年孟春吉日刻行”，系作伪。

（开）［金字经］4；（始品）［挂金锁］；（1）［桂枝香］3；（2）［黄莺儿］4；（3）［皂罗袍］4；（4）［傍妆台］4；（5）［山坡羊］4；（6）［朝天子］4；（7）［桂枝香］4；（8）［沽美酒］4；（9）［金字经］4；（10）［驻云飞］4；（11）［浪淘沙］4；（12）［红绣鞋］4；（13）［寄生草］4；（14）［桂枝香］4；（结）［山坡羊］4。

4. 佛说二十四孝贤良宝卷

明无为教宝卷。明万历北京费铺刊方册本。

（中）［挂金锁］（十重恩）。

5. 明宗孝义达本宝卷

明释子大宁编，无为教宝卷，二卷十八品。清刊本。［文献］

（6）［挂金锁］（十重恩）；（18）［金字经］10。

6. 销释真空宝卷

明万历后期无为教宝卷。存抄本。《北平图书馆馆刊》（第5卷第3期，1931年5月）载标点本。按，本卷不分品，卷中插唱小曲两种。

[五更梧叶儿]；[五更黄莺儿]。

7. 销释真空扫心宝卷

明无为教宝卷，孙真空（孙祖）编。二卷，不分品。明万历二十三年（1595）刊本。

[上小楼] 6；[谨听乐] 4；[挂金锁] 4；[折桂令] 4；[步步娇] 8；[金字经] 7；[黄莺儿] 8；[金络索] 7；[桂枝香] 4；（以上上卷）[粉蝶儿] 2 [耍孩儿] 4；[一枝花]；[懒画眉] 4；[柳摇金] [清江引] [柳摇金] [清江引] [柳摇金] [清江引] [柳摇金] [清江引]；[雁儿落] [新水令] [雁儿落] [新水令] [雁儿落] [新水令] [雁儿落] [新水令]；[五更禅后带梧桐叶]；[桂枝香] 7；[折桂令] 6；[驻马听] 6；[锁南枝] 4。（以上为下卷）

8. 销释印空实际宝卷

明明空编，无为教宝卷。二卷二十四品。清初刊本。按，本卷每品包含两个演唱段落（后一段落缺“散说”），各唱一支小曲。

（开）[红绣鞋] 8；（1）[清江引] 5，[黄莺儿] 5；（2）[黄莺儿] 5，[驻云飞] 5；（3）[耍孩儿] 5，[锁南枝]（五更）；（4）[红罗怨] 4；[驻云飞] 5；（5）[驻云飞] 5，[浪淘沙] 6；（6）[傍妆台] 5，[浪淘沙] 6；（7）[绵搭絮] 5，[绵搭絮] 5；（8）[红绣鞋] 5，[清江引] 4；（9）[驻云飞] 5，[粉蝶儿]（五更）；（10）[上小楼] 5，[挂金锁] 5；（11）[驻云飞] 5，[浪淘沙] 5；（12）[四朝元] 5，[锁南枝] 5；（13）[驻云飞] 5，[红绣鞋] 5；（14）[柳摇金] 5，[雁儿落] 5；（15）[步步娇] 5，[挂金锁] 5；（16）[黄莺儿] 5，[罗江怨] 5；（17）[驻云飞] 5，[柳摇金] 5；（18）[朝天子] 5，[耍孩儿] 5；（19）[耍孩儿] 5，[满庭芳] 5；（20）[朝天子]（五更），[驻云飞] 5；（21）[青天歌] 5，[步步娇] 5；（22）[后庭花] 4，[雁儿落] 4；（23）[柳摇金] 5，[后庭花] 3；（24）[五更绵搭絮]，[酬酢集] 3。

9、普明如来无为了义宝卷

明黄天教宝卷。普明（李宾）编。二卷三十六分。明万历二十七年（1599）重刊折本。《东方文献丛书》第56种附载影印本，莫斯科：科学出版社，1979。[文献]

（开）[桂枝香] 4；(1)[金字经]（五更）；(2)[山坡羊]；(3)[后庭花]；(4)[四朝元] 4；(5)[哭五更]；(6)[山坡羊]；(7)[浪淘沙] 4；(8)[画眉序] 4；(9)[哭黄天]；(10)[锦庭乐]；(11)[山坡羊]；(12)[黄莺儿] 4；(13)[寄生草] 4；(14)[绵答（搭）絮] 4；(15)[傍妆台] 4；(16)[清江引] 4；(17)[哭黄天]；(18)[红绣鞋] 4；(19)[驻云飞] 4；(20)[皂罗袍] 4；(21)[沽美酒] 4；(22)[山坡羊]；(23)[青天歌] 6；(24)[柳摇金] 2；(25)[绵答（搭）絮] 5；(26)[上小楼] 4；(27)[挂金索（锁）] 4；(28)[步步娇] 4；(29)[耍孩儿] 4；(30)[雁儿落] 2；(31)[折桂令] 4；(32)[罗江怨] 4；(33)[红莲儿] 4；(34)[画眉序] 4；(35)[五更禅]；(36)[端正好]；（结）[青天歌]，[西江月][玉芟（娇）枝] 4。

10. 混元弘阳飘高临凡经

明弘阳教宝卷，韩太湖编。二卷二十四品。明刊折本。[文献]

(1)[驻云飞]；(2)[驻云飞]；(3)[驻云飞]；(4)[驻云飞]；(5)[傍妆台]；(6)[傍妆台]；(7)[驻云飞]；(8)[驻云飞]；(9)[黄莺儿]；(10)[一枝花]；(11)[一枝花]；(12)[一枝花]；(13)[傍妆台)；(14)[傍妆台]；(15)[山坡羊]；(16)[山坡羊]；(17) 山坡羊]；(18)[山坡羊]；(19)[黄莺儿]；(20)[驻云飞]；(21)[驻云飞]；(22)[驻云飞]；(23)[一枝花]；(24)[一枝花]，〈临凡歌〉。

11. 弘阳叹世经

明弘阳教宝卷，韩太湖编，二卷十八品。明刊折本。[文献]

(卷上结)[黄莺儿]。

12. 弘阳悟道明心经

明弘阳教宝卷，韩太湖编。二卷十八品。明刊折本。

（卷上结）[跌落金钱]〈明心歌〉；（卷下结）[月儿高]。

13. 弘阳苦功悟道经

明弘阳教宝卷，韩太湖编，二卷二十四品。明刊折本。[文献]

（卷上结）[风入松]；（卷下结）[黄莺儿] 4 [清江引]〈苦功歌〉[鹧鸪天]。

14. 销释开心结果宝卷

明还源教宝卷。二卷二十四品。明万历十九年（1591）北京党小庵刊折本。

(1)[清江引] 2；(2)[耍孩儿] 2；(3)[清江引] 2 (4)[金字经] 2；(5)[海

底沉］2；（6）［耍孩儿］2；（7）〈片段歌〉；（8）［金字经］4；（9）［五更浪淘沙］；（10）［驻云飞］2；（11）［傍妆台］4；（12）［山坡羊捎带挂金锁］4；（13）［皂罗袍］4；（14）［侧郎儿］4；（15）［挂金锁］4；（16）［哭五更］；（17）［驻云飞］4；（18）［挂真儿］4；（19）［清江引］4；（20）［步步娇］4；（21）［懒画眉捎带挂金锁］2；（22）［海底沉］2；（23）［步步娇］2〈收圆歌〉；（24）无。

15．销释悟性还源宝卷

明还源教宝卷，一卷24品。明崇祯十三年（1640）重刊折本。［文献］

（1）［金字经］2；（2）［清江引］2；（3）［金字经］2；（4）［山坡羊代过清江引］；（5）［山坡羊代过清江引］；（6）［海底沉］2；（7）［傍妆台］2；（8）［侧郎儿］2；（9）［皂罗袍］4；（10）［驻云飞］4；（11）［清江引］4；（12）〈混元歌〉；（13）〈大埋伏〉；（14）［耍孩儿］4；（15）［海底沉］4；（16）无；（17）［哭五更］；（18）〈片断歌〉；（19）［皂罗袍］4；（20）无；（21）［清江引］4；（22）［浪淘沙］2，〈收圆理性莲花落〉；（23）［皂罗袍］4；（24）无。

16．销释明静天华宝卷

明还源教宝卷，一卷十八分。崇祯十六年党三家经铺重刻折本。［文献］

（开）［风入松］；（1）［懒画眉］4；（2）［傍妆台］4；（3）［挂金锁］4；（4）［绵答（搭）絮］4；（5）［山坡羊］2；（6）［上小楼］；（7）［挂真儿］4；（8）［黄莺儿］4；（9）［金字经］4；（10）［绵答（搭）序（絮）］4；（11）［金字经］4；（12）［耍孩儿］4；（13）［楚江秋］2；（14）［黄莺儿］4；（15）［一封书］4；（16）［金字经］4；（17）［玉（御）林春］；（18）无。

17．清源妙道显圣真君一了真人护国佑民忠孝二郎开山宝卷

明黄天教宝卷，二卷二十四品。明刊折本，题“嘉靖壬戌三十四年（？）造”，系作伪：“嘉靖壬戌”是嘉靖四十一年（1562），此言三十四年，干支不对；卷中提到的《伏魔卷》（《关圣大帝伏魔宝卷》）和《泰山卷》（《灵应泰山娘娘宝卷》）都是万历末年（四十五年，1617）后出现的宝卷，此卷编成应在上述两种宝卷之后。可能是天启二年（壬戌，1622）编成。

（1）［四时香］4；（2）［临凡愿］；（3）［闹五更］；（4）［金字经］4；（5）［清江引］4；（6）［一封书］（四季风）；（7）［海底沉］（五更）；（8）［七字歌］；（9）［山坡羊］4；（10）［桂枝香］4；（11）［驻云飞］4，［耍孩儿］2；（12）［侧郎儿］4；（下卷开）［挂金锁］［叨叨令］4；（13）［耍孩儿］4；（14）［乐道歌］；

（15）［叠落金钱］4；（16）［金字经］4；（17）［寄生草］4；（18）［莺显华台］4；（19）［西江月］4；（20）〈劝众还源歌〉；（21）［皂罗袍］（四季景）；（22）［步步娇］4；（23）［罗江怨］5，［莲花落］；（24）无。

18. 护国佑民伏魔宝卷

明黄天教宝卷，悟空编，二卷二十四品。存明万历以下及清刊本多种。［文献］

（1）［上小楼］2；（2）［红莲儿］4；（3）［叠落金钱］2；（4）［山坡羊］2；（5）［耍孩儿］4〈明心见性了道歌〉；（6）［傍妆台］2；（7）［侧郎儿］4；（8）［皂罗袍］2；（9）［折桂令］2〈劝众歌〉；（10）［锁南枝］2；（11）［驻云飞］2；（12）［画眉序］2〈明心见性得道歌〉；（13）［浪淘沙］2；（14）［金字经］4；（15）［绵搭序（絮）］〈明心歌〉；（16）［红绣鞋］3；（17）［桂枝香］2；（18）［朝天子］2；（19）［驻马听］2；（20）［桂山秋月］；（21）［寄生草］4；（22）［粉红莲］2；（23）［清江引］4；（24）［一封书］4〈结果还元了道歌〉。

19. 灵应泰山娘娘宝卷

明黄天教宝卷，悟空编，二卷二十四品。明万历末年刊折本。

（1）［上小楼］2；（2）［驻云飞］2；（3）［耍孩儿］2；（4）［金字经］4；（5）［侧郎儿］4；（6）［红绣鞋］2；（7）［朝天子］2〈圣母娘娘送子歌〉；（8）［桂枝香］2；（9）［黄莺儿］2；（10）［清江引］4；（11）［皂罗袍］4；（12）［挂金锁］4；（13）［画眉序］2〈参禅打坐出性歌〉；（14）［罗江怨］2；（15）［傍妆台］2；（16）［一封书］2；（17）［叠落金钱］4；（18）［山坡羊］2［抽骨换胎六字歌］；（19）［寄生草］2；（20）［锁南枝］4；（21）［浪淘沙］4；（22）［步步娇］4；（23）［驻马听］4〈还元歌〉；（24）［甘荷叶］2；（结）［连还耍孩儿］。

20. 东岳天齐仁圣大帝宝卷

明代教派宝卷。二卷二十四品，存上卷十二品，明刊本。［文献］

（1）［驻云飞］2［尾声］；（2）［南步步娇］2；（3）［二犯傍妆台］2；（4）［皂罗袍］2；（5）［桂枝香］2；（6）［跌落金钱］2；（7）［红绣鞋］2；（8）［懒画眉］2；（9）［对玉环］2；（10）［金衣公子］2；（11）［北折桂令］2；（12）［红纳袄］2〈叹老歌〉［清江引］2

21. 泰山东岳十王宝卷

明黄天教宝卷，悟空编，二十四品。民国辛酉年（1921）刊本，残。［文献］

（1）［上小楼］2；（2）［红莲儿］2；（3）［耍孩儿］；（4）［寄生草］；（5）〈了道歌〉；（6）［挂金锁］2；（7）［折桂令］2〈得道还源歌〉；（8）［皂罗袍］2；（9）［随缘普化莲花落］；（10）［桂枝香］2；（11）残；（12）残；（13）［四换头桂山秋月带清江引］5；（14）残；（15）残；（16）［五更耍孩儿］；（17）［五字经］；（18）［六字歌］；（19）［七字歌］；（20）［侧郎儿］6；（21）［跌落金钱］4；（22）残；（23）［耍孩儿］4；（24）残。

22. 佛说利生了义宝卷

明黄天教宝卷，二卷三十六品。明末刊折本。［文献］

（1）［驻云飞］4；（2）［上小楼］4；（3）［海底尘（沉）］4；（4）［四朝元］4；（5）［驻云飞］4；（6）［锁南枝］4；（7）［寄生草］4；（8）［驻马听］4；（9）［皂罗袍］4；（10）［十棒鼓］4；（11）［五更禅］；（12）［齐上孤坟］4；（13）［踏道歌］4；（14）［酬酢集］4；（15）［红绣鞋］4；（16）［柳摇金后带金字经］2；（17）［沉醉东风］4；（18）［折腰一枝花］［尾声］；（19）［桂山秋月］4；（20）［集贤宾］4；（21）［桂枝香］4；（22）［清江引］4；（23）［懒画甘州］4；（24）［锦衣公子上调］4；（25）［上调朝元歌］4；（26）［雁儿落］；（27）［绵搭絮带挂针儿］4；（28）［琢木耳］4；（29）［一江风］4；（30）［傍妆台］4；（31）［山坡羊］5；（32）［玉芙蓉］4；（33）［水仙子］4；（34）［归家怨］；（35）［蛾郎儿］4；（36）［圆满五更红绣鞋］。

23. 佛说杨氏鬼绣红罗化仙哥宝卷

明刊本，一卷二十二品。题“至元庚寅新刻金陵聚宝门外圆觉庵……开雕”，系作伪。按，此卷是明代民间宗教家改编的早期佛教宝卷。据马西沙《最早一部宝卷的研究》（《世界宗教研究》，1986 年 第 1 期）著录。

（1）［上小楼］；（2）［浪淘沙］；（3）［绵搭絮］；（4）［一江风］；（5）［山坡羊］；（6）［傍妆台］；（7）［浪淘沙］；（8）［山坡羊］；（9）［山坡羊］；（10）［哭五更］；（11）［山坡羊］；（12）［绵搭絮］；（13）［山坡羊］；（14）［一封书］；（15）［傍妆台］；（16）［山坡羊］；（17）［驻云飞］；（18）［哭五更］；（19）［山坡羊］；（20）［红绣鞋］；（21）［傍妆台］；（22）［山坡羊］。

24. 销释白衣观音送婴儿下生宝卷

明黄天教宝卷，二卷二十四品。明末刊折本。

（1）［上小楼］2；（2）［傍妆台］2；（3）［桂枝香］2；（4）［闹五更］；（5）

[金字经] 2；(6) [耍孩儿] 2,[莲花落]；(7) [时运步步娇] [折] [走马词] [尾声]；(8) [山坡羊] 2；(9) [叠落金钱] 2；(10) [月儿高] 2；(11) [粉红莲] 2；(12) [皂罗袍] 2；(13) [侧郎儿] 2；(14) [一封书] 2；(15) [驻云飞] 2；(16) [风淘沙] 2；(17) [下山虎] 2 [尾]；(18) [画眉序] 2；(19) [二犯傍妆台] 2；(20) [黄莺儿] [西江月] [黄莺儿]；(21) [驻马听] 2；(22) [步步娇] 2；(23) [桂山秋月] 2；(24) 无。

25. 普静如来钥匙通天宝卷

明普静编，黄天教宝卷。六卷五十四品（分）。今存版本多有残缺，以下曲调据民国排印本和清抄本辑出。[文献]

(1) [四朝元] 4；(2) [耍孩儿] 2,[锁南枝] 4；(3) [打枣杆] 4；(4) [桂山秋月] 4；(5) [解三心（醒）]；(6) [大经袍]；(7) [后庭花赶枝青歌柳叶絮]；(8) [山坡羊] 3；(9) [月儿高] 4；(10) [神昼（州）转]；(11) [玉茭枝] 5；(12) [江儿水] 4；(13) [挂真儿]；(14) [西牛角]；(15) [皂罗袍] 4；(16) [跌落金钱] [耍孩儿] 4；(17) 失调名；(18) [走黄天]；(19) [黄莺儿] 4；(20) [圆佛心头] 2；(21) [风入松]；(22) [一封书] 4；(23) [端正好]；(24) [粉蝶儿] 4；(25) [化仙歌]；(26) [锦庭乐] [尾声]；(27) [驻云飞] 4,〈铜炉歌〉；(28) [四字经] 4；(29) 失调名；(30) [金言羡玉] 4；(31) [绵答（搭）絮] 4；(32) [驻马听]；(33) [点绛唇]；(34) [一枝花]；(35) [大红袍] [哭五更] [尾声]；(36) [清江引] 4；(37) [红莲儿] 4；(38) [泥水金丹]；(39) [上小楼带过走云鸡] 4；(40) [香花灯圆果]（集曲）；(41) [五更禅]；(42) [纺丝娘] 12；(43) [侧郎儿] 4；(44) [画眉序] 4；(45) [象牙床] 8 [化仙歌]；(46) [九更懒画眉]；(47) [傍妆台]；(48) [雁儿答] 4；(49) [二郎神]；(50) [一剪（翦）梅]；(51) [普天乐]；(52)〈经书集注〉；(53) [十七腔] 2；(54) [金字经] [驻马听]。

26. 大圣弥勒化度宝卷

明末清初长生教宝卷，十二品。存清光绪刊本。[文献]

(开) [挂金锁] 2；(1) [驻云飞] 4；(2)〈回春歌〉；(3) [浪淘沙] 4；(4) [桂枝香] 2；(5) [粉蝶儿] 2；(6) [清江引] 4；(7) [新水令] 2；(8) [朝元歌] 3；(9) [耍孩儿]；(10) [银绞丝] 2；(11) [满庭芳]；(12) [半天飞]。

27. 古佛当来下生弥勒出西宝卷

明末长生教宝卷，十八品，存清末刊本。[文献]

(1) [普天乐]；(2) [西江月]；(3) [傍妆台] 4；(4) [沽美酒]；(5) [驻马听] 2；(6) [皂罗袍] 2；(7) [寄生草] 2；(8) [驻云飞]；(9) [山坡羊]；(10) [要孩儿]；(11) [清江引] 2；(12) [今（金）落（络）索]；(13) [驻云飞] 5；(14) [释移花] 2；(15) [静江龙]；(16) [叨叨令] 2；(17) [朝元歌]；(18) [一翦梅]。

28. 佛说如如居士度王文生天宝卷

明末长生教宝卷，一卷二十分。明刊折本。[文献]

(1) [上小楼]；(2) [桂枝香]；(3) [黄莺儿]；(4) [驻马听]；(5) [桂枝香]；(6) [桂枝香]；(7) [绵答（搭）絮]；(8) [金字经] 2；(9) [金字经] 2；(10) [傍妆台]；(11) [绵答（搭）絮] 3；(12) [绵答（搭）絮]；(13) [哭五更]；(14) [绵答（搭）絮]；(15) [绵答（搭）絮]；(16) [浪淘沙] 2；(17) [绵答（搭）絮]；(18) [傍妆台]；(19) [驻马听] 2；(20) [绵答（搭）絮]。

29. 佛说销释保安宝卷

明无为教宝卷，二卷二十四品。明崇祯十六年（1643）后编成，明末刊折本。

(1) [金字经] 4；(2) [清江引] 4；(3) [浪淘沙] 4；(4) [挂金锁] 4；(5) 〈老母送行歌〉；(6) [金字经] 4；(7) [皂罗袍] 4；(8) [步步娇] 4；(9) 〈探母歌〉；(10) [浪淘沙] 4；(11) 〈显性歌〉；(12) [清江引] 4；(13) [要孩儿] 4；(14) [清江引] 4；(15) [金字经] 4；(16) [哭五更]；(17) [皂罗袍] 2，〈见性歌〉；(18) [翻山雁] 4；(19) [挂金锁] 4；(20) [挂针儿] 4；(21) [浪淘沙] 4；(22) [金字经] 4；(23) [浪淘沙] 4；(24) 〈开藏歌〉。

30. 敕封空王古佛宝卷

明末民间教派宝卷，流传于山西介休。今存传本已不分品，曲调名也多抄落。据介休市博物馆藏手抄本（据民国九年梁续祖抄校本过录）、介休绵山云峰寺僧一悟等倡印本辑出以下曲调名。

[皂罗袍]，[红莲儿]，[桂枝香]，[一枝莲]，[莲花落]。

31. 家谱宝卷

明末龙天教宝卷，今存旧抄本及民国石印本多种，均残。以下曲调据李世瑜藏清抄过录本、陆中伟藏石印本、《明清以来民间宗教的探索》（台北：商鼎文化出版社，1996）附载民国抄本影印本三种版本辑出。

（1）[浪淘沙] 8；（2）[驻云飞] 8；（3）[要孩儿] 8；（7）[驻云飞] 8；（8）[要孩儿] 8；（9）[傍妆台] 5；（10）[黄莺儿] 3；（11）[皂罗袍带浪淘沙]（皂1浪3），〈白骨尸灵〉；（12）[要孩儿] 8 [劈破玉]；（13）[海底沉] 2；（14）[皂罗袍] 8。

32. 销释孟姜忠烈贞节贤良宝卷

明弘阳教宝卷，二卷三十二品，明末刊折本。

（1）[上小楼] 2；（2）[上小楼] 2；（3）[浪淘沙] 2；（4）[画眉序] 2；（5）[傍妆台]；（6）[皂罗袍]；（7）[要孩儿]；（8）[金字经]；（9）[驻云飞]；（10）[罗江怨]；（11）[傍妆台]；（12）[皂罗袍]；（13）[浪淘沙] 2；（14）[浪淘沙] 2；（15）[步步娇]；（16）[侧郎儿] 2；（17）[皂罗袍]；（18）[浪淘沙] 2；（19）[绵答（搭）絮]；（20）[七贤过关]；（21）[浪淘沙]；（22）[傍妆台]；（23）[驻马厅（听）]；（24）[罗江怨] 4；（25）[哭五更]；（26）[十七腔]（集曲）；（27）[驻云飞]；（28）[驻云飞]；（29）[傍妆台]；（30）[浪淘沙] 2；（31）[傍妆台]；（32）[七贤过关]。

33. 销释南无一乘弥陀授记归家宝卷（残）

清初宝卷，教派不详。据抄本。存二十品。

（前）[金字经] 4；（1）[风入松] 4；（2）[驻马听] 4；（3）[懒画甘州] 4；（4）[桂山秋月] 4；（5）[浪淘沙] 4；（6）[驻云飞] 4；（7）[要孩儿] [三煞] [二煞] [一煞] [煞尾]；（8）[四朝元] 4；（9）[蟾宫折桂令] 4；（10）[中吕粉蝶儿]（五更）；（11）[红绣鞋] 4；（12）[锁南枝] 4；（13）[挂金锁] 4；（14）[上小楼] 4；（15）[清江引] 4；（16）[水仙子] 5；（17）[雁儿落] 4；（18）[沽美酒] 4；（19）[红罗怨] 4；（20）残。

34. 古佛天真考证龙华宝经

明末清初大乘圆顿教宝卷，简名《龙华宝经》。四卷二十品。存清初及此后刊本多种，今据民国铅印线装本。[文献]

（1）[金字经] 4；（2）[黄莺儿] 4；（3）[驻云飞] 2；（4）[清江引] 6；（5）[绵搭絮] 4；（6）[弓长奥] 4；（7）[五更皂罗袍]；（8）[家乡景] 4 [清江引]；（9）[桂枝香] 4；（10）[红梅一枝花] [清江引]；（11）〈人缘歌〉[清江引]；（12）[真经赋] [清江引]；（13）[红莲词] [玉莲曲] [红莲词] [玉莲曲]；（14）[五方阿兰佛] [清江引]；（15）[海底沉] 4；（16）[画眉序] 4；（17）〈万宝歌〉[清

江引]；(18)［叠落金钱］4［清江引］4；(19)［一封书］4；(20)［龙华令］［清江引］；(21)［法船号］［清江引］4；(22)［五更哭皇天］；(23)［月儿高］4；(24)［万法皈依莲花落］。

35. 销释木人开山宝卷

清木人编，大乘圆顿教宝卷，四卷二十四品。成书于清顺治十一年（1654）。据清抄本。［文献］

(1)［目（木）人歌］［清江引］；(2)［劈破玉］4；(3)〈四相歌〉［清江引］；(4)［金字经］4；(5)［海底沉］2；(6)［木人歌］；(7)［哭五更］；(8)［阿兰佛］（五更）；(9)〈开关歌〉；(10)［九九红莲词］；(11)［法船号］；(12)［莲花落］；(13)［干荷叶］4；(14)［黄莺儿］4；(15)［弓长赋］［清江引］；(16)［法轮号］［清江引］；(17)［绵搭絮］4；(18)〈末劫歌〉；(19)［木人调］4；(20)［风如（入）松］（多遍，数不详）［尾声］2；(21)［三佛歌］；(22)［一封书］4；(23)［锦庭乐］4；(24)无。

36. 销释接续莲宗宝卷

清木人编，大乘圆顿教宝卷，四卷三十六品。成书于清顺治十六年（1659）。据清抄本。［文献］

(1)〈莲宗歌〉；(2)［金字经］4；(3)［绵搭续（絮）］4；(4)［黄莺儿］4；(5)〈三教歌〉；(6)［阿兰佛］（五方）；(7)［驻云飞］4；(8)［十棒鼓］；(9)［寄生草］4；(10)［桂山秋月］4；(11)［挂真儿］4；(12)〈圆通歌〉；(13)［弓长奥］4；(14)［一枝花］4；(15)［法船号］；(16)［步步娇］4；(17)［木人钧（调）］4；(18)［莲花落］；(19)［风如（入）松］（多遍，数不详）；(20)［劈破玉］4；(21)［柳摇金］4；(22)［粉红莲］4；(23)［集贤宾］4；(24)〈明宗歌〉；(25)［皂罗袍］4；(26)［纺丝娘］4；(27)〈三元二会歌〉；(28)［折桂令］4；(29)［哭皇天］（五更）；(30)［玉芙蓉］4；(31)［驻马听］4；(32)［叠落金钱］4；(33)［满庭芳］4；(34)［朝源歌］4；(35)［法船号］；(36)［收缘莲花落］。

37. 多罗妙法经

清初金幢教宝卷，存抄本，九卷八十一品，有残缺。［文献］

(1)［驻云飞］4；(2)［皂罗袍］5；(3)［四朝元歌］4；(4)［傍妆台］4；(5)［清江引］2；(6)［金字经后带一轮月］；(7)失调名；(8)［水仙子半插玉芙蓉］

4；(9)［桂枝香后带集贤宾］5；(10)［浪淘沙］4；(11)［懒画眉］2；(12)［水仙子半插玉芙蓉］2［皂罗袍］；(13)［锁南枝半插罗江怨］(五更)［皂罗袍］［清江引］；(14)［水仙子半插玉芙蓉］2［朝阳皂罗袍］［寄生草］；(15) 无；(16)［金书羡玉后带红莲儿］4；(17)［一封书后带寄生草］2；(18)［山坡羊］4；(19)—(27) 品缺；(28)［四朝元］；(29)［傍妆台后一封书］；(30)［朝阳皂罗袍］5；(31)［侧郎儿］2；(32)［粉红莲］5；(33)［浪淘沙］6；(34)［雁儿落］4；(35)［折桂令］3；(36)［挂金锁］4；(37)—(43) 品缺；(44)［浪淘沙］2；(45)［鹧鸪天］4；(46)—(72) 品缺；(73) 无；(74)［江儿水提即江儿水］4；(75)—(81) 品缺。

38. 佛说皇极金丹九莲证性皈真宝卷

清先天教宝卷，四卷三十二品，清初刊折本。［文献］

(1)［金字经］4；(2)［驻云飞］4；(3)［九转临凡怨］；(4)［寄生草］8；(5)［浪淘沙］4；(6)［画眉序］4；(7)［挽乌云］4；(8)［皂罗袍］4；(9)［耍孩儿］8；(10)［桂枝香］4；(11)［驻马听］5；(12)［耍孩儿］4；(13)［步蟾宫］4；(14)［水仙子］4；(15)［雁儿落带过清江引］4；(16)［四朝元］4；(17)［山坡羊］5；(18)［满庭芳］4；(19)［桂山秋月］4；(20)［万派朝源一枝花］；(21)［挂真儿带过清江引］4；(22)［柳摇金］4；(23)［山坡羊］4；(24)［步蟾宫］4；(25)［四朝元后挂皂罗袍］4；(26)［玉液还丹一封书］17；(27)［挂真儿］4；(28)［山坡羊］4；(29)［九转还丹令］；(30)［挂金锁］4；(31)［山坡羊带过四换头］；(32)［四朝元］4；(结)［玉树挂金牌］。

39. 太阳开天立极亿化诸佛宝卷

清王某编，黄天教宝卷，二卷三十六品，清康熙初年刊折本。

(前)〈混源歌〉,［驻马听］8,［玉娇枝］4；(1)［绵答(搭)絮］5；(2)［浪淘沙］4；(3)［侧郎儿］4；(4)［清江引］4；(5)［步步娇］4；(6)［懒画眉］4；(7)［锁南枝］2；(8)［海底沉］12；(9)［鹧鸪天］3；(10)［沽美酒］3；(11)［红莲儿］4；(12)［黄莺儿］4；(13)［桂枝香］4；(14)［红纳袄］4；(15)［画眉序］4；(16)〈俗语歌〉,［挂真儿］3；(17)［山坡羊］；(18)［耍孩儿］4；(19) 残；(20)〈取经歌〉［玉娇枝］4；(21)［傍妆台］4；(22)［粉红莲］4；(23)［皂罗袍］4；(24)［纺丝娘］4；(25)［絮叨叨］［清江引］；(26)［罗江怨］2；(27)［柳摇金］2；(28)［折桂令］4；(29)［解三醒］；(30)［驻云飞］

4；(31)〈执相歌〉，[金字经] 4；(32) [朝阳歌] 2；(33) [彻夜禅] (五更)；(34) [寄生草] 4；(35) [诸佛十段锦]，[挂金锁] 4；(36) [一封书后带青天歌] [火中莲] 3。

40. 销释悟明祖贯行觉宝卷

清悟明教宝卷，二卷二十四品。清康熙刻本。[文献]

(1) 无；(2) 无；(3) [浪淘沙] 4；(4) [皂罗袍] 2；(5) [浪淘沙] 2 (6) [挂金锁] 2；(7) [清江引] 2；(8) [皂罗袍] 4；(9) [皂罗袍] 4；(10) [皂罗袍] 2；(11) [侧郎儿] 2；(12) [山坡羊]；(13) [挂金锁] 2；(14) [清江引] 4；(15) [耍孩儿] 2；(16) [挂针儿] 2；(17) [皂罗袍] 2；(18) [傍妆台] 2；(19) [浪淘沙] 4；(20) [挂金锁] 2；(21) [侧郎儿] 4；(22) 无；(23) 无；(24) 无。

41. 承天效法后土皇帝道源度生宝卷（残）

清真常教宝卷。清康熙易州韩家庄刊折本，存13—24品。

(开) [穿堂子] 4；(13) [侧郎儿] 4；(14) [浪淘沙] 6；(15) [黄莺儿] 4；(16) [浪淘沙] 4；(17) [金字经] 4；(18) [挂金锁] 4；(19) [挂金锁] 4；(20) [挂金锁]] 4；(21) [金字经] 3；(22) [金字经] 4；(23) [挂金锁] 4；(24) [海底沉] 9。

42. 福国镇宅灵应灶王宝卷

清郭祥瑞编，二卷二十四品，清康熙刊折本。[文献]

(1) [驻云飞] 2 [尾声]；(2) [红罗院（怨）] 2；(3) [桂枝香] 2；(4) [红绣鞋] 2；(5) [银纽丝] 2；(6) [对玉环] 2；(7) [山坡羊] [皂罗袍] [清江引] 2；(8) [七贤过关] 2；(9) [哭五更]；(10) [耍孩儿] 4；(11) [红纳袄] 2；(12) [劈破玉] 2；(13) [柳摇金] 2；(14) [傍妆台] 2；(15) [雁儿落] 2；(16) [寄生草] 2；(17) [步步娇] 2；(18) [楚江秋] 2；(19) [折桂令] 2；(20) [懒画眉] 2；(21) [打枣杆] 2；(22) [浪淘沙] 2；(23) [琵琶词] [清江引]；(24) 无。

43. 太上伭宗科仪

清伭宗教宝卷，二卷二十五科，清康熙刊折本。[文献]

(开) [画眉序] 4，[上小楼] 4；(1) [集贤宾] 4；(2) [水仙子] 4；(3) [皂罗袍] 4；(4) [驻云飞] 4；(5) [乐天歌] 4；(6) [寄生草] 4；(7) [懒画眉]

4；(8)［金字经］4；(9)［柳摇金］4；(10)［驻马听］4；(11)［黄莺儿］4；(12)［朝天子］4；(13)［耍孩儿］4［煞尾］；(14)［四朝元］4；(15)［山坡羊］4；(16)［桂枝香］4；(17)［斗鹌鹑］［清江引］；(18)［河西调］4；(19)［莺集画台］4；(20)［桂山秋月］4；(21)［王莲花］4；(22)［浪淘沙］4；(23)［叠落金钱］4；(24)［绵搭絮］4；(25)［金锁挂梧桐］4；(结)［十三腔］(［步步娇］、［折桂令］［新水令］［江儿水］［雁儿落］［得胜令］［侥侥令］［尾声］)。

44. 敕封平天仙姑宝卷

清谢麈编。虚皇道宝卷。十九品。清康熙三十七年(1698)振武将军孙(思克)施刊于甘州(今甘肃张掖)。

(1)［上小楼］；(2)［浪淘沙］；(3)［金字经］；(4)［黄莺儿］；(5)［驻云飞］；(6)［浪淘沙］；(7)［傍妆台］［哭五更］；(8)［清江引］；(9)［罗江怨］；(10)［皂罗袍］；(11)［耍孩儿］；(12)［一翦梅］；(13)［锁南枝］；(14)［绵搭絮］；(15)［画眉序］；(16)［驻马听］［哭五更］；(17)［谒金门］；(18)［一江风］；(19)无。

45. 三祖行脚因由宝卷

清初龙华教宝卷，清光绪元年(1875)刊本。［文献］

(中)［耍孩儿］4。

46. 清净穷理尽性定光宝卷(残)

弘阳教宝卷，存十三至二十二品，清抄本。［文献］

(13)［古佛令］4；(14)［锦听乐］；(15)［月儿高］4；(16)［挂金锁］(五更)；(17)［皂罗袍］4；(18)［绵答(搭)序］2；(19)［黄莺儿］3；(20)［宜春令］；(21)［红绣鞋］4；(22)无。

47. 泰山圣母苦海宝卷

清南无教宝卷，存清初稿本，九卷九册，每卷十至十三品不等。日本筑波大学中央图书馆收藏。按，本卷未定稿，卷八第二品后形式变化，无曲。

卷一，(1)［天台景］4；(2)［画眉序］3；(3)［清江引］；(4)［折桂令］；(5)［山坡羊］；(6)［傍妆台］；(7)［耍孩儿］4；(8)［金字经］3；(9)［婆儿乐］；(10)［耍孩儿］2；(11)［桂枝香］；(12)［驻云飞］；(13)［青松叶］；

卷二，(1)［侧郎儿］3；(2)［风淘沙］；(3)［红莲儿］3；(4)［上小楼］3；(5)［观花园］2；(6)［折桂令］4；(7)［叠落金钱］2；(8)［懒画眉］；(9)

[龙戏珠] 2；(10) [红莲儿] 2；(11) [朝阳洞] 2；(12) [傍妆台] 2；

卷三，(1) [上小楼]；(2) [邯州歌] [心遂令] 4；(3) [五更]；(4) [叠落金钱]；(5) [五更] (6) [一枝花] 2；(7) [桂枝香] 3；(8) [皂罗袍] 4；(9) [清音乐] 2；(10) [登云□] (末字不清)；

卷四，(1) [折桂令] 2；(2) [圣天景] 3；(3) 〈参禅打坐歌〉 [梧桐叶]；(4) [画眉序] 3；(5) [驻云飞]；(6) [叶儿落] 3；(7) [步步娇] 4；(8) [步步高] 2；(9) [金落锁 (索)]；(10) [七字歌]；

卷五，(1) [声音乐] 2；(2) [修行乐]；(3) [折桂令] 2；(4) [金字经] 3；(5) [红莲儿] 3；(6) [浪淘沙] 3；(7) [星辰歌] [天宫景]；(8) 无；(9) [要孩儿] 3；(10) [桂枝香] 3；(11) [侧郎儿] 3；

卷六，(1) [金字经] 3；(2) [沙滩景] 3；(3) [傍妆台]；(4) [叠落金钱] 3；(5) [喜乐五更]；(6) [皂罗袍] 4；(7) [婴儿乐] 4；(8) [挂针儿] 4；(9) [天宫景] 4；(10) [法线景] 3；

卷七，(1) [一枝花] 3；(2) [桂枝香] 4；(3) [鳌鱼受封]；(4) [红莲儿] 3；(5) [要孩儿] 4；(6) [锁南枝]；(7) [挂金锁]；(8) [寄生草]；(9) [金字经] 3；(10) [金落锁 (索)] 4；

卷八，(1) [金字经后代 (带) 梧桐叶] 4；(2) [傍妆台] 4。

48. 虎眼禅师遗留唱经卷

清初黄天教宝卷，二卷，不分品。卷首载清康熙壬申三十一年 (1692) 李蔚序，折本，未见，据 (日) 泽田瑞穗《增补宝卷の研究》著录 (东京：国书刊行会，1975，页 105)。该书刊误，已据同书《初期的黄天道》引文校改。

[画眉序]，[枳郎儿]，[桂枝香]，[驻马听]，[修真赋]，[大红袍]，[黄莺儿]，[十棒鼓]，[柳摇金]，[古论 (轮) 台]，[纺丝娘]，[山坡羊]，[傍妆台]，[皂罗袍]，[浪涛 (淘) 沙]，[叠落金钱]，[江儿水]，[驻云飞]，[懒画眉]，[采茶歌]，[挂金锁]，[西牛角]，[一封书]，[西江月]，[二郎神]，[要孩儿]，[沽美酒]，[红绣鞋]，[清江引]，[金字经]，[红莲儿]，[侧郎儿]，[绵答 (搭) 絮]，[吾药子]，[南集贤宾] (以上上卷)；[罗江怨]，[金钱美酒]，[雁儿落]，[出卖生死药方] (？)，[风入松]，[五戒皂罗袍]，[一枝花]，[水仙子]，[点绛唇]，[混江龙]，[油葫芦]，[天下乐]，[上小楼]，[锁南枝]，[寄生草]，[步步娇]，[刀刀 (叨叨) 令]，[赛江秋]，[宜春令]，[玉交 (茭) 枝]，[解三煌]，[画眉序]，

[楚江秋]，[东牛角]，[后庭花]，[满庭芳]，[月儿高]，[北后庭花]，[青天歌]，[骂玉郎]，[八宝令]，[五更鹅（蛾）郎儿]（以上为下卷）。

49. 佛说永庆庵认母回宫得病慈云宝卷

本卷与下面两种宝卷均系清代初年的民间宝卷，故事连贯，连续演唱。存清抄本，中国社会科学院文学研究所收藏。

（1）[上小楼]；（2）[折桂令]；（3）[红莲儿]；（4）[耍孩儿]；（5）[驻云飞]；（6）[山坡羊]；（7）[迭落金钱]；（8）[皂罗袍]；（9）[画眉序]；（10）[傍妆台]；（11）[浪淘沙]；（12）[侧郎儿]；（13）[金字经]；（14）[绵搭絮]；（15）[红绣鞋]；（16）[寄生草]；（17）[桂枝香]；（18）[银纽丝]；（19）[驻马听]；（20）[粉红莲]；（21）[上小楼]；（22）[耍孩儿]。

50. 佛说刘吉祥放主逃生走国慈云宝卷

（23）[傍妆台]；（24）失调名；（25）[皂罗袍]；（26）[迭落金钱]；（27）[哭皇天]；（28）[侧郎儿]；（29）[粉红莲]；（30）[寄生草]；（31）[傍妆台]；（32）[锁南枝]；（33）[挂金锁]；（34）[驻云飞]；（35）[金络索]；（36）[浪淘沙]；（37）[画眉序]；（38）[哭五更][迭落金钱]；（39）[清江引]；（40）无；（41）[一封书]。

51. 佛说绍兴城救父回国登基慈云宝卷

（42）[红莲儿]；（43）[侧郎儿]；（44）[皂罗袍]；（45）[黄莺儿]；（46）[耍孩儿]；（47）[粉红莲]；（48）[山坡羊]；（49）[红莲儿]；（50）[挂金锁]；（51）[画眉序]；（52）[寄生草]；（53）[皂罗袍]；（54）[雁儿落]；（55）[浪淘沙]；（56）[一封书]；（57）[画眉序]；（58）[银纽丝]；（59）[望江南]；（60）[耍孩儿]；（61）[清江引]；（62）[驻马飞]；（63）[金字经]；（64）[驻马飞]。

52. 佛说刘子忠宝卷

清代初年民间宝卷，存清道光乙未（1835）敦伦堂抄本，已不分品，曲调名也多抄落，仅存以下曲调名。

[傍妆台]，[黄莺儿]，[浪淘沙]，[绵搭序（絮）]，[侧郎儿]，[楚前秋]，[山坡羊]。

附录二：10部明清宝卷中的小曲

按：数年来笔者又读到一些明代和清初的宝卷，它们也唱小曲，现分别介绍如下。其体例仍按照“附录一”。有些清代初年的宝卷不分“品”，所唱小曲凡被散说或七言诗赞隔断处，用“；”号隔开，它们可视为“套曲”。这些宝卷使用小曲的情况，没有纳入本文的统计；有些小曲，也未见于“附录一”的宝卷中。凡收入《明清民间宗教经卷文献续编》（影印本，王见川、车锡伦等编，台北：新文丰出版公司，2006）的宝卷，题解后另注［文献续编］。

1．目犍连尊者救母出离地狱生天宝卷　存中、下卷八十六分

明无为教宝卷。简名《目连宝卷》，约为明万历年间（前期）精抄本。

（31）［黄莺儿］；（32）［金字经］3；（33）［桂枝香］；（34）［金字经］2；（35）［耍孩儿］；（36）［绵搭絮］；（37）［浪淘沙］2；（38）［耍孩儿］；（39）［傍妆台］；（40）［金字经］；（41）［耍孩儿］；（42）［皂罗袍］；（43）［傍妆台］；（44）［哭五更］；（45）［傍妆台］；（46）［傍妆台］；（47）［浪淘沙］2；（48）［桂山秋月］；（49）［金字经］；（50）［金字经］；（51）［黄莺儿］；（52）［黄莺儿］；（53）［傍妆台］；（54）［黄莺儿］；（55）［耍孩儿］；（56）［挂金锁］；（57）［绵搭絮］；（58）［皂罗袍］；（59）［金字经］；（60）［皂罗袍］；（61）［浪淘沙］2；（62）［叠落金钱］；（63）［皂罗袍］；（64）［金字经］；（65）［月儿高］；（66）［寄生草］；（67）［清江引］；（68）［驻云飞］；（69）［金字经］；（70）［寄生草］；（71）［挂金锁］；（72）［皂罗袍］；（73）［耍孩儿］；（74）［桂枝香］；（75）［绵搭絮］；（76）［挂金锁］；（77）［浪淘沙］2；（78）［皂罗袍］；（79）［寄生草］；（80）［金字经］；（81）［寄生草］；（82）［金字经］2；（83）［驻云飞］；（84）［皂罗袍］；（85）［寄生草］；（86）［耍孩儿］2。

2．参米泥水妙诀金丹宝卷　二卷二十品

教派不详。简称《金丹宝卷》。二卷，二册。明万历二十六年（1598）刊折本。［文献续编］

（1）［桂枝香］4；（2）［黄莺儿］4；（3）［金字经］4；（4）［桂山秋月］4；

(5)[寄生草] 4;(6)[驻马听] 4;(7)[月儿高] 4;(9)[江儿水] 4;(10)[要孩儿] 4;(11)[山坡羊] 4;(12)[驻云飞] 4;(13)[水仙子] 4;(14)[雁儿落] 4;(10)[古论(轮)台];(15)[一枝花];(16)[皂罗袍] 4;(19)[沽美酒][五供养][桂枝香] 2;(20)[西江月],[一剪梅]。

3. 销释归家报恩宝卷 二十四品

明还源教宝卷。简称《报恩宝卷》。折本,一册。明崇祯十三年(1640)刻本。[文献续编]

(1)[皂罗袍] 2;(2)[清江引] 2;(3)[金字经] 2;(4)[要孩儿] 2;(5)[驻云飞] 2;(6)[挂真儿] 2;(7)[挂真儿] 2;(8)[榜妆台] 2;(9)[驻云飞] 2;(10)[海底沉] 2;(11)〈混元歌〉;(12)〈还源歌〉;(13)〈叹世歌〉;(14)[(一十二个)榜妆台]("十二月"联唱);(15)[清江引] 2;(16)[清江引] 4;(17)[山坡羊] 2;(18)[皂罗袍] 4;(19)[挂真儿] 4;(20)[金字经] 4;(21)[浪淘沙] 4;(22)[挂金锁] 4;(23)[海底沉] 5;(24)[哭五更]

4. 佛说王忠庆大失散手巾宝卷 三十品

明末手抄本民间宝卷,简名《手巾宝卷》、《斋僧宝卷》。

(1)[画眉序];(2)[驻云飞];(3)[驻云飞];(4)[金字经];(5)[驻马听];(6)[皂罗袍];(7)[驻云飞];(8)[画眉序];(9)[懒画甘州];(10)[月儿高] 2;(11 [挂金锁]);(12)[桂枝香] 2;(13)[懒画甘州];(14)[山坡羊];(15)[皂罗袍];(16)[寄生草];(17)[山坡羊];(18)[皂罗袍] 2;(19 [绵搭絮]);(20)[皂罗袍];(21)[皂罗袍] 2;(22)[山坡羊];(23)[黄莺儿] 2;(24)[画眉序];(25)[黄莺儿];(26)[懒画甘州];(27)[皂罗袍];(28)[驻云飞];(29)[金字经] 2;(30)(无)。

5. 普明定劫真经

清黄天教宝卷。卷首题《普明定劫护坛真经宝卷》,清抄本,不分品。[文献续编]

[罗江怨] 4;[沽美酒] 4;[浪淘沙] 4;[要孩儿] 4;[访贤师] 12;[五更金字经];[金字经] 4;[寄生草] 4 [要孩儿] 4 [清江引] 4 [山坡羊] 2 [寄生草] 4 [要孩儿] 4 [清江引] 4 [金字经] 4 [浪淘沙] 4 [罗江怨] 4 [纺丝娘] 4。

6. 朝阳遗留三佛脚册唱经偈

清黄天教宝卷。又名《朝阳遗留三佛脚册末劫了言唱经》《朝阳遗留三佛脚册通诰唱经》。清道光五年（1825）抄本。上中下三卷三册，不分品。卷中末题“道光五年岁次乙酉孟春戊寅，拙笔郎翰美沐手敬造”。［文献续编］

［黄莺儿］5［风入松］［驻马听］2［黄莺儿］［清江引］3；［谤（傍）妆台］［十棒鼓］8［满庭芳］8［挂真关］［清江引］9［月儿高］2；［皂罗袍］［懒画眉］3［水仙子］5［鹧鸪天］［一封书仙山清江引］［一江风］4［耍孩儿］2［皂罗袍］［驻马听］7［皂罗袍］2；［皂罗袍］（“十愁”）［清江引］4［黄莺儿］5［驻云飞］［一枝花］；［叠落金钱］4；［末劫怨］［尾声］；［风入松带过三曲名］［懒画眉］［驻马听］［清江引］；［清江引］6；［集贤宾］6；［皂罗袍］3［月儿高］4［耍孩儿］6［叠落金钱］5［柳腰（摇）金带过清江引］,〈混源歌赋〉；［懒画甘州］4［做系（纺丝）娘］12［山坡羊］［清江引］4；［驻马听］8［画眉序］4［做（纺）丝娘］8［太阴高］3［桂枝香］2［一枝花］［皂罗袍］4［清江引］2；［风入松］2［清江引］4［榜妆台］3；［龙华盼新春］（“九更”）［懒画眉］3；［集贤宾］9［十棒鼓］8［驻马听］4［金字经］4［柳腰（摇）金］4；［水仙子］7［挽乌云］2［桂枝香］2；［七贤过关］；［皂罗袍］4［西江月］2。

7. 古佛遗留了言赞

清黄天教宝卷，简名《了言赞》，不分品。清抄本。［文献续编］

［黄莺儿］［皂罗袍］［二郎神］；［十子姝］［皂罗袍］［清江引］；［黄莺儿］［西江引］［金字经］。

8. 佛留明经

清黄天教宝卷，编者拟名《普明古佛遗留明经》，不分品。清抄本。［文献续编］

［山坡羊］9；［叠落金钱］4；［莲花落佛］（［放思娘］,“十二月”联唱）；［沽美酒］4；［变（遍）地金］6；［（普明古佛留下）陶金令］26；［青江引］7；［黄莺儿］4；［风入松］；［挂金锁］8。

9. 后土娘娘慈悲灵应源流宝卷　二卷，二十四分

清代初年教派宝卷，教派不详。简称《后土娘娘卷》。存手抄本。

（1）［画眉序］；（2）［傍妆台］；（3）［金字经］；（4）［山坡羊］；（5）［走马词］；（6）［耍孩儿］；（7）［浪淘沙］；（8）［走马词］；（9）［黄婴儿］；（10）［挂金锁］；

(11)［驻云飞］；(12)［皂罗袍］〈化缘歌〉；(13)［桂枝香］；(14)［皂罗袍］；(15)［驻云飞］；(16)［耍孩儿］；(17)［金字经］；(18)［海底沉］；(19)［耍孩儿］；(20)［驻云飞］；(21)［驻云飞］；(22)［黄婴（莺）儿］；(23)［浪淘沙］；(24)［朝天子］。

10. 金阙化身玄天上帝宝卷 存上卷，十二品

清教派宝卷，教派不详。又名《真武宝卷》。清刻方册本。

(1)［驻云飞］2；(2)［桂枝香］2；(3)［山坡羊］［皂罗袍］［清江引］；(4)［耍孩儿］2；(5)［寄生草后带银纽丝］2；(6)［步月折桂］4；(7)［红衲袄］2；(8)［金衣套皂罗］［皂罗裹金衣］；(9)［劈破玉］2；(10)［寄生草］2；(11)［罗江怨］2；(12)［玉娥郎］2。

附录三：冀中农村“音乐会”抄传曲本曲牌目

按：冀中农村音乐会手抄本曲调集，是1993年中国艺术研究院音乐研究所薛艺兵、乔建中、张振清等专家在冀中做田野调查收集的，在薛艺兵先生记录整理的《冀中民间音乐会采访笔记》(手抄稿本，现存中国艺术研究院图书馆）中，记录了10余种这类曲调集的目录。以下选录其中5种曲调集的曲牌目，供研究者参考。在此并向薛艺兵先生等诸位调查者深致谢意。从这些目录可以看出明清教派宝卷的音乐创作，同这类“音乐会”的密切关系——许多只见于明末清初民间教派宝卷中小曲曲调，见于这些目录，如［走马词］［琵琶词］［观花园］［阿兰佛］［齐上孤坟］［海底沉］［西牛角］等（曲调名不完全一样，可供进一步考订)。“目录”中（ ）内的字均系原搜集者的注。原目中错别字特多，笔者于个别处做了校订（见［ ］内的字)。其中一些曲牌名来自南北曲，未一一校订。

（一）徐水县高家庄音乐会乐谱目录

红绣鞋，张飞祭枪，小走马，行道章，小花园，普安咒，伍德佛，状［庄］子痛哭，叠落金钱，敢动山，宜［一］封书回学（五身)，红似雪，雁过南楼，吹四调，关公挑袍，代周仓，青山口，大撒网，拿天鹅，金字荆［经］，梅岭失妻，山桃红，入青天歌，上堂庆元贞，山坡羊，放驴，过楼，最［醉］太平，柳红烟，一支梅，一封书，夫上妻坟。

（二）涞水县北高洛音乐会曲本目录

庆元贞，大走马，过楼派，小走马，富三台，坐坛走马，行堂走马，合四派，颜回歌，甘舟［州］歌，下山虎，四上派，麻义郎，二反麻义郎，三反麻义郎，赶［感］皇恩，鸡声草［寄生草］，小托［脱］布衫，小凉州［小梁州］，恭贺派，翠珠连，逃军歌，赶子，翠花开，尖三六九，过桥派，大托袍，击枪歌，打周仓，伍善佛，普安咒，琵琶论，将军令，拿天鹅，云锣，洒网，拿海青，普登鹅［扑灯蛾］，金字经，折桂令，小梅令，到［倒］取灯，一封书，柳黄烟，跑驴儿，三六九，小桃红，清天歌，我兰资、二身我兰资、三身我兰资、四身我兰资、五身我兰资，小喊东山，翠太平，对答平，我兰资、我兰资、我兰资（三曲原注：“曲不同”）、四我兰资、五我兰资，小喊东山（重复），粉花赞，其上古坟，已上孤坟，接佛赞，门神赞，浪淘沙，伍声佛，红绣霞［鞋］，观灯赞，接佛赞（重复），我兰资、我兰资（重复）；（原注：“以下铙钹谱”）一善佛，象乐［牙］床，万年欢，老八板，和堂和息，开坛和息，七字钹，粉蝶大套、二身粉蝶大套、三身粉蝶大套、四身粉蝶大套、六身粉蝶大套、五身粉蝶大套、六身粉蝶大套、七身粉蝶大套。

（三）通县史村音乐会曲本目

整理者原注：“大曲”是慢板，“二曲”是二板曲，“三曲”是三板曲，“四曲”是四板曲，“小曲”是五板曲。“对口曲”唱念同时同曲。

大出对［队］（大曲），小花园（小曲），骂玉郎（大曲），采茶歌（小曲），三皈赞（大曲），四上牌（二曲），雁过南楼（二曲），玉芙蓉（大曲），合四排（二曲），普庵咒（大曲），翠竹帘（二曲），逃军令（二曲），揩（jie）拉锁（二曲），纪抢（二曲），走马（二曲），小跳神（二曲），夫上妻坟（三曲），妻上夫坟（三曲），皮邦令（四曲），行马（二曲），拉不断（二曲），平思耳（三曲），赶子（四曲），无头鬼（四曲），挝不住（四曲），五声佛（二曲），跨天王（对口曲），迓古令（对口曲），滴流子（对口曲），小出对［队］（对口曲），柳含烟（对口曲），乐头歌（对口曲），望江南（对口曲），唐头令（对口曲），华严会（对口曲），灯赞（对口曲），菩萨陀（对口曲），清江引（对口曲），浪淘沙（二曲），憾动山（对口曲），好事近（对口曲），千秋岁（对口曲），滚绣球（三曲），往生咒（对口曲），红绣鞋（四曲），干翠（四曲）、大闪板（四曲），春季（小曲）、夏季（小曲）、秋季（小曲）、冬季（小曲），大杀尾（四板曲）；（原注：“以下法器曲”）开坛钹，河西钹，小河西，印步，头身、二身、三身、四身、五身、六身（原注：“加条”），连环锁，乱古舟，童子拜观音，平地一声雷，豆［斗］鹌鹑，战鼓板。

（四）易县马头村老艺人魏国良收藏曲本目录

说明：原抄整理目每曲注明“大曲”、“小曲”、“条子”、“双杀头”、“杀头”等。尾注：“杀、杀板：也叫杀头，即结尾板。”“大曲开始慢，中间有鼓乍，然后上板；小曲都是流水版。”

华严（大曲），茶和徽（小曲），大五声佛（小曲），送仙人（小曲），行道章（以下四曲原注：一套）、第二节、第三节、第四节，合四排（小曲），庆元真（小曲），乐章（小曲），双赶动山（双杀头），山荆子（小曲），清天歌（小曲），道章尾（小曲），喊动山（杀头），雁过南楼（大曲），南骂玉郎（原注：又名［道章子］，大曲），小平春（小曲），一枝花（小曲），感皇恩（小曲），采茶歌（小曲），大梁州（小曲），脱布衫（小曲），叹苦［骷］髅（小曲），金字经（小曲），小五声佛（小曲），送金［京］娘（小曲），送仙人（小曲；以上两曲原注：“是同曲”），脱蓝衫（小曲），小梁州（小曲），收草子（小曲），柳行（hang）烟（小曲）、翠太平（小曲）、玉鹅郎（小曲；以上三曲原注：这三曲都是常曲，也是流道曲，大部分音乐会都会。），春景、夏景、秋景、冬景（以上四曲原注：叫［四大景］，开始吹头儿接），麻郎儿、刀郎儿（原注：也叫［鹅郎儿］，小曲），云中子（原注：小曲，能接［四大景］），鹅郎儿，苦中马、二节、三节、四节、五节、六节（以上六节是一套曲，原注：大曲），豆叶黄（小曲），耍孩儿（小曲），北骂玉郎（大曲），感皇恩（小曲），采茶歌（小曲），仙吕一套（天下乐、鹊踏枝、哪吒令、寄生草、出对子），孔子泣颜回（大曲），甘州歌（小曲），扑灯鹅（小曲），沽美酒（小曲），下山虎（小曲），迓鼓一套（小大曲），后庭花（小曲），感青歌（小曲），赶动山（杀头），小将军（小曲），劣马儿（小曲），青山口（小曲），水鸭儿（小曲），月儿高（小曲），王大娘放驴（小曲），放海青（小曲），拿天鹅（大曲），张飞祭枪（小曲，慢的），三皈赞（小曲），忏悔（小曲），炎皇经（小曲），三皈依（小曲），观灯赞（小曲），五雷咒，浪淘沙（小曲），赶动山（小曲），启圣（小曲），薰坛科（原注：无谱有板，是在神祇前头念的经），和息钹、缁和息、行走和息、粉碟子（以下原注：七节加七个“条子”）、二节、三节、四节、五节、六节、七节，十八小鬼暗巡河（条子），平地一声雷（条子），风入松（走着加的条子），梅花引（条子），倒提金灯（条子），顺水推船（条子），一条鱼（条子），单头雨中莲（条子），双头雨中莲（条子），西牛望月（条子），黄龙摆尾（条子）、，王挂玉带（条子），风绞雪（条子），狗牙（条子）。

（五）霸州市信安镇张庄音乐会曲本目录

说明：本曲目很多重复作了删节。原附注均保留。

玉宝寿（五节，原注：以下三曲是某大曲的5、6、7节）、琥珀苗儿（六节）、石榴花（七节），琵琶计，金字经，妻上夫坟，五升山，感动山，正八板，山更子，好事进（头节，大引子，平凡调）、千秋岁（二节）、圣贤记（三节）、兰花梅（四节）、滚绣球（五节），大打围，烈马儿，放海青，感动山，招圣宝（大引子平凡调）、孔子叹颜回（大引子平凡）、孟子叹庄周（二节）、鲍老崔（三节）、下山虎（四节），春季、其二、其三、其四，小花园（头节，大引子平凡调）、柳红烟（二节），伍升仙（原注：可与［五声佛］对照），关公显圣，雁过南楼，拉步断，得胜令，倒提金灯（大引子），红绣鞋（大引子），白绫袜，香罗带、其二、其三、其四，感动，清江引（大引子），翠竹帘（大引子），三国赞，春季、其二、其三、其四，得胜令，尔小生，弦子歌，豆叶黄（大引子），豆叶黄（小引子），拉不断，扯不断，中炉鹅朗，金字经，妻上夫坟，小辞曹，小断桥，张飞祭枪，山更子（小引子），好事进（小引子，头节）、千秋岁（二节）、圣贤记（三节）、兰花梅（四节）、滚绣球（五节），春季、夏季、秋季、冬季，拿天鹅，感动山，风送云（小引子），饶命歌［尧民歌］，鬼魅（小引子），小走马（小引子）、二节逃军令，小张公赶子，志心礼（小引子），三皈依（大引子）、神灯赞（小引子）、浪头沙（大引子），小浪头沙（小引子），取水小赞，刀兵计，金燃神灯（小引子），金燃神灯（大引子），金童引路，张公大赶子。

附录四：柳子戏唱腔中的明清小曲曲调

柳子戏是在明清小曲基础上形成的地方戏曲剧种，又称“弦子戏”。主要流传于山东中、西部和河北、河南、安徽、江苏各省的邻近地区。在清代初年已经流传到北京地区，有“南昆（昆曲）北弋（高腔）东柳（柳子）西梆（梆子）”的说法。据高鼎铸《柳子戏音乐研究》（济南：山东文艺出版社，1995）介绍，“曲子和小令”是柳子戏唱腔的主体部分，包括“五大套”“复曲”“单曲”“小令”4部分，200多种曲牌。下文曲调摘自高著，供研究者参考，特致谢意。

（一）“五大套”，由［黄莺儿］［驻云飞］［锁南枝］［山坡羊］［娃娃］（［耍孩儿］）5种词格，不同板式、调式、调性转化出的曲调数十种。

（二）“复曲”，共数十种，如［桂枝香］［驻马听］［风入松］［一江风］［画眉序］［步步娇］［朝元歌］［楚江秋］［打枣杆］［金钱］（［叠落金钱］）［混江龙］［四朝元］［香柳娘］［皂罗袍］［沽美酒］［园林好］等，它们又有不同的板式类型。

（三）“单曲”，如［一枝梅］［高调羊］［赶干戈］［十二兰］［浪淘沙］［江流水］［三杈树］［绣罗带］［红纳袄］［一封书］［青阳歌］［苦绣红］［慢露藻］［二凡］［清江引］［扬州序］［古轮台］［雁儿落］［懒画眉］［皎群羊］［将军到］［病恙歌］［单儿令］等，其中［十二兰］是集曲，集［山坡羊］［驻云飞］［驻马听］［楚江秋］［一封书］［转调莺］等曲。

（四）小令，如［道五更］［寄生草］［五更转］［偷行歌］［鬼头歌］［银纽丝］［一梦惊］［弼马温］［良缘歌］［爱春风］等。

除了上述“曲子和小令”外，它还有“客腔曲牌”，即吸收“高腔”“青阳腔”“乱弹”“昆调”（昆腔）“罗罗”声腔的曲调。

附录五：山东琴书《白蛇传》所用小曲曲调

已故友人山东艺术研究所张军先生在其著作《山东曲艺史》(与郭学东合作，山东济南：山东文艺出版社，1997）中介绍了山东郓城琴书老艺人陈趣端传唱《白蛇传》所用曲调216种，（见该书页49—51，曲调名未做校订；曲调的分类尚需讨论）是笔者所见清代小曲类说唱和戏曲曲调使用最多的作品；在所有唱小曲的曲种和剧种中，也极少见有如此多的曲调。故人已逝，录此为纪念。并向先生的合作者郭学东先生致谢。

（一）古曲类（宋元曲牌）

柳青娘，西江月，虞美人，破阵子，杨柳枝，五更调，浪淘沙，混江龙，哭皇天，清江引，庆宣和，收江南，滴溜子，桂枝香，蝶恋花，大宫花，江流水，普天庆，山坡羊，斗鹌鹑，小桃红，红绣鞋，货郎儿，上小楼，十二月，耍孩儿，江流水（伦按，与上［江流水］重复），石榴花，得胜乐，点绛唇，寄生草，十样景，满江红，菩萨蛮，鹊桥枝，风入松，泣颜回，油葫芦，沽美酒，皇令调，将令调，大桃红，天下乐，呀呀油，香罗带。

（二）戏曲类（戏曲曲调）

垛子板，序子，垛子白，四句哭迷子，六句哭迷子，八句哭迷子，十句哭迷子，梆子佛，昆尾子，小上坟，大上坟，小工，老工，悲垛子，急三枪，老官腔，东板垛子，西派，东派。

（三）俗曲类（明清俗曲）

凤阳歌，上河调，汉口垛，叠断桥，梅花落，罗江怨，银纽丝，下河调，哭寒江，依得哟，北词，正调剪剪花，反调剪剪花，倒推船，带垛上河调，带垛叠断桥，寒苦调，四股绳，银河桥，长龙尾，码头调，反调码头，满地红，大金条丝，大银纽丝，小银纽丝，双叠翠，鲜花调，迎春调，十杯酒，大打枣杆，娃娃调，小打枣杆，低起娃娃，京口调，老姐儿调，双头人，呀儿哟，呀儿僧，阴阳句，反调阴阳句，快阴阳句，苏罗调，楼上楼，紫金杯，四板腔，南锣调，一枝花，五字崩，迎宾调，恋芳春，大胜乐，倒挂钩，打虎船，两头忙，凤凰巢，打茶围，柳合金，葡萄落，叹江南，广东歌，乱弹，太平年，盼春来，画扇面，一枚针，扣花针，鼓子，坡儿下，淮红，上天梯，四不象，金丝鞭，正调阴阳歌，反调阴阳歌，满舟月，香罗帕，靛花开，水落音，丁字曲，爬山虎，打朝文，扬州调，楼上楼，九连环，大金钱，小金钱，雁鹅调，铺地锦，上四平，湖广调，硬诗篇，软诗篇，杏花落，渭调，断头蛇，靠山调，南城调，勾调，南无佛，绣锦花，一串铃，边关调，捐竹帘，清水河，云苏调，鼓子头，鼓子尾，坐地虎，满堂红，倒拉车，朝阳歌，四字凤阳歌，叠唱凤阳歌，马头头，马头尾，慢北词，叠莲花，王大娘。

（四）民歌类（民歌小调）

到老鸹，下扁食，红头绳，牧曲，登山调，枣花红，挂油瓶，满天红，画眉笑，帽头子，磕头虫，荞麦穗，云遮月，金玉香，长城曲，河南调，乌龙摆尾，乌龙摆头，撞金钟，蚂蚱撩脚，满营欢，小合音，任意走，下调腔，倒青歌，一匹马，鸳鸯谱，游春调，泣河韵，盼夫调，喜挂图，风筝曲，忙开船，英雄扣，奉曲，六字令，粉红蝶，二虎碰，落满坡，反调落满坡，想思，龙凤阁 ，双垛脚，秋水桃，出头绳，接胳膊，茅儿山。

第六章 江浙吴方言区的民间宣卷和宝卷

一、前言

清及现代的民间宣卷和宝卷，基本上分为南北两大流行区：在北方，流行于河北、山东、山西、陕西，直至甘肃的河西走廊；在南方，主要流行于江浙吴方言区。演唱宝卷在北方各地多称作“念卷”，在南方仍称“宣卷”或“讲经”。它们流行的宝卷文本，既有地方特色，也互相交流。本章介绍的是江浙吴方言区的宣卷和宝卷。

吴方言区的民间宣卷和宝卷，在南部吴方言区（如浙江省遂昌县）偶有发现，[1] 主要流行于北部吴方言区。按照现行的行政区划，它又有两个主要活动区：一是以江苏省苏州市为中心的太湖流域，包括苏州、常州、无锡所属诸市县及镇江市所属部分地区和相邻的上海市青浦，浙江省嘉兴、湖州等地区；一是以浙江省宁波、绍兴市为中心的地区。上述地区的民间宣卷，清末都进入上海市区，被称作“苏州宣卷”和“四明宣卷”。另外，宣卷在江苏长江以北的吴方言孤岛靖江（原隶常州、扬州，今属泰州市）也极流行，它的宝卷另成系统。清末民初是吴方言区民间宣卷和宝卷发展的极盛期。就宣卷活动的普及程度和流行宝卷文本的数量，都可同吴语弹词并列，但宣卷仍然是一种与民间信仰结合的娱乐活动，而不在公众娱乐场所（如书场）中演唱。20 世纪 40 年代，民间宣卷开始衰微，50 年代初城市中的宣卷迅速消失；80 年代以来，在某些地区农村宣卷伴随民间信仰活动又有发展。由于历史文献中的记载很少，1982 年以来笔者对这一地区的民间宣卷和宝卷做了广泛的田野调查。本文利用田野调查的材料，结合历史文献所载，对吴方言区民间宣卷的形成、近现代民间宣卷的发展、民间宣卷与宗教和民间信仰活动的关系、近现代民间流行以及演唱

[1] 笔者发现南京图书馆收藏清光绪二十年（1894）“松阳震养斌藏本”《芙蓉宝卷》和“松阳震卿氏摘录备演”的《祖师宝卷》（未署抄写年代，鉴定为清末抄本。这两部宝卷，该馆均编目作没有抄写者和抄写年代的一般“抄本”），“松阳”即遂昌的古称。

的宝卷和当代吴方言区民间宣卷存在和发展的空间等问题作介绍和论述。所使用的田野调查资料，除特别注明者外，均系笔者田野调查所得。[1]

二、吴方言区民间宣卷的形成

吴方言区民间宣卷的形成过程，文献中没有明确的记载，但从其演唱内容和形式来看，显然同这一地区的民间佛教宣卷和宝卷有继承关系，同时也受到明代后期活动于这一地区的民间教派宝卷的影响。形成的时间可能在明末清初，其标志是民间宣卷人代替了佛教的僧尼和民间教派人士，同时出现民间信仰的各种神道故事宝卷。

吴方言区的民众本来就有杂祀鬼神的信仰传统。民间的佛教信徒，除了信仰佛教的佛菩萨，也举行各种庙会、社赛，祭拜早就存在于民间社会的各种"菩萨""老爷"（民众对一些"神"的称呼）；民间流传着这些菩萨、老爷的传说，并编成各种"赞神歌"，在祭拜仪式上演唱。这类民间信仰活动，正统的佛教僧侣是不能做的。最终便由民间一些热心的佛教信徒，他们代替了佛教僧侣，带领民众念佛唱卷，主持祈福禳灾、追亡荐祖等民间法会，并在庙会社赛上编唱一些颂扬各种"菩萨""老爷"的宝卷，如《猛将宝卷》《白龙宝卷》《三官宝卷》《祠山宝卷》《土地宝卷》等。这些宣卷的"佛头""先生"，也自称为"奉佛弟子"，在乡土平民社会中是受欢迎的人，特别是那些宣卷效果好、演唱的宝卷多的人，受邀请的机会多。他们收取报酬，以宣卷为谋生的手段。为了适应听众的要求，他们需要掌握更多的宝卷。民间职业性或半职业性的宣卷人便这样产生了。

现存清代前期的北方民间宝卷完全继承了明代教派宝卷分"品"和唱小曲的形式，但是在吴方言区手抄本民间宝卷中，找不到这样形式的宝卷。由于宣卷先生严格执行"照本宣扬"的传统，宣卷艺人手抄本的宝卷每次宣卷都要翻动，易于毁坏，年代久远的手抄本宝卷很少。能够见到的最早是清康熙、乾隆

[1] 笔者调查吴方言区民间宣卷和宝卷的地点，主要是江苏靖江和苏州的张家港、吴县、吴江、昆山等地区，浙江嘉兴的嘉善；对浙江宁波、杭州、湖州等地只仅做了一般层面的调查。本文吸收了《吴越民间信仰民俗》（上海：上海文艺出版社，1992）第五章"宣卷与民间信仰"（笔者与方梅合作）的部分内容。

年间抄本，如清康熙二年（1663）黄友梅抄《猛将宝卷》。[1] 刘猛将是太湖流域民间普遍崇信的一位地方保护神，每年定期的祭祀活动称“猛将会”，或“青苗会”“青苗社”。苏州地区的猛将会最早见于明嘉靖年间的记载。[2] 这位民间神及其祭祀活动不属于佛、道和任何民间教派。据笔者的调查，“猛将会”上除了由“祝司”唱《猛将神歌》外，在大部分地区是由宣卷人唱《猛将宝卷》。现存这一宝卷的手抄本被公私收藏者近 30 种，并有多种异名，如《天曹宝卷》《刘天王宝卷》《晚娘宝卷》等。

吴语区民间宣卷什么时候开始改编受民众喜欢的俗文学故事宝卷？难以考察。现在见到的比较早的是改编孟姜女故事的《孟姜女宝卷》(简称《寻夫卷》)，[3] 朱容照原抄，又经□[4] 子法校订。校订者署“嘉庆六年（1801）六月”，其改编、抄写当在此前，可能是清乾隆年间的作品。卷中唱词个别地方使用了吴方言词，如“末知意下若何能”、“好象晴天霹雷能”（“能”字的用法为吴方言），因此可知它是吴方言区的宝卷。[5] 孟姜女故事是中国家喻户晓的民间传说，值得注意的是这本宝卷改编的特点：男主人公范杞梁在家时已娶徐氏为妻，并生有一子。他迫于父命，辞别父母、妻儿到东京去求功名。遇许孟姜后，许知道他已有妻室，却又嫁给他；二人夫妻三日，被迫离别。临别时徐氏赠给范杞梁的犀簪，范杞梁转赠给许孟姜；孟姜寻夫离家时，将犀簪交给父亲许员外；许员外持犀簪到范家去认亲，又交给亲翁；范父又将犀簪交给儿媳徐氏。这支犀簪绕了一圈儿又回到徐氏手里，卷中称作“犀簪会”。最后，范杞梁的儿子戏剧性地与知府张太爷的女儿订亲，范、许、孟、姜四家合为一家，范的儿子后来生了四个儿子接续四姓香烟。从以上情节看，它是按江南弹词故事的俗套改编的。它说明吴方言区民间宣卷在其发展的前期即向弹词靠拢，自然是为了取悦听众。

道光以前留存的吴方言区民间宝卷抄本尚有清嘉庆二十二年（1817）抄本

[1] 这本宝卷卷末题：“时在敬抄／康熙二年六月　日立／劝善信士监生黄友梅写”。笔者近年再次仔细阅读这个宝卷，怀疑这个题识是后人伪托，但需要进一步验证。

[2] 见明嘉靖四十三年（1564）序刊本《王穉登集》卷 4“吴社篇”：“凡神所栖舍，具威仪箫鼓杂戏迎之曰会。……会有松花会、猛将会、关王会、观音会。松花、猛将二会，余幼时犹及见，然惟旱蝗则举。”

[3] 参 见本书第六编“宝卷漫录 · 孟姜女卷”。

[4] 按，此字难以识读，可能是“章”字。

[5] 吴方言区宝卷的文本，只有少数用吴方言，大部分是用接近口语的“白话”。这种白话是宋元以来民间记录俗文学作品（如话本小说、民间唱本等）通用的书面文学语言，接近于北方话。但是，在宝卷演唱时一律用吴方言口语，所以宝卷文本中唱词的押韵保留一些吴方言词语。

《天仙宝卷》（即《张四姐大闹东京宝卷》，据传奇剧本《天缘配》改编，乱弹、鼓词中亦演唱这一故事）等。据笔者统计，[1] 当今公私收藏的道光年间的江浙民间抄本宝卷30余种，如：

1. 道光元年（1821）余庆堂金氏抄本《金开宝卷》，述寡妇房氏自卖其身为儿子端午官娶妻简氏，端午官、简氏又卖了房屋赎回母亲。菩萨显灵，使他们得到大量金银，一家三口从此过上富裕生活。据民间故事改编。抄写者传世的宝卷尚有年代不详的抄本《寿生宝卷》《劝和婆媳宝卷》、《十样景》等，估计也是道光年间抄本。

2. 道光二年（1822）荣记抄本《刘天王宝卷》，即《猛将宝卷》。

3. 道光三年（1823）抄本《延寿积福宝卷》。

4. 道光四年（1824）抄本《白龙宝卷》，据江苏常州地区的白龙传说改编。

5. 道光四年（1824）乐善堂抄本《财神宝卷》。

6. 道光四年（1824）吴灿然抄本《斋僧宝卷》，又名《劝夫讨妾宝卷》《手巾宝卷》。述张素珍立志斋僧念佛修行，她和她的一双儿女受到丈夫王员外和妾宋氏的残酷迫害。后来张素珍和儿女均得善终，王和宋氏却沦为乞丐。据明末抄本《佛说王忠庆大失散手巾宝卷》改编。

7. 道光六年（1826）俞圣德抄本《观音宝卷》。

8. 道光七年（1827）毕介眉抄本《白蛇宝卷》，演白蛇传故事，其直接来源是弹词《义妖传》。

9. 道光八年（1828）张玉抄本《洛阳受生宝卷》，演蔡状元（襄）修建洛阳桥的传说。

10. 道光九年（1829）俞万金抄本《红罗宝卷》，又名《晚娘宝卷》。改编自早期佛教宝卷。

11. 道光九年（1829）唐瑞麟等抄《还珠宝卷》。

12. 道光十一年（1831）姚声齐抄本《妙英宝卷》，述白衣观音成道故事。

13. 道光十五年（1835）唐山甫抄本《金珠宝卷》。

14. 道光十六年（1836）无名氏抄本《灶皇宝卷》。

15. 道光十六年（1836）毕圣遂抄本《延寿宝卷》。

---

[1] 见拙著《中国宝卷总目》（修订本），北京：北京燕山出版社，2000。按，所录宝卷有些是近年新发现的卷本。

16. 道光十六年（1836）无名氏抄本《唐僧宝卷》。

17. 道光十九年（1839）西洪吴永发抄本《红罗宝卷》。

18. 道光二十一年（1841）吴氏抄本《妙音宝卷》。

19. 道光二十一年（1841）吴介人抄本《妙英宝卷》。

20. 道光二十二年（1842）无名氏抄本《玉玦宝卷》，又名《一餐饭宝卷》《玉玦宝卷》等。演民妇苏氏（或陆氏）留太师顾鼎臣一餐饭,顾认她为干女儿，并留赠玉玦。

21. 道光二十二年（1842）陈德昌抄本《家堂宝卷》。演鱼篮观音故事。

22. 道光二十二年（1842）思悟道人抄本《白玉燕宝卷》。述李文祥与冯月娟的婚姻故事。故事虽曲折，但不离“公子落难，岳父悔婚，小姐多情，终得团圆”的俗套。改编自弹词，又名《双玉燕宝卷》。

23. 道光二十五年（1845）周大德抄本《开桥宝卷》。演嘉庆十九年（1814）无锡西北乡乡民同城中绅士为开坝（显应桥）放水抗旱而引起的斗争故事，又名《显应桥宝卷》等。

24. 道光二十六年（1846）毕涉江抄本《财神宝卷》。

25. 道光二十六年（1846）毕涉江抄本《五路宝卷》。

26. 道光二十六年（1846）范某抄本《寻亲宝卷》。

27. 道光二十六年（1846）范某抄本《寻亲宝卷》。

28. 清道光丁未（二十七年，1847）抄本《白蛇宝卷》。

29. 道光二十七年（1847）俞文斌抄本《慈心宝卷》，题材同《玉玦宝卷》。

30. 道光二十七年（1847）毕涉江抄本《猢狲宝卷》。

31. 道光二十八年（1848）无名氏抄本《义妖宝卷》，题材同《白蛇宝卷》。

32. 道光二十八年（1848）陆圭抄本《珊瑚宝卷》。

33. 道光二十九年（1849）无名氏抄本《英台宝卷》，演梁祝故事。

34. 道光庚戌（三十年，1850）无名氏抄本《斋僧宝卷》。

35. 道光无名氏抄本《一餐饭宝卷》，题材同《玉玦宝卷》。

上列道光年间及此前的宝卷近 40 种。它们在近现代仍为吴方言区的宣卷艺人传抄演唱。这些年代久远的民间宣卷人抄本宝卷被保存下来，带有偶然性；20 世纪 50 年代宝卷被视为毫无价值的“迷信品”，大量流散被毁的时候，又有幸被收书人收购并为公私收藏的，也只能是其中的一小部分。因此，用上述近40种康熙至道光年间的民间抄本宝卷，说明吴方言区民间宝卷在这一时期的存在和发展，是很有力的。从这些宝卷的内容类型来看，吴方言区的民间宣卷和宝卷至迟在道光年间已具规模。

三、近现代吴方言区民间宣卷的发展

吴方言区民间宣卷的大发展是在清咸丰以后，具体地说是太平天国被清政府镇压之后。道光三十年（1850）洪秀全领导的太平军在广西起义，咸丰三年（1853）太平军占领南京，建立太平天国政权，至同治三年（1864）南京被清政府攻破，太平天国灭亡。10余年间，太平军曾占领过的江浙两省的广大地区，也是民间宣卷流行的地区。太平天国曾以“上帝”的名义，扫荡了占领区内大量庙宇中的神佛偶像，也向乡土平民提供了摆脱困境的许诺（如“田产均耕”）。这一切都随着“天国”的灭亡烟消云散，留给乡土平民的是10余年惨烈的战争回忆，于是他们转而更加信赖主持“善恶报应”的神佛。这时的清政府，在帝国主义侵略面前奴颜婢膝，但对重整封建社会的秩序却雷厉风行。同治六年（1867），曾参与镇压太平军的丁日昌，由苏泰道员升任江苏巡抚，随即宣布查禁“淫词小说”（所列作品多为弹词）、“淫戏”（指花鼓、滩簧等地方戏），地方士绅也一致鼓吹。[1] 于是，以倡导劝善为宗旨，在敬神拜佛的活动中演唱的宝卷便大兴起来。它不仅满足平民、乡绅的信仰、教化需求，宣卷艺人也大量改编那些消闲、娱乐的弹词，加上善恶报应的观念，伴随着木鱼声、念佛声演唱。所以，这一时期保留下来的民间宣卷人的手抄本宝卷的品种和数量都大量增加；同时，许多有民间教团背景的“经房”、善书局也大量整理、编刊宝卷，推动了民间宣卷的发展。

据调查，清同治、光绪年间在江南已有职业宣卷人组织的班社（一般4人左右），他们在各集镇的茶馆中挂牌招揽生意，乘着自备的航船，到“斋主”家去演唱。同时，许多宣卷艺人和宣卷班也进入苏州、杭州、宁波以及上海等

[1] 参见王晓传辑录《元明清三代禁毁小说戏曲史料》（北京：作家出版社，1958）收：（1）《同治七年江苏巡抚丁日昌查禁淫词小说》（页121－126，原载《江苏省例藩政》“同治七年”）；（2）《同治七年江苏巡抚续查禁淫书》（页127－128，原载同上）；（3）《丁日昌通饬禁开设戏馆点演淫戏》（页130－131，原载《抚吴公牍》卷一）；（4）余治《劝收毁小本淫词唱片启》（页157－159，原载余治编《得一录》卷一一之一）；（5）余治《删改淫书小说议》（页159－160，原载同上）。

大城市，在这些大城市中得到长足的发展。

在苏州市，光绪末年出现了宣卷艺人的行业组织“宣扬公所”（亦称“宣扬社”），由宣卷艺人集资在盘门内东半巽爿巷购房为社址，首届会长及董事为缪君甫、袁小亭、马炳卿、沈月英、张祥生5人。公所以保障同业权益为宗旨，为入社者谋取福利，调解纠纷，救济贫困艺人。经费由入社者按演出收入的1/10交纳。公所对宣卷艺人收徒、演出形式也作出规定，如艺人的“行担”（放置演出乐器、道具、摆设和卷本的小木箱），系浦江山所创（原先是用青布褡裢袋装）。开始时同行反对，公所裁定不许用；后来议定统一用两只小木箱，上写“文明宣扬”四字。[插图49] 公所规定行业祖师为“斗姆菩萨”，每年农历六月二十日斗姆生日，在宣扬公所祭祀。同业组织和行业祖师的出现，说明宣卷正式加入民间演艺行，这自然也推动宣卷艺术的发展。宣卷艺人改革原来“木鱼宣卷”（仅用木鱼、手铃伴奏，故名）音乐和唱腔单调的缺陷，增加胡琴、弦子等伴奏乐器，吸收各种民歌小调曲调，丰富宣卷的唱腔，而称“丝弦宣卷”；为了表示与过去“老法宣卷”的不同，而标榜为“文明宣卷”（或“新法宣卷”）。宣卷艺人为了取悦听众，甚至演唱一些苏滩的传统剧目，如《马浪当》《卖橄榄》、《荡湖船》等，因而引起苏滩艺人的不满。据说民国初年，苏滩艺人为此告到官府打官司，官府判决宣卷艺人只可用一把胡琴伴奏（这个传说流传很广，“打官司”云云，不一定有其事）。苏州同里的宣卷艺人许维钧（1908—1991）吸收弹词的表演艺术，将“起角色”用之于宣卷，并改革宣卷唱腔，被视为苏州的“书派宣卷”代表人物；艺人朱观宝首招女弟子合作演出，其他宣卷艺人纷纷仿效，于是又有“女子宣卷”。到20世纪20年代，单苏州市区便有从业宣卷艺人400多人，是苏州宣卷的全盛时期。[1]

鸦片战争以后，上海、宁波等城市开辟为通商口岸，工商业迅速繁荣。江浙各地人士大量涌入这些城市谋生，也带去各地的宣卷。文献中对上海的宣卷

[1] 上述关于苏州宣卷的介招，参考桑毓喜《苏州宣卷考略》（载《艺术百家》，1992年第3期），乔凤歧《苏州宣卷和它的仪式歌》（载《中国民间文化》，1994年第3期，总第15集）。另，顾颉刚《苏州近代的乐歌》（载《歌谣周刊》，第3卷第1期，1936年4月3日）也曾提到苏州宣卷：“在我幼时，几个太太们嫌家里闷，常叫来唱（宣卷）；做寿时更是少不了的。……有一位曹少堂始倡为‘文明宣卷’，势力愈来愈大，终至完全代替了旧式的宣卷。”宣卷艺人曹少堂的名字，不见于今人所做的调查报告；笔者在调查时，也未有人提及。在当代民间演唱文艺调查中经常遇到这类情况：文献中的记载，同当代民间艺人介绍的情况不能印证。这是因为民间艺人多夸大自己的师承，回避其他门派艺人的活动和贡献。

[插图 49] 现代苏州“文明宣卷”表演，左二（弹琵琶者）是苏州著名宣卷艺人王兰生。(李世瑜教授提供)

情况有较多的记录，如光绪初年惜花主人《海上冶游备览》卷下“宣卷”云：

一卷二卷，不知何书，聚五六人群坐而讽诵之，仿佛僧道之念经者。堂中亦供有佛马多尊，陈设供品。其人不僧不道，亦无服色。口中喃喃，自朝及夕，大嚼而散。谓可降福，亦不知其意之所在。此事妓家最盛行，或因家中寿诞，或因禳解疾病，无不宣卷也。此等左道可杀。[1]

光绪间王韬（玉鮀生）《海陬冶游附录》卷上亦云：“妓家遇祖师诞日及年节喜庆事，或打唱，或宣卷，或烧路头。是日促客摆酒，多者有十数席。”[2] 同

[1] 转引自陈汝衡《说书史话》，北京：作家出版社，1958，页128。

[2] 载《香艳丛书》（上海：国学扶轮社排印线装本，1911）第二十集卷2收《海陬冶游附录》卷上，页29A。

期描写上海娼家生活的小说《海上花列传》（韩邦庆著）第 20、25 回，对此亦有描述。[1] 那些沦为妓女的不幸妇女，大都来自江浙农村。她们被侮辱被损害的身心，从宝卷中那些受尽苦难而终得善报的女主人公身上，可得到一点安慰和寄托。不仅上海、苏州，据李家瑞先生在 20 世纪 30 年代的调查，北京的清音小班南帮妓院，每年也例请江南宣卷艺人去演唱。[2]

大城市中的市民对宣卷的娱乐性要求高，宣卷改革的起步也早。进入上海的地方宣卷主要来自苏州和宁波地区，被称为“苏州宣卷”和“四明宣卷”。现存清末上海宣卷艺人的手抄本宝卷，其唱念有的已分别标出生、旦、净、丑等角色（见下），说明其演唱形态已弹词化。（早于上文介绍苏州宣卷人许维钧的“书派宣卷”）上世纪二三十年代，上海多家私营电台连续播放苏州宣卷和四明宣卷，这种演播形式，一直延续到 50 年代初私营电台关闭为止。[3]

20 世纪 20 年代初，杭州市下城区的机坊织绸工人中的业余宣卷人，也开始改革传统木鱼宣卷的演出形式。机坊工人裘逢春等人组织了一个宣卷班“民乐社”。当时“维扬大班”（扬剧的前身）到杭州演出，深受欢迎。他们吸收维扬大班的唱腔并定名为［扬州调］，丰富了木鱼宣卷的唱腔，增加胡琴、小锣、鼓板伴奏，并分配角色，简单化装演出。开始还是演堂会，1924 年 1 月首次在杭州大世界游乐场挂出“武林班”牌子公演，被称为“化装宣卷”。继由傅智芳等人组织“同乐社”，学习京剧身段和音乐，公开演出，也称“武林班”。后来这种舞台演出化的化装宣卷被称作“高台武林班”；杭州地区的一些民间宣卷艺人接收武林班的改革，仍以说唱形式演出，被称作“平台武林班”。它们最终都脱离了在民间信仰活动中演出宣卷的传统，并坚持下来。到 50 年代，分别被定名为“杭剧”和“杭曲”，成为地方性的戏曲和曲艺品种。

吴方言区宣卷的衰微始于 1940 年前后。日本帝国主义侵入江南，战乱频仍，民生凋敝。城乡民众对于祈福禳灾、庙会社赛等活动多从简安排，宣卷班社活动的空间缩小，从业人员大减。1950 年以后，由于社会的巨大变革，城镇中的宣卷迅速消失。农村中的宣卷艺人本来就是农民，仍去务农；城市中的宣卷

---

[1] 见《海上花列传》，北京：人民文学出版社，1982，页170、201－202。

[2] 见王秋桂编《李家瑞先生通俗文学论文集》，台北：学生书局，1982，页51－53。

[3] 参见李世瑜《江浙诸省的宣卷》，载《文学遗产增刊》第7辑，北京：作家出版社，1957；又，收入李著《宝卷论集》，台北：兰台出版社，2008。

艺人，个别改唱其他戏曲、曲艺，如上海四明宣卷艺人施炳初改唱四明南词，苏州宣卷艺人许维钧转业到沪剧团。农村中保留下来的少量宣卷班，除了演唱一些传统故事宝卷外，也改编新的电影、戏剧故事演唱。但是，宣卷及做会活动仍不绝如缕，即使在大张旗鼓“破四旧”的“文革”期间，据调查，在个别地区农村仍有农民偷偷请宣卷艺人做会宣卷。20 世纪 80 年代以后，特别在 90 年代，在一些地区，宣卷又有恢复。老宣卷艺人重新带徒弟，也有些人自学宣卷。他们生意兴隆，收入颇丰。

四、吴方言区民间宣卷与宗教和民间信仰活动

清人有关吴方言区宣卷的记载，多视其为巫觋的活动，如民国曹允源等纂《吴县志》卷 52（下）“风俗（二）”载江苏按察使裕谦于道光十九年（1839）十二月所作“训俗示谕”说：

> 苏俗治病不事医药，妄用师巫，有“看香”“画水”“叫喜”“宣卷”等事，惟师公师巫之命是听。[1]

又，清同治九年（1870）序刊毛祥麟《墨余录》卷 2“巫觋”云：

> 吴俗尚鬼，病必延巫，谓之“看香头”。其人男女皆有之……其所最盛行者曰“宣卷”，有《观音卷》《十王卷》《灶王卷》诸名目。俚语悉如盲词，和卷则并女巫搀入。又，凡宣卷必俟深更，天明方散，真是鬼蜮行径。[2]

把宣卷活动归之为巫觋之流，显然是不正确的。但是，吴方言区民间宣卷同宗教和民间信仰活动之间的关系也极为复杂。历史上，佛教及明清各民间教派同宣卷的发展有密切的关系，后来道教也积极介入宣卷活动，这都在吴方言

[1] 见曹允源等编《吴县志》，苏州：文新公司排印线装本，1933，卷 52（下）“风俗”（二），页 14A。

[2] 见《笔记小说大观》，扬州：广陵古籍刻印社影印民国上海进步书局石印本，1984，第21册，页 361下。

区民间宣卷和宝卷中留下印记；[1] 民间信巫，杂祀鬼神的民俗文化传统，也给吴方言区民间宣卷以影响；即如吴方言区各地区民俗文化背景的不同，也使各地宣卷活动出现差异。

明代江浙地区即存在佛教和民间教派的宣卷活动。清代这一地区先后仍有许多民间教派在秘密活动，如无为教、斋教（又称“老官斋教”）、大乘教、长生教、先天道、青莲教等，这些教派在秘密布道中仍进行宣卷活动，所以清政府镇压这些教派的档案中，多留有查抄到各种经卷和宝卷的记录。[2] 鸦片战争（道光二十年，1840）以后，内外交困的清政府放松了对民间教派的镇压，而一些民间教派也转而以温顺、劝善的面貌出现，维护封建社会秩序。道光三十年（1850）初刊的长生教徒陈众喜编《众喜宝卷》（又名《众喜粗言》），极力宣扬三教合一而以儒为根，鼓吹以三纲五常为核心的封建道德，并为清政府歌功颂德。卷4“念佛宣卷”极力倡言宣卷的好处：[插图 50]

我今不说念佛好，再听宣卷好十分：
佛言宣卷为第一，能超六道并四生。
天神闻卷降祥瑞，地神听卷灭灾星；
灶司听卷恶奏善，家堂听卷报安宁；
世人听卷向善道，鳞禽听卷转为人；
饿鬼听卷免饥渴，冤魂听卷得超升；
恶人听卷回心转，善人听卷早修行；
呆人听卷生智慧，邪人听卷做正经；
男人听卷能修道，女人听卷守闺门；
大人听卷训儿女，小人听卷孝双亲。
一家听卷一家善，一人听卷信一人，
一国听卷一国正，天下听卷天下宁，

[1] 道教徒编制的宝卷，如《三茅真君宣化度世宝卷》（写道教茅山派三茅祖师的灵异）、《至尊宝卷》（仿照佛教《雪山宝卷》故事编为玉皇大帝编的宝卷）等，民间宣卷人不宣讲这些宝卷，但佛头（宣卷先生）“做会”时，也作“禳星”、“拜斗”、“安宅”、“度关”等仪式，并演唱相应的科仪卷。

[2] 参见拙著《中国宝卷总目》（修订本）附录八“清政府查办邪教档案载明清民间宗教经卷目”，北京：北京燕山出版社，2000，页391－406。

所以宣卷功第一，代天行化圣贤心。[1]

这部宝卷道光以后在吴方言区曾一再公开刊印，它对吴方言区民间宣卷的发展应有推动作用。道光以后，吴方言区的一些“经房”、善书局，如杭州和苏州的玛瑙经房、上海的翼化堂善书局、常州乐善堂等，都有民间教派的背景。它们不仅仿照民间宝卷的形式编制了许多宝卷宣扬各教派的教理，如《真修宝卷》[2]《何仙姑宝卷》[3]《荷花宝卷》[4]《指真宝卷》[5]等，同时整理、印行了大批民间流传的俗文学故事宝卷，如《赵氏贤孝宝卷》（即《琵琶宝卷》）[6]、《张氏三娘卖花宝卷》（又名《龙图公案宝卷》）[7]、《梅氏花籾宝卷》[8]、《珍珠塔宝卷》[9]、《雷峰宝卷》（即《白蛇传宝卷》）[10]等，使原来只是手抄和口头演唱的许多民间宝卷得以广泛传播；其中有些宝卷中也加入民间教派教义和修持方式的宣传。

吴方言区民众的民间信仰活动是一个庞杂的系统。除了佛、道教正规的寺庙、宫观外，更多的是散布于各地农村的各种庙宇、庵堂，它们供奉着各种各样的“菩萨”和“老爷”（民间对神佛的俗称）。笔者曾见到浙江嘉善农村唱赞神歌的道士先生请神用的一本《发遣》（清光绪间手抄本），其中召请的各种神佛多达300余位。[11]在众多的菩萨、老爷的“圣诞”日或其他民俗节日，要“出会”敬神或举行其他祭祀活动。民家在日常生活和生产活动中逢到喜庆或厄难，也要请有关的菩萨、老爷来降福祛灾。从事通神的人员，除了佛教的僧尼、道教的道士之外，更多的是民间的迷信职业者，诸如“祝司”（江苏吴县、吴江）、“道士先生”（浙江嘉善）、“骚子先生”（又称“奉香人”，浙江海宁、海盐）、“太

[1] 民国己巳（1929）尚德斋重刻本，卷4页86B—87B。

[2] 清道光十二年（1832）玛瑙经房最早刊印，此后各地曾大量翻印。

[3] 存清光绪六年（1880）常州乐善堂、苏州玛瑙经房刻本，这一宝卷清末曾在各地大量刊印，但宣卷人并不演唱它。

[4] 存清光绪二十四年（1899）苏州玛瑙经房刻本。

[5] 存清光绪二十六年（1900）苏州玛瑙经房刻本。

[6] 杭州慧空经房刻本。

[7] 光绪清十年（1884）杭州明台经房刻本；光绪十九年（1893）苏城玛瑙经房重印本。

[8] 光绪清八年（1882）杭州玛瑙经房刻本。

[9] 光绪清十六年（1890）杭州玛瑙经房刻本。

[10] 杭州玛瑙经房刻本。

[11] 参见拙文《浙江：嘉善下甸乡王家埭村赞神歌》，载《信仰教化娱乐——中国宝卷研究及其他》，台北：学生书局，2002。

念佛鴝鵒亦念佛，宜[illegible]捨身，向[illegible]寺後園
種法語，鴝以耳念無生佛號，上天，鴝屍葬
于後園，至七日復地生蓮花一朵，掘觀香蓮從
鴝舌下生出，有禪師贊作頌曰：因遊
下國到西華，信有靈禽又大孫，禽類尚能
修淨土，我道人不如他。
梁武帝正宮郗氏，作惡滅道，罰爲蟒蛇，後
聞梁皇懺，升忉利天，爲十地仙女。
龍能升天，皆悟正法，春分上天，秋分下水。
鸚鵡能言，聲如磬聲，形有五色，性多靈巧，
俱知念佛，修行南方海外。有
鴝鵒即鸚哥，五月五日教其能爲念佛。
念佛爲先度己，後度人，宜在爲先度人後
度己，故宣卷爲先度衆人，必樂功德更好
十倍。　卷者收也，務要宣法收歸于一。又
舒也，八卦開通于天地人，又曲也，精義奧
妙無窮，又緣也，三藏經皆周已。　又言宣
卷勸一人善，抵得自修，若勸二人，反多一

游魚聞佛化天子，蝙蝠聽經作賢聖
野狐聞經入仙邦，蠃聽金剛也化升
蟒蛇聞懺升天界，龍悟正法上天庭
鸚鵡念佛登極樂，鴝鵒也爲念佛成
異物聞法能出世，人得正法豈不靈
但求本身一句佛，頃刻西方目前存
我今不說念佛好，再聽宣卷好十分
佛言宣卷爲第一，能超六道并四生
天神聞卷降祥瑞，地神聽卷滅災星

人修，若勸十人，功德無量，臨終必有諸佛
迎接，若勸百人，菩薩現成，必證上品上生，
若勸千人，九宗七祖，盡可超升。
又宜王時，有羅什僧于王屋山講涅槃經，
有一雌雉聽法，衆人言怪，什曰非怪，今
雉在越州爲人，如不足信，令衆徒往視，
什同至家，喚雌雉一聲，有女來出應，見什
如[illegible]相識，作禮求僧願皈佛法，一心受記，
佛言靜修閨門，修學成眞僧，作偈曰：僧講
涅槃度賢能，雌雉親聞即轉人，如是扁毛
能成佛，人何不信昧天眞。
又舍衛池中有一蛤兒，常來聽聞如來說法，
一日有牧牛童見衆人圍繞聽法，遂即擕
杖刺池往聞，誤傷蛤兒，蛤爲聞法傷身，佛
即令升忉利天宮爲羅漢，復來謝佛，以作
偈曰：佛演眞經度衆生，迦羅池中蛤超升，
人若不信聽[illegible]法，直待[illegible]出苦輪。
說水長者，常在魚池，勿說法，衆魚皆向長

灶司聽卷惡奏善，家堂聽卷保安甯
世人聽卷向善道，鱗禽聽卷轉爲人
餓鬼聽卷免飢渴，冤魂聽卷得超昇
惡人聽卷回心轉，善人聽卷早修行
獃人聽卷生智慧，邪人聽卷做正經
男人聽卷能修道，女人聽卷守閨門
大人聽卷訓兒女，小人聽卷孝雙親
一家聽卷一家善，一人聽卷信一人
一國聽卷一國正，天下聽卷天下甯

卷四物類升天　念佛宣卷　又九七　六七

[插图 50]《众喜宝卷》卷四“念佛宣卷”（民国乙巳刊本）

保先生”（浙江平湖，上海金山、松江）等，也有相当多的伙居道士、野和尚及巫觋（巫婆、神汉）。据调查，民间宣卷人参与的活动主要有以下几方面：

在观音庙会和香客朝拜观音的进香船上宣卷，是吴方言区宣卷特有的活动。江浙民间盛行观音信仰，浙江舟山普陀是中国佛教观世音菩萨的道场，杭州上天竺，苏州观音山、穹窿山也是观音道场。除了这些著名的观音道场外，江浙各地供奉观音菩萨的庵堂难以数计。每逢观音诞日（有的地方把观音诞日二月十九、成道日六月十九、出家日九月十九分别视作“观音三姊妹”的诞日）便

举行观音庙会。尽管正统的佛教僧团不承认宣卷是佛教的宗教活动，但各地寺庵中的僧尼为满足信众的要求，多请宣卷人演唱观音故事的各种宝卷，如《香山宝卷》(即《观世音菩萨本行经》，俗称《观音宝卷》)、《鱼篮观音宝卷》、《妙音宝卷》、《妙英宝卷》等。如清道光、嘉庆间程寅锡《吴门新乐府　听宣卷》描写苏州地区的妇女，“婆儿女儿上僧院”，听唱“三公主”的宝卷（《香山宝卷》)。[1] 当代各地观音庙会大都如此，如浙江海盐县澉浦寺观音庙会，至今仍请宣卷人（男性）演唱《妙音宝卷》等，听众主要是妇女，一唱众和，通宵达旦。[2]

与观音庙会相联的是香汛期各地朝拜观音的香客乘坐的香客船。浙江杭嘉湖地区和江苏苏南地区的香客或去杭州灵岩上天竺，或去苏州观音山、穹窿山。香客乘坐夜航船（称“香客船”）前往，有时要行几天几夜。这些香客船上的宣卷活动,在本编第三章“明代的佛教宝卷　六　明代民间的佛教宝卷演唱活动”中介绍的明末话本小说《型世言》中已有记述。清光绪间署名壮者的小说《扫迷帚》第 15 回“进香求福堪笑冥顽，宣卷禳灾有伤风化”，也写了杭州“天竺进香”香客船上的宣卷：“那集资合雇的大船，内中必有一‘香头’，纠着那不三不四的男女五六辈,高声宣念《刘香》《香山》等忏（按,指《刘香女宝卷》《香山宝卷》)，沿途唪诵不绝。”[3] 当代调查的情况仍然如此，于君方在《宝卷文学中的观音与民间信仰》一文中，介绍了苏南宜兴进香团中女性“佛头”的宣卷情况。[4] 笔者做田野调查时，据江苏昆山市玉山镇女宣卷人 ××× 介绍，该地进香的香客多已改乘汽车、火车，但乘轮船时，仍邀请宣卷人随同前往。她就曾在轮船上为香客宣卷。

观音庙会以外的其他庙会和社赛活动，便呈复杂的情况。这类庙会社赛，除了祭祀有关的菩萨、老爷祈求降福禳灾之外，还是群众性的文化娱乐活动，一般称作“出会”。因此，也培养出一些民间演唱文艺的特殊人才，比如上文提到的祝司、道士先生、太保先生等,他们既主持相关的祭祀仪式,同时也唱“赞

[1] 见（清）张应昌编《清诗铎》，北京：中华书局出版标点本，1960，下册，页903。

[2] 此据顾希佳先生提供。

[3] 这本小说在李伯元主编《绣像小说》第43－52期（1905）连载，未见。本文引文据北京：中国标准出版社出版电子版。

[4] 载《民间信仰与中国文化国际研讨会论文集》，台北：汉学研究中心，1994，页333－351。

神歌”“太保书”。[1] 这类赞神歌、太保书也是一种民俗曲艺，除了仪式歌及神的故事歌外，也唱世俗的故事和根据俗文学传统题材改编的故事。在上述几类人员存在的地区，宣卷人便不介入这些庙会和社赛活动；在另外的地区，则亦被邀去宣卷。除上文介绍在各地“青苗会(社)”、“猛将会”上演唱的《猛将宝卷》外，现在留存的各种江浙民间抄本《玉皇宝卷》《土地宝卷》《城隍宝卷》《三官宝卷》《祠山宝卷》《白龙宝卷》等，就是在这类庙会活动中演唱的。笔者在江苏张家港市和昆山市农村调查时了解到，当代农村中的庙会仍由民众中的“会首”、“香头”组织，规模几百乃至上千人。宣卷人在“青苗社”时唱《猛将宝卷》《刘神卷》，“水沙会”（渔民做的会）时唱《水沙卷》，“城隍会”唱《城隍卷》，“玉皇会”唱《玉皇卷》等。但在上述各种庙会（包括观音庙会）中，宣卷人并不主持祭祀仪式，只是被邀去宣卷。

吴方言区民间宣卷人参与最多的是民众家庭中的民俗信仰活动，如拜寿求子、小儿满月周年、结婚闹丧、节日喜庆、结拜兄弟、遭灾生病、新房落成、家宅不安等等，民家均可请宣卷人来“做会”宣卷（或称“讲经”）。请做会的人家称作“斋主”，做会宣卷即在斋主家所设“经堂”（或称“佛堂”，即民居正房的明间——客厅，平时亦设有“菩萨台”，供奉家堂和神像）中进行。经堂中设“供桌”（即菩萨台）和“经桌”（方桌，供宣卷人及“和佛”的人坐）。这种做会宣卷的仪轨是：开始焚香点烛唱《香赞》，报愿、请佛唱《请佛偈》（许多宝卷文本开头有“先排香案，后举香赞”，即指此仪式）；结束时要进行“上茶”、“散花解结”、“念疏表（或称“疏头”）”、“送佛”等仪式，并唱相应的仪式歌。中间也根据斋主的要求做各种祈福禳灾仪式并演唱相应宝卷，如“拜寿”（唱《八仙庆寿宝卷》《男延寿卷》《女延寿卷》等）、“度关”（唱《度关科》）、“安宅”（唱《土地卷》或《灶王卷》）、“破血湖”（唱《血湖卷》或《目连宝卷》）、“禳顺星”（唱《禳星宝卷》，或《顺星宝卷》）、“斋天”（唱《斋天科仪》）、“请十王”（唱《请王科仪》，即《十王宝卷》）等等。这些仪式或安排在白天（一般在下午），或在夜间进行，中间还穿插讲唱一些“凡卷”，即俗文学故事宝卷（一般安排在晚饭后）。一次会一般从上午开始，直到第二天早上结束。宣卷和

[1] 关于“赞神歌”的情况，参见拙文《浙江嘉善下甸乡王家埭村的“赞神歌”》（调查报告），载《信仰教化娱乐——中国宝卷研究及其他》，台北：学生书局，2002。关于“太保书”参见顾希佳等《太保书与做社》，载《中国民间文化》，第7集，上海：学林出版社，1992。

许多仪式都是在晚上和夜间进行，所以前人记载称民间宣卷“必俟深更，天明方散”。有的地区的宣卷人（如江苏靖江的佛头）只做“延生”,不做“往生”（追荐亡灵）。在江南，宣卷人则同道士、和尚一样，参与“闹丧”，并做一整套仪式，演唱《十王宝卷》等仪式宝卷和各种“凡卷”。

从宗教信仰的角度考察，大部分地区的宣卷人称作“佛头”，他们自称“奉佛弟子”，在做会时（一般在开始前）念诵佛教的“功课”（经、咒），通神的疏表上押着“三宝证盟”或“佛光普照”的大印，但很难说他们是佛教信徒。比如，江苏靖江的佛头做会讲经，既做“大圣会”“观音会”，以佛教高僧泗州大圣和观世音菩萨为神主，演唱《大圣卷》《观音卷》；也做“三茅会”“梓童会”，以道教茅山派祖师三茅真君和文昌帝君为神主，演唱《三茅卷》《梓童卷》。苏州地区的宣卷先生奉道教的斗姆正神为祖师，并普遍做“拜斗顺星”法事，为人消灾解厄，与道士相似，实际操作则佛、道混杂。顺星（或作“禳星”）时唱的《顺星宝卷》（或作《禳星宝卷》《退星宝卷》），所请的神有：如来、弥陀、药师、玉皇、观音、势至、文殊、普贤、玄天、三官、三茅、六十甲子、南斗六司、北斗七星、十二宫辰、二十八宿、南极长生、当生太岁、护法韦陀等，把民间信仰的重要神佛都请来了。具体的“禳解”，开头是：“天罗星、地网星（按，以上是灾星），奉请紫微星君来退解，释迦文佛保延生；天关星、破军星，奉请文曲星君来退解，弥勒尊佛保延生；罗计星、气孛星，奉请龙德星君来退解，药师七佛保延生……”[1] 笔者在苏州地区张家港和昆山等地调查，宣卷人在荐亡法会上演唱的《地狱宝卷》，乃是明末还源教的《销释明证地狱宝卷》，说明它的发展也受到明清时期民间教派的深远影响。

综上所述，吴方言区民间宣卷是一种历史上曾受过佛、道教及民间宗教的影响，并已纳入地域民间信仰文化系统的民俗信仰活动。宣卷人既有民间迷信职业者的身份，同时又是民间的说唱艺人。

五、吴方言区民间流传和演唱的宝卷

清及近现代吴方言区民间流传的宝卷，按其版本形式可分两类：一类是印

[1] 据民国二十一年（1932）孔耀明抄本《禳星宝卷》。

刷本，包括木刻、石印及少量铅字排印本；一类是手抄本。前者主要是作为宗教宣传品或俗文学读物流通；后者主要是民间宣卷人传抄本，是他们宣卷的台本。

印刷本宝卷的出版，大致分为两个阶段。民国以前主要是木刻本，它们是各地经房、善书局刻印的，目前所见多为清同治、光绪年间的版本。这些经房、善书局都有民间教团（大乘教、先天道及其支派等）的背景，它们刻印的宝卷主要有以下三类：

（一）劝世文宝卷：如《潘公免灾宝卷》（简称《免灾宝卷》）、《因果宝卷》（全称《纯阳祖师说三世因果宝卷》）、《因果经宝卷》（又称《因果还报真经》）、《关圣玉律宝卷》（全称《协天大帝玉律经宝卷》）［插图51］等。这类宝卷与同时流传的“善书”无大差别，虽名为“宝卷”，且多用民间宝卷的形式，唱七、十字唱词，但民间宣卷人不演唱它们，主要作为读物流通。

（二）神道故事宝卷：如《悉达太子宝卷》（又名《雪山宝卷》）、《香山宝卷》（又名《观世音菩萨本行经简集》）、《普陀观音宝卷》，它们是早期佛教佛菩萨本生故事宝卷的改编本。更多的是假借佛、道教神佛而穿插进某种民间宗教教义的宝卷，如《达摩祖师宝传》、《何仙姑宝卷》、《妙英宝卷》（讲白衣大士成道故事）、《鹦哥宝卷》（讲鹦哥孝母的寓言故事）等，这些宝卷是民间宗教家编写或改编的，其间多插入教派教义的宣传，但均不标出教派名。

（三）修行故事宝卷：既有传统的佛教妇女修行故事宝卷，如《刘香女宝卷》《黄氏女宝卷》等，更多的是据俗文学故事改编的宝卷，如《赵氏贤孝宝卷》（又名《琵琶记宝卷》）、《张氏三娘卖花宝卷》、《梅氏花粫宝卷》、《杏花宝卷》、《回郎宝卷》、《稀奇宝卷》等，这些宝卷也都纳入奉佛（神）修行终得善报的故事模式。

以上（二）（三）两类宝卷中，有些是据民间宝卷的卷本改编、整理的，但民间宣卷人演唱时所依据的仍是自己传抄的手抄本。

清末民国间，上海的文益书局、文元书局、惜阴书局等，宁波学林堂书局、朱彬记书局，杭州的聚元堂书局等，都大量印行石印本宝卷。除了少量劝世文宝卷外，主要是俗文学故事宝卷，其中又以据弹词改编的宝卷占大多数，它们反映了这一时期民间宝卷发展的实际情况。这些宝卷印刷量大，作为通俗文学读物，其发行区域超出江浙地区的范围，整理改编（也有新的创作）的文字水平也较高，对宝卷文学的提高和普及起了推动作用。

民间宣卷人演唱用的台本均为手抄本。这些抄本多是宣卷人师徒传授的“秘本”，自抄或请他人代抄；也有少量是喜爱宝卷的“奉佛弟子”抄录的，送宣卷人“宣扬”（演唱）或自己阅读。吴方言区民间宣卷人的这类手抄本宝卷，被公私收藏的相当多。据笔者估计，它们可占《中国宝卷总目》著录的手抄本宝卷版本的2/3以上。按其内容可分为三大类：

[插图 51]关圣大帝（清光绪己巳刊《协天大帝玉律经（宝卷)》插图）

（一）文学故事宝卷：数量最多，又可以分为神道故事、妇女修行故事、民间传说故事、俗文学传统故事、时事故事。[1] 其中神道故事宝卷，宣卷人一般称之为“圣卷”，其他称为“凡卷”。

圣卷（或称“神卷”）只有少数是讲唱传统的佛、道教神道，如《香山宝卷》《鱼篮宝卷》《目连宝卷》《三官宝卷》等，绝大多数是民间信仰的杂神，如刘王（猛将）、白龙、财神、灶君、土地、祠山大帝等。这些圣卷所讲唱的故事，都是根据民间的传说编写或改编的。比如，江苏靖江做会讲经所唱圣卷20余种，所唱的“神”有佛有道，其中最常演唱的《大圣卷》（讲唐代佛教高僧“泗州大圣”）、《三茅卷》（讲道教茅山派祖师三茅真君）、《梓童卷》（讲道教文昌帝君）、《地藏卷》（讲唱中国佛教地藏菩萨和十殿阎王）等，都同相关的宗教传说无关。[2]

---

[1] 关于以上各类宝卷的介绍，可参见本书第一编第一章“宝卷概论 · 宝卷的分类”。
[2] 参见第三编第一章“江苏靖江的做会讲经 · 五 · 讲经宝卷的特点”。

凡卷（或称“小卷”，与下文“小卷”不同）占了文学故事宝卷的绝大多数，其中最多的又是俗文学传统故事宝卷。宋元以来俗文学积累了大量传统故事，它们以说唱、戏曲等演唱文艺形式口头演唱，也以唱本、话本等形式作为俗文学读物流传。著名的民间传说故事，如孟姜女、梁山伯与祝英台、白蛇传、董永卖身、洛阳桥等，明清以来也多已被改编为各种戏曲、说唱和唱本。清代江浙民间宣卷大量引入这两类题材，成为宝卷中最主要的文学故事。特别是流行的江南弹词，如《珍珠塔》《麒麟豹》《玉蜻蜓》《倭袍传》《何文秀》《文武香球》《再生缘》《大红袍》《百花台》《黄金印》《白鹤图》《百鸟图》《雕龙扇》《八宝双鸾钗》《双珠凤》《双玉燕》《双玉玦》《兰香阁》《十美图》等，基本上都被改编作宝卷演唱，总数在百种以上。[1] 妇女修行故事宝卷主要继承自前期佛教宝卷，某些改编俗文学和民间故事的以妇女为主角的宝卷，也常被纳入女主人公遭遇种种变故磨难仍笃志拜佛（或其他神灵），终成正果的故事模式中。时事故事宝卷较少，宝卷引进此类题材始在晚清，多移植自其他民间说唱文艺，如《开桥宝卷》（又名《显应桥宝卷》）便移植自无锡说因果。

上文已提及，清末江浙宣卷受弹词等民间演唱文艺的影响，出现“书派宣卷”，其演唱形式接近弹词。如清末上海宣卷人抄本《瑞珠宝卷》（即《玉蜻蜓宝卷》）[彩图 6] 中“庵堂认母”一段，描写徐元宰见到尼志贞卧室中挂着申贵升的遗像：

> （小生）呀！姨母，怎壁上挂的什么图形？（小旦）呀！公子，怎是真——（小生）真什么？（小旦）吓！不，不，不是，是神。（小生）呀，姨母吓！因何言语不分明，口内含糊不拎清。还是“真”来还是“神”，望姨母说与外甥听。（小旦）志贞默默难开口，微微白面起红云。一言无语心撩乱，失口就把“表兄”称。（小生）噢，噢，噢，是表兄。还是生前的喜照，还是死后的神像呢？（小旦）是亡后的。（小生笑）哈，哈，哈，姨母吓！并非是甥儿埋怨姨母尊，出家人做事欠通文。堂兄还可房中挂，“表”字当头不好听。况且是令表兄他是身亡过，何劳表妹太殷勤！（小旦）公子吓！前言原是骗你身，实在是

[1] 在一些弹词研究论著中，研究者对宝卷发展的过程缺乏了解，认为弹词故事源于宝卷，实际上把它们之间的传承关系颠倒了。

神仙吕洞宾。（小生）呀！姨母，又来哄甥儿了。那吕洞宾我也曾见过的，他是道教中打扮，因何如此打扮？咳，吕仙吓，吕仙！我想你道教甚端严，你的肩上背龙泉。为何改了书生样，不僧不道不像仙？姨母吓！释道相同非正理，我劝你快些除去免人言。（小旦）呀！公子，我看你念书之人，为何多言多语？快请外面宽坐，休要劳唠叨叨。（小生）咳，姨母吓！姨母！并非甥儿今多言，则为你说话颠倒颠。不消半盏茶时候，令表兄何德何能成了仙……

卷中人物的对话（唱），都注出角色，甚至注出情态，由宣卷人模拟故事中人物的声口、情态用代言体演唱，即弹词中的“起脚色”。两位宣卷人（如弹词中的“双挡”）模拟故事人物的声口，使演唱生动活泼。有的清末宝卷文本表明，江浙宣卷人甚至直接引进其他民间演唱文艺的形式，娱乐听众。如清光绪三十年（1904）常熟徐宪章抄本《小猪卷》。这本宝卷讲述一个“放下屠刀、立地成佛”的劝善故事：胡屠户要杀一只老母猪，五只小猪口吐人言，各述猪娘养育之恩，争相代替猪娘去死。胡屠户因受感动，从此戒杀生灵。于是，南街北巷各色人等，均来看这“小猪开口劝世人”的“新文（闻）”：

说新文，话新文，带领格大男小女、娘娘小姐哭格哭，喊格喊，引动多多少少人。家中轧得人挨挤，说格说，笑格笑，稀奇格猪会说话，说得人人喜得骨头轻。四面八方尽来看，且说一种生意人：纸马店里伙计先生也要看新文，乡下人要买副观音纸马，一揭揭格子一帖红堂子，还有一帖末——揭只古董老寿星。裁缝店里师傅也要看新文，别人叫他裁条裤子，只想看新文，共成末听清，裁子一件布背心……

说了各种“生意人”，又说三教九流各色人等，如说“和尚”：

和尚看新文，轧出光头顶，脚跟头格帽子、膝裤，踢脚绊手；一个小和尚，拾着只大姑娘格一只膝裤，就望头上一套，刚刚套到齐颈颈。

这本宝卷中插入的“说新文”，讲了30多种各色人物的失态相，几占原卷1/4的篇幅。它用大量铺陈、极度夸张的方式，烘托出“小猪开言劝世人”的轰动效果，构成热烈的喜剧气氛，娱乐听众。

（二）祝祷仪式宝卷：指与宣卷活动相结合的祝祷法事用的宝卷。它们多用“偈”、“科”（或“科仪”）、“经”之类的名称。如请、送神佛用的《请（送）佛偈》《起身偈》；为神佛上香、上烛、上茶（供品）礼拜时用的《十炷香偈》《十炷蜡烛偈》《十盏香茶偈》（或称《上茶偈》）；做结缘仪式时唱的《结缘偈》（或称《结缘宝卷》）；散花解结时唱的《散花解结偈》、《解结科》；为人祝寿时用的《八仙上寿偈》（或称《八仙上寿宝卷》《大上寿宝卷》）；为死人“作七”时用的《七七宝卷》；为孩子“度关”用的《度关科》；用于“斋天”仪式的《斋天科仪》，等等。这些宝卷均为唱述仪礼，没有故事情节，但有些是用民歌俗曲的形式，具有文学性。比如《十盏香茶偈》[1]开头的一段：

山出仙茶茶出山，灵山到此真艰难。
谷雨当前马上结，清明那时已开花。
夏天六月无躲避，雷电风雨难隐藏。
随江过海吃子千层浪，经风经雨又经霜。
此茶出在名山地，原是仙界移种花。
茶是南山开好花，开个花来结宝茶。
撒手落在山湾里，逢落泥土就发芽。
果老倒骑驴子寻茶树，湘子提篮去采茶。
仙姑作伴同道采，采和装担转仙山。
纯阳炉内加工炒，国舅掌秤定价钱。
三十二铜钱买一两，五百十二铜钱买一斤。
钟离做子贩茶客，要到蟠桃会上献仙家。
老寿星一见呼呼笑，王母娘娘看见喜心苗……
仙家吃子长生寿，凡人吃子有精神。
先献宝香次献茶，将来献上法王家。

[1] 载清同治年间苏州抄本《佛曲集》。

宝香出在梅州地，达信通神先要它。
全镶玉嵌一壶茶，金篮托出献仙家。
斋主献得茶果上，合堂众圣庆荣华。

又如用于“结缘”仪式的《结缘宝卷》[1]，所结缘者为天、日月、菩萨、父母、阿爹、老太太、兄弟、小宝宝、乡邻、衣服、口腹，乃至外国人等，表现了浓郁的江浙城镇市民风情：

结子缘，再结缘，结缘要结口腹缘；
吃素蘑菇烧豆腐，开荤生煎大肉圆……
结子缘，再结缘，结缘要结外国人缘；
外国人不肯缘来结，头上载只面桶厥，
手里拿子打狗棒，说起话来杂格乱伴。

宣卷人演唱这类仪式宝卷时，同时要进行相应的活动，离开经桌和卷本，凭记忆演唱。这种演唱形式，为宣卷人即兴发挥提供了条件。靖江佛头在做这类祝祷仪式时，经常即兴插入一些劝诫性、知识性、趣味性的民歌，“插花”作“饶头”。从各地搜集到的这类抄本宝卷异文相当多，也与此有关。

（三）小卷：又称“小偈”，这是江浙民间宝卷中特殊的一类，有的也称作“偈”。它们篇幅短小，且多为七字句的唱词，少有说白。在宣卷开始前演唱，如弹词的“开篇”；或在宣卷中间插唱，作为“饶头”。如《花名宝卷》《十月怀胎宝卷》《螳螂作亲宝卷》等。这类小卷多源于吴方言区流行的民歌小曲，如《螳螂作亲宝卷》便是一首拟人化的寓言歌，：

螳螂讨个纺织娘，百样虫蛉去商量。
先请蝼蛄传庚帖，又请蜘蛛做蚊帐。
蝴蝶娘舅媒人做，菜花虫虫做亲娘。
淘米虫虫来淘米，闲薄薄洗菜满河浜。

[1] 清光绪三十四年（1908）吕达周抄本。

蟑螂哥哥来上灶，烧火灶鸡极闹猛。
细麻田鸡扛轿子，红头百脚搬家生。
蝼蛄背个子孙包，金麻虫炽灶上前行。
虾兵当橹来得快，蟛蜞头上把篙撑。
跳卜虫虫来带缆，放屁虫虫放爆杖。
蚂蝗沙蛙来掺轿，蠓虫道士上路行。
苍蝇戴仔红帽帽，萤火虫提灯亮煌煌。
蜻蜓连忙来贺喜，曲鳝唱礼就开场。
地蝗蝗传袋来帮衬，蜒蚰身滑做喜娘。
蚊虫快拿行灯提，土鳖虫虫铺床帐。
蝴蝶两边来打扇，壁蜥身边做梅香。
壁虎厅堂排酒席，高脚骆驼去拿油盐酱。
知了树上喊吃酒，大家吃得真闹猛。
蠓虫筛酒真闹热，个个吃得喜洋洋。
阔嘴赖断吃干净，蚂蚁吃口腌水浆。
蜓螂匀匀吃不若，老鸦一到骂散场。
大小虫蛉多逃走，原归旧窠转家乡。

这个小卷把民众熟悉的各种小动物各具特色地组织在一个“结婚”的热闹场面中，构思奇特而富趣味，成人和儿童都喜欢听。

传统的小卷，多表现劝人为善的主旨。20 世纪 20 年代以后，苏州、上海等大城市中的宣卷受滩簧、说新文、滑稽戏等影响，也编唱一些滑稽、诙谐的小卷演唱，以满足市民听众的娱乐趣味。这类小卷多为即兴编唱，少有卷本留存。1924 年上海世界书局出版《红》杂志创刊号发表《嗡嗡宝卷》(饭牛翁作，述捕灭苍蝇事)、《游戏宝卷》(陆啸梧作，述各种稀奇古怪的事)就属这类宝卷。[1]其中多插科打诨，让听众开心取乐。如上述《游戏宝卷》，连唱和的佛号也成了让人开心的“鸭蛋头菩萨”：

[1] 这两本宝卷见（日）泽田瑞穗《增补宝卷研究》，日本东京：国书刊印会，1975，页58－59。

《游戏宝卷》初展闲开，游戏菩萨降临坛。
精精咯咯宣点啥？稀奇事体宣出来。（南无钝光王菩萨）
稀奇稀奇真稀奇，稀奇勿煞啥事体。
哭格朋友吒[1]笑脸，笑格朋友吒眼泪。（南无鸭蛋头菩萨）

同时，这一时期在江浙城镇中的宣卷先生也编唱一些时事新闻小卷演唱。如江苏常熟地区的抄本《滑稽小偈》。[2]这本小卷唱述1931年上海民众“一二八”抗战的情况。开头先唱“在堂大众净净心，略将小卷宣分明”，说明它是在宣卷“佛堂”上唱的“小卷”。接着唱一般的时事新闻：“民国念年（二十年，1931）发大水，几省发水没干净”，“常熟城外也没到，低乡百姓受苦辛。田中稻苗尽没坏，屋里上水不登人”。“蒋总司令”“贴出告示赈济贫”，不过是“大人一口五百文，小囡改半赈济银”，而这时，“日本皇帝坏良心”，“欲要侵略中国地，暗派本庄司令发出兵”。先占领了“三（山）海关外五省地”，虽有马占山出来抵抗，因“寡不敌众”，于是“日本倭奴”“请出宣统坐龙亭”。接下去唱上海“一二八”抗战，这是这本小卷的主要内容。作为民间宣卷人的创作，演唱者注意到以下内容：

（1）颂扬十九路军抗击日本侵略：“广东司令蒋光鼐，得着信息火冲天。立即发出十九路，领兵就是姓蔡人。蔡定楷，大本领，领了十九路军上路行。”他们英勇抗敌，“倭奴天天吃败仗，中国人日日胜仗赢。打得倭奴身自刎，呜呼一命命归阴。”

（2）表现民众对日本侵略者的仇恨，“日本人，像猴形，身着西装像只猢狲精。中国百姓好伤心，杀落多多少少人！”

（3）指出日本侵略者曾与“大英人”串通，日本的“航空母舰到上海，歇在吴淞口外大江心。串通一排大英人，暗里帮助日本人。要借大英租界驻兵马，测其不意打退中国人。”

（4）指出蒋介石的“禁卫军”，败退出上海，到常熟扰民，“城头上面壕沟掘，团转掘得密层层。常熟店家尽步（罢）市，家家下槛尽关门。大户人家尽逃难，搬场逃难忙杀人……小户人家无处逃，大哭小喊泪纷纷。”

[1] 此字按照吴方言常用字，应写作“勿”。

[2] 这本小卷本节末附录影印本。它同《灶头卷》《十房新妇》《十样忙》《十张新机》等小卷合抄一册，封面题《小偈宝卷》，民国年间抄本。

上述内容进入了宣卷的“佛堂”，应当说是江南民间宝卷的一大进步，它反映了当时全国人民同仇敌忾高涨的抗日情绪。但宣卷总归是一种民间信仰文化活动，这部小卷最后也归结到善恶报应的信仰模式中：“善人不犯枪炮死，恶人难逃命归阴；善人日后好收成，火光贼盗不相侵。连年世界不得好，年年打涨（仗）不太平。只为凡人不信佛，天上派下恶灾星。故此眼前个个敬重佛，修行念佛保安宁。”

六、当代吴方言区民间宣卷存在和发展的空间

目前吴方言区宣卷的流行区域，据笔者在20世纪80年代后的普遍调查，主要集中于江苏省苏州市下属各市县、长江以北泰州市的靖江市，上海市的青浦县等地区，浙江绍兴市的农村等。在这些地区，仍有职业性的宣卷班社活动。如在苏州吴县胜浦镇（今属苏州市工业园区），1997年有4个宣卷班，最著名的是老宣卷先生金阿大的班子；在张家港市港口镇有4位老讲经先生授徒带班做会讲经；在昆山市玉山镇女宣卷人×××的宣卷班活动地区远及上海市的太仓、嘉定、青浦等地农村；在靖江市，1997年仅地方政府文化局以民间艺人身份登记在案“佛头”就有108人。上述地区以外的地方，仅发现个别宣卷人的宣卷活动（如在佛教寺庙观音庙会宣卷），或民间佛教信徒在宗教活动中唱念《观音宝卷》（《香山宝卷》）等卷和佛曲（偈）。从上述情况看，民间宣卷存在的空间很小了，所以，在本书第一编“宝卷概论”中，笔者提出“作为一种流行的民间说唱文艺，它的衰微是难以避免的”。但是，在上述宣卷班社活动地区，民间宣卷还会继续存在下去，其原因有三：

（一）宣卷活动已成为新的地域性民间信仰活动的组成部分。在20世纪80年代初，打破了“文化大革命”的禁锢，在改革开放的形势下刚刚富裕起来的农民，有一段乱盖庙的过程，各类“牛鬼蛇神”也沉渣泛起；而正统的佛、道教，尚未在广大农村传播。经过一段时期的混乱后，一些地区在地域性传统民间信仰的基础上，逐渐形成新的民间信仰活动系统。比如在靖江农村，佛头做会讲经历来只做“延生”，不做“往生”，于是便出现一大批伙居道士和野和尚“做道场”“放焰口”超度亡人。他们同佛头的活动互相补充，满足了一般民众（主要是农民）在生老病死一系列人生仪礼中的信仰需求。在江南，宣卷（讲

经）先生历来参与“闹丧”，农民多信仰佛教，于是不仅生子、庆寿等喜庆活动请宣卷先生，丧葬也请宣卷先生来做往生法事。笔者在昆山、张家港农村调查时了解到，一般丧事，佛教信徒请宣卷先生，道教信徒请伙居道士，有的则请宣卷先生、道士分别各做一天。由于宝卷已经纳入“非物质文化遗产”，有些地区的伙居道士也唱起了“宝卷”。从上述情况看，各地宣卷活动又重新成为地域性民间信仰活动的组成部分，并根据民众的需求，在形式和内容上作了调整（见下）。这样一来，如无特殊情况，它不会突然消失。在当代，不论在农村或城市中，民众的宗教和民间信仰活动是会长期存在下去的社会现象。城市里商家在店堂里供奉“财神爷”，同农民企业家在开张和年关请宣卷先生到厂里做会唱《香山宝卷》，祈求观音菩萨保佑发财，从信仰的角度来看，没有差别。

（二）新一代宣卷人形成。80 年代初期，宣卷活动刚恢复的时候，基本上是一批年纪在五六十岁的老宣卷先生、佛头做会宣卷（讲经）。因为受到 50 年代以来政治运动、特别是“文化大革命”的冲击，他们一般都不愿意授徒传艺。后来，由于民众对做会宣卷需求量大，他们难以应付，需要人帮忙；同时，政府对此类民间信仰活动的管理也比较宽松，不干预和禁止他们的活动，于是老宣卷人纷纷授徒。1996 年 11 月笔者在张家港港口镇调查时，据老讲经先生钱筱念（时年 65 岁）介绍，在张家港港口镇及周边的妙桥、塘桥、西张和大义（属常熟市）有老讲经先生 19 人，他们所带徒弟约 60 人，其中女性 10 人。他本人的徒弟中也有一位女性，原为小学教师。加入宣卷人队伍的年轻人，有些原是“公社文艺宣传队”的队员，农村体制改革后，这些宣传队都解散了。比如，昆山市玉山镇女宣卷人 ××× 原来便是文艺宣传队队员，唱锡剧、苏剧，“公社”体制解散后，她又到镇文化站工作。1996 年她拉起的宣卷班中包括了她的师父老宣卷先生周小弟。平时大家各务其业（她开办了一家小型家庭工厂），有做会宣卷业务时，她用电话通知，约上五六个人，定准时间，大家便分别前往斋主家去。这些原来的文艺宣传队的队员，能歌善舞，经过自学便能参与宣卷活动。他们对宣卷的改革和发展有推动作用。到 90 年代末，各地宣卷班子已普遍由新一代宣卷人唱主角。这新一代宣卷人的形成，为民间宣卷的继续发展奠定了基础 。

（三）宣卷活动已根据民众的需求在形式和内容方面作了调整和发展。其主要的表现是信仰仪式的简化和娱乐成分的增加。如现在靖江东沙民家请佛头做会讲经，一般不是单独做某一种“会”，而是几种会合起来做；在为父母做的“三茅会”“观音会”上，也可挤出时间为小孩子做“过关”的仪式。这样，做会讲唱的“圣卷”便只能压缩，而善讲“小卷”的佛头，则受到民众的欢迎。佛头陆爱华善唱小卷，在他的名片背后宣示的“服务总旨”中称：“歌颂民族英雄，去恶扬善……主讲古典小说50余本，形象生动，引人入胜，任君挑选。”吴县胜浦镇金阿大领导的班子，曾是公社文艺宣传队。金阿大名文胤，已70岁（1997年，已故），年轻时学过宣卷，也学过苏州滩簧。他的班子8人，活跃在苏州东乡水网地带，主要应农家“庆寿”预约演出。除了宣卷外，还演唱沪剧、锡剧小戏，如《借黄糠》《拔兰花》《双推磨》《卖红菱》《阿必大回娘家》《一餐饭》等。他们按约定的时间摇花船前往，一般在下午5点钟到斋主家，先布置佛堂，“举香赞”“请佛”。接着吃晚饭，同时与斋主家商定演出的小戏和宝卷。晚饭后化装演两出小戏，接着宣卷。宣卷结束（约夜间12点），吃过夜点心，为寿星“上寿”，唱《八仙上寿卷》，接着“散花解结”“结缘”“送佛”。结束时大约凌晨两点多，他们摇船回家。如果斋主家另要加唱宝卷，或做其他仪式，则在“上寿”后稍作休息后继续进行，直到第二天上午结束，“会钱”另加。[彩图7、8、9] 在有些地方，由于年轻演员进入宣卷队伍唱主角，他们甚至在做仪式的间歇，唱流行歌曲、跳舞。虽引起老年人的非议，但受到青年人的欢迎。但是，在有些地区（如江苏常熟和张家港地区），则主要保留了祈福禳灾、追亡荐祖的仪式活动，演唱小卷成了可有可无的“闲”卷。

附录：民国常熟抄本《滑稽小偈》

滑稽小偈

在堂大衆淨丿心　畧將小偈宣分明
要宣三海関外一椿情　今朝説被大衆听
宣統三年到如今　為啥年丿不太平
只為清朝百姓人心变　剪落頭髮做革命
民國念年大發水　几省發水汲干淨
漢口上海尽發水　高郵邵伯汲杀人
常熟城外也没到　低鄉百姓受苦辛
田中稻苗尽汲壞　屋裡上水不登人
汲得灶上与處燒飯吃　尿瓶馬桶氽干淨
淺丁汲到隨脚掃　深丁常化隨頸丁
肚飢也与粥飯吃　吃口冷水當点心
思前想後与生路　結了團體报官所
請求衙門要賑濟　發賑两事救灾民
各县县長忙申奏　各省呈文到南京
將捻司令末接着　貼出告示賑濟貧
立出命令着省長　轉着各县县長發飢民
大人一口五百文　小喝改半賑濟銀
今朝説起日本人　日本皇帝壞良心
狼心肺狗心不足　曉得中國國家貧
國庫空虛与少鈔　那有銀〻發飢民
外國人不是人　頡起一片黑良心
前年常受中國抵日貨　名唐就叫踏沉船欺瞞我裡中國人
想登中國做皇帝　想做中國皇帝坐龙亭

欲要侵略中國地 暗派本莊司令發出兵。
出兵就到荊州地 又到熱河是遼寧
又到三海關外吉林省 那知碰着對頭馬將軍
馬占山狼心人 卯火冲到頭頂心
掉出軍隊要抵抗 抵抗日本外國人
要想一漲成功打 打退矮奴日本人
連日爭戰無休歇 日〻夜〻不淂停
朝晨打到黃昏後 四更打到大天明
可憐馬占山手下軍隊少 寡不敵衆不淂瀛
漸〻失敗望後退 黑龍江讓被外國人
日本矮奴真起緊 五吆喝六鬧音〻
勢如劈竹無人敵 登在三海關外乱話行
獨立關外五省地 請出宣統坐龍亭
千不怨來萬不怨 只怪我裡中國人
只怪上級軍官不同心 只想貪賍糊塗欺旁人
只想打算銅〻進門大 捐到銅〻買魚買肉常醒
只有捐銅〻一事頂當心 打漲兩事丢千淨
兵馬也不操練熟 也不教訓小兵丁
張學良壞良心 心裡不顧中國人
听淂日本人來打 踊首但斃不出兵
心中常想不抵抗 任憑矮奴乱殺人
日本人像猴形 身着西裝像只猢猻精
中國百姓好傷心 殺落多〻少〻人
眼睛挖出合藥料 抽出肚腸就做熱水瓶

中國同胞遭悪难　死在矮奴手裡苦傷心
自從八月来起事　打到年底分收兵
三海関外五省地面尽失敗　一齐讓被日本人
本莊司令多浔意　定道中國無本領
忘想中國全世界　欺瞞中國無不人
暗派賢擇中将到上海　八只兵輪開到王浦心
又派直殿将軍来帮助　飛機飛在半天心
航空母艦到上海　歇在吴淞口外大江心
串通一排大英人　暗裡帮助日本人
要借大英租界駐兵馬　測其不意打退中國人
不宣矮奴到上海　要宣廣東義勇軍
廣東司令蔣光鼐　浔着信息火冲心
立刻發出十九路　領兵就是姓蔡人
蔡定楷大本領　領了十九路軍上路行
暗〻到了上海地　四處埋伏要當心
暗防矮奴要動手　要想殺尽矮奴日本人
直到十二月念八夜裡就動手　矮奴肚裡喜欢心
只道上海分防備　中國人此番一定分當心
今朝打平上海地　明朝直達到南京
那知惹動十九路　十九路軍暗裡巡
個〻磨攀（拳）多捺掌　威風抖擻骨頭輕
戰線劃到浜北地　寶山路一段頂吃京
双方碰頭就開火　開槍開炮開音了
槍声連〻声不絶　炮声震動上海城

空中鉛子如落雨
矮奴天丿吃敗漲
打淂矮奴身自刎
野村中將心着急
要求日本皇帝救兵發
帶了手下兵和馬
路上行程无担閣
一齐上岸排兵隊
馬隊先行来開路
鉄甲車如射箭
空中飛機要保護
野戰炮隊連開放
買捉江北人来杀炸彈
一時火發紅烟起
槍炮連丿声不絶
可憐閘北一段傷心處
商務書館尽燒壞
江灣大場廟行鎮
各各馬路无人走
白川大將真利害
五路開兵望前打
十九路軍將要敗
蔣介石来淂信
師長姓俞名濟時

烟霧騰丿看不清
中國人日丿勝漲瀛
鳴呼一命丿歸陰
告急東章到東京
着差白川到来臨
十八只兵輪開出京
早到申江上海城
槍刀劍戟密層丿
小鋼炮隊後頭跟
唐克車開似風行
步槍軍隊望前行
烟塵炮彈雨点能
東杀西杀乱紛丿
烟塵堆乱唬杀人
乒丿乓丿不絶声
多少房屋化灰塵
北火車站也无存
一齐打淂乱紛丿
私街小街无人行
大包圍勢妙才情
冲風打漲比輸瀛
急怕電报讨救兵
派出八十八師禁衛兵
四十七師也来臨

到只上海就動手　合作尽打日本人
白川大將使妙計　兵輪開出望外行
開到刘河就上岸　又到太倉一座城
十九路軍心慌乱　立時退出上海城
四十七師也退下　退到常熟市桥登
八十八師也未到　到只常熟掘地潭
城頭上面壕溝掘　團轉掘淂窰層了
常熟店家尽步市　家〻下樘尽關門
大户人家尽逃难　搬場逃难忙杀人
唬淂城裡不敢住　一齐唬到鄉下登
小户人家無逃處　大哭小喊泪紛〻
正月念七大背人　市桥百姓唬干淨
各村各巷尽曉淂　不知揹人揹去啥正經
有丁說道揹去扛鉛子　有丁多說揹去做小兵
扛鉛子不要緊　只怕上火線去傷性命
故此丁〻多京唬　男〻女〻尽吃京
胆大人不要緊　小胆頭人不安心
唬淂日裡不敢街上去　夜頭不敢屋裡登
吃只夜飯早出門　私街私口去安身
有丁雅在河灘上　有丁胭在破荒坟
有丁伴在杆棵畂　有丁伴在竹消墩
有丁伴在牛步站　有丁伴在拉此墩
有丁野田孔裡丢丁轉　一夜不胭听邦声
有丁登在破屋裡　听見人声唬淂無那躲

倘有外頭狗來咬 唬得眼成娄了不做声
唬得男人不去生活做 女人不去花边綸
老太唬得索了抖 小喝唬得無响声
尽說此番無世界 那知天道不虧人
幸虧常熟人來佛天敬 故而沒有大難臨
算來還是良心善 免灾免难保安寧
但看一排上海人 多少尽是壞良心
只為良心不好不行善 要犯槍炮火裡命帰陰
也有打壞頭面上 也有打壞腰背心
也有打落一双手 有了打壞兩眼睛
上海也有善心人 免落兵灾躲难星
善人不犯槍炮死 恶人难逃命帰陰
善人日後收成好 火光賊盜不相侵
連年世界不得好 年；打漲不太平
只為凡人不信佛 天上派下恶灾星
故此眼前了了敬重佛 修行念佛保安寧
稽滑小偈宣完成 諸佛菩薩不作真
有人若然不相信 阿要問；上海人
中國日本争戰的何樣 到底打到那光景
大衆的有不中听 就叫狐言乱語热葷醒

第七章　清及近现代北方的民间念卷和宝卷

一、前言

清代及近现代北方的民间宣卷一般称作“念卷”。“念卷”一语最早见于明万历末年陕甘地区无为教教徒印宗编的《销释真空宝卷》。印宗俗名李元，陕西人。[1] 这部宝卷抄本 20 世纪 30 年代在宁夏发现。其卷末“结经偈”云：

> 愿以此功德，普济于一切。
> 念卷保平安，皆供成佛道。[2]

明代民间教派宝卷的演唱，一般均称“宣卷”，此改称“念卷”，与其演唱形式有关。这部宝卷打破了教派宝卷的演唱形式，[3] 它不再分品，除了少量散说和用［梧叶儿］［黄莺儿］唱的两套“五更”外，韵文部分主要是十字句唱词。这些唱词是“念”（经忏式的韵诵）的，所以称“念卷”。造成宝卷演唱形式的这种变化，与边远地区的教团人士和信众不会唱一般教派宝卷中大量使用的小曲有关。现存北方的民间宝卷，早期仍按教派宝卷分品、唱小曲的形式编写，但在许多传抄本中，品目和小曲都抄丢了，也是同样原因。所以“念卷”之名，后来在北方民间通用。据当代调查，山西和甘肃河西地区的民间宝卷演唱都称“念卷”。

对北方民间念卷和宝卷的发展，至今在历史文献中没有找到直接的记载，只能依据现存的宝卷文本结合当代的田野调查资料作初步的研究。

---

[1] 本卷产生的年代，一般根据传讹，认为是元代抄本，误。参见本书第二编第八章“明清民间教派和教派宝卷（经卷）在甘肃地区的流传”。

[2] 见胡适《跋销释真空宝卷》（载《国立北平图书馆刊》，第5卷第3号，1931年）附录本卷标点本。

[3] 见本书第二编第四章“明清教派宝卷的发展、形式和演唱形态”。

二、明末民间教团人士编的两部文学故事宝卷

明代末年某些民间教团中人士便根据民间传说故事、说唱词话或其他演唱文艺的故事改编成宝卷，在为民众“做会”（斋会）中演唱。对后来民间宝卷影响较大的有两部：《销释孟姜忠烈贞节贤良宝卷》和《佛说王忠庆大失散手巾宝卷》，它们都严格按照教派宝卷的演唱形式编写。从内容上看，代表了两种倾向：前者主要为宣传宗教教义，后者主要是宣扬因果、娱乐听众。

《销释孟姜忠烈贞节贤良宝卷》（本卷简名《孟姜宝卷》，又名《长城宝卷》）根据孟姜女哭长城故事改编。[1] 本卷依据的孟姜女故事是河北静海地区的传说，特点是孟姜女不仅给丈夫做寒衣，还为皇上绣了两件精致的“赭黄袍”（龙袍）；卷中的一首偈子：“孟姜织黄袍，三百六十条；只为范杞郎，一年织一遭。”现代仍在该地区流传。[2] 宝卷的改编者，是明中叶后以无生老母为最高神圣、“外佛内道”的黄天教（道）徒，其修持方式是修炼“打通玄关一窍，五气朝元”的内功。卷中随处可见这类修功的名词术语，同时将孟姜女送寒衣的过程也暗示为修功的进程，比如秦始皇修长城的原因是“贼兵反乱，六国来侵”，它暗示修炼内功时的“六贼”（邪念）的侵扰；卷中的一些情节安排，令人莫名其妙，如范喜郎被打入“六罗山九宫”；孟姜女在“九江口”被无生老母驾船送到六罗山。[3]

大概在清代康熙、乾隆年间，民间教派人士又将这本宝卷改编为《长城宝卷》。开卷“诗云”：“《长城宝卷》奥无穷，奉劝大众苦用功。为人修的长城好，无有死来光有生。”说明改编者仍然暗示这部宝卷包含了宗教修功的奥义。卷末［耍孩儿］曲说：“劝善人，听我明，听着我，说长城，这部宝卷无有影。本是佛法传大道，编成热闹敬明公，一编编了一年整。众明公要问此卷，这部宝卷出在北宫。”“北宫”是民间教团组织，可能在河北南部或山东北部地区。它保留了《销释孟姜忠烈贞节贤良宝卷》的全部情节和人物，但是删去原卷随

[1] 详见本书第五编“宝卷漫录 · 销释孟姜忠烈贞节贤良宝卷”。

[2] 见顾颉刚《孟姜女故事研究集》，原载《现代评论二周年增刊》，1927年第1期；后收入《孟姜女故事研究集》（第一册），广州：中山大学语言历史学研究所，1928。今据上海古籍出版社1984年出版《孟姜女故事研究集》合订本，页43。

[3] 详见本书第五编“宝卷漫录 · 销释孟姜忠烈贞节贤良宝卷”。

处可见的修习内功的说辞，增加了许多细节描述。比如《销释孟姜忠烈贞节贤良宝卷》中，孟姜女临行，父亲嘱咐她“九关十八寨，处处要提防”，是暗示修持“内功”要打通的各种“关”。其中的“黄草关被捉关进南牢”，在本卷中则被改编为热热闹闹的三回书。正如本卷编者宣示的“编成热闹敬明公”，改编者的主要目的是为了娱乐听众。其演唱形式，也采用了清初河北、山东等地说唱道情的形式：分段结构不再分“品”，而是分“回”；每回重头联唱［耍孩儿］调，并插入少量七言、十言唱段，称［七字佛］［十字佛］。[1]

近现代甘肃河西地区广泛流传的孟姜女故事宝卷《孟姜女绣龙袍宝卷》(简称《绣龙袍宝卷》，又名《孟姜女宝卷》《孟姜女哭长城宝卷》《许孟姜哭打长城宝卷》等）与《销释孟姜忠烈贞节贤良宝卷》有传承关系，卷中保留了孟姜女为皇帝绣龙袍的情节（在江浙吴方言地区的孟姜女故事宝卷中没有这个情节)，但民间教派信仰的说辞没有了，内容也表现了地区民俗文化特色。[2]

《佛说王忠庆大失散手巾宝卷》(简称《手巾宝卷》，又名《斋僧宝卷》)，今存明末抄本，［版图5］讲的是一个家庭伦理和因果报应故事：东京汴国梁城三贤村（八里庄）王中庆员外，妻张氏素真，生子王天禄、女茴香。素真为持斋看经、念佛斋僧，劝员外另娶一妾李氏管家。李氏挑唆王员外打骂迫害张素真和她的儿女，张素贞和茴香先后逃到观音禅寺落发为尼。王天禄外逃，在关王庙得关王爷（关帝）授予十八般武艺投军，“征伐金兵”“贼寇”，立功封官。回家与母亲、妹妹团圆，将李氏打死报仇。全家五人得观音菩萨指引，“生天归空”。本卷按照教派宝卷的演唱形式分“分”，插唱小曲。开始有“举香赞”“开经偈”“三宝颂”，结尾有“回向”“发愿”仪式。说明这本宝卷仍在民间教团组织的“法会”(斋会）上演唱，而讲述的却是一个俗文学传统故事。其中没有民间教派信仰和修持的宣传，但在宝卷的结尾为第二十九分中，南海观世音菩萨化为僧人念的偈子：“莫笑我风（疯）颠，一生懒参禅。顿舍娑婆苦，快乐非等闲。寿比天地久，清闲不卷帘。众生若得遇，脱苦上法船。”素真听了僧人说偈，“大彻大悟”，说了一首“归家偈”。僧人便说：“要想‘归家’，你今跟我高高念上三声佛来！居家在惺（醒）归正道，弥陀接引上法舡（船）。”

[1] 详见本书第五编“宝卷漫录 · 长城宝卷”。
[2] 详见本书第五编“宝卷漫录 · 哭长城宝卷”。

本卷文词粗俗，这段说偈说法，显然是抄袭某一教派的成说。[1] 这一宝卷在清代流传很广，不仅在北方流传，在吴方言区民间宣卷中也演唱。

上述两种宝卷说明，明末和清代前期的民间教派人士都参与以宣扬因果、娱乐听众为目的文学故事宝卷的改编，它们都是在民间教团组织的法会上演出。江浙吴方言区的民间宣卷和宝卷的兴起与民间佛教的传播有关，它们有不同的宗教文化背景。[2]

三、清代北方民间的抄本宝卷

清政府自康熙朝后期（约公元1700年前后），便开始大规模镇压各地民间教派，查抄它们使用的经卷（包括宝卷），北方各地（特别是河北、山西、山东地区）的民间教团，首当其冲。[3] 各地民间教团人士，虽然仍组织念卷活动，演唱文学故事宝卷，但都尽量淡化其宗教色彩，而逐渐发展成一种宣扬因果报应的信仰教化娱乐活动，同时留下了大量此类宝卷文本。其中流传最广的是《佛说慈云宝卷》（简称《慈云宝卷》）。

这部宝卷所述为虚拟的宋代宫廷忠奸斗争的故事。略为：宋祥宗年老无子，御弟襄王正妃绿神妃（日南交趾人）生子慈云，被封为太子。襄王宠爱偏妃张月英（兵部尚书张文炳女），屡屡陷害绿妃和慈云。绿妃被迫害致死，得观音菩萨救活，出家为尼。襄王奉命南征反叛被困绍兴。慈云在忠臣的庇护下外逃，历尽磨难，学得武艺，结交好汉。隐姓埋名，私入京师，挂印下南唐，救出父亲。父子还朝，母子重逢。祥宗晏驾，慈云登基。封赏忠义有功之臣，张月英被乱棍打死，其父被典刑。

这部宝卷分为3部：《佛说永寿庵认母回宫慈云宝卷》《佛说刘吉祥放主逃生走国慈云宝卷》《佛说绍兴城救父还国登基慈云宝卷》，共六十四品（分），[彩图10] 所唱小曲30余种。[4] 其品目如下：

---

[1] 详见本书第五编“宝卷漫录 · 佛说王忠庆大失散手巾宝卷”。

[2] 参见本书第二编第六章“江浙吴方言区的民间宣卷和宝卷”。

[3] 参见拙著《中国宝卷总目》（修订本）附录八“清政府查办邪教档案载民间宗教经卷目”，北京：北京燕山出版社，2000。

[4] 本卷所唱小曲曲调名，见本书第二编第五章“明清教派宝卷中的小曲”附录一“52部明清宝卷中的小曲”。

祥宗筵宴群臣共赏中秋品第一，
玉龙太子投胎神妃分娩品第二
刘吉祥西宫报喜惹起嫉妒品第三
张月英灌醉襄王暗进谗言品第四
众恶奴神妃院传旨逼命品第五
绿太真下产龙床叮咛托子品第六
绞莲宫绿神妃屈死怨品第七
乱葬岗刘吉祥私埋主母品第八
襄王酒醒悔过痛哭绿妃品第九
祥宗驾幸王府怜爱小皇侄品第十
观音瘖（搭）救绿（神妃）受甘露水还魂品第十一
金星指引神妃投永寿庵出家品第十二
绿神妃背诵法华得地安身品第十三
张月英苦打慈云鱼池害命品第十四
忠义奴西宫下院背回小主品第十五
没娘子分宫楼上哭拜真容品第十六
玩花楼赏花月英暗害真主品第十七
永寿庵庆寿太后怜爱皇孙品第十八
千佛阁慈云认母娘儿睹面品第十九
云台内神妃赐帕母子分离品第二十
暗闭寝宫哭拜龙须帕品第二十一
眠卧龙床染成思娘病品第二十二
(以上《佛说永寿庵认母回宫慈云宝卷》)
襄王窃听私语神圣倾翻毒药品第二十三
翠屏自刎尽节刘公痛刘□品第二十四
探病回西宫怒打张月英品第二十五
奉旨下江南哭别御慈云品第二十六
未兴兵在神妃院寄子托孤品第二十七
中贼计入绍兴城遭围受困品第二十八
慈云病好痛苦（哭）韩翠屏品第二十九

月英用赌（?）买托刘吉祥品第三十
荒郊野外恐吓小储君品第三十一
密松林内放走御慈云品第三十二
小主爷孤身去逃难品第三十三
老刘公为主爷杀侄孙品第三十四
张月英变卦埋良心品第三十五
苗文节谏言保忠义品第三十六
慈云走国夜存土地庙品第三十七
慈云乞食唱打莲花落品第三十八
拜恶（谒）干爷娘活折死老两口品第三十九
发送义父母插标长街卖身品第四十一
储君做画童怒打黑龙品第四十二
御慈云三打侯拱结拜朋友品第四十三
赵员外久蓄玉龙招赘东床品第四十四
（以上第二部《佛说刘吉祥放主逃生走国慈云宝卷》）
石砚台打死教授先生品第四十五
木头刀杀死黄堂公子品第四十六
黄土被（坡）前惹衬龙虎又避灾品第四十七
李家庄上投宿君臣治瘿袋品第四十八
无意中龙凤西（喜）和谐品第四十九
睡梦里神圣双传法品第五十
龙虎时来偶的（得）盔甲鞍马品第五十一
君臣运至巧遇黄榜招贤品第五十二
校场点兵比试品第第五十三
演武厅挂印封官品第五十四
刘太监暗送龙须帕品第五十五
御慈云封上下江南品第五十六
攻州城奇哥认父品第五十七
下南唐平定兵贼品第五十八
绍兴城慈云报号父子睹面品第五十九

金銮殿裏王见驾手足重逢品第六十
苦尽甜来慈云登基即位品第六十一
业贯满盈张月英父子遭诛品第六十二
宋紫微宗参佛像祈如来品第六十三
弥陀佛说因果道场品第六十四

（以上第三部《佛说绍兴城救父还国登基慈云宝卷》）[1]

详细的品目，概括了全卷故事的细节。这种故事曲折、气势浩大“连台本”式的长篇历史故事宝卷，仅此一见。这部宝卷编写的时间，难以确定。张颔先生曾在山西介休发现清乾隆五十三年（1788）的民间抄本（一册，已散失）。现在留存的清代民间抄本很多，且多为清代前期抄本，近现代山西介休和甘肃河西民间宝卷中也有传抄本。但留存的卷本大都不是全部，上述“品”目据中国社会科学院文学所收藏清代前期民间抄本（三部宝卷原分为六册，存本合订为三册）。这个故事可能来源于明代口头演唱的说书或说唱词话。清代秦腔有此故事剧目，名《永寿庵》。[2] 今存嘉庆庚辰（二十五年，1820）佚名编通俗小说《后宋慈云走国全传》（八卷三十五回）[3] 也写这一故事。吴方言区民间宣卷中未见演唱这个宝卷，但在广东木鱼书中有这一故事的传统书目，可能是明末由说唱词话直接流传过去的。[4] 关德栋先生曾向笔者介绍，俄国学者李福清（B Riftin）在蒙古的说唱文学中也发现了演唱这一故事的作品。

这部宝卷也是有教团背景的人士按照教派宝卷的形式改编的。开卷“缘起”中说：“可见善有善报，恶有恶报，天理昭彰，一毫不差。奉劝善男信女，静听佛经，皈依三宝，休使六贼惑乱，早证无上菩提。”但卷中没有教派宝卷的说辞，完全是讲唱故事。

现存清代北方的许多民间宝卷，卷名前均沿袭明清民间教派的某些宝卷的

[1] 这部宝卷留存的清代抄本很多，但大多不全。此目据中国社会科学院文学所收藏清代前期民间抄本。三部宝卷原分为六册，现合订为三册。目中有些文字难以校订。

[2] 见陕西省艺术研究所编《秦腔剧目初考》，西安：陕西人民出版社，1984，页384－385。陕西西路秦腔为连台本戏，四本。

[3] 《中国通俗小说总目提要》著录，北京：中国文联出版公司，1990，页637－638。

[4] 见谭正璧、谭寻编《木鱼歌、潮州歌叙录》，北京：书目文献出版社，1982，页71。故事不完全相同。

命名方式冠以“佛说”，卷首亦如上述《佛说王忠庆大失散手巾宝卷》《佛说慈云宝卷》有“举香赞”“三宝颂”等简单的仪式，并保留分“品”（分）、加唱小曲的形式（许多抄本已经将品名和小曲抄落）。如：

001.《佛说张世登宝卷》，清康熙刻本，二卷二册。

002.《佛说高唱游龟山蝴蝶杯宝卷》，清嘉庆八年（1803）抄本，一册。

003.《佛说牧羊宝卷》，清嘉庆十五年（1810）抄本，一册。

004—006.《佛说刘子忠宝卷》，简名《贤良宝卷》，清嘉庆二十四年（1819）抄本，一册；又，清道光四年（1824）抄本，一册，卷名《佛说刘子忠贤良宝卷》；又，清道光十五年（1835）敦伦堂抄本，一册。[插图 52]

007.《佛说红灯宝卷》，简名《红灯宝卷》，又名《红灯记宝卷》，清道光二年（1822）抄本，一册。

008.《佛说忠良仁义贤孝宝卷》，清道光十二年（1832）抄本，二册。按，又名《二度梅宝卷》，见下。

009—010.《佛说苏知县白罗衫再合宝卷》，简名《白罗衫宝卷》，清道光二十七年（1847）抄本，一册；清咸丰七年（1857）守分堂抄本，一册。[插图 53]

011.《佛说开宗宝卷》，存清道光二十年（1840）吴震桥抄本，一册。按，本卷又名《销释开宗宝卷》《开家宝卷》《开翁宝卷》，存清刻本、抄本多种。

012.《佛说扫秦宝卷》，简称《扫秦宝卷》，清咸丰元年（1851）双益堂武记抄本，一册。

013、014.《佛说王有道休妻宝卷》，一册。按，本卷题为清乾隆二十九年（1764）抄本，实为清咸丰年间的抄本。[插图 54] 按，本卷又名《佛说金钱钥匙宝卷》，存清咸丰十一年（1851）范氏积善堂抄本，一册。

015.《佛说高仲举破镜宝卷》，又名《丁郎寻父宝卷》《菱花镜宝卷》。清抄本，一册。

016.《佛说双喜宝卷》，清抄本，一册。

017.《佛说鹦鸽经》，又名《鹦哥宝卷》，清光绪二十九年（1903）抄本。

018.《佛说樊修德苦修宝卷》，清末刘明则编，清光绪元年（1875）抄本，与《善福报宝卷》合订一册。

有些宝卷虽不冠名“佛说”，亦为北方宝卷，如：

019.《白马宝卷》，清康熙荣盛堂刻本，二卷二册。

020.《玉杯宝卷》，清嘉庆五年（1800）靳汉王诚意堂抄本，一册。

021.《双灯宝卷》，清嘉庆七年（1802）靳汉玉抄本。

022.《天仙宝卷》，又名《张四姐大闹东京宝卷》，清嘉庆二十二年（1817）抄本，一册。

023.《阴德宝卷》，清道光十三年（1833）杨德宅抄本，一册。

024.《白罗衫宝卷》，清道光二十七年（1847）抄本，一册。

025.《丝銮记宝卷》，清道光二十九年（1849）抄本。

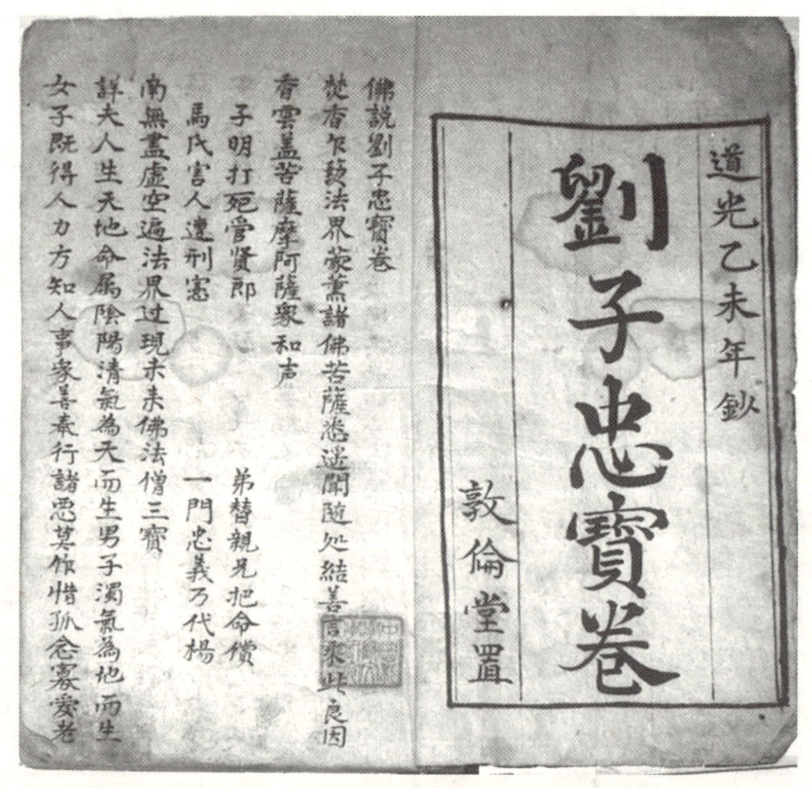

道光乙未年鈔
劉子忠寶卷
敦倫堂置

佛說劉子忠寶卷
焚香作證法界蒙薰諸佛菩薩悉遥聞隨处結善言來此良因
香雲蓋菩薩摩訶薩衆和声
子明打死曾賢郎　弟替親兄把命償
馬氏害人遭刑憲　一門忠義乃代楊
南無盡虛空遍法界过現未來佛法僧三寶
許夫人生天地命屬陰陽清氣為天而生男子濁氣為地而生
女子既得人力方知人事家善奉行諸悪莫作惜孤念寡愛老

[插图 52]《佛说刘子忠宝卷》扉页和卷首（清道光乙未敦伦堂抄本）

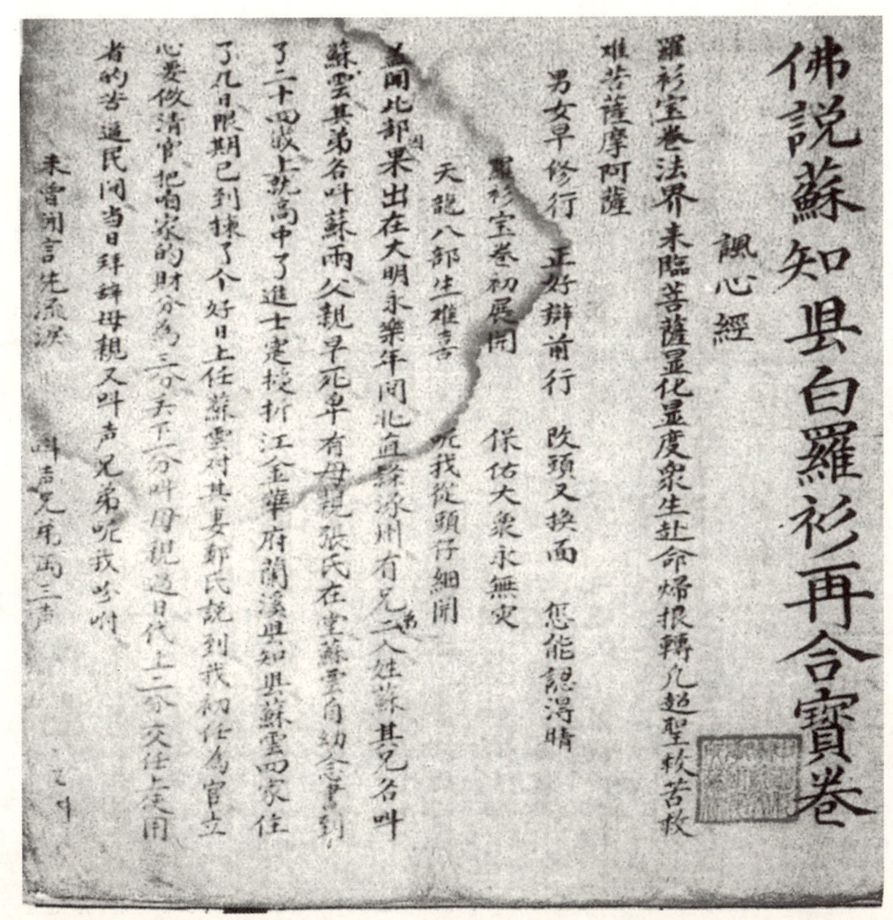

佛說蘇知县白羅衫再合寶卷
諷心經
羅衫宝卷法界来臨菩薩显化是度衆生赴命烯根轉凡超聖救苦救
难苦薩摩訶薩
男女早修行 正好辦前行 改頭又换面 怎能認得晴
羅衫宝卷初展開 保佑大衆永無灾
天龍八部生歡喜 呪我從頭仔細開
且聞此部果出在大明永樂年間北直隸涿州有兄弟二人姓蘇其兄名叫
蘇雲其弟名叫蘇雨父親早死单有母親張氏在堂蘇雲自幼念書到
了二十四歲上就高中了進士定授浙江金華府蘭溪县知县蘇雲回家住
了几日限期已到揀了个好日上任蘇雲对其妻鄭氏說到我初任為官立
心要做清官把咱家的財分為三分丢下一分叫母親過日代上二分交任上使用
者的苦 過民間当日拜辞母親又叫声兄弟呢我吩咐
未曾開言先流淚 叫声兄弟两三声

[插图 53]《佛说苏知县白罗衫再合宝卷》卷首（清咸丰七年[1857]守分堂抄本）

026.《蜜蜂记宝卷》，清咸丰五年（1855）郭子文抄本，一册。

027.《二度梅宝卷》，清咸丰八年（1858）王存诚堂抄本，上中下三册。

028.《白玉楼宝卷》，又名《苦节宝卷》《苦节图宝卷》，清抄本，封题“白玉楼讨饭”，与《白马宝卷》《慈云宝卷》合订一册。[1]

029.《善福报宝卷》，清末刘明则编，清光绪元年（1875）抄本，与《佛

[1] 上述宝卷大部分可在拙著《中国宝卷总目》（修订本，北京：北京燕山出版社，2000）中查到，少数是笔者近年所见的宝卷。

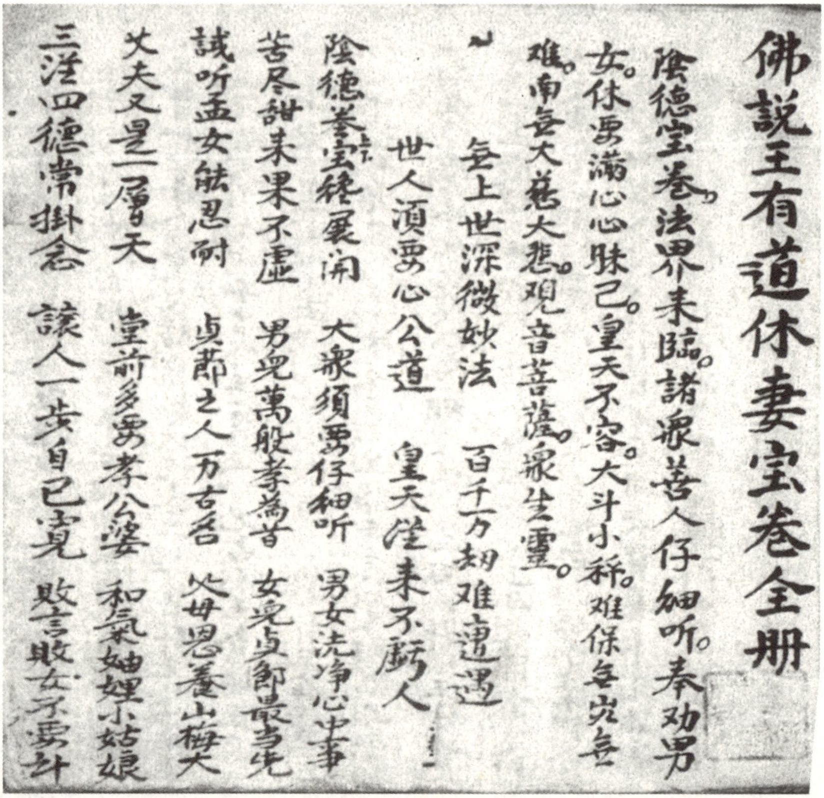

佛説王有道休妻宝卷全册

陰德宝卷法界来臨。諸衆菩人仔細听。奉劝男女。休要满心心昧己。皇天不容。大斗小秤。难保無災無难。南無大慈大悲。观音菩薩。衆生靈。

無上世深微妙法　百千万刧难遭遇
世人須要心公道　皇天從来不虧人
陰德宝卷從展開　大衆须要仔细听
男女洗净心中事　苦尽甜来果不虚
男兒萬般孝爲首　女兒貞節最当先
識听孟女能忍耐　貞節之人万古名
父母恩養山海大　丈夫又是一層天
堂前多要孝公婆　和氣妯娌小姑娘
三從四德常掛念　讓人一步自己寬
敗言敗女不要計

[插图 54]《佛说王有道休妻宝卷》卷首（清咸丰年间抄本）

说樊修德苦修宝卷》合订一册。

这些宝卷都是清光绪、同治年间或以前的民间宝卷，它们演唱的既有世情故事，也有历史故事。其中现在可以查明改编自现存明成化说唱词话的有：《白马宝卷》（又名《白马驮尸宝卷》《刘文达宝卷》）改编自《张文贵传》，《佛说开宗宝卷》改编自《开宗义富贵孝义传》；在甘肃河西地区广泛演唱的《鹦哥宝卷》（《佛说鹦哥经》），改编自《莺哥行孝传》。《佛说苏知县白罗衫再合宝卷》的故事，源自明代话本小说《警世通言》第 11 卷《苏知县罗衫再合》，这个话本结尾说："至今闾里中传说苏知县报冤唱本"，[1] 指的是说唱词话之类的唱本，

[1] 北京：人民文学出版社，1956，页154。

是这本宝卷的直接来源。

将本文附录的“山西流传抄本民间宝卷目”、“甘肃河西地区流传民间宝卷目”同上述宝卷目比较,可以发现它们属于同一个系统:上述宝卷目中大量宝卷,现当代在介休和河西地区仍在民间抄传、演唱。这些北方的民间宝卷同江浙吴方言区流行民间宝卷有一些共同的卷目,说明它们之间有交流;特别是近现代江浙地区大量印刷出版的俗文学故事宝卷,也流传到北方。同时,在近现代(清道光以后)南北民间宝卷中也都出现了反映时事故事的宝卷,如吴方言区的《显应桥宝卷》《山阳县宝卷》,山西榆次的《烈女宝卷》,河西地区的《救劫宝卷》等[1]。但是,吴方言区的民间宝卷同北方的民间宝卷也有十分明显的差别:

(1)吴方言区的民间宝卷大量改编当地弹词书目,特别在清末(清咸丰以后)和民国年间,流行弹词几乎都被改编为宝卷,部分则改编自戏曲(昆曲和滩簧)流行传统剧目;北方的民间宝卷,从一开始便改编明代的说唱词话、鼓词及梆子腔传统剧目。[2]

(2)在吴方言区的民间宝卷中,除了后期据弹词故事改编的宝卷,有的插入少量“金戈铁马”的描述,大量为世情故事宝卷。而北方的民间宝卷,由于受说唱词话、鼓词和梆子腔戏曲的影响,有大量讲述英雄传奇故事的宝卷,在近现代河西民间宝卷中尤其突出。如《黄家父子反五关宝卷》《侯梅英反朝宝卷》《呼延庆打擂宝卷》《呼家大上坟宝卷》《罗通扫北宝卷》《王敦造反宝卷》《王进宝大扫大草滩宝卷》《五女兴唐宝卷》《薛刚反唐宝卷》《薛仁贵征东宝卷》《薛丁山征西宝卷》《杨满贵征西宝卷》《张三姐大闹贯州宝卷》等。

(3)由于吴方言区民间宝卷一直是在“做会”敬神、祈福禳灾的信仰活动中演唱,各地都有玉皇大帝、城隍、土地、观音灶王和各地民间信仰的杂神(老爷[3])等一系列的神道故事宝卷,专供做会敬神之用,统称作“圣卷”(或“神

---

[1] 参见本书第一编第一章“宝卷概论 · 宝卷的分类 · 时事故事宝卷”。

[2] 参见本书第一编第一章“宝卷概论 · 宝卷的分类 · 俗文学传统故事宝卷”。当代研究者对宝卷和其他民间演唱文艺在题材上的交流关系,往往倒置:认为宝卷推动了其他民间演唱文艺在演出题材上的发展,它们改编宝卷故事。据笔者多年来研读宝卷的体会,宝卷作为在宗教和民间信仰活动中演唱的说唱文艺,在题材方面是保守和被动的。比如,清同治年间江苏巡抚丁日昌禁毁“淫词小说”(主要是弹词)后,才促进了大量流行弹词被改编为宝卷演唱。但是,由于其他民间演唱文艺留存的文本资料极少,而宝卷必须“对本宣扬”,许多俗文学传统故事反倒在宝卷中得到早期的演唱记录文本,如上述北方的《慈云宝卷》。

[3] 民间对各种神道的尊称。

卷”)。如江苏靖江“做会讲经”的“圣卷”，自成系统，包括《三茅卷》(三茅真君)、《大圣卷》(泗州大圣)、《观音卷》(观音菩萨)、《地藏卷》(地藏菩萨)、《十王卷》(地狱十王)、《梓潼卷》(梓童帝君)、《土地卷》(土地爷)、《东厨卷》(灶王)、《血湖卷》(目连尊者）等。在北方民间念卷活动中没有这类众多的敬神的“会”,所以也没有此类神道故事“圣卷”系统,广泛抄传的《空王佛宝卷》(山西介休)、《仙姑宝卷》(河西地区）以及《后土卷》(见下，河北冀中地区）等，都是明末清初民间宗教家编制的。

四、北方民间宝卷形式的发展

北方民间宝卷的文本形式，在清嘉庆、道光以后有较大的变化。如上述宝卷目录中有些便不再分“品”，每个演唱段落中便只保留了教派宝卷形式中的(1）散说，(2）两句诗赞过渡，(3）“七字佛”或“十字佛”唱词,[1] 其他唱段在民间演唱和流传过程中都删略了。但在河西地区当代抄传的个别民间宝卷中，尚保留和演唱教派宝卷中每个唱段结尾处的（5）四句诗赞。如《牧羊宝卷》[2]，写唐末黄龙造反，朱春登代叔父从军。婶母宋氏和内侄宋成为霸占财产，迫害朱母和朱妻锦堂。朱立功还乡报仇，母子、夫妻团圆。下面是宋氏谎称朱春登已死，逼锦堂嫁给宋成的一段说唱：

> (1）却说宋成来到姑娘家中，言道：“姑娘，前次事体如何？”宋氏便说：“孩儿你且回去，消停再说。”有那宋成听言，急忙回家去了。宋氏遂生了一计，将酒席摆到庭前，单单请了锦堂小姐，吃酒中间，宋氏开言便问：“锦堂孩儿，我有一句话，不对你说，大料想你也不知道。我听你叔父言道，春登伤在阵上，这话，我恐怕耽误了你的青春年少，请你出来和你商议，我那宋成侄儿，是个好人，我替你说媒，你嫁他去吧。”锦堂听说，羞的面带红色，将酒杯放在

[1] 分段序号按明代民间教派宝卷。

[2] 这本宝卷在河西地区和山西介休都有发现。皮影戏和秦腔、梆子都有同题材的传统剧目，可能来源于明代词话。引文据郭仪等选编《酒泉宝卷》(上编）收校点本，兰州：甘肃人民出版社，1991，页172－173。

桌上，便说："婶母，你说的是什么言语！我看你年纪空长，不好歹，枉活一世。"小姐言罢，抽身就走。宋氏见锦堂不嫁，他就恶言相骂："你若不嫁宋成，我叫你三不得皈套，进退两难，那时节我才足矣了！

(2) 低头暗想生巧计，
叫他难出我手中。"

(3) 这宋氏见锦堂不肯改嫁，忙上前心内恼连声叫骂：
假若是你母子脱过我手，除非是会腾空脚下生云。
骂罢了到晚间生了一计，就把他宅院里心想绝情。
悄悄的一把火将屋烧了，大家去手脚乱没救一声。
赵锦堂听的说宅院烧了，婆媳们今日个那里安身。
我婶母再三的逼我改嫁，就我死怎肯坏这个清名！
婆婆说贤媳妇暂且忍耐，早晚间说几句只当不听。
在他家过一日担惊受怕，等孩儿有信来说个分明。

(5) 宋氏狠心肠，放火烧了房。
娘儿无投奔，只是泪汪汪。

在江浙吴方言区的民间宝卷中，除了少数早期佛教宝卷的木刻整理改编本，如《香山宝卷》《太子宝卷》《五祖黄梅宝卷》等，尚可见（1）（2）（3）三段形式的演唱结构外，民间宣卷人演唱的手抄本宝卷中，仅保留了（1）和（3）散说和唱词（包括"七言"和"十言"唱词）的说唱结构形式。

五、近现代北方民间宝卷的流传和念卷活动

上文提出，北方的宝卷最初是某些民间教团中人士改编并在为民众"做会"（斋会）中演唱的，也刻印过一些文学故事宝卷（见上文列目）。这些民间教团现在都不存在了。当代仍在河北南部地区活动的天地门教，只演唱该教的经卷，不演唱文学故事宝卷。[1] 在河北冀中平原定县、易县、涞水、定兴、徐水、新城等县的村镇中农村中普遍有的"音乐会"组织，是一种以村落为基础带有民

[1] 参见濮文起《天地门教调查研究》，载《民间宗教》，第2辑，1996年12月。

间信仰活动色彩的群众性社团组织，[1] 在酬神、祈福以及行丧仪等民俗活动中演出。演出中也演唱宝卷，主要是《后土娘娘卷》（全称《后土娘娘慈悲灵应源流宝卷》）和《后土皇帝宝卷》（全称《承天效法后土皇帝道源度生宝卷》），另外也演唱明代黄天教的《东岳泰山十王宝卷》（俗称《十王卷》）、《护国佑民伏魔宝卷》（俗称“老爷卷”）和《白衣观音送婴儿下生宝卷》（俗称《白衣卷》）等。这些都是明末清初的民间教派宝卷，它们没有演唱民间宝卷的活动。

根据当代调查和许多北方民间宝卷抄本的记载，清嘉庆、道光以后，北方民间宝卷的传播，主要是一些民间的文化人（民间一般尊称他们是“老秀才”）和略识文字的人编写、抄传和“念卷”，并以此为“功德”。在甘肃河西地区，现当代仍盛行抄卷，认为抄卷可为来世修福，放在家中也可“镇妖避邪”。[2] 向别人借抄或借来念卷，要“请”，比如在嘉峪关地区搜集到的《黄氏女卷》卷末说：“卷是黄氏卷，有人请着念。念完就送回，不可瞒眯卷。但若眯了卷，再请难上难。”[3] 笔者在山西介休调查时，几位老先生讲：他们年轻时都抄过宝卷。民众以抄卷为功德，自己不识字，可以请人代抄。由于宝卷持有者珍贵自己的宝卷，出于传统的信仰观念，又不能不外借，所以北方手抄本宝卷结尾处普遍有“附言”，说明抄卷的困难，请借卷的人一定归还。有的比较客气，有的则斥骂那些借卷不还的人。如山西介休民间抄本宝卷卷末常有这样的话：“宝卷一部已写完，纸笔墨砚功夫难。倘有人借及早还，下次再借不为难。如要借去不送来，男盗女娼无下场。”吴方言区地区的民间宣卷已进入营业性质的演出，特别在苏州、上海地区民间宣卷人的手抄本宝卷主要是师徒传授的秘本，一般不借抄宝卷。[4]

没有材料能说明，清代北方的民间念卷曾经出现专业的艺人和班社做营业性的演出。在山西介休和甘肃河西地区念卷流行的农村中，识字的人一般都可

---

[1] 本书第二编第五章“明清教派宝卷中的小曲”，根据当代学者的调查，对这些音乐会作了介绍。

[2] 以下关于河西地区和山西介休的民间念卷和宝卷的情况，主要根据方步和《河西宝卷的调查》（载《河西宝卷真本校注研究》，兰州：兰州大学出版社，1992）、张颔《山西民间流传的宝卷抄本》（载《火花》，1957年3期）。

[3] 《中国民间曲艺文学集成 · 甘肃卷 · 嘉峪关市资料本》，嘉峪关市群众艺术馆编印，1988，页137。

[4] 笔者发现常州、无锡地区的个别民间宝卷仍有此类卷末附言，说的都比较客气，如无锡地区清光绪十六年（1890）蒋建章抄本《玉带宝卷》卷末署“宣卷者平心也，不还者欺心也”。常州地区民国三十年（1941）周永昌抄本《相国寺宝卷》卷末署“此卷抄来真正难，诸位借去要送还。费了时光真不少，才得抄了一卷来”。

以念卷，念卷是一种善行，念卷人被尊称作“先生”。念卷先生不要报酬，但主人家要备茶点招待。如果主人没有备茶点，念卷先生会在念卷中调侃：“念卷先生要吃喝，茶点果子摆起来！”（河西地区）“你搭佛，我念佛，柿饼核桃不见面。”（介休）“搭佛”即“和佛”，也称“接佛”，在念卷先生唱诵唱词时，由专门接佛的人或听众合唱佛号，一般唱“阿弥陀佛”。念卷的时间，主要是在春节后，农闲时也可念卷。现代念卷的仪式很简单，开始时念卷先生带领大家焚香拜佛，即可开始。念卷的场合，一般都是在民居的大炕上。

本书第三编第六章“山西介休的民间念卷和宝卷”，分析了介休地区民间念卷在 20 世纪 50 年代以后迅速消失的原因，同时指出，在河西地区农村中，特别是偏远地区，由于没有本地区的民间演唱文艺，念卷是满足农民们娱乐要求的唯一的一种说唱文艺。据当代调查，近现代河西地区也出现了半职业的民间念卷艺人。张掖花寨乡农民戴兴位家，从其祖父戴登科（传为“秀才”）便抄卷、念卷，其家族已经传至第四代。现在保存抄于清光绪三十三年（1907）的《熊子贵寻亲宝卷》和民国年间的《康熙宝卷》[插图 55] 等 20 多种宝卷。[1]这些民间艺人演唱的宝卷，较之一般念卷人的演唱艺术水平要高。他们将推动河西民间念卷和宝卷发展和存在下去。但是，由于当代青年人的娱乐要求多元化，民间念卷存在的空间也逐渐缩小。

六、余言

开展民间宝卷地域性的研究，是一项艰巨而又必需的课题。进行这样的研究，首先要对中国宝卷的历史发展过程有大致的了解，才不至于陷入管中窥豹的尴尬局面；其次，要结合田野调查，了解各地区留存的民间宝卷文本的情况，特别是五六十年代经学者抢救而被公私大量收藏的宝卷文本，这才能避免空泛的谈论。据笔者 20 年来研究中国民间宝卷的体会，对北方民间念卷和宝卷深入研究尤其艰难。首先是宝卷文本的地区鉴定，没有大量阅卷的经验，便没有办法分清楚。所以，上面列出经过本人鉴定为清代北方的民间宝卷 30 余种（这些宝卷流传的具体地区未能考证）；又整理了《山西流传民间宝卷目》《甘肃河

[1] 据甘肃艺术研究所周琪先生给笔者的信中介绍，该所已对第三代传人戴兴位的念卷演唱做了录像保存。

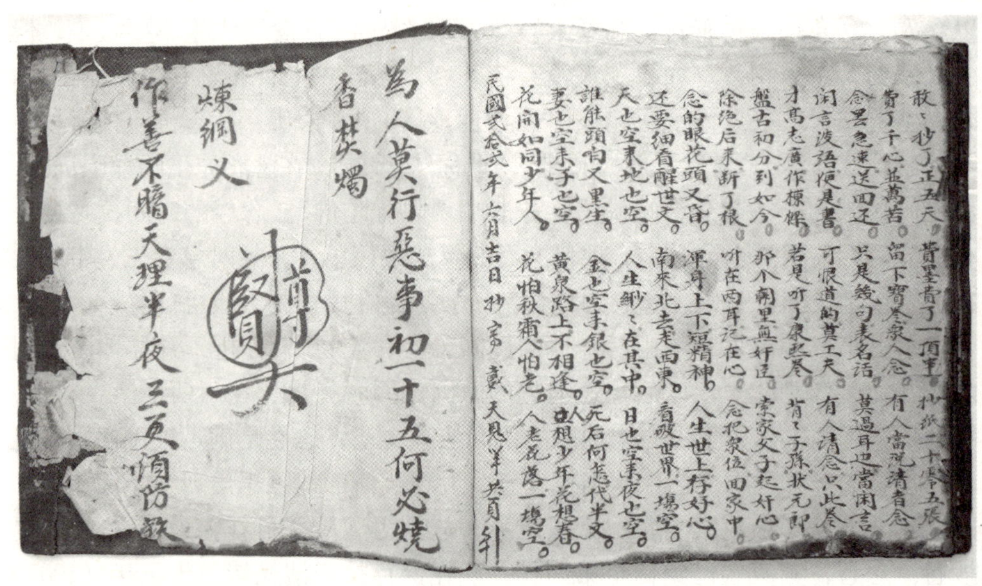
敬々抄了正五天。費墨費了一頂筆。抄紙二十零五張
費了千心並萬苦。留下寶卷众人念。有人當說請者念
念罢急速送回还。只是幾句表名話。莫過耳边當閑言
闲言波語便是書。可恨道的莫工夫。有人請念只此卷
才為志廣作標榜。若是听了康熙卷。背々子孫状元郎
盤古和分到如今。那个廟里無奸臣。
除绝后来斷了根。听在西耳記在心。念把众位回家中
念的眼花頭又昏。渾身上下短精神。人生世上存好心
还要细看醒世文。南來北去走西東。看破世界一塲空
天也空来地也空。人生渺々在其中。日也空来夜也空
誰能頭白又黑生。金也空来銀也空。死后何曾代半文
妻也空来子也空。黄泉路上不相逢。人々只想少年花想春
花開如同少年人。花怕秋霜人怕老。人老花落一塲空
民國弍拾弍年六月吉日 抄寫 戴天恩

為人莫行惡事 初一十五何必燒香焚燭
練綱义
作善不瞞天理 半夜三更須防數

[插图 55]《康熙宝卷》卷末（民国二十二年[1933]甘肃张掖戴天恩抄本）

西地区流传抄本民间宝卷目》（见附录一、二）。目的是为徘徊于宝卷研究之门和进入宝卷研究领域的朋友们“铺路”，提供行进的方便。“目录”是历史文化研究的基础，笔者的开拓之作，需要后来者的修订和补正。

附录一：山西流传民间宝卷目

按，本目以山西大学文学院中国鼓词研究中心（简称［山西］，由该中心主任李豫教授提供），以及董大中先生（简称［董大中］）、周启晋先生（简称［周启晋］）的收藏宝卷目为主，并补以张颔先生《山西的民间抄本宝卷》（载《火花》，1957年3期，所载宝卷已全部散失。简称［张颔］）和笔者在介休调查所得宝卷目（未见收藏本，简称［车锡伦］）。除介休地区民间广泛传抄的《空王（望）佛宝卷》外，本目不收明清及近代民间教派（团）编印的宝卷。一些宝卷没有目验，可能有重复著录；笔者见闻有限，也必然会有遗漏。

001.《白马宝卷》［山西、张颔］
002.《白蛇宝卷》［张颔］
003.《白玉楼讨饭宝卷》［张颔］
004.《拔荐孤魂宝卷》［山西］
005.《八宝珠宝卷》［张颔］
006.《慈云宝卷》，俗名《慈云走国》。［山西、张颔］
007.《沉香子宝卷》［山西、张颔］
008.《草帽记卷》［车锡伦］
009.《大悲卷》［山西］
010.《二度梅宝卷》［山西、张颔］
011.《佛祖故化闫君宝卷》［山西］
012.《二十四孝宝卷》［车锡伦］
013.《佛说高仲举破镜重圆宝卷》［山西］
014.《佛说高彦真赴试孟日红寻夫葵花宝卷》，又名《孟日红卷》。［山西］
015.《佛说红罗宝卷》，简称《红罗卷》。［张颔］
016.《佛说刘子忠贤良宝卷》［山西］
017.《佛说牧羊宝卷》，简名《牧羊宝卷》。［山西］
018.《佛说仁宗认母归源宝卷》［山西］

019.《佛说四德三元仁义宝卷》[山西]
020.《佛说双喜宝卷》，简称《双喜卷》。[周启晋、张颔]
021.《佛说爱女嫌媳宝卷》[周启晋]
022.《佛说安立功宝卷》[周启晋]
023.《佛说阴功宝卷》[山西]
024.《佛说至孝成仙宝卷》[周启晋]
025.《滚钉板宝卷》[张颔]
026.《方四姐还魂宝卷》[董大中]
027.《何文秀宝卷》[山西]
028.《何文秀算卦宝卷》，又名《双环记》。[山西]
029.《鹤归楼宝卷》[山西]
030.《红灯记宝卷》，又名《红灯宝卷》《爱玉挂红灯》。[山西、张颔]
031.《黄氏宝传》，又名《黄氏女看经宝卷》。[山西、张颔]
032.《烈女宝卷》，又名《赵二姑宝卷》。[山西]
033.《金锁记宝卷》，[张颔]
034.《金锁计宝卷》[山西]
035.《金钗宝卷》[山西]
036.《空王佛宝卷》，又名《空望佛宝卷》。[山西、周启晋、张颔]
037《老鼠宝卷》[董大中]
038《莲花盏宝卷》[张颔]
039《蔴姑宝卷》[山西、周启晋]
040《目莲救母宝卷》[张颔]
041《蜜蜂记宝卷》[张颔]
042《琵琶宝卷》[张颔]
043《秦雪梅吊孝宝卷》[山西]
044《秦雪梅宝卷》，又名《秦雪梅教子宝卷》。[山西、张颔]
045《巧合奇冤宝卷》[山西]
046《三渡杨氏宝卷》[山西]
047《三元宝卷》，又名《贤良宝卷》。[山西]
048《善恶报宝卷》[山西]

049《扇子记宝卷》[张颔]
050《双罗衫宝卷》[车锡伦]
051《双钗宝卷》，又名《双钗记宝卷》。[山西、董大中、张颔]
052《水湿红袍宝卷》[张颔、董大中]
053.《手巾宝卷》[张颔]
054.《天仙七真传》[山西]
055.《唐王游地狱李翠连上吊宝卷》[山西]
056.《王员外休妻宝卷》[张颔]
057.《韦陀卷》[车锡伦]
058.《五女兴唐宝卷》[车锡伦]
059.《湘子传》[山西]
060.《贤良宝卷》[山西]
061.《牙痕记宝卷》[张颔]
062.《颜查散宝卷》[张颔、山西]
063.《洗衣卷》[张颔]
064.《香罗卷》[张颔]
065.《仙罗帐宝卷》[山西]
066.《玉鸳鸯宝卷》[张颔]
067.《玉美人宝卷》[张颔]
068.《月结宝卷》，又名《新抄月结宝卷》）[山西]
069.《忠孝节义宝卷》，又名《洪江宝卷》。[董大中]
070.《忠义宝卷》[张颔]

附录二：甘肃河西地区流传抄本民间宝卷目

按，本目主要根据方步和、谭蝉雪二位先生向笔者提供的他们田野调查中搜集的河西宝卷目录编制。另外参考了段平《河西宝卷选》附载的《河西宝卷集录》(此“目”著录宝卷108种。据笔者查实，其中30余种是兰州大学图书馆收藏晚清和民国年间出版的木刻本和石印本宝卷，是五六十年代该校从内地旧书店购入。它们不是河西宝卷，本目没有编入。但也可能有失于考察，而误入本目者。）和近年甘肃地区编印的各种宝卷集。其中个别宝卷是清及近现代该地区民间教团刊印而在民间传抄的宝卷。山西大学尚丽新副教授、甘肃艺术研究所周琪先生为本目作了订正和补充。

这些宝卷除个别光绪年间的抄本外，大都是现当代的手抄本，也有新编的宝卷。民间抄本在传抄过程中，抄写者有时用异名（内容也会做些改动)。本目对同一题材的宝卷注为“又名”。因未能一一过目，所以个别宝卷可能会重复著录；笔者的见闻有限，也必然会有遗漏。个别宝卷仅知道卷名，收藏者不详，故在修订拙著《中国宝卷总目》时没有著录。已选入下列宝卷集的宝卷（凡入编非河西地区宝卷和非民间宝卷作品，均不著录)，用略称在［］号内注明：

1.《酒泉宝卷》,上编,郭义等选编整理,甘肃人民出版社,1991。[酒泉上]

2.《酒泉宝卷》，中编，酒泉市文化馆编印，2001。[酒泉中]

3.《酒泉宝卷》，下编，酒泉市文化馆编印，2001。[酒泉下]

4.《河西宝卷真本校注研究》，方步和编著，兰州大学出版社，1992。[河西真]

5.《河西宝卷选》,段平纂集,台湾新文丰出版社,1995。[河西选]

6.《河西宝卷选续》，段平纂集，台湾新文丰出版社，1995。[河西续］按，本书“作者简介”时，又有另一编者王学斌的介绍。

7.《永昌宝卷》上册,何登焕编辑,永昌文化局印,2003。[永昌上]

8.《永昌宝卷》下册,何登焕编辑,永昌文化局印,2003。[永昌下]

9.《山丹宝卷》上、下册，张旭主编，甘肃文化出版社，2007。[山丹上] [山丹下]

10.《金张掖民间宝卷》一、二、三册，徐永成主编，甘肃文化出版社，2007。[金张一] [金张二] [金张三]

11.《凉州宝卷》(一)，王奎、赵旭峰搜集整理，武威天梯山石窟管理处编印，2007。[凉州一]

12.《中国曲艺志·甘肃卷·张掖分卷》，张掖地区文化处编印，1990。[张掖]

13.《中国民间曲艺文学集成·甘肃卷·嘉峪关市资料本》，嘉峪关市群众艺术馆编印，1988。[嘉峪关]

14.《永靖文史资料选辑》第二辑，中国人民政治协商会议永靖县委员会编辑，1999。[永靖]

001.《包公宝卷》，又名《包公立断严查山宝卷》《包爷三下阴曹》《严察山宝卷》《包公三断颜查散宝卷》《包公错断颜查散宝卷》《花灯宝卷》《闫叉三宝卷》。[河西续、永昌上、凉州一、山丹上、酒泉下、金张三]

002.《白马宝卷》,又名《熊子贵休妻宝卷》《熊子贵寻亲宝卷》《金定宝卷》。[酒泉中、凉州一、山丹下、金张一]

003.《白虎宝卷》[酒泉下、金张二]

004.《白玉楼宝卷》，又名《玉楼宝卷》《苦节宝卷》《苦节图宝卷》《张彦休妻宝卷》。[河西续、酒泉下、山丹下、金张二]

005.《白长生逃难宝卷》，又名《白长胜逃难宝卷》。[河西续、金张二]

006.《白蛇传宝卷》，又名《白蛇宝卷》。[河西选、山丹上]

007.《白云宝卷》

008.《百合花宝卷》

009.《沉香宝卷》,又名《沉香子劈华山宝卷》《宝莲灯宝卷》《劈山救母宝卷》。[酒泉上、永昌上、山丹上、金张一]

010.《雌雄宝卷》

011.《崔莺莺宝卷》

012.《丹凤宝卷》

013.《丁郎寻父宝卷》，又名《丁郎宝卷》《高仲举宝卷》《对镜宝卷》。[酒泉上、河西续、永昌下、山丹上、金张二]

014.《对指宝卷》

015.《夺位宝卷》

016.《窦娥宝卷》

017.《洞宾宝卷》，又名《何仙姑宝卷》《洞宾买药宝卷》《洞宾老祖宝卷》。按，本卷可能是清末民国间各地先天道系统的民间教团大量刻印的《何仙姑宝卷》的民间演唱本。

018.《二度梅宝卷》，又名《陈杏元合番二度梅宝卷》《二度梅花开宝卷》《贤孝宝卷》。[河西续、酒泉中、永昌上、山丹上、金张二]

019.《方四姐宝卷》，又名《方四姐还魂宝卷》《房四姐宝卷》《余郎宝卷》《忠孝宝卷》。[河西选、嘉峪关、酒泉中、凉州一、山丹上、金张二]

020.《放饭宝卷》[河西选]

021.《风雨会宝卷》[金张三]

022.《佛说水源宝卷》

023.《高兰休妻宝卷》

024.《高荣宝卷》

025.《郭巨埋儿宝卷》

026.《鬼主宝卷》

027.《花灯宝卷》[酒泉下]

028.《汗衫宝卷》

029.《韩信点兵》

030.《韩文氏告状宝卷》

031.《和家论宝卷》[凉州一、山丹下、金张二]

032.《回郎宝卷》，又名《杀回郎宝卷》《曹三杀怀郎宝卷》《回郎中举宝卷》。[山丹下、金张三]

033.《黄四郎宝卷》，又名《四郎宝卷》。

034.《黄家父子反五关宝卷》

035.《黄马宝卷》[河西续]

036.《黄氏女宝卷》，又名《黄氏宝卷》。[嘉峪关、酒泉下、河西选]

037.《红灯计宝卷》，又名《红灯宝卷》《红灯记》《孙吉高卖水宝卷》。[嘉峪关、河西续、酒泉中、永昌下、山丹下]

038.《红罗宝卷》，又名《绣红罗宝卷》。[嘉峪关、河西选、凉州一、山丹上、金张一]

039.《火焰驹宝卷》

040.《蝴蝶杯宝卷》

041.《洪江宝卷》，又名《忠孝节义洪江宝卷》《红匣记》《唐僧出世宝卷》《唐僧出家宝卷》《江流僧复仇报本宝卷》。[河西续、酒泉下、金张一]

042.《侯梅英反朝宝卷》，又名《侯氏反朝宝卷》《侯美英反朝宝卷》。[永昌下、山丹上、金张一]

043.《呼家将宝卷》

044.《呼延庆打擂宝卷》

045.《呼家大上坟宝卷》

046.《还金得子宝卷》

047.《聚宝盆宝卷》，又名《一百个老爹宝卷》。

048.《金凤宝卷》，又名《鸳鸯宝卷》。[永昌下、山丹上、金张二]

049.《金龙宝卷》，又名《朝山宝卷》。[河西续、酒泉中、山丹上、金张二]

050.《金镯玉环宝卷》，又称《金镯宝卷》。

051.《继母狠宝卷》，又名《李玉英申冤宝卷》。[河西真、永昌下、山丹下、金张二]

052.《精忠宝卷》，又名《岳王宝卷》。[河西选]

053.《救劫宝卷》[河西真、河西选、永昌下、山丹下、金张二]

054.《骷髅宝卷》

055.《葵花宝卷》，又名《割肉奉亲宝卷》。[山丹下、金张一]

056.《康熙宝卷》，又名《康熙私访山东宝卷》《明王宝卷》《孔雀明王宝卷》。[酒泉上、河西续、永昌上、山丹上、金张三]

057.《康熙访江宁宝卷》[金张三]

058.《腊冬宝卷》

059.《老鼠宝卷》，又名《小老鼠告状》。[河西真、永昌下、山丹下、金张一]

060.《兰关宝卷》。按，清末各地先天道系统的民间教团，曾大量印刷这一宝卷。

061.《梁祝宝卷》，又名《梁山伯宝卷》。

062.《廖化献金宝卷》

063.《林冲宝卷》，又名《野猪林宝卷》。[山丹下、金张三]

064.《林英降香宝卷》

065.《狸猫换太子宝卷》，又名《丰茂宝卷》。

066.《雷宝同还阳宝卷》

067.《骆俭害母宝卷》，又名《庞仁献宝宝卷》《小花狗报恩宝卷》。

068.《烙碗计宝卷》，又名《落碗宝卷》《仁义宝卷》《忠义宝卷》。[河西续、永昌下、山丹上、金张二]

069.《罗通扫北宝卷》

070.《刘王宝卷》

071.《刘全进瓜宝卷》[河西真、永昌上、山丹下、金张三]

072.《六月雪宝卷》[永昌下]

073.《李熬度母宝卷》，又名《新刻岳山宝卷》。[凉州一、山丹上、金张三]

074.《李小唐大闹严嵩宝卷》，简名《大闹严嵩宝卷》。

075.《李三娘宝卷》

076.《鲁和平骂灶》[永昌下]

077.《卖油郎独占花魁宝卷》，又名《卖油郎宝卷》《自找对象宝卷》。

078.《卖苗郎宝卷》，又名《卖妙郎宝卷》《忠孝宝卷》。[酒泉下、山丹下、金张二]

079.《昧心宝卷》

080.《马钱龙游国宝卷》，又名《乾隆宝卷》《王敦造反宝卷》《杀王敦宝卷》《鹦鹉搬兵宝卷》。

081.《马乾隆游国宝卷》《杀王敦宝卷》《鹦鹉搬兵宝卷》。[山丹下]

082.《蜜蜂宝卷》，又名《蜜蜂计宝卷》《蜜蜂记》。[酒泉下、永昌上、山丹下、金张二]

083.《牧羊宝卷》，又名《朱春登征西》。[酒泉上、永昌上]

084.《牧牛宝卷》，又名《牡丹宝卷》。[嘉峪关、金张一]

085.《目连报恩宝卷》

086.《目连救母幽冥宝传》[酒泉下]

087.《女中孝宝卷》[永昌下]

088.《贫和尚宝卷》，又名《贫和尚出家宝卷》。

089.《乾隆宝卷》[酒泉中]

090.《抢板宝卷》

091.《秦始皇打长城宝卷》

092.《三侠剑宝卷》

093.《三打祝家庄宝卷》

094.《三搜索府宝卷》

095.《三积寿宝卷》

096.《三度韩愈宝卷》[山丹下、金张三]

097.《孙悟空大闹天宫宝卷》

098.《十五贯宝卷》

099.《手巾宝卷》

100.《双花宝卷》

101.《双玉杯宝卷》[永昌下]

102.《双喜卷》，又名《双喜宝卷》《地穴宝卷》《王志福探地穴宝卷》《王老福探地宝卷》。[永昌下、酒泉上、金张二]

103.《唐王宝卷》,又名《唐王游地狱宝卷》《地狱宝卷》。[河西真、酒泉下、永昌上、山丹上、金张三]

104.《桃园三结义宝卷》

105.《天仙配宝卷》,又名《董永宝卷》。[河西真、永昌上、山丹下、金张一]

106.《团圆宝卷》

107.《土地宝卷》[河西续]

108.《王祥宝卷》

109.《王进宝大扫大草滩宝卷》，又名《草滩宝卷》。

110.《五女兴唐宝卷》，又名《五凤岭宝卷》《平许州宝卷》《志石怒宝卷》。[山丹下]

111.《乌江渡宝卷》[山丹下]

112.《乌鸦宝卷》,又名《黑骡子告状宝卷》《哑巴告状》。[酒泉下、永昌下、

山丹上、金张一]

113.《乌鸦吐丹宝卷》

114.《吴彦能摆灯宝卷》，又名《灯山宝卷》。[河西真、永昌上、山丹下、金张一]

115.《武松祭灵宝卷》，又名《武松杀嫂宝卷》。[河西续、金张三]

116.《洗衣记宝卷》

117.《湘子度林英宝卷》[河西续]

118.《孝亲宝卷》

119.《绣龙袍宝卷》，又名《孟姜女宝卷》《孟姜女哭长城宝卷》《孟姜绣龙袍宝卷》《姜女绣龙袍宝卷》《长城宝卷》《许孟姜哭打长城宝卷》。[河西选、金张三、酒泉中、酒泉下]

120.《绣龙灯宝卷》，又名《绣红灯宝卷》。[山丹上、金张二]

121.《薛刚反唐宝卷》

122.《薛仁贵征东宝卷》，又名《薛礼征东宝卷》。[山丹下]

123.《薛丁山征西宝卷》，又名《樊梨花宝卷》。

124.《薛平贵回窑宝卷》

125.《小团圆宝卷》

126.《小儿祭财神宝卷》[河西续]

127.《仙姑宝卷》，即《敕封平天仙姑宝卷》。[河西真、永昌上、山丹上、金张一] 按，本卷原系清康熙年间民间教派人士根据当地民间传说编写的宝卷。

128.《仙姑买药》[永靖]

129.《辛十四娘宝卷》

130.《一心宝卷》

131.《闫小娃拉金笆》[永昌下]

132.《杨满贵征西宝卷》，又名《十二寡妇征西宝卷》《杨文广兵困白马关宝卷》。

133.《杨公宝卷》

134.《杨金花夺印宝卷》[河西续]

135.《胭脂宝卷》

136.《高文举夜宿花亭宝卷》，简称《夜宿花亭宝卷》。

137.《阴隲宝卷》

138.《阴德宝卷》

139.《鹦哥宝卷》,又名《佛说鹦哥经》《鹦哥真经宝卷》《小鹦哥吊孝宝卷》《鹦鸽宝卷》《白莺吊孝宝卷》《莺鸽盗梨宝卷》。[河西选、酒泉中、永靖、山丹下、金张一]

140.《鹦哥盗桃宝卷》[永昌下]

141.《游龟山宝卷》

142.《游阴宝卷》

143.《玉英宝卷》

144.《月娇宝卷》

145.《紫荆宝卷》,又名《合家宝卷》《合家欢宝卷》《合家论宝卷》《紫荆树宝卷》。[酒泉上、河西续、永昌下、金张二]

146.《正德白牡丹宝卷》

147.《张爱休妻宝卷》

148.《张四姐大闹东京宝卷》,又名《张四姐宝卷》。[酒泉上、河西真、永昌上、山丹上、金张一]

149.《张三姐大闹贯州宝卷》,又名《张三姐告状宝卷》《三神始下凡宝卷》《贯州宝卷》。[金张一]

150.《张挺秀逃生救父宝卷》

151.《张青贵救母》,又名《张青贵刮骨宝卷》。[金张三]

152.《张浩求子宝卷》[河西续]

153.《昭君和北番宝卷》,又名《昭君宝卷》《昭君和番宝卷》《昭君娘娘和北方宝卷》《昭君出塞宝卷》。[河西真、永昌上、山丹上、金张三]

154.《赵匡胤宝卷》

155.《赵五娘卖发宝卷》,又名《赵五娘找夫宝卷》《琵琶记宝卷》。[山丹上、金张一]

第八章　明清民间教派和教派宝卷（经卷）在甘肃地区的流传

一、前言

20世纪80年代，甘肃河西地区的念卷和宝卷得到发掘和研究。由于宝卷历史上同敦煌莫高窟发现的唐五代至宋初手抄卷子中说唱文学作品的渊源关系，河西宝卷的发现曾引起敦煌学界的关注。一些研究者认为河西宝卷同敦煌变文之间有直接的继承关系，是“敦煌变文的活化石”。但是，除了将当代发现的一些宝卷文本同“变文”作一些简单的比较外，研究者至今尚未发现能够证明在清代以前甘肃地区存在过宝卷的记载。因此，对河西民间念卷和宝卷的来源和发展，仍需放在中国宝卷的总体发展过程中来探讨。

1990年笔者在《金瓶梅词话中的明代宣卷》一文中曾顺便提及：“大约在明末清初，宣卷随着民间教派传入甘肃，并成为当地的一种民间说唱文学形式——念卷。‘山高皇帝远’，清政府查办各地民间教派，河西走廊的僻远农村乃为避风港，直至现代，酒泉、武威乃至被沙漠、戈壁包围的敦煌县，仍有念卷活动的存在。”[1] 本章即对上述推论作补充说明，着重谈明清民间教派和教派经卷（和宝卷）在甘肃地区的流传，以证明现代河西地区的民间念卷和宝卷与内地（特别是北方的念卷和宝卷）同源同流的关系。

二、明末民间教派宝卷传入甘肃

明代民间教派宝卷何时传入甘肃地区，现在没有找到直接的记载，只能依据有关资料做推论。20世纪30年代初在宁夏发现的抄本《销释真空宝卷》，

[1] 载《明清小说研究》，1990年3－4期合刊；又，拙著《俗文学丛考》，台北：学海出版社，1995。

据说是同宋元刻的“藏经”同时发现，长期以来一直被误认为是宋元抄本。胡适先生最早对此提出怀疑。[1] 当代学者喻松青《“销释真空宝卷”考辨》一文[2]通过卷中所述编者法系的考证指出，这本宝卷是无为教（罗教）传入西北地区一支的传人印宗（俗姓李，名元，陕西人）所著，写作时间约在明万历后期。卷中称“有印宗度徒弟进求如意，说陕西有万逢烧火寻真”，这位陕西人万逢是此卷编者印宗的徒弟。明代陕西行省的辖区包括今陕西、甘肃、宁夏。从地理位置上看，这部宝卷是经过今甘肃东部传入宁夏的，因此可推论无为教同时传入甘肃地区，并把教派宣卷和宝卷带过去。

这一推论还有一点旁证：已故周绍良先生曾向笔者介绍，曾过目明末由肃藩出资刊印的《五部六册》（现在这些宝卷的下落不详）。《五部六册》初刊于明正德四年（1509）。明中叶以后大量的民间教派宝卷由后妃太监王公贵族出资、皇家内经厂刻印，因此，肃藩出资刊印《五部六册》也不无可能。肃藩始立于洪武二十五年（1392），为朱元璋第十四子朱楧。直至崇祯十六年（1643）李自成军攻占兰州，前后200年间代有继嗣。[3] 刻印《五部六册》的时间，大概与上述无为教和《销释真空宝卷》传入时间相近，应是万历以后的事。

能直接说明清代初年民间教派和宝卷在甘肃存在和传播的，是笔者发现的《敕封平天仙姑宝卷》。[4] 此卷清康熙三十七年（1698）刊于张掖，写刻本，卷末刻有“题识”：

康熙三十七年五月吉旦板桥仙姑庙住持经守卷板
太子少保振武将军孙　　　　施刊
吏部候诠同知金城谢麐　　　　编辑
将军府椽书张掖陈清　　　　书写
　　刻字　凉州　罗友义　王璋
　　　　　福建　颇顺贵
　　　　　甘州　韩　文

[1] 见《跋销释真空宝卷》，载《北平图书馆刊》，第五卷三号，1931。

[2] 载《中国文化》，第11期，1995年7月。

[3] 参见《明史》卷117“诸王”（二）。

[4] 此卷原为已故马隅卿（廉）先生收藏，今归北京大学图书馆藏。

这是目前所见时代最早的由甘肃人编写、讲述甘肃故事并在甘肃刻印的宝卷，可据以说明早期甘肃念卷和宝卷的情况。

这是一部在河西地区活动的民间教派的宝卷，卷中所述平天仙姑是世代相传并为张掖地区民众普遍信仰的一位女神。《甘州府志》“人物”（下）“仙释”载女神的传说：

> 汉仙姑，未详姓氏，张掖河（今称黑河）北人。修道合黎山（在今张掖市西北），见黑河横溢，誓愿建桥一座，以济居民。言曰：“桥成即我成道日也。”未几，身投水中，起坐片木至今庙处泊焉。经数日鸢乌不侵，香闻数里。土人埋之，得铁片“平天仙姑”字，共立为庙。
>
> 霍嫖姚西征，迫于虏，抵黑水，遇浮桥迳渡，追至者俱陷，见仙姑空中。后夷人焚庙，穹庐瘟疫，乃为重修以忏。迄祈祷灵验，户皆尸祝。西夏王尊称贤觉圣光菩萨，乾祐七年李仁孝敕云：“哀愍此河年年暴涨，漂荡人畜，故以大慈大悲兴建此桥。”即指仙姑灵迹也。[1]

乾祐七年（即南宋淳熙三年，1176）西夏王仁宗李仁孝《黑河建桥敕碑》碑文尚存。[2]《敕封平天仙姑宝卷》便讲述这位仙姑修行、得道、建桥、显灵、惩恶扬善的事迹。单从表面上看，这本宝卷是在宣扬念佛修行向善；其中又在宣扬某种“大道”，“大道原来在无为，个中消息几人窥？”（“骊山老母度仙姑分第三”[金字经]）接下去由骊山老母讲出了这个“大道”的“消息”：“我修的名‘四符’无人无我，‘精’与‘神’‘魂’与‘魄’四符之名。”可见这个“大道”像明代后期的许多受无为教影响而建立的民间教派一样讲“无为”，而其修持方式则是继承道教内丹派，修炼“精、神、魂、魄”（“四符”）。它的教名是“虚皇道”，不见其他文献记载。这本宝卷产生的年代可能在明末，最后的编定者谢鏖是金城人，即兰州人（兰州古名金城）；助刊者即振武将军孙思克，

[1] 转引自方步和《张掖仙姑的历史意义》，载《河西宝卷真本校注研究》，兰州：兰州大学出版社，1992，页341。

[2] 载《党项与西夏资料汇编》，上卷第一册，银川：宁夏人民出版社，1983。

汉军正白旗人，《清史稿》卷255有传。（详见附录）

这部宝卷同明代中叶以后民间教派宝卷的形式相同，其演唱活动亦称“宣卷”。全卷十九“分”，前十八分的说、唱、诵的形式同明代后期宝卷完全相同。所唱的小曲牌有[上小楼][浪淘沙][金字经][黄莺儿][驻云飞][傍妆台][哭五更][清江引][罗江怨][皂罗袍][耍孩儿][一剪梅][锁南枝][绵搭絮][画眉序][驻马听][谒金门][一江风]等。这些曲牌也是明代后期教派宝卷中常用的小曲。“仙姑近代显应分第十九”的开头说：“仙姑娘娘的宝卷前面已宣完了，但都是些远年之事。若不把近代以来之事，向大众宣说一遍，还说我宣卷的都说的是荒唐无据的事了。大众们静坐，听我宣来”。“宣卷”指演唱宝卷。明代教派宝卷演唱普遍称作“宣卷”。现代江浙吴方言区仍沿用这一名称，而甘肃河西走廊和山西介休地区现代已改称“念卷”。

通过以上分析可知，明代后期宝卷已随着民间教派传入甘肃地区；编刊于张掖地区的《敕封平天仙姑宝卷》说明明末河西地区已存在民间教派的宣卷和宝卷，它们的传播方式和演唱形态均与内地的宣卷和宝卷相同。

今人方步和编著《河西宝卷真本校注研究》（兰州：兰州大学出版社，1982）所收，系据民国三十年（1941）张掖市花寨乡戴登科手抄本。在河西地区也发现许多这部宝卷的民间手抄本，这些民间传抄本都对原卷做了节改，主要是删掉其中的宗教说辞，这同山西介休地区民间继续传抄教派宝卷《空望佛宝卷》的情况相似。

三、清及近现代甘肃地区的民间教派和宝卷（经卷）

清代甘肃民间教派和宝卷的传播情况，由于文献中缺乏记载，难言其详。据清政府于乾隆、嘉庆年间查办大乘圆顿教（文献中作“悄悄会”）案和道光年间查办的青莲教案的档案，及近年在甘肃陆续发现的一批教派宝卷，可以了解到康熙以后民间教派和宝卷在甘肃东部及河西地区流播的一些情况。

大乘圆顿教系明末号为“弓长”的人所创。[1] 该教受东大乘教和黄天教的影响。弓长编《古佛天真考证龙华宝经（卷）》中称，其宗旨是“古佛为相，

[1] 以下有关圆顿及其教案的介绍，参考马西沙等《中国民间宗教史》第十四章“明清时代的圆顿教”，上海：上海人民出版社，1992。

无生为本”，“大乘为法，圆顿为教”；其修持讲究“十步修行”，“结成金丹一粒，点化众盲”。经常用的宝卷还有《皇极金丹九莲正信归家还乡宝卷》等。这个教派在明末形成于河北地区，清初传播到西北。先由陕西传入甘肃东部的灵台县，后传到凉州府平番县（今永登县）及兰州府的河州（今定西县）、狄道州（今临洮县）、皋兰县等地。清政府查禁、镇压甘肃陇东地区圆顿教及其支派“悄悄会”的行动，文献记载的有：乾隆四十二年（1777）十一月初，甘肃狄道州沙泥站红济桥人王伏林自称“弥勒佛下世”，在河州白塔寺树幡念经，宣称其教为“元顿教”（又名红单教），集合数千人，并谋攻打河州、兰州。清政府派兵“围剿”。嘉庆六年（1801）春，陕甘交界宝鸡、灵台等地六县悄悄会聚众谋起事，被清政府镇压。嘉庆十年（1805），甘肃兰州府红水县、皋兰县地方当局发现悄悄会聚众念经活动，查获的经卷有《皇极还乡》（即《皇极金丹九莲正信还乡宝卷》）、《龙华经》（即《古佛天真考证龙华宝经》）、《合同经》等。嘉庆十一年（1806），安定、皋兰两县地方当局查获悄悄会。这次教案起出了大量的经卷和宝卷。计有：《九莲正信宝卷》（即《皇极金丹九莲正信归家还乡宝卷》）、《皇极收圆宝卷》（又名《皇极收圆出细宝卷》）、《灵感出细宝卷》、《地狱钥匙通天宝卷》、《定劫经》（又名《定劫宝卷》）、《合同经》、《传法经》、《大乘经》、《归一经》、《十二愿》、《度常经》、《万圣朝元》、《符药样式》、《四生总忏》等。

自清乾隆四十二年（1777）起，经过近三十年的残酷镇压，大乘圆顿教（悄悄会）的活动被压制下去了，但是三十年后青莲教又传入甘肃。[1] 青莲教源于清初黄德辉所创先天道（又称金丹道），道光初年改名为青莲教。它以湖北武昌为中心，向全国各地传播。其道首之一李一沅负责四川、陕西、甘肃教区。道光二十四年（1844）李派夏长春、毛智源携带《斗女宫普度规条》《灵犀玉玑璇经》等赴甘肃传道。道光二十五年（1845）正月，甘肃皋兰县当局查获夏长春、毛智源及他们发展的会众多人，并《金丹口诀》《斗牛宫普度规条》等经卷。这一民间教派虽不断遭到清政府镇压，但在同治、光绪间已流向全国，继之而起的一贯道等承其道统。

1992年后，甘肃漳县陈俊峰等先生，陆续在漳县和岷县发现了一批明清教派宝卷：[2]《佛说大乘通玄法华真经》《佛说赴命皈根还乡宝卷》《法舡普渡

[1] 以下有关青莲教案，参考庄吉发《清代青莲教的发展》，载《大陆杂志》，1985年第5期。

[2] 见陈俊峰《有关东大乘教的重要发现》，载《世界宗教研究》，1999年第1期。

地华结果尊经》《还宗佛法身出细普贤经》《正信除疑无修证自在宝卷》《叹世无为宝卷》《古佛天真考证龙华宝经》《普静如来钥匙宝卷》《古佛无生玉华结果尊经》《三花聚顶性华结果尊经》《五气朝元命华结果尊经》《莲芯生三皇了仪观音经》、《蕴空盼婴儿思乡圣母经》、《古佛天真收圆结果龙华宝忏》。据发现者介绍，这是当地一个叫“龙华会三宝门”的教派所用的宝卷，这个教派直到20世纪50年代初期仍有活动。上述宝卷多属于明清之际的大乘圆顿教。估计这个龙华会三宝门和清政府查办的悄悄会同属大乘圆顿教派下的教派，它们活动的地区也相近。

以上材料说明，在甘肃东部地区自清初直到现代都有民间教派的活动，它们都以宣卷为布道活动。清政府的残酷镇压，只能使民间教派的活动转入隐蔽，或转到河西地区去找避风港。所以，当代研究者在河西地区仍发现一些清末和现代民间教团刻印的宝卷，有的就是在河西地区印制的，如：

1.《观音济度本愿真经》，木刻本，刊印年代不详。清道光年间青莲教（先天道）教首彭德源（超凡）编。它的内容是借《香山宝卷》所述妙庄王三女儿妙善出家成道为观世音菩萨的故事，宣传其教义。这部宝卷收入《酒泉宝卷》上编，编者改名为《香山宝卷》。[1]当代从酒泉地区搜集到这部宝卷，说明这一教派（或其支派）曾流传于河西地区。

2.《无生老母普渡收缘真经》（又名《神圣注序真经》），1950年高台县石印本。

3.《收圆还乡宝卷》，木刻本。“收圆”“还乡”是明清民间教派用语，指末劫时期无生老母派弥勒佛下凡召唤“皇胎儿女”，“回家认母”，“归根还乡”，或称“总收圆”。此卷所属教派不详。

4.《何仙度世宝卷》（即《何仙姑宝传》），兰省城内（兰州市）曹家厅会馆刊本。

5.《天仙宝卷》（又名《七真天仙宝卷》），兰州肃寿昌刊本。

6.《韩祖成仙宝卷》，肃州（酒泉）印经社刊本。

7.《目连救母幽冥宝传》，建康郡（高台县）王镛录刻本。

[1] 兰州：甘肃人民出版社，1991，页1－89。按，关于这本教派宝卷的详细内容参见本书第五编“宝卷漫录·观音济度本愿真经”。

8.《李长青游地狱宝卷》，肃州建康郡印经社刊本。[1]

另一本值得注意的是在河西地区搜集到的一本民间抄本《李都玉参药山经》,存清光绪二年（1876）民间抄本,发现于酒泉地区。清乾隆十八年（1753）山西当局在潞安府长治县查办混元教（又名清净佛门教）案，从教主冯进京家中搜出三部经卷，其一为《李都御参药山救母出苦经》，即此卷。[2] 这本宝卷故事的来源本为一段禅宗公案，始见《五灯会元》卷 5 ：唐朗州刺史李翱拜见澧州药山惟俨禅师，药山开始不理他，李拂袖而出。药山说："太守何得贵耳贱目？"李回首拜谢,问："如何是道？"药山以手指上、下,李不理会。药山说："云在青天水在瓶。" 李又问："如何是戒定慧？" 药山说："贫道这里无此闲家具。" 李莫名其妙。药山说："太守欲得保任此事，直须向高高山顶立，深深海底行。闺阁中物，舍不得便为渗漏。"[3] 李翱是一世俗的官吏，他向药山问佛家之道和修行实践的问题。药山的回答，实际上告诉他要舍弃世俗的一切，才能如此问道问修行。这段公案,在明代罗梦鸿所编《破邪显证卷》"破邪四生受苦品第二"中便演成"李都尉参药山惧怕地狱"的说法，后来又被民间教团人士改编成了"李都御参药山救母出苦"故事宝卷。[4]

---

[1] 甘肃省艺术研究所在编修《中国曲艺志 · 甘肃卷》过程中搜集到的宝卷，也有明清教派宝卷，如（明）罗梦鸿《五部六册》中的《叹世无为宝卷》《泰山宝卷》(即《巍巍不动泰山深根结果宝卷》,明无为教的《药师本愿功德宝卷》《销释印空实际宝卷》，明黄天教的《普净如来宝卷》《护国佑民伏魔宝卷》和早期佛教宝卷《佛说弥陀宝卷》(这部宝卷明清民间教派也演唱)，以及近现代民间教团编刊的《救劫指迷宝卷》《纯阳祖师劝世宝卷》等。(据甘肃艺术研究所周琪先生提供目录)因不清楚这些宝卷是采集自河西地区或陇东地区，故不能加人上述论述。但它们说明，清代以来在甘肃地区存在民间教派的活动

[2]《朱批奏折》，清乾隆八年（1743）七月十五日署理山西巡抚胡宝腺奏折记载，参见马西沙、韩秉方《中国民间宗教史》，上海：上海人民出版社，1267 页。

[3]［宋］普济《五灯会元》，苏渊雷点校，北京：中华书局，1984，上册，278－279页。

[4] 近见《凉州宝卷》(王奎、赵旭峰主编，甘肃武威：天梯山石窟管理处编印，2007)、《金张掖民间宝卷》第三册（徐永成主编，兰州：甘肃文化出版社，2007)、《山丹宝卷》上册（张旭主编，兰州：甘肃文化出版社，2007）所收《新刻岳山宝卷》(又名《李熬度母宝卷》)，即此卷之改编本。故事略为：山东即墨人李熬，升任四川成都府巡按，到任时怒打书班致死。书班到阎罗王处告状，知为前世因果相报。阎罗王勾李熬到地狱，见其母被石板压着受苦。李熬还阳，做七日七夜水陆大斋，难得超度母亲。他往岳山参拜魏严仙师，求"先天大道"，"指示一贯真传真诀，一点先天无字真经"，得魏严仙师授《玉皇心印妙经》。后修成正果，救母出地狱。按，此卷系清末先天道（一贯道）道徒改编的。

四、结语：河西民间宝卷与内地宝卷有同源同流的关系

从上文所述明末以至近现代不论在甘肃东部或河西走廊地区，都有民间教派活动和教派经卷、宝卷的存在，表明清代河西地区的民间教派没有受到清政府的镇压。现代河西地区仍有一些民间教团活动，如酒泉地区的清茶会、白腊会、皇极会、雨花会、大乘会等，它们都主持或组织念卷活动。[1] 其详细情况目前尚未见有调查报告，它们同河西地区民间念卷和宝卷的关系，尚待进一步去研究。但将上文与《清及近现代北方的民间念卷和宝卷》及其附录“山西流传民间宝卷目”“甘肃河西地区流传抄本民间宝卷目”作一比较，便可以发现，河西宝卷同北方的民间念卷和宝卷属于同一个系统。因此，它不可能是“敦煌变文的嫡传子孙，是活着的敦煌变文”，“敦煌变文的活化石”，它同内地的宝卷有同源同流的关系。

清代初年在北方发展起来的民间念卷和宝卷，到今天在大部分地区已不见踪迹，而河西地区的民间念卷和宝卷却仍在许多地区农村中存在，原因是什么？依笔者之见：其一，河西地区的民间教派躲过了清政府的残酷镇压，民众对依附于民间教派活动的宣卷没有恐惧感（这也是甘肃东部地区不存在民间念卷的原因之一），而这种以“拜佛”和劝善面目出现的活动，满足了民众信仰和教化的需求，易于为民众接受；其二，河西地区（特别是广大农村）民众的文艺活动极其贫乏，农村经济贫困 ，也难以供养外来的戏曲、曲艺班社，而念卷这种简便的说唱文艺在民间易于普及。作为善行功德，一些识字的人也乐于抄传和编写宝卷。这样一来，民间念卷和宝卷便在河西地区发展起来，成为地域性的民俗文化活动。

[1] 参见谭蝉雪《河西宝卷概述》，载《曲艺讲坛》，第5期，1998年9月。

附录：清康熙刊本《敕封平天仙姑宝卷》简介

本卷简称《仙姑宝卷》，初刊于清康熙三十七年（1698），写刻本。故马隅卿（廉）先生收藏。原卷无序跋，卷末题识说明本卷刻印年代、施刊者、编辑、书写和刻字工的姓名。署名的“编辑”者谢麈，甘肃兰州人，是一位“候诠同知”，即候补府、州政府副职官。看来是通过捐纳买来的做官资格，又花钱在甘肃候补。他是这个刻本的“编辑（定）”者，本卷最后一“分”（第十九分）是他编订时加上去的。由于他不熟悉宝卷的演唱形式，这一“分”不仅没有唱小曲，也没有按照教派宝卷说说唱唱的形式编写。本卷原编的时间，可能在明代末年，原编者不详。

本卷系目前所见甘肃省刻印流传的最早一部宝卷。卷中所述的平天仙姑是张掖地区世代流传的民间女神，民众称之为“娘娘”。这位女神的来源已不可考。《甘州府志》“人物”（下）“仙释”所载有关传说，是这部宝卷讲述的主要内容。第一至第六分，述仙姑建桥、修行、得道的故事。仙姑的来历被说成是“东岳泰山青阳宫内仙箓有名的一位仙姑，前去西方显化，普度众生”，这显然是加给这位地方民间女神的“籍贯”。由此也可说明这部宝卷编者归属的教派与道教的密切关系，及其来自内地的渊源。仙姑在合黎山修行，得骊山老母点化，修炼内丹“四符”，功成完满。被玉皇封为“至圣平天仙姑”“冲和洞妙元君”，“永镇合黎山”，“镇北方护国救民”。这位骊山老母是明代民间教派宝卷中常提到的一位女神。西大乘教还专门编过一种《佛说骊山老母宝卷》（今存），卷中骊山老母被说成是无生老母的化身，无生老母是明清各种民间宗教信仰的最高神。

第七至十二分写汉武帝元狩二年（前121）“西边鞑子”浑邪王犯边，汉骠骑将军霍去病率十万大军征讨，作战不利，退至黑河。仙姑显圣，使汉兵安全渡过，而把番兵冲去大半。浑邪王部下鞑王绰仕噶父子放火烧了仙姑庙，结果父子十人全被烧死。长子丹进台吉许愿重修庙宇，又不放在心上，仙姑三次降灾警告他。最后丹进出资，由汉人代他重修了仙姑庙，从此仙姑“威灵感应，福庇群生”，“边疆安宁，五谷丰登”。

第十三到十六分是四则仙姑惩恶扬善的传说故事。第十五分写的王志仁是江苏丹阳郡来酒泉贸易的商人，侧面反映出本地与江南地区经济和人文的联系。

第十九分是罗列明弘治以下至崇祯年间仙姑显灵的传说。其中多是针对“鞑子”的，如弘治年间“北方鞑子”侵犯边地，经过娘娘庙，忽听庙内有刀枪剑戟声，因而退兵；嘉靖四十三年（1564）鞑子烧了仙姑庙，夜间忽听到营外四处呐喊，鞑子惊恐，互相残杀。有明一代，北方的鞑靼俺答部虽归附明政府，但却一直不停内扰，这些传说反映了一定的史实。明黄天教的《护国佑民伏魔宝卷》中说关帝（关羽）“在玄关显神通达六（鞑虏）贼退”，是假神道以“护国佑民”。这部宝卷中的仙姑被封为“护国救民”的“至圣平天仙姑”，其精神是一致的。

明代后期的民间宗教家利用民众信仰的神道编了不少宝卷，如《灵应泰山娘娘宝卷》《护国威灵西王母宝卷》等，其中大多不是专门讲述这些神道的传说故事，而是掺入其宗教教义和修持方式的宣传，这部宝卷也采取了同样的方法。卷末《回向无上佛菩提》文中说：“大哉虚皇道，开悟演真诠。救济众生苦，化现玉女言。合黎参山顶，青阳应灵源……”可知这本宝卷编者是名为“虚皇道”的道徒。这个虚皇道不见其他文献记载。从卷中看，这个教派同明代后期和清代前期的许多民间教派一样，都讲“无为”：“大道原来在无为，个中消息几人窥。”（第三分［金字经］）其间的“个中消息”是修炼内丹，“脱弃凡胎，早升仙界”。第三分中骊山老母点化仙姑说：

> 老母说我修的连你不一，
> 我说来你试听同与不同：
> 我修的名四符无人无我，
> 精与神魂与魄四符的名。
> 有人生一心上不外四符，
> 全只要我的道充种其中。
> 如果能我的道充积余陷（限），
> 精与神魂与魄皆合其身。

一般民间教派修炼内丹同道教内丹派一样，讲究炼养精、气、神，而这个道以精、神、魂、魄为“四符”，是它的特殊之处，但从卷中所述的坐功运气的方式，则与其他民间教派也无大的区别。

这本宝卷的助刊者振武将军孙思克，据《清史稿》卷 255 本传载：孙于康熙二年（1663）任甘肃总兵，康熙二十三年（1684）升甘肃提督，三十一年（1692）加太子少保、振武将军，三十九年（1700）病逝于甘州（今张掖市）。近四十年中他在甘肃“守边”，主要任务就是防备厄鲁特蒙古的骚扰。清初厄鲁特蒙古虽归附清政府，却不断骚扰河西一带。康熙五年（1666）孙思克偕提督张勇修筑自扁都口西水关至嘉峪关边墙。他“遍视南山诸险隘，分兵固御……戢兵安民，疆圉敉宁”，因被提升为右都督。康熙中叶，准噶尔部首领噶尔丹兼并厄鲁特蒙古其他三部后，勾结沙俄势力，制造分裂，公开叛乱。康熙三十五年（1696）康熙亲征准噶尔。孙思克率部在昭莫多大破噶尔丹，受到康熙皇帝的褒谕恩赏，并受命进驻肃州（今酒泉市），“诇噶尔丹踪迹”。了解这一历史背景，就可以理解孙思克施刊这一宝卷的用意了，同时也说明民间宗教家的聪明之处。他们依靠官府的势力，将这一改编民间女神传说宝卷刻印，既符合国家政治的特殊需要，又贴近当地民众的信仰，同时也可以公开、合法地宣传他们的宗教。自然，这也同康熙朝对民间教派的政策有关。清初虽有取缔白莲、大成、混元、无为等“邪教”的政令和案例，但康熙朝 60 年中，却极少见镇压邪教案的记录。这部宝卷中倡导“无为”，要信众“不恋世上繁华，不贪眼前之浮尘，志心向善，念佛看经，恤孤怜寡，敬老惜贫，多行方便，永无退心”（第一分），这也有利于封建社会秩序的安定。

第三编　田野调查研究报告

第一章　江苏靖江的做会讲经

江苏靖江农村流行的“做会讲经”，是吴方言区“做会宣卷”的一个分支。它同隔江常熟地区（包括 1961 年常熟北部划归张家港市的十几个乡镇）民间宣卷一样，不称“做会宣卷”而称“做会讲经”。讲经艺人称作“佛头”。佛头主持“做会”活动，讲经就在做会中演出。所讲唱的宝卷自成体系，分为“圣卷”和“小卷”（或作“草卷”）两大类，另外还有许多用于做会仪式的科仪卷(其中也有一些故事卷)。目前该地农村中做会讲经仍十分盛行。

一、靖江做会讲经的来源

靖江县[1] 地处江苏省长江北岸，南岸是江阴。最初它是三国时期吴赤乌年间（238—250）在长江口涌出的沙洲，之后 1000 多年间，一直是处于长江中的一个岛屿。后因长江主流南移，明天启年间（1621—1627）北面江流淤塞，遂与泰兴、如皋接壤。明成化七年（1471）从江阴县分出设县，隶常州府。民

[1] 现已改为县级市。

国后划归江北的扬州，现属泰州市。县境内以横港为界，北面称“老岸”；大致以县城为界，东、西部又分作“东沙”“西沙”。老岸地区讲吴语方言，称“老岸话”，是江苏北部（长江以北）的吴方言孤岛。县城南部临江地区称“沙上”。沙上地区成陆较迟，且沿江塌涨无常，为后来移民居住之地，方言混杂。做会讲经流传于老岸地区，用老岸话讲唱。长期四面环水的地理形势，方言孤岛的文化背景，形成了靖江农村封闭性的民间文化特色。靖江讲经就是在这样一个历史地理文化背景中产生和流传。笔者的调查，主要在东沙地区进行，本报告介绍的主要是东沙地区做会讲经的情况。

靖江做会讲经的来源，县志和其他历史文献中均不见记载。当地有种传说，“讲经”是岳飞带来的。南宋初年，这一带曾是宋金交战的要冲。据《宋史·高宗本纪》和《岳飞传》记载，建炎四年（1130）七月诏封岳飞为通泰州镇抚使兼知泰州，令他“可守即守，如不可，但于沙洲保护百姓，伺便掩击”。十一月，金兵犯泰州，岳飞“以泰无险可恃，退保柴墟（今泰兴县口岸镇），战于南坝桥，金大败，渡百姓于沙上”。“沙洲”“沙上”均指今靖江，当时仍为江中岛屿。《靖江县志》说，岳飞迁移到沙洲的百姓是“江淮流民”。岳飞在靖江地区的时间不长，建炎五年（1131）初，“飞以泰州失守待罪”，就调到其他地方去了，但在靖江地区留下深刻的影响。当地民众为他立了生祠（在今老岸地区生祠乡），建了“思岳桥”。

关于靖江做会讲经的来源，当地佛头陆爱华先生曾给笔者讲了一个传说：唐朝末年，政府取缔佛教，关闭寺庙，焚毁佛经。和尚们怕经典失传，于是到全国各地“做会讲经”，宋朝的时候传入靖江。按，唐武宗李炎会昌二年（842）全国性的“灭佛”，在佛教界留下深刻的影响。陆爱华并不清楚“会昌灭佛”的事，这种说法可能是后来有一点佛教史知识、自称“佛门弟子”的老佛头的附会。根据调查中了解到的情况，靖江做会讲经历史上与明代中叶以后的民间教派活动关系密切。明代中叶以来，各种民间教派均以宝卷作为宣讲教义的工具，也改编一些佛、道教传说和少量世俗故事演唱。影响较大的是明正德初年罗教（又称“无为教”）创始人罗梦鸿编的《五部六册》。罗教以“清净无为，修证来世”为宗旨，基本信徒是漕运水手，以大运河两岸为活动中心。明嘉靖、万历年间，罗教南传，江苏、浙江等省区内普遍流传这一民间教派。而罗梦鸿的《五部六册》对明清许多民间教派均有影响。在靖江，直到近现代，“大乘派”的佛头做会讲经时仍然在讲《五部六册》。一些老佛头提到，他们当年看到过这部宝卷，是折叠在一起的（即经折本），有六七寸厚，也听前辈佛头讲唱过。由于年代久远，许多佛头们已经不能准确地讲出这部宝卷的情况。

许多情况可以说明靖江讲经与罗教（无为教）或其他民间教派的传播有过密切的关系。比如做会讲唱“圣卷”时，唱过“叫头”，接着要“报三友四恩”（见“附录一”）：

一报天地盖载恩，二报日月普照恩，
三报皇王水土恩，四报爹娘养育恩。

“四恩”仿佛教的“四恩”。佛教的四恩，虽有不同的解释，但没有“天地盖载”“日月普照”的说法。这“四恩”最早见于罗教祖师罗梦鸿《五部六册》之《叹世无为卷》“结卷”的“十报恩”：

一报天地盖载恩，二报日月普照恩，
三报皇王水土恩，四报爹娘养育恩，
五报祖师传法恩，六报护法护持恩，
七报檀那多陈供，八报八方施主情，
九报九祖生净土，十报孤魂早超生。

《巍巍不动泰山深根结果宝卷》《正信除疑无修证自在宝卷》卷末也收此“十报恩”，文字稍异。明代中叶以后，各民间教派的宝卷在结尾时，或唱“结经发愿文”，或唱“十报恩”（文字有不同）。明末弘阳教坊间的《弘阳后续天华宝卷》最末四“品”以“四报恩”为题。

又如，靖江有关“破血湖”（或称“血湖会”）的说法，与佛教、道教的血湖信仰不完全相同，而是来自明代弘阳教的“血湖圣会”和《混元弘阳血湖宝忏》。

靖江佛头传抄的《庚申卷》（做“庚申会”唱，见下）的“结卷”中更直接唱出明清教派信仰的最高神圣“无生老母”：

一进佛门学□然，二要性命合先天，

三言妙旨非容易，四念弥陀还本愿，
五气朝元真倒转，六门紧闭上了闩，
七字真言常常念，八卦炼尽紫金丹，
九九练成金刚体，十成功夫见无生。
归家见了无生母，母子团圆不下凡。[1]

这段唱词说明靖江做的“庚申会”与道教、佛教的庚申信仰不同，它已纳入明清民间教派的无生老母信仰系统。

靖江做会讲经活动传入时间，在罗教和其他民间教派陆续传入江南之后，即明嘉靖之后；根据它用吴方言演唱的特点，它是由江南传入的。

靖江县域1950年前有10几种民间教团活动，比如先天道、一贯道、同善社、大乘门、小乘门等。这些教团传播时间都不长，最早的是先天道，是民国初年由常州传入的。做会讲经什么时候与民间教派失去组织关系？估计可能是在清雍正、乾隆几次严厉查禁“邪教”之后。

地方文献中关于做会讲经的唯一记载，是清光绪二年（1876）查禁“讲经”。清光绪五年（1879）编修的《靖江县志》卷2“寺观”载有“光绪二年裁撤尼庵示”。这个官方文书是两江总督批发的靖江县知县的请示，案由是县内的僧尼犯有诱骗拐卖妇女等恶行，着令一律还俗、发配，顺便提到靖江民间的“讲经”：

更有非僧非道之流，借名讲经，自称善卷，俚歌村语，杂凑成词，引诱乡愚，男妇混杂，尤为可恶。由县随时查禁，以端风俗，以正人心。[2]

“非僧非道”“俚歌村语”，正是靖江做会讲经的特点。这道禁令，没有把做会讲经同“邪教”联系在一起，说明那时做会讲经已经同民间教派活动没有组织上的联系。但民间的这类信仰、教化、娱乐活动，必然男女都要参加，在卫道者看来就是“男妇混杂”。“禁令”对做会讲经没有起到令行禁止的作用。据现在调查了解到的情况，清末民初是靖江做会讲经的极盛时期。

脱离了民间教派的做会讲经，尽管内容上仍残存其积淀，但已成为民众信

[1] 据佛头张巧生（已逝）的手抄本。
[2]（清）叶滋森等修纂《靖江县志》，清光绪十年（1884）刊本。

仰教化娱乐的活动，也是佛头们谋生的手段。靖江县农村过去没有其他地方性的讲唱艺术和戏曲剧种，唯一流传的民间讲唱活动就是做会讲经。这样就使做会讲经成为靖江农村最主要的信仰和娱乐活动。

二、讲经艺人——“佛头”

靖江讲经的艺人称作“佛头”。在调查中，当地文化人有种说法：靖江方言“佛”读如“忽”，方言中“忽”音有倒霉、下贱等意。传说过去一个读书人科举失意，归而编写宝卷讲经。他哀叹个人命运坎坷，自称“忽头”，由音近而讹为“佛头”，后来遂称讲经艺人为佛头。这种说法显然是附会。

佛头的称谓在明代已经出现，指带领众人拜佛的人。明末话本小说集《型世言》第28回“痴郎被困名缰，恶髡竟投利网”中说，张秀才请和尚颖如在家中设经房，“厅内中间摆设三世佛、玉皇各位神祇，买了些黄纸，写了些意旨，道愿行万善，祈求得中状元”，“先发符三日，然后斋天送表。每日颖如做个佛头，张秀才夫妇随在后边念佛，做晚功课”。小说中“佛头”一语，意即领头拜佛、念佛的人。小说中描写颖如是一个民间的“野和尚”。他到湖州，“在那村里谭（谈）经说法”，他为张秀才家做的“法会”，佛堂上摆上“三世佛、玉皇各位神祇”，“斋天送表”，带着张秀才夫妻“念佛做功课”，这都同后来作为宣卷人的“佛头”没有什么差别。[1] 除了靖江地区外，江南有些地区的民间宣卷人也称作佛头，民众一般称佛头为“先生”。

旧时靖江的佛头分为两大派。一是“大乘派”，佛头素食，专做“大乘作”（见下）的会，如“延生明路会”“庚申会”“地母会”等，他们也讲罗教的《五部六册》，每个班子十几个人，到1950年前，只存有两三个班子。一是“小乘派”，佛头可以吃荤，做“小乘作”（见下）的各种会。1950年前，约有七八十位佛头。这些老佛头，现在（1987年）大部分已经去世；在世的年纪也已六七十岁了。50年代和60年代前期，又一批人拜师学做会讲经，目前的老佛头大部分是这一时期拜师的佛头，也有一些是未曾拜师，自学做会讲经的佛头。现在佛头已

[1] 以上引文见（明）陆人龙编《型世言》，南京：江苏古籍出版社标点本，1993，页466－471。

不分“派别”（东沙和西沙的佛头做的会，仍有区别），一共约七八十人。[1]

近现代佛头都是师徒传授。拜师要请“拜师酒”，签订“投师纸”（合同），规定学徒时间，一般为3年。学徒期间与师父外出做会讲经，经济收入全归师父。学徒期满，收入可拿师父的一半。有的佛头还要出师后的徒弟“补工”。师徒传授而这样重视经济问题，说明做会讲经脱离民间教派活动后，已成为佛头谋生的职业。

佛头授徒以口授为主，随师父做会讲经学习；师父也传授手抄本宝卷。由于做会的仪式繁杂，讲唱宝卷主要凭记忆，并要培养即兴表演的能力，各种会的仪式复杂，有的学徒五六年也不能独立主持做会。

佛头的经营方式，一般是由“会首”“斋主”去邀请，称“请会”。请会时讲定日期、做会地点和报酬。民众做的“会”大都是连续做三年，不用每年去请。被请的佛头“承头”，再约请其他佛头协助，并按期前往。承头的佛头称“醮首”，[2] 被邀的佛头称“客师”。做会讲经的收入，民国以后用实物（米）或货币开支，讲一天一夜，一般约有一块银元的收入；现在（1987年）每天每人可收入10—20元。除了会钱，做会过程中应斋主之请做其他仪式活动也要收钱，如“破血湖”收“血水钱”，“度关”收“度关钱”，“解结”收“解结钱”等。

80年代以后，由于农村中要求做会的人较多，经济收入高，老佛头穷于应付，于是有些农村青年自学讲经。他们先联系好做会的人家，由老佛头主持做会的仪式和讲“圣卷”，他们在晚上讲“小卷”（将一些通俗文学作品改编成宝卷的形式演唱）。有的人是农村工厂的工人，白天上班，晚上讲经，赚点外快。他们的演唱技艺与老佛头相比就差得远了。

通过上面的介绍看出，佛头的身份比较复杂。佛头们自称是“佛门弟子”，一些老佛头也会做佛教徒的“二时功课”和常念的经咒，如《大悲咒》《十小咒》《心经》等，但从他们主持做会的内容来看，他们不是正信的佛教徒，而是“非僧非道”的民间迷信职业者。他们不仅做会讲经，有的也同“伙居道士”、“野

---

[1] 这是1987—1988年调查时统计的数字，且仅限于东沙地区。1997年在靖江市文化局登记在案的佛头为108人，实际人数要多，因为要缴“管理费”，许多佛头带的徒弟没有登记。

[2]“醮首”，或写作“缴首”。

和尚”合作“放焰口”“做道场”。从讲经艺术来说，他们又是民间艺人。[1] 由于做会讲经不是常年进行，所以佛头们大都兼业务农。但是，佛头们生活在农村中，熟悉当地的民间文化，阅历丰富，老佛头一般都受到农民的尊敬。[彩图 11、12]

三、“做会”

（一）各种名目的“会”和“做会”的目的

靖江讲经是与“做会”结合在一起的。靖江民间做会是一种带有宗教性的民间信仰活动。做会名目繁多：按其组织形式有“庙会”“公会”“私会”“家会”之说；按其供奉的“菩萨”（靖江俗称各种神佛均为菩萨）有“大圣会”“三茅会”、“观音会”“梓潼会”“地藏会”“土地会”“雷祖会”“城隍会”“地母会”等名目。统称“龙华胜会”（简称“龙华会”），或“太平胜会”（简称“太平会”）。

1950 年前靖江的庙宇特多，据县志载，县境内寺庙宫观达 100 多处。尤其是村村有土地庙，大的村庄有两三座。这些庙宇每年都有定期的“香期”（多为庙中菩萨的“圣诞”）。每逢香期，庙中僧道都要组织“庙会”，出会敬神，并请佛头去讲经。如二月二（农历，下同）、六月十六做“土地会”，三月十八做“东岳会”，五月十三做“关帝会”，六月二十四做“雷祖会”，二月十九、六月十九、九月十九做“观音会”（当地俗传为观音三姊妹的三个“圣诞”），正月半、“清明”、七月半、十月半做“城隍会”，七月初十做“地母会”，七月三十做“地藏会”等。靖江民众特别崇信“大圣菩萨”（泗州大圣）和“三茅真君”，有能力的人结伴去南通狼山聚圣寺、苏南茅山烧香朝拜（“登山面圣”）。县城境内孤山上原有三茅宫，县城东门有大圣殿，每年也按期做“三茅会”、“大圣会”。这些庙会都是“公会”，经办人称“会首”，做会的费用由大家分摊。善男信女带上香烛钱米去“上会”拜菩萨，同时听讲经。过去有些会首也借做会聚敛钱财。1950 年前，靖江的一些民间教团（如先天道、一贯道等）集会时，道首、坛主为吸引信徒，也请佛头去讲经。目前各种庙宇大都不存在，民众所

[1] 对于“佛头”职业性质如何定性，笔者难以找到准确的概念。他们自称“佛门弟子”，但当地佛教协会不要他们。上世纪90年代后，笔者在靖江调查时，建议当地政府将佛头们按照民间艺人组织管理起来。1997年去调查时，当地政府文化局已经按照民间艺人将佛头登记、管理。

做主要是“私会”。

一个村庄、同一家族或若干农户集体组织做会也称作“公会”，独家请佛头做会称作“私会”。这类公会和私会均在民居中进行，又称“家会”。做私会时，“斋主”（佛头对做会的人家的称呼，明代民间教派为信众做会宣卷已经有这种称谓）也要邀请亲属、邻里参加。被邀“上会”的人要送香烛（做会时用）或其他礼品（如亲友祝寿的礼品和敬神的香烛）。

做会的目的主要是祈求菩萨降福，也为教化、娱乐。佛头和民众都称做会讲经是“劝善”。除了菩萨圣诞，诸如为父母做寿、祭祖求子、新房落成、却病消灾、家宅平安、礼佛了愿等，均可做会。民众做公会或私会除了固定的会期，也要考虑农时，一般在农闲。春节过后是做会最频繁的时期。现在做得较多的“三茅会”“大圣会”“观音会”“梓潼会”等，都是信众自己组织的家会（私会）。大部分家会又根据斋主的要求将几种“会”合起来做。笔者现场调查的就是这类家会。

（二）做“家会”的场所和准备

做家会的场所称作“经堂”。靖江农村的民居正房都是坐北朝南，中间一间称“明间”，经堂就设在明间中。[1] 靠北边的墙上平时挂“家堂”和“圣轴”（菩萨像）。下面是一长条形“菩萨台”，做会时菩萨台上供“马子”（或称“马纸”，即菩萨像），靖江的马子据说有 108 种，做会时常用的 20 多种。这些马子由佛头折成长条筒状，依次摆在圣轴下。一般马子长宽约 55×25 厘米，折后以神像面部（涂为红色）为中心，长宽约 30×4 厘米。[彩图 13、14]

马子纸都是当地民间艺人刻印。笔者曾拜访过一个刻印马子的民间艺人，他原来是细木工，专做农村嫁女用的床、箱、柜等嫁妆。现在时兴新式家具，生意不多，便刻了一套做会用的马子版，同时开了一家小杂货店。刻马子的木板用不易爆裂的硬木。他刻的马子，线条朴拙，形象生动。印刷时，先用黑墨刷出神像，再用镂空的油纸板分别套印红、黄、绿三种颜色。在每张马子的上方，都套印一个三色团花。除了做会用的马子外，他还刻印“度关煞”用的“太上延生解厄关煞神祇图”（不着色），盖房子用的“龙楼”（三十六神图）和农民过春节时用的“财神”“灶神”“栏神”等。

[1] 现在靖江农村的民居大都是三上三下的二层或三层楼房，经堂设在底层中间客厅中。

菩萨台上马子排列的方式，一般是“佛”（释迦佛）居中，左边是“天神”——天地（玉主，即玉皇大帝）、观音、三官、三茅、大圣（泗州大圣）、梓童、关帝、东厨、总圣（家堂）、寿星、韦驮；右边是“地神”——地藏、东岳、酆都、十王、城隍、土地、宅神、太岁、符使。农家做会时，可能找不到所有的马子，便用一个“团花”马子代替。俗说：“团花马子，处处好借。”但是释迦佛和做会请的主神（如做大圣会请泗州大圣）不能用团花替代。

菩萨台亦做供桌，设“对烛”（两只蜡烛，大的每对重达三斤）、香炉、供品（果品）等。菩萨台右边另设斋主三代宗亲牌位和“星斗牌位”。星斗牌位是一个斗（或木桶），斗内盛满粮食。点一盏油灯，代表太阳，做会期间要“长明”，照斋主全家拜菩萨；放一面镜子，表示月亮；插一杆秤，上面挂一黑头巾，秤上有“星”，分别表示满天星斗和乌云。斗内还插着会标的牌位（红纸扁封套）。另菩萨台上放三组香、烛，分别放在中间各位菩萨马子前，左边在家堂、东厨神位前，右边斋主三代宗亲牌位前。菩萨台前设“拜垫”，拜菩萨用。经堂中央偏南设“经台”（方桌）。经台有不同的摆法：一般是偏东放（西面中间是上楼的楼梯），佛头靠墙坐，经台左右边坐和佛的人，这种摆法是“小乘作”。另一种摆法是“大乘作”，两张方桌并放在经堂中央，佛头坐南朝北对圣轴讲经，称作“对圣宣言”；坐北朝南，称作“背圣宣言”。靖江西沙地区做会时还有一种摆法：两张方桌南北连结摆在经堂中央，圣轴朝南悬挂在经台上，佛头坐在北面，对圣轴的背面宣讲，也称“背圣宣言”。东沙佛头讲经时，佛头面前设“龙牌”。[版图 10、11] 龙牌七折，立放，正反面均绘有神像：释迦文佛、文殊、普贤、关圣、四大金刚、韦陀，边上分别是日、月。在经台前面，也设香炉、对烛。

斋主家在做会前十来天就开始准备，邀请亲友，在外工作的子女要按期赶回家中；准备做会用的各种物品（香烛、食品等）。做会当天，佛头在上午八点钟便来到斋主家。佛头扎“宝库”（用芦苇做骨架，扎成宫殿状，糊上色纸和花样剪纸），写“疏表”（用红、黄纸写做会的名目、祈求和斋主及亲属的姓名、生辰等，供在菩萨台前）和做会用的各种牌位、文牒等。会众（斋主家的亲属或邻里，多老年妇女）早已来到斋主家，他们用金银箔、黄元纸（黄表纸）、各色彩纸制作做会的各种用品，除了一般元宝形的“金银锞”（它们放在宝库内），也做“弥陀箱”，用黄元纸折装成箱形，顶部贴一花形彩色剪纸，内装几只金银锞，

“醮殿”仪式时烧化；“金条”，用黄元纸卷成筒状，20几只扎在一起，放在“宝库”里；“莲花元宝”，用金银箔折成莲花状，中间插上一朵五色花蕊，“破血湖”仪式时烧化；“莲船”，用黄元纸扎成船形，接引“罪人”上船，度过血湖池地狱，“破血湖”时烧化；“纸花”，用各色纸和金银箔扎制，做会时插在菩萨台和经台上，做会结束时烧化（俗说：地狱中没有花，这些花献给地狱十王，“疏文”中有“献花”即指此）。[彩图15、16]

另外，经堂内有一禁忌：做会期间不能打扫，免得把做会的“功德”一起扫掉。因此，经堂内常常垃圾满地，待做会结束时始可打扫。

（三）做会的过程

一般做会在上午九点后开始，先点燃菩萨台和经台各处的香烛（做会过程中经堂内香火不断）。佛头升座，做“早功课”，念《大悲咒》《十小咒》《心经》等。接着是“拜愿”“请佛”。[彩图17、18] 佛头先代斋主拜愿（做会的祈求），接着在菩萨台前唱《请佛偈》，报出马子上各位菩萨的名号、灵地，率领斋主及其家人一一叩请。然后焚化当坊土地马子，请土地爷去接菩萨。做私会时，请佛后还有“报祖”，请斋主家的三代宗亲到会，斋主和家人要在宗亲牌位前叩拜请迎。

请佛后佛头即开始讲经，讲经是做会的主要组成部分。不同的祈求，拜不同的菩萨，都有相应的宝卷，如“三茅会”讲《三茅卷》，“大圣会”讲《大圣卷》，“观音会”讲《观音卷》，“雷祖会”讲《雷祖卷》等；为求子嗣和孩子健康成长，做“梓潼会”，讲《梓潼卷》；为求家宅平安，做“土地会”，讲《土地卷》等。这些宝卷都是“圣卷”，即讲唱神佛故事的宝卷。

中午吃饭前要“供饭”：用六个茶碗象征性地放一点米饭，在菩萨台马子前放五碗，经台龙牌前放一碗；在斋主家的宗亲牌位前要供一菜（或三菜）一饭（一大碗米饭），放一把筷子（不计数）。佛头在菩萨台前唱《饭经》，[1]用铃鱼（手铃）伴奏。同时，斋主家人在菩萨台右前方烧化纸钱。佛头唱完《饭经》，众人才开饭。供饭仪式只在中餐前做，其他各餐不做。

下午继续讲圣卷。有时因为做会开始的晚，做完“报愿”“请佛”仪式已到吃饭时间，下午才开讲“圣卷”。中间，应斋主家要求可插做某些仪式，如：

“拜寿”，为父母做。拜寿时在经堂中间摆一方桌，上面放上儿女、亲友送的礼品（不全部放）和鱼、肉；同时用白米撒成“本命元辰”（组合成一字）。父母分坐上下手。一个佛头敲木鱼唱“报本命”，一个佛头用铃鱼伴奏，同时要向斋主一拜。斋主的子女、儿媳必须依次礼拜。平时父母与晚辈（特别是婆媳）有些隔阂，此时晚辈拜下去，老人心情舒畅，家庭关系也就融合了。[彩图 19]

“度关”，为婴、幼儿做。孩子的“关煞”（比如“水关”“火关”等）由算命的人推算。度关时佛头念《度关科》，用米堆成道路，用铜钱（现在用硬币）堆成桥。度关一般连做 3 年（3 次）。

“安宅”，是驱逐邪祟，祈求家宅平安的仪式。做“土地会”时必须做，其他会中也可插入。

晚饭后，东沙地区一般是讲“小卷”（或称“草卷”。西沙做会讲经不讲小卷）。讲什么小卷，由斋主家与佛头商定。这时“和佛”的人，多换上男性，来听经的人也特多。特别是那些善讲小卷的佛头主讲，经堂里听卷的人会挤得满满的，佛头讲唱也起劲。

午夜要停下来吃夜宵。佛头们也稍事休息。接下来为父母做“醮殿”“破血湖”仪式，换上妇女和佛。这时来听卷的邻里等人都回家休息，经堂里留下的大都是妇女和老年人。

---

[1] 笔者曾记录佛头朱接根（佛头陆爱华的徒弟）念的《饭经》：“瑞霭呈祥紫雾腾，人间福星庆长生。喜看四海升平日，共沐恩睹（？）享太平。太平天日朝日月，五色明珠驾六龙。五斋献家堂，消灾增福寿。东厨司命、担柴童子、运水郎中显威灵，火部龙神赐福保延生。阿弥陀佛灶王经，一为斋主二延生。保佑人家仓仓满，火星落地保太平。愿以此功德，普及于一切。午斋献东厨，消灾增福寿。以此振铃申召请，××堂中先远三代远闻知。上及高来高曾祖，下及近来近宗亲。伏承三宝力加持，此月今日来赴会。高高宗亲升天界，一切宗亲尽超升。孔子出世在周朝，万般经书教尔曹。文章惊天地，智慧海阔高。游尽十八国，谈论舜禹尧。三千门弟子，个个道德高。留下仁义礼智信，难免无常走一遭。先送来先送，送到××堂中先远三代宗亲台前，午斋圆满化纸钱，三代宗亲来领受，托化升天！”据笔者多次现场观察，斋主、会众并不关心佛头念的“饭经”，而是忙着摆桌子、上菜开饭。

“醮殿”,又称“醮十殿”,是儿女为父母做的免罪延寿仪式。先唱《李清卷》,接着唱《十王卷》,依次请来十殿阎王和酆都、东岳、地藏等神,向他们祈求灭罪延寿。这个仪式在天亮以前(四五点钟)必须做完,将“十殿阎王”和地狱诸神“送”回去(否则,这些“神君”会留在斋主家中)。在请十王的过程中,可以穿插讲唱十个与此“殿”有关的故事。因为时间关系,主要唱《七殿公文》(“公文”,又写作“攻文”,均系记音,义不详。又称《梅乐张姐》)、《九殿卖药》。[1]

“破血湖”,由儿女为母亲做。唱《血湖卷》,即《目连救母卷》。卷中有目连喝掉血湖池地狱中“血水”解救母亲的情节。讲唱到这里时,要停下来,儿女们要为母亲喝“血水”。[2]

做完“破血湖”,一般是早上六点钟。接下来佛头“收卷”,即把没有讲完的圣卷结束。收卷完,进行“上茶”、“解结”、“念疏表”、“送佛”仪式。

“上茶”又称“敬香茶”。[彩图 20] 斋主儿子(或孙子)头顶茶盘供品跪在菩萨台前,两边各有一人抬着茶盘。[3] 佛头一边唱《上茶偈》,一面将茶盘上的供品(盛在小茶碗内)一一放在每位菩萨的马子前。《上茶偈》中对每一位菩萨的身世都略作说明,比如:

香茶一杯奉上献,释迦文佛请香茶。
释迦文佛本姓张,张家头上问玄关。
上有甲子正月半,四月初八是圣诞。
释迦佛落空不登王位,十九岁上上雪山。
灌顶六年苦根留,生老病死到如今。

“解结”仪式的目的是解怨释结。[彩图 21] 佛头手拿红绒线,打好活结垂在下面,念《解结科》。解结人跪拜在菩萨台前,将红线“结”拉开,即表示解了各种冤结。佛头同时说或唱一些风趣的四句头歌谣,向解结人祝福。解结人要交一点“解结钱”给佛头。

---

[1] “醮殿”,记音。笔者问佛头,他们一般写作“缴殿”,立意不明。笔者认为作“斋醮”之“醮”比较合理。详见本书第三编第二章“江苏靖江做会讲经的‘醮殿’仪式”。

[2] 详见本书第三编第三章“江苏靖江做会讲经的‘破血湖’仪式”。

[3] 这个茶盘一般用一个大抽屉,份量很重,必须由两个人抬着。笔者在一次会上看到,顶茶盘的是斋主的孙子,他左顾右盼不专心,抬茶盘的人便把茶盘压在他头上,他就老实了。

“念疏表”，由佛头在菩萨台前唱疏。疏文的内容因各种会不同而异，但形式基本相同。下面是一次以“观音会”为主，附带做“醮殿”（醮十王）和“破血湖”的“会”的“疏”（原件竖排，写在黄纸上）：

心诚佛灵
自修其身启为叩代往朝南洋珞珈山进香延生了愿功德文疏　居
江苏省靖江县孤山镇前范队　方土地之神界下　奉
佛修善妙典观音十王血湖胜会延生信人□□□　×年×月×日吉时生
（以下斋主的妻子、儿子、儿媳孙子等人名字和生日略）
是日诚心沐手焚香　拜于
洪造具呈　伏为同缘生居阳世生男育女恐有触犯三光日月诸圣神众
天年难免血湖之苦又为自己通家人等生于中华安乐乡村
天理人伦　幸蒙
佛慈佑护　全仗神力恩扶理应登山而敬怎奈路远山遥跋涉艰难今不
负恩聊表存心　为此
卜于是月今日延善在家设立古佛经堂　上供
圣像作证　宣白佛祖妙典观音李清十王血湖宝卷加持早课功德咒浩
雄文处备香烛符马等式叩愿一堂香茶一盘造库二座内堆
黄白二钱金银锞锭对天灼化　拜上
观音大士冥府列圣案下缴纳　伏乞
神恩　高提龙笔　多注长生　一年四季　常享太平
财源茂盛　生意兴隆　雪罪迎祥　各庚开泰
男增百福　女纳千祥　子孙昌盛　永得富贵
一切之中　全叨赐庇　右于文疏
时在
岁次壬申年　月　日　具疏呈上

唱疏后“送佛”，唱《送佛偈》，与《请佛偈》相同而简，只是改“请”为“送”。送完佛，佛头带领斋主家人等到院外“送佛”，同时将马纸、疏表等拿到外面焚化，做会结束。时间一般在早上 8 点钟。[1]

---

[1] 笔者在一次做会结束后看到，一妇女为求子（孙），要求佛头陆爱华做“倒子”仪式。这一仪式很简单：佛头从菩萨台上抱下放星斗牌位的斗（连同装的米，30 余斤），在该妇女身前转了 3 次。该妇女将围裙掀起，佛头将斗内的米往围裙中倒了一点，同时说了一些祝祷生子的吉利话（顺口溜）。该女接受的那些米，要投入河中喂鱼。

一般的会要做一天一夜。会的长短和做会的"正卷"的长短有关。《三茅卷》最长,旧时三茅会可进行三天三夜。现在一般只简略讲唱故事或其中某个片段,仍可一天一夜结束。因为做会中间插入某些仪式,或"饶小卷",佛头们也可根据时间情况增删正卷的内容。另外,现在民众往往不做单一的"会",比如在为孩子做的"梓童会"上,也可以穿插为父母做"醮殿""破血湖"的仪式。有的时候,由于中间穿插的仪式较多,"收卷"时间延长,也可能到第二天中午结束。

做会日夜进行,因此必须有两个或两个以上佛头轮流讲经。"小乘作"时一个佛头上经台讲唱;"大乘作"时两个佛头同上经台,一个讲唱,一个伴奏。目前讲经多为小乘作;有些仪式也由两个佛头,一人持木鱼,一人持铃鱼唱念,如"拜寿"、"安宅"等。因此,每次做会最少三位佛头参加。

在做会过程中,有时会有"唱麒麟"的民间艺人不请自来。[彩图 22] 他们两人组合(或男或女,同性),不打招呼,径直进入做会人家的"菩萨台"前,敲起手中的小锣,唱一些祝赞神灵和向斋主祝贺的歌谣。这时讲经先生会暂停下来。他们唱完后,做会人家会送给他们"喜钱"。如果临近开饭或吃饭时间,也会留他们入席吃饭。在做会讲经比较集中的日子,这些唱麒麟的民间艺人每天赶许多"会场"。

(四)"明路会"和"庚申会"

"明路会"和"庚申会"过去都是属于"大乘派"做的会,现在一般佛头也做。但比较少见,因为会期长、费用大;做会的斋主和"和佛"的人都必须是吃斋念佛的老年人。

1."明路会"

全称"延生明路会"。这个会要进行两天一夜,或两天两夜。笔者考察过几次"明路会",都是为妇女做的,她们被称作"明路人",和佛的也都是老年妇女。各位佛头做的程序和内容不完全一样。下面介绍的主要是 1997 年 11 月的笔者考察的一次"明路会"的情况。

第一天的仪式:

上午"请佛""报愿",开唱"观音卷";下午做"拜寿"仪式,晚饭后讲"小卷”，后半夜做“醮殿”“破血湖”仪式。与一般做会相同。

第二天的仪式：

（1）“请佛”

与一般会不同，要请“八十八佛”，佛头要报出88位佛的名号，“明路人”及其子女等在菩萨台前拜请。

（2）“铺堂”

大乘作，佛头“对圣宣言”，唱《铺堂妙典》（宝卷）。这本宝卷的内容是由“仙童仙女”领路，引导“明路人”（斋主）到二十几位神佛面前“报恩赎罪”。这些神佛都是同民众生活密切相关的神。各家佛头所唱的神佛数目不同，有的说“十四司”（十四位），有的说“二十四司”。笔者在一次考察“明路会”时，佛头报了二十五位神佛，依次是：家堂、东厨、床公床母、门栏将军、钟馗、宅神、太岁、井栏神、路神、桥栏神、土地、城隍、日宫月府（日月神）、酆都、东岳、地藏王、十殿慈王、关帝、文昌帝君、天地、三官、文殊老母、普贤老母、观音圣母、释迦佛。[1]铺堂开始前要为每一位神佛做一“方匾”，用黄元纸做成长方形扁盒状，用红纸书神佛名号贴上去，内装“铺堂文疏”（印制，填上明路人姓名和做会的年月日）。卷中歌颂每位神佛的功德，如“东厨”：

仙童领路向前行，拜上东厨司命君。
二炷真香敬灶神，八月初三圣诞生。
玉皇大帝封神职，火龙太子管厨门。
四季厨中“七字”[2]足，火星落地保太平。
柴米油盐要爱惜，不能浪费半毫分。
灶下烧火偏身坐，灶上炊具要轻声。
厨房里面勤打扫，合家老少保安宁。
烧金钱来化银钱，东厨司命案台前。
（大众合唱“阿弥陀佛”）

铺堂的同时要“还曹献库”，不举行仪式，但要将预先扎制好的“宝库”（一

[1] 实际上不止二十五位，“床公床母”、“日宫月府”、“十殿慈王”、“三官”等都是一组神的名称。

[2] 按，指“柴米油盐酱醋茶”。

般“九库”）排列出来，献给各位神佛。每个库中都放金银锞和“献王文书”（印制，填上明路人姓名和年月日）。

(3)“延寿”

小乘作，佛头唱《延寿卷》[1]。在经堂西面偏北另设“菩萨台”，放置“受生宝库”、寿星马子、茶米盘、对烛。斋主坐在右边。斋主子女在这一菩萨台前跪拜菩萨。佛头唱到卷中金本中每添寿 10 岁，明路人的子女要往茶米盘上添钱（会后归佛头），意可为明路人也添寿 10 年。

以上仪式上午举行。下面的仪式吃过午饭后做。

(4)“传香”[彩图 23]

亦作“篆香”、“法香”，大乘作。经堂正中设菩萨台，中间放“明路星斗”，[2][彩图 24] 除一般会标等物外，斗内另插入“变幡”[3]、“五色幡”（青、红、白、黑、黄五支，长条状，下部贴一剪纸“寿”字）、明路灯笼（用苇杆做骨架，彩色纸制）等。斗前设香烛。斗的周围有十余只饭碗盛“五色果子”（苹果、桂圆、糖果等）。菩萨台前面平铺着“铺堂明路受生文牒”，明路人的子女用人民币在上面摆一座“金桥”（这些钱会后归佛头）；他们随身佩戴的手表、戒指、项链等物也放在此。“传香”后，各自取回，可以“避邪”。两位佛头朝南坐，“背圣宣言”。明路人坐在左边紧靠佛头处，和佛的老太 7 人（每人面前铺开放一条新毛巾）分坐菩萨台两边。明路人的子女站立在佛头背后。

所谓“传香”，是由佛头将“香板”“大香”“明路灯”“五色幡”和给明路人的“印堂”“簪子”“红花”“寿衣”“锁”“钥匙”“胞子钱”等物，先交给右手的和佛人，依次传给每个和佛人，最后传到到明路人手中。[彩图 25]

香板、大香是佛头事先用红硬木做成。香板三块，约 3×3 厘米，正面书写明路人的姓名、生辰，反面书写做会的年月日。大香 24 根，每根长 5 厘米。印堂是佛头临时做的，用几块木板为衬，外面包上红纸，约 4 厘米立方，其中一面写上“三宝证盟”（字体反书）。簪子银制，形同旧时和尚用的禅杖。红花由佛头用色纸扎制。锁、钥匙用金纸剪成。寿衣（棉袄）由明路人的女儿缝制。

[1] 即《金本中宝卷》，此卷在吴方言区民间宣卷中普遍演唱。

[2] 在做会开始前已经做好，放在菩萨台右边。

[3] 变幡用五色（青、红、白、黑、黄）纸扎制（“青”用紫色纸，“黑”用深绿色纸代替）。每个幡长约 50 厘米，中部贴着两枚小爆竹。它们吊在一只长竹竿（用红绿纸包裹）顶上，上面有一纸做的花。开始时青幡吊在下面，其他四幡卷在竹竿顶部。当青幡燃爆后，红幡会自动落下，依次至最后的黄幡。

胞子钱是 13 个硬币，外包红纸。除明路灯、五色幡传过后仍插在“明路星斗”内，其他对象“会”后明路人保存，逝世时带走。

“传香”的仪式开始，经堂门封闭，不许人进出。佛头先唱观音菩萨“杨柳枝赞”，然后按照传香的过程分段唱《传香科》（又名《法香科》）。

传“第一台”香，佛头一边唱一边将印堂和一块块香板、一根根大香，依次交给和佛老太，经过七个和佛老太之手，传到明路人手中。明路人将它们放在一个碗里，递给佛头。同时大家一起唱颂“南无西方极乐世界接引师阿弥陀佛”。印堂、香板、大香共传 28 次。传得很快，合唱佛号的节奏也很快。传完后，佛头问明路人：“每月吃几天素？”答：“× 天。”这是明路人发的誓愿，此后不能违背。

一共传“四台”香（有的佛头传“三台”），将上述物品分别由佛头交给和佛老太，传到明路人手中，再传给佛头。第二台香后，佛头焚化明路人“接引纸”，接引明路人去西方“极乐世界”拜见佛。此时明路人的儿子打开经堂门，出去“买路”。（此后经堂门开启）中间要过三座桥，要给“过桥钱”。（遇到人给人，遇不到人扔在桥下）过桥后，在路中间焚化一些金银锞、黄元纸、香，做“买路钱”。

红花、簪子传过后，佛头要亲自插在明路人的头上。寿衣最后传，佛头先盖上“三宝证盟”印，传回佛头手里后，佛头亲自给明路人披在身上。此时，明路人的儿子要给佛头“喜钱”。

佛头唱《发香科》结束时，同时抓喜糖扔在空中，众人纷纷抢这喜糖，沾点喜气。发香结束，接着做“开关”仪式。

(5)“开关”

前面做传香仪式的菩萨台不变动。由明路人的孝子（长子）拿着用一个抽屉做的“菩萨台”，内放观音像、茶米盘，点燃一炷香，领头绕菩萨台转。佛头手持变幡随后，明路人（斋主）提明路灯第三，其他子女分别持五色幡在后，“和佛”人等各手持一香排在后面。[彩图 26] 佛头边走边唱《过五关(门)》。“五关”（门）分“东、南、西、北、中”，与“五色”——“青、红、白、黑、黄”相配。如“开东门”唱：

明路之人到东门，东门关得紧腾腾。

青衣童子拦门守，无事不得开关门。
明路人到东方东方迎接，抗青旗抬青轿迎接善人：
“叫一声主人翁上我轿子，我抬你到东方相见无生。”[1]
主人翁听的说开口就骂，骂一声胎生子哄骗何人？
胎生子听得骂逃关去了，明路人发善心再往前行。
烧金钱化银钱，烧小套化方扁，灼化到开关童子前，
开关童子得了金共银，打开关门放你行。

佛头唱完一“关”，同时点燃“变幡”，燃烧时引燃小爆竹，意即开了此关（门）。每开一关，明路人子女都要往孝子拿的“菩萨台”内放“开关钱”（此钱会后归佛头）。以下开“南门”“西门”“北门”，最后开“中门”。佛头唱：“过了五关朝前行，西天佛国见世尊”，仪式结束。

（6）“做合同”

在菩萨台前摆开两张方桌，佛头预先写好的“铺堂明路受生文牒”（竖写）一式两份，一“阴”一“阳”放在桌子上，两份文牒中间弥合重迭。仪式开始，佛头念牒文，同时用红笔点断，在两份文牒重迭处用黑笔书“合同”[插图 56]、“合同坤字第 ×× 号”（×× 数字是斋主的年龄）。念、写完后，明路人先到菩萨台前拜菩萨，后在两份文牒的姓名下各按手印。和佛的老太太们作为“证人”，也在各自的名下按手印。做会结束后，阴牒烧化，阳牒由斋主保存，逝世时带到阴间去“对合同”。

[插图 56] 江苏靖江做“延生明路会”佛头签署“阴阳合同”的特殊写法

上述仪式做完后，接着“上茶”“念疏”“解结”“送佛”，晚饭前做会结束。笔者另考察的一次明路会，由于穿插的仪式多，晚上讲小卷，连做了两天两夜，第三天中午才结束。

[1] “无生”，指无生老母。说明这个仪式最初与民间教派信仰有关。

2. **“庚申会”**

为吃斋念佛的妇女们做的会，她们被称作“素老佛”。中国道教有“守庚申”的修养方术，认为人体内有“三尸”，专记人之罪过，每于庚申日“上白天曹，下讼地府，告人罪过，述人过恶”。[1] 司命之神，据此减人形寿。因此，在庚申日要清斋不眠，通宵静坐，守住“三尸”，使它不能上天入地言己之过。唐宋以后，“守庚申”成为一种普遍的信仰。

靖江的庚申会与明清民间教派信仰有关，但它已经发展成一种民间信仰活动。当地传说，庚申日是群仙聚会的日子，是“好日子”，俗语有“庚申庚申，出门甭问先生”。这一天玉皇大帝大开天门，人间的善恶可以明察。吃斋念佛的妇女们联合请佛头做“庚申会”。庚申日前一夜“迎庚申”（或称“接庚申”），唱《庚申经（卷）》。庚申正日是“正庚申”，妇女们“坐庚申”，佛头白天唱《正星卷》《观音卷》；夜里“传庚申”，先举行“发香”仪式，接着佛头手持木鱼、铃鱼（手铃）带领会众绕经台（“大乘作”摆法）边走边唱，会众拎着写有自己姓名的灯笼、手持五色彩旗跟着佛头转，并接唱佛号。“传庚申”共53句，转53圈。第二天早上“送庚申”，做会结束。一年6个庚申日，要做6次庚申会。

通过上述做会活动的介绍，可以看出靖江做会同佛教的法会、道教的斋醮均不相同。它吸收了一些佛教、道教以及明清民间教派宗教活动的形式和内容，成为一套特殊的民间信仰活动仪式。而讲经（宣卷）就在这些仪式中穿插进行。因此，它使靖江讲经的形式保留了宣卷发展史上较多的积淀。

四、“讲经”的形式

靖江讲经演唱“圣卷”，有固定格式。讲经开始时，佛头敲一下“佛尺”，先念、唱“叫头”。[2] 它们本是一首七言唱词（可加衬字），如：

（念）三炷香，大会场。
　　　同赴会，赐寿香。

---

[1] 见《云笈七签》卷83，李永晟点校，北京：中华书局，2003，页1877。

[2] 笔者曾读过一本吴方言区宣卷先生手抄小卷集《总偈》（庚寅年抄本），其中有“起卷偈子”30余首，与此“叫头”相同，可见江南民间宣卷中也有此类“叫头”的形式。

接着敲一下“佛尺”，庄重地念诵：“圣谕！”[1] 接下来将上面四句唱词补完整，唱：

佛前焚起三炷香，设立延生大会场。
拜请福禄寿三星同赴会，西池王母赐寿香。

唱完后，开始讲唱“报三友四恩”。“四恩”已见上文，“三友”指孔圣人（孔子）、李老君（老子）、释迦佛，[2] 这一段说唱可长可短。然而才开始讲唱宝卷，先唱“开卷偈”，如：

《大圣宝卷》初展开，拜请各世王菩萨降灵台。
两旁善人帮念佛，能消八难免三灾。

“开卷偈”后，在说唱宝卷故事前要“宣朝代”，[3] 即交代本卷故事发生的朝代、帝王，故事发生的地点（府、州、县、村）、“贤人”（故事的主人公）均一一作交代说明。它不像江浙宝卷只用几句话交代，而是有较多的铺述。

讲经中间在一个演唱段落结束，佛头需要休息时，主讲佛头会提示，如：

---

[1] “圣谕”二字，当地民间工作者记录整理的宝卷，开始都作“圣语”，据称是表示佛头开始代表神佛讲经。据笔者考察，这是佛头们模仿清代宣讲“圣谕”的形式以自壮，与经桌前摆放“龙牌”的作用相同。这种情况并非靖江讲经如此，今存清光绪二十年（1894）常州培本堂刊本《醒心宝卷》在“开卷偈”之前，便有一段颂扬“圣谕十六条”的说唱；民初的石印本《五经会解》前面也附有“圣谕十六条”。（参见本书第五编“宝卷漫录 · 醒心宝卷 · 明王海潮的《五经会解》”。按，《中国靖江宝卷》（南京：江苏文艺出版社，2007）所收宝卷的整理本，已按笔者意见，改作“圣谕”。

[2] 参见附录一“‘圣卷’开讲前演唱的‘报三友四恩’”。按，“三友”系“三宥”的讹传。三宥，古代指对犯罪者可以从宽处理的三种情况。《周礼 · 秋官司寇》第五：“司刺，掌三刺、三宥、三赦之法，以赞司寇听狱讼。一刺曰讯群臣，再刺曰讯群吏，三刺曰讯万民。一宥曰不识，再宥曰过失，三宥曰遗忘。一赦曰幼弱，再赦曰老旄，三赦曰蠢愚。以此三法者，求民情，断民中，而施上服下服之罪，然后刑杀。”佛教《五祖黄梅宝卷》“结卷回向”语中有“《黄梅宝卷》已全周，回向四恩并三宥”。但在明嘉靖二十二年（1543）刊《药师本愿功德宝卷》（无为教宝卷）则作“四恩总报，三有同沾”。明末（或清初）《大乘意讲还源宝卷》（教派不详）结卷“十报”之后，接唱“四恩未报今日报，三友未酬今日酬”。它们改作“三有”、“三友”的内容不详。

[3] “宣朝代”，有人记录作“还朝代”。“宣”“还”方言音近。

“《大圣宝卷》演到三妖出世一文完，消停一刻再团圆。正宣之中打个停，另掉明师劝善人。讲经暂住，阿弥陀佛！”[1] 一部宝卷结束，也有“大叙团圆”式的结束语。

讲经的唱腔称作“调口”。据有的佛头讲，过去也唱长短句的曲子，但现在讲经的基本唱腔是上下句结构的［平调］。唱词主要是七字或十字句（可加衬字）。这种调口每个佛头的唱法也不相同，大多数佛头演唱时旋律不明显，而是用近似诵经的腔调。在唱句的结尾处，佛头将尾腔拖长“放和声”，众人“和佛”。和佛的 6 人或 8 人，在堂的会众也可随声附和。平调的和声有“单声和”、“双声和”两种。单声和句句和佛，和词是“阿弥陀佛”、“南无佛，阿弥陀佛”，如：

太白金星吹口仙气拿他们四个安童撩到城门外，（和：外——阿弥陀佛）

独剩梓春一个人。（和：人——南无佛，阿弥陀佛）

双声和在双句韵脚上由佛头放和声（并非每韵皆和），和词是“南无佛，阿弥陀佛”。

［平调］根据演唱节奏快慢又有“哨板”、“慢板”。哨板又称“数板”、“滚龙调”，与说唱艺术中的贯口相同。多用在铺陈描写之处，可长达数十句，转韵时放和声。

擦白粉，冬瓜灯，红堂堂，南瓜灯，
圆端端，西瓜灯，黄霜霜，北瓜灯，
吊颈项，茄子灯，浑身长钉黄瓜灯，
浑身长筋丝瓜灯，里面点火亮铮铮。（和：铮——南无佛，阿弥陀佛）
冬瓜灯儿长夭夭，西瓜灯儿着地抛，
南瓜灯儿多好看，北瓜切切下锅烧。（和）

[1] 《中国靖江宝卷》（南京：江苏文艺出版社，2007）所收和前此该地区编印的“搜集整理”宝卷文本，如《三茅卷》《大圣卷》等，都有“回”目式的分段标题。据笔者调查，佛头演唱或手抄本宝卷，结束一段演唱时，有对这一段故事的概括说明，如“《大圣宝卷》演到‘三妖出世’一文完”，但没有回目式的标题，这类标题是整理者的安排。

十字句的唱词称作“含十字”,“三三四”句式。它也有哨板,和声与平调同。

常用的调口还有［挂金锁］，用木鱼、铃鱼伴奏，又称［摇铃腔］，唱五字句或七字句，四句体，和声与平调不同。如：

白马去出征，犬儿看大门，
骆驼会相面,麒麟送子孙。(和：弥陀佛,弥陀佛,阿弥陀佛弥陀佛,南无佛，阿弥陀佛)
老鼠一溜烟，猢狲走街前，
兔子着地溜，狮子滚绣球。(和)

［挂金锁］本为北曲曲牌，是明清民间教派宝卷中常用的小曲，唱词定格与北曲曲牌不同。靖江讲经中只袭用这一曲调名，它的唱腔、辞格与北曲曲牌和明代小曲均无关系。

另外还有一种［打唱莲花］调，用铃鱼伴奏，音调轻松活泼。如：

莲花越打越好听，(和：金花银花莲花佛)
略表几句散散心。(和：嗨嗨活菩萨)
瞎子听了莲花经，(和：金花银花莲花佛)
眼睛睁得像晓星。(和：嗨嗨活菩萨)

这个曲调当地民众特别爱唱、爱听。在靖江宝卷中，大段的“打唱莲花”，一是“醮殿”的《七殿公文》(又称《梅乐张姐》) 中有[1],一是在《土地卷》中，都是观音老母化作老太婆唱的。《土地卷》只有在“土地会”上演唱，这种会不经常做。笔者参加一次“明路会”，后半夜开始醮殿，讲唱到请七殿泰山王时，天已快亮了。佛头也感冒，喉咙不好，提出不唱《七殿公文》了。和佛的老太太和听众都不同意，于是喊来佛头的徒弟。因时间紧，其他都不唱，只让他带领大家唱“打唱莲花”。午夜以后，众人都已疲劳，但唱起来后，大家不

[1] 参见本书第三编第二章“江苏靖江做会讲经的‘醮殿’仪式”。

停地和唱："金花银花莲花佛，嗨嗨活菩萨！"群情活跃，确实如唱词所说"莲花越打越好听"。[打唱莲花]在明代民间教派宝卷中已经出现，如《销释白衣观音送婴儿下生宝卷》《清源妙道二郎开山宝卷》，都有大段的演唱。

讲经的伴奏乐器十分简单，与江南的"木鱼宣卷"相同，只有佛尺、木鱼、铃鱼。佛尺与说书用的醒木相同，又称"气怕"（记音），在开讲时敲一下，吸引听众注意；说唱到故事的关键之处敲击，表示惊心动魄；和佛的人用心不专，听经的人喧哗，佛头也会敲一下以示警告。但"经堂一佛尺，地府一声雷"，佛头们一般不滥用佛尺。木鱼即和尚念经用的木鱼，念经咒时敲。铃鱼是有手柄的铜铃，即佛教呗器手铃（简称"铃"），唱[挂金锁]和[打唱莲花]时用铃鱼和木鱼伴奏。

靖江讲经不像其他地区的宣卷那样"对本宣扬"。过去佛头讲经时正襟危坐，现在也用多种声口和丰富的表情，特别在唱小卷时，但不起立做动作。演唱中发噱称作"插花"。讲经过程中处处可以插花。有时是就故事人物、情节的描述发噱（"内插花"）；有时则插入笑话、诙谐歌谣取笑，也可就经堂内的人、事即兴发噱（"外插花"）。比如取笑和佛的人用心不专：

你这个和佛奶奶果希奇，和起佛来三声高来两声低。
看你们吃饭能像爬山虎，和佛能像落汤鸡！

有时还会模拟斋主声口，互相调侃，比如做"解结"仪式时收"解结钱"：

解结钱来解结钱，斋主一听嘴一尖：
"佛头先生多少是三茶四顿恭敬你，怎好意思要铜钱？"
"解结钱来'解急钱'，不要八百共一千。
三块五块不在会钱里算，送把我们佛头买香烟。
香烟水烟总好吃，最好不吃鸦片烟。"
斋主一听笑嘻嘻："佛头先生大量点！"
"菩萨送到南场边，流星爆杖一崩烟。
难得做个龙华会，起马多赏十块钱！"
斋主一听眉头皱："佛头讲经又要吼。

二十个小钱打九扣，随你佛头收不收！”[1]

插花时佛头照样“放和声”,众人“和佛”。那时经堂里的“阿弥陀佛”声，已不是对菩萨的赞颂，而成了欢乐情绪的抒发。

从上述介绍看出，靖江讲经的形式还保留了某些明清宣卷的仪轨，但它却摆脱了照本宣讲宝卷的束缚。明清以来宣卷都是对着卷本“照本宣扬”，近现代吴语区的宣卷和北方的念卷，仍保留这一特点。靖江讲经摆脱了这一束缚，讲经艺人的演唱有了较大的自由。他们可以发挥自己的艺术才能，提高讲经艺术的表现能力，广泛吸取民间文化的养料，丰富宝卷的内容。

五、靖江宝卷的特点

靖江讲经的宝卷自成体系，分为“圣卷”、“小卷”（或称”草卷”）两大类。圣卷是靖江讲经最富特色的宝卷，如《大圣卷》、《三茅卷》、《地藏卷》、《梓潼卷》（又名《花灯卷》）、《雷祖卷》、《东厨卷》、《东岳卷》、《土地卷》、《真武卷》、《财神卷》、《城隍卷》、《地母卷》等。在举行各种仪式中插唱的某些文学故事宝卷，也可归入圣卷，如《血湖卷》（又名《目连救母卷》）、《李清卷》、《寿星卷》等。小卷是根据其他讲唱文学（如弹词、鼓词等）唱本和通俗小说等改编的，如《珍珠塔》、《八美图》、《十把穿金扇》、《龙灯图》、《五花图》、《十八反王》、《罗通扫北》、《杨家将》、《说岳》等。佛头们可根据通俗小说、唱本和自已熟悉的故事随意改编演唱。有些佛头也改编江浙地区的故事宝卷，如《手巾宝卷》、《回郎宝卷》、《李翠莲宝卷》、《晚娘宝卷》等，他们把这类宝卷也归入小卷类。

圣卷最突出地反映出靖江讲经宝卷的特色。它们都是讲菩萨身世的故事，比如《大圣卷》讲泗州大圣，《三茅卷》讲三茅真君，《地藏卷》讲地藏菩萨，《梓潼卷》讲梓潼帝君（即文昌帝君），《东厨卷》讲灶神等。这些宝卷虽然讲“菩萨的身世”，也有大致相同的格局：这些菩萨原来都是天上的某星宿或仙人，因某种原因下凡，在人间遭历种种磨难，最后“修仙成正”“登山显圣”，成为某位“菩萨”。故事中的恶人受到谴责，得到恶报，但最后他们大都在贤人的

[1] 据佛头赵松群演唱记录本。

影响下悔悟，也可得善终。菩萨的出身也成了以倡导劝善为目的的因果报应故事，所以靖江讲经也被称作“劝善”，圣卷被称作“劝世文”。下面举几部主要的圣卷故事作说明。

《三茅卷》，[插图 57] 本卷为江苏靖江佛头做会讲经中最主要的“圣卷”之一，在“三茅会”上演唱；它也是靖江宝卷中最长的一部。过去做三茅会，可进行三天三夜。现在做三茅会一般一天一夜，只能唱故事概要和佛头拿手的部分唱段。这部宝卷在江南地区也有流传，人物、故事与本卷基本相同，但叙事简略，现存宣卷先生手抄本数种，都是仅一册。笔者曾见佛头赵松群笔录他师父张巧生演唱的记录本，共 8 册。故事如下：

汉高祖时广西施恩府宾州安乐村人金宝，原是山大王，归顺朝廷，收伏了二龙山山大王钱毛龙，娶了钱毛龙妹为妻。后因天下饥荒，万岁为他改姓金。金宝官至丞相，生三子：金乾、金坤、金福，分别为文曲星、武曲星、应化童子下世。金乾娶妻熊氏，金坤娶桂

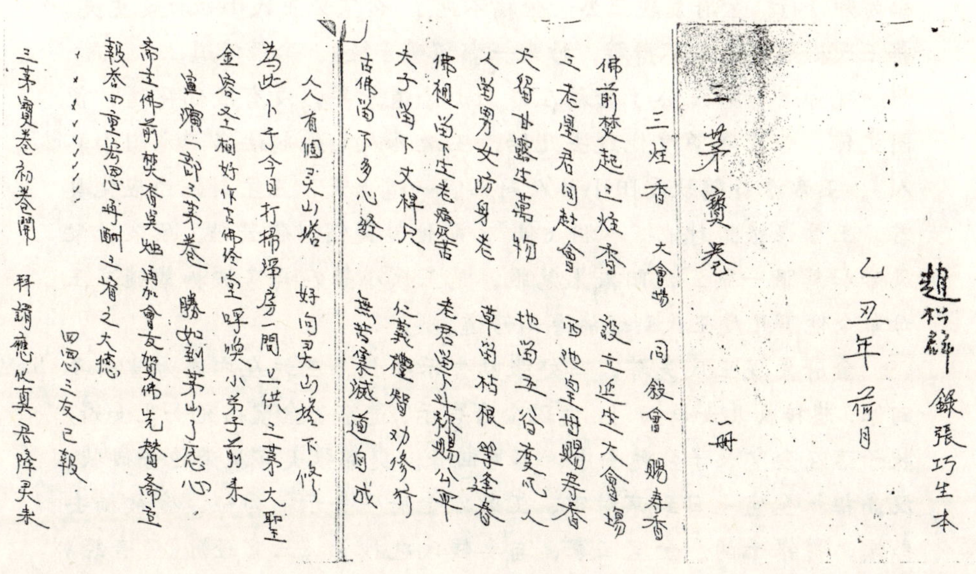
趙松群錄 張巧生本
乙丑年 荷月
三茅寶卷 一冊

三炷香 大會場 同叙會 賜壽香
佛前焚起三炷香 設立延生大會場
三老星君同赴會 西池皇母賜壽香
天留甘露生萬物 地留五谷變化人
人留男女防身老 草留枯根等逢春
佛祖留下生老病苦 老君留下斗秤賜公平
夫子留下丈桿尺 仁義禮智劝修行
古佛留下多心經 無苦集滅道自成

人人有個靈山塔 好向靈山塔下修
為此卜予今日打掃淨房一間 立供三茅大聖
金容 又立相好作古佛經堂 呼喚小弟子前來
宣演一部三茅卷 勝如到茅山了愿心
斋主佛前焚香点燭 再加會友賀佛先聲 斋主
報答四重恩再酬三有之大德
四恩三友已報
三茅寶卷初卷開 科誦應化真君降靈來

[插图 57]《三茅宝卷》(江苏靖江佛头赵松群抄本)。江苏靖江做会讲唱“圣卷”开经前必唱“报三友四恩”，这是一个固定的段落，故此抄本中以“四恩三友已报”一笔带过。

氏。极乐村王乾进士，妻陆氏。王乾进京求官，张太师作媒，将王乾女儿慈贞小姐配与金宝三公子金福。金宝保本，王乾得官广南太守，前去上任。

金福在家读书，玉主（皇）知他不思修身了道，令玉清真人下凡劝他。玉清真人托梦给金福：修成正果，是三茅祖师应化真君。金福生病，先生让他出门游春散心，金福到三清寺，当家师三官菩萨，金福要得《三官经》，遂发誓舍妻弃读吃素修行。王氏小姐拖他去花园观景，赏尽百花，不见回心转意；丫鬟梅香设计将他骗上小姐绣楼，金福跳出绣楼又躲进西花园木香棚修道。

王氏小姐求婆母钱氏和熊、桂二妯娌先后去劝说金福，仍不见回心。钱氏乃修书进京招金宝回家。金宝称病告本还乡。金福见父，告以读《三官经》修行事。金宝劝说不成，便将金福枷起。金福仍带枷念经。王氏小姐为夫说情，金宝暂时为他开枷，他仍不悔改。金宝怒打金福，竟将他打死。王氏小姐痛哭，一时气绝。三官大帝命玉清真人度三公子金福到终南山去修行。金福到终南山拜虚无老祖为师修行。金府发现三公子金福不见了，金宝诬王氏小姐放走丈夫，将王氏枷起。王氏不辩解，抄来一部《观音经》，念经修道。

观音老母知三公子金福在终南山修道三年，没有成仙得道，便同文殊、普贤菩萨度他脱去凡胎，玉清真人为他起法名“元阳小真人”。玉帝派黄鹤驮元阳小真人同三官一道上天，玉主封他为应化真君。王母娘娘又封他“八洞飞仙”，赐他钻天帽、腾云鞋、袈裟、聚风带和慧眼一副。元阳戴上慧眼，见王氏小姐在马房披枷戴锁，王母命令他下凡度王氏到北海浮山修道。

金府发现王氏失踪，四处张贴告示寻找。王乾在广南为官六年回家，想接女儿女婿回门，发现金府告示，进京告金宝杀死女儿女婿。状子落在金宝长子金乾手中，不见回音。吏部张天官又带他告御状。汉高祖批金宝七日到京对审，王乾以金府“告示”为证，金被摘去纱帽，罚银千两。金宝回家，与妻钱氏也抄了《三官经》《观音经》修道。王乾回家，用千两银子请三清寺道士、报恩寺和尚超度女儿女婿。元阳真人在八景宫中知岳父母在祭奠他们，便到北海浮山找到王氏小姐带上《三官经》《观音经》下凡，梦中交给岳父母。王乾和夫人散尽家财奴仆，把庭院改成佛厅，从此一心修道。

元阳真人又奉师父三官大帝之命劝说大哥金乾、二哥金坤修道。他从大罗山中带上千年狐狸精，变成美女丢进京城，迷惑高祖要娶十三妃。金乾大夫上本不可，被万岁下狱，判六十天杀罪。元阳真人又化作终南山无名大王打战书进京，二哥金坤奉旨领兵来战，战败，被迫写了“卖国文书”。天子大怒，将金坤下狱，也判六十天杀罪。元阳真人又托梦给皇帝，让他赦免金乾、金坤。二人回家，与妻子及父母一道修行。为重修东灵寺，金乾、金坤各剁下一手，到街市三十六行募化。元阳真人变化为小道士下凡认了父亲，为二位哥哥接了手臂。

元阳真人来到刘驸马门前募化，为驸马、公主展示三生相。驸马不信，将元阳封在夹墙内。元阳在夹墙内召来大哥、二哥，为他们脱去凡胎，起法名凡阳、回阳，又去地府向阎君要了勾魂标，勾刘驸马的魂到地府，迫使他同意独资修东灵寺，始得还魂。

东灵寺修成，元阳真人超度了父母、岳父母及妻子、嫂嫂等人，同两位哥哥上天台，玉主封他们为大茅、二茅、三茅祖师，三人到句容山修炼。建庙立祀，受民众香火。

本卷中的“三茅”,即道教茅山派所奉祖师茅盈（大茅君）及其弟茅固（中茅君）、茅衷（小茅君），合称“三茅真君”。[插图 58] 传说他们是汉景帝时咸阳人，大茅君茅盈 18 岁入恒山修道，49 岁时返家，后又到江东句曲山（即今江苏茅山）华阳洞隐居修道，采药为百姓治病。茅固官做到武威太守，茅衷官西河太守。后来他们都到句曲山修道。[1] 后人建庙祭祀，并改句曲山为茅山。南朝梁时陶弘景在茅山筑馆修道，尊三茅真君为祖师，是为道教“茅山派”（道教符箓派之一）实际的开山祖，茅山也因之成为江浙道教中心。每年春天，江浙皖等省信众朝山进香者千里而来。旧时靖江农民也有去茅山进香的信仰活动，

[1] 关于他们出身的传说，可见汉代纬书《尚书运期授》（见日本安居香山、中村璋八编《重修纬书集成》卷2，日本明德出版社出版）和道教文献（晋）葛洪《神仙传》卷9及后人所编《历代神仙通鉴》卷8、《三教源流搜神大全》卷1，《列仙全传》卷5，等。

[插图 58] 三茅真君（明刊《列仙全传》插图）

不能前往者便在家中或当地三茅宫做“三茅会”，祈求三茅真君降福却灾。在这种信仰文化背景中，靖江佛头们编了这本《三茅卷》。它同道教徒编的《三茅真君宝卷》[1] 所述“三茅”的姓名、事迹完全不同，只是最后让他们到茅山去“登山显圣”，而成了“神”。而在佛头的“唱念说噱”中，细致地铺述事件、人物，“插花”取悦听众。本卷的主要故事，靖江人都很熟悉，佛头们为了吸引听从，便在铺述故事、描述地方民俗风情和“书外书”方面说出特色。

《大圣卷》是靖江讲经特有的一部宝卷，讲泗州大圣的故事。[插图 59] 泗州大圣是佛教史上的一位高僧，西域人，俗姓何，法名僧伽，又作何伽。唐高宗时来中原地区，在泗州（今江苏洪泽湖地区）建普照（光）王寺。景龙二年（708）曾应诏赴内道场。唐显通中赐号证圣大师。[2] 敦煌莫高窟第 72 窟中有他的画像，题“圣者泗州和尚”。文献中又将他称作“僧伽大圣”或“泗州大圣”。《大圣卷》中泗州大圣与此高僧无关，它讲的是元朝故事：

元朝成宗皇帝年间，江南省泗州单州府回林县领花庄魏岳村人

[1] 又称《九天司命三茅应化真君宝卷》《三茅真君宣化度世宝卷》，本卷系道教徒编，现存最早刊本是清同治十二年（1873）上海翼化堂善书局刊本，清光绪年间镇江、金陵（南京）、苏州、常州、湖州等地善书局曾大量翻印。本卷分上、下两卷，卷上述三茅真君（主要是大茅君茅盈）的出身事迹，所据即为历代道教徒编的传说，同时穿插进宗教和道德劝化的内容。卷下假借一“江左再生人”传出“三茅宫三十六戒”，逐条加以说唱敷演。本卷未见民间宣卷人传抄、演唱。

[2] 见（宋）释赞宁《宋高僧传》卷18“唐泗州普光王寺僧伽传”。

张举山，仓库星下凡；妻水氏，积玉星下凡，夫妻同庚三十六岁。回林县年岁逢熟，百姓不爱惜五谷，玉主（玉皇）大怒，令下三年水灾、三年旱灾。百姓到张举山家借钱粮，张举山“大钱就把小钱串，银子肚里广钻铅，米麦搅潮用水涨，棉花搬出晒夜场”，坑害百姓。玉主因他作孽深，勾掉他的子孙。

[插图59] 泗州大圣（元建安刊《新编连相搜神记》插图）

年景好后，张举山到李明清家讨债，被李妻宦氏戏弄，路上又被小学生嘲笑他无子，回家伤心痛哭。安童劝说，举山夫妻从此斋僧布施，救济穷人。玉主三太子打坏香炉一只脚和插花瓶，观音求情，玉主遣三太子下凡，为张举山子，取名张长生。长生六岁，张举山请王先生择吉日开馆教长生读书。长生聪明，跟先生学《四书》《五经》、吟诗作对，出口成章。

南海观音与长生有师徒之份，怕他忘记修道，变作披发赤脚大仙，梦中警示长生，修道成正，将来有“泗州大圣”之职；又使天空朦胧星入窍，长生从此书不能读，字不能识。张举山又请来万先生，也教不下去。长生不读书，带着安童各处打鸟，放火烧山，吃生灵肉。八仙赴蟠桃会，长生射杀铁拐李坐骑神鹤。铁拐李大怒，观世音救活神鹤。

佛祖打发鹦哥下凡，指点长生。长生抓了鹦哥，准备下锅吃。普贤老母下凡变作化缘的和尚到张家，向长生募化“金、银”，并要他“办修行”。长生要普贤搬动他家门前石狮子，可施银二百两；

让石狮子跟着走，施银二百两；让花园里枯桂花开花，施银二百两。普贤老母显神通，一一做到，花园里救出鹦哥回天去。长生又把普贤用绳索绑在桂花树上射四箭，再加二百两。普贤躲过四箭，长生让安童射乱箭，普贤不能躲。观音老母知五姐普贤有难，斩断绳索，普贤升天。

观音下凡，变作王先生，邀长生不带安童，上清凉山打猎比试。观音暗念放生咒"，赶走所有生灵，拿了三颗素具（珠)，变作三只绿黄鸟。二人比箭射鸟，胜者为师。观音做法，长生射出的箭都飞了。观音一箭射穿三只鸟的六只眼。长生拜观音为师，他要吃这三只鸟，观音让他去找火种。观音让善财、龙女化作美女，自己变作老婆婆，设枉死城，牛头、马面抓长生进入阴司，阅"四重地狱"，报射普贤"四箭"。长生在地狱痛哭，观音又变作先前普贤化缘的和尚，长生认出，愿拜和尚为师，受三皈五戒。观音让他自拔头发出家，取名"遇缘僧人"。观音带遇缘走出地狱，现出本相。遇缘让父母在家修道，自己到白云山修行。

汉高祖时，张良、韩信放铁鷂子到女人国，女人们都要同他们成亲。他们又驾铁鷂子上天，韦驮用降魔杵将铁索打成三段：一段落在西太湖，变成钢绳铁索精；一段落在通州南门外，变成顽石精；一段落在北海高江口，变成鲶鱼精。顽石精先出世，玉皇令五雷四闪将它丢在南洋海，水冲到江阴峨嵋嘴，冲起一团水母，成水母怪。水母变成美女，龙王做媒，将水母嫁给巡海，生下小妖胡立、胡鬼。鲶鱼精拱倒高邮坝，如（皋)、泰（州)、靖（江）三县水连天。成宗皇帝命龙虎山张天师捉鲶鱼精。观音为了徒弟遇缘将来立功，给鲶鱼精"五色浮云"，让鲶鱼精躲过张天师的照妖镜。张天师回朝，鲶鱼精二次拱倒高邮坝。成宗将张天师打入牢中，出皇榜招捉妖人。

遇缘在白云山修道成正。观音让他去见玉主，玉主封遇缘为泗州大圣。玉主和王母娘娘各赐他四件宝贝。泗州大圣揭皇榜，到泗州，观音帮助拿了鲶鱼精，打好泗州坝。成宗皇帝放了张天师师徒，按"封神榜"上封遇缘"泗州大圣、魏岳禅师、国师王菩萨"。大圣带白云山玲珑塔到通州，一路留下"古迹"：张班鲁班在桑果河上造的立法桥，棍子街、三十里河、草鞋墩等。到通州收服老狼精，在狼山立庙，享受香火。

水母精因当年在通州被百姓打过，到通州报怨，水淹通州。观音助大圣，将水母下在枯井中。官民堵塞通州北门，铺乱石街，使水母永远不能出来。胡鬼、胡立到通州为母亲报仇，被大圣捉住，变成条石、石鼓。大圣将条石送到徐州造迎春桥，石鼓送到南京造更楼。西太湖铁索精要为干姐妹水母报仇，放火烧狼山，大圣用雨钵扣住。铁索精降服，愿助大圣管理香火。

大圣降服三妖二怪，百姓安居乐业。回到魏岳村，放把火超度父母凡胎，玉皇封他父母为圣父、圣母，两个安童封“两大神将管山门”，封大圣为“东海大圣”，在狼山享受香火。

成宗天子到狼山朝山进香，造“七层空心塔”、“项车”。后来，泗州人到狼山进香，小和尚也要的香钱，泗州人把大圣菩萨像抢了去，玉皇降下月宫梭白（柏）树枝，老和尚雕了大圣像。

上面故事据佛头赵松群抄本《大圣卷》（五册）摘录。卷中泗州大圣降妖伏怪，显圣狼山的故事，来自苏北地区流传的民间传说。历史上黄河、淮河都在苏北入海，经常洪水泛滥，因此产生了大量的水怪神话和传说。最早是大禹降伏无支祁的神话。宋代传说中，水怪变作水母，降伏者便成了这位泗州大圣。古泗州城连同普照（光）王寺在清康熙年间都已沉入洪泽湖中，其地在信盱眙县北。当地还流传张果老（泰州传说中是张天师）锁水母于进中的传说，这可能是《大圣卷》中泗州大圣姓张的来历。现在苏北地区供奉大圣菩萨最著名寺庙是南通狼山聚圣寺。[1] 这座寺庙主要是享受靖江县善男信女的香火，所以南通有歇后语：狼山的菩萨——照远不照近。靖江文化人曾带了整理本《大圣卷》去狼山，聚圣寺的僧众拒不认同。因为本卷的内容与历史上的佛教高僧泗州大圣没有关系。本卷一半以上的篇幅是写张举山、张长生俗家生活，其中写张举山妻水氏怀孕、生子、庆生、满月的过程，通过众多人物（稳婆、亲眷、邻里

[1] 近年在靖江孤山顶上原三茅宫旧址建成一座寺庙，正殿侧位有泗州大圣像。笔者1997年前往参观，与该庙执事人员交谈，他认为靖江佛头做的“大圣会”是外道的迷信活动。据笔者观察，由于该庙收“门票”费，一些农村来的民间信徒（多为老年妇女）不进庙，在庙外登山道上焚香叩拜。

等）的参与，十分铺张地介绍了当地的生育民俗（约近全卷 1/4 的篇幅）。卷中对张举山的描写完全是现实社会中一个为富不仁的农村地主形象。

《梓潼卷》，也是靖江讲经特有的宝卷。梓潼帝君是道教供奉的大神。［插图 60］这位神君原来是四川梓潼县民间信仰的地方神，名张恶子（或作“亚子”）。传说他仕晋而战死，是个地方保护神。唐玄宗、僖宗因内乱至蜀，都曾利用过这位神君，并给了封号。宋真宗时封为英显王。宋代的士子开始向这位神君问仕途升迁。到了元代，道教徒便把它与古代文昌宫司禄星（主赏功进士）合二为一，加了“辅元开化文昌司禄宏仁帝君”的封号，简称文昌帝君，或梓潼帝君，并为他编造了历代化生为名人的故事。旧社会儒士们孜孜以求功名利禄，对这位大神的崇奉遍及全国各地。《梓潼卷》中讲的是与此毫不相干的故事：唐朝陈良员外，夫妻多行善事，老来得子，起名梓春。梓春是北极卢康道人转世，因看花灯，误入龙宫，与东海龙王的三个女儿结了宿世姻缘。后来修道成仙，被封为文昌梓潼菩萨。虽然被放进了因果报应、宿世姻缘的框架，但仍然掩盖不住这一民间幻想故事的光彩。

［插图60］梓童帝君（清郎园影刊明《绘图三教源流搜神大全》插图）

靖江讲经中改造宗教神最突出的是《地藏卷》。地藏菩萨是中国佛教四大菩萨之一，其应化说法的道场是安徽九华山。传说地藏菩萨降为新罗国王族，姓金，名乔觉，出家后于唐玄宗时来华，在九华山修道，逝后肉身不坏，今九华山肉身殿即其成道处。地藏菩萨的信仰超出了佛教的范围，成为普遍的民间信仰，民间认为他是主管地狱之神，是“幽冥教主”，辖十殿阎王。宝卷中讲述地藏菩萨的有多种，如明西大乘教宝卷《地藏菩萨执掌幽冥宝卷》讲的是目连打开酆都城，救出母亲，并放出八万四千罪鬼。佛封目连为地藏王菩萨，收尽这八万四千罪鬼。清代民间宝卷中的《地藏宝卷》(又称《扫秦宝卷》),说的是地藏王菩萨化作疯僧,将陷害岳飞父子的秦桧夫妻捉入地狱受苦。靖江圣卷《地藏卷》,讲地藏王菩萨和十殿阎王的出身故事,内容不见文献记载和口头流传:

夏朝仲康王登位,西京河南洛阳北门金家巷金功善,在朝为阁老,为官清正;同缘孔氏,皇封诰命夫人。夫妻同庚三十岁,没有子女。国母娘娘身患重病,急坏当朝天子仲康王,急唤文武百官上朝。十三位太医来到安乐宫为国母轮流号脉,老成太医官奏:"太后左脉阳来右脉阴,阎王邀请他吃点心;左脉阴来右脉阳,国母必定见阎王!"仲康王大怒,一道圣旨,三声炮响,太医官统统打入天牢。六部大臣齐奏,挂皇榜招医。

西天佛祖在灵山心血来潮,变做僧人来揭皇榜,一粒灵丹、一剂汤药,治好了国母的病。仲康王要重封僧人,僧人要康王做五百袈裟到西天雷音寺还愿心。国母亲自动手,五百袈裟半月完成。仲康王要亲去西天,金阁老奏:"国中不可一日无君。愿代主还愿。"仲康王封他"代天行香",带三千兵马去西天。金阁老一行三年,来到流沙河,一场大雪冻死三千小兵,只剩下十八名。金大人悲切难忍,想投河自尽。西天佛祖为金阁老诚心感动,在流沙河东设一小雷音寺,接受他"代天行香",将五百袈裟发给五百罗汉;送他三件佛宝(银杖一根、锦蓝袈裟一件、明珠一颗)回赠仲康王。金阁老拜谢佛祖,求佛祖超度三千冻死小兵。佛祖将三千阴灵收在阴山背后修道。金阁老拜别佛祖,佛祖用缩地法让他们三个月回到京城。

仲康王亲自迎接金阁老,将佛祖所赠三件佛宝赐给他,生还的十八名小兵都封为总管,再赐三千兵马,赏金阁老回乡休息三年。

金功善回到家乡,与夫人广行方便、广结善缘。惊动西天佛组,派绿鸭道人化做一只绿鸭下凡查看。绿鸭见田中稻熟,金功善派总管等人去帮贫苦人家收稻,不管自家田中稻谷。绿鸭到金家田中,见风吹稻谷落地,顺嘴吃了三粒。回到西天,禀告金家善行。佛祖责他偷吃金家三粒稻谷,罚他去还债。绿鸭变做一条瘦牛到金家,金功善说牛太瘦,让人好好服伺,不让做活。一年期满,佛祖责他又添新债，再令他下凡。绿鸭变做一条小牛到金家，金功善说，牛太小不许穿鼻戴套做活。第三年绿鸭变做一条壮牛，金功善非常喜欢，说牛很体面干净，不能干活，好好饲养。

时洛阳西北六十里陀罗山有十名强盗结为兄弟，打家劫舍，无恶不作。为首萧大力，老二曹二彪，以下是黄三寒、韩四野、包铁面、蔡六怪、何碓磨、阮八郎、蒋九虎、夏十满。老二曹二彪带喽罗抢了金家一车金银，套上壮牛拉车。壮牛开口说话："叫声英雄呀，不义之财不好用，甭做伤天害理人。我来金家田里吃勒三粒谷，三年总没还得清！"曹二彪感动，送回金银。金功善劝他们以后要替天行道，可保他们封官受职。

绿鸭道人三次下凡为牛没有还了债，佛祖让他转世投胎到金家为子。绿鸭变做仙桃，送生童子送入孔氏腹中，怀胎十月，生下一子。金功善感谢佛祖赐宝送子，取名金藏宝。金功善三年休息期满，回朝供职，孔氏在家养子。金藏宝十二岁，天文地理无所不晓。佛祖怕他中状元不再修道，变做僧人下凡劝他到昆仑山修道。孔氏把佛祖所赐三件佛宝给藏宝带在身边。

陀罗山萧大力等十个强盗发战书送上京城，要皇上江山。仲康王封金功善为元帅，带五万人马、战将百员去征讨。十个强盗摆下"十绝连环阵"应战，这"十绝阵"是：刀山剑树阵、汤泼滚水阵、阴风寒冰阵、拔舌抽筋阵、洪水高桥阵、脱胎换骨阵、粉身碎骨阵、二半分身阵、丙丁火焰阵、阴山黑暗阵。金功善带领十位总兵攻入十绝阵，困在阵中。元帅营中总兵发告急文书到京城求救，仲康王皇榜招贤。

金藏宝在昆仑山三年修道成正，佛祖封他为"地藏能仁"，让他带上三件佛宝到陀罗山破阵救父。地藏能仁收了不像狗、不像狮子的妖精"泥吼"为座骑，先到京城揭榜，接着到陀罗山用三件佛宝破了"十绝阵"，救出父亲和十位总兵，又将十个强盗圈在那里修行。地藏能仁同父亲等一道还朝。金功善已位居极品不能再封，赐银子回乡荣宗祭祖；万岁爷又封地藏能仁受人间香烟。

地藏能仁劝父母和十八位总兵一起吃素修道，三年后带他们先到陀罗山。十个强盗也已修行三年，见过师父。地藏能仁带他们到流沙河脱去凡胎，又去了西天。佛祖封地藏能仁为“幽冥教主”，去九华山受香火。十个强盗因造恶太多，天上无份，封为“十殿慈王”，去阴山背后造地狱，三千阴兵归他们。金功善封飞天神王，十八总兵封十八尊狱官入幽冥，掌十八地狱。十殿阎王各带三百阴兵，不知如何造地狱，便将“十绝阵”改作十殿地狱：一殿秦广王萧大力造刀山剑树地狱；二殿初江王曹二彪造镬汤地狱；三殿宋帝王黄三寒造寒冰地狱；四殿忤官王徐四野造拔舌地狱；五殿阎罗王包铁面造血湖奈河地狱；六殿变成王蔡六怪造变畜地狱；七殿泰山王何碓磨造碓磨地狱；八殿平等王阮八郎造锯解地狱；九殿都市王薛九虎造火坑铜柱地狱；十殿轮转王夏十满造黑暗地狱，又造鬼门关、恶犬村、称称亭、孟婆庄、望乡台、滑油山。十殿慈王迎接幽冥教主地藏能仁观看十殿地狱，派十八狱官各掌一狱，又分二十四司，牛头马面、三千阴兵各处把守。

玉主（玉皇）用穿云箭将“封神榜”射到仲康王午朝门，仲康王照“封神榜”封过神职，发旨十三省府州县各建地藏十王殿，受人间香火。[1]

靖江讲经宝卷另一个特点是它丰富的民间文化内涵。靖江宝卷广泛吸收当地民间文学的养料，充实宝卷的内容。宝卷中插入大量的民间故事增加了讲经的趣味性。“醮殿”仪式中插唱的《九殿卖药》，其中霍氏与吕洞宾斗智的故事，是一个“巧女型”的故事。《大圣卷》中张员外到佃户李明清家讨债，李的妻子宦氏与他机智应对，巧妙周旋。张员外不仅没有讨到债，反而输了十两银子。这段描写的原型是一个巧妇斗地主的生活故事。它们或者化入宝卷情节结构之中，或者作为“外插花”的笑料，成为大故事中的小故事（“书外书”）。

靖江宝卷中在讲到某些事物时，常常顺便插入解释性的地方风物传说。比如，靖江孤山为什么只有十八丈高？土地庙为什么矮小？财神菩萨的脸为什么是黑的？韦驮菩萨为什么坐南朝北而立？茅山三茅宫的印为什么缺一只角？无

[1] 这本宝卷的故事，据靖江佛头张巧生（已逝）讲唱记录本摘出，记录者赵松群是张的徒弟。原卷中名称有的不统一，如“十殿慈（阎）王”“十八总兵（管）”，均照旧。此卷最初可能是民间宗教家所编。

锡惠山的东岳大帝为什么站在天井里？

靖江宝卷中故事都已地方化，它们都包含有大量靖江民俗风情绘形绘色的描写和介绍，诸如民间信仰、生产贸易、衣食住行、人生仪礼、岁时节令、游艺娱乐等。《三茅卷》就写了婚丧嫁娶、四时八节、观花游春、斋僧办道、做忏念经、“三十六行”等民俗事项，它们是宝卷故事结构的有机组成部分，如说金三公子结婚唱婚俗，有“排八字”“送帖”“请媒”“议婚”“下定”“哭嫁”“送嫁妆”“送亲”“迎亲”等；《李清卷》是靖江做会讲经“醮殿”举行“报祖”仪式时唱的宝卷，写李清结婚过程，“说媒”“行茶”“催亲”“哭嫁”“别祖”“上轿”“押轿送亲”“拜堂”，热热闹闹。《三茅卷》中，王氏劝阻丈夫金三公子出家学道，带丈夫“观花游春”，即景借用花草旁敲侧击，唱“花名”30多种。金三公子的哥哥沿街坊化缘，对每家店堂说唱奉承话，以求施舍，共说了近20家。靖江宝卷中也会顺便介绍一些相关的民间知识，如《九殿卖药》中，不仅有大量的药名、药性的介绍，也有不少民间单方，如：“马脚鸽子（当地一种草药）毛朗当，长勒河里又不圆来又不方。人人说它无用处，手心拍拍贴烂膀。”《梓潼卷》写元宵节陈梓春四门观灯，写到平台灯（戏剧人物故事灯台）、放焰火及各式花灯几百种，每一种的形态都有生动的描绘。佛头在口头演唱时，随时可插入歌谣、谚语、成语、“典故”，有时还要“引经据典”（如“四书”）夸饰一番。

综上所述，靖江讲经的宝卷是靖江富有特色的民间文化和民间文学的“集成”。靖江宝卷包容的这些丰富的民间文化内涵，使它具有了民俗志的功能，为研究民间文化史、民俗史提供了丰富的资料。对于民众来说，听讲经不仅满足信仰的要求，同时也具有娱乐性和知识性。

六、做会讲经的现状、“改革”和发掘整理问题

1950年以来，靖江农村中做会讲经一直十分活跃，地方政府和文艺工作者也很重视，对这种民间演唱艺术的改革也做了一些尝试。1956年苏北地区曲艺会演，靖江县的文艺工作者新编了讲经曲目《藏五组》（又名《王海郎杀媳》）参加演出。去掉和佛，用乐器伴奏。因为用靖江方言（吴语）演唱，其他地区的人听不懂，在会演中没有引起反响。这一曲目在靖江也没有保留下来。

1958 年以后，当地政府主管部门提出在讲经的基础上发展“讲经说唱”或“靖江评书”，组织人员整理了《大圣卷》中“张员外逼租”一段作为试验，将和佛改为帮唱“莲花落”（词用“莲花落于落莲花”，“春梅花、夏荷花、秋海棠、冬雪花，十二月四季红花开”）。这个改编的段子录音后在县内有线广播中播放，一时曾引起轰动。同时，政府有关部门召集全县佛头集训，要求他们不要再搞“做会”敬神活动；规定请佛头讲经要同佛头所在的农村“生产大队”联系，由“大队”派佛头前往。据佛头们回忆，开始请讲经的人家很多，他们累得嗓子都哑了。后来就没有人请了，因为不“做会敬菩萨”。“文革”中佛头大都受到冲击，民众不敢公开地请佛头做会讲经，仍有秘密的做会活动。

80 年代以后，农村做会讲经之风又盛行起来。老佛头应邀做会的日程要预约在半年之后。从调查中看出，以往对讲经的改革，对目前农村做会讲经没有任何影响，佛头们仍按传统的方式做会。新加入到讲经队伍中的青年人，多以营利为目的，他们编唱的小卷，往往用低级趣味来博得听众的笑声，也出现了个别不法分子冒充佛头骗取钱财的违法活动。

以上是 50 年代以来靖江讲经发展的概况。目前靖江讲经的发掘整理和发展问题，已引起有关方面的重视。下文就这两个问题提出点意见，供讨论。

靖江讲经是民族民间文化宝库中颇具特色的民间文化遗产，它在研究民间文化史方面的价值，上文已经论及。由于讲经的佛头大多年老，重要的几部圣卷多数佛头已不能全部演唱，因此，对讲经的发掘、记录工作具有抢救的迫切性。近年来靖江县的民间文学工作者，为此做了不少工作。经过整理的几部宝卷，作为通俗文学读物出版，对继承民间文化遗产和丰富民众精神文化生活也有一定意义。建议地方主管部门在这方面继续投入一定的人力和经济支持，把这一工作坚持做下去。

对靖江讲经的发展和“改革”，首先应充分研究它的特点和局限，才不致于陷入盲目性。靖江讲经形成于封建社会中，它一直在靖江农村这样一个封闭性的民间文化环境中同做会活动结合在一起。当地民众对于讲经的要求，首先是满足信仰的需求，其次是它的教化、娱乐功能，这是靖江讲经得以存在的社会基础。这种特殊的发展道路，给讲经带来极大影响。代表讲经特点的圣卷，都是讲“菩萨”的故事。因此，作为一种民间演唱艺术，离开了做会活动，它的存在能力很差。1958 年以后，取消了“做会”，后来民众不请佛头讲经，就证明了这一问题。目前电视、报纸、书刊等文化传播媒介已深入到农村中。农民（特别是青年一代）的文化娱乐要求和艺术欣赏趣味都向多元化发展，青年一代一般不愿意再坐在那儿高唱佛号听讲经了。因此，将靖江讲经发展为一种地方性的说唱艺术是不可能的。但是，作为一种地方性的民间信仰文化活动，它还会存在下去，因为民众对“菩萨”的信仰，不可能会消失。

基于上述分析，对于靖江做会讲经，目前宜从加强对佛头的管理和教育入手，一方面发动他们协助发掘、记录讲经的传统宝卷，以抢救和保存这些民间文化遗产；同时也可鼓励他们编唱内容健康的书目（小卷），丰富讲经宝卷的内容。对于参与讲经的青年人，可注意发现其中艺术素质较好的人才，培养提高。文艺工作者在发掘现存宝卷的基础上，也可以改编其中精彩片段，或吸收讲经演唱艺术的精华，编写新的书目。靖江的做会讲经本来就不是“活化石”，它本身也在不断地发展变化。这种发展变化有其自身的发展规律，其基础是当地民众信仰、教化和娱乐的要求，这就要认真研讨做会讲经的发展历史。至于时下作为地方“民间文化产品”对它的开发、包装和利用，其实际效果，有待验证。上个世纪50年代改革为“靖江说唱”或“靖江评书”失败的教训，可作借鉴。

附录一："圣卷"开讲前演唱的"报三友四恩"

（陆爱华演唱记录本整理）

按，笔者在调查靖江做会讲经的过程中，不知出于什么原因，当地有人不许佛头演唱"报三友四恩""铺堂"等仪式给笔者看。直到1997年，笔者偶尔听到了佛头陆爱华演唱"三友四恩"，觉得其内容很有特色。下面根据陆爱华的妻子、女佛头蔡龙秀的记录稿，做了整理（[插图61]，文字没有增删，仅改正其中的错别字，并统一格式）附载如下，供研究者参考。

（叫头）三炷香，大会场，
　　　　同赴会，赐寿筵。
"圣谕"！
　斋主到佛前焚起三炷香，设立延生大会场。
　福禄寿三老星君同赴会，西池王母赐寿筵。

　天留甘露佛留经，人留男女草留根。
　天留甘露生万物，佛留经典劝善人。
　人留男女防身老，草留枯根等逢春。
　昔年山东孔圣人留下一部仁义礼智信，大圣祖师留下一部经典劝善人。

（白）诚信斋主、合同会友一心要到通州狼山烧香了愿，怎奈山遥路远，跋涉艰难。天荒日转，难以打转。有心敬神，何必远求，此地既是灵山。所以诚信斋主择定吉日，打扫静房一间，设立古佛经堂，把小弟子呼唤回来，对圣宣言。

[平][1]讲解一部《大圣卷》，胜到狼山了愿心。

（白）斋主要说："未成到狼山面敬，在家敬他，香要多烧点，头要多叩点，

---

[1] 平调，靖江讲经最常用的唱腔。下同。

功劳就大点。"众位,这就错了!烧多如烧草,烧了烟薰薰,大圣菩萨反而要见恼。烧香只要三支,磕头只要四个:一炷香插在香炉上手,求到父母双全;二炷香插在香炉中心,求到夫妻白头偕老;三炷香插在香炉下手,求到儿孙满堂。

[平] 三炷真香求"三友",叩头四个报"四恩"。

(白) 何谓"三友"?释迦佛、李老君、孔夫子三人下凡治世,为三友。

[平] 释迦佛留下天平称,李老君留下斗共升,
孔圣人留下丈和尺,天下农民三不争。
释迦佛留下生老病死苦,李老君留下金木水火土,
孔夫子留下仁义礼智信,万古流传到如今。
四月初八生文佛,二月十五生老君,
十月初四生孔子,三个圣诞到如今。
摩耶夫人生文佛,妙真女子生老君,
杨氏夫人生孔子,三母所生三圣人。
耶念国里生文佛,沙洲城里生老君,
山东鲁国生孔子,三处所生三圣人。

(白) 释迦佛他母亲怀他十二个月降生。李老君他母亲怀他八十多年,他母亲心焦很,就说:"心肝啊!为娘怀你几时春,至今还不降生辰!"李老君是圣人,在母亲腹内就会说话:"母亲,你不要心焦,等东南西北天气好我就降生,还要牧童骑红牛从此经过,你就通知我。"那天有个牧童骑水牛来了,他母亲就说:"儿啊,红牛到了呱,你好降生了!"

[平] 李老君听到这一声,肋腹崩出圣贤人。
李老君是杀母生,母亲难有命残生。
也是当初留古迹,杀母生传留到如今。

(白) 因为李老君在他母亲腹内八十多年,胡子脱到半胸,一生下来他母亲一吓而死。如果红牛到此,它可以骑红牛到昆仑山取灵芝仙草,母亲才有命。一看是水牛,十分悔恨。

[平] 娘亲啊!只怪你哄勒孩儿一个,所以没有命残生。
亲娘啊!你往往怀我几十春,枉吃辛苦到如今。

(白) 人死不复生。把母亲殡葬后,李老君对东南上一看,天没长好,就搬块石头对东南上一抛,

[平] 东南上是个石补天，东南风起暖洋洋。

（白）对西北上一望也缺角，就搬起块冰对西北上一抛，

[平] 西北上是个冰补天，西北风起印心凉。

（白）李老君恨得了不得，

[平] 李老君就用脚一蹬，东海龙潭万丈深。

（白）李老君一想：不好！农民靠种田为生，无田不得生存。我来一封就成功：

[平] 三山六水一分田，世上农民种不完。

（白）所以说，农民总有地方种不到。孔圣人他母亲怀他二十四个月，头顶心总凹下去多深，所以，

[平] 留下仁义礼智信，万古流传到如今。

（白）何谓“四恩”？

[平] 斋主到佛前叩到第一个头，报报天地盖载恩。

报天地自盘古生罗万象，立阴阳长五谷普渡凡人。

（白）有人说：“报天地盖载恩，怎么个报法？”可以报的，初一月半，烧三支香插到南墙边，

[平] 朝天叩了三个头，报报天地盖载恩。

[挂][1] 天空生万物，五谷度凡人，

万物从根长，都是土中生。

[平] 诚心斋主到佛前叩到第二个头，报报日月照临恩。

报日月不停留东出西归，东天出西天入昼夜行程。

（白）当初有十个太阳，轮流普照，每天轮到一次。有一天，十个太阳一起来普照，就热得不得了。海水总晒干了，石头晒化了。

[平] 热死良民几十万，罪孽作下海能深。

（白）老百姓怨气冲天，玉主就打发后羿下凡，把太阳用箭射去九个，只剩下一个太阳还躲在马齿苋底下。所以说，太阳与马齿苋最好，是娘舅家老表。马齿苋哪怕晒干了，用水一涨又活起来。太阳本有两个名字：大名叫太阳，小名叫日头。东土有个丑女子，口中不干净。那一天早上看见太阳蛮好，就赶紧

[1] 指［挂金索］调，下同。

把衣服拿出来晒晒干，晚上才好穿。那晚才晒出去，乌云倒把太阳遮住了。愚蠢的丑女就说："刚才日头蛮好，被鬼吸去了！"

[平] 凡间女子说得轻，星君云间听分明：
"叫我太阳不关事，骂我讳名果伤心。
我不到凡间去普照，回我高山办修行。"

（白）太阳星君到昆仑高山修道，凡间没得太阳普照，打六更、八更都不天亮，老百姓号气鸣天。

[平] 太阳星君啊！天上没你没朝夜，地上没你少收成。

（白）玉主知道就召太阳入："为何不在凡间普照？"太阳星君就说：

[平] "玉主啊！天空神明有人敬，无人敬我太阳星！"

（白）"果你可有圣诞？""玉主啊！我又不是天上掉下来的，我也有父母生的。我是三月十九卯时降生。"月亮星君也说："玉主啊！我也有。我是八月十五子时生。"这遭玉主把"封神榜"用穿云箭射到凡间午朝门。把黄门官拾到，交与万岁。万岁在午朝，

[平] 东首造起朝阳殿，文武百官好烧香。
各州各府也造起朝阳殿，善男善女了愿心。

[挂] 三光轮流转，昼夜不停留。
为了东土暗，连夜放光明。

[平] 诚心斋主到佛前叩第三个头，报报皇王水土恩。[插图 61]
报皇王水土恩民安国泰，文安邦武定国执掌乾坤。

（白）有些人要说："我们种了国家田，缴了公粮，缴了国税，还有哪些地方不曾报到？"我们要晓得，国家收缴公粮国税，不是自己上腰的。国家有几十万部队，日夜守卫在边防前线，

[平] 如果外国来侵略，朝中它有百万兵。

（白）所以我们交公粮国税，要积极交清，不要用种种借口来拒绝粮税，这就叫：

[挂] 皇王多有道，端坐在龙庭，
八方多清净，四处罢刀兵。

[平] 诚心斋主到佛前叩到第四个头，报报父母养育恩。
报父母生男女千辛万苦，冷受冻暖受热哺乳三春。

(白)有人要说："父母养我小，我养他老，还有哪里不曾报到？总不见得去驮驮抱抱他呢！"我们要晓得，父母怀你十个月，吃尽千辛万苦。三年哺乳，又吃了不少苦；从尺把长，忙到长大成人，的确吃了不少苦。这就叫：

[滚][1] 养了儿子当块金，包包撮撮长成人。

如果娶到贤良妻，孝顺父母二双亲。

如果娶不到贤妻，气坏父母两个人。

(白)等到儿子长大成人，成家立业，自己年纪上身，只好帮儿女忙忙。到了过年，母亲见儿子就说："儿啊！快过年了，我的包头像九串铃，怎得见人？年初头总有几个亲戚要来过，我这身上确实难为情。"儿子就说："母亲，你嘴一摆，钱不过年，水不过田。我这里变不出两个用！""格儿啊！你一定要帮我买！""母亲，你不要哭，过几天就有钱。""从哪里来个？""再过几天，出外人回来过年。我拿根棍子对三岔路口一站，看他身边有钱，我一棍子将他打死，把他身边钱抄回来，还何愁没有包头布！"

[平]"心肝啊！为娘不要包头布，不用做伤天害理人。"

(白)母亲面前关过去了，来到妻子房内。妻子就说："丈夫，你回来了，快要过年了，你要帮我买套衣服。""妻子啊！你要做衣服，刚才母亲向我要包头布，总没有钱。"妻子就说："丈夫哎，你若果不帮我做，我从年初一开始，对家一坐，活计不做，而且还要吃好货，

[平]冲了锅子掼了盘，吵了大家日子过不成！"

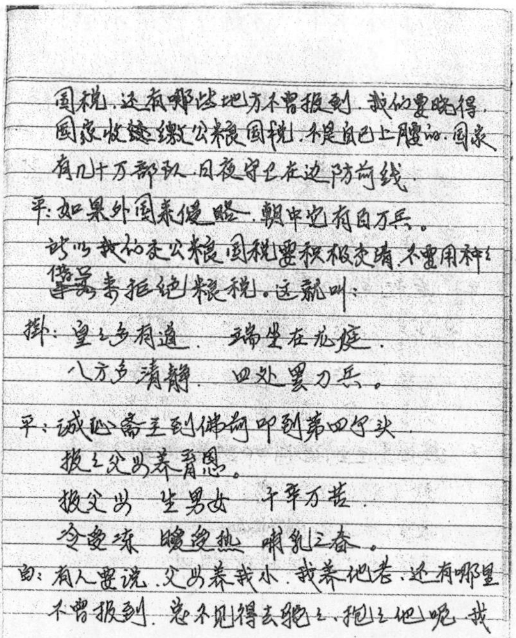

[插图61]"报三友四恩"(靖江佛头蔡龙秀抄本)

[1] 指[滚调]，是一种节奏很快的调子。

（白）丈夫就说："妻子哎，你小声点，邻舍家听到要笑话。"妻子就说："我怕哪个笑！我不过要套衣服。"丈夫被逼得没法，就说："你不要闹，我明朝起早去卖草，帮你买套衣服回来。你在家不要穿，姑娘小叔要挤嘴的。等过了年，去你娘家拜年穿回来。

［平］如果母亲盘问你，就说是娘家做得来。"
大众啊，妻子房中甜如蜜，母亲房中冷如冰。

［挂］敬父赛敬灵山佛，敬母赛敬活观音。
为人不把父母敬，不要到灵山了愿心。
父母生男女，都是孽降生。
孩儿身有病，日夜泪纷纷。

［平］想起了父母恩杀身难报，对大众莫忤逆孝顺双亲。

（白）众位，"三友四恩"缠啊缠，难以讲到正卷，

［平］小学生[1]才疏学浅讲不尽，开宣宝卷劝善人。

[1] 佛头在讲经时的自称。

附录二：关于靖江做会讲经和宝卷的几个问题

我对江苏靖江做会讲经和宝卷的调查研究，已经断断续续进行了20年。按照我研究中国宝卷的总体计划，靖江做会讲经是田野调查的重点，计划按照田野作业的科学规范，摆脱功利的干扰，写出一部描述靖江做会讲经历史和现状的调查报告，同时结合中国宝卷在不同时期、不同地区的发展，对靖江宝卷的特色作介绍。这样做起来很难！一是没能获得经费的支持，其间曾多次向有关方面提出呼吁和申请，始终没有得到响应；另外，我坚持的调查理念，难被认可，因而遇到许多人为的阻扰。因此，尽管积累了大量原始资料和宝卷文本，却只能发表一篇简单的综合报告，后来又对其中的两个仪式“醮殿”和“破血湖”发表了专题报告。

1985年，北京大学段宝林教授带领中文系学习“民间文学”课的同学第二次来扬州地区实习采风，他向我介绍了在靖江发现“做会讲经”和宝卷的信息，此后又将收有靖江讲经采风资料的《扬州采风录》（油印本）和发表他与人合作介绍靖江讲经文章的《北大民俗》（内刊）送给我。1987年，段教授再次带学生来扬州，承担靖江讲经调查的研究生事前到我处请教，我向他们提出调查的要点和注意事项。他们采风归来，到我处谈了调查的收获。那时我已经对江南吴方言区部分地区的“做会宣卷”做了调查，同时进行宝卷文献的整理。我感到靖江的做会讲经同江南的做会宣卷多有不同；同时，也隐约感到它同明清民间教派可能有某种联系。这是研究中国宝卷不可回避、在当时又是十分敏感的问题。于是，我决定亲自去做调查。

1987年暑假我到靖江，依靠扬州师院中文系毕业的几位同学，特别是在靖江中学任教的盛春宗老师，他利用学生的关系，同一些“佛头”取得联系。我们实地考察了老佛头张巧生（1917—？）等人的做会讲经。先后调查的佛头有10几位（年龄最高的已90多岁，其中包括一位女佛头）及众多熟悉做会讲经的农民。由于当时民众顾虑较大，被调查者的情况都没有做记录。通过实地考察，特别是看到张巧生手抄《庚申卷》中出现“无生老母”的说法，我便向当地有关部门了解：“做会讲经”同现代靖江地区的民间教团有没有组织关系？得到否定的答复。我们的调查便放手进行下去。

按照我拟出的调查提纲，盛春宗老师整理了搜集到的材料，经我整理成文，在当年江苏省民间文艺家协会的学术年会上联名发表。其时，我也参与“牵头”上海社会科学院文学研究所姜彬教授主持的“两省一市”（江苏、浙江和上海市）民间文学协作项目“吴越地区民间文学与儒释道巫关系的考察和研究”（国家社科项目），计划在江浙地区做一系列的田野调查。当时我对靖江做会讲经有许多问题还不清楚，姜先生鼓励我继续调查下去。后来考虑盛春宗老师有独自进行研究的想法，下边的调查我便一人继续进行。1988 年暑假再做调查后，我重新写出了调查报告，姜彬先生加了“按语”，在他主编的《民间文艺集刊》1988 年第 3 期上发表。1991 年段宝林教授同吴根元、缪炳林先生合作的《活着的宝卷》在台湾的《汉声》杂志上发表。[1] 这样，靖江的做会讲经便引起了海内外学界的重视。

先是，前辈关德栋教授介绍俄国（当时是“苏联”）著名汉学家李福清（Б.Л.Рифтин）博士来扬州访问。他介绍了苏联科学院东方研究所的学者司徒洛娃（Э.С.Стулова）副博士，我将上述调查报告和几篇已发表的宝卷研究论文请他转交。司徒洛娃很快寄来她的论文《苏联科学院东方研究所列宁格勒分所收藏宝卷述评》。[2] 她已经将明代黄天教的《普明如来无为了义宝卷》翻译成俄语同她的研究成果一起出版，[3] 准备接下来翻译该所收藏的孤本《佛说崇祯爷宾天十忠臣尽节宝卷》，为此要来北京大学进修。1989 年由她在北大的指导教师段宝林教授陪同来扬州，我们“笔谈”了两个晚上，解决了她翻译《崇祯宝卷》中的一些疑难问题。她想去考察靖江的做会讲经，我没有经费，不能陪同。扬州市民间文艺家协会的曹永森先生陪同他们去了。1992 年根据“中美文化交流计划”来华的美国俄亥俄州大学青年学者马克 本德尔（Mark Bender）与复旦老同学、苏州大学的孙景尧教授合作，准备把弹词翻译、介绍到美国去。他们几次来扬州调查扬州弦词（弹词），也希望到靖江看一看做会讲经。我同靖江文化局联系，得到“欢迎前往”的答复。在苏州大学进修的日本东京学艺大学铃木健之副教授也希望参加，于是我们一道去靖江考察了三天。[彩图 27] 此后，1996 年我带着日本外国语大学地域文化研究科的博士院生大

[1] 载《汉声》，1991年第8期。

[2] 俄文，载《东方文献 · 历史语言学研究年刊（1976—1977）》，莫斯科，Наука，1984。

[3]《东方文献丛书》（俄文），第56种，莫斯科：科学出版社，1979。

部理惠女士（她的博士论文研究明代的黄天教）、1997 年陪同日本东海大学的浅井纪教授（中国社科院世界宗教研究所访问学者，由该所的马西沙、韩秉方教授介绍和陪同前来）到靖江。[彩图 28] 这些学者，由我引荐，都得到靖江市政府的热情接待。我也得以“叨光”，顺便在朋友或学生家中住下来继续进行调查。他们这样“走马观花”式的考察，不可能进行深入的研究。而司徒洛娃没有完成《崇祯宝卷》的翻译工作便去世，这部对于明清之际社会动乱有重大历史文献价值的教派宝卷，便锁为“秘籍”，世人难得一见了！此后还有几位日本、韩国和中国台湾的学者希望我陪同考察靖江讲经，由于时间安排等原因，没有成行。

除了陪同外国学者前往外，我几乎每个暑假和寒假都去靖江调查，先后同许多佛头建立了深厚的友谊，尤其是孤山镇的赵松群先生和西来镇的陆爱华先生。我希望看到的“会”，他们会来电话邀请我前往；我去靖江，大都吃住在他们和请他们做会的斋主家。靖江籍的几位扬州师院中文系学生，也结合课业同我一道调查，先后有薛艳红（现靖江某中学教师）、侯艳珠同学（现江苏靖江市职业教育中心教师）等。特别是侯艳珠同学，毕业以后又连续数年陪同我调查，我们合作完成了“醮殿”“破血湖”两个仪式的调查报告。

2000 年以前，我已经实地考察过大部分的“会”。有些“会”不止看过一次，如“延生明路会”；同时拟出《江苏靖江做会讲经（调查报告）》的详细大纲。这个报告没有写出来，因为许多问题难以圆满解决。比如，许多做会的仪式文本，虽然录了音，因为我不懂靖江方言，没有整理出来。有些“会”没有看到，比如“地母会”，每年只做一次。有位佛头曾邀请我去看，因事不能脱身，错过机会。靖江东、西沙的做会讲经有差别，但我一直没有机会接触西沙的做会讲经。直到 1997 年住在侯艳珠同学家（靖江长里乡，属西沙），她的一位祖辈（妇女）始向我介绍了西沙做会的一些情况。据我考察，靖江西沙的做会讲经，较多保留了做会讲经的原生态。在没有调查清楚西沙做会讲经的情况以前，不可能写出完整的报告。

我计划的靖江做会讲经调查报告，现在已经没有可能亲自完成了，深感遗憾。现在根据我多年来调查所得和对中国宝卷历史发展的综合研究，谈谈对靖江做会讲经和宝卷历史发展的几个问题的看法，供研究者参考。

（一）靖江宝卷的形成和发展

在探讨中国宝卷的渊源和形成问题时，我提出宝卷渊源于唐五代佛教的俗讲，形成于宋元时期；其演唱形式来自佛教的科仪，其内容受净土信仰和民间佛教禅、净结合的宗教文化背景的影响。按照宝卷发展和流传的规律，宋元以来至明代，江南一带应当流传佛教宝卷。明嘉靖、万历以后，由于大量民间教派传入江南，这一地区也盛行民间教派的宣卷活动。

在我辑佚出的明代正德以前的近30种佛教宝卷中，[1] 靖江宝卷中的同名和题材相同的宝卷，只有《观音宝卷》《地藏宝卷》和讲唱目连救母故事的《血湖卷》等。[2]《血湖卷》依附的“破血湖”仪式，接近明代弘阳教的血湖信仰，[3] 从内容和形式都难以说明它是来自早期佛教的《目连救母出离地狱生天宝卷》。描述妙善公主自割手眼救父成道为观世音菩萨传说的《香山宝卷》，产生于明代前期。明代以来，这一传说故事以戏曲（传奇和地方戏）、说唱艺术等各种体裁（包括宝卷）和通俗小说、唱本在各地广泛传播。靖江讲经的《观音宝卷》是来自早期的佛教宝卷，或由其他途径传入，尚待细致的比较研究。[4] 地藏菩萨是汉传佛教的四大菩萨之一，靖江佛头做“地藏会”演唱的《地藏宝卷》，与中国佛教地藏菩萨的传说没有任何关系。靖江做会讲经最普及的“会”是“三茅会”“大圣会”和相应的《三茅卷》《大圣卷》。它们称颂的“神主”一“佛”一“道”，这是“三教合一”的民间信仰和民间教派信仰的特征，不可能纳入佛教宝卷的系统。

从现存的靖江做会讲经的部分科仪卷和圣卷文本来看，它们含有明代民间教派信仰的积淀。在1988年我发表的调查报告中，曾提出“它的最初发展与罗教的传播有关”。20年来，我个人的调查和最近出版的《中国靖江宝卷》提供的资料，对上述推论，尚难作出定论。以正德五年（1509）刊布罗梦鸿编《五部六册》为标志形成的罗教（无为教），其最初的传播，是在北直（河北）

---

[1] 详见本书第二编第三章“明代的佛教宝卷”。

[2]《中国靖江宝卷》（南京：江苏文艺出版社，2007）收搜集整理的《目连救母宝卷》一种，卷末附言：“此卷据在靖江流传多年的上海宏大善书局藏版整理”。按，此卷即民国十一年（1922）上海宏大善书局石印本《目连救母宝卷》。

[3] 参见本书第三编第三章“靖江做会讲经的‘破血湖’仪式”。

[4] 收入《中国靖江宝卷》（南京：江苏文艺出版社，2007）的《香山观世音宝卷》，与笔者所见靖江佛头演唱和抄录的《观音卷》详略差别很大，可能是“搜集整理”者做了较多的改编。

及周边的山东、河南地区。罗教南传，与大运河上的漕运水手大量加入这一教派有关。南传的渠道是大运河，时间是明嘉靖年间。靖江远离大运河，不可能直接传入。南传后的罗教又分成许多教派，以罗祖“再世”标榜的“二祖”殷继南（1527—1582），他的信徒称“无极正派”；“三祖”姚文宇（1578—1646）再度改革，即所谓“灵山正派”。[1] 清代初年，江南的老官斋教（简称“斋教”）、大乘教都同上述教派有密切关系。另外，明代中叶以后出现于北方的许多民间教派，万历以后也传到南方。比如由黄天教衍生出来的长生教，同罗教关系密切的还源教等。它们都以“无生老母”为最高神圣，编写属于本教派的宝卷，也奉《五部六册》为经典。总之，明代嘉靖、万历以后，流传于江南的民间教派，“经非一经，教非一门”。[2] 靖江宝卷所提供的民间教派信仰资料，出现在部分科仪卷（如《庚申卷》《传香科》）和圣卷（如《地母卷》《先天东厨宝卷》）中。单凭这些资料，现在很难确定它是属于什么教派。

靖江地区在明成化七年（1471）设县以前，其文化发展属于化外之地。来自江南的移民，在生老病死、节日喜庆等民俗活动中有仪式化的活动，在这些仪式化的活动中有说说唱唱，这是可以肯定的。这些说说唱唱是否是宝卷？则难确定。因此，现在只能这样推论：在明代嘉靖以后，某一信仰无生老母的民间教派传入靖江。这个教派的人士，整合靖江地区原住民非佛非道的民间信仰和活动仪式，搜集当地民间传说，编成唱颂神佛故事的宝卷和做会仪式卷演唱，并加入其教义的宣传，这就是靖江宝卷中最初的一批“圣卷”和“科仪卷”。有些圣卷中偶尔出现的“祖师”（如出现在《三茅卷》中的“元阳真人”、《血湖卷》中的“小元祖师”）之类的人物，则与这个教派有关。

从现存靖江的各种圣卷内容来考察，它们并非一时形成的。比如《大圣卷》，它的神主是佛教高僧泗州大圣。这位高僧的祖庙是苏北古运河与淮河交汇处的古泗州（临淮）普光王寺。清康熙年间普光王寺与泗州城一起陷入洪泽湖，此后，南通（通州）狼山的聚圣寺成了泗州大圣的香火院。《大圣宝卷》尽管采用了许多江淮地区的民间神话传说，编织了这位佛教高僧的身世故事，但是卷

[1] 见清康熙二十一年（1682）“灵山正派嗣法耻卷”普浩辑刊的《三祖行脚因由宝卷》。这部宝卷分为《山东初度》《缙云舟传》《庆元三复》三部分，分别介绍灵山正派的三位“祖师”（罗清、殷继南、姚文宇）的宗教活动。

[2] 见《朱批奏折》，清乾隆十三年（1748）十一月二十四日江西巡抚开泰奏折。转引自马西沙、韩秉方《中国民间宗教史》，上海：上海人民出版社，1992，页340。

中看不出任何有关普光王寺的民间记忆。而泗州大圣“登山显圣”是在“通州狼山”；民众在家中做“大圣会”，是因为“欲到通州狼山进香还愿，无奈山遥路远”。这说明《大圣卷》可能出现在清康熙年间泗州普光王寺陆沉以后。

（二）靖江宝卷口头演唱和“文本”问题

靖江佛头做会演唱宝卷（不论圣卷、小卷和科仪卷）都已摆脱“对本宣扬”的形式而口头演唱，这与各地现存的民间宣卷（念卷）比较，是一突出的特征。但是，在调查之初我便发现，佛头们都有宝卷文本。比如，1988 年发表的报告中引用的《庚申卷》，便来自老佛头张巧生先生（已故）的抄本。据我们当时了解，张先生有“两箱子”宝卷。为此我曾专门到张先生家拜访，提出可以提供给他一些其他地区的宝卷文本。张先生对是否收藏宝卷不置可否，对赠送宝卷则婉言表示：年纪老了，不想再演唱新的宝卷了。

从宝卷的历史发展来看，不论早期的佛教宝卷和明清的教派宝卷，最初都有文本，并以抄传和刊布宝卷为“功德”。明清民间教派人士每到一地区“开荒布道”，也常常利用当地的民间传说编写宝卷，作为贴近各地民众的布道工具，比如现存山西介休地区的《敕封空王古佛宝卷》和甘肃河西地区的《敕封平天仙姑宝卷》。

靖江地区有一传说：一位读书人科举失意，归而写作宝卷讲经。这个传说文献无征，但在靖江宝卷中，常常引用《四书》和《诗经》成句“掉书袋”，这类现象在各个时期、各地区的宝卷中，都极少见。因此，历史上曾有读书人介入靖江宝卷文本的编写，是可能的。

我认为靖江讲经的“圣卷”和“科仪卷”，最初都有文本。因此，靖江宝卷被信徒视为“经典”，采用了佛教“讲经”一语，作为演唱宝卷的名称。靖江讲经在什么时候摆脱“照本宣扬”而口头演唱？难以确定。口头演唱会使文本发生变异，我在 1988 年的报告中曾提出：“靖江讲经摆脱了这一束缚，这就使讲经艺人的演唱有了较大的自由。他们可以发挥自己的艺术才能，提高讲经艺术的表现能力，广泛吸取民间文化的养料，丰富宝卷的内容。”各位佛头传抄的“圣卷”和“科仪”宝卷文本，内容基本相同，而文字有差异，就是这个原因。

靖江佛头们收藏的宝卷文本，有的是师徒传授，一代一代传承下来；有的

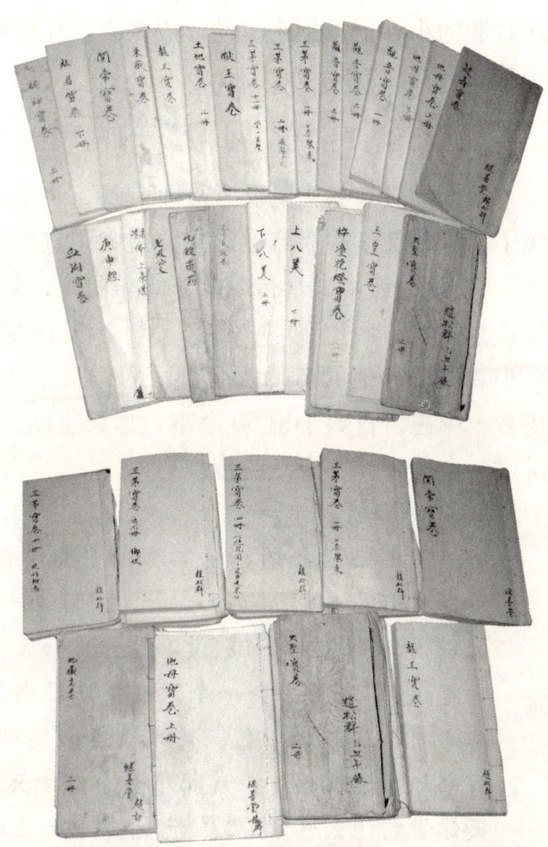

［插图 62］江苏靖江佛头赵松群先生和他抄录的部分宝卷

则是佛头们记录的。比如佛头赵松群先生，在师从张巧生学艺的过程中，便将张巧生讲唱的 30 多种圣卷和科仪卷记录下来。［插图 62］佛头陆爱华先生的妻子蔡龙秀（如皋人，高中文化），从夫学唱讲经，也记录了许多宝卷和某些宝卷的片段。当代文艺工作者记录整理和改编的靖江宝卷文本，或据佛头演唱整理，或据传抄本和其他资料，都已收录在《中国靖江宝卷》（南京：江苏文艺出版社，2007）一书中。比较起来，佛头们传抄、记录的宝卷文本，更多保留了讲经宝卷的原生态。有的“整理”本，实际上是改编、创作本。

靖江宝卷中众多的“小卷”，都是讲经佛头根据书面的唱本、通俗小说等改编的。（见下文）这类小卷最初由讲经艺人口头改编演唱，经过听众的考验，受欢迎的，成为保留书目；听众不爱听的，便被淘汰了。讲经艺人将那些受群众欢迎的小卷记录下来，便形成文本，比如赵松群先生便记录他改编和演唱的小卷《上八美》《下八美》。[1]

（三）靖江宝卷“小卷”的出现

早期佛教宝卷中的文学故事宝卷，讲唱的都是佛教传说；明代民间教派改编了少量俗文学故事宝卷，主要是为了宣传其教义，即改编者标榜的“外凡内圣”。大量改编俗文学传统故事娱乐听众，是清及近现代南北各地的民间宝卷。我认为靖江讲经出现“小卷”，是清末和近现代的事。东沙佛头陆爱华先生以唱小卷闻名，他的名片背后宣示的“服务总旨”中说：“歌颂民族英雄，去恶扬善……主讲古典小说50余本，形象生动，引人入胜，任君挑选。”他曾向我讲过一个关于“小卷”的传说：

> 明朝嘉靖年间，靖江有一个和尚俗名范汉三，不守佛门清规，被师父赶出佛门。迫于生计，拜苏南一位说书人为师学说书。听师父讲了三年《双珠凤》,没有登台。一天,师父讲到“送花上楼”一节，对范说：“我要去会一个朋友，这段书你接下去讲吧。”他师父是有意考察范汉三的书艺，便悄悄在书场对面住下观察，见每天到书场听书的人没有减少，反而增多。二十天后，师父去问范汉三：“这些天你讲到什么地方了？”范说：“文必正还没有走上楼。”师父问：“你怎么讲的？”范说：“文必正上楼送花,见楼梯两边雕刻许多戏文故事，一幅幅看上去，还没有看完。”师父知道范汉三的书艺已经超过自己，就把靖江这方地面让给范汉三了。后来，范汉三把做和尚时学的做会法事同说书结合起来，又讲经又说书，就成了现在做会讲经这个样子。(1996年8月记录)

《双珠凤》是清代苏州弹词的传统曲目，现存最早的文本，是题为一叶主人撰、清嘉庆十七年(1812)飞春阁刊本。在苏州宝卷中也改编、传唱同名宝卷，现存清同治二年（1863）以下20余种传抄本和民国年间的石印本。这个传说

[1] 改编自弹词《八美图》。这是一部流传极广的弹词，今存清嘉庆以下至民国年间的刻本、石印本数十种。

中的主要情节单元是“上楼送花，观图演唱”。它本是对苏州弹词演唱的夸张描述，业师赵景深教授1955年在讲授《民间文学》课时讲过这一传说。陆爱华改编、传述这个传说说明，靖江讲经的小卷受了苏州弹词的影响。从收入《中国靖江宝卷》中的18部小卷考察，也说明这一问题：《十把穿金扇》《独角麒麟豹》《彩云球》《白鹤图》《回龙传》《八美图》《九美图》《香莲帕》《文武香球》等9部小卷改编自弹词，占了该书所收小卷的1/2。[1] 靖江讲经艺人不可能是通过与弹词艺人的交流引进这些书目，他们改编的依据是唱本，而这些弹词唱本基本上都是清同治、光绪以后，特别是民国年间才大量流通的。比如《十把穿金扇》，所据是民国十一年（1922）周辑庵编撰的同名弹词唱本。[2] 其他几部小卷，如《五女兴唐》《罗通扫北》《薛刚反唐》《五虎平西》《刘公案》《狸猫换太子》等则改编自通俗小说或鼓词唱本。这些通俗小说、唱本大量流通的时间，与上述弹词唱本差不多。《牙痕记》《和合记》亦见近现代流通的鼓词或七言唱本。陆爱华先生讲唱的“古典小说”50余本小卷，自然也是根据这类通俗小说或唱本改编的。

苏州宝卷大量改编弹词书目是清同治七年（1868）江苏巡抚丁日昌通令查禁“淫词小说”（大部分是弹词）之后。《五女兴唐》《罗通扫北》之类的宝卷出现在北方民间宝卷中，见于现代甘肃的河西宝卷。在封闭的民间文化环境中发展的靖江做会讲经，不可能超越自身的局限，更早地引进这类题材。我所接触到的靖江东沙的一些老佛头，现在仍在改编、创作小卷。我曾将新出版的标点本弹词《天雨花》[3] 送给一位佛头，他视为珍贵的“礼物”。这些新编的小卷，也使用某些传统“套话”，带有历史的印记，但不能作为它们产生时代的依据。

2007年8月，我去拜访靖江西沙佛头王国良先生，他向我介绍，靖江“西沙”做会讲经与“东沙”不同之点，最主要的是不唱小卷。西沙的做会讲经应当是靖江做会讲经较为原始的状态。

（四）靖江的“做会讲经”与常熟的“做会讲经”

我在1988年发表的报告中提出：“根据它（靖江做会讲经）用吴方言演唱

[1]《中国靖江宝卷》（南京：江苏文艺出版社，2007）所收小卷《寿字帕》，按其内容和命名方式，也来自弹词，出处待查。

[2] 本卷四卷16回，石印本，上海燮记书局出版，1922。

[3]（清）陶贞怀著，江巨荣标点，郑州：中州古籍出版社，1984。

的特点，它是由江南传入的。”常熟地处江苏省东南部长江下游南岸，其地在靖江对岸偏东。常熟宣卷和宝卷的流传区域，包括今常熟各乡镇，西面相邻的江阴县部分地区，和从原常熟县划出的张家港市南部各乡镇。[1]常熟宝卷属苏州宝卷系统，但它有地方特色，这种特色又同靖江做会讲经相似。现据我初步调查所得材料，将它同靖江的做会讲经作简单的比较。

首先，在这一地区流行的民间做会宣卷，也称作“做会讲经”。我在一些文章中提出“宣卷”又称“讲经”，许多研究者沿袭此说。需要说明的是，当代演唱宝卷称作“讲经”，就目前已知的材料，只在靖江和常熟两个地区出现。

据我所见常熟地区几位讲经先生传抄和演唱宝卷文本160余种。其中也有“神卷”（“圣卷”）和“凡卷”（“小卷”，也称作“闲卷”“白相卷”）以及用于做会的各种科仪卷。常熟宝卷中的神卷60余种（许多是颂扬民间信仰的地方神道故事宝卷），其中的《香山宝卷》（又称《观音宝卷》）《地母宝卷》《东岳宝卷》《玉皇宝卷》等，与靖江相应圣卷卷名相同，题材（故事）也相同；《灶皇宝卷》与靖江《先天东橱司命灶君宝卷》题材相同，都是祀“司命灶神”，［插图63］其中的陈氏老母，带有无生老母的影子。有些神卷的题材，如张四姐大闹东京，在常熟是《仙姑宝卷》（又名《财神宝卷》，该地区《财神宝卷》有多种），在靖江

［插图63］司命灶神（元建安刊《新编连相搜神记》插图）

[1]　现在张家港该地区的宝卷，已被当地命名为“河阳宝卷”，并强调它“独立”的发展系统。笔者曾在该地区调查，见本书第三编第五章“江苏张家港港口镇的‘做会讲经’”。

则改编为《月宫宝卷》；陈子（梓）春的故事，在常熟是《三官宝卷》，在靖江是《梓童宝卷》。尽管它们的故事情节、详略都有不同，但它们之间应有联系，是可以肯定的。

常熟做会讲经也为老年人做“预修”的免罪仪式，如“醮（缴）血湖”，唱《血湖宝卷》。但与靖江做会讲经“只做延生，不做往生”[1]不同，常熟讲经先生做荐度亡人的法事是常规的业务。其中演唱的《十王宝卷》，则同靖江做会“醮殿”演唱的《十王卷》相似，特别是每过一“殿”，都要穿插与此殿有关的一个故事（十个故事与靖江有不同），格局一样。靖江西沙佛头王国良先生搜集整理的《十王卷》，仍保留这一格局；东沙做会讲经一般晚饭后讲“小卷”，后半夜始做“醮殿”等仪式。按照民间的信仰，醮殿必须在天亮以前结束，将“请”来的十殿阎王和地府诸神“送”回。时间紧，一般只讲唱《七殿公文》（又称《梅乐张姐》）和《九殿卖药》两个故事。

常熟宝卷中有三部特殊的宝卷，都是在荐度亡人的法会上演唱，即《大乘无为归空指路宝卷》（简称《指路宝卷》）、《还源地狱宝卷》（简称《地狱宝卷》）、《目莲地狱宝卷》。这几部宝卷在靖江没有看到。《指路宝卷》用为亡人“指路”，与罗教或受其影响的民间教派有关；《还源地狱宝卷》即明末还源教的《销释明证地狱宝卷》，现存的传抄本中，有的还保留原卷二十四品的形式。《目莲地狱宝卷》上卷分为十九品，述目莲到各地狱寻母故事。这种分品演唱的形式，是明代教派宝卷的遗留。

以上的比较说明，靖江的做会讲经同常熟地区的做会讲经既有联系，又有差别。其中的差别，是由于最初传入的民间教派不同而形成的，还是在历史发展中产生的，需要进一步探讨。

---

[1] 苏北的香火童子“做会”，也是很严格的“做生不做死”，参见拙文《江苏北部的香火神会、神书和香火戏（提纲）》（载《信仰教化娱乐——中国宝卷研究及其他》，台北：学生书局，2002）。它们之间的关系，亦可作进一步的探讨。比如，过去香火童子和讲经先生“做会”活动的区域，都有“方”的划分；他们主持“做会”时，也有“醮（缴）首”“客师”的称谓。

第二章　江苏靖江做会讲经的“醮殿”仪式[1]

一、“醮殿”概述

“醮殿”是江苏靖江做会讲经中子女为在世父母做的一种消罪延寿仪式。靖江农民私家做会讲经（“私会”）除了“梓童会”是专为儿童做以外，其他各种会，如“三茅会”“大圣会”“观音会”“地藏会”“明路会”等，均可穿插做醮殿仪式。按照一般做会的程序，上午八九点钟做会开始，先“报愿”“请佛”，接着开讲“圣卷”。中午吃饭，下午继续讲圣卷，并穿插某些仪式，如为老人“拜寿”，为小孩“度关”。晚饭后讲“小卷”（指一般文学故事宝卷）。午夜时分，吃夜宵，稍事休息，即开始醮殿。

醮殿都是子女为在世的父母做。他们怀着孝心，供献冥间诸神菩萨——地狱十殿阎王及酆都、地藏、东岳、城隍、土地诸神，祈求菩萨为父母灭罪延寿。因此，在本仪式“请王”（请以上诸神）赦罪的过程中，斋主的子女（儿子、媳妇、女儿、女婿及孙辈）要一直跪在神台前，不得缺席。由于请王仪式要进行2—3个小时，他们有时是坐在拜垫上，但在拜菩萨时，必须跪起来。[彩图29]

醮殿的神台用一张方桌，安排在经堂（正房的明间，即客厅）菩萨台的右方，靠西墙，面东。神台靠墙处放一只“献王宝库”，里面装满金银锞。做会结束后，拿到院外烧化。库前放地藏、十王两个纸马，另置所请十五位神君的“方匾”。它们是用黄色纸折成方筒状，正面贴一红纸条，书写菩萨名，内装一纸“献王文疏”。这种献王文疏是木刻印刷的，填上斋主（信人）的姓名、籍贯及做会日期即可。神台上还供着五色果子，分作五盘或三盘。五种果子均有“子”，如红枣、花生、核桃、桂圆等，寓子孙昌盛。果子盘前设香、烛。神台南面供一盘茶米，它们是人间生活必备之品，斋主给佛头的“喜钱”，预先放在茶米上；神台北边备一只茶杯和一碗净水。

[1] 本调查于1997—1998年进行，与侯艳珠同学（现江苏靖江市职业教育中心教师）合作。“报告”也依据此前笔者多次调查积累的资料。

醮殿仪式分两部分：先“报祖”，后“请王”。举行醮殿仪式时，一般同时“还曹”。还曹指偿还人未降生前在冥间借用的金银，可据本人诞生年代的干支，在当地民间流传的一种“看受生数十二相属图”中查出所借为第几库、该曹曹官及金银的数目。如甲子年生，欠钱五万三千贯，所借为第三库，曹官姓元。还曹不另举行仪式，但要根据所借金钱数目扎制若干纸库，装上金银锞及“献王文疏”，在文疏中说明“还曹”。在做会结束时，同其他纸库等物一齐烧化。

醮殿所请十殿阎王是主管冥间地狱的神，因此必须在天亮之前将他们送回去。其他诸神（酆都、东岳等）则不受此限制。整个醮殿仪式一般进行4个小时左右。

二、“醮殿”的过程

（一）“报祖”

报祖唱《李清卷》，又称《报祖卷》。卷中李清到冥间抄回地狱十王及其他神的“圣诞”，人间才能“请王”。这本宝卷的故事是：[1]

大明金太昌皇帝时，山东如若县临青州青石山前太平村人李正封，同缘赵氏，家财万贯，没有儿女。夫妻到东岳庙求子，许下重修庙宇大愿。东岳参拜玉帝，玉帝查看李正封命中无子。东岳为了重修庙宇，跪请不起。玉帝遂遣拈香童子下凡为李正封子，但仅给二十七岁阳寿。

赵氏生子，取名李清。李清六岁，李正封请戏谢祖，却忘记为东岳修庙。东岳大帝不悦，派长差拿了李清真魂。土地变作郎中，提醒他忘记给东岳修庙还愿。李正封赶紧祈求东岳，请工匠重修东岳庙，李清还魂。李清读书到十六岁，中黉门秀才，娶刘员外女刘千金为妻。刘小姐过门之后，夫妻和顺，孝敬公婆。四月初八佛诞日，许多老奶奶去佛会上香，李清也跟着去上会，为母亲消灾。来到八景宫中，拜过圣像，听讲佛祖修行的宝卷。李清受到感悟，发愿吃

[1] 据佛头陆爱华先生演唱记录本整理。

素修行。当家师父送他一部《华莲经》,告诉他修行要守“三皈五戒”。

李清修到二十七岁，阳寿已终。阎君派青衣童子请李清归地府。李清辞别父母妻子，跟青衣童子一路过了鬼门关、恶犬村、望乡台、破钱山、枉死城，来到森罗殿。他在森罗殿上念《华莲经》，站班小鬼及各地狱恶鬼纷纷超升而去。青衣童子带李清游十殿地狱。看完十八层地狱，李清要还魂。阎君想：“李清来地府三天整，吵勒我阎君做不成”。便说：“现在阳间菩萨有人敬，没人晓得我们圣诞。何且将我们圣诞抄好带到阳间，就放你还魂。”阴司没有纸笔，李清咬破十指，抄在白团衫上。它们是：

正月初一日，秦广王圣诞生，欲免刀山地狱苦，定光王佛称。

三月初一日，初江大王圣诞生，欲免镬汤地狱苦，药师琉璃光佛称。

二月初八日，宋齐大王圣诞生，欲免寒冰地狱苦，贤劫千佛称。

二月十八日，伍官大王圣诞生，欲免拔舌地狱苦，阿弥陀佛称。

正月初八日，阎罗大王圣诞生，欲免血湖奈河地狱苦，本尊地藏王称。

三月初八日，变成大王圣诞生，欲免变畜苦，大势至菩萨称。

三月二十七日，泰山大王圣诞生，欲免碓磨地狱苦，救苦救难观世音称。

四月初一日，平等大王圣诞生，欲免锯盘地狱苦，卢舍那佛称。

四月初八日，都市大王圣诞生，欲免火坑铜柱地狱苦，药王药上菩萨称。

四月十七日，转轮大王圣诞生，欲免黑暗地狱苦，释迦牟尼古佛称。

李清又将酆都、地藏、东岳、城隍、土地圣诞抄下后还魂。他将十王圣诞送到县里，报送京城金太昌大王。圣旨下到十三省，各州府县建庙祭祀。李清同父母、妻子一起修道三年，全家升天，参拜玉帝。玉帝封李清为报恩司菩萨。

这部宝卷一般演唱一个半小时。

（二）“请王”

请王是醮殿的主体部分，佛头在一系列仪式中讲唱《十王宝卷》。像其他“圣卷”一样，它开头有“叫口”、《开卷偈》：

无人种，有人栽；
无人走，闯进来。
　　圣谕！
甘草虽甜无人种，黄连更苦有人栽；
天堂有路无人走，地狱无门闯进来！

《十王宝卷》初展开，拜请十殿慈王降临来。
合堂老少同念佛，能消八难免三灾。

佛头唱念叫口、《开卷偈》时，斋主家子女按长幼顺序跪在神台间，并行礼拜。唱完《开卷偈》后，便依次请、送每一位神君，其演唱仪式基本相同。通过仪式把每一殿的阎王请来，讲述这位阎王主管的地狱的恐怖，然后烧化纸钱上供，祈求他“消罪延寿注长生”，并将他再送回去。以下是请、送七殿泰山王仪式。括号内说明佛头和参与仪式的众人的行动。唱词前［平］［挂］是该唱段用的曲调。［平］指［平调］，［挂］指［挂金锁］。

仰维三宝延善证盟，诚心斋主再点香烛，供奉冥府七殿泰山大王案下，三月二十七日圣诞，称念“救苦救难世音菩萨”，可免碓磨地狱之苦。

（众念“救苦救难观世音菩萨”。跪在神台间的斋主子女点燃香烛，插在神台前地面上的“香烛插”上，并行礼拜。）

［平］第七殿泰山王执掌碓磨，掌阳间男共女不善之人。
　　有等人在阳间笑人念佛，不持斋不吃素不诵经文。
　　生灵肉刀切细剁成肉饼，为亲戚为朋友美味时鲜。
　　有龙天韦陀尊簿中记取，归地府来审问那得容情。
　　这阎君翻文簿分明细看，他是个十恶人不敬神明。

泰山王铁面目心中发怒，差牛头和马面捆绑凶人。
在阳间多作孽杀生害命，今日里到阴司理屈分明。
就将他下碓臼冲成肉浆，把骨头磨细了风里飘扬。
使灵魂又囫囵下碓来磨，永世里在碓磨不得翻身。
要超升除非是阳间行善，遇孝子持斋戒度脱双亲。
发诚心称言念观音圣号，千万遍久以后才得超升。

［挂］七殿阎君本姓何，掌管众生罪孽多。
虔诚称念观音母，狱中化出白莲荷。
志心多称念，救苦观世音。三月二十七日，圣诞降生辰。
南无观世音菩萨！

（佛头摇铃、敲木鱼，众人念“南无观世音菩萨”50遍，念《观音经》一遍。其他各殿分别念上文《李清卷》中所述各种佛、菩萨名号，并念《心经》。）

《十王宝卷》七殿完，拜送冥府七殿君。

［挂］愿以此功德，普及于一切。
献王谢七殿，慈悲哎纳受！

［平］大众把佛号念了数串铃，拜送七殿转幽冥。

（众人及佛头起立，佛头摇铃，一起拜送神君归位。神台前斋主子女跪拜。）

斋主家孝男孝女跪拜佛前，烧金钱，烧银钱，烧小套，化方匾，灼化到七殿阎君案前。

（此时神台北面一人取下神台上七殿方匾及“弥陀箱”、金银锞在火盆内灼化。烧毕，并用净水一匙浇过，意在其他神鬼不能取去此金银。神台南面一人同时灼化黄表纸、金银锞，并加一撮茶米一起烧掉。茶、米为世间之宝，因供献给神。上述二人由斋主邀请，一般为老年人。）

［平］七殿阎君亲作证，有罪改作无罪人。
两旁善人帮念佛，高提龙笔注长生。

（结束。下接唱“八殿”。）

上述唱词在堂大众均须和佛。醮完十殿再依次醮酆都、地藏、东岳、城隍、土地。醮东岳时，因这位菩萨主生死，斋主子女要往神台上放钱，意在为父母“添寿”。这些钱最后都归佛头。待将全部神君请、送之后，仪式结束。佛头唱：

[平] 献过王来进过贡，消罪延寿注长生。
合堂老少同念佛，天官赐神一满门。
《十王宝卷》宣到头，功劳交把主家收。
圆满师菩萨摩诃萨，宝卷圆满注长生。[1]

三、《十王宝卷》中穿插演唱的故事

《十王宝卷》仪式性强，佛头一般均有抄本，按卷本演唱。但在请十殿阎王的过程中，除十殿轮转王外，每一殿都可穿插讲唱一个相关的故事。它们或是该殿阎王的出身故事，或是因罪下到该殿地狱的某个人的故事，这些故事分别是：

一殿——陈有才说法成仙；
二殿——陈交交众生讨命；
三殿——王氏杀狗劝夫；
四殿——王奶奶说谎拔舌根；
五殿——刘全进瓜；
六殿——宋氏女变畜牲；
七殿——梅乐张姐（又称“七殿公文”）；
八殿——李黑心种西瓜；
九殿——卢功茂卖药（又称“九殿卖药”）。

如果将这些故事全部演唱，一夜也唱不完。因此，佛头们多是根据斋主和听众的要求及时间的多少，唱其中几个故事。经常唱的是七殿“梅乐张姐”和九殿“卢功茂卖药”，一般称作“七殿公文”和“九殿卖药”。

[1] 以上《十王卷》据佛头陆爱华先生演唱记录整理。

（一）“七殿公文”的故事是：

梅乐张姐是一位不信佛、不修道的妇女。一天，张姐见一班奶奶急忙赶路，问：“众位奶奶，你们上哪去呀？”“噢，我们去修道。”“呀，‘偷稻’呀！我家稻少啦，可是你们偷的吧？”（以下用方言谐音，对答了许多令人发笑的话）张姐跟这班奶奶到了会上，又胡扰一气，受到众人的批评；后来赌气自家要在二月十九日做“观音会”，为母亲消灾。她母亲为了做会积了些钱。快到二月十九了，母亲让她去请佛头，她又借故推到六月十九，后来又推到九月十九。家堂菩萨报于观音老母，观音变作老太婆带着善才龙女来赶会。张姐两天不给他们吃斋饭，反倒责怪他们吃得太多，使得大家饭不够吃。观音向她要些稻草铺地睡觉，她抱了两捆钉柴，又取来一盆雪，让观音取暖。于是，观音老母带上善才龙女“打唱莲花”走了。观音老母回到天上，报告玉皇。玉皇令阎王把张姐勾去，下在七殿碓磨地狱受苦，罚她再生为“化生”的虫子。[1]

听众要求佛头讲唱这一故事，主要是为了合唱其中的“打唱莲花”。这段“打唱莲花”是以观音老母现身说法，自述其出身故事（即《香山宝卷》中妙善公主出家修道的故事），劝诫人们修行，开头是：

小学生来唱莲花曲，和佛善人和莲花。（和）
金花起来银花落，莲花底下说根情。（和）
若要问我名和姓，不是无名小信人。（和）
高山点灯豪光远，井底栽花根蒂深。（和）
家住中州兴林国，午朝门内是家乡。（和）……

但是，观音出身故事，并不是这段“打唱莲花”的主要内容，其主要篇幅是唱一些民歌小曲，如“花名古人”：

[1] 据佛头陆爱华先生演唱记录本整理。

莲花唱到半中心，唱点花名加古人：（和）
薛仁贵投军到龙门，恩爱夫妻两头分，
征东回来又征西，芙蓉花开迎小春。（和）
孔明用计借东风，百万军中赵子龙，
长坂坡前救后主，杀得遍地石榴红。（和）
姜太公年老钓鱼忙，八十三岁遇文王，
君臣几个回家转，一路带看菊花黄。（和）
前娘晚母闵子骞，身穿芦花风箱钻，
带雪推车父知道，腊梅花开要过年。（和）

唱到最后，群情振奋，节奏加快，双句和佛，歌词妙趣横生：

莲花唱得热闹很，惊动许许多多人。（和）
高个子只嫌檐头矮，矮子搬砖添后跟。（和）
胖子轧得浑身汗，瘦子轧得骨头疼。（和）
瞎子只吵望不见，聋子在吵听不清。（和）
拐子只吵路不平，和尚轧得光秃顶。（和）
癞子听我莲花经，头发出得赛乌云。（和）
读书人听我莲花经，读书不用打手心。（和）
驼子听我唱莲花，直腰直背上东沙。（和）
麻子听我唱莲花，不叫麻子叫攒花。（和）
生意人听我唱莲花，一本万利总到家。（和）
种田人听我唱莲花，今年收点好庄稼。（和）[1]

这些歌词有的是佛头即兴编唱的。当地民众特别爱听、爱唱这一唱段，它来源于明代民间教派宝卷中的“打唱莲花”（或称“打莲花落”）。

[1] 据佛头陆爱华先生演唱记录本。

（二）“九殿卖药”的故事是：

山东蓬莱县天汉洲桥下一人，姓卢名德奎，同缘郑氏。夫妻开药店，生子功茂，是上界药仙童子下凡。功茂娶妻霍氏小姐，是玉皇家九天仙女下凡。功茂父母去世，他继续开店卖药，因不会经营，药店关门，坐吃山空。霍氏在花园中种了菜，让功茂去街上卖，他卖不出；让他经营“耍货”，他烧焦了花生，也卖不出；让他去山上砍柴，他没打来柴，却丢了锹头。霍氏说他：“你时不济来运不通，高山上乘凉又无风；六月里冻坏你的脚，九天里下酱酱生虫！”后来他去山上打柴，护法韦陀在云端经过，要让功茂交好运，让他打到各种药草。霍氏惊叹，夫妻二人重开药店。试药三天，霍氏为众人看病发药。陈员外独子一命呜呼，霍氏用“七世还魂草”“九世追魂丹”将他医好。鬼使报告阎王，阎王到玉皇处告状：“世上没得死来只有生，吵勒我阎王做不成！”玉皇召集众仙人，吕洞宾自请去破卢功茂家药店。

吕洞宾变作书生，宝剑变作千两黄金，来到卢家堂门。他出千两黄金买“顺气汤”“消毒丸”“和气子”“养命丹”“长生草”“万寿方”“归家子”“义成香”八种药。卢功茂不知这些药，让他第二天来。第二天霍氏坐堂，对吕洞宾说：

这药在你自家里……你家父母生气慢慢劝叫“顺气汤”，兄弟相亲叫“消毒丸”，妯娌和睦叫“和气子”，田中五谷叫“养命丹”，生男育女叫“长生草”，茶馆里说和道理叫“万寿方”，送老归山叫“归家子”，当年王氏女不肯重嫁叫“义成香”。

吕洞宾千两黄金买了八句“霉话”，要加“饶头”。他出难题要霍氏作诗，每句分别加进“三分白、一点红、悬空挂、锦包龙”。先要天上的物事。霍氏唱：“东方日出三分白，日落西山一点红，七作星零零落落悬空挂，乌云一裹锦包龙。”吕洞宾要天上飞的“鸟”，霍氏唱：“喜鹊头上三分白，鹦哥嘴上一点红，黄鹰展翅悬空挂，画眉登窝锦包龙。”……霍氏共唱了“天上”“地下”“人”“花”等类几十组物事。作诗作对都难不倒霍氏，吕洞宾又要吃“金花白米饭”，

> 要“二合半米吃七大碗”。霍氏说,“籼米加粟米一拌就是金花白米饭”,“我娘家陪嫁个碗,里面白漆(七),外面蓝漆(七),边子上金漆(七),三七二十一碗。叫他拿秣子拉下来,扳脚趾头算:多十四碗奉送!”吕洞宾难不倒霍氏,最后说:“你晓得我头上几根毛?”霍氏吩付梅香:“替我到厨房里,拿菜刀磨磨快,拿他个‘枣木郎’斩下来,摆在柜台上,等我慢慢数数真,姑奶奶还他几千几百几十根!”
>
> 吕洞宾被吓跑了,上天报告玉皇。玉皇让上、中、下八洞神仙把道功一起化作一条绿腰巾。吕洞宾骗霍氏束在腰中,人就糊涂了,被吕洞宾难倒。于是卢功茂夫妻一道拜吕洞宾为师,修行三年,玉皇封卢功茂为药王菩萨,掌管九殿地狱。[1]

这个故事的主角已不是未来的“九殿阎王”卢功茂,而是他的妻子。它是一个巧女型的故事。这段故事在醮殿时必须讲,如果时间不够,也要唱其中卢功茂、霍氏开店卖药“点药名”一段。它结合众人来看病求药,唱了许多民间流传的药方。如:

> 花椒共胡椒,红糖共生姜,
> 再用两只葱,医好你的肚子痛。
> 马脚鸽子毛郎当,长勒河里又不圆来又不方。
> 人人说它无用处,手心拍拍贴烂膀。

醮九殿时,因为请的是药王菩萨,斋主和在堂众人会找出整把的香点燃,斜插在醮殿神台和讲经台的香炉中,用纸接取香灰,据说可以治病。

四、几个问题的说明

(一)地狱十王信仰形成于唐代,它们本是中国佛教所传十位主管地狱的“阎王”,唐代末期已出现伪经《佛说十王经》(敦煌遗书 B2870),道教也很快接

[1] 本卷故事和下面引文据佛头赵松群先生演唱记录本。

收了十殿阎王的信仰。宋元以后，十殿阎王成为民间信仰的主管地狱之神。明代前期的佛教宝卷中，便有用于荐亡道场的《十王道场》[1]宝卷，明代后期的民间宗教家编了各种《十王宝卷》，如明黄天教的《泰山东岳十王宝卷》、清长生教的《弥勒佛说地藏十王宝卷》等，民间也流传各种《十王经》。主管冥间的神，除了十殿阎王、酆都大帝、东岳大帝及城隍、土地外，还加进了佛教的地藏菩萨，他被尊为“幽冥教主”。这种佛道混杂的神仙结构，实际上也受宋元以来佛教“水陆法会”的影响。水陆法会上挂的水陆图中，包含了佛、道教及民间信仰的200多位神灵，它们被恭请到会，然后再被送走。

近现代江浙吴方言区民间做会宣卷中也流传各种《十王宝卷》，或称《冥王宝卷》《庆（请）王科仪》等，它们大同小异。所请诸神，除十殿阎王外，也大都包括了地藏、酆都、东岳诸神。与靖江做会讲经不同的是，江南宣卷人是在为逝者做荐度法会上唱。这种荐度法会分别在逝后“首七”“三七”“五七”做，特别是追荐年寿高的亡人的仪式，同时演唱各种宝卷，即“闹丧”。由于靖江的做会讲经，历史上同江南的做会宣卷，有渊源关系，因此，靖江做会讲经“醮殿”过程中，所穿插演唱的宝卷，大都在江南宣卷中找到相应的宝卷，如三殿“王氏杀狗劝夫”有《杀狗劝夫宝卷》（又名《贤良宝卷》《劝夫宝卷》）；五殿“刘全进瓜”，有同名宝卷，并有各种不同的异名和改编本，如《李翠莲拾金钗大转皇宫》《唐王游地府李翠莲还魂宝卷》《还阳宝卷》《还魂宝卷》《化金钗宝卷》等；六殿的“宋氏女变畜牲”有《宋氏女宝卷》；八殿“李黑心种西瓜”有《西瓜宝卷》（又名《李黑心种西瓜》《李黑心宝卷》《黑心种西瓜》《欺心宝卷》《爱花伤身宝卷》）等。这种情况也可以说明，这些江南地区的宝卷也是在漫长的追荐亡灵的法会中穿插演唱的。

（二）靖江做会讲经有“只做延生，不做往生”的特殊规定。“延生”“往生”是佛教名词，“往生”指世间有情众生生命终结而往生于西方世界，就是指“死亡”；“延生”即“延命利生”。产生于宋元时期的几种佛教宝卷都用于超度和追荐亡灵的法会。[2]明清民间教派也为民众做此类法事，如流传很广的红阳教，

[1] 见《佛门取经道场 · 科书卷》，载王熙远《桂西民间秘密宗教》，桂林：广西师范大学出版社，1994。参见本书第二编第三章“明代的佛教宝卷 · 三 · 演绎佛教经典、教理的宝卷”。

[2] 参见本书第二编第二章“宝卷的形成及其演唱形态”。

便有多种超度亡灵的经忏、科仪宝卷。[1] 即使当代在与靖江一江之隔的张家港市农村的“做会讲经”，也做追荐亡灵的法会。[2] 靖江做会讲经不为死去的人做会追荐超度，只为活着的人做会延命利生；追荐亡灵的法会都是野和尚和伙居道士们去做。

“醮殿”和另文介绍的“破血湖”这两种仪式，虽然宣讲地狱的恐怖，但它们的实际作用是解除活着的老年人对死后遭受地狱之苦的精神压力，活得愉快、长寿；同时传播孝道，调适家庭关系。按照靖江民俗，子女（包括媳妇、女婿）必须为父母做这样的仪式（“破血湖”仪式要连续做3年），而且在做仪式时必须亲自到场，即使平时父子、婆媳有些矛盾，也不得缺席，否则便会受到社会舆论的谴责。子女、儿媳们跪拜神前，为父母祈祷灭罪、延寿，做父母的即使平时有些不愉快，此时也都化解了。笔者在调查中了解到，40岁左右的农民都认真为父母、公婆做这类祈祷仪式，按他们的话说是“前人做给后人看”。他们都已生儿育女，孩子们也懂事了，也被拖来跪在神前。这也说明了传统文化的强大延续力：农民们不会去读古老的经典，但传统的伦理道德观念，正是这样通过做会讲经活动，一代一代在民间传承。

（三）《李清卷》的故事是一个流传已久的民间传说。最早见于明代西大乘教《泰山东岳十王宝卷》[3] 卷末附录：

> 昔日山东济南府临清县儒学生员李清，于景泰六年八月初三日身死，到阎君望（王）前，亲问：“你在阳间作何善事？”李清答曰：“弟子在阳间，每于释迦牟尼佛四月初八日降生，持斋一日，念佛一万声。”阎君起身：“善哉！善哉！此人大有功德。”阎君问曰：“吾十阎君降生之日，无持斋念佛？”李清答曰：“阳间不知阎君降诞之日。”阎君答曰：“我传与你降生之日，今与你还魂，说与善男子善女子，每逢降生之日持斋念佛，见世乐过去超生。”阎君即差鬼使，送此人还魂阳间。李清忽然甦醒回表，发心从头写出十帝降生之日，传与四方善

[1] 参见宋军《清代弘阳教研究》第六章“弘阳教经卷与信仰”，北京：社会科学文献出版社，2002，页163－168。

[2] 当地做会宣卷也称“做会讲经”，参见本书第三编第五章“江苏张家港市港口镇的‘做会讲经’”。

[3] 存民国辛酉年（十年，1921）北京宏文斋刻本。

男信女，依此日香灯纸烛供养阎君，永不坠地狱，好处生天堂。十帝阎君圣诞：……

清道光初年长生教陈众喜编《众喜宝卷》卷2附载《天医因由》也述李清传说：

苏州吴江县生员李清，年二十岁，多凶恶行势。妻乃张宰相之女。家近一寺，每年四月礼皇忏三日，务要预请李吃斋。是年，官禁不许妇女烧香。僧道集会，李至，近日（?）问故。僧曰："现有官禁，小僧不敢。"李曰："佛诞礼忏，自古至今。若官有话，是我担当。你只管调停开忏，期至我来。"僧即回寺，发帖礼忏。后未几，于景泰六年三月初三，李死归阴，罪受油锅。忽锅内生出一朵莲花，李坐于莲花上。卒告大王，大王细查善簿，并无好事。只有某年四月八护佛教三日，故今佛来显灵，命他还阳。李即还阳，遂隐山修道，今为天医菩萨。[1]

据李清改编的宝卷有《天医宝卷》（全称《慈悲普济天医宝卷》），今存最早刊本是清光绪二年（1876）玛瑙经房刊本。《天医宝卷》较之上述传说，衍生出许多故事：李清本为鬼谷仙师的药仙童子下凡，他的姨表兄赵天化调唆他作恶多端。他下地狱还魂后改恶从善，到云蒙山拜鬼谷仙师修道。赵天化在替李清经办修庙时开虚帐，得银三万七千两，捐了官；为官极贪，人称"赵剥皮"。终被强盗劫去金银，本人被天雷打死。李清之子中状元，亲眷来贺。李清在云蒙山看到人间的儿子中了状元，动了凡心。鬼谷仙师便赠他仙丹灵药，回家为人治病。后来治好太后娘娘的怪病，被封为"天医普济真人"，后世称"天医

[1] 据民国己巳（十八年，1929）尚德斋谢氏重刊《众喜粗言宝卷》卷2，第二册，页24A。

菩萨”。[1]

靖江的《李清卷》与《东岳十王宝卷》《众喜宝卷》所载的传说和《天医宝卷》有渊源关系，但它只保留了其中部分情节。主要是让李清下地狱、游十殿，抄回十殿阎王的圣诞。

（四）醮殿是祭祀冥间诸神、祈求灭罪延寿的仪式，从上述仪式过程和宝卷的介绍来看，其教化和娱乐作用很明显。传播孝道，调适家庭关系是它的主要教化意义和作用。另外，醮殿中演唱的宝卷也大量传授各种民间知识，像上文介绍“九殿卖药”中的“点药名”。《李清卷》用大量篇幅讲唱民间的婚俗：说媒、行茶、催亲、哭嫁、别祖、上轿、押轿送亲、拜堂，写得热热闹闹；穿插其中的媒婆，插科打诨，又使听众不断发笑。很难想象，主要设计为去冥间抄回诸神圣诞的这本宝卷，竟融进了这样的内容。

从这一仪式活动看，它的信仰、教化、娱乐功能是密切结合在一起的。这在“七殿公文”中最明显。它的主题是严肃的：不信佛修道的梅乐张姐，被罚下了七殿碓磨地狱，但现身说法的观音老母，却唱起了幽默夸张的民歌，和佛的听众乐得就像他们唱的“哎咳活菩萨”。它说明了民间信仰活动仪式同宗教仪式的不同：后者为了维护宗教的尊严，不可能加入这样纯粹为了娱乐的内容。

[1] 中国古代有崇祀“医王”“药王”的民间信仰。历代文献所载和各地医（药）王庙崇祀的人选不一。最常见的是“三皇”——伏羲、神农、黄帝，所以有的地方的药王庙径称“三皇庙”，也有历代名医，如扁鹊、孙思邈、韦慈藏、韦善俊、韦古道等。古代又有天医节，据《潜居录》载：“八月朔……古人以此日为天医节，祭黄帝、歧伯。”这本宝卷中为了把李清同医（药）王拉上关系，让他在四月二十八日“升仙”，这个日子正是江南一带俗信的药王生日。（清）顾禄《清嘉录》卷 4 载，这一天在苏州的药王庙要“集众为会，有为首者掌之，醵金演剧，谓之药王会”。

第三章 江苏靖江做会讲经的“破血湖”仪式[1]

一、“破血湖”概述

江苏靖江做会讲经的“破血湖”仪式,是专为老年妇女做的一种消罪仪式。靖江民间信仰：妇女的经血和生孩子时流的血露污染衣物，清洗这些衣物又污染水源，有人用这些污染过的水祭拜神灵，冲犯神灵。这些污秽的水聚集为地狱中的“血湖池”。妇女死后要下血湖池地狱，受血水浸淹之苦，必须饮尽这些污秽的血水，方可超生。因此，为死后免受此苦，生前要做“破血湖”(“血湖会”)。

妇女做破血湖要在月经停止之后，要在三年内分三次做完。做过破血湖的妇女，便不再进入妇女的“暗房”(即产房)，接触被血露污染过的东西。老年妇女要侍候女儿生育，因此破血湖时的年龄，往往要后推到60岁左右。

破血湖由儿女为父母做，如果有女儿，则由女儿、女婿出资为母亲做。一般不单独做血湖会，而是在为父母亲做的其他会（如“观音会”“大圣会”“明路会”等）上附带做破血湖仪式。按照一般做会的程序,破血湖是在午夜之后。吃夜点后，继续做会，换上一班妇女（她们上半夜休息）和佛，先做“醮殿”仪式（祈请十殿阎王及冥间诸神灭罪延寿的仪式)。醮殿结束，接着破血湖。

破血湖时经堂的布置与醮殿基本相同。在醮殿仪式做完后,即重新布置“神台”(一张方桌,设在经堂“菩萨台”右前方靠墙处)。靠墙处换上纸制“血湖宝库”,库前并列放上幽冥教主地藏菩萨的纸马（折成筒状）和水部龙神目连尊者的牌位（也称“星斗牌位”,在破血湖之前,这个牌位插在菩萨台上的“星斗”中)。目连尊者的牌位用红纸书写，并折成令箭状，中间用一木棍支撑，其书写格式有二。[插图64]

在地藏纸马和目连牌位前摆三样供品：面条、苹果、年糕或粽子。另有一

[1] 本调查1997—1998年进行，与侯艳珠同学（现江苏靖江市职业教育中心教师）合作。“报告”也依据此前笔者多次调查积累的资料。

碟茶米（茶叶和米的混合物）放置在神台上右前方，据说它可以安宅免灾，做会结束后，斋主家把茶米撒在房间里、宅基地上。神台前面供一对大腊烛，一个香妒。神台下边放一个面盆，盆内放一双筷子，一把菜刀，用两条新毛巾盖着。在目连忏破血湖地狱时，这只面盆便代表血湖地狱；用菜刀斩断那双筷子，象征打破血湖池地狱的七重栏杆。神台前面放置许多拜垫，供佛头和斋主子女跪拜菩萨用。破血湖过程中，佛头跪在神台前讲经，因此紧靠神台放一张椅子，做临时的“经台”，上放佛尺、铃鱼等。另外，还要准备一根竹竿，上端用剪刀把一条毛巾插在竹筒中，象征地藏王菩萨赠给目连的“锡杖”。

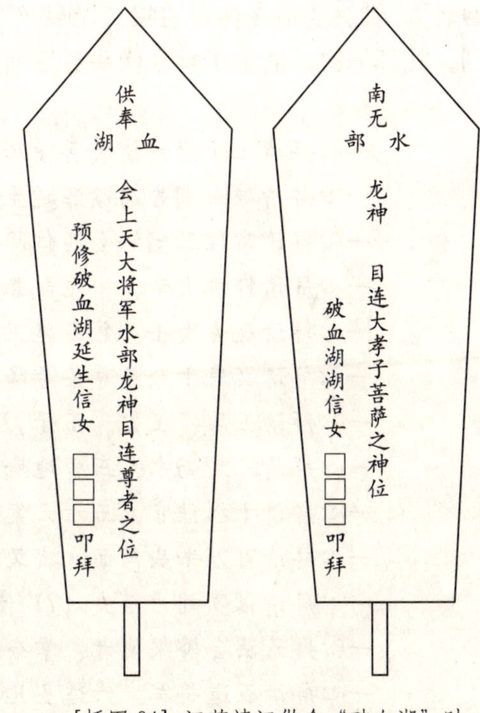

[插图 64] 江苏靖江做会“破血湖”时所供“水部龙神”目连的牌位。

破血湖仪式由两部分构成：先“请佛”，后宣讲《血湖宝卷》（即《目连宝卷》）。整个过程气氛严肃，比较压抑。佛头要求听众不要大声喧哗，不要乱走动。仪式结束，一般也就天亮了。

二、“破血湖”仪式的过程和内容

（一）请佛

笔者在跟踪调查靖江做会讲经过程十余年中，参观过数十次做会讲经，所见讲经的佛头们均不另外着装。[1] 唯一的例外是做破血湖仪式时，佛头要穿上自备的袈裟（十分简陋，有的佛头披一块红布代替），表示此时佛头即“目连

[1] 有的调查报告所附的照片中，佛头戴有印上“佛”字的帽子，披着一领非佛非道的袍子，那是特意做的装扮。

尊者”。佛头要跪在神台前唱，先唱《请佛偈》，同时摇铃伴奏。每请一位菩萨到，礼拜一次。斋主子女在佛头身后面跪拜。《请佛偈》[1] 是：

一心拜请三千诸佛诸大菩萨降临来！
一心拜请破血湖告司赎罪延生信人 ××× 本命星君降临来！
一心拜请常住三宝海会能仁降临来！
一心拜请酆都大帝、中元赦罪地官降临来！
一心拜请观音大士、焦面鬼王降临来！
一心拜请冥府十殿慈尊圣号降临来！
一心拜请王后、王妃、王子、王孙诸王眷属降临来！
一心拜请三元尚书、三曹地府阎罗降临来！
一心拜请十八狱官、三十六案、二十四司降临来！
一心拜请百万牛头马面、夜叉、狱卒降临来！
一心拜请张罗刘卢修失（?）使者、道明和尚降临来！
一心拜请法会桥梁使者、掌奈河神降临来！
一心拜请五道将军、六道圣凡等众降临来！
目连救母早升天，西方礼拜佛四尊。
跟随师父下山来，龙华会上免三灾。
愿恶消灾诸烦恼，延生智慧证明了。
无边罪业尽消除，世世常存菩萨道。
南无道三界菩萨摩诃萨！
南无生天界菩萨摩诃萨！
阴司地狱一奈河，恶人蛇伤犬来拖。
要免地府轮回苦，奉劝大众念弥陀。

唱完《请佛偈》后，佛头要带领斋主子女对神台上的菩萨行“三跪九叩”礼。靖江做会讲经过程中，佛头带领斋主家人跪拜神佛的仪式很多，唯在此处行三跪九叩大礼。行礼毕，斋主子女纷纷掏钱抛在茶米盘上、神台下的面盆内，这

[1] 据佛头陆爱华先生演唱记录。

些钱是“镇坛钱”。

（二）唱《血湖宝卷》

请佛后，佛头接唱《血湖宝卷》，即《目连宝卷》。这是破血湖仪式的主要部分。这部宝卷的故事如下：[1]

唐朝河南洛阳府北门傅家村傅先，同缘刘氏，家有万贯家财，没有儿女。他们烧香拜佛求子，西天佛祖打发如意罗汉来傅家投胎。刘氏生下一子，受小元祖师点拨，取名罗卜。罗卜六岁读书，到十二岁。佛祖打发小元祖师下凡来点化傅员外全家办修行。傅员外因三件大事未成，不肯修行。三件大事是：东庄二百亩土地未曾到手，高楼大厦未曾建起，罗卜还未成人。他先把东庄二百亩地搞到手，又起造高楼。小元祖师说他“有福气起屋，没福气住屋”。他选了“鲁班煞”日上梁，木匠在梁上唱偈子：“一代破，两代破，祝你们全家代代破。”傅员外在底下听不清，以为木匠在唱：“一代富，两代富，祝你们全家代代富。”忙举手作揖，仰头对木匠说：“托福！”正好木匠的斧子掉在他头上，当即被砍死。

罗卜和母亲刘氏在小元祖师点拨下开始吃素念佛。刘氏在家吃素办修行，罗卜到九华山拜地藏菩萨为师，取法名目连。目连的舅舅刘光挥霍完自己的家产，来到傅家。他引诱姐姐刘氏破戒吃荤。刘氏破戒后，每天饮酒吃肉、杀猪剥羊、毁僧灭道。姐弟二人作孽，地藏菩萨都知道，让目连回家劝母亲。刘光被吓跑了，刘氏骗目连说她没有破戒，并在菩萨前发了三个没有害处的誓愿。最后，她对地狱十王发重誓说：“如开斋吃荤，下十九层地狱！”韦陀天尊正好在天上路过，一掌把她送上黄泉路，登时死去。目连葬过母亲，回到九华山。师父告诉他，他母亲在地狱受苦。目连执意要去地狱救母，报答养育之恩。地藏菩萨赠给三件佛宝：明珠、锡杖、《血湖忏悔文》。明珠可照见地狱路，锡杖可以打开地狱门，《忏悔文》可消除母亲罪孽。

目连带上三件法宝来到冥间，到了五殿奈河血湖池边，见血湖

[1] 据佛头赵松群先生演唱本整理。

池宽万丈，七重栏杆围绕。红水滔滔，秽气冲天。鬼使手持狼牙棒，昼夜拷打那些受罪妇女。一班女罪人在血湖地狱中，一边喝血水，一边啼哭。她们向阳间的丈夫、儿子、女儿、女婿诉说为人妻、为人母的艰难，希望他们能请僧唪经做一堂“血湖会”，来超度她们。目连想到母亲也会有血湖沉沦之苦，于是念起师父给的《血湖忏悔文》，将血湖池地狱忏破。目连赶到铁围城地狱，喊了母亲三声，听到母亲回答。他救母心切，忘记师父嘱咐，不是用锡杖轻轻点三点，而是用锡杖在铁围城上用力振三振，结果将铁围城震倒，千万饿鬼都逃出去了。

目连救出母亲，背上就跑，夜叉狱卒来追。赶了一程，来到六殿,目连放下母亲休息。六殿阎君变成王将一张狗皮往刘氏身上一罩，金光一道，刘氏无影无踪。目连又回九华山求师父帮助。师父告诉他，他母亲刘氏已变成一条狗在王孝成员外家看后门。目连找到王孝成员外家后门，只见一只焦黄大犬伏在石头上哭。目连知是母亲，驮起便走。刘氏因得目连仙气，口吐人言。母子来到一块罗卜地边，刘氏说腹中饥饿，目连去化斋饭。刘氏见满田罗卜，便拔了一根吃。目连化斋回来，见母亲又作孽。为消母亲之罪，他将二拇指咬下，插到田中，变成了紫罗卜（如今留下紫罗卜，即目连手指）。[1]目连驮母亲到九华山，拜见师父。地藏能仁告诉目连：刘氏本是他的坐骑。目连要求给母亲封个神职。地藏菩萨封刘氏为“速报谛听司”。刘氏做了速报司，每天到天上乱报：人家做善事，她去报恶；人家做恶事，她去报善。她报的与东厨司命不一样，玉皇很生气。地藏菩萨便将她踏在脚下，不准她抬头。至今百姓家中挂的家主（堂）轴子最底一层，地藏王菩萨脚下那个不像狗、不像狮子的怪物就是目连的母亲刘氏。主人家总是将刘氏压在菩萨台下面，免得她看到什么去乱报。逢年过节还要用桌围围住菩萨台，不让她看到家中的事，免得不太平。平时也不给她供香火，只是做会时在菩萨台下面给她供上一炷香。

[1] 这一情节最早出现在明万历后期无为教徒改编的《目犍连救母出离地狱生天宝卷》。参见本书第五编“宝卷漫录 · 目犍连救母出离地狱生天宝卷”。

佛头在讲唱《血湖宝卷》时，一般都是跪在神台前演唱。[彩图 30] 佛头陆爱华则仍坐在讲经台上唱，唱到目连带上师父赐给三件法宝去地狱寻母时，才到神台前跪下继续唱。他认为前面都是唱述故事，此时是代“目连”祈求菩萨，所以才穿上“袈裟”，跪拜演唱。

（三）忏破血湖池地狱

破血湖的仪式是在讲唱《血湖卷》中进行的。卷中说目连来到血湖池地狱边，看到那些受罪的妇女的惨状，想到自己母亲也要受血湖沉沦之苦，于是念起师父给的《血湖忏悔文》：[1]

有目连到佛前哀求忏悔，摇三钱并四拜合掌当胸。
求佛祖和圣众诸大菩萨，五百尊阿罗汉八大天王，
想亲娘生长我怀胎十月，我情愿替母亲受苦遭殃。
我亲娘身受苦心如刀割，手捶胸足蹬地眼泪纷纷。
要我娘重相见南柯一梦，想亲娘再相会转世为人。
我只说我亲娘好过百岁，谁知道我母亲犯咒身亡。
我如今求世尊如来古佛，请佛祖和圣众菩萨金刚，
清净僧清净道五百罗汉，明性心持斋戒忏母生天。
忏母亲生长我怀胎十月，吃我娘精血液三斗三升。
忏亲娘未满月血污秽布，忏母亲未满月触犯三光。
忏亲娘未满月污裤晒出，忏母亲洗不尽触犯河神。
忏亲娘数九天打开冰冻，忏母亲身受苦去洗衣襟。
忏亲娘自吃苦乳儿甜味，忏母亲为亲儿身睡尿炕。
忏亲娘儿有病闷闷不乐，忏母亲为孩儿费尽千辛。
忏亲娘乳三年劳心费力，忏母亲生长我抚养成人。
忏亲娘在生时养蚕煮茧，忏母亲抽长丝罪孽消除。
忏亲娘将浓汤泼在地下，忏母亲烫诸虫罪孽消除。
忏亲娘杀生灵鸡鹅鸭畜，忏母亲宰猪羊罪孽消除。
忏亲娘在生时打僧骂道，忏母亲无佛法罪孽消除。

[1] 据佛头陆爱华先生演唱记录。

忏亲娘使暗计大斗小秤，忏母亲没良心罪孽消除……

这部忏悔文替母亲忏悔罪孽七十二次，故称“七十二忏”（有的佛头唱“四十九忏”）。佛头唱忏悔文时，和佛众人要站起来和；每和佛一次，斋主的子女随佛头拜一次菩萨（跪拜）。“七十二忏忏完成，血湖池忏了个碎纷纷”。佛头唱完忏悔文，将神台下面盆上的毛巾掀掉，取出菜刀、筷子，必须用力一刀将筷子剁断，表示“忏”断血湖边的七重栏杆；同时将象征血湖池的面盆掀翻，表示忏破了血湖池地狱。血湖池地狱已破，许多猫犬纷纷到池中寻主母，代主母吃血水。目连心中感动，也要代母亲吃“血水”。佛头接着唱道：

（念）今朝诚心斋主 ××× 家孝男孝女跪佛前，
[平] 也且吃吃血湖水，也算报报养育恩。
孝男孝女吃得血湖水，母亲罪孽尽消尽！

唱到此时便停下来，斋主子女都站起来为母亲喝血水。[彩图 31] 这“血水”由佛头准备，过去是用苏木泡水。苏木即中药材苏枋，心材浸水成红色，可做染料，又能行血祛瘀。现在都是用红糖泡水。子女喝血水由佛头按长幼顺序安排。喝血水者先拜一次神台上的菩萨，掏钱放在茶米盘上，然后才喝；每人喝三碗，每次都要拜菩萨、掏钱。掏的钱要一次比一次多，表示是“买”血水。子女们喝完后，剩下的血水由佛头分三次喝完，每喝一碗，跪拜菩萨，同时斋主家要给佛头赏钱。[彩图 32] 在破血湖的过程中，斋主家的子女一般都很大方。他们认为是出钱替母亲消灾灭罪；同时，佛头在子女喝血水时，也唱些祝福吉利的话，唱得他们眉开眼笑，乐意多掏一点钱。因此，神台上茶米盘子上“喜钱”往往堆得很高，仪式结束后，这些钱均由佛头收下。

喝完血水后，佛头继续跪下讲经。讲到目连用锡杖震开铁围城地狱时，佛头左手持锡杖在地面上敲三下，右手拿佛尺往椅子上用力敲三次。

讲完《血湖宝卷》，破血湖仪式结束，一般（包括开始请佛、中间喝血水）时间在两个小时左右。做一般会时，破血湖仪式做完已是第二天早晨。吃过早饭，“结卷”“上茶”“解结”“念表”“送佛”后，做会就结束了。神台上的血湖库、菩萨牌位和经堂中的其他纸制品、香烛等，一齐都拿到户外烧化。[1]

三、靖江破血湖的来源和教化作用

（一）血湖信仰和靖江“破血湖”的来源

认为女人的经血和产妇生育时的血露不洁，是一种古老的信仰，因此并形成各种禁忌和回避民俗。在世界各民族的原始民俗中，大都存在此类观念和禁忌。中国古代有关这种信仰的原始记录少见，但宋元以后，这种信仰已被纳入宗教信仰系统。不论道教、佛教及明代后期的民间教派，都在冥间的十殿地狱中辟出一处血湖池地狱（或称“血盆地狱”），并衍生出解脱这一地狱之灾的宗教仪式，但各种宗教对此的解释和仪式不同。

道教的《元始天尊济度血湖真经》（又名《灵宝升玄济度血湖真经》）[2] 中，假托元始天尊为众仙说法，称北阴大海底“积血成湖”，名曰“血湖”，内又分四子狱：血池、血盆、血山、血海。众生积诸罪业，不分男女，特别是“产死血尸女人”（生育难产而亡的妇女），死后入血湖地狱，备受苦难，不得出离。因此，超度难产而亡的妇女，必举行血湖醮事道场。道士念咒作法，破开血湖地狱，超度死者亡魂，这种仪式称“血湖道场”。宋元人编《灵宝领教济度金书》卷 2 有“血湖道场节目”。[3]

佛教引入血湖信仰的时间不详。讲述目连故事的《佛说盂兰盆经》，唐宋时期的目连救母故事说唱文学作品和戏剧，元明之际刊《佛说目连救母经》《慈悲道场目连报本忏法》等，均无目连于血湖地狱救母事；郑振铎旧藏元末明初抄本《目连救母出离地狱生天宝卷》下册，佛祖告诉目连：“若你母脱离狗体，拣七月十五日中元节令日，修设血盆盂兰胜会；启建道场，汝母才得脱狗超升。”但卷中后文一再说的是“盂兰大道场”，再没提到“血盆”。流传颇广的伪经《佛说大藏正教血盆经》中所述“血盆地狱”与靖江的破血湖信仰相似：

---

[1] 在调查中，有的佛头介绍“破血湖”仪式时要做一只“莲船”，意为妇女逝后可以坐此莲船渡过血湖地狱。按，苏州地区“醮血湖”仪式即如此。见附录“苏州地区民间的‘缴血湖’简介”。

[2] 此经收入明万历刊《道藏》“洞真部 · 本文类”，估计为明代著作。

[3] 此经收入明万历刊《道藏》“洞玄部 · 威仪类”，题（宋）宁全真授，（元）林灵真编。

尔时目连尊者，昔日往到羽州追阳县，见一血盆池地狱，阔八万四千由旬，池中有一百二十件事件，铁梁铁柱铁枷铁索。见南阎浮提女人许多，披头散发长枷纽手，在地狱中受罪。狱卒鬼王一日三度将血勒教罪人吃。此时罪人不肯伏吃，遂被狱主将铁棒打作叫声。目连悲哀，问狱主：“不见南浮提丈夫之人受此苦报，只见许多女人受此苦痛。”狱主答师言：“不干丈夫之事，只是女人产下血露，污浊地神。若秽污衣裳，将去溪边洗濯，水流污漫，误诸善男女取水煎茶供养诸圣，致令不净。天大将军劄下名字，附在善恶薄中，候百年命终之后，受此苦报。”目连悲哀，遂问狱主：“将何报答产生阿娘之恩，出离血盆地狱？”狱主答师言：“唯有孝心孝顺男女，敬重三宝，便为阿娘持血盆斋三年，仍结血盆胜会，请僧转诵此经一藏，满日忏散，便有般若船载过奈河江岸，看见血盆池中有五色莲花出现，罪人欢喜，心生惭愧，便得超生佛地。”诸大菩萨及目连尊者，启告奉劝南阎浮提信善男女，早觉修取，大办前程，莫教失手，万劫难复。佛说女人血盆经，若有信心书写受持，令得三世母亲尽受生天，受诸快乐，衣食自然，长命富贵。尔时天龙八部人非人等，皆大欢喜。信受奉行，作礼而去。[1]

据现存资料看，明代嘉靖万历间，民间演出的目连救母戏中已有血湖信仰的内容。明郑之珍《目连救母劝善戏文》（自序于万历十年，1582）是据民间演出的目连救母戏整理改编的，分三卷。卷下述目连赶往各大地狱寻母、救母，其第十一出《三殿寻母》，写目连母亲刘氏在三殿铁床、血湖地狱向狱官唱了妇女的“三大苦”（生育、养育、死亡），感动狱官，免她在本狱受苦。待目连赶到三殿，刘氏又到四殿地狱去了。这只是一个过渡情节。

大致在同时代无为教徒编写的《佛说二十四孝贤良宝卷》[2]中，目连救母的故事被列为“第三孝”。其中对目连孝行的叙述主要是到血湖池边寻母不见，

[1] 此据靖江县农村中见到的民间刊本。此经产生时间不详。《元典章》卷32：“至元十八年三月，中书省咨，刑部呈：奉省判，御史台呈，刑台咨：都昌县贼首杜万一等指白莲会为名作乱。照得江南见有白莲会等名目《五公符》《推背图》《血盆》及应合断天文图画一切左道乱正之术，拟合钦依禁断，仰与秘书监一同拟议连呈事。……”则在宋元时期民间佛教信徒中已流传《血盆》为名的经卷。

[2] 本卷周绍良先生收藏。参见本书第五编“宝卷漫录·佛说二十四孝贤良宝卷”。

而看到许多妇人在那里受苦。接下来用［挂金锁］调唱“十重恩”，现举其散文部分：

［说］二十四孝中有一个目连尊者，为僧大孝。地狱寻母生辰，寻到血湖池边，不见亲娘，只见无数罪人吃那血水。目连上前问曰：“此狱受罪之人造甚么业，受这苦？”狱主曰：“此是女人在阳世间时生男养女，酬绷洗褙，枉使浆水，受这样苦。”目连听说，心中烦恼，思母怀胎十月，乳哺三年，那干就湿，咽苦吐甜，洗衣不净，臭味不嫌，受尽千般之苦，不同容易！而生养的我何用？……

明万历年间无为教徒编写的《目犍连尊者救母出离地狱生天宝卷》“血湖地狱分第五十五”对血湖地狱的描写，与此相同，但增加了血湖池地狱中受苦妇女的哭诉。明万历年间弘阳教据民间的血湖信仰编了一部《混元弘阳血湖宝忏》，是一部用于信众忏悔修道的忏法书，托言弘阳教教祖飘高祖（韩太湖）亲传。它分为两部分：前面是告诫妇女忏悔各种罪孽，免入各大地狱之苦，后面是忏悔血湖之罪。卷中通过飘高祖师回答宗泰禅师等人的问话，说明女人下血湖地狱的原因：[1]

世间一切女人，幸生中国，忝居女流，阴阳三元合会，生男养女，秽污不净，血水喷升，恶味盘结。或洗褙摆净，污染清水，搅扰混浊；或沱流下处，或坑水成冰，时有善人请水供佛，血气冒渎圣真。今被四直功曹察下名字，附在善恶簿中，到临命终时，决堕于血湖地狱受报。

接着祖师回答血湖地狱之苦：

血湖地（狱）最为大矣！四面百里为圆，铁城万丈，毒龙围绕，内有一池名曰血湖。何为血湖？亦为妇人生男养女洗褙摆布，阳间所

[1] 以下本卷引文，据清代初年刊本。

> 秽污不净之水，到于阴司，集聚于此处，故名曰血湖地狱。此湖内之水，浪如播波，搅扰秽污，有五色之相。但是阳间犯戒女人，尽送此处受报。个个手执瓷碗，食饮血水。饮者便可，若有不饮者，傍有大力鬼王，手拿狼牙大棒，苦拷无情。血水饮尽，方得出期。此乃女人血湖地狱之苦也。

最后讲免受血湖之苦的办法：

> 世间若有女人欲免血湖之苦，命请弘阳道众启立“血湖圣会”。或一日、二日、三七日，并一夜，请行法事，讽诵弘阳诸品赦罪真经，拜礼《血湖宝忏》，申文发奏于佛祖圣前，赦释千愆。凡间一切妇女，皆免堕血湖之苦，归依十方大慈悲佛。

据上述介绍，靖江的破血湖（“血湖会”），同道教的“血湖道场”、佛教“放焰口”和“血盆斋”不同，它是为在世的人预修的消罪仪式。从这个角度看，它同明代弘阳教的“血湖圣会”相同；其血湖信仰的表述，也同弘阳教《血湖宝忏》的解释相似。但它们也有不同之处：弘阳教的血湖圣会同目连救母故事无关，而靖江的血湖会不仅供奉的主神是“水部龙神目连尊者”，破血湖仪式也以演唱目连救母故事的《血湖卷》为载体，它们已密不可分。

上文已介绍，目连救母故事中搀入血湖信仰，最早出现在民间演出的目连救母戏中；明代万历年间无为教徒新编的《佛说二十四孝贤良宝卷》中目连的孝行故事，则以在血湖池地狱边寻母为其主要内容；再加上弘阳教倡导的血湖圣会，这可能就是靖江做会讲经血湖会和破血湖的来源。

顺便谈一下靖江《血湖卷》中目连救母故事的特征。从基本故事情节来说，《血湖卷》中的目连故事同各地目连戏、目连宝卷等大致相同。目连母亲刘氏变作狗到“王孝成员外”家去看后门，显然是唐代《目连变文》和[illegible]明初抄本《目连救母出离地狱生天宝卷》中所述“王舍城”的传讹。但这本《[illegible]湖卷》中对目连父母的处理，却十分特殊。目连的母亲刘氏被处理作恶习难改的[illegible]。由于目连的请求，她被封为“速报谛听司”，却乱报人间善恶，而受到神、[illegible]的贬斥。卷中地藏菩萨说，刘氏本来就是他的坐骑。在神魔小说《西游记》中，地藏菩萨的坐骑“谛听”，是一位神通广大的怪兽。它伏在地下，霎时即可明察四大部洲、洞天福地之间一切有情众生的善恶、贤愚。连玉皇大帝、观世音都分辨不出的假猴王，谛听趴在地上一听，也察觉出来。何以它到人间走了一次，就成了目连的母亲，且变得乖戾如此，卷中没有交代。卷中把目连的父亲傅先处理作贪恋人间财富（土地、房屋）和亲情而不得善终（遭横死）的人。而这个人物，从唐代的《目连变文》起，到现代各地民间演出的目连戏和目连宝卷中，大都是慈悲布施的善人。

笔者怀疑这样与众不同的改编，是出自明代民间宗教家之手。现在卷中仍不时出现的那位来路不明的“小元祖师”，亦可能是属于某个民间教派的“遗留物”。[1]

（二）破血湖的教化作用

靖江的佛头们都十分强调他们做会讲经是“劝善”，而破血湖的劝善教化作用是最明显的。

血湖信仰在平民社会中普遍存在。妇女们生儿育女对家庭和社会尽了责任，但在彼岸世界的归宿中，却要因此而下血湖地狱，受污秽的血水浸淹之苦，这是不公平的，是困扰妇女（特别是老年妇女）们的一大问题。在破血湖仪式中演唱的《血湖宝卷》中，对此有动人的倾诉。上文提到，在明无为教《目犍连尊者救母出离地狱生天宝卷》中已经出现血湖池地狱中受苦的妇女的哭诉。本卷中这种哭诉有大量的发挥。那些在血湖池地狱中受苦的妇女，向在阳世的丈夫、儿子、女儿、女婿等人分别“哭叫”，希望能做一堂“血湖会”来解救她们。这一段段的哭叫，是演唱这本宝卷中最精彩动人的地方，它几乎占了这部宝卷1/5的篇幅。佛头们讲唱到此处，无不尽量发挥一番。下面摘录部分唱词：[2]

哭泪叫声亲丈夫唉！
我来阳日三间长到二八正青春，
花花轿子嫁进你家门，姻缘结得海能深。

---

[1] 在靖江宝卷《三茅卷》中也有一位随时出现的“元阳真人”（见本书第三编第一章“江苏靖江的做会讲经·讲经宝卷的特点”），与这位“小元祖师”是同类人物。

[2] 据佛头赵松群先生演唱记录本。

生到男来育到女，传接丈夫家后代根。
恩夫唉！我来阳日三间起拉多少早五更，坐拉多少夜黄昏，
男女身上忙勒齐齐整，一天三顿忙现成。
丈夫进门手一伸，饭菜端到你面前，
万贯家财你执掌，争论没得半毫分。
恩夫唉！你来阳日三间合家老少越过越欢乐，
我苦命血湖边里越想越伤心！
恩夫唉！你果肯看看夫妻情份帮我请个把僧人嗲嗲《血盆经》，
表表夫妻结发情！

以上是哭叫丈夫，下文是哭叫女儿、女婿：

哭泪叫声女儿心肝小姐唉！
我来阳日三间养到你当块金，包包撮撮慢慢抚养长成人。
拿你忙到六岁春，将你送进学堂门。
日里学堂把书读，夜里教你绣花名。
天天教到二三更，我怨恨心总没得半毫分。
心肝小姐唉！
当初生到你们几个女千金，公婆将我不当人。
冷言冷语煎谴我，说绝得他家后代根。
产户里间你家父亲不问帐，烧粥煮饭我当身。
洗尿洗布总是我，不伤良来也伤心。
心肝小姐唉！
将你忙到十五六岁春，
亲戚朋友做媒人，花花堂堂嫁出门。
为勒胭脂花粉红头绳，你登我门口叽三咕四不绝声。
我暗头暗脑塞把你，瞒拉你家生身老父亲……
哭泪叫声心肝贤婿唉！
阳日三间你和我家小姐订勒婚，三头两天上我门。
好东好西烧把你吃，比对我家亲生男女胜三分。

女儿贤婿唉！
你们结婚只有年把春，喜蛋篮子上我门。
为勒你家香烟后，为勒我家小外孙，
我忙上两天两夜整，桩桩色色送上门。
女儿女婿唉！
我来你家一月整，洗尿摆屎我当心。
里里外外总是我，陪我家小姐坐暗房。
女儿女婿唉！你们如有这宗孝心，
帮我请格几个僧道拜他一部《血湖忏》，救救你家生身老母亲！

哭叫儿子的篇幅最长，从怀孕在身说起：

哭泪叫声心肝孩儿唉！
阳日三间我将你怀孕带在身，面黄鬼瘦不像人。
公公婆婆面前不敢说，丈夫面前不敢哼。
一天三顿总吃不下，半饥半饱过光阴。
心肝唉！姑娘小叔嘴又凶，挤我田里去做工。
伸伸缩缩又做不动，忍气吞声做轻工。
心肝唉！将你怀孕带在身，
日里看看是个人，夜里是个碎尿盆。
翻到外床困不着，滚到里床浑身疼。
心肝唉！怀孕带到到九月零，你压娘肚皮抓娘心。
你来腹中找门路，为母痛到死去又还魂！

下面诉说生育的痛苦，又用四季时序分别叙述抚育婴儿的艰难：

心肝唉！春季里来春风动，心肝是个嫩毛孔。
外面起格东南风，恐怕东南风吹坏心肝嫩毛孔。
又没得钱请郎中，抱被裹勒你紧通通。
心肝唉！夏季里来暖洋洋，我抱心肝去乘凉。

蚊子嘴又尖，叮勒浑身痒。
恐怕蚊子叮勒我心肝格血，扇子扇勒你印心凉。
心肝唉！秋季里雁门开，我来田里拔棉秸。
心肝来摇篮里哭得要吃奶，我对家一头跑来一头就解怀。
跑到家里伏得摇篮口上喂拉你三两口乳，
还要到田里将一天活计做起来。
孩儿唉！冬季里来冬雪冷，打开冰冻洗尿布。
十指尖尖都冻破，总得没法含勒嘴里护。
只说生到男女有好去，果晓得地府要坐血湖！

下面从儿子周岁、3岁，说到6岁进学，直到长大成人，娶媳成家，为母亲的操了多少心。但媳妇到家之后，儿子则“妻子房中暖如火，爷娘房中冷冰冰”。

上述的哭叫是用［悲调］（一种近似痛哭的声腔）演唱的。笔者多次亲自观看佛头做破血湖仪式，每演唱至此，经堂内许多人在悄悄地用手帕揩眼泪，一些老年妇女更是欷歔不已。年轻人不像老年人那样激动，但也都静悄悄的，特别是斋主的子女，均认真跪在神台前，不再乱动或做其他动作。

佛头陆爱华介绍他做破血湖仪式的一次经历：斋主夫妻均系退休工人，有两个儿子，都已结婚成家。儿子、媳妇不仅不敬父母、公婆，兄弟、妯娌间也不和睦。老夫妻没办法，便自己出钱做会，并把儿子的舅舅请了来（当地有“舅舅为大”的风俗），做会时儿子、媳妇虽不情愿，但也都到会来了。做会开始后，儿子、媳妇显然是在应付。破血湖开始后，他们坐不住了。二人争相向佛头敬烟，媳妇也跪到神台前。唱到哭叫和忏悔文时，两个儿子都哭了。喝血水时，两个儿媳也争着为婆婆喝。做会结束后，两个儿子、媳妇争着请佛头去吃饭。后来家庭关系也得到改善。

这一仪式能够产生这么大的社会作用，其原因，一是信仰的力量。据笔者考察，斋主的儿女辈（儿子、媳妇、女儿、女婿）为母亲（婆母、岳母）做会破血湖，都是极其认真的。斋主的孙辈，一般都是20岁左右的年轻人，问他们信不信这类法事？他们往往不正面回答这一问题，而是说：为了使老人高兴和身体健康，他们愿意这样做。

二是传统的力量。孝敬父母作为道德的规范，几千年来传承不断。在破血湖仪式中，血湖池中受苦妇女的哭叫，求到儿子、女儿，乃至于女婿，却没有儿媳。这反映出农村中婆媳关系一般难以和谐的状况。但是，在这种场合，儿媳们照样认真参与，因为任何已生儿育女的妇女都要面临血湖池地狱的困境，儿媳为婆婆做，实际上也是为自己的儿女示范。笔者曾参加过一个会，斋主60 多岁，她的儿媳（40 多岁）带着尚未过门的孙媳（22 岁）一起跪在神台前，为婆婆、太婆婆忏悔、喝血水。实际上，婆媳之间平时有些矛盾，往往通过拜寿、醮殿、破血湖仪式而得到缓解。这些仪式按当地民间传统的要求，儿媳不能以各种理由回避，必须参加。

其三，它贴近民众的生活。血湖池中受难妇女哭叫的话语，表述的都是家常话、家常事。它们是到会的听众人人都从不同的角度体验过的事，因此可以激动每一个听众的心灵，接受贯穿其中的孝敬母亲这一传统道德主题。笔者在一次会上看到一位年近 70 岁的老者(男性),在听这段哭叫时,也在无声的流泪。当佛头停下来让子女们喝血水时，这位老者同身旁人说：“要告诉孩子，让他们知道孝敬母亲！”

附录：苏州地区民间的“缴血湖”简介

1995 和 1998 年，笔者几次到苏州开发区胜浦镇拜访著名宣卷先生金文胤，除了调查该地区做会宣卷的情况外，金先生也谈到该地区的“缴血湖”仪式。此后，金先生在通信中又回答了笔者提出的若干问题。[1] 本拟写成一篇调查报告，因感到搜集的材料不足，一直没有动笔。现在已经没有再去调查的可能，现将已经了解到的情况简介如下。

“缴血湖”是当地（苏州东乡）妇女们举行的大型民间法会，在上世纪二三十年代农村中还比较普遍。民间信仰：妇女年轻时月经和生孩子时造成的血衣、血裤、血布等，污染水源，触犯神灵，死后要到“血湖池地狱”受血污浸淹之苦，因在生前做“缴血湖”法会。这种信仰内容，与江苏靖江的“破血湖”相似，但举行的仪式有较大差别。

缴血湖以村落为单位举行。大的村子独立办，小的村子联合办，或依附大村子合办。参加缴血湖的都是老年妇女，由富有和有威望的老年妇女出面做“会首”，热心的“佛婆”（吃斋念佛的中老年妇女，她们都乐于行善助人，现在苏州农村做会宣卷时仍有佛婆参加）分头联络、操办。一次缴血湖参加的妇女可达百人以上。做会（大会）的费用，由参加者分摊。妇女们在会期内，仍请宣卷先生在自己家中做会宣卷，费用自理。

缴血湖的会场设在庙宇前的广场上，面积须四五亩地。会期前，约请纸扎匠（竹扎和纸艺匠人），讲明价格，扎制缴血湖用的血湖塔、血湖船、白莲船、宝库等物，并约请主持法会的“和尚”，备办法会需要的香烛、供品等各种物品；各家也分别约请宣卷先生。

---

[1] 金文胤先生（1926—？）是一位多才多艺的民间艺术家。1995年我去拜访金先生时，他的“金阿大班子”的搭档台柱周瑞英女士已经病逝，他也因年高体弱，不再演出，但仍在创作编写宝卷。他出示新编《岳阳楼宝卷》（已收入拙著《中国宝卷总目》），是根据看到的一篇岳阳楼传说改编，意在移植《洛阳桥宝卷》中“造桥”的特殊唱腔；另外在编写一本关于教育独生子女问题的宝卷。1998年我去拜访他时，因为拆迁房，他搬到乡下女儿家居住。他介绍，有人请他主持一次大型的“猛将会”，正在根据回忆编写《猛将宝卷》。我需步行20里路到胜浦镇搭汽车赶回苏州，吃过中饭便匆匆告别，未及详谈。1999年底，他来信说已经搬进新居，住房宽畅，邀我前往，可以住在他家，好好“笔谈”（金先生耳背，交谈困难）。我因杂务缠身，一直无法再前往。听朋友说，金先生已经过世，因写成此文作纪念。

血湖塔、血湖船、白莲船的形制很大。请来的纸扎匠在村里的大厅房中扎制。血湖塔高约 7 公尺多，8 层，[1] 用毛竹做骨架，细竹和竹蔑扎制成形，外面糊上各种色纸。先分三段扎制，举行烧化仪式时搬到会场上，再用竹竿扎结起来。血湖船、白莲船约长 5 公尺。也是在大厅房中分段扎制，举行烧化仪式时拼接。参加缴血湖的妇女每人也要自费扎制一个白莲船，长约 2 公尺。它们在缴血湖仪式中的意义是：缴血湖的妇女逝世后乘血湖船渡过“血湖池地狱”，观音菩萨引渡缴血湖妇女乘白莲船到西方极乐世界。宝库（仓库）也用竹子扎制，形同一间房子，内装缴血湖妇女亲手折制的“金银锭”（金银箔制），向地狱的阎王们进献。

缴血湖的时间不定，一般在春季和秋季，会期三天。三天法事的名称、程序和念的经忏，由于当年金先生没有参与过，难以具体介绍，谈到的情况有：

一般请多位“和尚”主持法会。法会开始时，由少年学生们念《血湖经》，偈云：“佛说大藏正教血盆经，本是大孝目连僧。血湖池里超身起，五色莲花救女身。”要念若干遍，每念一遍，用朱笔点一红点。

举行“烧血湖船”仪式时，妇女各家自制的血湖船由女儿、儿媳等（均为妇女）在四角用红纱绳牵引到会场，按照仪式的要求绕行，称“拽血湖”。各家请的做会宣卷先生也配合斋主家“行香”。

举行烧“宝库”“血湖塔”“白莲船”的仪式时，和尚们要念各种经、忏，写疏表，并带领缴血湖妇女按“仪”进行祭拜。其中烧“白莲船”在最后一天。各种仪式的名称和念的经、忏等，金先生都记不清了。

缴血湖法会的“大会”在白天进行，晚上各家“私会”，请宣卷先生按仪宣卷。所唱都是有关孝义的宝卷，如《大香山》（即妙庄王三公主妙善修行成道的《香山宝卷》）和《目连宝卷》、《劈山救母》（又名《沉香宝卷》）、《受生宝卷》（又名《洛阳桥宝卷》）、《哭塔》（即《白蛇传》后本《徐状元哭（祭）塔》）、《西瓜宝卷》（又名《李黑心》）等，同时要举行“结缘”“解结”等仪式。

20 世纪 30 年代后，已经很少看到这样大规模的缴血湖仪式。现在斋主请宣卷先生为老年妇女“祝寿”时，可以补做“缴血湖”仪式，血湖塔、白莲船、宝库等都做得很小，唯自己乘坐的血湖船，仍要 2 公尺长。有的地方仍请和尚

---

[1] 按，这不符合佛塔的制度，佛塔的层级一般是单数。曾去信问金先生，他也记不清楚了。

做缴血湖法事，但只请一个和尚，写一张“疏文”，念几卷《血湖经》。

以上据金文胤先生口述和笔录的材料整理而成，下面笔者结合文献和田野调查作几点说明：

(1)佛教僧团在做“施放焰口”追荐亡魂(“阴焰口”,也为活人消灾延寿放“阳焰口”）佛事时，虽有追荐血湖亡魂的内容，但没有这样大型“缴血湖”法事。这种缴血湖法会,虽请“和尚”主持（据笔者调查,也请道士),不是佛教的法会，而是一种民间信仰活动。

(2) 拙著《中国宝卷总目》[1] 著录有民间宣卷人的手抄本《莲船宝卷》《莲船偈文》《莲船偈文宝卷》《大莲船宝卷》《白莲船宝卷》等多种；在笔者所见抄本小卷集中也收有此类偈子，如署为“已丑、丁卯抄，汤贵山”的《劝善良言》中，收《造莲船》《莲船》偈。这说明宣卷先生也主持此类民间法会。上述宝卷就是在这种法会上演唱的。

(3) 烧血湖塔、血湖船、白莲船、宝库等物的仪式，尽管在广场上，也必须分别进行，其中烧“白莲船”仪式，可能在最后一天，由观音菩萨带缴血湖妇女上西方极乐世界。它们的形制都很大，竹子燃烧时也会“爆炸”（“爆竹”之名及由此而来）。尤其是血湖船，数目相当多（一次缴血湖，按参加人数，可达百余只），即使是次第点燃，那熊熊烈火合着爆炸声，场面也很壮观。旧时农村民居多为草房，秋季正是农作物收获季节，如果不加控制，很容易引起火灾。操办“醮血湖”仪式的执事者，如何处理这个问题？应作进一步调查。

---

[1] 修订本，北京：北京燕山出版社，2000。

第四章 江苏苏州的民间宣卷和宝卷
——兼谈民间宝卷的发掘、整理和出版

一、苏州宣卷的历史发展

苏州地区什么时间出现宣卷和宝卷？文献无载。当代学者所做的田野调查，最早是苏州籍著名学者顾颉刚先生 1934 年写的《苏州近代的乐歌》，文中指出苏州“宣卷是宣扬佛法的歌曲，里边的故事总是劝人积德修寿”，宣卷的听众主要是妇女，请到家中来唱，“做寿时更是少不了的”；滩簧盛行之后，宣卷人“改革旧章”，曹少堂始倡为“文明宣卷”。[1]90 年代桑毓喜的《苏州宣卷考略》，[2]主要介绍近现代苏州市区宣卷的发展状况，作者虽然接受 70 年前郑振铎先生在《中国俗文学史》中提出的宝卷是“变文的嫡派子孙”的推论，但对千余年间，宝卷在江南地区（特别是苏州地区）是怎么发展的？研究者都没有提出可经得起验证的资料。

笔者在探讨中国宝卷的形成时指出：可以考见的早期佛教宝卷产生于南宋时期，宝卷产生的宗教文化背景是弘扬西方净土的弥陀信仰的普及和禅、净信仰的结合。对民间净土信仰普及产生极大影响的是南宋绍兴初年的佛教人士茅子元，他在平江（苏州地区旧称）淀山湖（在今上海市青浦县与苏州昆山县交界处）建“白莲禅堂”，“劝人皈依三宝，受持五戒”，“念阿弥陀佛五声，以证五戒”。孝宗赵昚乾道二年（1166）奉诏于德寿殿演说净土法门，赐号“白莲导师、慈照宗主”。宋元时期民间佛教净土信徒宗教活动的特点是“持斋念佛”“夜聚明散”，这与后世民间做会宣卷活动相似，其中是否演唱宝卷？文献失载。但在这一时期，江南一带是流传佛教宝卷的。[3]

据明徐宪忠《吴兴掌故集》卷 12“风土类”记载，在与苏州相连的浙江

[1] 见《歌谣周刊》，第3卷第1期，1934年4月3日。

[2]《艺术百家》，1992年第3期。

[3] 参见本书第一编第一章“宝卷的渊源”、第二章“宝卷的形成及其演唱形态”。

湖州地区农村中，嘉靖初年便盛行宣卷，演唱者是僧人。现在可以看到苏州地区古代宝卷和宣卷活动的资料，最早的是明万历二年（1574）初刊、题“古吴净业弟子金文编”的佛教宝卷《念佛三昧径路修行西资宝卷》，是宣扬佛教净土信仰的一部宝卷。明末陆人龙编话本小说《型世言》第10回“烈妇忍死殉夫，贤媪割爱成女”，描述了明万历十八年（1590）苏州昆山县香客去杭州上天竺还香愿“香船”上的宣卷活动。[1] 这种进香船上演唱宝卷的活动形式，一直延续到当代。清末民初沈云《盛湖竹枝词》注解中说：“织佣蚕时休业，二人为偶，手持小木鱼，一宣佛号，一唱《王祥卧冰》《珍珠塔》等，名‘念佛出’，妇女多乐听之。”[2] 所述是“木鱼宣卷”，《王祥卧冰》《珍珠塔》宝卷当代宣卷艺人仍在演唱。

据当代调查，苏州宣卷以苏州市区的宣卷为代表，但根基在农村。苏州农村和各县的优秀宣卷艺人，不断涌进苏州市区，又以苏州为跳板，进入上海。李家瑞先生20世纪30年代写的《宣卷》文中介绍，旧时北京的“清音小班”，每年也例请苏州宣卷前往演唱，[3] 这种情况与近代宣卷艺人进入上海的情况相似。

苏州宣卷北部主要流传在常熟和从常熟划分出去的张家港市南部地区。苏州西部的宣卷扩展到无锡和常州地区，并出现地区题材的宝卷，比如反映清嘉庆十九年（1814）无锡西北乡乡民与城中绅士为开坝放水抗旱抗争事件的《显应桥宝卷》（据无锡“说因果”移植改编），在道光年间已经在各地广泛流传；根据常州地方传说改编的《白龙宝卷》，则主要在相关地区流传（最早有清道光年间的抄本）。苏州东部的宝卷，扩展到今属昆山和上海市的青浦、嘉定。南部以吴江同里宣卷为中心，扩展到浙江嘉兴、湖州地区和今属上海市的部分地区。

在苏州市区，光绪末年出现了宣卷艺人的行业组织“宣扬公所”（“宣扬社”）。公所规定行业祖师为“斗姆菩萨”。宣卷艺人改革原来“木鱼宣卷”，增加二胡、笛子、琵琶的等丝竹乐器，而称“丝弦宣卷”；为了表示与过去“老法宣卷”的不同，而标榜为“文明宣卷”（或“新法宣卷”）。到20世纪20年代，

---

[1] 以上参见本书第二编第三章“明代的佛教宝卷”。

[2] 今存民国六年（1917）线装排印本，引文据李家瑞《宣卷》转引，载《李家瑞先生通俗文学论文集》，台北：学生书局，1982，页52。

[3] 见《李家瑞先生通俗文学论文集》，台北：学生书局，1982。

仅苏州市区便有从业宣卷艺人四百多人，是苏州宣卷的全盛时期。[1]1950 年后，由于社会的急剧变化，苏州市区的民间宣卷活动迅速消失。农村中仍有少量宣卷班社活动，有些宣卷艺人改业其他民间演唱文艺。

二、现代苏州“同里宣卷”的班社、传承人和流传地区

“同里宣卷”是苏州民间宣卷的重要组成部分。同里宣卷所在的同里镇，属吴江市（苏州市下属的县级市），是一座江南古镇，位于太湖之滨。自宋代建镇以来，已有近千年的历史。距苏州市区 18 公里，距上海市区 80 公里。除民间宣卷外，当地流传的传统曲艺还有评弹、什锦书、道情、赞神歌等，江南丝竹和民间唱山歌的活动也十分盛行。

2006 年 7 月 12 日，笔者应同里镇文化服务中心邀请，前往该镇调查。该中心的领导邀请了袁宝庭（85 岁）、吴卯生（80 岁）两位宣卷先生及文化中心的其他成员举行座谈会，并提供了吴江市文管局和同里镇政府为同里宣卷申报“非物质文化遗产代表作”准备的材料。根据上述材料和座谈会各位先生提供的材料可知，同里宣卷与苏州其他地区的宣卷一样，在近现代经过了由传统的“木鱼宣卷”向“丝弦宣卷”的发展。该镇文化服务中心的有关人员经过广泛、细致地调查，整理出了现代“同里宣卷流派和班社传承表”[2]。

这个“传承表”载入同里地区近现代影响较大的四个宣卷流派及其传人共 70 余位宣卷艺人。这是目前笔者所见详细记录地域民间宣卷艺人传承派系的一份详细资料。四个流派都属于丝弦宣卷。除徐派创始人徐银桥生于清光绪十五年（1889）外，其他人出生于 20 世纪初。他们的班社（包括徐银桥的“凤仪阁”）活动的时代，都在 20 世纪二三十年代。笔者曾问袁宝庭、吴卯生两位老宣卷艺人，他们的“祖师”是什么人？他们经过回忆和商量后说：“木鱼宣卷”的祖师名缪高南，“丝弦宣卷”的祖师是陆才源。

[1] 参见桑毓喜《苏州宣卷考略》，载《艺术百家》，1992年第3期。

[2] 按，本章介绍有关同里宣卷的情况，多根据吴江市文管局和同里镇政府为同里宝卷申报“非物质文化遗产代表作”的资料和上述座谈会各位先生提供的材料；在整理“同里宣卷流派和班社传承表”的过程中，又通过该中心凌芬女士多次查证、核实，特此致谢。表内所载个别艺人曾拜过多位师傅，故多次出现。另外，有的宣卷人曾参加过不同的班社，表中未能一一标明。如宋福生于“庚寅（1950）仲秋上旬抄”的《金镯宝卷》，封面题签“鸿兴宣扬社”，说明他也参加过同门沈祥元组班的鸿兴社。

同里宣卷流派和班社传承表

<table>
<tr><th>派别和创始人</th><th>第二代传人</th><th>第三代传人</th><th>第四代传人</th></tr>
<tr><td rowspan="19">许派：
许惟钧（宣扬社）
（1908—1991）</td><td rowspan="3">顾茂丰（凤鸣社）</td><td>顾益里</td><td></td></tr>
<tr><td>高仲盈</td><td>袁云甫</td></tr>
<tr><td>顾益文</td><td></td></tr>
<tr><td rowspan="4">顾计人（锦绣社）</td><td rowspan="3">［芮时龙］</td><td>［计秋萍］（女）</td></tr>
<tr><td>［吴根华］（女）</td></tr>
<tr><td>［赵华］（女）</td></tr>
<tr><td>顾建明</td><td></td></tr>
<tr><td>汪昌贤（贤霖社）</td><td></td><td></td></tr>
<tr><td>袁菊庭（洪升社）</td><td></td><td></td></tr>
<tr><td rowspan="3">袁宝庭（义乐社）</td><td>［赵华］（女）</td><td></td></tr>
<tr><td rowspan="2">［石木官］</td><td>［俞梅芳］（女）</td></tr>
<tr><td>［左桂芳］（女）</td></tr>
<tr><td rowspan="4">吴卯生（改良社）</td><td>［萧燕］（女）</td><td></td></tr>
<tr><td>［李明华］（女）</td><td></td></tr>
<tr><td>［张蓉蓉］（女）</td><td></td></tr>
<tr><td>［杨洪贵］</td><td></td></tr>
<tr><td>许松宝（姐妹班）</td><td></td><td></td></tr>
<tr><td>许雪英（姐妹班）</td><td></td><td></td></tr>
<tr><td>许素贞（遐岭社）</td><td>［芮时龙］</td><td></td></tr>
</table>

（续表）

派别和创始人	第二代传人	第三代传人	第四代传人
	姚炳生（新声社）	汪静莲（女）	
		陆美英（女）	
	翁润身（合义社）	仲云飞	
	孙奇宾（鸿运社）		
徐派：徐银桥（凤仪阁）（1889—1951）	戴留金（慕凤阁）		
	徐坤祥（坤祥阁）		
	闵培传（艺民社）	沈煌荣	
		蒋福根（新兴社）	
		[芮时龙]	
		[张宝龙]	[高黄骥]
		吕祖荣	
		高长虹（女）	
		周剑英（女）	
	胡畹峰（咏音社）	杨桂福（金字社）	
		蒋福根	
		[江仙丽]（女）	朱爱金（女）
		[柳玉兴]	
	黄炳根（春晖社）		
	查金生（艺新社）		
	徐筱龙（万扬社）	蒋福根	
		高仲盈	

（续表）

派别和创始人	第二代传人	第三代传人	第四代传人
	宋宝荣（咏乐社）		
	萧根生（乡梓社）		
	沈福生（百花社）		
	杨振林（华艺社）		
	凌小生（大义社）		
	费毓顺（珊瑚社）		
吴派：吴仲和（棣萼社）（1902—1963）	吴小如（亚棣社）		
	孙奇宾（鸿运社）		
	沈祥元（鸿兴社）	[朱火生]	
		[张宝龙]	
	宋福生（秋枫社）		
	顾胜扬（玉洲社）		
褚派：褚凤梅（咏梅社）（1909—1989）	金志祥（凤和阁）	[江伟罗]	[严其林]
		金建祥	

上述四派的第二代传人，主要活动于三四十年代，他们先后组织的宣卷班社 31 个。40 年代后期（抗日战争胜利后），在吴江境内演出的同里木鱼宣卷和丝弦宣卷班子约有 20 个，宣卷人员 100 多名。许多第二代传人在 50 年代初仍从事宣卷活动，至今已传承了 4 代，当代仍在组班演唱的宣卷艺人 19 人（表格中带［ ］的艺人）。[彩图 33、34]

同里宣卷班社活动的区域，以同里镇为中心，以吴江市的屯村、松陵、八坼、金家坝、北厍、黎里、莘塔、芦墟等地为主要流传区，并辐射到周围的乡镇及江、浙、沪交界地带，如嘉善的陶庄、汾玉、大舜、下甸庙、西塘、干窑、姚庄、丁栅，嘉兴的王江泾、莲泗荡、田乐、王店，上海青浦的朱家角、练塘、金泽、商榻、西岑、观音堂，昆山的周庄、锦溪、千灯、巴城、张浦，苏州（原吴县）的东山、光福、木渎、东渚、横泾、渭泾塘、车坊、郭巷、尹山、甪直等地。

笔者在80年代初曾在相邻的浙江嘉兴市嘉善县做过调查，并写出报告（见"附录"），当时发现它同苏州宣卷有密切的关系。参照同里宣卷的有关资料，证明该地也属于同里宣卷的活动范围。比如该报告中指出，同里宣卷"许派"创始人许惟钧（宣扬社）、"徐派"创始人徐银桥及他们的第二代传人许素贞的"遐岭社"、闵培传的"艺民社"、胡畹峰的"咏音社"、徐筱龙的"万扬社"等都曾在该地区活动。大舜乡的宣卷艺人蒋福根曾先后跟徐筱龙、闵培传、胡畹峰等学习，并搭班演出；他本人又组织了"新兴社"。大舜乡另一位宣卷艺人高仲盈是跟同里宣卷许派传人顾茂丰（凤鸣社）、徐筱龙（万扬社）学习宣卷的。

据同里宣卷老艺人回忆，二三十年代，同里宣卷艺人同苏州的师兄弟和同行联合，同苏州评弹唱"对台戏"，公开竞争。这种情况，在清末就出现了。

三、苏州地区的民间宣卷艺人

据前引桑毓喜《苏州宣卷考略》文介绍，20世纪20年代，苏州市区便有从业宣卷艺人400多人，这是作者提出的一个概数，没有办法落实。

据笔者调查，1960年前后，原苏州市文化局戏剧研究室曾从苏州郊区和各县农村征集到约280种、近800册手抄本宝卷，这些宝卷基本上都是民间宣卷艺人的传抄本。抄写的时间自清道光至民国年间。据1963年戏剧研究室编辑的一份目录（这个"目录"对抄本宝卷的抄写者没有全部著录），已知的抄写者有：

（1）道光：荣记。

（2）咸丰：陈福基。

（3）同治：王涌泉、朱淦廷、胡友兰、唐仁源、范庠、荣堂、紫阳山人，共7人。

（4）光绪：王森逵、王德浩、朱士泳、朱绂、戴逸斋、戴友良、戴金官、周尚文、周懋卿、周裕芗、周玉庭、顾承祖、顾彦、顾钰亭、顾文忠、张万亨、张玉峰、吴水根、吴春翘、吴维松、马伟卿、马焯卿、潘文学、潘鸣和、徐瑚、徐康宝、赵书森、金芝田、董文彩、钱亨湛、殷鹤泉、樊俊卿、魏镛麟、陈凤柏、唐培、单晋卿、奚文侯、石锦文、尤培云、姚浚泉、邵漠清、廖庭桂、薛情表、尚志堂、静安氏、锦华、香亭、嵕山、河滨主人、青莲居士，共50人。

（5）民国：王炳坤、朱万、周三全、周新如、顾毓秀、顾振福、顾友萃（万里社）、顾金虎、顾九如、张桂堂、张桂氏、吴召良、丁财宝、丁永良、陈栽云、陈培初、杨廷章、杨一民、孙奇宾、霍耕三、费易周、吕开富、黄忆椿、屈文斌、高竹卿、邱松锡、汤根泉、冯鼎卿、葛士良、沈桐声、宋福生、胡文忠（安庆堂）、储征德、明仁、筱松、乾记、德记，共37人。

上述抄写者名单中，见于前述“同里宣卷流派和班社传承表”者，仅吴派（吴仲和）第二代传人宋福生，著录他在民国三十四年（1945）抄的《天诛潘二宝卷》（简名《天诛宝卷》）一种，未发现其他人（包括缪高南、陆才源）抄录的宝卷。

80年代苏州市编辑《中国曲艺音乐集成 江苏卷 苏州分卷》[1]，曾对苏州宣卷进行过一次普查，除了收入宣卷音乐资料，另为9位宣卷艺人立传[2]。下文据上述“小传”资料，主要简介各位宣卷艺人的师承和演出情况：

（1）许惟钧（1909—？），男，苏州吴县人。17岁拜车坊双庙倪家浜宣卷艺人陈良宾、王顺泉学木鱼宣卷，20岁满师后在苏州参加“宣扬社”，又拜查桂生为师。后因“生意”不好，到同里镇宣卷，接受评弹艺术特点演唱，被称作“书派宣卷”。先后收徒吴茂（卯）生、顾茂丰、袁宝庭、袁钰庭。后来同他妹妹许素珍、许雪英组成“许家班”。

（2）顾计人（1916—），学名顾昌树，宣卷艺名顾计人，弹词艺名顾慰君。男，吴江县同里镇人。1934年从宣卷艺人朱兆坤学书派宣扬说因果（即宣卷），此后加入“鸿深社”与汪昌贤合作，加入“锦绣社”与许素珍等人合作，1934年后单独领班宣卷，先后合作的艺人有闵培传、许素珍、朱梅琳、吴锦如、范晨钟、姚振华、姜秀英等。1946年拜弹词艺人范寄舟、徐韵芳学《大红袍》，此后在各地演唱弹词。1959年在吴江县演唱“什锦书”。1979年后仍演唱宣卷。他演唱的是“丝弦宣卷”，曾演出于上海郊区、浙江东北部和吴县、吴江县、昆山县等乡镇马头。

[1] 该书编委会印刷油印本，1987年3月。

[2] 小传分别由卜友、闻炎、曲文编写。本文使用诸位先生提供的材料，谨致谢意。入传的艺人有些已经下世，笔者没有掌握这些材料，故未增补。

（3）徐士英（1916—），男，昆山县周庄龙庭蟠龙浦人。16岁由教书先生费文忠教学木鱼宣卷。18岁与祁庄郭兆良合作演唱木鱼宣卷。21岁演出丝弦宣卷，参加他的班子的有张茂圹、张士贵、蒋六千、王守飞、张右昌等人。他同郭兆良等人，接受江南丝竹和“簧调”的影响，发展了杨秀德的“丝弦调”。1947年后，又同昆山的王秉中、王育忠，吴县的许素珍、姚炳生、孙金龙合作唱丝弦宣卷。他唱过的宝卷有《文武香球》《双蝴蝶》《双金锭》《蝴蝶杯》《七妹征西》等。

（4）徐筱龙（1919—），男，吴江县金家坝方家村人。幼年自学宣卷和山歌，18岁拜徐银桥学宣卷，唱《唐僧出世》《何文秀》《合同记》《双蝴蝶》《药茶记》等。19岁与师兄戴留金合作唱木鱼宣卷。1938年后在吴江县芦墟及浙江东北角及上海青浦、吴江黎里和平望等地演出。1951年后停演，1957年又到苏州、上海浦东等地演出，1959年停演，1961年后又演出。1963年政府发了“演出证”，曾改编演唱现代题材的《红灯记》《箭杆河边》《白毛女》等。

（5）张亭良（1925—），男，昆山县大市人。19岁拜同里镇孙国贤（网船上的人）学木鱼宣卷，1946年满师。自已组班演出，改唱丝弦宣卷。参加他的班子的有他弟弟、姜秀英、生病阿大、陈墓孙金龙、张小金、王桂生等。演出过的地区有杭州，浙江东北角、青浦和昆山、吴县、吴江等地。唱的宝卷有《珍珠塔》《麒麟豹》《白鹤图》《合同记》《七美图》《九美图》《沉香扇》《劈山救母》《磨坊产子》《水红菱》等。

（6）王秉中（1921—），又名王金受，男，昆山县陈墓人。年轻时跟一个道士学习二胡、笛子等乐器，又自学丝弦宣卷，与弟弟王育忠一起宣卷，活动在周庄、张浦、茜墩一带。1947年后，与王育忠、徐士英、徐士雄、许素珍、姚炳生、郑天仙等人合作演出丝弦宣卷。他吸收苏滩、沪剧、越剧的曲调用于丝弦宣卷，逐渐演变为“什锦书”。说唱的宝卷有《红楼镜》《双玉镯》《文武香球》，什锦书有《啼笑因缘》《秋海棠》等。

（7）郑天霖（1921—），男，吴江同里镇人。开始自学木鱼宣卷，20岁左右组班演出，与汪昌贤组“贤霖社”，演出丝弦宣卷。这个班子还有陈锦修、范伯生、袁宝庭、许雪英等人。全班人乘一条小船，游弋在昆山、吴县、吴江和浙江嘉善一带演出。1950年后，演唱过《九件衣》《白毛女》等新编宝卷。他的妹妹郑天仙也唱过宝卷，后改唱什锦书。

（8）袁宝庭（1923—），男，吴江县同里镇人。1932 年投师许惟钧，学木鱼宣卷。满师后又学唱丝弦宣卷，与汪昌贤、郑天霖、顾茂丰等合作组班演出。1950 年后转业，到许多地方的越剧团从事音乐工作。1961 年回吴江县说唱什锦书。1962 年转业到商业部门。

（9）金文胤（1926—？），男，小名金阿大，19 岁时跟甪直镇朱荷生学宣卷，同学的有黄文俊、夏仰禹、沈荷生、邢悦来等人。学成后组“旷乐社文明宣卷”班，在吴县的甪直、车坊、胜浦、唯亭和昆山西部一带宣卷。他又跟老艺人张是吾学苏滩，跟沪剧老艺人王阿根学沪剧，将宣卷化妆演出，是吴县东部和昆山西部著名的“金阿大班子”。1950 年后停演，1964—1965 年又演出。1980 年后他参加了胜浦文艺宣传队。

上述“小传”中,传主和同时代宣卷艺人共出现 53 人：其中许惟钧、袁宝庭、顾计人、顾茂丰、许素贞（珍）、许雪英、吴茂（卯）生、闵培传、徐筱龙、徐银桥、戴留金、顾茂丰、汪昌贤、姚炳生 14 人，见于上述“同里宣卷流派和班社传承表”，可见同里宣卷在苏州宣卷中的地位；另有陈良宾、王顺泉、查桂生、朱兆坤、朱梅琳、吴锦如、范晨钟、姚振华、姜秀英、徐士英、费文忠、张茂圹、张士贵、蒋六千、王守飞、张右昌、张亭良、孙国贤、生病阿大、孙金龙、张小金、王桂生、王秉中（又名王金受）、王育忠、徐士英、徐士雄、郑天霖、郑天仙、陈锦修、范伯生、朱荷生、杨秀德、郭兆良、袁钰庭、邢悦来、沈荷生、夏仰禹、黄文俊、金文胤等 39 人。这 53 位民间宣卷艺人，都是民国年间人，是研究民国年间苏州宣卷发展的十分珍贵的材料；[1] 他们在 1950 年后都受到冲击，曾改业其他工作。但是，上文介绍的苏州市文化局戏曲研究室 1960 年前后采集的宝卷手抄本民国年间的抄写者名单中，却没有他们的名字。[2]

综合上文所列出的苏州地区（包括同里地区）的民间宣卷艺人近 200 人。其中留存有宝卷被苏州戏曲博物馆收藏者近百人，他们之中除个别人外，基本没有进入当代调查研究人员的视野；而当代调查到的近百位宣卷艺人使用和收藏的宝卷，大都没有发掘出来。

---

[1] 比如，从他们的学艺和演出经历，可以看出苏州宣卷同苏州弹词等民间演唱艺术的密切交流关系。

[2] 据笔者检索，在拙著《中国宝卷总目》（修订本，北京：北京燕山出版社，2000）中也没有收入他们的抄本宝卷。

四、对民间宝卷发掘、整理和出版的建议

现在，一些地区的民间宣卷（念卷）和宝卷，已经被列入（如甘肃的“河西宝卷”）或正在申报各级“非物质文化遗产”。民间宝卷不仅被国内外研究者重视，也被列入相关地区文化管理部门的抢救和发掘工作中。基于对苏州和各地区民间宣卷（念卷）和宝卷的调查研究，对民间宝卷的发掘、整理和出版谈点看法。

第一，认真研究各地民间宣卷和宝卷的发展历史。

中国宝卷形成和发展至今近八百年，经历过不同的历史发展阶段并形成为具有不同时期和地区特色的民间说唱形式。因此，当代各地遗存的民间宣卷和宝卷，作为地区性民族民间文化遗产，对它们的历史发展和文化价值，既要放到中国宝卷历史发展的总体进程中去考察，又要认真考察它们在本地区的历史发展。就苏州宣卷和宝卷来看，它是吴方言区民间宣卷和宝卷的一个构成部分，本身又形成为具有地区特色的系统；它的传播和影响不限定在今苏州地区，也扩展到太湖流域，形成为一个民俗文化圈中的民间宣卷和宝卷。苏州下属各县（市）的民间宣卷，也形成小区域的特色，但不可能离开大地区的传统。因此，苏州地区的民间宣卷和宝卷，作为“非物质文化遗产”是一个整体；小区域的特点，说明了它的丰富性。目前，苏州下属几个县市分别“申遗”，这样做不利于苏州宣卷和宝卷的整体发掘、保护和研究。个别地区为了“争抢”宝卷的文化价值，也会出现一些胡编乱造的做法。比如，主要流传于苏州市张家港南部、常熟北部和属于无锡市的江阴地区的“做会讲经”宝卷，被称作“河阳宝卷”，夸饰为“敦煌变文的发展”，声称该地宣卷有“押座文”“解座文”等。[1]这些说法，都没有任何文献和实证的依据。

在首批公布的全国“非物质文化遗产”名录中，有甘肃省的“河西宝卷”。河西宝卷的流传地区，沿甘肃河西走廊，从东面的武威市各县起，西北到张掖、

[1] 按，笔者所见“河阳宝卷”申报“非物质文化遗产代表作”的“报告”中称：“河阳宝卷还保留着唐代变文的押座文与解座文”，“开卷时，为了等人，先唱小段叫押座文”，“闭卷时，先送佛而后闭卷，闭卷后为了使离座的人逐步离开，还讲唱解座文”。“押座文”见于敦煌文献的记载，“解座文”是当代学者周绍良先生为《敦煌文学作品选》作的“代序”（北京：中华书局，1987，页23）中才确立的概念。

酒泉乃至被沙漠戈壁包围的敦煌市，绵延千余公里。各地没有自立“山头”，而是认真发掘当地民间抄传的宝卷，以“河西宝卷”通名整体申报。由于内容丰富，一次获批准。笔者认为，江苏南部以苏州为中心的民间宣卷和宝卷，可以制定跨地区的整体发掘、整理计划，一起打包“申遗”，其内容可能更为丰富；它们实际上也割裂不开。

第二，重视前人搜集、整理的成果，作为发掘工作的基础。

民间宝卷作为“非物质文化遗产”被重视，是近几年的事。此前，一些有心人已经在搜集整理民间宝卷方面做了许多工作。比如吴方言区的民间宝卷，在20世纪50年代曾被大量焚毁和丢弃；其时，也有些学者同旧书业人员配合，做了抢救性的收购和收藏。据笔者估计，收入《中国宝卷总目》（修订本，北京：北京燕山出版社，2000）中的数千本手抄本宝卷，约2/3来自吴方言区。笔者在各地访卷时，曾发现50年代苏南某旧书业人员托名“鹅湖散人”编辑的一部《古今宝卷汇编》，所收均为苏州、无锡地区的民间宝卷。[1]

据笔者多年在吴方言区田野调查的经验，一个宣卷班子为民众“做会宣卷”，最少须持有五六十种宝卷，才可以应付各种不同的做会需求。同里镇的老宣卷先生袁宝庭、吴卯生同意这种说法。现在各地发掘民间宝卷的工作，大都是重新做起，比如同里镇文化服务中心虽然编出了该地四个流派几代宣卷艺人的“传承表”，但发掘出的传统宝卷文本却仅20余部，远不能反映该地区民间宝卷的蕴藏情况。据《中国曲艺音乐集成》编委会在20世纪80年代对同里宣卷的调查，该地流传的宝卷便有68种。[2] 上文提到，原苏州市文化局1960年前后征

---

[1]　参见本书第五编“宝卷漫录 · 古今宝卷汇编”。“鹅湖”在苏州与无锡交界处，可能是编者取名的由来。

[2]　见《中国曲艺音乐集成》苏州市编委会编印《苏州分卷》（上、中、下三册，油印本，1987年3月）收闻炎、凤歧《苏州宣卷曲种介绍》，附载吴江县同里镇宣卷艺人演唱宝卷目录。其中“木鱼宣卷”8种：《徐妙英》（述白衣观音得道）、《刘香女》（述黄海观音得道）、《双富贵》、《十头奇案》、《何文秀》、《兄妹成亲》、《龙女牧羊》、《鲤鱼记》。“丝弦宣卷”60种：《一餐饭》（即《林子文》，又称《顾鼎臣》）、《昆山记》、《血腺图》（《一餐饭》下集）、《玉连环》、《描金凤》、《百花台》、《双金锭》、《黄金印》、《落金扇》、《辕门斩女》、《白鹤图》、《红楼镜》、《泪洒相思地》、《水泼大红袍》、《姑嫂成亲》、《丝罗带》、《洛阳桥》、《大丝绦》、《蜜蜂记》、《茶壶记》、《沉香扇》、《白罗衫》、《双玉燕》、《龙凤锁》、《双金花》、《香罗帕》、《黄金锭》、《胭脂》、《双珠球》、《杀狗劝夫》、《秦香莲》、《还魂记》、《欺嫂丧妻》、《临江驿》、《半夜夫妻》、《欺嫂卖妻》、《麒麟豹》、《潇湘夜雨》、《贩马记》、《白马驮尸》、《朱砂记》、《白兔记》、《合同记》、《雄蛇传》、《张四姐下凡》、《巧姻缘》、《水红菱》、《雪里产子》、《文武香球》、《双熊奇案》、《吊金龟》（即《张义得宝》）、《双钉记》、《借黄糠》、《唐僧出世》、《宝莲灯》、《王华买父》、《九件衣》、《白毛女》、《啼笑姻缘》、《血溅大礼堂》等。这些宝卷都是作者实地调查所得，其中大部分为传统宝卷，少数系1950年后新编。

集到的宝卷中,有同里“吴派”第二代传人宋福生的《天诛潘二宝卷》(简称《天诛宝卷》),最近笔者读到宋于1949年前后持有的抄本宝卷:《天仙女卷》、《飘洋宝卷》(又名《飘洋起祸》)、《后梁山伯》、《丝罗宝卷》(又名《丝罗宝带》)、《得宝伤身》、《双姣玉镯》、《伸冤宝卷》(又名《代学伸冤》)、《双包图宝卷》(又名《真伪龙图》《鲤鱼精卷》)、《天仙宝卷》(又名《杨呼捉姐》)、《玉镯宝卷》(又名《婚夕遇盗》)、《欺嫂丧妻》、《回头是岸》、《回心宝卷》(又名《回心行善》)、《金狗宝卷》(又名《金狗告状》)、《情中宝卷》(又名《情中错遇》《茶壶记》)、《金镯宝卷》(全称《节女陆丁香金镯宝卷》)等近20种。宣卷先生一般都对自己的宝卷编号,其中《伸冤宝卷》编号为“三十六”。按照卷末题识,这些卷本,有的是宋本人自抄,有的是请他人代抄(其中沈祥元抄本2种),或“出钱买”他人的抄本。[1]对目前分散收藏于国内各地的民间宝卷,可根据有关线索做调查和鉴别。这些宝卷文本,现在在原地区大部分已经征集不到了。

第三,当代民间宣卷艺人口述历史十分珍贵,但有局限。

研究民间宣卷和其他民间演唱文艺的历史发展,采访当代民间艺人口头传承的资料(口述历史),弥补历史文献记载的不足,十分珍贵和必要。但也要清楚,民间艺人的口传资料有很大的局限性:大量的民间艺人没有传人,而现存民间艺人只对师门的历史有所了解,他们会有意无意地回避其他门派的情况。比如,顾颉刚《苏州近代的乐歌》中提到的苏州市“始倡文明宣卷”的艺人曹少堂,起码在30年代前期,他的文明宣卷在当时曾有很大的影响。但在笔者所见介绍现代苏州宣卷发展的文章中,都没有提到这位宣卷艺人。笔者在苏州调查时,另见吴县郭巷镇宣卷先生陈伯源在清末或民初手抄的《南瓜宝卷》。他也同上文提到的苏州地区道光至民国年间近百名抄卷人(他们同时是宣卷人)一样,均未见于当代口述的记录。因此,除了对现存民间宣卷艺人进行普查、为他们建立艺术档案外,也要组织地方文史界加强各种形式的书面文献的发掘、研究。

第四,民间宝卷的整理,以“精选善本、汇编影印”出版为宜。

---

[1] 宋福生的这批宝卷提供了当时许多民间宣卷活动的信息,比如,他的印章有“宋福生”、“宋馥生”两种,题签又有作“宋馥笙”。《情中宝卷》封面题签“17情中错遇/宋馥生(押阳文篆书“宋馥生”印),卷末题为“民国三十四年九月廿九日立/京兆书屋/福生自抄”(押阳文“宋福生”印),封底内页又题:“吾听言午太侨(骄)傲,只此一家不分掉。晚生气得同友借,抄之四处来宣到。后来听得比他好,一口闷气就可肃(消)。/37年正月日宋馥生题。”“言午”可能指同里宣卷许派创始人许惟钧(1908—1991),他被后人称作苏州“书派宣卷”的创始人。

现当代南北各地的民间宣卷（念卷）活动，除个别地区外，基本上都保留着“对本（宝卷）宣扬”的传统，因此留存和抄传大量的宝卷文本。笔者所见，20世纪八九十年代以来各地公开和内部编印的多种民间宝卷选集“整理”本，它们普遍存在的问题是整理者“整理”过多，其中多是整理者认为民间宝卷抄本存在这样那样的“问题”，必须自己动手“改编加工”。由于承认这种观念和做法的合理性，也为个别整理者乱编乱改提供了方便。笔者在《宝卷文献的几个问题》[1]文中曾提出：“宝卷文献的整理、出版，是一项严肃的科学性极强的工作。鉴于宝卷的文献特征及其研究价值，笔者认为应以精选善本、汇编影印为宜；因宗教宝卷和民间宝卷的不同，也宜分别编集。”现在重申这一建议。民间宝卷已不可能再作为通俗文学读物而在民众中广泛流通；它们存在的某些“问题”，比如，作为在民间信仰活动中的演唱文本所具有的民间信仰资料，方言用词语和民间惯用字、错别字系统等，都是值得做专门研究的课题，具有不可替代的民间文化价值，一般整理者没有能力把握这类问题。“精选善本、汇编影印”，一方面可以为后代保留下更多的真实的民间文献，也将杜绝各种乱编乱改，贻误后人。其次一个问题是，误入某些不是民间宝卷的文本，比如民间流传的“善书”和清及近现代民间教团人士编制的宗教宣传品，乃至于已经收入《道藏》的道教经卷。对此，需要进一步普及宝卷历史发展的一般知识，提高编辑整理者的鉴别能力。

[1] 原载《中国书目季刊》，1997年第4期，总第30期；《文献》，1998年第1期。现修订为本书第一编第二章。

附录：浙江嘉善县大舜乡的民间宣卷[1]

（一）“木鱼宣卷”和“丝弦宣卷”

在浙江省嘉善县的大舜乡、陶庄乡等地，至今仍有流传宣卷这种讲唱艺术，并有专业的宣卷班演唱。嘉善县地处浙江省北部，大舜乡又在该县的最北面，与江苏省吴江县芦墟乡及上海市青浦县金泽乡交界。它地处偏僻，交通不便，文化贫乏。陶庄乡在大舜乡的西北边，中间隔着下甸庙乡，也与吴江县芦墟乡交界。

宣卷在大舜乡流行，可以追溯到百年以前。据该乡蒋福根回忆，最早是从江苏的苏州吴江县传来的。它有木鱼宣卷和丝弦宣卷之分。

过去嘉善一带乡间，有每年春天到杭州灵隐寺进香的习俗。有钱的人家摇了彩船去，一般穷苦农民，特别是上了年纪的妇女，也成群结队自已摇船去。嘉善到杭州有一百几十里的水路，需几天才能到达。大户人家为了解除路途上的寂寞，就花钱请一班唱宣卷的人在船上唱。那时的宣卷是“木鱼宣卷”。木鱼宣卷一般由2—3人组成：一个上联，一个下联；或一个上联，二个下联（上联也叫“上手”，下联也叫“下手”）。没有管弦乐器伴奏，上联演唱者左手拿一只响钟，下联演唱者手拿一个木鱼，在演唱时有节奏地敲打。所唱传统的宝卷，大量的是根据戏曲或民间故事改编的，属于现在评弹的“小书”一类，唱词拖腔和佛“阿弥陀佛”。

木鱼宣卷服务对象单一，服务的季节性很强，所以远远不能满足演唱者生计的需要。“丝弦宣卷”就是在这样的情况下产生的。丝弦宣卷适应了较大的场面，不单在进香船上唱。它的特点是：

1．有乐器伴奏。主要是丝弦乐器，一般是二胡一把，越胡或高胡一把，弦子或月琴一把，扬琴一架；笙或笛一支，仅在开场演奏乐曲时用。乐队有四人组成，称为“全班丝弦宣卷”，乐队二人的称为“半班丝弦宣卷”。开场时演奏江南丝竹乐曲《三六》、《龙虎斗》、《杨柳青》、《快乐》等。

[1] 本调查系1983年同嘉善文化馆金天麟先生合作，初稿原发表于笔者主编的《曲苑》（扬州）第2辑（南京：江苏古籍出版社，1986），题《浙江嘉善的宣卷和赞神歌》。

2．既保留了原来木鱼宣卷一人为上联，又发展了一人为“附唱”（俗称“附卷”），由女性承担。附唱主要是应和上联唱词中的末句，起到渲染、烘托气氛的作用。同时，在每场演唱的中间休息时，附唱的人就唱小调、小曲、戏曲（现在有的还唱流行歌曲），使场子里闹而不散。

3．丝弦宣卷有班名，称为“××社”，如“遐龄社”、“咏音社”。江南的评弹那时一般在茶馆唱；宣卷班到了一处，把书写班名的一块红牌子也挂在小茶馆里，如果谁需要请宣卷班去演唱，只需与茶馆的“跑堂”联系，由他安排。跑堂的也从中得到一点“分红”。宣卷班与请家还可订“合同”。据大舜乡蒋福根介绍，当时合同的形式是：

> 今定到新兴社蒋福根文明宣卷一天一夜，双方议定白米五斗五升，现付定洋贰块，开演日期×月×日。空口无凭，以定单为凭。风雨无阻，各图天命。

4．丝弦宣卷和木鱼宣卷在曲调上不完全相同。木鱼宣卷曲调简单，很像和尚念经。丝弦宣卷在木鱼宣卷的基础上，又吸收了一些地方民歌小调（如《哭五更》《十字调》等），乃至越剧、沪剧、锡剧的曲调。后来又形成某些流派，如“徐派”（徐银桥），唱腔凄苦；“许派”（许维钧），说白细腻。

20世纪30年代，丝弦宣卷广泛流传。主要是在秋收后庆贺丰收及造屋、结婚、祝寿、结拜兄弟、幼儿满月剃头、生病祈祷和“了愿”等仪式中演唱。宣卷班被邀去演唱时，东家的亲友、乡邻在前一天就来了。宣卷班来到时，先放“高升”迎接。在开唱时，都有四句定场诗，如：“王子去求仙，耽程十九天。山中方七日，世上数千年。”唱宣卷时，都设有供台（现代丝弦宣卷以娱乐为主，不设供台了），置马幛、神位，如当方土地、城隍、庙里老爷。开始时必须“接佛”，如这样唱：“一接山门韦陀佛，二接黑虎玄坛赵将军……八大神将俱请到，再请各路佛师尊……请到堂前听卷文。”宣卷一次唱三回，一般每回50分钟，加上休息，三回一场3个小时。在前三回结束时，也要“送佛”。后三回开始时仍要接佛，然后概述前三回内容，继续下去，到结束时送佛。

（二）大舜乡的三个宣卷班

大舜乡现有三个宣卷班，即蒋福根宣卷班、高仲盈宣卷班、张志和宣卷班。

蒋福根现年65岁（1983年），住大舜乡庄王村。1943年他在大舜乡四吕村做长工时开始学唱。当年秋天，四吕村上从外地请来了一个名叫徐筱龙的宣卷艺人。徐筱龙的宣卷班名叫"万扬社"，二个下手：计永生和张海金，还有一个摇船的，共四人，不足一个丝弦宣卷班的人数。蒋福根在空余时间专跟着万扬社转，最后拜了徐筱龙为师。那时候，一般在农家厢房里唱：两只八仙桌并在一起，铺一条台毯，上放摆钟、一对花瓶、一对风景架、一只茶盘、两只茶壶（下面点菜油灯的），一个经盖（缎子做的，四角绣花），经盖下面有手抄本宝卷。台子前面有桌围，上写"万扬社文明宣卷"。随带一只箱子，放木鱼、茶杯、茶壶等。下一年，"万扬社"到了江苏省吴江县的芦墟、莘塔、周庄和平望一带唱。蒋福根又结识了"遐龄社""艺民社""咏音社"等宣卷班，并向这些班的上联先生学习。后来跟一个叫闵培传的宣卷艺人唱下联。1946年，他自己组织了"新兴社"，由三人组成，先后唱过《双玉燕》《碧玉簪》《沉香扇》《双金花》《金枝玉叶》《顾鼎臣》《乾隆皇帝下江南》《何文秀》《珍珠塔》《叶香盗印》《秦香莲》《唐僧出世》《蝴蝶杯》《双金花》《双玉镯》《山阳公案》等宝卷。1949年后，他根据戏曲故事等改编《白毛女》《一块银元》《母女会》《红色巡回医疗队》《龙江颂》等宝卷。

高仲盈是在蒋福根之后开始学唱的，他的演唱水平比蒋高。他有初中文化程度，初从徐筱龙、后从顾茂丰学唱，先后唱过几十部宝卷，如《何文秀》《孟丽君》《铁弓缘》《双金花》《文武香球》《蝴蝶杯》《珍珠塔》《蒋兴哥重会珍珠衫》《玉连环》《玉蜻蜓》《双玉镯》等，还有新编《合同记》《血手印》。大都系手抄本，"文革"时均烧毁。高仲盈在几年前已逝世，他的徒弟袁云甫在"文革"中跟他学了《何文秀》《红心记》《智取威虎山》《红色红交通员》等，但后来遭到冲击，今已停止演唱。

张志和住大舜乡虎头滨村，现年（1983年）53岁。他唱宣卷是在26岁时自学的。能在演唱中插进当地流行的各种小调，如［春调］［四季调］，以及当地群众喜欢的戏曲曲调，如锡剧中的［大陆调］［铃铃调］，越剧中的中、慢、快板，沪剧中的三角板、流水等，使宣卷更受听众欢迎。他开始唱的时候，演唱者与乐队围着一张桌子，乐器可多可少，从不搭台，不论是壁脚通、厢屋里均可以。听唱的人一般五六十人,多达百人。他唱过的宝卷有《方玉娘》《双珠凤》《何文秀》《十五贯》《孟丽君》《蜜蜂记》《十三太子林逢春》《合同记》《母女会》《一块银元》等。

1950 年后，随着评弹艺术的迅速发展，宣卷经历了急剧的变化。蒋福根曾与评弹艺人搭档演唱过，如与许雪英姐妹搭档在嘉善县丁栅、俞汇一带合唱，他做下手。他也曾在1950 年和芦墟金家坝的一个叫缪志泉的人成立了“新兴社”丝弦宣卷班，共有 8 个人（包括摇船的），在江苏平望、黎里镇一带唱。但进了城镇，因听众寥寥而解散。现在蒋福根年纪大了，已很少唱。所以，实际上只有张志和一个宣卷班还在活动。

第五章　江苏张家港港口镇的“做会讲经”

江苏省张家港市系县级市，隶属苏州市。北部和东部临长江，隔江与靖江、如皋和南通市相望；西部和南部与江阴、常熟交界。它是一个新兴的城市，1962 年分割常熟县（即今常熟市）及长江中涌出的沙洲（今市之东部）并江阴县部分地区建沙洲县；1986 年改为张家港市。80 年代以来，地方工业、农村乡镇企业及个体企业发展迅速，是著名的县级市。1996 年笔者在该地农村调查时，已很难见到老旧的民居，大都是 10 余年来新建的二层或三层楼房，外表都装潢富丽的铝合金玻璃门窗。农民除种田（部分土地已租给外来打工者种植）外，年轻人大都在各种工厂任职，或在家从事加工业务。

张家港市民间“做会讲经”主要流行于该市南部原属于常熟县的港口、凤凰、西张、妙桥、塘桥、鹿苑等乡镇。上述地区与常熟属同一民俗文化区，故该地区民众做会讲经“牒头”上所书籍里，至今仍均称“常熟县某乡某里”。该地区的讲经属吴方言区宣卷系统，尤与苏州宣卷有密切关系。讲经先生做会写的“牒头”上书有“上叩北斗七星元君恩光烛照”，这位“北斗七星元君”便被苏州宣卷先生奉为行业祖师，也是做会“退（禳）星”却灾时祭拜的主神。该地流行的宝卷，除个别地方信仰的神卷外，亦与苏州流传宝卷相同。

上述民俗文化区旧时流行的民间信仰活动，除“做会讲经”外，另有“拜香”，又称“报娘恩”。[1] 农历三月初三各地结队拜香到虞山（在今常熟市，又称乌目山，传为春秋时期虞仲葬地）祖师殿，三月二十二日拜香到凤凰山（旧称河阳山，在今张家港市南部）祖师殿。拜香队唱“香卷”，又称“香诗”“香诰”。旧时这种拜香活动盛行于苏州、无锡地区。[2] 另外，该地区的凤凰山及其周围地区旧时有不少佛教的寺庙庵堂、道教的宫观及各种民间杂神的庙宇，民众以各庙宇分别结为“香社”，于各庙庙会烧香拜神佛；也结为“香会”，远到苏州、杭州、茅山等地进香。在各种庙会和进香船上亦可应信众要求讲经（宝卷）。

---

[1]　笔者 2007 年 11 月在常熟市调查时得知，该市已经将“拜香”活动列为本地区“非物质民间文化遗产”。

[2]　参见朱海容、钱舜娟《江苏无锡拜香会活动》，载《中国民间文化》，1992 年第 2 期，总第 5 集。

但因佛教僧团、道教宫观都不以“讲经”为其宗教活动，故在各种庙会时做会讲经，均由讲经先生执事。目前，该地区另有伙居道士为民众做道场；讲经先生自称信仰佛教，与伙居道士们各行其事，互不相属。

笔者的调查是1996—1997年先后在张家港市港口镇进行的。

一、简介

1996年11月13日笔者赴张家港市港口镇调查该地民间“做会讲经”活动，访问讲经先生钱筱彦。14日又拜访该镇另三位讲经先生，均未见到（两人下田劳动，一人去做会讲经）。

钱筱彦，男，65岁（1996年），港口镇清水村人。1949年18岁时拜本村讲经先生顾洪宝为师学习讲经；顾洪宝的师父是李元，顾、李均已过世。50年代“公社化”时期，钱曾任生产队长；80年代曾任乡办印刷厂供销员。退休以后，专门从事讲经，并先后带了8名徒弟，其中2名是女性。钱筱彦的老伴（60岁），在家中为厂家加工缝制羊毛衫。

据钱筱彦介绍，该地区的讲经在1950年以前极为流行。五六十年代在各种政治运动中受冲击很大，极度衰微。但是，即使在“文革”中仍有人偷偷请讲经先生做“善会”。80年代后，民众生活水平提高，政府提倡破除迷信，但对农民的这类民间信仰活动并不禁止，因此做会讲经得以恢复和发展。目前，该地区60岁以上的讲经先生港口镇有4人，妙桥4人，塘桥4人，西张2人，大义（属常熟市）5人，共计19人，均为男性。他们新带的徒弟60余人，其中有女性10余人（传统讲经先生均男性）。

该地之“讲经”，主要在各种“善会”和“社会”上演唱。善会为“斋主”个人家庭做，也可集合“善友”多人同做一会。善会均为民众祈福禳灾，比如生病时向神佛许愿做“受生善会”，讲《受生宝卷》（即《洛阳桥卷》）；老人做寿做“延生善会”，讲《延寿卷》（有“男”“女”之别）或《赵贤卷》；祈求家宅平安，做“灶界善会”，讲《灶王卷》。菩萨生日也可做善会，如观音诞日做“观音善会”，唱《香山宝卷》（此卷也在其他善会上唱）等。与靖江佛头“做会讲经”不同，此地讲经先生也做荐度亡灵的法会，讲唱《地狱卷》《十王卷》《七七卷》《血湖卷》等。

“社会”为村落民众集体所做，又称“大家佛会”。如保佑地方太平做“火烛会”；保丰收做“青苗社”，内河渔民集体做“水沙社”等。各种社会由“香头”邀请讲经先生，所讲宝卷内容不同，如“青苗社”讲《猛将宝卷》《刘神卷》《金神卷》（又名《七总管卷》）《小王卷》；“水沙社”讲《水沙卷》。

做善会均有“请佛”“送佛”，写通神的“帖”“牒”（称“牒头”）。“帖”给在世的人“生身佩照”[插图 65]，“牒”给死者焚烧，到阴间向神“报到”用。它们均有固定格式。过去这种帖、牒均系由讲经先生当场书写，现在因做会用量很大，所以多用复印件。做会时由讲经先生填写斋主的姓名、籍贯及做会时间等项，并盖上“三宝证盟”或“佛光普照”大印（方形、木制，每位讲经先生均有此印）。笔者问钱筱彦，“三宝证盟”[1] 为何意？他说不清楚。

做会过程中也做“解结散花”、“度关煞”、“退星”、“拜寿”等仪式。“解结散花”唱《解结散花科》；“度关煞”为小孩做，唱《度关科》；“退星”亦称“禳星”，是消灾星，唱《退星宝卷》。

该地讲经的宝卷大致分为两大类：一类是“神卷”，讲神的故事，如《香山宝卷》《刘神卷》《金神卷》《城隍卷》等；一类是“小卷”，是根据民间故事和戏曲、说唱故事改编的宝卷。前者用在祈求某个神、菩萨时用；后者都是以劝善为主题的因果报应故事，在做善会和社会时穿插讲唱。另外还有许多用于做会仪式演唱的“科仪卷”。

现在当地流传的宝卷均系手抄本。五六十年代讲经先生的抄本宝卷大量流失和焚毁，但是民间仍保留不少旧抄本。笔者曾见到清光绪甲辰年（三十年，1904）徐宪章抄的《蝴蝶卷》（附《小猪卷》《螳螂卷》）。讲经先生现在所用的宝卷均为新抄本，钱筱彦便有 60 种左右。他们手中的旧抄本均极珍惜，秘不示人。这些新抄本，有的已经改编，如钱筱彦向笔者出示的《金神卷》中便有“地主剥削”之类的词语。这显然是当代意识的掺入，50 年代以前的宝卷中不可能出现这类词语。

讲唱宝卷均按卷本说唱，但也可以“插花”。插花即插入说唱一些有趣的事，内容可与原宝卷故事有关，也可无关。即兴插花，以增加讲经的趣味性、娱乐性。

[1] 按，“三宝证盟”为民间宗教术语，所云“三宝”，非佛教的“佛、法、僧”三宝。明清民间宗教信徒入教时，教首秘密传授“三诀”：口诀，即“真言”；手诀，即“抱合同”；关诀，即“点玄关”。此“三诀”亦称“三宝”。各教派的“三宝”不同，故可“证盟”。

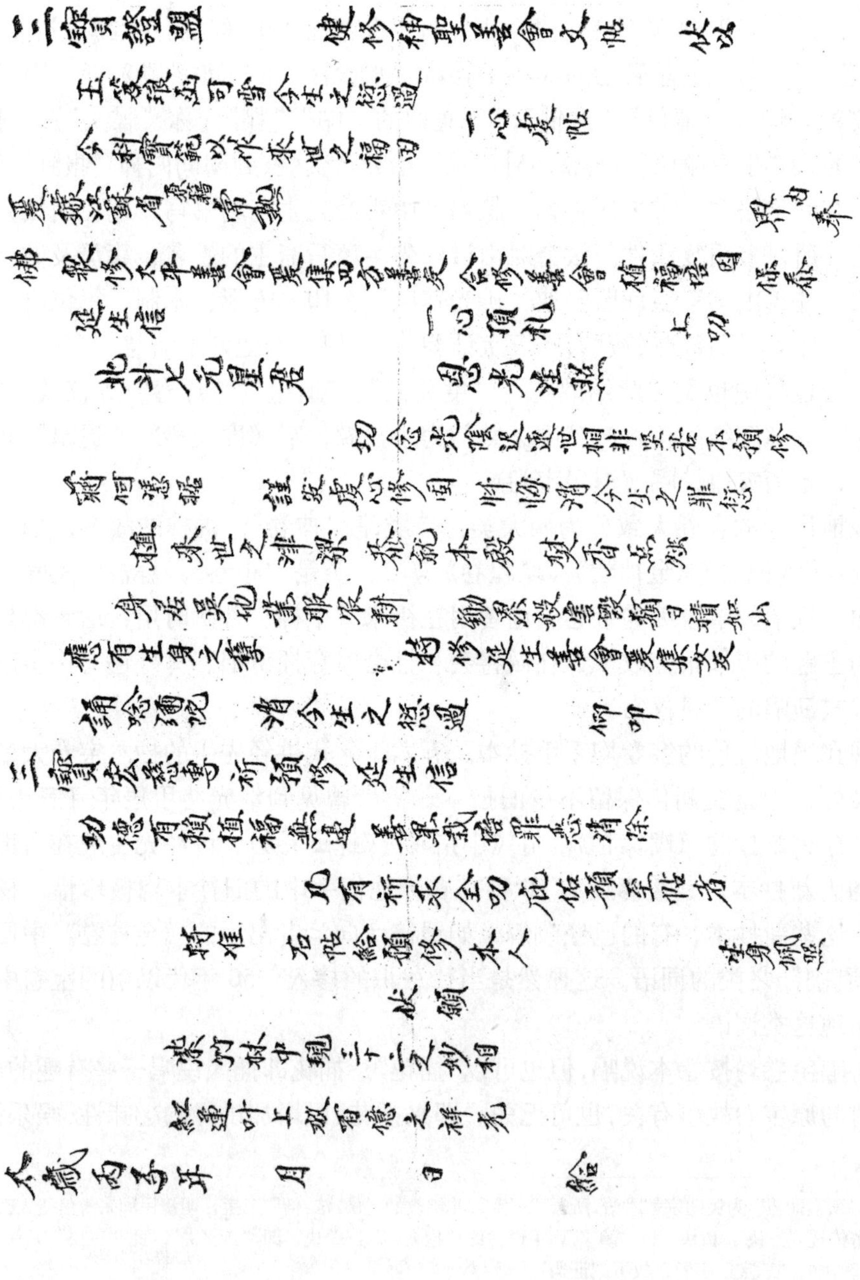

[插图 65] 江苏张家港讲经先生做"太平善会"时给斋主"生身佩照"的"文帖"（复印件）。

讲经说唱伴奏用的乐器，主要是木鱼、铃（手铃）、气怕（佛尺）、星子，另有胡琴、笛、手鼓（七寸）和“四铜器”（即锣、钹、镲、铮子）。“星子”（记音）是在一根木棍顶端装一个酒杯状的铜碗，口朝上，另有一铁制长杆，演奏时一起攥在左手中，开和敲击，声音清亮。“铮子”（记音）是一种带框架的圆形铜盘，用一只筷子夹着一个制钱敲打，即佛教呗器“铛子”。目前每次做会需要4—5位讲经先生参加，每人可得70—80元，另外斋主也会赏些“利市”红包，一般是每人6元。

二、一次荐亡法会的报告

1997年11月5日，笔者陪同中国社会科学院世界宗教研究所马西沙、韩秉方教授及该所访问学者日本东海大学浅井纪教授赴张家港考察当地“做会讲经”，由于事前安排者的失误，当地政府有关部门不同意他们考察当地做会讲经活动。笔者只好独自留下来，现场考察、采访了讲经先生钱筱彦的班子做的一次荐亡法会。逝者是一位农村老太太（应逝者家人要求讳其名），11月4日去世。此次善会是由逝者的女儿、女婿为岳母做的（该地风俗，逝者如有女儿女婿，必为岳母做荐亡善会）。正式做会从当天下午一时开始，至第二天（6日）晨六时结束，除了晚饭和夜宵（夜12时）稍事休息外，一直不断进行。据现场采访报告如下。

（一）灵堂布置

灵堂设在逝者的三儿子（逝者共三子一女）家坐北朝南的正房中。讲经先生上午就赶到斋主家中，开始布置灵堂。灵堂门外上方贴有四张“彩吊”，分别写着“接引西方”四字。灵堂内西边靠房门处是逝者灵床，灵床前点燃一灯，并有一化纸的大盆。东边是菩萨台和经台，它们由四张方桌组成：最南边一张是经台；第二张是下层菩萨台（与经台连接），供地府十王纸马（均折成筒状）及素供、香烛；第三张凌空架在第二张和靠北墙的一张方桌上（这张方桌下和靠墙的方桌是宣卷人伴奏和休息的地方），上方吊着地藏王菩萨画像（布制），周边镶着彩色电珠。上层菩萨台［彩图35］上有素供、香烛及各种神佛纸马（均折成筒状），它们是：

灶界	土地	十王	东岳	三界	太乙	地藏（居中）	弥陀（居中）	金童	接引	神虎	酆都	城隍	家堂

上述纸马均当地民间刻制，红黄绿三色套印。经台和下层菩萨台左右两边是和佛老太坐的地方，共 6 人。讲经先生坐在经台南面，对着菩萨台宣卷。经台东面墙上挂着《十王图》。灵堂西北角靠墙处是逝者灵台，供有逝者遗像和香烛。

（二）仪式：

按顺序共进行以下仪式，并唱相应宝卷。[彩图 36、37]

（1）请佛

唱《请佛偈》，将菩萨台上供奉的各位神佛一一请进灵堂。讲经先生每唱完一位菩萨，和佛老太起立、逝者家属持香拜请。

（2）拜十王

唱《冥王宝卷》，即《十王宝卷》，意谓逝者经历地狱十殿，祈求十殿阎王赦罪放行。

讲经先生每唱完一殿，即由另一讲经先生在灵台前唱导逝者灵魂拜见该殿阎君。逝者的家人在灵台前跪拜，祈求该殿阎君赦罪放行。拜完后，讲经先生将即贴在灵堂西边墙上书有该殿阎君的方封（长方形封套，黄表纸制，内装“通关文牒”一纸，上押“佛光普照”印），交给逝者家人，在逝者灵床前的化纸盆内烧化，表示逝者已过此殿。方封上所书十殿阎君的名称是：泰素妙广真君、阴德定休真君、洞明普静真君、玄德五灵真君、最圣曜灵真君、宝宿昭成真君、无上证度真君、神度万灵真君、飞魔演庆真君、五化威灵真君。它们与一般民间信仰的十殿阎王不同，来源不详。

上述仪式做完，已是下午 4 时。

（3）游地狱

唱《地狱宝卷》，意谓引导逝者度过十八层地狱。其仪式如同“拜十王”，讲经先生每唱过一层地狱，即由另一讲经先生在灵台前将一红（或黄、绿）纸制封套付给逝者亲属，在灵前烧化。封套外面另书“宝箓戒牒给付亡过先岳母某太孺人不堕某某狱”,内装黄表纸制“通关文牒”一纸。这一仪式时间很长，讲经先生讲唱完《地狱宝卷》，已经是第二天凌晨2时。（中间晚饭和夜宵曾休息片刻）

（4）破血湖

因为逝者系女性，故举行此仪式。讲经先生唱《血湖宝卷》，超拔逝者脱离血湖池地狱。

（5）念疏头

“疏头”是付给逝者的一份“文牒”，其格式和文字如下页（原件竖写）：

“念疏”实际上是“唱疏”。讲经先生在灵台前唱,逝者家属全体跪在灵台前。唱完之后，讲经先生将它卷起，用一大封套装起，立放在菩萨台上，最后焚化。

（6）开天门［彩图38］

唱《五更卷》，意在打开“天门”，引导逝者灵魂进入天界。唱时讲经先生手执招魂幡，在空中挥舞。另一位讲经先生坐在旁边敲击木鱼、星子伴奏。

（7）献羹饭

唱《荐亡卷》等,为逝者献饭。共十六碗,每个碗中象征性地放一点饭、菜、酒水。它们先摆在讲经台上，讲经先生边唱边将一碗交给逝者家人。家人由讲经台前依次传到灵台前，由逝者的女婿举碗礼拜，摆在灵台上。十六碗饭依次献完，仪式结束。

（8）解结散花

唱《解结散花》，这是专为追悼亡灵用的《解结散花偈》（见“附录二”），全部是唱词。先唱“解结”，为逝者在神前解除一切冤结。讲经先生用一长约四尺的红绸带，边唱边打成一个双胜结，唱到“解了一个结”时，双手举起一拉，此结即解开。

解结完满后“散仙花”（即“散花”）。此时经桌上准备了许多月季花，讲经先生每唱到“散仙花”时,便将一朵花的花瓣扬起,散落在经桌上。“解结散花”时，另一讲经先生在旁敲击木鱼、星子伴奏。

（9）送佛

唱《送佛偈》。与请佛相同，改“请”为“送”。

三宝证盟　　　　首七献卷功德文牒　　　　伏以

一句弥陀一粒珠中消万罪

三尊金相三生石上度亡魂　孝女追荐　必脱沉沦

爰居江苏省原籍常熟县太平乡宫城里西宫城无上明王土地界内奉

佛首七献卷荐岳往生阳上献王缌服子婿　孝女　外甥

(逝者亲属姓名略)

合诚所荐　亡过

先岳××太孺人享年七十九岁元相己未十月初二日未时受生殁于丁丑年十月初六日子时寿终　　盖因

浮生若梦霎时天际之云人世空化一息

风中之烛千古同归有尽百年难免无常

届今首七之期　正参

阴司第一殿秦王大王案下求判超升

思念

先魂冥途杳杳泉路茫茫　非叩

佛祖十王曷能拯拔罪若爰于今月初六日伊始仗

佛启建超拔××太孺人黄泉化伏事　　一日夕功德于内

一祝咏十王赦罪宝卷　句句消愆

一赞吟指路地狱妙范　言言灭罪

清香明烛　灼化银锭具备　专伸供养

咸格

冥府高真王宫官典牛头狱卒一切列圣　　仰于

幽冥超证方来等因须至给牒为凭

右牒给付亡过××太孺人　冥中收执

伏愿

天堂阳世常沾快乐之乡

地府阴司永脱轮回之苦

太岁丁丑十月初六日　给

阳上孝眷等

讲经先生所做的仪式到此结束，时间是第二天早晨6时。他们便忙着收拾带来的各种物品（十王图、地藏菩萨像、引魂幡及宝卷、乐器等），并将菩萨台上的香烛一一熄灭，供品集中，将门前的彩吊都撕下来。

与此同时，逝者家人则忙着“送灵”的仪式。众人在地上摆起一行用黄表纸折成的莲花，从逝者灵台前一直摆到院子里，又用黄表纸折的元宝摆成一只“莲船”。然后从逝者灵台前点燃，慢慢烧至院子中，意谓逝者“步步莲花”走出家门，坐“莲船”升天。家人跪在两边痛哭，为逝者送行。最后逝者的孙子手执一把扫帚，登上梯子，上到房顶，挥舞扫帚，送（赶）逝者升天。接着家人将灵堂内的疏头、拜垫（稻草制）、纸锞、香烛等物一起拿到院外路边焚化，并放“高升”（可以升空的双响爆竹）。

上述仪式结束后，讲经先生、和佛老太一起在灵堂内吃“圆满饭”（素餐）。斋主给讲经先生“会钱”和“红包”，和佛老太每人也得到一个红包；接着又送给亲友等每人一袋礼品，内装橘子、苹果、糖果、糕、花生、瓜子之类，寓平安、吉祥之意。笔者采访进入灵堂时，出于对逝者的尊重，曾先到逝者灵台前鞠躬敬礼，所以斋主家的儿子，也特地给笔者一袋这种礼品。这一切做得都很匆忙，因为逝者家属另请的一班道士接着要来做道场。

（三）有关问题的说明

（1）11月5日钱筱彦的讲经班子同时接受了两家做“荐亡会”，人手不够，所以除了他的两个徒弟（一男一女）外，另请了两人帮忙伴奏。做会过程中，钱同他的两位徒弟轮流讲唱宝卷，不唱卷的人均可操各种乐器伴奏。主要伴奏乐器：一是讲唱宝卷者自操的木鱼、星子、铃、“气怕”。他人伴奏主要用二胡、手鼓和“四铜器”，但只是在某些场合用。其间，钱筱彦曾几次离去，到另一处做会人家赶场唱卷。

唱卷时主要唱腔为［平调］（见“附录一”）。钱筱彦和他的两位徒弟所唱基本旋律相同，但小腔有差别；他们每人在唱时，也在小腔上也偶有变化。笔者仅将钱的徒弟张咏吟（女）唱的［平调］记录下来。其他唱腔有［酬恩调］［悲调］。［悲调］是由［平调］变化而来，用于卷中人物悲诉时，近似哭腔。

（2）本次善会所唱宝卷（神卷和仪式卷）均为手抄本，由钱筱彦掌握，用一红布（“经帕”）包着。每唱到一种，即取出放在经台上。据笔者观察，钱筱彦对各种宝卷已可背诵，并不看卷子，但仍对着卷子“照本宣扬”。这些宝卷都是近年新抄本,其中的《地狱宝卷》是明代还源教《销释明证地狱宝卷》[插图 66] 的传抄本。这本宝卷今存明万历十九年（1591）刊折本及清刊本、旧抄本等多种，内容述还源祖为造《地狱经》，得灵山古佛赐无名柱杖，“上指三十三天，下戳九幽地府”，遍游十八层地狱，历述各地狱之苦，以劝化众生。原卷二十四品。钱筱彦的抄本抄落最后二品，其他各品也有抄误，其二十二品品名如下：

还源老祖本性游地狱品第一品
老祖嗟叹黑暗地狱不见光明第二品
老祖看过无边地狱罪人悲苦伤心第三品
老祖观看爱（奈）河狱内女人受苦第四品

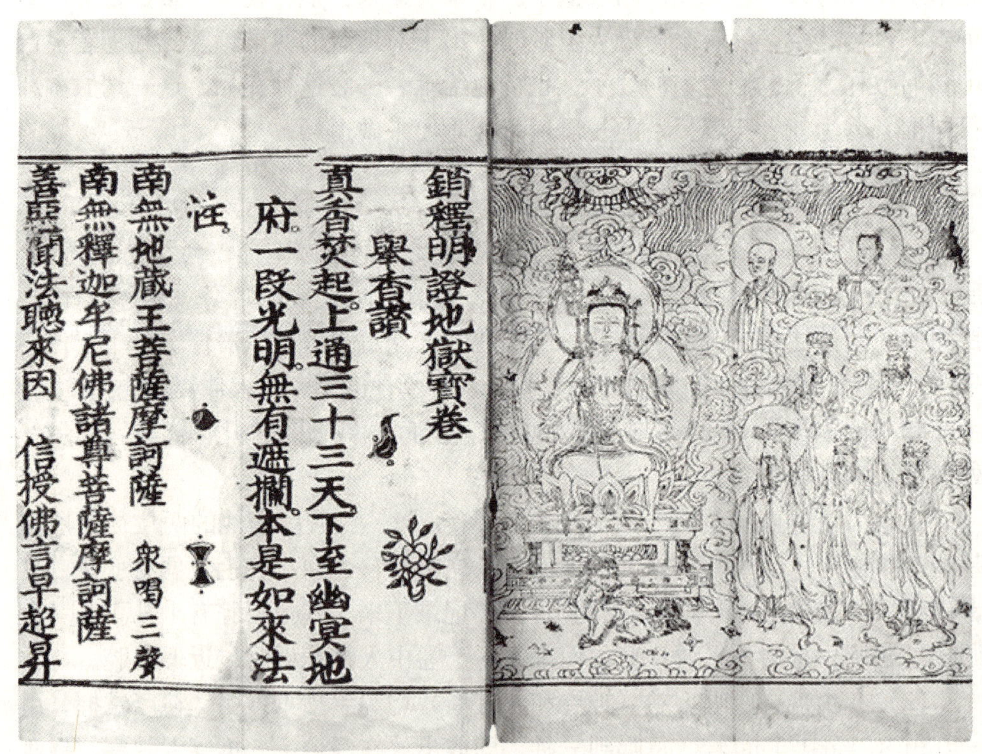
銷釋明證地獄寶卷
舉香讚
真香焚起上通三十三天下至幽冥地
府一段光明無有遮攔本是如來法
性
南無地藏王菩薩摩訶薩 衆唱三聲
南無釋迦牟尼佛諸尊菩薩摩訶薩
善[illegible]聞法聽來因 信授佛言早超昇

[插图 66]《销释明证地狱宝卷》卷首（明万历刊经折本）

老祖看过爱（奈）河罪人可怜第五品

老祖嗟叹酆都城罪人受苦第六品

老祖嗟叹铁床地狱罪人受苦第七品

老祖观看挖眼地狱罪鬼苦难十分第八品

老祖嗟叹寒冰地狱内鬼囚难禁第九品

老祖嗟叹寒冰地狱罪鬼受苦第十品

老祖常叹火池地狱罪鬼受苦难禁第十一品

老祖嗟叹磨研地狱十分苦楚第十二品

老祖看罢铁汁地狱罪人受苦第十三品

老祖嗟叹黑风剁手地狱罪鬼伤心第十四品

老祖嗟叹枉死城中罪人受苦第十五品

老祖嗟叹剐脸地狱罪人受苦第十六品

老祖嗟叹油锅地狱罪人受苦第十七品

老祖嗟叹打烂地狱罪人受苦第十八品

老祖来到吊脊地狱罪鬼受苦第十九品

老祖游过十八层地狱回来接家书第二十品

还源老祖在地狱中相度众生第二十一品

普劝众生及早回头老祖在狱中相劝众生二十二品

仍在演唱这部宝卷，说明该地做会讲经在历史上同明代还源教的密切关系。（在附录二《解结散花》中也有“还源地府看分明”的话）。笔者在苏州市昆山县新镇调查时得知，该地宣卷人在做荐亡法会时也唱这本《地狱宝卷》。[1]

（3）灵堂中挂的《十王图》，画在土黄色素绸上，线描淡彩，绘制精致。讲经先生在讲唱《冥王卷》（即《十王卷》）时，并未对此图有所表示，它只是一件展示地府十殿阎君的“道具”。笔者 1991 年在无锡县调查时，得知该地区旧时曾有“唱十王”的露天宣卷，在街道、广场将《十王图》挂起来，依图说唱《十王宝卷》。它们之间，应有一定继承关系。而这种对图演唱宝卷的渊源，则是唐代佛教的转变，与此相近者是依“地狱变相”演唱《地狱变文》。

[1] 今常熟市的讲经先生均使用这本宝卷，见附录三“江苏常熟的‘做会讲经’和宝卷简目”。

(4) 据钱筱彦介绍，旧时富裕人家，这种荐度亡灵的仪式，要分三次做，即在逝者“首七”“三七”“五七”时进行。每次所唱宝卷和仪式卷也有分别，如“开天门”唱的《五更卷》，卷中说逝者“五七”醒来来到第五殿阎罗天子处，求还阳世，说明这本宝卷和“开天门”的仪式是在“五七”唱做。分三次做，有较多空闲时间；且“首七”之后，家人已度过了最初的哀痛，因此夜间斋主便要求讲经先生讲唱一些“凡卷”作为娱乐，即所谓“闹丧”。现在一般人家为省时、省钱，均安排在“首七”一天一夜中完成上述全部仪式。时间很紧，便不唱“凡卷”了。

附录一：讲经唱腔［平调］

平调

（《地狱宝卷》）

张咏吟演唱
车锡伦记谱

1= D

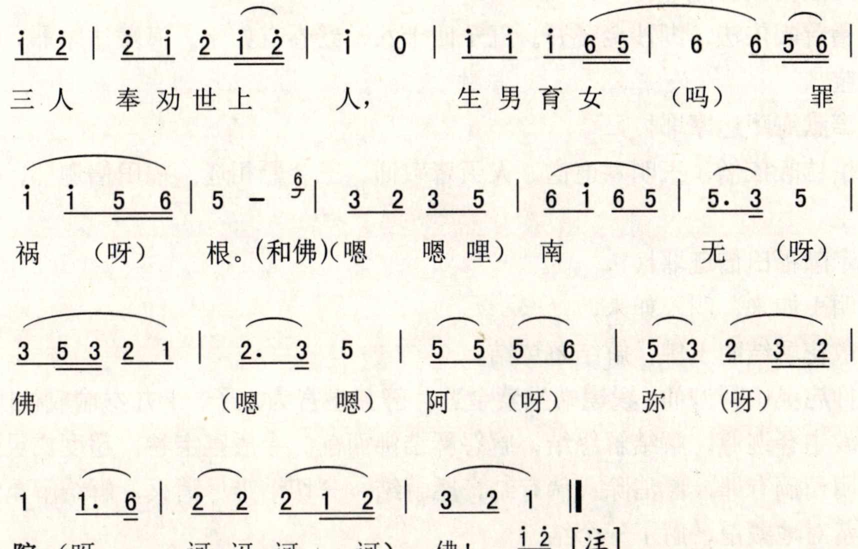

i̇ 2̇ | 2̇ i̇ 2̇ i̇ 2̇ | i̇ 0 | i̇ i̇ i̇ 6 5 | 6 6 5 6 |
三人 奉劝世上 人， 生男育女 （吗） 罪

i̇ i̇ 5 6 | 5 – | 3 2 3 5 | 6 i̇ 6 5 | 5. 3 5 |
祸 （呀） 根。(和佛)(嗯 嗯 哩) 南 无 （呀）

3 5 3 2 1 | 2. 3 5 | 5 5 5 6 | 5 3 2 3 2 |
佛 （嗯 嗯） 阿 （呀） 弥 （呀）

1 1. 6 | 2 2 2 1 2 | 3 2 1 ‖
陀（呀 诃讶诃 诃） 佛！ i̇ 2̇［注］

［注］“和佛”最后一小节末拍，讲经先生接着领唱本曲首拍，如此反复唱下去。

附录二：用于荐亡法会的《解结散花》（钱筱彦抄本）

解结散花，奉献如来。海棠芍药牡丹开，秋菊与春兰，瑞香水仙，朵朵结金莲。

南无花奉献菩萨，摩呵萨！（三称）。

稽首皈依佛，天宫坐宝台。有请恩渴仰，早与下土来。真如佛陀耶，皈命礼三宝。

奉献真如佛陀耶！

稽首皈依法，湖沙金藏开。五千四十八，卷卷有如来。海藏达摩耶，皈命礼三宝。

奉献海藏达摩耶！

稽首皈依僧，三明六道僧。人天皆敬仰，三会愿相逢。福田僧迦耶，皈命礼三宝。

奉献福田僧迦耶！

明王如来，明王如来，

散花解结明王佛，解结解冤结。

仰启灵山释迦仙，巍巍端坐紫金莲。静梵皇宫为太子，十九岁瑜成往雪山。灵山教主释迦尊，解结解怨结，解怨释结佛面前。今辰宣宝卷，超度亡灵□□人，阴司倘有罪，愿消除；倘有结，愿解结。一切结难尽消灭，解结解冤结。

恭对地藏前，解了一个结。

颛伸求忏悔，菩萨摩呵萨。

仰启教主弥勒佛，说化众生功德多。四十八愿誓弘深，接引西方出爱河。乐邦教主弥勒佛，解结解冤结，解怨释结佛面前。今辰宣宝卷，超度亡魂□□人，倘有结，愿消结；三孽四重罪，愿消灭。倘有结，愿解结。解结解冤结，解冤结。

恭对弥勒佛，解了一个结。

颛伸求忏悔，菩萨摩呵萨。

仰启观音圆通尊，独坐普陀南海洋。千处祈求千感应，万户祈求万吉祥。大慈悲救苦难，解结解冤结。今辰宣宝卷，超度先灵□□人，倘有结难尽消灭，尽消火。愿解结解冤结，解了阳世冤孽结，阴司尽消火。

恭对观音前，解了一个结。

颛伸求忏悔，菩萨摩呵萨。

消灾延寿药师佛，今辰宣卷，超度亡魂□□人。倘有阳世一障二孽三毒四害五祸六根七遮八难九灾十罪，尽消灭。

解结解冤结，解结圆满散仙花。

日出东方暮落西，佛场完满散花时。

四季鲜花都要散，先散佛前第一枝。超度亡魂散仙花。

一散黄花黄似金，二散白花白似银。

黄花散去消灾障，白花散去超度亡魂上天庭。佛场完满散仙花。

红花绿花牡丹花，海桂芍药水仙花，

四季仙花佛前散，超度先灵入仙班。超度先灵出苦海。

太乙真人身穿青，手拿一本度神经。

度神经上七个字：超度亡魂出幽冥。超度亡魂散仙花。

善人好比田中泥，恶人散个一张犁。

生铁犁头年年剜，田中泥土不曾低。佛场完满散仙花。

阴司路上有三桥，金桥银桥游仙桥。

恶人要想过仙桥，夜叉看守不放跑。超度亡魂散仙花。

善人要来过仙桥，鬼族个个手来招。

手拿长幡来引路，一步一步慢慢跑。

过则仙桥童子领，龙华会里乐逍遥。解愿释结散仙花。

地藏菩萨妙难论，手拿金锡杖一根。

划破地狱十八层，相度亡魂出苦沦。佛场完满散仙花。

西放路上一只缸，夜叉小鬼提水欲烧汤。

烧成一镬功德水，□□亡魂漉漉清洁上天堂。超度亡魂散仙花。

一把茶壶两面花，先放茶叶漫泡茶。

茶叶泡开天堂路，茶梗泡开地狱门。解冤释结散仙花

散花散个大细娘，勿嫁丈夫去修行。

若要问她名和姓，名字就叫何仙姑。超度亡魂散仙花。

地藏菩萨掌幽冥，掌判恶人定罪名。

夜叉狱卒勿用情，飞上刀山见分明。佛场完满散仙花。

还源地府看分明，看看罪鬼真伤心。

有个罪鬼剥衣衿，外有罪鬼开膛又挖心。超度亡魂散仙花。

大众散花我收花，收在西池王母家。

待等当此来年节，生枝生叶再开花。

散花完满，贡献周完，消灾解结明王佛。合属尽欢喜，四季保平安。

南无宝昙花解冤释结降吉祥菩萨！（三称）

向来解结散花功德，尚祈伏圣永保平安，同赖善果，证无上道，一切信礼。伏愿天上五星来福，凡间九曜降吉祥，十二宫辰添吉庆，二十八宿保安宁。会上因缘，志心称念，

解怨释结文佛，散花完满功德。阿弥陀佛！

附录三：江苏常熟的“做会讲经”和宝卷简目

20世纪80年代，已故前辈关德栋教授便提议笔者到常熟地区去调查宝卷，并介绍了他认识的一位老先生。盖因40年代后期，关先生曾在无锡国专和上海佛学院任教，那时常熟的宝卷已引起他的重视。可惜笔者对民间宣卷的田野调查，都是在业余利用某些机会就便进行，不能专程前往。2007年11月底笔者应邀参加“白茆民间文化国际研讨会”，会后在常熟市文化局创作室叶东（黎侬）先生和民族民间文化保护办公室徐国清先生的帮助下，始得以对常熟的做会讲经做了初步的调查，访问了两位讲经先生：

余鼎君（1942—），尚湖镇人，高中文化，农民，曾在文化站工作过。其父余浚渔（已逝）16岁开始做会讲经，同时在农村做私塾教师。其兄余宝钧，从父学习做会讲经，现年82岁，已经不做了。2000年后，余鼎君从其兄余宝钧学习做会讲经。他的文化基础好，对父、兄留传下来的宝卷文本，多做了整理改编，并创作了几种宝卷，如根据泰山女神碧霞元君和石敢当传说编写的《碧霞元君宝卷》（此卷在民众建房和为幼儿驱病的“会”上演唱）。他已带了两位徒弟，都能独立主持做会讲经。

赵宝元（1949—），沙家浜镇人，初中文化，农民，会演奏笛子、二胡等乐器。1981年拜王欣（2002年逝世，84岁）为师，学习做会讲经。他曾向多位讲经先生学习，除了继承师父王欣的宝卷卷本，也请人抄了许多宝卷。他目前带了两位徒弟，已能独立主持做会讲经。

由于时间关系，笔者没能现场考察做会讲经，主要是对余、赵二位先生做访问调查，并阅读他们做会讲经用的大量宝卷文本，作此简单介绍。

一、常熟做会讲经流传的区域和特点

常熟是一个延续数千年的历史文化名城。史载，商朝末年，周太王长子泰伯、次子仲雍让国南下，建立勾吴，常熟为勾吴北境。秦汉时期，常熟属吴县，西晋分吴县虞乡置海虞县（历史上这一地区曾临沧海，故称“海虞”），太康四年（283）建城。南朝梁大同六年（540）海虞县析置常熟县，隋时两县合并为常熟县。境内虞山原名乌目，山上有始建于南朝齐梁间的兴福寺等佛教寺庙和祖师庙等多处庙宇及其他人文古迹。

常熟市现为苏州市下属县级市，地处苏州北部，长江南岸，东邻太仓，南邻昆山、吴县（均属苏州市），西邻无锡、江阴，西北为张家港市。1961 年从常熟县划出北部 14 个“公社”（乡）和江阴县部分地区设置的沙州县，1986 年改为张家港市。由于历史上这一地区同属一个传统民俗文化圈，许多民间民俗文化活动是共同的，比如从农历三月初三开始的“拜香”，便以常熟虞山的祖师庙为中心（祀真武大帝）。据民国吴双热《海虞风俗记》卷一“岁时风俗·三月三日”载：

> 三月三日祖师诞。虞山之西岭有祖师殿，因名其岭曰祖师山。是日，愚夫愚妇有拜香之举。无远无近、无晴无雨，咸举行焉。五六人、十余人结队而行。队各携小磬一、笛一、香数束，小拜垫称其人数，一路高唱“至心皈命”。遇一庙，过一桥，则立而诵，扶垫据地而拜。其甚者，则裸其上体，于背、于臂洞肤而加以钩，悬香累累。钩处，肤离肉寸许，颤危危行。观者为之色变。是名“肉身灯”，又名“烧臂香”。问其何自苦乃尔？则曰：是“报娘恩”也。夫古之孝子“身体发肤受之父母，不敢毁伤”，彼报娘恩者，何背道而驰矣。
>
> 拜香者至祖师殿而止。殿在山巅不易上，然不敢不上，恐开罪于祖师也。山麓有河流，名“烧香浜”。三月三日香虫[1]蚁集，或徒步而往，或操舟而行，竟日乃散。是日，观者且十倍于拜者。绿女红男，藉开“无遮大会”。予尝与寓目焉，曾作竹枝词若干首以咏之。[2]

在今张家港市南部凤凰山上也有一个祖师殿，在前述“报告”中已经介绍。笔者在常熟曾看到余鼎君先生抄录的两厚册用于拜香活动的《香卷》，内容是祭拜众多神灵的“诰”和“赞”。现在常熟市已经将“拜香”列为当地“民间

[1] 作者对“愚夫愚妇”之“拜香”持否定态度，故称之为“香虫”。

[2] 上海：开文社，1916（上海小说丛报社、长熟学福堂书社发行），页5－7。

文化遗产”。在拜香活动期间，讲经先生也在相关庙会上，演唱《祖师宝卷》。但余鼎君先生指出：做会讲经的宝卷和拜香的“香卷”不是一回事。

据常熟市民族民间文化保护办公室的调查，常熟做会讲经遍布于境内各乡镇。比如，在北部的谢桥管理区（镇）便有老讲经先生9人，他们大都在60—80岁之间（他们带的徒弟未计入）。笔者所拜访的余鼎君先生在常熟市区西南郊；赵宝元先生所居沙家浜镇在市境南部，与昆山市相邻。笔者同所住旅馆的一位女服务员偶然提起，她的外祖父也是一位讲经先生，名蒋仁元，颜港（在常熟市西南郊）人，前几年去世（80余岁），她的妹妹曾从外祖父做会讲经，现在改做超市售货员。据赵宝元先生介绍，他也曾向蒋仁元学习过。

据笔者对常熟的做会讲经和今张家港南部地区做会讲经的综合考察，它们是一体的，属于苏州做会宣卷的一个分支。[1] 它们与苏州做会宣卷相同的是：都做禳、顺星的法事，为人却灾，唱《解神星君宝卷》等；自清代中叶以后，都大量改编弹词和其他民间演唱文艺的故事作为宝卷演唱，称“小卷”（俗称“白相卷”“闲卷”），同时出现“唱新闻”的“小卷”，如笔者发现的《滑稽小偈》等。[2]

这一地区的做会讲经，与苏州做会宣卷比较，也有一些不同之处：

（一）它们都做一个特殊的“会”：病人得病久治不愈，或有精神症状。巫婆（俗称“师娘”）“判”定是“猴仙”附体作祟，请讲经先生做此会（据余鼎君先生介绍，当地做各种会都要先请师娘“看香”作判，再请讲经先生“讲经”）。唱《猴仙宝卷》（或称《猴王宝卷》）[插图67]，并做法事，请附在病人身上的“猴仙三爷”吃喝，“送”它到病人住所门外。这一仪式在苏州其他地区未见。据赵宝元先生讲：他有时会被昆山和其他地方的民众请去做这个会。

（二）这一地区的“神卷”特别多，这些神卷大多依附于当地各种庙会，神主的故事是当地民间传说。

（三）该地区做会有较多的明代民间教派遗留物。笔者在张家港港口镇调查时曾发现该地做荐度亡人法会时唱明末还源教的《销释明证地狱宝卷》（见上“报告”），在常熟发现它也是做荐亡法会必须唱的宝卷：其中一册传抄本保留原卷二十四品的名目，一册已经将“品”名抄落，但仍保留原卷还源祖游地狱的格局。另外，在常熟和张家港做荐亡法会还唱《大乘无为归空指路宝卷》

[1] 按，张家港市已经将境内的做会讲经宝卷定名为“河阳宝卷”，缺乏历史根据。

[2] 参见本书第二编第二章“江浙吴方言区的民间宣卷和宝卷”附载影印本。

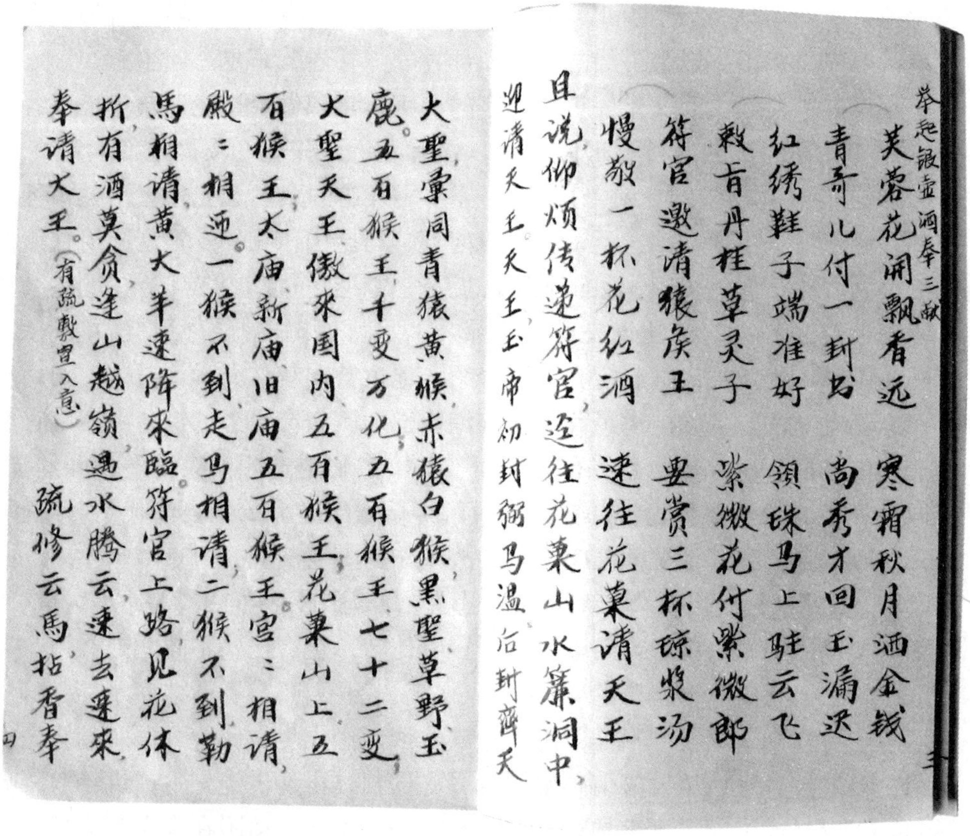

[插图 67]《猴仙宝卷》(常熟讲经先生余鼎君丁亥年抄本)

(简称《指路宝卷》)[插图 68] 和《目莲三世地狱宝卷》(上卷分十九品)[插图 69],这两种宝卷也是明代民间教派宝卷的遗留。

笔者无力在上述地区做深入的田野调查,希望后来者能深入调查下去。

二、常熟宝卷简目

笔者在张家港港口镇调查时,发现讲经先生钱筱彦做会使用的宝卷约 60 种。据常熟余鼎君、赵宝元两位先生谈,这是常用的。他们出示的宝卷都在

130余种，去掉重复，共得152种（非当地刻刊本、石印本未列入）。余鼎君又将“神卷”按照“开坛讲经”的情况,分为“素卷”(如《香山》《雪山》《家堂》《玉皇》《太阳》《祖师》《财神》《灶界》《药王》《猴仙》等,这些神道吃“素”,供素品）和“荤卷”（如《太姆》《猛将》《总管》《周神》《刘神》等，这些神道都是地方神，吃“荤”，供荤品）两类；别出“地狱卷”一类，指超度亡灵用的仪式宝卷，如《地藏》《十王》《七七》《血湖》等。笔者编目仍按照吴方言区民间宝卷的一般分类方式分为“神卷”“小卷”“科仪卷”三大类。神卷指讲唱各种神道故事的宝卷，主要是各种民间信仰的神，也有佛教的佛菩萨、道教的尊神。小卷主要指根据弹词、民间传说和其他民间演唱文艺题材或民间流传的唱本改编的宝卷。另外是做各种会的仪式使用的卷子，可称作“科仪卷”，其中有一些也讲传说故事。现将两位先生的宝卷整理简目如下。不同的版本和近现代木刻、石印本宝卷未列入。

（一）神卷

1.《悉达宝卷》，上下集，二册。或称《悉达太子宝卷》《雪山宝卷》。

2.《大乘香山宝卷》，或简称《香山宝卷》《观音宝卷》，上下二册。

3.《香山说要宝卷》，按，此为《香山宝卷》的改编、摘唱本，宣卷先生拟名，见《中国宝卷总目》1297号（修订本,北京：北京燕山出版社，2000）。常熟所见两种：一册，包括《进白雀》《斩三公主》《游地府》三段，每段前有“上接正卷”，后有“下

大乘無為歸空指路卷
爱河千層浪
要指灵魂路
今日宣揚指路经
西方路上难行走
大慈大悲救苦难
皈依十方一切佛
皈依十方一切法
苦海萬重波
孝眷唸彌陀
亡魂听了便分明
指点路途要記清
志心誠念礼如来
佛法常者度衆生
法輪常轉度衆生

[插图68]《大乘无为归空指路宝卷》(简称《指路宝卷》，常熟地区丁亥年抄本，抄写者不详)

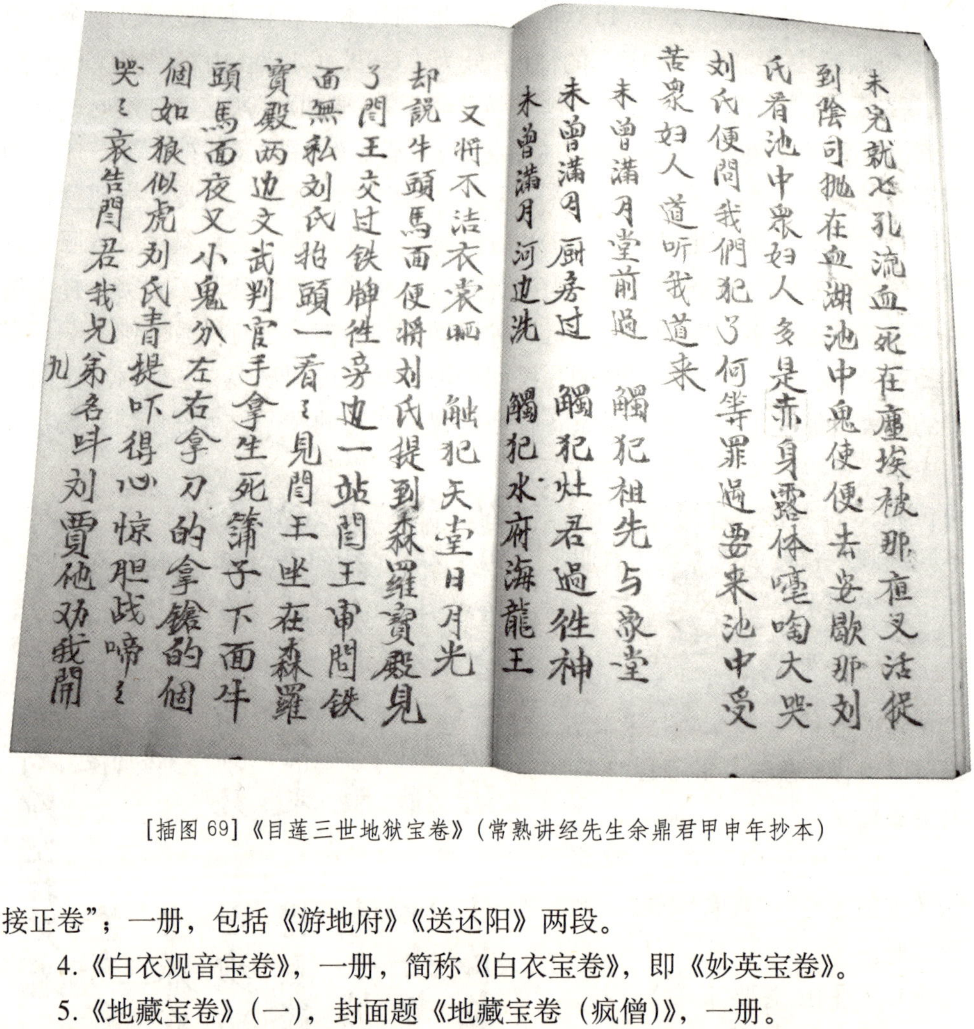
未免就七孔流血死在塵埃被那桓叉活捉
到陰司抛在血湖池中鬼使便去妥歇那刘
氏看池中衆妇人多是赤身露体嚎啕大哭
刘氏便問我們犯了何等罪過要来池中受
苦衆妇人道听我道来
未曾满月堂前過　觸犯祖先与家堂
未曾满月厨房过　觸犯灶君過往神
未曾满月河边洗　觸犯水府海龍王
又将不洁衣裳晒　觸犯天堂日月光
却説牛頭馬面便将刘氏提到森羅寶殿見
了閻王交过铁牌往旁边一站閻王审問铁
面無私刘氏抬頭一看〻見閻王坐在森羅
寶殿兩边文武判官手拿生死簿子下面牛
頭馬面夜叉小鬼分在右拿刀的拿鎗的個
個如狼似虎刘氏青提吓得心惊胆战啼〻
哭〻哀告閻君我兄弟名叫刘賈他劝我開
九

[插图 69]《目莲三世地狱宝卷》(常熟讲经先生余鼎君甲申年抄本)

接正卷”；一册，包括《游地府》《送还阳》两段。

4.《白衣观音宝卷》，一册，简称《白衣宝卷》，即《妙英宝卷》。

5.《地藏宝卷》(一)，封面题《地藏宝卷（疯僧)》，一册。

6.《地藏宝卷》(二)，封面题《地藏宝卷（金乔觉)》，一册。

7.《地藏宝卷》(三)，封面题《地藏宝卷（光目)》，一册。述光目女割肉救亲。

8.《小地藏》，一册。按，本卷摘录自《地藏菩萨本愿真经》。

9.《目莲三世地狱宝卷》，上下卷，二册。上卷分十九品，述目莲到各地狱寻母，每品结束均附“通牒、念咒、唱偈”提示，卷首载小卷《十望娘》《好伤心》；下卷述目莲三世故事。

10.《弥陀宝卷》，一册。述济度和尚修行后为弥陀佛。

11.《弥勒宝卷》，一册。述弥勒佛出身故事。

12.《家堂宝卷》，一册。述鱼篮观音故事。

13.《韦驮宝卷》，一册。述湖州韦邦瑞子希度拜燃灯古佛出家为韦驮菩萨。

14.《玉皇宝卷》，封面题《昊天玉皇》，卷首载《玉皇忏》《玉皇赞》《无上玉皇心印妙经》《玉皇诰》等，一册。述玉皇大帝出身故事。

15.《王姆宝卷》，又名《天仙王姆卷》《西池王姆宝卷》《皇姥宝卷》，一册。述张四姐大闹东京故事。

16.《太姆宝卷》，又名《太姥宝卷》，一册。仙界御桃园蛣蛛屠圣母下凡化为萧婆，生五灵公（五圣），降妖捉怪，到苏州造七层宝塔。

17.《地母宝卷》，一册。与江苏靖江做会讲经圣卷《地母卷》题材相同。[插图 70]

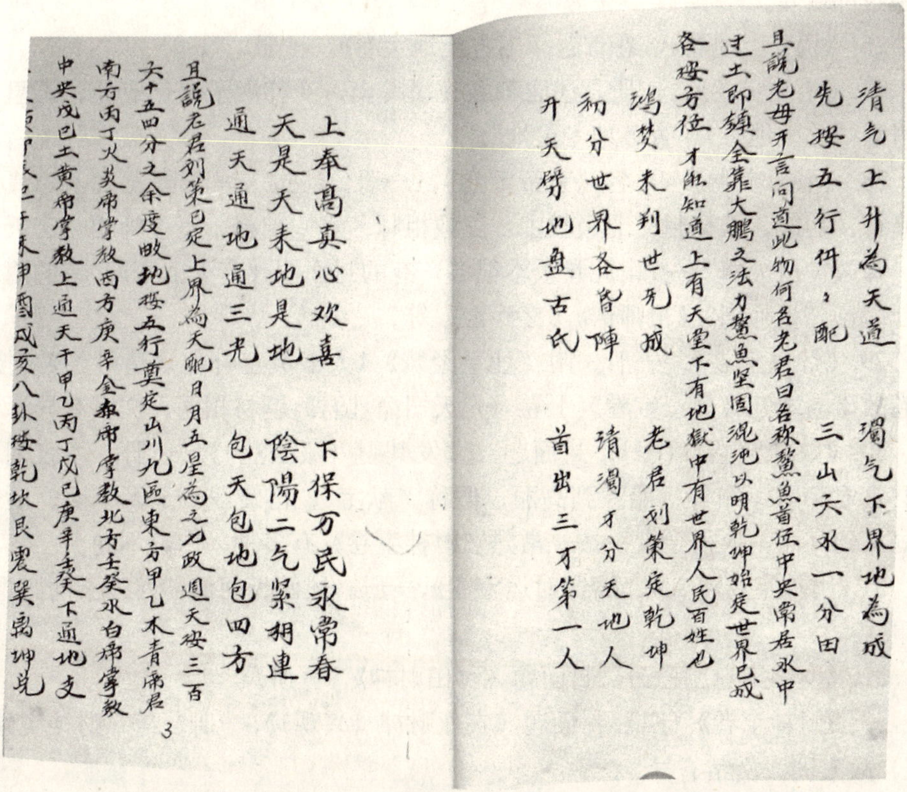
清气上升為天道　濁气下界地為成
先按五行件〻配　三山六水一分田
且説老母开言問道此物何名老君曰名稱鰲魚首在中央常居水中
迁土即鎮全靠大鵬之法力鰲魚堅固混沌以明乾坤始定世界已成
各按方位才纔知道上有天堂下有地獄中有世界人民百姓也
鴻焚末判世光成　老君划策定乾坤
初分世界各留陣　清濁才分天地人
开天劈地盘古氏　首出三才第一人

上奉高真心欢喜　下保万民永常春
天是天来地是地　陰陽二气緊相連
通天通地通三光　包天包地包四方
且説老君划策已定上界為天配日月五星為之七政週天按三百
六十五四分之余度畋地按五行奠定山川九區東方甲乙木青帝君
南方丙丁火炎帝掌教西方庚辛金素帝掌教北方壬癸水白帝掌教
中央戊己土黄帝掌教上通天干甲乙丙丁戊己庚辛壬癸下通地支
辰巳午未申酉戌亥八卦按乾坎艮震巽离坤兑
3

[插图 70] 江苏常熟讲经先生传抄的《地母宝卷》卷首和卷末。

18.《土皇宝卷》，一册。述唐沂州殷相武曲星下凡，平番、皇封“北帝司猛吏上将驱煞太岁殷元帅、地祇镇土昭烈武成王”。

19.《太阳宝卷》一册。日宫、月府的太阳、太阴原为夫妻，日宫为太阳王菩萨。

20.《天宫三师卷》，简称《天宫三师》《三师宝卷》，一册。玉皇封盘古皇天宫星主，善智皇帝天师真神，太子三师真神。

21.《老君宝卷》，一册。述老君化创世界。

22.《东岳宝卷》，一册。述东岳大帝黄飞虎故事。与江苏靖江圣卷《东岳宝卷》题材同。

23.《城隍宝卷》，一册。述明末杨继盛父子死，玉帝封为“人间城隍监察司”。

24.《北庄城隍卷》，又名《大宁庄城隍》，一册。

25.《印应雷宝卷》，一册。述南宋仁宗常州印应雷组织民众抗金，病逝。玉皇封都城隍。

26.《大王土地卷》，卷首题《当方土地宝卷》。一册。

27.《土地宝卷》，一册。述唐韩愈充军岭南，受韩湘子点化成仙，玉皇大帝封为“总土地”，巡查各地“土地”。

28.《祖师宝卷》，又名《玄帝宝卷》，一册。述过去净乐国王太子隐真立志修行，功成，玉皇封“北极教主、三教祖师、真武神将、玉虚师相、玄天上帝、降魔护道天尊”。按，此卷版本很多，有的封面题《玄天上帝》；有的附载《祖师赞》《祖师偈》《祖师诰》《玄武诰》等。

29.《灶皇宝卷》，一册。附《灶皇经赞》《太上灵宝补住灶皇妙经》。按，本卷故事与靖江《灶王宝卷》上卷《先天司命灶君》题材相同，文字有异。

30.《财神宝卷》（一），封面题《大发其财（贩蚕豆）》，一册。述唐朝钱塘县富君荣贩运布等，船漂到高丽，假称“献宝”，得绫罗、金狮子回。后运蚕豆又到高丽，换得金宝。按，常熟《财神宝卷》有多种，内容不同。

31.《财神宝卷》（二），又名《时运宝卷》，一册。述西天问佛，“问三不问四型”故事。

32.《财神宝卷》（三），封面题《种田财神》，一册。

33.《财神宝卷》（四），封面题《农业财神（兴观）》，一册。与《财神宝卷》（三）故事同，文字有异。

34.《财神宝卷》（五），封面题《五福财神》，又名《要货财神宝卷》。一册。

35.《财神宝卷》（六），封面题《财神金龙扇》，一册。

36.《福禄财神宝卷》，封面题《福禄财神（美玉）》，一册。述扬州兴化府陶百万女美玉嫁乞丐阿二，发迹巨富。

37.《仙姑宝卷》，开卷偈云“财神宝卷初展开”。案，本卷据张四姐大闹东京故事改编，删去“大闹东京”。

38.《关帝宝卷》，一册。述关公故事。

39.《药王宝卷》，又名《药王扁鹊宝卷》，卷首载“药王经”，一册。

40.《药师宝卷》，一册。述玉帝遣吕纯阳下凡为人医病，后又派华佗来人间。卷中有许多民间药方。

41.《瘟部宝卷》，封面题《瘟部精忠》，一册。述商朝吕岳，瘟星下凡，灭蝗，纣皇命退番，封瘟部靖忠王，升天为五瘟星君。

42.《李王宝卷》，一册。述战国秦国孝文王时，湖州长兴李十九子福王，死授瘟部使者。

43.《天师宝卷》，封面题《天师降魔》，一册。附《天师诰》《殷元帅词》《灵官词》。述山西大同冯贤读书，受千年黄狼精变女子惑，天师降妖。

44.《六神宝卷》，一册。按，“六神”指“门神”“宅神”“家神”“灶神”“财神”“井神”六位“菩萨”，是吴方言区民间普遍信仰的神。

45.《路神宝卷》，卷首题《敕封路神宝卷》，一册。述姜子牙封方弼为“大真路神”。

46.《鲁班宝卷》，封面题《鲁班仙师》，一册。述太上老君徒张盛（泥水匠）、鲁班（木匠）下凡。鲁班制墨斗，造锯。鲁班大徒弟泰山创立竹木匠，以竹代木。

47.《三官宝卷》，一册。述陈子春故事。这本是流传颇广的苏北香火神书“唐书”中的一段故事。在各地鼓词、宝卷和许多地方戏中均有演唱。

48.《猛将宝卷》，一册。按，本卷在太湖地区广泛流行。常熟所见版本多种。一种改故事背景为唐武则天时。

49.《纯阳宝卷》，一册。据吕纯阳传说故事改编。

50.《济公宝卷》，一册。据济公故事改编。

51.《武烈宝卷》，封面题《武烈大帝（即甘露）》，一册。述东周列国时，玉帝插香童子下凡为衢州府南靖县陈祖子，名陈谷贻。陈谷贻后被玉帝封武烈大帝。

52.《甘露宝卷》(一),一册。秦始皇时,玉皇女玉女下凡为陈球女,名赛花,因吃芦叶露水怀孕,生子名甘露。甘露中状元,受吕不韦陷害死,玉帝封甘露王。

53.《甘露宝卷》(二),一册。述元朝常熟甘露村程采、程宰故事。

54.《灵公宝卷》,一册。述商纣时黄飞虎长子黄天化为炳灵公传说。

55.《龙王宝卷》,一册。述常熟白龙神庙(始建于唐咸通十三年,872)白龙神传说。

56.《孚应王(十王孚应、东平)》,一册。述北京徐智因时乱到琴川(常熟)居住,子徐渊,文武全才,自称孚应王,与千圣小王、东平王结金兰。苏州吴王发兵,三王保卫无锡、常州、常熟,皇上封徐渊"东岳右相孚应王",建庙立祀。

57.《孚应王(上相)》,一册。述商朝山西朝歌张继善,子官宝,武曲星下凡,生有奇相。"兴周灭纣功劳大",封"上相中靖王",各地建庙立祀;

58.《东平王(上相大神)》,又名《东平宝卷》,一册。

59.《千圣小王宝卷》,一册。述唐张巡子张亚夫死节,封千圣小王。宋时金兵入侵,香伙毛均抱小王神像来常熟,建庙立祀,屡显灵应。

60.《水仙宝卷》一册。述常熟水仙庙水仙名王传说。

61.《灵官宝卷》,一册。述宋常熟灵公子灵官封灵官大帝。

62.《雷斋宝卷》,一册。述宋高宗浙江湖州府乌程县张员外,六子、媳。朱氏六娘贤,死封"聰睒娘娘"。

63.《贤良宝卷》,又名《西湖贤良宝卷》。述清同治年间,常熟下圩村渔民刘桂荣子刘大根,仗义救人,死仍惩恶扬善,被封为"西湖巡查刘大神"。西湖,即常熟市尚湖。

64.《贤才宝卷》,一册。清同治常熟朱妙根子朱根全,死为"贤才水神王菩萨"。

65.《五官宝卷》,一册。

66.《陆仙宝卷》,一册。

67.《总管宝卷》,一册。金元七兄弟,祛邪逐疫,封金七总管。

68.《刘神宝卷》,一册。南朝宋,刘德康子刘祖,玉帝封刘神,主驱瘟逐疫、赶邪伏煞。

69.《周神宝卷》,一册。

70.《猴仙宝卷》,又名《猴王仙卷》《老猴仙王宝卷》,一册。猴精(仙)"三爷"

附人身（病人）作祟。本卷版本较多，一本卷首有“祭科”、“符銮接驾”等仪式文。

71.《大仙宝卷》，又名《狐仙宝卷》，一册。徽宗皇帝抢张文正妻李秀英，修炼千劫的狐仙华圣真人授计文正，救出妻子。

72.《二郎宝卷》，又名《姜尚出山》，一册。述二郎神故事。

73.《合和宝卷》，余鼎君编，一册。寒山、拾得劝人夫妻合和，称“合和仙”。

74.《门神宝卷》，余鼎君编，一册。述神荼、郁垒下界为门神；秦琼、尉迟公为门神。

75.《碧霞宝卷》，余鼎君编。东岳大帝女投生到山东徂徕石敢当家，行三，称三姑娘。修行，与众仙、柴王争泰山，封天仙圣母碧霞元君。

（二）小卷

1.《普度宝卷》，又名《普陀宝卷》，一册。述宋代黄（王）有金、黄有银兄弟修行，到普陀拜观音。

2.《蟠桃宝卷》，一册。

3.《怕家婆卷》，又名《怕家婆卷》《欢乐宝卷》，一册。述无锡县汤阿大妻冯氏，悍妒，后改过。

4.《沉香宝卷》，一册。

5.《田螺宝卷》，一册。述田螺娘故事。

6.《百花台宝卷》，上下集，二册。

7.《双奇冤宝卷》，又名《老鼠衔金环》《双金环宝卷》，一册。

8.《卖花宝卷》，一册。按，即《张氏三娘卖花宝卷》。

9.《文秀宝卷》，又名《三探桑园卷》，一册。按，即《何文秀宝卷》。

10.《碧玉带宝卷》，又名《白马驮尸宝卷》，一册。

11.《双金花宝卷》，一册。

12.《鸳鸯宝卷》，又名《杭州大赖婚》，一册。按，即《百花厅宝卷》。

13.《龙凤宝卷》，一册。

14.《白鹤图宝卷》，一册。

15.《凤麟宝卷》，一册。按，即《凤麟袄宝卷》。

16.《餐饭宝卷》，一册。按，即《顾鼎臣一餐饭宝卷》。

17.《琵琶宝卷》，一册。按，即《琵琶记宝卷》。

18.《姑嫂双修宝卷》，一册。封面题《姑嫂双修（相骂小卷)》。

19.《伯姆双修宝卷》,一册。述明嘉靖杭州兄高龙宝妻何氏,弟聚宝妻张氏,修行。

20.《孝顺宝卷》，又名《节孝宝卷》，一册。述宋高宗年间湖州乌程县蒲鞋村张员外六子媳六娘孝顺。

21.《黄糠宝卷》，一册。

22.《玉珏宝卷》，一册。述明弘治十三年，山东青州府常子文，父三管总兵常镐被当朝罗纪陷害死，奸臣要斩草除根，欲害子文。

23.《回郎宝卷》，又名《孝修回郎宝卷》，一册。

24.《受生宝卷》，一册。即《洛阳桥宝卷》。

25.《马路宝卷》，一册。

26.《马驴卷》，一册。姚芳官妻赵小姐，虐待公婆，变马驴。

27.《状元宝卷》，一册。述农家子张文忠中状元。

28.《贤妇宝卷》，一册。赵文宝妻胡二姐贤，弟赵文宾妻尚秀金，闹分家。

29.《唐僧宝卷》，又名《唐三藏》，一册。

30.《翠莲宝卷》，一册。

31.《西瓜宝卷》，一册。

32.《九更天宝卷》，一册。

33.《百无禁忌宝卷》，简名《禁忌宝卷》。一册。述姜子牙故事。

34.《哪吒小卷》，又名《哪吒闹海》，一册。据《封神演义》改编。

35.《月华宝卷》，一册。述嫦娥奔月故事。中秋节宣。

36.《鹊桥宝卷》，一册。述牛郎织女故事。

37.《仙桥宝卷》,又名《牛郎织女》,一册。按,本卷是《鹊桥宝卷》缩编本。

38.《双富宝卷》，一册。

39.《十穷十富宝卷》，一册。花欣，妻兰氏，罗汉为说“十穷十富”。

40.《花名宝卷》，一册。

41.《三度宝卷》，一册。

42.《赵贤借寿》，又名《赵贤宝卷》《借寿宝卷》《延寿宝卷》，一册。

43.《福禄延寿宝卷》，又名《男延寿宝卷》，一册。述金本忠延寿。

44.《桃花延寿宝卷》一册。述桃花（女）斗周公故事。“禳星延寿”唱。

45.《合家延寿宝卷》，又名《因果延寿宝卷》，一册。

46.《芙蓉延寿宝卷》，又名《女延寿宝卷》，述孝女卜芙蓉割肉救父，寿至百岁。庆女寿时唱。

（三）科仪卷

1.《请佛仪》《送佛仪》，合抄一册。

2.《还源地狱宝卷》

（1）上、下集二册。零品至23品。卷末署“甲申年正月十日日重抄”。

（2）卷名《地狱宝卷》，一册。卷首载《地狱宝卷》“开头佛偈”。本卷已不分品。

3.《大乘无为归空指路宝卷》，简称《大乘指路宝卷》《指路宝卷》，一册。卷中有“无为大道妙真言，灵魂听信早回头”语。

4.《课诵》,一册。包括《地狱卷请佛》《地藏赞》《请佛赞》《大悲神咒》《甘露水真言》《香赞》《消灾吉祥神咒》《功德宝山神咒》《观音灵感真言》《地狱卷送佛》《送圣赞》等和《荐亡仪》。

5.《地狱请送佛》，一册。

6.《孟婆宝卷》，一册。述孟婆出身故事。

7.《梁王宝卷》，又名《梁王法忏宝卷》，一册。据梁武帝传说改编，用于超度亡灵。

8.《送西方宝卷》，封面题《送西方卷（十王)》，一册。

9.《拜十王》，封面题《拜十王（小偈)》，一册。

10.《拜十王赞》，封面题《拜十王赞（小偈)》，一册。

11.《十王宝卷》，上下集，二册。按，本卷每殿插唱一报应故事，与靖江西沙做会讲经用《十王卷》相似，插唱故事有不同。

12.《幽冥十王宝卷》，一册。

13.《五献羹饭》，又名《祭羹饭功课》，一册。另册附《拜十王（地藏赞)》。

14.《五更度魂宝卷》，简称《五更宝卷》，一册。

15.《莲船宝卷》，一册。

16.《七七宝卷》，一册。另册与《哭七七》《十望娘》合抄。

17.《七七转莲卷》，一册。

18.《超度宝卷》，一册。附《香山荐亡仪》《献荷花》等。

19.《赞亡书全集》，一册。按，本卷是于荐亡法会的仪式卷集。

20.《十月怀胎报娘恩》，一册。附《十望娘（随身）》、《“五七”十望娘》。

21.《受生尊经》，又名《佛说寿生经》。用于“还曹”，附“出生年、欠钱贯、看经卷、缴库、曹官姓”。

22.《八仙上寿》，又名《上寿宝卷》，一册。另册附《祝寿偈》《结圆偈》。

23.《禳星科》，一册。附《解结散花》《荐亡》等。

24.《星真法忏》，一册。附《解结》等。

25.《解神星君宝卷》，一册。述唐贞观年间，扬州府泰兴县姜有运、姜有志兄弟故事。

26.《星宿宝卷》，一册。

28.《开关宝卷》，一册。

29.《家书科》，一册。

30.《庚申卷》，一册。述王球夫妻一生守庚申。

31.《血湖宝卷》，一册。

附录四：田野调查不能胡编乱造

在台湾施合郑民俗基金会出版的《民俗曲艺》上发表有《河阳宝卷调查报告》一文（载110期，1997，页67—87，下文简称“报告”），同一作者在《中韩文化研究》第三辑上又发表了《历史文化的瑰宝——河阳宝卷》文（南京大学中韩文化研究中心主办，韩国大丘市：中文出版社，2000.12，页252—254。下文简称“瑰宝”）。两文提供了张家港南部地区宝卷传播的一些情况，但也有不少错误，尤其是其中有些胡编乱造。因与本调查的对象相同，为免误导读者，贻误后人，现择其要者说明如下。

（一）所谓“河阳宝卷”、“经卷”和“押座文”

在民间口头传承资料和地方历史文献中均无“河阳宝卷”之说，定名为“河阳宝卷”，取名于该地区之河阳山。此山今通称凤凰山，古代亦称河阳山。这一地区原来本属于常熟县，当地流传的“做会讲经”与常熟地区的“做会讲经”是同一民俗文化圈的产物。笔者在“附录三”《江苏常熟的“做会讲经”和宝卷简目》中已经作了介绍。把它单独命名，强调它有独立的发展系统（见下），不符合历史事实。

“报告”说该地区的宝卷称作“经卷”而不称“宝卷”，但题目既以“河阳宝卷”名，在“目前河阳宝卷的存本概述”一节中，又列出许多以“宝卷”名的卷本，如《莲船宝卷》《神童宝卷》，这就使读者迷惑不解。实际上当代张家港、常熟和长江对岸靖江地区宝卷演唱活动都称作“做会讲经”，它们是吴方言区做会宣卷的一个分支。笔者在这一地区调查时曾问过一位妇女（佛教信徒），为什么称“讲经”？她回答：“就是讲经说法。”（这是沿用佛教的传统说法，实际上与佛教的“讲经”“说法”内容和形式不同）该地区讲经先生使用（传抄）的宝卷文本，同吴方言区（特别是苏州地区）的宣卷先生用的宝卷手抄文本一样，其封面题签卷名多为《××卷》，改编俗文学故事的宝卷则多袭用原名，如《碧玉簪》《洛阳桥》，但在卷首的“开卷偈”中则以“××宝卷初展开”始，说明该地亦以“宝卷”为通称。

在“瑰宝”文后附载的一组“河阳宝卷”中的《妙英宝卷》，前面一段唱词标题为“押座文”，此属杜撰。这类篇幅短小的唱词，在吴方言区宣卷中习称“小卷”“偈子”，现留存大量宣卷人手抄本。这些手抄本一般称“佛曲”“佛偈”等。在吴方言区宣卷先生抄录的宝卷的卷首和卷尾，也偶有附载这类小卷和偈子。这类小卷是在做会宣卷（讲经）正式开始前或中间休息时宣卷先生做“饶头”唱；和佛的人也唱。笔者在张家港对岸靖江农村调查做会讲经时，有一天晚上，和佛的妇女休息（该地讲经夜间一般前半夜唱“小卷”——俗文学故事卷，由男性和佛；后半夜做各种仪式，由女性和佛），她们很兴奋，一直唱各种“偈子”，忘记睡觉休息。

专门在宝卷开卷前唱的偈子习称“叫头”，有固定的格式。如：

（诵）香烟缭绕，上彻穹苍；
　　　结成华盖，庄严法界。
（唱）香烟缭绕起祥云，上彻穹苍透天门；
　　　结成华盖腾云去，庄严法界在佛门。

笔者曾过目一本题为《总偈》（庚寅年抄本）的佛偈集，集中把这类叫头称作“起卷用偈子”，收此类偈子30多个。笔者在张家港和江浙各地调查宣卷（讲经），并阅读过数百种宣卷人的手抄本宝卷，从未听到或看到使用“押座文”的名称。在历史上有关宝卷的文献中，至今也未见到过有“押座文”的说法。“瑰宝”文编造“河阳宝卷”中有“押座文”，意在表示“河阳宝卷是敦煌变文的发展”，是“敦煌变文的嫡系子孙”，这样的胡编违背了科学道德。

（二）“河阳宝卷”的来源及其与佛教的关系

“瑰宝”文中，为了夸饰“河阳宝卷”的久远，说：

> 东汉末年，佛教传入河阳山地区，永庆寺的僧人带来了西方的佛经，为了把高深的佛学原理，向广大民众传播，于是他们利用了本土民众喜欢的山歌形式进行唱导，来宣传佛理。但此种形式，劳动民众还是很难接受，于是僧人们又把经文通俗化，进行俗讲，正如敦煌藏经洞发现的唐代变文，又唱又讲。大约到了宋代，这种俗

> 讲更加通俗化，融进了佛陀的本生故事，吸收了本土的民间故事进行佛化，演释佛经的教义，出现更为生动、有一个个故事情节的讲唱文学底本，即河阳宝卷。
>
> 五十年代，河阳山永庆寺的藏经楼与文昌阁藏有各个时代的宝卷上万册，后遭严重破坏，部分流落民间的讲经先生手中，据老年人讲，这些卷本是历代僧人收藏于寺中的，成为寺中一宝。

在“报告”文中也说：“保存经卷本（按，指宝卷）主要有河阳山永庆寺文昌阁与经楼。50年代成千上万册藏书先后被毁，部分流向民间。”[1]

按照上述说法，东汉末年，凤凰山永庆寺的和尚带来佛经，用当地的“山歌”“唱导”，后来把经文通俗化“俗讲”，宋代把“俗讲”更加通俗化，就是“河阳宝卷”；50年代，永庆寺中还收藏“历代僧人收藏宝卷上万册”。这些都是无稽之谈。

关于中国佛教及其唱导、俗讲的发展，学者多有研究，此不赘述。中国宝卷和宣卷虽然最早是佛教世俗化的产物，但明代正德以后到明末，形成民间教派宝卷一统的局面，所以，明代以来各地正统的佛教僧团和佛教寺庙便不以宣卷和宝卷为其宗教活动和经卷。凤凰山永庆寺始建于梁大同二年（536），而非东汉时期，这个寺庙在江南一带属较为著名的佛教丛林。现在这一寺庙已经恢复，笔者在该地调查时曾前往参观。东汉时期既没有“山歌”之说，历史文献中也找不出任何根据能证明永庆寺的和尚们曾用当地山歌“唱导”，并在宋代创造了“河阳宝卷”；此后这个佛教丛林也不可能保存和传播宝卷。从田野调查的情况看，尽管过去张家港地区的讲经先生和信众们依附于各个寺庙、道观结社烧香拜神佛，但即使在庙会期间，寺庙中的僧侣和道观中的道士们也不会讲唱宝卷。

实际上该地区讲经先生所用的宝卷文本，主要是师徒传抄的“秘本”。笔

---

[1] 近见该地区编辑、出版的《中国 · 河阳宝卷》（南京：江苏文艺出版社，2008），收入宝卷百余种，分为“道佛叙事本”“民间传说故事本”“道佛经义仪式本”三大类，“道、佛”之说不知有何根据，但混入若干种已收入《道藏》的道教经卷，则是明显的失误。据上文笔者的调查，该地区讲经先生和伙居道士为民众做的各种“法会”，各行其事，不混合在一起做。

者在报告中提及的《地狱卷》，系传抄的明末还源教的《销释明证地狱宝卷》，说明该地做会讲经历史上曾与明清民间教派的活动有关。发现于该地区的抄本《小猪卷》（清光绪三十年徐宪章抄本《蝴蝶卷》附载），[1] 用 1/3 的篇幅、以“说新文（闻）”的形式铺陈“小猪开口劝世人”的轰动效果。笔者另发现常熟地区民国间的抄本《滑稽小偈》，唱 1932 年上海“一 二八”抗战时事，说明清末民初该地的讲经已向“说新文（闻）”等民间演唱文艺学习，吸收它们的演唱技巧和内容。这些情况，同苏州地区和江浙吴方言区的民间宣卷发展是一致的。

（三）张家港“做会讲经”与“拜香”等

笔者在报告中已指出“拜香”（又称“报娘恩”）是广泛流行于苏州、无锡地区的一种民间信仰活动，在上述宝卷流行地区过去也极为流行。“报告”中“河阳山的香火习俗”及“河阳宝卷的讲唱形式”部分，将“做会讲经”与“拜香”活动“合二为一”，行文中纠缠不清，读者须注意分辨[2]。笔者在附录三：“江苏常熟的‘做会讲经’和宝卷简目”文中已介绍，常熟地区已经将“拜香”活动定为本地区的民间文化遗产，拜香用的“香卷”同做会讲经演唱的宝卷，是不同民间文化活动的产物。

两文中还有一些似是而非的说法，如“报告”中说河阳宝卷“抄本中，最早的抄写年代是康熙、乾隆时”的；“瑰宝”文中说“河阳山周围最有名的（宝卷）是三槐堂王氏刻本，一般作模板收藏，起始于明代，中止于 50 年代初期”。按此说法，明代以来“三槐堂”王氏（按，“三槐堂”是江南王氏的堂号）400 多年间不断在刻印宝卷。可是作者在“报告”文附录的 60 种宝卷版本及“瑰宝”文附载的一组宝卷中，却没有一种是康熙、乾隆抄本和三槐堂刊本。[3] 实际上，“报告”文所附载的宝卷，有些作者也没有亲见，所作的介绍也是望文生义的

[1] 参见本书第五编“宝卷漫录 · 小猪卷”。

[2]“报告”文引用民国吴双热编《海虞风俗记》卷 1“岁时风俗 · 三月三日”条，介绍常熟地区的“拜香”活动，不仅删去该书编者的姓名、将书名改作《海虞风俗志》，引文题目删去，并做了多处删改，亦见为文之随意性。该条原文见本章附录三：“江苏常熟的‘做会讲经’和宝卷简目”引。

[3] 笔者编纂、修订中国宝卷“总目”，至今见于海内外公私收藏著录的宝卷版本，大概已超过六七千种，没有见到过“三槐堂王氏”刊印的宝卷。这个所谓“起始于明代，中止于五十年代初期”一直在不断刻印宝卷的“河阳山三槐堂王氏”，可能是“瑰宝”文作者杜撰的又一故事。

编造，如《蝴蝶卷》述庄子梦蝶、劈棺的故事，是在戏曲和说唱曲艺中流传很广的俗文学传统故事，作者却说是“蝴蝶拟人化的童话宝卷”。

田野调查的科学规范最基本的要求是实事求是，胡编乱造一些民间本来不存在的事，这就丧失了起码的科学道德。对历史文化现象的解释，任何人都难免有误，但应遵循“言必有据”的原则，尽量避免片面。上述两篇介绍“河阳宝卷”的文章，是以“田野调查报告”和资料介绍的形式发表在学术刊物上，其间的胡编乱造，达到了惊人的程度。它们都涉及宝卷历史发展的研究。这给当今和后人研究中国宝卷、乃至敦煌学，会带来什么样的混乱和麻烦，是可以想见的事。故就笔者所知，正误如上。

第六章 山西介休的民间念卷和宝卷

山西介休地区的“念卷”（即“宣卷”）和宝卷，是1957年张颔先生《山西民间流传的宝卷抄本》[1]一文介绍给学术界的。文中介绍了介休城乡念卷的活动情况、手抄本宝卷的内容和形式，并著录作者于1946年在该地调查时所见手抄本宝卷31种。[2]

河北省及其周边的山西、山东、河南省的部分地区，曾是明清各民间教派创教和活动的中心，也是教派宝卷产生和流传的中心。明末清初，这一地区又出现了不带宗教色彩的民间宝卷。但是，近现代以演唱俗文学故事为主的民间念卷活动，在这一地区基本上都消失了，地方文献中找不到有关的记载。因此，张颔先生的调查报告便显得特别珍贵。自然，由于当时条件的限制，有些情况报告中未能报道。

1997年6月17—19日笔者赴介休市调查。该市文化艺术中心（原市文化局）曹柱峰先生邀请当地文化界的四名老先生同笔者座谈，他们是：

强壮，男，80岁，原市剧协编导；

董方，男，68岁，中学高级教师，曾参与主编县民间文学“三套集成”及政协《文史资料》；

张如山，男，68岁，原市博物馆馆长；

任学进，男，60岁，原市文化局局长。

后又由张、任二位先生陪同笔者去市博物馆，由段青兰女士将馆藏部分经卷取出，笔者得一一过目。笔者又在该市走访了市曲艺队侯兴华等老先生。以下便是根据访谈记录和其他书面文献资料写出的报告。

---

[1] 载《火花》，1957年第3期。

[2] 这些宝卷大部分为作者收藏。2006年4月笔者拜访张先生时得知，已经全部散失。

一

介休县（1992年改为县级市）地处山西中部太原盆地南端。县东南的绵山，又称介山，即春秋时辅佑晋公子重耳（晋文公）复国的功臣介之推隐居和被焚之地，介山、介休即由此得名。介休自秦代设县，至今已2000多年，在这块土地上有丰富的历史文化积累。

隋唐之际的著名禅僧志超（俗姓田，太原榆次人）于唐武德五年（622）到介山抱腹岩，聚禅侣修炼，直至贞观十五年（641）逝于介休城内光岩寺，事见唐释道宣《续高僧传》。唐代以来，介休地区便流传有关志超修道成佛及显示灵异的各种传说。这些传说不仅载入方志等地方文献，也以口头形式广为流传，介休各地尚存有很多与这些传说相关的名胜、古迹和遗迹。介休念卷中流传最广的一部宝卷《空王宝卷》（全称《敕封空王古佛宝卷》，又名《空王古佛救苦经》，民间俗称《空望佛宝卷》）[版图8]，就记录志超（田生善）的传说。据笔者考察，这本宝卷原为明代后期民间宗教家所编（详下）。

据嘉庆《介休县志》卷3“坛庙”载，县境内旧有寺庙、祠庵等140余处，它们除了分别归属于儒、释、道教外，也有不少是源于古老的民间信仰，如源神庙，建在胜水（始见《山海经·北山经》）之滨，原是古人祭祀水源神的庙宇，后来庙中供奉古代圣人尧、舜、禹。又如玄神庙，其创建年代无考，传说为文彦博[1]所建，所祀为“白狐”、“袄神”。明嘉靖十一年（1532）知县王宗正以其为“淫祠”，改为三结义庙，祀刘备、关羽、张飞，[2]但至今庙中仍有玄神楼。又，“志”载县之迎翠门外有“三教堂”，县境“各村亦多建立”，“中塑释迦，左塑老子，右塑夫子像”。这自然是明清民间教派“三教合一”信仰的产物，故“志”称此“殊属侮圣人之甚，乾隆三十四年，知县王谋文谕改塑文昌”。

介休县境内流行的民间演唱文艺有晋剧（中路梆子）、祁太秧歌、介休干调秧歌及三弦书。其中干调秧歌系由当地踩街秧歌接受梆子戏影响而发展来的民间戏曲剧种，其他均由外地传入。介休的念卷和宝卷就是在这样一种民间文

---

[1] 文彦博（1006—1097），介休人。北宋名臣，历任仁宗、英宗、神宗、哲宗四朝宰相，封潞国公。

[2] 据清康熙十三年（1674）《重修三结义庙记》，载介休县政协编印《介休文史资料》（内刊），第3辑，页20。

化背景中流传。它没有专业的演员，而是在民众家庭中进行的教化、信仰和娱乐活动。

二

介休念卷的来源，张颔先生的文章及笔者调查均未得到直接的答案。此次笔者调查所见的《空王佛宝卷》有两种版本：一是锦山云峰寺僧一悟等倡印的电脑排印本，底本据极僧（俗名王云山）保存的手抄本；一是介休市博物馆入藏 1982 年新抄本，底本为民国九年（1920）邑人梁续祖、李本信抄录校正本。这本宝卷卷末说（据电脑排印本）：

> 此经出在明朝，修正禅师夜梦一个僧人言道："有《空王古佛教苦经》一卷，何不传与世人？"修正和尚问道："经存何处？"僧人曰："现在舍身崖下梅花洞中。"修正和尚猛然惊醒，却是一梦。

下文述修正和尚焚香拜佛后，来到舍身崖（在介休绵山后山），果然见一石洞，取出真经，洞不复见。这自然是一"神话"，但据此卷内容和形式上的某些特征，可知其为明末民间宗教家所编。

（1）本卷的演唱结构由"散说"（以"话说"开头）、唱词（七言和十言）及小曲曲牌反复说唱构成段落，一如明代后期教派宝卷分"品"的结构形式。其中小曲曲牌大部分在传抄中丢失了，但仍保留［皂罗袍］［红莲儿］（此曲仅见介休市博物馆藏抄本）［桂枝香］［一枝莲］［打唱莲花］等。原有各演唱段落的"品"名，也在传抄中丢失。

（2）卷中还残留某些民间教派的特殊用语，如"天盘"（指"真空家乡"），"婴儿陀（姹）女匹配成双"，"挂号对合同"，"证了果朝了元答查对号，赴荣华大聚会超出凡尘"等。卷中所介绍的修持方法，也与明末许多外佛内道的民间教派一致，如说："修行不离先天气，调理阴阳共火风……手拿青龙与白虎，神游到紫阳宫。开通三百六十节，未来之事早知音。"

（3）卷中称田志善为"善友"。今人以为"善友"是未正式出家修行的佛教徒，但在明代后期这是闻香教（即东大乘教，又称"善友会"）教徒之间的称谓。闻香教是外佛内道的民间教派，明末已传人山西。后金崇德元年（皇太极年号，1636）多尔衮、多铎率兵攻锦州城，时有闻香教“善友”崔应时等人，上书给后金，自称受“山西平阳府十河王”（暗指闻香教首石佛口王氏）派遣，愿为内应献城。清顺治二年（l645），宣化利民堡守将王守志对山西朔州蒋家峪村“持斋事佛”的善友会“借端酷诈”“纵兵抢夺”，激起民变。[1]

这本《空王佛宝卷》最初编者的宗教归属尚须进一步考证，但它可说明明末清初在介休地区活动的一个民间教派利用当地的民间传说,编出了这本宝卷。

明清两代，山西民间教派流播较为普遍。清政府镇压、取缔邪教，也多次办过山西各地的案件，并查出各种经卷和宝卷。如乾隆四十八年（1783）山西巡抚农起拿获平遥县（介休的邻县）弘阳教案,收缴《祖明经》等经卷及佛像、会簿。[2] 笔者此次在介休市博物馆收藏的经卷中，发现民间教派宝卷 3 种，均系在本地区采集入藏：

（1）《叹世无为经》，一册。

（2）《破邪显证钥匙经》，二册。

以上两种系明罗梦鸿（无为教教祖）编《五部六册》之第一、四种。开本 38.5 厘米 ×13 厘米，大字经折本，每页 5 行，行 l4 字，外套经匣，封面及经匣裱有红底黄花绸缎,泥金书卷名。《钥匙经》上册卷末题“万历壬子（四十年,1612）孟秋校证。乙酉年（清顺治二年,1615）重刊”,这一刊本今人著录仅存《巍巍不动泰山深根结果宝卷》一种，此乃新发现的两种。[3] 据《钥匙经》上册卷末书牌题记，它们是“党家经铺”所刊。这个“党家经铺”或称“党家老铺”，曾刻过不少民间教派的经卷和宝卷。如上文提及乾隆四十八年在平遥县抄出的《祖明经》，也是这个党家老铺刻的。

与这两种宝卷扎在一起的尚有硬纸板制七折“龙牌”一件，（照片见本书前附版图 9）每折的长、宽与宝卷相同。正面居中为“皇帝万岁万万岁”龙牌，右为“御制”的“六合清宁，七政顺序……”和“国王水土，不得忘恩，孝养父母，侍奉年尊”两面龙牌；左为“皇图永固，帝道遐昌，佛日增辉，法轮常转”和“提携卑幼，爱护弟兄，乡党邻里，礼乐恂恂”两面龙牌；两边最外一

[1] 以上参见马西沙、韩秉方《中国民间宗教史》，上海：上海人民出版社，1992，页576－580，585。

[2] 见《朱批奏折》，清乾隆四十九年（1784）山西巡抚农起奏折。

[3] 王见川《五部六册刊刻略表》，载《民间宗教》，第1辑，1995年12月。按，笔者近见与此题款相同《五部六州》全套，《泰山卷》卷末题记改“壬子”为“丙子”，后另题“万历四年（1576）二月吉旦，慈圣皇太后印施”。“印施”“校正”“重刊”年代之间的矛盾，待进一步研究。

折分别为护法韦陀和王灵官神像。整个龙牌之上为二龙戏珠图案，龙体及五面龙牌上的字体均用金泥印；龙牌背面板有红底黄花绸缎，与以上两种宝卷的封面、经匣同。这种龙牌过去未见报导。笔者将它稍加折叠即可立起来，是宣讲宝卷时立在经台上的，即如当今江苏靖江县农村佛头做会讲经时立在经台上的龙牌。[1] [版图 10、11]

(3)《护国佑民伏魔宝卷》，二卷二册。

此卷在明代后期及清代流传极广。此本系清刊经折本，卷末书牌上有抄写的题识："大清嘉庆二年（1797）二月二十一日信士王翔云虔请。"

值得注意的是，(1)(2) 两种宝卷的经匣外，缝有一根襻带，上钉金属制子母扣，可将经匣扣牢，此显系现代人所为。说明这几部宝卷直到现代仍被利用。

综上所述，自明代后期直到现代，介休一带均存在着民间教派的宣卷活动。

三

从笔者调查及张颔先生文介绍来看，清康熙、乾隆以来介休民间念卷已是民众的信仰、娱乐、教化活动，即如上述《空王佛宝卷》，最初虽为民间宗教家所编，但民众念诵、传抄这本宝卷，视为祈福禳灾的行动。笔者在调查中便多次听到：过去民众向神祈福，往往许愿抄传此卷；不会写字的人，可请他人代抄。张颔先生及笔者调查过的强壮先生（原市剧协编导）等人年轻时均抄过。今存这本宝卷的传本中也说得很清楚：

有人听写《空王卷》，寿比南山福星来。
劝化大众心良善，逢凶化吉永无灾……

世上人若供我空王古佛，或念经或念卷保你安宁。
求福人念宝卷福禄双美，求寿人念宝卷福寿康宁。
求男儿生贵子状元及第，求财人念宝卷财发万金。
有天官赐福禄吉星高照，有罪人念宝卷罪亦减轻……

[1] 参见本书第三编第一章“江苏靖江的做会讲经”。

宅中念过《空王卷》，满院光辉降吉祥。
家有病人念宝卷，紫微高照保平安。
时气不正念宝卷，可保人口得安康。
年月日时颇不遂，念我宝卷转吉祥。
时运不顺念宝卷。恶运转去好运还。
坟茔不顺念宝卷，代代儿孙坐高官。

张颔先生文中著录于1946年调查时登记的民间抄本宝卷31种：《琵琶宝卷》、《扇子记宝卷》（存道光二十九年抄本）、《洗衣卷》、《颜查散宝卷》、《慈云宝卷》（俗名《慈云走国》，存乾隆五十三年抄本）、《牙痕记宝卷》、《金锁记宝卷》、《秦雪梅宝卷》、《玉美人宝卷》（残，道光二十八年抄本）、《空望佛宝卷》、《白蛇宝卷》、《玉鸳鸯宝卷》、《水湿红袍宝卷》、《红灯记宝卷》（俗名《爱玉挂红灯》）、《二度梅宝卷》、《滚钉板宝卷》、《白马卷》、《王员外休妻宝卷》、《蜜蜂记宝卷》、《白玉楼讨饭宝卷》、《双喜卷》（又称《佛说双喜宝卷》）、《黄氏女看经宝卷》、《手巾宝卷》、《沉香太子宝卷》、《红罗卷》（又称《佛说红罗宝卷》）、《香罗卷》、《忠义宝卷》、《双钗记宝卷》、《八宝珠宝卷》、《目莲救母宝卷》、《莲花盏宝卷》。

经过“文化大革命”最后一次彻底销毁，目前已很难在当地看到民间传抄的卷本。笔者此次调查，可补充上述目录的当地宝卷有：《韦陀卷》《双罗衫宝卷》《草帽记卷》《五女兴唐宝卷》《二十四孝宝卷》。

上述30余种宝卷中，《目莲救母》《黄氏女看经》《手巾》《红罗卷》《二十四孝》等系明代流传下来的，其他大部分系清及近现代据其他说唱（主要是鼓词）、戏曲（梆子腔）或民间传说故事改编的宝卷。强壮先生年轻时曾念卷，他说宝卷的编者都是识字的“老秀才”。宝卷的篇幅有长有短，像《二十四孝宝卷》便由二十四个故事编成一本宝卷演唱。[1]

从上述宝卷篇目亦可看出介休念卷同甘肃河西走廊的念卷有密切联系，像《颜查散宝卷》（又名《包公宝卷》《包公立断颜查山宝卷》）、《红灯记宝卷》、《洗

[1] 这部宝卷源于明万历年间无为教徒编写的《佛说二十四孝报恩宝卷》，见本书第五编“宝卷漫录 · 佛说二十四孝贤良宝卷”。

衣宝卷》、《五女兴唐宝卷》、《双喜宝卷》、《白玉楼宝卷》等也被甘肃河西走廊的民众传抄、念诵，而在江浙吴方言区宣卷中则极少见。

介休民间念卷活动主要集中在农历正月间。春节过后，正是大家休闲娱乐的时节，一般农村小康人家便张罗念卷。一家人，加上邻居、亲友聚坐在一起(盘坐在炕上)，请一个念卷人（没有专业的念卷人，凡识字的人多会念卷)，即可念卷。念卷开始时有简单的仪式：主人家把空王佛像供在房间正中的方桌上，点烛，焚香，叩头，念卷者净手拜佛后即开始念卷。在《空王佛宝卷》卷首“开卷仪式”也有说明：“先净坛场，离杂谈，净手，漱口吃素，整衣，燃灯，焚好香，供养佛前。礼佛三拜，正身端坐，合掌念阿弥陀佛（十声)，以净三业。”接着为开卷、缘起、香赞、请佛。结束时，另焚香送神佛归位。这种开卷和结卷的形式，同江浙一带的宣卷相似。不过一般人家念卷都较简单，只要念卷人净手、燃香供佛即可。每次念卷开始先念《空王佛宝卷》，然后再念其他宝卷。一般连念数天，夜间休息。

宝卷中的唱词都是七字或十字句（攒十字)，分上、下句。念卷时是用一种唱经忏的调子念诵。强壮先生曾演唱示范，因旋律性不强，难以记谱。唱词句末“搭佛”(和唱佛号)，均在下句，有两种形式：

(1）王。——南无佛——呼尔王。
(2）耶，——阿弥陀佛——呼尔王。

首字是唱词末字的拖腔。张颔先生文中所记佛号后衬词是“呼尔完”。笔者调查中，诸位老先生认为应是“呼儿王”，即方言“佛王”的音转。

介休地区民间流传宝卷主要是互相借阅传抄，刊印本的宝卷在民间十分少见。因此，许多抄本宝卷的结尾常有抄写者的声明，如：

手抄一卷，功德无量；借去不还，男盗女娼。

宝卷一部已写完，纸墨笔砚功夫难。倘有人借即（及）早送，下次再借不为难；若要借去不送来，男盗女娼无下场。

这类“声明”在盛行抄传宝卷的甘肃河西走廊民间抄本宝卷中亦常见，笔者在各地阅卷中也看到有此类声明的卷本，但在江浙吴方言区流传的抄本宝卷中则难见到，因此，这也可作为区别民间抄本宝卷的地区的标志之一。

四

张颔先生文中称介休的念卷活动存在于抗日战争以前（1937年前），抗战期间衰亡。据笔者调查，抗战期间及以后，该地区仍有念卷，不过已经衰微。念卷消失在1949年以后。五六十年代政治运动中宝卷被作为迷信品，不断被销毁，经过“文革”破“四旧”的扫荡，如今留存在民间的宝卷已极少了。

介休念卷衰亡的原因是值得探讨的，不能单纯地归结为社会政治的干预，因为50年代以来，处于相同社会背景下的江浙吴方言区的民间宣卷和甘肃河西走廊的民间念卷仍保存下来了。将它们加以比较，可以得出一些启示。

江浙吴方言区宣卷能在与众多的民间演唱文艺的竞争及五六十年代政治运动冲击下保存下来，主要原因是它同民众祈福禳灾的民间信仰活动“做会”结合在一起，满足了民众信仰的要求；同时，它早已形成一支职业或半职业的宣卷人队伍，这些宣卷人即此类民间信仰活动的执事者，也是宣卷技艺和数量可观的宝卷的传承人。在五六十年代的政治运动中，宣卷人受到冲击，改业其他。但在80年代初，民众恢复了对做会宣卷的需求时，他们立即重操旧业，并收徒传艺。

相比之下，介休的念卷难以形成为一种民间演唱技艺。念卷和抄卷虽被视为善行功德，但它仅限于“信佛”的部分人群中。据笔者调查，当地与江浙“做会宣卷”相似的民间信仰活动是“请愿书”，从事此业者是演唱三弦书的民间艺人。民众（主要是农民）遇老人做寿、小儿满月、盖房动土等喜庆事项，便“请愿书”，请三弦书艺人（一般二人）上门唱书。唱书前先要举行请神、供神的简单仪式。艺人将可唱的书目（段子）一一写在纸条上，捻成纸捻子，放在碗里，供在神前。主家烧香、叩头请神之后，从碗里抓出三只纸捻子，艺人即唱这三段书，可唱一下午。结束时也要送神。名为敬神，实为娱人，邻里们也可以来听。目前该市曲艺队十几名演员，其经济收入主要便依靠此类唱书，每次二人可得30 - 50元（包括主家放在神坛上的“压坛钱”）。笔者1997年6月18日中午去该队调查时，已有六名演员被三家农民请去。据调查，农村中也有一些流动作场的三弦书民间艺人。

介休念卷的活动形式和抄传的宝卷，同甘肃河西走廊的念卷和宝卷极其相似，但两者的生存环境不同。在河西走廊，没有本地区的民间演唱文艺。念卷在农村，特别是偏远地区，是满足农民们娱乐要求的唯一的说唱文艺形式。春节后，念卷伴随农民度过那些严寒而又无事可做的日子。在介休地区情况则不同，如上文介绍，当地流传的演唱文艺，有外地传来的晋剧、祁太秧歌、三弦书，也有本地的干调秧歌。特别是干调秧歌，在农村中普遍流行。每到冬季农闲，各村便组织秧歌班，就地演出。春节后各村之间互相邀请，直演到元宵节以后。因此，留给念卷的活动空间便极小了。

从上述介绍看出，介休的念卷活动，从满足民众的教化、信仰和娱乐的文化功能来说，它的基础是薄弱的，其活动空间也很小，因此，抗日战争开始后的 10 余年中，战乱频仍，人民生活难以安定，念卷便急剧衰微了。经 50 年代初期政治运动的冲击，它便消失了。

由于“空王佛”（空望佛）的传说，已渗透到介休地方历史文化的方方面面，所以近年来当地佛教徒又在翻印《空王佛宝卷》，上述僧一悟等倡印的这本宝卷卷末所附的助刊者共 60 人。这些在家的佛教信徒，在他们的宗教生活中仍在念诵这部宝卷。他们继承了以念卷为善行、以流通宝卷为功德的信仰传统。作为基于地方历史文化传统而形成的民间佛教宗教活动特征，在介休地区大概还会延续下去，但作为民众的教化、信仰和娱乐活动的念卷，不可能再发展了。

附录：民间传说改编的《敕封空王古佛宝卷》简介

《敕封空王古佛宝卷》，简称《空王佛宝卷》，又名《空王古佛救苦经》，民间讹传为《空望佛宝卷》。本卷是明末民间教派宝卷，述田生善（卷中又称田善友）受难、修道成佛并显示灵应的故事，是流传于山西介休地区的一个古老的传说。

卷首“缘起”交代，释迦牟尼佛在雷音寺讲经说法，孔雀明王佛见菩提树上挂数珠一串，便将它一口咬断，数珠落在地下；不动尊佛将数珠拈起，听净转王佛用八宝金丝线又将数珠串起。释迦佛见三位不听讲经，有思凡之意，便令他们下凡受苦。以下开始本卷故事：

山西太原榆次县源涡村进士田德庆员外，妻窦氏（孔雀明王佛下世）夜梦白莲花入口，三月十五日生下一儿，起名生善（不动尊佛下世）。生善七岁入学读书，五经书史尽通。后到西京长安赴考，中第三名乡贡进士。回家祭祖，大宴亲友，娶太谷县王乡贡女桂英（听净转王佛下世）为妻。迎亲日轿马执事，好不威风。田家庄田三虎不行正道，见田生善娶亲如此威风，心怀不忿，告到县衙。马知县贪财，带领差人将田家迎亲人役、花轿一起拿到县衙。田进士、王乡贡到县衙说理，马知县自知理亏，放回田家迎亲花轿、人役。

三年之后，田进士升天归位，田生善在家守孝三年。又三年后，田三虎诬称田生善父亲曾借他白银二百两，要生善还本付息。马知县心怀旧怨，判田生善三天归还。生善遵母命，给田三虎银子。又过五年，田三虎继续谋害田生善，举他做“户长”，同时告诉众人不缴纳钱粮，让田生善代纳。此后三年大旱，生善将房地产典卖干净，仍不足代人完钱粮。马知县追索田生善到县衙，打二十大板。生善回家，昏死在三叉路口，被张摩斯救起。生善妻桂英将衣物首饰典尽，凑银三十五两。马知县称尚欠二十两，又打生善二十大板。生善被李宁公送回家中，同母亲妻子商量，往他乡逃生。

田生善梦中得观音菩萨指示，到定阳城（即今介休）中打唱莲花，诉说不幸遭遇，惊动世空老和尚，将他引到华严寺做“善友”安身。

窦氏夫人、桂英小姐在家思念生善，得观音菩萨指引，到西天雷音寺各归本位。

田生善得到世空和尚善待，众善友怨恨，说生善坏话。世空修书荐生善到龙泉寺师弟世净长老处，又引起众善友不满，要将世净、生善一起赶走。世净将紫金钵盂传给生善护身，让他去南寺，自己坐化。生善到南寺，成和尚传给他一切经咒，每日念经打坐。大唐贞观元年二月初八生善得道。四月十五日天降大雨，家家雇人间谷苗。李三、周化等三十八家先后到南寺请生善间谷苗。生善念动经咒，调来三十六位神将，分头与众人间谷，引起轰动，众人齐来寺中拜他，田生善躲到虹霁寺中做善友。寺中铃和尚好酒，人称“迷和尚”。他怀疑生善按时挑水进寺，暗中观察，发现是大鹿和大兔抬大钟装水上山。他大喝一声，鹿、兔跑上绵山，钟滚到乌屯寺，故今虹霁寺下称“滚钟坡”。田生善知此地非成佛之处，又上绵山。鹿兔引路、搭桥，来到一洞府，见到水母娘娘。水母娘娘请生善下棋，有意将洞府输给他。水母的五个儿子五龙不同意，吸来东海水，欲淹死生善和水母。水母给生善龙须布，退了水。五龙又要推山压死他们，生善抛出紫金钵架住山，将五龙收入钵内。水母求情，生善放了五龙，它们去绵山后山修炼。

马知县、田三虎还想谋害田生善，被五雷打死。生善收张摩斯、李宁公二人为徒，将所有经咒传给他们，二人也成菩萨。后生善又为民降雨显灵。

大唐太宗皇帝生病，生善梦中为他治好了病。太宗带满朝文武到定阳答谢活佛，七岁御妹要求同来。太宗皇帝定于四月十五日上山拜佛，田生善得知后先在洞中寂灭归西。太宗言道：“这是寡人福薄，空望了回佛！”此时田生善在云中现金身，口称：“谢主洪恩！”因敕命封田生善为“空望（王）佛”，并在绵山建云峰寺。太宗御妹亦在绵山之阴修行成佛，即今李姑崖。玉皇上帝命太白金星到绵山封众位神佛归位，封空王古佛执掌雨薄，并管药王、子孙娘娘、天官福禄，赐福人间。

本卷中所述田生善的原型是隋唐时期著名禅僧志超，俗姓田，太原榆次人。少年即具佛性，27 岁投拜并州开化寺慧瓒禅师。唐武德五年（622）入介山（即绵山）抱腹岩，聚禅侣修道，又在介休城中建光岩寺。贞观十五年（641）卒于寺，年 71 岁，唐释道宣《续高僧传》有传。按佛家言，佛为万法之王，故曰“空王”，空王佛指空劫时期出现的古佛。本卷中称田生善修道成佛后被玉皇大帝敕封为“空望佛”，出于唐太宗言“空望了回佛”，则系民间的附会。

本卷所述故事，全据介休地区流传的民间传说。大致在唐代有关僧志超在此地修行的事迹，便有许多神奇的传说，故今存唐开元二十年（732）所建《大唐汾州抱腹寺碑》碑文中便称志超“有异常之迹”，“今并略而不书，以从正典”。《续高僧传》也记录了志超的灵异传说。后来的地方文献中这类传说有更多记录，如清嘉庆《介休县志》卷 9“人物 · 仙释”和卷 14“杂志”载白鹿白兔引导空王佛入抱腹岩、五龙听说法、滚钟坡、感化群贼等传说，这些传说至今在介休地区家喻户晓。《介休民间故事集成》（介休民间文学集成编委会编，太原：山西人民出版社，1991）中收《间谷子》《滚钟坡》《兔鹿桥》《赢殿堂》《抱佛岩》《空望佛》（展屏搜集整理）。介休各地尚存与这些传说相关的名胜古迹。

本卷及介休地方有关“空王（望）佛”的传说，是唐代及唐以后逐渐积累起来的。比如卷中称田三虎推举田生善任“户长”陷害他。户长为宋制，《宋史 · 食货志》（上五）：“役法：役出于民，州县皆有常数。宋因前代之制，以衙前主官场，以里正、户长、乡书手为课督赋税……淳化五年，始令诸县以第一等户为里正，第二等户为户长。”宋韩淲《涧泉日记》卷上：“差役法：有里正，又有户长。自韩琦、吕诲有请欲罢里正，而以催科之事委之户长，其意亦未甚害也。至有逃户，使之偿补，为户长者是诚可悯。”所述与田生善为户长代人完纳钱粮事相合，则有关传说可能产生于宋。明代农村户籍为里长、甲首。

张颔先生《山西民间流传的宝卷抄本》一文中介绍这本宝卷称：“它是描写明代介休县当地的一个秀才田生善因受不起官府的压迫而出家修行的故事。”此说不确。张先生是介休人，熟悉这本宝卷的内容和当地各种有关传说，所以如此表述，在写作此文时，可能是不得已而为之。

第四编　专题研究

第一章　东岳泰山女神——泰山老奶奶

东岳泰山顶上有一位民间信仰的女神——泰山老母，又称“泰山娘娘”，当地民众则亲切地称她为“老奶奶”。女神的信仰，以泰山为中心向四周辐射，遍布于长江以北、华岳以东的北中国广大地区，并随该地区人口的外流，传播到东北和江南，甚至在海外也有这位女神的踪迹。[1]女神的信仰肇始于原始社会，历代民众创造了大量有关女神的神话、传说，封建统治者和宗教家也利用民众对女神的信仰，编造了许多“神话”。本文就泰山女神信仰历史发展中的几个问题，作初步探讨。

一、原始神话中的泰山女神和宋真宗的“天书”、“封禅”闹剧

泰山女神的信仰肇始于原始社会的女神崇拜。上世纪20年代，顾颉刚等学者对北京郊区妙峰山碧霞元君庙会进行调查时，有的学者已经提出这一问

[1] 见杨成志《安南人的信仰》，载中山大学研究院文科研究所编《民俗》，第1卷2期，1937年1月。文中“三元五腊神名和神诞略表”有“泰山顶上娘娘”，神诞日为四月二十日。“安南”，即今越南。

题。[1] 泰山古代也作“太山”，或称作“岱”，都是大山的意思。泰山女神就是这座大山最早的山神。进入父系氏族社会，特别是到了封建社会中，泰山成了封建帝王封禅祭天的圣地，当然不允许一位女性来做山神爷。经过长期的混乱，终于树起一位“东岳大帝”，代替了泰山女神。但是，直到汉代，泰山女神的神话仍然流传。《太平御览》卷 15 引《黄帝玄女战法》云：

> 黄帝与蚩尤九战九不胜。黄帝归于太山，三日三夜雾冥。有一妇人，人首鸟形，黄帝稽首再拜，伏不敢起。妇人曰：“吾玄女也，子欲何问？”黄帝曰：“小子欲万战万胜。”遂得战法焉。[2]

《天中记》卷 43 引《黄帝内传》云：

> （黄）帝伐蚩尤，玄女为帝制夔牛鼓八十面，一震五百里，连震三千八百里。[3]

黄帝与蚩尤之战是中国神话中黄帝与炎帝战争的后续，它反映的是中国古代东西炎、黄两大氏族群落之间的抗争和融合，最后形成了华夏民族，也就是中华民族。中国古代神话资料在先秦时期已多经过篡改，但从零星的资料中仍可看出，黄帝在统一华夏民族的过程中，曾得到一位女神（上文说是“玄女”，有的文献中是“素女”）的积极协助，这位女神就是泰山女神。长期以来，黄帝被认为是中华民族的始祖，这位泰山女神，就是中华民族的大母神。有的研究者认为昆仑山上的西王母也是泰山女神的化身，这不无道理。但有关西王母的故事，已大部分是神仙家和道家编造的仙话，面貌全非了。[4]

北宋初年，真宗赵恒在泰山伪造“天书”，搞了一出“封禅”闹剧，又请

---

[1] 见何思敬《读妙峰山进香专号》，载《妙峰山》，广州：中山大学民俗学会，1928。

[2]（宋）李昉等《太平御览》，石家庄：河北教育出版社，1994，第一册，页 140。

[3]（明）陈耀文著《天中记》，清光绪四年（1878）听雨山房重刻本。

[4] 据笔者所知，较早提出这一看法并详加论证的是何幼琦先生。何先生曾赠笔者所著《海经新探》（油印本），详细论证《山海经》之《海经》所载昆仑墟即泰山及周围地区，西王母即泰山女神。后来刊于《山海经新探》（中国山海经学术讨论会编辑，成都：四川社会科学院出版社，1986）中何先生的论文《海经新探》，删除了有关西王母即泰山女神的论述。又，袁爱国《泰山神文化》（济南：山东大学出版社，1991），亦持此说。

出了泰山女神。《文献通考》卷 90“郊社考”23“杂祠淫祀”记述比较详细，现抄录如下：

> 泰山玉女池在太平顶。池侧有石像。泉源素壅而浊，东封先营顿置，泉忽湍涌。上徙升山，其流自广，清冷可鉴，味甚甘美。经度制置使王钦若请浚治之。像颇摧折，诏皇城使刘承珪易以玉石。既成，上与近臣临观，遣使砻石为龛，奉置旧所，令钦若致祭，上为作“记”。[1]

这位大宋皇帝为何崇拜起泰山女神来？原来他们君臣搞的“天书”把戏也同这位泰山女神的神话有关：宋真宗既然拉了黄帝来做赵官家的祖宗，[2] 泰山女神曾授予黄帝“万战万胜”的“战法”，当然也可帮助这位黄帝的嫡亲子孙摆脱内外交困。就在搞封禅闹剧的同时，王钦若总领核理“道藏”。在后来由张君房编成的道藏集要《云笈七签》卷 114 中收有杜光庭《九天玄女传》，原来“人首鸟形”的泰山女神“玄女”，在这里已成为“乘丹凤，御景云，服九色彩翠之衣”的“九天玄女”，她授予黄帝各种各样的“符”“书”“印”“图”“册”等，于是黄帝大胜蚩尤，“皆由玄女之所授符策图局也”。[3] 颇疑赵恒、王钦若辈搞“天书”把戏的“灵感”即来源于此。但此时的泰山女神已成为西王母驾下的一位“元君”，一纸“天书”已没有神话时代那么大的威力。但“天书”作为祥瑞而“封禅”，得到“昊天上帝”的撑腰，则有无上的权威。所以“天书”一降再降，终于降在泰山，而且泰山山下也出了“醴泉”，山上出了“灵芝”“三脊茅草”。一场轰轰烈烈的封禅闹剧便开场了。真宗也为泰山女神雕了石像，修了个小庙并作了一篇“记”。[4] 这是史载为泰山女神立庙之始。

大概宋代各地修了不少玄女娘娘庙。描写北宋末年宋江起义的讲史话本《大宋宣和遗事》中，宋江为避官兵追捕，躲入九天玄女庙。官兵退后，在神案上发现“天书”一卷，附言：“天书付天罡院三十六员猛将，使呼保义宋江

---

[1] （元）马端临《文献通考》，杭州：浙江古籍出版社，2000，页 823。

[2] 宋真宗尊黄帝为赵氏始祖，见《续资治通鉴》卷 30“宋纪”30“真宗大中祥符五年”。

[3] （宋）张君房编《云笈七签》，李永晟点校，北京：中华书局，2003，页 2540。

[4] 《玉海》卷 28“祥符东封圣制”引北宋晏殊《东封圣制颂序》也记载，宋真宗封禅泰山曾“有玉女石像之‘记’”。此“记”文今不存。

为帅，广行忠义，殄灭奸邪。”后来《水浒传》中对此有极生动的描写。[1] 但是，不论《大宋宣和遗事》还是《水浒传》，都没有写到“天书”在宋江带领造反的弟兄们东征西战中的作用，只是到了宋江归顺朝廷、出兵破辽接连败阵时，才又见玄女娘娘授以破阵之法，大获全胜。[2] 到底还是这位泰山女神的化身九天玄女，帮助“造反”后又归顺朝廷的好汉们，报了“澶渊之盟”的屈辱。这虽是小说，却也反映了民众的信仰。宋元以来，九天玄女（还有她的助手白猿，泰山上过去曾有白猿庙，即源于此）降“天书”成为许多小说中的话头。描写明朝永乐年间山东白莲教起义女首领唐赛儿的小说《女仙外史》，也写到唐赛儿得到玄女娘娘的“天书”，这传说自然也是假托。

二、明清民间教派宝卷中的泰山女神

元代漕运改由海路，南方的女神天妃娘娘（又称“天后”，或称“妈祖”）受到重视，被封为“海神”，泰山女神的境况不显。明代泰山女神的信仰又隆重起来。特别是嘉靖、万历之后，京杭大运河疏通，沿着运河北到京城北京，南到长江，各地普遍修起了碧霞元君的“行宫”，大有与南方的天妃娘娘并驾齐驱之势。[3] 泰山顶上碧霞元君的香火压倒了所有男性神，使封建文人也惊叹不已。究其原因，这同明代北方民间信仰和民间教派崛起的女神崇拜有关。

明代中叶以后各种新兴的民间教派均崇奉无生老母为最高神圣，并概括为“无生老母，真空家乡”八字真言。无生老母是创世的女神，她生下 96 亿“皇胎儿女”，把他们遣往东土。这位无生老母自然是原始社会始祖女神的翻版，但在社会现实中，她又是一位救世主，对受苦受难的男男女女来说，她是一位至高无上的“老母”。不仅如此，此前佛、道及民间神话传说的女神，大都成为这位女神的部下或化身。

《古佛天真考证龙华宝经》把神话中的伏羲、女娲变成无生老母最早生下的一双儿女：“无生母产阴阳婴儿姹女，起乳名叫伏羲女娲真身”，“李伏羲张

---

[1] 见百回本《水浒传》第42回。

[2] 见百回本《水浒传》第 88回 。

[3] 见蒋静芬《江苏方志中的“碧霞行宫”》，载《泰山研究论丛》，第 4 集，青岛：青岛海洋大学出版社，1991。

女娲人根老祖，有金公和黄婆匹配婚姻”。《护国威灵西王母宝卷》中说，西王母是无生老母的化身，由她来“考察儒、释、道三教圣人”孔夫子、释迦佛、太上老君。《护国佑民伏魔宝卷》中又说王母娘娘同无生老母同掌天地间的“清、仙、神、鬼”四气：“一气为主，四四十六两，应为丈六金身。四两清气，无生老母执掌；四两仙气，王母娘娘执掌；四两神气，神州娘娘执掌；四两鬼气，地藏老母执掌。”清韩锡祚《元君记》中把泰山女神称作“神州姥姥”，大概也就是这位“神州娘娘”。《佛说离山老母宝卷》中称：“无生老母在灵山失散，改了名号叫离山老母，往东京汴国凉城王家庄，度化王员外同王子三郎，名文秀。”这样，离山老母也成了无生老母的化身。

泰山女神自然也被民间宗教家所重视。明嘉靖、万历年间有关泰山女神的宝卷现存3部，一部是嘉靖年间净空教的《天仙圣母源流泰山宝卷》，5卷二十四品，今存嘉靖二十七年（1548）刊折本。[插图71] 大概受了佛教《香山宝卷》所述观音菩萨出身的影响，这本宝卷中“天仙圣母”的出身也是皇帝的女儿千花公主。千花公主到泰山修行，“黄（皇）娘”在宫中思念她，唱了［五更曲］一套，唱的却是平常人家母女生离的真切感情，如：

> 一更里，梦千花，梦见娇儿来到家，影影沼沼见了她。千花噪！怎么不和娘说句话？昼夜家想哭皇天，你在外边那里昏涝涝淘受魔难？生死谁无上泰山。千花噪！想得娘在眼前现！

明隆庆末王之纲《玉女传》引《玉女卷》，实际上也是一部宝卷。该卷今不传，全称不详。王文中引用的一段话是宝卷开头，介绍主人公出身，似非原文。现据明万历刊《道藏》（影印本）所收《岱史》本校点如下：

> 汉明帝时，西牛国孙宁府奉符县善士石守道，妻金氏，中元七年甲子四月十八日子时生女，名玉叶，貌端而性颖。三岁解人伦，七岁辄闻法。尝礼西王母，十四岁忽感母教，欲入山，得曹仙长指入天空山黄花洞修焉。天空，盖泰山洞，即石屋处也。三年丹就，元精发而光显，遂依于泰山焉。

[插图 71] 泰山娘娘（明嘉靖二十七年[1548]刊《天仙圣母源流宝卷》插图）

王之纲是隆庆间的“济倅”（济南府属官），隆庆六年（1572），都御史万恭曾命他监修玉帝观（今泰山极顶玉皇庙）北移的工程，大概此时他看到这部宝卷，并写了《玉女传》。

描写泰山女神的明代教派宝卷以《灵应泰山娘娘宝卷》[插图 72、73] 流传最广、影响最大。这部宝卷是明万历末年黄天教教徒悟空所编。卷中泰山女神被称作“圣母娘娘”或“泰山娘娘”，它反复说唱泰山娘娘的神威和灵应，却没有统一的故事。“开经偈”后和第一品中讲述了这位女神的出身及修仙得道封神的经历：她是西牛贺洲升仙庄金员外妻黄氏所生，3 岁吃斋，7 岁悟道。皇上召她为妃子，不就，而到泰山修行；父母追她到泰山，不归。在泰山修行 32 年得道成仙，“天佛牒文，玉帝敕令”，封她为天仙玉女碧霞元君，永镇泰山。自元代以来，宗教家们为泰山女神的出身编了各种故事。道教徒把她

[插图 72] 泰山娘娘（清初刊《灵应泰山娘娘宝卷》插图）

[插图 73] 陪祀泰山娘娘的眼光娘娘、催生娘娘、送生娘娘（清初刊《灵应泰山娘娘宝卷》插图）

说成东岳大帝的女儿，而这里却说她出身于平民百姓。由于明代民间教派多倚称佛教，所以说她生于中国之外的“西牛贺洲”。“君王宣她不授（受）”，使她保持了处女身份，又可具有“娘娘”（民间对后妃的俗称）之称。

《灵应泰山娘娘宝卷》中规定的泰山娘娘的神格，凌驾于泰山正神东岳大帝之上，表现出明代民间教派女神崇拜的特点。如第一品中说泰山娘娘：

> 往上边管天兵先天圣母，
> 中管着只（这）神兵十万八千。
> 下管着众鬼魂不知其数，
> 辖天齐管十王总管阴间。
> 按七十管五司一十八狱，
> 管天下府州县善女善男。
> 封王灵巡山的都管元帅，
> 镇泰行（山）无偏比不论愚贤。

“天齐”即东岳大帝，全称“东岳天齐仁圣大帝”。[插图 74] 它是道教、也是历代封建王朝尊奉的泰山山神。自封建社会初期，泰山已成为帝王受命于天统治天下的权力象征，封建社会中男尊女卑，自然不会允许这位女神做泰山正神。因此，宋真宗搞封禅闹剧，虽有借重这位女神的缘由，也只是附带为女神修了个庙。道教为了利用这位女神，尽力在东岳大帝与女神之间摆正关系，编出了女神是东岳大帝女儿的传说。[1] 道教徒编写的经卷《碧霞元君护国庇民普济保生妙经》中，则谨慎地回避了这一问题，假借元始天尊说法，称女神是“受命玉帝，证位天仙。统摄岳府神兵，照察人间善恶。罪福照极，感应速彰”，说女神是玉皇大帝麾下的一位“天仙”。《灵应泰山娘娘宝卷》显然吸收了这部道经的部分内容，但却赋予女神泰山正神的神格。她是“天佛牒文、玉帝敕令”的“碧霞元君”，不仅上管天兵、神兵，下管地狱诸司，连东岳大帝也成了她的麾下。

明代北方民间信仰和民间宗教女神崇拜的崛起，表面上是民族民间历史

[1] 见元刊秦子晋撰《新编连相搜神广记》，前集“东岳”，上海：上海古籍出版社影印本，1990。

[插图 74] 东岳天齐仁圣帝（元建安刊《新编连相搜神记》插图）

文化现象的复归，促使这种原始女神崇拜再现的原因则在于社会现实。明代封建统治集团腐败而贪婪，在北方又有连年不断的旱涝蝗灾，天灾人祸使广大农民常常处于易子而食的惨境。宗教信仰可以给人以麻醉和幻想，使人存活下去。但正统的宗教已远远脱离了民众：佛教的神佛，虚无飘渺又缺乏人情；道教的神，从玉皇大帝到城隍土地，犹如封建皇帝和各级官吏。孤苦无告的农民需要生存、需要爱，于是泰山女神便成了慰贴他们痛苦心灵的慈母。明万历八年（1580）山东巡抚何起鸣登上泰山之巅，看到“四方以进香来谒元君者，辄号泣如赤子久离父母膝下者”，这样的景象正是这种感情的生动表现。这位巡抚大人震惊之余，看出了民众这种感情背后隐藏着对冷酷现实的强烈否定，危及封建社会的安定，所以大讲其“以此心事君则为忠”之类的说教，并抬出孔孟之言让人生畏，令知州袁稔，“播谕四方香客，以正人心”。[1]

正是在这种对泰山女神的依恋和信仰的基础上，民间宗教家们创造了新的大母神——无生老母，她迅速成为各教派一致供奉的至高无上的大神。其时间大致在嘉靖年间，因为正德间罗教创始人罗梦鸿所写的宝卷《五部六册》中还是“无生父母”，至高神则是“无极圣祖”。

---

[1] 以上俱见《岱史》卷9《巡抚都御史何起鸣宣论》，据影印明万历刊《道藏》本。

三、陪祀泰山女神的“九莲菩萨”、“智上菩萨”

在泰山上有两位著名的“菩萨”陪祀泰山女神，它们即“九莲菩萨”和“智上菩萨”。[彩图 39、40] 旧时泰安奈河西岸有座“天书观”，乃宋真宗时所建，即王钦若得“天书”的地方。其庙早期供奉什么神，不详。据清乾隆间泰安人聂鈫《泰山道里记》载：“自正德间即其中为元君殿，尝遣中官致祭，有御祝文勒殿东壁。其后为九莲殿,万历间命中使特修。……又其后为智上殿，崇祯间敕建。”如今，此庙已荡然不存，但当年庙中两尊铜制的菩萨像，仍被易地安放在泰山的其他庙中，被误作泰山女神（碧霞元君）供奉着。[1] 这两位菩萨分别是万历、崇祯两位皇帝的生母。她们何以成了菩萨，并被送到泰山追随泰山女神之后建殿供奉？这必须先了解明朝统治集团同民间教派的关系。

明王朝统治集团同各民间教派的关系是很微妙的。明初曾查办过白莲教，后来也有查办“邪教”的案例，但有些民间教派却在京城天子脚下发展起来。他们倚称佛教，并通过太监、后妃进入统治集团上层，甚至影响到皇帝的宗教信仰和宗教政策。

正统十四年（1449）明英宗御驾亲征瓦剌，结果被瓦剌俘虏，史称“土木之变”。据西大乘教《普度新声救苦宝卷》说：

> 无生（老母）化为观音，观音化为吕祖，是一女身。因正统皇帝北征，吕祖化为疯婆当路劝阻。土木败绩后，吕祖为帝送饭，又剜出泉水。迨帝回朝，吕祖在路上劝帝闭口藏舌。及帝复位，吕祖常往宫中行走。帝于黄村敕建保明寺，供养吕祖菩萨。

这自然是民间宗教家编的传说，但并非没有“影子”。明蒋一葵《长安客话》卷 3、沈德符《万历野获编》卷 25“毁皇姑寺”、谈迁《枣林杂俎》智集“吕尼阻驾”等均有记述，可以说事出有因。明末刘侗、于奕正《帝京景物略》卷 5“皇姑寺”条说：

---

[1] 九莲菩萨铜像现安置于登山道上红门宫，此处原为碧霞元君“中庙”，智上菩萨现被安放在斗母宫。

[插图 75]“天地三界十方万灵真宰”龙牌（山西新绛民间木刻版画）

皇姑寺，英宗睿皇帝复辟建也。正统八年，驾出紫荆关，亲征也先。陕西吕尼，迎驾谏行，曰：“不利！”上怒，叱武士交捶，尼趺坐以逝。及蒙尘虏营，数数见尼，娓娓有所说，时时授上饼饵。驾返，居南宫，数数见尼，娓娓有所说。复辟后，诏封皇姑，建寺，赐额曰“顺天保明寺”。或曰：隐也，如云“明保天顺”焉。后殿祀姑肉身，趺坐愁容，一媪也。万历初年，像末饰以金，顶犹热尔。姑着绣帽，制自宫中。殿悬天顺手敕三道，廊绘己巳北征之图。今寺尼皆发，裹巾，缁方袍，男子揖。[1]

“天顺”是英宗复辟后的年号，“明保天顺”说明了英宗建立这座寺庙的目的，恐怕不是巧合。这座“皇姑寺”是一座特殊的尼寺，被称为“太后娘娘的香火院”。嘉靖皇帝崇道，屡诏拆除，但它受到两宫太后的庇护，不但不拆，且香火鼎盛。[2] 嘉靖十二年（1533）两宫太后还领衔为它颁赐一口大钟。[3] 但是，这座名义上的尼寺，其尼姑带发裹巾就不符合佛教的戒律。它实际是明代民间教派西大乘教的大本营。万历皇帝于隆庆六年（1572）登基，就在这一年，他的生母李太后又为皇姑寺送了一口大钟。钟上刻着“天地三界十方万灵真宰”[插图 75]，这恰好是民间宗

[1] (明)刘侗、于奕正《帝京景物略》，北京：北京出版社，1963，页198－199。

[2] 见沈德符《万历野获编》卷27“毁皇姑寺。”

[3] 此钟今存北京大钟寺古钟陈列馆。参见马西沙、韩秉方《中国民间宗教史》，上海：上海人民出版社，1992，页679。

教崇奉的最高神——无生老母的别名(符号)。[1]可见这位“颇好佛”[2]的李太后，也稀里糊涂地信仰了西大乘教，做了它的“护法”。西大乘教得到这位握有重权的皇太后的支持，于是又编造了她是“九莲菩萨”化身的“神话”。所谓“九莲”，出自明代民间宗教“三阳劫变观”，即“未来弥勒佛掌教，九叶金莲花开”，是未来白阳期的象征；这位太后便成了代表未来世的活菩萨。年轻的万历皇帝则为此在京西修建了慈寿寺，供奉九莲菩萨。万历四十二年（1614）李氏死，四十四年（1616），万历帝“发诚心印造”了两部九莲菩萨经，捏造宗教说词，正式把李氏定为“九莲菩萨”。一部仿佛经，名《佛说大慈至圣九莲菩萨化身度世尊经》；一部仿道经，名《太上老君说自在天仙九莲至圣应化度世真经》。[3]后者假托道教始祖“太上老君说”，九莲菩萨是在“南阎浮世，下界众生，违天背道”时，“分身显灵，应化度世”，而今“复证梵天（按，指李氏死），神游东岱，逍遥胜境，位并碧霞，考籍蔬，亿劫钦仰”，“是为四生慈母，永为度世菩萨”。这部伪经说明了万历帝把他生母李氏送到泰山上与碧霞元君并驾的目的：九莲“乐观东岱景，尊居天庆宫，一道金光罩，万年仰大明”。万历帝在天书观碧霞殿后建“九莲殿”，安置九莲菩萨，并改天书观额为“天庆宫”。同时，将精心绘制的碧霞元君像（绢绘）“御赐”到泰山。[版图 7]

崇祯十三年(1640)这位“九莲菩萨”又在宫中“显灵”。事情是这样开始的：崇祯帝继位之后，受礼部尚书徐光启和传教士汤若望的影响，竟然信起天主教。[4]大概在崇祯五、六年间，这位皇帝突然下令将皇宫内所有的佛像都拖出宫外。撤像的原因，文秉《烈皇小识》卷 6 谓为崇祯帝皈依天主教之故；《圣教史略》谓“以充军饷”。[5]为了筹助军饷，崇祯帝又接受大学士薛国观的建议，向勋戚勒索。孝定李太后的族孙武清侯李国瑞与庶兄李国臣争家产。李国臣称其父遗赀 40 万，愿助军饷。崇祯帝向李国瑞勒取，李国瑞拿不出，遂夺其爵，系其家人。李国瑞被吓死，于是“九莲菩萨”显灵了。《明史》卷 120《悼灵

[1] 见马西沙、韩秉方《中国民间宗教史》，上海：上海人民出版社，1992，页681。

[2] 《明史》卷114“后妃传”中称：孝定李大后“颇好佛，京师内外多置梵刹，动费巨万，帝（按，指万历）亦助施无算。”

[3] 两部伪经均收入王见川等编《明清民间宗教经卷文献》第12册，台北：新文丰出版公司，1999。

[4] 崇祯帝信天主教事，参见德人恩斯特 · 斯托恩《通玄教师汤若望》，译文由中国人民大学出版社出版于1989 年。又，牟润孙《崇祯帝之撤像及其信仰》，载《注史斋丛稿》，香港：新亚研究所，1949。

[5] 据牟润孙 《崇祯帝之撤像及其信仰》 文引。

王传》中是这样记述的："（悼灵王）生五岁而病，帝视之，忽云：'九莲菩萨言：帝待外戚薄，将尽殇诸子。'遂薨。"《烈皇小识》卷6中说："悼灵王病笃，上临视之。王指九莲花娘娘现立空中，历数毁坏三宝之罪，及苛求武清云云，言讫而薨。上大惊惧，据力挽回，亦无及矣。"

"菩萨显灵"是民间宗教家惯用的伎俩。《明史》卷188《李伟传》说这是"中人（太监）构乳媪，教皇五子言之也"。原来是太监们搞的鬼。《烈皇小识》中称崇祯帝"极力挽回"，确实如此。不仅撤出的佛像都搬回来了，《思陵典礼记》卷2说："崇祯庚辰七月，上因皇五子临殁之言，遂长斋"。《悼灵王传》中说："帝念王灵异，封为'孺孝悼灵王玄机慈应真君'，命礼臣议孝和皇太后、庄妃、懿妃道号。礼科给事中李倡言：'诸后妃祀奉先殿；不可崇邪教以乱徽称。'不听。"这位礼臣很不客气，把九莲菩萨显灵及皇帝为此而给王子、后妃们定"道号"，均认为是"崇邪教"。这"邪教"自然不是指佛教或道教。崇祯帝并未听从这位礼臣的劝谏，决心"崇邪教"。据聂鈫《泰山道里记》载：崇祯辛巳（十四年，1641）在泰山天书观九莲殿后建智上殿，副使左佩玄碑云："皇上追崇孝纯皇太后为西天净土极乐世界菩萨，上号曰'智上'，建宝刹于岱"。"智上菩萨"追随"九莲菩萨"之后，也到泰山归于泰山老母麾下。智上殿于崇祯十六年（1643）建成，第二年春天李自成的大顺军攻入北京，这位皇帝也就自尽于煤山了。

四、对泰山女神的"争夺"和"泰山之争"

如上文所述，自宋代以来，封建统治者即利用泰山女神作为以神道设教的工具，宗教家也争相拉扯、利用泰山女神。元代的道教徒便把泰山女神拖了去，做了东岳大帝的女儿。[1]明代道教徒又给女神加了一个"天仙玉女碧霞

[1] 见（元）秦子晋《新编连相搜神广记》，前集"东岳"："帝一女，玉女大仙，即岱岳太平顶玉仙娘娘也。"元建安刊本，今有上海古籍出版社影印本，1990。

元君”的封号，[1] 升格为道教的“天仙”。符箓派的道士们尚不罢休，又给女神找了一位“配偶”。明徐道《历代神仙通鉴》卷8“大茅君泰山获偶”云：

> 大茅君之师王君（按，指中华总真帝君）来邀游泰山，茅君款留经宿。王君曰：“吾弟（按，指东岳大帝）有五子一女，五子已娶三媳，女名玉女大仙，独居岱岳太平顶，善诸法术。昨闻子能为人广衍宗嗣，是合天地玄机，愿以玉女妻子，子意云何？”茅君沉吟未对，王君笑曰：“子亦闻天台子乔、武夷一子婚媾之事乎？既吾兄弟子侄皆有匹配，上圣高真亦眷属相聚，而必谓孤修独处为道乎？”茅君不能辞，但云：“还告父母。”王君与之俱往茅山，父母唯唯听命，订于八月月盈之夕，至泰山完姻。……结缡之后，另居旁丘胥山，为东岳上卿司命真君，代理大□之案，统吴越之神仙，综山源于江左。自是往来南北，每岁二月二日驾白鹤来会群仙于桥上，有司名其桥曰“会仙”。

大茅即茅盈，是道教茅山派的祖师。传说他兄弟三人均修炼得道，称“三茅真君”。南朝梁陶弘景在茅山（位于今江苏南部）筑馆修道，开创了茅山派，是道教三大符箓派之一。按照道教的信仰，“神仙”们也应当有眷属。但民间信仰的泰山女神具有始祖女神的神格，她同其他民间信仰的女神（老母、娘娘）一样，都不会“嫁人”。所以，茅山道士编的这个故事，泰山女神的信众绝对不会接受。据文献记载，清康熙年间，在泰山脚下岱庙东御座的一角，曾有一间“三茅殿”，[2] 大概没有香火，不久就神去殿撤了。

---

[1] 关于泰山女神的“天仙玉女碧霞元君”封号，传统的说法是宋真宗加封。但宋代公私著作和《宋史》《文献通考》等书，对宋真宗封禅闹剧记述甚详，却均未谈到他给泰山女神加“碧霞”的封号。明万历刊道藏本《岱史》卷9“碧霞灵应宫”的介绍及所收明弘治十六年（1503）、嘉靖十一年（1532）祭告文，高海《玉女考略》，刘定之、尹龙、徐溥等人的《纪略》，王之纲《玉女传》等，均提到“碧霞”封号，但未说明何时加封，可见也不是明代皇帝加封。如果是明代皇帝“敕封”，那是要大书一番的。直到明末刘侗、于奕正《京帝景物略》卷3引“稗史”，始称宋真宗东封泰山，“命有司建山祠安奉（玉女石像），号圣帝之女，封天仙玉女碧霞元君”。清初顾炎武因循此说，也未提出根据。（见《日知录》卷25）实际上它是明代道教徒给女神加的“封号”。明代皇帝、后妃们崇奉泰山女神，趁炎附势的道教徒，给女神加上这样一个灿烂的封号，其时间可在明代前期，见明万历刊《续道藏》所收《碧霞元君护国庇民普济保生妙经》。

[2] 见袁爱国《泰山神文化》，济南：山东大学出版社，1991。

佛教的神系十分严格，杂神野鬼难以掺入。声威显赫的关圣帝君，也只能去做个护法的伽蓝。但在泰山上，佛教的僧尼也不甘落后，清及近代登山盘道上著名的尼庵斗母宫，正殿里供奉的是大悲观音（俗称“千手千眼佛”），为了争取民众的香火，偏殿里则供奉着碧霞元君。

明代的民间宗教家抬高了泰山老母的神格，将泰山老母置于至高无上的女神无生老母麾下；新发现的清代初年南无教《泰山圣母苦海宝卷》[1] 中，甚至将泰山老母作为无生老母的化身。但高居于“真空家乡”的无生老母离人间太远了！人们向往“真空家乡”的美景，现实的痛苦却更为切身。那些自命为无生老母派来人间的教祖、教首，在现实生活中又往往是勒索教徒钱财的富豪、地主。因此，广大民众信仰的仍是他们高度信赖的泰山老母——泰山老奶奶。自明代前期，北中国各地民众每年春节后直到农历四月初，都组织“香会”“香社”，不远千里，纷纷到泰山给“老奶奶”进香。[彩图41、42、43][2] 明万历二十一年（1593）王锡爵《东岳碧霞宫祝厘碑》[3] 中说：

> 予往行齐鲁道中，顶斋戒弥陀者声闻数千里，策敝足茧而犹不休，问之，曰：“有事于碧霞。”问故，曰：“元君能为众生造福如其愿。”贫者愿富，疾者愿安，耕者愿岁，贾者愿息，祈生者愿年，未子者愿嗣；子为亲愿，弟为兄愿，亲戚交厚，靡不交相愿，而神亦靡诚弗愿。

这位宰相的观察是正确的。人们祈求于泰山女神的都是现实生活中的困扰，并编了大量的民间传说：这位女神同玉皇斗、同龙王斗、同妖魔鬼怪斗，保护人间的风调雨顺、农业丰收；她惩治强暴，保护弱小；她为人送子，保护儿童健康……[4] 这位老奶奶甚至在“抗美援朝”战场上“显灵”，为志愿军

[1] 据笔者鉴定，这是清代初年南无教女教首尹喜编的宝卷，存手稿本（他人代书），尚未定稿。笔者作有《新发现的清初南无教“泰山圣母苦海宝卷”》文，待发表。

[2] 《金瓶梅词话》《醒世姻缘传》中均有民众泰山进香的描写。另，参见周谦《民间泰山香社初探》，载《民俗研究》，1989 年第 4 期。按，“香会”的组织在宋代已经出现，这类香会供奉的神灵，有待进一步考证。

[3] 按，原碑已毁。引文见孟昭章等纂修民国《重修泰安县志》卷 14“艺文志 · 金石二 · 下”。

[4] 如《“拾百村”与“万家庄”》写玉皇大帝要淹掉一千、一万个村庄，泰山老奶奶只淹了“拾百村”和“万家庄”；《泰山老奶奶斗龙王》写老奶奶斗东海龙王；《三笑处》写老奶奶显灵救民女；《表彰孝妇》写老奶奶表彰守寡孝妇。以上故事均载陶阳等编《泰山民间故事大观》，北京：中国民间文艺出版社，1984。

战士送去干粮和水。[1]总之，在民众的心里，这位女神是一位可亲可近、有求必应、随时都会为他们造福的“老奶奶”，而不是被宗教家推在高高的神台上、令人望而生畏的泥塑木雕的“神”。

上文已经提到，泰山女神的原型是最早的泰山山神。此后，在“众神爰居”的泰山上下，修建了数不清的供奉着各路神灵的庙宇，其中主要是佛、道两家。但在泰山地区有一则家喻户晓的故事《泰山顶上为什么没树？》，下面是笔者20多年前采录记录的稿子：

> 传说泰山老奶奶是玉皇大帝的妹子，兄妹俩都想占据泰山这块宝地。后来大家说定：谁先到泰山，这块地方就归谁。玉皇大帝跑得快，先来到山顶，在山顶上埋了个念经用的木鱼。泰山老奶奶来晚了，发现玉皇大帝已经埋下木鱼，便把自己的绣鞋又埋在木鱼下边。老奶奶找到玉皇大帝，玉皇大帝高高兴兴地说：“妹妹，你来迟了，这块地方归我了！”泰山老奶奶说：“哥，你才来迟了，这地方归我了！”玉皇大帝说：“我先到这儿，有木鱼为证。”说着从地下挖出木鱼来。泰山老奶奶说：“你再往下挖挖，看看还有什么？”玉皇大帝往下一挖，挖出了老奶奶的绣鞋，不觉愣了。老奶奶说：“后来者居上，哥，你还不知道。”
>
> 玉皇大帝输了，可是又不甘心，愤愤地对泰山老奶奶说：“泰山就归你！我要把山顶上的树都拔光，晒死你这个黄毛丫头！”说完，就把山顶上那么多的树全都拔了出来。
>
> 泰山老奶奶没想到玉皇大帝会这样不讲理，伤心极了，大哭一场。她的眼泪像泉水一样浇在身边一棵苦梨树上。这棵苦梨树又扎下根去活了。从此以后泰山顶上便没有树了，只有老奶奶大殿后头有棵苦梨树，就是老奶奶用眼泪浇活的那一棵。[2]

[1] 见《泰山民间故事大观》（北京：中国民间文艺出版社，1984）所收《泰山老奶奶显灵》。这个传说于上个世纪50年代在泰安地区广泛流传，它的产生和流传，与志愿军中有大量山东籍的战士有关。

[2] 讲述者：贝文泗，女，家庭妇女，78岁。1979年记录，载《泰山民间故事大观》，北京：中国民间文艺出版社，1984。这个故事产生于清代。明末泰安人萧协中《泰山小史》中尚载泰山顶上有茂密的松树。这些松树是在何时、因何原因消失的，地方文献中未见记载。

这则故事的异文：与泰山老奶奶争泰山的是“佛爷”，他失败后也把泰山顶上的树木拔光，退居泰山之后的“佛爷寺”（一处很大的佛教寺庙）。[1] 这则故事表层含义是解释风物：泰山顶上为什么没有树？其深层的意蕴，不难看出强烈的民间意识：泰山既不是道教的，也不是佛教的，是泰山女神的，是民间信仰的泰山老奶奶的。

五、结语

泰山女神从原始社会中产生，历尽沧桑，得到千万人的顶礼膜拜。至今她仍高踞泰山之巅，享受着善男信女的香火，召唤着去国离乡的游子。因此，对这位女神的研究，不仅有助于了解民族文化的历史，也有重大的现实意义。神话学、民俗学、宗教学、历史学可以从不同的角度去研究她。戳穿宗教家编造的鬼话和封建统治者以神道设教的骗局，有利于剥去女神封建迷信的外衣；解决仍然困扰民众生活的那些苦恼，提高民众的科学文化素质和生活水准，是解决女神迷信的关键。剔除封建迷信的糟粕，这位女神身上积累的神话传说，是宝贵的民族民间文化遗产。净化了的泰山女神，将仍为泰山增辉。

---

[1] 如《碧霞元君占泰山》《泰山老奶奶与佛爷争占泰山》《碧霞元君的故事》等，均载《泰山民间故事大观》，北京：中国民间文艺出版社，1984。

第二章　江南民间信仰的刘猛将

在江南以太湖为中心的地区，有一位民间信仰的猛将神，传说这位神姓刘，故又称刘猛将、刘天王等。在地方文献中，他的原型是宋代的一位抗金名将，传说他死后显灵驱蝗，被南宋王朝封为“扬威侯天曹猛将”。清政府改变其原型，把他封作“驱蝗正神刘猛将军”，列入官方祀典。在民间信仰和传说中，他却成了一位受后母虐待的放牛少年，得到民众的爱戴和祭祀，并编成赞神歌和宝卷演唱。现据历史文献及实地调查所得的材料，将这位刘猛将神的来历、流变、民间的祭祀活动和在神歌、宝卷、民间传说中的传承情况，介绍如下。[1]

一、历史文献记载的刘猛将及其原型

有关猛将的来历及民间的祭祀活动，明清以来的文献多有记述，现摘要如下：

明《王穉登集》卷4“吴社篇”：“凡神所栖舍具威信、箫鼓、杂戏迎之曰‘会’……会有‘松花会’、‘猛将会’、‘关王会’、‘观音会’。松花、猛将二会，余幼时犹及见，然惟旱、蝗则举。”按，王穉登（1535—1612），明嘉靖、万历间文学家。上文所述苏州地区民间社赛中的“猛将会”，是明嘉靖前期的事。

清《昆山新阳合志》载有刘猛将庙，称其始建于嘉靖三十年（1551）。

清康熙《江南通志》卷23载：“猛将庙，在府治（按，指苏州府）中街路仁风坊之北。景定间因瓦塔而创。神姓刘名锐，或云即宋名将刘锜弟。”按，《江南通志》成书于康熙二十三年（1684）。乾隆《苏州府志》卷21所载与之相同，唯称“刘猛将军庙”，未有“殁而为神，驱蝗江淮间有功”。

清王士祯《池北偶谈》卷4“毁淫祠”载：“康熙丙寅（二十五年，1686）擢江宁巡抚都御史汤斌礼部尚书掌詹事府事。汤濒行，疏毁吴下淫祠五通、

[1] 本文原与江苏省社科院文学所研究员周正良先生合作，田野调查的材料由周先生采集。收入本书时重新写作。

五显、刘猛将、五方贤圣等庙，恭请上谕，勒石上方山。得谕旨，通行直省。”

清顾震涛《吴门表隐》卷1载：“瓦塔在宋仙洲巷吉祥庵。宋景定间建，即大猛将堂。神姓刘名锐，端平三年（1236）知文州，死元兵难。亦作刘武穆锜，冯班作刘信叔，又作刘軩，又作南唐刘仁瞻。有‘吉祥上义中天王’之封，旁列八蜡神像……其封神敕命碑在灵岩山前丰盈庄，宋景定四年（1263）二月正书。”按，《吴门表隐》作者顾震涛生于乾隆十五年（1750），该书初刊于道光十四年（1834）。

清康熙《吴县志》卷33载：“刘猛将军庙，在中街路仁风坊北（今宋仙洲巷），宋景定间建。初名扬威侯祠，加封吉祥王，故亦名吉祥庵。”

清姚东升《释神》卷4引《灵泉笔记》载：“宋景定四年（1263），封刘锜为扬威侯天曹猛将，有敕书云：‘飞蝗入境，渐食嘉禾，赖尔神灵，剪灭无余。’”

清姚福钧《铸鼎余闻》卷3引《怡庵杂录》载：“景定四年（1263），上敕封刘锜为扬威侯天曹猛将之神，蝗遂殄灭。”

清翟灏《通俗编》引王沆《识小录》载：“相传神刘锐，即宋将刘锜弟，殁而为神，驱蝗江淮间有功。”

清王应奎《柳南随笔》卷2载：“南宋刘宰漫塘，金坛人。俗传死而为神，职掌蝗蝻，呼为猛将。江以南多专祠，春秋祷赛，则蝗不为灾。而丐户奉之尤谨，殊不可解。”

有关刘猛将的民间祭祀活动，下文专述。综合上述资料，关于猛将神的姓名有多种说法，比较集中的是刘锜（或其弟刘锐）。他死后，于南宋景定年间在江淮间显灵驱蝗。景定四年（1263）敕封为“扬威侯天曹猛将”，在今苏州（即宋平江府）建扬威侯祠；后加封为“吉祥上义中天王”，所以又名吉祥庵，后人称刘猛将庙，或称大猛将堂。封神的“敕命碑”至清嘉庆、道光年间仍在。

据《元史·志第三上·五行（一）》载：“中统三年（1262，即宋景定三年）二月，真定、顺天、邢州蝗。四年（1263，即景定四年）六月，燕京、河间、益都、真定、东平蝗；八月，滨、棣等州蝗。”接着至元二年（1265）二月，蝗灾又推到江淮间的徐、宿、邳等州郡。当时南宋王朝与元蒙在江苏北部及安徽（亦即“江淮间”）等地对峙，接近于上述蝗灾区。《灵泉笔记》所述景定四年封神敕书中“飞蝗入境”的说法，是有历史根据的。

刘锜（1098—1162），字信叔，宋顺德军（今甘肃静宁县）人。《宋史》卷

336有传。传中称刘锜“美仪状，善射，声如洪钟”。初任陇右都护，与西夏作战，屡次获胜，因此西夏人的小孩哭闹时，大人就吓唬说：“刘都护来了！”可见刘锜在当时就是一个传奇式的人物。南宋绍兴十年（1140），刘锜任东京副留守，金兀术率领金兵精锐铁浮图和拐子马，大军包围顺昌（今安徽阜阳）。刘锜率王颜旧部“八字军”，以少胜多，大破金兵，兀术因此得了“气病”。他同韩世忠、岳飞等并称为“中兴名将”。投降派秦桧掌权时，改知荆州府。绍兴三十一年（1161）金主完颜亮率兵南下，刘锜被任命为江淮浙西制置使，屯兵扬州，抗击金兵，次年病死，卒谥武穆。他一生的主要战绩是在江淮间抗击金兵，声威远扬。人们自然不会忘记这位民族英雄。民众编出他在当年大显军威的地方显灵，剪灭由敌方“入境”的蝗虫，也是合乎民心的事情。结合当时南宋同元蒙在江淮间军事对峙的形势，南宋王朝封这位当年于此抗金的名将为“扬威侯天曹猛将”，自然也有向敌方示威的意思。绍兴年间，刘锜曾以浙东路副总管提举宿卫亲军，扈从宋高宗赵构于平江（今苏州）、金陵（今南京）一带。据《江南通志》卷33载，常熟虞山南另有刘太尉庙，即“祀宋名将刘锜”，说明宋亡以后，江南人民们仍怀念这位抗金名将。

刘猛将主要是民间信仰和祭祀的神，在民间传承的传说故事、神歌、宝卷中已同原型脱节。地方历史文献中又附会出各种历史人物，也是很自然的事情。现将这些被附会上去的人物简介如下：

刘锜弟刘锐，清顾禄《清嘉录》卷1引王鏊《姑苏志》称其“尝为先锋，陷敌前”。《宋史》卷449《陈寅传》附载另一刘锐，曾任文州（今陕西文县）知府，端平三年（1236）死元兵难，诏立庙赐谥，亦即上文引《吴门表隐》卷1所说的刘锐。

刘韐，字仲偃，《宋史》卷446有传。宣和七年（1125）汴梁城为金兵攻破，刘以资政殿学士出使金营，任“割地使”。金人逼刘受官，不屈自缢死。

刘宰，字平国，号漫塘，《宋史》卷401有传。曾任江宁尉、泰兴令。传中说他“刚大正直，明敏仁恕，施惠乡邦，其烈实多”，“凡可以白于有司、利于乡人者，无不为也”。他死后，“乡人罢市走送，袂相属者五十里，人人如哭其私亲”。

上述几位都是宋代人，唯刘仁瞻为五代南唐人，《旧五代史》卷129有传。仁瞻曾以节度使守寿州（今安徽寿县），后周侵淮，副使以城降，仁瞻自杀。

南宋景定年间封刘锜为“扬威侯天曹猛将”。15 年后蒙元即灭南宋王朝，占领江南。在上述附会于猛将神的人中，除刘宰是为民请命的贤人外，其他均是为国死节的英雄。结合南宋以来的历史背景来看，这自然也反映了江南民众对为国为民的民族英雄的怀念。江南民间祭祀的这类人物很多，比如上海奉贤县部分农村祭祀李若水（1093—1127），他是北宋洺州曲周（今河北曲周县）人，官吏部尚书。宣和七年（1125）金兵入汴梁，随钦宗被掳至金营。为金人所留，不屈，被刀裂断舌而死。[1]

二、清政府列入祀典的“刘猛将军”

清朝政府对民间崇祀的这位刘猛将，先是严禁，后则列入官方祀典，其原因也值得探讨。

据上引清王士祯《池北偶谈》载，康熙二十五年（1686），江苏巡抚汤斌以俗祀猛将荒诞不经，曾奏请严禁，奉旨淫祠滥祀着碑永禁。清王朝在定国号为“大清”之前称“后金”，对宋金之间的这段历史特别敏感。刘猛将既为抗金名将刘锜，且被南宋王朝加了“扬威侯天曹猛将”的封号，自然应被严禁。但刘猛将已在民间信仰中扎根，不可能禁绝。在蝗灾和民间信仰的困扰中，雍正二年（1724）清政府对这位驱蝗神的态度发生了戏剧性的变化。转变的契机，是当时“奏要政多合机宜”的直隶总督李维钧。他编造了一个“刘猛将军降灵”的神话。李系浙江嘉兴人，《清史列传》卷 12 有传。嘉兴也是历史上刘猛将信仰传播极盛的地区，清代以来，江南民众崇祀猛将神最盛的涟泗荡刘王庙会，就在嘉兴县北部，他自然清楚这位神君的由来。清光绪《永年县志》卷 10 载有他为河北永年县刘猛将军庙写的《将军墓碑记》，却说：

> 庚子（康熙五十九年，1720）仲春，刘猛将军降灵自序：“吾乃元时吴川（在今广东省）人。吾父为顺帝时镇江西名将，吾后授指挥之职，亦临江右剿除江淮群盗。返舟凯还，但蝗孽为殃，禾苗憔悴，民不聊生。吾目击惨伤，无以拯救，因情极自沉于河。后有司闻于朝，

---

[1] 事见《宋史》卷446本传。

> 遂授猛将军之职。荷上天眷念愚诚，列入神位。”将军自述如此。乙亥年（康熙三十四年，1695）沧、静、青县等处飞蝗蔽天，维钧时为守道，默以三事祷于将军，蝗果不为害。甲辰（雍正二年，1724）春，事闻于上，遂命江南、山东、河南、陕西、山西各建庙，并于畅春园择地建庙。将军之神力，赖圣主之褒敕而直行于西北，永绝蝗之祸，其功不可伟欤！将军讳承忠，将军之父讳甲。

元顺帝是元朝最末一个皇帝，这位刘承忠自称到江右（今江西省）剿除“江淮群盗”，自然是暗指明朝开国皇帝朱元璋等人领导的起义队伍。原来传为南宋敕封的“扬威侯天曹猛将”，成了元朝官授的“猛将军”，虽然编得漏洞百出，但让这样一位角色代替抗金名将刘锜，就为清政府解了围。据乾隆十二年（1747）敕修《清朝文献通考》卷105“群祀”载：“雍正二年立刘猛将庙”。该卷并收雍正三年（1725）的一道“谕旨”：

> 旧岁（按：指雍正二年，1724）直隶总督李维钧奏称：畿辅地方，每有蝗蝻之害，土人虔祷于刘猛将军之庙，则蝗不为灾。朕念切痌瘝，凡事之有益于民生者，皆欲推广行之。且御灾捍患之神，载在祀典，即《大田》（《诗·小雅》篇名）之诗亦云：“去其螟螣，及其蟊贼，无害我田稚。田祖有神，秉畀炎火。”是蝗蝻之害，古人亦未尝不藉神力，以为之驱除也。因以此意曾密谕数省督抚留意，以为备蝗之一端。今两江总督查弼纳奏称：江南地方有为刘猛将军立庙之处，则无蝗蝻之害；其未会立庙之处，则不能无蝗。此查弼纳偏狭之见，讽朕专恃祈祷，以为消弭灾祲之方也。

雍正帝的这道谕旨，说明雍正二年（1724）李维钧编造上奏“刘猛将军降灵自序”为刘承忠的“神话”，是雍正“密谕数省督抚留意”的结果。由于李维钧善解雍正帝以神道设教的“密谕”，用偷梁换柱的方法将刘猛将的原型掩盖过去，所以雍正帝立即下诏各地建“刘猛将军庙”。但不识相的两江总督查弼纳，却上书夸耀江南刘猛将灭蝗的威力，（江南那些民间建立的猛将庙的神主是抗金名将刘锜），实际上是要雍正帝承认南宋王朝封的这位神君，自然惹恼了雍正帝，斥他“偏狭之见”。

但是清王朝还是正式承认了这位民间信仰的刘猛将，不过改为“刘猛将军”。雍正二年(1724)诏各地立刘猛将军庙，在乾隆敕修的《清朝文献通考》中，尚称“将军未详所始”，实际上是回避猛将神的来历这一敏感问题。经过舆论准备，乾隆后增修的《大清会典》，便将刘猛将列为“驱蝗正神”，并将李维钧编造的刘承忠正式作为刘猛将的神主。嘉庆间官修《大清通礼》卷16载其祀礼：“猛将军刘承忠，于各直省府州县致祭之礼：每岁春秋所在守土官具祝文、香帛，羊一、豕一、尊一、爵三，陈设祠内如式。质明，守土正官一人，朝服诣祠，行礼仪节与直省祭关帝庙同。”咸丰七年（1857）礼部奏请加封号为“保康刘猛将军”；同治元年（1862）加封“普佑”，七年（1868）加封“显应”；光绪四年（1878）加封“灵惠”，五年（1879）加封“襄济”，七年（1881）加封“翊化”，十二年（1886）加封“灵孚”。[1] 随着清王朝的衰落，对这位刘猛将军的恩礼日隆，频频加封（清政府给他的全部封号是“保康普佑显应灵惠襄济翊化灵孚刘猛将军”），对他的祀礼抬到与护国神“关圣大帝”同等地位，其用意在于借助迷信的力量，为王朝的没落“保康”。[插图 76]

雍正以后，在江南以外的地区，新建立的刘猛将军庙，多称其神主为刘承忠。但在许多地方，人们仍然是祭拜传统的八蜡庙或虫王庙，[2] 以求免除蝗灾；也有些地方性的驱蝗神庙，如淮安的蒲神庙。[3] 那位“降灵自序”的刘承忠“刘猛将军”，在江南一带并没有得到民众的承认。民间仍然年复一年地举行丰富多彩的“祭猛将”活动，修建了数不清的猛将庙。因为已列入官方祀典，也不再被禁止。地方文人撰写的笔记、杂著中，则在辩论“猛将“的原型是刘锜还是其他人，大都不理会那位“刘猛将军”刘承忠，有的甚至否定了刘承忠。可见统治阶级杜撰的“降灵”神话，虽被列入祀典，在长期形成的民间信仰面前，

---

[1] 见刘锦藻《清朝续文献通考》卷157“群祀”。

[2] 八蜡庙祭“八蜡”。八蜡源于先秦的蜡祭，元陈澔《礼记集说》：“蜡祭八神；先啬一，司啬二，农三，邮表畷四，猫虎五，坊六，水庸七，昆虫八。”包括了与农业有关的各种神，“昆虫”为其一。后来八蜡庙变成祭祀农作物害虫的神庙，最后成为专祀蝗虫神的庙。蝗虫为害最巨，俗称“虫王”，故又称虫王庙。清雍正二年（1724）后，有些地方是将八蜡庙改为刘猛将军庙，或于庙中增祀刘猛将军。如《苏州府志》：“八蜡庙，仲春仲秋上戊日致祭。近又于八蜡之外，添设刘猛将军神位。”《威海卫志》：“八蜡庙，俗名虫王庙……康熙末年建。后改为刘猛将军庙。”《唐县志》：“八蜡庙，每岁春秋戊日僚属分祭。刘猛将军附祀八蜡庙。”

[3] 见《江南通志》卷33。

[插图 76] 普佑上天王（即“刘猛将”，浙江绍兴民间刻绘年画。陶思炎教授提供）

也是软弱无力的。

三、民间祭祀刘猛将的活动

民间祭祀刘猛将的活动，大概自南宋以后一直未断。从上文所引明王穉登《吴社篇》所载，明代嘉靖初年苏州已有“猛将会”的活动；同时昆山地区建立了猛将庙，并能载入方志[1]，说明当时祭猛将活动之盛。清雍正帝虽然搞了一个偷梁换柱的把戏，但承认了民间祭祀的刘猛将，也说明这种民间信仰活动的影响之大。目前所能查到的有关民间祭猛将活动情况的文献记录，主要是清代苏州地区的地方文献，如清顾禄《清嘉录》，这是一部苏州地区的岁时风俗志。其卷1“正月”民俗中有“祭猛将”一项，云：

十三日，官府致祭刘猛将军之辰。游人骈集于吉祥庵。庵中燃铜烛二，大如桮棬，半月始灭，俗呼“大蜡烛”。相传神能驱蝗，天旱祷雨辄应，为福畎亩，故乡人酬答尤为心愫。前后数日，各乡村民，击牲献醴，抬像游街，以赛猛将之神，谓之“待猛将”。穹窿山一带，农人舁猛将，奔走如飞，倾跌为乐，不为慢亵，名曰“趆猛将”。（文末附注：吴语谓急走曰“趆”，读如血音。）

[1] 见前《昆山新阳合志》。

卷7“七月”民俗中有又“烧青苗”一项，云：

及时，田夫耕耘甫毕，冬醵钱以赛猛将之神。舁神于场，击牲设醴，鼓乐以酬，田野遍插五色纸旗，谓如是则飞蝗不为灾，谓之“烧青苗”。

又，清顾震涛《吴门表隐》卷1亦有相似的记录：

岁腊日及正月十三日，大府率属致祭。一在江村桥西，一在六直西美桥北，一在盘门营内，一在横塘，一在洞庭山杨湾，一在石匠巷北，一在卢师桥南，一在三条桥多垅；其在穹窿坞者尤显应。（按：以上指苏州及近郊的猛将庙）村民舁像如飞，倾跌为敬，名曰“迎猛将”。此外士民尸祝，闾巷咸塑像祀之。夏秋之交，村民赛祀，名曰“青苗会”。

又，清道光时人袁学澜《吴郡新年杂咏》中《跳舞灯行》题下注：

城乡新岁争集社火，扮演马灯、杂剧，继以龙灯，倾飞捷舞，星流雷焰。“舆猛将”循行巷陌，以驱疫疠，名“青夜食”，年时丰稔。

又，《震泽县志》（据《清嘉录》卷1引）载：

元旦，坊巷乡村，各为天曹神会，以赛猛将之神，谓神能驱蝗，故奉之。会各杂集老少为隶卒，鸣金击鼓，列队张盖，遍走城市，富家施以钱粟，至二十日或十五日罢。（按，震泽为吴中大镇，震泽县今划归吴江县）

又，清人编《香山小志》“杂记”载：

香山各村集均供奉刘猛将神像，为其能驱蝗也。正月赛祀最为热烈，夜间锣鼓喧阗，各村舁神赴宴。赴此往彼，来送为赛主，预

日具柬邀请，大书“年愚弟刘锜顿首拜”云云。此不知谁何作俑？（按，香山在今吴县境）

以上记述，反映了清代苏州地区民间祭猛将活动的特点及盛况。

据目前调查，猛将信仰主要流行于江苏南部的苏州、常州、无锡等市和镇江市的部分地区，浙江北部的嘉兴、湖州市及上海市的部分地区，大致以太湖为中心。由于太湖渔民包括了“苏北帮”，所以这位神君也被带到苏北。在金湖县香火神会祭祀的众神中，也有这位猛将。但在江南的苏州各县最为盛行，下文介绍也以这一地区的情况为主。

前引《吴门表隐》中说，苏州“士民尸祝，闾巷咸塑猛将像祀之”，民国间苏州地区农村情况仍如此。这里村村巷巷都有猛将庙，一般都很矮小，只有一间房；大村镇较大的猛将堂，也只三间房。这些猛将庙、猛将堂，1950年以后均被拆除，目前已荡然无存。近年来这些地方的民众又在祭猛将，一般在原庙址或附近地方搭棚烧香、烧纸祭祀。

刘猛将的神格，历史文献记载是驱蝗神，清代官府也是把他作为“驱蝗正神”列入祀典。但是在苏州地区的民间信仰中，他不止于驱蝗，或者说主要不是驱蝗。中国的主要蝗灾区是华北平原，据历史文献记录，平均每六七年发生一次大蝗灾；在江淮一带，超过10年。[1]江南是蝗灾的边缘区，作为驱蝗神，他的意义不大，但这里却是猛将信仰的主要流传区域。

与其他民间信仰的神不同，刘猛将在民众心目中是一位可亲可近的神。人们祭祀他，又同他一起娱乐、游戏。江南农村迎神赛会都要抬出“老爷”（民众对各种神佛的尊称）游行，大都是恭敬有加的，唯独对“猛将老爷”可以抬着（或背着）他跑、跳，同他开玩笑，甚至把他跌得粉碎。民众以此为乐，这位“老爷”也不会发怒。

刘猛将的名字，民众大都不去追究。民间传说中，他是一位受后母虐待的放牛娃，人们叫他“刘阿大”。民间神歌、宝卷中，必须交待他的姓名，则称之为刘佛官、刘佛祖、刘佛寿、刘佛舍等，“佛官”等都是信神佛的农民为儿子起的惯用名。至于民间迎神赛会中猛将的主名，据前引吴县《香山小志》

[1] 据陈正祥《中国文化地理》第二篇“方志的地理学价值”，北京：三联书店，1983。

所载，仍然是那位抗金名将刘锜。有些猛将庙的庙联也显示其神主为刘锜，如无锡县南刊沟猛将神庙庙联：“卧虎保岩疆，狂寇不教匹马返；驱蝗成稔岁，将军合号百虫来。”这些都是读书人所为。

猛将的塑像也很有特色。农村中的猛将像，多数是光头赤脚、短衫短裤的少年；有的头上扎一块红布，叫“扎头猛将”。据说那是因为他的头被后母打破了，血染红了扎头布。猛将庙庙小神也小，猛将像一般只有一尺多高。另有文官、武将猛将：文官打扮的猛将穿袍服靴帽、玉带围腰，拱手；武将猛将穿盔甲，手持宝剑。这两种猛将较高大，也都是青年，这大概同猛将原型刘锜“美仪状”（见《宋史》本传）有关。猛将像有木质雕刻和泥塑两种：木制的手脚灵活，“出会”多抬这一种；泥塑的坐堂，容易破碎，一般不抬出来。

民间祭猛将的活动于春节和秋季进行。春节祭猛将从农历正月初一开始，可延续到元宵节后，它同春节期间农村的娱乐活动结合在一起。现以吴县东山乡春节的猛将会为例介绍如下：[1]

东山乡是突入太湖之中的半岛。半岛西部有东洞庭山，又称洞庭东山，与太湖中的西洞庭山隔水相望。东山周围，民国时期有大小猛将庙100余处，各村猛将堂的大猛将高达一公尺多。猛将像是眉清目秀、鼻正口方的青年，是这一带农民供奉的主神。

正月初一清早，各地农民抬着猛将像巡游各村“贺年”。猛将的仪仗以杏黄大纛为引导，敲锣打鼓。每到一村，先绕村场游行一周，放鞭炮。名义上是猛将“互访”，甚至拿着猛将的“帖子”（如上文《香山小志》所述），实际上是各村村民互相祝贺，互道吉祥。猛将成了村民们联谊的神。

初六，猛将出巡湖滨“冲湖嘴”。这天的精彩项目是猛将“逛会”。各村把一米多高的大猛将（木制）抬出来，两个大力士用杠子抬着。他们跨着大步，左右摇摆，大猛将像东倒西歪，直到把它横过来与地面平行为止。

初六晚，各村敲“夜节锣”；初八早晨，各村敲“日节鼓”。相传这是前代人抗击入侵者（倭寇）留下来的传统。

初九，“猛将抢会”。抢会以村为单位，各村选出身强力壮、机智灵活的人参加。先将各村小猛将像集中在塘子岭上，主持抢会的人将杏黄大纛往空

[1] 参考长春《东山风俗——抬刘猛将小考》，载《吴县文史资料》第2集，内刊。

中一招，抢会者立即将本村的猛将背起，狂奔而下。这时“万头攒动，脚步雷鸣，人声鼎沸，势如潮涌”。背猛将的抢会者，不管碰得头破血流，神像跌碎，也要去争第一。争到第一的村子，将猛将会的大猛将抬着绕东山巡行一周，最后供奉在自己村中，这是本村的光荣。

正月十三，刘猛将的生日。这一天，在猛将庙中点燃巨烛，称“满算”。

正月十五元宵节，各村上灯。猛将堂前立一大竹竿，挂塔灯。至此，春节祭猛将的活动结束。

秋季祭猛将的活动称为“青苗会”或“青苗社”。时间多在农历七月半（即中元节）前后。常熟一带也在立秋日举行。上海嘉定县农村秋祭则推到十月中。青苗会的特点是祈求猛将保佑农作物丰收。会期一般为三天。农家在田里插五彩三角纸旗，称作“猛将令箭”，表示猛将下令驱除害虫，实际的作用是驱赶啄食稻实的麻雀等飞鸟。最后一天“出会”（或称“走会”），也要抬猛将出巡。抬像者可以在田头奔跑寻开心，俗称“嘻猛将”，“像舁如飞，倾跌为敬”，一如《吴门表隐》所记。最后“送驾回宫”，结束。出会的队伍中，照例要有各种地方特色的歌舞、杂技、武术表演，“许愿”、“了愿”的群众组成的“扮犯”（扮作各种犯人），“臂香臂锣”（用针穿过手臂上的皮肤，下吊香炉或锣）队伍。青苗会期间，请祝司唱《猛将神歌》，或请宣卷班唱《猛将宝卷》，也有请草台班演戏酬神的。昆山县另有“水陆猛将会”，陆地出会同上；水路出会乘船，在船头表演各种武术、技艺。

太湖及周围水域的渔民也信仰猛将，尊称他为刘王、刘天王、普佑上天王等，是渔民信仰的主神之一。民国十三年（1924）以前，渔民祭猛将主要在浙江、江苏交界的涟泗荡（今属嘉兴市）刘王庙。每年清明和农历八月十三日举行两次刘王庙会，由渔民中的各帮“香会”（或称“社”）组织。各香会设香棚，香头们都希望自己的香会祭祀办得隆重气派，并互相炫耀。香汛期间集中的船只上千艘。这里供奉的刘猛将被称为“南堂大老爷”。后来由于大渔船前往不便，加上各香会香头倾轧，民国十三年在太湖平台山禹王庙另设刘猛将供奉，小船渔民仍多往涟泗荡祭祀。

平台山是孤立于太湖中心的一个小岛，面积约40亩，岛上没有山。传说这里是大禹治水的遗址。大禹捉住兴风作浪的“昂”，压在平台山下。岛上有座禹王庙，供奉禹王，渔民俗称“水路菩萨”，或“水仙菩萨”，是江浙内河渔民供奉的主神。每年农历正月初八、清明、七月七、白露集会祭拜；清明节同时祭刘猛将。

旧时清明节平台山祭禹王的规模相当大。渔民和赶会做生意的小贩可达数千人，大小船千余艘。祭祀活动由渔民中的“祭主”（头人）组织，由祝司主持。会期共七天：[1]

第一天各地渔民聚会，4只当头船先行，把渔民贡献的祭品拿到庙中，由祝司摆好。

第二天“起神”，上“供单”，“请神”。

第三天“主祭”，对刘猛将的祝祷词是“人口太平，五谷丰登，六畜兴旺”，然后唱《猛将神歌》。

第四天戏班船到，每天下午、晚上演两台戏酬神，连演三天。早先唱昆曲，后来唱京剧，《打渔杀家》为必演剧目。

第六天上午抬猛将“出会”，用轿子抬猛将像沿平台山岛巡行一周，然后到禹王庙。出会的队伍，前有“行牌”十副（绘有各种神仙故事，如《八仙过海》）、“銮驾”（包括刀、枪等十八般兵器）。男女扮乐队：男队着青绿衣，黄带束腰，持胡琴、琵琶等丝弦乐器；女队戴花（纸或绸制），红衣，绿带束腰，持锣、鼓等打击乐器。后是高跷、花灯等民间歌舞，最后是男女“扮犯”和“臂香臂锣”。到禹王庙，猛将也要去拜禹王。祝司唱礼：“刘王千岁向治水圣人禹王万岁敬礼！”然后依次高唱“一叩首”“二叩首”……猛将（木制，手臂可活动）由左右各一人帮着向禹王拱手九拜，群众九叩。

渔民们平时在江河湖海分散捕鱼，生活艰苦，联络极少。庙会期间大家访亲问友，买卖交易，购买生活和生产用品，同时看戏娱乐；有病灾的渔民也于此求神许愿、酬神还愿或求医治病。因此，渔民祭猛将已不单是一种信仰活动。

从以上民间祭祀刘猛将的活动来看，农民（包括蚕农）和渔民祭祀的刘猛将（或刘王），既不是南宋王朝敕封的“扬威侯天曹猛将”，也不是清王朝列入祀典的“驱蝗正神”刘猛将军刘承忠，而是一位颇具特色的地方神。农民祈求他驱除农作物的病虫害，风调雨顺；渔民祈求捕鱼安全，丰收；蚕农

[1] 有关平台山渔民祭猛将材料，系采访吴县太湖乡农民李翰培（曾任祝司）所得。

祈求蚕花茂盛。[1]在民众心目中，他是一位热心为民、有求必应，而又可亲可近的地方保护神。用吴县太湖乡农民李翰培的话说："猛将是我伲吴县的主神。"这位神君的原型中，还具有保境安民、保家卫国的神格，所以民间有猛将显灵惩罚日本侵略者的传说，在《猛将神歌》中有他"杀退倭寇"的说法。从吴县东山乡春节祭猛将活动中的"夜节锣""日节鼓"及相关的传说，也可看到明代江南民众抗击倭寇的影子。

四、民间传说故事中的刘猛将

江南一带大量流传着刘猛将的传说故事。这些传说故事多为有关猛将出生的故事和猛将显灵的各种传说。

江苏常熟白茆乡民间歌手、故事家陆瑞英每次给大家讲故事，开头往往说"讲一只猛将（故事）"。从60年代初到80年代末，笔者前后听她讲了150多则故事，经过细细品味、比较，发现她非常喜爱刘猛将。现把1984年3月29日她讲的猛将故事录音记录稿整理如下：

> 从前，有个刘阿大，娘老早死了，老子娶了晚娘。晚娘养了个儿子。他老子是经商客，登在外边。老子转来，晚娘总说刘阿大这样不好，那样不好。有一年，晚娘做了两件棉袄，问两个儿子："身上冷不冷？"晚娘的儿子讲："我暖热格。"刘阿大讲："爹爹，冷来，棉袄一点不暖热。"晚娘讲："你看呶，前娘养的儿子，我给他的棉袄翻的厚来，他喊不热。我的亲儿子，翻的薄呶，他喊热格。前娘养的儿子不老实。"后来，晚娘叫刘阿大种豆。豆种让牛踩扁了，叫刘阿大拿去种，给亲儿子的是好豆种。哪晓得，刘阿大种下去，照样出。晚娘又把黄豆炒熟叫他种，哪晓得，炒熟的黄豆种下去，也照样出。晚娘想饿煞他，也饿不杀。
>
> 晚娘一直对他老子说，前娘生的儿子这样不好，那样不好，样样不好。他老子火足，害杀他。老子跟刘阿大讲好，二月十八，到

[1] 拙著《中国宝卷总目》中收入一种《敕封天曹司刘猛将扬威侯真君收番护国保民安乐收灾降福收茧宝卷》（修订本，北京：北京燕山出版社，2000，页31），说明蚕民也敬奉这位神。

江边看潮头。这一天，儿子高兴杀，跟老子到长江边，头伸起来看潮头。后边头老子脚一笃，把儿子笃到江里。着儿子望也不望，跑哉！

刘阿大呀，有土地公公搭救。土地公公拿他托住，托勒托，托勒托，托勒托，托住了。氽勒氽，氽勒氽，氽勒氽，氽到他娘舅家河滩上。娘舅出来一看："啊呀，这小人是我家外甥阿大喂，快点捞起来。"捞起来，拍拍，温温，焐焐，活转来哉！活转来，醒过来，娘舅问："阿大呀，你哪能这种样式？""老子把我踢到江里，晚娘说我不好，饭也不把我吃，还要打我。"娘舅听来，看阿姐面上："你登来嗨，我养你吧。登来里跟我小人做做伴也好。"

娘舅家养只牛。娘舅喊："刘阿大呀，上山去放牛吧！"刘阿大放牛。哪晓得，有一天来了八洞仙人，喊他："小弟弟呀，跑来，这只牛搭你杀来吃吧！""哎，不行哪，我娘舅要骂的！"仙人说："不要紧，放心吃好来。把牛头安在东山，牛尾巴安在西山。等你娘舅来看，就说这头牛钻到山肚控去了。娘舅不会骂你的。"八洞仙人，杀的杀，剥皮的剥皮。汉钟离讲："把牛肉放在我肚皮上烧，烧好了吃。"吃过了，照仙人的话说，娘舅不怪刘阿大。

到开年，娘舅叫刘阿大养鸭子。鸭大了，八洞仙人又来哉。叫刘阿大杀鸭吃，刘阿大不肯。八洞仙人说："嗳，上趟一只牛吃掉，你娘舅不曾骂，那么吃好来。吃掉之后，借一群野鸭给你。"八洞仙人喊刘阿大一道吃，拿鸭子吃光，剩落一只。八洞仙人借一群野鸭，让刘阿大赶回家，关进鸭棚。第二天，娘舅把鸭棚门拔拔开。吭，吭，吭，野鸭一起飞了。娘舅赶紧关，关着一只，这一只原是家鸭。

后来，娘舅在场上打了一只大快船。要下水哉，办酒席待客。船下水，大家帮忙，四乡邻、亲戚朋友、木匠师傅全来吃酒。叫刘阿大烧火，烧得苦杀，一点酒也不曾吃着。他跑到木龙（船）旁边："木龙、木龙，等歇来推你，你不要下水噢！我刘阿大不到，你不要下水。"木龙说："噢，你不来，我不下水。"吃过酒，几百人推的推，拉的拉，木龙一动也不动。娘舅急来，刘阿大说："请我刘阿大吃酒，老早下水来。"娘舅叫厨师傅烧出一桌菜来，给刘阿大吃。他一吃吃的醉醺醺，跑去，把龙门板一上，一拍；"木龙，木龙，我来哉，下水！""呼——"

这只太快船自家走，喜气洋洋到河里。娘舅服贴：这小鬼神得不得了。

到七、八月里，稻成头哉。飞来蝗虫，铺天压地，全来吃稻。大家急来，娘舅问阿大："那能办？"刘阿大讲："这不要紧，我去赶！"刘阿大拿一根竹竿，身上一条破衣裙脱下来，往竹竿上一扎，跑到田里，横道赶，复转来抹。蝗虫哑、哑、哑，一起飞起来。刘阿大想：蝗虫飞到别处去，阿要吃别人家稻？一定要赶到海里去，把蝗虫全赶到海里去，喂鱼虾！刘阿大一撇脚，日夜起，蝗虫全赶下海。刘阿大赶得精疲力尽，海里潮头上来一冲，刘阿大一掼掼下来，淹死了。

老百姓纪念刘阿大，造个像，供在庙里，尊敬他，叫他猛将老爷。从前，各年七、八月里，稻成头辰光，做猛将会，又叫青苗社。把猛将像抬出来，圩岸头跑一转，每块田里插一面纸旗，五彩旗。做啥呀！田里的稻，猛将搭你看好呐！（周正良采录）

江苏吴江县芦墟镇著名民间歌手陆阿妹生前也讲过猛将故事，主要情节与陆瑞英讲述的差不多。位于长江中的江苏扬中县太平洲流传的猛将传说，则是一个悲壮的故事。那里把刘猛将称作"蝗虫菩萨"，故事主要情节是：

有一年水稻扬花，蝗虫飞来啃稻棵。有个放牛孩子脱下衣裳扑打，越打越多。孩子向蝗虫求情说："你们要吃就吃我身上的肉！"蝗虫一起飞来啃食，一刻工夫，孩子只剩下骨头架子。蝗虫飞走了，庄稼保住了。老百姓感谢放牛孩子，就着他的骨架敷泥装金，塑了一个真身像，称"蝗虫菩萨"。年年为他做会烧香，免除虫灾。有一年江南遭蝗灾，把神像偷走了。后来长江里漂来一段木头，有鼻有眼，像蝗虫菩萨。老百姓捞起来供养，同样灵验。（周正良采录）

上述各地流传的猛将故事中，刘猛将都是放牛的孩子，是民众中的一个普通成员；他为群众驱除蝗灾而牺牲，因此被尊为神灵。陆瑞英、陆阿妹讲的故事生活气息浓郁。芦花棉袄、种炒黄豆和被推下水这些情节，源于民间流传后母虐待前妻儿子的故事，加在"猛将老爷"刘阿大身上，使大家觉得这位神君更加令人爱怜。杀牛、杀鸭和拍船下水的情节，既说明刘阿大有不同于一般少年的神奇力量，同时也赋予他机智顽皮的性格，这有助于理解当地民众为什么对这位神君敬而不畏，甚至同他开玩笑的原因。扬中县传说中舍身喂蝗虫的情节，是十分奇特的，江南地区不见流传。扬中县成陆较晚，它所在的太平洲在明代才露出江面。那里的农民都是长江两岸走投无路的贫苦人。他们迁移洲上，垦荒种植，人少力单，遇到天灾便无力抗御；舍身护庄稼，反映了苦难民众抗御自然灾害的悲壮心态。

民间流传猛将“显灵”的传说，都同特定时期的政治事件有关。抗日战争时期无锡流传的传说：

无锡惠山有个猛将庙，猛将神像有个木制神座。出会时十六个人抬着，前后各八人，抬上肩轻松自如。有一年农历六月初四赛猛将，刚把猛将抬到街上，来了十六个日本鬼子，要把猛将抬到兵营里去。一上肩，一个鬼子就摔倒了；另一个开嘴要骂，也摔倒了。其他十四个鬼子狠命一挣，也一起倒下来，个个口吐白沫。惠山的老百姓说：“猛将老爷显灵了！”从此鬼子再也不敢碰刘猛将。（无锡惠山泥人研究所丁仲芳等讲述，周正良采录）

50年代初期，吴江县芦墟镇流传这样的传说：

镇上猛将庙的猛将是个文官，穿袍服。还愿的人献给猛将一支自来水笔，有人献给猛将一只挂表，都挂在神像上。意思是，猛将也是为老百姓办事的，和干部一样，自来水笔和挂表能派用场。后来挂表坏了，不走了。过了几天，挂表又好了，照常走了。听说是猛将拿去修的。有人在上海还看见猛将在表店里修表呢！（芦墟镇郁伟讲述，周正良采录）

这个显灵的猛将，实际上是按照当时在农村中工作的干部的形象塑造的。那个时期农村的干部很受农民欢迎。“文革”动乱中，昆山县农村曾流传猛将显灵的传说：

有一年夏天，深更半夜，一个人走路。忽然看见前面大场上站着一人，仰着头朝天望。走近一看，原来是猛将。眼一眨，又不见了。有人说这是猛将出来乘风凉，有人说是猛将出来看天象：现在坏人当道。猛将看天象，世道要变了。粉碎“四人帮”后，老百姓开心地说：“猛将早就看出苗头了！”（周正良采录）

从上述猛将“显灵”的民间传说来看，他同民间信仰的刘猛将是一致的。他既是一个令人爱怜又淘气的孩子，又是一个有牺牲精神、令人尊敬的神。民间信仰中的神，往往通过“显灵”来表现自己的威力。刘猛将的传说包含着神力和艺术魅力，在当代仍产生新的“显灵”传说，这并不奇怪。它显示了这位民间信仰神的深远影响，和特定的历史条件下民众的特殊心态和期待。虽然蒙上一层迷信的色彩，那精神却是积极的。

五、《猛将神歌》和《猛将宝卷》

“神歌”或称“赞神歌”，流行于江苏的吴县、吴江县地区，相邻的浙江嘉善、海宁、海盐等县及上海市的金山等县中，也有流传。各地的俗称不一，形式也不一。上海、浙江一带或称“太保书”“奉文书”，已接近于说唱的形式；江苏太湖地区则保留较原始的状态。神歌一般在礼佛敬佛、祈福禳灾等民间宗教性的祭祀、礼拜活动中演唱。神歌的主体部分是赞颂各种神佛的故事的歌。太湖地区各个庙宇中的“老爷”都有神歌，如《禹王歌》《萧王歌》《顾相公歌》《观音歌》《三官歌》《祖师歌》《关帝歌》等。演唱神歌的人，在太湖地区称为祝司，他们同时是主持各种敬神仪式的专职人员。由于上述地区也是猛将信仰流行的地区，所以，《猛将神歌》也流传较广。以下是由吴县太湖乡农民李翰培所唱：

家住上海申江府，青龙岗上长生身。
父亲就是刘三叔（天碧），母亲包氏称院君。
正月十三亲生日，取名佛官极聪明。
面上有粒朱砂痣，只因母亲早丧身。
后娶晚娘朱三姐，早夜生活实可怜。

前亲晚后难过日，磨身压沉河中心。
二弟怜惜来相救，外公家里去安身。
自幼生来能勤俭，看鹅看鸭过光阴。
大宋末年兵荒乱，连年干戈勿太平。
三年大水三年旱，三年蝗虫共九年。
神人传授遁甲法，腾云驾雾样样能。
施法赶去蝗虫害，舟船下水戏玩弄。
种秧割稻施妙法，一夜完工喜万民。
东洋倭奴刀兵乱，抢劫沿海众渔民。
清廷总兵刘荣福，领兵出征受难星。
海面迷雾失归路，灵神显法救军民。
杀退倭奴迷雾散，刘王字旗在天空。
清军奏凯回朝传，奏本皇上受御封。
敕封普佑上天王，青龙岗立庙到如今。
连泗荡立庙多灵感，迁移西昂立庙门。
今日香火还神愿，保佑众姓永太平。

演唱时由祝司领唱，每句末众人和声，如：

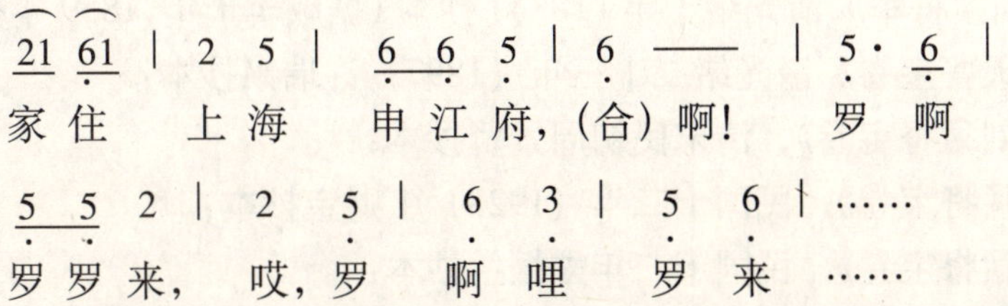

21 61 | 2 5 | 6 6 5 | 6 —— | 5· 6 |
家 住 上 海 申 江 府，(合) 啊！ 罗 啊

5 5 2 | 2 5 | 6 3 | 5 6 | ……
罗 罗 来， 哎，罗 啊 哩 罗 来 ……

李瀚培是家传的祝司，他的十三代祖吴绍光即做祝司，到他祖父时改姓李。据他讲，神歌最早产生于南北朝时期，那时成立“监天司”，管理神佛和庙宇，也管理地理、阴阳、占卜，造“通书”（历书）。这时出现祝司这个行业，他们编了神歌。这种说法虽有附会，亦可供参考。南朝时期江南一带民间淫祀极盛，南朝乐府民歌中的《神弦曲》即民间祭祀神歌，与上述神歌有极相似之处。他讲：“这支神歌是家传的。有长短两种，内容差不多。长歌唱得细，可以分段唱，长远不唱，记不全了。合唱的‘罗啊罗罗来’是古调。”[1]

这首神歌是提要式的。晚娘虐待、沉河、看鹅看鸭等，显然与民间传说的猛将故事相通。“大宋末年”等说法，也可与文献记载相补充。“普佑”是清同治元年（1862）清政府给刘猛将军加的谥号；“上天王”可与《吴门表隐》所述“有吉祥上义中天王之封”相印证，但不知是何时加上的封号。李瀚培特别突出讲述猛将“显灵”打倭寇的故事，他还偶然唱了“崇祯末年倭寇乱”的句子，当时没有记录。这首歌中是否还有相关的情节，有待进一步调查。据其他调查材料，这首神歌中唱了刘猛将从出生、放鸭、牧鹅、牧牛、运皇粮、揭皇榜、赶蝗虫到封“上天王”的全过程，包含了民间传说故事的全部情节。[2]

与《猛将神歌》同时流传的还有《猛将宝卷》。祭猛将时可在晚上请宣卷班子唱《猛将宝卷》，平时有的人家求神还愿、红白喜事也可唱《猛将宝卷》。现在留存下来的手抄本《猛将宝卷》约30余种，[3]这在江浙宝卷中是很少见的。它们大都是宣卷先生的手抄本，有众多的异名。最早为清康熙初年的抄本。50年代已很少有宣卷，但仍有抄本流传，也说明民众对这本宝卷的喜爱。现列举如下：

（1）《猛将宝卷》，清康熙二年（1663）黄友梅抄本；

（2）《刘天王宝卷》，清道光二年（1822）荣记抄本；

（3）《猛将宝卷》，清咸丰九年（1859）毛万丰抄本；

（4）《刘猛将军》，清光绪十年（1884）抄本（据咸丰十年，1859年抄本重抄）；

（5）《天曹宝卷》清光绪二十三年（1897）许瑞兴抄本；

（6）《刘猛将宝卷》，清末民初周景贤抄本；

（7）《猛将宝卷》，民国十二年（1923）丁财宝抄本；

（8）《猛将宝卷》，民国十二年朱振兰抄本；

（9）《猛将宝卷》，民国癸亥（十二年）尼禅悦旧藏抄本；

（10）《天曹宝卷》，民国丁卯（十六年，1927）无名氏抄本；

（11）《天曹卷》，壬申年（民国二十一年，1932）顾友萃抄本（此本为万

[1] “罗啊罗罗来”的和声唱法，最早见南朝和唐代流行歌曲“罗贡曲”，参见拙文《唐代流行歌曲“罗贡曲”及有关的问题》，载《扬州师范学院学报》，1996年第1期。

[2] 见陈俊才《太湖渔民信仰习俗调查》，载《中国民间文化》，第5集，上海：学林出版社，1992。

[3] 以下列目宝卷的收藏者见拙著《中国宝卷总目》（修订本，北京：北京燕山出版社，2000），其中有些是近年新发现的手抄本。

里社顾重所有，万里社是宣卷班社名）；

（12）《敕封天曹司刘猛将扬威侯真君收番护国保民安乐收灾降福收茧宝卷》，简名《收茧宝卷》，民国二十一年安定胡祯祥号抄本；

（13）《猛将得道》，民国三十四年（1945）顾金虎抄本；

（14）《猛将宝卷》，民国三十六年（1947）黄佩村抄本；

（15）《猛将宝卷》，民国顾子兰旧藏抄本，一册。[傅惜华]

以下5种均为清及民国年间抄本，具体抄写时间不详：

（16）《刘天王》，王浩德抄本；

（17）《猛将宝卷》，胡元乾抄本；

（18）《猛将宝卷》，尤培才抄本；

（19）《天曹宝卷》，周素莲抄本；

（20）《天曹宝卷》，1957年徐兆鹤抄本（据民国十三年，1924年抄本过录）。

另有抄写者和抄写时间均不详的抄本6种（均为1950年前的旧抄本），不另列出。这近30种手抄本是已知为公私收藏的宝卷，流传于民间的《猛将宝卷》则难以统计在内（当代江南民间仍广泛演唱这本宝卷［插图77］）。除此以外，通行本尚有民国十二年（1923）上海文益书局石印本和上海文元书局石印本《猛将宝卷》。这些猛将故事的宝卷主要情节都相同，在故事发生的时代、人名及某些细节上有差别。如多数本子中故事发生在宋朝真宗或仁宗年间；有的本子则说发生在唐朝，显然是为了回避猛将原型人物刘锜抗金的历史背景。它们一般分为上、下两卷（集），主要故事是：

（上卷）松江府上海县骆驼村富户刘三官（或名刘文瑞），娶妻包氏，因中年无子，到松江城里灵官殿烧香许愿。灵官大帝向玉皇苦求。玉皇见插香童子（或阿难尊者）动了凡心，派他下凡。插香童子要求先封官职，玉皇“立刻敕令就封赠：赐你黄金甲一件，又赐青锋剑一根；丈二红绡来扎额，两朵金花左右分。封你天曹猛将军，青苗盛会你为尊。”太白金星把童子变作仙桃下凡，包氏梦吞仙桃有孕得子，取名刘佛寿（或作佛官、佛祖、佛舍）。后来刘家忘记还愿，灵官大怒，派夜叉小鬼降灾，包氏身亡。包氏临终嘱咐丈夫不要再娶，以免儿子受苦。不久王婆做媒，刘三官另娶朱三娘子。

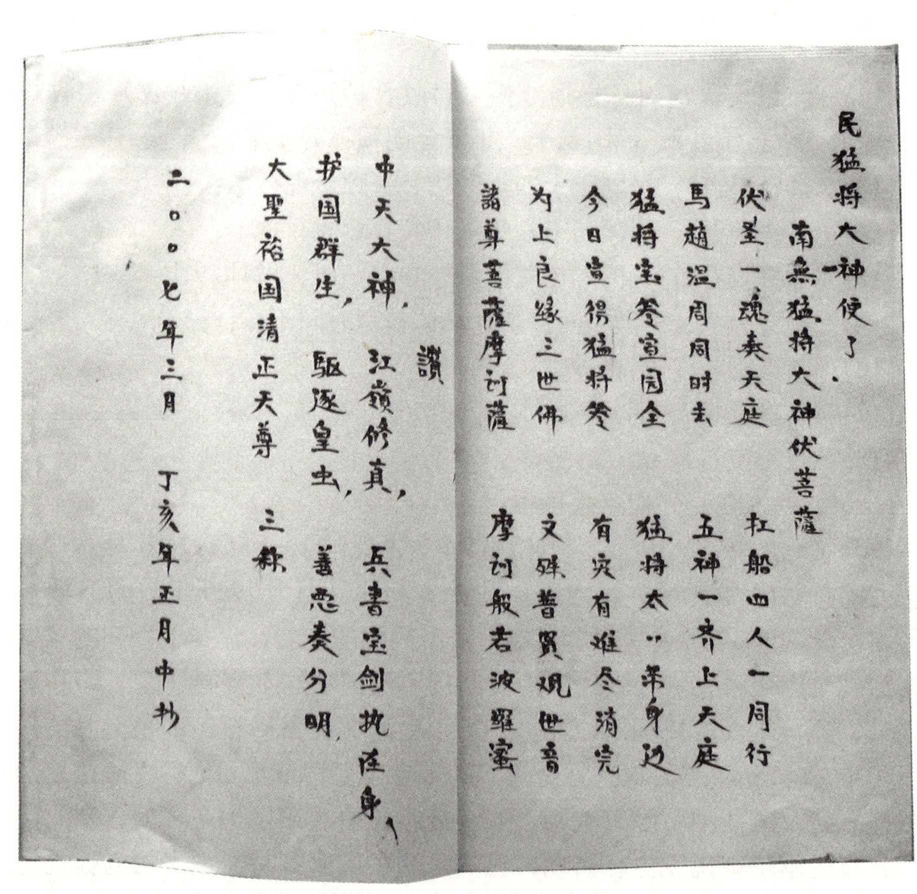
民
猛将大神便了。
南無猛将大神伏菩薩
伏圣一魂奏天庭　扛船四人一同行
馬趙温周同时去　五神一齐上天庭
猛将宝卷宣圆全　猛将太〃帝身边
今日宣得猛将卷　有灾有难尽消完
为上良缘三世佛　文殊普賢观世音
諸尊菩薩摩訶薩　摩訶般若波羅蜜

讚
中天大神，江嶺修真，兵書宝剑執隨身，
护国群生，驅逐皇虫，善恶奏分明，
大聖裕国清正天尊　三称
二〇〇七年三月　丁亥年正月中抄

[插图 77]《猛将宝卷》(常熟讲经先生赵宝元新抄本)

(下卷)朱氏为人恶毒,丈夫出门经商后便虐待佛寿,不让他吃饭。炒熟麦种(或豆种),让佛寿去种,结果仍能种出。朱氏同丈夫打闹,刘三官无奈,骗佛寿去桥头,将他推入水中。太白金星(或江神、龙王)把佛寿托到外公家门,被救起。外公派佛寿看三百只黄鹅、一头牛。佛寿挖泥塑母亲像,得到天赐法宝(兵书、宝剑、盔甲),自此能腾云驾雾、呼风唤雨。佛寿杀掉黄鹅、黄牛祭母,回家骗外公“黄牛钻到山洞内,黄鹅飞入九霄云”。真宗年间起蝗虫,皇上出榜招贤人。佛寿揭了皇榜,带着宝贝,得到天神之助,赶退蝗虫。皇帝封他为

“扬威侯”，赐匾“驱蝗护国大将军”。外公、父亲、生母也得到封赠。朱氏投河自杀，刘三官不敢认子。佛寿回到外公家，外公造船请酒，没请他。他作法叫船不下水。外公找到佛寿，请他吃酒。他作法让船下水，并乘船上天。玉皇封他天下都元帅、直殿大将军。外公、外婆封田公、田母，父亲船头土地，生母包氏封夫人，晚娘朱氏罚作河豚（或田蛆）。

石印本宝卷删去了最后造船的情节，但这是民间传说中的精彩片断，所以大部分手抄本仍吸收这一情节，虽然从故事结构上看不尽合理。

江浙故事宝卷的情节结构有固定的格套：主人公总是天上的星宿神仙下凡，受磨难时总会有太白金星（或观音）来相救，最后成正果。《猛将宝卷》是根据刘猛将的民间传说和神歌改编的，为了纳入上述格套，民间传说中的放牛娃成了天上的“插香童子”或佛祖的侍卫阿难下凡；刘猛将的生母早亡，也有了交代，那是因为忘了还愿。这些情节被敷演成宝卷的上卷。宝卷的下卷吸收了民间传说的基本情节，但民间传说中一些本来顺理成章的情节，却被安排得不自然、不合理。杀牛、杀鸭本来是具有生活气息、诙谐趣味的情节，宝卷中却成了祭母。最后猛将升天去了，后母被罚，生父却沾了儿子的光被封官，后又被封神。果报也不公平：对妇女特别严苛，而宝卷最基本的听众正是妇女。

有的本子说猛将的祖父名刘通，因家境贫寒，将子文瑞入赘包公家。包公女儿秀英愿意让文瑞顶立香烟，包公的侄儿们反对。包公只好拿出 50 两银子作陪嫁，为女儿和文瑞成婚。一月后，文瑞夫妻回刘家。刘通去世，文瑞用 50 两银子做本钱外出经商。在外两年发了财，回家置办田产、房屋，人称“刘百万”、“刘半城”。包公在民间戏曲、说唱和传说故事中是刚正不阿、为民除害的清官，让这位“包青天”做猛将的外公，也反映出民众希望清明政治的意愿。

赞神歌和宝卷是特殊的民间说唱文艺。赞神歌源于古代民间的祭祀歌谣，它同民间传说故事的关系十分密切，虽然唱的是神的故事，却是民间传说故事的歌谣化。宝卷尽管将猛将传说纳入了因果报应的故事模式，但仍保留了民间传说故事的精彩情节。值得注意的是，不论赞神歌、宝卷及上文介绍的传说故事，都找不出清王朝官封的那位“降灵自序”的刘承忠将军的影子，这也说明民间信仰形成之后，不是封建统治者一纸诏书可以改变的。

六、余论

上文已系统介绍了刘猛将的来历及这位神君在江南民间祭祀和民间说唱、传说故事中的传承情况。有几个问题尚须作些讨论。

（一）文献记载刘猛将的原型是抗金名将，而在民间祭祀和神歌、宝卷、民间传说故事中，刘猛将却成了一个放牛的少年，这样的错位怎样发生的？什么时间发生的？

地方文献中称刘锜于南宋景定四年（1263）驱蝗显灵被封为“扬威侯天曹猛将”，下距元兵破临安、宋帝请降（1276）不过十多年。宋王朝想借这位抗金名将“扬威”（也有可能是南宋遗民的私谥），自然不会被元王朝承认，所以元人修的《宋史》和马端临的《文献通考》均没有收入。宋元易代之际，江南一带曾有激烈的战斗。宋亡，元朝政府采取民族歧视和压迫政策，江南一带民众被称作“南人”，其社会地位在北方的“汉人”之下，处于社会最底层。因此，江南民众仍私祀这位死而不已的英雄，借以缅怀前朝和反抗民族压迫，是民心所向（上文提到上海奉贤民间私祀李若水，也属此类背景）。但这样的私祀是不合法的，因此便改变他的真实面貌（由“美仪状”而变为青少年），编造新的传说，来掩盖他的真实身份。年代久远，他的真实面貌反倒不为一般民众所知了。这种“错位”的时间，只能发生在元朝，不可能发生在明朝。因为到了明代，这种民族抗争的特殊历史背景已不存在。但民间信仰的基本精神不会改变，产生于元代的刘猛将信仰，体现了反抗民族压迫的抗争精神，所以后世附会上去的人也多为抗金死节的人，民间又有他显灵杀退倭寇的新传说；那些世代流传的刘猛将传说故事中舍身驱蝗的传说，同时又表现了中华民族抗击自然灾害不屈不挠的抗争精神。它是悲壮的，又是乐观自信的。这正是江南民间猛将信仰的积极内核。

（二）江南民间信仰的刘猛将从未被纳入佛、道及其他民间宗教系统。清王朝将他封为“驱蝗正神”，列入官方祀典，加了“保康普佑”等一串封号，但对民间信仰影响甚微。民间信仰的猛将，从他的原型中吸收了反抗民族压迫的积极内核，同时又将他变为一位可亲可近的地方保护神。民众对他的祝祷辞是“人口太平，五谷丰收”。从传统的民间祭祀活动来看，除了祈福禳灾的内容外，农民春节的“赛猛将”、秋季的“青苗会”，更多的是民间文艺和体育竞技的活动；渔民终年在湖上作业，互相难得一见，春秋两季渔汛前的“祭刘王”，也包含了探亲访友、物资交流等联谊和交易活动。1950年后“破除迷信”，大量的猛将庙被拆除，但太湖渔民的祭猛将“香会”活动一直延续到60年代初期。[1] 近年来涟泗荡的祭刘王庙会，规模一年比一年大。各地农民又在猛将庙的原地址搭起简陋的棚子祭猛将，稻田中年年照样插上了“猛将令箭”。民间故事家们仍在传颂这位神君的传说故事，甚至编造了新的显灵传说。这一切都说明，这位神君在江南民众的精神文化生活中仍占有一定的地位。

（三）宗教信仰问题仍是现代社会生活中困扰人们的一个重大社会问题。许多具有较高文化层次的人，仍以宗教信仰为精神支柱。中国农民的民间信仰及其活动，具有实用性的特点，它同农民的生产活动、日常生活和文化生活有着密不可分的联系；它既带有封建迷信烙印，又是一种民间文化活动，包含了丰富的民俗文化内涵。江南民间的猛将信仰及其传承活动，正是这样一种传承近八百年的民俗文化活动。随着民众精神文明的提高，他们会自觉淘汰其中某些愚昧落后的成分，比如自我残害的“臂香臂锣”，当代农民便不再去扮演。对其中一些积极因素，应当加以引导和组织。比如吴县农村春节赛猛将中的体育竞技和文艺表演，可以丰富春节民俗活动内容。口头文艺（民间传说和神歌、宝卷）中的猛将神，本来就具有神话的传奇特色，是改编动画片的好题材，会受到儿童和成人的喜爱。实际上民众自己也在不断更新和丰富这项民间信仰活动的内容，比如渔民联谊和生产交易，已成为近年刘王庙会的重要内容。

---

[1] 参考陈俊才《太湖渔民信仰习俗调查》，载《中国民间文化》，第5集，上海：学林出版社，1992。

第三章《金山宝卷》和白蛇传故事研究中的几个问题

1982年12月在苏州召开的首届吴歌学术讨论会期间，高国藩先生淘到一部《金山宝卷》（上、下二册）。这是一本吴方言区民间宣卷人手抄本的白蛇传故事宝卷。白蛇传故事在江浙一带流传极广，是江南弹词的传统书目，民间也流传着各种相关的传说故事和歌谣。[1] 白蛇故事的宝卷，李世瑜《宝卷综录》[2] 著录14种，据笔者所见，远不止此数。它们有各种异名和版本，如《白蛇宝卷》《雷峰宝卷》《雷峰古迹》《雷峰塔宝卷》《义妖宝卷》《金山宝卷》等。[插图78] 后来高国藩先生在《民间文学集刊》第五集[3] 发表《论新发现的“金山宝卷”抄本在白蛇传研究中的价值》，所论不仅有关白蛇传故事研究中的问题，也涉及宝卷历史发展的诸多问题，而立论则多属臆断。

一、抄本《金山宝卷》的时代

确定抄本《金山宝卷》的年代，对于它在白蛇传故事的研究中的价值，乃至白蛇传故事的流传演变，都是至关重要的。但是，这个抄本中标明年代的只有封面题签“戊午梅月日立”，如果没有旁证，这个“戊午”的确切年代便无法确定。这是我国传统的干支纪年的一个很大的缺陷。高国藩先生认为这个抄本是清咸丰八年（1858）抄本，是这样考证的：

> 这个抄本流传的年代，大致是在十九世纪中叶。封面上署有“戊午梅月日立”字样可证。戊午是清咸丰八年（公元1858年）。封面上还署有“积善堂徐畴记”字样。在十九世纪中叶至末叶，江苏省常州有乐善堂，镇江有宝善堂，不言而喻，苏州定有一所积善堂，

[1] 江浙流传的白蛇故事、歌谣，见江苏省镇江市民间文学工作者协会编印《白蛇传》（资料本），1982。
[2] 上海：中华书局编辑所，1961。
[3] 上海：上海文艺出版社，1984。

故积善堂是书坊名称，地点是在苏州。以“善”字标名的书坊，在十九世纪中叶至末叶，出版过一批弹词宝卷：1. 杭州宝善堂，咸丰间（1851—1861）出过《白蛇传》弹词；2. 常州乐善堂，同治壬申（十一年，1872）出过《珠玉圆》弹词；3. 镇江宝善堂，光绪辛巳（七年,1881）出过《鹦歌宝卷》；4.（苏州）积善堂,（咸丰）戊午（八年,1858）出过《金山宝卷》。总之，不论是杭州的宝善堂，还是镇江的宝善堂，常州的乐善堂，其时代都在十九世纪中叶至末叶，都出刊过诸如此类的弹词宝卷。

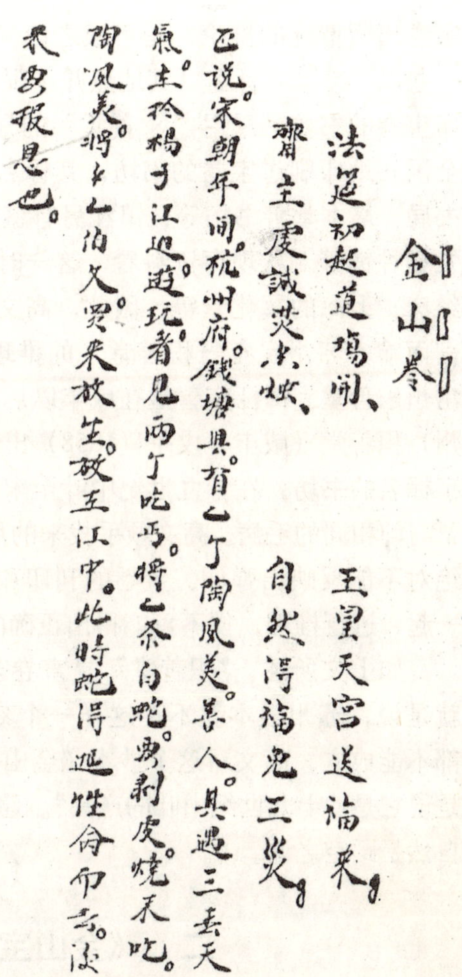
金山卷

法筵初起道場開、玉皇天宮送福来。

齋主虔誠災火消、自然得福免三災。

正說。宋朝年間。杭州府。錢塘縣。有一丁陶凤美。善人。其遇三去天氣大。於楊子江边遊玩。看见两丁吃乃。將一条白蛇。要剥皮。燒不吃。陶凤美。將々山伯文。买来放生。放在江中。此時蛇得逃性命而去。浓不要报恩也。

[插图 78]《金山卷》（民国年间焦惠峰抄本）

上述的考证是不能成立的：

第一，高文把这个抄本《金山宝卷》的时代定为 19 世纪中叶，然后以它的封面题签“戊午”为证，就是说，高文没有任何旁证就确定了这个“戊午”是咸丰八年（1858）。

第二，这本《金山宝卷》是民间宣卷人的手抄本，它封面签署的“积善堂徐畴记”，是这个抄本的所有者（也可能是抄写者），“积善堂”是徐畴家的“堂号”，绝不是书坊名，它不存在“出版”宝卷的问题。[1]

第三，根据抄本《金山宝卷》封面题署“积善堂徐畴记”所进行的弹词

[1] 清代后期江浙一带刻板印书十分普及，唱本也被作为商品大量刻印售卖，还没有发现专门抄卖唱本的作坊。因此,这个积善堂自然也不同于清代北京的百本堂（张姓）、别梦堂（宝姓）等抄卖戏曲、曲艺唱本的作坊。

宝卷出版情况的推论，是不根之论。首先，清末民初刻印宝卷的书坊，虽有一些以“善”字标名（其地点并不限于高文所说的镇江、常州），却不能说刊印宝卷的书坊都采用“× 善堂”的标名方式。实际情况是，清代末期分布于全国各地印刷过宝卷的书坊，其标名方式并不统一，即如常州就另有孔涌兴书局、培本堂善书坊等；镇江另有盛斋书庄、善化堂等；苏州有得见斋书庄、九如香铺等。从现存资料看，这一时期刻印宝卷最多的是杭州和苏州的玛瑙经房、上海的翼化堂等。因此，高文以“常州有乐善堂、镇江有宝善堂，不言而喻，苏州定有一积善堂”的推理，便不能成立。其次，由杭州宝善堂、常州乐善堂、镇江宝善堂在咸丰以后各刻印过几种弹词或宝卷，便假定“（苏州）积善堂（咸丰）戊午（1858）出过《金山宝卷》”，并据以证明“以‘善’字标名的书坊，在十九世纪中叶至末叶，出版过一批弹词宝卷”，这种推理犯了与前相同的毛病。高文顺手找来的那几个书坊和它们刊印的几种弹词、宝卷，绝对不能反映出弹词、宝卷的刊印和流传的一般情况，因此，将它们纠合在一起，进行推理，便不可能得出正确的结论。

如上文所述，“积善堂”是宣卷艺人徐畴家的“堂号”，不是书坊名，也就是说，苏州根本就不存这样一个刻印宝卷的书坊。高文所作的这些推论，都不能成立。高文对这个抄本《金山宝卷》“价值”的论述，其重要的支柱便是说它是“十九世纪中叶的产品”。建立在这样一个没有根基的支柱上的推论，自然是蹈空之论。

二、《金山宝卷》的“价值”

《金山宝卷》在白蛇传研究中的价值，是高文论述的中心。高文认为这本《金山宝卷》的“价值”是它提出了三种有研究价值的情节（白蛇吞汤团、报恩、祭塔）和“反道教、反佛教、反封建官府”三种“反抗倾向”。要论述这一问题，应当先了解白蛇传故事的发展过程，才好进行比较。

白蛇传故事的发展，大致可分为四个阶段。宋元话本《西湖三塔记》[1]是其雏形阶段的作品。它是一个继承唐代传奇小说中蛇化美女而具有地方特色

[1] 载（明）洪楩编《清平山堂话本》（谭正璧校），上海：古典文学出版社，1957。

的精怪传说。它同后来的白蛇传故事基本情节有许多不同，主题是人、怪不能结合；捉妖拿怪的是道士奚真人，是宣扬道教的法力。

明末冯梦龙在宋元以来流传的话本基础上整理编定的话本小说《白娘子永镇雷峰塔》[1] 是第二阶段的代表作品。它已具备了白蛇传故事的初步规模，成为戏曲、说唱改编的基础。它也具备了歌颂人妖恋爱的反封建主题，但白娘子还带有不少妖气；终南山的道士虽被白娘子吊起来，金山寺的和尚法海却破坏了白娘子同许仙的婚姻，这就形成了这一故事的悲剧结构。这本小说中崇佛抑道的倾向也十分明显。

继话本小说《雷峰塔》之后，清代前期，白蛇传故事又大量以戏剧和说唱的形式被演唱。现在能见到的清代乾隆时期方成培据梨园旧本和民间故事编定的《雷峰塔》传奇和几种不同版本的弹词《雷峰塔》《白蛇传》《义妖传》。它们标志着民间作者和文人共同创作的白蛇传故事发展成型。它们增加了“断桥相会”“水漫金山”“昆仑盗草”等情节［插图 79、80、81］，洗去了白娘子身上的妖气，使她更具人情味。她多情、勇敢，对幸福的爱情婚姻的追求更加执著，对法海的斗争顽强不屈，从而丰富了这一悲剧故事的反封建主题。故事的结尾，又增出了“青蛇报仇”“白子祭塔”等情节，其中对法海和尚的贬抑是很明显的。自然，许多叙述中也出现矛盾：法海和尚虽然让人讨厌，但“佛法”是不能否定的。

乾隆以后，特别是晚清近代，是白蛇传故事在全国范围内以各种民间文艺形式广泛传播的时期，出现了大量的各种地方戏曲和说唱艺术的改编演出本。这些改编演出本都沿袭了白蛇传故事的基本情节和故事的悲剧结局，只是加进某些细节。而在故事的开头和结尾部分则增加一些情节，特别是结尾部分，在弹词及某些地方戏曲、说唱中，它的“尾巴”越拖越长。它们吸收了某些民间传说的情节，其广泛传播，又推动了民间传说的流传和发展。比如江浙一带民间传承的白蛇传故事与弹词《白蛇传》的互相影响，迹象是很明显的。清同治、光绪至民国年间，江浙一带以演唱传统戏曲、说唱故事为内容的民间宝卷蓬勃发展起来，许多受民众欢迎的弹词都被改编为宝卷演唱。

---

[1] 见《警世通言》第 28 卷。

[插图 79]“游湖借伞”（山西凤翔民间木刻年画）

众多的白蛇传故事宝卷（包括《金山宝卷》）就是这一时期的产物。[1] 它主要是根据弹词改编的。由于受演唱方式的限制（一本宝卷必须在一个下午或晚上唱完），容量有限，因此，它们往往是将弹词中最精彩的片断加以渲染，而对一些次要情节，或一笔带过，或予删除。

就这个抄本《金山宝卷》的内容来说，它在这一传统故事的基本情节和内容方面，并无突破，也就是说，它在白蛇传研究中并没有提供有价值的新材料。

[1] 按，这个题为“戊午徐畤记”抄本《金山宝卷》，很可能是民国七年（1918）的抄本，尚需根据其纸质等来确定。

[插图 80]“水淹金山寺”(山西凤翔民间木刻年画)

高文所说《金山宝卷》提出的三种有研究价值的情节(白蛇吞汤团、报恩、祭塔)均非这本宝卷所独创，它们都来自前此的弹词、戏剧和民间传说。比如“祭塔”的情节，在道光年间的传抄本弹词《雷峰塔》中已经出现。[1] 这个传抄本，路工先生认为即明嘉靖年间田汝成在《西湖游览志余》卷 20 中所说的“陶真”(即明代弹词)《雷峰塔》。[2] 自然,各种形式的“祭塔”表现的思想倾向并不相同。《金山宝卷》的“祭塔”同乾隆末方成培《雷峰塔》传奇的“祭塔”一致。方剧中白娘娘的儿子许士麟骂：“法海那贼秃，好不可恨人也！陷害我亲娘，无端施诡辩。”白娘子嘱咐儿子：“但愿你日后夫妻和好，千万不像那你父薄倖！”

[1] 载傅惜华编《白蛇传集》，上海：中华书局，1958。

[2] 见路工《白蛇传弹词的演变、发展》（笔者所见为作者的未刊稿，后来正式发表在《评弹研究》第1辑）。笔者同意这种看法，见拙文《明代的陶真、盲词、门词和明代弹词》，载台湾艺术大学中国音乐学系编《2003年说唱艺术学术研讨会论文集》。

[插图 81]“断桥”（天津杨柳青木刻年画）

同样表现了对法海的谴责，对许仙的不满。再如，《金山宝卷》中斗“全真道士”的描写，同话本小说《白娘子永镇雷峰塔》中斗终南道士的情节一脉相承，它的直接来源也是弹词。那个全真道士的打扮、他向许仙讨银二十两、许仙用人参代替银子等细节，乃至许多词句都与上述《雷峰塔》弹词相同。又如，《金山宝卷》白娘子出庭受审的情节（这个情节是高文认为“反封建官府”的根据），同样来自弹词著名的段子《公堂》[1]：白娘子施法术将“板子风”移到县太爷的夫人身上，这个细节在传抄本《雷峰塔》中也已出现。

造成高文对这本宝卷言过其实的评价，比较明显的有三方面的原因：

（一）所见资料不多，造成极大的片面性。高文中用来与《金山宝卷》作比较的主要是话本小说《白娘子永镇雷峰塔》、传奇剧本《雷峰塔》及作者见到的两种白蛇故事宝卷，而忽略了与这个抄本宝卷关系密切的弹词，加上作

[1] 有陈灵犀、蒋月泉记录整理本，载《评弹丛刊》第1集，上海：上海文艺出版社，1959。

者主观地把这本宝卷的时代摆在 19 世纪中叶，便得出了诸如“仅见”“首创”之类的评价。

（二）由于常识性的错误而推导出的错误结论。比如《金山宝卷》中的道士自称“全真教内我为尊”，高文说：“所谓‘全真教内我为尊’，即指此道士为全真道的首领之一，法术高强，足见道教未对白娘子等闲视之。”其实弹词和宝卷中增加了道士要银子、人参的细节，是抨击社会上有些道士侈谈符箓、捉妖拿怪、骗钱骗物的行为；而让这个被白娘子吊起来的道士自称“全真教内我为尊”，是为了加强讽刺的效果。根据道教全真教派的教义，全真道士要出家静修，不搞这套画符捉妖的把戏，当然不能坐实这个道士就是“全真道的首领之一”，是“一个不平常的道教首领”，从而“上纲”到“反道教”的高度。

（三）对于宝卷的历史发展和流传情况的错误认识。其一，把《金山宝卷》之类改编戏曲、说唱和民间传说故事的民间宝卷，同明清民间教派宝卷混同起来，下文将专门论述这一问题。其二，前已指出，这本抄本《金山宝卷》是民间宣卷人演唱的脚本。民间宣卷艺人像其他民间讲唱艺术一样，有门户之分，宣卷人各有师承。这类手抄本宝卷是民间宣卷人的“秘本”，除了师徒传授外，一般秘不示人。因此，它们的流传和影响便受到极大的限制。高文所说的这个抄本宝卷在白蛇传故事流传和发展中所起的作用，不可能存在。

其实，就高文提到的一些细节，抬高到“反道教、反佛教、反封建官府”的高度来评论，就让人感到是在“贴标签”，而肯定这本宝卷“配合明末乃至清代的农民起义”，更是故作惊人语。

三、《金山宝卷》与“农民起义”

高文肯定《金山宝卷》“配合明末乃至清代的农民起义”，其论证不着边际，无法成立。

其一，高文认为：“明正德以后到清初，宝卷就为民间反封建统治者的秘密宗教所掌握，为当时波澜壮阔的农民起义斗争服务。”由于清代统治者的“毁绝”，“宝卷无从刊印，只有以手抄本形式问世而在民间流传了。这样就非常清楚，宝卷是掌握在广大农民和农民起义军手里，并且为他们的反抗斗争服务的”。这是高文肯定《金山宝卷》为农民起义服务的前提。

明代正德以后的民间教派的情况十分复杂。它们的组织成员绝大部分是农民、手工业者、市民，但“士农工商”均有人入教。某些民间教派甚至进入宫廷，太监、后妃们也纷纷入教。比如万历时红阳教就以阉党权奸魏忠贤为“护法”，万历皇帝的母亲李太后被民间教派尊为“九莲菩萨”。这一时期，民间教派到处立碑修庙，宣扬其教义的宝卷，由于获得官僚贵族的资助而大量公开印行。作为一种政治力量，这些民间教派的情况也很复杂：明清两代某些农民起义同它们有关，如明天启间闻香教（即东大乘教，王森创）首领徐鸿儒领导的起义。明末农民大起义中，参加起义的个别教派也曾用宝卷暗示了起义的活动，比如《悟道心宗觉性宝卷》中有“在前时，木了一，留名在世；这一番，弓合长，又立根苗”的话，黄育楩《破邪详辨（三续）》中说，这是指李自成和张献忠。清康熙以后，民间教派均被当作“邪教”遭镇压而转入秘密状态，明代后期大量印行的宣扬民间教派的宝卷，也遭到禁毁。但是在清初，以改编戏曲、说唱和民间传说故事为内容的民间宣卷和宝卷，已发展起来。这些宝卷开始以手抄本的形式流传，到清末民初，也以刻印本的形式在南北各地大量印行。抄本《金山宝卷》即属于这类民间宝卷。目前尚未发现清政府禁毁这类民间宝卷的史料。以上说明高文肯定《金山宝卷》为农民起义服务的前提是主观臆断之辞。

其二，高文肯定《金山宝卷》配合农民起义斗争的内证是“《金山宝卷》里推崇吕纯阳，吕纯阳是导致白娘子成仙的至高无上的仙家代表（按，此指白娘子吃了吕纯阳卖的汤团得了500年“修功”），而在其他宝卷里，就有用吕纯阳来配合农民的起义斗争的”。

“其他宝卷”指明末清初的龙天教的《家谱宝卷》，今存抄本。高文所引用的两段话均据李世瑜《宝卷新研》[1] 转引。李文指出，这两段话“露骨地说出了李自成起义军的动向，而且还介绍了在龙天教号召下的起义军的组织、纪律，当时的社会情况和人民的痛苦生活”。《家谱宝卷》中有“二十八，保真主，十八一了；吕纯阳，当头将，抖起威风”。这两句话用隐语，前一句指李自成（“十八一了”即“李”字），后一句即高文所说“用吕纯阳来配合农

[1] 载《文学遗产增刊》，第4辑，北京：作家出版社，1957。

民起义斗争”的根据。

吕纯阳即民间传说“八仙”之一的吕洞宾。全真教徒尊他为“纯阳演政警化孚佑帝君”，被全真教派奉为“北五祖”之一。但在民间传说中，他是一位不守道教清规、颇富“造反”精神的仙人。明代“八仙过海，各显神通”（见通俗小说《四游记·东游记》）故事中的“八仙”，就以吕洞宾为首。[1] 农民起义的领袖可能取民间传说中这位仙人“造反”的一面，以“吕纯阳”为别号。《家谱宝卷》中的“吕纯阳”，可能就指某位参加起义的龙天教领袖。至于《金山宝卷》中让吕洞宾卖汤团给白娘子，因为民间传说中这位仙人爱同女人（或女精怪）打交道，度她们成“仙”，比如“三戏白牡丹”“三度城南柳”等故事，“八仙”传说中的女仙何仙姑也是被他度为“仙”的。《金山宝卷》中的吕洞宾卖汤团的情节，来自民间传说（见下），同“农民起义”扯不到一块去。

其三，高文称：“清王朝便视《白蛇传》如洪水猛兽，据《江苏省例藩政》同治七年（1868）记载，江苏巡抚丁日昌查禁‘犯上作乱’的书中，就有《白蛇传》《西湖遇妖》。丁日昌在通饬前言中声称：‘近来兵戈浩劫，未尝非此等逾闲荡检之说，默酿其殃。’这就道破了清王朝害怕《白蛇传》的真实原因乃是它配合了‘兵戈浩劫’——即广大农民的起义斗争。由此可见，《金山宝卷》中唱出的歌，融合着中国农民革命的反抗的吼声。”

清同治七年（1868）江苏巡抚丁日昌“查禁淫词小说札”所附“小本目淫词唱片目”中有《西湖遇妖》（另有《端阳现形》），“续札”中有《白蛇传》[2]。这些被查禁的“淫词小说”，主要是通俗小说和弹词，也包括少量传统戏曲剧本，兼及唱本（“小本唱片”）[3]，它们被丁日昌定性为“淫词小说”。在列出的书目中，确有一些“淫秽”作品，如小说《浓情快史》《绣榻野史》《灯草和尚》，小曲《十八摸》《美人沐浴》等。从现存资料看，有的弹词《白蛇传》刊本中，也有情色描写。这方面的问题，不是本文讨论的内容。问题是，高文随便从丁“札”中摘取“犯上作乱”一语，便将这些被查禁的书定性为“‘犯上作乱’

[1] 见拙文《八仙故事的传播和上中下八仙》，载《俗文学丛考》，台北：学海出版社，1995。

[2] 王晓传辑录《元明清三代禁毁小说戏曲史料》，第二编“地方法令”，北京：作家出版社，1958，页124、128。

[3] 见拙文《清同治江苏查禁“小本唱片目”考述》，载《俗文学丛考》，台北：学海出版社，1995。

的书”,并不符合丁“扎”的原意。[1] 而列入这个书目中的《白蛇传》《西湖遇妖》等都不是宝卷：前者是弹词，后者是小曲（或弹词段子），与这本《金山宝卷》不相干。这就没有再讨论的必要了。

四、白蛇“吞汤团”和“报恩”问题

白蛇“吞汤团”的情节是想说明白娘子为何有如许“法力”，“报恩”的情节是想说明白娘子为何来人间历尽磨难同许仙结合。虽然我国古代动物报恩型的民间传说故事相当多，吞食灵物而得道成仙在道教传说中也很普遍，但是从现有文献来看，这些情节进入白蛇传故事却是明代以后的事。它们如何附加到白蛇传故事上？它们对这一传统故事起什么影响？是值得研究的。

封建社会中，人们反对封建礼教、封建婚姻制度对性爱的束缚和摧残，追求自主、自由的爱情和婚姻，便成为文人文学和民间文学创作的重要主题。为了摆脱一些世俗观念的束缚，便于驰骋想象，人们便编出兽类（或其他精怪）变作女人同人恋爱的故事。白蛇传便属于这类人兽恋爱的精怪故事。这类人兽恋爱的精怪故事同古老的人兽结合的神话传说不同，它们具有明显的时代和社会色彩。那些变作女人的精怪形象，是社会生活的曲折反映，是按社会的“人”塑造出来的。因此，这类爱情故事中的男女主角，大致同封建社会中一般爱情故事的主人公那样“一见钟情”。话本小说《白娘子永镇雷峰塔》中，白娘子对许仙的追求，就是“一见钟情”式的。清代的许多白蛇传故事作品，也采取这种描写，如子弟书《雷峰塔》。[2] 这类人兽恋爱的精怪故事，向来又为宗教家所注目，用来宣扬宿命论和因果报应等宗教思想。话本小说《白娘子永镇雷峰塔》尾巴上就加上了一段“色即是空”的说教。到了清代，白娘子同许仙的结合便有了“宿缘”和“报恩”的说法。

据现有文献记载，“宿缘”说较早见于乾隆初年黄图珌《雷峰塔》传奇。白娘子原是东溟白蛇，因吞食禅宗初祖达摩航舟的芦苇叶得道；许宣是如来

---

[1] 丁“扎”原文是：由于这些“淫词小说”大量刊行流通，以致“少年浮薄，以绮腻为风流；乡区武豪，借放纵为任侠。而愚民宠识，遂以犯上作乱之事，视为寻常”。转引自《元明清三代禁毁小说戏曲史料》，北京：作家出版社，1958，页121。

[2] 清光绪三十一年（1905）盛京老会文堂刊，载傅惜华编《白蛇传集》，上海：中华书局，1958。

佛座前的捧钵侍者。二人因有“宿缘”，降落凡尘，结为婚姻。如来怕许宣堕入迷途，忘却本来面目，便派法海禅师持钵盂收伏白蛇，了此“孽案”。这种“宿缘孽案”说，自然是为了弘扬佛法。它给这个反封建的爱情故事蒙上一层宿命论的色彩。方成培《雷峰塔》传奇情节相同，只是改白娘子原为峨嵋山的白蛇，偷吃王母的蟠桃得道。清同治北京别梦堂抄本子弟书《哭塔》，[1] 把许仙和白娘子说成是王母驾前的司香童子和仙娥，二人动了“凡心”，被贬下界。仙娥误投蛇腹成为蛇形，后得道变成美女。法海原是“千年得道的癞头鼋”，赴蟠桃会，见白娘子生得美貌，心起不端；又见白、许二人转世婚配，出于嫉妒，在如来佛面前造谣，骗到法宝来拆散他们。这种“金童玉女下凡”式的婚姻，照样落入宿命论的圈套。但把法海的出身说成是“癞头鼋”，连佛祖如来也是非不分，则是对佛法的贬斥。

与上述“宿缘”说相联的是“报恩”说，它是“宿缘”的一种解释：恩怨相报。它较早出现在《白蛇传》弹词中。清乾隆间苏州云龙阁刊《新编东调雷峰塔白蛇传》弹词开头“西方佛登坛说因果”中交代许仙的前身是陆南子，妻死三日，变蛇而去，从此陆见蛇就起善心。他朝拜峨嵋，逢一乞丐拿一条白蛇乞讨，便将白蛇买来放回山下，于是结下一段“孽缘”。由于弹词是江浙一带流传最广、影响最大的一种说唱形式，所以这一带的白蛇传民间传说和民歌中，普遍采用报恩的情节。《金山宝卷》中许仙前身救白蛇的情节自然也是来自弹词，只是细节有别而已。但白蛇传故事不是“动物报恩型”故事，它的主题不是歌颂感恩报德。给这一故事附加上报恩的情节，是将这一具有反封建意义的爱情婚姻故事纳入因果报应的轨道。这同“宿缘孽案”宣扬宿命论并无二致。

由于“善有善报，恶有恶报”的因果报应思想已经成为一种普遍的民间信仰，民间普遍以“积德行善”为美德，许多民间文艺作品中体现这种思想，而清及近现代的民间宝卷，更以宣扬劝善和因果报应为宗旨，并以此构架宝卷叙事的故事模式。《金山宝卷》接受“宿缘”“报恩”的情节，一点也不奇怪。但是，无论“宿缘”或“报恩”，都不可能改变白蛇传故事的悲剧结构，不可能改变这一故事的传统的爱情主题。因此，附加到白蛇传故事中的这类情节，

---

[1] 载傅惜华编《白蛇传集》，上海：中华书局，1958。

绝大部分是在作品开头部分的说教，有的在作品结尾有所照应，而在作品的故事叙述中找不到相应的描写。即以《金山宝卷》为例，它的开头虽然交待了白蛇报恩的说法，故事的进展中并无相应的照应；而在故事的结尾，按照高文对“祭塔”的分析，是表现了白娘子对法海和许仙的“罪行的谴责”的。高文据他发现的《金山宝卷》称“报恩说起源于十九世纪”，既不符合事实；说“报恩贯穿于白蛇传的始终，是这个传说重要的思想支柱之一”，也不符合白蛇传故事发展的历史，在这本《金山宝卷》中也难得到印证。

服食“金丹”(或其他灵物)而得道成仙,是道教的说法。白娘子如何得道?如何有那么大的“法力”？同这一传统故事的爱情主题没有多大关系，所以明代话本小说中对此并无交代。清代的作品中开始有此情节，前引黄图珌和方成培的《雷峰塔》传奇剧本中有了白蛇吃达摩航舟的“芦苇叶”或西王母的“蟠桃”得道的说法。抄本《金山宝卷》白蛇吞汤圆的情节亦属此类,它来自民间传说。这个传说最早产生于杭州，至今广为流传，吕纯阳施放汤圆的地方“言之凿凿”。[1] 但在江苏的同型传说中白蛇吃的是“金丹”（或“仙丹”)，是白蛇从法海（或它的前身癞蛤蟆、乌龟精、火练赤蛇等）那儿抢来的，这又同法海后来破坏白、许婚姻互为因果。有的故事中则说“金丹”是黎山老母给白蛇的；有的传说还指出白蛇是黎山老母的徒弟（见抄本《雷峰塔》弹词)、张天师的外甥女，等等。[2] 在这类传说中，道教的传说人物多是正面形象（如吕纯阳、黎山老母、张天师)，而佛教的法海却成了被诋毁的对象。因此。白蛇吞汤团（或金丹）得道成仙化为女身的传说，最早可能是道教徒编出来的。白蛇传故事发展中存在着释、道之争，早已被研究者指出，这是一个例证。

附记

本文原发表于《民间文艺集刊》(1986 年第 1 期，总第 9 集)。当时中国内地学界正兴起一股“文化热”，长期被禁锢的“宝卷”一时成了热门的话题；

[1] 见陈璋君、徐飞搜集整理《白蛇传》，载《西湖民间故事》，杭州：浙江人民出版社，1978。故事中吕洞宾卖汤团的地点在望仙桥。

[2] 江苏流传的白蛇传故事异文，见江苏省镇江市民间文学工作者协会编印《白蛇传》（资料本），1982。

白蛇传故事的研究也在江苏、浙江、上海民间文学界热烈展开。与这种“热”相配合的是一股“发现”热，如高国藩先生“新发现”“孤本”《金山宝卷》。笔者当时提出讨论的目的，除了文章本身的论题外，还想提醒研究者，先要认真读点书，再谈论这些“发现”，才可能得出较为切实的评价。比如白蛇传故事宝卷，李世瑜编《宝卷综录》著录的14种中，便有以《金山宝卷》为名的旧抄本。高先生说《金山宝卷》是他“新发现”的“孤本”，便不符合事实。而要肯定他发现的这本《金山宝卷》的“价值”，起码应多找几本白蛇传故事的弹词和宝卷来比较一下，同时也要对白蛇传故事和宝卷的发展历史有大致的了解。

2001年高国藩先生在他主编的《中韩文化研究》第三辑[1]上重新发表了《论新发现的“金山宝卷”抄本在白蛇传研究中的价值》文,题目改为《论抄本“金山宝卷”的发现和它在白蛇传研究中的价值》，篇幅增加到近两万字，基本论点依旧。比如文中说，清代中叶到清末（整个19世纪）江南地区“宝卷又以另一种新的面貌崛起，就是郑振铎在《佛曲叙录》里说的那些民间传说一类的宝卷”；“这一类宝卷虽然看不出有秘密宗教的性质，但仍然保留着农民起义固有的反封建统治者，反一切从属于封建统治者的宗教的倾向”。本书第二编第六章“江浙吴方言区的民间宣卷和宝卷”已对吴方言区民间宣卷和宝卷在清代的发展作了介绍，此不赘述。可以指出，在宗教性民间信仰活动中演唱的民间宝卷，不可能“保留着农民起义固有的反封建统治者，反一切从属于封建统治者的宗教的倾向”。比如，在高先生主编的这一辑《中韩文化研究》上，同时发表了一组江苏张家港地区的“河阳宝卷”，能找到这种“倾向”的影子吗？

令人惊叹的是高国藩先生在他主编的这辑《中韩文化研究》上，还发表了他的长篇文章《论宝卷的产生及其宋代起源说——兼谈日本泽田瑞穗先生的观点》，这篇文章的内容是重复郑振铎先生《中国俗文学史》关于宝卷产生年代的推论，批评日本学者泽田瑞穗先生对中国宝卷所作的探讨。所据泽田先生关于中国宝卷的论述，是由笔者翻译介绍的。今泽田先生已经故去，因此，在此稍作回应。

[1] 南京大学中韩文化研究中心主办，韩国大邱市：中文出版社，2000。

郑振铎先生对宝卷研究的贡献在于将宝卷正式纳入中国文学史的研究范围，并给宝卷文学以高度的评价。但他在70年前提出的“宝卷实即变文的嫡派子孙，也当即谈经等的别名”[1]等推论，没有提出文献根据，也没有经过认真论证。泽田先生在《增补宝卷の研究》[2]一书中，根据对佛教忏法（文中列出清代以前的佛教忏法24种）和宝卷（在该书第二部分“宝卷提要”为209种宝卷做了详细的提要）的系统研究，不同意郑振铎的推论，提出宝卷是“直接继承、模拟了”唐宋以来佛教的科仪和忏法的“体裁及其演出法，为了进一步面向大众和把某一宗门的教义加进去，而插入了南北曲以增加其曲艺性，这就是宝卷及演唱宝卷的宣卷”。笔者认为这样的探讨并非无据，可以拓宽研究者的思路。所以，在取得泽田先生授权后，与佟金铭先生合作摘译《增补宝卷の研究》第一部分“宝卷序说”第二、三章，译文按原章节标题题为《宝卷的系统和变迁》。[3]

高文承袭郑说，就应当拿出文献根据，拿出宋代瓦子中的“说经”作品来同先前的“变文”和后来的宝卷文本比较，证明“说经”就是“宝卷”。高文没有拿出这样的文献证据。从高文看出，他读过的宝卷文本（包括引用他人论著中提到的）不超过10种，它们都不是宋代的宝卷；他介绍的“宋代宝卷”文本《香山宝卷》，却是连郑先生后来也认为产生于宋代的说法“是神话”、不可靠。历史的考证拿不出证据，便只能讲空话，而且前言不搭后语。比如，高先生既然提出宋人到瓦子中“听宝卷自然也是士庶与贵家子弟寻欢作乐的一种形式”，那就应当先认真读一下他所介绍的“宋代宝卷”——《香山宝卷》，分析这本郑振铎先生认为“描写一个女子坚心向道，历经苦难，百折不回，具有殉教的最崇高的精神”[4]的佛教宝卷，如何满足了“贵家子弟寻欢作乐”的需求。细读高文，可以看出，他既没有认真研究泽田先生是如何根据有关文献得出自

---

[1] 见《中国俗文学史》，长沙：商务印书馆，1938，下册，页30－307。

[2] 日本东京：国书刊行会，1975。泽田先生研究中国俗文学和民俗的著作，另有《校注“破邪详辨”》（东京：道教刊行会，1972）、《佛教与と中国文学》（东京：国书刊行会，1975）、《宋明清小说丛考》（东京：研文出版，1982）、《中国の庶民文艺》（东京：东方书店，1986）、《中国の民间信仰》（东京：工作舍，1991）等。在《增补宝卷の研究》初版“序”中，泽田先生介绍，他是受郑振铎先生的启发和影响开始研究中国宝卷的。

[3] 载《曲艺讲坛》，第3期，1997年9月；又，附入笔者《中国宝卷研究论集》，台北，学海出版社，1997。

[4] 见《中国俗文学史》，长沙：商务印书馆，1938，下册，页327。

己的结论，甚至没有读懂泽田先生的文章，便声色俱厉地横加贬斥，使用了一些非学术的语言，如指责泽田先生“大言不惭”、“太狂妄”，等等。

高先生的文章是没有实证的、“大言不惭”的空论，无法与之做学术的讨论。近日在“民间文化青年论坛”（www.pkucn.com/chenyc）网站上读到有人推荐葛兆光先生的论文《大胆想象终究还得小心求证——关于文史研究的学术规范》[1]，文章开头说：“学术界的当务之急不是说我们提高最高水准，拿个诺贝尔奖回来，而是守住底线，让学术不至于崩溃到别人不相信这是学术。”葛先生的批评，是向那些制造学术垃圾的人敲的警钟。

[1] 葛先生的论文原发表在2003年上海《文汇报》，2003年6月19日。

第五编　宝卷漫录

一、《目犍连尊者救母出离地狱生天宝卷》

本卷简名《目连宝卷》。[插图 82] 明无为教宝卷。存中、下卷二册。中卷首页残缺，下卷卷末亦有缺页。原收藏者托裱重装，开本 22.5 × 36（厘米）。精抄本，每半页 9 行，每行 26 字，并有朱笔圈点。

据本卷中、下卷文的叙述，可知上卷故事大致是：

东土王舍城傅相员外，妻刘氏青提。栴檀古佛为度东土众生，投生在傅相长者家中为子，取名罗卜。傅长者广行善事，修建斋房，斋僧布道，修桥铺路，生天去了。刘氏青提有弟刘价，劝姐开斋破戒。罗卜劝母继续行善，被刘氏青提赶去外国经商。刘氏破戒，杀害生灵，毁斋堂，破桥梁，打僧骂道，用“肉馒头”斋僧，无所不为。仆人益利劝主母，不听；女仆金危一心行善，仆人阿奴随主作恶。

中卷从第三十一分开始，故事是：

罗卜在外三年回家，众亲眷乡邻告诉他刘氏种种恶行。罗卜心

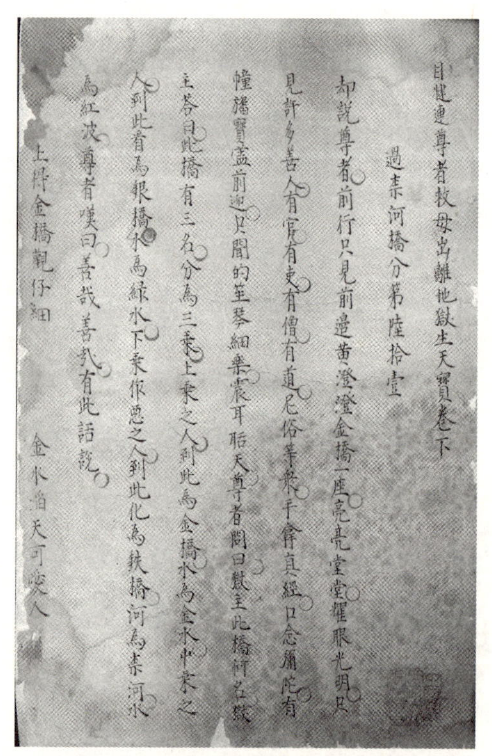

目犍連尊者救母出離地獄生天寶卷下

過柰河橋分第陸拾壹

却說尊者前行只見前邊黄澄澄金橋一座亮亮堂堂耀眼光明只見許多善人有官有吏有僧有道尼俗等衆手拿真經口念彌陀有幢幡寶蓋前迎只聞的笙琴細樂震耳聒天尊者問曰獄主此橋何名獄主荅曰此橋有三名分為三乘上乘之人到此為金橋水為金水中乘之人到此看為銀橋水為綠水下乘作惡之人到此化為鉄橋河為柰河水為紅波尊者嘆曰善哉善哉有此話說

上得金橋觀仔細　金水滔天可驚人

[插图 82]《目犍连尊者救母出离地狱生天宝卷》(明万历年间抄本)

中疑惑，待见到斋房已毁，气涌心头，昏倒在地。刘氏将罗卜扶进家中，称亲眷乡邻所说都是谎言，并发誓言：若在家杀害生灵，不修善事，“不过数日，身遭重病，死入阿鼻！”罗卜终朝忧闷不乐，刘氏遂同罗卜到后花园对天盟誓。灶君大王将刘氏恶行奏上龙霄殿，玉帝令酆都、阎王考察核实。刘氏得病沉重，医人无药可治。阎罗天子派牛头马面捉拿刘氏，先到城隍处挂号，即赴幽冥。罗卜见母死去，请僧追荐，下葬筑坟。庐墓三年，舍弃家财予僧道贫穷，遣散益利、金匠，投访明师，“要证无生”。佛在灵山，担心罗卜“不知归家正路，恐落旁门”，问何人下山开示罗卜？佛的第九个弟子宾头卢尊者主动要求下山。宾头卢化作僧人“开示”罗卜：

老祖说真出家实心报本，先三皈后五戒俱要精勤。

赶马头初进步先存元气，次后来方炼神休放胡行。

神与气气与神归伏一处，把三关和九窍封上加封。

把六贼心猿马菩提拴住，虽然是有魔军不能相侵。

指开了正玄关当人出入，八万四呼吸转“无字真经”。

方寸山菩提路灵山正冲，一志心发的正佛来相迎。

罗卜得宾头卢老祖开示后，越加信心。佛派迦叶引罗卜到灵山，罗卜立志出家。佛令迦叶为罗卜剃度授记，改法名“目连”。目连白佛言：“弟子要修无为大道，何处修行？”佛令他到“阇崛山伴道修行”。“目连入山苦修行，想后思前细究寻。念世尊，开示言语针对针。心

开悟，心开悟，入圣超凡证无生。”（第四十九分［金字经］）

目连在阇崛山安禅打坐，百日功圆。观想禅定，至化乐天宫见父亲“金童侍卫，玉女相随”受诸快乐，不见母亲。回灵山问佛。佛告诉目连，他母亲造下十恶不赦重罪，下在地狱。目连发愿亲身下地狱，寻救亲娘。

目连历“望乡台”“恶狗村”“枉死城”，到“血湖地狱”“粪池地狱”“寒冰地狱”“犁舌地狱”“坠石地狱”“铁床地狱”；过“奈何桥”，又到“柙床地狱”“磨研地狱”“椎捣地狱”“刀山地狱”“石磕地狱”“锯解地狱”“饿鬼地狱”“灰池地狱”“火坑地狱”“镬汤地狱”“火盆地狱”。到“无间地狱”前，狱主让他到“阿鼻地狱”铁围城下，他不得入内，回灵山求佛。佛给他袈裟、钵盂、锡杖，打开铁围城，母子见面。佛与诸天菩萨、罗汉圣僧亲临阿鼻地狱，十殿阎君亲自来迎。刘氏青提出离阿鼻地狱，又入“黑暗地狱”。目连礼请诸佛菩萨、罗汉圣僧临坛转念大乘经典，佛使者奉“牒”，刘氏转入“饿鬼地狱”。目连造幡、燃灯、放生，诸大罗汉圣僧忏悔诸恶等罪，刘氏始得托生在王舍城为犬。目连背母亲到王舍城外，刘氏贪心不改，夹起一个西瓜。目连咬破中指，鲜血直流，将西瓜蒿蒂接上（西瓜因此“红芯”）。目连背母亲上灵山，仍恶性不改，行动伤人。目连按照佛言，七月十五中元节修设盂兰盛会。佛升座演说妙法，普度众生。刘氏“见性明心，顿悟禅宗，礼归正法”，但难脱狗身。仰凭大众持念“解怨神咒”“往生净土咒”各千遍，仗佛法力、甘露净水，刘氏始得“脱壳生天归空去了”。

据上述内容介绍，这本宝卷是明代无为教教徒改编的宝卷。改编的主要依据是早期佛教宝卷、元末明初抄本《目连救母出离地狱生天宝卷》。由于《目连救母出离地狱生天宝卷》（原卷分上、下卷）和本卷都缺上卷，它们的关系难作全面比较。但本卷下卷的许多“散说”文字，如“无间入定分第七十三”“出狱求佛分第七十四”“持宝下狱分第七十五”“破狱见母分第七十六”等全抄该卷原文。[1] 本卷中目连遍历十八地狱寻母，见各地狱鬼魂所受酷刑和他们在世间所行诸恶业之因果，大致来自明代前期佛教宝卷《大乘金刚宝卷》。其中，“血湖地狱分第五十五”对血湖地狱的描写，则为前此佛教宝卷所无，而在万历年间弘阳教的《混元弘阳血湖宝忏》[2] 有更为详细的描述。其中血湖池地狱中受苦妇女的哭诉，在今江苏靖江做会讲经“破血湖”仪式演唱的《血湖卷》（又名《目连宝卷》）中，有淋漓尽致的发挥。[3] 目连寻母到血湖池地狱，也见于明万历初年郑之珍编撰的《目连救母劝善记》传奇。[4] 本卷上卷的情节即据上文勾勒而出，有些情节也见于郑编《目连救母劝善记》传奇，如刘氏弟刘贾（本卷作“价”）怂恿刘氏开荤作恶，刘氏遣罗卜外出经商，焚毁斋房，用肉馒头斋僧等。《目连救母劝善记》传奇则系据民间的目连戏整理改编而成。

本卷与此前、此后的目连故事宝卷和民间目连戏，在内容方面的不同着重是有关目连出家的描述。一般目连故事中，目连都是拜佛出家（或被观音引荐）为僧，本卷则先由佛派遣弟子宾头卢尊者给罗卜“开示”了一番锻炼“神”“气”的方法（“访问宾头分第四十七”）；罗卜出家拜佛，向佛提出：“弟子要修无为大道。”这样的改编，把民间教派（无为教）的教义和修持方式，掺入这一佛教传统故事中。

在形式上，本卷演唱结构完全符合明代教派宝卷分“分（品）”的段落演唱形态。在现存的下卷结尾处为第八十六分。[5] 明代的教派宝卷一般分为二十四品(分)，这样长篇的尚未见到。较之前期的佛教宝卷主体唱段唱七言句，它的每个演唱段落（分）的主体唱段，都是唱“十字佛”；每段结尾加唱的小曲，

---

[1] 《目连救母出离地狱生天宝卷》原为郑振铎先生收藏，现藏北京国家图书馆，难以见到。郑著《中国俗文学史》（长沙：商务印书馆，1938；又，上海书店影印本，1982）第十一章“宝卷”大量引用该卷原文。本卷第七十三分散说“夜叉报知狱主……”、“狱主问：师母何名姓？……”见该书下册（下同）页 319；七十四分散说“尊者到铁围城，无门而入……”，见页 320 － 321；七十五分散说“世尊言曰：徒弟，你休烦恼……”见页 321 － 322；第七十六分散说“尊着闻佛所说，心中大喜……”等，见页 322 － 323。

[2] 本卷传为弘阳教创教祖师韩太湖所编，今存明万历二十二年（1594）刻本和清刊本。

[3] 参见本书第三编第三章“江苏靖江做会讲经的‘破血湖’仪式”。

[4] 本剧今存明万历高石山房原刻本（《古本戏曲丛刊》初集收影印本）和明清刻本多种。

[5] 本卷上卷、中卷都是三十分，下卷今存二十六分。如果仿照上、中卷体制，下卷也应当是三十分，则全卷为九十分。但今下卷第八十六分后，“却说一部《目连宝卷》，诸人赞扬……”一段散说和两句偈子“目连尊者显神通，化身东土救母亲”（抄自《目连救母出离地狱生天宝卷》，见《中国俗文学史》，长沙：商务印书馆，下册，页 325），按照教派宝卷分段（“分”）的体例，这段散说前应当有“分目”，即为八十七分。但它没有设“分目”，说明此唱段和下面残缺的文字即说唱“宝卷圆满”和“结经发愿”部分，不再分“分”。

在现存中、下卷所用曲牌有（括号内的数字是“分”序数）：

[桂枝香]（33、74）

[金字经]（34、40、49、50、59、64、69、80、82）

[耍孩儿]（35、38、41、55、73、86）

[绵搭絮]（6、57、75）

[浪淘沙]（37、47、61、77）

[傍妆台]（39、43、45、46、53）

[皂罗袍]（42、58、60、63、72、78、84）

[哭五更]（44）

[桂山秋月]（48）

[黄莺儿]（51、52、54）

[挂金锁]（56、71、76）

[叠落金钱]（62）

[月儿高]（65）

[寄生草]（66、70、79、81、85）

[清江引]（67）

[驻云飞]（68、83）

每“分”小曲一般唱一曲，仅各“分”的［浪淘沙］曲唱4支，［金字经］［耍孩儿］唱2支。

关于本卷的抄写年代，原收藏者郑骞先生中卷书衣处题“玄晖上人鉴定明抄本”，中卷首叶卷名上方衬纸上有“曙雯楼藏”白文印记，卷名下题记：［版图6］

> 明抄旧本，与今南方通行者大异。戊寅冬日得于海市界，次春命松筠阁重装。玄晖上人题于且住庵中。

题记上方有“郑骞”朱文印，题记末尾有“郑”“骞”两方白文小印。另行题记：

> 余不喜目连故事，又不喜宝卷。此册特以其古朴而收之蜀庄。

在新装的函套内两侧联署：

> 戊寅秋日，收得明富春堂本《目连》传奇，后两月复得此本。此讨厌故事却与余有缘。佛门广大，佛法无边，其此之谓欤？玄晖上人题于且住庵。

“戊寅”为民国二十七年(1938)。郑先生于1946年赴台湾大学中文系任职。此书何时归傅惜华先生收藏，不详。在中卷卷首有傅先生题签一纸：

> 《目犍连尊者救母脱离地狱升天[1]宝卷》,明（约十六世纪）抄本，二册一函。傅惜华。

笔者根据本卷内容和形式上的特点，认为它是16世纪后期的宝卷，即万历年间的产物。明成化、正德间，罗梦鸿创无为教（又称罗教），在正德四年（1509）初刊的罗撰《五部六册》中，也讲参禅顿悟，但将佛家禅定的功夫转化为道教修炼内丹的“坐功运气”，修炼“精、气、神”，则是嘉靖、万历后无为教及受其影响出现的各民间教派共同的特点。它们将此类修持方式、方法称作“无字真经”(只口传心授，不立文字)，这种说法也出现在本卷中。另外，多达八十多“分”（品）的长篇宝卷，今所见者都是明末清初的作品；本卷所用的小曲［叠落金钱］［哭五更］等，也多出现在万历年间的宝卷中，[2]而前此教派宝卷中使用最多的小曲［驻云飞］，却使用很少。

本卷的叙述文字简约古朴，每“分”的题目，统一为整齐的四言句；抄写字体工整，除个别习惯用字（如“聽”加“口”旁，“忙”写作“忭”）外，没有一般民间手抄本宝卷错别字、俗字连篇的现象，由此可见本卷的编者、抄写者都具有较高的文化水平。本卷未见流传和刻印的记录，笔者怀疑这个抄本是一个稿本。

---

[1] 此系笔误。傅惜华《宝卷总录》（北京：巴黎大学北京汉学研究所，1951）即按此著录，笔者编著《中国宝卷总目》初版（台北：“中央研究院”中国文哲所筹备处，1998）沿袭其误。

[2] 参见本书第二编第五章“明清教派宝卷中的小曲”。

二、《目连宝卷》

本卷分为前、后集六回，两册，是清末民初浙江绍兴地区宣卷艺人手抄本。[1]这本宝卷约产生于道光、同治间徽班在该地流行时期，说唱多用方言。卷末“大集团圆”叙其故事梗概：

傅相为人多行善，身骑白马早上天。
刘氏后来多作恶，奔了地狱坠九泉；
多亏罗卜来超度，变为天狗也上天。
罗卜益利同修道，封为从神地藏王前。
曹老爷为官清正，到了西方上品天；
曹小姐修得功成满，身坐五色九品莲。
刘二劝姐多作恶，阴司受苦实可怜；
张蛮打爹忤逆罪，天雷打死取心肝，
断情绝义抬灯光，天雷打死跪街前。

其中刘二是刘氏的弟弟。曹小姐是罗卜（目连）的未婚妻，曹老爷是其父。罗卜出家，曹小姐拒不改嫁，落发修行。

这本宝卷吸收了绍兴地区许多目连戏的情节，如“化子串戏”“哑子背疯婆”（以上第一回），“僧尼下山”“土地爷卖破袄”“王妈妈骂鸡”（以上第二回），“张蛮打爹”“断情绝义抬灯光”（以上第三回），“调无常”“观音戏目连”（以上第四回）等。卷末还有“黄桥（巢）”出场：

青不青来漫不漫，金毛狮子过潼关。

“俺，孤王黄桥，如今兵精粮足。众巴图！”“有！”“杀进中原，不得有误！”“得令！”

[1] 本卷为扬州师范学院图书馆于20世纪50年代末入藏，同时入藏的一批宝卷，均出自浙江绍兴，是绍兴地区民间宣卷人的手抄本，故其中大量引入绍兴目连戏的情节。

巴图，蒙语音译，好汉的意思。“黄巢杀死百姓数百万”的故事见清人编《目连三世宝卷》。[1] 本卷编者不知“黄桥（巢）”为何人，所以只简单一提，就让他“回营”了。[插图 83]

在这类穿插的情节中，往往用角色自述的方式插科打诨。如第二回“土地佬”上场：

好笑好笑真好笑，自从造庙到如今，
无有三牲来进庙，四沿墙壁都塌倒。
椽子挂空像铜（洞）箫，廊柱烂得一团糟。
佛桌凳葫芦煽煽交，香炉里面出青草，
还剩一只蜡烛桥，叫化子劈劈当柴烧。
入我土地带纱帽，土地娘娘穿袍套。
小鬼饿得吱吱叫，判官肚里想饱饱。
我今角角落落都翻到，究得一件破皮袄。

土地佬拿着破皮袄到磨坊桥“寿宜当”找朝奉拉交情，想当几文钱。朝奉嫌破皮袄有皮无毛，不收。土地佬只好卖给皮匠佬做旧作料，换了一串铜钱，连忙到老石桥米店量了半升“西路早”米。小鬼烧柴，判官淘米，娘娘烧饭。这饭“上头起泡泡，下底结镬焦”，气得小鬼一脚踢翻泥缸灶，跑了。土地佬见一对和尚尼姑进庙亲热，也跟着跑下山。他只顾看尼姑，跌下老石桥：“山阴、会稽、曹娥、蒿坝，角角落落、沟头沟垴都氽到……”对土地爷的这些揶揄，反映了世态，也表现出这位神君在民众心目中的地位。

“王妈妈骂鸡”述王妈妈同张君娘的对骂。他们各唱了一支嵌曲牌名和中药名的曲子：

[耍孩儿] 偷我鸡儿吃，出门遇见 [二郎神]。
远行遇着 [下山虎]，[红衲袄] 咬得碎纷纷。
[香柳娘] 在妆台哭，[好姐姐] 念破 [点绛唇] ……

[1] 本卷现存清刊本多种。“目连三世”的故事在明代已经出现。笔者近在江苏常熟发现《目莲救母地狱宝卷》，上卷分品述目莲到各地狱寻母，下卷为目莲三世故事。这本宝卷是明代传下来的。

"杏仁"盗我鸡儿吃，脚手"麻黄"战竞竞。
"白芷"写出"柴胡"状，告到"官桂"本衙门。
拿住孩儿查拷问，"川芎"吊起就动刑。
"桂枝"打了"使君子"，"半夏"不饶"薏苡仁"。
"珍珠"·"石斛"何为贵，叫你"附子""槟榔"不成人……

在这些插科打诨中，还插唱了许多小曲。如第二回叫化子唱《十勿亲》，第四回活无常唱《叹贤良世界》。两支曲子表都现了对世道人情的否定。《十勿亲》说天道、地道、丈夫、妻子、儿子、媳妇、女儿、兄弟、朋友等这些维系封建社会秩序的伦理关系都是靠不住的，只有"铜钱亲来是真亲，铜钱银子好买命。腰边带了三五十，台下摊你吃点心；腰边不带半毫分，肚皮饿得逼兴兴"。《叹贤良世界》表现对世间福、禄、善、恶等的否定："看叹你福星供照，田园产业何承□（原字不清），抱子抱孙同妻好。有朝一日无常到，到了黄泉万事抛！"这两支曲子表现了对封建社会伦理道德、荣华富贵的否定，反映出封建社会末期民众对社会现实不满，又无可奈何的心境。

[插图 83] 目莲三世化生像（清光绪二十四年[1898]刊《目莲三世宝卷》插图）

第一回"化子串戏文"中还提到当时戏曲舞台上演出的戏文：《霸王别虞姬》，说这是"好看闹热的戏文"，"徽班做个，行头要念四箱，人要几十个"；《阳关饯别》，说是高腔班的"团圆个"戏文。这都是说反话的科诨：《霸王别姬》只有霸王、虞姬二人应场，并不闹热；[1]《阳关饯别》出自明汤显祖《紫钗记》，演的是生旦送别饯行，既不“团圆”，也不像卷中所说有阿叔、阿侄来扮演。它是一出昆曲舞台上的折子戏，这里指出高腔班也演出。此外还提到《双旦拜月》（又称“双拜”，即南戏《拜月亭记》中的《瑞兰拜月》）和《武松打虎》（出明沈璟《义侠记》）。《双拜月》在昆曲和高腔中流传极广。《武松打虎》据邗江小游客《菊部群英》载，清末四喜班的武生张瑞云、陈桂宝曾演出此剧，昆曲、高腔均有此折子戏。卷中说，小讨饭扮武松把扮“老虎”的演员打得“腰骨两断生”。扮“老虎”的演员埋怨他，小讨饭说：“我勿来打你，被你咬者！”扮老虎要求扮武松，小讨饭扮的“老虎”又把武松“咬得手膀血淋淋”，说：“我勿来咬你，被打杀吉（格）！”这个科诨在现代戏曲舞台上仍保留。

三、《佛说二十四孝贤良宝卷》

明无为教宝卷。简称《佛说二十四孝宝卷》，卷中又称《孝义卷》。[插图84] 明北京费铺刊，方册本，一册。周绍良收藏。

本卷卷首引明太祖朱元璋《大诰》文，次讲“报四恩”（天地、日月、水土、父母），归结到报父母养育之恩，说佛祖释迦牟尼也孝敬父母：

> 无极道清净身难量难测，
> 玄妙理无为义神鬼难明。
> 秉太虚真空力灵光显现，
> 一点光落凡胎释迦能仁……
> 往昔时有能仁还孝父母，
> 修行人未成道不敬双亲？

由此“缘起”，下文即依次介绍“二十四孝”每个人物的故事。其形式是每个故事用一段散说、一段唱词（用七或十言句），唯目连救母故事先用［挂金锁］调 11 支，唱报母亲的“十重恩”；“袁小掩芭劝父救爷”故事叙述较长，

[1] 这本戏出自清内廷大戏《楚汉春秋》第八本，据明沈采《千金记》改编，弋阳腔有此剧目，后被徽班移植。现代京剧中以梅兰芳演出的《霸王别姬》为代表，齐如山编剧。

用了两段散说和唱词。

讲完二十四孝，编者“别续一宗”，开讲“无为法”。先从宇宙本源及社会说起：

> 老君曰：“大道无形，生育天地。”且如天地未分之时，清浊未分，高低不显，岂有分别？故言大道无形也，此乃混沌之气，无形之时。只□太极始判，大朴才分，一生二仪，二生三才，三生万物。变化滋生，此乃无中生有。显相之际，然后伏羲以象，才画出八卦，万古流传后世，今古孝义明于四方也。

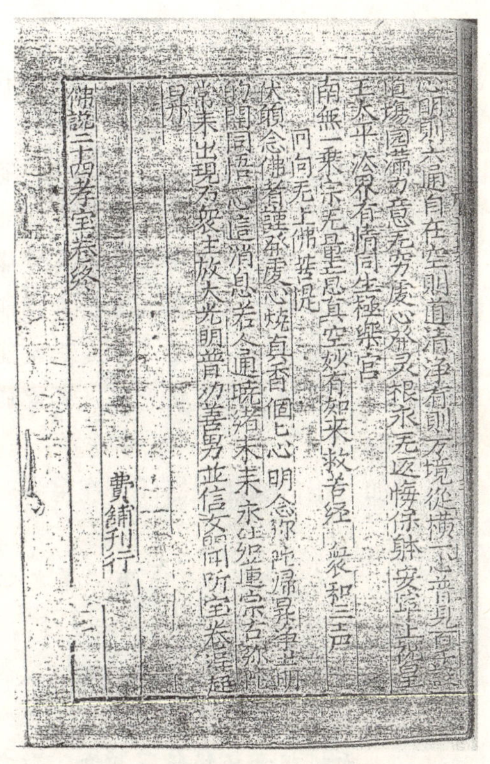
心明則六通自在空則道清淨有則万境從横一心普見百千[illegible]
道場圓滿功意无勞虔心發灵根永无返悔保躰安寧上品[illegible]
王太平法界有情同生極樂宫
南無一乘宗无量忌真空妙有如來救苦經　衆和三声
同向无上佛菩提
伏願念佛者謹發虔心燒真香個個心明念弥陀歸界淨土明
功陽同悟一心這消息若人通曉緒末来永往盤通宗古弥陀
掌未出現為衆主放大光明普功善男並信女同所宝卷浮超
昇
佛說二十四孝宝卷終　費舖刊行

[插图 84]《佛说二十四孝宝卷》卷末（明万历北京费铺刊本）

这就是说，宇宙的本源本是无形、无相的（即“真空”），由太极（或称无极）生道，道生万物，生成人类社会，于是有“明君治世”“三教扶持”“圣贤护教”“二十四孝助道”：

> 真空无相亦无踪，有天有地中间空。
> 还是无极来做人，先有无极后有道，道是无极立假名。
> 一生阴阳二生四，五音六律渐渐分，伏羲以前为混沌。
> 画出八卦变东西，性禀太空原是道，旷劫迷失转到今。
> 凡夫不习丈夫志，几时出头到玄中……
> 明君治世人王佛，三教扶持治乾坤。
> 一切圣贤来护教，二十四孝助道心。
> 来时有形去无相，凡有所为性是空。

这样的理论阐述来自罗梦鸿的《五部六册》。如《苦功悟道卷》中说：

老君夫子何处出？本是真空能变化；
山河大地何处出？本是真空能变化；
天地日月何处出？本是真空能变化；
五谷四野何处出？本是真空能变化；
三千诸佛何处出？本是真空能变化；
二十四孝何处出？本是真空能变化……

又如《正信除疑无修证自在宝卷》“化贤人劝众生品第六”中说：

自为大地众生，无有孝道之心，背恩忘义。化现贤人，劝化众生。偈曰：

无极祖来托化孟姜贤女，哭长城十万里劝化众生；
无极祖来托化高钗贤女，擢大海去寻爷劝化众生；
无极祖来托化焦花贤女，数九天哭燎麦劝化众生……
无极圣祖来托化，化现孟宗劝众生，
无极圣祖来托化，化现郭巨功众生，
无极圣祖来托化，化现袁小劝众生，
无极圣祖来托化，化现王祥劝众生……

上述提到的“贤女”“贤人”，除孟姜女外，均是这本宝卷“二十四孝”中的人物。宝卷最后又引《圆觉卷》对“无为法”作了集中表述：

《圆觉卷》云：“无为妙法甚深，大义奥妙，难（维）一法包万万相，一门灌满多门。扫万法而具本空，除千张而非非有。”故曰：指蕴空为本宗，演无相为门户，论无为立根基，谈圆觉为正道。盖世修行，无过此法。

由上述内容来看，这部宝卷显然是罗梦鸿所创无为教系统的宝卷。罗梦鸿曾拜佛教临济宗宝月禅师等为师，深研《金刚经》，13 年后悟道，编《五部六册》阐述他的宗教思想，以佛教“正宗”自居。明万历年间为之注解《五部六册》的兰风和尚及其法嗣王源静，也自称是临济宗第二十六、二十七代传人。这部宝卷也是以佛教的面目出现，重新编辑“二十四孝”故事。它删去了传为元代郭守正所辑“二十四孝”中曾参、子路、丁兰、江革、王褒、吴猛、杨香、庾黔娄、唐夫人、黄庭坚等十人的孝行故事，替换上目连地狱救母、袁小拖笆劝父救爷、荷担僧侍母、白榆泣杖、焦花女哭燎麦、高钗女擢海寻父、张孝张机兄弟争死、田氏兄弟让产紫荆复活、颛珠孝母、妙善公主自割手眼救父等十则故事。这样大规模的重新编辑,显然是做过慎重的思考。比如增加进几则佛教人物（目连、妙善公主、荷担僧）的传说，将已中国化的睒子故事恢复其佛本生故事的叙述，这样既宣扬了佛法，也美化了佛教在民众心目中的形象。

其他替换上的人物也多具故事的传奇性，并且贴近平民百姓的生活。比如袁小拖芭劝父救爷故事，便很有机智和趣味。卷中用较大篇幅说唱这一故事：袁小的父亲不孝，嫌他年老的父亲（袁小的爷爷）老而不死，用拖芭把他拖到深山,丢在山洞中（这一情节来自古老的“弃老故事”)。袁小不见爷爷，大哭。他到深山中找到爷爷，想拖回爷爷却拖不动，于是抱着空芭回家，收起。父亲问他收起荆芭何用？袁小说：“你若年老不能自死，也照依我爷，荆芭送入你深山。”袁小父亲因之觉悟，将老人从山中拖回。高钗女擢海寻父故事源于神话传说，极具人情：高钗女的父亲被秦王差到东海采灵芝，遇难落海，尸骨不得归葬。户头按家法不让高母女上坟祭祖，十三岁的高钗女对母亲说：“我去把海水擢干，寻我父亲骨衬来家入坟。”于是改了容颜，换了衣裳，拿上一叶瓢，拄着一根大棍来到海边。擢了三天三夜，海水分毫不减。心中忧闷，号啕大哭，惊动玉皇，差太白金星将“降水罐”“北斗勺”送给高钗女。高钗女擢了三勺，海枯见底，四十万龙兵乱成一团。龙王赶紧差龙兵查找高父骨衬，交高钗女带回归葬。田氏兄弟让产与紫荆树复活是一古老的民间童话。

这一经过改编的“二十四孝”宝卷，在清代及近现代北方民间念卷中有很大影响。它大概在清代初年被改名为《阛仝孝义明理酬恩宝卷》，近现代山西介休民间念卷中俗称《二十四孝宝卷》。其中的“田氏兄弟让产分家”故事在清代民间宝卷中改编为《紫荆宝卷》（又名《田公宝卷》《紫荆树宝卷》《合家宝卷》《合家欢宝卷》《合家论宝卷》），在近现代北方念卷和河西宝卷中有广泛的传播。[1]“袁小拖芭劝父救爷”的故事在河西宝卷中改编为《闫小娃拉金笆宝卷》，在江苏无锡地区发现有宣卷艺人抄传的“小卷”《金笆偈》。

这本宝卷也为研究宝卷的发展提供了许多资料。比如第七“孝”睒子劝父出家的故事，在传统的二十四孝故事中已被中国化：

> [周] 睒子，性至孝，父母年老，俱患双眼，思食鹿乳。睒子顺承亲意，乃衣鹿皮去深山，入鹿群中取鹿乳以供亲。猎者见而欲射之，睒子具以情告，乃免。[2]

其实它本是佛本生故事，见《六度集经》卷5，略为：睒子将父母处于山泽敬养，并奉佛十善。迦夷国王入山射鹿，误中睒胸，毒发而死。其父母呼告天地神，帝释身以天神药使其复苏。国王感睒子奉佛至孝，率人民皆奉佛十得，修睒子孝行。本卷中表彰睒子的孝行是劝父母出家：

> 睒子原是释迦牟尼佛化现。往昔时为人，因（国）中有人大富长者，万贯家财，无其嗣。焚香祷祝空苍：“或男或女，但得一个，把家缘尽情舍弃，布施斋僧。”志心坚，感动佛祖，求得菩萨下界，降心为睒子。时光似箭，日月如梭，不觉以今（已经）八岁。睒子告曰：“曾听父母发愿，言说是男是女求得一个，同去修行，我来替你助道。八九年不想前因，违背担愿，心口不应。只顾家缘，不怕生死；到爱色身，不顾性命。眼前光景，时间快乐，亲朋故友，死后无踪。孝子贤孙，阴司难替；做斋用荤，反加重罪。烧香烧纸，谁见来取？不明去语，念圣何益？世间虚妄，无物可许。既不信大圣之言，死后定寿，两足四足，多是无足之报。先辈帝王，惧怕地狱，燃千灯、

[1] 关于“田氏兄弟分家”的故事，参见第一编第一章“宝卷概论・宝卷的分类”。

[2] 据清道光二十四年（1844）莱香堂刊本《前后孝行录》。

> 舍头目、弃全身、为国住，不恋浮生之世，只愿脱苦还源。若肯信心，同缘出世。”父母言曰：“要躲生死，有何不依！”把家缘布施斋僧，济民救苦，辞别乡亲，径入山中，心无挂碍。三口儿进的山来，结一草庵，公母二人坐禅办道，顿悟明心。睒子供给父母，入山采果品，遇迦夷王药箭射倒，感动天人送灵丹救活了。睒子来到父母庵，得团圆寿终，一齐出苦海，还源赴会已毕。

这一故事在明代前期已被佛教徒改编为宝卷。罗梦鸿《巍巍不动泰山深根结果宝卷》第二十四品所罗列的宝卷名目中便有《睒子卷》，称其“有外道七分邪宗”。这本《睒子卷》今无传本，从上述故事可了解其内容。

本卷第三“孝”目连地狱救母故事如下：

> 有一个目连尊者，为僧大孝，地狱救母生辰，寻到血湖池边，不见亲娘，只见无数罪人，吃那血水。目连上前问曰：“此狱受罪之人，造什么业，受这苦？”狱主曰：“此是女人在阳世间时，生男养女，酬神洗褚，枉使浆水，受这样苦。”目连听说，心中烦恼，思母怀耽（胎）十月，乳哺三年，那（挪）干就湿，咽苦吐甜，洗衣不净，臭味不嫌，受尽千般之苦，不同容易，而生养的我何用？又曰：思想母者，寻娘不见，直到阿迷（鼻）地狱边见得亲娘，罪业不了，又去哀告如来救母……

目连到血湖地狱寻母事，不见于唐代目连救母故事的变文和因缘文，亦不见于元末明初《目连救母出离地狱生天宝卷》，是明代始进入目连救母故事中的情节。今江苏靖江农村佛头做会讲经时，仍保留一种专门的仪式“破血湖”，由子女为在世的母亲或祖母做。在仪式中佛头唱《血湖宝卷》（即《目连救母宝卷》）和《血湖忏文》。这本宝卷中有关血湖地狱的描写，有助于研究“破血湖”的来源。[1]

---

[1] 详见本书第三编第三章“江苏靖江做会讲经的‘破血湖’仪式”。

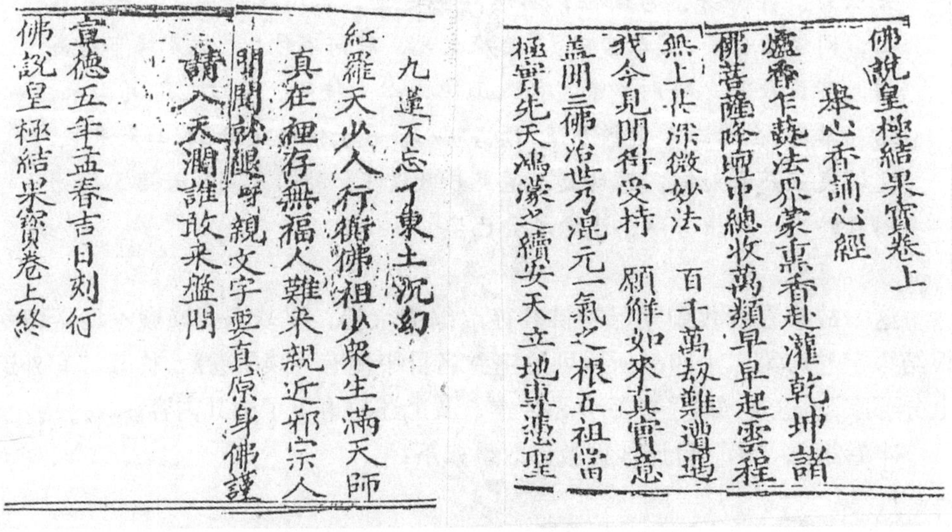
佛說皇極結果寶卷上
舉心香誦心經
爐香乍爇法界蒙熏香赴灌乾坤諸
佛菩薩降空中總收萬類早早起雲程
無上甚深微妙法　百千萬劫難遭遇
我今見聞得受持　願解如來真實意
燕南三佛治世乃混元一氣之根五祖當
極貫先天鴻濛之續安天立地真聖

九蓮不忘了東土沉幻
紅羅天少入行衛佛祖少衆生滿天師
真在裡存無福人難來覩近邪宗人
明開說腿呀親文字要真原身佛護
請入天淵誰敢來盤問
宣德五年孟春吉日刻行
佛說皇極結果寶卷上終

[插图85]《佛说皇极结果宝卷》上卷卷首和卷末(卷末题识“宣德五年[1430]孟春吉日刻行”是伪托。)

四、《佛说皇极结果宝卷》

本卷为明代三极同生教(或称“一步皇天道”)宝卷。简称《佛说皇极宝卷》《皇极宝卷》《收圆宝卷》《皇极收圆宝卷》。清黄育楩《又续破邪详辨》著录为《佛说皇极收元宝卷》。今存两种刊本：一为折本，上、下卷，一册，路工收藏，[1]上卷末附有题识：“宣德五年孟春吉日刻行”；[插图85]一为天津市图书馆收藏，刻本二册，卷末残页题“永乐十”，因被认为是明永乐十年(1412)后的刊本。这部宝卷产生和刻印的年代，涉及明代民间教派宝卷产生的时间。[2]笔者认为

[1] 本卷为已故路工先生收藏，收入张希舜等编《宝卷》(初编，太原：山西人民出版社，1994)第10册，多有刊误和印刷不清之处，本文引文据原卷校订过。

[2] 据李世瑜先生《民间秘密宗教与宝卷》(载《曲艺讲坛》，第五期，1998)介绍，1991年，他同加拿大比西大学欧大年(Daniel Ovemyer)教授拜访路工先生，看到路工收藏的这部宝卷，欧大年教授执笔写了一篇*The Oldest Chinese Sectarian Scripture, The Precious Volume, Expounded by the Buddha, no the Resultse of (The Teaching of) the lmperial Ultimat (Period)*，他们联名发表于*Journal of Chinese Religion*，NO.20，1992。这篇文章中，依据此卷的题识，否定“宝卷”开始于正德年间的说法。但在上述《民间秘密宗教与宝卷》文中，又肯定这本宝卷题“宣德五年”是作伪，否定了上述结论。

上述题识均系作伪，它编写和刊出的时间应在明末。以下据路工藏本对本卷内容作介绍，并参考其他宝卷，对本卷所属的教派和刊出的时间作考证。

路工藏本全卷十五品，每品品名及所用小曲如下：

混沌初分天地品始 [挂金锁]
参拜天地品第一 [桂枝香]
拜请本性品第二 [黄莺儿]
立命安身下落品第三 [皂罗袍]
四时香火真诚品第四 [傍妆台]
四净身元品第五 [山坡羊]
当来十佛宫元品第六 [朝天子]
玄关大道品第七 [桂枝香]
红罗煅炼品第八 [沽美酒]（以上上卷）
天阔登云品第九 [金字经]
牌号归宗品第十 [驻云飞]
大曜生来品第十一 [浪淘沙]
官辰死去品第十二 [红绣鞋]
赴云程朝都斗品第十三 [寄生草]
总了收圆品第十四 [桂枝香]（以上下卷）

另，本卷缘起部分唱 [金字经] 4支，结经部分唱 [山坡羊] 4支。本卷开始“举心香（唱香赞）诵《心经》”，请诸佛入道场，唱“三宝颂”。缘起部分即极力夸张这部宝卷的神功：

伏以《收圆宝卷》，能招六度提头，返本真宗，善辩（辨）邪宗内外。信解授持者，见明真性；见闻随喜者，咸悟菩提。流通天上人间，普遍十洲三岛……闻收圆者十二宫关口不拦阻，返本者七十二云程诸神敬奉。证皇极不落四生，入九莲不遭六道。世间的经文多广，着此经一经总包；天下的宝卷无边，用此卷一卷都览。乃劈邪宗之利刃，实砍外道之钢刀。旁门见而胆战心惊，外道闻而硕冰见炭。原人肯信成佛早，外道不从在外边。时分若至，道发自然。旁门外道一齐了，五盘四贵共一船。

卷中设计了一位超越时空、主宰一切的“原身古佛”（行文中一般简称“古佛”或“佛”），它高居“云盘”上的“都斗太皇正座”（行文中一般又称“灵山正座”）。全卷十五品，每品均叙述几位修道之人向原身古佛问道，而由这位古佛一一回答，辨析其“假”，并宣扬“我佛”所立之教为正法。比如“立命安身下落品第三”述达摩问佛：“似弟子在东土称初祖立教相，直指单传红阳正法一字金丹大教，密转传无字骨髓真经，性走曹溪，十信归家，一去不来，不生不灭，与佛同肩，与天同寿，果然得也不得？”佛言：“只教你先去立祖传教，开荒做主，使学好人有投有奔，不散乱心元，后收元祖下生，安眉雕眼好出细。不然时早度下元人，哪里安放！”以下佛又告诉他：“你只管种，休管收割成果，扣着卯儿自有弥勒差人收圆，攒天盘，玄地位”，并告诉他“见了修行是收圆，见了明、暗见青天。”佛又向他讲述“三步玄关”如何修行过关。

这部宝卷中对所属宗教没有明确表述，可结合另一部《救度超生宝卷》来说明。该卷简称《超生宝卷》《亡灵宝卷》，仅存下卷一册（第十三至二十四品），周绍良收藏。[1]卷中说：“五经出敢谁不依！只九册，只九册，圣人名字题。”卷中列出这“五经九册”是《观音宝卷》《往生宝卷》《皇极收圆宝卷》《万法归依宝卷》《救度超生宝卷》。《皇极收圆宝卷》即本卷。该卷“中里参见五阎王分由申报品第十九”中说：

中里哀告上圣爷：“我不是吃荤的罪魁，俺是拜明师九阙修行之人。”

阎王听说九阙字，合掌当胸要问明；
四王听说九阙人，开言启齿门（问）明分：
“既是九阙修行子，件件说来我心听。
九阙不比邪宗事，甚么教像甚么门？
甚么道，何人掌？说的分我便心明。”

[1]　参见周绍良《记明代新兴宗教的几本宝卷》，载《中国文化》，第3期，1990年12月。本文引该宝卷文即据周文转引。

中里向前从头诉，诉说教像洪法门：
“教是三极同生教，万类同归是总门；
三阳同转一生像，出世金莲法正门。
道是一步皇天道，万象同归总路程。
暗天掌着《收圆卷》，明天指路又调人。
王奇俺也答玄妙，只是根薄破戒荤。
这个便是修行话，怎敢虚言哄上神。”

由上述介绍可知这两部宝卷所属的宗教即三极同生教（或称“一步皇天道”），掌教的是“暗天”“明天”，亦即这本《收圆宝卷》中所说的“明”“暗”。“三极同生”“三阳同转”是这个教派的宗教宇宙观和社会观。“三极”指无极、太极、皇极，“三阳”指青阳、红阳、白阳。按《收圆宝卷》中说，在混元一气鸿蒙未判之前，混沌未分之际，便由原身古佛派定三极同生、三阳同转、三佛掌教。具体说，即“无极生太极，太极炼皇极，皇极炼无极，三极轮转”。“无极会燃灯佛掌青阳教，立玄炉，曾在皇极会摄顶光而锻炼成三叶金莲，转九劫贤圣，以前过去了；太极会释迦佛掌红阳教，曾在无极会内探身光而入玄炉，锻炼五叶金莲，转十八劫人缘：止有皇极会是弥勒佛掌白阳教，要治那八十一劫贤圣，立玄炉，摄内光而锻炼那九叶金莲”。并且，“三佛都有三灾，三极都有八难”，“天地万物都有败坏，止有云盘都斗不动”，而“安天立地”（“混沌初分天地品始”）。这同明代中叶以后许多民间宗教宝卷中的“三阳劫变观”基本相同，不过进一步说明“三极”“三阳”“三佛掌教”是“周而复始”的轮转。

卷中所述的“彼岸”，按其等级分为云盘、圣盘、天盘、人盘、地盘，即“五盘”。其中最高级的“云盘都斗”是原身古佛所居之地。五盘之中均有众多神佛管理，如云盘中有“一原身（按，指原身古佛）、二总极、三头领、十佛位、十提督、四总管、十四提纲共四十五家”，圣盘有“一正机、二掌令、三十六提纲、二十四总领、九十九莲宗，共一百六十二位总理圣盘之事”。除了这些执事人员外，还有二百三十五位“在天垂像、在地成形”的“四贵”（第十四品）。卷中也称当今是“末法”（或称“末劫”）时期，即“释迦身光炼世界，一十八劫现当极。掌定云□（原字不清）雷雨事。万相诸神总掌持，看看天元劫数满，又是弥勒掌星宿。亲问咱家（按，原身古佛自称）讨下令，要治当来九叶莲。”（“混沌初分天地品始”）弥勒佛掌教，要度众生“返本还圆（源）”，即“收圆”，不仅人，“四生六畜也收圆”“度万类同登彼岸”（第十四品）。即上引《超生宝卷》中所说“万类同归”“万象同归”。

为了度众生返本还源，原生古佛称：“咱先差三十六祖下凡，交他混下人缘，专造当来世界，未来皇极。因三十六人下生年深岁久，倚着他西天灵根，专以巧言令色，不知修行，自称祖号，心高意大，不思那前开荒，后出细；自行表疏，不烧有数香火，不分宫阙印信，胡乱申天，无有了手。”所以这些人便成了“外道”“邪宗”“混法”，古佛“又差明、暗二人掌《收圆宝卷》，有香、有号、有表名、有疏词、有誓状、有牒文、有修行、有牌号、有起落、有关口、有查照，要成佛者须索要步步走过”（“混沌初分天地品始”）。

明、暗二人即《超生宝卷》的明天、暗天。这部宝卷中多处提到他们，综合其中的种种暗示，可知他们是古佛继“三十六祖”之后，派往人间的“收元祖”，是这个三极同生教的教祖。二人又有分工：“访明人指选拔路，求暗祖结果收圆”（第四品）。《超生宝卷》中说：“暗天掌着《收圆卷》，明天指路又调人。”在本卷第十四品［桂枝香］曲中，他们又分别被称作“当机祖”“出细祖”：

> 古佛法卷，交付明暗，当机祖昼夜操辛，出细祖收凡摄炼，造当来九莲。（重）森罗万相，咱今日福也入金莲。想老祖恩难忘，烧一炷摩诃香。（重）
>
> 暗人掌卷，不敢迟慢。收五盘四贵人元，度万类同登彼岸，攒簇着九莲。（重）红罗锻炼，真牌真号，真正玄关。想收元恩难报，烧一炷般若香。（重）
>
> 明人领卷，调和万善，与大众指路拨迷，申文表传香传愿，写的他手酸。（重）家事不恋，成年家在外，受苦熬煎。想明人恩难忘，烧一炷归祖香。（重）

上述曲中说明，“暗人”即“当机祖”，他是执掌《收圆卷》的教祖。卷中暗示他是位盲人。第七品中古佛说：“咱后发下去了……我着他二目双昏，隐大地迷人，压万人眼目。他手内有五盘四贵真了手，收圆万类总莲城。”第十三品中［寄生草］第二曲说："先发开荒去，暗人后收圆。眼暗手暗心不暗，能隐大地无缘善。风俗官府也难缠，五盘四贵才收圆。""明人"是"出细祖"，他的职责是组织联络，并书写各种文表等。

这部宝卷中的彼岸世界"五盘"，行文中往往以"云盘"或"天盘"代表，或称"云程"。通往云盘、天盘、云程之路有"十二宫关"（亦称"玄关"），每一关都有一位老祖和老母把守。如第一关是"七山关"，有天元老祖和地花老母把守，"天元老祖盘男众，地花老母看阴人"。这些老祖、老母手下还提调着众多的明神暗将，专门查考（"三查五考"）过关者的香、表、号、牌等等，即"答查对号"，辨明真假。而要通行过关，则要"十步修行、十步香火"，并取得那些繁多的香、表、号、牌。这十步修行是：

一要拜天地，勤谨香火，孝养父母；
二要请本性，超凡圣，恭敬前人；
三要知下落，莫欺心，尊敬长上；
四要四时香，无间断，和睦乡亲；
五要知四净，答天元，勤谨生理；
六要领十佛，知宫阙，教训子孙；
七要点玄关，续莲宗，勿随邪外；
八要入红罗，炼根本，性透玄关；
九要入天阔，知后天，三佛径路；
十要领牌号，证果位，早入三真。

十步修行不能"两走（步）做一步走，三步做两步行"，前六"步"的"孝养父母""恭敬前人""尊敬长上""和睦乡亲""勤谨生理""教训子孙"，这些都是对家庭和社会伦理道德和责任的要求，并非宗教的修行。但在本卷中要"一步一步要誓状，一程一程要香灯"（第九品），而这一步步的"领香授号"都要用钱买的。第十三品中古佛向玉安等三位道人说："若知收圆之贵，皇极之尊，闻一闻修行要黄金十两，听一听宝号要白银二斤。"三人说："修行之字，何如这们（么）贵？"佛说："黄金万两，临死分文也不得；如修行若圆满，与未来皇极同圆同尽，如何不贵？修行二个字，贵如满天金。几金不肯卖，还要选上乘！”看出来，这个教派把彼岸世界分作“五盘四贵”，分出那么多等级的“果位”，是同信徒们的“贡献”大小有关的，而教祖则借此向信徒聚敛大量钱财。

以上是对这本宝卷所属宗教及这个教派的教义、修持方式的简单介绍。对于这本宝卷最早刊印的时间（亦即这个教派活动的时间），还须作些考述。

路工藏本上卷末附有题识：“宣德五年孟春吉日刻行”。宣德五年即公元1430年，研究者一般据此题识确定本卷初刊的年代。笔者持怀疑态度，认为此题识系伪托。原因如下：

(1) 第七品述“无为道人”问佛：“似弟子等指天地、点本性，入玄关、超凡圣……七宝池、八宫水……无生母，微（巍）巍不动，这等大道天下夺头，到当来可得掌皇极大果，执九叶金莲？”佛回答他：“咱为皇极大果先遣你三十六人下生东土，专混人缘……”下文指出他的许多不足、无知之处。本品末［桂枝香］第二曲中说：“金针玉线，老母公案。点玄关，有影无踪，接续上古佛家卷……好一个无为法，怕文全福不全。”上述“无为道人”“无为法”等显然属正德以后罗梦鸿所创的无为教。而无为教遵奉“无生母”是嘉靖年间的事。因此，这本宝卷不可能出现在明嘉靖以前。

(2) 第二品写“无门道人”向佛问法，说：“似俺在天地会下持斋熬口，劝化人缘，照依我佛《定劫经》《祖老黄册》，立混之九祖……”文中所说天地会是否即董计升（1619—1690）于清顺治七年（1650）所创的天地门教（亦称“天地会”），需另考证。[1] 其中的《定劫经》（或称《佛说定劫宝卷》《佛说定劫照宝经》），研究者认为它是明末清初的一部民间宗教宝卷。[2] 顺治三年（1646），清政府查办直隶定州大成教时便查抄到这部经卷。[3]

(3) 雍正五年（1727），清政府查办张进斗（自称收元祖）白莲教（无为教）案，查到一部《元亨利贞立天后会经》。这部经卷的全名是《佛说都斗立天后会收圆宝卷》，简名《立天卷》（又作《历天卷》）。乾隆十八年（1753）查办与张进斗一脉相传的冯进京混元教案，也查出一部《立天卷》。这部《立天卷》

---

[1] 参见濮文起《天地门教调查研究》，载《民间宗教》，第2辑，1996年12月。

[2] 参见濮文起主编《中国民间秘密宗教辞典》“定劫宝卷”，成都：四川辞书出版社，1996。

[3] 见中国历史博物馆藏顺治三年（1646）七月二十八日郝晋《揭贴》，转引自马西沙等《中国民间宗教史》，上海：上海人民出版社，1992，页587。

共分元亨利贞四部，清政府档案中存亨部十至十八品，将它同《皇极收圆宝卷》比较，其中不仅提到这部宝卷，有些话语也抄自这部宝卷。如《立天卷》"輂谷道场第十三品"中说："有一船，登北岸，卷行往南，一明一暗，二目昏，正是收元。""《皇极卷》，曾留下，輂谷二字；有一船，登北岸，卷行向南。一个明，一个暗，二目双配；两样日（？），在一身，想个收圆。万年间，留下的，灵山一座；皇极祖，立后会，大开法门。"文中所说的《皇极卷》即指这本《皇极收圆宝卷》，上述话语见第九品中原生古佛对早香等道人说的话："我指与你一条路线，你去那輂谷之下选佛道场，有一船登北岸卷行往南，一明一暗两目昏，正是收圆去下生。"又如《立天卷》"榆杨寻卷品第十四"中说："有《皇极卷》云，真乃是开天辟地之法。老皇极收圆卷末后出细，有榆杨寻宝卷世人难参。"这也可在《皇极收圆宝卷》中找到出处，其第十四品 [桂枝香] 第三曲说："榆杨寻卷，把家事不干。走了些万水千山，忍饥寒不曾埋怨，受苦楚万千。（重）船登北岸，寻见真祖，各得真传……"《立天卷》如此抄传《皇极收圆宝卷》中这些暗示教派祖庭所在地和教祖传卷的话，只能说明它们是一个教派的宝卷。[1]

(4) 本卷缘起部分所说"天下的宝卷无边"的情况，在明宣德年间尚未出现。

根据以上四点，笔者认为这本《皇极收圆宝卷》可能编写和初刊于明末。清初大乘圆顿教的《古佛天真考证龙华宝经》第二十三品曾提到一个收源教："收源教立法门度下儿女，收源祖领善人龙华相逢。"这本宝卷也很可能即属于这个收源（元）教的宝卷：卷中多次提到龙华会，卷末结经发愿文也祝愿能"早去龙华大道场"；卷末附的书牌中，抄有"佛在灵山莫远求"诗偈，末署"龙华会正坛主收元祖拙笔"。至于《救度超生宝卷》又称之为"三极同生教""一步皇天道"，这也不奇怪：明清民间宗教具有不同教名的教派并非稀见。

五、《佛说杨氏鬼绣红罗化仙哥宝卷》

本卷简名《红罗宝卷》。20 世纪 80 年代在山西发现，存山西省博物馆。木刻方册本，蝴蝶装，有插图两幅。封题"佛说鬼绣红罗化仙奇宝卷"（"奇"

[1] 本段关于《立天卷》被查获情况及引用原文，均据马西沙、韩秉方《中国民间宗教史》第二十章"收元教、混元教的传承与演变"，上海：上海人民出版社，1992，页 1264 – 1273，页 1303 – 1311。

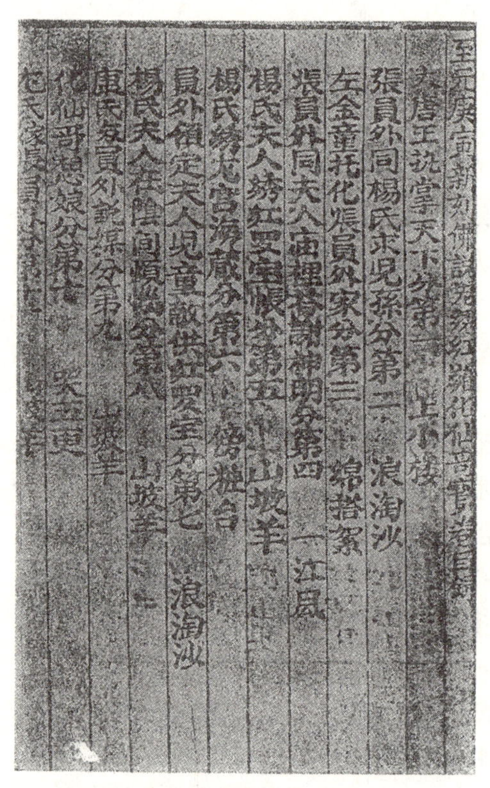

至元庚寅新刻佛説鬼綉紅羅化仙哥寶卷目錄
大唐王執掌天下分第一　上小樓
張員外同楊氏求兒孫分第二　浪淘沙
左金童托化張員外家分第三　綿搭絮
張員外同夫人廟裡[illegible]神明分第四　一江風
楊氏夫人綉紅羅寶帳分第五　山坡羊
楊氏綉龍宮海藏分第六　傍妝台
員外領定夫人兒童敬供紅羅寶分第七　浪淘沙
楊氏夫人在陰司[illegible]分第八　山坡羊
康氏[illegible]員外說[illegible]分第九　山坡羊
化仙哥想娘分第十　哭五更
[illegible]

[插图 86]《佛说鬼绣红罗化仙哥宝卷》目录页（明末刊经折本，书口有题识“至元庚寅新刻……”。据马西沙《最早一部宝卷的研究》转载）

为“哥”字误刻），扉页题“佛说杨氏鬼绣红罗化仙宝卷，至元庚寅新刻，金陵聚宝门外圆觉庵比丘集仁捐众（？）开雕”。卷首目录后题识：

依旨修纂／颁行天下／崇庆元年岁次壬申长到日

目录前题“至元庚寅新刻佛说鬼绣红罗化仙奇宝卷”，[插图 86] 目录页最后有题识：

管理书籍舍人吴仰泉／再命良工　制图两幅　谨镂佳板　观者存之

“崇庆”是金代卫绍王年号，“崇庆元年”即公元 1212 年。“至元庚寅”是元世祖忽必烈至元二十七年，即公元 1290 年。马西沙先生《最早一部宝卷的研究》[1] 即据此论定本卷为金编元刊。但上述题识中的“金陵聚宝门”，即今南京中华门，是明初朱元璋所建南京新城之“京城”十三门之一。[2] 明谢肇淛《五杂俎》卷 3 云：“金陵南门，名曰聚宝，相传洪武初年沈万三筑……人言‘其家有聚宝盆，故能致富’沈遂声言以盆埋城门之下以镇王气，故以名门。”[3] 这一传说至今流传。沈万三，又名沈秀（或作富），他参与筑南京新城事，见《明史》卷 113“后妃一”：“吴兴富民沈秀者，助筑都城三之一，又

[1] 载《世界宗教研究》，1986 年 1 期。
[2] 见《明史》卷 40“地理一”。
[3] （明）谢肇淛《五杂俎》，北京：中华书局，1959，页 70

请犒军。”显然，在“聚宝门”外的圆觉庵的比丘们是不可能在元代集资刊印这一宝卷，因为那时还没有“聚宝门”，“至元庚寅新刻”云云系伪托。

从这本宝卷内容和形式上的某些特征来看，也不可能是金代所编：其一，本卷所演唱小曲曲调（见下），是明代中叶以后各种教派宝卷中常用的曲调。其二，本卷“结经”部分出的“回向南无一乘宗无量意（义）真空妙有如来救苦经”字样，亦见于明中叶后的许多宝卷，如《佛说二十四孝宝卷》《佛说梁皇宝卷》《佛说王忠庆大失散手巾宝卷》等，周绍良先生认为“这是明代宝卷的特殊标志”。[1] 其三，本卷中大量出现的关于“无生老母”的说辞，说明这个刻本不可能在明代嘉靖以前出现。[2]

明万历间刊《金瓶梅词话》第82回中提到吴月娘请王姑子宣讲《红罗宝卷》，说明这本宝卷在嘉靖以前已经出现，万历年间已广泛流传。金陵聚宝门外圆觉庵的比丘集资、书林吴仰泉刻印的这一本子，很可能也是这一时期的民间刻本。[3]

这本宝卷除开经和结经部分外，共分二十二分，每“分”题目及所用小曲如下：

大唐王执掌天下分第一 [上小楼]
张员外同杨氏求儿孙分第二 [浪淘沙]
左金童托化张员外家分第三 [绵搭絮]
张员外同夫人庙里答谢神明分第四 [一江风]
杨氏夫人绣红罗宝帐分第五 [山坡羊]
杨氏绣龙宫海藏分第六 [傍妆台]
员外领定夫人儿童献供红罗宝分第七 [浪淘沙]
杨氏夫人在阴间烦恼分第八 [山坡羊]
康氏与员外说媒分第九 [山坡羊]
化仙哥想娘分第十 [哭五更]

[1] 见《记明代新兴宗教的几本宝卷》，载《中国文化》，第3期，1990年12月。

[2] 参见本书第二编第四章“明清民间教派宝卷的发展、形式和演唱形态 · 明清民间教派和教派宝卷”注。

[3] 李世瑜先生曾与笔者言，根据它的版式推断，是清人所刊。按，傅惜华先生旧藏同名宝卷，著录为清康熙刊本，版式不同。现藏中国艺术研究院。

尤氏嫁张员外分第十一 [山坡羊]
员外打尤氏不良之妇分第十二 [绵搭絮]
尤氏滚锅陷害小儿童分第十三 [山坡羊]
员外来家尤氏遮过分第十四 [一封书]
尤氏将毒药摆化仙哥分第十五 [傍妆台]
尤氏错杀儿子反去告状分第十六 [山坡羊]
秋后处决要杀化仙哥分第十七 [驻云飞]
化仙哥在破窑中想耶娘分第十八 [哭五更]
化仙哥到监父子相见分第十九 [山坡羊]
化仙哥打莲花落化饭救父分第二十 [红绣鞋]
化仙哥做驸马救父出狱分第二十一 [傍妆台]
员外夫人公主驸马四人团圆分第二十二 [山坡羊]

其演唱和文字结构，与明代中叶以后的各种民间教派宝卷无异；每“分”名称，在所唱小曲前。宝卷的故事略为：

唐朝张员外因无子嗣，与夫人杨氏到庙中求告三郎爷赐子，发愿“普塑圣像”，“彩画雕梁”。三郎爷遣左金童下凡托生张家为子，取名化仙哥。三年后，张员外忘了酬愿，三郎爷派鬼使摄去化仙哥真魂。张员外夫妇再次到庙中求告神灵，杨氏发愿绣一红罗宝帐，为三郎爷遮盖金身。红罗宝帐费时三年绣成，张员外夫妇献给三郎爷。不料引起大郎爷、二郎爷和四郎爷、五郎爷的不满，派鬼使将杨氏勾到阴司，要她再绣四付红罗宝帐，方许还阳。杨氏死后，媒婆康氏欺骗张员外，续娶尤氏，生下一子。尤氏为亲子日后独占家业，百般折磨化仙哥。因三郎爷保佑，化仙哥终未被折磨死。张员外买官守备之职，镇守九江口，被水贼刘洪战败，下狱。尤氏闻信弄来毒药，决意毒死化仙哥，不料误杀亲子，于是诬告化仙哥毒死弟弟，买通县官，判处化仙哥死罪。秋决时，三郎爷施法术将化仙哥提到郊野，嘱其去东京寻父。化仙哥到京，流落街头。张员外尚在狱中，化仙哥打莲花落乞讨，为父送饭。唐王天子翠微公主彩楼招亲，化仙哥中了彩球，被招为驸马。他进宫禀告唐王，唐王命将张员外释放，又命化仙哥带兵三千去捉拿县官、后母尤氏、媒婆康氏和卖毒药的人。这时，杨氏在阴间也绣完了四付红罗帐，还阳与张员外、化仙哥、公主团圆。杨氏劝子饶恕媒婆康氏、晚娘尤氏、贪赃受贿的县官和卖毒药的四个仇人。四人因作恶多端，死后变为畜牲。化仙哥与父母妻子“四圣归天，真性赶灵山”“龙华会再证金身”。

这部宝卷原系明代前期的民间佛教的宝卷，其“开经”和“结经”部分，大部分是用佛教的说词。第一分［上小楼］曲用编卷人口气说：“红罗卷诸佛所留，衲子使碎心结集成就。张员外子母们历难，无尽无休。左金童生下来遭害，神灵搭救。诸佛在人间，四生转，谁能参透。”但卷中杨氏夫妻求子的“三郎爷”及其他四位“郎爷”，可能即宋元以来民间信仰的“五圣”神（又称“五显”“五通”）。第四分写杨氏为答谢神明，在红罗伞上绣出诸佛菩萨、玉皇大帝等各种神明近百位。民间佛教宝卷中出现这种杂神，同明代佛教盛行的“水陆大法会”上挂出的“水陆图”中佛、道和民间信仰的各种神道混杂在一起的情况有关。据近人冯修齐《晨钟暮鼓——佛教法会礼仪》介绍，明代以来，佛教的水陆法会上挂的“水陆图”，多达200余幅，其中的神道分三类：一是佛教系统的诸佛菩萨、诸天、明王、罗汉、护法神等；二是道教和中国民间神祇，如三清、十二真君、五岳、二十八宿、列曜、六甲六丁、八仙等；三是佛道和民间信仰并已汉化的龙王、阎王、六道中的畜生、饿鬼和其他鬼魂等。这些神道在法会上，先被恭请到法会“上堂”受供，经过复杂的仪式，再“下堂”被送走。[1]

但是，本卷中杨氏在红罗伞上也绣上了民间教派信仰的“无生老母”，“灵山会”上除了佛祖、佛母之外，还有“无生老母”，“自从失散，不得见面，时时盼大地男女，早早归家”，这些说明它已经过明代中叶后的民间教派人士改编。这时的各民间教派都用佛教资料包装、宣扬它们的无生老母信仰。民

[1] 成都：四川人民出版社，1995，页193－194。按，据佛教文献记载，南朝信佛的梁武帝始办“水陆斋”于金山寺（在今江苏镇江市）。北宋诗人苏轼作的《水陆法像赞》16篇，只有神像16幅。（见释宽仁主编《佛学词典》“水陆会”条，北京：中国国际广播出版社，1993，页196）这种三教混杂的情况可能是元、明时期才开始的。

间的佛教僧尼也糊里糊涂地刻印和演唱这些“外道”改编过的宝卷。所以，这部宝卷才会由“金陵聚宝门外圆觉庵”的比丘集资刊印。《金瓶梅词话》第74回“吴月娘听黄氏卷”写莲花庵的“首座”薛姑子为吴月娘等演唱的《黄氏女宝卷》，也是经过民间宗教家改编的前期佛教宝卷。

这部宝卷中，冥界的神鬼与人间的帝王、小民构成一个曲折离奇的故事，而又以求子继嗣、后母虐待前生子这一普遍为民众所关心的家庭问题为中心。所以明代以后，这本宝卷仍极流行，传世尚有清康熙刊本。嘉庆二十二年(1817)，清政府在德州查办红阳教案，也查到一种《积善求儿红罗宝卷》(上、下)[1]。近现代在江浙、山西、甘肃等地的民间宣卷和念卷中，这本宝卷流传也很广，道光以下民间抄本被公私收藏近四十种，也有多种石印本。它们一般称《红罗宝卷》，或名《晚娘宝卷》《绣红罗宝卷》，其中无生老母信仰的说词则删除净尽。

六、《结经》

《结经》之名，最早出现在清康熙二十一年（1682）“灵山正派嗣法耻眷”普浩辑刊的《三祖行脚因由宝卷》中。[插图87] 这部宝卷分为《山东初度》《缙云舟传》《庆元三复》三部分，分别介绍灵山正派的三位祖师：一祖罗梦鸿，即罗教（无为教）的创教祖师；二祖殷继南（1527—1582），是明代后期江南罗教的一位教主，他自称罗祖再世，改教名为“龙华会”，他的信徒又称“无极正派”；三祖姚文宇（1578—1646），他也自称罗祖再世，再度改革，即所谓“灵山正派”。在上述《缙云舟传》中，写到殷继南被官府逮捕杀害之前，有这样一段文字：

> 祖曰：“好倒好，只是黑了七日天了。”众皆不解，直到七月十五日温州张阁老府内，升化师引进文表，讲明《圣论宝卷》《明宗孝义宝卷》《天经》《结经》《五部六册》。[2]

[1] 参见韩秉才《红阳教考》，载《世界宗教研究》，1985年4期。

[2] 此卷今存清光绪元年（1875）重刊本。

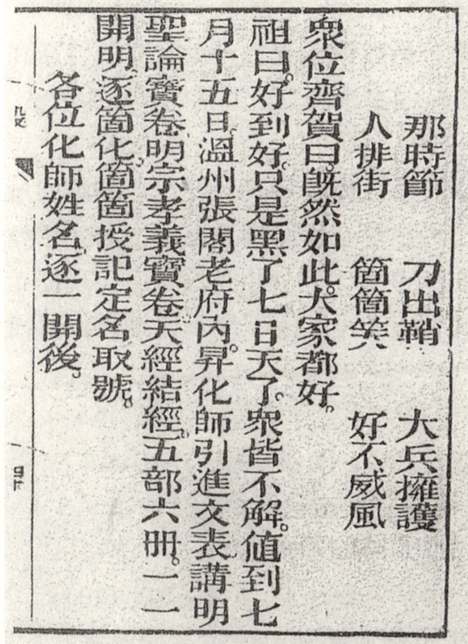

六年苦　今將滿　後再忝詳
三教分萬教　無生度衆生
一體靈光性　何分佛道生
傳道已畢。祖師空中自念。吾如來算來該是八月初
四日。西時上香山。衆位化師引進們喜曰。正是明道
的日了。極好極好。
祖乃冷笑曰。你們說上香山。極好極好。只是一件身
邊一箇也帶不得上香山

那時節　刀出鞘　大兵擁護
八排街　箇箇笑　好不威風
衆位齊賀曰。既然如此。大家都好。
祖曰。好到好。只是黑了七日天了。衆皆不解。值到七
月十五日溫州張閣老府内昇化師引進文表講明
聖論寶卷明宗孝義寶卷天經結經五部六册。一一
開明。逐箇化箇箇授記定名取號。
各位化師姓名。逐一開後。

[插图 87]《三祖行脚因由宝卷 · 缙云舟传》中首次提到《结经》(清光绪元年[1875]刊本)

这是《结经》之名首次被文献记载。这部《结经》同上列其他经卷，一直为南方的罗教支派教团沿用。嘉庆十九年（1814），清政府查办江西临川县张起坤大乘教案，即查出《天缘结经录》，[1] 是将《天经》《结经》合在一起。今存清光绪十一年（1885）杭州昭庆寺玛瑙经房刊《天缘结经注解》，是杨明宗的注解本，"大乘弟子" 吴贡（法名普选）序刊。[2] 它分为两部分，前半为《天缘经偈略解》，版心题《天经宝卷》；后半为《结经分句略解》，版心题《结经宝卷》。卷末附《大乘堂规二十八条》。今台湾龙华派之《龙华科仪》也收这部经文，称《收经悼念结经》。[3]

有的研究者认为《结经》及《天经》《圣论宝卷》等，均为殷继南所作。[4]

[1] 参见马西沙、韩秉方《中国民间宗教史》，上海：上海人民出版社，1992，页 72。
[2] 此经卷中国文联资料室收藏两部。
[3] 台湾：民德堂刊 1967，上卷，页 7。
[4] 濮文起《中国民间秘密宗教辞典》，成都：四川辞书出版社，1996，页 382。

日本研究中国民间宗教的学者浅井纪《罗教的继承与变容——无极正派》[1]一文，也是依据今存的《天缘结经注解》来分析殷继南无极正派教义的特质和发展。但是，浅井先生指出，他发现《结经》经文中没有殷继南的“三乘教法”的说词，这类说词只出现在杨明宗的“注”和“颂”中。

为了解释这一现象，笔者对《结经》的来源作了考察，发现这部经卷可以确定不是殷继南所作。它是早在元代已经出现在民间佛教宝卷中的“结经发愿文”。明代某些倚称佛教的民间教团的宝卷中，也使用这段文字。现据光绪刊本《天缘结经注解》将《结经》经文标点于下。为了便于比勘，保留浅井纪教授为它做的分句编号：

(1) 伏愿 (2) 经声琅琅，上彻穹苍。(3) 梵语玲玲，下通幽府。(4) 一愿刀山落刃，二愿剑树锋摧，三愿炉炭收焰，四愿江河浪息。(5) 针喉饿鬼，永绝饥嘘；(6) 麟甲羽毛，莫相食瞰；(7) 恶星变怪，扫出天门；(8) 异兽灵魈，潜藏地穴。(9) 囚徒禁系，愿降天恩；(10) 疾病缠身，早逢良药。(11) 盲者聋者，愿见愿闻；(12) 跛者哑者，能行能语。(13) 怀孕妇人，子母团圆；(14) 征客远行，早还家国。(15) 贫穷下贱，(16) 恶孽众生，误杀故伤，(17) 一切冤仇，尽皆销释。(18) 金刚威力，洗涤身心；(19) 般若威光，照临宝座。(20) 举走下足，皆是如来佛地。(21) 更愿七祖先亡离苦升天，(22) 地狱罪苦，悉皆解脱。(23) 以此不尽功德，(24) 上报四恩，下资三宥，(25) 法界有情，齐登正觉。(26) 川老颂云：(27) 是饥得食，(28) 渴得浆，(29) 病得痊，(30) 热得凉；(31) 贫人得宝，(32) 婴儿见娘；(33) 飘舟到岸，(34) 孤客还乡；(35) 旱逢甘泽，(36) 国有忠良；(37) 四夷拱手，八表来降。(38) 头头总是，物物全彰。(39) 古今凡圣，地狱天堂，(40) 东西南北，不用思量。(41) 刹尘沙界，诸群品等，(42) 尽入如来大道场。

先从 (26)“川老颂云”[插图 88] 说起。据杨明宗的注解，这位“川老”

[1] 载王见川、蒋竹山编《明清以来民间宗教的探索——纪念戴玄之教授论文集》，台北：商鼎文化出版社，1996。

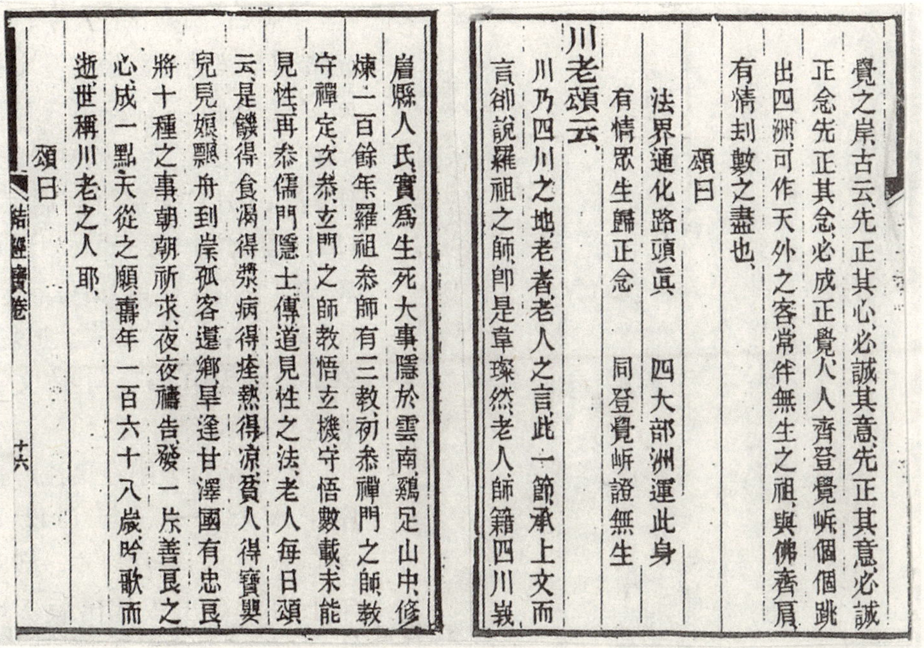

覺之岸、古云先正其心、必誠其意、先正其意必誠正念、先正其念、必成正覺、凡人齊登覺岸、個個跳出四洲、可作天外之客、常伴無生之祖、與佛齊肩、有情刼數之盡也、

頌曰

法界通化路頭眞　四大部洲運此身

有情衆生歸正念　同登覺岸證無生

川老頌云、

川乃四川之地、老者老人之言、此一節承上文而言、卻說羅祖之師、即是韋璨然老人、師籍四川峩嵋縣人氏、實爲生死大事、隱於雲南鷄足山中、修煉一百餘年、羅祖叅師有三教、初叅禪門之師、教守禪定、次叅玄門之師、教悟玄機、守悟數載、未能見性、再叅儒門隱士、傳道見性之法、老人每日頌云、是餓得食、渴得漿、病得痊、熱得凉、貧人得寶、嬰兒見娘、飄舟到岸、孤客還鄉、旱逢甘澤、國有忠臣、將十種之事、朝朝祈求、夜夜禱告、發一片善心之心、成一點天從之願、壽年一百六十八歲、吟歌而逝、世稱川老之人耶、

頌曰

結經寶卷　十六

[插图 88]《天缘结经注解 · 结经宝卷》“川老颂云”和注解（清光绪刊本）

是罗祖之师，名韦璨然，四川峨嵋人，隐居云南鸡足山，修炼 100 余年，寿至 168 岁。罗祖初参禅门，次参玄门，均“未能见性”；再参这位“儒门隐士”，始得“见性之法”。罗祖有这样一位老师，仅见于此。日本学者泽田瑞穗教授称之为“罗教末流捏造的说法”。[1]

据笔者考察，这位“川老”，实有其人，是明代以前的一位禅僧，注解过《金刚经》。他的这段“颂”，便收在明成祖朱棣所编的《金刚经集注》中，原文是：[插图 89]

> 川禅师云：三十年后莫教忘却老僧，不知谁是知恩者。呵呵！将谓无人。颂曰：……[2]

[1]《增补宝卷の研究》（日文），东京：国书刊行会，1975，页 225。

[2] 上海古籍出版社影印本，页293－294。

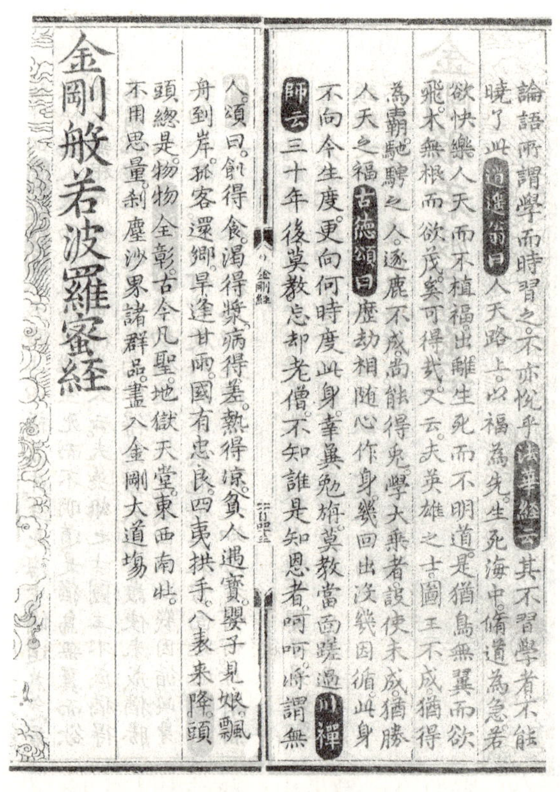
論語所謂學而時習之不亦悅乎法華經云其不習學者不能曉了此逍遙翁曰人天路上以福為先生死海中脩道為急若欲快樂人天而不植福出離生死而不明道是猶鳥無翼而欲飛木無根而欲茂奚可得哉又云夫英雄之士圖王不成猶得為霸馳騁之人逐鹿不成尚能得兎學大乘者設使未成猶勝人天之福古德頌曰歷劫相隨心作身幾回出沒幾因循此身不向今生度更向何時度此身幸異勉旃莫教當面蹉過川禪師云三十年後莫教忘却老僧不知誰是知恩者呵呵將謂無人頌曰飢得食渴得漿病得差熱得涼貧人遇寶嬰子見娘飄舟到岸孤客還鄉旱逢甘雨國有忠良四夷拱手八表來降頭頭總是物物全彰古今凡聖地獄天堂東西南北不用思量剎塵沙界諸群品盡入金剛大道場

金剛般若波羅蜜經

[插图 89]《金刚经集注》卷末“川禅师云”和“颂曰”（影印明永乐内府写刻本）

“颂曰”以下的文字，与光绪刊本《结经》经文基本相同，仅个别字有差异：(27)句首佚“是”字；(29)“痊”作“差”；(31)“得宝”作“遇宝”；(32)“婴儿”作“婴子”；(35)“甘泽”作“甘雨”；(41)“诸群品等”佚“等”字；(42)“如来大道场”作“金刚大道场”。上述文字的差异并不影响内容。

朱棣编《金刚经集注》自序于永乐二十一年（1423），今存永乐内府写刻本。1984年上海古籍出版社出版影印本，《出版说明》中说：“《金刚经集注》，原有南宋绍定杨圭十七家释义四卷，后演为五十三家注四卷。”朱棣是“摒除五十三家本中传为梁昭明太子所作三十二个分目，略减注者数家，而益以30余种经文或注文，裒成一卷”。笔者未见十七家和五十三家集注本，也未查到这位川禅师的法名、俗名及生平事迹，只能就朱棣编的这本《集注》来谈：

(1)《集注》共收川禅师注100余条，是收入注文最多的一家；它们又都放在各家注之后，带有总结的意味，可见编者（朱棣）是十分看重这位禅师的注解的。

(2)川禅师自称“老僧”，他的注文一般在前面简单“说”几句，后面是“颂”（韵文），都不直接解释经文的含义，而是禅味十足的话头（多用比喻）。杨明宗注解中称之为“儒门隐士”，自是传讹。

(3)川禅师注文中有：“灵幽法师加此慧命须菩提六十二字，是唐长庆二年，今在濠州钟离寺石碑上记。"[1] 按，濠州为隋开皇二年（590）改西楚州置，治钟离县，大业初改为钟离郡，唐高祖武德三年（620）复为濠州，朱元璋吴元年(1367)改临濠府。因知这位川禅师不会是明初人，而是明代以前的一位禅僧。让这位元代已知名的禅师"川老"做罗梦鸿的老师，自然是"捏造的说法"。

今存北元宣光三年，亦即明洪武五年（1372）蒙古脱脱氏施舍的金碧抄本《目连救母出离地狱生天宝卷》则是这本《结经》可知的直接来源。这部宝卷中的"结经发愿文"（其中也包含川禅师的上述"颂"）与光绪刊本的《结经》经文基本相同，仅有几处差别：(5)"饥嘘"作"饥虚"；(6)"麟甲"作"麟角"；(17)"一切冤仇，尽皆销释"，作"一切冤业，并皆消释"；(20)"举走"作"举足"，"如来"二字无；(25)"齐登正觉"作"齐登彼岸"；(27)"是饥"作"如饥"；(37)"四夷"作"四方"；(40))"东西南北"作"东南西北"；(41)"等"字无；(42)"尽入如来大道场"作"尽入盂兰大道场"。

这部《目连救母出离地狱生天宝卷》所演为目连尊者地狱救母的故事。卷中强调的信仰形式是"皈依三宝，念佛烧香"，"行善念弥陀"，像目连尊者那样"孝顺父母，寻问明师，念佛持斋，生死永息"，超出苦海，升"忉利天宫"，受诸快乐，这些都属于佛教的弥陀净土信仰。这本宝卷也可能就是在那个时期民间盛行的"结社念佛"斋会中演唱。同时，卷中也看出禅净结合的特色，故有"这句弥陀有谁知？曹溪一线上天梯"；目连的母亲青提刘氏听了世尊说法，可以"顿悟本心，永归正道"。出现在《目连救母出离地狱生天宝卷》中的这段结经发愿文，也被明代有些民间教派宝卷继承下来，如三极同生教（又称一步皇天道）的《佛说皇极结果宝卷》。这本宝卷中结经发愿文同光绪刊《结经》经文比较：(1)—(3)文字相同，(4)—(25)的"发愿"则完全不同：

> 一愿拜天地身康体泰，二愿请本性早早出现，三愿点下落立命安身，四愿四时香穿云走殿，五愿四净香净透天元，六愿十字佛早通宫院，七愿玄关路不受牵缠，八愿红罗天性池煅炼，九愿入天阔九路通达，十愿领牌号同登宝殿，十步圆好见原身，永不受三灾八难。四生六道无沾惹，冤家债主永无干。家门清净，身体康泰，早去龙

[1] 上海古籍出版社影印本，页237。

华大道场。

以上这“十愿”反映了三极同生教的宗教特质，复述了这部宝卷所阐述的修持方式。(26)“川老颂曰”以下的文字则基本相同，(42)“尽入如来大道场”作“尽入皇极大道场”。

由于佛教和其他民间教派的宝卷都是在特定的宗教活动中演唱的，而明代中叶后的教派又大都倚称佛教，所以宝卷的结尾，都有“结经”“回向”“发愿”“报恩”之类的仪式和说词。它们不一定都用这一段结经发愿文，即使用这段文字，也可能要加些修改，如上述《皇极宝卷》。像无极正派及其支派教团如此完整地保留数百年前的一段经文，是少见的。

找到了《结经》的来源，可以进一步探讨它的内容。杨明宗注解《结经》时，一是硬塞进“川老”为罗祖的老师之类讹传，二是对其中的许多话语，如“婴儿见娘，飘舟到岸，孤客还乡”等也按照无生老母信仰来诠释。但后者并不是杨的发明，明代后期这类话语出现在民间教派的宝卷中，多作如此解。如明末《销释孟姜忠烈贞节贤良宝卷》的结经发愿文中改编川禅师的话：“东西下回光返照，南北处亲到家乡。证无生漂舟到岸，小婴儿得见亲娘。”问题是《金刚经集注》中川禅师这段颂语有无此意?

川禅师的这段颂语，上文已指出是朱棣《金刚经集注》的最末一条注文。它的含义比较明确：这本经卷（《金刚经》）对众生来说，犹如饥饿时得到食物，干渴时得到水浆……它是用一连串的比喻，说明这本经卷的殊胜功德。“国有忠良”以下几句，则是歌颂皇帝代表的国家。从《集注》所收其他“川老”颂语看，这位禅师似乎喜欢用“婴儿见娘”“家乡”之类的话头，比喻他要说明的禅理，如“一朝踏着家乡路，始觉途中日月长”，“踏得故乡田地稳，更无南北与东西”，“一朝识破娘生面，方信闲名满五湖”。[1]

有材料说明，这部《金刚经集注》可能是朱元璋、朱棣父子两代所辑。[2]朱元璋是元末大起义的领袖之一，并由此而登上皇帝的宝座。他本人曾出家为僧，对元末白莲教之类“左道”认识防范十分明确。洪武三年（1370）即

[1] 上海古籍出版社影印本页136、143、205。

[2] （清）黄虞稷《千顷堂书目》著录：“《太祖集注金刚经》一卷，成祖御制序。”这个版本今不存，它说明朱元璋也编过一本《金刚经》的集注本，并有朱棣所作序。

发布禁止白莲社、明尊教、白云宗等“左道”的政令，接着又将之写进《大明律》。[1] 朱棣废建文帝而继承其父为皇帝，自然遵循这些律令。他在《御制金刚般若波罗蜜经集注序》中说：“爰自唐宋以来，注释是经者无虑数十百家……朕夙钦大觉，仰慕真如，间阅诸编，选其至精至要、经旨弗违者，重加纂辑，特命锓梓，用广流传。”[2] 如果川禅师有“左道”的背景，他的“婴儿见娘，孤客还乡”和其他一些话语，是“左道”的惯用语，朱棣绝不可能把他作为最重要的注家，将这些话语收入到这部“御制”的《金刚经集注》中。

出现在《目连救母出离地狱生天宝卷》的“结经发愿文”的含意，可用卷中这段文字之后的一首诗偈来概括：“三涂永息常时苦，六趣休堕汩没因。恒沙含识悟真如，一切有情登彼岸。”它是祝愿一切有情众生，都消除冤业，脱离六道轮回之苦，同登彼岸极乐世界。这可能是明代中叶以后许多倚称佛教的民间教派宝卷沿袭此文和殷继南把这段文字作为《结经》的原因，至于其中“囚徒系禁，愿降天恩”一句，被杨明宗解释为包含了罗祖被打入天牢十八年，因讲退番僧而得大赦的说法，也是宗教家编的无稽之谈。

但这部宝卷中也确有一些类似明中叶以后表述无生老母信仰的话语，让研究者困惑难解，如：“提起无生语，思想早还乡。会的波罗蜜，不怕见阎王。”“清静圆明一点光，无始已来离家乡。有缘遇着西来意，一声佛号还本乡。”如何认识川禅师及《目连救母出离地狱生天宝卷》中此类话语同明中叶以后无生老母信仰的关系？以笔者之见，这是后来的民间宗教家借用这类话语，赋以表达无生老母信仰的特定含义。有些民间教派宝卷中把道教炼丹家用作“铅”“汞”（或阴、阳）代词的“婴儿”“姹女”，表示无生老母的儿女，同属此类。

附 记

此笔记发表（载《扬州大学学报》，1998 年 3 期，题《“结经”探源》）后，笔者始读到《续藏经》“经部”第 38 套第 4 册所收题“宋道川颂并注语”的《金刚经注》（三卷）。此书卷首载《川老金刚经序》，末署“淳熙己亥（六年，1179）结制日西隐五戒惠藏无尽书”。因知“川老”道号道川，南宋禅僧。所

[1] 参见马西沙、韩秉方《中国民间宗教史》，上海：上海人民出版社，1992，页156－157。

[2] 上海古籍出版社影印本，页 6。

谓“结经”中的“川老颂云”即此书最末一条“颂语”。此后又读到南宋禅僧宗镜于理宗淳祐二年（1242）编的《金刚科仪》，它的“结经发愿文”与上述《目连救母出离地狱生天宝卷》相同，这也就是上述《结经》的最早来源。

关于道川其人，台湾《佛光大辞典》“道川”条说：

> 宋代临济宗僧。姑苏（江苏）玉峰人，俗姓狄。初参东斋谦，豁然大悟。建炎（1127—1130）初年，至天峰，投净因寺蹒庵继成门下，蒙其认可，并嗣其法。后复归东斋座下，为道俗所仰。有以《金刚经》质问者，师以颂答之，此即著名之《川老金刚经注》。于淮西遇殿撰郑公乔年，请任无为军（安徽）冶父山实际禅院住持。生卒年不详。[1]

“词典”所据为《嘉泰普灯录》卷17、《五灯会元》卷12、《续传灯录》卷30提供的资料。笔者另查到宋龚明之（1090—1182）《中吴纪闻》卷6“翟超”，所述道川生平，与此稍异：

> 昆山弓手翟超，数以勇力奋，而酷嗜《金刚经》，昼夜诵之不辍。邑有盗，尉责其巡警失职，挞之。退而愤然曰：“他人被盗，而我乃受杖！”不复还家，坐于一庙中，诵经达旦。至“应无所住，而生其心”，忽若有悟，遂弃俗而投礼东斋谦老，名之曰道川。俄为僧，见处日明，因行脚江西。途中遇虎，无惧色，虎驯伏其旁，逡巡引去。晚注《金刚经》，超乎言句之外，名禅老衲，皆以为不可及。其后圆寂之际，大书四句云：“我有一条铁栅栗，纵横妙处无人识。临行拨转上头关，轰起一声春霹雳。”今葬于山中。[2]

据此，道川俗名翟超。《中吴纪闻》作者龚明之与翟超同乡、同时，所记应不差。该书自序于淳熙九年（1182），是其晚年的著作。此时道川（翟超）已去世。

---

[1] 佛光大辞典编修委员会编辑，慈怡主编，《佛光大辞典》，台北佛光事业有限公司，2002初版第10次印刷，第6册，页5622。

[2] 上海：上海古籍出版社，1986，页152。

上述材料证明笔者原来关于这部《结经》来源的考证基本无误。

李世瑜先生在《宝卷新研》中以《目连宝卷》中有“提起无生语，思想早还乡”，来证明它们是明代民间秘密宗教的经卷，并引用清黄育楩《续破邪详辨》对《金刚科仪》的评论为证：

> 此卷多半与佛经相似，亦系僧人习教，遂以“无生”谬语参入佛经。或谓佛经亦有“无生”字样，不知佛经所言“无生无灭”，相连成文，并无单言“无生”者。单言“无生”而信以为神，即“无生老母”之谓，实为佛经所未有也。混邪教与佛教以煽惑愚民，谬妄极矣。《金刚科仪》不可信也。[1]

上文已指出，道川禅师似乎喜欢用“婴儿见娘”“家乡”之类的话头，比喻他要说明的禅理，而后来明代民间教派使用这些概念，而赋予“新义”。问题是《金刚科仪》和《目连救母出离地狱生天宝卷》中的“无生”是否即指“无生老母”？

“无生”是佛教经典中常用的一个概念，含义很多。释宽忍主编《佛学辞典》注释有二义：

> 一、又作“无起”。谓诸法之实相无生灭。与“无生灭”或“无生无灭”同义。所有存在之诸法无实体，是空，故无生灭变化可言。然凡夫迷此无生之理，起生灭之烦恼，故流转生死；若以诸经论观无生之理，可破除生灭之烦恼。二、阿罗汉或涅槃之意译。阿罗汉有不生之义，即断尽三界烦恼，不再于三界受生之意。又以弥陀之本愿，此因无生为涅槃之理，故异于凡夫内心所虚幻之生。于此，昙鸾之《往生论注》卷下称之为无生之生。自涅槃无生灭之观点言，即指觉悟涅槃，以及证得无生身；极乐为契合涅槃之世界，由此义故称无生界。（见《最胜王经》卷一）[2]

---

[1] 见《清史资料》第三辑收《续破邪详辨》，北京：中华书局，1982，页81－82。

[2] 北京：中国国际广播出版社，1993，页216。

台湾《佛光大辞典》的释文基本相同。该辞典“一名”条在解释“无生”与“涅槃”同义时，引北本《涅槃经》卷33云：

> 经中只一“涅槃”之名，而如来随经演说，亦名“无生”，亦名“无作”，亦名“无为”，亦名“解脱”，亦名“彼岸”……虽立多种之别，只是涅槃一名，是为一名。[1]

据上述佛教界学者编的辞典和引用的经文，可知黄育楩否定佛经中“无单言‘无生’者”并不符合事实。讲释《金刚般若波罗蜜多经》的《金刚科仪》、《大乘金刚宝卷》（明代前期佛教宝卷）和讲佛教因缘故事的《目连救母出离地狱生天宝卷》，都是佛教世俗化的产物，它们不可能诠释高深的佛理，其中出现的“无生”，并没有“信以为神”（人格化为“无生老母”）的含义。这些宝卷中的“真空”一语，也没有具体为民间教派信仰的彼岸世界“真空家乡”。所以，笔者认为它们仍属于佛教世俗化（民间佛教）的宝卷。在明正德以前，划出了佛教宝卷发展阶段。在本书第二编《宝卷的形成和演唱形态》中，由于行文不便，没有专门讨论这个问题，特于此补作说明。

七、《佛说王忠庆大失散手巾宝卷》

本卷为已故周绍良先生（1917—2005）旧藏，今为先生哲嗣周启晋先生收藏。[版图5] 民间手抄本，简名《手巾宝卷》，[2] 讲的是家庭伦理和因果报应故事：

> 东京汴国梁城三贤村（八里庄）王忠庆员外，娶妻张氏素真，生子王天禄、女茴香。素真持斋看经、念佛斋僧。王忠庆认为“斋

[1] 佛光大辞典编修委员会编辑，慈怡主编，《佛光大辞典》，台北佛光事业有限公司，2002初版第10次印刷，第1册，页33。

[2] 本卷用方言口语记录，引文除明显的错误在括号中作校订，一般不作改动。本卷清及近现代南北各地均有流传，又名《斋僧宝卷》《手巾记宝卷》《劝夫讨妾宝卷》。较早的清代民间抄本有《佛说王忠庆大失散手巾宝卷》，抄写年代不详；《斋僧宝卷》，道光四年（1824）吴粲然抄本；《斋僧宝卷》，道光庚戌（三十年，1850）年苏州民间宣卷人的抄本。

僧布施”“持斋把素，枉屈了五藏六腑”，有出无进。素真劝员外不听，于是劝员外另娶一妾管家，自己看经念佛。王员外从花街柳巷内娶了李三姐。李氏进门，表面答应素真继续斋僧布施。素真交给李氏管家，自己带领儿女住到西宅。

王忠庆外出讨账。有众僧来化斋，被李氏赶出门。众僧又到西宅，素真将众僧请到家中，到东宅请李氏做斋饭，李氏不肯。素真向人借了一升米做斋饭打发众僧。王天禄从学中回家，见母亲烦恼，叫母亲到东宅，同茴香将李氏扯住，素真拿大棍打了李氏数十棍。王员外回来，李氏打滚哭叫，诬告素真在家中留僧数日。王员外发怒，到西宅将素珍(真)乱打一顿。又有化缘僧来化衣裳，素真将金钗予僧。王员外酒醉回家，李氏告素真以钗斋僧，勾结强盗。王员外又打素真，抠出素真一目。素贞（真）为保命，抛弃儿女，半夜逃出家门，到观音禅寺落发为僧（尼）。

王员外醒来后悔烦恼，两个儿女也逐日哭叫要母亲。员外外出讨账，寻找素真，不见。与众员外商议去杭州做买卖散心，捎书给李氏，让她在家好好看顾儿女。李氏诬茴香偷了她的金环戒指，痛打茴香。天禄放学回家，跪求姨娘。李氏将天禄、茴香各打五十马鞭。第二天，天禄上学，李氏买来毒药，下在面汤里，想先毒死茴香。天禄回家，李氏让他们一道吃。天禄不敢先吃，端面汤给李氏，李氏不吃。推来推去，面汤落在火上，火焰生起，知有毒药。李氏唤来东邻西舍，诬告天禄下毒药谋害，将天禄、茴香各打二十大棍，留下他们在东宅。李氏磨刀，准备夜间杀他们。众神灵将“瞌睡虫儿”放在李氏身上，让她打撼（鼾）如雷，又提醒天禄、茴香逃命。二人逃出家中，来到双阳路口。天禄给茴香一条手巾，当作他日相见的“信行”，兄妹各奔东西。茴香逃到观音禅寺，巧遇母亲，也出家为僧。

王天禄逃到潼关，夜宿关王庙，哭告关王耶（爷）保佑。关王耶知道如今“西夏今（金）兵反，将他（指王天禄）该重用”。一夜间教了天禄十八般武艺，潼关李勇参将奉圣旨开教场招军选将。天禄投军，武艺不同一般，可“退的金兵，杀的反贼”，李勇欢喜。天禄出征，“阵阵得胜，马到成功，金兵见了，无不心惊”。朝廷命天禄为参将，李勇做总兵。

王忠庆杭州办就货物，回程在洋（扬）子江遇风，船破沉江，沿门讨饭回家乡。李氏在家饮酒作乐，天差火星把家财烧尽。王员外无处安身，与李氏叫化为生。

李勇将女儿聘给王天禄为妻。朝廷封王天禄镇守潼关、提都（督）总兵。天禄思念母亲、妹妹，与妻子回家。路过观音禅寺，寺中正办“盂兰胜会”。天禄奉银十两，修一道“都文书”，拔荐母亲、妹妹。一小尼僧来送茶，天禄发现她肩上手巾正是临别所留信物，遂与妹妹、母亲相认。子母团圆，拜谢天地佛祖，舍饭斋僧。

王忠庆与李氏听说观音寺“斋僧舍贫”，便来赶斋。因坐的座位不对，一日三餐都没有吃上饭。夫妻“打莲花落”叫化，惊动王天禄。王忠庆自述经历。张素真叫儿子着军卒将李氏拿了，报前仇之恨。王忠庆为李氏求情，王天禄怒斥员外：“我本待打一顿将他（她）放了，自着你这一劝，越起吾心！”将李氏一顿打死，丢在山沟埋了。

王天禄举家团圆，回家祭坟拜祖，请二十四众尼僧，“启建香斋答谢天地佛祖龙神团圆胜会”。南海观世音菩萨化作僧人来赴斋会。张素真听僧人说偈，大彻大悟，说“归家偈”一首。僧人说：“要想归家，你今跟我高高念上三声佛来。”三声“弥陀”天空祥云显现，五人生天。菩萨告诉他们的本源和“因果”，菩萨引五人“归空”。

周绍良先生曾鉴定本卷为明代抄本。[1] 因为涉及教派宝卷向民间宝卷转变出现的时间，笔者一直想读到这个宝卷。今得启晋先生允为详细阅读本卷，知卷中所述故事发生的时代为宋金对抗时期，主人公王天禄被写成一位抗金的英雄。如“茴香女寺中留下王天禄到潼关关王庙”第二十一分所述：[2]

(6)［皂罗袍］寻茶讨饭长街市上，到晚来投入庙堂。烦烦恼告

[1] 周绍良《记明代新兴宗教的几本宝卷》，载《中国文化》，第3期，1990年12月。

[2] 本卷错别字和抄误之处特别多。括号内是笔者校改和增添的字。本卷“分”目在小曲前，散说和各段唱词的编序按照教派宝卷。

关王，你是前朝忠良将，我今苦恼艰难怎当，可怜可见背井离乡，告神灵保佑我无灾障。(重复)

[皂罗袍] 关王爷显灵降圣，见孩儿哭的伤情。如今西下（夏）反今（金?）兵，朝廷将他该重用。关王爷便叫（教）年幼小儿童，习文演武在梦中，忽然惺（醒）来南柯梦。(重复)

(1) [说] 关王爷爷将王天禄夜晚之间教了一宿，左手九般，右手九般，左右十八般（武艺），件件精通。我又梦见并吞日月，入腹双明，吃并（饼）数个，三卷天书，六甲灵文；又餐两个面虎、九只面牛，惺（醒）来就有九牛二虎之力。等到天明，潼关有一李勇参将，听令朝廷圣旨，开放教场招军选将。有王天禄进的教场，见了李勇参将，把一刃刀、两刃剑、三股叉、四楞简（锏）从头耍了一遍，也不等稀罕；又将勾连（钩镰）月斧、长枪短剑、打将钢鞭又耍了一遍。众将军兵见王天禄只（这）等骁勇，人人喝彩。李勇参将喜笑盈腮，便（令）小的栽下朵（垛）子，远三百六十步，上边悬了一个金钱。不要说仲（中）上三箭，仲（中）上一箭，可也退的金兵，杀的反贼。王天禄听说，拈弓在手，搭箭当弦，连仲（中）三箭。

(2) 天禄连仲（中）三枝箭，喜坏权兵老大人。

(3) 哥哥你家乡那州何府，已（几）岁上学武艺只等精通?

王天禄叫老耶(爷)听我诉说,汴凉(梁)城八里庄有我家门。

我父亲王忠庆母亲张氏，后娶下不贤良李氏夫人。

调咬的我父母苦打我母，生身母一生好布施斋僧。

老父亲因酒醉抠娘一目，俺兄妹睡着了不惺（醒）东西。

我母亲闪下俺何处去了，老父亲去寻找无影无踪。

有李氏百般的把俺苦害，亏神灵警叫俺兄妹出门。

俺弟兄前来到双阳岔路，哭多时无投奔两路分行。

我妹了（子）哭的往东北去了，我今日无处去才来投军。

李老耶(爷)听见说赞叹不尽,这一架(家)好苦恼叹杀人心。

(4) 招军以就，声细临门，天禄就出征。阵阵得胜，马到成功，金兵见了，无不心惊。边官听说，奏与朝廷圣明君。

(5) 天禄多得胜，朝廷准来义（文）。
参将王天禄，李勇做总兵。

除此处外，其他地方也多次出现，如第二十四分：“却说王天禄投了李勇参将，征伐金兵，程程得胜，阵阵皆盈（赢），马到成功，征尽金兵。”第二十六分：“头件亏李勇，领我杀金兵。征伐贼寇尽，将女配成亲。”

清太祖努尔哈赤建国（1616）始称“后金”，继承历史上女真人金王朝的法统。至太宗皇太极崇德元年（1636）改国号为“清”。1644年入关，统一中国。清初政府对历史上宋、金对立和战争的记述，特别注意，是一个十分敏感的话题。因此，这本宝卷中插进的以金兵为“反贼”“贼寇”“征伐金兵”的描述，不可能出现在清代初年。周绍良先生鉴定这本宝卷是明代抄本，是可信的。

本卷按照教派宝卷的演唱形式分作三十分，每“分”的标题和所唱小曲（曲牌后面的数字是重唱遍数，未带数字者唱一曲）是：

张素真劝员外回心办到（道）不依分第一 [画眉序]
张氏说罢李氏听得起要（恶）心分第二 [驻云飞]
李氏做饭斋僧心中懊恼不耐烦分第三 [驻云飞]
张素真听说满眼流泪回上西宅分第四 [金字经]
李氏看见素真去了披头打滚分第五 [驻马听]
员外打了素真一顿回上东宅分第六 [皂罗袍]
张素真子母烦恼员外酒醉还家分第七 [驻云飞]
药王菩萨与张素真梦中调治眼目分第八 [画眉序]
张素真出离后花园中逃命所走分第九 [懒画甘州]
王天禄茴香女找寻老母以（已）无踪影分第十 [月儿高] 2
员外看着儿女烦恼埋怨李氏分第十一 [挂金锁]
员外寻思讨账二来找寻张素真分第十二 [桂枝香] 2
王天禄学中去了素真在路烦恼分第十三 [懒画甘州]
张素真入尼姑寺落发出家修行分第十四 [山坡羊]
王忠庆去了顺人将书送与李氏分第十五 [皂罗袍]
李氏屈打王天禄茴香女痛哭烦恼分第十六 [寄生草]

李氏打罢回房去了茴香女扶着天禄分第十七 [山坡羊]
李氏欲待送官恐详不过每人打了二十分第十八 [皂罗袍] 2
王天禄到双阳岔路兄妹二人分路分第十九 [绵搭絮]
李氏找寻两个孩儿已无踪影分第二十 [皂罗袍]
茴香女寺中留下王天禄到潼关关王庙分第二十一 [皂罗袍] 2
王天禄得了参将之职王忠庆杭州回家分第二十二 [山坡羊]
王忠庆在庙烦恼天差火星烧他家财分第二十三 [黄莺儿] 2
员外李氏躲上他乡在外寻茶讨饭分第二十四 [画眉序]
王天禄临寺不远众尼迎接分第二十五 [黄莺儿]
茴香女告诉母亲手巾详细分第二十六 [懒画甘州]
王天禄子母团圆焚香拜谢天地分第二十七 [皂罗袍]
王天禄虽恼小不言大张素真白分第二十八 [驻云飞]
王天禄一顿打死李氏请僧祭祖分第二十九 [金字经] 2
南无观世音菩萨度王员外居（举）家生天分第三十

详细的分目标题概括了宝卷故事的全部情节。这种标题形式，源自唐代“变相”（图画）的标题和转变的演唱提示。每一幅变相，只能画出一个特定的场面，如敦煌莫高窟第98窟西壁《祇园记图》的标题：“外道劳度差变作大树问舍利佛其叶数其根深浅时”“舍利佛答叶数讫化作大树拔树时”“风神镇怒放风吹劳度差时”“外道被风吹急遮面时”……在转变演唱过程中演唱者作相应的提示，这类提示都出现在散说向韵文唱词的转换处，如《李陵变文》中唱词之前有“李陵共单于火中战处”“且看李陵共兵士别处”……程毅中先生指出：“我认为这个‘处’字就是指变相图中的某一场面，图文对照，近似后世的‘全相’平话，或‘出像’小说……变相的标题用‘时’字，注意的是故事进行的时间；而变文里用‘处’字，注意的是图画描绘的空间 。”[1] 在宋元时期出现的长篇话本小说中，这种特定场景的标题和提示，便作为整体叙述的分段标题。如宋刊《大唐三藏取经诗话》（下）的分段标题：“行程遇孙行者处第二”“入大梵天宫第三”“入香山寺第四”“过狮子林及树人国第五”“过

[1] 《关于变文的几点探索》，见周绍良、白化文编《敦煌变文论文录》，上海：上海古籍出版社，1982，上册，页389。上文关于《祇园记图》的标题、《李陵变文》中唱词的介绍，亦据程文。

长坑大蛇岭处第六”……“入优钵罗国处第十四”“入竺国渡海之处第十五”“转至香林寺受心经处第十六”“到陕西王长者妻杀儿处第十七”。[1] 它仍保留变文中“处”的叙述方式。上图（“相”）下文的元刊“全相平话”话本，按图分段标题不排序数，如《七国春秋平话》（后集《乐毅图齐》，卷上）的分段标题：“孟子见齐宣王”“燕王传位于丞相子之为王”“齐人伐燕”“燕人立昭王”“邹坚弑齐宣王”“齐王贬二公子”“四国合并困齐”“苏代请孙子救齐”……“燕王筑黄金台招贤”“燕王拜乐毅伐齐”“乐毅兴兵伐齐”“燕齐大战”。[2] 到明代中叶后，经过作家整理改编的长篇章回小说的分回标题，已经出现整齐的“回”目。而在宝卷中，仍沿袭着长短不拘并分“品”（分）的标题形式。

本卷第三十分题目“南无观世音菩萨度王员外居（举）家生天”，所叙述的是第二十九分的内容。这一分内容是法会结束时的“回向”“发愿”，没有唱小曲。这种情况在其他“分”的标题中也出现，如“王天禄得了参将之职王忠庆杭州回家分第二十二”，题目中“王天禄得了参将之职”是前面二十一分中的故事，二十二“分”讲的是“王忠庆杭州回家”的故事。这种标题混乱的情况，本书第二编第四章“明清教派宝卷的形式和演唱形态”文中有分析。

本卷开始有“举香赞”“开经偈”“三宝颂”：

“举香赞”：《手巾宝卷》，法界来临，菩萨度众生，惺（醒）慧世间人。亘古亘今，经书文字一般同。

救苦难菩萨摩诃萨。众和三声。

“开经偈”：无上甚深为（微）妙法，百千万劫难遭遇。我今见闻得受持，愿解如来真实意。

南无尽虚空编法界过（去）现（在）未来一切佛法僧三宝。

接着便以“盖闻今（金）朝国内出一段因果，乃是菩萨罗汉降临凡世。昔日东京汴国梁城有三贤村……”，进入宝卷故事的叙述。结尾的“回向”“发愿”也很简单：

[1] 李时人等校注本，北京：中华书局，1997。

[2] 上海：古典文学出版社，1958。

回向南无三（一）承宗无量义真宗（空）妙有好（如）来救苦经。

回向无上佛菩萨。

伏愿经声琅琅，上彻天堂，下通幽冥地府。念佛者出离三途地狱，作恶者累劫坠落灵光，得悟者诸佛引路，放光明照彻十方。东西下回光返照，南北处亲到家乡。登生漂舟到岸，小婴得见亲娘。入母胎三灾不怕，赴龙华八十亿劫永远安康，午时五圣。（以下残缺半页）

上述开卷和结尾的演唱仪式，说明这本宝卷仍在民间教团组织的“法会”上演唱，而讲述的却是一个俗文学传统故事，娱乐听众；同时宣扬“因果报应”，劝人“回头向善”，如“王天禄一顿打死李氏请僧祭祖分第二十九”中的交代：

王天禄左金童降临凡世，茴香女右玉女坠落红尘，
张素真金刚藏菩萨化现，李小姐泰山顶执扇钗群，
王忠庆卷帘将因酒下界，说李氏破败星反乱害人。
这因果普劝你回头向善，人活了一百岁由（犹）如梦中。
迩四大脚手安休夸好汉，倘忽间阎君唤走路无门。
儿孙成各自有儿孙福报，儹（攒）黄金过北斗无福难存。
成器的好儿孙家缘守定，不成器都卖了枉费心（辛）勤。
这菩萨引五人归空去了，佛法尽因果满宝卷圆成。

这部宝卷可能是教团中民间艺人改编。宝卷全篇文词粗糙，且多用方言口语。[1] 其中虽没有“无生老母”信仰的宣传，但在第二十九分中南海观世音菩萨化为僧人念的偈子：“莫笑我风（疯）颠，一生懒参禅。顿舍娑婆苦，快乐非等闲。寿比天地久，清闲不卷帘。众生若得遇，脱苦上法船”；见到斋堂正面供着“释迦真身”，又说一偈：“纸画木雕莫当真，传留影像劝迷人。成佛不离方寸地，万法归空总在心。”素真听了僧人说偈，“大彻大悟”，说了一首“归家偈”。僧人便说：“要想归家，你今跟我高高念上三声佛来！居家在惺（醒）归正道，弥陀接引上法舡（船）。”这段说偈说法，显然是抄袭某一

[1] 比较明显的用河北方言，如“就有已（一）万两黄金，也踢弄的无了。”（第五分）“踢弄”，胡乱折腾的意思。

教派的成说。

明末各个民间教派中，提倡“吃斋念弥陀”的教派有孙真空（无为教第五代祖师）建立的无为教支派南无教（南无大道）。这位孙祖师是“东土团岗山旧儿峪寺”人，俗名孙三，诨名傻瓜，编了《销释真空扫心宝卷》[1] 等。所以称为“南无”教，因为除了信仰无生老母外，它提倡的修行方式[2] 主要是：“母（指“无生老母”）说不用多言语，一句弥陀记在怀；时时常把佛提念，径到西天净土天”（卷下）；“威音以后把人迷，阴阳配合子共妻；只贪浊世欢乐耍，不肯吃斋念弥陀”，“欲待皈依南无教，恐怕下苦懒上船（指“法船”）”。（卷上）

这部《手巾宝卷》讲述的故事，与上述教义完全符合。本卷结尾部分出现的“回向南无三（一）承宗无量义真宗（空）妙有好（如）来救苦经”，周绍良先生认为“这是明代宝卷的特殊标志，不过我们无法指出采用这种形式是新兴宗教中的哪一派或哪几个派”。[3] 在周先生鉴定为无为教的《佛说二十四孝宝卷》《佛说梁皇宝卷》的宝卷中有这样的“回向”语，在孙真空的《销释真空扫心宝卷》中也有这个“回向”语。清代初年，还出现一部《销释南无一乘宗弥陀授记归家宝卷》，卷中也讲“念弥陀”“无为法”。因此，可以推论，采用这种形式的可能是无为教及其支派的宝卷，这类宝卷的卷名又多以“佛说”冠名。

现存清代前期的许多俗文学传统故事改编的宝卷，卷名前均冠以“佛说”，卷首亦如本卷有“举香赞”“三宝颂”等简单的仪式，并保留分“品”（分）、加唱小曲的形式。这些宝卷宣扬因果报应，却不宣传教派特定的教义，说明它们最初虽是民间教派人士改编和在“法会”上演唱，但以娱乐听众为目的。延至清道光年间（及此后），许多北方民间念卷的卷本，虽然不再分“品”、唱小曲，但仍以“佛说”冠名。

[1] 本卷又名《销释真空宝经》，今存明万历二十三年（1595）刊本，二卷，不分品，经折本。

[2] 南无教的修持方法，也要求修炼内功，《真空扫心宝卷》中也有：“紧念佛，趁时光，各发些智能，保守着三皈。历劫中作下的重罪，把弥陀举起来，化作了尘灰。谨看着炉中三昧，调理的阴阳相配，霹雳雳一声雷，观看着家乡邻近，独坐着船归。”（[谨听乐] 曲）“炉中三昧”“阴阳相配”即指修炼内功。

[3] 周绍良《记明代新兴宗教的几本宝卷》，载《中国文化》，第3期，1990年12月。

八、《福国镇宅灵应灶王宝卷》

本卷简称《灶王宝卷》。清康熙年间郭祥瑞编。今存康熙刊大字经折本，二十四品，上下卷二册。此板多次印刷，留存较多。前人著录（如傅惜华《宝卷总录》、李世瑜《宝卷综录》）本卷多种“明刊本”，皆因不了解编者的时代而误。

本卷述灶王出身及灵应事，“分析善恶，辨别祸福，普劝大众”。全卷二十四品及所唱小曲如下：

初伸源由品第一　[驻云飞] 2 [尾声]
元始演教品第二　[红罗院] 2
上帝赴会品第三　[桂枝香] 3
天主封号品第四　[红绣鞋] 2
众神谒见品第五　[银纽丝]
宅神请问品第六　[对玉环] 2
从教增福品第七　[山坡羊] [皂罗袍] [清江引] 2
灶君显圣品第八　[七贤过关] 2
宋朝出妖品第九　[哭五更]
护持少林品第十　[耍孩儿] 4
万民感谢品第十一　[红纳袄] 2
上帝加封品第十二　[劈破玉] 2
天赐麟郎品第十三　[柳摇金] 2
救房塌难品第十四　[傍妆台] 2
欺心有报品第十五　[雁儿落] 2
解苦救生品第十六　[寄生草] 2
报应蓝生品第十七　[步步娇] 2
灶君赐福品第十八　[楚江秋] 2
戒止杀生品第十九　[折桂令] 2
不烧秽粪品第二十　[懒画眉] 2
广种福田品第二十一　[打枣杆] 2

戏神获罪品第二十二 ［浪淘沙］2
勤俭劝人品第二十三 ［琵琶词］［清江引］
证果朝元品第二十四

以上各品所唱小曲已有组曲的形式，如第七品［山坡羊］［皂罗袍］［清江引］。

中国古代崇拜灶神和祭灶由来已久，《礼记》“祭法第二十三”：“王为群姓立七祀，曰司命……曰灶。”“庶士庶人立一祀，或立户，或立灶。”是王与百姓、平民均祭祀灶神。灶神人格化，其姓名不一。本卷第一品至第四品述灶王由来：姓张，名单，字郭，妻卿忍。此采自唐段成式《酉阳杂俎》（前集卷一四）。卷中说灶君八月初三日生。颇怀忠孝，久处仁慈，出仕不罚片纸，不收文钱，不幸而逝。上帝封为“天下都灶君神”，每年腊月二十四日亲奏天尊人间善恶，以定福祸功过之格，代天行道。现代山东、河北、山西普遍流传的灶君故事与此不同：张某（或名“单”）外出经商，妻丁香侍候公婆，为公婆送终。10年后张某回家，休弃丁香，另娶妓女海棠。丁香被休弃后，为一老婆婆收留为儿媳。张某一年后遭大火，财产烧尽，眼失明，海棠离去。张某讨饭，恰巧来到丁香家。丁香给他一碗剩面条，张吃后说：“大娘，再给一碗吧！”丁香听出是前夫声音，说：“我那张郎，见了你前妻叫大娘！”张某羞惭，钻进灶膛中憋死。玉皇大帝因与张某同姓，封他为灶王。第二十四品中又称灶王是大悲观音化身，降魔救苦。近现代《家堂灶神宝卷》中的神主为观音，即源于此。

第五品至第七品，述灶王赴任，属下土地、门神、厕神、栏圈、牛龙马龙、六丁六甲及宅神、火部童子均来参拜。灶王交代他们：

灶主言你众神既我所属，代上帝行法令敢不遵服。
为神者最不许私通外祟，清似水明如镜分文不图。
宅土地只除灭草精水怪，家灶神记主人造业作福。
门户神休要放妖邪出入，栏圈神只管你槽头六畜。
但凡有积善家恭敬三宝，奏上帝量深浅赐福宜乎。

第八品述东昌府崔茂子继祖为女鬼所祟，灶君化为儒生白七公为祓除。第九至二十品述宋朝出妖气“华子军”，兴云布雾，所过吃人无数。山东河南诸郡受害最深。赵王君臣无奈，张榜文招能退妖者。少林寺一烧火僧乃灶府真君所化，退了众妖。众乡民做道场答谢，上帝赐灶神宝剑，永镇乾坤，除人间妖气，加九旒冠，位居王爵。按，灶神称王，始于唐代，唐李廓《镜听词》：“匣中取镜辞灶王，罗衣掩尽明月光。”此处是民间俗传，北方民间称灶神为“灶王爷”，吴语方言“王”、“皇”同音，故又称“灶皇”。

卷下各品为善恶报应故事。第十五品述罗隐传说：罗隐家贫，夜中神告其母说，罗隐是有40年帝王之分的真命天子。清晨其母在灶前烧火做饭，用烧火棍敲着灶王的头说：“异日吾儿果得面南登基，有仇报仇，有冤报冤！”灶王奏知上帝，上帝怒其未曾登基，先责灶王，差神将于夜间抽换罗隐的天子筋骨。天明鸡叫，神将赶紧离去，罗隐留一口“天子牙”未曾换去。罗隐“抽了骨换了胎将贵为贱，剩一口天子牙去不停留。能说凶能言吉无不灵验，诛妖邪赐神位奇异非常”。罗隐（?—909）本唐末五代一秀才，钱塘人。十举进士不第，后归故乡，为节度使钱镠掌书记。元辛文房《唐才子传》（卷9）称他：“性简傲，高谈阔论，满座风生；好谐谑，感遇辄发。”[1] 年约80岁卒。宋元以后，他就成了一个箭垛式的传说人物，所以《唐才子传》中称：“齐东野人，猥巷小子，语及讥诮，必以隐为称首。”[2] 上述传说故事流传亦广，此卷是较早的记录。当代从山东泰安记录的异文题为《白氏郎的故事》。[3] 主人公白氏郎是吕洞宾调戏白牡丹而生的私生子，吕因此折去500年道业。白氏郎长大，母子相依。他每天去上学，有一白胡子老头（土地爷）背他过河，告诉他以后要当皇帝，于是引出了本卷所述的故事。结尾有不同：土地爷告诉白氏郎，被神将抽筋换骨时要咬紧牙关，可保住“龙口玉牙”。此后白氏郎为报复众神，背一葫芦走遍天下，命令所遇到的神都进了他的葫芦中。他来到泰山神州，泰山老奶奶先派四条火龙围住他。待他又饥又渴时，扮作一个给儿子送饭的老太婆来到白氏郎面前。白氏郎为讨到吃喝，给泰山老奶奶磕了四个头，叫了三声“亲娘”。后白氏郎来到泰山万仙楼，正要装泰山老奶奶，老奶奶大声喝道：“好

---

[1] 傅璇琮主编《唐才子传校笺》第四册，北京：中华书局，1990，页118。

[2] 傅璇琮主编《唐才子传校笺》第四册，北京：中华书局，1990，页129。

[3] 程金富讲述，张纯岭记录，载陶阳等编《泰山故事大观》，北京：文化艺术出版社，1984。

没良心的白氏郎，你吃了我的单饼喝了我的汤，拜了我四拜叫了三声娘。你装别人我不恼，不该上山装你娘！”白氏郎大惊，急忙跪拜，不当心把葫芦摔破。众神纷纷逃跑，钻进泰山各处庙宇、山洞，故后来谚语有“济南府的人全，泰安府的神全”。泰山老奶奶让白氏郎去认生父吕洞宾，吕洞宾唤他到手掌中捏碎，化为脓血吃掉，还了500年道业。

第十四品［傍妆台］曲所唱是《曲名思子》《药名思子》，云：

［香柳娘］哭声吾儿［玉娥郎］，遍地恰似［江儿水］，暑去寒来［豆叶黄］。［一江风］吹起［干荷叶］，粉蝶犹带［桂枝香］。［叨叨令］，［十七腔］，恼杀芙蓉［满庭芳］。

见“砒霜”，吾儿“贝母”不“茴香”，逐日挂着“车前子”，“生地”“荆芥”少“蜂房”。去时才开“白芍药”，而今“当归”见“麻黄”。缺“柴胡”，少余粮，手打“川芎”哭“牛郎”。

关于本卷作者的确认，据卷末《圆满结集文》中作者的自述：

兹者弟子郭祥瑞，览诸教卷宗，真是人间船筏梯凳，皆表显于世。唯有灶王真君，至今未传寄迹。予心悬念，智力何及。偶于斯夜灶府来临警示曰：“既有高见，宜早发心，经题当号《福国镇宅灵应灶王宝卷》。”一连三次，知以为真。因道力微小，不敢轻举，力智疏浅，谁敢强为？次日向本教师友彦公之所，共议论之。师即许之曰：“赞神道之高名，开凡愚之心地，功德无边，岂可见义不为哉！”告辞回家，初立规模，检选条段，数日功成。

假借神道警示而写卷，是明代以来民间宗教家撰写此类宝卷的惯例。本卷作者所属的宗教名称不详。上述《圆满结集文》中有一段宗教师承的叙述，可供研究：

宝卷完成以全科，聊将前后叙规模。
迦毗罗国佛出世，二十八代到达摩。

六代传灯年深远，五宗芬芳贯娑婆。
只从碧峰开山后，伏牛儿孙学炼魔。
洪武开辟三百载，后出能人李清波。
代代不泯阐祖教，方方立教亏檀那。
明泉赵公吾师祖，为人名利两解脱。
本师夏公已辞世，膝下又出小徒郭。
少年曾领佛祖教，愚痴心地不宽阔。
拜访明师求指教，金用淘汰玉琢磨。
正量无计可传世，撰集一部紧那罗。
虽然是条西方路，又恐见浅造理讹。
施财刊板功德大，后代儿孙早登科。

这个教派是以佛教资料为包装的。像明清许多民间教团一样，它也把教祖接绪到禅宗初祖达摩那里。实际的教祖应是文中所说明末的“能人”李清波，其传承是：

李清波——赵明泉——夏□□——郭祥瑞

作者的年代据其注《治国兴家增福财神宝卷》确认。该卷卷末题识云：“康熙岁次癸亥（二十二年,1683）乙卯月奉佛弟子郭祥瑞注,奉佛弟子傅昌业录。”知其为康熙年间人，上述《灶王室卷》亦应撰写于此间。

九、《承天效法后土皇帝道源度生宝卷》

本卷为大字经折本，一册。卷中“玄”字均缺末笔，是避清康熙皇帝玄烨讳，因此它是康熙年间或稍后时期的刊本。卷首题卷名，后即“开经偈”，接着为大段十字句唱词，继［穿堂子］4 支，它实际上已形成为一个“品”的段落。然开始却题作“化愚作贤品第十三”，共十二品。明清教派宝卷一般分上下册二十四品，本卷是否有上册难以确定。十二品品名及所唱曲为：

化愚作贤品第十三 ［侧郎儿］4
纯善子问道品第十四 ［浪淘沙］6
嘱咐纯善修道品第十五 ［黄莺儿］4
引度张斌修道品第十六 ［浪淘沙］6
圣母传乾卦真功第十七 ［金字经］4
指传坎卦真功第十八 ［挂金锁］4
母传艮山妙道品第十九［挂金锁］4
娘娘传震宫修行品第二十 ［挂金锁］4
传巽山真功品第二十一［金字经］3
传离卦真功品第二十二［金字经］4
传坤山炉灶真功品第二十三［挂金锁］4
传况宫圆道品第二十四［海底沉］10

以上十二品仅用了6支曲牌，在明代后期宝卷中较少见。其中［穿堂子］和［海底沉］两支曲牌也较少见。

这是一本地方民间教团编的宝卷。据卷中述，保定府易州城（今河北易县）北有一后土娘娘庙，庙中的后土娘娘（后土圣母）奉古佛之旨，创立“大教”，救度众生，“归家拜无生”。第十四品中这位娘娘回答纯善子说：

吾立教奉古佛法旨传道，救度你男共女返本皈宗。
吾本是普天下管土之主，大地人吃万物都打土生。
吃吾土一个个成人长大，吃一生至到老还皈土中。
论你身本当是土生土长，大地人都归土不离土中。
吃着土穿着土铺盖土物，诸般的都打吾土内而生。
吾着你大地人是吾儿女，有福的知恩子跟吾修行。
你那性当初是天佛发下，无生母盼望你不想回程。
不承望认世景心肠改变，一个个不思念老母恩情。
因此上佛着俺开门普度，有缘人急回头早往家行。
就着你得人身又遇吾教，若错过这一朝万劫难行。
有造化跟吾修还家去吧，修一步长生道都转天宫。

到家中拜无生团圆聚会，赴龙华受快乐万万余春。

[插图 90] 后土皇地祇（清郎园影刊明《绘图三教源流搜神大全》插图）

后土之神起源甚早，古代神话中他是水神共工的儿子，是社神。[1] 汉武帝时设后土祠，祭如上帝礼。[2] 唐代后土神在民间被女性化，编出女神与凡人结成夫妇的故事。[3] 至北宋时期又有变文《后土夫人变》流传。[4] 但在宋徽宗政和六年（1116）给这位神君加上了“承天效法厚德光大后土皇地祇”的称号（道教徒简称“后土皇地祇”[插图 90]），[5] 这是这部宝卷名“承天效法后土皇帝”的来历。卷名称“后土皇帝”，而卷中则按唐代以来的民间信仰称之为“后土娘娘”，是将这位女神也纳入明代民间教派以无生老母为首的女神系列。

卷中假借后土圣母立的教门可能称“真常教”（或称“后土教”），第十四品借纯善子向圣母问道说：“闻的娘娘开法门，弟子愿归真常教，求道超升出迷津。”所以卷中处处强调这个“道”和“法门”的“真”：真道、真法、真功、念真经、进真香、发真表、进真疏等等。这个教的信仰并未超出明代民间教派无生老母信仰的范围。它度众生是“先立下引诱门，引人学好”：“立出教化门宝卷一部”，“内里有超升门，救度众生”。具体的修行是一步步广设道场：“乾宫山立一个超升道场”（十七品）、“坎泉山做一个转经道场”（十八

[1]《礼记 · 祭法》：“共工氏之霸九州也，其子曰后土，能平九州，故祀以为社。”

[2]《汉书》卷 25“郊祀志”第五上。

[3] 见《太平广记》卷 299“韦安道”，注出《异闻录》。

[4] 见叶德钧《后土夫人变考》，见《戏曲小说丛考》（下），北京：中华书局，1979，页 689 － 692。

[5] 见《宋史》“志”五十六“礼”七。

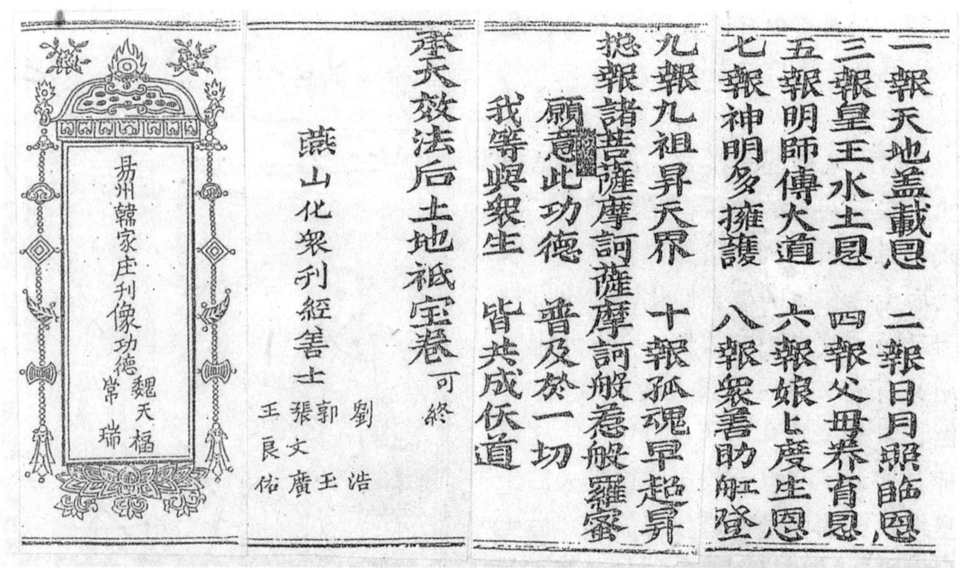
一報天地盖載恩　二報日月照臨恩
三報皇王水土恩　四報父母养育恩
五報明師傳大道　六報娘〻度生恩
七報神明多擁護　八報衆善助舡登
九報九祖昇天界　十報孤魂早超昇
摠報諸菩薩摩訶薩摩訶般若般羅蜜
願意此功德　普及於一切
我等與衆生　皆共成佛道
承天效法后土地祇宝卷　可終
燕山化衆刊經善士　劉浩　郭玉　張文廣　王良佑
易州韓家庄刊像功德　魏天福　常瑞

[插图 91]《承天效法后土皇帝道源度生宝卷》卷末“十报”和“书牌”（清初河北易州刊经折本）

品)、“往艮山做一个展关道场”（十九品）“往那震宫山做一个接天道场”（二十品)、“往巽风山做一个细行大会”（二十一品)、“往离阳山做一个万善皈真道场”（二十二品），“去坤谷中做个蟠桃会，安炉炼宝”（二十三品），最后“去往□泽山做一个圆满归西道场”（二十四品)。这八步道场是按“八卦”划分的。

这部宝卷的卷末有提示：“宝卷功圆成，虔讽了意经，善芳遗后世，普与大众听。燕郡州治南，虹罗四野人：邑享谈虚者，卯金刀转经，弓长周天氏，一土共道真。同举菩提智，叩化四乡邻。”“邑享”四句，即卷末题示“燕山化众刊经善士刘诰、郭玉、张文广、王良佑”四人，[插图 91] 他们也可能是这部宝卷的编者、这个教团的组织者。卷末书牌上刻有“易州韩家庄刊像功德，魏天福、常瑞”。

据当代学者调查，在河北冀中平原各县，仍盛行后土信仰。易县、定县、涞水等地农村中普遍有的“音乐会”（民间称“善会”）组织，它们仍在演唱的“后土卷”有两种：一即本卷，简称《后土皇帝卷》；一为《后土娘娘慈悲灵应源流宝卷》，简称《后土娘娘卷》。在本书第二编“明清教派宝卷中的小曲”

中有介绍。

十、《三世修道黄氏宝卷》

本卷简名《黄氏女卷》，又名《三世修行黄氏女宝卷》《黄氏宝传》《对金刚宝卷》等。今存最早刊本是清道光二十八年（1848）年刊，刊印者不详，卷首有倪世春序。流通较多的版本是清光绪至民国间苏州玛瑙经房、杭州昭庆寺慧空经房（卷首题嘉郡倪秀章、倪之端同订）、杭城玛瑙经房及各地善书局的木刻本，[插图 92] 及民国间上海文益书局、惜阴书局的石印本。它们是明代民间宗教家改编的《佛说黄氏女看经宝卷》，[1] 又经清代先天道的改写本。也有一些清末民国间宣卷和念卷的手抄本流传。今据通行刊本介绍其内容。

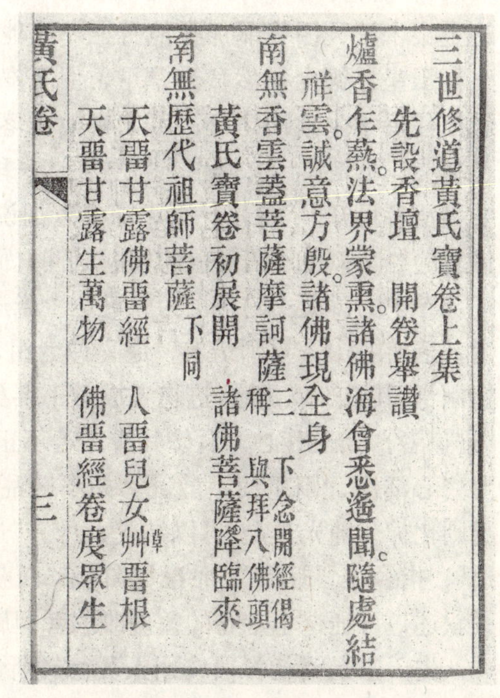
三世修道黃氏寶卷上集
先設香壇　開卷舉讚
爐香乍爇。法界蒙熏。諸佛海會悉遙聞。隨處結祥雲。誠意方殷。諸佛現全身
南無香雲蓋菩薩摩訶薩三稱
下念開經偈與拜八佛頭
黃氏寶卷初展開　諸佛菩薩降臨來
南無歷代祖師菩薩下同
天畱甘露佛畱經　人畱兒女艸畱根
天畱甘露生萬物　佛畱經卷度眾生
黃氏卷　三

[插图 92]《三世修道黄氏宝卷》（民国八年 [1919] 杭州玛瑙经坊刊本）

本卷与《三世化生宝卷》（又名《王氏女三世化生宝卷》《王氏女宝卷》等）讲述的故事相同。黄氏女"三世"持诵《金刚经》，历经苦难修行的故事，是一个古老的佛教因缘故事。明正德初罗梦鸿《正信除疑无修证自在宝卷》"化贤人劝众生品第六"有"无极祖来托化王氏贤女，临命终离别哭劝化众生"，说明正德以前这一故事即已流传，并被佛教徒改编为宝卷。《金瓶梅词话》及明代中叶后的《佛说黄氏女看经宝卷》，已加进民间教派教义的宣传。本卷内容仍显露出民间教派教义的特征，但非佛教徒所改编。

---

[1] 今存明刊折本；《金瓶梅词话》第 74 回载节改本，名《黄氏女宝卷》。

卷中黄氏女的前世为泗州寺 75 岁的长老德全禅师，卷中称他为“德全道人”。他“七岁看经，正心学道，日间虔念《金刚》，夜则参禅打坐”。黄氏女的父亲黄俊因无儿女，喜舍金银、白米，“大船数号装满载”到泗州寺布施斋僧。七月十五，德全讲经说法，化度有缘。西方达摩祖师、上界文昌帝君、终南山纯阳祖师及徒弟柳树真人（柳树精）、下界地藏王菩萨、十殿阎君都来听法。德全道人登坛坐定，讲如来正法，“三皈五戒”。达摩祖师听到妙处，脱下金丝草履入定。柳树精知金丝履为妙宝，“如若能得只妙宝，我身原以证莲心”，便偷了金丝履，躲到白石山山洞中去修长生。达摩入定省悟，不见金丝履，便透出灵光，去见上界玉帝。玉帝同诸天君议论，必须追还达摩祖师，于是差七条“滚水龙”降灾曹州七县。玉帝虽查出金丝履为柳树精所偷，但他“三千功满，八百行足”，功可赎罪，而德全禅师因七世前的宿孽未清，又多受黄进达金银米粮，因将罪加在他身上，让他热病身死，永入阴司受苦。东岳大帝上奏玉皇，德全虽然贪爱孽重，但 7 岁诵经，有 68 年之功，让他永受苦报，恐挡住后学生追悔之心。不如将他罚落五百劫，男转女身，为黄俊达女。玉皇准奏，于是黄氏女降生。宝卷在这一段叙述之前注云：“下偷金丝草鞋一事，要参悟者可知。”参悟什么，卷中未加说明。但这段佛、道混杂的叙述，既非佛教的经义，也不是一般的民间信仰，而是暗示着某种教义。

卷中的黄氏女的再世为张进达。张进达中状元，官封曹州知府，后辞官学道，遍游各山，寻师访友，遇喜禅老祖，拜为师。喜禅说：“凡人要修到不坏金刚身，其中难以进道，进道者成道不难矣！”张进达问：“何谓进道？”喜禅曰：“进道者，先正其心，后修其身；若不正心，焉能修身。若要修金身不坏，先要修心清净，阳精使不散乱。如不散乱者，精满者则意定；意定则化气，气足则化神。神光具足，可以结成大丹。”“进道”是先天道的术语，又称“求道”“领道”，指经过“皈依”“拈准”阶段，而获准进入先天道门。[1] 考之本卷中的有关叙述，可证这本宝卷的整理改编者即属清代之先天道。

先天道是清初江西饶州人黄德辉所创，又名“先天大道”，“皇极金丹道”等。它是俗家教团，修持的仪轨是三教归一：“守儒家之礼，受释氏之戒，修

[1]　参见林万传《先天大道系统研究》，台南：靔巨书局，1986 年订正二版。本文以下有关天先天道的介绍，均参照此书。

老君之道。"[1] 所谓"守儒家之礼"，即以儒家的伦理道德观作为为人处世的准则，即本卷中所说"男奉三纲五常，女遵三从四德"。"修老君之道"，即继承道教丹鼎派炼精炼气、修炼内丹。本卷中喜禅祖师向张进达讲述"进道"的论述即属此类。在散说之后的韵文中，说得更明白："（张进达）寻师访道入山林，得喜禅大师传妙法，授付天道性奉行。依修精气神丹结，运透三关出鼎门。出了玄关朝玉阙，回来定性亦数春。入定醒悟重又访，得遇药山祖师尊。药山广度慈悲主，传付胎养最上乘。九九终劫皇极会，一法圆明得长生。"卷中写张进达"修成正道，后参药山禅师，传受最上一乘之大道，得成大罗天仙，与佛无二"。"受释氏之戒"，指佛教的"三皈五戒"。先天道内流传《礼本》[2] 中规定，进入先天道必须宣誓"受持三皈五戒"，但先天道对佛教的"三皈五戒"有新的诠释。《礼本》中所述皈依"佛法僧"，强调"自性为佛""自性为法""自性为僧"。在这本宝卷中，用大段文字通过德全禅师（道人）所讲的"三皈"，正是如此。"散说"之后，分别附三首"偈"，作进一步说明：

自性觉悟本心明，心是佛来佛是信。
步步头头皆是道，寂然不动显去身。
自心（性）明正法本无，只因迷昧堕三途。
若能人法皆俱忘，有无不住入天都。
自性本来清净僧，皆因六根起贪嗔。
驱逐万境无挂碍，体露堂堂独为尊。

最后又以一偈概括"真三宝"：

人人有个佛法僧，非三非一古今明。
有能明彻真三宝，人法双忘显真身。

对佛家"五戒"，本卷中也有详细的介绍，但它强调的是："外持戒律，内心不动，是为真戒。一真一切真，万行自如如。"又云："孔圣云：欲修其

[1] 见《道德浅说》，转引自林万传《先天大道系统研究》，台南：靝巨书局，1986，(一)，页49。
[2]《礼本》传为黄德辉创教初期所撰，以下引文据林万传《先天大道研究》(台南：靝巨书局，1986)所收影印本。

身者，先正其心；释云‘万法归一’，道云‘识得一，分可毕’。总曰‘制其心，养其性’。心若不正，焉能修身。”这也就是《礼本》所要求的“时时拴意马，刻刻镇心猿”。

本卷在甘肃河西走廊民间念卷和江浙民间宣卷中也有流行，有多种传抄本，它们没有先天道的宗教宣传说辞。

十一、《观音济度本愿真经》

本卷为清先天道宝卷，清彭德源编。内容与《香山宝卷》一样，演中国佛教观世音菩萨（妙庄王三公主妙善）修行成道的故事，[插图 93] 故郑振铎《佛曲叙录　香山宝卷》云：“又有《观音济度本愿真经》一种，内容事实和结构俱与《香山宝卷》相同，仅改作观音菩萨的自叙传口气而已。”[1] 后来李世瑜《宝卷综录》[2] 便将此卷著录于《香山宝卷》项下，作为异名宝卷。今人编《酒泉宝卷》（上编）[3] 收入此卷，则将卷名径改为《香山宝卷》。但两者实为性质不同的两种宝卷：本卷系清先天道支派青莲教的布道书，《香山宝卷》是前期的佛教宝卷。

[插图 93] 柳枝观音（清宣统三年 [1911] 如心堂刊本《观音济度本愿真经》卷首插图）

本卷始刊于清道光三十年（1850）。首载《观音古佛原叙》，

[1] 载《中国文学研究》，上海：商务印书馆，1927；又，上海：上海书店影印本，1981。

[2] 上海：中华书局编辑所，1961。

[3] 西北师范大学古籍整理研究所、酒泉市文化馆编，兰州：甘肃人民出版社，1991。又，《金张掖民间宝卷》（三）收入此卷，名《观音宝卷》（兰州：甘肃文化出版社，2007）；《山丹宝卷》（上）收入此卷，名《观音济度宝卷》（兰州：甘肃文化出版，2007），文字有删减。

叙中假借观音古佛之口“现身说法”“将修道之火候功用，玄妙法则一一流露于常言俗语中……书成藏之朝元洞石室门中，以待后之见者广为流布”，末署“永乐丙申岁（十四年，1416）六月望日书”。又有《观音济度本愿真经叙》，末署“大清康熙丙午岁（五年，1666）冬至后三日广野山人月魄氏沐手敬书于明心山房”。此叙中相应编造了一个“神话”：这位“广野山人”受真武祖师预报，在普陀朝元洞灵通寺遇一道童，得到此经。经文系“西天梵字”，因译写刊刻行世。清宣统如心堂刊本卷末有无名氏跋，称：“余少年往朝普陀，于方丈中获见此编……昔有人从石室中得来，镌刻传世已久，板经屡翻，梨枣浸讹，后得广野老人出其所藏真经，参订校正，复成完璧，遂得原本留传耳。”上述这些矛盾百出的“神话”，显系编造，但可知此卷即“广野山人”（或“广野老人”）所编。

广野老人“叙”中说，他“幸遇普定仙师，指示先天大道，授以率性复初功用”；卷中也多处提到这“先天大道”。它是清代初年黄德辉所创，文献中又称“大乘教”“金丹道”“青莲教”等，近现代一贯道、同善社等均承其道统。据林万传《先天大道系统研究》，[1] 可知这位广野山人即先天道“五老掌教”时期的“水法祖”彭德源，其活动年代在清道光、咸丰时期。该书第六章《先天道历代祖师及其重要人物》载：

> 水法祖，彭德源，字超凡，道号依法，又号浩然、沧州子、儒童老人、素一老人、水一老人、广野老人，湖北沔阳州人。嘉庆初年十二月八日降生，谓先天五老水精古佛化身。袁十二祖时“地任”。道光二十三年风考迭起，道场濒临瓦解，奉袁祖乩谕晋升“水行”。临危受命，继“火行”陈玉贤重建先天道场，严立佛规，著有《破迷宗旨》《破迷宗旨篇》……普传天下，大展宗风，咸丰八年十二月一日归西。

从清政府查办邪教案的记录看，道光年间曾在全国范围内搜捕青莲教的宗教领袖，大部分被捉获并杀害了，而彭得以逃脱。[2] 这也就是林著中所说“风考迭起，道场濒临瓦解”的情况。彭在此形势下，秘密“重建道场”，编写了

---

[1] 台南：靝巨书局，1984，（一），页1－132。

[2] 参见马西沙等《中国民间宗教史》，上海：上海人民出版社，1992，页1120－1150。

大量布道书，“普传天下，大展宗风”。这些布道书都是用各种道号署名的。此卷在“广野山人”后缀以“月魄氏”,同他为“水祖”“水精古佛化身”有关。水属阴，月为阴之精，故称“月魄”。至于叙中假借时为“康熙”，并编出观音古佛藏经及梵字翻译的种种话头，也是为逃避清政府查办，求得公开刊印流传的缘故。

“真经”共分十二段，散说与七字、十字的唱词相间，这种形式在清代康熙以后是民间宝卷常用的形式。十二段的题目是：

慈航下世投胎第一
花园受苦得药之道第二
白雀寺武火焚烧第三
斩绞归阴遍游地狱第四
还阳山中伏虎第五
香山温养圣胎第六
庄王恶满上帝降旨冤魂寻报第七
妙善公主元神显化揭榜救父第八
驸马公主劝开斋第九
香山还愿妙善公主劝父修道第十
驸马香山求道第十一
丹书下诏道成受封第十二

卷中所述妙善公主修行故事，其“事实和结构”确与《香山宝卷》相似，但依附于这一故事的宗教内涵却大相径庭。

一是先天道尊奉的神灵出现在这一宝卷中。妙善奉“瑶池金母无极天尊”之命下凡，为“东土众生，指破迷途”“返本还原”。这位“瑶池金母无极天尊”（按，《酒泉宝卷》校点本于中间点断，误为两位神）是先天道信奉的最高神，亦即明清民间宗教所信奉的最高神“无生老母”的别称。卷中妙善因坚持修道，被其父妙庄王处以绞刑，此时有黄龙真人、昆仑四天尊引她到无极宫参见瑶池金母；奉金母之命，黄龙真人又陪妙善遍游地狱十殿。黄龙真人、昆仑四天尊则是先天道信奉的特殊神灵。[1]

先天道虽然也披上佛教外衣，讲究“三皈五戒”，但其修持方式主要是继承道教内丹派，修炼内丹，故又称“金丹道”“金丹大道”。这部宝卷中，妙善公主去白雀寺修行，这个寺中竟然也有一座三清殿，殿中有“不大不小的一间丹房”，在这里黄长老法师向妙善传授“心印”，与她同修。妙善成道的香山，俨然成了先天道的道场，她向香山的当家师周全功传授了先天大道的“骨髓真经”。最后妙善劝化两位驸马和公主均皈依“先天大道”,他们“各归丹房，男左女右，修炼大道”。至于如何修炼内丹的说教，卷中随处可见，如达摩尊者向妙善交代：

皈依佛法僧三宝，二五相交妙合凝。
灵台收取先天炁，北海存留龙虎迎。
定静恍惚无人我，一元复始地雷鸣。
牛郎织女意相合，五行攒簇毫光腾。（第二）

卷中还一再强调了“先天大道非时不泄，非人不传，要奉天命而传”，“既求先天大道,须要备设供果,凭佛立誓,方可传授”（第十一）;“若还半途退大道，誓愿昭彰罪不饶！自己堕落事还小,连累九祖哭阴曹”(第六)。强调“立誓人道、退道受惩”，是民间秘密宗教的惯例。

清道光以后，中国进入半封建半殖民地社会。民间教派的发展也产生较大的变化和分化。有些民间教团曾投入近代反帝反封建的革命运动中，更多的教团则在清政府的不断镇压之下，转而以温顺的面目出现，倡导劝善，用封建伦理道德加上因果报应的迷信思想，来维护封建社会秩序，因此得到官方的默认。这些民间教团做的一项工作便是大量整理、印刷各种宝卷。江浙及全国各地印刷宝卷的善书局（堂）“经房”等印刷的宝卷，大都有民间教团的背景。这部《观音济度本愿真经》也被一再印刷。据笔者《中国宝卷总目》统计，清道光以下，传世有咸丰二年（1852）上海翼化堂善书局刊本，咸丰六年（1856）云邑（山西大同）培贤斋刊本,宣统三年（1911）北京如心堂刊本，

[1] 见林万传《先天大道研究》，台南：靝巨书局，1984，（一），页39－42 。

年代不详之金德慧刊本，民国初年又有上海宏大善书局印本、北京宏文斋刊本等。

十二、《南雁圣传仙姑宝卷》

本卷为近代先天道徒编的宝卷。存民国十九年（1930）木刻线装方册本，四卷。徐宏图先生发现于浙江温州。故事述温州南雁荡山仙姑洞仙姑传说，所述故事及与卷中“仙姑”朱婵媛有关的史料和序、跋情况，见徐宏图《“南雁圣传仙姑宝卷”的发现及其面貌》文。[1]

以地方民间信仰的神佛传说故事编写宝卷作宗教宣传，是明清民间教派常用的做法，如明末清初某教派编《敕封空王古佛宝卷》（今存民间手抄本及排印本），述山西介休地区流传的隋唐之际佛教禅僧志超（俗姓田，太原榆次人）的传说；清康熙年间甘肃张掖虚皇道的《敕封平天仙姑宝卷》（今存康熙三十七年“太子少保振武将军”孙思克施刊本及民间手抄本），述张掖（古甘州）地区流传汉代“仙姑”的传说。

据《南雁圣传仙姑宝卷》的内容，系清末先天道信徒所编，编者即作“叙”的“金华居士赤霞老人醒迷子”。先天道徒多以“××子”为道号，[2] 其姓名不详。

先天道是清康熙年间江西饶州人黄德辉所创。[3] 黄编有《皇极金丹九莲正信皈真还乡宝卷》（简称《皇极金丹宝卷》等），故又称皇极金丹道、金丹大道，在传播过程中又用过多种名称，如先天大道、大乘教、青莲教等。清咸丰以后，该教分裂为许多教派，继其道统者有一贯道、同善社、圆明圣道等，而以一贯道传播和影响最大。其教义多使用佛教资料包装，如上承佛教禅宗的道统，以达摩为初祖，而以明无为教罗梦鸿为第八代祖师，其教祖黄德辉为第九代；现代一贯道教首张天然自称为第十八代祖。先天道要求教徒“受释氏之戒”，即“三皈五戒”，但对“三皈五戒”的解释与佛教不完全相同。如本卷卷三修行学道的朱婵媛对其兄朱世髦说（唱）：

---

[1] 徐文及附录《南雁圣传仙姑宝卷》标点本，载《中国文哲研究通讯》，台北，第15卷2期，2005年6月。

[2] 先天道徒多以“××子”为道号，见林万传《先天大道系统研究》，台南：靝巨书局，1986，（一），页27。

[3] 按，以下关于先天道的情况，参考林万传《先天大道系统研究》；马西沙、韩秉方《中国民间宗教史》第十八章“一贯道的源流与演变”，上海：上海人民出版社，1992。

一戒过不杀生慈心爱物，授三皈遵五戒专莫二心。
敬天地礼神明修身为本，学圣贤悟大道脱离红尘。
二戒过守本分小心行事，拜三光遵王法孝敬双亲，
存了精养了性常守元气，可躲得阎君手力劝修行。
三戒过莫贪恋免得烦恼，古人说劝人善福寿加增。
作恶人眼前花无有结果，看四生轮回苦及早修身，
四戒过莫愚痴三思可以，想为人生死大早脱沉沦。
祖有德好儿女修行成道，超九玄拔七祖佛地同登。
五戒欲真修行一尘不染，心地明无障碍清净法身，
不修炼不诵经光阴错误，若虔诚修道德菩萨欢欣。

其修行的核心是修炼“金丹”，即道教内丹派的修行功夫。本卷卷一“菩萨”（观音大士）对“立誓学修行”的朱婵媛说：

你今立誓真欲修行，我教你参悟，随指玄关一窍，并“无字真经”，得受先天大道，管自勤工烹炼，候至功成果满，自然飞升。

“玄关一窍”，即民间教派的“点玄关”。《皇极金丹宝卷》第五品中说：

祖曰：你今实为生死，净手拈香，对天设愿，吾即开示，指点生死门户，秘密修行，受三皈之道，持五戒之功。立誓状，写投词，交下骨格，放上命脉，付了赊（赊）钱，讨了保举。吾才授与你开示香一枝，通明本性，点破玄关，开清一窍，知来踪，晓去路，方入玄炉，透三玄，分子午丹，归玉鼎，得成妙果，永绝轮回。[1]

由于民间教派内部的修行要义均系口传心受，不立文字，所以常以“无字真经”表示此类教内机密。但对一般的修炼内丹功夫，也常在所编宝卷和

[1] 见王见川等《明清民间宗教经卷文献》，台北：新文丰出版公司，1999，第5册，页288。

经卷中作介绍，如本卷卷二朱婵媛对其兄说（唱）的“想混沌未分判一团和气”“蒙老母（按，指无生老母）指点我玄关一窍”两段唱词，卷四《五更参禅悟道》歌词等。

先天道在清代传播很广，也不断遭到清政府的残酷镇压。特别是嘉庆、道光年间，清政府在全国范围内查办先天道，其第十三代教祖徐吉南，及“先天五老”“后天五老”教首等人大都被杀。此后，这一教派分裂，各地教徒一边秘密传教，一边大量利用民间小曲、说唱和民间宝卷（与前期教派宝卷形式不同）形式编制宣传品布道。如寒斋所藏《醒梦集》，传世之《韩湘宝传》（又称《韩湘宝卷》等）、《何仙宝传》（又称《何仙姑宝卷》等），也是这些教派人士编印的。清同治、光绪年间杭州（苏州）的玛瑙经房、慧空经房等大量印刷经过整理的民间宝卷，都有这些教派的背景；有些宝卷中也插入教义的宣传，但它们都隐去编者真实姓名（或用道号）和教派名称，以便公开印行。流传最广的是先天道“五老掌教”时期的“水法祖”彭德源据《香山宝卷》改编的《观音济度本愿真经》。（见上文介绍）

徐文称《南雁圣传仙姑宝卷》所述仙姑“拒嫁”“烧庵”“神救”“悬榜”“行医”等情节是受《香山宝卷》的影响，其实，更可能的是醒迷子受教中前辈彭德源编《观音济度本愿真经》的启发，“移植”了妙善故事中的这些情节，又按弹词故事的套路，为仙姑的父亲加上“征番有功，敕封文武状元”的出身；同时又模仿《观音济度本愿真经叙》，编造了在仙姑洞得到这本宝卷，并将原卷“字句差讹、文义扞格”之处，“一一尽为更正”的说法。按照民间教派人士此类作伪的一贯手法，这部宝卷就是这位“醒迷子”所编。编写的时间，最早是他“发现”这本宝卷的时间——咸丰乙卯（五年，1855）之后。

本卷虽模仿这一时期江浙民间宝卷说说唱唱的形式，但其中穿插了许多七言诗和四言偈语，行文中也不时出现许多读书人的书面语言。证以醒迷子“跋”文所述，这部宝卷是他的创作，不是根据民间流传的宝卷整理、改编的。

关于本卷的刻印时间，醒迷子“跋”文中说：“今因复幸东瓯，爰付剞劂，以广其传”，则在当时（光绪十六年，1890）已经刻印。但民国十九年（1930）倡印此卷的王理燮“叙”中称，本卷“未曾与刷诵之，如是莫若付刊，恭向北港而焚香炳烛，爰对南雁而启悃申文，告许作刷经之倡首”，则前此并未刻印流通，首印时间是民国十九年。

这个宝卷的发现，为近代民间教团人士利用民间宝卷形式编写宗教宣传品，又提供了一个实例。其作为民间教派文献的价值，尚须有关专家研究。

十三、《醒心宝卷》

本卷为近代劝世文宝卷。卷首载“光绪岁次癸巳（十九年，1893）冬月之吉蠡河散人”序，序称：“吾奉吕帝多年，见有《醒心真经》，喜不自胜，业经刊刻行世。无奈真经文词深奥，浅见之人不能明达洞晓，是以复仿效真经之意，杜撰俗言语一篇，名曰《醒心宝卷》。”则蠡河散人即此卷的编者。笔者所见版本是清光绪二十年（1894）常州培本堂刊本，序后另署“光绪岁次甲午（二十年，1894）春月之吉常郡蒋玉真撰，陈灿子书”一行字，则蠡河散人就是这位常州蒋玉真。

本卷分为上、下两卷，内容反复举出各种古人古事的例子，劝说人们戒性气、忍耐、行善、行孝等。其中叙述较详的传说故事有：

（1）岳飞传说

一蝙蝠修成女身，听如来佛讲经说法，偶放一臭屁。佛祖顶上护法大鹏金翅鸟，将她啄死。佛祖生怒，将金翅鸟贬下凡尘，即岳飞。女蝙蝠阴魂不散，意欲报仇，投胎王氏，即“长舌妇”，后嫁给秦桧，害死岳飞。卷中以此故事劝世人凡事忍让，不宜结冤仇。

（2）朱元璋传说

元朝气数已尽，“君暴虐，臣奸党，百姓罪盈”。玉皇大帝“要拣个忠厚人家，降个真命帝主下凡”。天下的城隍、灶君奏说，南京双龙巷朱家，“忠厚忍耐，一十七代”。玉皇问：“那位星官下界，做开国之主，拯救国民？”无人开口。时金童、玉女手执掌扇，并立玉帝面前嬉笑，玉帝便遣他们下凡，即朱元璋及其妻马氏。掌扇上各书“日”、“月”二字，合为一字，即为“明”，国号就叫“大明”。故事中说“朱家一十七代善，后人得福帝皇尊”，所以传了17代皇位。

原来朱元璋祖上世居凤阳，因灾荒逃到南京双龙巷内居住，已经两代。因遭火灾，烧了家产，朱元璋的父母搬出南京，住皇觉寺内。朱元璋七岁时父母双亡。朱元璋同两个兄弟殡葬父母，下棺材时突起风雨，三人躲进山洞，听空中说：“应葬神龙穴，此非帝王地。”风雨停后，三人出洞，不见父母棺材。后来朱元璋的两个兄长各自逃生。幸有老和尚云昙照应。朱元璋登基，无处寻父母的坟墓祭祀，于是敕封父母亲为天下都城隍，每年三坛祭亲。

(3) 越王勾践传说

越王勾践被吴国捉来囚禁在苏州虎丘马房居住，得范蠡献计，为吴王“吃屎”说病，得吴王信任，后被放还故都。本事见《吴越春秋》卷7“勾践入臣外传”。此卷中称这一故事是俗语“叫我是吃屎，忍你的嘘”的来源，说明这一传说一直在江南口头流传。

(4) 陈元装为父报仇

元装为“玄奘”误（“元”字为避康熙讳）。这一故事即江流和尚的故事，与小说《西游记》所述情节不同。在苏北古老的香火神书及各地地方戏中都有演唱。宝卷中有《唐僧宝卷》《江流宝卷》《唐僧出世宝卷》《西藏宝卷》《长生宝卷》等，均演此故事，清代南、北方各地宣卷或念卷中均有流传。本卷述此故事占下卷的主要篇幅，系据其他宝卷移植，其主旨在宣扬陈光蕊买鱼放生而得善报。

这本宝卷仅存光绪刻本，只作读物流传，未见宣卷人的抄本。值得注意的是，本卷在“开卷偈”之前，加上了一段颂扬“圣谕十六条”的说唱。[插图94] 笔者前在江苏靖江调查“做会讲经”（宣卷）时，亦发现类似情况：民家做会在“请佛”“报愿”之后，佛头升座，先诵“叫头”，敲一记“佛尺”，然后庄重地说：“圣谕！”如：

（诵）三炷香，大会场，
同赴会，赐寿延。
“圣谕”！

（唱）佛前焚起三炷香，设立延生大会场，拜请福禄寿三星同赴会，西池王母赐寿延。

接着讲唱“三友四恩”和一些劝世的文字，然后才唱“开卷偈”讲唱宝卷。对“圣谕”一语，讲经的佛头们语焉不详；当地有文化的人认为是“圣语”，即代“圣贤”说唱。笔者在最初的调查报告中接受这一说法，但总觉得难以解释。

后来考虑可能是“圣谕”，即旧时佛头（或宣卷先生）曾经在宣卷开始前假借“宣讲圣谕”而自重。这部宝卷中的情况，证实了笔者以前的推测。

清代皇帝颁发“圣谕”“宣讲圣谕”训导百姓，始于顺治朝。顺治九年（1652）颁发“六谕文”：“孝顺父母、尊敬长上、和睦乡里、教训子孙、各安生理、毋作非为。”顺治十六年（1659）议准设立乡约，会合乡里，公举60岁以上德业素著之生员（秀才），或素有德望六七十岁之平民统摄，每逢朔望，申明六谕，旌表善恶，此为清代“宣讲圣谕”之始。康熙九年（1670）颁发“圣谕十六条”：

新刻醒心　寶卷上
一炷清香爐内裝　諸公静坐聽宣揚
卷文逐一從頭講　粗言俗語來開場
寶卷宣來文通明　也無平仄也無韻
善卷理應論平仄　恐為婦女勿知音
故此隨口俗情吟　庶幾農夫也知情
粗蠢鄉言老實話　無韻寶卷勸世人
諸公有緣聽善文　有事省去求叫人
醒心寶卷　一
省費錢財省費力　隨心所欲稱人心
諸公無事看卷文　善卷之中第一尊
有朝一日來用着　方知善卷是寶珍
醒心寶卷首開場　古往今來事中詳
忙裡偷閑來聽講　先講當今萬歲皇
南無阿彌陀佛
列位肅静聽我講來此卷名為醒心寶卷人若
依此看破世情就能益壽長年萬事以修身為

本百善以孝弟為先即如當今
聖上一十六條
聖諭亦先以敦孝弟以重人倫為第一我等下
民坐享清平皆賴
聖上之恩德庇可不謹遵規訓乎
南無阿彌陀佛
聖諭數條常記心　家道興隆命維新
聖諭數條勿記心　家道必敗盡凋零
醒心寶卷　二
聖諭數條勿記心　要想榮華萬不能
聖諭數條常記想　合家終要苦伶仃
聖諭數條常記想　可算男兒當自強
聖諭數條常記想　富貴兩字必成雙
孝當竭力敬爹娘　忠則盡命奉君王
女人終要慕貞潔　男人應該效才良
為人知過必要改　心正修身福壽長
見善行為丈夫志　德建名立四海揚

［插图94］《醒心宝卷》开卷宣讲“圣上一十六条”（清光绪刊本）

> 敦孝悌以重人伦、笃宗族以昭雍睦、和乡党以息争论、重农桑以足衣食、隆学校以端士习、黜异端以崇正学、讲法律以儆愚顽、明礼让以厚风俗、务本业以定民志、训子弟以禁非为、息诬告以全善良、诚匿逃以免株连、完钱粮以省催科、联保甲以弭盗贼。

雍正皇帝又亲自将康熙“上谕十六条”，“寻绎其义，推行其文”，作《圣谕广训》，于雍正二年（1724）颁发。雍正七年（1729）“奏准直省各州县大乡大村人居稠密之处，俱设立讲约之所。于举、贡、生员内拣选老成者一人，以为约正，再选朴实谨守者三四人，以为值月。每月朔望，齐集乡之耆老、里长及读书之人，宣读《圣谕广训》，详示开导，务使乡曲愚民，共知鼓舞向善。”[1]

自雍正以下，历朝中央和各地方政府均不断有政令，令各地“宣讲圣谕”。如同治年间，丁日昌任江苏巡抚时，便曾令各府州县“所属教职，分期周历各乡，督率讲生宣讲圣谕小学各书”，以“劝导愚蒙”“整齐风俗”。[2]

宣讲圣谕有一定仪规：开始“鸣金击鼓”，讲者、听者要向“圣谕台”行三跪九叩礼。后由“引赞生”“代读（谕）生”带领大家颂读“圣谕”，并“宣讲坛规十条”，然后司讲生登台宣讲。十条“宣讲坛规”是：

一坛内安排停妥礼仪洁净。
一入坛身体洁净衣冠整齐。
一宣讲言语温文明白晓畅。
一每日黎明即起诵维圣训格言。
一于训语虚心体会不可自作聪明。
一于同一于出入进礼退义不可自矜富贵。
一于师尊礼仪隆重不可狎侮老成。
一见人妇女若姊若妹不可稍起邪心。
一于退坛时静坐默揣不可浮言妄动。[3]

上述由学官、秀才、耆老们“宣讲圣谕”的形式，一直延续到清朝灭亡。像这样的宣讲，自然是引经据典，不可能成为一种说唱文学形式。但在民间也出现另一种“宣讲”（其出现的时间不详），即用“俚语歌词”讲唱一些传说故事、时事传闻，表彰民众认为的美德、善行。它们也倚称“宣讲”：“不拘乎地，不择乎人，不限以时，不滞以礼。宣之而如歌词曲，讲之而如道家常，

[1] 以上见《绘图宣讲集要》卷首载《钦定学政全书讲约百例》，民国上海锦章图书局石印本。
[2] 见《抚吴公牍》卷 39“乡约等事行司饬学按月开报由”，清宣统元年（1909）南洋官书局石印本。
[3] 见《绘图宣讲集要》卷首载《钦定学政全书讲约百例》，民国上海锦章图书局石印本。

因较之设学谨教，尤便于家喻户晓也。"[1] 这种宣讲也称“说善书”。一些文人和民间教团也大量编印这类善书，作为通俗读物流通。它们同那些假借神道(如关帝、吕祖、观世音等）警世、劝世的“善书”不同，具有文学性。这种民间宣讲讲唱时也要供奉“圣谕广训”的牌位（民国以后不再供奉这牌位），宣讲者先要向牌位礼拜，然后再讲，讲唱时的气氛肃静。直到20世纪50年代以前，各地仍有一些热心于此道的人，在集市庙会及其他公众场所讲唱善书，不收费。这种“说善书”极少发展为具有地方特色的曲艺形式，只有在个别地区，由于民间艺人的加入，经过不断的演出实践，才会形成为地方曲艺，如湖北的“汉川善书”、河南的“汝南善书”。

由于明清民间教派即采用宣卷的形式为其宗教信仰活动，清代政府严厉镇压各民间教派，因而也影响到民间的宣卷活动，所以，江苏靖江的讲经先生才有假借宣讲“圣谕”而自重，就像他们一直供着的“龙牌”一样。自然，两者在内容和形式上也有相似的地方：

(1) 宣卷演唱的宝卷和宣讲的善书文本，都以“劝善”为宗旨，多是因果报应故事，许多传统的劝善故事两者都演唱。

(2) 宝卷和善书形式上都是说说唱唱，唱词均用七言和十言，因此，单从宝卷和宣讲的文本看不出差别。

由于上述相似，当代有人在编辑宝卷目录时，便将宣讲文本（善书）收入。有的研究者，将宣卷和宝卷同民间宣讲（说善书）混为一体，如马紫辰先生的《河南曲艺史程概要》：[2]

> （清）圣祖康熙七年（1668）圣谕（宣卷）播于汝宁，当地文士并据以改编为通俗说唱。
>
> 高宗乾隆九年（1744）前，“讲圣谕”传入原武县。同期，宣卷（宣讲）已在阳武县扎根。
>
> 仁宗嘉庆十一年（1806）宣卷（圣谕）传入信阳一带。

其实，两者除了上面所说的相似点外，也有明显的区别：

---

[1] 清同治十一年（1873）上海宏文书局印《宣讲拾遗》序。

[2] 载《河南曲艺史论文集》，郑州：中州古籍出版社，1996。

（1）宣卷是宗教和民间信仰活动的组成部分，总是在佛堂、经堂或其他宗教和民间信仰活动场合进行。民间宣讲虽供奉着“宣讲圣谕”之类的牌位，但不受宗教或民间信仰活动的束缚，宣讲的场合没有硬性的规定，可在室内、室外，比较自由。有的研究者所述各地的“露天宣卷”，大多是在室外公众场合的“宣讲”。

（2）宣卷时听众介入宣卷的演唱，在唱词句尾和唱佛号（即“和佛”，北方念卷称“搭佛”）。这是宣卷（念卷）同宣讲在演唱形式上最突出的区别，但一般宝卷文本上不注明“和佛”。

（3）宣卷演唱仪式性强，清代北方民间念卷的宝卷文本，开头一般也有“举香赞”“皈命佛号”“开经（卷）偈”等；南方的民间宝卷比较简略，开始仅有“开卷偈”：“×× 宝卷初展开”。善书开场诗则标以“诗云”，有的善书文本在唱词前注以“宣”，说白前注“讲”，宝卷中没有此类提示。

（4）清末和民国年间，各地善书局曾大量编辑宣讲（善书）文本，结集出版，如上海锦章图书局石印本《绘图宣讲集要》、上海宏文书局石印本《宣讲拾遗》等。各地书坊也印刷了难以数计的宣讲文本单行本，有木刻、石印和铅活字排印本。由于一般单篇宣讲的文本多是短篇，所以这些印刷本多是小唱本，10 页左右，开本也很小，目前在民间搜集到的大都是此类唱本。民间宝卷大量是手抄本，也有木刻和石印本，它们的篇幅都较大。

十四、《珊瑚宝卷》

本卷又称《三和宝卷》《孝珊瑚宝卷》《阿婆凶叫珊瑚宝卷》等。[插图 95] 未见刊本，仅存抄本十余种，最早系道光二十八年（1848）陆圭抄本，都是吴方言区的宝卷。笔者所见为清光绪三十三年（1907）钱进才抄本（前半部分为另一人抄）。其故事如下：

> 宋朝仁宗年间，山东登州府望海村秀才梁大仁，母亲李氏，弟二仁。大仁娶妻葛氏，乳名珊瑚，敬事婆母。李氏偏爱二仁，不喜欢大仁，特别嫌弃珊瑚。大仁夫妻相爱，李氏逼迫大仁将珊瑚休弃，赶出家门。大仁为珊瑚送行，夫妻二人互相嘱咐，难舍难分，李氏

派二仁将大仁追回。珊瑚因娘家无人，无处投奔，夜宿三叉口凉亭，一夜啼哭。天明，被李氏之妹王姨婆发现，接回家中。王姨婆因不满姐姐虐待儿媳，不相往来。

李氏为二仁娶妻玉姑，是县前臧马快的独养女儿。玉姑自幼娇惯，好吃懒做，动辄打骂丈夫。李氏劝解，反被玉姑辱骂；玉姑又招来父亲臧马快一班人马，将李氏打了一顿。李氏因此致病，悔恨不该将珊瑚逐走，遂派大仁去接珊瑚。王姨婆不同意大仁接走珊瑚，要李氏亲自来接。李氏拣黄道吉日，发花轿将珊瑚迎回家门，并给大仁、二仁分家。

珊瑚主动提出侍养婆母，良田都让给玉姑。后来大仁进京赶考，得中解元，官拜御史。李氏活到八十去世。珊瑚生了二子，娶妻成家。夫妻勤苦修行，九九功成，白日升天。二仁夫妻好吃懒做，家道从此败落。后来二人改恶向善，但无儿女，死后家业为侄儿继承。

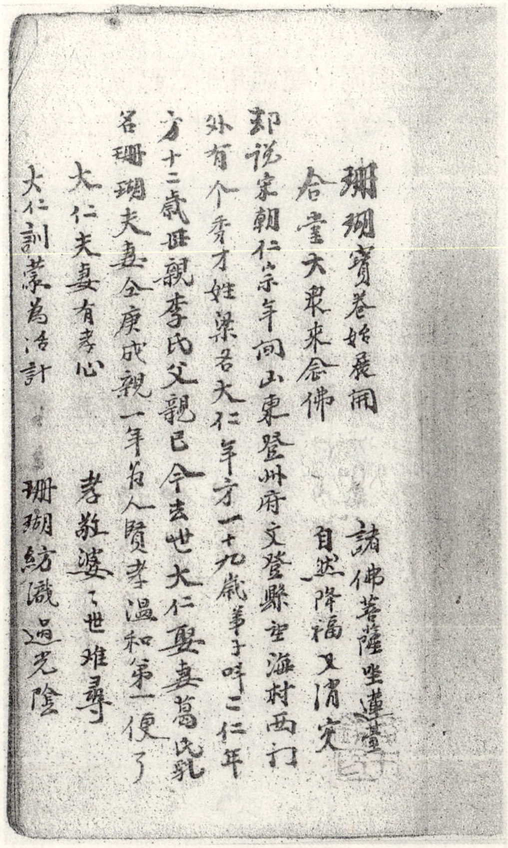
珊瑚寶卷始展開　諸佛菩薩坐蓮臺
合堂大衆來念佛　自然降福又消災
却說宋朝仁宗年間山東登州府文登縣望海村西門
外有个秀才姓梁名大仁年方一十九歲弟子呼二仁年
方十二歲母親李氏父親已今去世大仁娶妻葛氏乳
名珊瑚夫妻今庚成親一年有人賢孝温和第一便了
大仁夫妻有孝心　孝敬婆婆世难尋
大仁訓蒙為活計　珊瑚紡織過光陰

［插图95］《珊瑚宝卷》（清光绪苏州宣卷先生抄本）

这本宝卷据《聊斋志异·珊瑚》改编。封建社会中婆媳关系是家庭生活中的一个重要矛盾，所以这个故事很受民众欢迎，京剧及河北梆子、秦腔、川剧等剧种的传统剧目《孝妇羹》（或名《珊瑚传》）都是改编这个故事。

宝卷中删去小说中的一些曲折的情节，使故事更贴近民众的生活。但为了说明玉姑的悖逆，给她安排了一个做“马快”（旧时官衙中专门抓人的衙役）的父亲，并让他带着一班衙役出场滥施威风，将李氏打了一顿。这一方面表现了改编者的“门第”观念，同时也衬托珊瑚的善良。

本卷为民间宣卷人改编。唱词语言十分生动，如写李氏嫌弃珊瑚：

日日唠叨将媳骂，声声便骂贱妖精。
珊瑚见婆眯眯笑，便骂妖娆不正经。
媳妇倘若不开口，又骂暗刁黑良心。
吃饭嫌硬粥嫌薄，豆腐嫌烂菜嫌生；
面汤嫌冷茶嫌热，生姜嫌辣肉嫌精；
旧衣嫌破浆嫌硬，新衣又嫌臭兰青。

又如写李氏见儿媳玉姑只是赌钱，又哭哭闹闹，便对儿子二仁说：“二官人吓，有数说格：大富在天，小富在勤。一斗金子六十二斤半，坐吃山塌海要干，落泊（魄）财主总要完。”玉姑听了大吵，说：“常言道：青竹竿、白竹竿，吹吹浪浪衣裳干。要吃饭，嫁老官。吃老官，穿老官，灶里无柴烧老官，罐里无油煎老官也！”老官，即老公，方言中妻子对丈夫的称谓。

本卷基本上用吴方言，物别是反面人物的说白，都用方言口语。[插图 96] 卷中使用了许多方言字，有些是民间流行俗字。

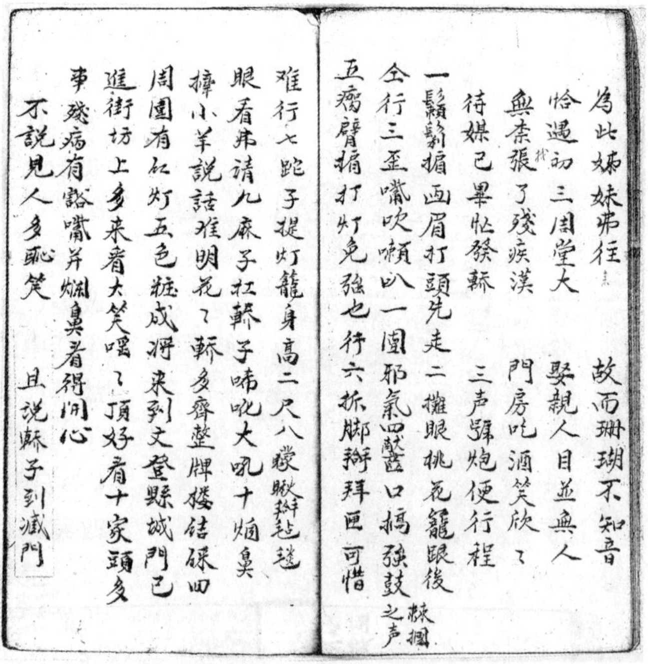
為此姊妹弗往来　故而珊瑚不知音
恰遇初三周堂大　娶親人目並無人
無奈張了殘疾漢　門房吃酒笑欣了
待媒已畢忙發轎　三声號炮便行程
一鬚鬍擂西眉打頭先走　二擁眼桃花籠跟後
仝行三歪嘴吹嗩叭　一團邪氣四齆鼻口搗殘鼓
五瘸臂搖打灯免強也行　六拆腳掰拜匣可惜
难行七跎子提灯籠身高二尺八寸
眼看弗請九麻子扛轎子唏吮大吼十個臭
撑小羊說話难明花了轎多齊整牌樓結綵四
周圍有紅灯五色粧成將來到文登縣城門已
進街坊上多来看大笑喏了頂好看十家頭多
事殘病有豁嘴并爛鼻看得開心
不說見人多恥笑　且說嫁子到滅門

[插图 96]《珊瑚宝卷》中大量使用吴方言（清光绪苏州宣卷先生抄本）

十五、《金龙扇宝卷》

本卷简称《金龙宝卷》，是吴方言区民间宝卷。所述为五路财神的故事，故又称《五路财神宝卷》《五福财神宝卷》。此据清末抄本，封面题《金龙宝扇》，卷首题《合义通财》，卷中又称《财神宝卷》。所述故事如下：

商末周初，纣皇荒淫。朝歌城外南领村富户杜平，到扬州琼花观烧香游春，遇李泗、任安、孙立、耿彦四位贤人。天缘凑巧，他们是同年、同月、同日、同时生（正月初五子时），于是结拜为兄弟，杜平为大哥。

五人结拜弟兄以后，凑了本钱二百两到各地经商。去时带去货物出卖，回来再买回头货。这样来回赚钱，赚的银子堆山塞海。五人去扬州琼花观烧香还愿，杜平对四位贤弟说："赚这些银子多得无藏处，如今去做折本生意罢！"此时将近夏天，"夏天要贩冬天货"，便去宜兴贩烘缸、火盆。五只大船装满烘缸、火盆来到南京城姚家码头，开行的王小二接了他们的货。弟兄五人日日游玩白相。其时六月炎天，街坊只有卖凉粉、西瓜的，啥人买烘缸火盆！开行娘娘不高兴，藉口骂他们："有眼接若（着）无眼客，接若五个退财！"岂料因商皇无道，玉皇敕令风伯、雨师、冷龙，六月三日卯时到，"雨点落下鸡蛋大，冰雹振下扇爿能，雪花飞下像白鹤，落子三尺有余零。西北大风连三日，淮海江湖尽结冰。"当朝宰相比干启奏纣王：四时不正，国家不祥兆，应改过自新。百姓衣服不许着绫罗绸缎，器具不用金银铜锡，只可用烘缸、火盆，以求福保国，皇榜出，士官百姓，大小人家都买泥火盆、烘缸。王小二行门前"登时立得人千万，吱哇的叫闹盈盈"。王小二批价"火盆要卖三千两，上等烘缸银押银"，众人并不嫌贵。王小二搭起三尖架，用大秤秤银。卖了三天三夜，全部卖光，"元宝叠得假山能"。

兄弟五人将金银下船运回家中，又来朝歌城中游玩。恰遇小二，接到行中，盛席款待，说："目下扇子客人来了一月，因炎天下雪，货卖不出，请五位财翁周全。”弟兄听了，一齐答应：置得大扇十三万，小扇二十万，芭蕉蒲扇十万余。扇子寄存栈房，随即回家取银子。

因纣皇无道，“天道行得颠倒颠”。交了十月，“日照当天如火样，知了渐渐叫商良。路上行人撑凉伞，街坊只见卖凉粉”，扇子好销了。从栈房中发出芭蕉扇，只见毫光耀日，上有“黄金万两”四字，双龙围绕戏珠。乃知此扇经福星置了，有神明变化。兄弟们不胜之喜，遂选上等细扇子三千把，金龙宝扇一把，上朝见驾，献于君王。恰值武王伐纣得胜，周朝初立，武王亲登龙位，御笔钦封弟兄五人为“五路财神”，通达五方财帛，掌管天下财源。文武官员及百姓得到金龙宝扇，扇着总称心。

在中国民间信仰的众多神灵之中，财神的出现较迟。大概是在宋元时期，人们经商发财的商品意识浓厚之后，才供奉财神。像其他神灵一样，财神也被人格化，但担任这一角色的人物，直到现代也没被固定下来。比较普遍崇信的财神是赵公明，又称赵公元帅。这位赵公明在东晋干宝《搜神记》(卷5)中是上帝差下人间督鬼取人命的“五将军”之一，所以隋唐时期，赵公明又被视作“五瘟使者”中的“秋瘟”。“在天为五鬼，在地为五瘟”[1]。元代以后，赵公明又被视为秦汉人，为道教的张天师护丹炉，封正一玄坛元帅。他能“驱雷役电，唤雨呼风，除瘟翦疟，保病禳灾”，且“讼冤伸抑，公能使之解释公平；买卖求财，公能使之宜利和合[2]”。在明代神魔小说《封神演义》中，赵公明又成了峨眉山上修道的仙人，被闻太师请来助纣抗周而亡。姜子牙封神时，他也被封为“金龙如意正一龙虎玄坛真君”，手下有“招宝”“纳珍”“招财”“利市”四位小神，这就是后来他被正式视为财神爷的来源。他与“招宝”“纳珍”“招财”“利市”五位合在一起，便是“五路财神”或“五福财神”。

为五路财神落实姓名，又起了混乱。本来各地民间已有“五显”“五通”“五圣”等神，其神主及神格亦众说纷纭，均系民间的杂祀。这本宝卷中所说的“五路财神”的神主，实际上来自“五盗将军”。明人编《三教源流搜神大全》卷

[1] 见《三教源流搜神大全》卷4“五瘟使者”。

[2] 见《三教源流搜神大全》卷3“赵元帅”。

4“五盗将军”条称，他们是南朝刘宋废帝永光年间的五位盗寇，被大将张洪破而杀之于新封县。后来五人鬼魂作怪，祭之者称其为“五盗将军”。神主为杜平、李思、任安、孙立、耿彦正。以此五人为财神起于何时，不详。李嘉瑞《北平风俗类征》上卷“岁时”引清人《都门杂咏·五显财神庙》诗云：“灵应财神五弟兄，绿林豪杰旧传名。”[1] 宝卷中称他们五位是商、周之交的人物，大概因为纣王忠臣比干被尊为“文财神”之故。总之，民间信仰的此类杂神，多为附会传讹，没有必要也不大可能认真去落实。但本卷中五人的生日——正月五日，在民间被视为财神的生日，旧时各地商家春节后于此日“开市”。

这本宝卷中所编造的五路财神的故事，本无复杂的情节。它的特色在于：

(1) 通过“五路财神”在各地货卖，介绍了清代中叶以后各地商品流通的情况，如：

再到川广挞白米，买城（成）白米等来秤。
川广地，田稻熟，每亩五石有余零。
每石进价五钱半，出货价银一两纹。
卖完白米收细席，虎丘收子到临平。
临平街上来卸货，亦财（赚）五千雪花银。
临平亦买回头货，绉纱绸缎共绫罗，
到子苏州来销货，又赚九千好纹银……

这一段说的是从“川广”（指长江中游的湖南、湖北、江西、安徽等地）贩米到苏州，从苏州贩细席到临平（浙江余杭临平镇），再从临平贩丝绸到苏州。这样长途贩运，均可获厚利。这些描述不仅给听卷人增加商品知识，且具有史料价值：历史上曾经是“苏常熟，天下足”的江南地区，何以要去“川广”贩白米，且能获厚利？原来自明代中叶以后，江浙一带种植桑、棉等经济作物占了大量稻田，商业、手工业生产又分流了大量劳动力，使这一带竟成了缺粮区。每年要从长江中游运入数以百万石的稻谷。

接下去关于苏州“星杂货”的介绍，琳琅满目，听起来十分有趣，如：

[1] 李家瑞《北平风俗类征》（国立中央研究院历史语言研究所专刊之十四），上海：商务印书馆，1937，页20。

纸头马，皮老虎，牵丝活象驼平升。
刨花香粉骨头簪，白铜手镯耀眼睛。
小尖刀，竹挖耳，火刀火石刺痧针。
象牙头子挖花牌，蜜缸盖钵茶叶瓶。
鞋拔子，毛板刷，磁器茶壶小花瓶。
香炉细碗锡腊签，小小洋镜照佳人。

(2)最后一段写各种人扇了“金龙扇”后都得到称心如意的结果。所述人物，从皇帝以下，文武官员、读书人、种田人、做工人、客商人、和尚、道士、尼姑、待诏、喜娘、典当、南货、茶馆、酒店、药材、饭店、肉店、豆腐店等等，还有歪嘴、聋瞽、戏子、兵勇、船家、养牛、养猪、老人、小人、男人、女人……最后是做会人家的太太、斋主，共64种人物。[插图97] 各行各业、三教九流、各色人等，宣卷人对他们都有夸张而诙谐的祝福。如说到和尚、道士：

方丈大法传，御家还香愿。
奉旨敕建大法院，打醮保平安。
法事一连串，拜佛忙不完。
早晨接到暗（晚），赛过苏州玄妙观。

说到南货店、茶馆：

店里闹声喧，在到南货搬。
纸马连定缎，老虫[1]死变子海参干。
堂里在满座，茶泡几百碗。
堂官忙不完，还要煤头卷，泡潺茶叶变龙圆。

说到矮子、哑子：

[1] 老虫，指老鼠。

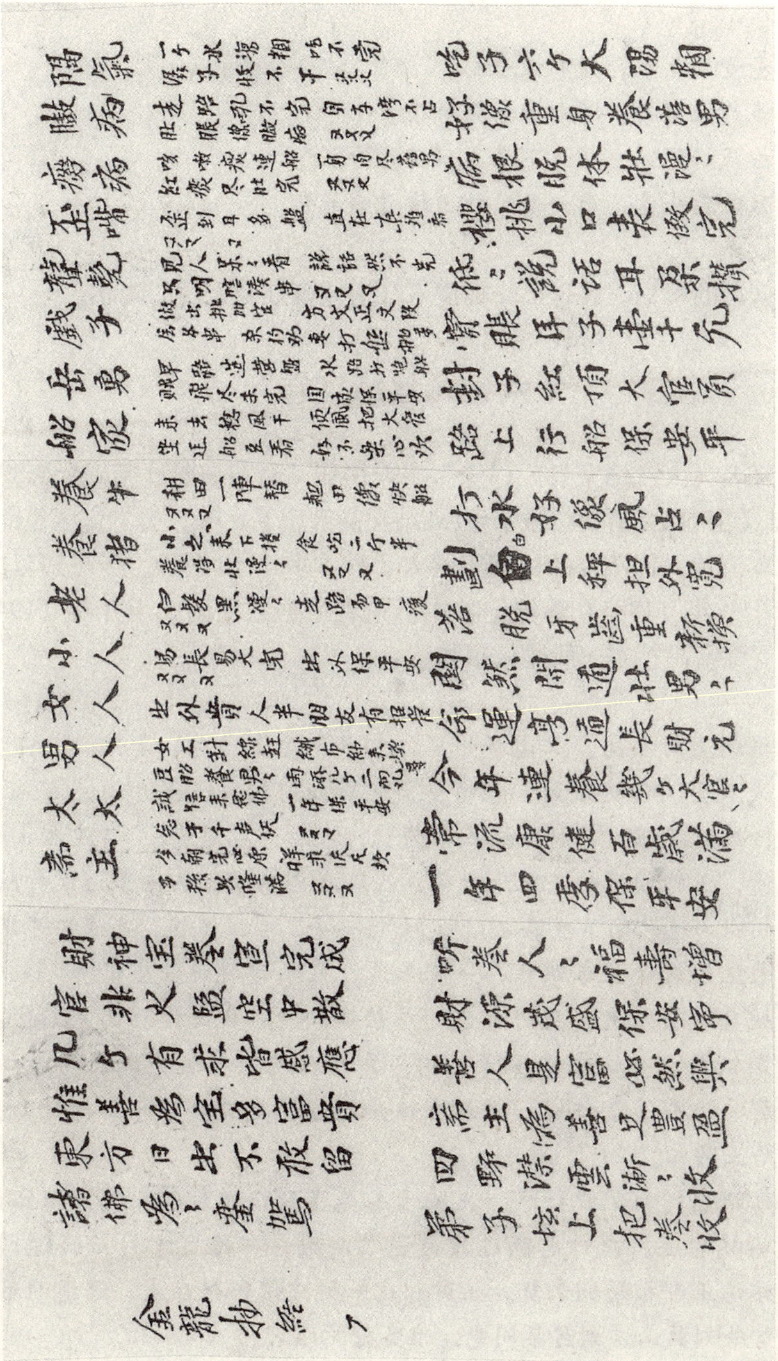

[插图 97]《金龙扇宝卷》（又称《财神宝卷》，清末抄本）

量量二尺半，短衫做长衫。
串行灶里攒，顷刻身体像笋攒。
扮戏扮不完，指东下西占（转），
只拿舌头盘，扇一扇，吐出横骨喊趁船。

这些诙谐的祝福，展现了一幅清末江南城镇社会人情的画卷。

十六、《丝绦宝卷》

本卷又名《大丝绦宝卷》（“绦”字或误作“套”）《丝绦宝卷》《忠义双全宝卷》《结义宝卷》《结义丝绦宝卷》《结义高升宝卷》等。吴方言区民间宝卷。未见印刷本流传，但流存的民间宣卷人手抄本多达40余种。今见最早的抄本是清光绪十一年（1885）蒋锦记抄本。笔者所据系民国二十九年（1940）苏州颖川书屋陈富昌抄本。所述故事如下：

元朝天历年间，江南扬州府江都县财主王卿相，妻陆氏。王卿相文武双全、仗义疏财，专结交天下英雄好汉，三教九流。有人来投奔，必赠花银，并赠丝绦一条为记，人称“丝绦党”。贫汉崔山卖妻还债，王卿相代他还银十六两；崔山备酒感谢，让娘子白氏作陪。王卿相以为这“闭了丝绦之门”，大怒而去。崔山羞愧，去淮安开店。

书生姚文俊父母双亡，一贫如洗，靠书僮姚福营生供养。王卿相助姚盘费去赶考，又将自己的龙丝绦相赠。姚文俊到南京，住在刘鼎山饭店，并认识乔歹子，刘、乔两人均系丝绦党。三场考毕，姚中解元，乔歹子作媒，将姑表妹卢昭容说给文俊，即日行聘，并送信给王卿相。

卢昭容的叔父卢计恶，托骗子尤其显到扬州为媒，将卢昭容说给张翰林为妾。卢计恶瞒过嫂嫂送了庚贴，并准备十月三日过门。张翰林请王卿相婚期来贺。王卿相已知姚文俊行聘在先，进退两难，因送信给刘鼎山。刘召集同党，准备抢卢昭容。

张翰林乘船到南京迎亲。卢计恶不顾嫂嫂和昭容反对，将卢昭容抢去。船到扬子江，刘鼎山等人扮作强盗又将昭容抢回。昭容母设宴感谢众英雄救命之恩。姚文俊与昭容成婚，即赴京应试。

张翰林回扬州，告到门生淮安府都堂苏文显处，称王卿相勾结丝绦党抢了偏房卢昭容，杀死家人二十七名。苏文显发文扬州，着柳知府捉拿丝绦党头儿王卿相。柳知府的儿子柳天香也是丝绦党，得信后让王卿相逃避。王不愿拖累他人，被解到淮安府，打入牢房，判处死刑，报京详按。在淮安开店的崔山得信，入狱中照应。家人王恩回扬州报信，王卿相夫人陆氏带领丝绦党人砸了张翰林府。淮安府书办丝绦党孔目章写了八个“传章”，连夜通知各路丝绦党人来淮安劫法场。这几路丝绦党人是：

南京刘鼎山及手下丁千斤、马八百、冯赛虎、李铁腿、姚家九兄弟

乔歹子及五虎十条龙、九将一先锋

嘉兴府铁琵琶和林月英、林日英二姐妹

凤凰山法引禅师

杭州白龙公子

镇江罗天保元帅参将高奎

扬州知府柳天保公子

崔山官及三百六十小兄弟

法引禅师随即去京城告御状，由师弟法净引见齐王，启奏天子。张翰林、苏文显为防止丝绦党人劫法场，吩咐营兵把守淮安各城门、不放无业之人进城。丝绦党众兄弟各扮三教九流三百六十行生意人混进城内。京详文书收到，苏文显令孔书办写斩条。孔目章为推延时间，提议缓刑三天，传镇江罗天保元帅命参将高奎带三千人马来保卫。三天之后，众兄弟齐集法场，孔目章吩咐众人：“只救大哥，切不可伤人！”王卿相夫人陆氏和林家二姐妹到法场活祭。时辰一到，苏文显下令开斩，刽子手举刀，陆氏、林家二姐妹拔刀架住，高奎让出一条路，众兄弟救出王卿相。

此时法引也带天子“赦书”到了，并带了齐王令箭，宣王卿相

及众兄弟进京。齐王接见王卿相，齐王两个儿子也入了丝绦党，与王卿相等结拜为兄弟。姚文俊中状元，奉旨还乡。毛文显造反，王卿相带丝绦党众兄弟剿灭立功，被封为安乐王，钦赐半付銮驾出入，众兄弟也各有封赏。

“丝绦党”之说，亦见苏州弹词《九丝绦》，其中主人公封廷贵结义兄弟裴人吉有白玉环九枚，配以丝绦，送众兄弟，结为“丝绦党”。[1] 此为故事最后一段说明性的情节。这本宝卷中，以王卿相为首的“丝绦党人”是构成故事的主要人物。他们坚守义气，救人急难，反抗官府的迫害，俨然是一个“会党”。其成员包括地方财主、读书人、文武官吏、官员的公子、禅僧、店主及各种技艺人，还包括妇女。宝卷故事也未落入因果报应的固定模式，如果去掉最后丝绦党奉旨剿平毛文显造反的情节（有的抄本中是“番兵入侵”），其主体故事是丝绦党反抗官府迫害的故事。它从一个侧面反映了晚清民间会党的组织和活动情况。

这本宝卷的另一特色是大量铺述“三教九流”“三百六十行”人物，构成晚清江南城镇社会的一幅风俗画。丝绦党众兄弟混入淮安府时扮演了各种人物，除了读书人、和尚、道士（所谓“三教”）外，大量是江湖上的各色人等：走方郎中、课馆先生、乞丐、算命、卖卦、相面、测字先生、女人算命（又称“梅花算命”）。属于民间演艺行的艺人有说书先生、凤阳女子（打花鼓）、打连厢、撮戏法、无锡滩簧、西洋景、走绳索、说太保；各色手艺人有卖画张、穿珠花、玉器、铜匠、钉碗、补锅、箍桶、补篷；各色生意人有卖橄榄、卖梨膏糖，等等。另一种抄本中，还有宣卷、说古今、唱道情、唱莲花落、说新文、说天下、说稀奇、说海话、唱山歌、唱春、唱九连环、唱金铃、唱哈哈调、赞财神、唱大脚姑娘、弄蛇等各色艺人；卖西洋镜、换糖、扦脚、混瓦匠等技艺人。[2] 在这些三教九流的人物进城时，都对他们作一番描述，如“说太保”的：“面孔上搭铅抹粉，头上红头绳绕紧紧。一朵红花当头插，扇子一把手中存。”或让他们表演一番，如卖梨膏糖的唱：

[1] 参见谭正璧、谭寻《弹词叙录》“九丝绦”，上海：上海古籍出版社，1981，页13－15。

[2] 见民国十九年（1930）周焕文抄本《丝绦宝卷》。

小小洋琴四角主，各处码头多游到。
先到苏州元（玄）妙观，后到上海城隍庙。
此地贵府初次到，各位招呼多打了。
别样物件多不卖，但卖苏州梨膏糖。
此膏奇味不（百）花捍，清心明目能炎凉。
能走心肝脾胃肾，主治咳嗽补元良。

十七、《何文秀宝卷》

本卷又名《文秀宝卷》《贤良宝卷》《贞烈宝卷》《双恩宝卷》《四喜宝卷》《妙莲宝卷》等。众多的异名，均来自宣卷艺人的抄本，这些抄本多为宣卷艺人师徒传授的秘本。它从一个侧面反映了晚清近代江浙宣卷演唱活动逐渐商业化后带来的影响：宣卷艺人对一些受听众欢迎的宝卷，竞相标新立异，以争取听众。这本宝卷在江浙民间宣卷中流传极广，为公私收藏的民间抄本多达数十种，最早为清光绪元年（1875）华翼皋抄本，另有民国间上海文益书局等出版的石印本［插图98］和排印本。它们的基本情节相同，现据1930年宁波学林堂出版石印本介绍其故事如下：

明嘉靖间，应天府江阴人何文秀去华山还愿，返程到扬州，恋上妓女刘三玉。文秀父何显往山东任考官，应天府知府陈练托他照顾儿子入学。何显不徇私，反将陈练之子赶出贡院。何显思想与陈练结怨，心中烦闷，回到家中，又得知文秀留连妓院，一气身亡（又、清末最乐轩抄本《妙莲宝卷》所述为何文秀父何显被严嵩逼死，陈练是严嵩的爪牙）。

陈练知何显已死，假托劝捐饷银三万两，到何家勒索；又放火烧了仓库，诬告何家总管何九思，将何九思斩首，抄没何家财产。何显夫人裘氏撞死公堂。陈练为斩草除根，上表捉拿何文秀。

何文秀银子用尽，返程过丹阳被抓，始知父母双亡，自己也是奉旨捉拿的钦犯。丹阳县令李干青仗义放了文秀。文秀逃到苏州，沿街唱道情度日。

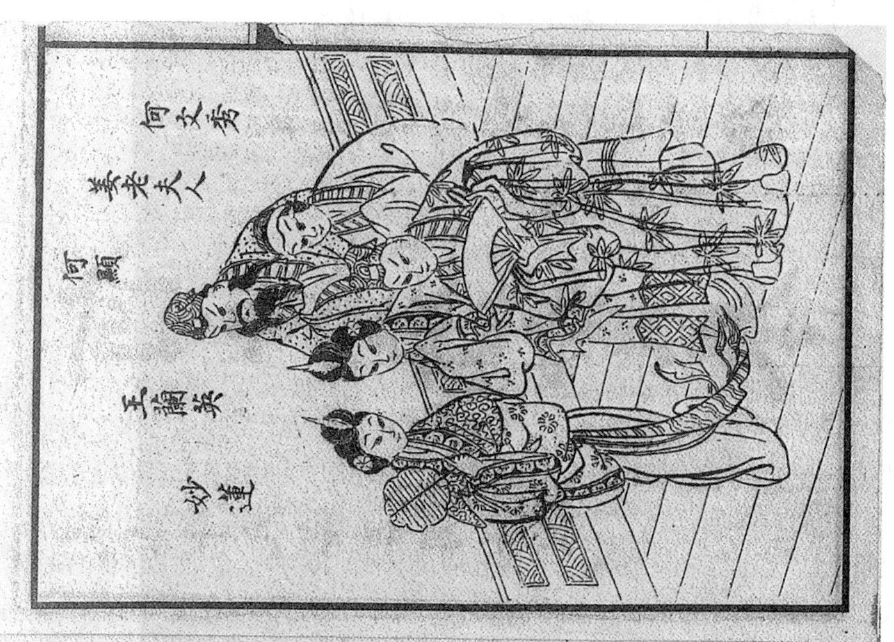

［插图 98］《何文秀宝卷》卷首和插图（民国十九年［1930］宁波学林堂书局出版石印本）

王国老之女兰英，听丫鬟妙莲说，唱道情的书生才貌非凡，便借为母亲庆寿，将何文秀请到家中。知道文秀身世后，十分同情，与他私订终身，约定晚上到后花园赠金。文秀按约前往，被王国老捉住。王国老嫌女儿败坏门风，将二人装入车袋沉入长江。王母姜夫人让管家陶常扮作渔翁将二人捞起，送到丫鬟妙莲的祖母沈氏家中。沈氏为他们主婚成亲。二人又逃到海宁州，租借张堂的房舍住下。

张堂是海宁一霸。他为夺得兰英，假做同何文秀结拜兄弟，将文秀灌醉，杀死丫鬟，诬告文秀强奸杀人。海宁知州受贿，将文秀问成死罪，解往杭州。兰英怕张堂再来纠缠，悬梁自尽，被邻居杨妈妈救下，认杨妈妈为干妈。张堂带人来抢兰英，被杨妈妈骂退。杨妈妈有子名文宝、女名翠英，三人姊妹相称。

陈练新任杭州知府，将文秀打入死牢。狱官王林知文秀冤枉，将自己疯瘫儿子代文秀受刑，救出文秀，改名王察，送往山东老家读书。大比之年，文秀中进士，钦点浙江十一府巡按，赐上（尚）方宝剑，先斩后奏。文秀先到海宁，假扮算命先生，查访妻子下落。他找到兰英，让杨妈妈向巡抚告状，并代写了状纸。杨妈妈拉了兰英拦轿告状，文秀即命捉拿陈练和海宁知州，将二人判斩，又将张堂抓来，烧了“蜡烛”（一种酷刑：用布将犯人缠起，浇上油烧死）。

兰英报了丈夫之仇，便同杨妈妈一起去苏州。何文秀赶来，夫妻相认，同到苏州拜见岳父岳母，并拜谢恩人王林。圣旨封何文秀为两省制台，王兰英为大夫人，杨翠英为二夫人。丫鬟翠莲前已在尼庵修行，也奉旨嫁与兰英干兄杨文宝。后来翠莲与兰英、文秀等人同修佛道，都得善果。

这一故事，情节曲折跌宕，人物善恶分明，恩怨深沉，这些都符合封建社会中农民和城市市民的审美趣味，因此，它在俗文学中得到广泛的传播。故事背景是明嘉靖年间，但到万历前期它已被编成为两种传奇剧本流通：一为李阳春《凤簪记》，又名《凤簪十义记》；一为心一山人《玉钗记》，又名《两重恩》，均见明祁彪佳《远山堂曲品》[1] 著录。前者在万历前期胡文焕选刊《群音类选》“官腔类”卷 15 中收有散出的《留童别妓》《花园被执》《深渊救溺》《花烛成亲》《弃子全英》《剖容立节》；万历刊凌虚子编《月露音》中亦收有《茶叙》《隐乐》两出。《玉钗记》则有万历金陵富春堂刊本传世。黄文旸《曲海总目提要补编》卷上《玉钗记》云：“本小说、弹词而作。”[2] 弹词《何文秀》今有传本，见谭正璧《弹词叙录》。[3] 乾隆间尚有道情《何文秀》，今存抄本。[4] 近四百年来，这一故事一直活在舞台上。清姚燮《今乐考证》“著录四”载“花部剧目”中便有《张堂抢亲》《何文秀私行算命》，[5] 它们是演出的部分情节。福建、浙江、江苏、江西等省的许多地方戏中也有这一传统剧目，如莆仙戏、梨园戏、闽剧、越剧、庐剧、锡剧等。

宝卷的改编当受上述戏曲的影响，其直接来源则是弹词。不仅在内容上，形式上这本宝卷也“弹词化”了（即“书派宣卷”）：为了增加演唱的戏剧性，它像弹词一样，故事中人物的说、唱均由演员摹拟其声口，于文本上注明了小生、旦、小旦、老旦、丑、外等角色。为了适应演出中间的间歇、休息，清末苏州抄本《妙莲宝卷》分成四“会（回）”。[插图 99] 所以，单就文本形式来看，这本宝卷除了开头有“开卷偈”外，同弹词文本难以区分。

但在探讨这一故事的起源时，笔者发现，在数千里之外的广西壮族自治区红水河沿岸的来宾、武宣、柳江、忻城一带的壮族民间，广泛传唱着一首与此故事的时代背景、主要情节、人物姓名都完全一致的勒脚体叙事长歌，称作“唱文秀”。黄勇刹等人根据多种民间手抄本整理、翻译作《马骨胡之歌》。[6] 长歌共分 10 章：《千里寻父》《花园奇遇》《祸从天降》《兰英得救》《狱中琴声》《兰英哭灵》《赶考荣归》《灵堂认妻》《报仇谢恩》等。长歌故事中的人物形象和细节描写，已具有民族特色。它体现了壮族的民族性格、生活方式。比如宝卷中何文秀是流落在苏州时偶唱道情，而长歌中的何文秀则是随身背着马骨胡（一种壮族乐器），在各种场合下都能弹唱的歌手。“勒脚”，汉语意译为反

[1] 见《中国古典戏曲论著集成》（六），北京：中国戏剧出版社，1959，页 100。

[2] 北京：人民文学出版社，1959，页 40。

[3] 上海：上海古籍出版社，1881，页 178 － 180。

[4] 见赵景深收藏清乾隆年间（1736 －1795）抄本《道情》集。

[5] 见《中国古典戏曲论著集成》（十），北京：中国戏剧出版社，1959，页 183、184。

[6] 北京：中国民间文艺出版社，1984。

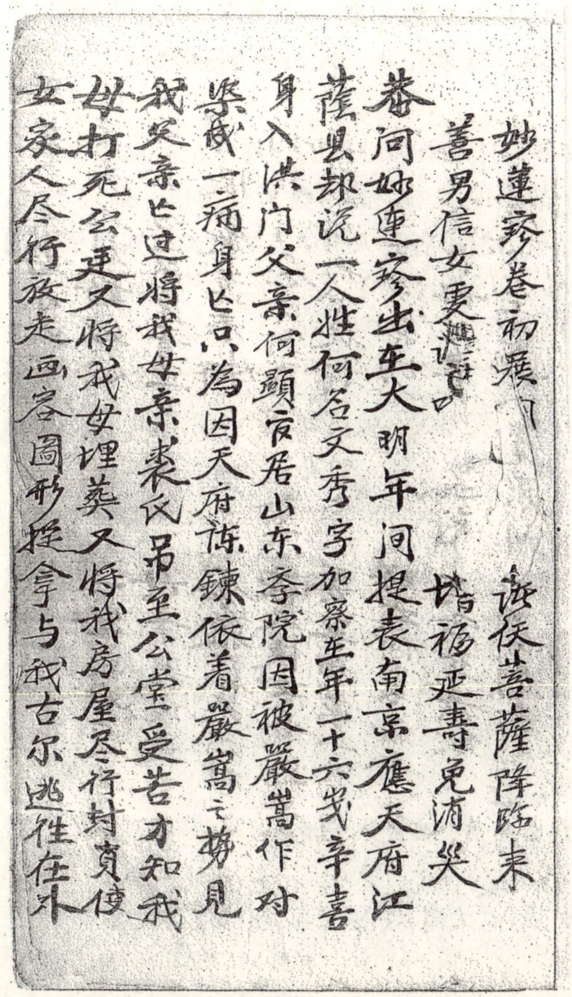

复回唱。这首长歌是十二行勒脚歌。十二行诗句分成三小节：第一节的一、二行，要在第二小节的三、四句重复；第一小节的三、四行，要第三小节的三、四句重复。三小节实为八个诗句：(一)1、2、3、4；(二)5、6、1、2；(三)7、8、3、4。这种长歌对韵律（押脚韵和腰韵）、句式、联章都有严格的要求，每一节歌所唱的内容，又要求能拆得开、合得起。这首长歌在上述壮族地区家喻户晓，人人会唱，其传承时间在百年以上。这个故事最初是以什么形式传播到壮族民间文学中的，是一个值得研究的问题。

[插图 99]《妙莲宝卷》是《何文秀宝卷》的一种异名演唱本（清末苏州抄本）

十八、《小猪卷》

本卷未见印本，仅存民间宣卷人手抄本。笔者所见是清光绪甲辰（三十年，1904）江苏常熟（今划归张家港市）徐宪章抄《蝴蝶宝卷》附载本。所述为“放下屠刀，立地成佛”的寓言故事：

浙江钱塘县林家庄胡屠家中养一“猪娘”（母猪），生了五只小猪。一天，胡屠要杀猪娘，五只小猪口吐人言，各述猪娘养育之恩，争代猪娘去死。胡屠因受感动，从此改恶从善，戒杀生灵，诚心办道，念佛看经。此事传开，南村北巷，大街小街，人人争看这“新文”。

这是一则流传颇广的寓言故事。甘肃敦煌地区的念卷中也有此故事的卷子，江苏南通香火童子也唱这一故事的神书。故事情节很简单，篇幅不大。宝卷中却插入了一段“说新文”，极力渲染各色人物争先恐后、挨挨挤挤来胡屠家看“小猪开口劝世人”的奇事，以致出现种种失态行动：[1]

说新文，话新文，

带领格大男小女、娘娘小姐，哭格哭、喊格喊，引动多多少少人；家中挤得人挨挤说格说，笑格笑，希奇格，猪会说话说得人人喜得骨头轻。

四面八方尽来看，

且说一种生意人：

纸马店里伙计先生也要看新文，

乡下人要买付观音纸马，一揭揭错子一帖堂子，还有一帖末一揭子古董老寿星。

裁缝店里师父也要看新文，

别人叫他裁条裤子，只想看新文，共成末听清，裁子一件布背心。

铜匠店里人也要看新文，

别人买把铜杓，视而不见，听而不闻，大蚀其本，错卖落一只铜盆。

锡匠也要看新文，

乡下人叫他打只锡茶壶，一时不当心，手上敲得痛杀人，恨气打只茶叶瓶！

铁匠也要看新文，

别人叫人打点锄头铁搭钉，耳朵弗听清，共成打只棺材钉！

药材店里先生也要看新文，

乡下人买一百钱牛膝，拿人参错落二三斤。

[1] 本卷用吴方言，引文已作校订，个别方言词语义不详。

郎中先生也要看新文，
人请他看毛病，开差完只药方，害别人吃子命归阴。
开肉庄人也要看新文，
一个小弟弟买七钿送鬼肉，拿硬勒铲落子十来斤。
茶馆里堂官也要看新文，
眼睛奔来奔，开水尽不滚，要紧紧看新文，出店门，带领吃茶人，尽斜出子店堂门。
豆腐店里师父也要看新文，
拿风箱拼命扇，勿知滚不滚，拿豆腐浆沸得干干净。

下面还谈到面馆、碗店、京货店、酒店、南货店、糕店、厨司务、茶担司务等货卖和手艺人的失态行为，最后说其他各色人等：

和尚看新文，挤出光头顶，
脚跟头个格帽子、膝裤，踢脚绊手；一个小和尚拾着只大姑娘格一只膝裤，就望头上一套，刚刚套到齐颈深。
道士先生看新文，
头上挤落破方巾，身上一件布海青，被人扯得碎纷纷。
瞎子也去看新文，
勿看见，张开点，着力一个绷，两眼睁得像铜铃。
聋瞽也去看新文，
又是勿听见，勿看见，把脚垫起点，着力一个伸，颈颈伸长二三寸。
搭脚也去看新文，
拿子一根棒，撑末一跳，更比好脚快三分。
瘸子挤得无挡塔，
驼子挤得直挺挺。
人来人去无其数，
小猪开口劝善人。

自明代中叶以来，江浙地区说唱文学中便有“说新文（闻）”的传统。引人注目的社会事件，士绅人家的家事，各种趣事异闻等，民间艺人会即时编成各种形式的说唱文艺演唱，影响较大的还会被印出唱本流传。近代江浙一带出现了专门“说新文”的民间艺人，[1] 是一种较受民众欢迎的说唱文艺形式。其他各种说唱文艺也多以说新文吸引听众。

江浙宣卷中引进“说新文”是近代的事，它不仅出现了一批以时事传闻为题材的宝卷，也丰富了宣卷演唱形式的趣味性、娱乐性。这本宝卷中则直接插唱了“说新文”,几占全卷 1/3 的篇幅。它全用极度夸张、大量铺陈的方式，烘托出“小猪开口劝世人”的轰动效果，起到正面叙述难以达到的劝化作用；同时，又以听众熟悉的、经过夸张的各色人物的失态相，构成热热闹闹的欢乐气氛，娱乐听众。它所用的烘托方法，其源头可追溯到汉代乐府民歌《陌上桑》，此处则将这种烘托方法发挥到淋漓尽致。单阅读文本，或感到其堆砌，但在口头演唱中，伴随着阵阵笑声和“和佛”声，听众是乐意宣卷人尽量铺陈下去的；这也是表现宣卷人见多识广、发噱逗乐的表演才能的地方。

这段说新文的唱腔不详。唱词是上、下句结构的两句体，下句“加沙”，即加唱衬句、垛句。这种加沙句式，在江浙吴方言的演唱文艺中比较流行，它是用一种介乎唱、念之间的“急口”（节奏快而自由）演唱的。它用之于唱述各色人等的失态行动，也为演唱者的夸张铺陈提供了极大的空间。总之，像这样吸收说新文的演唱技巧，甚至插唱说新文的段子，在江浙早期的木鱼宣卷中是不可能出现的，它是近代江浙民间宣卷向其他演唱文艺学习的一个实例。

十九、《销释孟姜忠烈贞节贤良宝卷》

本卷简名《孟姜宝卷》《孟姜忠烈宝卷》《长城宝卷》。今存明刊清初递修本，折本；[插图 100] 另有清抄本及康熙金陵荣盛堂刊方册本。清抄本据明刊本过录，其品目、文字相同；康熙刊本据明刊本整理，卷名改题为《佛说贞烈贤孝孟姜女长城宝卷》，品目、文字有改动，但内容和故事未改。路工编《孟

[1] 民国十九年（1930）周焕文抄本《丝絛宝卷》所述的三教九流人物中便有“说新文”。旧时浙江北部地区沿街或撂地演唱道情亦称“说新文”。

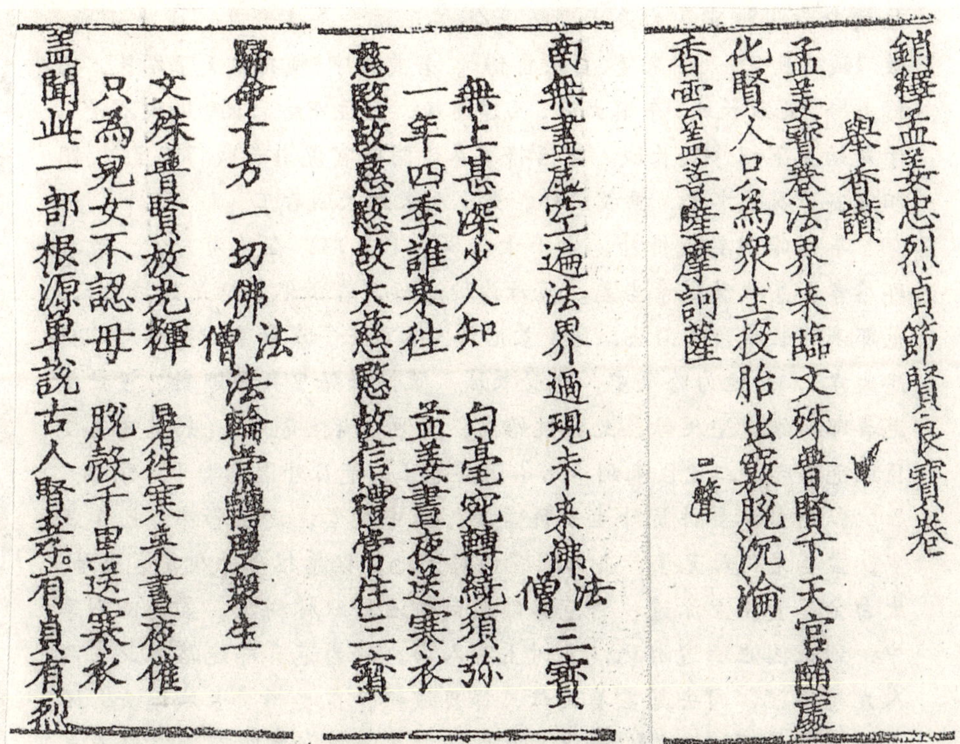
銷釋孟姜忠烈貞節賢良寶卷
舉香讚
孟姜寶卷法界来臨文殊普賢下天宫臨處
化賢人只為衆生投胎出竅脫沉淪
香雲蓋菩薩摩訶薩　三聲
南無盡虛空遍法界過現未来佛法僧三寶
無上甚深少人知　白毫宛轉繞須弥
一年四季誰来往　孟姜晝夜送寒衣
慈悲故慈悲故大慈悲故信禮常住三寶
歸命十方一切佛法僧法輪常轉度衆生
文殊普賢放光輝　暑往寒来晝夜催
只為兒女不認母　脫殼千里送寒衣
蓋聞此一部根源单說古人賢孝有貞有烈

[插图 100]《销释孟姜忠烈贞节贤良宝卷》(明末刻、清初递修经折本)

姜女万里寻夫集》[1] 收康熙本的标点本，有删改。

本卷据孟姜女传说故事改编。明刊清初递修本的“分”目和每分所唱小曲，见本书第四节“明清教派宝卷的发展、形式和演唱形态”。在开卷“举香赞”“皈命佛号”后，“缘起”部分漫说了一些古人今人修真养性的道理，又称“众生自知烧送寒衣，不知寒来暑往，何日立世？世人供养寒暑菩萨（指卷中人物范喜郎、孟姜女）时时烧香，礼拜龙天，就是自己本源家乡”，然后进入故事叙述：

轮转古佛下界于南阎浮提为秦始皇。始皇一日梦见四众人等扯

[1] 上海：古典文学出版社，1957，页313－360。

住救命。阴阳官认为是天下人民不信正法，杀害众生，天意不顺，故“贼兵反乱，六国来侵，自杀自伤”。若要安宁，须招聚天下军民，“南修五岭，北筑长城，东填大海，西建阿房。挡住四方六国，风火不侵”，于是始皇下诏修筑长城。蒙恬将军奏请阴阳官说出长城“四至”，阴阳官安下罗经水平，画成图样。天下人来到长城着工。

华州华阴县范员外，生子十六岁，名喜郎，在学为秀才。范喜郎尽孝，愿代替父亲当差。父母为他送行，告诉他蒙恬是姑舅亲人。范郎来到长城六罗山头，见了蒙恬，内奏君王。秦始皇因范喜郎“全忠大孝”，封他为给事中，代管长城。蒙恬嫌始皇弃旧迎新，设计骗范喜郎回家探望父母，又奏报始皇，说他“背主还乡”。始皇遂差使臣取范喜郎。二使臣来到华州华阴县范家，范员外同婆婆十分烦恼。

弘州弘水县许员外生女许孟姜，胎中吃素，看经念佛，已十五岁。孟姜见父母无子，去泗州堂祭拜天地，祝愿招个贤人发送父母。太白金星受玉皇派遣，将范喜郎送到柳池塘双林树上。孟姜回到家中，到花园池塘边游玩，见树上有人影，知为范喜郎迷路来此，两人发愿婚配，同去见孟姜父母，择日成婚。孟姜招了长城逃夫，不多时传遍天下，二差人来捉范喜郎去。孟姜临行嘱咐范郎，修起长城还乡成亲，并说十月去送寒衣。孟姜虽无兄弟，但有一田四郎陪伴，形影不离。

范喜郎到铁桥关见子平先生，请他算了一卦。子平先生算他此去命亡。范喜郎写封血书并清凉伞着人捎给孟姜，约定十月初一送寒衣来。差人押范喜郎回到六罗山头，打入九宫，罚修城九九八十一日。阴府三曹对案，查出范闪下孟姜，差鬼使把范取到枉死城中。狱主叫鬼使给范上了枷锁，去见阎君。阎君说，因他“闪君王抛父母撇妻子”，罪孽深重，只待将来孟姜送寒衣来，凉山庙相见，托梦给她，始把枷锁打开。阎王把范送在还报司。

孟姜收到范喜郎血书，禀报爷娘，不顾父母、邻人劝阻，决定寻夫送寒衣。她先织成一件赭黄袍准备送与君王，又为范喜郎织四件寒衣。父母让田四郎陪伴孟姜上路。

孟姜过了青龙关、白虎关，来到潼关，因无“真宝”，弓兵不让过关。

孟姜拿出赭黄龙袍，得以过关。又来到黄草关，被弓兵送入南牢监禁。孟姜在牢中痛哭，中天教主派太白金星化作白发公公，将金丹化饭给孟姜舍饭；半夜冲开牢顶，将孟姜、四郎提出关外，放一把天火烧了南牢。孟姜来到凉山县凉山庙，烧香哭告范郎。玉帝差六甲天神与十阎王说知，引范郎去凉山庙托梦给孟姜：他已被蒙恬害死在九宫。孟姜醒来，换上孝衣，来到长江边的九江口。打发田四郎还乡报信，无生老母驾法船送她到长城六罗山。

孟姜进了六罗山见蒙恬，蒙恬要她做妻小。孟姜说先送上朝廷黄龙袍，再做夫妻。孟姜女暗换上一件寒衣，始皇打开一看，恼怒蒙恬戏弄朝廷，差人拿了；又召孟姜，孟姜诉说实情，献上龙袍，求君王饶了蒙恬性命。君王要她做"昭阳"，带领三宫。孟姜提出三件事：一要宣来父母、公婆，二要为父母封官赠职，三要寻到夫主骨衬葬了。"把前后恩报尽无有牵挂，那其间做昭阳纳地朴心。"君王全部答应。孟姜咬破十指，滴血找出丈夫骨衬。君王圣主领四十万人马送孟姜到东海，孟姜抱夫主骨衬跳入大海。海龙王差判官去幽冥取来范郎，龙王圣母等人与他二人做个圆满大会。二位原是寒暑菩萨下界，玉皇丹书来招，二人升天，掌定寒暑。上方又送下石马、赶山鞭与始皇，始皇赶七十二座宝山入东洋大海，与孟姜、喜郎一起升天，赴蟠桃会。

齐杞梁妻哭崩长城的传说，是孟姜女传说故事的来源，[插图 101] 传到唐代，其故事情节和反劳役、反暴政的主题已基本形成。明代从开国皇帝朱元璋始，便在各地大修城池、宫殿。洪武二年（1369）朱元璋始建南京新城，直到洪武二十三年（1390）建成，接着又建中都（安徽凤阳县）城。明成祖朱棣定都北京后，又修建北京城及宫殿。接着又修建各地城池、"边墙"，特别是东起山海关、西至嘉峪关的边墙——长城，这一巨大的工程，历时近 200 年，直到明中叶以后才完成。

这样大规模的修筑宫殿、城池、边墙的工程，使各地数以百万计的男子抛下父母、妻子离乡背井，长期在外服劳役，无数民工死在他乡。因此这个以反劳役、反暴政为主题的传说故事，便在各地以各种形式流传开来。明代

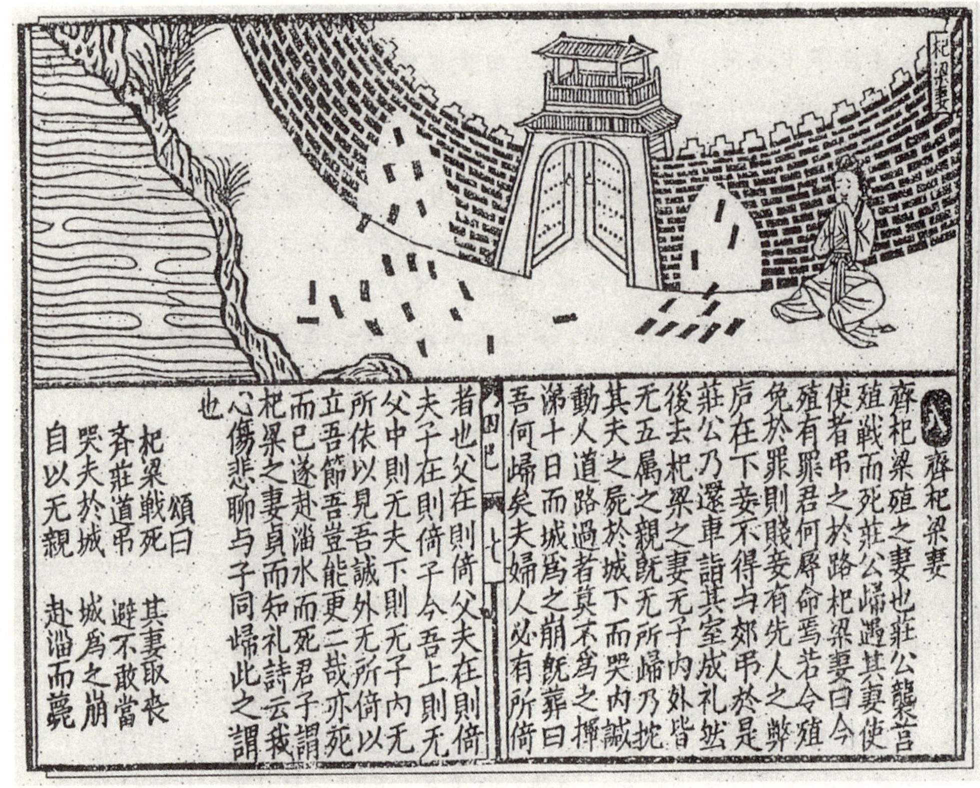

[插图 101] 齐杞梁妻（见清阮氏文选楼影刻宋建安刊本《烈女传》）

前期郑国轩编戏文《刘汉卿白蛇记》[1]第三十出《汉贵遇兄》中有两首［山歌］很具代表性：

筑城池，筑城池，可怜黎庶受孤凄！东村筑死张家子，西村囚杀李家妻。场中多少饥寒死，墙边尽是哭啼啼。妻子望得肝肠断，想起家中转痛悲，想起家中转痛悲。几时能够转回归，几时能够转回归！

筑城墙，筑城墙，可怜黎庶受灾殃！家下撇下妻和子，堂上别

[1] 存明万历年间富春堂刊本，《古本戏曲丛刊》初集收影印本，北京，1954。

了老爹娘。也有夫死城墙里，也有妻子没长江。受苦如山无数处，可怜筑死范杞良。杞良有个贤妻子，可怜千里送衣裳。寻夫不见墙哭倒，谁人怜念范杞良，谁人怜念范杞良？几时能够转回乡，几时能够转回乡！

这个剧本写的是历史故事，实是现实的反映。现代学者顾颉刚先生说："从明代的中叶到末叶，这一百八十年中忽然各地都兴起了孟姜女立庙运动"，"各地的民间的孟姜女传说，像春笋一般地透发出来。"[1] 这些透发出来的孟姜女传说，绝不可能是"怨而不怒"的。

明代民间宗教家把孟姜女传说写入宝卷，始自明正德年间的罗梦鸿。罗编《正信除疑无修证自在宝卷》"化贤人劝众生品第六"中说无极祖（即无极圣祖，是罗梦鸿开创的无为教的最高神）"为大地众生，无有孝道之心，背恩忘义，化现贤人，劝化众生"，其中说到："无极祖来托化孟姜贤女，哭长城十万里劝化众生。"除孟姜女外，下文还罗列了"高钗女擢海寻父""焦花女哭燎麦""王（黄）氏女受持《金刚经》"等故事，目的是宣传"孝道"和"恩义"。本卷卷名也冠以"忠烈贞节贤良"，原因即在此。但它偏离了这个故事的传统主题，所以卷中做了许多改动，如：秦始皇修长城是"贼兵反乱，六国来侵"；范喜良开始被秦始皇封了官，委以重任；孟姜女有一位来路不明的"兄弟"田四郎时刻奉陪，保证了她的清白；范、孟同秦始皇最后一起"升天"赴"瑶池会"等。

本卷不仅要表彰孟姜女的"忠烈、贞节、贤良"，更重要的是通过这一故事来宣传某种宗教教义和修持方式。从卷中所述来看，这本宝卷所属的教派是明中叶后以无生老母（卷中称为"无生母"）为最高神的"外佛内道"的黄天教（道），其修持方式是修炼"打通玄关一窍，五气朝元"的内功。卷中也将整个故事的发展过程暗示为修功的进程，比如"贼兵反乱，六国来侵"暗示修炼内功时的"六贼"（邪念）的侵扰。并且，卷中随时穿插进一些修功的名词术语；某些情节的安排，令人莫名其妙（如范喜郎被打入"六罗山九宫"，孟姜女在"九江口"被无生母驾船送到六罗山等），也是这个原因。

[1] 见《孟姜女故事研究》，原载《现代评论二周年增刊》，1927 年 1 期；引文据《孟姜女故事研究集》，上海：上海古籍出版社，1984，页 32、34。

卷中第六分中称孟姜女是弘州弘水县人；第三十分中孟姜女对秦始皇提出要求："头一件弘水县宣我父母，华阴县去宣我婆婆公公。""弘""衡"音近，弘水县即衡水县，即今河北省衡水市。这里被视为孟姜的籍贯是有根据的。唐人《同贤记》(《雕玉集》引）中说杞良为"燕人"。燕，即指河北地区。唐代以后，河北地区便出现了孟姜女传说的遗迹。衡水县北边的徐水县即安肃县（军）旧地，北宋祥符年间王梦征作安肃《姜女庙记》。[1] 据顾颉刚介绍，衡水县东北静海县（今属天津市），流传有两种《孟姜卷》：

> 卷一大一小，僧人也唪诵。大卷未见。小卷说许孟姜七岁即念佛行善，十五岁由父母命嫁范杞郎。刚三日，范郎被点赴役。他不耐苦，逃归，给官兵追回，在长城堤打杀，筑在城内。他托梦给她，她就织就一领赭黄袍，又织寒衣（卷中描写织的花纹极详)。织就后亲自送去，把黄袍献与始皇。始皇要娶她，她请在葬夫后。她到长城堤下痛哭，土地与城隍把城墙推倒了。她滴血认骨，要求始皇用黄金棺殡殓，一下子撩了罗裙跳入水中。始皇敬重她，造了一座姜女庙。[2]

静海的这本《孟姜卷》同本卷在故事上有联系，特别是作为故事特征的"织赭黄袍"故事。顾文中尚介绍该地一首《孟姜织黄袍歌》："孟姜织黄袍，三百六十条；只为范杞郎，一年织一遭。"并说："想来静海方面织黄袍的女工是很多的，从她们的意想里构成了这类的歌和卷。"这首歌即本卷第十六分结尾的偈赞，文字稍有不同："孟姜织黄袍，三百六十爻；因为范喜郎，一年织一遭。"静海地区过去有无织绣女工，不详。如果确如顾文所说，则这本宝卷，很可能就产生在静海地区。

本卷所唱小曲曲牌中［七贤过关］为"集曲"。第二十分所唱［七贤过关］由三支曲子组成，曲牌名不详：

> 春夏秋冬四季香，奴为范郎送衣裳。夏至炎天催寒暑，阳返阴

[1] 参见顾颉刚《孟姜女故事研究》，载《孟姜女故事研究集》，上海：上海古籍出版社，1984，页30。

[2] 见《孟姜女故事研究集》，页43。

来阴返阳。阴阳交过寒来到，天下人人做衣裳。

人人做衣裳，我范郎不得用。冻倒儿夫，那一个知疼痛，哭杀有谁明？若不是我把寒衣送，天下人人怎过冬？阳来春返，花开果生，吃穿二字何人送？不明的众生闷杀人。

春风夏热秋至寒，先天一气是根源。一年四季谁来往，孟姜才过头一关。

三曲押韵不同：分别是“江阳”、“中东”（通“人辰”）、“言前”。第三十二分所唱［七贤过关］句式有变化。康熙刊本将第三支曲子标作［尾声］，则视其为套曲。［七贤过关］在散曲中属［南南吕］集曲，集［梧桐树］［黄莺儿］［山坡羊］［香遍满］［金络索］［皂罗袍］［桂枝香］七支曲子的唱句而成，因名“七贤”。明代初年刘兑（东生）作《四时思情》四首，嘉靖万历间梁辰鱼（伯龙）作《惜别》一首，[1] 其句式、词格与上述唱句完全不同。在明末的其他宝卷中，有的也唱这支曲子。宝卷是口头演唱文学，它说明明末民间口头传唱的［七贤过关］曲，与明代文人散曲中的同名曲，不论曲调和词格都完全不同。这种用旧曲名为新曲命名的情况，在民间小曲中较常见，如现代江苏靖江讲经（宣卷）中唱的［挂金索］曲，与南北曲及明代小曲中的同名曲毫无关系，它是当地的民歌。

本卷二十六分所唱［十七腔］也是集曲，犹如后来小曲中的“九腔十八调”。它由多种曲调的唱句凑合而成，唱词近四百字。这支曲子也见其他宝卷，是当时流行的小曲，尚未见其他文献记录。

二十、《长城宝卷》

本卷仅存清同治忍德馆抄本，故傅惜华先生收藏，现存于中国艺术研究院。路工编《孟姜女万里寻夫集》[2] 收有标点本。

本卷据《销释孟姜忠烈贞节贤良宝卷》改编，开卷“诗云”：“《长城宝卷》奥无穷，奉劝大众苦用功。为人修的长城好，无有死来光有生。”说明改编者仍然暗示这部宝卷包含了宗教修功的奥义。卷末［耍孩儿］曲：“劝善人，听

[1] 见谢伯阳编《全明散曲》，济南：齐鲁书社，1994，页5－6、页2190。

[2] 上海：古典文学出版社，1958，页241－309。

我明，听着我，说长城，这部宝卷无有影。本是佛法传大道，编成热闹敬明公，一编编了一年整。众明公要问此卷，这部宝卷出在北宫。”“北宫”是民间教团组织。卷中仍保留了九江口无生老母庙，无生老母接待孟姜女、田四郎，送孟姜女躲过“贼船”等情节。孟姜女过潼关，又遇到了一位“先天老母”。以上说明这部宝卷是有民间教团背景的宣卷人改编的。它保留了《销释孟姜忠烈贞节贤良宝卷》的全部情节和人物，所作更动如下：

(1) 删去原卷随处可见的修习内功的说辞及秦始皇是“轮转古佛”的来历，最后仅交待孟姜、范杞良为上界“金童玉女”下凡，这样可以集中铺述孟姜女故事。

(2) 增加了许多细节描述，如孟姜女同兄弟田四郎到长城寻夫，路上扮作书生。这反映了改编者的一种观念：男女二人路上行动不方便。孟姜同范杞良在花园池塘相会后，由孟父许员外说合成亲，二人拜堂成亲后范突然生病，孟姜在病床前三日亲侍汤药，这样就避开了“三日成婚”的事，保留了孟姜女的处女身份。蒙恬将孟姜带回府中，蒙恬夫人接待她；待孟姜改了女装，蒙恬动了色心，想娶她为“二房”，蒙夫人生嫉妒心，事情未遂。诸如上述细节的绘述，可以增加这一故事的曲折性，也使篇幅较之原卷增加两倍以上。

(3) 演唱形式的改变：它已不再唱大量小曲曲牌，而全唱［耍孩儿］曲，并插入少量七言、十言唱段，称［七字佛］［十字佛］；分段结构不再分“品”，而是分“回”。每回以“诗曰”（四句七言或“六七六七”句式）为引子，结尾以七言（或五言）四句诗为结。由于传抄遗落，这种分回已不太明显，只留下痕迹，如有的地方叙述中还有“下回咱再明”“上一回了全告知”的字样。

这种以［耍孩儿］曲为主的说唱形式，是清初山东、河北等地说唱道情的演唱形式。康熙年间，山东淄博著名的小说家蒲松龄所作的俚曲《墙头记》便如此。这部俚曲全唱［耍孩儿］，并分作四回。本卷的这一形式的变化，是民间教派宝卷向后期民间宝卷的过渡。但在现存的清代宝卷中，仅此一见。

这部宝卷使用的方言，如“莫要卖精”“大衿织上天河水”“抽线认（纫）针”等，均系山东、河北方言，可知此卷属于清代北方念卷系统的宝卷。其改编时间，约在康熙、乾隆间。现代甘肃流传的孟姜女故事宝卷《哭长城宝卷》（又名《绣龙袍宝卷》，见下）中尚保留孟姜女为皇帝绣龙袍的情节，说明它们属于一个系统，都与《销释孟姜忠烈贞节贤良宝卷》有传承关系。在江浙地区孟姜女故事宝卷中没有这个情节。

二十一、《孟姜女卷》

本卷简称《寻夫卷》。朱容照抄本，□子法校订（□字不能辨识，可能是“章”字）。抄、校字体不同，校订者署“嘉庆六年（1801）杏月”，则其改编、抄写年代当在此前，可能是乾隆末年的作品。[插图 102] 卷中唱词个别地方使用了吴方言，如“未知意下若何能”“好象晴天霹雳一般能”。“能”，吴方言。它们都是用在韵脚上（此卷一韵到底，中东、人辰通押），说明它是江浙地区的宝卷。范杞梁的籍贯已由北方传说中的华州，改为“湖州”（即今浙江湖州），大致也是吴方言“华”“湖”音近的关系。但孟姜女的籍贯却由《销释孟姜忠

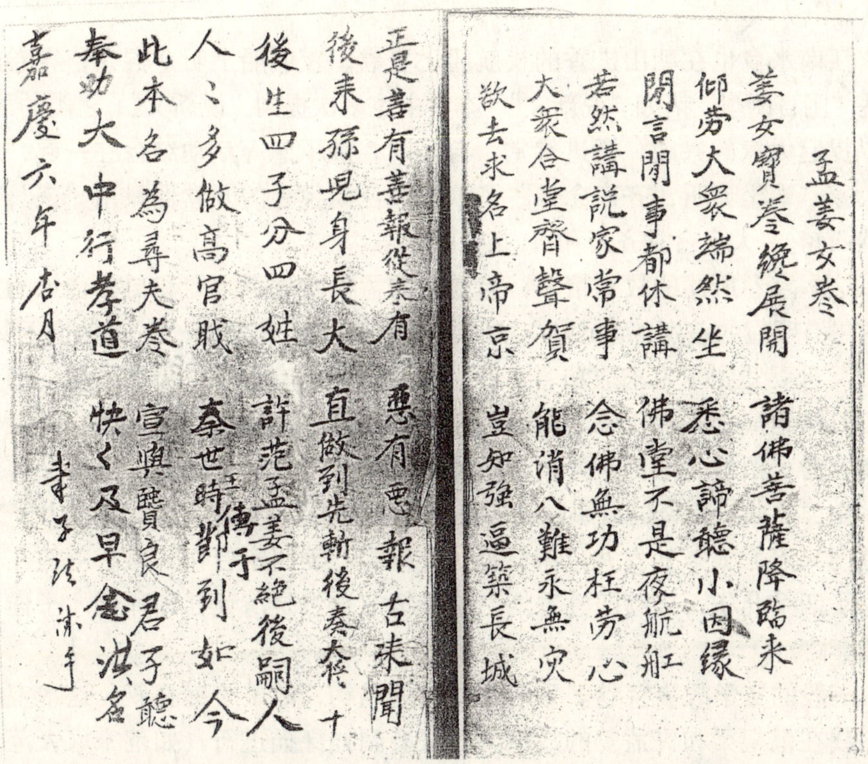

[插图 102]《孟姜女卷》卷首和卷末（清嘉庆六年[1801]抄校本）

烈贞节贤良宝卷》中的“洪州”、《长城宝卷》中的“弘州”改作“华州”。孟姜女寻夫的路线第一站是湘州（疑为“湖州”之误），下一站就到了苏州。苏州之后，行脚细致起来，先到苏州承天寺“讨筶问卜”，接着是枫桥→石桥村→无锡→铁璘关→常州→丹阳→镇江→渡江到扬州，得到太白金星的指点，“一路行程来得快”，便到了长城。从编者的地理知识来看，它的产生地区是苏南，很可能就是苏州。本卷“开卷偈”说：

姜女宝卷才展开，诸佛菩萨降临来。
仰劳大众端然坐，悉心谛听小因缘。
闲言闲事都休讲，佛堂不是夜航船。
若然讲说家常事，念佛无功枉劳心。
大众合堂齐声贺（和），能消八难永无灾。

江南水乡也在朝山进香的夜航船上宣卷。夜航船上听众混杂，宣卷时加上些“闲言闲事”诸如“说新文”（本卷中也多次提到“说新文”）之类的故事，可以提起大家的兴趣。搬进佛堂，与民间礼佛了愿等活动结合在一起，就要求大家“端坐谛听，齐声念佛”了。一般江浙宝卷的开卷偈只用“来”“灾”两韵四句。“大众合堂齐声和”，指合唱佛号。

这本宝卷所述的故事情节，与前此的孟姜女故事宝卷和口头传承的孟姜女故事有明显的差别：范杞梁在家时已娶徐氏为妻，并生有一子。他迫于父命，辞别父母妻儿到东京求取功名。许孟姜女知他已有妻子，仍然嫁他，二人夫妻三日被迫离别。徐氏临别时赠范杞梁的犀簪，范转赠给许孟姜；许孟姜寻夫离家时，留给父亲许员外；许员外到范家认亲时交给亲翁，最后又转到徐氏手中。这曲折离奇的故事，卷中称作“犀簪会”。最后，范杞梁的儿子戏剧性地与知府张太爷的女儿订亲，范、许、孟、姜四家合作一家。范的儿子后来生了四个儿子，接续四姓香烟。这类情节自然是清代江南弹词才子佳人故事的套路。

一般的文学故事宝卷多采取开放式的结构，故事平铺直叙。这本宝卷除了主线在范杞梁和许孟姜的故事外，又有副线穿插进行（如范家家人范进进京寻找小主人）。其间又用“托梦”（范杞梁死后托梦给许孟姜、徐氏，许孟姜托梦给父母）和鬼魂出现（范杞梁、许孟姜魂追秦王）的手法，让死人同活人见面，把有关人物故事连接起来。这样便增强了故事的曲折性和戏剧性。这是民间讲唱艺术惯用的“花开两朵，各表一枝”手法。

封建社会中关卡林立，孟姜女送寒衣到边关长城，自然要过许多“关”。在《销释孟姜忠烈贞节贤良宝卷》中，孟姜女临行，父亲嘱咐她“九关十八寨，处处要提防”；专节写的有“过潼关对宝”（它是戏曲小说传统故事《十八国临潼斗宝》的变形）、“黄草关被捉关进南牢”（在《长城宝卷》中被敷演为热热闹闹的三回书）。这本宝卷中只过了一个“铁璘关”，受到关上无赖的刁难。“织造”老爷解围，得以放行。清代内务府在苏州设织造衙门，置织造监督官，兼管浒墅关税务。这里拉了他来给孟姜女排难，也可看出织造衙门在当时的影响。这个铁璘关可能由《销释孟姜忠烈贞节贤良宝卷》中的铁桥关衍化而来（范喜郎曾在“铁桥关算命”）。在后来的江浙唱本和《孟姜女过关宝卷》中便改成了浒墅关，孟姜女唱了那首著名的《春调十二月》，便过了关。

这本宝卷中的某些情节也值得注意，比如许孟姜寻夫到扬州，出了西门来到黑松林，被强盗捉上山，强逼做押寨夫人。孟姜女诉说秦王无道，丈夫被害去修长城，自己千里寻夫送寒衣，“杀了奴家犹自可，害夫冻坏在长城”。那“大王听了姜女这番话，强盗也要起善心”，随即吩咐喽啰送她下山。这一情节在元代南戏《姜女寒衣记》[1] 中已经出现：姜女被流寇捉到赵黑龙寨，山大王是范郎的结义兄弟，因而被放行。这类情节在宋元南戏中经常出现，如《拜月亭记》中蒋世隆和王瑞兰遇盗被捉，强盗是蒋世隆的结义兄弟陀满兴福。它们反映了那个时期社会动乱的特点。在清代后期的孟姜女故事唱本和宝卷中，这个情节便被删除了。

强盗被描写得具有人情，皇帝却是一个暴虐无道的昏君。卷中的秦始皇将三千进京赶考的秀士统统押去修长城，让他们“十人一甲”，挑泥运土；他一见姜女便“骨头轻”：“后宫美女多多少，那比他人脚后跟。若得此妇为妃子，不枉当今第一人。”对秦始皇的惩罚也大快人心：范杞梁和许孟姜的鬼魂，手提铜槌把他打下龙床，“口叫范爷奶奶不曾停”，最后“口中鲜血直喷出，两脚一抖就归阴”。明代后期民间宗教家编的《销释孟姜忠烈贞节贤良宝卷》中，

[1] 载明成化间徐文昭编《风月锦囊》，全称《新刊耀目冠场擢奇风月锦囊正杂二科全集》，明嘉靖癸丑（三十二年，1553）詹氏进贤堂重刊本。

秦始皇被说成“古佛”下世。当他知道范杞梁是孝子、孟姜是节妇后，马上“封官赠职”。最后这位皇帝也登天，与范杞梁、孟姜女同赴“蟠桃会”。这部宝卷与上述宝卷及其改编本《长城宝卷》的某些故事情节虽有继承，但它们的思想境界已有了明显的差距。民间宝卷讲的是因果报应故事，也可能曲折地反映出封建社会中被压迫民众的反抗呼声。

二十二、《孟姜仙女宝卷》

本卷简称《孟姜宝卷》《仙女卷》。[插图 103] 民国壬子（元年，1912）上海翼化堂刊本，题“云山风月主人编、琅琊松堂氏评订”。《歌谣》周刊 1924 年《孟姜女专号》连载民国乙卯年（四年，1915）岭南永裕谦刊本，即此本的翻刻本。所述故事如下：

[插图 103] 万里侯喜良 · 孟姜仙女（民国壬子上海翼化堂刊《孟姜仙女宝卷》插图）

秦始皇修筑长城，惊天动地，劳民伤财。冬至节，天门大开，仙姬宫七星姑同斗鸡宫芒童仙官在南天门见下界杀气冲天，民受大害。芒童约仙姬下凡解救，仙姬犹疑不决。芒童即下凡到苏州万天心员外家，员外夫人郑氏生下一子，取名万喜良。仙姬随后也下凡接应，来到松江华亭县。她不愿血湖狼藉而生，便投在孟家庄孟百万员外家的一个冬瓜中。这个冬瓜牵秧到邻居姜婆婆家屋基地上，孟员外家人孟兴摘瓜，姜婆婆不允，地保判两家对分。忽听瓜内有声，出来一个仙女。县主判归孟家抚养，名孟姜女。孟家并将姜婆婆接来共为一家，养老送终。

孟姜女长到十五岁，孟员外欲招婿接续孟家宗祧。孟姜女决心修仙学道，不愿结亲。玉皇知道芒童和七星姑下凡，令太白金星下凡散布童谣："姑苏有个万喜良，一人能抵万民亡。后封长城做大王，万里长城永坚刚。"秦始皇出皇榜捉拿万喜良，万喜良告别父母逃命，偶入孟家后花园内。时孟姜女正在后花园看花，来到九曲桥边，忽然一阵狂风，跌落莲池内，万喜良慌忙将孟姜女救起。孟员外知万喜良乃旧交之子，即招他为婿。孟姜女已知万喜良即芒童下世，也默认了。孟员外即命挂灯结彩成亲，忽然钦差来捉万喜良去造长城。

万喜良被捉，孟员外写书通知万员外。万员外从此持斋念佛，斋僧布施，栽培来生。万喜良被解到长城。丞相李斯奏明秦始皇，封万喜良为"长城万里侯""万王尊神"，钦赐蟒袍、金冠、朝靴。万喜良一路惊恐，此时魂不附体，被活埋在长城工地。

万员外夫妻梦见儿子已死在外，孟家派家人孟兴去探听。孟兴知万喜良已死，回来只说喜良病了。孟姜女做好寒衣让孟兴送去，孟兴到苏州当卖寒衣，游乐不归。孟姜女梦见万喜良托梦，要她去长城，请秦始皇建万王庙。孟姜女因知丈夫已死，于是辞别父母、公婆去长城。到潼关哭坍长城城头，滴血认骨。潼关总兵奏报始皇，始皇见孟姜女美，欲收作宫人。孟姜女提出，要给丈夫造坟、造庙、御驾亲祭，始皇件件答应。庙修成后，始皇亲自祭拜，孟姜女跳入火中，烧得无影无踪。始皇又为孟姜女造仙妇宫、仙女庙。

孟、万两家四老舍家到常州清凉寺修行，观音大士教他们"返本还原归无极，七宗九祖尽超升”。四老同喜良、孟姜一起到天宫。玉皇免去二人私自下凡之过，四老亦到摩卯天宫执事。

这部宝卷是根据江浙民间广泛流传的唱本故事改编的。改编者是有民间教团背景的人，所以卷中也掺杂进教义的宣传，如孟姜女告诉父母愿闺门修仙，“时时修炼气和精，早晚回光并返照，法轮吊转不留停。日服乌肝与兔髓，交梨火枣是仙品。醍醐琼浆随时吃，降龙伏虎自然灵。”写观音大士向“四老”讲如何修行：“修行无非修性命……欲断轮回生死路，访拜明师觅正宗。参禅打坐明心性，时时照见五蕴空。”

清末民初民间宗教家在此类向社会公开的出版物（宝卷、善书等）中，均讳言其宗教（教团）名称。笔者推测这本宝卷的改编者属于先天道（或大乘教）的教团。先天道在清嘉庆、道光年间受到政府的残酷镇压，许多教主被杀，但同治以后各地仍有活动。从江浙地区的翼化堂善书局、玛瑙经房等刊印的许多宝卷来看，如《三世修道黄氏宝卷》《普陀观音宝卷》《妙英宝卷》等，均由先天道（或大乘教）教团的人员改编。这部宝卷附加进去的宗教宣传内容，与它们相似。

宗教家改编民间传说故事的宝卷，多妄加删改，以适应其宗教宣传的需要，如前述《销释孟姜忠烈贞节贤良宝卷》，本卷亦如此。孟姜女和万喜良系天上星宿下凡，这是宝卷文学故事的固定模式，但这本宝卷中的孟姜女一直是位能“先知先觉”的仙女，使故事具有神秘色彩。拘于世俗的宗教迷信和道德规范，改编者对原传说孟姜女身世中具有原始神话意义的情节，均作了改动：孟姜女在冬瓜中出生，是因为不愿受“血湖狼藉”；窥浴订婚改为孟姜女偶然落水；孟姜女死后变鱼被改为观音大士把大家一起送上天。

二十三、《南瓜宝卷》

本卷是江苏苏州市吴县郭巷镇已故宣卷先生陈伯源的抄本，抄写年代约为清末或民国初年。[插图 104] 1985 年，袁震先生（已故）自陈伯源的孙子陈阿多处搜集到这本宝卷，又称《贞烈宝卷》，它是根据江南民间传说故事改编的。本卷仅有苏南及浙江北部宣卷人手抄本流传。所述孟姜女故事具有地方特色：

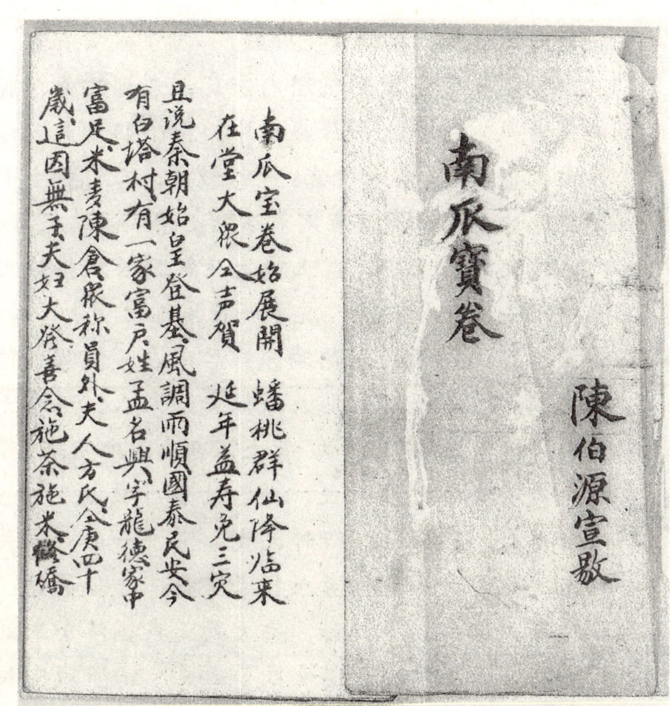
南瓜寶卷
陳伯源宣敬

南瓜宝卷始展開　蟠桃群仙降临来
在堂大衆全声賀　延年益寿免三灾
且説秦朝始皇登基風調雨順國泰民安今
有白塔村有一家富戶姓孟名興字龍德家中
富足米麦陳倉衆称員外夫人方氏今庚四十
歲這因無子夫妇大發善念施茶施米修橋

[插图104]《南瓜宝卷》(清末民初苏州吴县宣卷先生陈伯源抄本)

秦朝始皇登基，风调雨顺，国泰民安。嘉善县白塔村富户孟兴，人称员外，因无子，发善心斋僧修庙。观音大士奏与玉皇，玉皇命赐他一女。大士化作老僧到孟家化斋，临别送给孟兴一粒番瓜子。孟兴令家人种在园内，三日出苗，九日爬得满园藤。

番瓜藤爬到邻居姜斌家，结了一个大番瓜。为收获此瓜，两家争执。孟兴告到嘉善县，知县判两家各得番瓜一半。番瓜迸开，抛出一女子，眉清目秀，众人惊奇。姜斌已有四五个女儿，声称不要此女；孟兴愿意收养，取名为孟姜女。孟姜女年十七岁，孟兴欲为女儿招婿。孟姜女说："女儿立志来罚愿，见我肉身是夫君。"

秦始皇前三十年有道，后三十年无道，坑儒逐客，又要修万里长城。督造官奏明，要用一万个人头祭了河神，方可起造。左丞相奏称：百姓无罪，不如找一姓万名千头的人抵代。圣旨传下，各地捉拿名叫"万千头"者进京。

嘉善县义民乡封神桥人万德昌，已逝。子杞良，小名千头，得知此信，拜别爹娘灵位，出门逃命。当方土地知万杞良乃真僧转世，孟姜女乃九狐星下凡，二人有宿世姻缘，于是引导万杞良来到孟家花园内。杞良到梧桐树上躲藏。

孟姜女带丫鬟到花园内游玩，来到池旁，脱衣揩身，被杞良在树上看见。杞良人影落在水中，被小姐看见，命丫鬟喊下。孟姜女请出爹娘，提出当初誓言；爹娘做主，二人实时拜堂成亲。拜过天地，忽然地方差官奉圣旨来捉拿万杞良进京，二人离别。

杞良解进京中，君王传旨又解到长城祭献土神。选日落桩将杞良丢下去，一命归阴。孟姜女在家思念丈夫，吩咐安童带信去探望。安童到苏州堂子场中耽搁一月后回去，假写书信，称姑爷在长城缺少寒衣。孟姜女决意到长城探夫送寒衣。双亲无奈，交代一番。姜女哭拜祖先，拜别父母，背上寒衣、雨伞上路。

孟姜女来到雁门关，关上小鞑子要她唱一支小调才放她过关。姜女无奈，只得将"四时天气"唱了一套。过关后穿山越岭，一路行来。观音大士变作老人指点路程，并告诉她：万杞良已被活祭长城之下，若要夫妻相会，要大哭三声。姜女来到长城前，大哭三声惊天地，长城坍塌。姜女欲寻短见，被守城军兵捉住，送与守城主将。主将见姜女美貌，想献与君王做妃。君王传姜女上殿，十分欢喜，封万杞良官，要孟姜女做"西宫"。姜女提出要搭高台十丈，报父母养育恩，为丈夫做个大坟，隆重安葬，然后才愿到京做西宫。君王传圣旨在江边搭起高台，起坟地，一年而成。姜女上台祭夫，拜别爷娘，跳入长江，武士将姜女尸体打捞起。始皇大怒，传旨将姜女尸首用铁丝洗帚洗入长江喂鱼。惊动上界玉皇，派神兵天将做法，狂风霹雳，将肉变作鳜鱼在江内游。

孟兴员外派家人打听消息，知女儿女婿均已身亡，只得在门户中立嗣一子传宗接代，养老送终。

这本宝卷由江南民间传说改编。它集中了孟姜女生命过程中三个关键时期的神奇表现：番瓜（南瓜）中生，裸浴而婚，死变鱴鱼。它们是带有原始信仰观念的变形神话。这些神话编入孟姜女故事，使孟姜女的形象具有了生死不灭的神格，它们是逐渐进入这一传说故事的。最早是安排裸浴结婚，唐代的记录已有这一情节，其时孟姜女称孟仲姿，见中唐写本《琱玉集》引《同贤记》及《文选集注》残卷。[1]这一情节在后来湖南傩戏中的《姜女下池》[2]及各地的“孟戏”中有更多的渲染。只是在清代及近代,出于封建意识的干扰,有些唱本和宝卷(如前《孟姜仙女宝卷》)中才把它改为姜女偶然跌落池内,或者完全删去姜女“裸浴”的情节。

番瓜出生的情节大概明代才进入孟姜女故事。浙江绍兴地区中秋祀月,必供番瓜,传说古时有月华堕入瓜内,剖开为一女子,即孟姜。绍兴目连戏中的“孟戏”,称万杞良从番瓜中出生,孟姜女从葫芦中出生。[3]《孟姜仙女宝卷》(流通本)中称七姑仙下凡到华亭,不愿受“血湖狼藉”,因遁入冬瓜中而生,则是后代人意识的反映。

孟姜女死后变鱼在苏南及浙江北部民间多流行此类传说,所变之鱼有鲍鱼、裙带鱼、银鱼等。这本宝卷中称变作鳠鱼,即银鱼。这种鱼专产于太湖,白色,洁白无骨,形似柳叶,至今民间仍有此鱼为孟姜女白肉所变的传说。秦始皇用“铁洗帚”洗孟姜女尸体的做法,源于明初皇帝朱元璋“发明”的一种酷刑。明祝允明《野记》载:“国初重辟,凌迟处死外,有刷洗,裸置铁床,沃以沸汤,以铁刷刷去皮肉。”[4]将这一酷刑编入民间传说,说明它在民间的深刻记忆。

本卷中孟姜女过关所唱小调即[春调]《孟姜女十二月》。这首歌曲清代中叶传遍全国,各地曲调及歌词多有变异。本卷唱词是:

正月里,是新春,家家户户点红灯。
别家夫妇团圆齐(聚),我家丈夫造长城。
二月里,暖洋洋,双双燕子到南方,
旧窠修得多端正,双双交颈在画梁。
三月里,是清明,桃红柳绿正当景,

---

[1] 见顾颉刚《唐代的孟姜女故事的传说》引,载《孟姜女故事研究集》,上海:上海古籍出版社,1984,页274 – 284。

[2] 见贾国辉等《湖南孟姜女调查报告》,载《民间文艺季刊》,1986年第4集(总第12期),上海:上海文艺出版社,1986,页226－238。

[3] 见顾颉刚《孟姜女故事研究》,载《孟姜女故事研究集》,上海:上海古籍出版社, 页55－56。

[4] 见《国朝典故》卷40,转引自方志远《从现存版籍看明前期市民文学的发生与发展》,载《扬州大学中国文化研究所集刊》,第1辑,南京:江苏古籍出版社,1998,页307。

家家多把坟来上，孟姜女坟上冷清清。
四月里，养蚕忙，姑嫂双双去采桑，
桑篮挂在桑枝上，勤把篮内勒把桑。
五月里，是黄梅，黄梅发水落尘埃，
家家要把黄秧莳，我家田中草成堆。
六月里，热难当，蚊子飞来寸断肠，
任可吃奴千口血，莫叮我夫万杞良。
七月里，七秋凉，家家窗前裁衣裳，
青红蓝绿多裁到，孟姜女家内是空箱。
八月里，雁门关，孤雁足下带书回，
闲人只说闲人话，孟姜女心内苦哀哀。
九月里，是重阳，重阳美酒菊花香，
满满筛来奴勿吃，无夫饮酒不成双。
十月里，稻上场，牵砻还租纳官粮，
家家多有官粮还，孟姜女家中苦悲肠。
十一月里雪花飞，姜女出外送寒衣，
前面乌鹊来引路，杞良独自冷凄凄。
十二月里过年忙，杀猪杀羊闹堂堂，
家家都有猪羊杀，未知我夫生与亡。

研究者已经指出，孟姜女传说故事千百年来流传不息，同历代政府加在农民身上的繁重劳役有关。服役的农民离乡背井，长年在外，他们的妻子失去依靠，同时又惦念着他们，这首“十二月花名”歌唱出的是这种普遍的感情，而与本卷故事并不切合。

另外，这本宝卷中，孟姜女还唱了四首《哭长城》，与上述《孟姜女十二月》相似。现举其第二、四首：

哭夫郎呀叫夫郎！夫郎死得好凄惶，见阎王，当今天子是昏王。旨意整整凶，要捉我夫君。一命奄奄见阎王，想想死得好苦伤。哭得奴奴断肝肠，我的夫君吓！奴奴千里送寒衣。

哭亲夫呀叫亲夫！亲夫一命丧黄泉，苦黄连，丢落家中二老年。我今也要死，同夫到黄泉。哭声亲夫等一等，做妻也要到阴间。声声啼哭泪涟涟，我的夫君吓！夫君魂灵在哪边？

二十四、《哭长城宝卷》

本卷流传于甘肃河西走廊地区，又名《绣龙袍宝卷》，整理者改名为《孟姜女哭长城宝卷》，收入所编《孟姜女哭长城》[1]及《河西宝卷选》[2]。据整理者说，底本是从民乐县80岁老翁处集得，原卷残，据收藏者口述补足。从正式发表的文本看，整理者做了相当多的文字加工和整理。据田野调查，甘肃河西走廊地区广泛流传孟姜女故事，在酒泉、张掖等地均有发现，主要情节与此本同，但细节有不少差异。整理本故事如下：

秦始皇梦见北方胡人要造反，下令修长城，天下五丁抽二、三丁抽一。西部洪水县范彦玉员外的儿子范其郎到山海关修长城。他"读书识字会兵法，能点兵"，被留在修城将军身边做事，秦始皇封他为修长城副帅。将军嫉妒，设计害他，假意允许他回家探望。长城边许伟良女儿许孟姜，年方十八，尚未许人。父母想招个上门女婿。范其郎归途被一阵旋风吹到许家花园内，许家招他为婿，成婚后夫妻恩爱无比。不料将军说他临阵逃脱，禀奏皇帝，普告天下提拿。范其郎自去投案，将军把他活活打进长城墙内。

范其郎走后，孟姜决心去长城找夫。临行拜过天地、辞别父母，同丫鬟上路。路上丫鬟病死，许孟姜一人出了山海关。将军见许孟姜貌美，得了相思病。许孟姜知丈夫已被将军活活打入长城，立意报仇，假意应酬，说要绣一龙袍献给皇帝。将军为她收拾绣房，孟姜女一针一线绣龙袍：

取来黄绸细细看，一件龙袍三丈三，
三道缝子龙摆尾，领口做得圆又圆。

[1] 兰州：兰州大学出版社，1988。按，最早发表于《民间文艺季刊》，1986年4集（总第12期）。
[2] 台北：新文丰出版公司，1992。

密合缝子风摆柳，前后绣进星满天。
东方绣上东大海，西方绣上佛西天。
南方绣上终南山，北方绣上山海关。
上绣玉帝龙云殿，下绣阴曹鬼门关。
绣上王母仙桃会，仙女舞动在上面。
再绣各位众天仙，十八罗汉两边站。
绣过天上绣人间，活灵活现是八仙。
绣上文武两边站，难保江山万万年。
绣上黄河一条线，鱼跃龙门把海翻。
绣上我的范相公，修筑长城在边关。
狗贼将军心太狠，害死我夫实可怜……

孟姜女一夜绣成龙袍，将军急忙送往京城。皇帝打开一看，是件送葬的白袍，大怒，把将军斩了。皇帝亲自到山海关，督造长城。姜女献上龙袍，皇帝见孟姜女貌美，要她做娘娘。孟姜女提出三件事：一要埋葬范郎，二要皇帝大臣为范郎哭丧守灵，三要封范郎为官。皇帝一一答应。孟姜女哭倒长城，咬破手指，滴血认骨："不是我夫血外流，若是我夫骨中收！"

秦始皇和百官为范其郎送葬，棺不入土；改为水葬，棺不入水。始皇封范为东海龙王，棺材点三点，仍不下沉。孟姜女上棺材拜祭，棺材急速离岸。孟姜女大骂秦始皇无耻昏君，夫妻成仙去了。秦始皇悲恨交加，生了病。大臣请来一游方道人，有三件宝：赶石鞭、舀海勺、炼海丹。秦始皇令道人赶石填海、舀海水，海水仍旧；用炼海丹煮海，天翻地动，东海里神仙龙王住不成。玉帝托梦给秦始皇，始皇一心要孟姜女，不听玉帝劝。玉帝无法，派一仙女假扮孟姜女下凡。秦始皇令人收起炼海丹，欢宴群臣，冷落了道人。道人走了，玉帝也令仙女回天宫，秦始皇害相思病死了。

本卷据《销释孟姜忠烈贞节贤良宝卷》和《长城宝卷》改编，"将军"指上述宝卷中的蒙恬；范其良籍洪水县乃弘（衡）水县之讹。顾颉刚介绍，衡水县东北静海县（今属天津市），流传有两种《孟姜卷》，也对孟姜女绣龙袍献秦始皇的故事极力加以渲染，它们应有继承关系。[1] 在江浙吴方言区的孟姜女故事宝卷中则没有这一情节。

清代中叶以后，产生于江苏南部的［春调］《孟姜女十二月》，经由扬州，通过水路传遍全国各地。路工编《孟姜女万里寻夫集》便收有流传于宁夏、陕西的《哭长城》和流传甘肃的《孟姜女》。这本宝卷中也收有此曲，歌词不全，与上述宁夏等地歌词有继承关系：

正月里，是新年，孟姜一人真作难；
家家油馍闹欢天，心想范郎实可怜！
二月里，二月天，风沙遮日衣服单；
家家热炕心头暖，我的范郎离人间。
三月里，是清明，家家户户上坟茔；
人家上坟双双对，单剩孟姜一个人。
四月里，四月八，娘娘庙里把香插；
人家插香为儿女，孟姜插香为范郎。
五月里，五端阳，家家户户插柳忙；
人家插柳有人插，我家无人把柳插。
六月里，热难当，黄河岸上烧米汤；
身边没有主骨汉，叫我对谁说愁肠。
七月里，秋风凉，家家户户收田忙；
人家收田有人收，孟姜收田没人帮。
八月里，月儿圆，西瓜月饼庆团圆；
人家月饼像月牙，孟姜望月少半边。
九月里，菊花开，等郎不知何日来？
菊花开的慢就就，送上坟头风吹坏。
十月里，十月一，麻腐包子送寒衣，
走了一里又一里，我的范郎在那里？
范郎打在长城里，一声哭倒十万里。

[1] 见《孟姜女故事研究集》，上海：上海古籍出版社，页 32、34。

只怨将军心太狠，打我范郎长城里。

整理本此歌缺十一月、十二月两月歌，结尾四句系整理者补入，歌中亦可见整理者加工痕迹。“十二月”用农历。这首歌包含了丰富的地方民俗事项：

四月歌，与宁夏等地流传歌词相同。“娘娘”是民间对后妃的称呼，但对民间信仰的女神（保有处女身份）也称作“娘娘”。在华北一带多指泰山女神，在甘肃河西走廊多指平天仙姑，有些地方把孟姜女庙也称“娘娘庙”。到这类娘娘庙中去求子，是普遍的信仰民俗。“四月八”是佛教的“浴佛节”，即释迦佛诞生日，各地佛教寺庙以香亭置诞生佛像，以香汤、水、甘茶、五色水等从顶灌浴，故亦称“浴佛会”。南朝梁宗懔《荆楚岁时记》已有记载。在陕、甘等省民间则衍化为去各种“娘娘庙”求子的节日。

五月歌，“家家户户插柳忙”。“迎春插柳”（插柳枝植树）是中国各地植树民俗。华北地区一般在三月。甘肃河西地区天寒春迟，故五月插柳。

八月歌，“西瓜月饼庆团圆”。内蒙古西部及甘肃、宁夏、陕西等地均有中秋吃西瓜的风俗。上述各地西瓜成熟时间不一（均较内地迟），早熟者亦收藏至中秋节家人共食，取“团圆 ”之意。这一季节上述地区昼夜温差很大，故有“早穿皮袄午穿纱，怀抱火炉吃西瓜”之谚。

十月歌，“麻腐包子送寒衣”。十月一日是中国各地祭祖的节日，因天气趋寒，故烧冥衣（用五色纸制作），称“送寒衣”，亦称“寒衣节”“烧衣节 ”。“麻腐包子”，用大麻（胡麻）子炒熟、捣碎作馅蒸制的包子（馒头），是当地上等食品，故用以祭祖。按，本卷中孟姜女没有“送衣”的情节，是原抄本遗漏，或其他原因，不详。

本卷中孟姜女长城寻夫的过程简单，缺少中间长途跋涉的描述，因为汉代以来修筑的古长城在河西一带随处可见，故无距长城长途万里的感觉。这一地区的古长城多已残破，在当地民间传说中，这是孟姜女哭塌的。这些古长城都是用土夯制，故此卷中说将军把范其郎活活“打进”长城中，即混在土里打夯，填实在长城中。

《佛说孟姜忠烈贞节贤良宝卷》结尾，孟姜抱夫主骨衬入东海后，也有秦始皇骑石马赶山的情节。那是上界送来要始皇赶去同范、姜同赴蟠桃会，与本卷秦始皇赶石填海、舀海、煮海寻范、许目的不同。这些情节均利用古老的神话传说。"赶石填海"是有关秦始皇的固有传说，南朝梁殷芸《小说》卷一："始皇作石桥，欲过海观日出处。时有神人能驱石下海，石去不速，神人取鞭之，皆流血，至今悉赤。阳城十一山石尽起东倾，如相随状，至今犹尔。"[1] 阳城，城阳之误。在今山东莒县境，至今该地仍流传类似民间传说。"神人鞭石"后传为秦始皇的"赶山鞭"及"秦始皇赶山填海"传说。江苏北部香火神书中，魏九郎代唐王李世民开"玄元大会"去三界请神前，先备"马""鞍""鞭"。"鞭"即此"赶山鞭"，它敷演为一本神书（属江苏北部香火神书"唐忏"的《九郎请神》的一部分，今存香火童子手抄本），并可敷演开来，说唱孟姜女哭长城故事。[2] 今各地也流传此类传说。[3]"舀海""煮海"的传说也很古，如明无为教《佛说二十四孝宝卷》收"高钗女擢海寻父"，金院本"诸杂大小院本"有《张生煮海》，[4] 今存元李好古《张生煮海》杂剧等。

二十五、明王海潮的《五经会解》

《五经会解》是明罗梦鸿《五部六册》的注解本之一。罗梦鸿（又名梦鸿、无为道人等），山东即墨人，隶军籍，年轻时即到密云卫古北口（在今北京市密云区）当兵。与一般农民出身的士兵不同，他为追求解脱"无常生死"之苦，参学修行、"苦功悟道"13年，于成化十八年（1482）"开悟得道"，创无为教（后人又称"罗教"）。正德初年（约1500年后）由罗梦鸿口授，信徒记录他的宗教理念，整理成五部经卷：《苦功悟道卷》《叹世无为卷》《破邪显证钥匙卷》《正信除疑无修证自在宝卷》《巍巍不动泰山深根结果宝卷》（其中《破邪显证钥匙卷》二册，故世称《五部六册》），刻印流传。这是中国宗教发展史上的一件大事。明代中叶以后，众多的民间教派大都受《五部六册》的影响，或编制宝卷，或以《五部六册》作为宗教宣传的布道书。[5] 同时，《五部六册》

---

[1] 见今人周楞伽辑注本，上海：上海古籍出版社，1984，页1。

[2] 参见拙文《江苏北部的香火神会、神书和香火会（提纲）》，载《信仰教化娱乐——中国宝卷研究及其他》，台北：学生书局，2002。

[3] 参见张紫辰《孟姜女与秦始皇》，载《孟姜女故事论文集》，北京：中国民间文艺出版社，1984。

[4] 见（元）陶宗仪《辍耕录》卷25。

[5] 据笔者调查，直到近现代，江苏靖江佛头"做会"时，"大乘作""讲经"（演唱宝卷）仍演唱《五部六册》，见本书第三编第一章"江苏靖江的做会讲经"。

对明代中叶以后佛教界也产生巨大影响,[1] 嘉靖、万历后许多佛教僧众和在家居士，成为罗梦鸿的信徒。为《五部六册》作注解者，已知有四家：

(1) 兰风和尚评释，其法嗣、自称“临济宗第二十代”王静源补注的“开心法要”本,初刊于明万历二十四年(1596)。由于南传罗教及清代斋教(龙华教)一直将这部注解本奉为经典，故刊本流传较多。

(2) 明华阳居士王海潮会解、中岳少室沙门海滨校正“五经会解”本，即周启晋先生发现的民初石印本。前此仅存明崇祯刊《正信除疑无修证自在经会解》《巍巍不动太山深根结果经会解》两部。且为收藏者之秘籍，研究者难得获见，故极少提及。

(3) 清渔阳居士王尚儒注，王宗礼重录“句解”本，存清康熙刊本。

(4) 本如大师注释“开心决疑”本，存清道光三十年（1850）重刊本。

周启晋先生入藏民国初年石印本《五经会解》(书口题）一套，是笔者至今所知该书仅存的一部全套。[插图 105] 此书用当时价格低廉的竹纸印刷，历近百年，纸已黄脆，不能翻检。启晋先生花重金请装帧高手托裱重装，使这部珍本文献得以保存、使用，功莫大焉。

《五经会解》的编者王海潮，生平事迹失载。各卷卷首题名“金陵华阳居士王海潮会解”，说明他是佛教居士，金陵（今南京市）人。首部《苦功悟道经会解》卷首载王作《初刻五经会解序》说：

> 盖闻诸佛出世，为一大事因缘。随类现形，酬还本愿。至于祖祖传灯，令一切众生议自本心，明心见性，成佛其间。机用虽各不同，要以引导群迷，而登之正觉也。逮正统年间，罗大士诞之山东即墨，苦行北京密云。在欲无欲，居尘出尘，一朝梦光得悟，开示五部大乘：……余素有愿，栖正于斯。三十余年，搜得“五经会解”十余家，真俗偕见，详略交陈。不揣愚陋，采诸解而归一，会众志以同心。迄今十五载，始克告成。是解也，传三世诸佛之心灯，继历伐（代）祖师之命脉，破古今疑团，开人天眼目……

[1] 晚明佛教大师如憨山、莲池、密藏等都曾著文批评罗梦鸿《五部六册》及其注解者为“外道”。当代研究者开始注意研究罗梦鸿《五部六册》为什么对佛教信徒产生巨大影响。如释见晔《以罗祖为例管窥其对晚明佛教之冲击》，载《东方宗教研究》，新5期，1996。

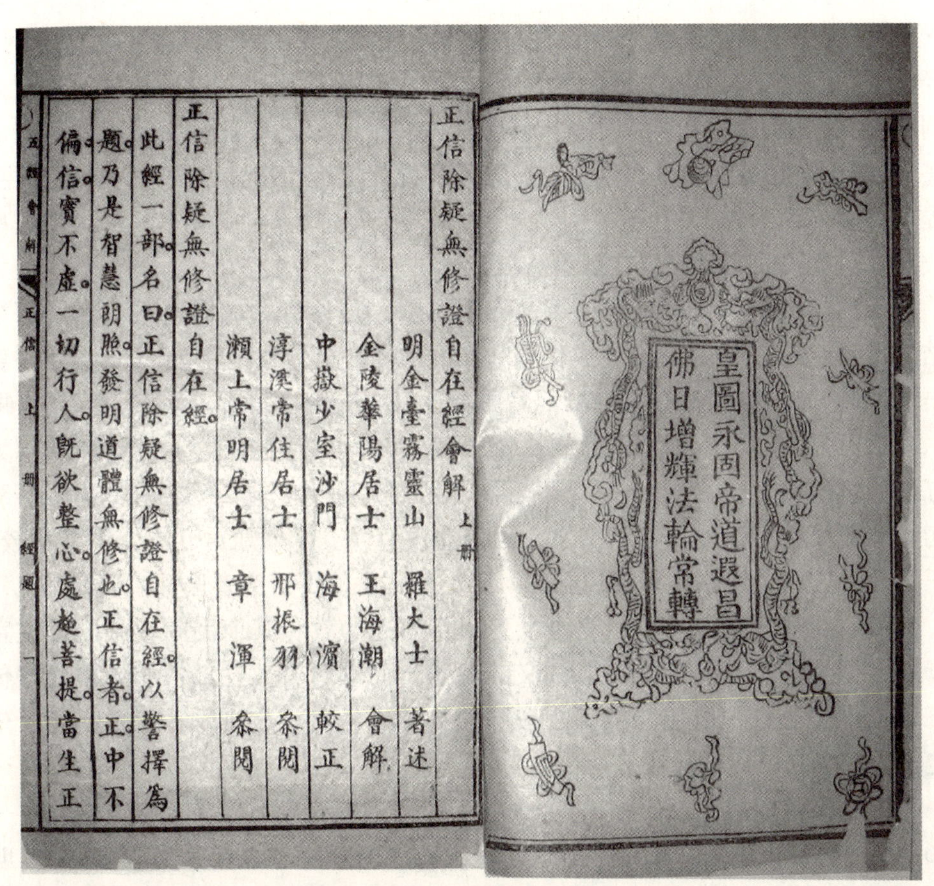
皇圖永固帝道遐昌
佛日增輝法輪常轉

正信除疑無修證自在經會解 上册
明金臺霧靈山 羅大士 著述
金陵華陽居士 王海潮 會解
中嶽少室沙門 海濵 較正
淳溪常住居士 邢振羽 叅閱
瀨上常明居士 章渾 叅閱
正信除疑無修證自在經。
此經一部。名曰正信除疑無修證自在經。以警擇為
題。乃是智慧朗照。發明道體無修也。正信者。正中不
偏。信實不虛。一切行人。既欲整心。處趣菩提。當生正

五經會解 正信 上册 經題 一

[插图 105]《五经会解 · 正信除疑无修证自在经》上册卷首（民国初年山西石印本）

序末署“华阳道人王海潮撰”，未署年代。同卷卷首载朱之蕃序，署“万历戊戌二十六年（1598）”，则“会解”成书在此前。王序云“三十余年”，说明他编著此书的起意在明嘉靖末年。罗梦鸿已于嘉靖六年（1527）去世，王不可能见到罗梦鸿。但从王序和“会解”的内容可以看出，王对罗梦鸿极其崇拜。王序及各卷卷首题名，均讳罗梦鸿名，尊称为“罗大士”（卷首题“明金台雾灵山罗大士著述”）。在佛教界，“大士”为菩萨之通称。

在明嘉靖、万历间，《五部六册》的“会解”是否如王序所说有“十余家”，难以考实。王的“会解”，《五部六册》各卷不再称“卷”“宝卷”，而改称“经”。

“会解”按照佛教“讲经”的形式，每“经”卷首，先讲解“经题”，次“总纲”；经文分前“序分”、中“正宗分”、后“流通分”三部分。“会解”文，主要是阐述经义，兼及解释个别词语。引用有关文献，都是印证经义和解释某些故实，如《正信除疑无修证自在宝卷》第六品说无极祖化现为“贤人”劝化众生，提到许多传说人物，“会解”引“劝善书”《焦花传》《七宝故事》等说明这些故事。这类民间文献，现在都不见流传。

王的“会解”有多处删改了《五部六册》原文，如《巍巍不动泰山深根结果宝卷》第二十四品，批评成化年间流行的佛教宝卷和经卷有“外道”的“言语”“邪宗”，提到有《科仪卷》《地藏卷》《法华卷》《心经卷》《六祖卷》（即六祖《坛经》）等20余种；只肯定了《大乘卷》（《大乘金刚宝卷》）、《圆觉经》（《大方广圆觉修多罗了义经》）、《金刚经》、《心经》是“正道”。这一段韵文近30句，全删掉了。改动原卷的文字，因手边没有《五部六册》刊本，不能比较。王为什么如此大量删改罗著《五部六册》原文，值得研究者去深入研究。

从“会解”文，看不出嘉靖、万历年间无为教和其他民间教派已经在宣扬的“无生老母、真空家乡”教义的说辞，而编者将《五部六册》视为“传三世诸佛之心灯，继历代祖师之命脉”的禅宗经典，这也是“新科状元”朱之蕃乐于为它作序的原因。

朱之蕃《罗祖五部经序》，亦载《苦功悟道经会解》卷首。朱之蕃（？—1624），字符升，一作元介。山东茌平人，入籍江宁（今南京市江宁县）。明万历二十三年（1595）乙未科状元，授翰林院修撰，官至吏部侍郎。万历三十三年（1605）曾奉命出使朝鲜。著有《使朝鲜稿》4卷、《纪胜诗》1卷、《南还杂著》1卷等，编选《诗法要标》3卷。朱兼工书画，所作《君子林图卷》（作于泰昌元年，1620），现藏故宫博物院。朱序末署“万历戊戌（二十六年，1598）中秋赐进士及第翰林院国史修撰承务郎朱之蕃书”，序末有摹写的篆文“朱之蕃印”“状元及第”印章。王海潮请这位“新科状元”作序，自然是借助其名声。从朱之蕃长达1500余字的序文看，他认真读过这部《五经会解》，认为它是佛教禅宗的一部重要经典。序中说：禅宗“列圣友分，诸宗瓜□，□皆冥契一心，绍隆三宝。求其真指了洁之奥义，显阐□烁之窍言，作渡海之慈航，为破昏之慧炬，则无如我朝罗祖所著五部真经焉。”罗祖“点化本来面目，证明不动虚空；仿依四圣宗纲，开为五部经卷……言言入壳，字字印心，诚慧业之文人，信佛门之开示。”序文的主要篇幅是激扬罗梦鸿的“虚空”观。据罗梦鸿《苦功悟道卷》所述，自己因“惧怕无常生死之苦”，而参学悟道，悟得“虚空老真空”，“才得自在纵横，里外透彻，打成一片”，达到最高境界。

据罗梦鸿门徒所作的罗梦鸿传记，1527 年罗梦鸿去世后，曾为他在密云卫建 13 层“无为塔”。此塔于清乾隆三十三年（1768）被官方拆毁。《苦功悟道经会解》卷首所载“北京众士赞祖塔之文,请利（刊？）在经,是众闻而嘉信”，录这座“祖塔”的赞文和诗，作者有（按照原顺序）翰林院中书鹿成王秉忠、僧录寺（司？）左善世文奈、武当山灵应观道士抱一子首阳、尚衣监太监单玉、胜让在卫左所正千户李敬祖、府学生员何仲仁、礼科给事晏文辉、兵部司务李灿、左中允张以诚、国子监司叶（业）顾□□、门下释子大宁和尚等，末附礼部侍郎朱之蕃的赞诗。上述三教众人的赞颂,可见罗梦鸿的无为教及其《五部六册》，在明嘉靖至万历年间，在儒、释、道各界都有广泛的影响。

关于王编《五经会解》最初刻印和这套石印本的印刷年代，可以结合在一起谈。现存刻本《正信除疑无修证自在经会解》，系明崇祯二年（1629）南京句容县信女孔氏助刻；《巍巍不动太山深根结果经会解》亦刻于崇祯二年，上卷由句容县信士强守礼等助刻，下卷由张廷珠等助刻。石印本《破邪显证钥匙经会解》上卷末有“书牌”，题“南京应天府句容县奉佛弟子张世芳同妻徐氏男张尚德发心助刊《破邪会解》上卷……崇祯元年（1628）正月上元日刊”。[插图 106] 这个书牌是石印本据底本照画出。由上述三部“会解”的题识，可知《五经会解》最初刊于崇祯元年至二年（1628—1629）。这个时候王海潮仍在世，估计年纪已经近九十岁。他本是金陵（南京）人，请了入籍南京江宁的状元朱之蕃为《五经会解》作序，最后由南京句容县的信徒们捐资刻印了这部书。这也说明王海潮一生大概都在南京一代活动。

这套石印本《五经会解》所据的底本，不止一种。上文提到《破邪显证钥匙卷会解》底本是明崇祯元年刊本。《苦功悟道经会解》卷首在朱之蕃序后有“红日为记”，[插图 107] 下为题识“北京党尚书家铜板／原样今姑苏经坊徐／涵辉捐资校正重刻／印造红日招牌为记”。“北京党尚书家铜板原样”是虚张声势，[1] 实际上它是由“徐涵辉捐资校正”，由这家苏州的“姑苏经坊”根

[1] 据明清民间教团传说，正德初年初刻的《五部六册》系“铜板”，但至今未发现此“铜板”的印刷本。

据明崇祯刻本重刻的。重刻的时间是清代，因为本卷卷首所刊“北京众士赞祖塔之文”末，另附有“校正重刊，谨赞”云：“大清一统，洪福齐天……”这个清代姑苏经坊原刊本，今未见。

石印本《苦功悟道经会解》卷首载邑南乡人吉居士《重印五经会解序》称，石印本的集资印刷者，是“晋阳南”的“懿范之士”，即山西太原地区的人士。因为“资乏枣梨”（木刻），而石印“成经便捷”，历时“寒暑有五”（5年），共印了200余部。序文未署年代。石印本卷首载“御制”“十六条规则”，即清康熙九年（1670）颁发的“上谕十六条”。雍正皇帝将康熙“上谕十六条”，“寻绎其义，推行其文”，作《圣谕广训》。自雍正以下，历朝政府均有政令，令各地“宣讲圣谕”。清代的民间教团也以“宣讲圣谕”为幌子讲唱宝卷，今江苏靖江佛头做会“讲经”（讲唱宝卷）开始敲一记“佛尺”（醒木），大声一句：“圣谕！”即为此风之遗留。《五经会解》将康熙“上谕十六条”置于卷首，其渊源即如此；但改称“十六条规则”，则说明这部石印本出版于民国初年。民国年间，各地石印本宣讲“圣谕”（如《宣讲集要》《宣讲拾遗》等）印刷很多，卷首均载康熙“上谕十六条”。本书讳言“上谕”，可能是在民国改元之初。

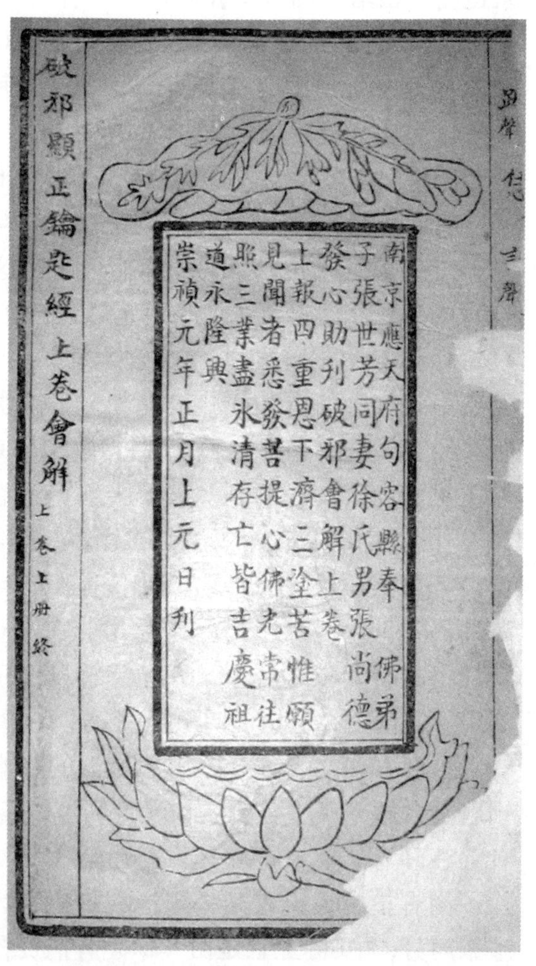
南京應天府句容縣奉佛弟
子張世芳同妻徐氏男張尚德
發心助刊破邪會解上卷
上報四重恩下濟三塗苦惟願
見聞者悉發菩提心佛光常往
照三業盡氷清存亡皆吉慶祖
道永隆興
崇禎元年正月上元日刊

破邪顯正鑰匙經上卷會解　上卷上册終

[插图106]《五经会解・破邪显正钥匙经》上卷上册保留明崇祯元年刻本“书牌”（民国初年山西石印本）

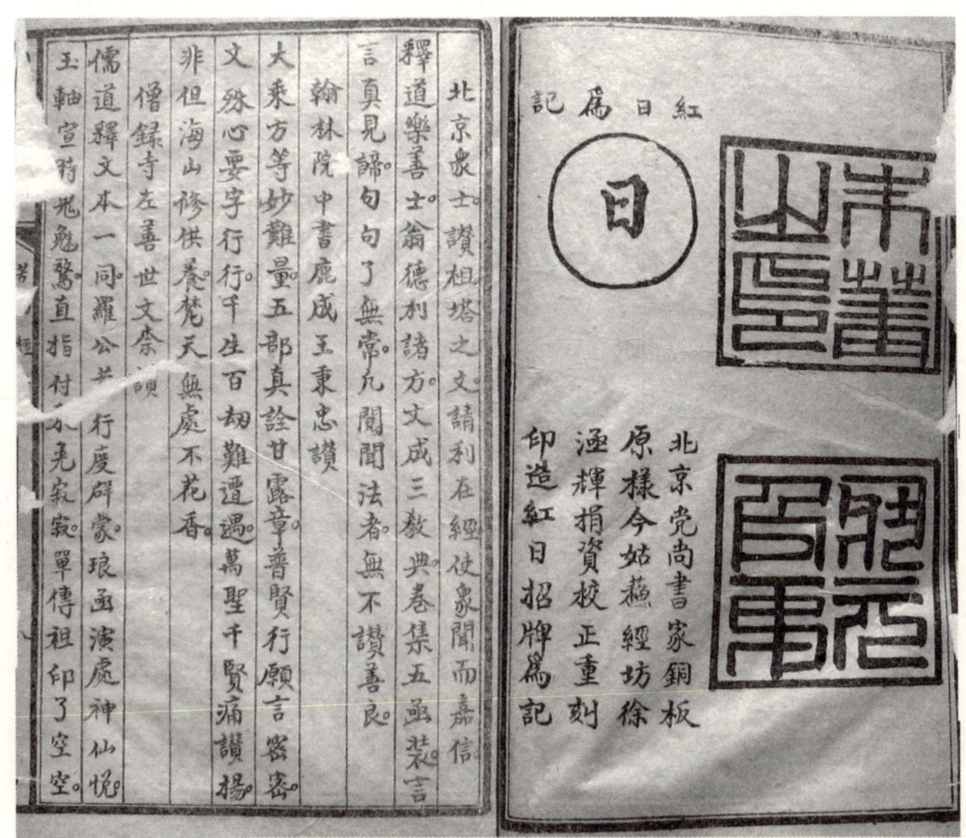

紅日爲記

北京党尚書家銅板
原樣今姑蘇經坊徐
涵輝捐資校正重刻
印造紅日招牌爲記

北京衆士。讚祖塔之文請刹在經使衆聞而嘉信。
釋道樂善士。翁德利諸方。文成三教典。卷集五函裝。言
言真見歸。句句了無常。凡閒聞法者。無不讚善良。
翰林院中書鹿成王秉忠讚
大乘方等妙難量。五部真詮甘露章。普賢行願言密密。
文殊心要字行行。千生百劫難遭遇。萬聖千賢痛讚揚。
非但海山修供養。梵天無處不花香。
僧録寺左善世文奈讚
儒道釋文本一同。羅公行度群蒙。琅函演處神仙悅。
玉軸宣將地兔鷲。直指付光寂寂。單傳祖印了空空。

[插图 107]《五经会解 · 苦功悟道经》“红日为记”（民国初年山西石印本）

二十六、《古今宝卷汇编》

本书为北京师范大学图书馆收藏。编者署名鹅湖散人。共编入宝卷 48 种，除一种为编者抄录外，其余均为旧抄本，另加托裱，分装为 72 册。所收宝卷，按宝卷故事内容朝代顺序排列。所收宝卷目录如下。抄本原署明抄写年代和抄写人姓名者，附载于后。

[周]《财神宝卷》

《灶皇宝卷》（以上两种合订一册）

《家堂宝卷》，清同治元年（1862）菊亭谢万瀣抄本。

《六神宝卷》，清光绪二十四年（1898）积善堂吕蓉初抄本。（以上两种合订一册）

《五圣家堂宝卷》，一册。清光绪三十四年（1908）沈荫兰抄本。

《桃花宝卷》，清光绪三十四年（1908）吕定祥抄本。

《蝴蝶梦宝卷》，清光绪三十年（1904）尤轮香抄本。（以上两种合订一册）

[汉]《沉香宝卷》，一册。

《买臣宝卷》，一册。清咸丰七年（1857）菊亭谢万瀣抄本。

《琵琶宝卷》，一册。清光绪十二年（1886）宝树堂谢介藩抄本。

《精孝宝卷》，一册。封题"《改良精孝流名》，癸丑季春暮窗灯下无暇抽闲录。尤轮香修藏。"卷末题："桃月十一日暮窗灯下修改录。尤轮香改编。"

《雌雄盏宝卷》，二册。

[梁]《神光求道宝卷》，一册。

[唐]《洛阳受生宝卷》，二册。清道光八年（1828）张玉抄本。

《百鸟图宝卷》，二册。清光绪元年（1875）万瀣谢菊亭抄本。

《雕龙扇宝卷》，一册。

[五代]《白兔记宝卷》，二册。清光绪三十二年（1906）尤轮香抄本。

[宋]《猛将宝卷》，二册。

《天仙宝卷》，二册。清光绪壬寅（二十八年，1902）尤轮香抄本。

《贞节宝卷》，一册。清咸丰七年（1857）菊亭谢万瀣抄本。

《西瓜宝卷》，一册。清同治六年（1867）谢菊亭抄本。

《巾帕宝卷》，二册。

《延寿宝卷》，一册。清光绪五年（1879）孙庭献抄本。

《双金花宝卷》，二册。辛未年姚士俊抄本。

《白罗衫宝卷》，三册。

[元]《丝绦宝卷》，二册。

《长生宝卷》，二册。清光绪五年（1879）谢菊亭抄本。

[明]《白鹤图宝卷》，二册。清同治八年（1868）谢菊亭抄本。

《双印宝卷》，一册。清咸丰八年（1858）竹影书屋廷恩周兰溪抄本。

《金镯宝卷》，一册。

《游龙宝卷》，二册。

《恻隐宝卷》，二册。清咸丰六年（1856）燕翼堂菊亭谢万瀍抄本。

《玉玦宝卷》，二册。

《四喜宝卷》，二册。清光绪元年（1875）华翼皋抄本。

《双珠凤宝卷》，二册。清同治二年（1863）周兰溪抄本。

《白玉燕宝卷》，二册。清同治四年（1865）万瀍谢菊亭抄本。

《兰香阁宝卷》，二册。清光绪五年（1879）万瀍谢菊亭抄本。

《麒麟豹宝卷》，三册。

《金达宝卷》，二册。清光绪三十一年（1905）梁溪华彦达抄本。

《女延寿宝卷》，一册。清光绪六年（1880）抄本。

《百花庄宝卷》，二册。清光绪三十三年（1907）尤轮香抄本。

《碧玉簪宝卷》，二册。清光绪三十二年（1906）尤轮香抄本。

[国朝]《昆仲宝卷》，二册。清光绪二年（1876）华良儒抄本。

《山阳县宝卷》，二册。清光绪二十年（1894）姚子琴抄本。

《恶妇变驴宝卷》，一册。

《河东狮吼宝卷》，清同治三年（1864）谢万瀍抄本。

《长毛宝卷》（以上两种合订一册）

《结缘宝卷》，一册。清光绪三十四年（1908）吕达周抄本。

这部宝卷汇编是迄今发现的第一部大型宝卷选集。它无序、跋或其他说明文字，因此编者“鹅湖散人”其人及这部书如何编选，便无从得知。编者为本书编写了一个宝卷书名目录，据其笔迹，可知其中所收《金镯宝卷》是编者抄录，但这个抄本既未署名，也未注明抄写年代，也未重新托裱，而是直接抄录的新抄本。这部“汇编”所收宝卷按故事内容的时代排列，这是清及近代汇编古代小说、笔记常用的体例。清代故事宝卷部分题为“国朝”，表明此书编成于清或民国初年，编者为清人或清之遗老。但细查此书，便可看出这是在作伪：它不可能是清或民国初年所编。

从上面的目录看，“汇编”所收宝卷31种有抄写者及抄写年代，其中最早的是道光八年（1828）张玉的抄本，最晚为光绪三十四年（1908）沈荫兰、吕达周的抄本。清宣统年间的抄本没有。由此看来，“汇编”似应编于清末。但是，两种只用干支纪年的抄本暴露了问题。

一为“癸丑年”尤轮香改编抄录的《精孝宝卷》。尤的抄本“汇编”共收6种，其他5种分别抄写于光绪二十八年(1902）至三十三年间（1907)。在此前后的癸丑年，分别为咸丰二年（1852）和民国二年（1913)。前者距光绪二十八年已50年。一般说，50年间抄者的字体应有较多的变化，但这个“癸丑年”的抄本与其他抄本的字体没有什么变化。再者,这本宝卷据抄者的题记，又定名为《改良精孝流名》。“改良”这个词在咸丰年间尚不流行，用在书名上而以“改良”作标榜，这是清末民初的事。所以，这个癸丑年应是民国二年（1912)。

另一种是“辛未年”姚士俊的抄本《双金花宝卷》。“汇编”所收姚抄宝卷仅此一种，但他抄的另外4种宝卷尚有存留：清宣统二年（1910）抄《金开宝卷》(署“锦源姚士俊”，南开大学图书馆收藏)，民国十五年（1926）抄《神咒赞偈宝卷》，民国十八年（1929）年抄《珠球宝卷》(以上2种均藏于首都图书馆)；民国二十年（1931）抄《三鼎甲宝卷》(即《三景图宝卷》，南开大学图书馆收藏)。在此前后的“辛未年”，一为清同治十年（1871)，下距宣统元年（1911）近40年，距民国二十年（1931）60年；一为民国二十年。从姚的抄本宝卷看，他是位宣卷先生；他抄的宝卷，除了那本《神咒赞偈》外，都是据弹词故事改编的宝卷,也正是清末民初江浙流行的宝卷。因此,这个“辛未年”确定为民国二十年（1931）比较合理。

从以上的介绍可以看出，“汇编”的编者虽谨慎地避免编入清宣统年间和民国间的抄本，但上述两本用干支纪年的民国年间抄本的入编，说明“汇编”年代绝非清代或民国初年。

由于“汇编”的编者有意在成书年代上作伪，所以他编入的其他未标明年代的17种抄本宝卷是否做了技术处理，也使人怀疑。因为编者是用旧抄本重新托裱，只要把一般民间抄本宝卷标明抄写年代和抄写人姓名的封面或卷末一页抽去，就可以不露痕迹了。实际上“汇编”入选宝卷大部分的封面都抽去了，而由编者另题封面；有几种宝卷的末页是抄配的（尽量模仿原抄字体，但细看可知非一人所写)，这说明编者是做过技术处理。

对这部“汇编”的进一步研究，笔者认为它甚至不是民国年间的产物，而是20世纪50年代所编；编者是江浙地区某古旧书店的从业人员。编者署名“鹅湖散人”。鹅湖，又名“鹅真荡”，在无锡县和苏州吴县交界处。编者取名即来于此。这一地区，旧时盛行宣卷。本书中收有光绪十三年（1887）梁溪华彦达抄《金达宝卷》，“梁溪”即指无锡；华氏，据笔者在无锡的调查，是无锡东乡临近苏州吴县地区的宣卷世家。

从“汇编”所收宝卷的内容和形式来看，它们都是吴方言区的民间抄本宝卷。吴方言区的宣卷均同敬神礼佛、祈福了愿的民间信仰活动结合在一起，[1]因此，民间信仰的神道故事均有宝卷，如“汇编”所收《财神》《灶皇》《家堂》《六神》《五圣家堂》《猛将》等宝卷。也可能是巧合，这些宝卷基本上都安排在“汇编”的前面。“汇编”殿后的《结缘宝卷》是江浙宣卷中特有的宝卷，用于祝寿时“结缘”仪式的演唱。

“汇编”所收宝卷，以据江南弹词和戏曲改编的居多。改编自弹词的有《百鸟图》《雕龙扇》《白鹤图》《双珠凤》《兰香阁》《白玉燕》《麒麟豹》《百花庄》等宝卷，据戏曲改编的有《琵琶》《买臣》《白兔记》《白罗衫》《碧玉簪》等宝卷。也有不少宝卷改编自民间传说和生活故事，如《游龙》《洛阳受生》《沉香》《恶妇变驴》《河东狮吼》等。有的是根据时事传说编写，如《山阳县》《长毛》等宝卷。以上这些宝卷也是清末民初江浙宣卷中演唱较多的宝卷。

江浙宣卷用吴语方言演唱，但民间手抄本宝卷仍多用宋元以来俗文学作品通用的文学语言“白话”（“官话”），而其中掺入一些吴语方言词。这是因为一般民众都熟悉这种文学语言，所以明清以来产生于江浙吴语地区的一些话本小说、唱本等俗文学读物，均用“白话”。而根据宣卷口头记录的宝卷则多用吴方言。“汇编”所收宝卷的情况正是这样，用吴方言较多的有《双印》《河东狮吼》《长毛》等宝卷。

江浙民间抄本宝卷存留相当多，大部分是宣卷先生用的底本。这类抄本一般字体不好，错别字相当多，也常用一些方言通假字，如用“豆”代“头”（吴语两字语音相同），另一类是有些“奉佛弟子”抄传的。他们把抄宝卷作为善行功德，署名前后往往加“奉佛弟子 ××× 敬抄”“敬录”等词。“汇编”所

[1] 参见本书第二编第七章“江浙吴方言区的民间宣卷和宝卷”。

收谢万灋(书中收入他抄的宝卷最多,署名者 11 种,据字体可查者尚存四五种)、尤轮香等人所抄宝卷即属此类。他们抄卷也送给宣卷先生去“宣扬”，如尤轮香抄《天仙宝卷》卷末题“光绪壬寅尤轮香抄录，送杨锦铭宣扬”。

以上说明“汇编”所收均系江浙吴方言区的民间抄本宝卷。江浙民间抄本宝卷的大量流出是在 1950 年以后。由于社会的巨大变动，宣卷被视为封建迷信活动，在城镇中迅速消亡，宣卷先生们纷纷改业，农村中的宣卷班子也逐渐消失。到 1958 年前后，除个别地区外，很少再有宣卷活动。这一时期民间抄本宝卷大量流出，被各地古旧书店的搜书人员成批地低价收购。由于收购价格极低，售出也很便宜，比如扬州师范学院图书馆 1958 年购藏的两批共 100 余种宝卷，每种价格均不超过五角，一般两三角钱。这种特殊情况，也造成各地图书馆入藏的宝卷，要么一种也没有，要么就是几十种、上百种乃至数百种。有些图书馆甚至没有编目登录，只是成捆地堆放在一边。

“汇编”所收的民间抄本宝卷，应是在这种情况下被收购来的。对此还可有一旁证。当时的民间抄本宝卷所有者（宣卷艺人或其家属、后代），一般都是将他们以为再无价值的抄本宝卷一齐出售给上门收购的搜书人员。由于“汇编”编者在入选时有所取舍，所以同一抄卷人的抄本宝卷有的便流到其他地方去了。可以查出的，如上述姚士俊标明为民国年间的 3 种抄本便分别被南开大学图书馆、首都图书馆入藏。另外笔者还查到另一抄卷人姚子琴的民国六年（1907）抄本《龙图案宝卷》，也被南开大学收藏。这两个图书馆的宝卷都是 20 世纪 50 年代在江浙一带的古旧书店收购入藏的。

认定“汇编”的编者是江浙某古旧书店的从业人员，是因为在这一时期，只有他们才可能大量接触到这类民间宣卷艺人的手抄本，进而能如此汇总编辑。编者无疑十分熟悉吴方言区民间宣卷的情况，并且认识到这类抄本宝卷的文献价值。他“作伪”，并将每种宝卷都重新托裱装订，配上函套（共分六函），也是为了让它们“增值”。从入选的宝卷看，不仅版本较好，也比较全面地反映了吴方言区民间宝卷的面貌，是一个较好的汇编本。在 20 世纪 50 年代，学术界并不重视宝卷的研究，也没有条件做这样的编选工作。“汇编”的编者做了这一工作，应当给以充分的肯定。但是另一方面，编者制造的假象，也会造成混乱。正因如此，笔者不厌其详地指出编者在成书时代上作伪，以免贻误后人。话说回来，“汇编”的编者作为旧书业人员，应当有一定版本知识，他将那两种用干支纪年的民国间的宝卷编入，是否也是为后人辨识留下伏线？至于这部“汇编”对研究吴方言区民间宣卷和宝卷的重大意义，自不待言，研究者应给予高度重视。

二十七、《玛瑙经房丛书》和《慧空经房丛书》

笔者在中国人民大学图书馆查阅该馆编目登录的宝卷，仅有数种，但另藏有《玛瑙经房丛书》《慧空经房丛书》两部丛书。借出来阅读后，发现它们是两部宝卷选集。这是除了那部20世纪50年代旧书业人员编的《古今宝卷汇编》外，目前可见的前人所编的又两部宝卷选集。

清道光以后，主要在同治、光绪年间，杭州和苏州各有一处“玛瑙经房”，它们大量刻印宝卷、善书及民间教团使用的经卷。《玛瑙经房丛书》收宝卷27种，均用旧板刷印。下面是这部丛书收的宝卷及其版本，卷名前的数字是其在《中国宝卷总目》（修订本，北京燕山出版社，2000）中著录编号和版本序号（未著录的版本不注）：

[1282—1]《秀英宝卷》，苏城玛瑙经房清光绪己丑年刊。

[0700—3]《妙英宝卷》，苏城护龙街中玛瑙经房清光绪十六年刊。

[1458—1]《还乡宝卷》，清光绪己亥重刊本。全名《元始天尊新演还乡宝卷》。

[1567—2]《卖花宝卷》，苏城玛瑙经房清光绪十九年刊本。全名《张氏三娘卖花宝卷》。

[1404—3]《延寿宝卷》，上海翼化堂善书局宣统元年刊。

[1280—1]《希奇宝卷》，清同治丙寅新镌，苏城玄妙观得见斋刷印。

[0804—11]《潘公免灾宝卷》，姑苏玛瑙经房清光绪九年刊。

[0382—1]《荷花宝卷》，苏城玛瑙经房清光绪戊戌年刊。

[1290—19]《大乘法宝香山宝卷》，苏城姑苏经房民国元年刊。

[0323—11]《观音十二圆觉》，上海翼化堂善书局清宣统元年新刻。

[0642—30]《大乘法宝刘香宝卷全集》，苏城玛瑙经房善书局清光绪二十四年重刻。

[0414—5]《蓝关宝卷》，上海翼化堂善书坊清光绪甲午重镌。即《韩湘宝

卷》。

[1498—6]《灶君宝卷》，上海翼化堂善书坊民国十一年刊。

[0694—7]《目连三世宝卷》，姑苏玛瑙经房清宣统元年刻。

[0347—]《何仙姑宝卷》，苏城玛瑙经房光绪三十三年重刻。按，该经房另有清光绪三十年重刻本。

[0611—1]《雷峰古迹》，杭州宝文斋清宣统元年刊。

[1286—1]《玉律经卷》，常州宝善书庄清光绪乙巳刊。

[0336—4]《回郎宝卷》，苏城玛瑙经房清光绪十九年重刻。

[0340—2]《回文宝卷》，苏城玛瑙经房清光绪三十一年刊。

[1574—1]《贤孝宝卷》，西湖慧空经房刊。即《赵氏贤孝宝卷》。

[1550—1]《真修宝卷》，玛瑙经房清道光十二年刊。

[0613—3]《雷峰宝卷》，玛瑙经房印造。

[0915—1]《节义宝卷》，苏城玛瑙经房清光绪庚子新刊。即《三世姻缘宝卷》。

[0025—1]《白侍郎宝卷》，清光绪十一年重刊。

[0201—1]《二十四孝报娘恩》(《佛说报恩卷》)，清末刻本。

[1315—5]《惜谷宝卷》，苏城得见斋清光绪十三年新镌。

从上述目录可以看出，所收 27 种宝卷“总目”均已著录，只有一种是未曾著录的版本。除了玛瑙经房刻的宝卷外，它还收入上海翼化堂善书局、苏州得见斋、杭州宝文斋、常州宝善书庄、杭州慧空经房及步云阁等善书局所刻印的宝卷。各家刊版的时间、版式、字体不同，但用了同样的纸张印刷，开本一致；书签均直接印在封面纸上，卷首多附绣像（线刻）。可知这部丛书是集中各地刊板修补、印刷的。其中最迟的版本是民国十一年（1922）上海翼化堂刊《灶君宝卷》，则“丛书”的编印时间当在此后。

《慧空经房丛书》共收宝卷 5 种：

[1290—18]《香山宝卷》

[1314—1]《太子宝卷》

[0914—5]《黄氏宝卷》

[0607—2]《梁皇宝卷》

[0642—9]《刘香宝卷》。即《刘香女宝卷》。

以上均为杭州慧空经房原刊，“总目”均已著录。它也是统一印刷，其开本较《玛瑙经房丛书》略大。

上述宝卷中，一类是神道故事宝卷，如《太子宝卷》《香山宝卷》《何仙姑宝卷》等；二是修行故事宝卷，如《妙英宝卷》《刘香女宝卷》《黄氏宝卷》等；三是劝世文宝卷，如《潘公宝卷》《玉律经卷》《惜谷宝卷》《真修宝卷》等。也有些是据民间宝卷整理改编的俗文学传统故事宝卷，如《贤孝宝卷》《卖花宝卷》《回郎宝卷》《稀奇宝卷》等。其中像《还乡宝卷》《蓝关宝卷》《何仙姑宝卷》《荷花宝卷》等，都是教团人士编写，意在宣传其教义；在整理改编的民间宝卷中，也多掺入了民间教义的宣传。这说明这些宝卷的刊印者都有民间教团的背景。笔者曾经提出，这些有民间教团背景的刻印宝卷的经房、善书局之间，常互相借版印刷宝卷，上述《玛瑙经房丛书》的发现，是一明证。至于它们被称作“丛书”，笔者怀疑是图书编目人士的定名。

中国宝卷研究的世纪回顾

一、前言

由于中国宝卷发展的特殊历史文化背景，宝卷作品大致可分为两大类：一类是非文学作品的宗教宣传品，唱述宗教教义、仪轨，这一类主要是佛教和明清各民间教派的宝卷；另一类是演唱文学故事的宝卷和少量在民间宣卷时演唱的具有文学性的仪式歌和小卷，这一类主要是清及近现代的民间宝卷。对宝卷的研究，基本上也是从以上两个方面切入。本文介绍上个世纪中国宝卷研究的情况，除了对宝卷的渊源、形成、分类和发展过程的一般研究外，主要是对作为俗文学（民间文学）和民俗文艺的宝卷和宣卷的研究。[1]

二、现代开拓者的宝卷研究

现代学者中，最早注意到宝卷的文学价值并将其推荐给学术界的是顾颉刚先生。1924 至 1925 年，他在《歌谣周刊》（北京）发起和主持孟姜女故事讨论时，全文刊载了民国乙卯（1915）岭南永裕谦刊本《孟姜仙女宝卷》，[2] 并

[1] 说明：本文写作于 2001 年，所介绍的宝卷研究论著，截止于 2000 年 12 月。

[2]《歌谣周刊》（北京），“孟姜女故事研究专号”，1924 年 11 月 23 日第 69 期至 1925 年 6 月 21 日第 96 期，分 6 次刊载。

指出："宝卷的起源甚古。"罗振玉《敦煌零拾》[1]所收《佛曲》3种是"唐代的宝卷"；《金瓶梅》中"吴月娘是最喜听宣卷的，宣卷的人是尼姑"；"《孟姜女宝卷》的著作时代，我虽未敢断定，但总以为非近代作品。"[2]后来顾颉刚在《苏州近代乐歌》[3]一文中对苏州宣卷作了介绍，指出"宣卷是宣扬佛法的歌曲，里边的故事总是劝人积德修寿"，宣卷的听众主要是妇女，请到家中来唱，"做寿时更是少不了的"；滩簧盛行之后，宣卷人"改革旧章"，曹少堂始倡为"文明宣卷"。这是对现代苏州民间宣卷最早的综合介绍。

与此同时，郑振铎先生也开始搜集和研究宝卷，在他主编的《小说月报》号外《中国文学研究》[4]专号上发表论文《研究中国文学的新途径》。该文第七节"巨著的发现"，所论为开拓中国文学史研究的新领域，所指即变文、宝卷、弹词、鼓词、民间戏曲等未被纳入中国文学史研究体系的俗文学作品。这时他尚把敦煌发现的说唱文学作品同宝卷一道称之为"佛曲"，认为："佛曲是一种并非不流行的文艺著作，自唐五代以来，时时有作者，其中颇有不少好的东西，如《梁山伯祝英台》，如《香山宝卷》，其描写都很不坏。其及于民间的影响却更不小。"该文第八节"中国文学的整理"中称佛曲（变文和宝卷）、弹词、鼓词："不类小说，亦不类剧本，乃有似于印度的《拉马耶那》，希腊的《伊里亚特》《奥特赛》诸大史诗。"在这个专号中同时刊出郑著《佛曲叙录》，介绍了36种宝卷，"小引"中称宝卷"为流行于南方的最古的民间叙事诗之一种"。1934年，郑振铎发表的《三十年来中国文学新资料的发现史略》，[5]其第四节专论宝卷，指出"宝卷是变文的嫡系儿孙"，"变文之名易为宝卷"的年代在宋初，"惟宋初尝严禁诸宗教，并禁及和尚们讲唱变文，则易名改辙，当在其时"；文章还指出在宁夏发现的《销释真空宝卷》"颇有元人抄本的可能"，明初金碧抄本《目连救母出离地狱生天宝卷》则"已渐渐离开变文而自成一种新的体裁"。作者对宝卷文学作品给予高度的评价："宝卷里有许多是体制弘威、情绪深挚的，虽然文辞不免粗率，其气魄却是雄健的，特别像《香山宝卷》《刘香女宝卷》一类的充满了百折不回的坚贞的信仰与殉教的热情的，在我们文学里刍罕

[1] 上虞罗氏铅印本，1924。

[2]《歌谣周刊》，第90期，1925年5月21日，为钱肇基信写的"按语"。

[3]《歌谣周刊》，第3卷第1期，1934年4月3日。

[4] 上海：商务印书馆，1927。该刊所收论文自为起止，没有统一的页码。

[5]《文学》，第2卷第6期，上海：生活书店，1934年6月。

其四”，“而像《土地宝卷》描写大地和天空的争斗的，也是具有极大的弘伟声气；恐怕要算是中国第一部叙述天和地之间的冲突的事的。”

1938年郑振铎的《中国俗文学史》出版，[1]这是中国俗文学史研究的奠基著作，书中将“宝卷”列为专章（第十一章），总结了作者前此发表的论文中的论点，并有修订补充，如指出：“相传最早的宝卷的《香山宝卷》，为宋普明禅师（受神之感示）所作”，“这当然是神话，但宝卷之已于那时出现于世，实非不可能”；指出变文到宝卷之间的中间环节是宋代的“谈经”（或“说经”），“后来的宝卷，实即变文的嫡派子孙，也当即谈经等的别名”。将宝卷重新分类为：(一) 佛教的宝卷——①劝世经文；②佛教的故事。(二) 非佛教的宝卷——①神道故事；②民间故事；③杂卷。书中引用了大量作者珍藏的宝卷原文，如《目连救母出离地狱生天[2]宝卷》《先天原始土地宝卷》等，这些珍本宝卷至今难为一般研究者所见。

受郑振铎的影响，30年代许多学者注意到宝卷。向觉明（达）《明清之际的宝卷文学与白莲教》[3]指出：“这种宝卷文学大都仿照佛经的形式”，“这些作品总自有其宗教上的目的，并不能视为文学的作品”，“倒是研究明清之际白莲教一类秘密教门的一宗好材料。”李嘉瑞《宣卷》[4]文，从《海陬冶游录》《盛湖竹枝词》等文献中，钩稽出有关清末上海和苏南农村民间宣卷的记述，有助于了解江浙地区民间宣卷和宝卷的历史发展情况。孙楷第《唐代俗讲规范与其本之体裁》[5]之一《讲唱经文》，在论及唐代讲经体例时，以《金瓶梅词话》中讲唱《五祖黄梅宝卷》《黄氏女卷》的情形作印证，说明了后世宝卷与唐代俗讲的渊源关系。在此前后陆续出版的某些中国文学概述和文学简史中，也为“宝卷”列了章节，如胡行之《中国文学讲话》[6]、洪亮吉《中国民俗史略》[7]、谭正璧编著《(新编) 中国文学史》[8]、徐嘉瑞编《近古文学概论》[9]、杨荫深著《中

[1] 长沙：商务印书馆，1938。
[2] 引文“生天”误作“升天”，后人多沿袭其误。
[3] 载《文学》，第2卷第6期，1934年6月。
[4] 载《剧学月刊》，第4卷第10期，1935年10月。
[5] 北京大学《国学季刊》，第6卷第3期，1937。
[6] 上海：光华书局，1932。
[7] 上海：群众图书发行公司，1934。
[8] 上海：光明书局，1935。
[9] 上海：北新书局，1936。

国文学史大纲》[1] 等，这些论著沿用了郑振铎先生论述，对推广宝卷的知识起了作用。

1937 年，在复刊后的《歌谣周刊》上，研究者就宝卷与影戏的关系及其在文学史上的地位等问题展开了讨论。讨论由佟晶心《探讨宝卷在俗文学上的地位》[2] 一文引起。佟文提出："唐代的俗讲与后来的一切平民歌曲（按，指各种说唱文学和戏曲）都有关系"，"宝卷的前身是变文"，宝卷与影戏有"父子关系"，"中国现代的乡土俗戏将要因研究宣卷而得到它们父子的关系"。吴晓铃《关于影戏与宝卷及滦州影戏的名称》[3] 主要就影戏与宝卷的关系提出不同看法，后来叶德钧也参加讨论。[4] 这一讨论因《歌谣周刊》停刊而中止。

在三四十年代各地办的"俗文学"刊物上，也陆续发表了有关宝卷的资料介绍和研究论文。特别是上海的陈志良，他的《宣卷——上海民间文艺漫谈之一》是上海地区民间宣卷最早的田野调查报告。[5] 文章对宣卷的活动情况和宝卷的特点作了报道和推荐，指出民间宣卷的价值"不在于它的曲调、唱法、人数等等，实在的价值，在于宝卷本身所含的内容，比任何民间文学来的丰富、美丽；每一本宝卷，好比一篇史诗，叙事诗；其中情节，有复杂的也有简单的，故事的来源，或采取自稗官小说，或根据民间传说，或宣扬佛教"；"宣卷在民间的势力，不亚于'申曲'（按，指沪剧），但是在广播电台上的力量则'宣卷'不及'申曲'"。在《宝卷提要》[6] 文中分别介绍了他搜集到的民间宣卷艺人手抄本宝卷《蝴蝶宝卷》（一名《梁山伯祝英台》）、《妙英宝卷》、《养亲宝卷》（俗名《张待诏买爷叫》）、《玉连环宝卷》、《白鹤图宝卷》、《审阴宝卷》；在《孟姜女传说的种种》[7] 和《洛阳桥》[8] 两篇文章中，对宝卷与相关的民间传说作了比较研究。

由于郑振铎的倡导，三四十年代国内许多学者注意搜集宝卷，如傅惜华、杜颖陶、马愚卿（廉）、赵景深等，使一大批珍本宝卷保存在国内。40 年代末，

[1] 上海：商务印书馆，1938。
[2] 载《歌谣周刊》，第 2 卷第 37 期，1937 年 3 月 6 日。
[3] 载《歌谣周刊》，第 2 卷第 40 期，1937 年 3 月 27 日。
[4] 《关于影戏》，载《歌谣周刊》，第 3 卷第 3 期，1937 年 4 月 17 日。
[5] 见《大晚报》"火炬通俗文学"周刊，第 25 期（1936 年 9 月 23 日）。
[6] 载《大晚报》"火炬通俗文学"第 35、37、40 期（1936 年 11 月 25 日、12 月 9 日、12 月 30 日）。
[7] 载《大晚报》"火炬通俗文学"周刊，第 25 期（1936 年 9 月 23 日）。
[8] 载《大晚报》"火炬通俗文学"周刊，第 34 期（1936 年 11 月 18 日）。

傅惜华编出第一部宝卷综合目录《宝卷总录》,[1] 共收宝卷 246 种，对已发现的宝卷及时作了总结。

从上个世纪 20 年代顾颉刚首先将宝卷推荐给学术界、郑振铎将宝卷纳入中国俗文学史研究体系开始，到 1950 年，中国学者从不同的角度对宝卷作了初步的研讨。其中，郑振铎的研究起点既高，又占有大量原始资料，他对宝卷的研究在国内外学界有很大的影响。[2] 由于宝卷发展的历史悠久，涉及的社会问题多，历史文献中的记载极少，所以，以郑振铎为首的开拓者对宝卷历史发展的研究，难免有不足之处，但他们的开拓和探讨精神、他们对宝卷的搜集和整理编目，为以后的宝卷研究奠定了基础。

三、50 至 60 年代的宝卷研究

五六十年代，中国学界受前苏联民间文艺学的影响，将宝卷文学排斥在民间文学之外，但是有些学者仍对宝卷作了认真的研究。

（一）宝卷渊源、形成、分类和发展的研究

50 年代，李世瑜先后发表《宝卷新研——兼与郑振铎先生商榷》[3]《江浙诸省的宣卷》[4] 两文，是这一时期国内学者宝卷研究的主要成果。

《宝卷新研》一文主要就宝卷的渊源、分类、发展诸问题，对郑振铎在《中国俗文学史》中的结论提出商榷。文中将宝卷分为“演述秘密宗教道理的”“袭取佛道教经文或故事以宣传秘密宗教的”“杂取民间故事传说或戏文等的”三大类，指出明清秘密宗教的宝卷主要是前两类。文中列出 72 种明清各秘密宗教宝卷，连同郑著中介绍的 23 种，根据它们内容和体制的特点，指出“宝卷是一种独立的民间作品，是变文、说经的子孙，不是他们的‘别称’”；“变文是为佛经服务的，而宝卷则是为流传于民间的各种秘密宗教服务的”。文章又从明清秘密宗教活动及其信仰的特征和发展作出论证，指出“宝卷是起于明正

[1] 北京：巴黎大学北京汉学研究所，1951。

[2] 日本研究中国宝卷的著名学者泽田瑞穗在他的《宝卷研究》(东京：国书刊行会,1965)“导言”中便提到，他对中国俗文学和宝卷研究的兴趣，便受郑振铎先生的影响。

[3] 载《文学遗产增刊》第 4 辑，北京：作家出版社，1957。

[4] 载《文学遗产增刊》第 7 辑，北京：中华书局，1959。

德年间的”，从明正德到清初是“宝卷的极盛时代”；宝卷通过秘密宗教在明末社会中既“帮助统治者愚化了人民”，又“在农民起义中起了号召和组织的作用”。

《江浙诸省的宣卷》是上文的续篇。作者将明清秘密宗教宝卷称作“前期宝卷”。清同治、光绪年间开始，以上海、杭州、苏州、绍兴、宁波等城市为中心出现的宝卷是“后期宝卷”：“它是前期宝卷的变体……即宝卷已由布道发展为民间说唱技艺的一种，名字就叫‘宣卷’，宝卷也就成为宣卷艺人的脚本”。后期宝卷分为：（1）经咒式的；（2）佛道教故事的；（3）劝惩故事和劝化文字的；（4）戏曲和民间故事的，包括：①改编传统剧目或其他曲种，②改编传统民间故事，③时事故事，④小卷或文字游戏。文中介绍了后期宝卷的体制、刊印流通、演唱和江浙宣卷艺人的家数等情况，并详细论证了后期宝卷畅行和衰微的原因。

这一时期日本学者泽田瑞穗出版的《宝卷の研究》[1]，是第一部系统研究中国宝卷的专著。该书的“增补”本，分三部分：

第一部分“宝卷序说”，除“前言”“结语”外，分为 11 章：

第一章“宝卷的名称”，介绍宝卷的各种异称。

第二章“宝卷的系统”，作者不同意郑振铎宝卷是“变文的嫡派子孙”“谈经等的别名”的结论，根据作者所说的“古宝卷”（见“第三章”）的特点，认为它是“直接继承、模拟了”唐宋以来佛教的科仪和忏法的“体裁及其演出法，为了进一步面向大众和把某一宗门的教义加进去，而插入了南北曲以增加其曲艺性，这就是宝卷及演唱宝卷的宣卷”，“变文也是作为俗讲用于法事的科仪书，而宝卷是第二次的变文”。

第三章“宝卷的变迁”，将宝卷的历史发展分为“古宝卷”“新宝卷”两个大的发展阶段。“古宝卷”阶段又分为：“原初宝卷时代”（指明正德以前的宝卷），“教派宝卷盛行的时代”（明正德到清康熙平定三藩之乱），“宝卷衰落时代”（康熙末年到清嘉庆十年）。“新宝卷”阶段又分为：嘉庆到清末是“宣卷用、劝善用宝卷时期”；民国以后是“新创作读物化宝卷时期”。

第四章“宝卷的分类”，分宝卷为“科仪卷”“说理卷”“叙事卷”“唱曲卷”、“杂卷”五类。

[1] 东京：国书刊行会，1965 初版；增补本改名《增补宝卷の研究》，1975。

第五章“宝卷的构造和词章——古宝卷”和第六章“宝卷的构造和词章——新宝卷”，分别介绍古宝卷和新宝卷的文本及演唱形式特点。

第七章“宝卷与宗教”，述宝卷与佛、道、儒、民间教派的关系。

第八章“宝卷题材的文学性”。

第九章“宝卷的普及——刊施”，述宝卷刊印和流通的特点。

第十章“宝卷的普及——宣卷”，述明清宣卷的演唱者、活动背景、演唱曲调等。

本书第二部分“宝卷提要”，介绍作者及日本公私收藏宝卷209种。

本书第三部分“宝卷丛考”，收《宝卷与佛教说话》《“金瓶梅词话”中所引的宝卷》及研究无为教、黄天道、弘阳教、八卦教、白阳教的论文5篇。

李世瑜和泽田瑞穗都是研究中国民间宗教的著名学者，他们是在掌握大量资料的基础上，对宝卷进行系统的研究，更正和修补了前人研究的某些错误和疏漏。尽管他们所作的某些论断尚可讨论，但在总体上将中国宝卷研究的水平提高了一步。

（二）宝卷文献的编目和宝卷作品的整理、研究

五六十年代出版的宝卷目录有胡士莹《弹词宝卷目》[1]、李世瑜《宝卷综录》[2]。胡目仅收宝卷200余种，大多是作者曾收藏过的宝卷。李目是在前人编目的基础上采编的综合目录，共收国内公私收藏宝卷618种、版本1487种，用表格的形式分别著录每种宝卷的“卷名”“册数（卷数）”“年代”“版本”“收藏者”“曾著录篇籍”“备考”等项，对“同卷异名”的宝卷也作了整理归纳；书前有长篇“序例”，介绍了宝卷的发展、前人整理研究宝卷的文献、宝卷的流通及本书的编例等。由于条件的限制，该书未收海外收藏的宝卷，国内收藏宝卷也有许多未收入，但它著录的宝卷远远超过前人所编的宝卷目录，成为此后涉及宝卷研究者必备的工具书。

这个时期，在中国大陆宝卷等被排斥在民间文学之外，但许多著名的民间传说故事的历史传承资料多是以宝卷等俗文学作品为载体，离开了这类作品便难以研究这些传说故事的发展。于是，一些研究者便整理、编辑了这类俗文学

[1] 上海：古典文学出版社，1957。

[2] 上海：中华书局，1960。

作品的专题集，其中多收入相应的宝卷作品，如《孟姜仙女宝卷》《长城宝卷》[1]《小董永卖身宝卷》《沉香宝卷》[2]《雷峰宝卷》[3] 等。这些作品集都被一再重印，流传极广。

关德栋《宝卷漫录》[4] 介绍了《螳螂作亲宝卷》《菱花镜宝卷》《梨花宝卷》《双金花宝卷》4 种江浙地区民间宝卷内容和形式的特点，并与弹词等民间演唱文艺作了比较研究。

（三）田野调查

50 年代初，苏南文联组织文艺工作者对江苏南部地区（包括今属上海市的部分县区）的民间歌谣和民间音乐进行了普遍的调查，其中民间戏曲、说唱音乐部分的成果，后以“江苏省音乐工作组”的名义编辑出版《江苏南部民间戏曲说唱音乐集》。[5] 这本书的《宣卷曲调》部分，收有采集自苏州、吴江、昆山、常熟、无锡、江阴、宜兴、常州、金坛、丹阳、青浦（今属上海市）等地的各类宣卷曲调45 种；戈唐《宣卷曲调介绍》一文，就苏州宣卷的基本曲调及其特点、同当地民间戏曲音乐和民歌小调的关系作了介绍。

张颔《山西民间流传的宝卷抄本》[6] 介绍作者 1946 年在山西介休县调查时发现的民间抄本宝卷 31 种，以及当地民间念卷活动的特点。这是对山西念卷和宝卷的首次调查报告。

四、70 年代后的宝卷研究

60 年代后期，中国内地一切正常的学术研究均已停止，直到 70 年代末“文革”结束。在中国台湾，1975 年曾子良发表《宝卷之研究》。[7] 这是第一篇以宝卷为研究对象的学位论文。除“绪言”外，全文分为六章：一、宝卷之题名；

---

[1] 收入路工编《孟姜女万里寻夫集》， 上海：上海出版公司，1955。
[2] 收入杜颖陶编《董永沉香集》，上海：上海出版公司，1955。
[3] 收入傅惜华编《白蛇传集》，上海：上海出版公司，1955。
[4] 载《曲艺论集》，上海：中华书局上海编辑所，1958。
[5] 北京：音乐出版社，1955。
[6] 载《火花》，太原，1957年第3期。
[7] 台湾政治大学硕士学位论文，1975。

二、宝卷之渊源与流变；三、宝卷之体制；四、宝卷之内容；五、宝卷之宣讲；六、结论——宝卷之价值。本文的特点是总结前人的研究，根据个人读卷的体会给予评论，或有所适从，或推导出新的结论。如对宝卷的渊源和形成，不采取郑振铎、李世瑜之说，而认为“宝卷似以科仪书式之作品为最早，故《金刚科仪》一般以为宝卷之权舆。《金刚科仪》之成立年代，据吉冈义丰氏之研究，谓成于南宋理宗淳祐年间，是则南宋之时已有宝卷矣，唯当时不名为宝卷耳。”附录“国内所见宝卷叙录”，介绍台湾“中央研究院”等公私收藏及民间印刷和抄传的宝卷65种，其中的《观音修身得道济度楞文宝卷》，据作者介绍，是当代台湾民间道士宣卷的台本，用于超度亡灵。

80年代的“文化热”中，宝卷的研究一时成为热门的话题，大陆的研究者对各地现存宝卷演唱活动做了较多的调查。进入90年代，研究者开始对宝卷发展中的诸问题进行冷静而深刻地思考，出现一批有价值的研究成果。

（一）宝卷渊源、产生、分类和发展的研究

宝卷的渊源、形成、分类和发展仍是研究者关注的问题。关于宝卷的渊源，研究者多重复郑振铎“宝卷是变文嫡系子孙”的说法，王正婷《变文与宝卷关系之研究》[1]对此作了详细的论证，该文自称“以郑振铎所揭橥变文与宝卷关系为主要的立论基点，进一步的从文学形式、讲唱模式、讲唱者、讲唱地点、题材等各方面，全盘的对变文与宝卷之间的密和程度，作一详细的论述比较，以期能确实显现出变文与宝卷之间一脉相承的文学关系。”但“变文”包含多种说唱形式的文本，“宝卷”有七八百年的发展历史，这种“比较”，不在一个层面上。

车锡伦在《中国宝卷的发展、分类及其社会文化功能》[2]一文中不同意郑振铎的结论，提出“宝卷的渊源可以追溯到唐代佛教的俗讲”。后来在《中国宝卷的渊源》[3]一文中据当代敦煌学者对“变文”的分类，指出宝卷“同俗讲一样是佛教僧侣悟俗化众的说唱形式，且在民间的法会道场按照一定的宗教仪轨演唱”，“在内容上也分为讲经和说唱因缘两大类”；指出宝卷与南宋时期瓦

[1] 台湾中正大学中国文学研究所硕士论文，1998。

[2] 载《中国文学的多层面探讨国际学术会议论文集》，台北：台湾大学中文系，1996。

[3] 载《扬州大学学报》，第4卷第5期，2000年9月。

子中的“说经”无关，“宋代佛教悟俗化众的活动孕育和产生了宝卷”，最初的宝卷在形式和内容上与佛教俗讲有继承关系。

关于宝卷的形成，刘祯在《宋元时期非戏剧形态目连救母故事与宝卷的形成》[1]一文中，通过《佛说目连救母经》（刘文考为元至大四年，即1311年刊，说经话本）和《慈悲道场目连报本忏法》（产生于元代或更早）与《目连救母出离地狱生天宝卷》的差异，指出它们之间的过渡、发展是“忏礼法事科仪的消解和韵文的加盟”，“宝卷是宗教忏法、科仪与文学（韵文）结合、俗化而直接产生的”，从而具体论证了泽田瑞穗关于宝卷是“继承、模拟”忏法科仪的结论。车锡伦《佛教与中国宝卷（上）》[2]根据《销释金刚科仪（宝卷）》（宗镜禅师作于南宋淳祐二年，1242）、《佛门西游慈悲道场宝卷》（新发现，产生于元代）和元末明初的《目连救母出离地狱生天宝卷》的内容和演唱形态的分析指出，宝卷的形成，既继承了佛教俗讲的传统，又受佛教忏法演唱仪式化的影响，在分段讲释佛经或说唱故事的同时，让整个演唱过程仪式化，说、唱、诵文辞格式化。

由于文献中难以找到宝卷产生的直接记载，确定最早的宝卷便成了推断宝卷产生年代的主要依据。马西沙《最早一部宝卷的研究》[3]依据新发现的刊本《佛说杨氏鬼绣红罗化仙哥宝卷》中“至元庚寅新刻金陵聚宝门外圆觉庵比丘集仁捐众开雕”“依旨修纂颁行天下崇庆元年岁次壬申长至日”等题识，认定这本宝卷编成于金崇庆元年（1212,南宋嘉定五年）,再刊于元至元二十七年（1290）;又根据这部宝卷的内容和形式特点，对郑振铎关于宝卷渊源的论述作了修正和补充。车锡伦《中国最早的宝卷》[4]对此提出异议，指出“金陵聚宝门”是明初朱元璋所建“京城十三门”之一，这部宝卷“新刻”的年代系伪托；据其内容和形式特点，它是明代中叶后经民间宗教家改编过的早期佛教宝卷。文中还逐一分析前人提出的几部早期宝卷，指出只有题识为“宣光三年”（即明洪武五年，1372）的抄本《目连救母出离地狱生天宝卷》的年代可靠。由此推论：中国宝卷产生于元代。作者后来在《佛教与中国宝卷（上）》一文中提出，由

[1] 载《民间文学论坛》，北京，1994年第1期。

[2] 载《圆光佛学学报》，台湾中坜，第4期，1999年12月。

[3] 载《世界宗教研究》，1986年第1期。

[4] 载《中国文哲研究通讯》，台北，第6卷第3期，1996年9月。

于《目连救母出离地狱生天宝卷》"同产生于南宋的《销释金刚科仪》演唱形态相同,因此也可以说宝卷这种演唱形式形成于南宋时期。很可能是这种情况:最早在世俗佛教的法会道场中产生了这种说唱形式……定名为'科仪'。后来,在法会道场中用同样的形式说唱因缘故事,则被称之为'宝卷'。"

高国藩《论宝卷的产生及宋代起源说——兼论日本泽田瑞穗先生的观点》,[1] 依据郑振铎"谈经等是宝卷的别名"的说法,认为宝卷产生于宋代,除了重复和敷演郑的一些假说外,没有提出新的文献根据;出于偏见,作者也没有读懂泽田瑞穗的文章。

李世瑜在《民间秘密宗教与宝卷》[2] 一文重申宝卷产生于明正德时期的结论,指出正德初年罗梦鸿《五部经》中"那些宝卷字样纯是作者称颂那些经卷的用语,与后来的宝卷完全是两种概念"。

这一时期的宝卷研究论文多有涉及宝卷的分类,但大都是斟酌前人的研究而作的修订、补充。车锡伦《中国宝卷的发展、分类及其社会文化功能》结合宝卷发展的阶段性提出了新的分类法,指出以清康熙年间为界,前期是"宗教宝卷",后期主要是"民间宝卷"。前期宗教宝卷又分为两个发展阶段:明正德以前是"佛教世俗化宝卷",分为"演释佛经"和"讲唱因缘"两类;正德后是"民间宗教宝卷",分为"宣讲教义"和"讲唱故事"两类。后期的民间宝卷分为"劝世文""祝祷仪式""讲唱故事""小卷"4类;"讲唱故事(因缘)"类宝卷(包括前期宗教宝卷仍在民间流传演唱的故事宝卷)又分为"神道故事""妇女修行故事""民间传说故事""俗文学传统故事""时事故事"5类。按照内容和题材,又可将宝卷分为"文学宝卷"(包括各个时期讲唱故事的宝卷及民间宝卷中的"小卷"和部分"祝祷仪式"宝卷)、"非文学宝卷"(包括宗教宝卷中"演释佛经""宣讲教义"的宝卷和民间宝卷中的"劝世文"及部分"祝祷仪式"宝卷)两大类。这种分类法比较全面地反映了中国宝卷历史发展的实际情况。曾友志《宝卷故事之研究》[3] 按照故事的内容,进一步对文学故事宝卷做了详细的分类:一,佛道故事:(一)神佛故事(又分"神佛本缘""神佛事迹")、(二)修行故事(又分"一般修行""妇女修行")、(三)报应故事、(四)神怪故事;二,

[1] 载《中韩文化研究》,第3辑,韩国大邱市:中文出版社,2000年12月。

[2] 载《曲艺讲坛》,第5期,1998年9月。

[3] 台湾"中国"文化大学中国文学研究所1999年硕士论文。

伦理教化故事：（一）家庭教化（又分“孝行节烈”“兄弟合和”“阴狠后母”）、（二）一般教化；三，法律公案故事；四，爱情故事：（一）才子佳人故事、（二）其他爱情故事。

（二）各地宝卷的调查和研究

80年代后，在田野调查的基础上对各地宝卷的发掘和研究，是中国宝卷研究的一大发展。甘肃的研究者陆续发表一批甘肃河西走廊地区民间念卷和宝卷的调查研究成果，如段平《河西宝卷的调查研究》,[1] 方步和《河西宝卷的调查》,[2] 谭蝉雪《河西宝卷概述》,[3] 谢生保《河西宝卷与敦煌变文的比较》[4] 等，同时，他们也整理、出版了一批宝卷作品（见下）。上述论著介绍了河西走廊地区现当代民间念卷流传的地域、形式（仪式、演唱曲调）、演唱风俗；介绍了现存的民间宝卷（多为民间传抄本，据统计有130余种，最早是清光绪年间的抄本），并对某些宝卷作品作了评介。由于河西走廊的敦煌是发现唐五代说唱文学（变文）手抄卷子的地方，许多研究者将河西念卷和宝卷同敦煌变文作比较，认为河西宝卷同敦煌变文有直接的继承关系，如伏俊连《河西宝卷》称：“河西宝卷是敦煌变文的嫡传子孙，是活着的变文。”[5] 有的研究者不同意这一结论，车锡伦《明清民间宗教与甘肃的念卷和宝卷》[6] 一文指出：研究者并未发现两者跨越千年的连接材料，而根据历史文献的考证和清康熙三十七年（1698）编刊于甘肃张掖的《敕封平天仙姑宝卷》（现存编刊于甘肃的最早的宝卷），说明宝卷于明代后期随着民间教派传入甘肃地区，清代前期在甘肃东部和河西地区都存在民间教派的宣卷和宝卷，它们的传播方式和演唱形式同内地的宣卷和宝卷相同；由于特殊的地理环境，在从宗教宝卷到民间宝卷的发展过程中，河西宝卷形成了具有地域文化特征的民间念卷。

江浙吴方言区的宣卷和宝卷的调查及研究有新的进展，发表了一批调查研

[1] 兰州：兰州大学出版社，1992，本书收《河西宝卷的调查研究》《河西宝卷的昨天、今天与明天》《对河西念卷活动的剖析》等论文12篇，所述多将河西宝卷与内地宝卷混在一起。

[2] 收入方著《河西宝卷真本校注研究》，见下。

[3] 载《曲艺讲坛》，第4期，1998年4月。

[4] 载《敦煌研究》，1987年第4期。

[5] 载《文史知识》，1997年第6期。

[6] 载《敦煌研究》，1999年第4期。

究报告和论文：金天麟、唐碧（车锡伦）《浙江嘉善的宣卷和赞神歌》[1]，金天麟《调查嘉善县宣卷的报告》[2]，车锡伦《江苏靖江的讲经（调查报告）》[3]，段宝林等《俗文学的活化石：靖江宝卷》[4]，车锡伦、侯艳珠《江苏靖江农村做会讲经的"醮殿"仪式》[5]，桑毓喜《苏州宣卷考略》[6]，乔凤岐《苏州宣卷和它的仪式歌》[7]，顾希佳《绍兴安昌宣卷调查》[8]等，这些在不同地点、从各个角度所做的调查，比较深入具体地反映了各地民间宣卷和宝卷的情况。

也有个别的调查报告介绍了一些不实的情况。如虞永良的《河阳宝卷调查报告》[9]和《历史文化的瑰宝——河阳宝卷》[10]，两文介绍旧属苏州常熟县北部地区（今为张家港市南部及其周边地区）的"做会讲经"。这一地区的做会讲经是吴方言区做会宣卷的一个分支，两者没有太多的差别。作者为了夸饰"河阳宝卷"的久远，而杜撰东汉末年佛教传入该地，河阳山（按，今称凤凰山）永庆寺（按，方志载该寺始建于梁大同二年，536）的和尚用当地山歌"唱导"，后来把经文通俗化"俗讲"，宋代把"俗讲"更加通俗化，就是"河阳宝卷"；上个世纪50年代，永庆寺还藏有"历代收藏宝卷上万册"，后遭严重破坏，部分宝卷流落于民间的讲经先生手中。在《历史文化的瑰宝》附载的一组"河阳宝卷"中，《妙英宝卷》前的一段唱词，加上了"押座文"的标题。《河阳宝卷调查报告》将做会讲经同当地民间的"拜香"活动（又称"报娘恩"，演唱文本称"香卷"）混为一谈。编造出这些情况，说明作者在中国佛教和宝卷发展方面的知识太贫乏，同时也缺乏实事求是的科学精神。这样的报告会给宝卷研究带来误导和混乱。

对江浙宣卷和宝卷的研究也有进展：方梅《江浙宝卷中的神鬼体系及其内

---

[1] 载《曲苑》，第2辑，南京：江苏古籍出版社，1986

[2] 载《民间文学论坛》，1986年第3期。

[3] 载《民间文艺季刊》，1988年第3集。

[4] 载《汉声》，台北，第32期，1991。

[5] 载《民俗研究》，1999年第2期。

[6] 载《艺术百家》，1992年第3期。

[7] 载《中国民间文化》，1994年第3集。

[8] 载《民俗曲艺》，台北，127期，2000。

[9] 载《民俗曲艺》，台北，110期，1997。

[10] 载《中韩文化研究》，第3辑，韩国大邱市：中文出版社，2000年12月。

涵浅探》[1] 介绍江浙民间宝卷的信仰特征和内涵；车锡伦《江浙吴方言区的宣卷和宝卷》[2] 依据田野调查和文献资料，讲述明代江浙地区的宣卷和宝卷、清代江浙的民间宗教宝卷、江浙地区民间宣卷的形成、近现代江浙地区民间宣卷的发展、江浙地区民间宣卷与宗教和民间信仰活动等问题，指出江浙民间宣卷在清康熙年间已经出现，道光年间已盛行，大盛于太平天国运动被镇压之后，从而更正前人认为江浙民间宣卷是清同治、光绪年间才发展起来的结论。

（三）宝卷文学作品的研究

由于前期的佛教文学故事宝卷大都经过多次改编，同时，明清民间教派宝卷中极少纯文学文本的故事宝卷，所以，宝卷文学作品的研究基本上是对清及近现代民间流传宝卷的研究。

薛宝琨、鲍震培《中国说唱艺术史论·明清宝卷通论》[3]“十二种故事宣卷的结构分析”部分，运用结构主义的分析方法，对民间宣卷的 12 种俗文学故事宝卷（多据弹词改编）的类型和母题进行研究，指出：“宣卷作为一种农民文化，与封建正统文化有着千丝万缕的联系，既大胆揭露和批判现实，又热衷于铸造使现实合理的补天之石……”，“总是摆脱不了传统的思维方式、传统理念的牵引。”

车锡伦《中国宝卷的发展、分类及其社会文化功能》认为民间宝卷具有信仰、教化、娱乐的社会文化功能：“宝卷引导人们追求的是道德、行为的修养和完善，‘去恶扬善’，以调适平民社会人际关系的和谐、社会的安定。而由天界、人间、地狱中的各路鬼神，来执行‘善有善报，恶有恶报’的判断和赏罚。”这种因果报应又可作宿命论的解释，让平民百姓“把希望寄托于今生的善终或来世的善报，因而取得心灵的慰藉和生活的信心”。因此，宝卷采取模式化的故事结构和演唱形式，并让听众参与“和佛”，后来又模仿其他民间演唱文艺的艺术方法，来增强其教化、娱乐效果。

曾友志《宝卷故事之研究》[4] 将故事学中“情节单元”（Motif，或译作“母题”）的概念带入宝卷故事的研究。作者选出 80 余种故事宝卷，按故事内容分

---

[1] 载《东南文化》，1993年第3期。

[2] 载《民俗曲艺》，台北，第106期，1997年3月。

[3] 石家庄：花山文艺出版社，1990。

[4] 台湾“中国”文化大学中国文学研究所1999年硕士论文。

类；提出这些宝卷故事的情节单元（论文附录），将它们分类；然后分析情节单元在宝卷结构和主题意识上的运用，指出情节单元架构宝卷故事的高潮和转折，强化人物的形象，凸显宝卷教化的意念。从这一角度研究宝卷，可以迅速掌握宝卷故事的特征。

以上是对宝卷文学作品的综合研究。对具体宝卷文学作品的研究，多为改编传说故事的宝卷的研究，如研究白蛇传故事宝卷的论文，有陈伯君《论宝卷雷峰塔的悲剧思想》[1]、车锡伦《金山宝卷和白蛇传故事研究中的几个问题》[2]等；研究孟姜女故事宝卷的论文，有杨振良《孟姜仙女宝卷所反映的民间故事背景》[3]、范长华《浅探明代中晚年至清末宝卷与宝卷中孟姜传说的递变》[4]等。一些论述传说故事的专著（含学位论文）和专题论文中，也常涉及有关的宝卷的研究，如（英）杜德桥（Glen Dudbrige）《观音菩萨缘起考——妙善传说》[5]，陈芳英《目连救母故事之演进及其有关文学之研究》[6]，李琼云《沉香故事研究》[7]，朱恒夫《目连戏研究》[8]，刘祯《中国民间目连文化》[9]，杨振良《孟姜女研究》[10]，车锡伦、周正良《驱蝗神刘猛将的来历和流变》[11]等，在这些论著中，宝卷文学作品被纳入相关传说的发展过程中进行研究，既开拓了这些传说故事研究的内容，又推进了对宝卷文学发展的研究。

关于宝卷文学与古代小说的关系，刘荫柏《“西游记”与元明清宝卷》[12]列举了各个时期十几种宝卷中出现的唐僧取经故事和人物，或与《西游记》有相似的情节，指出：《西游记》成书与宝卷有关，同时它又对明清宝卷产生甚深的影响。陈毓罴《新发现的两种“西游宝卷”考释》[13]考证新发现的《佛门西

[1] 载《民间文艺集刊》，上海，第六集，1984。
[2] 载《民间文艺集刊》，上海，第九集，1986。
[3] 载《汉学研究》，台北，第8卷第1期，1990。
[4] 载《台中师范学院学报》，台中，第9期，1984。
[5] 英文，李文彬等译，台北：巨流图书公司，1990。
[6] 台湾大 学中国文学研究所硕士论文，1977。
[7] 台湾“中央大学”中文研究所硕士论文，1993。
[8] 南京：南京大学出版社，1993。
[9] 成都：巴蜀书社，1997。
[10] 台北：学生书局，1985。
[11] 《中国民间文化》，1992年第1期。
[12] 载《文献》，北京，1984年第4期。
[13] 载《中国文化》，北京，第13期，1996年6月。

游慈悲宝卷道场》《佛门取经道场·科书卷》是元代的作品，源于《西游记平话》，《销释真空宝卷》中的取经故事描写来自上述两种宝卷。

（四）宝卷文献的编目、整理和研究

宝卷研究的开展，促进了宝卷文献的整理、编目和研究。80年代后，许多机构把收藏的宝卷整理编目，有的作了公开介绍，如谢忠岳《天津图书馆馆藏善本宝卷叙录》[1]，李鼎霞、杨宝玉《北京大学图书馆馆藏宝卷简目》[2]，程有庆、林萱《北京图书馆馆藏宝卷目录》[3]，王见川《世界宗教博物馆搜藏的善书、宝卷与民间宗教文献》[4]等，国外如（日）相田洋《有关（日本）国会图书馆所藏的宝卷》[5]等。

车锡伦《中国宝卷总目》[6]，是编著者花费近20年的时间，在前人宝卷编目的基础上，广泛搜集国内外收藏而编成的一部现存宝卷总目；其修订重编本，共著录国内外公私收藏宝卷1585种、版本5000余种，每种版本都注有收藏者。同时，它也体现了编著者对宝卷文献的研究成果：归纳了同卷异名的宝卷，全书共出宝卷异名1000余个（包括文献所载异名），附录“异名索引”；据同一文学故事改编的宝卷，则互相注明“参见”。

随着河西宝卷的发现，甘肃的研究者陆续整理出版了几种宝卷选本，如郭仪、谭蝉雪等编《酒泉宝卷（上编）》[7]，方步和编著《河西宝卷真本校注研究》[8]，段平等整理《河西宝卷选》《河西宝卷选续编》[9]。前两种收的宝卷，都说明了所依据的底本，编者的校点整理，力求保存底本（民间抄本）的原貌；后两种的底本来源多未作说明，但可知其中多种宝卷是据清末民初江浙地区的刊本或石印宝卷“整理”的，它们不是“河西宝卷”。

---

[1] 载《世界宗教研究》，1990年第3期。

[2] 《文史资料》，南京，1992年2期。

[3] 载《文史资料》，1992年第2期。

[4] 载《民间宗教》，台北，第1辑，1995年12月。

[5] 载《东洋学报》，日本，第63卷第3－4期；中文译文，《世界宗教资料》，北京，1984年第3期。

[6] 台北：“中央研究院”文哲研究所“图书文献专⑤”，1998；修订重编本，北京：北京燕山出版社，2000。

[7] 收宝卷8种，兰州：兰州大学出版社，1992。

[8] 收宝卷10种，兰州：兰州大学出版社，1992。

[9] 共收宝卷33种，台北：新文丰出版公司，1992—1994。

车锡伦《中国宝卷文献的几个问题》[1] 论述了“宝卷的名称和命名方式”“宝卷版本、流通和作者”“宝卷的收藏”“宝卷的编目和整理”等问题，其中对宝卷作品出现众多异名的原因、教派宝卷版本的“托古作伪”现象、中外宝卷收藏的特点等作了说明；对宝卷的整理出版，作者认为“鉴于宝卷的文献特征及其研究价值”，“应以精选善本、汇编影印为宜，因宗教宝卷和民间宝卷的不同，也可分别汇编”。

五、结语：宝卷研究中的问题、展望和“宝卷学”

宝卷在中国民间社会中已流传了近八百年，演唱宝卷一直是宗教和民间信仰活动的一种形式；在特定的历史时期，宝卷甚至成为政治斗争的工具。在中国文化史上，任何一种特定的民间说唱体裁都不具有如此久远和复杂的发展过程。但是，直到上个世纪 20 年代，宝卷才被学者留意和研究。由于历史文献记载极少、宝卷文本难以获见，加上一些社会因素，虽经过几代学者的努力，宝卷的研究实际上仍处于起步阶段。

首先，作为一种延续了近八百年的民间说唱形式，它的产生和发展过程中的诸问题，如宝卷的渊源，它同唐代“变文”和佛教俗讲的关系；宝卷的产生和它的演唱形态；宝卷发展的阶段性和各发展阶段的特征；宝卷演唱形式的发展，它与其他民间演唱文艺（戏曲、曲艺等）和俗文学（如小说）的关系；宝卷区域性的发展，及其与地区民俗文化的关系；当代宝卷演唱活动的存在空间和社会功能等等。以上这些问题，有的已经被研究而尚无定论，有的则尚未被涉及。它们有待于研究者进行深入、认真的研究和发现新的文献资料（包括各个时期的宝卷文本）来证明，也有待于对当代留存的宝卷演唱活动进行广泛的发掘和调查，以期有新的发现。

现存的宝卷演唱活动，由于其信仰特质而造成的保守性，使之保存有大量的历史积淀。80 年代以来，各地宝卷田野调查的报告，为研究宝卷的历史和现状，提供了可贵的资料。这类调查存在的问题是：有的调查受某种既定观念的束缚或条件的限制，有意或无意地回避或疏忽某些情况的报告；极个别的调

[1] 载《中国图书季刊》，台北，1997 年第 3 期；又，《文献》，北京，1998 年第 1 期。

查者，由于缺乏科学的素养，夸大或编造某些情况，给宝卷研究造成误导和混乱。时下这类演唱活动的存在空间虽逐渐缩小，但不可能迅速消失。科学的田野调查，将会进一步推动宝卷的研究。

对宝卷文本的发掘、整理、编目和研究，经过几代学者的努力，已有很大的成绩。现存1500多种宝卷的文本被收藏、著录，为宝卷研究提供了方便；同时，在中国内地和台湾，也陆续有宝卷文本的新发现，[1] 说明在民间仍有丰富的宝卷蕴藏，有待发掘。宝卷文本的鉴别和使用也存在一些问题：宗教宝卷文本的托古作伪现象，学者已多有发现；[2]50年代被收藏的民间抄本宝卷也有托古作伪的情况[3]。有的研究者正是因为对此缺少鉴别而得出错误的结论，因此，宝卷文献的特征和宝卷文本的鉴定，也是研究者应进一步注意的问题。

本文没有介绍民间教派（或称“民间秘密宗教”）和佛教宝卷的专门研究。实际上，上个世纪明清民间宗教宝卷的研究，已有很大的进展。这些研究多是以教派宝卷为基本资料，研究某个教派或民间宗教史、民间信仰史中的问题。自然，要深入研究宝卷发展中的诸问题，必须把宝卷放到特定的宗教和民间信仰文化背景上去认识，必须研究宝卷在产生和发展的过程中同佛教和民间宗教的关系。对这些研究，从宗教学的角度给以总结，会更得体。

据濮文起《宝卷学发凡》[4] 文称，中国民间宗教研究的著名学者李世瑜提出了“宝卷学”一词，濮文对此作了具体的阐述。作者是研究民间宗教的学者，所以，立足点便多放在民间宗教宝卷方面，这从二位给宝卷下的定义也可看出。李世瑜《民间秘密宗教和宝卷》中称：“宝卷是开始于南宋，历经元、明、清等代的白莲教及其各种支派所编制所使用的经卷。”濮文称：“宝卷是中国民间秘密宗教的专用经典……宝卷又是流传在中国下层社会的一种通俗文学。”这样规定宝卷的范畴，容易引起异议。宝卷作为一种特殊的说唱形式，在其形成和发展的长远过程中，内容和形式都有发展变化。民间教派的宝卷是宝卷的一个发展阶段的产物；在现存1500多种宝卷中，属于民间宗教的宝卷不超过300种，而这些为民间宗教的“专用经典”，又绝大部分（90%以上）不是民

[1] 陈俊峰《有关东大乘教的重要发现》，载《世界宗教研究》，北京，1999年第1期；车锡伦《读宝卷札记》，载《台湾宗教学会通讯》，第5期，2000年5月。

[2] 李世瑜《民间秘密宗教与宝卷》；车锡伦《中国宝卷文献的几个问题》。

[3] 车锡伦《江浙民间抄本“古今宝卷汇编”》，载《艺术百家》，1995年第3期；又，《读宝卷札记》。

[4] 载《天津社会科学》，1999年第2期。

间的“通俗文学”；宋元以来民间宗教各教派编制和使用的“经卷”，也并非都采用宝卷的形式，比如，明代正德以前民间秘密教团使用的经卷和清及近现代许多民间教团的“坛训”（其数量多于现存宝卷的总数，有的研究者称为“鸾书宝卷”）等。因此，21世纪的宝卷研究，首要的任务是深入研究宝卷这种特殊的说唱形式发展过程中的诸问题。而由于研究对象和宗旨的差异，这种跨学科的“宝卷学”，尚难以建立。

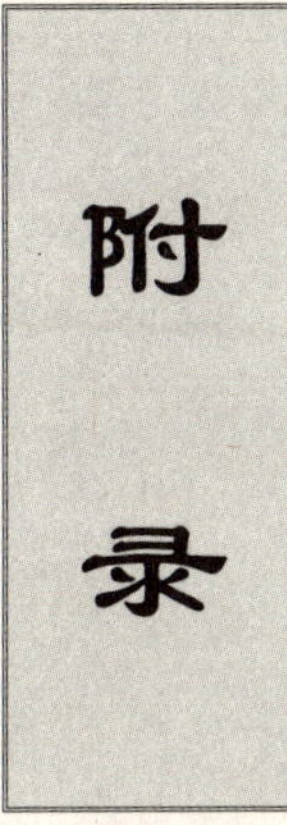

附录

一、关德栋《信仰教化娱乐——中国宝卷研究及其他》序

中国宝卷自上个世纪20年代郑振铎先生开始研究后，从向达、陈志良、恽楚材先生等的书录、提要的介绍，到四十年代法国巴黎大学的北京中法汉学研究所傅惜华先生的编目，可以说在相当长的一段时间里，宝卷是作为探究意义的解释科学而研究的。其间虽有杜颖陶先生注意到宝卷对演唱文艺的影响，写有文章，但对宝卷系统全面的理解不足，也还不是以寻求规律性的实证科学的研究成果。至于国外的研究，在我国学者研究的一定影响下，Daniel Overmyer、Susan Naquin 等人撰有一些论著；撰写“宝卷文学”专著的 Janet Lynn 并把《香山宝卷》译成英文（此宝卷也有俄文译本），显然就是接受郑振铎先生的宝卷研究观点。

但是近20余年来，我国社会经历了较大的变化，过去重视社会与机能的关注，渐渐转变为力图对文化与意义进行研究；同时研究领域的扩展，已经试图概括人们行为的普遍规律，对社会现象和文化现象需要进行整体性的全面考虑。而中国宝卷，是一种宗教性与民间信仰活动相结合的演唱文艺形式，可以说它是渴望与企求行动书写的文本。车锡伦教授这部宝卷论文集的各篇应该就是在这种客观形势下，于不同时期完成的。

本书所收10余篇论文和调查报告中，都体现了既有历史和继承，又是发展和创新的学术思想体系，以实证的科学研究方法，使一些前人未能涉及的新课题，在研究中取得了辉煌成果。例如几篇“调查报告”，都是前人未做的研究工作。而作者长时期进行了艰苦的科学考察，获得大量第一手资料，并且对许多重要问题，提出了独立见解。可以说都是比较成功的力作，可使读者概要了解这项研究的内容，具有较高的学术价值，堪称创举。

再例如论文中，对明清教派宝卷中小曲的研究，也是前人尚未开发和研究

的课题。作者依据不同时代的不同条件，人们以不同的方式采用时尚小曲及其表现手法的分析，开始用统计方法来处理具有一定主导倾向的大量曲调资料，所论小曲在明清宝卷中消长情况，是可以信服的。

这部论文集精炼、独到的论述很多，作者有较长的“自序”，这里即不再一一复述。总之，书中的许多内容，相信都有助于我们对祖国的某些文化现象的理解，从中或许可以获得一些可贵的真知，对人文科学的许多领域的科研工作非常有益。

关德栋

二零零二年十一月一日于山东大学

二、车锡伦宝卷研究论文目录

本人自1982年开始从事中国宝卷的研究，1985年发表第一篇读宝卷笔记《宝卷叙录(一)》,其后陆续发表有关宝卷的文章60余篇。20多年来，本人对宝卷的研究，也在不断的自我修正和开拓。今见互联网上许多网站转载本人过去发表的文章,有的还要收费。因整理出下面这份目录共45篇，大部分是本书有关章节作为单篇论文的最初发表处，它们在本书中已经作了系统的整理修订或重写。原因之一是当初发表时，按照刊物的要求，由本人作了删节或刊物编辑操刀删改；二是对有些问题亦有了新的认识。如果有意考察本人对相关问题的认识过程，可以找这些文章来对读；否则,没有必要花时间、经费找来看。另外一些是仍可有点参考价值的文章，但也难免有疏漏、错误之处，请读者阅读时注意鉴别。

记得在复旦大学中文系研究班读书时，导师朱东润、蒋天枢等先生一再告诫我们不要轻易发表文章，40多年过去，如今深有体会。

1.《宝卷叙录㈠》，载《东南文化》，第1辑，南京：江苏古籍出版社，1985。

2.《浙江嘉善地区的宣卷和赞神歌》(署名唐碧,与金天麟合作),载《曲苑》第2集，南京：江苏古籍出版社，1986。

3.《〈金山宝卷〉和白蛇传研究中的几个问题》，载《民间文艺集刊》，1986年第1集，上海：上海文艺出版社，1986。

4.《宝卷叙录㈡》，《扬州师院学报》，1987年第3期。

5.《江苏靖江的“讲经”(调查报告)》,载《民间文艺季刊》,1988年第3集，上海：上海文艺出版社，1988。

6.《〈金瓶梅词话〉中的明代宣卷》，载《明清小说研究》，1990年第3－4期合刊。

7.《泰山女神的神话、信仰和宗教》，载《泰山研究论丛》，第2辑，青岛：海洋大学出版社，1991。

8.《宣卷与民间信仰》（与方梅合作），《吴越民间信仰民俗》第五章（姜彬主编），上海：上海文艺出版社，1992。

9.《驱蝗神刘猛将的来历和演变》（与周正良合作），载《中国民间文化》，上海，1992年第1期，总第5集。

10.《明代西大乘教的〈灵应泰山娘娘宝卷〉》，载《扬州师院学报》，1993年第1期。

11.《江浙民间抄本〈古今宝卷汇编〉》，载《艺术百家》，南京，1995年第3期；又，人大复印报刊资料《中国古、近代文学》转载，1995年第8期。

12.《中国最早的宝卷》，载《中国文哲研究通讯》，中国台北，第5卷第3期，1996年9月；又，《周绍良先生欣开九秩庆寿论文集》，北京：中华书局，1997。

13.《〈破邪详辨〉所载明清民间宗教宝卷之存佚》，载《世界宗教研究》，1996年第3期。

14.《现代中国宝卷研究的开拓者》，载《曲艺讲坛》，创刊号，中国北方曲艺学校，1996。

15.《中国宝卷的发展、分类及其社会文化功能》，载《中国文学的多层面探讨国际会议论文集》，台北，台湾大学中文系，1996年7月。

16.《宝卷》，《中国俗文学概论》第七章（段宝林等主编），北京：北京大学出版社，1996。

17.《江浙吴方言区的宣卷和宝卷》，载《民俗曲艺》，台北，第106期，1997年3月。

18.《中国宝卷文献的几个问题》，载《中国书目季刊》，台北，1997年第4期（总第30期）；又，载《文献》，1998年第1期；又，人大复印报刊资料《中国古、近代文学》转载，1998年第4期。

19.《宝卷的系统和变迁》（译文），（日·泽田瑞穗著，与佟金铭合译），载《曲艺讲坛》，第3期，中国北方曲艺学校，1997。

20.《中国宝卷漫录（四种）》，载《文献》，1998年第2期。

21.《〈结经〉探源》，载《扬州大学学报》，1998年第3期。

22.《江苏靖江农村做会讲经的“醮殿”仪式（调查报告）》（与侯艳珠合作），载《民俗研究》，1999年第2期。

23.《明清民间宗教与甘肃的念卷和宝卷》,载《敦煌研究》,1999年第4期,总第62期。

24.《读宝卷札记——补〈中国宝卷总目〉》,载《台湾宗教学会通讯》,第5期,台湾宗教学会,1990年5月。

25.《泰山“九莲菩萨”“智上菩萨”考》,载《台湾宗教研究通讯》,第2期,台北:国泰文化事业有公司,2000年12月。

26.《海外收藏的中国宝卷》,载《中华文史论丛》,第63辑,上海:上海古籍出版社,2000年9月。

27.《宝卷中的俗曲及其与聊斋俚曲的比较》,载《蒲松龄研究》,2000年第3－4期合刊。

28.《宋代瓦子中的“说经”与宝卷》,载《书目季刊》,台北,第34卷第2期,2000年9月。

29.《中国宝卷的渊源》,载《敦煌研究》,2001年第2期(总68期);又,人大报刊复印资料《中国古、近代文学》转载,2001年第11期。

30.《中国宝卷研究的世纪回顾》,载《东南大学学报》,第3卷3期(2001年8月);又,《中国文哲研究通讯》,台北,第11卷4期(2001年12月);又,人大报刊复印资料《中国古、近代文学》转载,2001年第12期。

31.《明清教派宝卷的形式和演唱形态》,载《2001海峡两岸民间文学学术讨论会论文集》,台湾花莲师范学院民间文学研究所,2001年6月。

32.《宝卷的形成及其演唱形态》,载《燕京学报》,新11期,北京:北京大学出版社,2001。

33.《明清教派宝卷中的小曲》,载《汉学研究》,第20卷1期,2002年6月。

34.《江苏张家港市港口镇“做会讲经”(调查报告)》,载《民俗研究》,2002年第2期。

35.《明代的佛教宝卷》,载《民俗研究》,2005年第5期。

36.《宝卷的形成和早期的佛教宝卷》,载《文史知识》,2006年第1期。

37.《佛教的俗讲、忏法与宝卷的形成》,载《纪念周绍良先生文集》,北京:中华书局,2006。

38.《江苏“苏州宣卷”和“同里宣卷”》,载《民间文化论坛》,2007年第2期。

39.《最早以“宝卷”名的宝卷——谈〈目连救母出离地狱生天宝卷〉》，载《宁夏师院学报》，2007 年第 2 期。

40.《〈佛说王忠庆大失散手巾宝卷〉漫录》，载《韶关学院学报》，2007 年第 4 期。

41.《清及近现代北方的民间念卷和宝卷》，载《文化遗产》，创刊号，2007。

42.《郑因百先生旧藏〈目健连尊者救母出离地狱生天宝卷〉》，载《书目季刊》，台北，第 41 卷第 2 期，2007。

43.《明王海潮〈五经会解〉的发现》，载《藏书家》，第 13 辑，济南：齐鲁书社，2008。

44.《对江苏靖江做会讲经和宝卷的调查与研究》，载《河南教育学院学报》，2008 年第 4 期。

45.《中国宝卷新论》，载《东亚人文》，第 1 辑，北京：三联书店，2008。

三、参考文献

（仅收本书引用过的文献；本书引见的宝卷，另见附录四“主题索引”。）

（一）历史文献（包括今人汇编的文献）

《礼记》，上海：上海古籍出版社影清武英殿刊本，1987。

（东汉）班固撰，《汉书》，北京：中华书局，1973。

（吴）康僧会译，蒲正信注，《六度集经》，成都：巴蜀书社，2006。

（晋）干宝撰，《搜神记》，北京：中华书局，1979。

（晋）殷芸撰，周楞伽辑注，《殷芸小说》，上海：上海古籍出版社，1984。

（晋）葛洪撰，《神仙传》，《丛书集成》“初编”本，北京：中华书局，1991。

（晋）三藏法师竺法护译，《佛说盂兰盆经》，《大正藏》第16册。

（梁）释慧皎撰，《高僧传》，北京：中华书局，1992。

（隋）释阇那崛多译，《佛本行集经》，上海：上海影印宋版藏经会影印本，1936。

（唐）段安节撰，《乐府杂录》，上海：古典文学出版社，1957。

（唐）赵璘撰，《因话录》，上海：古典文学出版社，1957。

（唐）孙棨撰，《北里志》，上海：古典文学出版社，1957。

（唐）段成式撰，《酉阳杂俎》，北京：中华书局，1981。

（唐）释道宣撰，《续高僧传》，上海：上海古籍出版社，1994。

（唐）释玄嶷撰，《甄正论》，《大正新修藏经》第52册。

（宋）罗烨撰，《醉翁谈录》，上海：古典文学出版社，1957。

（宋）李昉等编，《太平御览》，北京：中华书局影印本，1960。

（宋）孟元老撰，《东京梦华录》，《东京梦华录》（外四种），上海：中华书局，1962。

（宋）西湖老人撰，《西湖老人繁盛录》，《东京梦华录》（外四种），上海：中华书局，1962。

（宋）吴自牧撰，《梦粱录》，《东京梦华录》》（外四种），上海：中华书局，

1962。

（宋）灌园耐得翁撰，《都城纪胜》，《东京梦华录》（外四），上海：中华书局，1962。

（宋）周密撰，《武林旧事》，《东京梦华录》（外四种），上海：中华书局，1962。

（宋）薛居正等撰，《旧五代史》，北京：中华书局，1976。

（宋）孟元老撰，邓之诚校注本，《东京梦华录注》，北京：中华书局，1982。

（宋）龚明之撰，《中吴纪闻》，上海：上海古籍出版社，1986。

（宋）佚名撰，《道山清话》，《说库》本，杭州：浙江古籍出版社影印上海文明书局民国四年（1915）石印本，1986。

（宋）释普济编，《五灯会元》，北京：中华书局，1984。

（宋）宋敏求编，《唐大诏令集》，上海：学林出版社，1992。

（宋）释赞宁编，《宋高僧传》，北京：中华书局，1987。

（宋）佚名撰，李时人、蔡镜浩校注，《大唐三藏取经诗话校注》，北京：中华书局，1997。

（宋）李昉等编，《太平广记》，北京：中华书局，1998。

（宋）朱弁撰，《曲洧旧闻》，北京：中华书局，2002。

（宋）张君房编，李永晟点校，《云笈七签》，北京：中华书局，2003。

（宋）宗镜编，《销释金刚科仪》，《明清民间宗教经卷文献》第一册收明嘉靖七年（1528）刊本影印本。

（宋）宁全真授，（元）林灵真编，《灵宝领教济度金书》，明万历刊《道藏》本。

（宋）徐梦莘编，《三朝北盟会编》，上海：上海古籍出版社影清许涵度刊本。

（宋）释道川（川老）撰，《金刚经注》，《续藏经》“经部”第38套第4册。

（金）佚名撰，谢伯阳校注，《刘知远诸宫调》，北京：文物出版社，1958。

（金）董解元撰，凌景埏校注，《董解元西厢记》，北京：人民文学出版社，1979。

（元）佚名撰，《新刊大宋宣和遗事》，上海：古典文学出版社，1955。

（元）佚名撰，《七国春秋平话》，上海：古典文学出版社，1958。

（元）燕南芝庵撰，《唱论》，收入《中国古典戏曲论撰集成》（一），北京：

中国戏剧出版社，1959。

（元）脱脱等撰，《宋史》，北京：中华书局，1974。

（元）高明撰，《琵琶记》，《六十种曲》本，北京：中华书局，1982。

（元）王实甫撰，王季思校注，《西厢记》，上海：上海古籍出版社，1983。

（元）马端临撰，《文献通考》，北京：中华书局，1986。

（元）辛文房撰，《唐才子传校正》，周本淳校，南京：江苏古籍出版社，1987。

（元）《元典章》，北京：中国书店影印本，1990。

（元）秦子晋撰，《新编连相搜神广记》，上海：上海古籍出版社影元刊本，1990。

（元）陶宗仪撰，《南村辍耕录》，北京：中华书局，1997。

（元）普度撰，《庐山莲宗宝鉴》，《续藏经》第二编第13套第一册。

（元）王实甫（或作关汉卿）撰，《破窑记》，《元曲选》本。

（明）吴承恩撰，《西游记》，北京：人民文学出版社，1955。

（明）冯梦龙编，《警世通言》，北京：人民文学出版社，1956。

（明）佚名编，谭正璧校，《清平山堂话本》，上海：古典文学出版社，1957。

（明）臧懋循编，《元曲选》，上海：中华书局上海编辑所排印本，1958。

（明）徐渭撰，《南词叙录》，收入《中国古代戏曲论撰集成》（三），北京：中国戏剧出版社，1959。

（明）吕天成撰，《曲品》，《中国古典戏曲论撰集成》（六），北京：中国戏剧出版社，1959。

（明）祁彪佳撰，《远山堂剧品》，《中国古典戏曲论撰集成》（六），北京：中国戏剧出版社，1959。

（明）谢肇淛撰，《五杂俎》，北京：中华书局，1959。

（明）朱棣撰，《诸佛世尊如来菩萨尊者名称歌曲》，明刊本，据（日）泽田瑞穗《佛教と中国文学·永乐佛曲》转录，东京：国书刊行会，1975。

（明）佚名编，《水浒传》（百回本），北京：人民文学出版社，1975。

（明）宋濂等撰，《元史》，北京：中华书局，1976。

（明）吕天成撰，吴书荫校注，《曲品》，北京：中华书局，1990。

（明）胡文焕编，《群音类选》，北京：中华书局影明刻本，1980。

（明）许仲琳撰，《封神演义》，北京：人民文学出版社，1980。

（明）沈德符撰，《万历野获编》，北京：中华书局，1980。

（明）汤显祖撰，《紫钗记》，北京：人民文学出版社，1982。

（明）兰陵笑笑生撰，《金瓶梅词话》，北京：人民文学出版社，1982。

（明）文秉撰，《烈皇小识》，上海书店，1982。

（明）刘侗、于奕正撰，《帝京景物略》，北京：北京古籍出版社，1983。

（明）徐渭撰，《歌代啸》，上海：上海古籍出版社，1984。

（明）朱棣编，《金刚经集注》，上海：上海古籍出版社影明永乐内府写刻本，1984。

（明）祝允明撰，《野记》，《丛书集成》初编本，北京：中华书局，1985。

（明）澹圃主人（诸圣麟）编，杜维沫校点，《大唐秦王词话》，郑州：中州古籍出版社，1986。

（明）冯梦龙等编，赵景深、关德栋校点，《明清民歌时调集》，上海：上海古籍出版社，1987。

（明）佚名编，《迎神赛社礼节传簿四十宫调》，明万历二年（1574）选择堂曹国宰志抄本，载《中华戏曲》第三辑收影印本和寒声等标点、注释本，太原：山西人民出版社，1987。

（明）查志隆撰，马铭初、严澄非校注，《岱史校注》，青岛：青岛海洋大学出版社，1992。

（明）陆人龙编，《型世言》，南京：江苏古籍出版社，1993。

（明）蒋一葵撰，《长安客话》，北京古籍出版社，1993。

（明）徐道撰，《历代神仙通鉴》，沈阳：辽宁古籍出版社，1994。

（明）万历刊《列仙全传》，河北美术出版社影印本，1995。

（明）佚名撰，朱一玄校点，《明成化说唱词话唱本》，郑州：中州古籍出版社，1997。

（明）罗梦鸿撰，《五部六册》，《明清民间宗教经卷文献》，第一册收清雍正七年（1729）合校本，台北：新文丰出版社，1999。

（明）徐文昭等编，孙崇涛、黄仕忠笺注，《风月锦囊笺注》，北京：中华书局，2000。

（明）佚名编，《墨娥小录》，北京中国书店影印明隆庆五年（1566）吴氏聚好堂刊本。

（明）王樨登撰，《王樨登集》，明嘉靖四十三年（1564）序刊本。

（明）高举等纂，《大明律集解》，明万历三十八年（1610）年重刊本。

（明）佚名撰，《佛说大慈至圣九莲菩萨化身度世尊经》，明万历四十四年（1616）刊经折本。

（明）佚名撰，《太上老君说自在天仙九莲至圣应化度世真经》，明万历四十四年（1616）刊经折本。

（明）《目连救母劝善记》，《古本戏曲丛刊》初集收明万历高石山房原刊影印本。

（明）沙门觉连重集，《销释金刚科仪会要注解》，《续藏经》第一编第92套第二册。

《元始天尊济度血湖真经》（又名《灵宝升玄济度血湖真经》，明万历刊《道藏》本。

（明）佚名撰，《碧霞元君护国庇民普济保生妙经》，明万历刊《续道藏》本。

（明）万历刊《道藏》《续道藏》，影印本。

（明）《明神宗实录》，影印本。

（明）徐宪忠撰，《吴兴掌故集》，《吴兴丛书》（刘承乾辑）本，民国三年（1914）刘氏嘉业堂刊。

（明）萧协中撰，《泰山小史》，民国铅印本。

（明）琛铎撰，《秋碧轩稿》，谢伯阳编《全明散曲》本。

（明）凌虚子编，《月露音》，《善本戏曲丛刊》第二编收影万历刊本，台北：学生书局。

（清）壮者撰，《扫迷帚》，连载于《绣像小说》（李伯元主编），第43—52期（1905）。

（清）王韬（玉魫生）撰，《海陬冶游附录》，《香艳丛书》第二十集，上海：国学扶轮社排印线装本，1911。

（清）翟灏撰，《通俗编》，北京：商务印书馆，1959。

（清）佚名撰，《传奇汇考标目》，《中国古典戏曲论撰集成》（本），北京：中国戏剧出版社，1959。

（清）姚燮撰，《今乐考证》，《中国古典戏曲论撰集成》（十），中国戏剧出版社，1959。

（清）张应昌编，《清诗铎》，北京：中华书局，1960。

（清）张廷玉等撰，《明史》，北京：中华书局，1974。

（清）毕沅撰，《续资治通鉴》，北京：中华书局，1979。

（清）蒲松龄撰，路大荒编，《蒲松龄集》，上海：上海古籍出版社，1980。

（清）西周生撰，黄肃秋校注，《醒世姻缘传》，上海：上海古籍出版社，1981。

（清）韩邦庆撰，典耀校点本，《海上花列传》，北京：人民文学出版社，1982。

（清）王士祯撰，《池北偶谈》，北京：中华书局，1982。

（清）黄育楩撰，《破邪详辨》，《清史资料》第三辑收校点本，北京：中华书局，1982。

（清）王应奎撰，《柳南随笔》，北京：中华书局，1983。

（清）毛祥麟撰，《墨余录》，《笔记小说大观》第21册，扬州：广陵古籍刻印社影民国上海进步书局石印本，1984。

（清）姚东升撰，《释神》，北京：书目文献出版社影印稿本，1985。

（清）孙承泽撰，《思陵典礼记》，《丛书集成》初编本，北京：中华书局，1985。

（清）乾隆敕修，《清朝文献通考》，杭州：浙江古籍出版社，1988。

（清）丁耀亢撰，《金瓶梅续书三种》，济南：齐鲁书社，1988。

（清）邗江小游客撰，《菊部群英》，收入张江裁编《清代燕都梨园史料》，北京：中国戏剧出版社，1988。

（清）汤斌等修撰，《吴县志》，扬州：江苏广陵古籍刻印社影康熙三十年（1691）刊本，1989。

（清）黄虞稷撰，《千顷堂书目》，上海：上海古籍出版社，1990。

（清）叶滋森等纂，《靖江县志》，《中国地方志集成·江苏府县志》第5册收清光绪刊影印本，南京：江苏古籍出版社，1991。

（清）黄文暘等编，《曲海总目提要》，天津：天津古籍书店影上海大东书局排印本，1992。

（清）顾震涛撰，《吴门表隐》，南京：江苏古籍出版社，1998。

（清）顾禄撰，《清嘉录》，南京：江苏古籍出版社，1999。

（清）谈迁撰，《枣林杂俎》，北京：中华书局，2006。

（清）顾炎武撰，《日知录集释》，上海：上海古籍出版社，2006。

（清）张九征等纂，《江南通志》，清康熙二十三年（1684）江南通志局刻本。

（清）刘庭玑撰，《在园杂志》，上海古籍出版社《续修四库全书》收影印康熙五十年刻本。

（清）雅尔哈善等修撰，《苏州府志》，乾隆十三年（1748）刊本。

（清）聂鈫撰，《泰山道里记》，清乾隆杏雨山堂刊本。

（清）佚名撰，《道情》，乾隆抄本，赵景深收藏。

（清）李玉鸣等纂修，《大清通礼》，清嘉庆二十三年（1818）刊本。

（清）佚名编，《前后孝行录》，清道光二十四年（1844）莱香堂刊本。

（清）夏贻钰等纂，《永年县志》，光绪三年（1877）刊本。

（清）姚福钧辑，《铸鼎余闻》，光绪二十五年（1899）刊本。

（清）丁日昌撰，《抚吴公牍》，清宣统元年（1909）南洋官书局石印本。

（清）僧建基录，《金刚科仪宝卷》，《续藏经》第二编第3套第二册。

（清）内廷大戏，《楚汉春秋》，《古本戏曲丛刊》第九集收影清升平署抄本。

（清）嘉庆《介休县志》，山西介休县政协标点排印本。

（民国）吴双热撰，《海虞风俗记》，民国五年（1015）开文社铅印本。

（民国）赵尔巽、柯劭忞等撰，《清史稿》，北京：中华书局，1977。

（民国）《清史列传》，北京：中华书局，1987。

（民国）刘锦藻编纂，《清朝续文献通考》，杭州：浙江古籍出版社，1988。

《八美图》（弹词），民国上海石印本。

《绘图宣讲集要》，民国上海锦章图书局石印本。

《十把穿金扇》（弹词），上海燮记书局石印本。

《宣讲拾遗》，民国上海宏文书局石印本。

（台湾）"中央研究院"历史语言研究所编，《明清史料》（乙编），台北：维新书局，1972年3月再版。

（日）僧圆仁撰，顾甫承等校点，《入唐求法巡礼行记》，上海：古籍出版社出版，1986。

《续藏经》，上海：涵芬楼（商务印书馆）影印本，1923。

《中峰国师三时系念佛事》，《续藏经》第二编第1套第一册。

《中峰三时系念仪范》，《续藏经》第二编第1套第一册。

《佛说地藏菩萨发心因缘十王经》，《续藏经》第二编第23套第四册。

《销释金刚科仪会要注解》，《续藏经》第一编第92套第二册。

罗振玉编，《敦煌零拾》，上虞罗氏铅印本，1924。

杜颖陶编，《董永沉香集》，上海：上海出版公司，1955。

傅惜华编，《水浒戏曲集》，上海；古典文学出版社，1958。

傅惜华编，《白蛇传集》，上海：中华书局出版，1958。

路工编，《孟姜女万里寻夫集》，上海：古典文学出版社，1958。

董康编，《曲海总目提要补编》，北京：人民文学出版社，1959。

隋树森编，《全元散曲》，北京：中华书局，1981。

江苏省镇江市民间文学工作者协会编，《白蛇传》（资料本），该会印，I982。

黄勇刹等整理、翻译，《马骨胡之歌》，北京：中国民间文艺出版社，1984。

王重民等编，《敦煌变文集》，北京：人民文学出版社，1984。

陶阳等编，《泰山民间故事大观》，北京：中国民间文艺出版社，1984。

任半塘编撰，《敦煌歌辞总编》，上海：上海古籍出版社，1987。

周绍良主编，《敦煌文学作品选》，北京：中华书局，1987。

《中国曲艺音乐集成·江苏卷·苏州分卷》编委会编，《中国曲艺音乐集成·江苏卷·苏州分卷》（油印本），1987。

谢伯阳编，《全明散曲》，济南：齐鲁书社，1988。

介休民间文学集成编委会编，《介休民间故事集成》，太原：山西人民出版社，1991。

郭义等选编整理，《酒泉宝卷》（上编），兰州：甘肃人民出版社，1991。

方步和编著，《河西宝卷真本校注研究》，兰州：兰州大学出版社，1992。

段平纂集，《河西宝卷选》，台北：台湾新文丰出版社，1992。

潘重规编，《敦煌变文集新书》，台北：文津出版社，1994。

段平纂集，《河西宝卷选续》，台北：新文丰出版社，1994。

张希舜等编，《宝卷》（初辑），太原：山西人民出版社，1994。

王见川、林万传编《明清民间宗教经卷文献》，台北：新文丰出版公司，1999。

酒泉市文化馆编，《酒泉宝卷》（中、下编），甘肃酒泉市文化馆印，2001。

永昌文化局编，《永昌宝卷》（上、下册），甘肃永昌文化局印，2003。

濮文起主编，《民间宝卷》（《中国宗教历史文献集成》之一），安庆：黄山书社，2005。（按，本编收录张希舜等编《宝卷》（初辑）全部宝卷。）

王见川等编，《明清民间宗教经卷文献》（续编），台北：新文丰出版公司，2006。

徐永成主编，《金张掖民间宝卷》（三册），兰州：甘肃文化出版社，2007。

张旭主编，《山丹宝卷》（上、下册），兰州：甘肃文化出版社，2007。

王奎、赵旭峰搜集整理，《凉州宝卷》（一），甘肃武威天梯山石窟管理处编印，2007。

尤红主编，《中国靖江宝卷》（上、下册），南京：江苏文艺出版社，2007。

梁一波主编，《中国·河阳宝卷》（上、下册），上海：上海文化出版社，2007。

（二）现当代著作（包括工具书等编著）

郑振铎著，《中国俗文学史》，长沙：商务印书馆，1938；又，上海书店影印商务印书馆 1938 年版，1984。

郑振铎著，《插图本中国文学史》，北京：人民文学出版社，1958。

傅惜华编著，《宝卷总录》，北京：巴黎大学北京汉学研究所，1950。

胡士莹编著，《弹词宝卷目》，上海：古典文学出版社，1957。

李世瑜编著，《宝卷综录》，上海：中华书局编辑所，1961。

李世瑜著，《宝卷论集》，台北：兰台出版社，2008。

车锡伦著，《中国宝卷研究论集》，台北：学海出版社，1997。

车锡伦编著，《中国宝卷总目》，台北："中央研究院"中国文哲研究所筹备处，1998；修订本，北京：北京燕山出版社，2000。

车锡伦著，《信仰教化娱乐——中国宝卷研究及其他》，台北：学生书局，2002。

向达著，《唐代长安与西域文明》，北京：三联书店，1987。

马西沙、韩秉方著，《中国民间宗教史》，上海：上海人民出版社，1992。

濮文起著，《中国民间秘密宗教》，杭州：浙江人民出版社，1991。

郑志明著，《无生老母信仰溯源》，台北：文史哲出版社，1985。

（英）杜德桥（Gien Dudbrige）著，李文彬等译，《观音菩萨缘起考——妙善传说》，台北：巨流图书公司印行，1990。

（日）泽田瑞穗著，《增补宝卷の研究》，东京：国书刊行会，1975。

（日）泽田瑞穗著，《佛教与と中国文学》，东京：国书刊行会，1975。

（日）吉冈义丰著，《道教の研究》，东京：法藏馆，1952。

（日）吉冈义丰著，《吉冈义丰著作集》，东京：五月书房，2006。

牟润孙著，《注史斋丛稿》，香港：新亚研究所，1949。

宋军著，《清代弘阳教研究》，北京：社会科学文献出版社，2002。

王见川、蒋竹山编，《明清以来民间宗教的探索——纪念戴玄之教授论文集》，台北：商鼎文化出版社，1996。

林万传著，《先天大道系统研究》，台南：靔巨书局，1986。

（德）恩斯特·斯托恩著，《通玄教师汤若望》，汉译本，北京：中国人民大学出版社，1989。

冯修齐著，《晨钟暮鼓——佛教法会礼仪》，成都：四川人民出版社，1995。

陈正祥著，《中国文化地理》，北京：三联书店，1983。

袁爱国著，《泰山神文化》，济南：山东大学出版社，1991。

顾希佳著，《祭坛古歌与中国文化》，北京：人民出版社，2000。

姜彬主编，《吴越民间信仰民俗》，上海：上海文艺出版社，1992。

胡士莹著，《话本小说概论》，北京：中华书局，1980。

叶德钧著，《戏曲小说丛考》，北京：中华书局，1979。

叶德钧著，《宋元明讲唱文学》，上海：古典文学出版社，1958。

张清徽（敬）著，《清徽学术论文集》，台北：华正书局，1993。

刘半农（复）、李家瑞编，《中国俗曲总目稿》，北平：中央研究院史语所，

1931。

关德栋著,《曲艺论集》,上海:上海古籍出版社,1982。

陈汝衡著,《说书史话》,北京:作家出版社,1958。

谭正璧、谭寻著,《弹词叙录》,上海古籍出版社,1981。

谭正璧、谭寻著,《木鱼歌、潮州歌册叙录》,北京:书目文献出版社,1982。

高鼎铸著,《柳子戏音乐研究》,济南:山东文艺出版社,1995。

纪根垠著,《柳子戏简史》,北京:中国戏剧出版社,1988。

廖奔著,《宋元戏曲文物与民俗》,北京:文化艺术出版社,1989。

薛宝琨、鲍震培著,《中国说唱艺术史论》,石家庄:花山文艺出版社,1990。

张军、郭学东著,《山东曲艺史》,济南:山东文艺出版社,1997。

马紫辰著,《河南曲艺史论文集》,郑州:中州古籍出版社,1996。

李昌集著,《中国散曲史》,上海:华东师大出版社,1991。

周良著,《弹词经眼录》,南京:江苏文艺出版社,1996。

庄一拂编著,《古典戏曲存目汇考》,上海:上海古籍出版社,1982。

陕西省艺术研究所编,《秦腔剧目初考》,西安:陕西人民出版社,1984。

《中国通俗小说总目提要》,本书编委会编,北京:中国文联出版公司,1990。

王晓传辑录,《元明清三代禁毁小说戏曲史料》,北京:作家出版社,1958。

路大荒著,《蒲松龄年谱》,济南:齐鲁书社,1980。

日本京都大学人文科学研究所编,《京都大学人文科学研究所藏汉籍分类目录》,该所印,1963。

顾颉刚、钟敬文等著,《孟姜女故事论文集》,北京:中国民间文艺出版社,1983。

顾颉刚编著,《孟姜女故事研究集》,上海:上海古籍出版社,1984。

李嘉瑞著,《北平风俗类征》,上海:上海文艺出版社影印本。

李家瑞编,《北平俗曲略》,北平:中央研究院史语所,1933。

姜彬主编,《中国民间文学大辞典》,上海:上海文艺出版社,1992。

释宽仁主编，《佛学词典》，北京：中国国际广播出版社，1993。

佛光大辞典编修委员会编辑，慈怡主编，《佛光大辞典》，台北佛光事业有限公司，2002出版十刷。

濮文起主编，《中国民间秘密宗教辞典》，成都：四川辞书出版社，1996。

（三）**论文**（包括学位论文、调查报告等）

何思敬，《读妙峰山进香专号》，载《妙峰山》，中山大学民俗学会丛书，1928，广州。

郑振铎，《佛曲叙录》，载《中国文学研究》（《小说月报》专号），上海：商务印书馆，1927。

郑振铎，《三十年来中国文学新资料的发现史略》，载《文学》，第2卷6期，上海：生活书店，1934年6月。

顾颉刚，《苏州近代的乐歌》，载《歌谣周刊》，北京，第3卷1期，1934年4月3日。

向觉明（达），《明清之际的宝卷文学与白莲教》，载《文学》，上海，2卷6期，1934年6月。

李嘉瑞，《宣卷》，载《剧学月刊》，北京，第4卷10期，1935年10月。

陈志良，《宝卷提要》，载《大晚报》“火炬通俗文学”周刊第35期（1936年11月25日）、第37期（1936年12月9日）、第40期（1936年12月30日）。

陈志良，《宣卷——上海民间文艺漫谈之一》，载《大晚报》“火炬通俗文学”周刊，第25期（1936年9月23日）。

杨成志，《安南人的信仰》，载《民俗》，中山大学研究院文科研究所编，第1卷2期（1937年1月10日）。

孙楷第，《唐代俗讲规范与其本之体裁》，载北京大学《国学季刊》，北京，第6卷3期，1937。

佟晶心，《探讨宝卷在俗文学上的地位》，载《歌谣周刊》，北京，第2卷37期，1937年3月6日。

吴晓铃，《关于影戏与宝卷及滦州影戏的名称》，载《歌谣周刊》北京，第2卷40期，1937年3月27日。《关于影戏》，叶德钧，载《歌谣周刊》，北京，第3卷3期，1937年4月17日。

吴晓铃手订，《绥中吴氏家藏宝卷目》，稿本。

恽楚材，《宝卷续录》，连载于《大晚报》“通俗文学”周刊，上海，第9期（1946年10月29日）、第10期（1946年11月5日）、第12期（1946年11月19日）、第13期（1946年11月26日）；又，《中央日报》“俗文学”副刊第22期（1947年4月6日）、第29期（1947年5月23日）。

恽楚材，《访卷偶识》，载《大晚报》“通俗文学”周刊，上海，第23期（1947年2月5日）。

恽楚材，《访卷续录》，载《大晚报》“通俗文学”副刊，上海，第54期（1947年11月17日）。

（日）仓田淳之助编，《吴语研究书目解说》，载日本神户外国语大学《神户外大论丛》，第3卷4号，1953。

戈唐，《宣卷曲调介绍》，收入《江苏南部民间戏曲说唱音乐集》（江苏省音乐工作组编），北京：音乐出版社，1955。

李世瑜，《宝卷新研——兼与郑振铎先生商榷》，载《文学遗产增刊》第4辑，北京：作家出版社，1957。

李世瑜，《江浙诸省的宣卷》，载《文学遗产增刊》第7辑，北京：中华书局，1959。

李世瑜，《民间秘密宗教与宝卷》，载《曲艺讲坛》，天津，第5期，1998年9月。

张颔，《山西民间流传的宝卷抄本》，载《火花》，太原，1957年第3期。

关德栋，《宝卷漫录》，收入《曲艺论集》，上海：中华书局上海编辑所，1958。

周绍良，《谈唐代民间文学——读“中国文学史”中“变文”节书后》，载《新建设》，1963年第1期。

周绍良，《唐代变文及其他》（上、下），《文史知识》，北京，1985第12期、1986年第1期。

周绍良，《敦煌文学作品选》代序，北京：中华书局，1987。

周绍良，《记新兴宗教的几本宝卷》，载《中国文化》，北京，第3期，1990年12月。

何幼琦，《海经新探》，1979年油印本；又，载《山海经新探》，中国山海经学术讨论会编辑，成都：四川社会科学院出版社，1986。

赖瑞和，《妙善传说的两种新资料》，《中外文学》，台北，9卷2期，1980。

赖瑞和，《万里寻碑记——我怎样找到“大悲普萨碑”》，《台湾宗教研究通讯》，第3期，台北：台湾宗教研究所，2002年4月。

程毅中，《关于变文的几点探索》，载《敦煌变文论文录》(周绍良、白化文编)，上海：上海古籍出版社，1982。

张紫辰，《孟姜女与秦始皇》，载《孟姜女故事论文集》，北京：中国民间文艺出版社，1984。

刘荫柏，《“西游记”与元明清宝卷》，载《文献》，北京，1984年第4期。

陈伯君，《论宝卷雷峰塔的悲剧思想》，载《民间文艺集刊》，上海，第6集，1984。

范长华，《浅探明代中晚年至清末宝卷与宝卷中孟姜传说的递变》，《台中师范学院学报》，台中，第9期，1984。

（日）相田洋，《有关（日本）国会图书馆所藏的宝卷》，载《东洋学报》第63卷3—4期；中文译文，《世界宗教资料》，北京，1984年3期。

（俄）司徒洛娃(Э·С·Стулова)，Истрик—Филологическе исследования Ежего—дник (1976—1977)，Москва，“Наука”，1984。

高国藩，《论新发现的“金山宝卷”抄本在白蛇传研究中的价值》，《民间文学集刊》第5集，上海：上海文艺出版社，1984。

高国藩，《论抄本“金山宝卷”的发现和它在白蛇传研究中的价值》，载《中韩文化研究》第3辑，韩国大邱市：中文出版社，2000。

高国藩，《论宝卷的产生及其宋代起源说——兼谈日本泽田瑞穗先生的观点》，载《中韩文化研究》，第3辑，韩国大邱市：中文出版社，2000。

韩秉才，《红阳教考》，载《世界宗教研究》，北京，1985年4期。

马西沙，《最早一部宝卷的研究》，载《世界宗教研究》，北京，1986年第1期。

贾国辉等，《湖南孟姜女调查报告》，载《民间文艺季刊》，1986年第4集（总第12期），上海：上海文艺出版社，1986。

金天麟，《调查嘉善县宣卷的报告》，载《民间文学论坛》，北京，1986年第3期。

金天麟、唐碧，《浙江嘉善的宣卷和赞神歌》，载《曲苑》，第 2 辑，南京：江苏古籍出版社，1986。

薛艺兵、吴犇，《屈驾营音乐会的调查与研究》，载《中国音乐学》，1987 年第 3 期。

谢生保,《河西宝卷与敦煌变文的比较》,载《敦煌研究》,兰州,1987 年 4 期。

扬州师院图书馆流通部编，《扬州师院图书馆馆藏宝卷目录》，油印本，1988。

周谦，《民间泰山香社初探》，载《民俗研究》，济南，1989 年第 4 期。

杨振良，《孟姜仙女宝卷所反映的民间故事背景》，载《汉学研究》，第 8 卷 1 期，1990 年 1 月。

谢忠岳，《天津图书馆馆藏善本宝卷叙录》，载《世界宗教研究》，1990 年第 3 期。

段宝林、吴根元、缪炳林，《活着的宝卷》，载《汉声》，1991 年第 8 期。

蒋静芬，《江苏方志中的“碧霞行宫”》，载《泰山研究论丛》（四），青岛：青岛海洋大学出版社，1991。

朱海容、钱舜娟，《江苏无锡拜香会活动》，载《中国民间文化》，上海，1992 年第 2 期，总第五集。

段平，《河西宝卷的调查研究》，收入《河西宝卷的调查研究》，兰州：兰州大学出版社，1992。

桑毓喜，《苏州宣卷考略》，载《艺术百家》，南京，1992 年第 3 期。

李鼎霞、杨宝玉,《北京大学图书馆馆藏宝卷简目》，载《文史资料》，南京，1992 年第 2 期。

程有庆、林萱,《北京图书馆馆藏宝卷目录》,载《文史资料》，1992 年第 3 期。

（加拿大）欧大年（Daniel Ovemyer)、李世瑜，*The Oldest Chinese Sectarian Scripture*，*The Precious Volume*，*Expounded by the Buddha*，*no the Resultse of*（*The Teaching of*）*the lmperial Ultimat*（*Period*），Journal of Chinese Religion，NO．20.1992。

方梅，《江浙宝卷中的神鬼体系及其内涵浅探》，载《东南文化》，1993 年第 3 期。

刘祯，《宋元时期非戏剧形态目连救母故事与宝卷的形成》，载《民间文学论坛》，1994 年第 1 期。

车锡伦,《清同治江苏查禁“小本唱片目”考述》,收入《俗文学丛考》,台北：学海出版社，1995。

车锡伦，《唐代流行歌曲［罗贡曲］及有关的问题》，载《扬州师范学院学报》(社科版)，1996 年第 1 期。

车锡伦，《江苏北部的香火神会、神书和香火会（提纲)》，收入《信仰教化娱乐——中国宝卷研究及其他》，台北：学生书局，2002。

王见川，《世界宗教博物馆搜藏的善书、宝卷与民间宗教文献》，载《民间宗教》，第 1 辑，1995 年 12 月。

陈毓罴，《新发现的两种“西游宝卷”考释》，载《中国文化》，第 13 期，1996 年 6 月。

释见晔,《以罗祖为例管窥其对晚明佛教之冲击》,载《东方宗教研究》,台北，新五期，1996。

濮文起，《天地门教调查研究》，载《民间宗教》，第 2 辑，1996 年 12 月。

濮文起，《宝卷学发凡》，载《天津社会科学》，1999 年第 2 期。

（日）泽田瑞穗，车锡伦、佟金铭合译，《宝卷的系统和变迁》，《增补宝卷の研究》摘译，载《曲艺讲坛》，第 3 期，1997 年 9 月。

伏俊连，《河西宝卷》，载《文史知识》，北京，1997 年第 6 期。

虞文良，《河阳宝卷调查报告》，载《民俗曲艺》，台北，110 期，台湾施合郑民俗基金会出版，1997。

虞文良，《历史文化的瑰宝——河阳宝卷》，载《中韩文化研究》第 3 辑，韩国大丘市：中文出版社，2000。

谭蝉雪，《河西宝卷概述》，载《曲艺讲坛》，第 4 期，1998 年 4 月。

方志远，《从现存版籍看明前期市民文学的发生与发展》，载《扬州大学中国文化研究所集刊》，第 1 辑，南京：江苏古籍出版社，1998。

陈俊峰，《有关东大乘教的重要发现》，载《世界宗教研究》，北京，1999 年第 1 期。

赵易林编，《(赵景深）家藏宝卷编目》，稿本。

路工，《白蛇传弹词的演变、发展》，载《评弹研究》，第 1 辑。

长春，《东山风俗——抬刘猛将小考》，载《吴县文史资料》第 2 集。

曾子良，《宝卷之研究》，台湾政治大学硕士学位论文，1975。附《国内所见宝卷叙录》。

陈芳英，《目连救母故事之演进及其有关文学之研究》，台湾大学中国文学研究所硕士论文，1977。

李琼云,《沉香故事研究》,台湾“中央大学”中文研究所硕士论文,1993 年。

曾友志，《宝卷故事之研究》，台湾“中国文化大学”中国文学研究所硕士论文，1999。

方梅,《吴方言区的民间宝卷与民间信仰》, 扬州师范学院中文系硕士论文,2000。

四、插图目录

（一）版图和彩图

[版图 1] 2001 年 6 月作者出席台湾花莲教育大学民间文学研究所“2001 海峡两岸民间文学学术研讨会”，发表论文《明清民间教派宝卷的形式和演唱形态》。

[版图 2] 2006 年 12 月作者出席台湾“中央研究院”历史语言研究所“俗文学学术研讨会”，发表论文《孟姜女故事宝卷漫录》。

[版图 3]《目连救母出离地狱生天宝卷》（北元宣光三年 [1372]，即明洪武五年抄本）

[版图 4]《销释金刚科仪》（明嘉靖七年 [1528] 刊本）

[版图 5]《佛说王忠庆大失散手巾宝卷》（明末抄本），是现存最早改编俗文学传统故事的民间宝卷。

[版图 6]《目犍连尊者救母出离地狱生天宝卷》（明万历抄本）现存卷中首页（残）和函套

[版图 7] 明万历“御赐”碧霞元君像（部分），是现存最早的泰山女神绘制画像。（叶涛教授提供）

[版图 8] 清末山西介休地区抄本《空望（王）佛宝卷》卷首和卷末

[版图 9] 清代初年北方民间教团宣讲宝卷时摆放的“龙牌”，龙牌上的龙和文字均用金泥印刷。（夏青兰摄）

[版图 10] 现代江苏靖江做会讲经摆放的“龙牌”（正面）

[版图 11] 现代江苏靖江做会讲经摆放的“龙牌”（反面）

[版图 12]《二郎神出巡图》（右），明末刊经折本《清源妙道忠孝二郎开山宝卷》卷首插图。像这样篇幅巨大（两纸八折）、绘刻精致的神道图，在明清教派宝卷中此为仅见。

[版图 13]《二郎神出巡图》（左）

[彩图 1]《五部六册》（清康熙年间刊经折本）

[彩图 2]《正信除疑无修证自在宝卷》卷首载三面“龙牌”（明万历壬子校正、乙酉年重刊经折本）

[彩图 3]《正信除疑无修证自在宝卷》（明万历壬子校证、乙酉年重刊经折本）卷末“书牌”和“护法”神像，书牌内一般刻捐资刻经人的姓名，空白书牌是为填写出资“请经”人的姓名。

[彩图 4] 青提夫人在王舍城托生作狗（北元宣光三年［1372］，即明洪武五年抄本《目连救母出离地狱升天宝卷》插图）

[彩图 5] 唐僧取经图（敦煌榆林窟第三窟《普贤变》局部摹本）

[彩图 6]《瑞珠宝卷》（清末上海宣卷艺人抄本）

[彩图 7] 苏州水乡宣卷班的花船到达“斋主”家（龚振福摄）

[彩图 8]“金阿大”（金文胤）宣卷班在做会宣卷开始前，先要化妆演出小戏。（龚振福摄）

[彩图 9]“庆寿”——菩萨台前两位寿星接受孙辈礼拜，两边是两位热心的“佛婆”。（龚振福摄）

[彩图 10]《佛说慈云宝卷》卷末第六十四分（清代前期抄本）

[彩图 11] 江苏靖江佛头陆爱华在讲经

[彩图 12] 江苏靖江女佛头蔡龙秀在讲经

[彩图 13] 江苏靖江做会讲经时斋主家的“菩萨台”和“星斗”

[彩图 14] 江苏靖江民间印刷“马子”的木雕板

[彩图 15] 江苏靖江做会时佛头制作的“宝库”

[彩图 16] 江苏靖江做会时用的“金银锞”、“弥陀箱”、“纸花”

[彩图 17] 江苏靖江做会讲经开始时佛头带领斋主的子女（媳）在菩萨台前“拜愿”

[彩图 18] 江苏靖江做会讲经开始时“请佛”

[彩图 19] 江苏靖江做会“拜寿”（“报本命”）时的供桌。

[彩图 20] 江苏靖江做会“上茶”。

[彩图 21] 江苏靖江做会“解结”。

[彩图 22] 江苏靖江做会讲经时不请自来的“唱麒麟”民间艺人。

[彩图23] 江苏靖江做“延生明路会·传香”时的“大乘作”经台：两位佛头在“明路星斗”后演唱，背后站立的是“明路人”的子女（媳）辈，经台右边靠近佛头坐的是“明路人”。

[彩图24] 江苏靖江做“延生明路会”时的“明路星斗”

[彩图25] 江苏靖江做“延生明路会·传香”时用的“大香”“香板”“簪子”“胞子钱”“锁”“钥匙”“红花”

[彩图26] 江苏靖江做“延生明路会·开关”

[彩图27] 1992年作者（后排右二）、孙景尧教授陪同美国访问学者马克·本德尔（右四）、日本学者铃木建之（后排左一）考察靖江做会讲经。后排左二是斋主。前排就座的是四位佛头。

[彩图28] 1997年11月作者（左一）与马西沙教授（右一）、韩秉方教授（左二）陪同日本学者浅井纪教授（居中者）考察靖江做会讲经。右二是斋主。

[彩图29] 江苏靖江做会“醮殿”。菩萨台右边就座的是斋主。

[彩图30] 江苏靖江做会“破血湖”。佛头跪在菩萨台前演唱，右边就座的是斋主。

[彩图31] 江苏靖江做会“破血湖”。斋主的儿媳跪在菩萨台前为婆母喝“血水”。

[彩图32] 江苏靖江做会“破血湖”。佛头也为斋主喝“血水”。

[彩图33] 江苏苏州吴江市宣卷艺人袁宝庭在同里镇退思园表演书派宣卷。（同里镇文化中心提供）

[彩图34] 江苏苏州吴江市宣卷艺人芮时龙演唱书派宣卷（同里镇文化中心提供）

[彩图35] 江苏张家港市讲经先生做荐亡法会时的“菩萨台”（上层）。布幔是地藏王菩萨像，立放的是神马，右边挂的是“招魂幡”，做“开天门”仪式时用。

[彩图36] 江苏张家港市讲经先生钱筱彦面对菩萨台演唱宝卷，和佛的妇女边唱佛号边折纸锞，墙上挂的是《地狱十王图》。

[彩图37] 荐亡法会“菩萨台”后面是讲经先生伴奏和休息的地方，三人手持的乐器分别是二胡、手鼓、“盛子”（记音）。

［彩图 38］江苏张家港市讲经先生做荐亡法会“开天门”，手持招魂幡演唱者是女讲经先生张咏吟。

［彩图 39］九莲菩萨（明万历年间铸造，现安放在泰山红门宫。叶涛教授提供。）

［彩图 40］智上菩萨（明崇祯年间铸造，现安置在泰山斗姆宫。叶涛教授提供。）

［彩图 41］泰山老奶奶坐像。原安置于泰山碧霞祠，紫檀木制，可以坐、卧。每年农历三月十五老奶奶生日，由进香的女香客给老奶奶“换袍服”。（见袁爱国《泰山风俗》，济南：济南出版社，2001）此像已毁于 1947 年。

［彩图 42］泰山圣母（清代民间香社绘制）

［彩图 43］香客为泰山老奶奶送的“万民伞”（摄于泰山红门宫）

（二）书内插图

五、主题索引

A

B

C

CH

D

E

F

G

H

J

K

L

M

N

P

Q

R

S

SH

T

W

X

Y

Yu

Z

ZH

后 记

我研究中国宝卷，最初得自前辈郑振铎先生（1898—1958）《中国俗文学史》和本师赵 景深先生（1902—1985）的启示。景深先生常说：他是得到郑先生的启示和指导，才走上了中国俗文学史的研究道路。郑先生在1958年便不幸逝世，我无缘直接受教，但郑先生的《中国俗文学史》一直是我的必读书。一部已经翻破了，又去找来一部。

1955年我考进复旦大学中文系本科，入校之初，便对 景深先生教的“民间文学”课（当时称“中国人民口头创作”）特感兴趣，此后便追随先生学习中国民间文学。1960年本科五年毕业后，经先生力荐，我进入复旦大学中国文学史专业研究生班继续学习。除了随朱东润（1896—1988）、蒋天枢（1903—1988）、王运熙（1926—）、鲍正鹄（1917—2004）、王欣夫（1901—1966）等导师学习古代文学系列专题和版本目录学外，我先是跟景深先生学习中国俗文学（民间文学）史，接着又奉命专修中国戏曲史。那时，每周到景深先生淮海路四明里家中（现在那个地方已经拆迁）上课，常在二楼书房环壁的书架上找书，东壁书架最下层角落里放的是宝卷。先生向我们讲到宝卷，但那个时候研究宝卷不合时宜。1964年4月底，由朱东润先生主持，我的毕业论文《南戏“拜月亭”研究》通过答辩正式毕业，离开复旦，到内蒙古大学中文系汉语文专业教书。

如今回忆起来，我在复旦中文系本科和研究生班读书时是很幸运的，那时中文系的讲坛上群星灿烂，老一辈学者都60岁左右，如朱东润、王欣夫、蒋天枢、刘大杰（1904—1977）、赵宋庆（？—1965）和语言学家吴文祺（1901—1991）、张世禄（1902—1991）等教授，都在教学一线；鲍正鹄、胡裕树（1918—2001）、蒋孔阳（1923—1999）、濮之珍（1922—）、王运熙等老师正在盛年；也有许多年轻的后起之秀，如潘旭澜、章培恒等老师。我得亲聆诸位老师的教导；诸位老师言传身教，不仅传授给我们各方面的专业知识，也教给我们做学问的文德和方法。我离开复旦多年后，老师们还关心我。1981 年，我在扬州筹编戏曲曲艺史不定期论丛《曲苑》,朱东润先生欣为题签,并予鼓励；1985 年，先生书宋晁冲之诗勉励："老去功名意转疏,独骑瘦马取长途。孤村到晓犹灯火,知有人家夜读书。"静夜读书，每对先生的法书，便精神一振。

1979 年我调到山东大学任教，景深先生便将我推荐给前辈关德栋先生(1920—2005)。1981 年我离开山大，奉命到扬州师范学院中文系，为前辈任半塘先生（1897—1991）建立词曲研究室。临行，关先生嘱我注意与宗教和民间信仰活动有关的讲唱文学，比如苏北地区流行的"道情"和世俗和尚们演唱的"散花"。在山大时，关先生便有集合同道，编纂《中国讲唱文学丛钞》的计划。1982 年我按照关先生的意见，拟出《中国讲唱文学丛钞》第一辑 10 种的计划和编辑体例，同时承担《宝卷丛钞》和《道情丛钞》的编纂。这一计划虽然后来因出版方的原因而放弃，但我对宝卷的研究也由此开始。此后，关先生对我的宝卷研究，一直给予关心和鼓励。

我当时决定研究中国宝卷，一是出于对民间信仰问题的关注，二是考虑开拓"民间文学"的研究领域。在 80 年代初，宝卷研究仍是一个"冷门"，也遇到许多敏感的问题。我在业余从事这项研究，困难重重。但是，20 多年来，我得到过国内外许多前辈学者和友人的支持。

1984 年，前辈李世瑜先生知道我在系统整理宝卷文献，便鼓励我不要受他的大著《宝卷综录》(上海中华书局,1961）的束缚（我原来计划编一本《宝卷综录续编》)，编出一本完整的"宝卷总目"来，并把他搜集的几份手抄宝卷目赠给我。

大概在 1986 年，日本研究中国宝卷和俗文学的著名学者泽田瑞穗先生知道我研究宝卷，亲笔题签将他的著作《增补宝卷の研究》(东京：国书刊行会，1975）托友人赠给我，那时我才发表过几篇读宝卷的笔记。此后，在 1996 年，我拜托年轻的朋友大部理惠君（时为日本外国语大学博士院生)，请求翻译先生大著中的部分内容，供中国研究者参考。泽田先生很快授权同意，这就是发表在《曲艺讲坛》第 3 期（天津，中国北方曲艺学校，1997）上的《宝卷的系统和变迁》

1990 年后，关德栋先生介绍我去拜见前辈周绍良先生（1917—2005)，周先生对我研究宝卷有求必应。我最初读到的几本孤本宝卷，都是他提供的。1998 年我的《中国宝卷总目》在中国台湾出版后，周先生和友人程毅中、白化文先生便主动推荐此书在内地出版修订本,周先生并赐序鼓励。友人刘魁立、刘锡诚、陈平原等先生，在关键时刻都曾给我以鼓励和支持。

友人马西沙、韩秉方先生在 1994 年将他们的著作《中国民间宗教史》(上海人民出版社，1992）赠给我，他们的研究对我启发尤大。我对明清民间教派宝卷的研究，多借鉴他们和时贤的研究成果。年轻的朋友宋军先生不仅让我看他收藏的卷子，还将一本稀见宝卷打印出来，供我参考。

台湾大学曾永义先生在 1996 年邀请我参加他主持的“中国文学多层面探讨国际学术会议”，在会议上我发表了论文《中国宝卷的发展、分类及其社会文化功能》，这是第一篇系统介绍我研究中国宝卷所得的专题论文。我同曾先生是 1991 年在扬州召开的“首届海峡两岸散曲研讨会”上认识的, 20 多年来，曾先生不仅对我的学术研究给予多方面的支持，对我的生活也多有关照。上个世纪 90 年代我的研究成果没有能力“协作”出版，曾先生先后推荐在台湾出版了我的《俗文学丛考》(学海出版社，1995)、《中国宝卷研究论集》(学海出版社，1997)、《中国宝卷总目》(台湾“中央研究院”中国文哲研究所筹备处，1998)。台湾研究民间宗教的年轻朋友王见川、李世伟等先生，对我的宝卷研究也给予了多方面的支持。李世伟先生 2002 年任花莲师范学院民间文学研究所代所长，极力推荐我的《信仰教化娱乐——中国宝卷研究及其他》一书收入该所《民俗文化丛书》，得以出版（学生书局，2002)。

多年来我在各地从事宝卷田野调查，没有经费支援，多赖各地佛头（宣卷先生）和他们的“斋主”以及各地文化界的一些朋友们热心帮助，提供方便。我同许多佛头成为朋友，如江苏靖江的赵松群、陆爱华先生，苏州的金文胤先生，有时我就吃住在他们和他们的斋主家中。

在我研究宝卷的过程中，我还得到过众多海内外朋友们的支援和鼓励，恕我难以一一列名。谨向所有支持、鼓励我研究宝卷的朋友们表示感谢。多年来也有许多海内外学者来我处（或通信）讨论宝卷问题。他们提出的问题，开拓了我的思路。他们赠送的许多有新见的研究成果,使我感到此道不孤,后继有人。

1996 年我的宝卷研究始被批准列入国家“九五”社科规划重点项目（批准号 96AZW020)，得到经费资助，这些经费使我在 1997 年按章奉命退休以后，能继续进行这项研究。

作为国家课题，本书早已完成。我无力“协作”，出版一直拖下来；自然，这也给我不断修订的机会。感谢广西师范大学出版社社长何林夏先生、雷回兴女士亲临寒舍，决定按照我的要求出版这本书。山西大学尚丽新教授、世新大学丁肇琴教授和她的学生陈冠豪等同学、泰山学院的周郢教授、常熟文化局的叶黎依先生，他们帮我校对本书的引文，特别是尚丽新教授审阅本书全部校样，并提出许多修改的建议。这些年轻朋友的帮助，使本书减少了许多疏漏和文字错误，深致感谢！

虹桥退士 泰安车锡伦
2008 年 6 月 2 日于京华客居

责任编辑：商连义
封面设计：华军均
插图绘制：蔡系群　陈绍宇　冯达华　蓝覃路

ISBN 978-7-5442-4178-6

定价：3.85 元

作业　小学四年级　上册　广西壮族自治区课程教材发展中心　组织编写　南海出版公司

英语作业

YINGYU ZUOYE

小学四年级　上册

广西壮族自治区课程教材发展中心　组织编写

南海出版公司

I JIAOYU

树立社会主义荣辱观

热爱祖国为荣、以危害祖国为耻，
服务人民为荣、以背离人民为耻，
崇尚科学为荣、以愚昧无知为耻，
辛勤劳动为荣、以好逸恶劳为耻，
团结互助为荣、以损人利己为耻，
诚实守信为荣、以见利忘义为耻，
遵纪守法为荣、以违法乱纪为耻，
艰苦奋斗为荣、以骄奢淫逸为耻。

编写者（以姓氏笔画为序）
小学部分：刘曼丽　劳颖明　赵　胜
魏鲁敏
初中部分：方洁玲　王忠英　苏　鹰
李文伟　蒋廷玉
高中部分：邓路遥　员宁敏　陈小好
邹壬玉　贾应锋　滕洁贞
熊伶俐